万葉植物文化誌

万葉植物文化誌

木下武司

八坂書房

万葉植物文化誌　目次

総論の部

万葉集に詠われる植物名は百六十以上あるとされ、本書ではそのうちの百四十九名について、特定の植物種あるいは近縁・類似種群を指すと認定している。いわゆる万葉植物ランキングを初めて作成したのは中尾佐助(一九一六―一九九三)と思われる(『花と木の文化史』)が、その論拠となる文献の引用がないので、著者の見解に基づいて作り直したのが**表1**(11ページ)である。

ここではアヅサ、ヌバタマ、クレナヰなど、ほとんどが枕詞として詠われるものは、ランキングから除外してある。中尾は聖書に登場する植物のランキングも作成し、万葉に登場する植物とを比較したうえで、聖書では上位十種中九種までが実用植物であるのに対して、万葉集では逆にほとんどが非実用植物であって、その美学的評価でもって詠われているのが特徴と述べている。本書に収載する万葉植物百四十九名について、各植物がどのように利用されたか、古代・中古代の本草書ほかの文献にある記載を集計した結果を**表2**に示すが、万葉植物の大半は薬用・食用・工芸用などなんらかの実用的価値のあることがわかる。生活の役に立つという背景があってこそ、結果的に万葉人の身近な存在となるのであって、日常的な接触の中でたまたま美意識が見いだされたと見るべきであろう。観賞用として九種の植物をあげたが、これとて必ずしも当時の歌人の美意識を反映したわけではなく、サクラ、ヤマブキ、ウノハナ(ウツギ)などは、開花によって季節を知らせる歳時植物として、農耕に利用される側面があったと考えられる。ウメ、タチバナ(ミカン)やナデシコなどの花を詠った歌は、当時の美学意識を反映したものといえなくもないが、これらは、当時、舶来の珍しい花卉《かき》として認識され、歌の内容から濃厚な舶来崇拝の意識が感じられるものが多いことに留意する必要がある。したがって、万葉集を抒情詩集という側面だけで見るのは正しくないのである。

さて、**表1**にある植物名の大半は、たまたま現在名と変わらないのであるが、万葉植物の多くは古名あるいは、現在名と同じであっても必ずしも同一種を指すとは限らない。万葉集に登場する植物名が現在名のどれに相当するか、古くから万葉研究者の関心を集めてきた。近世以降では、本草学者・植物学者も参入し、その解明のプロセスがクイズの謎解きのようであることもあって、研究者のみならず一般人の好奇心を引きつけ、現在ではほとんどの万葉植物の種類が特定されている。とりわけ、松田修の『萬葉植物新考』、若浜汐子の『萬葉植物全解』が発表されてから、萬葉植物考証学とも称される万葉集研究は終息した感があり、あたかも万葉の植物の全容が明らかになり、なすべきことはなにもないと思われているかのようである。

万葉集は万葉仮名で記述されており、各植物名の表記も必ずしも一つではなく、借音・借訓仮名から中国から借用した漢名まで実に多様である。前述したように、万葉集の植物のほとんどは食用、薬用、工芸用などなんらかの実用価値を認められるものである。万葉時代の日本は植物に関する実用書の編纂能力もなかったから、もっぱら中国から輸入した本草書などの漢籍に整合させようとして各植物名に漢名が充てられ、そのため万葉植物名の多くに漢名と借音・借訓仮名による和名が混在する。十世紀になって、万葉時代以来の知見を集大成して『本草和名《ほんぞうわみょう》』（九一八年頃成る）、『倭名類聚鈔《わみょうるいじゅしょう》』（九三五年成る、以降、本書では『和名抄』と略称する）、『新撰字鏡《しんせんじきょう》』（八九八―九〇〇年頃成る）、『醫心方《いしんぼう》』（九八四年成る）が編纂されたが、中国本草学の影響力は強く残り、ずっと後世の江戸時代まで及んだ。『本草和名』の各条には多くの異名が記載されているが、日本の本草家が中国における植物名の多様性と格闘したことを表す。現在では常識となっているのだが、日本と中国の植物相は異なるので、必ずしも該当するものがあるとは限らない。しかし、当時はこのことすら知る由もなく、中国から植物名を借用するに当たってとんでもない見当ちがいも少なくなかった。

植物名の多くを中国から借用している事実があるにもかかわらず、万葉植物の考証過程で中国本草学の記述は詳細に検討されることはなく、とりわけ近代の考証家にその傾向は著しい。古代日本が邦産植物に漢名を充てようとしたのは、東アジア漢字文化圏において漢名が現在の学名（ラテン名）に相当する機能をもっていたからにほかならない。当時の中国本草は植物分類の実用性において西洋本草より優れていたから、当然の成り行きであり、その影響は近世の初期まで及んだのである。松田・若浜はこの事実を見落とした結果、本草の記述をほとんど無視してしまった。明代の『本草綱目《ほんぞうこうもく》』を見ればわかるように、そこでは『爾雅《じが》』、『説文解字《せつもんかいじ》』、『詩經《しきょう》』など古辞書・古典などを引用し、字義の解釈に努めているのだが、これも万葉植物の考証においてあまり顧みられることがなかった。本書では、万葉植物の漢名を手掛かりにして、中国歴代の本草書の記述の抜本的検討から、各万葉植物が当時の日本でいかなる意義をもっていたか、ひいては後世の日本文化の形成過程において果たした役割について考証してみる。

まず、本書で頻繁に引用する文献について概説する。万葉集よりやや前に成立した『出雲國風土記』は完全な形で残る唯一の風土記であり、出雲地方の物産を記録してあるので、植物資源などについてはしばしば有用な知見を得ることができる。同様に、『古事記』・『日本書紀』も植物に関してしばしば万葉集と対比される基礎資料を提供する。**表2**（11ページ）からわかるように、万葉植物の多くは薬用あるいは食用であるので、本草書や薬物書・医学書に記録がある。日本で初めて登場した薬物書は『薬經太素《やっけいたいそ》』（七九九年頃成る）二巻で和氣廣世《わけひろよ》（奈良町末期）が著したといわれる。原本は伝わらず、写本が『續群書類従』第三十輯下雑部に収載されるが、原型をとどめないほど書き換えられあるいは加筆されたといわれる。『大同類聚方《だいどうるいじゅほう》』（八〇八年成る）は万葉集が成立して間もない平安初期に成立したとされる日本最古の医学・薬方書であるが、今日に伝わるものが往事の内容を伝えているか否か、まだ評価が定まっていないので、本書での引用は限定的である。実質的な意味では、深江輔仁《ふかえすけひと》撰と伝えられる平安時代中期の『本草和名』全二十巻が日本最初の薬物書である。深江は延喜十八（九一八）年に勅命により『掌中要方《しょうちゅうようほう》』、『類聚符宣抄《るいじゅうふせんしょう》』を撰進しているので、同時期に『本草和名』も撰進したと考えられている。しかし、『本草和名』は後述する『倭名類聚鈔』の序および引用書の中に名を留めるのみで、久しく散佚《さんいつ》したと思われていた。江戸中期に、医学者の多紀《たき》元《げん》簡《かん》（一七九五―一八一〇）が偶然幕府の書庫から古写本を発見し、内外の古書によって誤字を校訂、頭注および序跋《じょばつ》を加えて一七九六年に復刻したのが今日に伝わっている。本草内薬八百五十種、諸家食經百五種、本草外薬七十種、併せて千二十五種の薬物（生薬）が収載され、これらはすべて中国の本草書などを引用し、多くの同物異名も記載されているほか、日本に基原植物（動物）が産する場合は、和名も記されている。生薬類の配列は『新修本草《しんしゅうほんぞう》』（唐本草）に準拠しており、引用する文献は三十以上あるが、すべて唐以前のもので、『本草和名』が成立した時代すなわち宋代の漢籍の引用はないから、万葉植物の考証においてこれほど好都合の文献はない。引用する本草書のうち、「陶景《とうけい》注」とあるのは中国六朝梁の道家・博物学者陶弘景《とうこうけい》（五四六―五三六）の著になる『神農本草經集注《しんのうほんぞうきょうしっちゅう》』（以下『本草經集注』と略す）であり、西暦五〇〇年頃成立したといわれる。中国最古の薬物書は紀元一世紀頃に編纂されたといわれる『神農本草《しんのうほんぞう》經《きょう》』であるが、『本草經集注』はこれをベースにして注釈を加えたものであり、各生薬がどの部位を用い、その基原が何であるか、この書によって初めて明らかになった。

『神農本草經』ほか中国の本草書のきわだった特徴は、収載薬物

表１　万葉の植物の登場首数

	種別	首数
1	ハギ	141
2	ウメ	119
3	マツ	77
4	タチバナ	70
5	アシ	51
6	スゲ	49
7	サクラ	44
8	ヤナギ	36
9	ススキ	34
10	フヂ	26
11	ナデシコ	26
12	チガヤ	26
13	コモ	24
14	ウノハナ	24
15	クズ	20

表２ 万葉の植物の用途別種数

	用途	数
1	薬用	49
2	食用	44
3	工芸用	31
4	習俗	18
5	観賞用	9
6	染料	8
7	繊維	4
8	香料	3
9	その他	2
10	無	18

を上薬・中薬・下薬の三品に分類し、基原・薬用部位などの自然分類にしたがっていない点にある。『神農本草經』によれば、上薬一二〇種は「君であり、生命を養うを主とする。天に応じ、多量に長期にわたって服用しても人を害《そこな》わない。軽身益気、不老延年を欲するものは上経を本とする」ものとし、本書に関係するところでは、茜草《あかね》・旋華《ひるがお》・蘭草《ふじばかま》・菖蒲《しょうぶ》根・朮《おけら》・麦門冬《じゃのひげ》などが相当し、いわゆる神仙の霊薬類はすべてこれに属する。中薬一二〇種は「臣であり、性を養うを主とする。人に応じ、無毒と有毒がありその宜しきものを斟酌する。病を遏《と》め虚羸《きょるい》（疲れや痩せること）を補うことを欲するものは中経を本とする」ものとし、葛根《くず》・百合《ゆり》・茅根《ちがや》・紫草《むらさき》などがある。下薬一二五種は「佐使であり、治病を主とし、地に応じ、多毒、長期にわたって服用してはならない。寒熱邪気を除き積聚を癒そうと欲するものは下経を本とする」ものとし、羊蹄《ぎしぎし》・皂莢《さいかち》・楝実《せんだん》などがある（以上ルビは基原植物和名）。『本草經集注』、万葉時代の日本にも伝わっており、当時、第一線の薬物書として用いられていた。そのほか、「蘇敬《そけい》注」とあるのが『新修本草《しんしゅうほんぞう》』であり成立したのは六五九年であるが、長らく唐皇帝の秘蔵本とされ、七二三年になってやっと一般に下賜された。杏雨書屋所蔵の旧仁和寺本『新修本草』巻一五に天平三（七三一）年の奥書があるので、日本に伝えられたのは七二三〜七三一年であったことになる。『續日本紀』巻第三十九に、延暦六（七八七）年に典薬寮《てんやくりょう》が『陶隠居集注本草』（『本草經集注』のこと）に代えて『蘇敬注新修本草』を医薬教典として用いたいと上奏し受け入れられたと記述されているので、万葉時代では『新修本草』の内容はそれほど浸透していなかったと思われる。そのほか陳藏器《ちんぞうき》撰の『本草拾遺《ほんぞうしゅうい》』（八世紀成立）も引用されている。『本草和名』より遅れて成立した『醫心方』全三十巻（丹波康頼《たんばやすより》）も序説篇と食養篇に多くの薬物を列挙・概説し、ここでも邦産するものについては和名が記されている。『醫心方』は『新修本草』からの引用がとりわけ多く、「本草云ふ」とあるのはすべてこれであり、『醫心方』はその逸文のソースとして貴重な存在であり、尚志鈞輯校の復元本「新修本草」（安徽科学技術出版社、二〇〇五年）に多く引用されている。『新修本草』は中国では早くから散佚したが、わが国に残巻ながら古鈔本（仁和寺本ほか）が伝存している。一方、『神農本草經』、『名醫別錄』、『本草經集注』ほか唐以前の古本草書は写本すら今日に伝わっていないが、唐愼微《とうしんび》撰になる『經史證類備用本草』三十二巻の改訂版である『經史證類大観本草《けいししょうるいたいかんほんぞう》』、『重修《じゅうしゅう》政和經史證類備用本草《せいわけいししょうるいびようほんぞう》』（以降、本書では證類本草と称する）が完本として今日に伝えられ、ここに『新修本草』など古本草書のみならず、『開寶本草《かいほうほんぞう》』、『嘉祐本草《かゆうほんぞう》』（掌禹錫《しょううしゃく》撰）、『圖經本草《ずけいほんぞう》』（蘇頌《そしょう》撰）、『蜀本草《しょくほんぞう》』など宋代の今日に伝わらない本草書を忠実に引用しているので、その内容をうかがい知ることができる。また、本書では本草書以外の漢籍の記述も頻繁に引用するが、その中でも陸璣《りくき》の『毛詩草木鳥獣蟲魚疏』（『陸璣詩疏《りくきしそ》』と通称する）の記述は古くから重要視されるものである。これも今日に伝存しないが、『證類本草』、『本草綱目』などの歴代本草書のほか、『爾雅《じが》』郭璞《かくはく》注、『説文解字』段玉裁注や『正字通《せいじつう》』などの古典字書にも引用されている。

植中国本草で物図が添付されたのは『新修本草』が最初といわれるが、現在に伝わらず、『證類本草』にある図がその面影を伝えるものとしてもっとも古い。『證類本草』の図は写実的とはほど遠いものであり、中国で植物の形態を忠実に書写した実用的価値のある書は、清代末期の一八四八年、呉其濬《ごきしゅん》（一七八九―一八四七）による『植物名實圖考《しょくぶつめいじつずこう》』三十八巻、一八八〇年頃の「同長編」二十二巻まで待たねばならなかった。中国本草でもっともよく知られるのは、明代後期に成立した李時珍《りじちん》の著になる『本草綱目《ほんぞうこうもく》』をおいてほかはない。『新修本草』などとちがって私撰本草書であるが、日本、朝鮮でも出版され、日本では一九二九年に国訳本が出版された。『本草綱目』は、『證類本草』を基として諸子百家七百十余部の書籍を引用し、三百七十四品を追加して総数千八百九十二種を記載する全五十二巻からなる空前絶後の大著であった。これまでの本草書の書式を踏襲せず、引用文は李時珍の私見をまじえるなど改変が多く、また記述は冗長で誤謬も多かったのであるが、利用に便利な編纂形式だったこともあり、日本でも広く支持され、貝原益軒《かいばらえきけん》（一六三〇―一七一四）、小野蘭山《おのらんざん》（一七二九―一八一〇）など江戸時代の日本人本草学者にも大きな影響を与えた。薬物を利用するためだけの伝統的な本草学から博物学への脱皮を目指したところが随所に見られ、これまでは薬物の蓄積だけにとどまっていた沈滞を打ち破った功績は大きい。『本草綱目』の出版は一五九〇年といわれ、日本へは一六〇四年に伝わったとされる。

古代から平安時代まで、唐医方由来の薬物が収載・記述されているのは『本草和名』、『醫心方』だけではなく、『和名抄』、『新撰字鏡』という、『本草和名』と近い時期に成立した、辞書あるいは百科事典ともいうべき書にも記述されている。とりわけ、『和名抄』は、『本草和名』のほか『兼名苑《けんめいえん》』、『爾雅《じが》』などの中国古典籍を引用し和名を万葉仮名で記載しているのが特徴である。『和名抄』は源《みなもと》順《したごう》（九一一―九八三）の編著であるが、これも原本は伝わらず写本として諸本がある。中でも『箋注倭名類聚抄《せんちゅうわみょうるいじゅしょう》』は幕末を代表する考証学の泰斗狩谷棭齋《かりやえきさい》（一七七五―一八三五）が伝本諸本を自ら収集調査し、十巻本（京本）を旧原本と定めて定本とし、十巻本七種、二十巻本四種を定本と比較考証して精緻な注解を施したもので、資料的価値ならびに記述内容の信頼性はきわめて高い。本書で、『和名抄』として引用するものの大半は箋注版である。また、十世紀初頭に成立した『延喜式《えんぎしき》』はいわゆる三代格式の一つであってほぼ完全な形で残り、とりわけ、巻第三十七「典薬寮《てんやくりょう》」は古医方で用いる生薬の産地が記述されているので、当時の日本人がどのように薬物を調達していたのか知ることのできる第一級の資料である。また、巻第三十三「内膳司《ないぜんし》」は食用に用いられた植物種とその調理法、栽培についても記されていて、これもほかに類例のない資料であり、本書でも頻繁に引用する。

植物分類学の世界では、十九世紀から二十世紀半ば頃まで、新種の発見競争があり、新種を探し求めて記載するのが究極の目的であるかのように考えられた時代があった。民間の植物採集家も加わり、珍しい植物を求めて世界の津々浦々まで探検することも行われ、日本におけるシーボルト（一七九六―一八六六）やケンペル（一六五一―一七一六）、ツュンベリー（一七四三―一八二八）の活動もその一環であった。これが終息した後、分類研究の主流は植物種の分化・進化の系統を明らかにする方向に変わり、ここから真の専門家による科学的研究が始まったのである。然るに、万葉植物考証学においては、松田・若浜以降は、植物名の当てっこ競争が終息しただけで、それから一歩踏み出した研究が出現することはなかった。万葉植物に充てられた漢名という手掛かりがありながら、民族植物学の観点から日中両国の比較研究が進展することはなく、旧来の万葉植物考証家はそれに対して驚くほど無関心であった。

万葉植物名には、時折、本草書にもないような義訓の名前が出現する。たとえば、ムロノキの万葉名に迴香樹・天水香があるが、これが香道書にあるのを明らかにしたのは岡不崩の著になる『萬葉集草木考』であった。岡は、一般の考証家とは一線を画し、万葉集の原本や古今の典籍を引用して徹底的に考証し、単に基原の同定だけを目的とするものではなかった。そのため、論議・結論が不明瞭だとして松田は岡の『萬葉集草木考』を酷評した（『増訂萬葉植物新考』）が、このことから一般考証家が万葉植物名の背後にある民族植物学的意義にはいかに無関心であったかわかるだろう。

松田に限ったことではないが、その無関心さが万葉植物考証学を植物名の当てっこ競争で終わらせ、画龍点睛を欠く結果となったことは否めない。植物は、古い時代ほど、人々の生活との関わりは深く、それは現代人の想像をはるかに超える。万葉集がそういう時代に成立し、歌人が濃厚な植物との相関関係の中で植物名を歌に詠い込んだことを認識しなければ、真に万葉集を理解したことにならない。また、こうした万葉植物に対する理解が未熟なまま、斎藤正二らの植物文化論が登場してしまったのは残念というしかない。同氏の歯切れの良い見解は一世を風靡《ふうび》することになったが、人と植物との関わりを観念論的に一義化したから、一方でとんでもない誤謬も少なくなかった。本書でも一部を批判させていただいたが、もっと学際的視点に立って推敲を重ねた議論がなされるべきであった。これについては別の機会に論じてみたいと思う。

各論の部

あ

あかね（茜・茜草・赤根・安可祢）

アカネ科（Rubiaceae）アカネ（*Rubia akane*）

あかねさす　日並べなくに　吾が恋は　吉野の川の　霧に立ちつつ

（巻六　九一六、車持《くらもち》千年《ちとせ》）

茜刺　日不並二　吾戀　吉野之河乃　霧丹立乍

【通釈】「あかねさす」は日に掛かる枕詞。「日並べなくに」は日数を重ねたわけでもないのに、という意。「吉野の川」は奈良県吉野地方を流れるいくつかの川をいい、合流して紀ノ川になる。この歌の意は、（あなたのもとを去ってから）あまり日が経っていないのに、あなたに対する思いは吉野の川に立つ霧のように募るばかりです、となる。立つ霧を背景とし、アカネを枕詞として効果的に使うことで、色彩感を付加した美しい歌である。

【精解】アカネは、本州以南の日本列島の丘陵・林縁・山野に普通に生える蔓性多年草で、茎に逆刺《さかとげ》があり花も地味なわりには、女子の名前によく使われ、一般によく親しまれる。十三首の万葉歌に詠われるが、すべて「あかねさす（し）」の形で、日・昼・紫などに掛かる枕詞として登場し、植物そのものを詠った例はない。表記については、「茜草」、「茜」が三首、「赤根」が八首、「安可祢」が二首となっている。このうち、「茜」は中国から借用した文字であるが、中国最古の本草書『神農本草經《しんのうほんぞうきょう》』に茜根の名で上品に収載される。アカネには古い別の漢名があり、『詩經《しきょう》』國風・鄭風《ていふう》の出其東門の

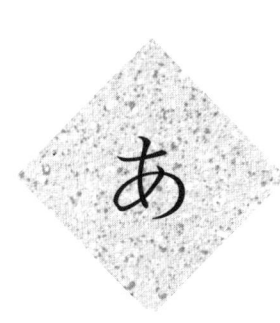

一節「縞衣茹藘　聊《ねがわ》くは與《とも》に娯《たの》しむべし」にある茹藘はアカネをいう。これが茜と同義であることは、『爾雅《じが》』釋草《しゃくそう》に「茹藘、茅蒐」とあり、『説文解字《せつもんかいじ》』に「茜は茅蒐なり」とあることからわかる。そして、鬼を艸に作る蒐はアカネの赤い根に由来し、『説文』段玉裁注に「生ずる所を人血と爲す」とあるように、当初は気味悪いものと考えられたらしい。もしこれがアカネの漢名であったなら、誰も人名に用いないだろう。『本草經集注《ほんぞうきょうしっちゅう》』（陶弘景《とうこうけい》）に「東間の諸處に有れども少なく、西の多きに如《し》かず」と記述されており、また、『陸璣詩疏《りくきしそ》』にも「齊人、此を茜と謂ふ」とあるから、西を艸に作って茜としたのである。古文献にある茜が今日のアカネであることは、『蜀本草』（韓保昇）に、染緋草の名前ではあるが、「葉は棘葉に似て、頭尖り、下が濶《ひろ》く、莖葉は倶《とも》に澁《しぶ》る。四五の葉は節間に對生、草木上に蔓延し、根は紫赤色なり」と記述されている（『本草綱目』より引用）ことから明らかである。

『神農本草經』は茜根の薬効について「乾濕風痺、黄疸を治し、中を補す」と記載するが、『名醫別錄《めいいべつろく》』には「血内崩、下血を止める」と記述され、以降、止血を目的とした処方に用いられるようになった。この用法は日本の正統漢方には導入されず、民間療法でわずかながら実践されるにすぎない。一例として、『和方一萬方《わほういちまんぽう》』に吐血に対する方として「茜根右一味、水ニテ常ノ如ク煎ジテ用フベシ」という記載があるが、『名醫別錄』に始まる中国古医方の影響を受けたものである。『本草經集注』や『新修本草《しんしゅうほんぞう》』（蘇敬《そけい》）にすら「此れ則ち、今、絳（紅絹）を染む茜草なり」とあるように、アカネは薬用よりむしろ染色に繁用された。日本でも、『和名抄《わみょうしょう》』では巻十「草木部」ではなく、巻六「調度部」に「兼名苑云　茜　蘇見反　阿加禰　可以染緋者也」とあるように、染色原料としての用途の方がはるかに重要であった。

アカネの万葉歌十三首のうち「赤根」の名が八例もあるが、これは正訓であってアカネの根に赤色色素が多量に含まれ、これが植物名の語源となった。アカネ染めの色素の本体はプルプリンというアントラキノン誘導体である。多くの草木染めがそうであるように、アカネ染めでも灰汁《あく》を媒染剤として用いるが、アカネの根に多量のタンニンが含まれ、そのままではくすんだ発色となるので、それを白米に吸着させて除去するという特別の工夫を要する。また、鮮やかな深緋色を出すには、アカネで下染めしたのち、ムラサキやベニバナで交染する必要があった。したがって、アカネ染めは高度な技術を要し、これで染めた衣服の着用は親王・諸王の皇族に限られ、それ以下の身分の者には禁色であった。実際、『三代實錄』巻第四十の元慶五（八八一）年冬十月十四日己丑の条に、色の浅深を問わず、アカネとベニバナで交染した服の着用を禁じたという記述があり、平安時代になると一般貴族のあいだでもアカネ染めの衣を着用する機運が芽生えていたことがわかる。今日、アカネ染めと称しているのは、ヨーロッパ原産のセイヨウアカネを用いたもので、古来の染色法はほとんど継承されていないようである。

セイヨウアカネの色素成分アリザリンはプルプリンより化学的に安定で、また、厄介な副成分であるタンニンの含量も少なく、染色がはるかに容易だからである。セイヨウアカネはマダー（madder）と称され、西洋においては最古の染料と考えられている。根から抽出した粗色素をマダーレーキ（madder lake）と称して、一八六八年に合成アリザリンが登場するまで染料として用いられた。マダーレーキにミョウバンを加えると、アルミニウムイオンがアリザリンに結合して深色効果で鮮やかな赤色になる。これがローズレーキ（rose lake）であり、古くから絵具として利用された。セイヨウアカネの原産地は欧州南部で、アラビアを中心としたイスラム圏に渡って染色に広く利用された。色素のアリザリンの語源は、アラビア語の al asarah で絞り汁を意味する。イスラム文化の全盛期に、サラセン帝国の版図がスペインに及んだとき、スペイン語に導入され alizari に転じた。アリザリンを主成分とするアカネ色素はごく最近まで食品の染色に広く用いられていたが、平成十六年七月以降、突如として姿を消した。マウス実験で、アカネ色素を五《パーセント》混入した餌を二年間投与したところ、八十《パーセント》のマウスに腎臓がんを発症したとして、厚生労働省が既存添加物名簿から食品添加物「アカネ色素」を削除し、使用の自粛・消費者への注意喚起を行った結果、事実上アカネ色素の使用が市場から排除されたからである。このアカネ色素というのはセイヨウアカネの抽出物であって、東アジア産のアカネではないが、同属種で類似成分を含むから、この規制によって同目的での使用は難しくなった。投与量がマウス体重比で常識的には考えられないほどの多量であり、また寿命の短い動物で二年という長期投与など、発がん実験の設定に現実離れしたところがあるので、アカネ色素の発がん性にそれほど神経質になる必要はないだろう。

『古事記』の八千矛神《やちほこがみ》の長歌に「山がたにまきし阿多泥舂《つ》き染木《そめき》が汁に染《し》め衣をまつぶさに取よそひ云々」というのがある。ここで歌われる阿多泥を、松岡静雄はアカネの訛りと考えた（『染料植物譜』より引用）。一方、上村六郎は、アイヌ語で藍を「せたあたね」とい

アカネ　茎は四角張っていて、稜の上に刺がある。花は５月～７月、茎の先、または葉の腋に緑白色、直径３～４ミリの花を多数つける。

うことから、藍の一種だと主張し（『萬葉染色考』）、アカネの根を搗《つ》いても汁は出ず、灰汁媒染でやっと赤く染まるというのをその論拠とした。阿多泥をアカネと読ませるのは音韻的にかなり無理があり、上村の説の方に理がある。万葉歌にあるアカネの歌はすべて枕詞として登場し、植物そのものを詠ったものは皆無である。また、それを植物とした場合、アカネサスの意味はさっぱり通じず、やはり色を表したものと考えねばならず、阿多泥をアカネと考えるのは困難である。前述の『詩經』國風・出其東門に出てくる茹藘も植物名というより色の名を表したものといわれる。アカネの根は赤く、茜色という語もあるのだが、自然界に赤系の色はいくらでもあり、アカネという植物から発生したとは考えにくいし、またそう考える語源研究家もほとんどいない。赤は火が燃えたときの色を表す会意文字と考えられていて、和語の「あか」も、「灯《あか》り」、「明《あか》るい」という関連語句の存在から、やはり火に由来する。朱は木の字が埋め込まれていることからわかるように、マツなどの心材の色に由来し、日本語ではこれもしばしば「あか」と読む。『言海』には、「赤根刺」は「赤気差す」あるいは「赤丹差す」の転としているが、後者の方が理解しやすい。丹《に》は、古くから開けた東海以西の土壌が赤いことから、（赤）土すなわち（赤）地に由来するものだろう。したがって、万葉集の「あかねさす」はもともと「赤丹差す」の義であったと思われる。中国からアカネ染めの技術が伝来してから、原料植物のアカネの根が赤いのでアカネ（赤根）に転じたのであろう。しかし、時を経るにつれて、本来の意は風化し、赤色といえばアカネを指すようになり、茜色の名も成立した。

あきのか（秋香）

キシメジ科（*Tricholomataceae*）マツタケ（*Tricholoma matsutake*）

高松の　この峰もせに　笠立てて　盈《み》ち盛りたる　秋の香の良さ
高松之　此峯迫尓　笠立而　盈盛有　秋香乃吉者
（巻十　二二三三、詠人未詳）

【通釈】 序に「芳《かをり》を詠める」とあり、万葉集で香りを詠った歌として数少ない一例である。高松は高円の音韻転訛であり、平城京郊外の高円山《たかまどやま》をいう。「この峰もせに」の「せ（迫）に」とは、狭いほどにが転じて一杯にという意で、瀬戸の「せ」と同義で、迫るほどに狭苦しいことをいう。結句の「吉者」の者は、集中に長者《ながさ》などの類例があり、助字として「さ」と訓ずる。この歌の意は、高円山のこの峰も狭いほどに一杯笠を立てて盛りになっている秋の香（マツタケ）のよいことよである。

【精解】マツタケは日本を代表する食材の一つで、特有の香りと歯ごたえが好まれる。日本以外でも東アジアの温帯に広く分布し、近縁種が北米やユーラシア大陸にあるのだが、古くから珍重するのは日本だけである。

さて、右の例歌はマツタケを詠った歌として知られるが、植物名らしきものは見当たらない。万葉学者の多くはこの歌にある「秋の香」をマツタケと解釈してきた。特に、本居宣長《もとおりのりなが》（一七三〇—一八〇一）は「松茸をよめるにぞ有ける。はし（序のこと）に詠芳歌とある、芳の字は、茸を写しひがめたる也」と述べるほど、マツタケ説を強く主張する。やや崩れた芳の草書体が茸の字に見えるからだが、「カホリ」と傍訓してある古写本があり、今日では芳《かをり》を詠む歌とするのが定説である。「笠立てて」というのは、マツタケの笠、秋の香はそれから発散される芳香と考えれば、マツタケを詠った歌として不自然さはまったくない。

『和《わ》名抄《みょうしょう》』にマツタケの名は出てこないが、「崔禹食經云　菌茸而容反　上渠殞反　上聲之重　爾雅注云　菌有木菌土菌　皆多介　食之　温有小毒　狀如人著笠者也」とあり、タケの名で各種担子菌《たんしきん》類（キノコ）を認識していたから、その中にマツタケが含まれていたにちがいない。また、秋に芳香を発するような植物はほかにないから、宣長説は今日でも広く支持されている。

一方、契沖《けいちゅう》（一六四〇—一七〇一）は「歌に秋の香と讀みたれど、一首の意唯黄葉の上なれば、芳は鼻に入る香を云ふにあらず、芳香芳園などにほめて云ふ時の芳なり」と述べ、まったく別の解釈をし、「笠立てて」は紅葉の錦の蓋（衣笠）を立てたようなものを形容したという。もっとも、『萬葉代匠記』初稿では「風立《かざだち》て」と読むべきだとしていて、契沖もこの歌の解釈に相当頭を悩ませていた。契沖がこじつけとしか思えないような解釈をしてマツタケ説に抵抗するのは理由がある。宣長も「いにしへはすべて香をめづることはなかりし也。橘の歌も、万葉にいと多けれども、それも香をよめるは、（中略）たゞ二首あるのみ（実際には五首はあり、タチバナとウメの条を参照）なり」と認めるほど、日本人は香りに対する感性は西洋人に比べてあまり敏感ではなかったからだ。宣長はこうしたことを認めたうえで、「秋の香」をマツタケと考えたのだが、それは歌の内容があまりにマツタケに合致していたからにほかならない。

『和名抄』にある菌茸は、『本草《ほんぞう》和《わ》名《みょう》』では地菌の中に含まれ、そのほかに木菌、木茸がそれぞれ「木菌　木章　色黄赤而薄者名也　石耳　生石上出七巻食經　和名岐乃多介」、「木茸　赤頚車耳　穀蚍茸皷鳥茸　皆不可食已上出崔禹　和名都知多介」と別条に記載されている。

マツタケ　秋の味覚の一つとして、古くから親しまれてきたキノコであるが、山林の手入れが行き届かないと姿を現わさない（写真提供：大舘一夫）。

実は、今日の日本で、キノコを表す漢字として広く用いられる茸は国訓であって、中国ではある種の竹や蒲の穂の意であり、キノコは菌の字で表される。『爾雅《じが》』郭璞《かくはく》注に「菌　地蕈なり。蓋に似たり」とあるように、蕈もキノコを表す。たとえば、香蕈はシイタケのことであり、明代の『日用本草』に初見する。『神《しん》農本草經《のうほんぞうきょう》』の中品に収載される桑根白皮（クハの条を参照）の条に、「五木耳名檽　益氣不飢　輕身強志」とあり、ここに木耳の名が見える。『新修本草《しんしゅうほんぞう》』（蘇敬《そけい》）によれば、五木とは桑・槐《エンジュ》・楮《コウゾ》・楡《ニレ》・柳であって、五木耳は五木の上に生える檽、すなわちキクラゲの類を指すようだが、『本草綱目《ほんぞうこうもく》』（李時珍）は、五木に限らず、そのほかの各木にも生えるとする。『本草和名』の木茸は、木耳の誤記とも思われるが、ツチタケの和名は地に生えるキノコを意味するので、中国本草の木耳をキノコと考えてしまったらしい。中国ではキノコ類の名前に耳の字をもつものが多いが、耳自体にキノコの意味はなく、外形を表現したものである。キノコの名に多く見られるタケは、菌とよく似た字である箘がタケ（竹）やタケノコ（筍）を意味するので、これと混同した結果と思われる。漢字文化の奥深さを古代日本人は十分に把握しきっていなかったことを示唆するものだろう。ちなみに、キノコは「木の子」で、多くが木菌といわれるように、樹上に生えるからである。

さて、『和名抄』や『本草和名』にマツタケの名はないが、平安後期ないし鎌倉初期に成立した『宇治拾遺物語』の巻一「中納言師時法師の玉くきけんちの事」の条に「けの中より松茸の大きやかなる物の、ふらふらといできて原にすはすはとうちつけたり云々」とあるのがマツタケの初見といわれる。また、『拾遺和歌集』（一〇〇五年）にある藤原輔相《ふじわらのすけみ》の歌「あしびきの山下水に濡れにけりその火先づ焚衣焙《たけあぶ》らん」（三九六）にある「先づ焚」はマツタケとの掛詞であるから、『和名抄』の成立から半世紀経た頃には、マツタケの名があったことになる。『明月記』（藤原定家）に「建永元（一二〇六）年九月三日、天晴、参上、午終御于松茸山訖退下、昏歸參、深更還御、名謁退下」とあり、天皇がマツタケ狩りして夜遅く帰参したことを示唆する記述がある。以上から、かなり古い時代からマツタケは食用にされていたと推定できる。江戸時代になると、松茸市があってかなり高い値で取引されていたといい、今日と同じようにマツタケが珍重されていた。

マツタケは独特の香りと歯ごたえで日本料理では珍重されるが、中国人や朝鮮人はほとんど関心をもたず、欧米人にいたってはその香りを悪臭と認識するほどで、食用に珍重するのは日本に特有のようである。マツタケはアカマツ林内に群生するのでその名があるが、ツガ・コメツガなどの林内にも発生する。菌糸がマツの細根に絡みついて外生菌根を形成し、マツなどと共生関係を築いて生活する。最近の日本ではマツタケの生産量が激減しているといわれ、その理由にアカマツ林の林床に人手が加わらなくなって富栄養化が進み、マツタケが発生しにくい環境となったことがある。アカマツ林は近畿から中国地方に多く、京都の丹波は古くから名産地として知られた。これらの地域のアカマツ林は本来の植生ではなく、もともとの照葉樹林が開発によって失われたのちに成立した代償植生《だいしょうしょくせい》である。林床の落ち葉や柴類を除去して貧栄養状態を維持しないとアカマツ林の維持はできず、戦後は山村の過疎化が進んで人手が加わらなくなり、照葉樹林への遷移が起こりつつある。マツタケの人工栽培はまだ目途が立たず、朝鮮や中国から輸入して需要を賄っている。最近では、米国産やフィンランド産が輸入されるようになった。

あさ（麻・朝・安左・安佐・蘇・素・十）

アサ科（Moraceae）アサ（*Cannabis sativa*）

麻衣　着ればなつかし　紀伊の国の　妹背《いもせ》の山に　麻蒔《ま》く吾妹《わぎも》

麻衣　著者夏樫　木國之　妹背之山二　麻蒔吾妹

（巻七　一一九五、藤原卿）

【通釈】 羈旅《きりょ》にてつくれる歌。第二句の「著者」は「著」と「着」が同義であり、定説ではケレバあるいはキレバと訓ずる。「妹背の山」は、和歌山県かつらぎ町にあり、十五首に詠われる万葉有数の歌枕。「吾妹」は旅先の見知らぬ相手を親しみを込めて呼ぶ呼称。歌の意は、自分は麻衣を着ているので懐かしく思われることよ、紀伊の国の妹背の山で麻（の種）を蒔いているあなたは、となり、自分が着ている麻の着物の原料を育てている人に縁を感じて歌った。

【精解】 アサは成長すると高さ三メートルほどになる大型草本で、麻袋・

ロープなどの原料として世界に広く栽培される。日本でも北関東で栽培されるが、これも繊維原料となる。日本でのアサの栽培は免許制で厳しく規制されている。アサの別名が大麻（『本草綱目《ほんぞうこうもく》』にある名称）と知れば、その理由について説明の必要はないだろう。集中に多くの「麻」の名を見るが、訓としてはアサ（麻・朝・安左・安佐）、ヲ（麻）、ソ（麻・蘇・素・十）の三系統があって、それぞれ十六首・八首・八首となっている。これらはすべてアサ科アサあるいはそれからつくられた繊維のことをいう。右の例歌はアサの種を蒔くとあるから、アサという植物を詠っていることは明らかで、それでつくった麻衣も歌に同時に含めている。アサを詠った万葉歌のうち、植物そのものに言及したと思われるものは右の例歌を含めてわずか四首しかなく、大半は衣を詠うものである。

中国では『神農本草經《しんのうほんぞうきょう》』の上品に「麻蕡一名麻勃」として出てくるが、麻蕡《まふん》について本草家のあいだで見解の相違があり、『本草《ほんぞう》經集注《きょうしっちゅう》』（陶弘景《とうこうけい》）は「麻蕡卽ち牡麻なり。麻は則ち實無し」といい、麻勃の字義からアサの花を指すと解釈したらしい。これに対して、『新修本草《しんしゅうほんぞう》』（蘇敬《そけい》）では「蕡は卽ち麻實にて花に非ざるなり。爾雅に云ふ、蕡は枲實なり。禮（禮記）に云ふ、苴麻は實有る者なり。注に云ふ、子有る麻を苴と爲す。皆、子を謂ふなり。（中略）既に蕡を以て米上品と爲す。今、花を用て之と爲す。花、豈に食に堪へるや」と述べ、陶弘景を批判した。確かに、後世では麻蕡は、蘇敬が述べるように、アサの実を指すのであるが、『神農本草經』にある「多食すれば人をして鬼を見て狂走令《せ》しむ」という記述は幻覚作用を示唆しているので、陶弘景の見解の方が正しいように思える。なぜなら、アサの実には、後述するように、幻覚作用成分（カンナビノイド）は含まれないからである。また、「蕡を以て米上品と爲す」というのも正しくない。『周禮《しゅうらい》』天官・疾醫に五穀の名があり、後漢の鄭玄《じょうげん》（一二七―二〇〇）が「五穀は麻・黍・稷・麥・豆なり」と註釈したことを論拠とするようであるが、麻の名をもつものは、アサ以外にゴマ（胡麻）もあり、油麻の別名があって油料作物として重要な胡麻を「五穀の麻」とするのが正しい。しかしながら、中国本草は麻の実を五穀として扱い、その影響を受けて『本草和《ほんぞうわ》名《みょう》』や『醫心方《いしんぼう》』でも麻蕡・麻子を米穀の部に入れている。『延喜式』巻第三十三「大膳下」の正月最勝王經齋會供養料および同巻第三十七「典藥寮」の諸國進年料雜藥に、麻子の名が見えるが、麻の実のことである。

アサについてもっとも的確に記述しているのは『本草綱目《ほんぞうこうもく》』（李時珍）であり、「大麻は卽ち今の火麻にして、亦た、黄麻（実際はシナノキ科ツナソのこと）と曰ふ。處々に之を種《う》う。麻を剥き、子を收《と》る。雌有り雄有る。雄は枲と爲し、雌は苴と爲す。大科《かぶ》は油麻（胡麻のこと）の如く、葉は狹く長し、益母草（メハジキのこと）の葉の如し。一枝に七葉或いは九葉あり、五六月、細かき黄花を開き、穂を成し、隨《つづ》きて實を結ぶ。大さ胡荽子《ごずいし》（セリ科コリアンダー）の如し。油を取り、其の皮を剥きて麻に作るべし」と記述している。わが国の文献では、『和名抄《わみょうしょう》』に「麻苧　説文云　麻　音磨　乎　一云阿佐」と出てくる。苧は、通例、イラクサ科カラムシをいう（ムシの条を参照）が、国訓ではアサを指す。『廣韻《こういん》』にも「麻、麻苧」とあり、麻苧は、カラムシとは関係なく、アサでつくった布のことをいう。『本草和名』は、「麻蕡一名麻勃　和名阿佐乃三」とあり、『新修本草』の蘇敬の説に従う。アサは雌雄異株であり、このことは古くから知られていた。雄株《おかぶ》は上部の葉腋《ようえき》から長い円錐状の大きな花穂をつけるが、当然ながら実をつけず、中国本草ではこれを牡麻・枲麻と呼んだのである。『和名抄』に「介雅注云　枲　司里反　介無之」とあるようにケムシとも称し、また、後にヲ（オ）アサ（牡麻）と称するようになった。万葉集巻十一の「桜麻《さくらを》の麻生《をふ》の下草露しあれば明かしてい行け母は知るとも」（二六八七）にある桜麻については、『袖中抄』に「今案あさをの中に、さくらの色したるをといへるは、しろきを云べきか。あさの花もしろし、すこしすはう色なるあるを、桜あさと云べきや」とあるように、花や繊維の中にごくわずかな色の存在を表現したもので、これもアサの雄株をいう。一方、雌株は葉腋《ようえき》から緑色の短い花序《かじょ》をつけるが、目立たないので、古い時代には、実を結ぶが花をつけないと考えられ、中国本草では苴麻あるいは茡麻と称した。熟するとやや扁平の卵円形の痩果《そうか》となり、中に麻仁あるいは麻子仁と称する種子がある。

アサは中央アジア原産の一年草で、古代ペルシアでは紀元前二十世紀に栽培の記録があるという。かつては中国へは紀元前七世紀頃伝わり、日本へは弥生時代に入ってきたと考えられていたが、ごく近年、館山《たてやま》市沖ノ島遺跡から縄文時代早期のアサ種子が出土したという報告（小林真生子ほか、日本植生史学会第二十一回大会、二〇〇六年）があり、アサの伝播は予想以上に古いようである。一方、縄文・弥生時代の遺跡からアサの繊維が出土したという報告もあるが、カラムシとする意見もあって確定にはいたっていない。この点については今後の出土遺物の詳細な検討に待たねばならないようだ。

アサが有用であるのは、茎に丈夫な繊維が含まれ、織物、ロープ、魚網などの原料となるからで、かなり古く原産地から世界各地へ伝播していった。一方、それ以外の用途もあり、中東では雌株《めかぶ》の花序や上部の葉から分泌される樹脂をハシシュ（hashish）と称して、古くから喫煙料として利用した。葉と花を乾燥したものをマリファナ（marijuana）と称し、現在では後者の方が多い。ハシシュ、マリファナの中にカンナビノイドと呼ばれる向精神作用成分が含まれ、喫煙すると多幸感が味わえるが、大量服用で幻覚が起きるので、日本では麻薬の扱いを受け、昭和二十三（一九四八）年に施行された大麻取締法で厳しく規制されている。特にハシシュは作用が強くきわめて危険とされている。薬物依存性については、精神的依存はあるが、身体的依存がないため、諸国によって法的対応はかなり異なる。日本では所持するだけで処罰の対象になるが、米国では多くの州で解禁されており、中東・インド・中南米の一部にいたっては歴史的に大麻喫煙の習慣があるほどである。ただし、アサの品種によって、カンナビノイドの含量にばらつきがあり、インド大麻はもっとも高く、日本で麻として栽培されているものは低いといわれる。しかし、それでも昔から麻畑で働く人たちのあいだで麻酔《あさよ》いの発生することが知られていた。麻薬・麻酔という語はアサの成分であるカンナビノイドの作用に語源を発する。

　前述したように、中国最古の薬物書である『神農本草經』にもその麻薬性が示唆されていて、三国時代の名医華陀《かだ》は麻沸散（成分は不明、名前から大麻を含むといわれる）を用いて手術を行ったという伝説（文献上の記録はない）がある。カンナビノイドには麻酔作用があり、幻覚を経て意識が朦朧《もうろう》となり眠りにいたる。江戸後期の名医華岡青《はなおかせい》洲《しゅう》（一七六〇—一八三五）は文化元（一八〇四）年に明確な治療を目的として行った世界初の外科手術（乳がんの摘出）を行ったことはよく知られるが、華陀の伝説が動機になったといわれる。青洲が用いた麻酔薬はチョウセンアサガオ（曼荼羅華）から製した通仙散であり、アサは含まなかった。日本で栽培されるアサは、カンナビノイド含量が低く、麻酔作用が弱すぎたのかもしれない。漢方でもアサは薬用とされるが、その薬用部位は種子であり、日本では麻子仁、中国では火麻仁と称される。麻子仁には麻薬成分は含まれず、所持しても大麻取締法の対象にはならない。たんぱく質約二十七パーセント、脂肪約二十五パーセント、炭水化物約七パーセントを含み、栄養価が高いが、食用にはされず、もっぱら小鳥の餌に利用される。また、薬味としても用いられ、七味唐辛子にケシの種子とともに含まれる。漢方では、『古方薬《こほうやく》議《ぎ》』（浅田宗伯）に「血脈を復し、五臓を潤ほし、大腸の風熱、結渋及び熱淋を治す」とあるように、血液の循環をよくし、諸臓器の機能を亢進《こうしん》させ、便秘や利尿の効があるとして麻子仁丸などの処方に配合される。民間療法でも用いられ、「便秘ニ、麻ノ実、ツキ砕テ粥ニ入テ用フベシ」（『和方一萬方《わほういちまんぽう》』）など、漢方に準じて用いられることが多い。

　アサの種子を圧搾《あっさく》して得た脂肪油は麻油と称し、現在では石鹸の製造原料などに利用されるが、古代では灯油として重要であった。『延喜式』巻第三十六「主殿寮」の諸司所請年料など随所に麻子油の名が見える。アサの用途でもっとも多いのは繊維原料であるが、『延喜式』巻第五「齋宮」に「凡諸國送納調庸（中略）熟麻一百斤已上下総」とあって、この熟麻《にを》はアサの繊維であり、租税として諸国に納めさせていた。そのほか、アサは製紙原料としても有用であったことは、『延喜式』巻第十三「圖書寮」に「其麻紙書各減穀紙一百言　凡造紙　長功日擇麻一斤三兩　截一斤七兩　舂二兩　成紙一百二十五張云々」とある記述からわかる。また、同巻第二十三「民部下」に「年料別貢雑物　伊賀國　紙麻五十斤云々」とあるように、諸国に紙の原料となる紙麻を貢進させていたが、この紙麻はコウゾであったとする説もある（コウゾ・タク・タヘ・ユフ）の条を参照）。昔はアサの繊維を剥いた残滓《ざんし》も無駄にせず利用した。これを麻茎《あさぎ》・麻《あさ》幹《がら》（苧《を》幹《がら》）または麻骨といい、お盆の供え物の箸とした。また、よく燃えるので、盂蘭盆《うらぼん》の迎え火・送り火を焚くのに用いた。炭（麻炭）をつくって花火の助燃剤とするが、火薬にも用い、鉄砲用では麻幹がもっとも優れるという記述が『古今要覧稿』にある。

あさがほ（朝皃・朝杲・朝容皃・安佐我保）　キキョウ科（Campanulaceae）キキョウ（*Platycodon grandiflora*）

我が目妻《めづま》　人は放《さ》くれど　朝顔の　としさへこごと　吾《わ》は離《さか》るがへ　（巻十四　三五〇二、詠人未詳）

和我目豆麻　比等波左久禮杼　安佐我保能　等思佐倍己其登　和波佐可流我倍

【通釈】 訛りが強く解釈の困難な歌の多い東歌の中でも指折りの難解歌。「目妻」は「愛《め》づ妻」の略形とされるが、ほかに用例がない。第二・五句の「さく」、「さかる」はいずれも放《さ》く、離《さか》るでほとんど同義。第四句の解釈は定説がなく、ここでは澤瀉久孝の説に従う。歌の意味は、わが愛しい妻を人は突き放すけれど、アサガオ（キキョウ）のようなあの人を、年まで幾年経とうと、私は離れることがあろうか、となる。

【精解】 万葉の花の中で、アサガホはわずか五首に詠まれるにすぎないが、その基原をめぐってこれほど古今の万葉学者・本草学者を悩ませた植物はないだろう。まず、万葉仮名による表記を見ると、「朝皃」が二首、「朝杲」、「朝容皃」、「安佐我保」が各一首ずつあり、この中に皃の字が三例に出てくる。これは貌の略形であり、容貌という語があることからわかるように、顔を意味する。したがって、「朝皃」、「朝容皃」は借訓としてアサガホと訓ずることができる。では、残りの一例「杲」はどう読むのだろうか。杲は「日＋木」からなる会意文字で、日が木より高く昇るから、日光が明らかな様を意味する。『詩經《しきょう》』國風・衛風《えいふう》に「其れ雨ふらん　其れ雨ふらん　杲杲《こうこう》として出づる日あり」とあるのはまさにその意である。杲に顔の意味はないが、カウ（旧仮名遣い）の音が訛ってカホ（ホ→フの転訛でカフ）の借字とされたと考えられている。ややこじつけの感がなきにしもあらずだが、皃と字体がよく似ており、万葉集に四首ほどの用例があっていずれも「カホ」と読んでも不自然さはない。

アサガホは、単純に考えれば、「貌《かほ》の花」に朝の字を冠したものである。『言海』によれば、カホとは「形秀《かたほ》ノ略ト云フ」という。姿・形の整ったものという意味も併せもつとし、アサガホは朝に開花あるいは咲いている美しい花の意と考える説が有力である。この説の是非を別にしても、万葉集には容鳥《かほどり》のような用例もあるから、特定の生物種に対する固有名詞とは考えにくい。それぞれの歌の背景によって該当する花が異なる、すなわち万葉のアサガホは同名異種の集合と考える説もある。花に対する美意識は時代によって変遷することもあるから、各時代で対応種も変わったとしても決して不思議ではない。アサガホという名は、『本草和名《ほんぞうわみょう》』、『和名抄《わみょうしょう》』、『醫心方《いしんぼう》』、『新撰字鏡《しんせんじきょう》』に出てくるが、それに対応する漢名はそれぞれ異なっていて、およそ同種を表すとは考えられない。比較のために**表1**に示すが、今日では桔梗をキキョウに、木槿をアオイ科ムクゲ、牽牛花（子）をヒルガオ科アサガオに充てる。この中で、『新撰字鏡』は版本による違いのほか、同一版本内でも木部・草木部で和名に違いが見られ、これについては後述する。まず、牽牛子（花）についてであるが、『本草和名』、『和名抄』、『醫心方』のいずれにも、その名がアサガホとあるから、この中でもっとも古い『本草和名』が成立した十世紀初頭には、牽牛花はアサガホの名で呼ばれていた。

表1　各文献に収載される「アサガオ」の漢字表記

<table>
<tr><th></th><th>成立年代</th><th>桔梗</th><th>牽牛子（花）</th><th>木槿</th></tr>
<tr><td>本草和名</td><td>九一八年</td><td>阿利乃比布岐、乎加止々支</td><td>阿佐加保</td><td>なし</td></tr>
<tr><td>和名抄</td><td>九三四年頃</td><td>阿利乃比布岐</td><td>阿佐加保</td><td>岐波知須</td></tr>
<tr><td>醫心方</td><td>九八〇年頃</td><td>阿利乃比布岐、乎加止々支</td><td>阿佐加保</td><td>なし</td></tr>
<tr><td>新撰字鏡1</td><td rowspan="4">九〇〇年頃</td><td>阿佐加保、岡止々支</td><td rowspan="4">なし</td><td></td></tr>
<tr><td>新撰字鏡2</td><td>阿佐加保、岡止々支</td><td>保己</td></tr>
<tr><td>新撰字鏡3</td><td>加良久波、阿佐加保</td><td>保己乃加良</td></tr>
<tr><td>新撰字鏡4</td><td>加良久波、酒木、阿知万佐、久須乃木</td><td>檷夫利</td></tr>
</table>

（註）新撰字鏡1：享和本「本草木名」、同2：天治本「本草木異名」第六十九、同3：享和本「木部」、同4：天治本「木部」第六十八

平安時代は、『源氏物語』、『枕草子』などの物語・随筆・日記文学や古今集などの和歌集が多く出現し、わが国の文化史のルネッサンスともいわれる時代であった。『源氏物語』「夕がほ」に「さく花にうつるてふ名はつゝめどもおらですぎうき今朝のあさがほ云々」とあるが、その基原は判別しがたい。しかし、これより少し前に成立した『枕草子』「草の花は」に「夕顔は、あさがほに似て言ひつづけたるに、いとをかしかりぬべき花の姿に、實のありさまこそいとくちをしけれ」とあり、夕顔すなわちウリ科ユウガオにアサガホが似ているというから、これは蔓性のヒルガオ科アサガオと考えてまちがいない。おそらく十世紀後半以降の平安時代を代表する文学作

品は、『本草和名』や『和名抄』の成立以降のものだから、そこに登場するアサガホは一部の例外を除いて牽牛花と考えてよいだろう。

一方、延喜五（九〇五）年に成立したといわれる『古今和歌集』巻第十「物名」には「アサガホ」の歌はなく、「けにごし　うちつけにこしとや花の色を見むおく白露のそむるばかりに」（四四四、矢田部名実）にのみ、ケニゴシ（牽牛子）の名が見える。また、同巻に「きちかうの花　あきちかう野はなりにけり白露のおける草葉も色かはりゆく」（四四〇）と「きちかう」（桔梗）の名もある。これはすなわち、『古今和歌集』では牽牛花のみならず桔梗もアサガホとは呼ばれていなかったことを示唆する。九〇〇年前後に編纂されたわが国最古の辞書である『新撰字鏡』にだけ桔梗の和名にアサガホが充てられ、それより成立が新しい『本草和名』、『和名抄』、『醫心方』ではすべて牽牛花に充てられているから、キキョウから牽牛花へのアサガホの名前の入れ替えは、『新撰字鏡』と『本草和名』の成立年のあいだ、すなわち十世紀初頭と考えられる。牽牛花が渡来してすぐに名前の入れ替えが起こったとは限らないから、その渡来時期を推定するのはむずかしいが、万葉時代すなわち奈良時代にはなく、平安時代の初中期、九世紀後半までにはあったと思われる。

次に中国の文献を見ると、牽牛子の名は、最古の本草書である『神農本草經《しんのうほんぞうきょう》』にはなく、『名醫別錄《めいいべつろく》』および『本草經集注《ほんぞうきょうしっちゅう》』（陶《とう》弘景《こうけい》）に初見する。陶弘景は「此の藥、始め田野に出づ。人、牛を牽《ひ》きて藥に易《か》ふ。故に以て之を名づく」と牽牛子の名の由来を記述している。『本草衍義《ほんぞうえんぎ》』（冠宗奭《こうそうせき》）では「諸家の説、紛々として不一にして、陶隱居（陶弘景のこと）は尤も甚だし。花の狀藊豆（フジマメ）の如しと言ふは、殊に相當たらず。花朶《くゎだ》は鼓子花《ひるがほ》の如く、但し碧色にして、日出でて開き、日西《い》りて合す。今の注、又其の中の子蕎麥《そば》の類と謂ふは、亦た非なり。蓋し、直木猴梨子の如く、但し黑にして云々」と陶弘景の見解を非難するが、その記述の内容は今日のアサガオと基本的に同じである。アサガオは中国南部から東南アジアの原産であるから、唐初期までの本草家はその基原を正しく認識できなかったと思われる。『圖經本草《ずけいほんぞう》』（蘇頌《そしょう》）では「八月實を結び、外に白皮があり裹《つつ》みて毬を作る。毬毎に子、四、五枚を内有し、蕎《そ》麦《ば》大の如し。三稜あり、黑白の二種有り。九月後、之を収《と》る」のよ

アサガオの花　現代のアサガオの花は、彩りも豊かになった。

うに、古い本草書より具体的にアサガオの種子について記述していて、これこそ現在の日本薬局方にも収載される牽牛子《けんごし》であり、列記とした生薬なのである。

アサガオの種子にはファルビチンという樹脂配糖体を含み、腸管に刺激を与えて蠕動《ぜんどう》を促進、分泌液も増加するので、牽牛子を服用すると水瀉《すいしゃ》性下痢を起こす。一般に中国古医方では薬効を遠回しに表現するのが常であるが、『簡要済衆方《かんようさいしゅうほう》』は例外的に「大便の澁りて通じざるを治す。牽牛子の半生半熟擣《つ》きて散と爲し、毎服二銭薑湯に煎じ調《ととの》へ下す。如《も》し未だ通じざれば、改めて熱茶を以て再服調へ下す」のように直接的に記述していて、これなら誰でも牽牛子が下剤とわかる。かなり強い峻下《しゅんげ》利尿薬であり、『名醫別錄』では下品に分類され、病邪を除き、欝積するものを破り散らす作用があって、病気の積極的な治療に用いる薬物と認識され、毒性が強く長く服用できないものとされる。『圖經本草』がいうように、種子の色の黒いものと白いものがあり、それぞれ黒丑、白丑（丑は牛の当て字）と称し、この通名は今日でも使われる。

アサガオは朝に花を開いて昼間になると凋んでしまうので、まさにアサガホの名に適うものであるが、中国原産であって日本には原生しない。百済を経て牽牛花が伝わったという通説もあるが、万葉時代に牽牛花が渡来していた確かな証拠はない。まず、アサガオは種子に激しい作用のある薬用植物であって、万葉時代に渡来していたのであれば、まちがいなく漢名牽牛花（子）を用いただろう。渡来植物や中国文化の影響を大きく受けたものほど、漢名を用いる傾向があるからである。牽牛花という文字を見て、普通の人はケンゴカではなくケンギュウカと読むだろう。牽牛は七夕の彦星であり、こちらの方がずっと知名度が高い。実は、万葉時代にも七夕の風習は中国から伝わっており、万葉集中にも「湯原王の七夕の歌二首」が収載されている。その一首は「牽牛《ひこぼし》の念《おも》ひ座《ま》すらむ情《こころ》より見る吾苦し夜の更《ふ》けゆけば」（巻八　一五四四）であり、原文に牽牛の字が使われている。そのほか、八首の歌に牽牛の字が見え、七夕の風習は万葉時代の日本にかなり深く根づいていた。とすれば、アサガオが伝わっていれば、牽牛の名を使わない方がむしろ不自然である。

そのほかにも万葉のアサガホが牽牛花（アサガオ）ではない証拠をいくつか挙げることができる。本条の冒頭の例歌は東歌であり、ここにアサガホの名が登場していることは、万葉時代では辺境の地であった東国に存在したことになる。したがって、平城京ではもっと普及していたはずで、これだけ目立つ舶来の草花が万葉集にわずか五首しか詠われていないのは奇妙である。また、「秋の野に咲きたる花を指《ゆび》折りてかき数ふれば七種《ななくさ》の花」（巻八　一五三七）は山上《やまのうえの》憶良《おくら》の「秋の七草の歌」としてよく知られるが、歌の意から原野に咲く花を詠っていて、現在ですらアサガオが野生化したことは聞かないから、これは決定的な否定理由といってよいだろう。当初、アサガオが薬用目的で渡来したことは、『延喜式』巻第三十七「典薬寮」に「雑給料　四味理仲丸廿劑、（中略）牽牛子丸五劑、（中略）牽牛子三斤十三両云々」とあって牽牛子の名が初見され、その種子から丸薬を製造していたことから明らかである。『大同類聚方《だいどうるいじゅほう》』（畠山本）巻之五十七に収載される久曽布世也民《くそふせやみ》（糞伏せ病・便秘症のこと）の方十方のうち、直道薬と称する方剤に安左加保の名がある。校注者である槇佐和子はこれを躊躇なく牽牛子とした。ともに配合される於々之乃禰《おほしのね》（ダイオウ）・乃牟波良乃美《のむばらのみ》（エイジツ）が瀉下薬《しゃげやく》だからであろう。ただし、用薬類の部では、草類の中に安左加保の名はなく、巻之四の木類に「阿之多保　一名阿左加甫」がある。木本であるから後述するムクゲでよいだろうが、槇はこれをもって蔓草類にある阿之多美をアサガホの実と考えて牽牛子に充てた。蔓草類ではないが、草類に阿之多川美《アシタツミ》という類名があるので、さらに詳細な検討が必要と考える。『大同類聚方』は大同三（八〇八）年に編纂されたという『日本後紀』の記録があるので、槇説によれば、アサガオが伝わったのは七世紀後半あるいは万葉時代までさかのぼる可能性があることになる。しかし、『大同類聚方』は、総論の部で述べたように、偽書とする説が根強く、支持されていない。

観賞目的でアサガオを植えるようになったのは江戸時代になってからであり、宝暦一二（一七六二）年に八重咲き品種がつくられ、嘉永六（一八五三）年には百三十五品種が記録されるほどまでアサガオの花卉園芸は成長した。それまではアサガオの品種としては白花種だけであったが、花弁の変異を伴ったいわゆる変化アサガオというユニークなものまでつくられた。アサガオは一年草であり、変化アサガオの大半は雄しべや雌しべが弁化するため種子ができないので、その変異を生み出す普通花型の親株（親木という）を系統保存しなければならない。すなわち変化型は普通花型から発生する劣性遺伝子であり、これを出物《でもの》と呼んだ。分子生物学的にいえば、動く遺伝子であるトランスポゾンがゲノム上を移動することによって生み出される突然変異である。中には親の形質を受け継いだもの、すなわち遺伝学でいう純系にあたるものもあって、これを正木《しょうき》といった。

江戸時代のアサガオの園芸は、出物と正木が複雑に組み合わさったものであり、遺伝学の知識のない当時、経験則で多くの系統を維持したことは驚くべきことである。むしろ遺伝の法則が生まれても不思議はない環境にあったのだが、残念ながらこれらの技術は秘伝とされたため、ついに開花することはなかった。遺伝の法則といえばメンデルの法則（一八六五年）が有名であるが、それが科学として実際に開花したのが一九〇〇年であるから、近代科学の発祥の地の欧州でも遅かったのである。意外なことに、原産国である中国では、アサガオの分布は限られていて、近縁種のマルバアサガオの方がずっと多く、その種子を牽牛子として用いる。それにアサガオの園芸栽培はほとんどないらしく、どうやらアサガオを園芸用に栽培するのは世界でも日本だけらしい。

次に、木槿《ムクゲ》に関してであるが、平安時代に木槿を直接アサガホとした本草書・古文献はない。万葉のアサガホを木槿に充てる説の原点は、集中、アサガホを詠める歌としてもっとも知れわたっている次の歌にある。

朝顔は　朝露負ひて　咲くといへど夕陰にこそ　咲きまさりけり

（巻十　二一〇四、詠人未詳）

アサガホを詠む歌のうち、純粋に花を対象としたものはこの歌だけである。歌の意味は、「朝顔は朝露を浴びて咲くといいますが、夕方の光の中でこそ輝いて見えるのですよ」と単純明快、夕方には花を閉じてしまう牽牛花ではまったく意味が通じないことは確かである。「アサガホ＝木槿」説は、賀茂真淵《かものまぶち》（一六九六—一七六九）がこの歌（『古今和歌六帖』にも収載）の解釈について「萬葉に朝がほは朝露おきて咲といへど、夕影にこそ咲まさりけれ、是木槿の花のさまをよみたるなり」（『古今和歌集打聴』巻十一物名）と述べたことに始まり、後にムクゲの別名として夕陰草《ゆうかげぐさ》という名が定着した。そのほか、鹿持雅澄《かもちまさずみ》（一七九一—一八五八）も、「この花、朝にもはら開よしにて、朝貌と名付たるは、例の一方によれるものにして、夕へにも多くさくものなればかくよめり」（萬葉集古義）として真淵に同調し、本草家では貝原益軒《かいばらえきけん》（一六三〇—一七一四）がやはりこの歌を引用して支持している。木槿説支持者がこぞって間接証拠として挙げるのが『和《わ》漢朗詠集《かんろうえいしゅう》』である。すなわち、秋の部「槿」に「松樹千年終是朽　槿花一日自為栄　以下略」という白居易の詩に続いて「おほつかな　たれとかしらむ　あさきりの　たえまにみる　あさかほのはな」という和歌が掲載されており、これが槿を詠っているとしてアサガホを木槿と考える。この歌は『新勅撰和歌集』巻第四秋歌上にも収載（「あさきりの」は「秋霧の」に代わっている）され、槿花の一日栄と対照するためにわざわざ引用したと解釈することが可能で、むしろこの方が自然である。古今の文学で槿をアサガホと訓じ、『類聚名義抄《るいじゅみょうぎしょう》』に「蕣（ムクゲの漢名）キハチス又アサガホ」とあるのも、すべて『和漢朗詠集』を引用したものである。木槿も日本に自生・野生はないから、憶良の秋の野の七草の歌にも合致しない。さらに木槿の花は一日花であって夕方になって咲きまさるというほどのものでないから、前述の例歌の内容とも

ムクゲの花　8月～9月に咲き、直径5～6センチ、花弁は紅紫色か白色で、中心が赤みを帯びる。

必ずしも合うわけではない。前述の『大同類聚方』の木類に阿左加《あさが》甫《ほ》が出てくるが、木槿説を支持する真淵・雅澄ら万葉学の泰斗も引用することはなかった。

最後に、キキョウ（桔梗）についてであるが、鮮やかな青色の花は大きくて美しく、どの万葉歌とも相性は申し分ないから、今日では万葉のアサガホはキキョウとするのが定説となっている。今日、キキョウは絶滅危惧種に指定され、野生品はほとんど見られなくなってしまった。植物地理学でいう満鮮草原性要素と称される植物群（詳しくはムラサキ・ウケラの条を参照）の一つであり、植生的に森林が優先する湿潤気候の日本列島では古代でも少なかったという意見もある。しかし、『延喜式』巻第三十七「典薬寮」の諸國進年料雑薬には、「山城國三十斤、大和國二十一斤、近江國三十五斤、摂津國二十三斤、播磨國三十斤、美濃國三十斤、尾張國六十六斤」とあり、大和周辺地域で多産したことを示す。したがって、季節になれば、あの青い見事な釣鐘状の花は草原であればどこにでも見ることができたはずで、上代の日本人の目を引くことがなかったと考える方が不自然である。

秋の七草の一つといいながら、キキョウは実際には盛夏に花をつけ始めるという指摘もある。だが、実は、憶良が詠んだ七草の花のいずれも盛夏に花が咲き始めるから、この点はまったく問題にならない。むしろ、七草が同時期に花をつけ始める草原性植物を取り合わせて歌にした憶良の感性に感嘆させられる。前述の**表1**にあるように、『新撰字鏡』（天治本）では、桔梗は本草木異名第六十九だけに和名の阿佐加保が出てくる。ただし、享和本では木部と本草木名（いずれも同条内）に重出し、そのいずれにも阿佐加保の名があるが、木部では加良久波の別名とされている。天治本では木偏の桔梗の名を見て、編者が木本と勘違いし、木部第六十八（享和本では木部）で加良久波ほか意味不明の和名をつけてしまったと思われる。本草木異名第六十九（享和本では本草木名）に阿佐加保又岡止々支はこれを修正して再収録した結果であることは、岡止々支という別名を載せていることから明らかである。したがって、『新撰字鏡』の記載は信頼できないとする古今の一部の学者の主張は支持できない。

キキョウの花　７月～８月、茎の先端に数個がつき、上の花から咲いていく。花は直径４～５センチで、青紫色。

『説文解字《せつもんかいじ》』木部に「桔、桔梗、藥名。从木吉聲。一曰直木」とあるので、実物を見ない限り、木本植物と解するのも無理はないのだ。また、薬名とあるように、桔梗はキキョウの根を基原とする生薬の名であり、その名も生薬の形態に由来する。『本草綱目』で、李時珍はその名の由来を「此の草の根は結實にして梗直なり」と述べていて、この説明は本草学の観点から説得力がある。中国本草での別名に梗草《こうそう》・薺苨《せいねい》などがあり、このうち薺苨はキキョウ科ソバナおよびその近縁種の正名であるからややこしい。根だけを見れば確かによく似ていて、しかも『神農本草經』の下品に「桔梗一名薺苨」としているので、古代中国人は両種を混同していたと思われる。分類学的にはキキョウとソバナは別属種であり、『名醫別錄』から桔梗と薺苨は明確に区別されるようになった。『圖經本草』でも「(桔梗の)根は心(芯のこと)有り。心無き者は乃ち薺苨なり」とあるように、薬用部位の形態にこだわり続け、この植物の地上部に無関心であったことを顕著に示している。すなわち、地上部の花はまったく言及されていないことになるが、中国では『詩經《しきょう》』や唐詩などの詩歌にも出てこないから、ほとんど関心を集めなかったようだ。よく目立つ野草にもかかわらず、万葉集に例歌が少ないのは、中国文化の強い影響下にあった貴族階級が中国で話題にならない桔梗の歌を控えたからと推察される。五首のうち四首は詠人未詳の歌であることも、また東歌に詠われているのも、この観点からだと理解しやすい。

以上から、万葉集にあるアサガホをキキョウとしてまずまちがいなく、それを覆すほどの論拠を挙げる方がはるかに困難といって過言ではない。ただし、なぜアサガホの名がキキョウから牽牛花にとって代わられたのか、またなぜキキョウをアサガホと呼ばねばならないのかという疑問が残る。これに関しては、アサガホとは形・色が秀麗で朝に咲く花であり、キキョウより美しい牽牛花が渡来して日本人の心をとらえたからだと説明されることが多い。これにも一理はあるが、別の説明も成り立つので紹介しておく。『圖經本草』では、桔梗を、「夏、花を開き、紫碧色にして頗る牽牛子の花に似たり」と記述しており、キキョウがアサガホなら、牽牛花も同類としてアサガホに充てられた可能性は高いだろう。カホの字義にもかかわることであるが、『字訓』(白川静)によれば、面のもっとも目立つところが顔といい、植物であればまちがいなく花であろう。キキョウやヒルガオなど、カホバナと呼ばれるものは、特に花の存在感が顕著である。花が大きく美しい植物は少なくないが、ツツジなどのように群れ咲くものでは花一つ一つの存在感は薄い。存在感という観点では花の色も大きな影響をもつ。生物工学によって創出された青いバラや、ヒマラヤ産の青いケシの開花が世間の関心を集めるのは、それだけ青い色の花が稀少であるからだ。青い花は赤や黄などと比べて格段に少なく、とりわけ鮮やかな青い色をもつ大きな花を咲かせるものはカホと称するにふさわしく、古代でも同様だっただろう。

次に、万葉名のアサガホがいつからキキョウと名前を変えたのだろうか。桔梗という漢名は中国では『神農本草經』からあるので、日本にも古くから伝えられたことはまちがいない。前述したように、『古今和歌集』に「きちかう」の名が見え、『榮花物語』にも出てくる。桔梗を漢音で読めばケツカウであるから、「きちかう」はこれが訛ったものである。一方、現在音の「ききゃう」（旧仮名遣い）は呉音読みのキツキャウの訛りと思われ、古代では桔梗の音名は両方が混在あるいはそのハイブリッド形が通用していたのであろう。アサガホという名はこの混乱を解消するためにつけられた名で、ヒルガオの「かほばな」から借用されたのではなかろうか。『和名抄』や『本草和名』には桔梗の和名としてアリノヒフキ・オカトトキの二名があるが、平安以降はこれらの名はまったく顧みられることなく桔梗の音読みが正名となってしまった。キキョウは日本列島に原生する野草で、根を食用に利用していたはずだから、おそらくオカトトキが土着名であったと思われる。トトキの語源は不明であるが、根がキキョウによく似るキキョウ科ツリガネニンジンの方言名として残っている。アリノヒフキは「蟻の火噴き」であろう。幕末の本草家水谷豊文《みずたにとよぶみ》（一七七九—一八三三）は「からちゑに　よべるもくやし　わが国の元よりの名は　ありのひふきを」（『本草綱目紀聞』）という歌を残しているが、アサガホの名を失ったキキョウに対して、平安時代の貴族が命名した風流名ではなかろうか。

キキョウは秋の七草でもひときわ花が美しいのは承知のとおりであるが、『神農本草經』下品に収載される長い歴史をもつ薬用植物でもあり、その効については「胸脇の刀刺の如く痛み、腹滿して腸の幽幽と鳴り、驚恐して悸氣たるを治す」と記載されている。桔梗は漢方医学でも繁用され、桔梗湯・荊芥連翹湯・五積散・柴胡清肝湯・十味敗毒湯・清肺湯・防風通聖散など多くの漢方処方に配合される。一般に漢方薬と称されるものは複数の生薬を配合するため、個々の生薬の薬効上の役割がわかりにくいのであるが、桔梗はそれが比較的明瞭である。江戸中期の古方派漢方医学の巨頭である吉益《よします》東洞《とうどう》（一七〇二—一七七三）は、自著『薬徴』で桔梗の薬効を、「主として濁唾腫膿（膿みの混じった喀痰や化膿性の腫れ物）を治すなり。旁ら咽喉痛を治す」と記している。扁桃炎のように咽喉が痛むときは桔梗湯や小柴胡湯加桔梗石膏は定番の漢方処方である。十味敗毒湯は華岡青洲《はなおかせいしゅう》（一七六〇—一八三五）が蕁麻疹《じんましん》・化膿性皮膚疾患の内服治療薬として開発したオリジナルの処方であるが、これにも桔梗が配合され薬効上重要な役割を果たしている。

中国古医方でも同様の薬効があるとし、『名醫別錄《めいいべつろく》』には「五臟、腸、胃を利し、血氣を補ひ、寒熱風痺を除き、中を温め、穀物を消化し、咽喉痛を療ず」とある。現代風の薬効本質でいえば桔梗は排膿消炎薬ということになる。桔梗にはプラティコディン（platycodin）と称するサポニンが多量に含まれ、その粘膜への刺激作用で痰《たん》の切れをよくし（去痰）、それに伴う鎮咳《ちんがい》の効果も実験的に証明されている。桔梗は抗炎症作用もあるとされるが、これもサポニンが副腎皮質を刺激して内因性ステロイドの分泌を促進する結果である。桔梗の成分はサポニンだけではなく、根には大量の糖質イヌリンが含まれ食用にもなる。朝鮮では昔から桔梗の根を漬け物にして食べる。実際に食べるときは茹《ゆ》でてから水に晒《さら》し粘膜刺激作用のあるサポニンを十分に除かねばならない。これが不十分だと多食したとき、胃粘膜を刺激して悪心《おしん》・嘔吐《おうと》あるいは腸粘膜を刺激して腸カタルを起こすことがある。桔梗の根は薬用人参（一般には朝鮮人参または高麗人参と称される）とよく似ており、薬膳料理で人参と偽って用いることがある。薬用人参の方が高価だからこういう詐欺行為が起きるのだが、一般人には区別はむずかしく、確実な区別にはヨウ素デンプン反応を利用した理化学試験法による鑑別が必要である。ヨウ素試液を人参と桔梗の切り口に垂らし、青く呈色すれば人参、色がつかなければ桔梗である。この違いは、薬用人参にはデンプン、桔梗にはイヌリンと、それぞれ化学的性質の違う多糖質が含まれるからである。

キキョウ（桔梗）はよほど不運な植物らしい。生薬としては非常に有用にもかかわらず、人参ほどには評価されず、しばしばその偽和品にされてしまう。ほかの野草に比べれば花も大きく目立ち絶対的に美しいのだが、アサガオに貌花《かおばな》の地位を奪われてしまった。桔梗の悲劇はこれだけにとどまらない。桔梗の花を家紋とした明智光秀は、本能寺の変で織田信長を暗殺し天下人への一歩を踏み出したが、諸武将の賛意を得られず、豊臣秀吉に滅ぼされ、その志を歴史に残すことはできなかった。このように桔梗は悲劇の運命の遺伝子を背負っているのかもしれない。

あし（葦・蘆・葭・安之・阿之）

イネ科（Poaceae）アシ（*Phragmites communis*）ほか近縁種

葦の根の　ねもころ思《も》ひて　結びてし　玉の緒といはば　人解かめやも

（巻七　一三二四、詠人未詳）

葦根之　懃念而　結義之　玉緒云者　人將解八方

【通釈】 玉に寄する譬喩《ひゆ》歌でアシを詠ったものではないが、「葦の根の」は同音繰り返しの枕詞で、「ねもころ」を導いているから、歌における役割は重要である。懃はねんごろ、慎み深いこと。歌の意は、葦の根のようにねんごろに思って結んでおいた玉の緒といったら、人はそれを解くだろうかとなり、恋人同士が固い契りを玉の緒を結ぶことと重ね合わせて詠ったもので、仲を裂くことは誰にもできないだろうという意味。葦の根に泥臭さを感じさせ、いかにも万葉歌らしい。

【精解】『古事記』に、天菩比神《あめのほひのかみ》が天照大神《あまてらすおおみかみ》に葦原の中つ国を平定するよう命令されたものの、大国主神《おおくにぬしのみこと》に媚びてその娘と結婚するという話がある。豊かな葦原で長く久しく稲穂の実る国の意である豊葦原千秋長五百秋水穂国《とよあしはらのちあきのながのいほあきのみずほのくに》は、神話の世界では国つ神が支配し、これを天つ神が所望するという展開となっているが、後に豊葦原瑞穂国と短縮され、日本の別名となった。この名に象徴されるように、日本のいたるところに葦原があり、古代の日本ではごく普通の存在であった。葦原と瑞穂すなわち稲穂は決して無関係ではない。葦原が成立するところではイネの栽培が可能であり、灌漑の設備を造成するほどの技術のない古代では、もっとも手短な稲作の適地であったのだ。天つ神が所望したのはそのような豊かなイネの栽培地であり、今日の水田とは異なったものだった。古代では豊饒《ほうじょう》の大地であった葦原も、最近では単なる雑草の原っぱとしか認識されず、コンクリートの護岸で固められ、それほど身近な存在ではなくなった。しかし、近年になって環境保全、環境浄化の観点からその役割が再認識され、滋賀県のようにヨシ（アシ）条例を制定して保護する自治体も出てきたことは喜ばしい。

万葉集では五十一首の歌にアシが詠まれている。その半数以上の二十七首は「葦」と表記され、今日でもこの漢名が使われている。そのほか、「蘆」が七首、「葭」が一首と、借音仮名による「安之」が十四首、「阿之」が二首となっている。『和名抄《わみょうしょう》』に「兼名苑云葭　音家　一名葦　音煒　阿之」とあるように、「葭」もアシの意であり、集中の一首にこの字は使われている。

中国では、アシに対する漢字の使用にずいぶんと混乱がある。類似種のヲギの条でも述べるが、アシとオギはよく混同され、文献によって字義が異なることがある。『爾雅義疏《じがぎそ》』に「葦の醜は芀なり。其の類は皆芀秀《ほ》（穂のこと）あり。葭華は卽ち今の蘆なり」とあり、また、『説文解字《せつもんかいじ》』によれば、「葦は大葭なり。葭は葦の未だ秀《ひい》でざる者なり」、「薕は蒹なり。蒹は雚の未だ秀でざる者なり」とあるように、アシの成長状態によって区別しているように見える。ただし、その区別は各書によってさまざまであり、正直なところ、あまり当てにはならない。本草書でも各書を引用することが多く、たとえば『本草綱目《ほんぞうこうもく》』（李時珍）は毛萇《もうちょう》の『詩疏《しそ》』を引用して、「葦の初生（芽が出たばかりのこと）を葭と曰ひ、未だ秀でざるを蘆と曰ひ、長成せ

アシ　花は８月～10月、茎の先端に長さ15～40㌢の大きな花序をなして咲く。

る（大きく成長すること）ものを葦と曰ふ」と記述する。本草学においては、蘆の方がよく用いられ、『本草經集注《ほんぞうきょうしっちゅう》』（陶弘景《とうこうけい》）に蘆根、『名醫別錄《めいいべつろく》』に蘆の名で出てくる。『本草和名《ほんぞうわみょう》』にも「蘆根《ろこん》　花名**蓬蕽**　仁諝音而容反出蘇敬注　一名葭一名葦　已上出兼名苑　和名阿之乃祢」とある。『圖經本草《ずけいほんぞう》』（蘇頌《そしょう》）では「其の狀、都《すべ》て竹に似て葉は莖を抱きて生え、枝無し。花白く穗を作《な》し、茅花の若し。根、亦た竹の根の若《ごと》く、節は疎なり云々」と述べ、この記述はアシの形態的特徴とよく一致する。中国古医方では蘆根は清肺養胃の妙薬とされ、小便不利・消渇・しゃっくり・便秘などに用いる。一方、アシの茎を葦茎と称して、肺癰《はいよう》・肺痿《はいい》・煩熱など消炎性排膿利水薬とする。蘆根・葦茎《いけい》は基本的に用法が異なるのであるが、現在では地下茎・地上茎を区別せず、蘆根として用いる。唐代に編纂されたといわれる『外臺秘要《げだいひよう》』には蘆根湯が収載されているが、『傷寒論《しょうかんろん》』・『金匱《きんき》要略《ようりゃく》』にはない処方である。『金匱要略』には葦茎湯だけがあるが、正統派漢方ではほとんど用いることはない。

アシの若芽は食べられ、アイヌ民族が食用にしたことが知られ、中国でも蘆筍《ろじゅん》と称して利用する。今日、蘆筍と称するのはすべてアスパラガスである。『和名抄』に「葰　音毯　阿之豆乃　蘆之初生也」とあってアシヅノと称していたから、古代日本でも若芽を食用に利用した。『古事記』「神代紀」にある「葦牙《あしかび》の如く萌え騰《あが》る物によりて成れる神の云々」の葦牙も同品と思われ、その成長力を神格化した。

アシは日本列島のいたるところの湿地に生えるが、同属種でよく似たものがいくつかある。特に、ツルヨシは河岸の砂地・谷川の縁などに生え、アシによく似るが、走出茎《そうしゅつけい》が地上に出るので区別できる。冒頭の例歌にある「葦の根のねもころ思ひて結びてし」は、ツルヨシの走出茎を根と考えて複雑に絡まった様子を詠ったものと思われ、アシでは根が地下にあるので説明できない。大きな河川では上流にツルヨシ、下流にアシと住み分けることが多い。セイコノヨシはアシより草丈が大きく（別名をセイタカヨシともいう）、アシ枯れの初冬になっても青々としており、海岸の砂地に多く生える。アシおよび類似種の茎は堅く丈夫なので、葭簀《よしず》や簾《すだれ》、漆喰《しっくい》で固める前の壁の枠組み、屋根の萱葺きに用いられる。『本草綱目啓蒙《ほんぞうこうもくけいもう》』（小《お》野蘭山《のらんざん》）にある「鵜殿《うどの》のヨシ」は、旧攝津國鵜殿の淀川の川原に生えるアシであり、普通のアシより大きいとされ、古くから雅楽の篳《ひち》篥《りき》の盧舌《ろぜつ》に欠かせないとされてきた。笙《しょう》にも使われているという。すなわち、笙・篳篥という日本の伝統楽器の音を出すのに欠かせない材料なのである。おもしろいことに、西洋でも古くからアシは楽器に用いられ、それを示唆する物語がギリシア神話にある。アルカディアの妖精シュリンクスは牧羊神パンに言い寄られ、身を守るためアシになったが、パンはそのアシから笛をつくって、彼女を悼んで吹いたという。以降、西洋ではアシは音楽の象徴となった。英語でアシをリード（reed）というが、この語にはアシ笛の意味もある。また、各種の吹奏管楽器の吹き口につける薄片（篳篥の盧舌に当たる）をリードというのも、もともとは葦片からつくったからである。アシの茎から葦矢をつくり、邪気を祓う信仰があるというのはモモの条で述べる。

あしつき（葦附）

ネンジュモ科（*Nostocaceae*）カワタケ（*Nostoc verrucosum*）

雄神河《をかみがわ》　紅にほふ　をとめらし　葦付《あしつき》取ると　瀬に立たすらし

（巻十七　四〇二一、大伴家持《おほとものやかもち》）

乎加未河伯　久禮奈爲尓保布　乎等賣良之　葦附等流登　湍尓多々須良之

【通釈】 詠人の大伴家持（七一八—七八五）は、天平十八（七四六）年六月、宮内少輔より越中国守に任命され、天平勝宝三（七五一）年七月、少納言に選任され帰京するまで、越中国司の職にあった。この歌は、越中在任中に、春の出挙《すいこ》（春に稲を貸し出し、秋に利とともに徴収することをいい、国府や郡家が農民に対して行った）によって各地を巡行する際、序に「礪波《となみ》の郡、雄神河の辺にて作れる歌」とあるように、河で働く少女を見て詠った。雄神河《おかみがわ》は富山県旧東砺波郡と砺波市を流れる庄川《しょうかわ》の古名という。旧東砺波郡に雄神村があり、その村を貫流する河をそう呼んだようだ。「をとめらし」の「し」は、「事しあらば（いざ事が起きたらの意）」のように使われる強調を表す助詞。

結句の「湍」は激瀬《はやせ》の意味で、浅瀬で流れの速いところをいう。「にほふ」は色が映えて立つ、色づいて艶やかである、という意味で、雄神河の川面に娘子の赤い裳が照り映えるのと一生懸命に働く娘子の肌がほんのりと色づく様子を表した。「立たすらし」は「たたすむらし（佇むらし）」の短縮形。この歌の意は、雄神河の川面が赤く照り映えているが、娘子がアシツキを採るために川瀬にたたずんでいるためらしいとなる。

【精解】 原本の「葦附」の注に「水松之類」とある。『新撰字鏡《しんせんじきょう》』巻第十二に「海松　美留　水松　同上」とあるように、水松は海松《ミル》の異名である。水松の名が初見するのは『本草經集注《ほんぞうきょうしっちゅう》』（陶弘景《とうこうけい》）の海藻の条で、「又、水松有り、狀は松の如く、溪毒を療す云々」と記述されている。『證類本草《しょうるいほんぞう》』にも、『本草拾遺《ほんぞうしゅうい》』（陳藏器《ちんぞうき》）を引用して、「又云ふ、水松の葉は松の丰茸《ぼうじょう》（盛んに茂る様）たるが如く、之を食す云々」と記述され、水松がミルであることはまちがいない。この万葉歌にある葦附（付）は、読んで字の如く、アシに付いて生育するからその名の由来があり、今日、アシツキノリと俗称されるものである。実際は、岩や河泥上でも生育し、アシだけに付着するわけではない。『萬葉集注釋』（澤瀉久孝）は葦付をカワモズクとする異説を紹介している。その理由に、アシツキノリの形態はミルとはほど遠いが、カワモズクならより似ていること、歌の時期とアシツキノリの発生時期と合わないことなどを挙げている。本書ではこの説を次の理由から採用しない。まず、形態については、水松の類としているのであって、必ずしもミルに似ている必要はないこと、カワモズクは水のきれいな湧水地に生えるが、例歌では明らかに一般河川に生えているので無理がある。さらに家持は実際に少女たちが葦付を採取しているらしいと想像して詠んでいるのだから、葦付をイメージしていたのはまちがいなく、やはりアシツキノリでよいのである。実際、この歌が詠まれたのは、太陽暦でいえば三月（春正月二十九日）というから、アシツキノリの発生する前であり、実際に見ているわけではない。

アシツキノリは藍藻《らんそう》に分類されているが、海藻類などのノリ類とは分類学的類縁性はなく、細胞に核がなくＤＮＡが裸出する原核生《げんかくせい》物《ぶつ》という原始的な生物であって細菌類に近い。アシツキノリの名は俗称であって正式なものではなく、ネンジュモ科カワタケが正式名である。富山県高岡市上麻生と大門町西広上の自生地は「アシツキノリ群生地」として県指定天然記念物に指定されている。そのほか、京都加茂川《かもがわ》にも群生が見られカモガワノリと称されるが、同種である。ネンジュモ（念珠藻）の名が示すように、細胞は糸状体をなし、それが絡み合い集合して周囲に寒天状の多糖体を分泌するので、一見、普通のノリのように見える。場所によっては岩に付いたり河泥についたりさまざまな環境に適応して生える。乾けば乾燥した海藻のように見えるが、細菌と同じ単細胞生物だから死滅しているわけではない。アシツキノリの近縁同属種にイシクラゲ（*Nostoc commune*）があるが、これは身近にごく普通にある。公園や庭の片隅の草の繁ったところでは、梅雨時になるとワカメ状となって肉眼で見えるようになる。芝生の中にもよく生えるので、駆除するのに四苦八苦することも少なくない。中国料理で珍重される髪菜《はっさい》はイシクラゲの変種フラゲリフォルミス（var. *flagelliformis*）なので、アシツキノリやイシクラゲも食べられる。家持の歌は、古代でもアシツキノリを採って食材としたことを示唆し、民族植物学的に興味深い。

藍藻類には食材として用いられるものにスイゼンジノリがある。九州熊本市江津湖《えづこ》はその発生地として有名であるが、江戸時代から珍品として知られ、清水苔（現在の水前寺苔と同じ）と称して肥後藩から幕府に献上されたほどであった。今日では、熊本の自生地は絶滅寸前の状態にあるが、福岡県甘木《あまぎ》市にも自生地があり、こちらも川茸と称して秋月藩の特産品であった。今日、甘木市で養殖され、懐石料理の高級食材として珍重される。

アシツキノリは、分類学的にはノリの仲間ではないが、一般にはノリとして認識されている。『和名抄《わみょうしょう》』巻九の藻類百十七に、「陟厘　阿乎乃利　俗用青苔」、「神仙菜　阿末乃利　俗用甘苔」、「紫菜　牟良佐岐乃利　俗用紫苔」など乃利の名前が見える。しかし、『本草和名《ほんぞうわみょう》』には海藻の条に紫菜があり、和名にノリはなく、陟厘はそれとは別条に区別され、『和名抄』と同じ和名が付されている。一方、『新撰字鏡《しんせんじきょう》』には「海糸菜　乃利」のほか、『和名抄』と同じ名が見える。『本草和名《ほんぞうわみょう》』は本草家による編纂なので、中国で利用される海藻類が少なく、どの名を充てていいのか四苦八苦していたと推察される。

万葉集には、巻十一の二七七九の「海原の沖つ縄のり（縄乗）うちなびき心もしのに思ほゆるかも」ほか合わせて四首にナハノリの名が出てくる。ナハノリは縄状のノリの意で特定の種を指すものではないが、ノリの名は古くからあったことを示し、語源はぬるぬるしてぬめりがあるから「滑《ぬ》り」から転じたと思われる。ちなみに朝鮮語では海衣《はいほ》、中国語では紫菜《ズィーツァイ》といい、関連はなさそうである。

あしび（馬酔木・馬酔・安之婢・安志妣）　ツツジ科（Ericaceae）アセビ（*Pieris japonica*）

磯の上《うへ》に　生ふる馬酔木《あしび》を　手折《た》らめど　見すべき君が　在りと言はなくに
礒之於尓　生流馬酔木乎　手折目杼　令視倍吉君之　在常不言尓
（巻二　一六六、大来皇女《おほくのひめみこ》）

池水に　影さへ見えて　咲きにほふ　あしびの花を　袖に扱《こき》入れな
伊氣美豆尓　可氣左倍見要氐　佐伎尓保布　安之婢乃波奈乎　蘇弖尓古伎禮奈
（巻二十　四五一二、大伴家持《おほとものやかもち》）

【通釈】第一の歌は、天武天皇の皇女大来皇女（六六一―七〇二）が、政争・謀略に巻き込まれ処刑された弟の大津皇子《おおつのみこ》（六六三―六八六）に対して詠った哀傷歌であり、万葉集中もっとも有名な歌の一つ。大津皇子は、朱鳥元（六八六）年九月九日、天武天皇崩御の後、新羅僧行心の助言に従って秘かに謀反を企てたとされるが、河島皇子《かわしまのみこ》の裏切りで事前に発覚、同年十月三日処刑された。時に、二十四歳。この事件は大津皇子の悲劇として古代史で広く知られる。二歳年上の大来皇女は天武三（六七四）年伊勢神宮に斎宮として赴任、天武崩御とともにその任を解かれ、弟が処刑された後の六八六年十一月六日帰京した。序に「大津皇子の屍を葛城の二上山に移し葬る時、云々」とあるように、帰京後の翌年春、馬酔木《アセビ》の花の咲く頃、皇子を二上山に葬った際、哀切の意を込めて詠われた。歌の意は、二上山の岩の上に生える馬酔木《アセビ》の花枝を（君に見せようと思って）手折ったが、見せるべき君がもはやこの世にいるとは誰もいわないことだとなり、弟を失った大来皇女の悔しさが伝わってくる。第二の歌は、序に「山齋《しま》（庭園のこと）に屬（正しくは矚）目して作れる歌」とあり、庭園を眺めて歌ったもの。結句の「古伎禮奈」は「吸き入れな」の略形。歌の意は、池の水に影まで見えて美しく咲き誇るアシビの花を袖の中に吸《こ》き入れようとなる。

【精解】万葉集でツツジ科アセビを詠んだとされる歌は十首あり、万葉仮名による表記では「馬酔木」、「馬酔」、「安之婢」がそれぞれ三首ずつ、「安志妣」が一首となっている。後二者の名は借音仮名による表記でアシビと訓ずるが、現在名のアセビとの音韻の違いはごく軽微である。『日本植物方言集成』にはアセビの方言名が百八十七も記載されている。万葉名と同じ名は、静岡、山口に残っているほか、アセモ（東京・埼玉・山梨・静岡・三重・愛知）、アシブ（出雲）、

アセビの花　4月～5月、枝先に円錐形の花序をなして、たくさんの花が咲く。花の色は白色、長さ7ミリほどある。

アセブ（三重・兵庫・岡山・高知・愛媛）、アセボ（東北・東海・中国地方）のように音韻変化の軽微な名がかなり広範囲にあり、これらが万葉名から継承された名であることは疑問の余地はないだろう。そのほかに、スズラン・スズコバナ・チョウチンバナなどのように、花の形態の特徴を形容したものから、イワモチ（鹿児島）などのように、その由来がさっぱりわからないものなど、多様な地域限定の名がある。これはアセビが比較的身近にあってよく目立つ一方で、この植物の利用が限られて地域的広がりをもたなかったからと思われる。

次に、馬酔木・馬酔についてはアセビの漢名として現在でもしばしば用いられるが、結論からいうと中国にはない和製の漢名である。万葉の植物名の考証によく使われる『和名抄《わみょうしょう》』、『本草和《ほんぞうわ》名《みょう》』のいずれにもこの名は出てこないので、本当にアセビであるかどうか考証するには、別のアプローチが必要となる。その字義から推定するに、アセビを食べると馬が酔う状態になる、すなわち中毒を起こすからつけられたと思われる。実際、アセビの茎葉にアセボトキシンと総称する一群の有毒成分（構造の違いによってアセボトキシンⅠ、Ⅱ、Ⅲと区別される）が含まれているので、馬が食べて酩《めい》酊《てい》状態になる可能性は確かにある。アセボトキシンは、植物化学的にはグラヤノトキシン系ジテルペノイドに属し、類縁物質はツツジ科植物に広く含まれ、いずれも有毒である。アセビによる中毒事故はヒトでは発生していないが、動物では多くの事故例が報告されている。それも、意外なことに、アセビが自生せず園芸植物として栽培される外国で起きている。オランダではアセビを山羊が食べて死亡した例について詳細に検討した学術報告があり、米国でも同じく山羊で同様な事故例が報告されている。

グラヤノトキシン系ジテルペンは、神経細胞などの膜に存在する電位依存型ナトリウムチャンネルという受容体に特異的に結合する性質がある。その結果、細胞に持続的にカルシウムが流入し、筋肉に対して麻痺を起こす。アセビに含まれるアセボトキシンはグラヤノトキシン系ジテルペンの中ではもっとも毒性が強く、アセビ葉を採食後、数時間という短時間で中毒症状が発症し、症状が軽いうちは、沈衰、四肢開帳、知覚過敏、重くなると腹部に激烈な間歇性疝《かんけつせいせん》痛《つう》があり、四肢麻痺、起立不能となる。嘔吐《おうと》、下痢、よだれが止まらず、一見、酪酊状態に陥るが、呼吸促迫、不整脈、神経麻痺、呼吸麻痺、さらに進行すると全身麻痺となり死亡する。致死的でなければ回復は早く、実際の致命率はあまり高くないとされる。マウスで算出されたアセボトキシンの半数致死量は、体重一キロ当たり一・三ミリグラムで、これを体重六十キロのヒトに換算すると約八十ミリグラムとなる。これは植物毒で最強といわれるトリカブト毒素アコニチンの数分の一にすぎないが、相当に強い毒といえる。ちなみに、一般には猛毒として知られる青酸カリの致死量は一〇〇～二〇〇ミリグラムであるから、アセボトキシンはその数倍も強いことになる。ただし、アセビ葉中のアセボトキシン含量を考慮すると、アセビ葉の毒性は青酸カリの百分の一以下となる。

万葉時代の日本で、馬がアセビを食べて中毒を起こす事故が実際にあったであろうか。米国獣医学会誌（一九七八年）に報告された学術論文では、実験的に中毒を発生させるのに、山羊に体重の〇・一パーセントのアセビ葉を食べさせている。これは体重五〇〇キロの馬では五〇〇グラムに相当する。アセビの茎葉には強い苦味がある（アセボトキシンも苦い）ことを考慮すれば、よほど空腹でほかに食べるものがない場合でない限り、アセビを食べて中毒を起こす可能性は少ないというべきだろう。『魏志倭人伝』の記述によれば、弥生時代後期の日本には馬はいなかったとされ、渡来したのは古墳時代以降と考えられている。実際、馬の埴輪は古墳時代の後期から急増する。『日本書紀』には応神天皇の時代（四世紀）に百済から良馬二頭が入ってきたとある。その後、持統天皇（在位六八六～六九七）や、文武天皇（在位六九七～七〇七）の時代にも新羅から馬が贈られたとされている。天智天皇（在位六六一～六七一）は軍馬育成を奨励し、天武天皇（在位六七三～六八六）は騎兵制を採用している。したがって、当時、馬は貴重な存在であって丁重に扱われたはずで、実際には空腹状態に放置されることはなかったと思われる。

馬酔木は羊酔木の誤認と主張する万葉学者もいる。『万葉童蒙《まんようどうもう》抄《しょう》』巻二で「馬酔木　馬の字は羊の字のあやまりならんか云々」と書き記した荷田春満《かだのあずままろ》（一六六九―一七三六）がその代表格であるが、ここで初めて中国本草との接点が視野に入ってくる。『神農本草《しんのうほんぞう》經《きょう》』の下品に羊躑躅が収載され、『本草經集注《ほんぞうきょうしっちゅう》』（陶弘景《とうこうけい》）に「花苗、鹿葱（ヒガンバナ科ナツズイセン）に似て、羊誤りて其の葉を食らひ躑躅《てきちょく》して死す。故に以て名と爲す」と記述されている。躑躅の本来の意味は「たちもとおる、ゆきもどりつする」ことであるが、羊がこの葉、花を食べると中毒を起こし、その結果、足が麻痺、萎《な》えて竦《すく》むことを的確に表現した名前であることがわかる。

羊躑躅とは、中国中南部に分布し、古くから観賞用に栽培されるツツジ属の一種で、日本の高原地帯に自生するレンゲツツジに近縁であり、トウレンゲツツジの和名がある。羊がこれを食べて死ぬのは、アセボトキシンと同系統の有毒成分が含まれているからである。

中国には馬がいくらでもいるが、やはりツツジを食べて中毒を起こしたという文献は見かけない。また、アメリカ、オランダで実際に被害に遭っているのは馬ではなく山羊である。奈良公園には多くの鹿がいるが、ほかの低木は食べつくされてもアセビだけが残っているので、鹿も食べないと信じられている。しかし、『本草綱目啓蒙《ほんぞうこうもくけいもう》』（小野蘭山《おのらんざん》）に「鹿コレヲ食ヘバ不時ニ角解ス」（『重修本草啓蒙』・『有毒草木圖説』にも似た記述があるが、蘭山の記載を引用したものだろう）という記述があるように、絶対に食べないというのでもなさそうだ。

以上のことから、馬酔木の由来について次のように推定できる。アセビの葉を食べて中毒を起こした事例に、古代の日本人が遭遇していたという仮定に立てば、それが『陶弘景注』にある羊躑躅の説明によく似ていることから、これを意訳して馬に置き換え、馬酔木の名を創出したと思われる。ちなみに、躑躅はツツジのことであるが、その名が万葉集にまったく出てこない（ツツジの条を参照）から、当時、それが何であるかは知られていなかった。また、有毒なツツジであるレンゲツツジは高原にあるから、万葉人の知るところではなかったのである。真の漢名がないまま、江戸時代の本草家はアセビに梫木を充てた。日本の本草家はおしなべて漢名崇拝心が強く、漢籍に類似品を求めその名を借用する習性があったが、時に誤って名をつけることも少なくなかった。今日でもアセビの漢名を梫木とすることがあるが、中国にアセビはないのだから誤りであるのはいうまでもない。

では、なぜ梫木に当てられたのか、真の梫木とは何であろうか。梫木の名前は『本草拾遺《ほんぞうしゅうい》』（陳藏器《ちんぞうき》）に初見し、『證類本草《しょうるいほんぞう》』によれば「樹、石榴の如く、葉は細く、高さ丈餘。四月、花を開き白きこと雪の如し」という。一方、『本草綱目《ほんぞうこうもく》』（李時珍）は「此の木、今識《し》る者無し。其の状は頗る山礬に近し。恐らくは、古今の稱、謂ふに同じならずや」と記述し、山礬の条の後に梫木を収載した。この山礬について、李時珍は「樹の大なる者は株高丈許《ばか》り、其の葉は梔子（クチナシ）に似るも、葉は生じて節に對せず。光澤あり堅強なり。歯（鋸歯《きょし》）有り冬を凌ぎ凋まず。三月、花を開き、繁く白くして雪の如し。六出、黄蕊、甚だ芬香なり。子を結びて大さ椒（山椒の類）の如く、青黒色」と記述している。山礬は今日のモクセイ科ハイノキ属の一種であるが、日本の本草家は李時珍による山礬の記述がアセビに似ているとして、それに似る梫木をアセビに充てたらしい。『本草和名』に今日でいう肉桂にあたる牡桂の名があって、一名梫としている（カツラの条を参照）。これは梫木と同じものではないが、江戸時代の本草家はこれを見逃してしまった。『本草拾遺』に梫木は無毒とあるにもかかわらず、有毒であるアセビに充ててしまったことはわが国の本草家の大きな過ちであった。

万葉集では義訓というのがあって、正訓・借訓のいずれでも読めないものに、古写本は訓をつけてきた。馬酔木も義訓であるから訓をつけられたが、必ずしもアセビと読まれたわけではない。冒頭の第一の例歌では、平安後期に編纂された最初の万葉集類聚書である『類聚古集』では、馬酔木の右に「阿殘尾《アセビ》　件三字異本」とあり「あせび」と読ませているが、馬酔木を羊酔木の誤認と考えた荷田春満は「つゝじ」と訓じた。そのほかでは、『校本万葉集神田本』では「アセミ」、温古堂本「ツヽシ」、京本「アセミ」とある。『古今和歌集』では馬酔之花を「あせみ」としているので、平安以降はそう読むのが主流であったことはまちがいない。『和漢三才圖會《わかんさんさいずえ》』巻八十四灌木類によれば、馬酔木を「阿世美《アセミ》俗云阿世保《アセボ》」とあり、江戸時代では「あせみ」が正式名称であった。集中別の歌に「あしひ」と読める安之婢、安志妣の字が見えるが、美と婢、妣は同韻なので、アシミ・アセミと読んでもおかしくはない。ただ問題は温古堂本が馬酔木を「ツヽシ」すなわち「つつじ」と読ませていることである。これは温古堂本に限ったことではなく、『散木集』（源俊頼朝臣）では、馬酔木と書いて「あせみ」とも「つつじ」とも読めるとし、『古今和歌六帖』（伝兼明親王、平安時代中期）、『赤人集』に収載される万葉歌では「あせみ」、『萬葉集註釋』（以下『仙覺抄』とする）では「つつじ」をとり、二説が両立しているのである。今日では寸分の疑問の余地がないかのように「馬酔木＝アセビ」として定説化されているが、古くから異説があって混乱していたのである。また、その混乱はこれだけに限らず、万葉にあるアシビをツツジ科以外の種に充てる説もあり、アシビの考証をより複雑なものとした。その代表例は賀茂真淵《かものまぶち》説で、木瓜《モケ》すなわちバラ科ボケと考え、その論拠に、第二の例歌にあるように、アシビが泉水築山の造り庭に植えたものであり、「池水に影さへ見えて咲きにほふ」から、赤い大きな花をつける植物でなければならず、白い花をつけるアセビでは釣り合わないとした（『冠辞考』）。ボケは日本に自生せず中国原産であるが、仮に万葉時代にあったとしても、「袖に吹き入れる」には花が枝に密着し小枝が鋭く大きな刺となるボケ（あるいは日本に原生する同属小低木クサボケ）では困難だろう。白い小さな花のアセビでも総状《そうじょう》花序《かじょ》は群れてつくから池水に照るとしてもおかしくないし、袖に入れるにはちょうどよいのである。

　アセビはツツジ科に属するが、アセビ属はヒマラヤ・中国中南部から日本にいたる東アジアと北米大陸大西洋側に六〜八種ほどが知られる。アジア大陸および日本列島と、大西洋に面した北米大陸東岸に隔離分布するのであるが、これは北方地域が現在よりずっと温暖であった第三紀中新世に北半球に広く共通種が分布していたものの遺存種《いぞんしゅ》といわれる。第四紀になると氷河期が数度にわたって到来し多くの植物が逃げ場を失い絶滅したのであるが、ユーラシア大陸東岸と北米東岸だけは南下することができてかなりの数の植物群が生き残り、各地域で分化した結果が今日のアセビ属の分布となった。アセビがそのような数奇な地史的運命を経た日本特産の植物とあれば、大来皇女の哀傷歌もいっそう厚みが増すかもしれない。アセビは東北地方南部から四国・九州の低山地のやや乾燥したところに生える低木で、三~四月に枝先に円錐状の花序をつけ下垂する。蕾は前年度の夏からつけるので、日当たりのよいところでは早春のかなり早い時期に開花する。亜熱帯の沖縄本島・奄美大島にもあるが、変種のリュウキュウアセビとして区別される。庭木として植栽され、欧米ではJapanese Andromedaの名前で知られ、葉は濃緑色で光沢があり真冬でも青々とし、花も美しいので園芸植物として人気が高い。

　アセビは強い毒物質を含む有毒植物であるが、薬用に供された記録がないわけではない。肥後熊本藩の漢方医邨井琴山《むらいきんざん》（一七三三―一八一五）の著した『和《わ》方一萬方《ほういちまんぽう》』には、アセビを薬として用いた処方が数方記録されている。そのうちの一方は、ダイオウ（大黄）、アセビ、クサノオウの三味を等分にして擂《す》り合わせ、白癬菌により起きる皮膚病である田虫の付け薬とする。そのほかの処方も、手負疵癰《ひよう》（傷が膿んだもの）や手足のウラ切れ（あかぎれやしもやけのこと）などにつけるものである。『妙薬博物筌《みょうやくはくぶつせん》』（藤井見隆）にも、腫物押薬としてアセボ黒焼きに多くの生薬を配合したものを用いるという記述が見える。アセビは強い毒素を含むので、いずれの処方も内用ではなく外用に用いる点で共通する。『證類本草《しょうるいほんぞう》』の梫木の条に、薬効・応用として瘡癬《そうせん》・蛇傷・産後血とあり、瘡癬は田虫、水虫など白癬菌による皮膚病なので、前述の邨井琴山の田虫付け薬の方は、アセビを梫木と誤認した本草家の見解をそのまま受け入れて創出した処方かもしれない。また、薬用ではないが、『本草綱目啓蒙』に、「菜圃ニ小長黒蟲（ヤスデの類か）ヲ生スルニコノ葉ノ煎汁ヲ冷シテ灌ク寸《とき》ハ蟲ヲ殺ス」という記述があるように、江戸時代には殺虫薬・農薬として用いられていた。戦中と戦後の一時期、殺虫薬原料である除虫菊が不足していた時代には、アセビを殺虫剤として混入させることにより、アブラムシなどの害虫の駆除で除虫菊の使用を約八割節約できたという研究報告書（岐阜高等農林学校紀要、一九四八年）もあった。また、硫酸ニコチンとアセビ葉粉末、粘土末、石鹼末の混合物からなるものが農薬として、一九五〇年に、特許出願されてい

ボケの花　3月～4月、葉が開く前に、直径3～4㌢ほどの花が咲く。花の色は淡い紅色や白色、緋色などがある。

る。実際に、これらが商品として発売されたかどうか定かではないが、化学農薬が不足していた時代に野山に普通に自生するアセビを採集、自家用で調製したものを農薬として使っていたことは確かなようだ。『本草綱目』に、アセビの類似品とする山礬の効用に「久痢止渇殺蚤蠧」とあり、ノミやキクイムシの防虫に用いたことが示唆される。アセビの殺虫剤としての利用も中国本草の影響かもしれないが、基原を誤っても確かな効果があったわけで、日本独自の薬物といわれるものも、案外このような偶然から生まれたものがかなりあるかもしれない。

あぢさゐ（安治佐為・味狭藍）

アジサイ科（*Hydrangeaceae*）アジサイ（*Hydrangea macrophylla* f. *macrophylla*）

あぢさゐの　八重咲くごとく　八つ代にを　いませわが背子《せこ》　見つつ偲はむ　（巻二十　四四四八、橘《たちばなの》諸兄《もろえ》）

安治佐為能　夜敝佐久其等久　夜都與尓乎　伊麻世和我勢故　美都々思努波牟

【**通釈**】「右の一首は左大臣の味狭藍《あぢさゐ》の花に寄せて詠める歌」という左注がある。「わが背子」は左大臣である橘諸兄（六八四—七五七）からすれば天皇を指す。歌の意は、アジサイの花が幾重にも咲くように幾代も（健在で）いらしてください、わが君よ、（旺盛に咲くアジサイの花を）見ながらあなたをお慕い申し上げましょうとなる。アジサイの花を繁栄の象徴として巧みに詠み込み、天皇に対する敬愛の情を表した歌である。

【**精解**】アジサイはアジサイ科（ユキノシタ科）の落葉低木であり、梅雨にぬれた紫紅色の花は美しく、花期は長くてそのあいだに花の色が変わるので、詩歌では移ろいやすいものの譬《たと》えによく詠われる。万葉集では二首に詠われるが、右の左大臣橘諸兄のほか、大伴家《おおとものやか》持《もち》（七一八—七八五）による「言問はぬ木すらあぢさゐ諸弟《もろと》らが練りのむらへに詐《あざむ》かえけり」（巻四　〇七七三）があるだけで、いずれも奈良朝の有力貴族が詠人であるから、一般の庶民には高嶺の花であったと思われる。

アジサイの名は万葉時代から今日まで変わらずに継承されているが、古くから紫陽花を漢名として用いてきた。万葉集には「安治佐為」、「味狭藍」とあり、いずれも借訓仮名による表記で漢名ではない。日本における紫陽花の名は、『和名抄《わみょうしょう》』に「白氏文集律詩云紫陽花　和名阿豆佐爲」とあるのが初見である。今日のアジサイはアジサイ科ガクアジサイを改良した園芸種で、原種とともに中国にはないから、『白氏文集』律詩にあるという紫陽花は別種でなければならない。白氏すなわち白居易の「紫陽花詩」(『全唐詩』巻四四三)は、江州の郡守であったとき、招賢寺を訪れ、寺僧から紫色の美しい花を紹介され、次の詩を残したと伝えられる。

何年植向仙壇上　いずれの年にか植ゑて仙壇の上に向ふ
早晩移栽到梵家　早晩移栽して梵家に到る
雖在人間人不識　人間《じんかん》に在るといへども人識らず
與君名作紫陽花　君がため名づけて紫陽花と作《な》さむ

この詩にあるように、白居易が勝手に名づけたのだから、当時の本草書にこの名はないのは当然である。しかし、この詩の注で、白居易は紫陽花を「色紫にして気香しく、芳麗にして愛すべく、頗る仙物に類す」と説明しているから、実在の植物であった。この説明ではどんな植物であるかまったく見当がつかないが、とにもかくにも日本では万葉のアジサイの漢名として紫陽花を強引に借用したのである。ちなみに、アジサイの中国名は繡毬《しゅうきゅう》というが、『秘傳花《ひでんか》鏡《きょう》』に「八仙花は即ち繡球の類なり。其の一蒂八蕋《ずい》が一朶《えだ》に簇成するに因りて、故に八仙花と名づく。其の花、白瓣薄くして香せず」とあるように、八仙花の別名もある。繡毬（繡球）の漢名からテマリバナという和名もあるが、中国から渡来したものではないから、アジサイの名として普及することはなかった。アジサイの古名は旧仮名遣いではアヂサヰとなるが、ヰの音ですぐに思い浮かぶ植物は藺《い》であろう。藺はイグサの仲間で花らしい花はつけないからアジサイの名に合わない。ほかにこの音をもつ植物名に藍《あい》があり、これは藍染の原料で美しい染料だから、青い花のアジサイの語源がアヰに由来するいうのは考えやすい。アジサイの語源は、借訓仮名で「味狭藍」と表されているように、「集《あ》づ＋真《さ》藍《あゐ》」に由来するとする説が定着しており、万葉の花の中にカラア

アジサイの花　６月～７月に咲き、花序につく花はほとんどが装飾花になっていて果実を結ぶことはない。

ガクアジサイの花　6月～7月の梅雨時に花をつける。花序は直径15～20センチにもなる。

ヰ・ヤマアヰという類例があるので、ほとんど異論はない。今日のアジサイであっても前述の万葉歌の情景にまったく違和感はないが、アジサイの野生はなく、またその原種のガクアジサイは伊豆半島から房総半島の南部と和歌山県神島《かしま》、四国足摺岬に分布が限られる。ヤマアジサイなら関東以西の本州・四国・九州と分布は広いが、かなり山奥でないと見られず、いずれも奈良時代では相当に珍しいものであったはずだ。十一世紀から十二世紀初頭に源 俊頼《みなもとのとしより》（一〇五五―一一二九）が詠んだ歌「あぢさゐの花のよひらにもる月を影もさながらをる身ともがな」（『散木奇歌集』）にある「あぢさゐの花のよひら」は四枚の花びらであり、アジサイの四弁の装飾花《そうしょくか》を指す。また、この歌は「殿下にて夏夜の月をよめる」の序があるから、アジサイは栽培されたものである。藤原《ふじわらの》定家《ていか》（一一六二―一二四一）も同じように「あぢさいの下葉にすだく蛍をば四ひらの数の添ふかとぞ見る」（『夫木和歌抄』）と詠っているから、アジサイの栽培は平安・鎌倉時代になってかなり普及していたと思われる。一般には、アジサイの園芸化は鎌倉時代と考えられているが、どんな品種であったか詳細は不明である。奈良時代から平安時代の貴族は、各地から集められた花木を栽培して風流を競ったといわれ、ガクアジサイ・ヤマアジサイなど多系統のものを混植して両性生殖を繰り返せば、変異や交雑を生じて、装飾花の多いものが発生しやすくなる。こういう条件さえ整えば、万葉時代に今日のアジサイに近い品種が発生したこともありうる。万葉集でアジサイの歌を詠んだのは大伴家持と橘諸兄という上流貴族であることに留意すれば、その可能性は小さくないだろう。園芸価値の高い品種は概して不稔であるから、栄養繁殖で増殖しなければならないが、アジサイは挿し木で容易に増えるから、さほど困難ではない。

今日、アジサイは世界各地で栽培されるが、原産は日本である。中国には古い時代に伝わり、日本特産のガクアジサイが中国の中南部に野生化しているという。もともとは上海周辺で栽培されていたものが広がったらしく、遣唐使が持ち込んだものらしい。とすれば、家持や諸兄が詠んだアジサイの末裔の可能性もある。アジサイが欧州に伝わったのは一七八九年で、中国から持ち込まれた。その後、西洋で品種改良が進み、セイヨウアジサイとして日本に逆輸入された。現在の日本で栽培されるアジサイの大半はセイヨウアジサイであり、欧州で日本原産のアジサイにベニガクなどを交配させて育成されたものである。ベニガクはガクアジサイまたはエゾアジサイの園芸品種ともいわれ、装飾花の色が白から淡紅・紅・紫紅色に七変化する。アジサイの花が移ろふと詩歌に詠われるのは、この性質を表現したもので、古歌のアジサイはこのタイプではないかといわれる。

アジサイが日本原産であることを世界に知らせたのはシーボルト（一七九六―一八六六）であるが、日本産のアジサイに対して *Hydrangea Otaksa* の学名をつけ、『日本植物誌』（*Flora Japonica*）に記載した。このオタクサ（otaksa）の名の由来が問題で、当初、長崎かその周辺の方言名と考えられたが、その名は実在せず、牧野富太郎（一八六二―一九五七）をはじめ日本の植物学者の誰もそれを突き止めることはできなかった。このことは当時の世界の植物学界でも話題になり、米国の著名な植物学者E・H・ウイルソン（一八六七―一九三〇）が米国植物学専門誌で「シーボルトのオタクサの名は今日の日本では使われておらず、また日本の植物学者もその由来を知らない」と記述しているほどである。その後、澤田武太郎（一八九九―一九三八）がシーボルトの愛人であった楠本滝の通称名「お滝さん」に由来することを突き止めた（植物研究雑誌、一九二七年）が、牧野富太郎は「シーボルトはアヂサイの和名を私に変更して我が閨で目じりを下げた女郎のお滝の名を之れに用いて大に其花の神聖を涜した云々」（澤田氏論文より引用）と激しく非難した。一方、わが国の精神医学の開祖といわれる呉秀三（一八六五―一九三二）は「紫陽花に *Hydrangea Otaksa* の名を附したりなどせるは彼が日本の風物動植を憶ふにつれて別けて楠本氏にその心を引付けられて絶えず思ひ慕ひ居りしならん」（『シーボルト先生』一九二六年）と好意的な見方をしている。しかしながら、シーボルトが記載する前に種小名として **macrophylla** が使われていたため、現在では *H. Otaksa* は異名として扱われ、シーボルトの思いは通じることはなかった。

アジサイは土壌の酸性度によって花の色が変わることはよく知られている。酸性土壌では青色が強く、塩基性土壌では逆に赤色が強くなる。その変化は花の色素であるアントシアニンによるもので、土壌の金属イオンの影響を大きく受ける。酸性土壌では鉄やアルミニウムなどが溶けるのでアジサイに吸収されやすくなり、アントシアニンに結合してその深色効果により青色が強くなる。基本的にはどの植物でも同じことが起きるはずだが、金属イオンの吸収は種によって大きく差があり、アジサイは特に吸収しやすい性質をもつようだ。アジサイは入梅の頃咲き始め、梅雨の全期間を通して咲き続ける。サクラとともに日本を代表する花卉《かき》であり、今日では大規模栽培の名所が各地にある。意外なことに、それができたのはごく近年で、花見の習慣もそれほど古いものではないから、古くから日本人に好まれたものではない。

あづさ（梓・安豆左・安都佐）

カバノキ科（Betulaceae）ミズメ（*Betula grossa*）

梓弓　末《すゑ》は寄り寝む　まさかこそ　人目を多み　汝を端に置けれ
安都佐由美　須惠波余里祢牟　麻左可許曾　比等目乎於保美　奈乎波思尓於家禮
（巻十四　三四九〇、詠人未詳）

【通釈】 相聞の東歌。梓弓は「末」に掛かる枕詞。「まさか」は目前《まさき》の転で、今差し当たる時、すなわち現在の意。歌の意は、行く末は寄り添って寝ましょう、現在こそ人目が多くてあなたを（人目のつかない）端に置いていますが、となる。

【精解】 万葉歌で「梓」の名は合わせて四十九首の歌に出てくるが、『和名抄《わみょうしょう》』に「孫愐曰　梓　音子　阿都佐　木名　楸之屬也」とあり、アヅサと訓ずる。借音仮名で「安豆左」・「安都佐」と表記されたものが四首あり、これも同類である。また、「多麻豆左」と出てくるのがそれぞれ二首ずつあり、玉梓（十五首に出現する）と同訓で、これらはいずれも「妹」や「使ひ」などに掛かる枕詞である。以上をあわせるとアヅサは四十九首の万葉歌に詠われていることになる。枕詞が多く、植物そのものに言及したものは一首もない。そのうち、梓弓の名で出現するものが三十二首もあり、『日本書紀』や『古事記』に檀弓《まゆみ》とともに出てくるから、古代にあってアヅサは弓材として広く用いられたことを示唆する。八割以上の歌に漢名の梓が使われていることを考えると、中国の強い影響を考えざるを得ないが、結論からいえば、万葉のアヅサは中国の梓とは異なるものである。まず、中国の梓が何であるか考証する。

宋代の陸佃《りくでん》の『埤雅《ひが》』に「梓を木王と爲す。蓋し梓より良きは莫し」と記述され、『正字通《せいじつう》』にも「梓は百木の長。一名木王。羅願曰く、室屋の閒此の木有れば、餘材皆復た震はず。葉をもって豕《ぶた》を飼へば肥碩（大きく肥えること）すること十倍す」とあり、中国で梓と称するものがもっとも優れた材とされたことがわかる。これらの文献には梓の形態に関する記載はないが、樹皮を梓白皮と称し薬用に供されるから、古本草書などから考証することが可能である。『圖經本草《ずけいほんぞう》』（蘇頌《そしょう》）では「木は桐に似て葉は小さく花は紫なり」と記述され、六世紀中頃の成立といわれる北魏の農書『齋民要術《せいみんようじゅつ》』（賈思勰《かしきょう》）は「白色にして角《さや》有るを以て梓と爲す」とし、これを受けて『本草綱目《ほんぞうこうもく》』（李時珍）は「（子の）角《さや》は細長にして箸の如く、一尺に近し」と果実の形態を具体的に記述している。この記述および清代末期の『植物名實圖考《しょくぶつめいじつずこう》』にある梓の図から、梓はノウゼンカズラ科キササゲとしてまちがいない。一方、『説文解字《せつもんかいじ》』には「梓は楸なり」、「楸は梓なり」、また『爾雅《じが》』に「椅は梓なり」、『同郭《かく》璞《はく》注』に「即ち楸なり」とあり、梓の異名に楸・椅を挙げている。『詩經《しきょう》』國風・鄘風《ようふう》「定之方中」の一節に「之に榛栗　椅桐梓漆を樹《う》う　爰《ここ》に伐りて琴瑟とせん」とあり、梓・椅は別種であるようにも見えるが、『陸璣詩疏《りくきしそ》』に「楸の疏理白色にして子を生ずる者を梓と爲す。梓實桐皮なるを椅と爲す」とあるから、それぞれの用途によって名を使い分けることもあったらしい。楸の名は、『本草拾遺《ほんぞうしゅうい》』（陳藏器《ちんぞうき》）に楸木皮の名で初見し、「梓樹と本《もと》（樹幹）は同じにして末《すえ》（枝葉）は異なれり」と記載されていて、梓・楸は互いに酷似することを示唆する。

キササゲ　高さ10メートルほどになる落葉高木で、秋、長さ30～40センチほどになる果実が多数ぶら下がる。

中国にはキササゲによく似た同属種にトウキササゲがあり、現在では楸を後者に充てている。しかし、キササゲ・トウキササゲのいずれも日本に自生しないから、万葉集にある梓は、日本に野生するいずれかの種の名前として、中国から借用されたと考えねばならない。江戸前中期の『大和本草《やまとほんぞう》』（貝原益軒《かいばらえきけん》）では、梓を園木に分類し、「葉モ樹モ桐ニ似タリ一名木王ト云木ノ王ナリ實長クシテ豇豆《ささげ》ノ如シ」と記述してノウゼンカズラ科キササゲに充て、一方、楸を雑木に分類して「苗及葉ノ莖葉ノ筋赤シ故ニ赤目柏ト云」と記述し、アカメガシワに充てた。ところが、江戸後期の『本草綱目啓蒙《ほんぞうこうもくけいもう》』（小《お》野蘭山《のらんざん》）では、梓を「其嫩芽甚赤ク藜芽《あかざのめ》ノ如シ漸ク長スレバ漸ク緑色ニ變ズ」と記述し、これは明らかに日本に広く自生するトウダイグサ科アカメガシワのことをいう。ちなみに、蘭山は楸について「花ハ胡麻花ノ如ク淺黄色ニテ紫點アリ後圓ヲ結ブ濶サ二分餘長サ一尺餘多ク下垂テ裙帯豆（ナワササゲ）ノ如シ故ニキササゲト呼ブ」と述べ、楸をキササゲに充てた。つまり、益軒と蘭山の見解は完全に相反しているのである。

万葉集では梓弓として詠まれ、『延喜式』巻第四「神祇《しんぎ》四」に「伊勢太神宮　神寶二十一種　梓弓二十四枝」とあるから、梓が弓材として利用されたことは確かであるが、アカメガシワは弓材として適さない。『續日本紀』に「文武天皇大寶二（七〇二）年二月己未、歌斐國梓弓五百張を献じ、以て大宰府に充つ」と記され、また信濃国

アカメガシワ　落葉高木で、春、展葉期の若い葉は鮮やかな紅色をしている。

からも梓弓一千二十張が献上され、太宰府に充てられたとある。このことは太宰府周辺すなわち九州や西日本では梓弓の材料の入手が困難であり、甲斐（歌斐）や信濃から調達されていたことを示唆するから、北海道を除く全国に分布するアカメガシワではないことは明らかである。

アヅサという植物名は現在では使われていないが、方言名としては各地にあり、この中に万葉集の梓の候補種として除外されるべきアカメガシワ（静岡）、キササゲ（岡山）も含まれている。そのほかに、カバノキ科のアサダ（宮城・山形）、オノオレカンバ（岩手・秩父）とミズメ（宮城・群馬・秩父・長野・三重・和歌山）、バラ科のナナカマド（信州佐久）、リンボク（鹿児島）、ハイノキ科のハイノキ（肥後国五家荘）およびニシキギ科のニシキギ（南伊豆）がある。この中でニシキギは明らかに同属落葉樹マユミとの誤認であり、弓材としてマユミがアヅサと並び称せられたことによる。白井光太郎《しらいみつたろう》（一八六三―一九三二）はミズメをアヅサと考えたが、それが正しいことは、梓弓の名で残されている古材の鏡検（顕微鏡による材の組織学的検討）によってミズメと一致したことから証明された（松山亮蔵『國文學に現はれたる植物考』寶文館、一九一一年）。

ミズメは岩手県以南の本州と九州に分布する落葉高木で、樹高二十《メートル》、胸高直径六十《センチ》ほどに達する。材は重くて堅く、心材も紅褐色で美しいから、器具・家具などに用いられ、弓材としても申し分ない。ただ、夏緑広葉樹林にブナとともに出現する樹種であり、暖帯ではかなり奥地でないと見られず、どこにでもあるわけではないので、一時期松田修が主張していたように、地域によってはオノオレカンバなど近縁類似種もアヅサと称されていたことは否定できないだろう。中国の梓はキササゲであり、その樹皮を梓白皮と称し薬用になることは述べた。現在ではあまり用いることはないが、『神《しん》農本草經《のうほんぞうきょう》』の下品に収載される歴史的薬物の一つであり、その効について「熱を主《つかさど》り、三蟲（回虫・条虫・蟯虫）を去る」と記されている。『本草和名』にも「梓白皮　音咨里反　一名柏　他皓反　一名樤　音條　一名楸　音秋　一名櫹　音蕭　一名檟　音賈已上五名出兼名苑　和名阿都佐乃岐」とある。しかし梓弓の材料として甲斐や信濃からミズメが梓の名で献上されているにもかかわらず、『延喜式』巻第三十七「典藥寮」にこの名はないから、日本産のミズメ樹皮が梓白皮とされた可能性は考えにくい。ミズメ樹皮は薬用成分サロメチールを含むから、一定の薬用価値は認められるが、これまでに薬用に供された証拠はない。

あは（粟・安波）

イネ科（Poaceae）アワ（*Setaria italica*）

足柄の　箱根の山に　粟蒔《ま》きて　実とは成れるを　逢はなくもあやし

安思我良能　波結祢乃夜麻尓　安波麻吉弖　實登波奈禮留乎　阿波奈久毛安夜思

（巻十四　三三六四、詠人未詳）

【通釈】相模国の相聞の東歌。結句の「逢はなくも」は「粟無くも」を掛ける。歌の意は、足柄の箱根の山に粟を蒔いて実となったのに、粟がないとは変だ、それと同じようにあなたに逢わないのはおかしいとなる。お互いが思うように逢引ができないもどかしさを粟に掛けて巧妙に歌うが、実際に恋は実っているのに、あなたには妻（あるいは夫）がいて思うように逢えないという禁断の恋愛を歌ったものか。東歌にしては特有の訛りや泥臭さがないので、おそらく都から派遣された役人が歌ったと思われる。

【精解】アワは五穀の一つであるが、今日では、「濡れ手に粟」という成句を耳にするくらいになった。アワは米や麦に比べ、粒が小さくて軽く、濡れた手にたくさんつくことにこの成句の由来がある。アワを詠む万葉歌はわずか五首のみだが、そのうち三首は「粟」、二首に借音仮名で表記された「安波」として出現する。『和名《わみょう》抄《しょう》』に「唐韻云　粟　相玉反　阿波　禾子也　崔禹曰　禾　音和　是穂名　被含稃未成米也」とあり、和名は今日と変わらない。

アワは、ユーラシア大陸・北米大陸の温帯に広く分布するイネ科の雑草エノコログサと、稔性のある雑種をつくる。オオエノコログサと称するもので、普通のエノコログサよりずっと大型であり、人里にやや稀に見かける。アワはエノコログサを原種として分化したもので、発生地は黄河流域と考えられていたが、最近の研究ではインド北部から中央アジアで栽培化されたと推定されている。この地域からユーラシア大陸の東西に伝播し、紀元前二七〇〇年頃には黄河流域で栽培されていた。日本でも各地の縄文時代の遺跡から遺体が出土するので、非常に古い時代に中国・朝鮮半島経由で渡来し、稲作が普及する前には重要な穀類であった。ユーラシア大陸西部では、スイスの新石器時代の湖棲住居跡からアワが発掘されている。『本草綱目《ほんぞうこうもく》』（李時珍）の集解に「粟は即ち粱なり。穂大にして毛長く、粒の粗なる者を粱と爲す。穂小にして毛短く、粒の細かなる者を粟と爲す」とあるように、アワは穂の大きさからオオアワ（粱）とコアワ（粟）に分けられ、植物学的にも変種として区別される。中国

アワ（オオアワ）の穂
長さ10～40㌢にもなるが、見た目はエノコログサの穂によく似ている。

本草では、粟・梁はともに『名醫別録《めいいべつろく》』に中品として収載された。日本ではもっぱらオオアワが栽培されてきたが、梁の漢名を使わず粟で表した。ただし、『本草和名』に「粟米　和名阿波乃宇留之祢」、「秫米　和名阿波乃毛知」とあるように、ウルチアワ・モチアワをそれぞれ粟・秫と区別した。中国ではウルチアワは秈粟と称し、これに比べると日本の粟の区別はかなり曖昧である。『延喜式』巻第五の「齋宮月料・正月三節料・供新嘗料」に粟が記載されており、宮中の重要な儀式に供されたことがわかる。正倉院に残されている正税帳には、アワを正租として徴収したことが記録され、古代を通して重要な穀物であった。

アワは多くの品種に分化し、早稲《わせ》種、中《なか》種、晩《おく》種があり、イネよりも多様な農耕環境に適応が可能である。『新選字鏡《しんせんじきょう》』に「穇　力六反入　早熟禾也　和世阿和」とあるように、品種分化は古代でもすでにあった。早稲粟は夏アワともいい、夏の初めに蒔いて九、十月に収穫し、二毛畑作の可能な西南の暖地で栽培される。一方、晩粟は春アワともいい、五月頃蒔いて九月頃収穫し、一毛の畑作しかできない冷涼地に適する。また、イネと同じく、粳《うるち》種と糯《もち》種があり、日本では糯種が多く栽培され、粟餅などに利用された。粳種すなわち中国で梁と称するものはシシクワズという別名があるように、ほとんど食用にされなかった。アワはほかの雑穀と比べてたんぱく質、脂肪分が多く、消化もよいので、現在でも小規模ながら栽培され、粟饅頭、粟おこしなどに用いられる。さまざまな環境に適応できるから、古代から近世まで備荒穀物としても重要であった。このことは『日本書紀』「崇神紀」にある次の記述（要約）でわかる。

崇神四十八年春、天皇は豊城命《とよきのみこと》、活目尊《いくめのみこと》のどちらを後継者（皇太子）とするか悩んだ挙句、二人の息子が見た夢で占うことにした。これにしたがって、豊城命は御諸山に登って東に向かって槍を振り回した夢を、活目尊は縄を四方に張って粟を食べる雀を追い払う夢を見たと天皇に報告した。天皇は、東に向かって武器を振り回した豊城命に東国を治めるよう命じ、穀物（粟）の収穫を第一に考えた活目尊を皇太子としたという。

日本は豊葦原瑞穂国《とよあしはらのみずほのくに》なのに、なぜイネではなく雑穀のアワとなっているのか違和感をおぼえる人は少なくないだろう。これによれば、アワを食べる雀を追い払った活目尊が皇太子の地位を得たわけで、アワはそれほど重要な存在であったことになる。神話物語ながら、その時代の社会状況を忠実に反映していることは、環境考古学的見地からも支持される。崇神時代を倭五王より一世紀ほど前と仮定すれば、三世紀の後半から四世紀となり、ちょうど世界的な気候変動では寒冷期に当たるので、アワが主穀物として栽培されていたとしても不思議はない。世界史でいえばゲルマン民族の大移動が起きた時期であり、世界的規模で歴史の大変動期であった。

沖縄の地酒として知られる泡盛《あわもり》は、粟盛であって、もともとはアワを醗酵、醸造したものといわれる。しかし、現在、アワから醸造されるものはない。南西諸島でもアワは盛んに栽培されたから、粟焼酎をつくった時代はあったと思われるが、琉球王国時代の十四世紀から十五世紀頃、シャム（現在のタイ）から酒の醸造技術、糯種のタイ米が伝えられて現在の泡盛が成立し、粟焼酎は消滅したと思われる。日本でも各地に粟焼酎がつくられていたといわれるが、経済的生産は行われることはなかった。中国でも、『本草衍義《ほんぞうえんぎ》』（寇宗《こうそう》奭《せき》）巻第二十「酒」に「漢、丞相に上樽酒を賜ふ。糯《もち》（米）を上と爲し、稷《きび》を中と爲し、粟を下と爲す。今、藥の佐使に入るに、もっぱら糯米を以てす云々」とあるように、雑穀からつくられる酒類は低く見られていて、もち米醸造が普及するとともに消滅した。アワは雑穀の中ではヒエより上等と見なされたが、味は淡白で決しておいしいものではなかった。粟・秫の字は中国からの借用だが、これに充てられた「あは」は和語であり、その語源は淡白を意味する「あはあはし」が短縮したものといわれる。

あふち（阿布知・安布知・安不知・相市）

センダン科（Meliaceae）センダン（*Melia azedirachta*）

妹《いも》が見し　棟《あふち》の花は　散りぬべし　吾が泣く涙　いまだ干《ひ》なくに

（巻五　七九八、山上憶良《やまのうえのおくら》）

伊毛何美斯　阿布知乃波那波　知利奴倍斯　和何那久那美多　伊摩陁飛那久尓

【通釈】 この歌の収録される巻五は、大宰帥大伴旅人《おおとものたびと》（六六五—七三一）が妻丹比郎女《たじひのいらつめ》の訃報に答えた一首から始まり、日本挽歌一首として長歌があり、その五首ある反歌の一つがこの歌である。反歌の最後に、「神龜五（七二八）年七月二十一日、筑前國守山上憶良上《たてまつ》る」とあり、この歌は憶良（六六〇—七三三）作と考えられている。結句の「いまだ干なくに」は文法的に説明しにくい表現であるが、「年月もいまだ経なくに」などのように、「干《ひ》る」の否定形「干ぬ」の未然形に接尾辞の「く」がつき、若干の感情をこめて助詞「に」がついて「〜ないのに」という意味になる。歌の意は、わが妻が見ていたアフチの花も散ってしまうだろう、妻が死んで悲しみの涙がまだ乾かないというのにとなり、アフチの花を見るたびに亡き妻を思い起こして涙に暮れる情景が想像される。

【精解】万葉集に「阿布知」、「安布知」、「安不知」、「相市」とあるものはいずれも「あふち」と読み、完全なる和名である。『和名《わみょう》抄《しょう》』に「玉篇云　楝　音練　本草云　阿不知」と出てきて、「あふち」に「楝」の漢名が充てられたが、万葉集も含めて上代の文献にこの名はない。楝は『神農本草經《しんのうほんぞうきょう》』の下品に楝實の名前で登場し、『本《ほん》草《ぞう》和名《わみょう》』に「練實　仁諝音義作楝音練　和名阿布知乃美」、『新撰字《しんせんじ》鏡《きょう》』に「練實　九月採實陰干　阿不知乃木也」とあり、ここにも万葉集とまったく同じ和名が出てくる。『本草和名』・『新撰字鏡』の練實は、本来の本草にない名であって、『荘子』秋水篇の「夫れ鵷鶵《えんすう》（鳳凰の一種で瑞鳥と考えられた）は南海を發して北海に飛ぶ。梧桐に非ざれば止まらず。練實に非ざれば食わず。醴泉に非ざれば飲まず」に出てくる。伝説上の鳥獣である鳳凰が食べる練實は、稀にしか実を結ばない竹の実であるが、『本草和名』・『新撰字鏡』はこれと誤認してしまったらしい。もっとも『淮南子《えなんじ》時則訓註』に「楝實、鳳凰の食らふ所なり」とある（『康熙字典』より引用）ように、中国でも楝實と練實がしばしば混同されていた。楝實は、宋代の『圖經本《ずけいほん》草《ぞう》』（蘇頌《そしょう》）から、苦楝子と名を変え今日にいたるが、その名の示すように、残留性の強い苦みを呈し、苦味成分として変形トリテルペノイドを含む。ただし、植物そのものを指すときは、後世においても楝と呼ばれた。蘇頌は「三四月、花を開き、紅紫色にて芬香庭間に満ち、實は彈丸の如く、生は靑、熟すれば黄となる」と述べ、これはセンダン科センダンの特徴と一致する。黄色く丸い実を表した金鈴子の別名（『圖經本草』）もある。センダンの樹皮の利用は、『日華子諸家本草』に楝皮の名前で初見するが、これも後に苦楝皮と称された。苦楝子・苦楝皮のいずれも回虫などの駆虫や寄生虫による疝痛《せんつう》を治すのに用いられるが、『神農本草經』にある「殺三蟲疥瘍」の記述と一致し、苦楝皮は殺虫作用に、苦楝子は疝痛の除去に優れるとされる。樹皮・果実エキスに顕著な駆虫作用が確認されているが、活性成分はクマリン誘導体、バニリン酸あるいは中性樹脂質といわれるが、その詳細は不明である。

漢方の一部流派が、海人草《かいにんそう》（海藻の一種で駆虫薬とする）とともに苦楝皮を配合し、各種寄生虫の駆除に用いることがあるが、一般に伝統医学分野での使用は低調である。むしろ民間での利用の方が多く、それも駆虫ではなく皮膚疾患に外用する例が目立つ。たとえば、あかぎれ、しもやけに「楝《あて》の実《み》をつぶし、汁を付くべし」（『妙藥博《みょうやくはく》物筌《ぶっせん》』）、「苦楝（センダンノミ）ヲ酒ニテセンジ、ツケテヨシ」（『救民

センダンの花（上）と果実（下）　花は淡紫色で５月～６月に咲き、果実は楕円形で黄色く熟す。

薬方』）とあり、また、「白禿ニ、金鈴子（センダンノ実）、黒焼ニシテ、カシノ油ニテツケル」（『救民單方』）ともいう。『大和本草《やまとほんぞう》』に「中華ニテ川ノ國ヨリ出ルヲ良トス」とあるように、中国四川省産のトウセンダンを基原とするものを良品とし、これを川楝子として区別した。『本草綱目《ほんぞうこうもく》』（李時珍）に「其の子は正に圓棗の如く、川中の者を以って良と爲す」と記述され、『大和本草』はこれを引用した。トウセンダンの実はナツメ大でセンダンより大きく、しかも苦味も強いとされる。一方、センダンを基原とするものは川楝子の代用品程度の扱いであった。今日の日本ではセンダン、トウセンダンのいずれも植栽される。『本草綱目啓蒙《ほんぞうこうもくけいもう》』に「薬ニ入用ユル者ハ川楝子ナリ和産詳ナラズ舶來品多シ」と記述されているから、トウセンダンが渡来したのは江戸時代になってからのようだ。したがって、古い時代に日本で薬用にしていたのは本邦在来種のセンダンである。薬用以外に、センダンの茎葉の煎汁を農用殺虫剤として用いることもあり、農薬のない時代にはアセビやニガキなどとともに貴重な存在であった（アシビの条を参照）。また、若芽は茹でて水に晒《さら》し、油塩に和して救荒時に食用にされたという。

　センダンはセンダン科の落葉高木で、関東地方以南の各地に植栽され、伊豆半島以西南では自生状のものが見られるが、確実な自然生は四国・九州の南部以南である。種としては台湾・中国南部からヒマラヤまで分布し、トウセンダンなどいくつかの変種に分けることもあるが、その形質の差異は軽微である。本州では六月の梅雨入りの頃、大型の円錐花序《えんすいかじょ》を出して、淡紫色の花を多くつける。センダンの花は美しいが、一般の関心は必ずしも高くはない。むしろ、病人が絶えず不幸をもたらすとして、屋敷に植えるのを忌み嫌う傾向さえある。『平家物語』の巻第十一に「大臣殿（平宗盛）父子のかうべ都へ入。検非違使《けんびいし》ども、三条がはらに出むかひて、これをうけとり、三条を西へ、東のとうゐんを北へわたして、左のごくもんのあふちの木にぞかけたりける。」とあり、『源平盛衰記』などにも似た記述がある。十六世紀中頃成立した『塵添壒嚢鈔《じんてんあいのうしょう》』巻三の「屠刑事」に「三ニハ梟首《きょうしゅ》、是ハ頚ヲ切テ、木ニ懸ク。今モ獄門ノアフチノ木ニカクナント云メリ。」（大辟の一つ）と記述され、これによってセンダンは獄門に罪人の首を懸けるために植えられる梟首の木という通念が広く定着し、縁起の悪い木と考えられるようになった。しかし、実際に首を懸けた木は樗であって、これを「あふち」としたことによる誤認という。『和名抄』に「陸詞切韻云　樗　勅居反　和名本草云沼天　悪木也　辨色立成云　白膠木　和名上同」とあり、沼天・白膠木のいずれもヌルデのことを指す。ヌルデを悪木と称したのは、『正字通《せいじつう》』によると、「惟、薪と為すに堪へる」だけでほかに取り得がないからという。一方、中国ではセンダンは決して縁起の悪いものではなく、「蛟龍、楝を畏《おそ》る、故に端午、楝葉を以て粽《ちまき》を包み、江中に投じ、屈原を祭る」(『校注荊楚歳時記』)あるいは「俗人、五月五日、葉を取りて之を佩《お》び、悪を辟くると云ふ」(『本草綱目』)とあるように、むしろ邪気を払う木と考えられていた。『枕草子』の「木の花は」に「木のさまにくげなれど、あふちの花いとをかし。かれがれにさまことにさきて、かならず五月五日にあふもおかし」、同「節《せち》は五月にしく月はなし」に「紫の紙に、あふちの花、青き紙に、さうぶの葉、ほそくまきてゆひ、又白き紙を根にしてひきゆひたるもおかし」とあるように、端午節に菖蒲と取り合わせるのは、中国の風習の影響を深く受けたものである。この風習が伝わったのは万葉時代後期のようで、大伴書持《おおとものふみもち》・家持の二首(巻十七　三九一〇、三九一三)には薬玉(魔除けの縁起物であるが、古くは菖蒲などの辟邪《へきじゃ》植物を球状に束ねた)のことが歌われている。ただ、冒頭の憶良の歌と詠人未詳の歌(巻十　一九七三)にはそれが微塵も感じられない。

あふひ(葵)

アオイ科(Malvaceae)フユアオイ(*Malva verticillata*)

梨棗《なしなつめ》　黍《きみ》に粟《あは》つぎ　延《は》ふ葛《くず》の　後も逢はむと　葵《あふひ》花咲く

成棗　寸三二粟嗣　延田葛乃　後毛將相跡　葵花咲

(巻十六　三八三四、詠人未詳)

【通釈】巻十六の巻頭に「由縁并せて雑の歌」とあり、またこの歌の前後には物に寄せた歌が多く集中する。これもその一つで、梨・棗・黍・粟・葛そして葵の六つを歌い込んでいる。「黍に粟つぎ」は「君に逢は継ぎ」、葵は「逢ふ日」を掛ける。「延ふ葛の」は「後も逢はむ」の枕詞。梨・棗・黍・粟・葵という八月頃の食用植物を列挙し、それぞれに別の意味を掛けたきわめて技巧的な歌というより戯歌か。

歌の意は、梨・棗・黍に粟が続いて実るように、君に逢い続けているが、這い延びる葛のように後にも逢おうというかのように、アフヒ（逢う日）の花が咲くとなる。

【精解】アオイの名をもつ植物は、当然ながらアオイ科に集中するが、分類学的にまったく関係のない植物にもその名がつけられることがある。万葉集にわずか一首であるが、「葵《あふひ》」として登場するアオイはこのいずれであろうか。『和名抄《わみょうしょう》』に「本草云　葵　音逵　阿布比　味甘寒無毒者也」、『新撰字鏡《しんせんじきょう》』に「葵　阿保比」とあるが、今日、まず想像するのは徳川将軍家の葵の御紋であろう。これはウマノスズクサ科のフタバアオイであり、有名な京都加茂神社の葵祭でも祭祀に用いることで知られる。一方、『延喜式』巻第三十九「内膳司」の供奉雑菜に「日別葵四把」とあり、また同じく耕種園圃に「營葵一段　種子二升　惣單功三十一人半　耕地二遍把犁一人云々」とあり、野菜として栽培されていたことを示すから、『延喜式』にいう葵はフタバアオイではないことは確かである。この歌では、アオイはナシ・ナツメ・キビ・アワ・クズとともに歌われているので、食用とされていたと考えてよく、『延喜式』の葵と同品と考えるのが自然である。『本草和名《ほんぞうわみょう》』に、「冬葵子　陶景注秋種葵經冬春生子謂之冬葵子　一名青蓋　出兼名苑　一名姑活　非治葛也出疏文　和名阿布比乃美」とあって、アオイの実を冬葵子と称し、薬用にしていたことがわかる。冬葵子は、『神農本草經《しんのうほんぞうきょう》』の上品に収載される歴史の古い生薬であるとともに、『圖經本草《ずけいほんぞう》』（蘇頌《そしょう》）が「苗、葉は菜に作り茹でればさらに甘美なり。（冬葵子は）古方にて藥に入れること最も多し」と記述するように、幼苗・葉は食用にも供された。『本草經集注《ほんぞうきょうしっちゅう》』（陶弘景《とうこうけい》）も「秋を以って葵を種《う》う。覆養（覆いをすること）し冬を經て春に至れば子を作すは、之を冬葵と謂ふ」と記述している。中国最古の農学書『齋民要術《せいみんようじゅつ》』（賈思勰《かしきょう》）でも、葵は蔬菜の筆頭（五菜の主位）に挙げられ、また、紫茎と白茎の二種があり、それぞれに大小があり、鴨脚葵というものがあるので、栽培化によりいくつかの品種が区別されていた。また『詩經《しきょう》』國風・豳風《ひんふう》の一節に「七月、葵と菽（豆のこと）とを亨《に》る」とあり、葵は中国でも古くから菜類と考えられていたことがわかる。

以上のことから、万葉集の葵は、アオイ科のフユアオイと考えてまずまちがいないが、異論もある。狩谷棭齋《かりやえきさい》（一七七五―一八三五）は「中国の葵は菜なり、食すべし。日本の阿布比は即賀茂葵。両者同じからず」とフタバアオイ説に立ち、ウマノスズクサ科にもかかわらずアオイの名を冠するのは「其の葉、葵の葉に似、故に古人誤りて葵を以て阿布比に充つ。新撰字鏡の訓ずる所、是れに當たる」と述べている（『箋注倭名類聚抄《せんちゅうわみょうるいじゅしょう》』）。冒頭の例歌は葵の花を詠っているが、フタバアオイの個性的な花が万葉時代に花として認識されていたかどうか、はなはだ疑問である。『後撰和歌集』巻第四夏歌にある「行きかへるやそ氏人の玉蔓かけてぞ頼むあふひてふ名を」

（詠人未詳）など、後世の詩歌で出てくる「あふひ」はすべてフタバアオイだが、花を詠った歌はない。冬葵がフタバアオイではなくアオイ科であることは、蘇頌が冬葵について「葵に蜀葵《タチアオイ》、錦葵《ゼニアオイ》、黄葵《トロロアオイ》、終葵、菟葵有り、皆功用有り」と葵の仲間を列挙して述べていることから明らかである。一方、牧野富太郎（一八六二—一九五七）は花が大きく観賞価値の高いアオイ科のタチアオイ説を唱えるが、これは蜀葵の名で『本草和名』に記載され、カラアオイの和名があり、『枕草子』にも「からあふひ」の名が見える。中国では花鳥風月画にタチアオイが好んで描かれ、南宋時代に毛益《もうえき》が描いた「蜀葵遊猫図」（奈良市大和文華館所蔵、重要文化財）はよく知られている。しかし、万葉時代にあったという確証はなく、中国でも賞用されるのは宋代以降であり、また食用にされることはない。やはり、万葉集の葵はフユアオイと考えるのがよい。

アオイ科の中でもフユアオイの花は小さく観賞価値はないが、前述したように、わが国で古くから栽培され、単にアオイ（アフヒ）と呼ばれていた。フユアオイの名は、冬でも緑の葉がついていることによるが、江戸時代には同じ理由でカンアオイの別名もあった。しかし、ウマノスズクサ科に同名があるので、現在ではこの名は用いない。フユアオイは形態変異が著しいことで知られるが、葉の切れ込みが深く、縁が波打ってしわの多いものを変種として区別し、オカノリ（陸海苔）と呼ぶ。オカノリは葉が柔らかく、野菜としての質は母種より高い。葉を炒って手で揉んで、ノリのようにして利用するのでその名の由来がある。一部の植物図鑑には、いずれも江戸時代に渡来したと記載されているが、万葉集や平安時代の古文献にも名が見え、また、一部地域の海岸地帯で自生状となっているので、フユアオイは古くからあったことは確実である。李時珍が『本草綱《ほんぞうこう》目《もく》』で「古は葵を五菜の主と為す。今、復食せず。故に此に移入す」と述べ、『證類本草《しょうるいほんぞう》』では菜部にあったのを草類に移しているように、フユアオイは次第に食用としての価値を失っていったことがわかる。日本でも江戸時代初期の『本朝食鑑《ほんちょうしょくかん》』には葵に相当するものが見当たらない。薬用植物としてのフユアオイも同様で、日本ではもともと利用されず、現在の中国で冬葵子と称するものはイチビの種子（本来は苘実《けいじつ》）である（『和漢薬百科図鑑』による）。『神農本草經』では冬葵子の薬効を「五藏六府の寒熱、羸痩《るいそう》を治し、五癃《ごりゅう》に小便を利す。久しく服すれば骨を堅くし、肌肉を長じ、身を輕くし、年

フユアオイ　花は淡紅色、６月～７月に咲く。暖かいところでは冬でも葉が緑を失わない（写真提供：秋山久美子）。

を延べる」と記述し、以降の本草書もほぼ同様に扱っている。日本漢方の経典の一つといわれる『金匱要略《きんきようりゃく》』に葵子茯苓散が収載され、「妊娠して水氣あり、身重くして小便利せず、酒淅悪寒あり、起てばすなわち頭眩《めくるめ》くは、葵子茯苓散これを主《つかさど》る」とあり、妊婦に利尿・緩下薬・催乳薬として用いた。イチビの種子の薬効はフユアオイとはかなり異なるはずで、古典に準じて用いるべきではないだろう。なぜフユアオイが薬用・食用としての価値を失ったかはよくわからない。

フユアオイはアオイ科ゼニアオイ属の一種であるが、この属の分布の中心はユーラシアの西半部であって、東アジア産の大半は人為によってもたらされた。ゼニアオイをはじめ多くの種が、古くから欧州で薬用・食用とされ、今日でもウスベニアオイのハーブティーは賞用される。ゼニアオイ属の植物は粘液質に富み、属名の *Malva* はギリシア語で柔らかいという意味の **malakos** にちなむ。この性質は別属のタチアオイ属にもあり、ビロードアオイの根から搾り取った液に卵白等を加えた菓子がマシュマロ（現在はゼラチンからつくる）であり、その名はビロードアオイの英語名 **marsh mallow**（湿地に生えるアオイの意）に由来する。日本に自生はないが、『新修本《しんしゅうほん》草《ぞう》』（蘇敬《そけい》）に初見する莃葵という植物がある。これは欧州原産のウサギアオイのことであり、これをイヘニレ（家楡）と訓ずることがある（『本草和名』）。この植物も粘液質に富み、ニレの樹皮のように粘滑である（ニレの条を参照）からこの別名がある。

あべたちばな（阿倍橘）　ミカン科（Rutaceae）ダイダイ（*Citrus aurantium*）

吾妹子《わぎもこ》に　逢はず久しも　うましもの　阿倍《あべ》橘《たちばな》の　苔生《こけむ》すまでに　（巻十一　二七五〇、詠人未詳）

吾妹子　不相久　馬下乃　阿倍橘乃　蘿生左右

【通釈】 寄物陳思歌で阿倍橘に寄せたもの。第三句は「甘《うま》し物」の意で、阿倍橘の枕詞とする。阿倍橘は、『萬葉考』では、甘橘とし、タチバナと同義とするが、後述するようにアベタチバナの条が『本《ほん》草和名《ぞうわみょう》』や『和名抄《わみょうしょう》』にあるから、成立しない。阿倍は駿河の阿倍（巻三の〇二八四にある地名）、現在の焼津市のことで、そこで取れる橘の意であるという説（『萬葉集全釋』）もあるが、ここでは後述するようにダイダイの一品種と考える。結句の「左右」を「までに」と訓ずるのは、少々説明を要する。これは左右手の略といい、両手・諸手《もろて》と同じ意で、片手に対して真手《まで》と称したことによるもので、一種の戯読である。歌の意は、我が愛しい人に逢わなくなって久しいことだ、阿倍橘の木に苔が生すほどまでになったとなる。

【精解】ミカン類を総称して柑橘というが、これは日本独自の呼称であって、中国では橘柚という。この名は『神農本草經《しんのうほんぞうきょう》』にもあって、一名「橘皮」とあるように、カンキツ類の種を特定せず、いろいろな種の皮を薬用として用いたのである。同じミカン類を表す柑の字がないのは、生食できないミカンの皮を薬用にし、甘く生食できる柑は食用にしたからである。

この歌で詠まれた阿倍橘は、「甘し物」という枕詞が掛かっているから、食用になるミカン科ミカン属の仲間であることはまちがいないが、必ずしも今日のミカンのように甘くておいしいものとは限らない。この名前は平安中期の『本草和名』に「橙 似柚而小出七巻食經 櫠子 小温也出崔禹 和名阿倍多知波奈」とあり、橙の漢名を充てている。橙は今日ではダイダイをいうが、カンキツ類は栽培の歴史が古く、また実生から変異が発生しやすいので、古代と今日では品種群の構成に大きな差があることを考慮しなければならない。橙は、宋代の『開寶本草《かいほうほんぞう》』（劉翰・馬志等撰）に橙子皮の名で収載されたのが本草書における初見であって「（橙）樹は亦た橘樹に似て、葉大にして其の形圓く、橘より大にして香ばし。皮、厚く皺む。八月に熟す」と記述し、中国ではかなり古くから栽培されていた。果皮が厚くて皺《しわ》があるという記述から、今日のダイダイやアマダイダイとはかなり異なったものであることがわかる。中国では、古くからカンキツを橘・柚・柑の三群に分類したが、『本草綱目』（李時珍）および『埤雅《ひが》』（陸佃《りくでん》）は橙を橘の属とすることで一致する（李時珍は『埤雅』が柚を橘の属とするとして誤って引用）。しかし、現在のカンキツの分類の認識とはかなり隔たりがあることを留意する必要があり、各古典の記述内容を客観的に評価する必要がある。

牧野富太郎（一八六二―一九五七）は、『國譯本草綱目』注で、橙をユズに充てたが、李時珍が『本草綱目』で引用した『事類合璧』（謝維新撰『古今合璧事類備要』で一二五七年の成立）の記述すなわち「橙樹は高枝にして、葉は橘に甚だしく類せず、亦た、刺有り。其の實の大なる者、盌《わん》の如く、頗る朱欒《しゅらん》（ザボン）に似る。霜を經て早熟し、色は黄にして皮は厚く、蹙衄《しゅくじく》して沸くが如し（甚だしく縮んでいることの意）。香氣は馥郁にして、其の皮、以て衣を薫ずるべし云々」に基づいているようだ。しかし、ダイダイにもこのような形質のものがある。一方、李時珍は「橙樹は南土に産し、其の實は柚に似て香ばし。葉、兩《ふた》つの刻缺《こくけつ》有りて兩段の如し（葉身《ようしん》のほかに葉柄《ようへい》に翼があって葉が二つに分断されているように見えることの意）。亦た、一種の臭き氣の者あり」と述べ、ユズともダイダイとも受け取れる記述をしている。

ユズは、カンキツ類の中では直立性でもっとも高木となるもので、果皮は黄色で凹凸が激しく、皺状に見える。果実は酸味が強く生食に適さないが、普通のミカンよりずっと香りが強く、日本では料理の賦香料とするほか、ユズ湯のように浴料に利用する。

日本ではユズを意味する柚は『日華子諸家本草』（宋代）に初見する。李時珍は「柚樹の葉は、皆、橙に似て、其の實は大小の二種有り。小なる者は柑の如く橙の如し。大なる者は瓜の如く升の如し（瓜のようで一升枡《ます》ほどの大きさという意）。圍（周囲）は尺餘に及ぶもの有り」と記述しているが、瓜のような巨大な果実をつけるカンキツは、シトロンかザボンの系統しかないので、このいずれかとなる。

ダイダイ（上）とユズ（下）の果実　ダイダイは 200 グラム前後、ユズは 100 グラム前後で、大きさはずいぶんと違う。

『延喜式』巻第三十九「内膳司」の供奉雜菜で「柚子十顆」とあるほか、巻第三十三にも柚の名が出てくる。ザボンはマレー半島からインドネシアの原産といわれ、中国には紀元前に伝わったが、日本には江戸の初期になって伝わったから、『延喜式』の柚はザボンではない。『本草和名』に「枸櫞《くえん》 上音倶禹反下戸全反枸櫞似橘也出養食經和名加布知」とある枸櫞は『圖經本草《ずけいほんぞう》』（蘇頌《そしょう》）に初見するが、「（子の形は）小瓜状の如し。其の皮、橙の如くして光澤あり愛すべし云々」と記述され、また『本草拾遺《ほんぞうしゅうい》』（陳藏器《ちんぞうき》）は「柑、橘の屬なり。其の葉、尖り、其の實大にして盞の如し」（『本草綱目』より）と述べていて、ザボンよりシトロンに近い系統のように見える。後に、枸櫞は、『本草綱目』で、「其の實、人手の如く指有り。俗に呼びて佛手《ぶっしゅ》柑《かん》と爲す」と記述されるように、シトロンから発生したブッシュカンに充てられるようになった。古い時代には、枸櫞はまだ人手の形をしていなかった（『本草綱目啓蒙』でいうマルブシュカン）と思われ、『延喜式』にある柚は枸櫞の可能性もある。しかし、シトロンの系統は寒さに弱く、日本での栽培は容易ではない。また、俗に、枸櫞をレモンの漢名とすることがあるが誤りである（レモンの正名は檸檬）。

一方、『爾雅《じが》』郭璞《かくはく》注に「柚は江南に出て、橙に似て實は酸く、大なること橘の如し」と述べており、柚には果実の小さな系統もあったことがうかがわれ、これが今日のユズに相当するものとも考えられる。つまり、古代の中国では、柚にユズとザボン（またはシトロン）の二つの同名異物があったことになる。ユズはカンキツの中でもっとも耐寒性があって、中国北方地域で柚の名で栽培されていたのはこれであり、朝鮮を経て平安時代初期頃に日本に渡来したと思われる。一方、中国の南方地域ではザボンが栽培され、南部に文化の中心をもつ宋の時代から、ザボンを柚と称するようになったのだろう。今日の中国では、柚子をザボン、橙子をユズと称していて、清代末期の『植物名實圖考《しょくぶつめいじつずこう》』に掲載された絵図もそれと一致する。

次に、わが国の本草書を参照すると、『本草綱目啓蒙《ほんぞうこうもくけいもう》』（小野《おの》蘭《らん》山《ざん》）では、橙を香橙・臭橙・回青橙の三つに分けている。『群芳譜《ぐんぽうふ》』にある香橙をクネンボに充てているが、狩谷棭齋《かりやえきさい》（一七七五—一八三五）もこれを受けて「（橙）今、俗に九年母と呼ぶ者に充つべし」としている（『箋注倭名類聚抄《せんちゅうわみょうるいじゅしょう》』）。しかし、これははなはだ疑問であり、『大和本草《やまとほんぞう》』（貝原益軒《かいばらえきけん》）のいうように柑子の類とするのが正しいだろう。クネンボは、DNA鑑定の結果から、ウンシュウミカンの親と考えられているカンキツで、室町時代に中国から琉球を経て渡来したと考えられ、現在では沖縄にごくわずか残存する珍しいミカンである。蘭山の記述では、香橙はむしろユズと一致し、これこそ今日のユズの中国名である。臭橙は『秘傳花鏡《ひでんかきょう》』にある名で、蘭山はこれをカブスとする。これは江戸時代にはダイダイと称していたという。カブスは今日のカボスのことと思われるが、ダイダイではなくユズ区の一品種である。蘭山によれば、回青橙は、蒂《へた》が二重となったものといい、これこそダイダイの一型である。橙はダイダイ区に属するカンキツの総称とされるが、酸っぱいもの（酸橙といい、狭義のダイダイはこれである）と、アマダイダイ（甜橙）とに大別され、後者は江戸時代の日本でもなかった。したがって阿倍橘がアマダイダイである可能性はまったくない。通説では万葉集の阿倍橘はクネンボとなっているが、ここで述べたようにクネンボが万葉時代にあったという証拠がなく、中国本草と日本の古文献の記述から、回青橙のような古いダイダイの品種と考えるべきであろう。

柑橘類は、今日ではジュースか生食のいずれかで消費されるが、古い時代では甘い系統のものは少なかったと思われる。『神農本草經』にある橘柚がカンキツの皮を薬用としているように、果肉より果皮を利用するのが主であった。それは『本草綱目』ほか主要な本草書の記述を見ればいっそうはっきりする。ミカン類の皮を乾燥したものは、橘皮・青橘皮（青皮）・陳橘皮（陳皮）などと称され、去《きょ》痰《たん》、鎮咳《ちんがい》そして芳香健胃薬として漢方で繁用された。ダイダイの成熟果皮は橙皮と称され、モノテルペン誘導体のリモネンを主成分とする精油に富み、そのほかにヘスペリジン、ナリンギンなどのフラボノイドを含む。橙皮はほかのカンキツ皮と比べて苦味が強いが、苦味成分リモニンの含量が高いためであり、苦味健胃薬として古くから世界各国の薬局方に収載されている。最近、アメリカを中心に橙皮をダイエット目的で用いる例が見られる。これは、シネフリンという塩基成分による摂食阻害作用によるといい、シネフリン含量の高いものほど珍重される。アドレナリンに似た構造をもつシネフリンは交感神経作動薬様作用があり、橙皮の薬効成分の一つと考えられるが、歴史的に見てもダイエット目的で使うのは誤用である。

あやめぐさ（菖蒲・菖蒲草・菖蒲花・安夜賣具左・安夜女具佐）

ショウブ科（Acoraceae）ショウブ（*Acorus calamus*）

霍公鳥《ほととぎす》　厭《いと》ふ時なし　菖蒲《あやめぐさ》　鬘《かずら》にせむ日　此《こ》ゆ鳴き渡れ

霍公鳥　厭時無　菖蒲　蘰將爲日　従此鳴度禮

（巻十　一九五五、詠人未詳）

【通釈】「霍公鳥」はホトトギスのこと、「菖蒲鬘」は後述するように『荊楚歳時記《けいそさいじき》』に記載のある中国起源の習俗であり、菖蒲は邪気を祓う辟邪《へきじゃ》植物と考えられていた。「此ゆ」は原文の従此の和文読み「此より」の古語体で、ここからの意。この歌の意は、ホトトギスを厭わしいと思うときはないが、菖蒲を鬘にして頭挿《かざ》す日（五月五日）に、ここから鳴き飛び渡れとなる。

【精解】この歌と同じ歌が巻十八の四〇三五に田邊福麻呂《たなべのさきまろ》の作として重出する（保等登藝須　伊等布登伎奈之　安夜賣具左　加豆良尓勢武日　許由奈伎和多禮）から、比較により菖蒲を安夜賣具左《アヤメグサ》と読むことがわかる。また、『和名抄《わみょうしょう》』に「養性要集云　昌蒲一名臭蒲　阿夜米久散」、『本草和名《ほんぞうわみょう》』にも「和名阿也女久佐」とあるが、アヤメ科アヤメの類ではなくショウブのことである。ショウブ科（あるいはサトイモ科ショウブ亜科）に分類される抽水植物で、池・溝・川沿いに生える多年草である。わが国では北海道から南西諸島まで普通に生え、世界的にはユーラシア大陸と北米大陸の温帯から熱帯までと地理的分布は広い。熱帯では常緑だが、温帯では冬季に地上部は枯れて冬眠する。数種に区別することもあるが、変異の程度は小さい。

万葉集ではショウブは、漢名の「菖蒲」、「菖蒲草」、「菖蒲花」が併せて七首、借音仮名（「安夜賣具左」、「安夜女具佐」）で表されるもの五首、総計十二首に登場する。漢名の菖蒲の名の由来については、昌盛なる蒲草（ガマ）類の意味であるといい（『本草綱目《ほんぞうこうもく》』李時珍）、確かに葉はガマにもそっくりである。『神農本草經《しんのうほんぞうきょう》』の上品に菖蒲の名があり、歴史のある薬用植物でもある。葉の形態が似たものはアヤメ・ガマなど多くあるが、中国の古本草書はその葉の形態の特徴を強調する傾向が強い。たとえば、『本草經集注《ほんぞうきょうしっちゅう》』（陶弘景《とうこうけい》）は「眞の菖蒲の葉は脊一ありて剣刃の如し」、『圖經本草《ずけいほんぞう》』（蘇頌《そしょう》）も「其の葉の中心に脊あり、狀剣の如し」と記述し、陶弘景の見解と一致する。わかりやすくいえば、線形で鮮明な中肋《ちゅうろく》のあるショウブの葉を剣のようだといい、実際、平安の貴族は菖蒲の葉を辟邪の目的で剣代わりに差していたのである。また、石磧《せきせき》（石の多い川原）の上に生えるので石上菖蒲とも呼ばれる。

こうして見ると菖蒲の基原は今日のショウブでよいようであるが、実際には非常にややこしい状況にある。『本草和名』菖蒲の条を見ると、「昌蒲　一名昌陽一名溪蓀一名蘭蓀　已上二名出陶景注　一名臭蒲出香蒲條蘇敬注　一名尭時韮　出雜要訣　一名靈身一名昌陽之草　出大清經一名水中泉　出錄驗方　一名白昌一名水昌一名水宿一名茈蒲　已上出拾遺　昌蒲者水精也　出范注方　菖蒲一名菖陽注云石上者名之蓀　出兼名苑一名荃　出文選　和名阿也女久佐」とあり、多くの異名があって、古くから相当の混乱があったことが想像される。牧野富太郎（一八六二―一九五七）は「然ルニ邦人ハ菖蒲ヲ今日云フしゃうぶ（白菖）ト誤リ云々」と述べていて、菖蒲を同属別種のセキショウと考えたが、セキショウの葉の中肋は不明瞭であって、陶弘景や蘇頌の記述と矛盾する。セキショウに当たるのは、李時珍が「葉に剣脊無し」と述べていて、『名醫別錄《めいいべつろく》』に初見する「白昌別名水菖蒲」である。今日の生薬市場では、石菖蒲と水菖蒲があるが、根が太く芳香の強いものすなわち菖蒲根は水菖蒲に充てられ、これも古本草書の記載と矛盾する。牧野の考定は現在の生薬市場の現実を重視した結果のようであり、また『中薬大辞典』も白菖の基原をショウブとし、セキショウを菖蒲（石菖蒲）に充てている。わが国の本草書でも、『本草綱目啓蒙』は菖蒲をセキショウ、白菖をショウブに充て、一方、『大和本草《やまとほんぞう》』はこれと逆である。『本草綱目』に「今、薬肆（薬店）の貸《ほどこ》す所、多くは二種（石菖蒲と水菖蒲）を以って相雜す」とあり、中国では古くから混用していたことを示唆する。『延喜式』巻第三十七「典藥寮」の諸國進年料雜藥に、諸国からの菖蒲の貢進が記載されており、『駿河國風土記』には「阿波山貢石菖蒲」など石菖蒲の名が見えるので、古代日本でも両種を混用していたことは想像に難くない。『本草和名』で菖蒲・白昌が互いに異名とされていることもこれとよく符合する。『大同類聚方《だいどうるいじゅほう》』にある以之阿也女は石菖蒲であろうが、これもショウブ・セキショウが混用されたものであろう。

ショウブの根茎は、主としてフェニルプロパノイド系からなる精油を約三パーセント含み、それが独特の匂いの本体である。一方、セキショウを基原とするものは精油含量がずっと少なく芳香も弱い。したがって、古代においてショウブとセキショウが区別できなかったとは

ショウブの葉　葉は幅10～20ミリで、中央の太い葉脈（中肋）がはっきりと見える。

セキショウの花　葉は幅2～8ミリほどで、細く、中肋は不明瞭。

考えにくく、ショウブとセキショウの混用は別の理由があると考えねばならない。ショウブの根茎は菖蒲根と称し、芳香健胃薬などに用いられるが、悪心《おしん》、嘔吐《おうと》などの副作用もよく知られているので、セキショウとショウブの混用の理由はこのあたりにありそうだ。芳香健胃薬としてヨーロッパ産菖蒲根を用いるのは、国産菖蒲根の副作用を嫌ってのことであり、かかる理由で古くはセキショウを菖蒲根として用いたと思われる。ショウブを表す漢字は、『埤雅《ひが》』釋草《しゃくそう》「蕙」の条に「所謂蘭蓀の蓀は今の菖蒲是れなり」とあり、蓀の字が充てられることがある。『玉篇《ぎょくへん》』に「蓀は香草なり」とあるだけで、必ずしもショウブを指すとは限らないが、『本草和名』にこの字をもつ昌蒲の別名として溪蓀と蘭蓀の二名があり、いずれも『陶《とう》景注《けいちゅう》』に基づく。すなわち、陶弘景は「東間溪側又有り、溪蓀と名づく者は根、氣色極めて石上菖蒲に似て、葉は正に蒲の如く脊無し。俗人多く此を呼びて石上菖蒲と爲すは誤りなり。（中略）詩詠に多く云ふ蘭蓀は正に此を謂ふなり」と述べ、溪蓀と蘭蓀が同じものとする一方で、石上菖蒲とは異なるといい、『本草和名』はこれをもって昌蒲と同じとしてしまったらしい。『本草拾遺《ほんぞうしゅうい》』（陳藏器《ちんぞうき》）では「卽ち今の溪蓀なり。一名昌陽といひ、水の畔に生じ、人亦た呼びて菖蒲と爲す。石上菖蒲と都《すべ》て別なり。根が大にして臭く、色は正に白し」と記述されている（『本草綱目』「白昌」より引用）。『本草綱目』では、溪蓀と蘭蓀を白昌の異名とする。このように菖蒲の基原の各家論述はさまざまであり、想像以上の混乱状態にあるといってよい。ここでは剣刃の形態的特徴を重く見て菖蒲をショウブとし、セキショウとする説を誤りと考えたい。

ショウブは、今日でもまず、端午の節句を思い起こすほど、日本の習俗に深く関わる植物であるが、これは中国から伝わったものである。道教の『道藏經《どうぞうきょう》』の中に『菖蒲傳』一巻があり、その内容を要約して李時珍は「菖蒲は水草の精英にして神仙の靈藥なり」と述べているように、神仙思想の影響をきわめて強く受けた植物である。冒頭の万葉歌にあるように、ヨモギとともに菖蒲鬘をつけて端午の節会の厄払いとしたが、これは中国より伝来した習俗である。『荊楚歳時記《けいそさいじき》』に「五月五日、四民竝《なら》びに百草を蹋《ふ》む、また百草を鬭《たたか》はすの戯あり、艾（ヨモギ）を採りて以て人に爲《つく》り、門戸の上に懸け、以て毒氣を禳ひ、菖蒲を以て或ひは鏤《ちりば》め、或ひは屑とし、以て酒に泛《うか》ぶ」と記され、また、『呂氏春秋《ろししゅんじゅう》』「任地篇」に「冬至の後五旬七日、菖始めて生ず、菖は百草の先づ生ふるものなり」（『校注荊楚歳時記』より引用）とあり、衆草の中で最初に芽が出て香草であることもあって、辟邪《へきじゃ》の効があると考えられた（ヨモギの条も参照）。『續日本紀』巻十七には、聖武天皇の天平十九（七四七）年、菖蒲鬘をつけない官人は宮中に入ることを禁じられたという記述があり、単なる遊びではなかった。奈良時代は天候不順で災害も多く社会的にも不安定であったから、厄払いの風習は宮中まで深く浸透し、その信仰も真摯であったことを示す。『延喜式』巻第四十五「左近衛府」に「五月五日藥玉料　昌蒲艾」とある。薬玉《くすだま》とはショウブ・ヨモギなどを五色の糸で長く結び垂らした（これも『荊楚歳時記』の「五綵の絲を以て臂に繋け、名づけて兵を辟くと曰ふ、人をして瘟を病まざらしむ」という記述にちなむ）もので、続命縷《しょくめいる》・長命縷《ちょうめいる》といって、中国に倣《なら》って長寿を祈ったものである。万葉集の大伴家持《おおとものやかもち》（七一八―七八五）の歌「あやめぐさ花橘を娘子《をとめ》らが玉貫《ぬ》くまでに」（巻十九　四一六六）の玉とは薬玉のことをいう。通例、五月三日頃、この薬玉の材料としてショウブ、ヨモギを一輿に盛った菖蒲輿《あやめのこし》を南殿前の左右に並べて立てた。しかし、平安時代になって社会が安定すると、奈良時代のような神にすがる気持ちは次第に消え失せ、それとともに遊びの要素が強くなった。『榮花物語』「かゞやく藤つぼ」には、「五月五日になりぬれば、（中略）かみをみれば、みす（御簾）のへり（縁）もいとあをやかなるに、のきのあやめ（軒の菖蒲）もひまなくふかれて、こゝろことにめでたくおかしきに、御くすだま（薬玉）しやうぶ（菖蒲）の御こし（輿）などもてまいりたるもめづらしうて、わかき人々見けうず（興ず）」とあり、この習俗が形骸化したことを示唆する。中には今日に伝わらず、古典の中だけに知られているものがある。たとえば、菖蒲枕《あやめのまくら》とは邪気を祓うためにショウブで造った枕であるが、『續拾遺和歌集』巻第三にある「あやめ草一夜ばかりの枕だにむすびもはてぬ夢のみじかさ」（前中納言雅具）によって今はなき往時の風習が偲ばれる。

ショウブの根茎を酒に浸して飲むのは医方にはあったが、辟邪のために飲む風習は宋代から始まったとされ、日本に伝わって「あやめ酒」となった。『名醫別錄』に「四肢の濕痺にて屈伸し得ざる、小兒の温瘧にして身の積熱の解せざるに浴湯を作るべし」とあるのはまさに菖蒲湯《しょうぶゆ》であり、通常の医療法の一環であったのが、日本では端午の節句と結びついて習俗として定着した。中国では『大戴《だたい》禮《れい》』巻二の「夏小正」に「五月五日、蘭（フジバカマのこと）を蓄へて沐浴と爲す」とあり、当日を浴蘭節と称したと『荊楚歳時記』にも記述されている。蘭草も香草であり、菖蒲湯と基本的には同じ発想である。これを起源とすれば、前漢時代から続く古い風習ということになるが、日本では菖蒲湯に置き換わったことになる。軒にショウブの葉を葺いて邪気を祓う風習は荊楚地方からの直輸入であり、別名ノキアヤメはこれに由来する。『山家集』に「高野に中院と申所に、あやめふきたる房の侍りけるに云々」とあって、民間の習俗（というより道教の思想を受けたものであるが）が仏教寺院まで及んでいたことがわかる。中国の本草家が剣のようだと形容した菖蒲葉を刀のように腰にさすのが平安貴族のあいだで流行した。また、『古今著聞集』に「永承六（一〇五一）年五月五日、内裏に菖蒲の根合有けり、（中略）經家朝臣ながき根を取て、良基朝臣にさづけて、南にひさしにのべをかしむ、右又かくのごとし、其《その》長短をあらそふ、左の根一丈一尺、右の根一丈二尺、仍《よりて》右勝にけり」という興味ある記事がある。これは菖蒲の根（正確には根茎）の長さを競うものであり、このとき、和歌を披露するのが習わしであった。『詞花和歌集』巻第二に、「郁芳門院の菖蒲の根合《ねあわせ》に詠める」歌として、「藻汐やく須磨の浦人うちたへて厭ひやすらむ五月雨の空」（中納言通俊）が収載されているが、これで明らかなように、必ずしも菖蒲や端午節会に関連するものではなく、一般の風物を歌っていて、遊びの要素の強いものであったことがわかる。『荊楚歳時記』にある「百草を闘はすの戯」に由来する草合《くさあわせ》（闘草）の一種であるが、それから発展した日本独自の遊戯といってよいだろう。ショウブの根合など各種の草合のために、当時の貴族はさまざまな植物を丹精込めて栽培したと思われ、この積み重ねが後世の日本の園芸の水準を引き上げる原動力になった。

　さて、万葉集をはじめ、古代の文献にある菖蒲はアヤメグサと称されていたが、いつ頃からショウブに転じたのであろうか。『源氏物語』「乙女」に「五月の御あそび所にて、水のほとりにさうぶうへしげらせて云々」とあり、また『枕草子』の「なまめかしきもの」にも「五月の節《せち》の、あやめの蔵人、さうぶのかづら（鬘）、あかひもの色にはあらぬを云々」また、「卯月の晦《つごもり》がたに」に「淀のわたりといふものをせしかば、船に車をかきすゑて、さうぶ、こもなどの末みじかく云々」とあって、「さうぶ」の名が出てくる。「さうぶ」は「しゃうぶ」とも表記するが、十世紀前半に成立した『本草和名』や『和名抄』には、これらの名すなわち菖蒲の音読み和名はないから、平安後期頃からそう呼ぶようになったのであろう。ショウブは、日本に原生する植物ではあるが、以上述べたように、とりわけ中国文化の影響を濃く受けており、アヤメという和名はそぐわず、音読みの名で呼ばれるようになったと思われる。それと入れ替わるように、葉がショウブに似たアヤメ科アヤメ属の一種がアヤメの名を引き継いだのであろう。

あをな（蔓菁）　アブラナ科（Brassicaceae）カブ（*Brassica campestris*）

食薦《すごも》敷き　蔓菁《あをな》煮持ち来《こ》　梁《うつはり》に　行縢《むかばき》懸けて　息《やす》むこの公《きみ》　（巻十六　三八二五、長忌寸意吉麻呂《ながのいみきおきまろ》）

食薦敷　蔓菁煮持來　樑尓　行縢懸而　息此公

【通釈】序に「行縢、蔓菁、食薦、屋の樑を詠める歌」とあり、四つのものを詠いこんだ戯歌であり、その背景および経緯はハチスの条を参照。「食薦」は、『播磨國風土記』「餝磨《しかま》郡」の条に「近國の神、此處に到り、手を以て草を苅りて食薦と爲す」とあり、『和名抄《わみょうしょう》』「調度部」にある「食單　須古毛」と同じと考えられ、「すごも」と訓じ、食事をするときに敷く薦《こも》でつくった敷物をいう。「蔓菁」は後述。「樑」は『正字通《せいじつう》』に「俗梁字」とあり「梁」と同義で、『和名抄』「居處部」に「唐韻云　梁　音良　宇都波利　棟梁也」とあり「うつはり」と読む。「行縢」は、『和名抄』「調度部」に「釋名云　行縢　音與騰同　无加波岐　騰也　言裹脚可以跳騰輕便也」とあり、「むかばき」と読み、腰につけて股脚を被う毛皮製の騎馬用品をいう。歌の意は、食薦を敷いて、青菜を煮て持ってきなさい、棟梁に行縢をかけて休息している公のところへとなる。

【精解】「蔓菁」は、『和名抄』に「蘇敬本草注云　蕪菁　無青二音　北人名之蔓菁　上音蠻　阿乎奈」とあり、アヲナと訓ずる。すなわち『新修本草《しんしゅうほんぞう》』（蘇敬《そけい》）を引用して「蕪菁は、北人又蔓菁と名づく」と記述しているように、『名醫別錄《めいいべつろく》』上品にある「蕪菁」とは同物異名である。『本草衍義《ほんぞうえんぎ》』（寇宗奭《こうそうせき》）に「蔓菁は、夏則ち枯れて、當に此の時、蔬圃の中に復た之を種ゑるべし。之を雞毛菜と謂ふ。心《しん》を食するは正に春時に在り。諸菜の中、有益無損、世に於いて効有り。采擷の餘（野菜として採った残り）は子を收《と》って油と爲し、根は過食すれば動氣す」とあるように、蔓菁（蕪菁）は葉を蔬菜、根を根菜として利用するだけでなく、種子は油料としても用いられた。万葉集にあるアヲナはアブラナ科アブラナから変種として分化したカブのことをいうが、中国では『詩經《しきょう》』國風・邶風《はいふう》「谷風」の一節「葑を采り菲を采る　下体を以てすること無かれ」にある「葑」も、カブと考えられている。『陸璣詩疏《りくきしそ》』にも「葑は蔓菁なり。幽州の人、之を芥と謂ふ」と記述されている。一方、「菲」は、『爾雅《じが》』郭璞《かくはく》注に「菲草は下溼の地に生ず。蕪菁に似て華は紫赤色なり」とあって、カブとダイコンのうち花の色が薄紫色といえば、ダイコンしかない。カブは、通例、晩夏から初秋に種子を蒔き、初冬に根菜の収穫が可能な冬作物である。

『延喜式』巻第三十九「内膳司」の漬年料雑菜に「蔓根須々保利六石　料鹽六升　大豆一斗五升　蔓菁菹十石云々」とあり、カブの根は古代でも漬物として利用された。蔬菜とする葉は、ロゼット葉を形成して冬季を過ごし、春から夏にかけて茎が伸びて葉も多くつく。集中の東歌に「上野の佐野の茎立《くくたち》折りはやしあれは待たむゑ今年来ずとも」（巻十四 三四〇六）とあって、茎立（九久多知）の名が出てくる。『和名抄』にも「唐韻云　蘴　音豊　久々太知　俗用莖立二字　蔓菁苗也」とあり、『延喜式』巻第三十九「内膳司」の供奉雑菜に「蔓菁四把　准四升自正月迄十二月　莖立四把　准四升二三月」とその名がある。茎立というのは、カブのとう（薹）がたち、茎が大きく伸張したもので、春の二三月頃収穫する。鎌倉時代初期の『古今著聞集』巻第十八に「くゝたちを前にてゆでけるに、なべのはたよりくゝたちの葉さがりたりけるを見て云々」という一節があり、アヲナと並んで重要な蔬菜であったことがわかる。

現在では、アオナの名はまず使うことはなく、もっぱらカブと呼ぶが、この名は、『和名抄』「菜蔬部」に「蔓菁　蘇敬本草注云　蕪菁阿乎奈（中略）毛詩云　采葑采菲　音斐　無以下體　加布良」とあるから、平安時代にはこの名があったことがわかる。後に、アヲナは青菜として葉菜類の総称となり、蔓菁はカブラナとして区別されるようになった。万葉歌に朝菜、春菜、若菜などを詠ったものが散見されるが、歌の内容から野生の菜類（ナズナなど）を採集したものと思われ、外来植物で野生品のない蔓菁とは言い難く、万葉集でカブを詠った歌は冒頭の例歌一首だけである。

蔓菁にはいくつかの別名があり、蕪菁や葑もその例であるが、そのほかに諸葛菜《しょかっさい》というのがある（『本草綱目』より）。この名の由来は、劉禹錫《りゅううしゃく》の『嘉話錄』に記載されている。要約すると、中国三国時代蜀の伝説的天才軍師であった諸葛孔明《しょかつこうめい》は、兵士に命じて進軍した地に蔓菁を植えさせたが、その理由として、一つに少しでも苗が生えれば生で食える、二には葉が伸びれば煮て食える、三には長く滞在すればますます繁茂して成長する、四には棄てても惜しいものではない、五には再来したときでも探しやすい、六には冬でも根があって食えることを挙げ、ほかの蔬菜に比べて利用価値が高いことに着眼したという。現在では、同じアブラナ科のオオアラセイトウの別名にしばしばこの名が使われるが、オオアラセイトウは観賞価値はあっても食用にはならず、別名のハナダイコンの方がふさわしい。

七草粥でおなじみの春の七草にスズナがあるが、これはアヲナすなわちカブのことをいう。その漢名として、菁のほか、菘の字が充てられることがある。『本草和名《ほんぞうわみょう》』に「菘 仁諝音嵩蘇敬曰不生北土 牛肚菘 葉大 □菘 葉落 白菘 似蔓菁已上二名出蘇敬注 一名冬繁一名犻耳一名牛耳一名百葉 已上出兼名苑 和名多加奈」とある。また『和名抄』でも「方言云 趙魏之間謂蕪菁爲大芥 小者謂之辛芥 音介 太加奈」とあるから、今日いうタカナと同じカラシナの類である。ところが、中国では『名醫別錄《めいいべつろく》』上品に菘菜の名で収載され、ハクサイ（白菜）のことをいう。今日のような結球白菜が日本に伝えられたのは明治時代であるが、非結球白菜が古代日本に伝えられていたという証拠はない。いずれにせよカブに菘の字を用いるのは正しくなく、なんらかの経緯で誤って充てられたと思われる。ここでそれについて考証してみよう。平安時代の宮中で始まった風習に、「上の子《ね》の日の供若菜《わかなをぐうす》」があり、室町時代の有職故実書である『公事《くじ》根源《こんげん》』（一条兼良）に次のように記述がある。

> （略）又天暦四（九五〇）年二月廿九日女御安子の朝臣、若菜を奉る由李部王記に見えたり（『李部王記』逸文では一月となっている）。若菜を十二種供ずる事あり。そのくさぐさは若菜、はこべら、苣《ちさ》、芹《せり》、蕨《わらび》、薺《なずな》、葵、芝、蓬《よもぎ》、水蓼《みずたで》、水雲《もずく》、松と見えたり。此の松の字のこと、白河院の御時、師遠に御尋ありしかば、若松とかきて、こほねと讀むなり。もし此の事にて侍るかと申しき。松を添へて奉る、さてはひがことなりと上皇仰せられ侍りき。

若菜ではない松があることに疑念をもち、若松と書いて「こほね」と読む、このことをいうのかと尋ねているのである。「こほね」とは、『和名抄』に「崔禹食經云 温菘 音終 古保禰」とあり、温菘すなわちハマダイコンのことで、これが栽培化されて根が肥大化したものがダイコン（大根）であり、本草学でいう萊菔に相当し、『新修本《しんしゅうほん》草《ぞう》』から収載されている。『和名抄』にも「爾雅注云 葍 音福 於保禰 俗用大根二字 兼名苑云 萊菔」とあり、和名を「おほね」としている。『公事根源』の記述から推測するに、これ以降、十二種の若菜に菘が含まれるようになり、スズシロ（蘿蔔、大根のこと）、スズナの二名が発生して七草に含められ、スズナをアヲナすなわちカブラナとしてしまったと思われる。菘の古音は「スウ（嵩に同じ）」であるから、「菘の菜」が訛ってスズナとなり、大根の根は白いから、「菘の白根」が訛ってスズシロとなったと考えられる。ダイコン・カブともに辛味があるが、トウガラシとちがって清涼感があるから、「涼し菜」、「涼し白根」から転じたという説がある。ともに中国本草の収載品で、薬味が涼だからというのであるが、実際の薬味は、前者は大温、後者は温であるからこの説は当たらない。

カブは、ヨーロッパの地中海沿岸あるいはアフガニスタン周辺の原産といわれ、冬季に成長する越年草である。冬に雨が多く夏に乾燥する地中海気候に適応した植物であり、もともとは麦作に付随する雑草であったといわれる。紀元前のはるか古い時代に欧州で栽培化されたが、現在ではあまり栽培されない。『日本書紀』の持統七（六九三）年三月十七日に、「詔して、天下をして、桑、紵《からむし》、梨、栗、蕪菁等の草木を勧め殖ゑしむ」という記述があり、一三〇〇年ほど前にはすでに伝わっていた。縄文前期の鳥浜《とりはま》貝塚（福井県若狭町）からカブを含むアブラナ類の種の遺体が出土したという報告もあり、これだと同じ越年草である麦の渡来が弥生時代前期とされるから、これより先にカブが伝わったことになる。

カブが原産地より多くの品種群に分化したのは、東アジアとりわけ日本・中国においてであり、今日でも重要な葉菜・根菜となっている。特に、江戸時代では栽培が盛んで、多くの品種が育成された。京都の聖護院カブは重さ四キロほどになり、千枚漬けとはこれを薄く切って漬物としたものである。また、各地には近江カブ、四天王寺カブなどの名産品も輩出し、『本草綱目啓蒙《ほんぞうこうもくけいもう》』（小野蘭山《おのらんざん》）にも記載されている。根だけではなく、葉菜としても多様化し、長野県の野沢菜漬はその代表的なものである。そのほか、調理法もかぶら蒸しなど多士済々で、あたかも日本がカブの原産国であるかのようである。カブが好まれるのは適度の酸味と辛味があるからであろう。辛味の本体は4-メチルチオ-3-ブテニルイソチオシアネートと称される精油成分であるが、グルコシノレートという含硫配糖体が分解して生成した二次成分である。

い

いちし（壹師）

タデ科（Polygonaceae）ギシギシ（***Rumex japonicus***）

道の辺の　いちしの花の　いちしろく　人皆知りぬ　我が恋妻は

路邊　壹師花　灼然　人皆知　我戀孋

（巻十一　二四八〇、詠人未詳）

【通釈】 注に「或る本の歌に曰く、いちしろく人知りにけり継ぎてし思へば（灼然人知尓家里繼而之念者）」とある。寄物陳思歌でイチシという草に寄せた。灼然は明らかな様、光り輝く様を意味する漢語であり、第一句・二句は「いちし」の同音利用の序であるから、灼然は「いちしろく」と訓じ、「いちじろ（著）し」の意。この歌を通釈すると、道辺のイチシの花のようにはっきりと人は知ってしまいました、私の恋妻はとなる。一方、ある本の歌では、はっきりと知ってしまいました、ずうっと思い続けているのでとなる。

【精解】 万葉集にイチシの名で詠まれる歌が一首あるが、後述するように、それがどんな植物であるか、幾多の万葉学者をして不詳と言わしめた集中有数の難解植物である。平安時代後期の『古今和歌六帖』第六に「路の辺の壱師の花のいちしろく人みな知りぬ妹に恋すと」という、この万葉歌とほとんど同じ内容の歌がある。この後、三百年ほどして、鎌倉時代の歌集に突如として「いちしの花」を詠った歌が出てくる。

立つ民も衣手白し道の辺のいちしの花の色にまがへて
（『夫木和歌抄』、九条道家）

あられけり我にもあらでみにおはぬいちしの花のいちじるき世も
（『新撰和歌六帖』、藤原為家）

時しあればたつのいちしのいちしろく咲けども花をうることぞなき
（『同上』、藤原知家）

しるべせよいちしの花の名にし負はばまたうへもなき道の行くへを
（『同上』、葉室光俊）

道家《みちいえ》・為家《ためいえ》・知家《ともいえ》の歌は、いずれも万葉歌を本歌取りしたもので、道家の歌に「衣手白し」とあるから、イチシは白い花をつけると考えられていた。光俊の歌だけは「いちしの花の名にし負はば」とあるように、それから一歩踏み出して、「いちしの花」が名に価するすなわち人目を引くほどであったことを示している。しかし、これ以降、二度と「いちしの花」が文学やその他文献に登場することはなかった。万葉歌とあわせて五首の歌からイチシが何であるかを考証する。

難解植物とはいうものの、イチシの正体について、ヒガンバナ説、クサイチゴ説、エゴノキ説、ギシギシ説など諸説が提起されている。まず、有力とされる説の長短所について簡単に解説する。

ヒガンバナ説は、最近になって支持者が急増し、今日では定説であるかのような印象を受けるほど勢いがある。植物学者の牧野富太郎（一八六二―一九五七）は、灼然を「いちじろく」と解釈し、それまでは漠然と白花というイチシのイメージを一変させ、花の鮮やかな植物までその対象に広げ、ヒガンバナ説を提起した。しかし、日本に野生するヒガンバナは三倍体であって種子をつけないから、外国から渡来したと考えなければならない。中国揚子江流域の西南に二倍体がわずかながら分布しており、それが三倍体化し、各地に人の移動とともに広がったと考えられている。鱗茎《りんけい》にデンプンを含むので救荒植物として有史以前に持ち込まれたとしたのは前川文夫（一九〇八―一九八四）であった。鱗茎のデンプン含量は約十五～二十《パーセント》ほどで低くはないが、リコリンなどの有毒アルカロイドを丹念に除く必要があり、実際の収量はかなり少なくなる。また、ヒガンバナの地上部は、九月頃の短い花期のほかは、冬から初夏まで葉が出るだけで、一年の大半は目立たず、食糧として必要なとき、すなわち根に十分デンプンが蓄えられているときに採集するのが困難という欠点がある。したがって、栽培でもしない限り、有効な利用は困難であり、実際に救荒植物として利用されたことはほとんどなかっただろう。意外なことだが、原産地の中国でもヒガンバナの存在感は薄く、『本草綱目拾遺《ほんぞうこうもくしゅうい》』にある異名「螳螂花《しょうろうか》」はゴキブリの花という意味で、決して中国人に好かれていたわけではない。

また、あれだけ目立つ花でありながら、古い文献に名はなく、本草学でも石蒜の名前で宋代の『圖經本草《ずけいほんぞう》』（蘇頌《そしょう》）に初めて収載されたぐらいだから、万葉時代の日本にあったかどうかははなはだ疑問と言わざるを得ない。『萬葉植物新考』では、山口県熊毛にイチシバナ、北九州にイチジバナの方言名があり、イチシの古名が残っている証拠と考え、イチシのヒガンバナ説を支持した。しかし、明代の『本草綱目《ほんぞうこうもく》』に一枝箭の別名が記載されており、中国本草の日本への影響力を考えると、その音読みを反映した名である可能性が高い。牧野は石蒜がイシシと読まれイチシに訛化したと考えたが、石蒜の名も万葉時代の中国本草になかったから、これも無理がある。ヒガンバナには千以上の方言名があるといわれ、中には、シビトバナ（死人花）・ステゴノハナ（捨て子の花）・ウシノニンニク（牛の大蒜）・ヤクビヨウバナ（厄病花）・ユウレイバナ（幽霊花）・ジゴクバナ（地獄花）などの名があることから、人々に嫌われていたことがわかるだろう（以上、『本草綱目紀聞《ほんぞうこうもくきぶん》』による）。江戸時代初期の『多識編《たしきへん》』でも、ヒガンバナを之尓比土乃波奈《しにひとのはな》としているから、それがむしろ正名であったのであり、近世までの日本人はむしろ縁起の悪いものと考えていたのである。これはヒガンバナに限らず、同属近縁種も同様である。キツネノカミソリは日本に原生し、真紅の派手な花をヒガンバナより長い間咲かせるが、これも古典文学に紹介されたことを聞かない。

このような背景にあってはヒガンバナは「いちしの花の名にし負はば」とは程遠いものであることがわかるはずだ。マンジュシャゲ・ヒガンバナの名は江戸時代からあり、それほど悪い印象はこの名から感じられないが、ヒガンバナの語源は、毎年彼岸入りの頃に決まって、赤い花をつけるからである。この目立つ赤い花が法華経の曼珠沙と結びついて、天上の花、赤い花の意味としてマンジュシャゲの名が起こったと思われ、ヒガンバナが仏教と結びついているわけではない。ヒガンバナは欧米人にはよく好まれ、明治以降の欧風化によって日本人のヒガンバナ観に大きな変化が起き、縁起の悪い花のイメージはほとんど消失した。イチシのヒガンバナ説はそのような背景で提唱され、また支持されているものであるから、相当に割り引いて考えねばならない。それに道家の歌の「衣手白し道の辺のいちしの花」にまったくそぐわないのは致命的である。

クサイチゴ説は、仙覚《せんがく》（一二〇三―？）がイチコノハナと考えたのに由来する。契沖《けいちゅう》（一六四〇―一七〇一）も、当初は、『日本書紀』の雄略紀九年にある「伊致寐姑《いちびこ》丘の誉田陵《ほむたのみささぎ》（応神天皇陵）」のイチビコを蓬蔂（藟）すなわちクサイチゴと考えた（『萬葉代匠記』初稿本）。イチビコはイチゴとイチビの両方の語源になったと考えられているが、その植物としての存在感の希薄さ、すなわち「いちしの花の名にし負はば」というほどアピールするものがないことが弱点である。ただ、道辺に普通に生え、「いちしろく」との整合性には申し分ない。

エゴノキ説は白井光太郎《しらいみつたろう》（一八六三―一九三二）が唱え、イヅサ、イッチャというイチシの類名が方言名として存在することを論拠として挙げたが、道辺に生えるという点に難がある。またエゴノキは集中、別ににチサの名前で出ていること、すなわち広く通用する名があり、イチシの字義の有効な説明がないことはこの説にとって著しく不利だろう。

ギシギシ説は、鎌倉初期の歌学書である『八雲御抄《やくもみしょう》』（順徳天皇）が「羊蹄」を「いちしのはな」としたことに発端がある。ギシギシなどタデ科スイバ属種の漢名を羊蹄菜といい、『和名抄《わみょうしょう》』に「唐韻云 菫 丑六反 字亦作蓫 之布久佐 一云之 羊蹄菜也」とあり、シという和名がある。『本草和名《ほんぞうわみょう》』でも「羊蹄 一名東方宿 楊玄操音繡 一名連虫陸 一名鬼目 一名蓄 楊玄操音勅六反 一名禿菜 一名酸摸 仁諝謨于反出陶景注 一名蓄葛 出稽疑 一名姜根 出范汪方 和名之乃祢」とあり同じ和名を充てる。漢方の要薬に大黄《だいおう》という生薬がある。今日でも瀉下剤《しゃげざい》として繁用されるが、ギシギシと同じタデ科に属し、『本草和名』に「大黄 一名黄良 一名火參 一名庸如 已上二名出釋藥性 和名於保之」とあり、オホシすなわち「大シ」となっている。したがって、羊蹄・大黄の基原植物は、同類と考えられていたことがわかる。

羊蹄は、中国では、『神農本草經《しんのうほんぞうきょう》』に下品として収載される歴史ある薬物であり、『圖經本草』には「下濕の地に生じ、春、苗を生じ、高さ三四尺、葉は狭く長く、頗る蒿苣（キク科チサ）に似て色深し。莖の節間は紫赤色、花は青白く穗を成し、子に三稜有り茺蔚（シソ科メハジキ）の若《ごと》し。夏中に卽ち枯れる。根は牛蒡に似て堅實なり」と記述されているから、確かにタデ科スイバ属種にちがいない。シは霊芝の芝とも通じるもので、霊芝は青芝・赤芝・黄芝・白芝・黒芝・紫芝の六種が『神農本草經』の上品に収載され、いずれも「久しく食すれば身を輕くし老ひず、延年神仙なり」と記載されるように、芝は不老不死をもたらす神草を意味する。一方、大黄は『神農本草經』の下品に収載され、寒熱邪気を除き積聚を癒す妙薬とされる。すなわち、病邪に犯されていない時は霊芝で生を養い、犯されれば大黄の瀉下の方で病邪を去るのであり、いずれも有用な神草と考えられたのである。正倉院には、遣唐使が持ち帰りあるいは唐使が持ち込んだ大黄が、御物として残されている。貴重な薬物である大黄は日本には産しなかったから、その代用品としてタデ属種を芝《し》、大黄は大芝《おほし》という日本独自の名前をつけて珍重したのである。『太《たい》平聖恵方《へいせいけいほう》』巻五十八に「大便の卒《にはか》に渋結して不通」の症状に羊蹄根一味を煎じて温服するとあり、これは大黄の代用の処方である。江戸時代、京都の製薬家遠藤元理《えんどうげんり》が著した『本草辨疑《ほんぞうべんぎ》』巻三の大黄の条に「羊蹄ハ河原田野所々ニ多シ。葉莖花靑ク、實ハ蕎麥《そば》ノ如ニシテ輕シ。和俗名ツケテ、シノ子《ね》。又ギシギシトモ、ウシノシタトモ、野大黄トモ云」とあり、また、『有林福田方《ゆうりんふくでんぽう》』（十四世紀中頃）にも「日本大黄ト云物不可用之。是ハ本艸ニ羊蹄大黄ト名ケル者也」

ギシギシ　花は６月～７月に咲くが、花弁がなく、萼は緑色である。

とあるから、大黄を産出しない日本では、やむをえず古くからギシギシの根をオホシの代用としたのである。ギシギシの根は大黄の薬効成分センノシドは含まないが、アントラキノンを多量に含むので、一定の瀉下効果は期待できる。また、『延喜式』巻第三十九「内膳司」の新嘗祭供御料に「干羊蹄一籠」、供奉雑菜に「羊蹄四把」とあるように、葉を食用とした。同属種のスイバほどではないが、酸味物質のシュウ酸が含まれるので、食べるには灰汁《あく》抜きする必要がある。

　さて、イチシのシは芝であるとして、次にイチが何を意味するかが問題となる。稜威《いつ》の転訛した「いち」という接頭語がある。「いち早く」のイチでもあるが、スイバなど同属各種の中で、ダイオウに形態がもっとも似ているギシギシをイチシ（シの類の中で特に優れたものの意味）と区別したのではなかろうか。中国伝来の大黄の代用とはいえ、古代の人々は大きな期待をもってこの植物に接していたはずだ。以上の論拠を以って、本書ではギシギシ説を支持する。

契沖は『萬葉代匠記』精選本で「此花白クテ茎ノ一尺許モ立ノビテイチシルクミユル物ナレバ、イチシノ名ヲ承ナガラ灼然トハ云ヘルナルベシ」と述べて大黄説を唱え、賀茂真淵《かものまぶち》（一六九七―一七六九）もこれを支持した。が、大黄は日本に自生しないからこの説は成立しない。しかし、この文言に大黄の代用品であるギシギシをそのまま当てはめても不自然ではない。ギシギシ説の難点として、地味な花が「いちしろく」とそぐわないことが指摘されてきたが、集中巻四の六八八「青山を横ぎる雲のいちじろく吾と咲《ゑ》まして人に知らゆな」の「雲のいちじろく」と同じ意であれば、冒頭の歌の「いちしの花のいちしろく」は、イチシの花が派手である必要はないだろう。タデ科の中でギシギシ属の植物は、いずれの種の花も地味でほとんど注目されることはないが、花が終わった後の実はユニークな形態をしており、果穂もなかなか趣がある。古代人がこの果穂を花と誤認した可能性もあるのではなかろうか。現代人は、「いちしろく」に現代の感性を持ち込み、必要以上に派手さを求めているといったら過言であろうか。ここは古代人の感性でものを考えるべきで、後世の日本人ですら毛嫌いするような毒々しいヒガンバナを当てる理由はまったくないだろう。

　最後になってしまったが、羊蹄は万葉歌に二首ほど出てくる（巻十の一八五七、巻十六の三七八八）が、単に強意の助詞「し」の音を表すために用いられていることもあわせて指摘しておきたい。ほかに万葉仮名はいくらでもあるのに、なぜ羊蹄を使ったのかわからないが、この薬用植物が一目置かれた存在であったというのは誇張であろうか。

いちひ（伊智比）　ブナ科（Fagaceae）イチイガシ（*Quercus gilva*）

愛子《いとこ》　汝夫《なせ》の君　居り居りて　物にい行くとは　韓国《からくに》の　虎といふ神を　生け捕りに　八頭《やつ》捕り持ち来　その皮を　畳に刺し
伊刀古　名兄乃君　居々而　物尓伊行跡波　韓國乃　虎云神乎　生取尓　八頭取持來　其皮乎　多々弥尓刺
八重畳　平群《へぐり》の山に　四月《うづき》と五月《さつき》との間《ほど》に　薬猟《くすりがり》　仕ふる時に　あしひきの　この片山に　二つ立つ　櫟《いちひ》が本《もと》に　梓弓《あづさゆみ》
八重疊　平群乃山尓　四月與五月間尓　藥獦　仕流時尓　足引乃　此片山尓　二立　伊智比何本尓　梓弓
八つ手挟《たばさ》み　ひめ鏑《かぶら》　八つ手挟み　鹿《しし》待つと　吾が居る時に　さ雄鹿の　来立ち嘆《なげ》かく　頓《たちまち》に　吾は死ぬべし　王《おほきみ》に
八多婆佐弥　比米加夫良　八多婆左弥　完待跡　吾居時尓　佐男鹿乃　來立嘆久　頓尓　吾可死　王尓
吾は仕へむ　吾が角は　御笠《みかさ》のはやし　吾が耳は　御墨の坩《つぼ》　吾が目らは　眞澄《ますみ》の鏡　吾が爪は　御弓の弓弭《ゆはず》　吾が毛らは
吾仕牟　吾角者　御笠乃波夜詩　吾耳者　御墨坩　吾目良波　眞墨乃鏡　吾爪者　御弓之弓波受　吾毛等者
御筆《みふみて》はやし　吾が皮は　御箱の皮に　吾が肉《しし》は　御膾《みなます》はやし　吾が肝も　御膾はやし　吾がみげは　御塩のはやし
御筆波夜斯　吾皮者　御箱皮尓　吾完者　御奈麻須波夜志　吾伎毛母　御奈麻須波夜之　吾美義波　御鹽乃波夜之
耆《お》いし奴《やっこ》　吾が身一つに　七重花咲く　八重花咲くと　白《まを》し賞《は》やさね　白し賞さね
耆矣奴　吾身一尓　七重花佐久　八重花生跡　白賞尼　白賞尼
（巻十六　三八八五、乞食者《ほかひびと》）

【通釈】 序に「鹿の爲に痛《いたみ》を述べて作れる」とあり、平群《へぐり》の山で四月から五月の初夏に行われた薬狩を詠った。詠人の「乞食者《ほかひびと》」についてはニレの条を参照。第一句は狩りの参加者に対する呼びかけの言葉。「い行く」の「い」は動詞の上につく意味のない発語で、「い座《ま》す」、「い向ふ」、「い渡る」などの用例がある。「韓国」は朝鮮半島、神は恐ろしいものの意で、当時は南部でも虎が生息していた。「韓国の」から「畳に刺し」までは「八重畳」を導く序。「平群の山」は奈良県生駒市にある山地。「八重畳」は平群に掛かる枕詞。「梓弓」はアズサの木でつくった弓（アヅサの条を参照）。「手挟む」は手で挟みもつこと。「御笠のはやし」のほか、四句に「はやし」が出てくるが、「もてはやす」、「いいはやす」などと同じで、栄えさす、映えさすの意で、褒め立てることが転じて装飾や添え物の材の意となり、結句に動詞として出てくる。「吾が耳は云々」、「吾が目らは云々」は実際に当該物に使ったのではなく譬《たと》えである。「吾がみげは」の「みげ」は胃袋のこと。「耆矣奴」は「老いはてぬ」と訓ずる説もある。

歌の内容は、「愛しき人、我が貴き友よ、（ずっと家にいて、外に出ては、韓国の虎という恐ろしいものを生け捕りに、八頭も捕獲して持ち帰り、その皮を畳に刺した八重畳の）平群の山々で四月と五月のあいだに薬狩に仕えていらっしゃるとき、この片山に二本立ち並ぶイチヒの木の下で、梓弓を八つ手に挟みもち、小さい鏑《かぶら》を八つ手に挟みもって、鹿を待って私が居るときに、鹿が来て嘆くことに、たちまちに私（鹿のこと）は（射取られて）死ぬでしょう。（しかし私は後悔しません）大《おお》君《きみ》のお役に立つでしょう、私の角は御笠を飾り、耳は墨壺に、目はよく澄んだ鏡に、爪は御弓の弓弭《ゆはず》に、毛は御筆に、皮は御箱に、肉は御膾に、肝も御膾に、胃袋は塩漬けに、老いた奴の身一つに七重に八重に花が咲くと申して褒めて下さい、褒めて下さい」となり、途中から鹿を擬人化して吾として詠む。

イチイガシ　高さ30メートルほどにもなる常緑高木で、幹は直径1.5メートルに及ぶこともある。4月～5月に花が咲き、どんぐりはその年の秋に熟する。

【精解】 右の歌は長歌で、イチヒを詠んだ歌として紹介するが、内容的に主役は動物の鹿である。

『和名抄《わみょうしょう》』に「崔禹食經云 櫟子 上音歷 伊知比 相似大於椎子者也」、また『新撰字鏡《しんせんじきょう》』にも「櫟 一比乃木」とあり、その漢名を櫟としたことがわかる。『爾雅《じが》』釋《しゃく》木《ぼく》に「櫟、其の實は梂なり」、『説文解字《せつもんかいじ》』にも「櫟、木也」、「梂、櫟實なり」とあり、梂は丸い実のなる木をいい、通例、ブナ科の木本の中でもクヌギ類を指す。『詩經《しきょう》』國風・秦風の晨風《しんぷう》の一節「山に苞櫟有り 隰《さわ》に六駁有り」にも苞櫟（叢生する櫟の意）として出てくるが、『設文解字』段玉裁注に「秦人、柞櫟を櫟と爲すと謂ふ。（中略）椒椴の屬、子は房に生じ梂を爲す」とあり、クヌギの実はしばしば房なりになるから、櫟はクヌギ類としてよいだろう。しかしながら、日本では橡をクヌギに充てたため（ツルバミの条を参照）、櫟をイチヒとしてしまったのである。『本草和名《ほんぞうわみょう》』に「椎子又有櫪子 相似而

大於椎出崔禹　和名之比」とあり、イチヒ（櫟）がシヒ（椎）とよく似たものであることを示唆する。櫪は『説文解字』に「櫪、櫪撕なり。椑指なり」とあるように、字義に関係があるわけではないが、櫟と音が同じなのでしばしば同一物と見なされた。『日本書紀』景行天皇紀十八年七月四日の条に「（天皇）是何の樹ぞとのたまふ。一《ひとり》の老夫《おきな》有りて曰《まう》さく、是の樹は歴木といふ」とある歴木は一般にはクヌギと訓ずるが、『新撰字鏡』の「櫪　久奴木」を論拠にしている。古代の自然植生ではクヌギは少ないので、『本草和名』がシヒとよく似ているとするイチヒと考えるべきだろう。

　イチヒはシイの仲間であるように思えるが、分類学的にはカシの仲間で、今日でいうイチイガシに充てられる。なぜシイの仲間とされたかというと、カシ類では例外的にイチイガシの種子はあくがほとんどなく、生食できるからだ。イチイガシは関東地方南部以南のわが国の照葉樹林に生え、幹は直立して高さ二十《メートル》、胸高直径七十《センチ》に達する常緑高木である。人家や神社仏閣に植栽されることがあり、大きいものは樹高三十《メートル》、胸高直径一・五《メートル》に達し、天然記念物に指定されているものもある。『古事記』の「景行天皇紀」に「その出雲建《いづもたける》を殺さむと欲《おも》ひて到りまして、すなはち友と結《な》りたまひき。故、竊《ひそ》かに赤檮もちて、詐刀《こだち》に作り、御佩《みはかし》として、共に肥《ひの》河に沐《かはあみ》したひき」という一節があり、赤檮をイチヒと訓じている。『日本書紀』の「用明紀」の二年に「舎人迹見《とみの》赤檮、勝海連《かつみのむらじ》の彦人皇子の所より退くを伺ひて、刀を抜きて殺しつ。（迹見は姓なり。赤檮は名なり。赤檮、此をば伊知毘と云ふ。）」とあり、この赤檮は人名であって植物名ではないが、注に同じく伊知毘《イチヒ》と訓じられていて、上代の文献にある赤檮はいずれもそのように訓ずる。イチイガシの材は心材が赤褐色を帯び、赤檮と呼ばれても不思議はなく、おそらく材を利用するときと食用として利用するときで、名前を使い分けたのであろう。むしろ、古代の赤檮は今日のアカガシではなくイチイガシを指したと考える方が自然ですらある。イチイガシの樹皮は不規則に剥げること、気乾比重が約〇・七九でやや軽質など、日本産の同属常緑種と比べて異質であるが、そのぶん、普通のカシ類より加工性に優れている。材の柾目《まさめ》は虎班《とらふ》が美しく、農具の柄や船の櫓、建築、工芸などに利用された。

いね（稲・伊祢）

イネ科（Poaceae）イネ（*Oryza sativa*）

住吉《すみのえ》の　岸を田に墾《は》り　蒔きし稲の　しか刈るまでに　逢はぬ君かも
（巻十　二二四四、詠人未詳）

住吉之　岸乎田尓墾　蒔稲乃　而及苅　不相公鴨

稲舂《つ》けば　かかる吾《あ》が手を　今夜《こよひ》もか　殿の若子《わくご》が　取りて嘆かむ
（巻十四　三四五九、詠人未詳）

伊祢都氣波　可加流安我手乎　許余比毛可　等能乃和久胡我　等里弖奈氣可武

【通釈】第一の歌は「水田《こなた》に寄する」歌八首の一つ。「墾る」は土地を開墾するという意の古語。第三・四句の「蒔稲乃而及苅」の訓は諸説あるが、ここでは第三句を字余りとする説に従い、及苅は漢文の意訳読みで「刈るまでに」とする。歌の意は、住江の岸辺を水田に開墾して、蒔いた稲が（成長して）このように刈り取るまで逢わないあなたであることよとなり、長い間愛する人に会っていないことを嘆いている。第二の歌は東歌の相聞歌で、稲搗《つ》きの労作歌である。第二句の「かかる」はアカカリ（あかぎれの古語）ができるという意。この歌の通釈は、稲を搗《つ》いてあかぎれのできる手を今夜も御邸の若君が取って嘆かれることであろうかとなり、稲作が収穫後も重労働であったことを示唆するものである。

【精解】万葉集でイネという名が出現する歌はわずか四首しかないが、秋（田）穂・田苗代・早稲（田）など、明らかにイネを連想させる語句を含む歌は、ほかに少なくとも二十首以上もあり、古代に稲作が広く行われていたことを示唆する。その表記に関しては、漢名の「稲」（以降、本文中では新字体の稲で表わす）が三首、借音仮名による「伊祢」が一首となっている。『和名抄《わみょうしょう》』に「唐韻云　稲　徒皓反　以禰　早稲和世　晩稲比禰　杭稲也　稴　音兼　漢語抄云　美之侶乃以禰　青稲白米也」とあるように、いわゆるイネの漢名は稲だけではなく、秔《こう》・稴《れん》もあった。『通訓』に「稲、今の蘇俗、凡そ粘る者粘らざる者、統べて之を稲と謂ふ」とあるように、稲はさまざまな品種に分化したイネを総称する名であるが、後述するように、古くはいくつかの名に分化していた。

今日、ウルチ米とモチ米の二種の米があることはよく知られているが、古くからそれぞれウルチ、モチと称されていた。ウルチとモチの区別は、粘りの有無にあり、含まれるデンプン質の組成（アミロースとアミロペクチン）によって決まってくる。ウルチはアミロースの割合が多く、逆にモチはそれをほとんど含まずアミロペクチンだけからなる。『通訓』に「稬、今、又稻の黏る者を以て稬米と爲し、其の黏らざる者を稉《こう》米と爲す」とあり、稬をモチ、稉をウルチに充てた。今日ではモチを表わす漢字は糯あるいは穤であるが、いずれも稬の俗字である。一方、稉の正字は秔で、粳《こう》も俗字として用いられる。ウルチに関しては、『集韻』に「秈《せん》は、方言（『輶軒使者絶代語釋別國方言』前漢揚雄の著）に、江南稉を呼びて秈と爲す。或は粈《せん》に作る」とあり、秈あるいは粈もあって、稉との区別を難しくしている。

実は、米の粘りによる品種の区別は、ウルチ・モチだけではなく、ジャポニカ種・インディカ種という育種学上のもう一つの大きな分類があって、古い時代ではこれらを系統的に区別しなかったから、漢名と各品種との対照をややこしくしているのである。栽培イネの形態的特徴から、インディカ種とジャポニカ種に大別したのは、九州帝国大学教授加藤茂苞《かとうしげとも》（一八六八―一九四九）であり、一九二八年のことであった。ジャポニカ種は短粒、葉身《ようしん》は幅狭く濃緑色、籾《もみ》に毛多くしかも長毛、芒《のぎ》は長く（ときに無芒）、脱粒性はあまりなく、また茎は倒れにくいが、イモチ病に弱い性質をもつ。一方、インディカ種は対照的に長粒で、葉身は幅広く淡緑色、籾に毛少なく短毛、芒はなく、脱粒性がかなりあり、また茎は倒れやすく、イモチ病に強い性質をもつ。この両種の形態の差は軽微に見えるが、あらゆる形質で両品種群に分類可能であること、交雑で不稔性を生じる傾向を示すことから亜種レベルにまで分化していると考える研究者もいるほどであり、今日でも育種学などでこの分類は広く用いられる。

ジャポニカ種は粘り気があって寿司やオニギリができる。一方、インディカ種はぱさぱさしていてピラフなどに適しているが、寿司・オニギリにはならないから日本では不評である。粳と秈の区別は、ウルチ・モチの区別ではなく、ジャポニカ種とインディカ種の区別と考えられ、現在の中国ではジャポニカ種を粳、インディカ種を秈と称している。ややこしいことに、ジャポニカ種とインディカ種のそれぞれにウルチとモチの両型があるので、粘りだけによる分類では混乱が起きるのであり、結論をいえば秈はインディカ種のことである。

今日では、イネの実といえば米であるが、古い時代には米は必ずしもイネの実だけを意味せず、粟《あわ》・黍《きび》のほか、マコモ・ヒシ・ハスなどの実も指していた。このことは『本草和名《ほんぞうわみょう》』に粟米《あわのうるしね》・丹黍米《あかききび》・白粱米《しろきあわ》とあるのを見ればよくわかる。米は『和名抄』に「陸詞切韵云　米　其禮反　與禰　穀實也」とあり、ヨネと訓じた。『本草和名』に「粳米　楊玄操音古行反俗杭字也　粃米　音匕是被含秠穀未熟者曰粃　米粉　一名爛米　已上三名出崔禹　和名宇留之祢」とあり、粳米すなわちウルチ米をウルシネと呼んでいたが、シネとはヨネの

イネ（水稲）　種実（米）の実りは9月〜10月。実るほど稲穂は垂れるようになる。

別訓である。米をコメと読むようになったのは後世になってからであるが、コメという語彙自体は古くから存在していたことは、『日本書紀』の皇極天皇二（六四三）年十月十二日の条にある「岩の上《へ》に小猿米焼く米だにも食《た》げて通らせ山羊《やまし》の老翁《をぢ》」という童謡を見ればわかる。この歌が焼き米のことを歌っているのは、『和名抄』に「唐韵云　糒　音篇　今案糒米　也岐古米　焼稲爲米也」とあり、粟や黍では粒が小さすぎて焼き米にしにくいから、稲米であったと推定されている。稲米だけが米でなかったのは、古代では五穀など複数の穀類の実を米と総称していたからである。水田の開墾が進み、稲米の収穫量がほかの穀類を圧倒するにつれて、米はイネの実だけを指すようになった。

　次に本草学の観点からイネを考察する。イネは稲の名で『名醫別《めいいべつ》録《ろく》』下品に収載され、結論からいうと、中国本草は稲について一般通念とは若干異なる見解をもっていた。『本草綱目《ほんぞうこうもく》』（李時珍）の稲の条の釋名によれば、「稲、稌は秔、糯の通稱なり。（中略）本草則ち専ら糯を指し、以て稲と爲すなり」とあり、また『本草衍義《ほんぞうえんぎ》』（寇宗奭《こうそうせき》）が「今、酒を造る者は是此れなり。水田の米は皆之を稲と謂ふ。前、既に粳米と言ふは卽ち此の稲米、乃ち糯稲にて疑ふこと無し」と述べていて、本草学のいう稲は今日いう糯《もち》米であることは明らかである。『通訓』に「古は則ち粘る者を以て稲と曰ひ、粘らざる者を秔と曰ふ」とあるように、古くは稲米といえば糯米であったことと符合する。また、稲と同義とされる字に稌があり、『説文解字』に「稌は稲なり」、『集韻』に「稌は稉稲なり。今の俗、尚ほ稌穈酒と謂ふ」とあるから、これも糯米であってウルチ型の粘るものではない。

　『名醫別録』中品にある粳は、『本草經集注《ほんぞうけいしっちゅう》』で陶弘景《とうこうけい》が「（粳米）卽ち人の常に食する所の米なり」と述べ、また、李時珍が「粳乃《すなは》ち穀稲の總名なり。早中晩の三収有り。諸本草、獨り晩稲を以て粳と爲すは非なり。黏る者は糯と爲し、粘らざる者を粳と爲す云々」と述べていることから、いわゆるジャポニカ種のウルチ型と考えてよいだろう。『本草綱目』から収載されるようになった秈は、『集解』に「秈は粳に似て粒は小なり。閩《びん》人、種を占城國（ベトナム中部にあった国という）にて得るより始む」とあり、江南人が南方から導入したというから、インディカ種を指すことはまちがいない。太唐米ともいい、ベトナム・タイ・インドなどアジア大陸部の熱帯で栽培されるのはこの種であるが、日本人の嗜好には合わずまったく不人気である。

万葉集にはイネを詠った歌のほかに、秋田之穂（または秋穂）とあるのが九首あるなど、明らかに稲作に結びつく歌が多くあり、全部合わせると約三十首にもなる。稲米はほかの穀物より主食としてずっと優れていたから、第一の例歌にあるように、古代では積極的に水田の開墾が行われた。また、早稲（速稲・和世）、苗代の語も万葉歌にあることから、早稲《わせ》種のイネがあり、苗代《なわしろ》を育てて田植えが行われていたことがわかる。

後述するように、イネはもともと湿潤温暖気候の南方作物であるから、寒害や旱魃《かんばつ》に弱く、古代にはしばしば飢饉が起きた。『三大《さんだい》實録《じつろく》』巻第十八に「貞觀十二（八七〇）年五月廿六日丁丑、河内國年穀登《みの》らず、民飢饉に苦しみ、太政官處分、境内富豪の貯稲一萬三千束を借りて百姓に班給し、秋を待ちて返給せしむ」とあるように、備蓄した籾を農民に貸し出し、収穫期に返済させて飢饉を乗り切ってきた。これは平安初期のことであるが、古墳時代から奈良時代までの気候はもっと寒冷であったといわれ、『日本書紀』などに災害が頻発したことが記述されているので、米の収穫にも大きな影響があったことはまちがいない。古代の稲作は農民にとっては大きなリスクであった。

イネは日本列島に原生しないから、国外から伝来したことは言うまでもない。今日、イネは水田で栽培されるが、日本列島最古の確実な水田遺構は二千六百年前の佐賀県菜畑《なばたけ》遺跡であり、従来は弥生時代の紀元前三世紀頃に始まったというのが定説であったが、これが覆されて、縄文晩期までさかのぼることになった。しかし、本格的な水田の構築には大規模な土木工事をともない、イネの水田耕作はコムギなどに比べてはるかに労働集約的で手間がかかるため、一定規模の栽培が行われるようになったのは小国家が設立されるずっと後の時代（弥生後期）のことである。ジャポニカ種は温帯ジャポニカ（現在の日本米はこれに当たる）と熱帯ジャポニカ（フィリピン・インドネシアなど東南アジア島嶼で栽培されるもの）の二種に細分されているが、菜畑遺跡で栽培されていたのは熱帯ジャポニカである。三千年以上前の縄文後期の土器に稲もみの圧痕が見つかっている（岡山県総社市南溝手《みなみみぞて》遺跡）ほか、プラントオパールは四千五百年前〜六千年前の縄文遺跡から見つかっているので、縄文時代にイネが栽培されていたことに異論はない。

これらは水田ではなく、より労力の負担の軽い畑作栽培の熱帯ジャポニカといわれ、中国江南地方から直接あるいは南島を経て渡来したと考える説でほぼ固まっている。朝鮮半島からも熱帯ジャポニカの遺物が出土しているが、日本から伝えられた可能性が高いとされる。一方、現在の日本で栽培されている温帯ジャポニカは弥生時代に伝来したといわれ、渡来人（弥生人）が朝鮮半島で確立された稲作技術をもちこんだものとするのが定説であった。しかし、遺伝子解析技術を用いたイネの系統解析、および稲作に付随する習俗などの民俗学的観点から、中国江南地方から直接ルートで九州に渡来した可能性を示唆する説も提出され、農学・植物学・民俗学の研究者から広い支持を集めている。

一方、考古学者は、朝鮮半島南部と北九州の稲作遺構の出土品（田船、田下駄、イネの収穫に用いる石包丁などの農機具）がよく似ており、中国東北から朝鮮に固有の支石墓が付随することから、弥生稲作の朝鮮起源説を支持する。稲作における農機具の役割を過大評価しているのは、農耕に対して考古学者が十分な知識をもっていない証拠である。古代エジプトでは、家畜や進んだ農機具を用いて、大規模な小麦耕作が行われていたことはよく知られるが、水田による稲作は家畜や農機具で飛躍的に効率化できるというものではない。フィリピン・ルソン島北部のバナウエに世界最大規模の棚田があり、二千年以上前から急峻な山地を開墾して稲作が行われてきたが、驚くことに、あれだけの棚田を、バナウエの農民は、根菜農耕文化から受け継いだ掘り棒一本で、造り上げたのである。朝鮮半島で稲作が熟成してから日本に渡来したのであれば、朝鮮の稲作遺構の方が日本よりずっと古いはずだが必ずしもそうなっていないこと、また温暖湿潤を好むイネの栽培には朝鮮半島は九州よりずっと不利であって、吉野ケ里《よしのがり》遺跡よりずっと小規模の集落遺跡しか見つかっていない朝鮮で、熟成・完成したと考えるのは無理がある。むしろ、中国江南から稲作技術をもった民族が、東シナ海を渡り、朝鮮西南部と九州にほぼ同時期に達し、農機具・諸道具などは後になって相互交流で伝播し共通化したと考えるのが自然である。稲作遺跡より出土する道具類が必ずしも稲作農耕に必須のアイテムでないことはフィリピン・バナウエの農民がわずか一本の掘り棒で棚田を築き上げたことから明らかであろう。

世界最古の稲遺体は中国揚子江中流域にある彭頭山遺跡から出土し、八千五百年前とされる。また、同河口付近の河姆渡《かぼと》遺跡（約七千年前）から百二十トンものモミやワラの遺体が出土している。今日では稲作の起源地は揚子江流域と考えられ、そこからイネが日本列島に渡来して弥生文化が始まった。最近の研究では、イネだけではなく稲作民も大陸から渡来し、縄文文化とはまったく異質の弥生文化が日本列島に展開したとされている。稲作自体は、弥生以前の縄文時代にもあったという考古学的証拠があり、従来考えられていたより古い時代に始まっていた。もちろん、本格的な稲作の開始はやはり弥生時代であって、時代を経るにしたがって雑穀を押しのけ、穀類の筆頭に列せられるようになった。万葉時代は日本列島で本格的な稲作が始まってから千年以上経ているわけで、万葉集の中にさまざまな形で成熟した古代の稲作文化の片鱗を見ることができる。

いはゐつら（伊波爲都良）　キョウチクトウ科（Apocynaceae）テイカカズラ（*Trachelospermum asiaticum*）

入間道《いりまぢ》の　大家《おほや》が原の　いはゐつら　引かばぬるぬる　吾《わ》にな絶えそね　（巻十四　三三七八、詠人未詳）

伊利麻治能　於保屋我波良能　伊波爲都良　比可婆奴流々々　和尓奈多要曾祢

上野《かみつけ》の　可保夜が沼の　いはゐつら　引かばぬれつつ　吾《あ》をな絶えそね　（巻十四　三四一六、詠人未詳）

可美都氣努　可保夜我奴麻能　伊波爲都良　比可波奴禮都追　安乎奈多要曾祢

【通釈】いずれも東国の相聞の歌であり、歌の内容もよく似ている。第一の歌の「入間道」は、埼玉県旧入間《いるま》郡で、「大家」は『和名《わみょう》抄《しょう》』に「入間郡大家　於保也介」とあって、旧入間郡越生町大谷とする説と、旧入間郡大井村とする説があるが、ここでは前者の説をとる。「イハヰツラ」の「つら」は蔓の訛ったもの。「ぬるぬる」は滑る、濡れるという意ではなく、解きほどける、抜け落ちるという意味の古語「ぬる」が反復によって情態副詞となったもの。第一句から三句までは「引く」の序。歌の意は、入間道の大家が原のイワヰツラを引っ張ればずるずると抜けて解きほどけるように、私についてきて絶えないようにしてくれとなり、いつまでも自分についてきてくれというのである。第二の歌の「可保夜が沼」は伊香保《いかほ》沼の別名とする説もあるが、定説では所在不詳とする。「ぬれつつ」は前述の「ぬる」と同じで、これによって第一の歌の「ぬるぬる」の意味が明確になった。歌の内容は第一の歌と同じで、第一句・二句だけを変えたものである。

【精解】万葉集には今日に伝えられていない植物名がいくつかあるが、当然ながらその同定は困難をともなう。右の東歌にあるイハヰツラもその一つで、古くから万葉学者を悩ませてきた。契沖《けいちゅう》（一六四〇―一七〇一）は「石藺葛と書べし」というものの、「如何なる物とはしらねど」ともいって具体的な植物名を挙げなかった。『本草《ほんぞう》綱目啓蒙《こうもくけいもう》』（小野蘭山《おのらんざん》）の馬歯莧（ヒユ科スベリヒユのこと）の条に「イハヒヅル伯州」とあるのをもって、白井光太郎《しらいみつたろう》（一八六三―一九三二）はスベリヒユと考えた。牧野富太郎（一八六二―一九五七）も「這ひ蔓の意にして此草地に布く故云ふ」とその語源を解釈して支持した。ヰとヒは音韻上で通ずることがあるとされ、これはさしたる問題とはなっていない。しかしながら、この説には致命的な欠点がある。

第一に、「つづら」であるから蔓性植物でなければならず、スベリヒユはおよそ蔓とはいい難く、「引けばずるずる云々」という歌にはまったくそぐわない。第二に、スベリヒユは農耕の伝播にともなって渡来した史前帰化植物であって、畑地にはよく生えるが、大家が原（荒地であればスベリヒユがあっても不思議はないが、茫々の草地を連想させる）のような原野には生えない。『萬葉古今動植正名』はネナシカズラと考えたが、これにイハヰツラという名が使われた形跡はなく、「其精液をかりて、生活するものなれば、綢繆（纏《まと》わりつくこと）の意もて、いはゐづらと名つくるか」という説明も説得力がない。しかし、ネナシカズラは大きく成長すると根が消失するので、「引かばぬれつつ」という歌の情景には非常によく合う。第二の歌で「可保夜が沼の」とあるのを重く見て水生植物と考える説もある。一つは沼縄《ぬなは》（蓴、ジュンサイのこと）、もう一つは水馬歯（アワゴケ科ミズハコベ）とするものであるが、いずれもイハヰツラという名に結びつける確証に欠け、さらに大家が原に生えるという第一の歌との整合性に難がある。『萬葉植物新考』で水馬歯説を唱えた松田修は後にスベリヒユ説に転向している。

以上は、いずれも牧野の解による「這ひ蔓」を前提としているが、齋《いは》ひ蔓と考えると、まったく別の植物すなわち記紀にあって万葉集にはないマサキノカズラが候補として浮上する。『日本書紀』継体天皇紀の七年九月に、勾大兄皇子《まがりのおおえのみこ》の歌に「八島國、（中略）我が手をば妹に纏《ま》かしめ眞栝葛《まさきづら》（原文は麼左棄逗邏）たたき交《あざ》はり云々」とあり、また『古事記』の天石屋戸《あめのいわやど》の神話の条では「天の眞拆」を鬘《かつら》にするとあるから、いずれもマサキノカズラと考えられる（ヒカゲの条を参照）。『延喜式』巻第四十「造酒司」の踐祚大嘗祭供神料に「眞前葛《まさきかづら》日影山孫組各三擔」とあり、ヒカゲノカズラとともに、マサキノカズラが神事に必須のものであったことがわかる。さらに、『十六夜日記』の一節「洲俣《すのまた》とかやいふ河には、舟をならべて、まさきのつなにゃあらむ、かけとゞめたる浮橋《うきはし》あり。いとあやふけれどわたる」にある「まさきのつな」もマサキノカズラと考えられる。このマサキノカズラも今日に名は伝わらず、その基原に関していくつかの説がある。もっとも有力なのはキョウチクトウ科テイカカズラであり、白井光太郎・牧野富太郎の両博士が支持している。テイカカズラの方言名として、マサキカズラおよびそれに類する名（マサキ・マサキノカズラ・マサキヅル・マサキフジ）が、伊豆諸島・四国・九州にあることがその有力な論拠として挙げられている。

一方、『大和本草《やまとほんぞう》』（貝原益軒《かいばらえきけん》）では「正木ノカヅラヲ、其葉花實トモニマユミニ同ジ、只其カヅラ甚長シ云々」と記述していて、ニシキギ科ツルマサキに充てる。また、『本草綱目啓蒙』にも「扶芳藤　マサキノカヅラ、ツルマサキ、ツタマサキ」とし、「葉花實共ニマサキニ異ナラズ樹上ニ蔓延シ四時青翠コレ藤本ノマサキナリ」と記述している。しかしながら、その方言名にあるのは、マユミ・

ツタの名ばかりで、マサキの名はない。マユミを別名マサキと呼ぶから、マユミカズラはマサキノカズラに等しいという見解もあるが、この名は江戸に限られた方言名で近世のものであるから、論拠としては薄弱である。

　もっとも新しい説にマサキノカズラをブドウ科サンカクヅルに充てるというのがある（『古典の植物を探る』）。これは『古今和歌集』巻二十神遊びの歌に「みやまには霰《あられ》ふるらし外山《とやま》なるまさきのかづら色づきにけり」（一〇七七）というのがあり、また、『新古今和歌集』にマサキノカズラが紅葉・落葉する植物として詠われているのを論拠とする。実は、テイカカズラも、落葉はしないが、葉が赤く色づくことが知られており、『古今和歌集』の神遊び歌はテイカカズラで十分に辻褄が合うのである。『新古今和歌集』などにある歌は、この歌の影響を受けて落葉すると勘違いして詠ったもので、平安以降では本歌取りの歌が多く、詠人が実際に植物を見ないで想像で詠ったものが多いことに留意する必要があろう。

テイカカズラ　花は５月～６月に咲き、白色で、直径２㌢ほどである。

　『古事記』にある記述を見てもわかるように、マサキノカズラは蔓につくっている。テイカカズラは、幼少品は地を這い、木があれば気根を出してよじ登って大きく成長する。実際に、蔓に適するのはテイカカズラの幼少のものであり、木に着生して成長したものはとても蔓にできそうにない。ツルマサキも木に着生してよじ登って大きく成長し、幼少のものは蔓性が弱く、これも蔓には適さない。天岩屋《あめのいわやと》の前で乱舞した天宇受賣命《あめのうずめのみこと》が身に着けたのはヒカゲノカズラとマサキノカズラの蔓であるから、テイカカズラの幼少品でなければならないのである。

　以上、記紀にあるマサキノカズラは、古来、神事に用いられたことを述べたが、本書ではそれをテイカカズラの幼少品と考えた。ふたたび、東歌にあるイハヰツラに戻るが、この意味は慎んで祀る蔓という意味にとれは、マサキノカズラにぴたりと合致する。テイカカズラは、通例、林内や林縁の木に絡まるが、野原でも木が散在するところでは生える。幼少品であれば「引かばぬれつつ」の情景にも合う。テイカカズラはごく普通に存在する藤本であるが、意外なことに文学で花に言及したものがほとんどない。これもマサキノカズラが幼少品の蔓だけを指したと考えれば矛盾しない。

う

うけら（宇家良）

キク科（Asteraceae）オケラ（*Atractylodes japonica*）

恋しけば　袖も振らむを　武蔵野の　うけらが花の　色に出《づ》なゆめ　（巻十四　三三七六、詠人未詳）
古非思家波　素弖毛布良武乎　牟射志野乃　宇家良我波奈乃　伊呂尓豆奈由米

吾が背子を　あどかも言はむ　武蔵野の　うけらが花の　時なきものを　（巻十四　三三七九、詠人未詳）
和我世故乎　安杼可母伊波武　牟射志野乃　宇家良我波奈乃　登吉奈伎母能乎

安《あ》斉《せ》可《か》潟《がた》　潮干のゆたに　思へらば　うけらが花の　色に出めやも　（巻十四　三五〇三、詠人未詳）
安齊可我多　志保悲乃由多尓　於毛敝良婆　宇家良我波奈乃　伊呂尓弖米也母

【通釈】右の歌はいずれも相聞の東歌である。第一の歌の結句「ゆめ」は強い禁止を意味する語。武蔵野は武蔵国にある野で、現在の埼玉県・東京都・神奈川県にいたる地域をいう。歌の意は、恋しかったなら袖も振りましょうに、武蔵野のウケラの花が派手に咲き誇ることがないように、あなたも顔色にあからさまに出してくださいますなとなる。第二の歌の第二句「あどか」は、何と、どうしてという意味の東国特有の方言である（ユヅルハ・カヘルデの条を参照）。「うけらが花の」は時だけに掛かるとする説、「なきものを」まで掛かるとする説の両説があるが、ここでは後者を取る。歌の意は、我が背子をどういったらいいのだろうか、武蔵野のウケラの花の（これ見よがしと咲く）時期がないのと同じように、（私たちのあいだには燃えるような恋の）時がないのにとなり、恋人への不満を漏らした歌と思われる。この二歌で詠いこまれたオケラのイメージは、後世に武蔵野を代表する風物として多くの歌で詠まれることになった。たとえば、藤原清輔《ふじわらのきよすけ》（一一〇四―一一七七）の「武蔵野のうけらが花の自から開《さ》くる時もなき心かな」（『清輔集』）はこれを本歌取りしたものである。近世では、幕末の国学者・歌人安藤野雁《あんどうのかり》（一八一〇―一八六七）が「武蔵野のウケラが花は春駒に踏まれながらも咲きにけるかも」という歌を残している。

　第三の歌の「安斉可潟」は、『常陸國風土記』に「香島の郡、東は大海、南は下總と常陸との堺なる安是《あぜ》の湖《みなと》云々」（『萬葉集注釋』より引用、著者訓読）とあり、利根川河口あたりの水域のようである。第二句の「ゆたに」は「豊かに」で、富みて安らかに、ゆったりとしての意。歌の意は、安斉可潟の潮の干潟がゆったりとしているように（私もゆったりと）思っていたら、ウケラの花のように顔色に出るのであろうかとなる。ややわかりにくい内容であるが、ウケラの花は派手に咲き誇ることがないから、その程度の顔色にしか出ないのは、切に思っていない証拠だ、という意を込めて詠ったと思われる。

【精解】 万葉集で、ウケラとある歌は三首あり、すべて東歌だけに出現する。いずれも借音の真仮名「宇家良」で表記されている。万葉集に漢名は出てこないが、『和名抄《わみょうしょう》』巻十「草木部」に「朮　爾雅注云　朮　儲律反　乎介良　似薊生山中故亦名山薊也」、『本草和名《ほんぞうわみょう》』に「朮　一名山荊　仁諝音計　一名山薑一名山連白朮赤朮　陶景注云此物有二種　一名山精　出抱朴子　一名山蒙一名蘇　已上二名出釋藥性　一名地臓　出兼名苑　成練紫芝　練伏之朮名也出神仙服餌方　和名乎介良」とある。また『新撰字鏡《しんせんじきょう》』「白朮　乎介良　二三八九月採根曝干」や『醫心方《いしんぼう》』巻一「諸藥和名」でも、すべて「をけら」とある。「うけら」は万葉集に特有の名であり、「を」、「う」の転訛したもので、同物と考えることに問題はない。朮あるいは『新撰字鏡』にある白朮という漢名から、中国本草を手掛かりにしてその基原を考証することが可能となる。朮は『神農本草經《しんのうほんぞうきょう》』の上品に収載され、別名に山薊とあるから、キク科という推定が成り立つ。白朮の名は、『本草經集注《ほんぞうきょうしっちゅう》』（陶弘景《とうこうけい》）にあり、「朮、乃ち兩種有り。白朮の葉は大にして毛有り、椏《また》を作《な》し、根甜《あま》く膏（あぶら分のこと）少なく、丸、散を作るに用ふべし。赤朮の葉は細にして椏《また》無く、根は小、苦く膏多く、煎を作りて用ふべし」という記述があり、白赤の二種があって葉の形態の違いで区別できるとしているが、これだけでは属種を推定するには不十分である。『圖經本草《ずけいほんぞう》』（蘇頌《そしょう》）では「春に苗を生じ、青色にして椏《また》無く一名山薊、其の葉の薊に似るを以てす。莖は蒿を作《な》し、幹の狀は青赤色にして、長さ二三尺。來たる夏を以て紫碧色の花を開き、亦た刺薊《アザミ》花に似て、或は黄白色の者有り。伏に入りたる（植物本体が伏せること）後に子を結ぶ。秋に至りて枯る。根は薑（ショウガ）に似て傍に細根有り、皮は黒く心は黄白色にして中に紫色の膏液有り」と記述され、『本草經集注』より詳述しているように見えるが、内容的には冗長であって、やはり属種を絞り込むのは難しい。

『紹興校定經史證類備急本草』巻二に朮の図が七種掲載されていて、その中に今日の白朮の基原植物であるオオバナオケラの特徴を表したもの（舒州朮と称する）があり、これによって少なくとも朮の基原植物の一つはオオバナオケラということができる。そのほかの六図は、およそキク科基原とは思えないものであるが、これは薬用部位である根の図を優先して描画したためで、中国本草図に共通して見られる特徴である。『本草經集注』では朮を白と赤に分けたが、『本《ほん》草衍義《ぞうえんぎ》』（寇宗奭《こうそうせき》）では白朮と蒼朮の二品に分けている。しかし、宗奭は具体的な記述を避け、『本草綱目《ほんぞうこうもく》』（李時珍）によって「白朮は枹薊なり。呉越に之有り。人多く根を取り栽蒔し、一年すれば卽ち稠《おほ》し。嫩苗は茄《なす》の如し。葉梢大にして毛有り、根は指の大さの如く、狀は鼓槌（太鼓のバチのこと）の如く、亦た拳の如く大なる者有り」、「蒼朮は山薊なり。處處の山中に有り。苗の高さ二三尺、其の葉は莖を抱きて生ず。梢の間の葉は棠梨（バラ科マメナシの一種）の葉に似たり。其の脚の下の葉は三五叉有り、皆鋸歯、小刺有り。根は老薑の狀の如く、蒼黒色、肉は白く油膏有り」と詳述された。時珍の白朮は、記述内容から『圖經本草』と同じと考えてよく、また蒼朮と称するものは、根が蒼黒色というから、今日の蒼朮と同じホソバオケラとしてよいだろう。『本草經集注』にある赤朮は、葉が細く椏《また》がないからホソバオケラであり、結局、蒼朮の異名となる。

以上、中国本草の朮の基原はオオバナオケラ、ホソバオケラであり、それぞれの根を白朮・蒼朮と称して薬用とする。このいずれの植物も和産はないが、同属の近縁種にオケラがあり、これは白朮の系統である。わが国に類縁種はオケラ以外にないから、万葉集の「うけら」はオケラとしてまちがいない。アザミに似た花をつけ、色は白〜ごく薄い紅色と地味で、筒状花だけからなる頭状《とうじょう》花序《かじょ》をなす。普通の花とちがって、満開がはっきりしないので、この性質を譬《たと》えて詠ったのが冒頭の例歌である。花期は九〜十月頃で、茎の下部の葉は偽似奇数羽状複葉になり、本草学ではこれを「椏《また》がある」と記述する。万葉集では和名で出てくるが、そのほかの上代の文献では漢名の白朮で出てくる。『出雲國風土記』では「意宇郡」の条に「凡そ諸山野の草木在る所に白朮あり」と記述され、ほかに「嶋根郡」、「秋鹿郡」、「楯縫郡」、「飯石郡」の条にもその名がある。『日本書紀』巻二十九に「天武十四（六九五）年冬十月の癸酉の朔《ついたち》丙子に、百濟の僧常輝に三十戸を封《よさ》したまふ。是の僧、壽百歲。庚辰に百濟の僧法藏・優婆塞《うばそく》（三宝に帰依した半僧半俗の在家の男）益田直金鐘《ますだのあたいこんしょう》を美濃に遺して、白朮を煎しむ。因りて絁・綿・布を賜ふ」とあり、白朮を採集したことが記されている。『延喜式』巻第三十七「典薬寮」の諸國進年料雑薬に三十二カ国から白朮の貢進があったことが記録されていて、この中に山城国・大和国・摂津国の名があるにもかかわらず、『日本書紀』ではわざわざ美濃国まで赴いて採集しているのは奇妙に思える。これに関しては後に述べる。

オケラの花　花は9月〜10月に咲き、頭花の直径は2センチ前後あり、魚の骨のような苞が特徴的である。

　オケラは、ムラサキ、キキョウ、スミレなどとともに、満鮮要素植物群と称され、大陸に分布の中心をもつ草原性植物である。日本列島が大陸と陸続きだった氷河期では、現在よりずっと乾燥した気候で、列島のいたるところに自然草原が発達していたが、最終氷期が終結してから、海進により大陸から切り離され、気候が温暖湿潤になるにつれて、これら草原性植物は分布域を縮小していったのである。したがって古代日本でもオケラは決して豊産するものではなかったはずで、有用な薬物であるが故に、各地の野《の》で栽培されていたと思われる。畿内から貢進された白朮の多くは栽培品であっただろう。不思議なことに、東国では安房国・常陸国・上総国の名がある中で、武蔵国の名はない。第一、二の例歌に「武蔵野のうけら」とあるように、やや乾燥した台地が多く、また火入れなどの人為で草原が成立しやすい武蔵野ではオケラが豊産したはずで、ごく近世においても武蔵国はオケラが多いことで知られていた。おそらくこの地方ではオケラを薬用外の目的に用いており、そのために薬用目的で根を掘るとき、見つけにくい状況にあったと思われる。俗に「オケラにトトキ（ツリガネニンジン）」というほど、オケラの若芽は山菜として賞味されるが、一般には、オケラは薬用としてより山菜として利用される方が多く、武蔵野は山菜オケラの名産地であったにちがいない。「うけら」は同地方の土名であって、これが訛って「をけら」となったと考えれば、万葉集の東歌に薬名である朮の名がないことも説明できる。

　江戸時代の著名な古方派漢方医吉益東洞《よしますとうどう》（一七〇二―一七七三）は、著書『薬徴』の中で、白朮の効用を「利水を主るなり。故に能く小便の自利不利を治す」と記述しており、要するに水分の偏在、代謝異常を治し、頻尿・多尿あるいは小便が出にくいものを治すというのである。『神農本草經』では、「風寒濕痺、死肌、痙、疸を治し、汗を止め、熱を除き、食を消す」、すなわちリュウマチ、知覚全麻痺、痙攣《けいれん》、腫れ物を治し、汗を止め、熱を去り、消化不良を改善すると記載され、東洞の『薬徴』の内容とはかなり異なっている。一方、『名醫別錄《めいいべつろく》』には「身面に在る大風、風眩、頭痛、目に涙の出るを主《つかさど》り、痰水を消し、皮間の風水結腫（浮腫のこと）を逐ひ云々」とあり、こちらの方が『薬徴』の記述に近い内容となっている。

朮に白朮・蒼朮の二品があり、それぞれ基原植物を異にすると述べたが、日本漢方では基本的にこれを区別しない。すなわち、この二品に薬効の区別はないと考え、中には両方を配合する処方もあるほどだ。日本にはオケラしか分布せず、中国の本草書の内容が理解できなかったためで、たとえば、『本草辨疑』（遠藤元理）巻二に「薬家、醫家共ニ古ヨリ蒼朮白朮取違ヘテ用ユ誤リナリ。和白朮ハ嫩根、蒼朮ハ舊根ナリ、柔ニシテ色白ク、芋ヲ截様ノ者ハ白朮ナリ、骨アリテ強ク、色蒼キハ蒼朮ナリ」とあるように、白朮・蒼朮はいずれも基原植物は同じと考えていた。実際、蒼朮の基原植物であるホソバオケラが渡来したのは江戸時代になってからで、それまでは同じ植物種の根の新旧で区別していたのである。また、『本草綱目啓蒙《ほんぞうこうもくけいもう》』に「朮ニ蒼白アリ各自異種ナリ而ドモ本邦ノ市人従來誤テヲケラノ嫩根ヲ以テ蒼朮トシ宿根ヲ以テ白朮トス」と記述されるように、ホソバオケラが日本に伝えられた江戸後期以降になっても、この混乱が続いた。したがって、江戸時代の漢方医が白朮・蒼朮の薬効に差を認めなかったのは無理からぬことであった。ちなみに、中国では、いずれも水毒を去る利水剤であることには変わりないが、白朮は益気が強く健脾・止汗の効があり、蒼朮は発散の効があり発汗作用があるとして区別され、それぞれ用途は異なる。

『神農本草經』に「久しく服すれば輕身延年して飢ゑず」とあり、また、『本草綱目』に、漢代の方仙道書『奇方異術』を引用して「朮は山の精なり。之を服すれば人をして長生、穀を辟け、神仙に到らしむ」と記述されているように、中国では朮を神仙の霊薬として賞用した。『抱朴子《ほうぼくし》内篇』巻十一「仙薬」にも「南陽の文氏説ふ、其先祖、漢末の大亂に、山中に逃げ去り、飢困して死せんと欲す。一人有りて、之をして朮を食はしめしに、遂に能く飢ゑざること數十年にして、乃ち郷里に還りしが、顔色さらに少く、氣力も故より勝れり。（中略）必ず長生せんと欲せば、當に山精（朮）を服すべしと」とあり、仙薬としての効を説く。すなわち、朮はいわゆる病気の治療だけではなく、これを服用すれば神仙の域に達し、不老長寿を得られると信じられていたのである。前述の『日本書紀』巻二十九に「天武十四（六九五）年十一月の癸卯の丙寅に、法蔵法師・金鐘、白朮の煎たるを獻《たてまつ》れり。是の日に、天皇の爲に招魂《みたまふり》しき」とあり、百済の僧法蔵らが美濃で白朮を採集し、煎じたものを天皇に献上したことが記されている。同年、九月の条に「丁卯（二十四日）に、天皇の體不豫《みやまひ》したまふが爲に云々」、つまり、天武天皇は病床にあったという記載があるので、治療に用いるために朮を採集したと一般には考えられている。しかし、病気の治療薬は朮以外に多くあるので、なぜ朮の採集だけが『日本書紀』に記載されたか、これだけでは納得できる説明は難しい。「十一月の癸卯の丙寅」という日付に注目すると、ちょうど仲冬の寅の日であって、養老神祇令が定める招魂の儀礼の日に当たることがわかる。招魂とは、魂が遊離していかないように身体に鎮め、長寿を祈願するものである。すなわち、ここに仙薬たる朮でなければならない理由がある。これに似たことは今日の風習の中にも残っている。毎年正月になると、わが国ではお屠蘇《とそ》を飲む習慣があり、一年の無病息災ならびに健康を祈願するのがその一例である。

文献上では、屠蘇の風習は平安時代までさかのぼり、『延喜式』巻第三十七「典薬寮」の冒頭に元日御薬とあり、「白散一剤度嶂散一剤屠蘇一剤千瘡萬病膏一剤供薬漆案三脚云々」と記述され、この中に屠蘇の名がある。屠蘇・白散・度嶂散は、白散を神明白散に同じとすれば、『醫心方《いしんぽう》』（丹波康頼《たんばやすより》）巻第十四に各方が収載されており、「屠蘇酒、惡氣温疫を治す方　白朮　桔梗　蜀桝　桂心　大黄　烏頭　抜楔　防風各二分（引玉箱方）」、「老君神明白散、温疫を辟くる方　白朮二兩　桔梗二兩半　烏頭一兩　附子一兩　細辛一兩（引葛氏方）」、そして「度嶂散、嶂山の惡氣、若《も》し黑霧欝勃及び西南温風有れば疫癘の候爲《た》るを辟《さ》くる方　麻黄五分　蜀桝（蜀椒）五分　烏頭二分　細辛一分　防風一分　桔梗一分　干薑一分　桂心一分　白朮一分」とあり、これらは病気を治療するための薬方ではなく、病邪を避ける目的をもって使う（避傷寒方とある）ものである。いずれの薬方も朮を配合するのは、さまざまな病気の原因となる水毒を去って気を発散させる効があるとされ、悪気温疫を去るには欠かせないと考えられていたからであり、当該目的ではもっとも重要な薬物といってよい。これらの薬方は、『外臺秘要《げだいひよう》』、『千金方』という唐代の著名な医学書にも収載され、配合生薬に若干の違いが見られるが、朮を含むことでは共通する。

元日御薬は、神仙の霊薬であって、宮中では元日から三日間これらの三薬方を天皇に献じて、一年の無病健康を祈願し、四方拝の儀式を行ったのである。飲み方に順番があり、屠蘇を東の方向に向かって一献し、二献は白散、三献は度嶂散とされた。京都下賀茂神社に残る御薬酒神事もこれと深い関連があり、かつて宮中の典薬頭（皇室の医薬を司る典薬寮の長官）から白散・度嶂散が奉納され、これを以て御薬酒を調製して宮中に献上した。この中で屠蘇散だけが今日に伝えられており、江戸時代末期から一般庶民のあいだに広まり、「お屠蘇」の風習が広く定着した。ただし、配合する生薬は時代によって異なる。現在のお屠蘇は桔梗・防風・山椒・肉桂・白朮の五種であり、『醫心方』にあるような猛毒植物のトリカブトの根を基原とする烏頭《うず》や瀉下薬《しゃげやく》である大黄は配合されていない。病邪を強制的に排出させる瀉下の妙薬である大黄、辛・大熱の性味があり体の芯から温めて寒邪を散じ湿邪を除く効のある烏頭（附子）は、朮とともに、病邪を排するというこの薬方の本来の目的からすれば必要不可欠であるが、作用の激しい薬物を除外したことはこの薬方が形骸化して一般習俗化したことを意味する。

『本草綱目』によれば、屠蘇酒は、「陳延之の小品方が云ふ、此、華佗の方なり。元旦、之を飲み、疫癘、一切の不正の氣を辟く。造法、赤朮桂心七錢五分、防風一兩、菝葜五錢、蜀椒桔梗大黃五錢七分、烏頭二錢五分、赤小豆十四枚を用《も》て、三角絳の嚢に之を盛り、除夜に井底に懸け、元旦に取り出し、酒中に置き、煎ずること數沸す。擧家（一家総出）して東に向ひ、少《わか》きより長に至りて次第に之を飲み、藥滓は井中に投げ還す。歳《としごと》に此の水を飲めば一世無病なり」と記載され、これらの方は六朝時代東晋の葛洪《かっこう》が著した医書『肘後備急方』にもあるという。すなわち、『小品方』が屠蘇酒の初見であり、後漢末の伝説の名医・華陀《かだ》が創製したものだというのである。屠蘇は、邪気を屠《ほふ》り、魂を蘇生する意といわれる。宮中での四方拝の儀は、『和漢三才圖會』や『古今要覧稿』によれば、嵯峨天皇の弘仁年中（八一〇―八二四）に始まるというが、これを裏づける文献上の証拠はない。六朝梁の宗懍《そうりん》が著した『荊楚歳時記《けいそさいじき》』（六世紀中頃）の元旦の条に「長幼悉《ことごと》く衣冠を正し、次を以て拝賀す。椒栢の酒を進め、桃の湯を飲み、屠蘇酒と膠牙の餳《あめ》を進め、五辛盤（ニンニクなど五種の辛い菜類）を下し、數于散を進め、却鬼丸を服し、各々一つの鶏子（鶏卵であるが、此も体内の邪気を祓うために飲み込む）を進む」とあり、ここにも屠蘇酒の名が見えるので、『日本書紀』巻第二十九「天武紀」の白朮の献上の記録を合わせて考えると、奈良時代以前に伝わっていたのではないかと思われる。屠蘇酒をつくるため、各生薬を散剤とし配合するので、それを屠蘇散とも称するが、白散・度嶂散とともに、『傷寒論』や『金匱要略』には収載されていない。すなわち、基本的にこの両医書を教典とする日本漢方では用いないので、屠蘇散を漢方薬というのは正しくない。

俳人の阿波野青畝《あわのせいほ》（一八九九―一九九二）に、「蒼朮はけむりと灰になりにけり」という句がある。蒼朮とは、前述したように、ホソバオケラの根茎であり、日本薬局方に収載される純然たる生薬であるが、この事実を知ったところで、青畝の句が何を意味するのか、理解するのに役に立たないだろう。俳句の季語辞典を見ると、梅雨の季語に「蒼朮を焚（焼）く」というのがあり、薬用ではなくなんらかの習俗に関係があることがわかる。蒼朮は「そうじゅつ」と「おけら」と二通りの読み方があり、前者は七音句、後者は五音句とする。日本画家で随筆家としても知られる鏑木清方《かぶらききよかた》（一八七八―一九七二）は「つゆどきになると、土蔵や納戸、または戸棚の中に蒼朮を焚きくゆらすのが、昔はどこのうちでも欠かさぬ主婦のつとめであった」と書き記している（『鏑木清方随筆集』岩波書店）。この風習は古くからあって、「蒼朮を焚く」のは、湿気を払い邪気と悪臭を去ることを目的として行うのであるが、その起源は正月や節分の日などの社前で篝火《かがりび》にオケラの根を焚いて病の鬼を祓う「おけら焚き（うけら焚きともいう）」に求めることができる。『雍州府志《ようしゅうふし》』（『續々群書類従』第八地理部に所収）に「五條天神　五條松原通西洞院西に在り、大己貴命（大国主命のこと）を祭る所なり。命、少彦名命と天下を經營し、復た蒼生（人民）及び畜産を爲《おさ》めて其の療病の方を定め、又鳥獸、昆蟲の災異を攘《はら》はんが爲に、其の禁厭の法を定め、百姓は咸《みな》恩頼を蒙《かうむ》り、毎年、節分に諸人斯の社を詣で、白朮并《なら》びに白餅を買來し、之を用ひ則ち疾病を除くと云ふ云々」（著者訓読）と記述されているように、白朮には病邪などを祓う効があるとされ、オケラの根を焚く「おけらの神事」が節分のときに行われている。

前述の『肘後備急方』には、屠蘇酒のほか、へそ（臍）の上に容器を置いてもぐさ（ヨモギの葉を乾燥し揉んで解したもの）を焚くという薫臍《くんさい》療法が記述されているという。著者の葛洪は著名な神仙家と伝えられるので、もぐさ以外の生薬を焚いてその煙を浴びることで病邪を払う処方があったとしてもおかしくない。おそらく「朮を焚く」というのは、もともとは薫臍療法に由来するもので、屠蘇散などとともに日本に伝わってきたと思われる。つまり、「おけら焚き」と「お屠蘇」の起源は同じであり、神仙色の濃い古代中国の医方にあったと考えられるのだ。「おけら焚き」を「蒼朮焚き」と表記するのは、蒼朮の辛の性味が激しく、病邪の発散の効が白朮より強いと考えられたからだろう。蒼朮の基原植物は、近世になって伝わったから、わが国で実際に用いられたのは白朮である。俳句で蒼朮を「おけら」と読むのはかかる事情があるからであり、薬物名と基原名とのあいだのねじれは簡単には解消されそうもない。

多くの人は「おけらを焚く」ことの起源は「お香を焚く」ことになんらかの関連があるのではないかと思うかもしれない。「お香」は、仏教とともに伝来したもので、沈香・白檀・桂皮・丁子・麝香《じゃこう》などの香料を、火の上で焚いて仏前を清め（いわゆる焼香のことである）、邪気を払う宗教行事「供香《くこう》」であって、人から邪気を払い去る「おけら焚き」とは性格が根本的に異なることに留意すべきである。それはインド起源の仏教思想と中国固有の神仙思想の違いに基づくものである。お香はインドを起源とし、香料原料の大部分は中国には産しないこともそれと関係がある。日本に伝来してから宗教行事としての供香は大きく性格を変えていった。平安時代になると衣服に香をたき込め、そこに移った香りを楽しむ移香《うつりが》や追風《おひかぜ》、誰《た》が袖《そで》や、部屋に香りをくゆらす空薫《そらだき》などの流儀を生み出した。平安時代の王朝文学の最高峰である『源氏物語』「帚木《ははきぎ》」に「あやしくてさぐり寄りたるにぞ、いみじく匂ひ満ちて、顔にもくゆりかかる心地するに、思ひよりぬ」という移香を描写した一節があるが、お香が貴族社会で奥深く浸透していることが理解され、ここには宗教色は微塵も感じられない。それがさらに発展し、室町時代の東山文化の精神文化と結びついて、わが国独特の香道が成立したのである。ちなみに、華道・茶道も同じ室町時代に完成したが、いずれも精神文化をともなっている点で共通しており、ここに日本文化の独自性を見出すことができる。一方、仏教の供香は、江戸時代の寛文年間（一六六一―一六七三）に線香が製造されると、葬儀や法事で抹香を焚く以外は、ほとんど線香を用いるように簡素化が進み、起源を同じくしながらも多様な香料を用いる香道と大きく乖離《かいり》していった。

うのはな（于花・宇能花・宇乃花・宇能波奈・宇能婆奈）

ユキノシタ科（*Saxifragaceae*）ウツギ（*Deutzia crenata*）

卯の花の　咲き散る丘《をか》ゆ　霍公鳥《ほととぎす》　鳴きてさ渡る　君は聞きつや
宇能花乃　咲落岳從　霍公鳥　鳴而沙度　公者聞津八

（巻十　一九七六、詠人未詳）

【通釈】夏の雑歌で「花を詠める歌」とあるが、鳥も詠む。歌の意は、ウノハナの咲きわたる丘をホトトギスが鳴き渡っていますが、あなたはお聞きになりましたかとなる。問答歌であって、この返歌は「聞きつやと君が問はせる霍公鳥しののに濡れて此ゆ鳴き渡る」であり、聞いたかとあなたがお尋ねになったホトトギスは（雨に）しっとり濡れて鳴き渡っていますと答えている。初夏の季節感がひしひしと伝わってくる問答歌である。

【精解】万葉集で「于花」・「宇能花」などウノハナ（以降は卯の花と表す）と詠まれる歌は二十四首あるが、そのうち十八首は霍公鳥すなわちホトトギスとともに詠まれている。卯の花とホトトギスは、いずれも新緑の季節を代表する花と鳥であり、それぞれの開花・鳴き始めの時期は旧暦では四月にあたる。四月を卯月と称するのは「卯の花月」に由来するといわれる。旧暦の卯月（新暦の五月）は晴天が多く、暑くも寒くもなく、もっとも過ごしやすい。翌月の皐月《さつき》は梅雨の季節で、気温が上昇して蒸し暑くなり、農作物を荒らす害虫が発生し、また高温多湿により衛生状態は悪く伝染病がはやるようになる。中国古代の術数理論でも五は悪とされ、そのため五月を悪月《あくづき》と呼んで恐れた（ヨモギの条を参照）。しかし、雨と湿気は稲作には不可欠であり、梅雨入りは田植えの時期にもあたるので、農耕上は非常に重要な季節でもあった。稲作は麦作などと比べて農民に対する負担は大きく、田植えの前の準備もたいへんであった。まず、田を耕し、水入れをしなければならず、その時期はちょうど卯の花が咲きホトトギスが鳴く頃であった。農民にとっては、卯の花・ホトトギスは稲作の準備をする季節を正確に告げる使者であり、万葉集に卯の花とホトトギスが同時に詠まれているのは偶然ではない。要するに、田植えの準備で忙しくなるぞという季節の知らせであったのだ。

ウツギの花　卯の花とも呼ばれ、５月〜７月、直径１㌢くらいの白い花が、枝も隠れるほどに咲きそろう姿は見事である。

卯の花がユキノシタ科ウツギであることは、今日では誰でも知っているが、意外なことに、この名は詩歌の季語などとして文学では多出するものの、『本草和名《ほんぞうわみょう》』、『和名抄《わみょうしょう》』にはまったく出てこない。ただし、『本草和名』には「溲疏　仁諝上音所流反下之居反　一名巨骨一名楊櫨一名牡荊一名空疏　和名宇都岐」とあり、『和名抄』でもこれを引用して「本草云　溲疏　上音所流反　一名楊櫨　宇都岐」とあって、現在名と同じウツギの名があり、漢名を溲疏に充てている。溲疏は『神農本草經《しんのうほんぞうきょう》』下品に収載され、『證類本草《しょうるいほんぞう》』所引の『李當之本草』によれば、溲疏は「一名楊櫨一名牡荊一名空疏、皮は白く中は空、時時節有り。子は枸杞子に似て、冬月に熟して色赤く、味は甘く苦し」という。茎が中空で果実がクコ（ナス科の落葉低木）のように赤熟するものは該当種がない。おそらく、平安時代の本草家は、溲疏が日本産のどの植物に該当するかわからないまま、「中は空」あるいは空疏という別名の字義の解釈から、ウツギ（空木）という名をつけたと思われる。卯の花は農民が季節の指標にする植物であり、また垣根などに植えられたが、その茎が中空であることはあまり気づかれていなかったようだ。江戸時代初期に編纂された『多識編《たしきへん》』では溲疏の条に「今案ずるに伊奴久古」と記載し、イヌクコの仮名をつけていて、古本草書のクコに似ているという記述にしたがったものである。『和漢三才圖會《わかんさんさいずえ》』が溲疏を朝鮮枸杞（この場合の朝鮮は日本以外の外国という意味である）としているのも同様である。

ウツギの名で呼ばれる植物は、ユキノシタ科（ウツギ・バイカウツギなど）、スイカズラ科（タニウツギなど）、バラ科（コゴメウツギなど）、ミツバウツギ科（ミツバウツギ）、フジウツギ科（フジウツギなど）、ドクウツギ科（ドクウツギ）など結構多いのだが、いずれも茎の髄《ずい》が発達するという特徴がある。ただし、ウツギのように古くなると茎が完全に中空になるものは少なく、髄を去れば中空になるものが大半である。「卯の花」をウツギとし、その茎が中空であると記述したのは、『大和本草《やまとほんぞう》』（貝原益軒《かいばらえきけん》）が初めてである。益軒は空木の名を初めて用い、溲疏はウツギではないと断じた。

詩歌におけるウツギの確実な初見は、荷田蒼生子《かだのたみこ》（一七二一―一七八六）の「杉のしづ枝」（『校注国歌大系』所収）にある「夕闇の道もたどらじ賤《しず》の男《お》が山田の岨《そば》にうつ木さく頃」であり、『大和本草』（一七〇九）が出版された後のものである。一方、『本草綱目啓蒙《ほんぞうこうもくけいもう》』（小《お》野蘭山《のらんざん》）では、『本草和名』、『和名抄』の記載をそのまま受け入れ、ウツギの漢名を溲疏とし、また、楊櫨をスイカズラ科タニウツギに充てている。現在の中国では、溲疏をウツギの中国語正名とするが、『植物学大辞典』（一九一八年）に空木・卯花の名がある（『中薬大辞典』）ので、蘭山の見解とともに日本名を導入したものと思われる。中国本草の系譜からいえば、誤用というべきであるが、今日では日中両国でこの名が使われている。

古本草書でしばしば溲疏の同物異名とされる楊櫨については、『新修本草《しんしゅうほんぞう》』（蘇敬《そけい》）の空疏の条に「溲疏の形は空疏に似て樹高は（一）丈許り、白き皮なり。（中略）空疏は卽ち楊櫨にして子は莢を爲し、溲疏に似ず」とあり、楊櫨は莢状の蒴果《さくか》をつけると示唆しているから、タニウツギ属の一種と考えてよいようである。今日、生薬としての溲疏は、ウツギの実を乾燥したものをいうが、『本草綱目啓蒙』によれば、江戸時代の薬舗では君仙子と称されていたといい、この名前は中国にはない。『神農本草經』には「皮膚中の熱、邪氣を除く」、『名醫別錄』には「胃中の熱を除き氣を下す」とされ、古方では婦人の不妊症などに用いられた。また、『大和本草』に「（空木ノ）麁皮（粗皮）ヲ去テ青キ皮癬瘡ノ藥ニ合ス」とあり、民間療法で湿疹などの皮膚病に用いられたとある。そのほか、材が堅いので、木釘、楊枝などに用いられた。

ウツギはユキノシタ科の落葉低木で、北海道西南部から九州までの山野に普通に分布し、国外では中国中部にもある。枝先に円錐状花序《かじょ》をつけ、五月頃、純白の五弁花を密につける。欧米の園芸界で高く評価され、日本産や中国産の同属種から多くの品種が作出されている。英語名のJapanese snowflowerは日本語の別名である雪見草・夏雪草から取った名であろう。

うはぎ（宇波疑・菟芽子）　キク科（Asteraceae）ヨメナ（*Kalimeris yomena*）

春日野《かすがの》に　煙《けぶり》立つ見ゆ　娘子《をとめ》らし　春野のうはぎ　摘みて煮らしも　（巻十　一八七九、詠人未詳）

春日野尓　煙立所見　嬬嬬等四　春野之菟芽子　採而煮良思文

【通釈】「春の雑歌」で序に「煙を詠める」とあり、植物のウハギを主役とした歌ではないが、うららかな春野の情景を思い浮かばせる秀歌である。岡本かの子の小説『富士』（『岡本かの子全集』第六巻、筑摩書房）の中に「さしむかう鹿島の崎に霞たなびき初め、若草の妻たちが、麓の野に莪蒿《うはぎ》摘みて煮る煙が立つ頃となった」という一節があり、明らかにこの歌の意をくんだものである。春日野は春日山西麓の一帯の原野で若草山の裾までいたる平城京の郊外であり、都人にとって遊楽の地であったらしく、春日野を詠んだ万葉歌は二十数首もある。「嬬嬬」は娘子のことで、「娘子《をとめ》らし」の「し」は強調を表す助詞で、「事しあらば（いざ事が起きたらの意）」のように多くの用例がある。「煮らし」は「煮るらし」の省略形。この歌の意は、春日野に煙が立っているのが見える、娘子らが春野のウハギを摘んで（羹《あつもの》に）煮ているようだとなる。

【精解】右の歌にある「菟芽子」は借音仮名のように見えるが、それは菟だけで芽子は義訓である。芽子は、万葉集でもっとも多くの歌に詠まれるハギ（萩）に対して用いられる万葉仮名（ハギの条を参照）であり、これをもって菟芽子はウハギと読む。『和名抄《わみょうしょう》』に「七巻食經云　薺蒿菜　一名莪蒿　上音鵝　於波岐　崔禹曰　狀似艾草而香作羹食之」、『本草和名《ほんぞうわみょう》』には「薺蒿菜　一名莪蒿一名蕈蒿　已上出七巻食經　一名蕈蒿一名齊頭茸　已上出崔禹　和名於波岐」と和名オハギの名が出てくるが、ウ・オの転訛音によりウハギ・オハギともに同じものであるから、漢名として薺蒿が充てられていたことがわかる。古代ではウハギ（薺蒿）は重要な蔬菜の一つであったようで、『延喜式』巻第三十九「内膳司」の漬年料雑菜にも「薺蒿一石五斗　料鹽六升　右漬春菜料」と記載されている。しかし、この名は、『神農本草經《しんのうほんぞうきょう》』、『名醫別錄《めいいべつろく》』から『本草綱目《ほんぞうこうもく》』にいたるまで、正統中国本草にはまったく出てこないだけでなく、『詩經《しきょう》』などの古典文学にすらその名はない。

『和名抄』が引用した『崔禹食經《さいうしょくけい》』に「狀は艾草に似て香り、羹《あつもの》に作りて之を食す」とあるから、ヨモギ（艾草）に似て食用になるものを指していることがわかる。一方、『本草和名』が異名としてあげた莪蒿は、中国の古文献に散見し、『爾雅《じが》』郭璞《かくはく》注に「莪は蘿なり。今の莪蒿なり。亦た藁蒿と曰ふ」とあり、『詩經』小雅の「菁菁たる者は莪なり　彼の中阿に在り」の莪はこれを指すといわれる。『陸璣詩疏《りくきしそ》』に「莪蒿なり。一名蘿蒿。澤田漸洳の處に生じ、葉は邪蒿（セリ科イブキボウフウ属の一種）に似て細く、三月中に科生（繁り生えること、『廣韻』に「科は滋生なり」とある）す。莖を生食すべし。又、蒸すべし。香美にして、味は頗る蔞蒿（ヨモギ属の一種であるが、タカヨモギという）に似たり」（『爾雅』郝懿行注より引用）と記述されている。蕈蒿（『本草和名』にある稟蒿や蕈蒿はこれを指すと思われる）の名は、『本草拾遺《ほんぞうしゅうい》』（陳藏器《ちんぞうき》）に初見し、「（蕈蒿は）小薊に似て高崗（丘陵の比較的乾燥したところの意であろう）に生じ宿根す。百草に先んず。一名莪蒿」（『證類本草』「角蒿」より）とある。これだけでは種を同定するに不十分であるが、一般に蒿は宿根から叢生して茎が高く成長する草本の総称であり、この名をもつものはキク科ヨモギ属やシオン属などに集中しているから、やはりキク科のどれかと考えるべきだろう。『本草綱目《ほんぞうこうもく》』（李時珍）にある、高い岡に生え小薊（アザミの類）に似るという記述から、莪蒿をキク科キツネアザミとする説（江村如圭『詩經名物辨解』や小野蘭山『本草綱目啓蒙』など）があり、これが定説となっている。一方、牧野富太郎は、野苦麻というキツネアザミの漢名があるという理由で、この説に反対するが、野苦麻はトウダイグサ科エノキグサの漢名「鉄莧」の異名の一つであって、キツネアザミにこの名はない。別の異名の一つに苦馬菜というのがあり、これを牧野は誤認したらしい。薺蒿と同じ音の類似名に青蒿（『證類本草』では草蒿とする）があり、『神農本草經』下品に収載される。『本草和名』第十一巻に「草蒿　一名青蒿一名方潰　楊玄操音胡隊反　一名菣蒿　出本草拾遺　和名於波岐」とあり、薺蒿菜と同じ和名があるにもかかわらず、別条に区別されて、「草部」に分類されている。すなわち、「菜部」に入れられている薺蒿菜とは和名からすると異物同名となっている。草蒿（青蒿）はカワラニンジンというヨモギの同属種に充てられるが、ときに薺蒿と混同されることがあるからややこしい。

『出雲國風土記』の「嶋根郡」の条に「和多太嶋　周り三里二百廿歩あり。椎・海石榴・白桐・松・芋菜・薺頭蒿・蕗・都波・猪・鹿あり」とあって薺頭蒿の名が見え、同風土記に併せて十カ所にこの名が出てくる。ほとんどの注釈書は、これを『和名抄』や『本草和名』の薺蒿と同じと見て「おはぎ」と訓じている。前述したように、薺蒿は中国本草ほか古典書ではさっぱり出てこないが、齊頭蒿（『出雲國風土記』は齊を艸に作ることに留意）の名であれば、『新修本草《しんしゅうほんぞう》』（蘇《そ》敬《けい》）では牡蒿として「齊頭蒿なり。所在にあり。葉は防風（セリ科ボウフウ）に似て、細く薄く光澤無し」と出てくる。『本草綱目』は、齊頭蒿について「三四月苗を生ず。其の葉、扁にして本《もと》は狭く末は蔘《ひら》き、禿岐あり、嫩《わか》き時に茹《ゆ》でるべし。鹿の食ふ九草、此其の一つなり。秋に細い黄花を開き、實を結びて大さ車前實（オオバコの実）の如く、内の子、微細にして見ること不可なり。故に、人、以て子無しと爲すなり」と記述し、これはキク科オトコヨモギの特徴とよく一致する。これが『出雲國風土記』の薺頭蒿や『和名抄』などの薺蒿（すなわち万葉集のウハギ）と同じか否かが問題となる。『和名抄』、『本草和名』では、薺蒿を莪蒿と同じとしているが、中国では齊頭蒿と莪蒿を同じとする文献は見当たらない。オトコヨモギの若芽もしばしば食用にされるが、漢名として牡蒿が充てられることがある。『本草和名』にも第二十巻「有名無用」に「牡蒿　一名薺頭蒿　出蘇敬注　石下長郷一名徐長郷　恐誤耳」とあり、薺頭蒿を別名としているにもかかわらず、和名の記載はない。したがって、薺頭蒿、薺蒿にオトコヨモギを充てることは不適当であって、日本の本草家が苦渋したうえに独自の見解を反映させたものと考えねばならない。

以上をまとめると、万葉集にはウハギの漢名に相当する名はなく、上代文献では『出雲國風土記』だけに薺頭蒿・薺蒿があり、『和名抄』、『本草和名』にある記述から、それをウハギの漢名とした。中国では、莪蒿はキツネアザミ、齊頭蒿はオトコヨモギとしてまったく矛盾はないが、『本草和名』では莪蒿を薺蒿（中国本草では齊頭蒿）の異名としているので、中国本草の考証の結果をそのまま受け入れるわけにはいかない。近畿圏では、キク科ヨメナを古くからオハギという方言名で呼び、今日でも若葉をおひたし・和え物・てんぷらあるいは「よめな飯」などとして食されている。この方言名は、『和名抄』、『本草和名』にある薺蒿菜の和名と同じである。また、九州でもほぼ全域にハギナという類名が浸透し、古くから若菜とする食習慣がある。オハギ・ハギナの語源はいずれもマメ科灌木のハギ（萩）に由来するが、枯れ茎の根本から若芽が出て叢生する様子がハギに似ているからである。したがって、万葉集のウハギはヨメナとしてまちがいないことがわかる。岡本かの子が自著で用いた莪蒿《うはぎ》や、詩歌の季語として用いられる「薺蒿《うはぎ》摘み」の漢名は、以上述べた経緯から用いるのは好ましくない。

ヨメナは、中部地方以西に分布するキク科ヨメナ属の多年草であり、近畿圏では山野、路傍のやや湿ったところに普通に生える。関東地方以北にはヨメナはなく、それに似たカントウヨメナがあるが、食されることはなく、山間地でシラヤマギクの若葉が山菜に供されるに程度である。ヨメナは日本特産であるが、染色体数が七倍体なので、雑種起源であることは確実である。古い時代に畑作農耕とともに中国北部から朝鮮半島を経由して入ってきたオオユウガギクと、中国中南部から稲作とともに入ったコヨメナとが、九州で自然交雑してできたとする説が有力である。中国にはない薺蒿の名が、アブラナ科ナズナ（春の七草の一つ）を意味する薺の字を冠するのは、日本独特の事情がある。冒頭の例歌にあるように、ウハギは若菜とし

カントウヨメナの花　ヨメナとよく似ているが、ほとんど食用にはされない。

て春先に摘まれて食べられたのであるから、植物学的に類縁性はなくとも、この名を冠することに不自然さはない。福岡県の一部地方で、ヨメナをペンペングサ（ナズナの俗名）と呼ぶが、これはナズナと混同するほど、ヨメナの若菜摘みが一般的であったことを示唆する。一方、中国名の齊頭蒿の齊は、字は似ているが、字義は薺とはまったく関係はない。齊は「斉《ひと》しい」という意味であり、オトコヨモギの葉先が、類縁他種（ヨモギ・カワラヨモギ・カワラニンジンなど）と比べて広がっていて、頭が斉しく揃っているように見えるから、そうつけられたのである。日本ではその字義を無視して、中国から借用した齊頭蒿に春菜の薺で置き換えて、薺蒿あるいは薺頭蒿（『出雲國風土記』）としたのである。すなわち、決して誤認や誤用ではなく、中国とは基原植物を異にすることを前提につけられたことに留意しなければならない。

　中国にも、前述したように、ヨメナによく似たコヨメナが分布し、これを馬蘭（あるいはコンギクとする説もあるが、いずれもよく似た同属種である）と称する。馬蘭は『本草拾遺《ほんぞうしゅうい》』（陳藏器《ちんぞうき》）に初見し、『證《しょう》類本草《るいほんぞう》』はこれを「澤の傍らに生じ、澤蘭（キク科サワヒヨドリ）の如く氣は臭く、楚詞は悪草を以て悪人に喩ふ。北人は其の花を見て呼びて紫菊と爲す。其の花、菊に似て紫なり」（『新補見陳藏器及日華子』とある）と記述しているから、いわゆるノギクの類を指すことは明らかである。この名は『本草和名』、『和名抄』にまったくない。また、ウハギの漢名に、もっとも形態の似た馬蘭を用いなかったのは、『證類本草』に『楚詞』を引用して記述された「馬蘭、悪草なり」という記述（李時珍によれば『楚詞』に馬蘭の名はないというが）と関係がありそうである。古代日本人は中国文化の吸収・同化に熱心であり、またその動向にも敏感で、中国でよくないとされているものは日本でもよくないと考えるのが普通であった。日本で古くから食してしたウハギが、実は中国では悪草とされていたわけで、当時の日本人は相当に困惑したはずだ。しかし、長年の食習慣は簡単に変えられるものではなく、中国の齊頭蒿を改名し、薺の字を冠して薺（頭）蒿という名をつくったのは、そういう事情が背景にあったからと推察される。中国では、馬蘭は悪臭があるとされたが、『大和本草《やまとほんぞう》』（貝原益軒《かいばらえきけん》）では「頗ル香シ」と記しているように、ヨメナは花期に精油が〇・一《パーセント》ほど含まれ、ほのかな芳香があって、山菜として好まれるのはこの適度な香りがあるためともいえる。馬蘭は、芳香に乏しいとして、香草として賞用された蘭草（キク科フジバカマ）に対してつけられた名前であるが、明代末期になって李時珍がその根拠に対して疑義を示しているように、悪草と断ずるほどのものではなかったようだ。これは中国における蘭草の人気の陰りを示唆し、それとともに馬蘭に対する評価も変わったらしい。

万葉集以降の古典文学では、ヨメナはほとんど登場せず忘れ去られた存在であったが、近世になって俳句や和歌では、嫁菜飯や「嫁菜摘む」が春の季語、「嫁菜の花」は秋の季語として登場するようになった。では、その名はいつ頃から使われるようになったのであろうか。『本草綱目啓蒙』（小野蘭山）の蕒蒿の条に、「貝原翁ノ説ニヨメナヲ以テ蕒蒿ニ充ツルハ非ナリ」とあり、ここにヨメナの名が見える。一方、蘭山から批判された『大和本草《やまとほんぞう》』の馬蘭の条に「或是ヨメガハギナルヘシト云ヘドモ不可然云々」とヨメナではなくヨメガハギの名が出てくる。ヨメガハギの名前はヨメガ（ノ）オハギが訛ったもので、方言名としては東海地方・山口・福岡・鹿児島に隔離分布して残り、ヨメゴハギ・ヨメノハギ・ヨメハギなど類名は各地に散在する（『日本植物方言集成』）。ヨメナの名はこれらから転じて、江戸・京でヨメナと呼ばれるようになったらしい。ヨメの名がついているのは山菜として摘むことが嫁の仕事と考えられたからであろう。

実際にヨメナの名が見えるのは江戸時代初期になってからで、田《でん》ステ女《じょ》（一六三三—一六九八）が詠んだ俳句「うきことに馴れて雪間の嫁菜かな」が初見と思われ、ヨメナ摘みが盛んに行われていたことを示す。一方、関東地方ではヨメナが分布しないこともあって、文学にその名を見ることはほとんどなく、その代わりノギク（野菊）が頻繁に登場する。今日、野菊と称するのはキク属・ヨメナ属とシオン属の各数種を含む総称であり、関東地方ではノコンギク・シロヨメナ・リュウノウギク・カントウヨメナなどがそれにあたる。野菊の花は、小さな筒状の花弁をもつ筒状花《とうじょうか》が集合し、そのまわりを舌状の花弁をもつ舌状花《ぜつじょうか》が取り囲んだ頭状花である。シオン属のノコンギク・ユウガギクとヨメナ属のヨメナ・カントウヨメナは非常によく似ていて、植物の専門家でないと見分けるのは難しいが、舌状花・筒状花をとって解剖し、痩果《そうか》という果実（子房が熟したもの）の上部に長い冠毛《かんもう》があれば前者、ほとんど目立たなければ後者と区別できる。山菜ヨメナとして採集されている中にユウガギクやノコンギクが混ざっている可能性もあるが、近畿地方ではもっとも普通にある野菊がヨメナなのであまり問題にならないだろう。ユウガギクも若芽が食べられるが、近畿地方には少なく、関東地方以北に多く見られる。関東ではノコンギクがもっとも多いが、ところによってはカントウヨメナ・ユウガギクもかなりの頻度で出現する。したがって、江戸川の矢切の渡しに近い農村を舞台にした小説『野菊の墓』（伊藤左千夫）に出てくる野菊はいずれの可能性もある。

万葉集にはウハギを詠った歌はもう一首あり、歌聖柿本人《かきのもとのひと》麻呂《まろ》の歌であるから、こちらの方がよく知られているのかもしれない。ここに詠われるウハギについて一般的に受け入れられている解釈に疑義を表したいと思う。

妻もあらば　摘みて食《た》げまし　沙弥《さみ》の山　野の上《へ》のうはぎ　過ぎにけらずや
（巻二　二二一、柿本人麻呂）

この歌の序に「讃岐の狭岑《さみね》の島に石中に死《みまか》れる人を見て柿本朝臣人麻呂の作れる歌」とあり、有名な「狭岑の島」の長歌の反歌の一つである。狭岑の島は香川県坂出市沖にある沙弥《さみ》島のことである。坂出市の東にある安益郡《あやのこおり》に国分寺が置かれて讃岐国庁があったので、下級官僚であった人麻呂もそこに赴任していたと思われる。長歌によれば、長年の勤めを終えて京に戻る途中、突然の強風で船を沙弥島に避難させたところ、石中の死人に遭遇した。人麻呂はそれを見て慟哭、死者に対する弔いの歌を捧げたようだ。石中の死人を餓死者と解説する万葉本が多いが、本歌に「浪の音の繁き浜辺を敷《しき》妙《たえ》の枕になして荒床にころふす君が云々」（巻二　二二〇）とあるように、死に場所にわざわざ荒磯を選ぶことはあり得ないから、海上でなんらかの事故にあって漂流したと思われる。著者も郷里の三河湾に面した愛知県幡豆町寺部海岸で、別の場所で身を投げ数百メートル離れた荒磯に漂流し、まさに人麻呂が詠うように仰向けに顔を少し傾げて岩の床に枕するように息絶えていた人を目撃したことがある。半世紀近くも前の事件だが、いまだにその情景を鮮明に憶えているほどだから、人麻呂が受けた衝撃の大きさ、そしてこの歌を詠うにいたった経緯をよく理解できるのである。「多宜麻之」をここでは「食《た》げまし」（食べただろうにという意）としたが、武田祐吉（一八八六―一九五八）は挙《あ》ぐ、擡《もた》ぐの意にとって「摘んで差し上げる」と解釈している。上代古語に「食べる」を意味する「食《た》ぐ」があり、万葉集のほか、『日本書紀』などにも用例があるので、ここでは通説に従う。「うはぎ過ぎにけらずや」は、ウハギが食べ頃の旬を過ぎていないだろうか、もう過ぎてしまったではないかという意味である。ウハギは古代では若芽を摘んで食したので、その時期を過ぎてとう（薹）が立ってしまったということを表す。この歌の訳は、妻がいたら摘んで一緒に食べたであろうに、沙弥の山の野のウハギはもう旬を過ぎてしまっているではないかとなる。「妻もあらば」とは、無論、死人に妻がいたのであればという意味であるが、人麻呂が自分の妻を思い出して詠ったと解釈することもできるだろう。

さて、前置きが長くなってしまったが、ほとんどの解説書は「沙弥の山野の上のうはぎ」を沙弥島に生えているウハギとしてまったく疑問の余地のないように解釈している。しかし、この沙弥島という島は周囲二キロと小さく、小さな丘のような山はアカマツに被われているから、土壌は痩せて（花崗岩質という）水分条件は十分でないはずである。また、浜辺は潮風が容赦なく吹きつけるという厳しい自然条件であり、ウハギすなわちヨメナが本当に生育できるのか疑問に思うはずだ。常識的に考えれば、日当たりのよい湿ったところを好む山地性のヨメナにとって生育は困難と考えざるを得ない。とすれば、人麻呂が詠ったウハギは別種である可能性を考えねばならない。瀬戸内海の海岸に生える野菊といえばセトノジギクがある。ヨメナの淡紅紫色とちがって白色の花をつけ、葉の形もかなりちがうが、古代人にとってヨメナはあくまで若菜であって、あまり花を意識することはなかったから、大和地方の山野に多いヨメナと区別できなかったにちがいない。これなら死人が横たわっていた荒磯の近くに花をつけていたと考えても不思議はなく、当然、とっくにとうが立っている花期にこの歌を詠ったことになる。おそらく、人麻呂は花をつけたノギクを見て、故郷のウハギと直感してこの歌を詠ったのであろう。一言付け加えておくと、実際に生えていたのはウハギでなくても、詠人の人麻呂がウハギをイメージして詠んだことに変わりはない。したがってこの歌も「ウハギを詠める歌」としてまったく差し支えないのである。ただ、現実と詠人の認識が一致しないだけの話だが、現代にあってはこのことを留意したうえでこの歌を鑑賞しなければならない。

うまら（うばら）（宇萬良・棘原）

バラ科（Rosaceae）ノイバラ（*Rosa multiflora*）

道の辺の　荊《うまら》の末《うれ》に　這ほ豆の　からまる君を　離《はか》れか行かむ

（巻二十　四三五二、丈部鳥《はせつかべのとり》）

美知乃倍乃　宇萬良能宇禮尓　波保麻米乃　可良麻流伎美乎　波可禮加由加牟

【通釈】序に「天平勝寶七歳乙未（七五五年）の二月、相替りて筑紫に遣さるる諸國の防人等の歌」とあり、詠人は天羽郡《あまはぐん》（千葉県旧君津郡の一部）出身の防人である。第一句から三句までは「からまる」に掛かる譬喩《ひゆ》による序。「うれ」は末の古語形。「這ほ」は「這ふ」のu→o音の転訛。「這ほ豆」は蔓性のノマメのこと（マメの条を参照）。「波可禮加」を「離《はか》れか」としているが、もともとは「剥がれか」

であって、絡まるツルマメを剥がすように君も剥ぎて離《はな》すという意。

歌の意は、道辺のイバラの枝先に這いつくばるノマメのように、（別れを惜しんで私に）絡まるあなたを引き離して行くのであろうかとなる。この歌は愛する妻を残して遠い地方へ派遣され、いつ戻って来られるかわからない防人の切ない心情を詠った秀歌。

【精解】右の歌にある「宇萬良」は、『本草和名《ほんぞうわみょう》』に「營實 陶景注云墻薇子也 一名墻薇一名墻麻一名牛棘一名牛勒一名蘆蘼一名山棘一名山來云來或作雷 出釋藥性 和名宇波良乃美」とあるウバラの音韻転訛した名と考えられる。一方、『和名抄《わみょうしょう》』では、「本草云 薔薇 牆微二音一名墻蘼 陶隱居曰 營實 无波良乃美 薔薇子也」と、「むばら」となっている。上代日本語では「う」と「む」は音の区別が不明瞭で、ウメに対するムメがよい例であるように、互いに転訛しあう。したがって、これも万葉名のウマラと同じと考えてよい。營實《えいじつ》は『神農本草經《しんのうほんぞうきょう》』上品に収載される古い薬物であり、異名の牆薇・牆麻・牛棘はいずれも『本草和名』に記載されるものである（ただし、『本草和名』では牆を土に作る）。『圖經本草《ずけいほんぞう》』（蘇頌《そしょう》）には「卽ち薔薇なり。其の莖間に刺多くして蔓生し、子は杜棠子（バラ科ナシの類）の若《ごと》し。其の花、百葉、八出、六出あり、或は赤の、或は白の者あり。今、所在に之あり」と記述され、李時珍も「四五月花を開き、四出（花弁が四枚のこと）、心（芯のこと）は黄にして、白色、粉紅の二者あり、子を結びて簇《むれ》を成す。生は青く、熟すれば紅となり、其の核は白毛あり、金櫻子（ナニワイバラ）の如し」と述べているから、營實の基原はバラ科ノイバラの類でまちがいない。『本草經集注《ほんぞうきょうしっちゅう》』（陶弘景《とうこうけい》）に、「營實は卽ち是墻薇子なり。白花の者を以て良と爲す。根、亦た煮て酒を釀すべし。莖葉、亦た煮て飲に作るべし」とあるように、根・葉も薬用あるいは食用になる。

『和名抄』には、和名がウバラの名で表される植物が營實（薔薇）以外に二種ある。一つは菝葜（『和名抄』では菝を抜とする）で「本草云 抜葜 上方八反 佐流止利 一云於保宇波良」、もう一つは藜蘆（『和名抄』では同音により藜を棃とする）で「本草云 棃蘆 上音黎 夜末宇波良 一云之々乃久比能岐」とある。後者の棃蘆を藜蘆とする論拠は、『本草和名』に収載される同名品の異名が、中国正統本草のそれと一致していることにある。しかし、藜蘆《りろ》はユリ科バイケイソウ属の草本種であって、夜末宇波良《やまうばら》や之々乃久比能岐《ししのくひのき》の名から木本と考えられるので、誤って充てられた名であることはまちがいない。一方、菝葜については、和名に佐流止利とあるように、ユリ科サルトリイバラのことで、これもトゲが多いから別名でオホウバラと呼ぶのは納得できる。營實の異名である牛棘（『神農本草經』）あるいは山棘（『名醫別錄《めいいべつろく》』）はいずれも刺《とげ》の多いことに由来する名で、こうしたものはバラ類に限らず概して嫌われる。枳棘《ききょく》、荊棘《けいきょく》という熟語は滅多に使うことはないが、いずれもトゲを意味する漢字が含まれ、厄介者の意味がある。棘は、陸佃《りくでん》の『埤雅《ひが》』に「棘の大なる者は棗、小なる者は棘なり」とあるように、もともとクロウメモドキ科ナツメ（棗）の小型の類縁種のことである（酸棗、ナツメの条を参照）が、刺《とげ》のある低木の総称にも用いられる。巻十六の三八三二の歌に、「枳棘原苅除曾氣云々」（カラタチの条を参照）とあって、棘原が出てくる。ほとんどの注釈書はこれをウバラと訓ずるが、『新撰字鏡《しんせんじきょう》』に「棘

又作慊居搊反宇波良」とあるのを論拠としている（棘を棘と同じと解釈する）。また、一般には「カラタチのイバラを刈り除き云々」と解釈されることが多く、あたかも日本に野生のないカラタチの藪があるかのようである。カラタチの条でも述べるが、「カラタチの」は棘に対する枕詞ないし序詞と考えるべきで、棘原もトゲの多い植物で被われた野原の意であるから、まずは比較的身近なトゲ植物を列挙して検討してみる必要がある。草本性のトゲの鋭い植物はタデ科のママコノシリヌグイぐらいで、種類は少ないが、路傍に普通にあって群生する。木本では、バラ科ノイバラ類のほかに、キイチゴ類、マメ科のサイカチとジャケツイバラ、ミカン科サンショウ・イヌザンショウ・カラスザンショウ、メギ科メギ類、ユリ科サルトリイバラ類があるが、このうち道端に普通にあって、藪状に生えるのはノイバラをおいてほかはない。以上、ママコノシリヌグイとノイバラのいずれかということになるが、棘原が「カラタチの」で導かれることを考慮すれば、草本の前者のトゲでは釣り合わない。結局、棘原はノイバラの藪であって、ウマラ原の略、すなわちウバラと読むのがよい。

『新撰字鏡』にも、前述のウバラ以外に、ウマラの名が出てくる。蒺蔾衙を宇萬良久豆良と訓ずる例がそれである。『本草和名』には「蒺蔾子　一名旁通一名屈人一名止行一名犲羽一名升推一名即梨一名茨　楊玄操音在私反　一名地茂　出兼名苑　一名地毒　出神仙服餌方　一名地苗　出雜要訣　一名地行一名地莓　已上二名出藥對　和名波末比之」とあり、『神農本草經』上品に蒺藜子（日本の古典では藜を同音により蔾に作る）とあるものと同品で、ハマビシ科ハマビシを基原とする海浜植物であり、果実に鋭いトゲがあることで知られる。また、『本草和名』に異名として茨の名があるが、これは『爾雅《じが》』釋草の「茨、蒺藜なり」に基づく。

今日、茨はイバラを指す漢名であるが、ハマビシから転じて、トゲのある低木類の総称を意味するようになったことは、『正字通《せいじつう》』に「茨、凡そ艸木の針有る者、俗に茨と謂ふ」とあることからわかる。また、同義で荊の字も用いられる。基本的には茨・荊はトゲのある低木の総称であるが、もっとも普通にあるバラ科ノイバラ属の各種に対して、今日では薔薇の漢名が用いられる。この名は營實に対する異名として『名醫別錄』に初見する名である。『本草綱目《ほんぞうこうもく》』（李時珍）には營實と墻蘼の両名が併記されているが、蔓が蘼《なよや》かで墻《かき》に依り添って生えるから、後者の名があると李時珍は説明している。後に、墻を艸に作って薔蘼（陶弘景注）になり、さらに蘼を同音の

薇に変えて薔薇となった。薔は必ずしもバラだけに使われる字ではなく、まったく関係のない植物にも使う。『説文解字《せつもんかいじ》』段玉裁注によれば「蓼の下に云ふ、薔虞なりと。故に薔虞は蓼なりと云ふ」とあり、薔虞はミズタデなどを指す。ちなみに薇はカラスノエンドウなどマメ科の雑草をいうが、日本ではゼンマイのことをいう（ワラビの条を参照）。複数の字からなる植物漢名も一つ一つの字は想像もつかない意味をもつ。

ノイバラの実すなわち營實《えいじつ》は、今日ではエイジツの名で現在の日本薬局方にも収載されるかなり強力な瀉下薬《しゃげ》であり、マルチフロリンと称するフラボノール配糖体に瀉下作用が確認されている。意外なことに、瀉下薬としての營實の薬効は、『神農本草經』をはじめとするどの中国本草書・処方書にも記載されておらず、またこれを含む処方も中国にはない。中国の古方ではノイバラの根を薔薇根と称し、癰疽《ようそ》（悪性の腫物）、悪瘡（悪性の皮膚病）などに用いられたが、果実を薬用とする処方は見当たらない。つまり、營實は名前を中国から拝借しただけで、事実上日本固有の民間薬に等しいのである。江戸時代の漢方医である奈須恒徳《なすこうとく》（一七七四—一八四一）が表した『本朝醫談《ほんちょういだん》』（富士川游編『杏林叢書』思文閣に所収）には、「大同類聚方、大便閉の症なる藥中すでに牟波良《むばら》の實を組み入れたり」と記述され、『大同類聚方《だいどうるいじゅほう》』（畠山本）巻之五十七に収載される久曽布世也民《くそふせやみ》（糞伏せ病・便秘症のこと）の方十方のうち、直道薬と称する方剤に乃牟《のむ》波良乃美《ばらのみ》の名がある。『大同類聚方』は日本最古（八〇八年成立）の医薬書であり、全国の神社や豪族などに伝わる医薬と処方を、勅命によって集大成したものとされている。これが真実とすれば、營實を瀉下剤とする方は平安初期以前までさかのぼることになる。『大同類聚方』は、佐藤方定《さとうほうじょう》が『奇魂』（一八三一年刊、『杏林叢書』所収）の中で偽書と断定し、これを明治の医学界が支持したので、現代ではほとんど衆目に触れることはない。偽書であることを支持する証拠として梅毒が挙げられた。すなわち、『大同類聚方』には梅毒とほとんど同じ症状の病気が記述されていて、梅毒が新大陸起源でありコロンブスが旧世界にばらまいたという定説に抵触するので、平安初期にわが国におけるこの病気の存在はあり得ないことだというのである。とにかく、營實の瀉下作用は、中国での記録がない以上、日本において民間療法として開発されたと考えなければならないし、たとえ偽書であるにしても『大同類聚方』にノイバラの実の瀉下の方が記載されている以上、一定の意義を認めざるを得ない。古代の日本独自の民間療法の存在については否定的な意見が多いが、文献記録に残されていないだけであって、また広く世界を見渡せば、いずこの少数民族も必ず固有の民間薬をもつから、古代日本でノイバラの実を民間薬として利用したとしても不思議はない。

江戸時代では、妊婦が營實を用いると子が堕りてしまう（実際には起きない）と恐れるほど、その瀉下作用は強力であった。しかしながら、『神農本草經』では、生命を養うを主とし、天に応じ多量に長期にわたって、服用しても人を害わないとされる上薬とされた。『名醫別錄』でも、「久しく服すれば輕身し氣を益す」とあり、上薬としての地位は不変であり、神仙の霊薬と見なされていた。營實よりやや瀉下の効が弱い大黄（本草經の下品）ですら、どの本草書・古医書を見ても、「久服輕身益氣」の記述はない。したがって、中国古代で營實と称していたものは、ノイバラの類でなかった可能性がある。バラ属でもハマナスの類は瀉下作用成分をほとんど含まず、食用に利用されるから、中国古代で營實と称していたものは、ノイバラの類でなく、瀉下作用成分を含まない同属種であったかもしれない。また、別の考え方も成り立つ。中国では、『名醫別錄《めいいべつろく》』以来、薔薇の別名が用いられるようになったが、『外臺秘要《げだいひよう》』、『千金方』、『雷公炮炙論《らいこうほうえんろん》』など主要な古医書は、いずれも果実ではなく根を薔薇根の名で薬用とし、しかも根に瀉下作用成分は知られていない。『神農本草經』は薬用部位を記載せず、『本草經集注《ほんぞうきょうしっちゅう》』で初めて果実や根を用いることを記載した。營實の薬用部位が果実であるなら、「營」という植物の果実ということになるが、そのような植物名はなく、陶景注もその名前から薬用とする部位を果実と錯覚した可能性もありうる。營實をノイバラの果実と信じて用いた古代日本人が瀉下作用の顕著なことを知りそのまま使い続け、結果的に日本独自の民間薬になったと考えられる。薬用以外のノイバラの用途に関しては、『救荒本草抜萃』に「若芽をゆでても煮ても（中略）生にても食ふべし」とある。若芽に限らず、葉もビタミンCをかなり含むので、青汁として利用されることがある。

ノイバラの花　花は小さく、直径２センチほどで、白色、５月〜６月に咲き、秋には径７ミリほどの丸い果実が赤く熟す。

　ウマラ・ウバラは、もともとは植物のトゲを指す名であって、古代にあってはたとえバラであっても花はまったく眼中になかった。平安時代になると、『源氏物語』「賢木《さかき》」に「はし（階）のもとのさうび、けしきばかりさきて、春秋の花さかりよりもしめやかにをかしきほどなるに、うちとけ遊び給ふ云々」とあり、サウビと名を変えて花も出てくるようになる。紀貫之（八六八頃―九四五）も「我はけさうひにぞ見つる花の色をあだなる物といふべかりけり」（『古今和歌集』四三六）の歌を残している。サウビは薔薇の音読みで現代仮名遣いではショウビである。藤原定家《ふじわらのていか》（一一六二―一二四一）の『明月記』に長春花の名があり、これは大輪の花をつけるコウシンバラとされていて、平安時代に渡来したともいわれる。平安文学にあるものはノイバラではなくこれであった可能性の方が高い。日本ではいわゆるバラの漢名に薔薇を使うが、もともとノイバラのように半蔓性で小さな花が群れ咲くタイプのバラに対する名であった。『群《ぐん》芳譜《ぼうふ》』ではコウシンバラを月季花と称し、以降、現代の中国では、園芸用に栽培される西洋バラのように大輪の花をつけるものを月季として区別するようになった。日本では、箱根山や富士山系に特産するサンショウバラは月季の名に値するが、この名は日本ではほとんど用いられることがない。

ノイバラは野生バラの総称と思われがちだが、この名をもつ種が実際にあり、日本列島各地の川岸・川原・原野・林縁などに普通に生え、国外では中国・朝鮮半島にも分布する。そのほか、近縁種もいくつか知られ、アズマイバラは宮城県から東海地方の太平洋岸に、その変種であるヤブイバラは近畿地方以西の本州・四国・九州に分布する。万葉人の生活域に見られる野茨《のいばら》としては、ほかにヤマイバラ・モリイバラ・テリハノイバラがある。以上はいずれも花が白く単弁、半蔓性、しかも似た環境に生えるので区別は難しく、ごく近世までまとめて野茨《のいばら》（中国では野薔薇《やしょうび》という）と称されてきた。『大和本草《やまとほんぞう》』、『本草綱目紀聞』、『本草綱目啓蒙』などの本草書はいずれも区別していない。したがって、江戸時代まで營實として用いてきたのは、複数の野茨の実であったわけで、どれも瀉下薬として使われてきた。現行の日本薬局方では狭義のノイバラ ***Rosa multiflora*** の実のみを正品と規定している。

ノイバラも含めてバラ類の花には共通して芳香があり、そのエッセンスを集めた精油（ローズ油）は西洋では最高級の香水として珍重された。『本草綱目』では、ノイバラの艶な香気の馥郁《ふくいく》たることは格別だとし、ローズ油を南蛮由来の薔薇露と表現しているが、中国・日本ともにごく近年にいたるまで精油を製する技術をもたなかった。東洋には精油の文化は育たなかったことを意味するが、その代わり日本では香道というのがあり、お香を炊くという西洋にはない文化があった。バラの花は、東洋に野生種が多く分布し、モッコウバラなど栽培された種も少なくなかったが、園芸種として品種改良が大きく発展したのは欧州とりわけイギリスにおいてであり、今日ではイギリスの国花ともなっている。今日見るバラの園芸種には中国や日本の野生バラの遺伝子が含まれている。

うめ（梅・烏梅・宇米・汙米・宇梅・有米）　バラ科（Rosaceae）ウメ（*Prunus mume*）

吾が園に　梅の花散る　ひさかたの　天《あめ》より雪の　流れ来るかも　（巻五　〇八二二、大伴旅人《おほとものたびと》）
和何則能尓　宇米能波奈知流　比佐可多能　阿米欲里由吉能　那何列久流加母

ももしきの　大宮人は　暇《いとま》あれや　梅をかざして　ここに集《つど》へる　（巻十　一八八三、詠人未詳）
百礒城之　大宮人者　暇有也　梅乎挿頭而　此間集有

【通釈】第一の歌は、「梅花の歌三十二首」の一つで、詠人の大伴旅人（六六五―七三一）の邸で行われた観梅の宴での一首。歌の意は、わが庭園に梅の花が散っている、天より雪が流れ降ってきたのであろうかとなる。第二の歌は、序に「野遊」とあり、大宮人は暇があるのだろうか、梅の花枝を挿頭《かざし》にしてここへ集まっていることだという意。泥臭さがなく、万葉集らしからぬ歌。

【精解】平安中期までの日本文学で、花といえばウメというのが常識であったが、それ以降はサクラに取って代わられた（最初に指摘したのは鎌倉時代初期の順徳天皇著『八雲御抄《やくもみしょう》』）ことはよく知られている。ちなみに、中国では花とはボタンを指すようで、ウメは国花の一つ（ボタンも国花とされている）とされているものの地味な存在と考えられているようだ。ウメは古く中国から渡来したが、舶来というイメージはほとんど感じられないほど、日本人の生活の奥深くに溶け込んでいる。江戸時代の代表的な本草書である『大和本草《やまとほんぞう》』、『本草綱《ほんぞうこう》目啓蒙《もくけいもう》』でも、もともと日本にあったかのように記述し、また大分県など九州の一部にウメが野生するので、これを天生と考える植物学者もいるほどだ。ウメを詠う万葉歌の大半は、後述するように、中国六朝文学の影響を濃厚に受けており、約百五十を数える万葉植物の中でも、これほど舶来臭の強い植物の歌はほかにはない。

万葉集では、ウメは一一九首（うち巻八　一六五三の一首に名はないが、序および前後関係からウメの歌である）の歌に出現し、数でいえばハギの一四一首に次ぐ。冒頭の第一の歌の序に「天平二（七三〇）年正月十三日、帥《そち》の老《おきな》の宅《いへ》に萃《あつ》まるは、宴會を申《の》ぶるなり。（中略）詩に落梅の篇を紀《しる》せり。古と今とそれ何ぞ異ならむ。うべ園の梅を賦《よ》みていささか短詠を成すべし」とあり、当時、太宰府の帥であった大伴旅人の屋敷において観梅の宴が催されたことを示す。また、この歌が収載される巻五に「後に追ひて和ふる梅の歌四首」、さらに巻十七にも「太宰の時の梅花に追ひて和ふる新しき歌六首」があるので、この梅花の宴に所縁のある歌は総計四十二首となり、実に集中のウメの歌の三分の一以上を占める。序文の内容から、この宴は、中国六朝時代の三五三年、会稽《かいけい》（今の浙江省紹興県西）の蘭亭で、名士を集めて開かれた王羲之《おうぎし》（三〇七？—三六五？）主催の宴会に倣ったことは明らかで、序文そのものも「蘭亭集序」の影響が見られる。『蘭亭集』は蘭亭の宴で詠われた歌をまとめた歌集であるが、万葉集に収載された梅花の宴の和歌は日本版蘭亭集ともいえるだろう。主催者の旅人は、この宴の直後、天平二年十月に大納言に任命されて帰京し、翌三（七三一）年正月には従二位という当時の臣下最高位に登りつめた。この経歴を考えると、梅花の宴は中央に対して自らの存在感をアピールする旅人の一大パフォーマンスであったのかもしれない。旅人は日本最古の漢詩集『懐風藻』（七五一年）に五言詩一首を残すほどだから、中国の詩歌にも明るかったと思われ、蘭亭の宴に倣って太宰府で観梅の宴を開いて、自らの教養の高さをアピールしたとしてもおかしくないのである。

　万葉集のウメの歌の特徴として、詠人の明記された歌が七割と高いことが挙げられるが、集中各巻におけるウメの歌の分布から、ウメという植物が当時の日本にとって特別の存在であったことがいっそうはっきりする。すなわち、集中でも古歌謡や民謡の多い巻十一から巻十六には、ウメの歌が一首もなく、総出現数がずっと少ないサクラの歌がほぼ万遍なく散見されるのと対照的である。このことは万葉の初期にはウメはなかったか稀であったことを示唆する。上代の古文献では、『古事記』、『日本書紀』のいずれにもウメの名は見えず、わずかに天平五（七三三）年に成立したとされる『出雲國風土記』「大原郡」の条に「凡諸山野所在草木　苦参・桔梗・（中略）・梅・槻・蘗」とあるにすぎない。そのほかの古風土記にもなく、万葉集で年代の明らかな歌でもっとも古いのは、旅人による九州太宰府の観梅の宴の歌で、天平二（七三〇）年である。わが国でもっとも古いウメの記録は、万葉集よりやや前に成立した『懐風藻』の葛《かど》野王《ののおおきみ》（六六九頃？—七〇五）の五言漢詩「春日、鶯梅を翫《はや》す」詩であり、葛野王が七〇五年に没したことから、七世紀後半から八世紀前半にはあったことになる。

　ウメの真の自生といえるものは日本になく、また考古学的遺物としても、縄文・弥生時代はいうに及ばず、古墳時代の遺跡からすら出土しておらず、奈良時代の平城京跡や長屋王邸宅跡から大量に発見されるようになる。以上から、万葉時代はウメが渡来して間もない時期であったと考えられ、ウメを知るのは貴族など一部の階級に限られていたと考えてまちがいない。山部赤人《やまべのあかひと》（生没年不詳）は聖武天皇の時代の歌人だが、五十首の和歌を残しているにもかかわらず、ウメの歌はわずか一首しかなく（巻八　一四二六）、下級官僚であったといわれる赤人にとってウメが高嶺の花であったことを示唆する。後に指摘するように、観梅の宴の歌に限らず、万葉のウメの歌全般に、中国文学とりわけ六朝文学の影響が色濃く残されているのも、ウメが舶来の珍しい花卉であったことを示し、ほかの万葉花と際だった特徴をなす。当然ながら、もっとも古い葛野王の漢詩も例外ではなく、「素梅、素靨《そえふ》を開き、嬌鶯《けうあう》、嬌声を弄《もてあそ》ぶ」という一節は、すでに漢文学者から指摘されているように、陳江総《ちんこうそう》の「梅落花」の一節「梅花の密《しげ》き処に嬌鶯を蔵《かく》す」を模倣したものである。葛野王は、『懐風藻』の序に「少《わか》なくして學を好み、博《ひろ》く經史に渉る。頗る文を屬《つづ》ることを愛《この》み、兼ねて書畫を能《よ》くす」とあるように、持統朝時代屈指の教養人であったことはまちがいなく、おそらく飛鳥朝から奈良朝時代の教養人にとって中国文化の模倣・吸収がステータスの重要な要素であったと思われる。旅人をはじめ万葉の歌人も例外ではなく、それはウメとウグイスを取り合わせた歌が十三首もあることからわかる。これらも六朝文学を踏襲したにすぎないが、巻十九の藤原永手《ふじわらのながて》（七一四—七七一）の歌「袖垂れていざ吾が園にうぐひすの木伝ひ散らす梅の花見に」（四二七七）を、江戸時代の著名な歌人である良寛（一七五八—一八三一）が本歌取りして「心あらばたづねて來ませ鶯の木づたひ散らす梅の花見に」と詠ったように、万葉歌も後世の日本文学に影響力をもつにいたっている。

ウメ　一重咲き白梅の園芸品種‘白加賀’の花

「梅に鶯」といえば後世の詩歌や美術に定型化され、現在の俳句や和歌でももっとも繁用される季語の一つであり、美術でも花鳥風月画の定番となったが、これが現実離れした取り合わせであることは意外と知られていない。日本では各地気象台が生物季節観測としてウメの開花、ウグイスの初鳴きを発表しているが、一般にウメの開花の方がウグイスの初鳴きよりずっと早く、所によっては一カ月以上の差がある。また、ウグイスの英語名を**Japanese Bush Warbler**と称することからわかるように、もともと林下の茂みや藪（bush）の中に生息し、「声は聞こえれど姿は見せず」というのがウグイスの基本的生態であって、人工的な疎林である梅林にウグイスが好んで寄って来ることはまずない。巻八の山部赤人の歌「百済野の萩の古枝に春待つと居りしうぐひす鳴きにけむかも」（一四三一）では、ハギの藪のウグイスを詠っているが、こちらの方が現実の情景に忠実なのである。すなわち、ウメとウグイスの取り合わせは、少なくとも日本の風土の現実に合わないものであり、ほとんど空想上の産物に近いといっても過言ではない。古代の教養人はこのような日本の現実ではありえない「梅に鶯」という取り合わせに疑問をもたなかったことになるが、古代のウメの詩歌の多くが実際の見聞によるものではなく、中国の詩歌から空想して詠ったのではないかとも思えてくる。ここではウメとウグイスを非現実的取り合わせと断じてしまったが、飼育したウグイスを梅林に放てば短期間なら定着して「梅と鶯」という詩歌の情景をつくることも不可能ではない。ウメの名所では、わざわざウグイスを放鳥するところもあるようで、梅林でウグイスを見たという人もいるかもしれない。そこで万葉集における非現実的な取り合わせの例としてもっと確実な例を紹介する。「咲き出照《で》る梅の下枝《しづえ》に置く露の消《け》ぬべく妹に恋ふるこのころ」（巻十　二三三五、詠人未詳）ではウメの花と露を取り合わせて詠われている。序に「露に寄する歌」とあるから、二十四節気でいえば白露すなわち初秋にあたるはずで、ウメが開花する立春の頃とは季節がまったく合わず、こればかりは完全に空想で詠ったと解釈するしかない。梅と露の取り合わせは集中にもう一首あるから、万葉集のウメの歌の中には、実際のウメを見ずに中国の詩歌を本歌取りしたものが、相当数あるのではないかと疑わざるを得ない。

　万葉集では、大伴旅人の観梅の歌（巻五　八二二）に代表されるように、散りゆく梅の花や満開の梅花を雪に喩《たと》える歌は、総計二十七首あって、「梅と鶯」よりも多い。これも六朝文学に類型を求めることができるとされ、内容的にも模倣に近いようである。そもそも万葉時代はウメが渡来したばかりで、梅花を雪に喩えるほど実感できる現実の情景はきわめて限られているはずで、これも「梅と鶯」と同じように空想の産物の可能性が高いだろう。

　万葉集でのウメの表記を見ると、「梅」七十一首、「烏梅」三十五首であり、借音仮名によるもの（「宇米」二首、「汙米」一首、「宇梅」七首、「有米」一首、「干梅」一首）はわずか一割ほどにすぎない。前述したように、ウメの渡来時期は七世紀後半から八世紀で万葉時代と重なるから、その表記も当時の中国におけるウメの名を反映したものと考えられる。中国最古の本草書である『神農本草經《しんのうほんぞうきょう》』には、梅實の名前で中品に列せられているが、烏梅の名は『本草經集注《ほんぞうきょうしっちゅう》』（陶弘景《とうこうけい》）の梅實の条に、「是、今の烏梅なり。用ふるに當に核を去り薇熬すべし」とあるのが初見である。烏梅《うばい》とは、植物学的にウメを指すものではなく、李時珍がその造法として「青梅を取りて籃《かご》に盛り、突（カマドの煙出し）上に於いて熏《ふす》べて黒くす。若《も》し、稲灰の淋汁を以て潤濕し蒸過すれば、則ち肥澤にして蠹《むしく》はず」と『本草綱目《ほんぞうこうもく》』に記述するように、梅の果実の燻製品をいい、フスベウメという和語も用意されている。烏梅の名は黒い色をカラス（烏）に見立てたもので、黒梅ともいう。李時珍が記述した烏梅の製法は、中国最古の農学書『斎民要術《せいみんようじゅつ》』に記載されており、もっぱら薬用とするとしている。烏梅は、薬用以外に紅染めの媒染剤としても有用であるから、ベニバナとともに渡来したとも考えられる。ウメの万葉歌のうち、約三割が烏梅と表記され、この名は生木よりも薬材として渡来したことを示唆する。賀茂真淵《かものまぶち》（一六九七―一七六九）も『古今和歌集打聴』巻十一物名でわが国に最初に渡来したのは烏梅であって、生木が渡来したとき、「烏梅の木」と命名し、それがウメの語源となったとも述べている。つまり、烏梅の中国語音「ウ・メイ」が訛ったのである。中古代の歌学書はいずれも烏梅を「うめ」と読んでいる。ただし、古代日本人は冒頭の発音（wu）が苦手であったらしく、『和名抄《わみょうしょう》』に「尒雅注云、梅　莫杯反　无女　似杏而酢者也」とあるように、子音のmを付加してムメと発音することが多かった。ウメの学名 ***Prunus mume*** の種小名も古いウメの名を反映したもので、十九世紀前半にシーボルトが来日したときにつけたのだが、江戸時代後期でもこの音が残っていたことを示す。

一方、食用にウメ果実を加工したものを白梅と称し、その製法も『斎民要術』に記されていて、夜間に塩汁に浸し、昼間に日に晒すのを十回繰り返すとある。同書が編纂されたのは六世紀前半とされ陶弘景時代とも重なる。『神農本草經』にある梅實は、後世の青梅と考えてよいが、『圖經本草』に「生實は酢《す》く歯を損じ、骨を傷め、虚熱を發す。之《これ》を多食すること宜しからず」とあり、今日でも生青梅は有毒として摂食を控えるほどだから、薬用・食用のいずれの用途も修治品（梅実を加工したもので烏梅・白梅のこと）であったと思われる。生梅の有毒成分は、モモやアンズの核仁にも含まれるアミグダリンという青酸配糖体であるが、修治品ではほとんど消失する。白梅は日本の梅干の起源とされるもので、江戸時代の元禄期頃（一六八八―一七〇四）に赤ジソの葉（『本草綱目啓蒙』によればアサガオの花も使うという）で漬けて赤く染色する技術が開発され、現在のような梅干となった。梅干の名は、鎌倉時代に成立したといわれる『世俗立要集』（『群書類従』第十九飲食部所収）に、「武家ノサカナノスエヤウ。ウチアハビ、クラゲ、ス、ムメボシ、シホ。承久以後武家ノ肴ノ様ヲミルニ如此。梅干ハ僧家ノ肴也。而テ俗家ニ用ラル事如何」と記述されていて、十二世紀後半から十三世紀初頭にはあったようで、当初は出家した僧の食料であったらしい。白梅はしばらく置くと塩がふき出てくるので、霜梅の別名がある。塩梅（鹽梅）という別名もあり、もっぱら調味料として用いられるので、これから具合・加減・程度を意味する「あんばい（按配）」という語ができたといわれる。すなわち「えんばい」が音韻転訛し、別字に充てられたのである。鹽梅の名は、本草書では『本草綱目』に初見するが、実際の起源ははるかに古く、堯舜《ぎょうしゅん》から夏・殷・周の皇帝の言行録をまとめた中国最古の歴史書『書經』にも出てくる。宋の陸佃《りくでん》の著した『埤雅《ひが》』釋木《しゃくぼく》の梅の条に「書（書經のこと）に曰く、若《も》し酒醴《れい》を

ウメの実　よく知られた園芸品種‘南高’の果実、重さ20グラムほどにもなる。

作らば、爾《なんじ》は惟《こ》れ麹蘖《きくげつ》(こうじ)。若し和羹《わこう》(いろいろな具を入れた吸い物)を作らば、爾は惟れ鹽梅と。蓋《けだ》し造りてこれを始むる者は麹蘖なり。調《ととの》へて之を成す者は鹽梅なり」と『書經』の引用があり、塩梅を例に挙げて君臣の間柄はかくあるべしと説いたもので、按配の語意もこれに由来する。

日本漢方の経典である『傷寒論《しょうかんろん》』、『金匱要略《きんきようりゃく》』のいずれにも烏梅《うばい》丸《がん》方の条があり、「蚘厥《かいけつ》(蛔虫症のため手足が冷えること)なる者、烏梅丸之を主《つかさど》る。又、久利を主る」(『傷寒論』)と記載されている。蚘厥とは蛔虫の寄生によって起きる症状であり、久利は慢性の下痢のことをいう。すなわち、烏梅丸は駆虫と止瀉《ししゃ》に用いる。烏梅丸は烏梅を主薬とし、ほかに九味の生薬を配合した方剤であるが、『延喜式』巻第三十七「典薬寮」の中宮臘月御薬に烏梅丸の名がある。しかし、江戸時代古方派漢方の巨頭吉益東洞《よしますとうどう》(一七〇二—一七七三)の『薬徴』に烏梅の条がなく、漢方医学ではあまり用いることはなかった。それは中国でも同じで、中医学でも繁用というにはほど遠い。『埤雅《ひが》』に「梅は一名柟、杏の類なり。(中略)亦た梅北方に至りて杏と成る」とあり、『陸璣詩疏《りくきしそ》』にも「梅は杏の類なり」と記述されていることから、古代中国人はウメ・アンズを正しく区別ができなかったともいわれる。おもに江北に分布するアンズに対して、ウメは江南に分布するから、中国古医方の本流が発生した江北ではウメが少なく、烏梅が漢方であまり用いられない理由はここにあるのかもしれない。ただし、江戸時代の民間療法ではウメの薬用価値は高く評価され、この民間療法も中国古医方の影響を色濃く受けたものであったから、実質的に漢方医学を補完する形になった。『掌《しょう》中妙薬集《ちゅうみょうやくしゅう》』にある「唇乾キサ(裂)ケタルニ、梅干ノ黒ヤキヲ粉ニシテツ(付)クベシ」や、『妙薬博物筌《みょうやくはくぶつせん》』の「瘭疽　青梅《あをうめ》霜(黒焼きのこと)　輕粉(甘汞のこと)少し　酢糊にてね(錬)りつ(付)くべし」など、多くの民間医療書が繁用する梅干や青梅の黒焼きは、正統な烏梅の製法ではないが、明らかに烏梅として認識されたものである。日本には燻製の文化がなく、烏梅を製することは苦手だったようで、『本草綱目啓蒙』(小野蘭山)に「市ニ煤《すす》ヲ塗リタル者アリ宜シカラズ」と書かれているように、烏梅の良品は少なかったことが指摘されている。これも正統漢方をして烏梅の使用を敬遠せしめた理由の一つかもしれない。一方、『和方一萬方《わほういちまんぼう》』の「タムシ　梅干　鰹　ベニ水ニテトキ　右三味等分　合テツ(付)クベシ」などをはじめ「虫」に対する処方が結構あるが、烏梅丸の駆虫方から派生したものであろう。
江戸時代は梅干以外にウメ果実の利用が多様化し、原産国の中国以上にウメの利用が拡大した時代でもあった。青梅を塩漬けにしたときに上がってくる水を分離して梅酢とし、熟れた果肉を搾り取って梅醤《うめひしお》を製し、砂糖漬けにしたものから梅餅や梅羊羹など食用に広く利用され、この傾向は現在にまでいたっている。梅干や梅酢が酸っぱいのはクエン酸などの有機酸を多量に含むからで、ウメ果実やその修治品の抽出エキスには強い抗菌作用が確認されている。現在では健康食品としても高く評価され、梅酒・ジュース・ジャム・ゼリーなど加工食品としても広く利用される。江戸時代以来、果実を採取するウメは実梅《みうめ》として区別されたが、実が大きく果肉が厚い優良品種が育成された。和歌山県の南高梅はその代表的なもので、実梅《みうめ》に関しては原産地の中国をはるかに凌駕し、モモ・アンズの優良品種がほとんどなかったことと好対照をなす。

ウメは立春頃に花をつけ、同時期に咲く花はほとんどないから、観賞用でも高く評価されている。原産地中国ではウメの花を国花としているので、日本のサクラがそうであるように、中国ならどこでもあるものと考えられがちだが、必ずしもそうではない。梅の字がバラ科ウメだけを指していたわけでないことはあまり知られていない。『説文解字《せつもんかいじ》』段玉裁注に「按ずるに、釋木に曰く、梅は枏なりと。毛詩秦風・陳風の傳皆曰く、梅は枏なりと。爾雅と同じ。（中略）此れ以て召南等の梅と、秦・陳（陝西省から河南省の一帯）の梅を見るに、判然たる二物なり。召南（陝西省岐山県西南の一帯）の梅は今の酸果なり。秦・陳の梅は今の楠樹なり。楠樹、爾雅に見る者なり。酸果の梅は爾雅に見ざる者なり」とあり、ウメのほか楠樹も指していた。『爾雅』釋木では「梅は、柟なり」とあり、柟は『正字通《せいじつう》』によれば枏の俗字にして、『通訓』によれば楠であるから、『段玉裁注』のいうように楠である。楠は日本でいうクスノキ科クスノキではなく、同科別属種のナンタブ ***Phoebe nanmu*** といわれ、チベット東南部から雲南に分布する種であるから、秦・陳の梅はウメとはまったく関係のない別種である。また、古代中国においてはウメの花より実の方が珍重されたことは、『大戴禮《だたいれい》』「夏小正」の正月に「梅、杏、杝桃《いとう》則ち華さく」、同五月に「梅を煮る。（注）豆實と爲すなり」、『淮南子《えなんじ》』「説林訓」には「百梅、以て百人の酸を爲《つく》るに足るも、一梅、以て一人の和を爲すに足りず」とあり、いずれもウメの実に関することばかりで、古代中国の文献は花にはほとんど言及していないのである。また、『詩經《しきょう》』國風・召南の「摽有梅《ひょうゆうばい》」に次の一節がある。

摽《お》ちて梅有り　其の實七つ
我を求むるの庶士　其の吉に迨《およ》ばん

この詩にあるように、歌垣（若い男女が集まって求愛の歌謡を掛け合う習俗）で、ウメの実を相手に投げて愛情の証とし、配偶者を求める習俗が古代中国にあった。媒酌は男女の結婚の仲立ちをすることだが、媒はこの古い中国の習俗によってウメの異体字「楳」に通じ、音も同じバイである。ちなみに、某はウメがアンズの類とされたから、杏《あんず》をひっくり返して作られたものである。ウメが男女の仲立ちをすると考えられたのは、前述の『書經』の「若し和羹を作らば、爾は惟れ鹽梅、（中略）鹽梅は以て和羹を作る所の故なり」に由来する。ウメの花を愛《め》でるようになったのは、中国の歴史ではかなり遅く六朝時代になってからである。梁の簡文帝（五〇三―五五一）が「梅の花特に早く　偏《ひと》へに能く春を識《し》る」と梅花賦で詠み、呉均《ごきん》（四六九―五二〇）が春詠詩で「春何處《いずこ》より來たるや　水を拂ひ復た梅を驚かす」と詠んでから、ウメは早春の風物詩となった。また、南朝宋の陸凱《りくがい》が隴山（長安の西）にいた友人の范曄《はんよう》に、「梅を折りて駅使に逢ひ　隴頭《ろうとう》の人に寄與す　江南有る所無し　聊《いささ》か一枝の春を贈る」という詩とともに、梅花一枝を贈った故事はよく知られている。日本にはかかる六朝文士の感性がウメの木とともに輸入された。

　平安時代には、『續日本後紀』巻第十八の仁明天皇時代の嘉祥元（八四八）年正月の条に「上《かみ》、仁壽殿に御《のぞ》み、内宴常の如し。殿前に紅梅あり、便《すなは》ち詩の題に入る」という記述があるように、紅色の花をつけるウメすなわち紅梅が登場し、頻繁に内宴が催され、詩歌に興じていたと記述されている。万葉集ではいずれの歌もウメの花を雪に見立てているから、白花のウメしかなかった。『源氏物語』にも「こうばい」、「紅梅」と出ており、『榮花物語』では「やへかうばい、つゆかゝりながらをしおりたるやうになるにほひなり」と、八重咲きの紅梅もあったことを示している。紅梅の出自に関しては、中国から伝わったのか、あるいは日本で発生したものか、不明である。古代から江戸時代まで、梅林は、観賞のためよりむしろ、食用・薬用・媒染剤として需要があった果実を生産するために植えられた。奈良県の月ケ瀬梅林は、全国でも有数のウメの名所であるが、もともとは京友禅の紅花染めの媒染剤として使う烏梅を製するために植えられたという。水戸の偕楽園梅林も徳川斉昭《とくがわなりあき》（一八〇〇―一八六〇）が梅実を生産して藩の財政の一助とするために植えたのが始まりとされる。梅干・梅酒など日本独特の食品は、今日でも根強い需要があり、全国各地に大規模な栽培がある。

　平安後期にサクラに日本文学の花の盟主の地位を奪われて以来、ウメの花に対する趣向が低落傾向にあったが、まったく廃れたわけではない。江戸時代の未曾有の園芸ブームで、多くの花梅の園芸品種が育成され、これも原産地中国を凌駕するほどである。元禄期前後に出版された『花壇綱目』、『花壇地錦抄』は、それぞれ五十三品種、四十八品種を収載し、今日では三百品種以上といわれ、サクラの品種総数に匹敵する。貝原益軒《かいばらえきけん》（一六三〇―一七一四）は『大和本《やまとほん》草《ぞう》』の中で「梅ハ花中ノ第一品トスヘキモノ也」と高く評価している。江戸期はウメが再評価された時代でもあったが、このブームは園芸分野に留まり、文学までは波及しなかった。ウメにあってサクラにないものといえば香りであろう。万葉集には植物の香りを詠った歌は数首しかない（アキノカ・タチバナの条を参照）が、そのうちの一首が市原王《いちはらのおう》（生没年不詳）の「梅の花香をかぐはしみ遠けども心もしのに君をしぞ思ふ」（巻二十　四五〇〇）である。中国でも『埤雅』に「俗に云ふ、梅の華は香に優《まさ》り、桃の華は色に優る」と書かれるほど、その香りの良さは古くから指摘されていた。

うも（宇毛）

サトイモ科（Araceae）サトイモ（*Colocasia esculenta*）

蓮葉《はちすは》は　かくこそあるもの　意吉麻呂《おきまろ》が　家なるものは　芋《うも》の葉にあらし
蓮葉者　如是許曾有物　意吉麻呂之　家在物者　宇毛乃葉尓有之
（巻十六　三八二六、長忌寸意吉麻呂《ながのいみきおきまろ》）

【通釈】ハチスの条を参照。

【精解】ここで詠まれている「宇毛」（ウモ）に対しては、どの注釈書も芋の字を充て、今日のサトイモであると解説していて、疑問の余地はいささかもないように見える。結論からいえば、それで正しいのであるが、それを民俗学的、民族植物学的観点からたどっていくと、後述するように農耕文化の起源にまで達するほど、奥が深いことは理解しておくべきだろう。

サトイモは今日でも普通に常食されているが、スーパーで売られているのは、温帯圏にある諸国では日本ぐらいである。今日のサトイモは粘質芋といわれ、ぬるぬるしているのを嫌う人もいるようだが、このぬめりはガラクタンという多糖体とたんぱく質が結合した粘性物質のせいで、表皮の下に多く含まれる。ぬめりのないものは粉質芋といい、現在では好まれないので栽培しない。粘質のサトイモを剥くと手が痒《かゆ》くなることがあるが、これはシュウ酸カルシウムの作用によるといわれる。健康上好ましいものではないので、煮て除く必要がある。サトイモはほとんどがデンプン質で、穀類に比べると、たんぱく質やその他の栄養分に乏しく、ほかの食物で補給する必要がある。『本朝食鑑《ほんちょうしょっかん》』（人見必大）は、江戸・元禄期（一六八八―一七〇四）に出版され、当時の日本人が何を食べていたかを記した画期的な食物百科事典であるが、それによると八月十五夜（月見の時）に枝豆とともにサトイモの煮たものを食べ、九月十三夜（月見の時）には栗とともにサトイモを茹でて食べ、正月三が日朝には雑煮に必ず親芋を入れて食べるとある。「餅なし正月」とは、正月のようなめでたい時でも餅を食べない風習で、戦前までの日本各地にあったが、その代わりにサトイモの雑煮を食べていたといわれる。山間の村ではサトイモを主食代わりとする地域も少なくなく、さまざまなサトイモの調理法も記録に残されている。こうしたことは、それだけサトイモが日本人の生活に深く根づいていたことを示唆している。

冒頭の例歌は万葉集で「芋」すなわちサトイモを詠んだ唯一の歌であるが、それが本当にサトイモであるかどうか検証してみよう。平安時代の古文献でウモを検索してみると、『新撰字鏡《しんせんじきょう》』小學篇に「暑預 有毛 山伊母 六月採根曝干」とある。一方、同書の「本草異名」の部では「蕷芋 二字 伊母」となっている。暑預と蕷芋は、後述するように、ヤマノイモ科ヤマノイモのことで同品であるから、ウモとイモは音韻転訛で生じた同じ名と考えてよい。『本草和名《ほんぞうわみょう》』では、「芋 仁諝音于盱反楊玄操音于句反 一名土芝梠芋 楊玄操作檢又作侶皆音呂 野芋一名左芋 已上三名出兼名苑 靑芋 紫芋眞芋白芋連禅芋 野芋一名存鵄 已上六名出蘇敬注 君子芋 大如升 車轂芋鋸子芋靑邊芋 夢縁芋鶏子芋 色黄 百果芋 畝取百斛 早芋 七月熟 九百芋 大而不美 家控芋曹芋百子芋魁芋 已上十三種出廣志 一名長味一名談善 已上二名出兼名苑 和名以倍都以毛」とあり、イヘツイモ（家芋）とともに多くの別名を載せているが、それはすべて中国の文献からの引用である。芋は、中国では『名醫別錄《めいいべつろく》』に中品として初見し、『證類本草《しょうるいほんぞう》』までは果部に入れられていたが、『本草綱目《ほんぞうこうもく》』（李時珍）は菜部に移した。『證類本草』に「唐本云ふ、（中略）其の葉、荷《ハス》の葉の如くして長く、根は薯蕷（ヤマノイモ）に類して圓しと。圖經に云ふ、其の類は多しと雖も葉盖は相似す。葉、大にして扇の如く廣さ尺餘なりと」とあり、掲載する図も合わせ考えると、今日いうサトイモ（里芋）すなわち『本草和名』にあるイヘツイモとして問題ない。『和《わ》名抄《みょうしょう》』にも「四聲字苑云 芋 于遇反 以倍乃伊毛 葉似荷其根可食之」と同様な記述がある。サトイモであればハスの葉に似ているから、意吉麻呂の歌ともよく合う。『新修本草《しんしゅうほんぞう》』に、青芋・紫芋・眞芋・白芋・連禅芋・野芋の六種の名が出ており、前述の『本草和名』にはさらに多くの名が異名として記載されている。これらのあるものは後世の日本の文献にも見えるが、諸家によって見解が異なるほど、互いによく似て区別が難しい。小野蘭山《おのらんざん》（一七二九―一八一〇）によれば、白芋《しろいも》は別名ハスイモあるいはクリイモといい、クリのような味があって蘝味《えぐみ》がなく生食できるとしている。貝原益軒《かいばらえきけん》（一六三〇―一七一四）もハスイモについては同様に記述するが、白芋をハスイモと区別し、別名を唐芋《からいも》と称し、葉柄（ずいき）を煮てあるいは生で酢《す》を付けて食べるか、皮をとって煮て乾かして食べるとしている。食用としてのずいきの歴史は古く、『和名抄』に「唐韵云蔉　音耿　以毛之　俗用芋柄二字　芋茎也」とあるようにイモシ（芋茎）と呼ばれていた。また『土佐日記』「承平五（九三五）年元日」の条にも「いもし、あらめ（荒布、コンブに似た海藻）もはがため（歯固）もなし」と記述されている。また、『延喜式』巻第三十九「内膳司」の供奉雑菜に「芋茎二把」とあり重要な食料であったことがわかる。足利幕府御預の料理方『大草家の料理書』（『群書類従』第十九飲食部所収）に、「生青鷺料理之事（中略）但古味噌の時はいものずひきを酒にて煮て入候也」とあるように、今日と同じズイキの名が見える。

サトイモ　茎は地中にあって肥大し塊茎となり、その茎を食用にする。葉柄も長さ１～1.5メートルほどに伸び、食用となる。

益軒のいう白芋はずいきを食用とするから、まさに今日のハスイモのように見えるが、江戸時代と今日では違うようである。今日のハスイモは、サトイモとは同属別種のコロカシア・ギガンテア *Colocasia gigantea* であり、葉が蓮葉に似ているからこの名があり、母芋、子芋ともに小さくて堅く、今日では食用に適さないとされる。だが、粉質芋が現代日本人の好みに合わないだけで昔はよく食べられており、意吉麻呂の歌にある芋とは、案外、このハスイモであったかもしれない。中国南部以南のアジア熱帯に野生するが、日本に栽培するものとは違って、葉柄はえぐくて食べられないらしい。また、同種であっても食用になる品種、ならない品種など、形質が多様であって、益軒、蘭山の記載を一概に誤りと断じることは難しい。逆に、万葉時代の芋がどんなものか想像することも困難ということになる。李時珍・蘭山・益軒のいずれも、野芋《のいも》は毒があって食用にならないとし、同じ見解を示す。蘭山は、これを土佐（高知県）に生えるクワズイモに充てるが、これはサトイモとは別属のアロカシア・オドラ *Alocasia odora* であって、南西諸島以南の亜熱帯から熱帯アジアに普通に生え、根茎はサトイモのような芋にならない。日本本土では土佐地方・日向地方南部・鹿児島県南部にあり、分布の北限となっている。古い時代には灰汁《あく》抜きして食べられていた可能性があり、本土に産するものは人為によって南方からもたらされたのかもしれない。

これまで『新撰字鏡』にある署預、蕷芋についてはまったく言及しなかったが、『神農本草經《しんのうほんぞうきょう》』にある署豫すなわち薯蕷と同じである。中国ではナガイモのことをいうが、『本草和名』に「暑蕷　一名山芋　秦楚名玉延鄭越名土藷　仁諝音藷　一名土茶根一名茅茶根　已上二名出小品方　一名諸署一名王廷一名脩脆齊越名芋鄭越名山陽　已上出釋藥性　一名藷蒖　署預二音　一名延草　已上二名出兼名苑　一名王茅一名土餘一名大餘粮　出雜要訣　又有稀餘　和名也末都以毛」とあり、日本ではナガイモの同属類似種で原産種のヤマノイモを充てた。ヤマツイモは野生の芋という意味で、イヘツイモすなわちサトイモに対する呼称である。日本では芋になる野生植物は限られているので、すぐにヤマノイモ類のことだとわかる。

中尾佐助（一九一六―一九九三）は、世界の農耕の起源として四つの農耕文化を挙げ、根菜農耕文化をもっとも古い農耕文化と考えた（『栽培植物と農耕の起源』岩波書店）。それは東南アジア大陸部熱帯に発生し、タロイモ・ヤムイモなど芋類を基幹栽培植物とする農耕文化である。ヤムイモはヤマノイモ科ヤマノイモ属（*Dioscorea*）に属するものの総称で、マレー半島が起源とされるダイジョ（アラータヤム）がもっとも分布が広く、アジアから太平洋諸島、中米、アフリカの熱帯を中心に、わが国の南西諸島、九州南部まで広がっている。興味深いのはその名称であり、発生地のマレー半島での標準名はウビ（Ubi）といい、この名は伝播とともに各地に伝えられ、マダガスカルからハワイ諸島まで及ぶ。実は、日本語のウモの語源もこのウビの訛りといわれ、中国語の芋（ウ）も同じと考えられている。日本では、ウモ（イモ）はヤマツイモのようにヤマノイモ属植物に古くからその名を残しているが、『説文解字《せつもんかいじ》』に「芌（芋に同じ）、大葉實根、人を駭《おどろ》かす。故に之を芌と謂ふなり」とあるように、中国ではサトイモを芋（ウ）と称し、ヤムイモを薯とか諸と呼んで区別する。日本も、中国に倣ってサトイモを古くから芋（ウモ、イモ）と呼んできた。その結果、ヤムイモとサトイモの両方を芋と呼ぶようになってしまった。

ヤムイモ、サトイモの日本、中国への伝播を整理すると次のようになる。まず東南アジア熱帯から中国華南にサトイモとともにダイジョが伝播したが、中国には華南の高地を原産とする同じヤマノイモ属のナガイモがあり、ウビの名をサトイモに転訛し、それを芋（ウ）と称した。日本へはそれが中国から稲作より古い時代に渡来した。また、ヤムイモはそれとは別に古い時代に南島経由で渡来し、それに付随してウモ（ウビ）の名が同属の野生種ヤマノイモに残された。日本へのダイジョの渡来は近世となっている（『栽培植物の起源と伝播』）が、もともと熱帯起源の植物だから、縄文・弥生時代に渡来したものが消滅し、後世にふたたび渡来しても決して不思議ではない。ヤムイモ、サトイモのいずれにしても、有史以前に何波にもわたって、南方から伝播してきたと思われる。

次にサトイモの伝播や習俗について説明しよう。前述したように、最古の農耕文化である根菜農耕は採集狩猟から移行したものであって、栽培といっても稲作や麦作のように種子を採って育てるのではなく、芋を分割して栄養繁殖するものである。むしろ、半栽培という方が近く、今から約一万年前に発生したと考えられている。しかしながら、サトイモなどの根菜類は遺物としてほとんど残らないので、考古学証拠に乏しく推定の域を出ない。サトイモの栽培化はインド東部から東南アジア大陸部熱帯から発生したと考えられ、人の移動とともに各地に伝播、日本へは二つのルートで渡来したと考えられている。一つは東マレーシアからフィリピン諸島を経て、台湾、南西諸島を経由する海上の道を黒潮に乗って渡来し、もう一つは中国大陸を経由して南西諸島へ渡り海上の道と合流するものである。サトイモは染色体の形態から二倍体と三倍体の二つに分けられる。二倍体は、マレー半島・インドネシア諸島で、母芋が大きく肥大するタイプの品種群が分化し、中国南部では三倍体の小芋が発達、より寒冷な気候に適応したタイプが分化した。日本へは主として後者の三倍体が渡来した。『延喜式』巻第三十九「内膳司」に「耕種園圃　營芋一段　種子二石　惣單功三十五人云々」とあるが、ここでいう種子とはタネではなくタネイモのことである。

多くの栽培作物が朝鮮半島を経由して渡来したとされるのに対して、サトイモだけが南島ルートとされるのを不思議に思う人は少なくないだろう。サトイモは三倍体が寒冷な気候に適応しているとはいえ、基本的に温暖多湿な環境のもとでないと栽培はできないので、朝鮮半島経由ではサトイモの栽培に適さない華北を経由せねばならず、伝播は不可能なのである。また成長には摂氏十五度以上の気温が必要で、五度以下になると枯死するといわれる。三倍体種は種子ができないから、栄養繁殖しか増殖法がない。もともとサトイモは湿地の作物であり、畑で栽培するにしても地下に十分な水分条件を必要とし、穀類とちがって長期の保存が利かない。朝鮮半島の自然環境では、サトイモの栽培に適さず、また朝鮮でのサトイモ栽培の歴史的資料にも乏しいのも、サトイモの伝来が朝鮮半島を経由しなかった理由に挙げられる。『本草綱目』に、サトイモに水芋と旱芋の二種があると記述されている。旱芋は普通の畑で栽培されるものだが、水芋とは水田で栽培するものであり、東南アジアから太平洋諸島で広く行われ、日本でも南西諸島や日本列島の太平洋西南岸部・八丈島に残されており、オーストロネシア型の根菜農耕の影響と考えられ、これが南島経由でのサトイモの伝来ルートの論拠とされている。沖縄でターム（田芋）と称するものは水芋のことである。最近では、稲の熱帯ジャポニカが同ルートで渡来したと考えられているように、柳田國男（一八七五—一九六二）が提唱した海上の道も、日本文化の由来を考えるうえで再評価する必要がありそうだ。

サトイモは稲作に先立って日本列島に根菜農耕として南方より伝えられたが、それが日本列島に深く根づいていたことを示唆する習俗が、ごく一部の地域ながら残されている。滋賀県野洲市三上地区では毎年十月十四日（現在では十月第二月曜日）に「ずいき祭」を行う。五穀豊穣を願い、ここでは芋茎（ずいき）で神輿をつくって奉納する。そのほか、滋賀県日野町中山地区、千葉県館山市神戸地区でもサトイモ祭が行われている。サトイモの栽培は、イネほど共同体の結束を必要とせず、また温帯の日本ではサトイモだけで必要な栄養を賄うことができなかったから、イネほか穀類ほど信仰と深く結びついて体系的には行われなかった。稲作が渡来してから、それに付随して行われるようになったと考えられるが、こうした習俗が残っていること自体、やはり南方文化としての根菜農耕が日本列島で一定の存在感をもっていたといえるだろう。

うり　（宇利）

ウリ科（*Cucurbitaceae*）マクワウリ（*Cucumis melo* var. *makuwa*）

瓜食めば　子ども思ほゆ　栗食めば　まして偲はゆ　いづくより　来りしものぞ　まなかひに　もとな懸《かか》りて　安眠《やすい》し寝《な》さぬ

宇利波米婆　胡藤母意母保由　久利波米婆　麻斯提斯農波由　伊豆久欲　枳多利斯物能曾　麻奈迦比尔　母等奈可可利提　夜周伊斯奈佐農

（巻五　八〇二、山上憶良《やまのうえのおくら》）

【通釈】序に「神龜五（七二八）年七月二十一日、筑前國守山上憶良上《たてまつ》る」とあるが、憶良が都を離れて九州に単身赴任したのはそれより二年前の神亀三年であり、都に残してきた子供を思う心情は最高潮に達していたらしく、それを表したのがこの長歌である。当時、憶良は六十九歳の老境にあり、ここでいう子供らは一族の孫やひ孫であり、この歌は憶良の好々爺ぶりを表したものとされる。万葉集巻五は作歌の序を付した歌が多いのであるが、憶良もこの歌を詠うにあたって、「釈迦如来、金口《こんく》（仏の口のこと）に正に説き給はく、等しく衆生を思ふこと、羅睺羅《らごら》（釈迦の出家前の一子）の如しといへり。また説き給はく、愛は子に過ぎたるは無しといへり。至極の大聖すらなほ子を愛《うつく》しむ心あり。まして世間の蒼生《あおひとぐさ》（人民）、誰か子を愛しまざらめや」という序文を残している。当時は聖武天皇（在位七二四―七四九）の御世であり、その在世中に特に仏教を奨励したことで知られる。この序文から憶良が仏教に深く帰依していたことがわかるが、四十二歳の時、遣唐小録として唐に渡り、老荘儒仏の学識を修めた経歴からも理解できるだろう。「まなかひ」は眼《まなこ》の峡《かひ》の意で、目の間すなわち眼前のこと。「もとな」とは基《もと》なく、すなわち拠り所（わけ）なくの意。「やすい」は安らかな寝《い》（寝るの名詞形）こと。歌の意は、瓜を食べると、（子供らに食べさせたいと）子供のことが思い出されるし、栗を食べると、（また子供らに食べさせたいと）いっそう子供のことが思い出されてしまう。（このように私の心に浮かぶ子供は）どこから来たのだろう。目の前にわけもなくちらついて安眠することができない、となる。この長歌の反歌「銀《しろがね》も金《くがね》も玉も何せむに勝れる宝子に及《し》かめやも」もまた万葉を代表する名歌である。

【精解】ウリが今日の食卓から消えて久しいが、それに代わって賞味されているのは、マスクメロンなど欧米で改良された、より甘味の濃厚なメロンであって、これらは決してウリとは呼ばれない。ウリもマスクメロンも分類学的にはウリ科メロン *Cucurmis melo* であって、アフリカ・ニジェール川流域を栽培起源地とする果菜であって、古代エジプトを経て西アジアに伝わり、この地を二次センターとして多くの品種群を生み出した。そして西アジアからヨーロッパへ伝わって分化したものが西洋系メロンで、後にマスクメロンなどの優良品種を生んだ。西洋系メロンは欧州経由で地球を一周して日本にまで伝えられた。一方、インド、中国から日本へ伝わって分化したものが東洋系メロン、すなわちウリの類である。

中国ではメロンほかウリ科有用植物を含めて瓜の字で総称する。『本草綱目《ほんぞうこうもく》』（李時珍）では「菜部」に蓏菜類、「果部」に蓏類があり、いわゆる瓜の類はこのどちらかに分類されている。蓏は瓜と同義であるが、『説文解字《せつもんかいじ》』に「蓏、木に在るを果と曰ひ、艸に在るを蓏と曰ふ」とあって、蔓生の実を蓏と称し、ブドウ類も蓏類とされていることからわかるように、ウリ科だけを指すのではない。瓜はそのうちのウリ科だけに特化した名である。ウリ類は中国原産ではないが、中国に伝わったのはかなり古く、『詩經《しきょう》』小雅「信南山」の一節に「中田に盧有り　疆場に瓜有り」とあり、紀元前数世紀以前にさかのぼるといわれる。ただし、ウリは非常に種類が多く、また異名も多いため、古典に登場するウリの種を絞り込むのは困難である。平安時代中期に編纂された『和名抄《わみょうしょう》』でも瓜の名がつくものを八種収載する。冬瓜・寒瓜は、それぞれ加毛宇利《かもうり》・加豆宇利《かつうり》という和名があり、今日のトウガン *Benincasa hispida* であって、ウリとは別属種に当たる。寒瓜は、『和漢三才圖會《わかんさんさいずえ》』や『本草綱目』の西瓜の条に異名としてあるので、しばしばスイカに充てられるが、その渡来は平安時代よりずっと後世のことであるから誤りである。胡瓜はウリとは同属ながら別種のキュウリ *C. sativus* であり、別名を曽波宇利《そばうり》・加良宇利《からうり》とも称する。『和名抄』には、黄瓜（和名岐宇利）の名もあって、『和漢三才圖會』では胡瓜の俗名とするが、キ

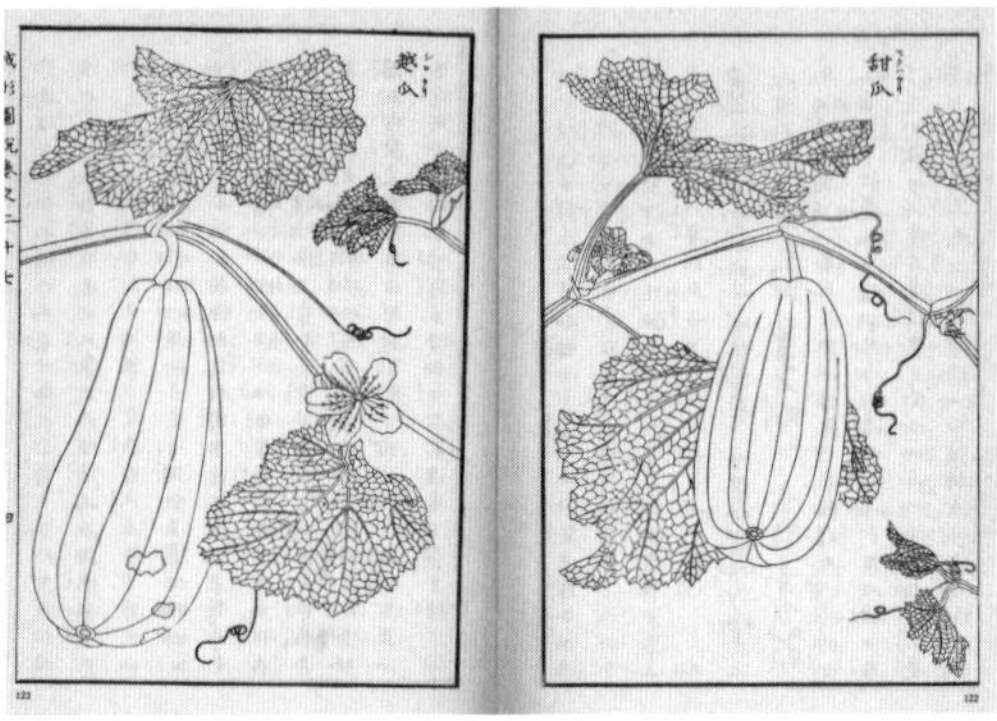

『成形図説』（曾槃・白尾国柱編）巻之二十七に収載されたマクワウリ（右）とシロウリ（左）

ユウリではなくいわゆるメロンの類のようである。そのほか、白瓜・青瓜・斑瓜・熟瓜の名が『和名抄』にあるが、これらこそ植物学的にメロンと同種のものである。

白瓜・青瓜は『和漢三才圖會』に「按ずるに、青瓜一ノ名龍蹄又名青登、白瓜一ノ名女臂又名羊角、一ノ物也」とあり、メロンの変種シロウリ var. ***conomon*** に相当する。シロウリには多くの別名があるが、栽培品に多様な変異があるからである。シロウリはインドで分化した甘味のないメロンで、中国南部（越）で栽培が盛んだったことから越瓜ともいい、『本草和名』では和名を都乃宇利《つのうり》としている。ツケウリ（漬け瓜）、モミウリ（揉み瓜）の別名があるように、もっぱら漬け物とされ、代表的なものに奈良漬がある。

一方、斑瓜は、『和名抄』に「兼名苑云　虎蹯　一名貍首　末太良宇利」とあるように、マダラウリと呼ばれていた。『本草和名』にも、斑瓜の名はあるが、和名の記載はなく、また以降の文献にないのであるが、『和名抄』の狩谷棭齋《かりやえきさい》注に「銀眞桑・譽田瓜」とあるように、メロンの系統でシロウリとは別変種のマクワウリ var. ***makuwa*** であろう。熟瓜も、結論からいえば、マクワウリの一系である。『本草和名』に「熟瓜　陶景注曰熟瓜有數種去瓤食之　一名水芝一名蜜筩一名搆樓一名厭須　熟瓜總也已上四名出兼名苑　和名保曾知」、また『和名抄』にも「廣雅云　虎掌　羊骹　小青　大斑　保曾知　俗用熟瓜二字　或説　極熟蔕落之義也　皆熟瓜名也」とある。ホゾチとは奇妙な名であるが、『和名抄』の「極熟の蔕《へた》の落つるの義なり」という語源説明から、臍落《ほぞおち》（ほぞとはへその古名）の転訛である。蔕から自然に落ちるほど完熟したものを食べたことを示す。『神農本草經《しんのうほんぞうきょう》』の上品にある瓜蔕はウリの蔕のことであり、中国古医方では、大水で身面・四肢の浮腫を治し、水を下す効があるとして、瀉下《しゃげ》・利尿に用いられた。『圖經《ずけい》本草《ほんぞう》』（蘇頌《そしょう》）に「瓜蔕は卽ち甜瓜の蔕なり。崇高の平澤に生じ、今、處處に有り云々」と記述され、その基原は甜瓜の蔕とする。甜瓜は、宋代の『嘉祐本草《かゆうほんぞう》』に初見する名で、日本では鎌倉時代の『本草色葉抄』になって出てくる。もっと古い名として甜瓜と同じ字義の甘瓜が『新修本草』に出現するが、これも日本の文献にはない。

『本草和名』に「瓜蔕　陶景注曰用早青蔕也　和名尒加宇利乃保曾」と記載され、瓜蔕の基原は別属種のニガウリ *Momordica charanita* であるかのように見える。ニガウリは熱帯アジアの原産で、今日では中国南部から沖縄までの亜熱帯で広く栽培されるが、この地域に伝わったのは遅く、明代になってからといわれる。『本草和名』の「にがうり」はやはり甜瓜であって、『墨子《ぼくし》』に「甘瓜苦蔕、天下の物、全美なるもの無し」（『埤雅』に引用）とあるから、瓜蔕の性味「苦」に基づく名ではないかと思われる。あるいは、『本草経集注《ほんぞうきょうしっちゅう》』（陶《とう》弘景《こうけい》）に「瓜蔕は早青の蔕を多用す」とあり、未熟の甜瓜の蔕を取った後の果肉部が苦かったからだろう。『本草綱目』の瓜蔕の修治に、雷斅《らいこう》（中国南北朝時代宋の本草家で『雷公炮炙論』の著者）を引用して「凡そ使ふに、白瓜の蔕を用ふること勿かれ。青綠色の瓜の氣が足りて、其の蔕が自然に落ちて蔓上に在る時、取らんとす」と記述されているから、熟瓜の蔕とする説もある。

憶良の歌にあるウリが、以上述べたどれに当たるかが問題となるが、「瓜食めば子ども思ほゆ」とあるから、常識的に考えて、トウガンやキュウリ、そしてメロンの仲間であっても生食には適さないシロウリは、クリの実とともに子供に食べさせたいと思うほどのものではない。やはり、甘瓜の別名があるマクワウリ、それも熟瓜がもっともふさわしい。中国の格言に、「君子は瓜田《かでん》に履《くつ》を納《い》れず」（李下に冠を正さずと同義）というのがある。瓜畑でかがみ込んで靴をはき直すと、瓜を盗んでいると勘違いされるからやめなさいという意味から、人に疑われるような行為は自ら慎むべしという教えである。『日本書紀』巻十五の仁賢天皇二（四八九）年の条に、皇后が自殺に追い込まれたことが記されているが、直接の原因ではないが、ウリが関わっている。日本、中国のいずれにおいても、古代では、ウリが貴重品であった。

日本に原生しないメロンがいつ渡来したかについては、炭化種子が奈良県唐古《からこ》遺跡や新潟県千種遺跡ほか各地の弥生時代の遺跡から、多くの土器などとともに発見される一方、縄文遺跡からは発見されていないので、おそらく弥生時代になって稲作とともに伝えられたと考えられる。ただし、種子だけではそれらが甘味のある瓜であったかどうかはわからない。

九州西部・瀬戸内・伊勢湾の各諸島の畑には、野生の形質を濃く残したメロンが雑草状態で生えている。これを雑草メロンというが、果実は熟しても甘くなく、大きさはせいぜい鶏卵ぐらいである。雑草メロンはメロンに付随して渡来した史前帰化植物とも考えられる。しかし、弥生時代の遺跡から栽培メロンとともにかなりの頻度で出土していたのが、古墳時代になると急減するので、雑草ではなく栽培されなんらかの利用があったと考えられる。雑草メロンと入れ替わるように、多く出土されるのがモモルディカメロン var. ***momordica*** の種子であり、果汁が極端に少なく粉質の甘くないメロンである。マクワウリより大形で、今日、福江島と八丈島で栽培されており、シマウリ、ババゴロシ、バーウリの名前で呼ばれているが、『和名抄』や『本草和名』に該当する名前がない。しかし、奈良・

平安時代の官衙都宮跡から高い頻度で種子が出土し、また中世、江戸時代の遺跡にも見られるので、遅くとも古墳時代には大陸から伝わり栽培されていたのは確実である（以上『海をわたった華花』より）。この変種名 *momordica* は、同じウリ科ニガウリの属名 *Momordica* と同じで、ラテン語の momordi に由来し、種子の縁にぎざぎざがあるので、噛むという意味のラテン語が充てられた。モモルディカメロンの中国名は老太婆瓜といい、果肉が粉質なので歯がない老婆でも食べられるからという。一方、日本名のババゴロシは老婆の咽喉が詰って死ぬという意味でつけられた。この日本名と中国名は果実のユニークな性質をまったく逆に連想しているところがおもしろい。雑草メロンも含めて古代メロンの種子の出土は九州北部から山陽・近畿・東海地方に集中し、九州・四国の南部や東北地方北部、北海道にはまったく発見されていない。したがって、メロンは南島経由で渡来したのではなく、大陸から九州北部に伝えられたと考えねばならない。メロンは暖かい気候を好み、東北中北部には種子が出土しないので、中国大陸から遼東半島、朝鮮半島を陸路で経由した可能性は少ない。おそらく、稲作と同じように、中国中南部から日本列島と朝鮮半島南部に独立に伝わった可能性が高い。

え

え（榎）

ニレ科（Ulmaceae）エノキ（*Celtis sinensis*）

吾が門《かど》の　榎《え》の実もり食《は》む　百千鳥《ももちどり》　千鳥は来れど　君そ来まさぬ

（巻十六　三八七二、詠人未詳）

吾門之　榎實毛利喫　百千鳥　千鳥者雖來　君曾不來座

【通釈】第二句の「毛利喫」は「もる」と「はむ」の二つの動詞の合成語と考える。喫に食べるという意味があるので食《は》むと訓ずる。「もる」とは、『日本方言大辞典』（小学館）に「果実や豆などを採取する」とあり、岐阜県飛騨地方、中国地方、四国、九州の一部にこの方言が残る。「百千鳥」とは奇妙な表現だが、特定の種を指すのではなく、鳥が多数であるとともにその種類も多いと解釈されている。この歌の意は、吾が門に生えるエノキの実を、摘んで食べる多くのさまざまな鳥が飛んで来るけれども、あなたはいらっしゃいませんね、来ていただきたいのにとなる。

【精解】榎は、『和名抄《わみょうしょう》』に「尒雅注云　榎　古雅反　字亦作檟　一名榣音瑫　衣」、『新撰字鏡《しんせんじきょう》』に「榎　上字衣乃木」とあり、「え」あるいは「えのき」と読む。上代仮名遣い法では、「衣」はア行の「え」音に相当するが、ワ行の「ゑ」音で表すこともある。榎をエノキとするのは当て字であって、中国ではまったく別の植物を意味する。『説文解字《せつもんかいじ》』に「檟（『和名抄』に榎の一名とあるもの）は楸なり」、『廣韻《こういん》』に「檟は、山楸、榎は上に同じ」とあり、榎に同じとする檟・

楸のいずれもノウゼンカズラ科キササゲの類をいう。『大和本草《やまとほんぞう》』にも「本艸ニハ楸ノ葉小ナルヲ榎トス今案ニヱノ木ハ楸ノ類ニアラス然ラバ本邦ニテ榎ヲヱトスルハアヤマリナルベシ」と記述されている。ちなみに、キササゲは中国では梓と称され、『本草綱目《ほんぞうこうもく》』（李時珍）によれば、梓の類に三種あって、「（梓の木目の）赤き者を楸と為し、楸の小なる者を榎と為す」という。すなわち、榎はキササゲの漢名の異名であり、『大和本草』は李時珍の記述を引用しているのである。中国では、『正字通《せいじつう》』に「朴樹の膚は白く肉は紫にして、五六月、細花を開き、實を結び冬青子（ネズミモチ）の如し。生は青く熟すれば赤く、核有り、七八月、之を采る。味甘美」とあり、エノキに朴（朴樹）を充てるが、本草ではモクレン科ホオノキ（厚朴）にも用いるからややこしい。日本と中国で樹木名が一致しない例は少なくないが、これほど混乱している例はそうはない。夏に花を咲かせるから、木偏に夏で、榎の字が作られたとして、これを国字であるとする意見がある。エノキの花は、夏ではなく春に葉に先駆けて咲き、実は秋につけるから、根拠のない俗説にすぎない。

　エノキは樹高二十メートル以上になるニレ科の落葉広葉樹で、日本では北海道を除く各地の山地林や道端などに普通に生える。国外では朝鮮半島、中国の中部に分布する。同じニレ科のケヤキと比べると、材の質は狂いやすく腐りやすいから、利用価値はずっと低い。それでも鳥取県青谷上寺地《あおやかみじち》遺跡や奈良県唐古《からこ》遺跡など弥生時代の遺跡からエノキ製の木器が出土しており、古い時代にはかなり利用されていた。樹皮から丈夫な繊維が採れるので、これから縄や紙をつくった。むしろ、繊維の利用が第一で、材は廃物利用の意味もあったのかもしれない。核果は秋になるとオレンジ色に熟し、甘味があって食べられる。決しておいしいものではないが、『大和本草』には子供がよく食べたと記されている。ある程度大きくならないとまともに実をつけないから、エノキの実を採取するのは苦労であっただろう。秋の山野にはあまり食べるものはないから、昔はこれでもご馳走だったらしい。

エノキの葉　葉は左右不相称で、葉脈は基部で３本の主脈に分かれる。

　上の歌にあるように、エノキには多くの鳥が集まる。葉が繁っているときは巣をつくり、実が熟す秋には実を食べるために集まる。鳥にとってエノキの実は格好の餌であり、多くの鳥を引き寄せ、また鳥によってその種子がばら撒かれて、いたるところに芽生える。それが軒先であったり、庭であったり、道端であったりするのであり、中には駆除されるが、それを逃れたものが大木に成長する。植物学者の北村四郎は「寺社の境内にエノキの大木が多いのは自然に生えたものを伐らないからである」と述べているが、達観であると思う。柳田國男（一八七五―一九六二）が、「争いの樹と榎樹」（『柳田国男全集十四』筑摩書房、所収）でいう、人による栽植のもっとも古い歴史をもつというのはいささか誇張であり、最初から栽植ありきではなく、たまたま大木になったものを神格視するようになったと考えるべきである。旧街道の一里塚に見るエノキは数少ない栽植の例であるが、最初は自然生を利用したはずだ。また、村境、橋のたもとなどに、道祖神の神木として存在するものの多くは、自然に生えてきたものが多く、栽植は意外と少ない。エノキはどこにでも生える植物種であり、自然生のもので生き残って大きく生長したものを人が利用しているのである。鎌倉時代初期の歌人藤原為家《ふじわらのためいえ》（一一九八―一二七五）の歌「川ばたの岸のゑの木の葉をしげみ道行く人のやどらぬはなし」（『夫木和歌抄』二十九榎）から、エノキが古い時代から緑陰樹としてよく利用されていたことが示唆される。

日本の南半分は照葉樹林帯に属し、鎮守の森や神木は常緑樹であるのが普通だが、エノキの巨木の根元に祠が設置され神木とされることがあるのは、老木の枝先に常緑のヤドリギがよくつき、落葉したあとも青々と茂っているので、神の依り代になりうると考えられたからだろう。愛知県豊橋市八町通にある神明社では、毎年二月十日・十一日に鬼祭りの行事を行うが、その中に榎玉神事といわれる占卜行事が含まれている。エノキと占いが関わったものに王子稲荷の狐火の占いの逸話がある。安藤広重（一七九七―一八五八）の浮世絵にも「王子装束ゑの木・大晦日の狐火」として画かれ、大晦日に王子稲荷のエノキの下に衣服を正した関八州のキツネが大集合して狐火を燃やし、農民はこれを見て新年の豊凶を占ったという。旧中仙道板橋宿に縁切り榎という史跡がある。ここにエノキが植えられていて、この下を嫁入り・婿入りの行列が通ると、必ず不縁になるという伝説があった。将軍家に降嫁した皇女和宮が京から江戸に上るとき、榎のまわりを覆い、見えないようにして通行したともいう。江戸期には、離婚を望む女性たちが、榎の皮を削り夫に飲ませて、離縁を祈願したという。縁切り寺に駆け込むよりは手軽ではあるが、実際のご利益は如何ほどであっただろうか。これはエノキの名に縁切りの願をかけただけでの民間信仰だから、それほど歴史は古くはないだろう。今日では、エノキに薬用価値はほとんど認められていないが、『大和本草』には「葉ハヨク漆瘡ヲ治ス新漆器ニ榎葉ヲ入レハ毒氣ヲ去ル」とあり、エノキの葉の絞り汁は漆かぶれに用いた。また、樹皮の煎汁は月経不順、食欲不振などによいとされ民間で用いる。

お

おほゐぐさ（於保爲具左）　カヤツリグサ科（*Cyperaceae*）フトイ（*Schoenoplectus lacustris* spp. *validus*）

上野《かみつけ》の　伊奈良《いなら》の沼の　大藺草《おほゐぐさ》　よそに見しよは　今こそ勝《まさ》れ　（巻十四　三四一七、詠人未詳）

可美都氣努　伊奈良能奴麻乃　於保爲具左　與曾尓見之欲波　伊麻許曾麻左禮

【通釈】 上野国（群馬県）の東歌。「伊奈良の沼」は群馬県邑楽《おうら》郡板倉沼あるいは館林市多々良沼とする説がある。「見しよは」は「見しよりは」の略。直訳すると、伊奈良の沼に生えている大藺草のように、よそから離れて見るよりも、今の方が立派に見えますよとなるが、いかにも言葉足らずでわかりにくい。想像するに、長いこと距離を置いて思いを寄せている人を見てきたが、今ここで面と向かって逢ってみると、今までよりずっと立派に見え、惚れ直したというところだろうか。愛する人を大藺草に寄せて詠ったのである。

【精解】 借音真仮名である「於保為具左」はオホヰグサであり、大藺草とするのに疑問の余地はない。『和名抄《わみょうしょう》』に「唐韻云　莞　音完　一音丸　漢語抄云　於保井　可以為席者也」とありオホヰの名が見えるが、漢名として莞を充てている。『説文解字《せつもんかいじ》』に「莞、艸なり。已《もっ》て席《むしろ》を作るべし」とあり、同『段玉裁注』に「之を莞とするは管と言ふなり。凡そ莖の中空なる者は管と曰ふ。莞は、蓋《けだ》し、即ち今の席子艸なり。細莖は圓《まる》く中空なり。鄭、之を小蒲と謂ひ、實は蒲に非ざるなり」と記述している。また、『爾雅義疏《じがぎそ》』も「莞、苻蘺、其上、蒿。西方人、蒲を呼びて莞蒲と爲す。蒿、基の頭臺首なり。今、江東、之を苻蘺と謂ふ。（中略）之を用ひて席《むしろ》と爲す」とほぼ同様な記述をしている。蓆《むしろ》をつくる原料といえば、古くからイグサ（藺草）、フトイ（太藺）が用いられ、いずれにも藺の字が用いられているから、同類とされてきたことがわかる。『説文解字』にも「藺は莞の屬なり」とある。しかし、イグサはイグサ科、フトイはカヤツリグサ科で植物学的にはかなり異質である。まず、イグサの花は小穂《しょうすい》を形成しない点でカヤツリグサ科のフトイと大きく異なる。小穂とはカヤツリグサ科とイネ科の花に特徴的な形質であり、小さな花の花弁が退化して苞葉《ほうよう》が花を包み込んで鱗片状となり重なり合ったもので、一見、蕾のようである。イグサの花序《かじょ》は茎の途中についているように見えるが、上に伸びるのは茎ではなく苞葉であり、フトイは苞葉がほとんど目立たず、茎の上端に花序がついているように見える。蓆などの原料になるのは茎であるが、イグサの茎は円く径二～三ミリと細く、髄《ずい》は充実していて指で圧を加えても潰れない。一方、フトイの茎は径一～二センチの円柱状でイグサよりずっと太いが、髄はスポンジ状で白く柔らかい。『説文解字』段玉裁注に「莞の茎は中空」と記述されているのも、指で簡単に潰れ、芯がないように思われたからである。したがって、莞はカヤツリグサ科のフトイとしてまちがいなく、万葉集のオホヰグサもフトイでよい。

フトイは、北海道から南西諸島までの日本全土の湖沼や河川に生育する高さ一～一・五メートルになる大型の抽水《ちゅうすい》植物で、国外では東アジアから欧州、北米から南米までの環太平洋地域に広く分布する。茎は水底の泥中に横走する太い地下茎から真っ直ぐ立ち上がる。イグサよりずっと大型であるから、大藺あるいは太藺とも表す。フトイの名は後者の訓読みに由来し、茎が藺草よりずっと太いからである。フトイでつくった蓆や莫蓙《ござ》はガマムシロあるいはオイムシロと称した。ガマムシロの名はフトイの別名である蒲葱（『本草綱目啓蒙《ほんぞうこうもくけいもう》』による）あるいはマルガマにちなむ。ガマになぞらえるのは、前述したように、『説文解字』や『爾雅』の莞の条の記述に由来するが、イグサはガマの名で呼ばれることはないから、フトイがイグサとは区別されていたことを示唆する。『日本書紀』巻二十九下天武紀十

フトイ　茎は高さ１～２メートルになり、薄く粉をかぶったような緑色をしている。花序は茎の先端につく。

年八月丙戌《ひのえいぬのひ》の条の多禰嶋《たねのしま》（種子島）に関する記述の中で「土毛《くにつもの》は支子《くちなし》・莞子《かま》及び種々《くさぐさ》の海物《うみつもの》等多なり」とあり、莞子を古くから「かま」と訓じられてきたが、無論、ガマではなくフトイを指す。フトイの漢名は古くは莞であったが、現在では用いられず、水葱（万葉集にあるコナギもこの名で表記されるので注意を要する）という。薬用としての歴史は浅く、中国でも限られた地域の民間療法で利尿薬として用いられているにすぎない。北米では太い地下茎を食用にするという。インドからマレーシア地方に分布する同属近縁種オニフトイは、茎を敷物の原料として用いるほか、地下茎はデンプンを多く含み、食用に供される。また、南米のチチカカ湖周辺に自生するトトラもフトイの仲間であり、古くから茎でカヌーや水上住宅をつくるほか、根茎を食用にする。現在の日本ではフトイの利用はほとんどなく、茎に白い縞模様のある品種としてシマフトイが日本庭園の池に観賞用に植栽されるにすぎない。

フトイ・イグサともに蓆や莫蓙をつくる原料となるが、茎が細く強靭《きょうじん》なイグサの方が素材として高級であった。平安時代中期の『延喜式』には、山城国に藺田を設け、掃部寮の直営で刈り取り、製織も行われたほか、山城のほか、諸国に藺製品を納めさせたという記述がある。また、正倉院には聖武天皇が使ったという木製寝床が残されているが、イグサの莚《むしろ》にマコモ製の蓆《むしろ》を六重に重ねた畳床である。これが現存する最古の畳といわれるが、実際にはこれより以前に使われていたと思われる。また、興味深いことに、『延喜式』巻第二十三「民部下」の交易雑物に「上野國 蓆九百枚」とあり、同地で古くからその原料たるイグサが栽培されていたことを示唆する。

野生のイグサは高さ二十～八十㌢でフトイより小さいが、中には百五十㌢を越すものもあり、変異が激しい。イグサは種子でも繁殖するが、分げつ（新たに茎を出すこと）によっても増える。一般に、分げつの少ないものは茎が長く伸長し太くなる傾向があり、自然界から選抜するのはさほど困難ではなく、古代でもいくつかの栽培品種があったと考えられる。イグサは全国に普通に分布するが、フトイは北日本に多く、どこにでもあるわけではない。実際には、イグサの方が丈夫でフトイよりずっと良質の蓆ができるのであるが、見た目はフトイの方が立派に見えるから、冒頭の歌の伊奈良の沼に生える大藺草はフトイとなるのである。畳をつくるにはイグサでなくてはならず、フトイではせいぜい蓆にしかならない。多湿気候の日本にあっては、畳は地面からの湿気を遮断し、また夏の暑さ、冬の寒さを凌ぐのにも非常に有効な床材である。朝鮮・中国の家屋にもない日本独特のものだが、日本全国どこにでもイグサが分布していたから、畳の利用が発達したともいえる。しかし、古い時代では貴族などに利用が限られ、庶民にまで普及したのは江戸時代になってからである。

畳は、稲ワラを圧縮してつくった畳床にイグサで編んだ畳表を張り、最後に畳縁を縫いつけてつくる。室町後期から江戸時代にかけて畳が普及するに伴って、イグサ栽培は盛んになり、備後表、備中表の名があるようにイグサの栽培に適した瀬戸内の備後（広島）、備中（岡山）が主産地であった。現在では、熊本県が主産地であるが、近年、中国で栽培された輸入ものが急増している。フトイは正統中国本草に収載がないが、イグサは宋代の『開寶本草《かいほうほんぞう》』に燈心草の名で初見する。この名は髄を油に浸して明かりを灯《とも》すのに用いたことによる。茎髄を乾燥したものは五淋（漢方特有の用語で石淋・気淋・膏淋・労淋・熱淋の五つの尿路の病態をいう）を治す薬と認識され、漢方では分消湯に配合され、利尿・解熱・鎮静薬として用いる。成分としては、フラボン類のほか、多糖類・脂肪油・たんぱく質を含む。民間ではイグサを噛み砕いて外傷に用いるという。

おみのき（臣木）

マツ科（*Pinaceae*）モミ（*Abies firma*）

皇神祖《すめろき》の　神の命《みこと》の　敷きいます　国のことごと　湯はしも　多《さは》にあれども　島山の　宜しき国と　凝《こご》しかも
皇神祖之　神乃御言乃　敷座　國之盡　湯者霜　左波尓雖在　嶋山之　宜國跡　極此疑
伊予の高嶺《たかね》の　射狭庭《いざには》の　岡に立たして　歌思ひ　辞《こと》思ほしし　み湯の上の　木群《こむら》を見れば　臣の木も　生ひ継ぎにけり
伊豫能高嶺乃　射狭庭乃　崗尓立之而　謌思　辭思爲師　三湯之上乃　樹村乎見者　臣木毛　生繼尓家里
鳴く鳥の　声も変はらず　遠き代に　神《かむ》さび行かむ　行幸処《いでましどころ》
鳴鳥之　音毛不更　遐代尓　神左備將往　行幸處

（巻三　三二二、山部赤人《やまべのあかひと》）

【通釈】「山部宿禰赤人の伊豫の温泉《ゆ》に至りて作れる歌」という序から、行幸した往時を懐古する歌。「伊豫の温泉」とは、松山市道後温泉であり、『伊豫國風土記』逸文（『釋日本紀』巻十四にある）によれば、景行天皇、仲哀天皇、聖徳太子、舒明天皇、斉明天皇が行幸したと記されている。聖徳太子の行啓の時、高麗の僧慧慈《えじ》、葛城臣《かつらぎのおみ》らを従え、湯の岡の側に碑文を立て、そこを伊社邇波《いざには》の岡と呼ぶようになったという。今日、道後温泉の近くに式内伊佐爾波《いざにわ》神社があるが、『万葉の旅』（犬養孝）によれば、伊佐爾波神社は湯月八幡に合祀されていたのを現在地に移したものだから、射狭庭の岡は道後公園から温泉にいたる丘陵のどこかを指すという。伊予の高嶺とは石鎚山であるが、その山頂は道後からずっと離れているから、麓に近い険しい山並みを指す。「敷きいます」は平定して鎮座するという意。「さはに」は多く、いくらでも、ますますの意味の古語。「極此疑」は難訓であるが、定説では「凝《こご》しかも」と訓じて凝り固まるという意味だが、転じて身をすくむほど険しいという意味になる。「み湯の上の木群を見れば臣の木も生ひ継ぎにけり」について、前述の『伊豫國風土記』逸文に興味深い記事がある。それによれば舒明天皇と皇后（後の斉明天皇）が行幸した時（『日本書紀』によれば舒明十一（六三九）年」、大殿戸に椹《むく》の木と臣《おみ》の木があって鵤《いかるが》と此米鳥《しめどり》が止まっていたので、天皇は、枝に稲穂をかけて養ったという。この歌には椹の木は詠われていないが、赤人は臣の木を見て舒明天皇の行幸を追懐して詠ったと思われる。この歌を訳せば、皇祖の御代より神であらせられる天皇がお治めになられている国のいたるところに温泉はたくさんあるが、中でも島も山も素晴らしい国だと、険しい伊予の山々の射狭庭の岡にお立ち遊ばして、歌を思浮かべ詞を練られた（伊予の）温泉の上の方にある森を見ると、（舒明天皇がご覧になられた）臣の木も（昔と変わらず）生え継いでおり、この臣の木に止まっていた（舒明天皇が稲穂で養った）鳥の鳴く声も変わっておらず、遠い将来までますます神々しくなっていくだろう、（天子様の）行幸されたこの場所はとなる。

【精解】赤人の歌および『伊豫國風土記』にある臣木について、『萬葉代匠記』は「臣木はもみの木なるべし。於と毛と同韻にて通ぜり」としてモミの木と考えた。『和名抄《わみょうしょう》』には「尒雅云　松葉柏身曰樅　七容反　毛・美」とあり、『爾雅《じが》』（『説文解字《せつもんかいじ》』でも同じ記述がある）を引用し、マツの葉のような針葉とヒノキ科樹木のような幹の特徴をもつとして、樅の字が充てられている。一方、『新撰字鏡《しんせんじきょう》』では「樅　毛牟乃木」とあり、和名をモムノキとする。オミの木の名に、Mの音が付加すればモミの木となるが、ウメ（ume）がムメ（mume）と相互転訛している例から、オミの木がモミの木に転じたとするのは妥当であり、今日ではモミの木というのが定説となっている。

モミの木　葉は長さ1.5～3センチほどで、先が尖り、触ると痛い。

　モミは、日本特産のマツ科常緑針葉樹で、樹高四十メートル以上、胸高直径一・五メートルに達する大高木である。秋田・岩手以南の本州、四国、九州の暖帯から温帯下部に生える。『伊豫國風土記』で舒明天皇が稲穂をかけてイカルガとシメドリを養ったとあるが、モミであれば簡単に稲穂をかけられるだろう。普通の照葉樹ではそうは簡単にいかないから、この記述はモミの木説に有利となる。モミは、通例、照葉樹林帯から夏緑広葉樹林帯の移行地帯にツガとともに優占して出現するので、山地に生える木というイメージが強い。「伊予温泉の上の木群」にモミが生えるのを疑問視する意見もあるが、実際には、海岸近くの丘陵の尾根筋や平地のカシ・シイ林でもけっこう出現する。乾燥した地質のところを好む傾向があり、アカマツやクロマツと混生することも珍しくない。モミは大木になるわりに寿命は短くてせいぜい二百年程度であるから、遷移途上の植生に現われる成長の早い先駆樹種のようである。材はやや狂いやすく耐久性に乏しいから、建築材には適さない。しかし、優れた建築材であるスギ・ヒノキがほとんどない関東中北部や東北地方太平洋岸ではモミを代用した。

モミの木といえば、まずクリスマスツリーを連想する。モミの幹は直立し、太枝を水平からやや斜め上に伸ばし、円錐形の均整の取れた樹冠をなし、ツリーによく合う。欧米のツリーも同じ形をしているから、モミを外国産と勘違いされることもあるが、モミの木は日本特産種である。実は、樅の字は、モミの木類の樹形を表したものであり、マツ科モミ属を表す総称名である。樅樅《しょうしょう》という語もあるが、これは真っ直ぐに伸びた樹木の葉が茂り合う様を意味する。意外なことに、中国ではモミの木類に対して樅の字を使うことは稀で、通例、冷杉と称する。中国ではモミ属のほとんどは深山に分布し人里になく、中国人に馴染みの薄い木であったから、自然林の乏しい中国では次第に忘れ去られてしまったのであろう。

おもひぐさ（思草）

ハマウツボ科（Orobanchaceae）ナンバンギセル（*Aeginetia indica*）

道の辺の　尾花が下の　思草《おもひぐさ》　今さらになぞ　物か念《おも》はむ

道邊之　乎花我下之　思草　今更尓何　物可将念

（巻十　二二七〇、詠人未詳）

【通釈】 思草に寄せる秋の相聞歌。第四・五句の訓読は大きく分けて二説ある。一つは、ここで示したように、「何」を「何《な》ぞ」とし、「如

何なるものぞ」の意味にとる。「なぞ」と同じ意味の古語「など」と訓ずることもある。もう一説は、「何」を結句に移して、「今更尓」

は「今更々尓」が書写の過程で誤って短縮されたと考え、「今さらさらに」と解釈する。したがって、第五句は「何をか思はむ」と訓ずることになり、意味も微妙に変わってくる。ここでは前者の説を採用するので、歌の大要は、道の辺の尾花のもとに生えている思草のように、いまさら、どうして思い悩むことがあろうかとなる。

【精解】思草の名は、形態などの特徴を表したものではなく、その醸し出す雰囲気でつけられた名前であるから、極端にいえばどんな植物も候補になり得る。興味深いことに、この万葉歌には思草の生態についての有力な情報が含まれている。「尾花が下の」とあるのは、尾花の根元に思草が生え寄生植物であることを示唆する。尾花すなわちススキは大きな株をつくって群生し、また葉茎は末広がりに高く伸びるから、その根元は十分な陽が当たらない。したがって光合成のための陽光を必要とする普通の植物はまず生育できないので、思草の候補となる植物種は限られてくる。今日、この思草をナンバンギセルに充てることにほとんど異論はない。

ナンバンギセルは、葉緑体をもたない全寄生植物であって光合成は必要なく、しかもススキなどイネ科の大型植物を好んで寄生する。ナンバンギセルの茎はごく短くてほとんど地下にあり、鱗状の小さな葉をまばらにつけ、七月から九月にその葉腋《ようえき》から花茎《かけい》を長く伸ばして、頂端に淡紅紫色の雁首形の花をやや下向きにつける。万葉歌で思草は「念はむ」を導く序として使われ、「私はあなただけを思っています」という本意を表す。したがって、思草という植物にもその雰囲気が漂うものでなくてはならない。ナンバンギセルのやや下向きの花の形はいかにも思案しているように見え、少なくとも万葉歌にある思草はナンバンギセルとしてまちがいない。

しかし、思草をリンドウ、ツユクサ、オミナエシなどに充てる説も根強く、特にリンドウ説は今でも支持者が少なくない。この万葉歌から派生した歌と思われるものが『古今和歌集』をはじめ多くの勅撰集に見られる。本歌と異なり、詠人が「尾花の下の思草」を見ているとは思えないので、本歌からかけ離れた思草のイメージがつくられる可能性が高い。その最たる例が源氏の「笹竜胆紋」にまつわる故事であろう。源頼朝《みなもとのよりとも》（一一四七—一一九九）が狩りをしてい

ナンバンギセルの花　7月～9月、15～30㌢ほどの花茎が伸び、淡い紅紫色の花が咲く。

るとき、花をもっている一人の少女に出会い、花の名を尋ねると、「秋の野の尾花にまじり咲く花の色にや恋ひむ逢ふよしをなみ」と詠み、「思草」と答えたという。この少女が後に頼朝の妻となった北条政子（一一五七―一二二五）であり、これがもととなってリンドウを家紋にしたという。リンドウは日当たりのよいススキ原に生え、生態学的見地から「尾花にまじり咲く」ことがあるから、支持されたのであろう。この故事は、あたかも歴史的事実であるかのように巷に流布しているが、まったくの創作話である。政子が歌ったという歌は『古今和歌集』に「詠人未詳」とあり、また源氏の頭領が「笹竜胆紋」を用いたという信頼できる証拠はない。思草をリンドウとする説はこの故事の影響を受けているので、当然、その論拠も薄弱となる。

「尾花にまじり咲く花」は必ずしも万葉歌を本歌としたものではないという意見もあるだろう。『新古今和歌集』にある源通具《みなもとのみちとも》（一一七一―一二二七）の歌「問へかしな尾花がもとの思ひぐさ萎《しを》るる野べの露はいかにと」は、たずねて下さいまし、ススキの下で思草が萎れている野辺の露がいかほどのものであろうか、という内容の歌だが、これはどう見ても巻十　二二七〇の歌の派生歌である。『日本植物方言集成』によれば、オモイグサという方言名は千葉県柏市周辺にあり、ナンバンギセルを指すという。ちなみに、リンドウほか他説の植物の方言名にオモイグサの名は見当たらない。万葉の思草はナンバンギセル以外にあり得ないが、後世の詩歌ではまったく別のイメージをもって詠われ、リンドウなどに充てられたのである。

ナンバンギセルは日本全土、中国、インドシナ、マレーシアからインドに広く分布する。その名の由来は、ヨーロッパ人がもち込んだ煙管《きせる》、すなわち南蛮煙管の頭に、花の形が似ていることによる。中国ではナンバンギセルを野菰《やこ》と称するが、『本草綱目《ほんぞうこうもく》』ほか正統本草にその名はない。異名として煙管頭草もあるが、日本名の影響を受けたもののようだ。日本では薬用とすることはないが、中医学では強壮、鎮痛、消炎などの目的で骨髄炎、毒蛇咬傷に用いるという。日本では、むしろ、山草として珍重され、種を採ってススキの根元に蒔いて盆栽を仕立てて観賞する。栃木県の一部には変種のヒメナンバンギセルがあり、クロヒナスゲだけに寄生する。そのほか、オオナンバンギセルがあり、本州以南の日本と中国中部に分布し、おもにヒカゲスゲに寄生し、ほかにヒメノガリヤス、ウラハグサにも寄生する。

かきつばた（垣津幡・垣津旗・垣幡・加吉都播多）

アヤメ科（Iridaceae）カキツバタ（*Iris laevigata*）

かきつはた　佐紀沢に生ふる　菅《すが》の根の　絶ゆとや君が　見えぬこのころ　（巻十二　三〇五二、詠人未詳）

垣津旗　開澤生　菅根之　絶跡也君之　不所見頃者

かきつはた　衣《きぬ》に摺り付け　丈夫《ますらを》の　着襲《そ》ひ狩する　月は来にけり　（巻十七　三九二一、大伴家持《おほとものやかもち》）

加吉都播多　衣尓須里都氣　麻須良雄乃　服曾比獦須流　月者伎尓家里

【通釈】第一の歌は、寄物陳思歌であり、カキツバタではなくスゲの根に寄せた。「開澤」は、武田祐吉は「咲く沢」とするが、定説は地名と解釈し佐紀沢《さきさわ》とする。平城京の北に佐紀山という低い丘陵があり、この一帯を佐紀の地という。集中に佐紀沼（武田はこれも咲く沼とする）の名もあり、この地に沢も沼もあった。佐紀には「咲き」の意味も掛かる。第三句までは「絶ゆ」に掛かる譬喩《ひゆ》。歌の内容は、カキツバタが咲く佐紀沢に生えるスゲの根のように、絶えようというのであろうか、この頃あなたはお見えになりませんとなる。自分と愛人との関係が途絶えているのを、スゲの根に寄せて歌ったのであり、カキツバタは脇役にすぎない。第二の歌は、序に「（天平十六（七四四）年四月五日、獨り平城の故き宅に居て作れる歌」とある。「服曾比」は着襲《おそ》ひが訛って「きそひ」と訓じ、襲ふは重ね着するという意。着襲ひ狩とは、着物を重ね着し美装して狩に望むことをいうが、次に述べるように競ひ狩の意味を掛ける。狩とは薬狩のことで、『日本書紀』推古天皇紀に「十九（六一一）年五月五日に菟田野《うだのの》に藥獵《くすりがり》す」という記録があり、鹿の角（鹿茸と称し薬用に用いた）とともに薬草を競い取ったという。歌の意味は、カキツバタの花を衣に摺り染めして、丈夫が着飾って薬狩する月が来たことよとなる。時は四月五日で、推古時代の薬狩より一カ月早いが、早めに行われたこともあっただろう。ただし、家持（七一八―七八五）の時代に薬狩が行われたという証拠はないから、古の風習に郷愁を感じて歌ったとも考えられる。

【精解】万葉集に「垣津幡」（二首）、「垣津旗」（三首）、「垣幡」（一首）、「加吉都播多」（一首）とあるのは、アヤメ科カキツバタのことで、全部で七首に詠われる。『和名抄《わみょうしょう》』に「蘇敬曰　劇草一名馬藺　加岐豆波太」、また『本草和名《ほんぞうわみょう》』に「蠡實　楊玄操音禮　一名劇草一名三堅一名豕首一名茘實一名馬藺子一名馬薤　已上二名出蘇敬注　一名早蒲出稽疑　一名荊甄　列真二音出兼名苑　一名獨行子一名豨首　已上出釋藥和名加岐都波太」とあり、漢名に馬藺・蠡實ほかその同物異名を充てている。蠡實は『神農本草經《しんのうほんぞうきょう》』中品にあり、「一名劇草一名三堅一名豕首」と記述され、これらの異名は『本草和名』にも引用されている。『新修本草《しんしゅうほんぞう》』（蘇敬《そけい》）に「月令に云ふ、茘挺出づ、鄭注云ふ、茘は馬薤なり」とあるから、『本草和名』の馬薤は茘の異名である。『圖經本草《ずけいほんぞう》』（蘇頌《そしょう》）は、蠡實について「葉は薤に似て長くして厚く、三月紫碧の花を開き、五月實を結びて角子を作り、麻の大いさの如く赤色にて稜有り、根は細長、黄色を通し、人、取り以て刷毛《はけ》と爲す云々」と述べていて、この特徴は、今日、種子を馬藺子《ばりんし》として薬用にするアヤメ科ネジアヤメと一致する。ネジアヤメはわが国に自生しないから、その類似種ということになり、わが国水湿地に広く分布するカキツバタを充てたのである。ただし、植物学的には、ネジアヤメとカキツバタは同属ながらかなり形態を異にする。

わが国に自生する同属種で、よく似たものにアヤメ、ハナショウブ（野生種はノハナショウブ）もあるが、万葉集に出てくるのはカキツバタだけであるから、まずこれに漢名を充てたのであろう。アヤメ、カキツバタ、ハナショウブの三種を、一見して区別できる人は、植物の専門家かよほどの園芸好きである。花卉園芸が盛んで、キュー植物園という有力な植物学研究機関のあるイギリスにおいてさえ、一九二〇年頃までは、ハナショウブとカキツバタは混同されていたほどだ。アヤメ科植物の花は萼《がく》と花弁が一体化して花被《かひ》をつくるが、内花被片《ないかひへん》と外花被片《がいかひへん》が三枚ずつ合わせて六枚ある。いずれの種も、満開時では、内花被片は細長く直立し、外花被片は大きく垂れ下がる。上記の三種は外花被片の模様で区別でき、アヤメは大きな網状の黄色の紋様があり、ハナショウブは黄色の細くて短い紋様、カキツバタはその中間型で外花被片の中央に白い太くて長い紋様がある。

カキツバタの花　直径12㌢ほどあり、5月〜6月に咲く。

俗にいう「いずれアヤメかカキツバタ」は、どちらも美しさで甲乙つけがたいというほかに、よく似ていて区別できないという意味も込められている。ただし、生態にはかなり違いがあり、それによってある程度の区別ができる。アヤメは、三種のうちでもっとも乾燥した環境に耐えて草原に生えるが、カキツバタは水湿を好み、自然状態では水辺や湿原に群生する。幕末に日本を訪れた英国人R・フォーチュン（一八一二—一八八〇）は、農家の萱葺屋根の上にSho-buが群生しているのを目撃し、その様子をスケッチしている（R. Fortune, "Yedo and Peking", 1863）。Sho-buがハナショウブなのか、あるいはアヤメの古名が江戸後期でも用いられていた（アヤメグサの条を参照）のか定かではないが、生態を考慮すればアヤメである。

今日では、カキツバタの漢名を杜若・燕子花とするが、これについても考証する。まず、杜若については、『大和本草《やまとほんぞう》』（貝原益軒《かいばらえきけん》）に「國俗昔ヨリ杜若ヲカキツバタトス非也」とあり、誤りとする。

この名は『本草和名』に見えるが、「杜若　一名杜衡一名杜連一名白蓮一名白芥　仁諝音渠□反　一名若芝一名芳杜若　出陶景注　一名土鹵　出兼名苑　一名杜苻一名白吟　已上出雜要訣　一名賀真　出釋藥　一名賀靈根　隠居本草注　唐」とあるだけで、和名を記載していない。ちなみに、杜若は『神農本草經』上品に収載され、一名杜衡としている。『本草和名』にある白吟（『名醫別錄』にある別名）は白芩の誤りである。『本草經集注《ほんぞうきょうしっちゅう》』（陶弘景《とうこうけい》）では「葉は薑（ショウガ）に似て文理有り、根は高良薑（ショウガ科ガランガルの類）に似て細し。味は辛く香し」と述べ、また『圖經本草《ずけいほんぞう》』（蘇頌《そしょう》）も「葉は薑に似て花は赤色なり。根は高良薑に似て小にして、辛味あり。子は豆蔻（ショウガ科カルダモンの類）の如し」というから、杜若がショウガ科に属することはまちがいない。『大和本草《やまとほんぞう》』にも杜若の条があり、和名をヤブミョウガとするが、今日いうツユクサ科ヤブミョウガではなく、ショウガ科ハナミョウガである。『中薬大辞典』では、杜若を竹葉蓮（ツユクサ科ヤブミョウガの根または全草）の異名としているが、ヤブミョウガには辛味や香りはなく、古本草の記述と一致せず、ツユクサ科基原は明らかに誤りである。また、『證類本草《しょうるいほんぞう》』にある杜若の図もハナミョウガ属である。『本草綱目《ほんぞうこうもく》』の釋名に「古方にて或は用ふ。今の人、使ふこと罕《まれ》なり。故に有識の者は少なし」とあるので、使われなくなるにつれて基原が混乱したのであろう。『本草和名』に、杜若とは別条に「杜蘅　一名馬蹄香　一名楚蘅一名土鹵一名土苻　和

名布多末加美　一名都布祢久佐」とあり、異名の一部は杜若と共通する。杜蘅は杜衡と字義は同じであるから、きわめて紛らわしい。杜衡は『名醫別錄』中品に初見し、『本草經集注』に「根・葉は都《すべ》て細辛に似たり」と記述され、『證類本草』の図もウマノスズクサ科カンアオイ属の類である。これも香草であること以外に、杜若と混同する理由は見当たらない。

　以上、杜若がカキツバタでないことははっきりしたが、いつ頃からカキツバタに転じたのであろうか。室町中期の『言塵集』第五に「かほよ草、かきつばたの一名なり」とあり、『和歌藻鹽草』（月村齋宗）にも同様な記述がある。鎌倉時代の『草木異名事』（蔵玉集・二条良基）に、「貌吉草　杜若　抄出斎宮ノ花盡異名」という記述があり、当時、すでにカキツバタに杜若の字を充てていた。貌吉草はかほよ草であり、今風にいえば顔《きりょう》佳草《よしくさ》である。容姿が良い草という意味、すなわち美しい草花をいう。ただ、ショウガ科とカキツバタの形態の差異はあまりに大きく、名前の転訛にはなんらかの接点がなければならない。一般にショウガ科植物は精油に富み芳香があるから、杜若は「香り佳き草」、すなわち香《かを》吉草《よくさ》と呼ばれ、これが「かほよ草」に転訛（薫《かを》るはしばしば「かほる」と訛る）し、貌吉草であるカキツバタと混同されたのではないか。かくして、地味なショウガ科の漢名が、あでやかなアヤメ科カキツバタの漢名に転じたのである。ただ、本来の杜若は日本に原生しない植物であったから、不都合は生じなかっただろう。

アヤメの花　直径8センチほどあり、5月〜6月、花茎の先に2〜3個ずつ咲く。

　一方、燕子花については、尾形光琳作の屏風画「燕子花図」で広く知られるが、『大和本草』によれば、この名の出典は『福州府志』であるという。カキツバタは、万葉以降の古典文学で親しまれるが、燕子花の名は江戸時代以前には出現しないから、『大和本草』が初見としてよいだろう。ただし、その出典については、『福州府志』の草花類の項には燕子花の名はなく、ある魚類の尾が燕子のようだという指摘がある（畔田翠山『古名録』による）ので、貝原益軒（一六三〇―一七一四）がこれを誤読した可能性がある。あるいは、新井《あらい》白《はく》石《せき》（一六五七―一七二五）の『東雅』に、「漳州府誌海澄縣志等に據りて、溪蠻叢笑に見えし燕子花、此にいふ所のカキツバタ也といふ也云々」とあるので、出典をまちがえたのかもしれない。

　燕子花は『溪蠻叢笑《けいばんそうしょう》』（宋・朱輔撰）によれば藤本であり、一枝に数個の花をつけるという（以上『古名録』による）から、まったく別種ということになる。燕の名を冠する植物として飛燕草があり、これはトリカブトに近縁のキンポウゲ科オオヒエンソウ属 ***Delphinium*** の各種を指す。この属のある種が燕子花の名で呼ばれたとすれば、花の色が同じ紫色であるから、カキツバタに転じることがあるかもしれない。杜若も燕子花のいずれも日本でカキツバタを表す名として発生したのであるが、皮肉なことに、今日の中国でも燕子花のみならず杜若もカキツバタの名としている。

カキツバタが「かほよ草」と呼ばれていた文献的証拠があったのであるが、万葉集にある「かほばな」を「かほよ草」と考えることもできる。実際、万葉集にある「かほばな」のあるものは、カキツバタとして歌の背景によく合致する。特に、巻十四の三五〇五「うち日さす宮の瀬川の貌花《かほばな》の恋ひてか寝《ぬ》らむ昨夜《きぞ》も今夜《こよひ》も」は、定説のヒルガオでは意味が通らず、カキツバタでやっと理解できる（カホバナの条を参照）。

冒頭の家持の歌にもあるように、カキツバタの花は摺り染めという原始的な染色に用いられた。紫色の色素は鮮やかではあるが、水溶性でかつ不安定であるから、あまり長持ちしない。摺り染めはそんなに手間はかからないから、古代人は、花が咲き続ける限り、摺り付けておしゃれを楽しんだに違いない。カキツバタのほか、ツユクサなども摺り染めに用いた。広島県北広島町八幡高原はカキツバタの群生地として知られ、植物学者の牧野富太郎（一八六二—一九五七）が何度も訪れている。あるとき、満開のカキツバタに感激し、自分のワイシャツに花の汁を摺り付け、「衣にすりし昔の里かかきつばた」という句を残している（『牧野富太郎選集2』）。

かし・しらかし

（可新・橿・白牫牱）　ブナ科（Fagaceae）アラカシ（*Quercus glauca*）シラカシ（*Q. myrsinaefolia*）

静まりし　浦浪さわく　吾が背子が　い立たせりけむ　厳橿《いつかし》が
莫囂圓隣之　大相七兄爪謁氣　吾瀬子之　射立爲兼　五可新何本
（巻一　九、額田王《ぬかだのおほきみ》）

あしひきの　山路《やまじ》も知らず　白橿《しらかし》の　枝もとををに　雪の降れれば
足引　山道不知　白牫牱　枝母等乎乎尓　雪落者
（巻十　二三一五、柿本人麻呂《かきのもとのひとまろ》歌集）

【通釈】第一の歌は、万葉集中でもっとも難読の歌として知られ、訓・解釈は『萬葉集注釋』（澤瀉久孝）にしたがった。序に「紀の温泉《ゆ》に幸《いでま》しし時、額田王の作れる歌」とあり、『日本書紀』に、斉明四（六五八）年十月十五日から翌年正月三日にかけて斉明天皇の行幸があったという記述があるので、この時に詠われたといわれる。「紀の温泉」は和歌山県の白浜あたりの温泉と推定されている。背子は大《おお》海人皇子《あまのおうじ》を指すといわれる。「五可新何本」を「厳橿が本」と読むのは、『日本書紀』「垂仁天皇紀」に「是を以て、倭姫命、天照大神を以て、磯城の嚴橿の本に鎭め座せて祠る」とあり、また、『古事記』雄略天皇の条にある「御諸の嚴白檮《いつかし》がもと白檮がもとゆゆしきかも白檮原童女」という歌の中に「伊都加斯賀母登」が出てくるからである。厳橿（厳白橿）は神霊の依代となる神木とされる。歌の意は、静まっていた浦の浪が騒いでいる、我が愛《いと》しの君がお立ちになったであろうこの神聖なカシの木の本でとなる。この歌から海辺の鎮守の森の中にあるカシの木が想像されるが、著者のふるさとである愛知県幡豆《はず》郡幡豆町の沖ノ島や蒲郡《がまごおり》市竹島は、三河湾に浮かぶ小さな島であり、いずれも鬱蒼とした照葉樹林で覆われ、島全体が鎮守の森となっていて、カシの巨木が諸所に生え、この歌の情景にぴったりする。紀州にも同じような地があるのではないか。

　第二の歌は「冬の雑歌」である。「牫牱」は、『和名抄《わみょうしょう》』巻第三「舟車部」に「唐韻云　牫牱　臧柯二音　楊氏漢語抄云　加之　所以繫舟也」とあり、カシと読む。牫牱は舟を繫ぐ杙《くい》の意で、河岸にその杙があるから、それ（河岸）もカシと読む。「とををに」はたわわにという意。この歌の意は、シラカシの丈夫な枝がたわわになるほど雪が降り積もると、山路もどう行けばいいのかわからない、と雪の山の情景を詠った叙情歌であるが、生活上の厳しさもにじませている。

【精解】万葉集で「可新」、「橿」、「白牫牱」とあるものはいずれもブナ科カシの類であり、今日では樫の字で表すことが多い。樫は、カシの堅い材の性質からつくられた国字であり、中国にはない文字である。『延喜式』巻第十五「内藏寮」に「牛皮一張　長六尺五寸　廣五尺五寸　除毛一人（中略）採樫皮一人云々」とあり、この字が見える。また、『出雲國風土記』「大原郡」に「高麻山　郡家の正北一十里二百歩なり。高さ一百丈、周り五里なり。北の方に樫・椿等の類あり云々」とあるから、かなり古くからこの字は使われていたようである。高橋虫麻呂《たかはしむしまろ》の歌「若草の夫《つま》かあるらむ橿の実の云々」（巻九　一七四二）では橿の字が用いられていて、『和名抄』に「唐韻云　橿　音薑　加之　萬年木也　尒雅集注云　一名杻　一名檍」とあるように、カシと読まれる。国字の樫に対して橿こそカシを表す本物の漢名と信じられているが、『廣韻《こういん》』に「橿は、一名檍、萬年木」、『説文解字《せつもんかいじ》』には「橿、枋也。一曰鉏柄名」とあるように、必ずしもカシ類だけを指すのではなく、杻・檍（モチノキ科モチノキ類）、枋（ニシキギ科マユミ）なども含めて、一般に材質の堅い木およびそれからつくられる道具などを意味する。枋は、『説文解字』に「枋、枋木は車を作るべし」とあり、車をつくる材料であるが、普通は檀すなわちマユミなどが用いられる。

橿とともにカシを表す字に檮があり、これも『廣韻』に「檮は剛木也」とあるように、材の堅い木一般を指すものである。日本のカシに相当する漢名がないわけではない。『本草拾遺《ほんぞうしゅうい》』（陳藏器《ちんぞうき》）に初見する櫧子は「江南に生ず。皮樹は栗の如し。冬月に凋まず、子、橡子（クヌギの果実）より小なり」と記述されており、常緑のドングリの類であるから、まさにカシそのものである。『本草綱目《ほんぞうこうもく》』（李時珍）に「苦櫧子は粒大、木の文《あや》は荒くして赤く、俗に血櫧と名づく。其の色の黒の者は鐵櫧と名づく」と記述されているが、血櫧はアカガシ、鐵櫧はアラカシに近いもののようである。一方、日本の文献では、『大和本草《やまとほんぞう》』に赤櫧と白櫧の二種があるとし、建築材として白櫧の方が有用であると記述している。また白櫧の実は甘く赤櫧より味がよく、救荒に用いると記述しているが、『本草綱目』にある甜櫧子はこれかもしれない。赤櫧と白櫧はそれぞれアカガシとシラカシを指すとしてよいだろう。

カシは、ブナ科コナラ属のうち、アカガシ亜属に分類される樹木群の総称名である。すべて照葉樹林帯に出現する常緑種であり、日本には八種が知られている。この中で、シラカシとアラカシがもっとも広く分布し、古来、カシと称するものはこの二種のいずれかとして差し支えないだろう。関東ではシラカシ、逆に関西ではアラカシが多く、額田王の歌で詠われたのはアラカシであろう。アラカシの名は樹皮に皮目や割れ目が多くてざらついているから名づけられた。また、樹皮がやや黒ずんでいるのでクロガシの別名もある。アラカシは福井県から福島県南部より以南の日本から中国中南部を経てヒマラヤまで分布し、日華区系の照葉樹林帯の標識種とされている。一方、亜熱帯の南西諸島は、東南アジア区系に属し、アラカシはなくオキナワウラジロガシに置き換わる。また、植物地理学の専門用語でシイノキ線（堀川芳雄）というのがあり、シイノキの分布の北限が最寒月の平均気温2度の等温線と一致するのでつけられた。実は、このシイノキ線と照葉樹林の北限がほぼ一致することが知られ、日本列島では東北南部以南、中国では揚子江流域以南にカシ類が分布する。一方、朝鮮半島では、済州島を除けば、この植生帯は西南部をかろうじてかすめるにすぎない。また、朝鮮本土に分布するカシはアカガシだけで照葉樹林は未発達であり、対馬海峡を挟ん

シラカシのドングリ　長さ1.5～1.8センチほどあり、その年のうちに熟す。

で日鮮のあいだには植生の断層がある。すなわち、日本と朝鮮の風土のちがいは、地理学的距離から想像できないほど大きいのである。冒頭の第二の歌にも出てくるシラカシの地理的分布は、近畿・東海地方では比較的少なく、関東・中国地方に多く分布する。シラカシの名は次の有名な『日本書紀』巻第七「景行紀」にある上代歌謡に出てくる。

命の　全《まそ》けむ人は　畳薦《たたみこも》　平群《へぐり》の山の　白檮《しらかし》が枝を　うずに
　挿せこの子

この歌の通釈は、命の満ち溢れた人は、平群の山の白樫の葉を髪に挿せ、その人々よとなる。万葉集に収載されない上代歌謡だが、シラカシは常緑で性質が強靭《きょうじん》なので、生命力に溢れるものと考えられ、それを髪に挿すことで命を奮い立たせる意味があったようである。アラカシやアカガシなどとは、材が淡い（白くはないが淡紅色でアカガシと比べるとずっと色は淡い）のと葉の裏が緑白なので区別できる。樹皮が灰黒色なのでクロガシの別名があるが、この名はアラカシにも使われるからややこしい。方言名としては、シラカシをクロガシとする地域の方がずっと少ない（『日本植物方言集成』によれば東京と和歌山の一部）から、シラカシにこの名を用いるのは好ましくない。シラカシは関東地方ではごく普通にある樹種であり、剪定にも耐えるので公園樹や庭木とするほか、強靭な性質を利用して生垣防風林とする。関東地方の屋敷林では、シラカシを上部、マサキを下部にした生垣が多く見られ、その防風効果は大きいが、近年では屋敷林そのものが減少し滅多に見られなくなった。

シラカシと紛らわしい種にウラジロガシがある。葉の裏が蠟白質であることにその名の由来があるが、実際には、両方を並べて比較しないと区別は難しい。古代人がこの二種を識別できたかははなはだ疑問であり、おそらく両種を併せて白橿と称していたと思われる。形態上の差はごく軽微に見えるが、シラカシの実は一年で熟すのに対し、ウラジロガシは二年かかるという生殖形質上の大きな違いがある。いずれの材も堅くて強靭なので、木刀や槍の柄などに用いた。ただ、ウラジロガシはシラカシと比べるとずっと少なく、やや山地に出現する。近年、ウラジロガシとシラカシの葉の煎液《せんえき》を腎石症・胆石症によいとして用いるようになったが、その作用は実験科学的に証明されているという（『和漢薬百科図鑑』）。化学成分としてタンニンやフラボノイドなどのポリフェノールなどが知られている。ウラジロガシ・シラカシの葉は土佐地方では古くから民間薬として用いられていたといわれるが、定かではない。この民間療法は主として四国地方に限られ、そのほかにはあまり広がっておらず、また中国にもないが、腎結石・尿管結石の排出促進剤として、ウラジロガシエキス製剤が一九六九年から一部の製薬メーカーから発売されている。

かしは（柏・我之波）

ブナ科（Fagaceae）カシワ（*Quercus dentata*）

秋柏　潤和《うるわ》川辺の　篠《しの》のめの　人には忍び　公《きみ》にあへなく

（巻十一　二四七八、柿本人麻呂《かきのもとのひとまろ》歌集）

秋柏　潤和川邊　細竹目　人不顔面　公无勝

【通釈】例歌は寄物陳思歌であるが、カシワではなく「細竹《しの》」に寄せた。難読歌で、訓読・解釈に諸説がある。注釈書の多くは「秋柏」をカシワの紅葉と説明するが、色は地味で目立たず、本書では「秋」をカシワの熟実をたわわにつけた状態を形容する美称と考える。コナラ属は果実が一年目に熟す種と二年目に熟す種に大別され、後者のタイプはクヌギがそうであるように秋に実が熟すことはない。カシワは前者であるから、秋柏は豊かな実をつけたカシワを連想できる。潤和川は、新村出《しんむらいずる》（一八七六―一九六七）によれば、静岡県富士（旧吉原）市潤井川という。「細竹《しの》」は篠竹《しのたけ》のことで、地面の下にある竹の芽のように身を潜めての意で忍ぶに掛ける。「人不顔面」は「人に顔を面《む》けず」すなわち面と向かって会わずの意で、定説では「しののめ」の序を受けて「人には忍び」と読む。契沖《けいちゅう》（一六四〇―一七〇一）は、「不顔面」を「君ならぬ人をば細目にも見じ」と解釈し、「人も逢ひ見じ」と訓ずる。結句の「公无勝」は「公にあへなく」と訓じて堪えられないの意とする。この歌の解釈は、カシワが実る秋の潤和川の川辺に生えるシノタケの芽のように、ほかの人には忍び恋ができますが、あなたには堪えられませんとなる。公はある程度身分の高い人物に使われるから、自分より高貴な男に見初められた女の恋愛歌であろう。巻十一の二七五四に「朝柏潤八《うるや》川辺《かはべ》の篠《しの》の芽の思《しの》ひて寝《ぬ》れば夢に見えけり」という類歌があり、契沖は「秋柏」を「朝柏」と同じとし、朝露に濡れたカシワと考える。

【精解】万葉集中、「柏」の字で表記される植物として、「秋柏」（巻十一　二四七八）、「朝柏」（巻十一　二七五四）、「児手柏《このてがしわ》」（巻十六　三八三六）、「柏」（巻七　一一三四）の四例があり、このうち後二例はカシワではない。そのほか、「か（が）しは」と訓じられるものに、「安可良我之波《あからがしは》」（巻二十　四三〇一）、「古乃弖加之波《このてがしは》」（巻二十　四三八七）、「保寶我之婆《ほほがしは》」（波）（巻十九　四二〇四、四二〇五）、「御綱葉《みつながしわ》」（巻二　〇〇九〇）の五例があるが、アカラガシハを除き、いずれもブナ科以外の植物に比定される。ここでは「秋柏」、「朝柏」、「あからがしは」の基原について詳しく追求してみたい。

まず、常法にしたがって、『和名抄《わみょうしょう》』を見ると、「本草云　槲　音斛　可之波　唐韻云　柏　音帛　和名同上　木名也」とあり、『本草和名《ほんぞうわみょう》』と『唐韻』の二つの文献を引用して槲と柏のいずれにも同じカシハの和名を充てる。さらに、別の条に「兼名苑云　栢　音百　一名椈　音菊　加閉」としていて、柏の俗字であるはずの栢をカへ（イチイ科カヤ）の和名を充てて区別している。『和名抄』によるこの混乱は鎌倉時代の『色葉字類抄《いろはじるいしょう》』にも受け継がれた。一方、『新撰字鏡《しんせんじきょう》』では、槲と字体の似た檞を誤用したものの「檞　加志波」とするが、柏については「柏　補格反」とあるだけで和訓はなく、柏が何であるか編者が決断しかねたことがわかる。『和名抄』が、柏とともにカシハと訓じた槲は、『新修本草《しんしゅうほんぞう》』（蘇敬《そけい》）に槲若、『圖經本草《ずけいほんぞう》』（蘇頌《そしょう》）では槲葉の名で初見し、『醫心方《いしんぽう》』や『本草和名』にも槲若葉として収載され、いずれも和名は加之波岐《カシハギ》一名久奴岐《クヌギ》（『醫心方』は久奴支）としている。『本草衍義《ほんぞうえんぎ》』（寇宗奭《こうそうせき》）では「亦た、斗（殼斗《かいと》のことでいがのこと）有り。但し、櫟《くぬぎ》の木に及ばず、堅しと雖も材に充つるに堪へず」と述べ、また李時珍も「槲に二種有り。（中略）一種は高き者にして、大葉櫟と名づく。樹葉倶《とも》に栗に似たり。長大粗厚、冬月に凋落す。三四月、花を開き、亦た、栗の如し。八九月實を結び橡子（クヌギの実）に似て稍《やや》短小なり」とかなり詳細に記述し、ブナ科コナラ属の一種としてまちがいない。今日ではこれをカシワに比定するのが定説となっている。すなわち、カシワ餅は柏餅ではなく槲餅と書くのが正しいのであるが、その誤りは古代の万葉集、『和名抄』から今日まで引き継がれている。

次に、柏について考証する。『玉篇』に「柏は松柏なり」とあるように、中国ではマツと同類とされたから、ブナ科カシワではないことは明白である。『史記』龜策列傳に「松柏は百木の長たり」とあり、白居易の「陶潜の體に效《なら》ふの詩」（『全唐詩』巻四二八）の一節「松柏と龜鶴と、其の壽皆千年」とあるように、中国では松柏は長命の象徴であった。『廣韻』に「柏は木名なり。五經通義に曰く、諸侯の墓は柏を樹《う》う」とあって、柏は松と並び称された。『埤雅《ひが》』釋木《しゃくぼく》に「柏の性は堅緻にして脂有りて香し」とあるように香木とされ、『本草綱目《ほんぞうこうもく》』（李時珍）でも香木類三十五種の一つとしている。すなわち、中国でいう柏はヒノキ科コノテガシワあるいはその近縁種を指す（コノテガシハの条を参照）。

柏がマツとともに特別の存在であったことは、中国の博物書や本草書に説明された字義からもわかる。『本草綱目』は、魏校《ぎこう》の『六《りく》書精緼《しょせいうん》』を引用して「萬木、皆、陽に向ふ。而れども柏獨り西に指す。蓋《けだ》し陰木にして貞德ある者なり。故に字は白に従ふ。白は西方なり」とその字義を解説している。これだけでは何を意味するのかさっぱりわからないが、宋代の『本草衍義』巻之十三に、「高きに登る毎に之を望み、（柏の）千萬株と雖も、皆、一一《ひとつひとつ》西を指す。（中略）金の正氣の所制を受ける所以《ゆえん》あり、故に一一《ひとつひとつ》之（西）に向ふ」

と述べ、李時珍のいう「柏が西に指す」ことは「金の正氣の所制」によるものと指摘しているのである。これによって柏の字義は五行説にしたがってつくられたことがわかる。すなわち、五行説では、西は金であり白色が充てられるから、白を木に作って柏になるのである。

以上、柏は日本ではブナ科落葉樹のカシワ、中国ではヒノキ科常緑樹のコノテガシワの類とまったく類縁関係のない植物に充てるが、この誤認はいつどういう経緯で起きたのだろうか。中国で柏がマツとともに非常にめでたい存在であったように、まず日本ではカシワが古くからの神事に重要な役割を果たしていたことに留意する必要がある。新嘗祭《にいなめさい》は皇室の神事としてもっとも重要な儀式の一つであるが、天皇が神饌《しんせん》（神への供え物）を盛りつけるお皿に、葉盤といってカシワの葉を重ねて、竹のひごで結んだものが使われる。この葉盤は『日本書紀』巻第三「神武紀」にも出てくるもので、「即ち葉盤八枚を作《な》して、食《くらひもの》を盛りて饗《あ》ふ（葉盤、此をば毘羅耐《ひらで》と云ふ）」とあり、古くから食品を盛るのに使われた。これは『古事記』の「仲哀天皇紀」にも出てくる。『和名抄』に「漢語抄云　葉手　比良天」とあるものも同じであり、『止由氣宮儀式帳』（『群書類従』第一輯神祇部所収）では枚手《ひらて》としている。

カシワの葉でつくった葉盤をヒラデと読むことについては、原始時代は手に盛って食事をしていた名残で、開手《ひらて》に由来するという。また、手のひらを打ち合わせて神を拝む柏手も関係があるという説もあるが、拍手を柏手と誤認して読んだという説が支持されている。神饌を調理する殿舎を膳舎《かしはや》、調理人を膳夫《かしわで》というのもカシワにちなむ。本居宣長《もとおりのりなが》（一七三〇—一八〇一）は、カシワは飯を盛る木の葉の総称であって特定の木の名ではないと考えた（『古事記傳』）が、まさにその通りであって、その語源が「炊《かし》（ぎ）葉《は》」に由来するという説も十分に納得できる。有馬皇子《ありまのみこ》（六四〇—六五八）の有名な歌「家にあれば笥《け》に盛る飯《いひ》を草枕旅にしあれば椎の葉に盛る」（シヒの条を参照）では椎の葉に飯を盛ったことが詠われている。むしろ、古い時代にはカシワ以外の葉を使うことの方が多かったとも思われる。カシワは北海道から九州までの温帯・暖帯にあり、分布域は広いが、自然生のものは意外に少なくどこにでもあるわけではないからだ。

神事にカシワの葉が用いられるのは、稀少性のほか、山火事や火山の噴火の後などに、木本植物としては真っ先に生える先駆植物であることに関係があるかもしれない。焼け跡から生える木なら生命力を崇められてもおかしくはないからだ。藤原基俊《ふじわらのもととし》（一〇六〇—一一四二）の歌「玉柏茂りにけりな五月雨に葉もりの神のしめはふるまで」（『新古今和歌集』二三〇）でもカシワを葉守の神と詠っている。通例、冬に葉を落とす落葉樹は必ずしも縁起のよいものとされてないが、カシワは枯葉ながら冬を越して翌年の新緑まで葉を残すから、古代人は落葉樹のうちに数えなかったのかもしれない。このような

カシワ　葉は長さ10～30センチもあり、若い葉では表面に毛があるが、やがてなくなる。

ユニークな性質をもつ植物は少なく、外来種のシナマンサク、自生種ではクスノキ科ヤマコウバシのほかは思い当たるものがない。カシワの葉が重要な神事に用いられるのは、葉が大きく表面に星状毛があって飯や餅がべとつかないからといわれるが、カシワ以外に飯や餅を盛るのに用いられた植物葉はいくつか知られる。代表的なものとして、トウダイグサ科アカメガシワ（万葉名ヒサギ）、モクレン科ホオノキ（万葉名ホホガシハ）があり、いずれもカシワという方言名が実際に存在する。特に、巻二十の四三〇一にある「あからがしは」をアカメガシワとする説は根強く、カシワと同じく先駆植物であり、ごく普通に存在することも有利である。しかしながら、本書ではヒサギをアカメガシワに充てており、古くから継続的に神事に使われているという点を重くみて「あからかしは＝カシワ説」を支持する。

柏を、ブナ科カシワと誤認するにしても、日本のカシワと中国の柏すなわちコノテガシワのあいだになんらかの接点がなければならない。『延喜式』巻第一「神祇一　四時祭上」に「六月晦日大祓　槲・廿把」、「平野神四座祭　柏一百六十把」など、柏と槲の両方が随所に出てくる。一方、同巻第五に「齋宮供新嘗料　干槲三俵」、巻第三十二「大膳上」の雑給料には「菓子雑肴盛以干柏」とあり、ここでは干槲と干柏が出てくる。そのほか、青柏・青槲も随所に現われる。同巻第三十五「大炊寮」には「葉椀（『和名抄』にクボテとある）五月五日青柏　七月廿五日荷葉余節干柏」とある。葉椀は、葉盤と同じくカシワの葉でつくる食器であり、この記述によれば、五月五日は柏の生葉で、七月廿五日はハス（荷）の葉で、それ以外は干した柏の葉を用い、季節によって使い分けている。したがって、この柏がカシワであって常緑樹でないことがはっきりする。以上のように、『延喜式』では完全に柏・槲が混同され、まったく同じように用いられていることがわかる。『和名抄』はこうした事実を正直に記載したわけで、柏・槲のいずれもカシワとせざるを得なかったのである。

松柏というようにマツと柏はめでたいものの象徴であった。日本では、マツは子《ね》の日の小松引きの風習があった（マツの条を参照）が、柏にもなんらかの風習があったとしても不思議はない。中国の柏すなわちコノテガシワは日本になかったから、最初は何がしかの常緑樹で代用したのであろうが、定着せず、今日に伝わらなかったと思われる。柏とカシワの誤認の経緯の詳細はほとんど不明であるが、神事でカシワを葉盤《ひらで》に用いる日本土着の風習と、小松引きのような松柏を用いる中国渡来の風習とが共存する中で、柏とカシワの入れ替えが起きたのではなかろうか。まず柏の字が先に拝借されて、日本古来の神事に用いられるカシワに充てられた。万葉集に槲の字が一つもないのは、槲の名が初見する『新修本草《しんしゅうほんぞう》』（蘇敬《そけい》）が日本に伝えられたのは、総論の部で述べたように、七二三〜七三一年頃であったから、万葉時代ではその内容が十分に浸透していなかったからだと思われる。平安時代になってやっと槲の字が使われるようになったものの、『延喜式』にあるように、槲・柏の両名が混在する状況が続き、九世紀前半の最後の遣唐使以降、中国との交流が細るにつれて、柏の字だけが残って定着してしまったと推定される。

カシワは、ドングリを槲実、葉を槲若（槲葉）、樹皮を赤龍皮（『本草綱目』ではマツの皮）と称し、古くから薬用とした。樹皮に関しては、カシワを含めクヌギやコナラなどコナラ属の数種を樸樕《ぼくそく》とも称する（クヌギの条を参照）が、赤龍皮も同じで、コナラなどを含めている。樸樕《ぼくそく》は日本漢方で収斂・解毒薬として用いるが、この名は中国では薬用とするときのものではない。一方、赤龍皮の名は日本ではタンニン原料とするときの名称であるが、中国では薬用として用いるときの名前である。ここでも日中の用字に大きな違いがある。赤龍皮湯（『外臺秘要《げだいひよう》』巻三十四「乳瘡痛一十四首」の一方）は諸種の悪瘡に用い、樸樕《ぼくそく》と大差ない。槲若は鼻血や吐血などに効があるという。カシワの葉は中国では柞蚕《さくさん》の飼料として用いられる。柞蚕《さくさん》はわが国では天蚕と称され、もともとコナラ林に天産するものである。普通の蚕が真っ白な絹糸を生産するのに対して、柞蚕《さくさん》は淡黄緑色の光沢のあるやや太目の絹糸を生産する。日本でも一部に人工飼育し、絹糸をとる。古代絹として脚光を浴びたこともある。

かたかご（堅香子）　ユリ科（Liliaceae）カタクリ（*Erythronium japonicum*）

もののふの　八十娘子《やそをとめ》らが　汲《く》み乱《まが》ふ　寺井の上の　堅香子《かたかご》の花

物部乃　八十𡢳嬬等之　挹亂　寺井之於乃　堅香子之花　（巻十九　四一四三、大伴家持《おほとものやかもち》）

【通釈】大伴家持の代表作の一つで、序に「堅香子草の花を攀《よ》ぢ折る」歌とあり、天平勝宝二（七五〇）年三月二日に詠んだもの。「もののふの」は八十に掛かる枕詞、「汲み乱《まが》ふ」は入り乱れて水を汲むことをいう。寺井とは、寺の中にある水場のことであるが、越中国庁は現在の高岡市に置かれており、同所伏木にあった国分寺の境内で詠まれたと考えられている。この歌を直訳すれば、多くの娘子たちが入り乱れて水を汲んでいる寺の湧き水の上方に美しいカタクリの花が咲いているとなり、平凡な歌に見えるが、湧泉に水を汲みに来る娘子たちの雑然とした状況と、赤紫色の花を下向きにつけるカタカゴが群生する様子との対比が実に巧妙であり、万葉有数の秀歌とされている。

【精解】平安後期の万葉集類聚書である『類聚古集』では堅香子をカタカシと訓ずる。この歌を本歌取りした衣笠内大臣の歌「妹がくむ寺井の上の堅かしの花咲くほどに春ぞなりける」（『新撰和歌六帖』）でもこの訓が用いられ、当初は、カシの木の一種と考えられていたのである。これに疑義を唱えたのが鎌倉時代の万葉学者仙覚《せんがく》（一二〇三―？）であり、カタカゴと読むべきだと主張した。仙覚の指摘はもっともであり、カシの名の由来は堅い材にあるといわれるから、堅樫という言い方は実に不自然である。また、カシの花ではこの歌の情景に合わないばかりか、家持が同時期に詠った歌の風物（桃李の花、鴨、柳、雁、千鳥、雉など）と比べても大きく見劣りする。また、『日本植物方言集成』に、山形・岩手・新潟・岐阜（飛騨地方）にカタカゴあるいはカタカコ、東北から新潟・北陸・京都ではカタコという名が、カタクリの方言名として記録されている。これらの地域は、日本列島でカタクリの分布の中心に当たる地帯でもあり、カタカゴをカタクリの古名としても不自然ではなく、今日では定説となっている。ただ異説がなかったわけではなく、前川文夫（一九〇八―一九八四）はコバイモの類と主張した（『植物の名前の話』）。その理由として「鱗茎が大きく、しかも地下浅くにあって採取しやすい、それに北陸地方にはコシノコバイモが比較的多く分布する」ことを挙げた。植物分類学の重鎮が満を持して唱えた新説ではあったが、同じく植物を冠する学問（薬用植物学・民族植物学）の専門家として反対の論を述べたい。前川が鱗茎《りんけい》の大きさや採取のしやすさにこだわったのは、食用目的で利用することを念頭においたと思うが、必ずしもコバイモの鱗茎が大きいわけではないし、鱗茎が地下浅いところにあるかどうか、すなわち採集しやすさは民族植物学の立場からはほとんど問題にならない。さらに、コバイモはアルカロイドを含み有毒であって、あく抜きしなければ食べられない。一方、カタクリは鱗茎を煮食することができ、また若葉も茹でれば食べられる。カタクリのデンプンは乾燥鱗茎の四十《パーセント》～五十《パーセント》含まれ、片栗粉という名に恥じない良質なものである。コバイモはこの点でも大きく劣り、さらに、コバイモの花はカタクリに比べるとずっと地味であり、家持の歌には役不足の感は否めない。

　カタクリはユリ科の多年草で、北海道から九州まで分布する。冷涼な気候を好み、四国、九州では少なく、北陸から東北以北に多い。ほかの植物が芽吹く前に花をつけるいわゆる早春植物であり、ほか

カタクリ　花は4月～6月、高さ20～30センチのか茎の先に1つずつ咲く。

の植物が繁り始めると忽然と姿を消してしまう。秋田にホケキョバナ、群馬にホーホケキョの別名があるのは、花の咲く頃、ウグイスが鳴き始めるからであり、季節感を忠実に表した方言名である。カタクリは落葉広葉樹林の林床にしばしば群生するので、満開時の景観は早春の風物詩として多くの野草愛好家を楽しませる。花期に、高さ二十センチ～三十センチの花茎《かけい》の頂端に、一個の花を下向きにつけ、淡紅紫色の花弁は、満開時には上に大きく反り返って雄しべと雌しべが下向きに突き出る。この派手な花が多くの昆虫を引きつけ受粉をする。カタクリの種子は地上に散布しただけでは発芽せず、地中にかなり深く埋める必要がある。そのため種子の散布も昆虫に依存する。種子のエライオソームと呼ばれる部分には蟻の好む成分が含まれ、これによって巣穴の奥深く運び入れさせるのである。カタクリは種子が発芽して花をつけるまで七年から八年もかかり、それまでは、毎年、あの特徴ある鹿子模様の葉を一枚だけつける。成熟してからも必ずしも毎年花をつけるわけでなく、一枚葉ですごすこともある。カタクリにとって世代交代と個体の維持に必要な活動のほとんどは早春のわずか一カ月のあいだに行われる。最近、全国的にカタクリの個体数が激減し、絶滅危惧種としてレッドデータブックに記載されるようになってしまった。人による乱獲がその激減の原因とされるが、微妙な生態系のバランスの上に立つ独特の生態も激減の原因の一つである。

カタクリは日本列島のほか、中国東北地方、ウスリー・アムール地方、朝鮮半島にあって、日本海の北半分をぐるりと囲むように分布する。中国では辺境にあたる地域にしかないこともあって、正統中国本草にカタクリを基原とするものの記載はないが、『本草綱目《ほんぞうこうもく》紀聞《きぶん》』（水谷豊文《みずたにとよぶみ》）には車前葉山慈姑の漢名を載せている。『本草綱目』（李時珍）によれば、山慈姑は『本草拾遺《ほんぞうしゅうい》』（陳藏器《ちんぞうき》）に初見し、「山中の濕地に生じ、一名金燈花、葉は車前（オオバコ）に似て根は慈姑（クワイの類）の如し」と記述されており、豊文はこの記述をもとに車前葉山慈姑と名づけたようだ。中国で山慈姑と称するものは、サイハイランなどのラン科植物の仮鱗茎（これを本物の山慈姑とする）、あるいはユリ科アマナの鱗茎（これを光慈姑と称する）であって、解毒・消腫薬と考えられている。『本草綱目紀聞』では、ヒメズイセンを山慈姑としているが、挿図からアマナのことで、中国の光慈姑に相当する。『大和本草《やまとほんぞう》』には漢名を用いずカタコの名前で記載しているが、『本草綱目啓蒙』（小野《おの》蘭山《らんざん》）も指摘しているように、形態の記述・挿図のいずれも誤りである。カタクリの鱗茎から良質のデンプンが取れるのは前述のとおりであるが、現在、片栗粉の名で販売されるものは馬鈴薯デンプンである。カタクリデンプンを実際に製して食したのは、カタクリが豊産する東北から北陸地方に限られるようで、それからつくった餅を「かたこもち」と称した。また、若葉を山菜としたのも同地方に限られる。貝原益軒《かいばらえきけん》が『大和本草』で誤った記述をしたのは実物のカタクリを見たことがなかったからであろう。

カタクリはユリ科カタクリ属 ***Erythronium*** の一種であるが、この仲間は世界に二十四種ほど知られており、大半は北米にあって、ユーラシアには四種分布するにすぎない。日本産カタクリの学名を ***E. japonicum*** というが、米国東部には ***E. americanum*** というアメリカの名をもつ種がある。この植物種の形態はカタクリに似るが、花の色は黄色で、日本であればキバナカタクリと名づけられただろう。雑木林や人里にごく普通にあり、ニューヨークのセントラルパークでも見かけた。日本人の目には美しい野草のように感じるが、驚いたことに現地のアメリカ人はほとんど無関心である。それはこの植物の英語名が **Dogtooth-violet** であることを知れば理解できる。どうやら花の形を犬の牙に見立てたらしい。もう一つ別名があって **Adder's-tongue** といい、これは毒蛇の舌という意味でもっとひどい。カタクリの名の由来は「片葉の鹿の子」とされているから、アメリカ名に比べれば、はるかに優雅に思われるが、意外なことに、その名は鹿の子模様の葉が一枚のとき、すなわち花をつけない個体に由来するから、案外、日本でもカタクリの花は嫌われたのかもしれない。

かづのき（可頭乃木）

ウルシ科（*Anacardiaceae*）ヌルデ（*Rhus javanica*）

足柄《あしがり》の　吾《わ》を可鶏《かけ》山の　かづの木の　吾をかづさねも　かづさかずとも

阿之賀利乃　和乎可鶏夜麻能　可頭乃木能　和乎可豆佐祢母　可豆佐可受等母

（巻十四　三四三二、詠人未詳）

【通釈】 相模国の譬喩《ひゆ》の東歌。「和乎可鶏山」を山の名とする説があるが、定説では「吾を掛け」と「可鶏山」との掛詞とする。可鶏山は足柄山地のいずれかの嶺であろうが、犬養孝は所在不明とし、武田祐吉校注『萬葉集』（角川文庫）は矢倉岳と推定する。「かづさねも」、「かづさかずとも」は難解句であるが、「かづす」を「かど（誘）はす」の東国訛りとし、それぞれ誘ってください、誘ってもよいですの意とする。上三句は同音による「吾をかづさねも」を導く序詞。この歌の意味は、足柄の可鶏山のカヅノキのように、私を誘ってください、誘ってもかまいませんよとなる。「吾を掛け」とは、私を引っ掛けての意であり、女を引っ掛けると同じような意味であろう。すなわち、どんなことをしてもいいから、とにかく私を誘ってくださいという意味であり、女が男を誘おうとしている歌で、歌垣で歌われたのであろう。

【精解】この歌にあるカヅノキを、松田修は、あたかも異説がなかったかのように、ウルシ科ヌルデと断言している（『萬葉植物新考』）が、古くは契沖《けいちゅう》（一六四〇―一七〇一）が「穀《かぢ》の木」と考え、幕末の考証家畔田翠山《くろだすいざん》（一七九二―一八五九）も『古名録《こめいろく》』で穀樹すなわちクワ科カジノキ（翠山は同属種のコウゾと考えた）としている。万葉学者の中では、鹿持雅澄《かもちまさずみ》（一七九一―一八五八）や橘千蔭《たちばなちかげ》（一七三五―一八〇八）は、当時は異説がなかったこともあって、消極的ながらこの説を受け入れた。この名が見える万葉歌が東国訛りの強い東歌であるから、カヅノキはカヂノキの東国方言名として受け入れられたのである。この説が、現代において、ほとんど相手にされないのは、カジノキが日本に原生せず、栽培からの逸出があるにしても、中部地方南部以西の暖地に限られ、足柄山系に生えていないからである。

では、なぜヌルデなのであろうか。ヌルデは、方言名が多く、『日本植物方言集成』には百五十以上も収載されている。そのうち、日本列島の各地で広く見られるカツノキ・カツキ・カチノキなどは、万葉名のカヅノキに音韻的に非常に近いから、ヌルデの古名とする説はもはや定説となった。この名の語源は『日本書紀』巻第二十一「崇峻紀」に記載された故事に由来するといわれる。六世紀末、朝鮮半島を経て伝来した仏教をめぐって、排仏派の物部《もののべ》氏と崇仏派の蘇我《そが》氏が対立し、ついに武力抗争まで発展したことはよく知られるが、戦況は物部氏側に有利に進んだ。そのため、崇仏派にいた厩《うまや》戸皇子《どのおうじ》（後の聖徳太子）は、蘇我氏とともに、ヌルデ（白膠木）の木を切って四天王像を彫り、勝利を祈願した結果、崇仏派が勝利したとされ、そこからヌルデを勝軍木《かちいくさのき》と称するようになったという。すなわち、万葉名カヅノキは「勝つの木」が訛ったのだという。この故事の信憑性は眉唾であるが、これから実際に発生した方言名もあるから、無碍《むげ》に否定するわけにはいかない。サイハイノキ（采配の木）という方言名がその一例で、ヌルデの木で采配の柄をつくり、武将が出陣の際、この故事にちなんで縁起を担いだといわれる。この名は山梨県に残っているので、武田信玄もヌルデの采配をもって川中島の戦いなどの激戦に望んだのかもしれない。

ヌルデ　花は８月～９月に咲き、秋には直径３ミリほどの果実がたわわに実り、黄赤色に熟す。

ヌルデは北海道から沖縄本島まで普通に生えるウルシ科の落葉小高木である。八重山諸島に変種のタイワンフシノキがあり、種としては小笠原諸島を除く日本列島のどこにでもある。森林を伐採した後に先駆植物として生え、ススキ原や二次林の林縁など人里に多い。幹に傷をつけると白い膠質《にかわしつ》の樹液が出るので白膠木《はくこうぼく》ともいう。ウルシの樹液に似ているが、有毒成分であるウルシオールはほとんど含まれないから、普通の人がかぶれることは少ない。若芽は天ぷらや茹でて和え物やお浸しとして食べられるというが、外見の似たタラノキの誤認からきたものと思われる。アレルギーに敏感な人は、ヌルデでもかぶれることがあるといわれるので、接触・摂食はなるべく避けた方がよい。ウルシほか同属の有毒植物に似ているが、大型の奇数羽状複葉《うじょうふくよう》の葉軸《ようじく》に翼があり、小葉《しょうよう》に粗い鋸歯《きょし》があり、さらに花序《かじょ》が枝先についてよく目立つので区別できる。一般に、ウルシ科の落葉樹は紅葉が美しいことで知られるが、ごく身近にあるヌルデの紅葉も白膠木紅葉という季語があるように秋の風物詩となっている。ヌルデの名は前述の『日本書紀』巻第二十一「宗峻紀」に出てくる白膠木に、「此を農利泥《ぬりで》と云ふ」という註があり、この訛ったものと思われるが、本草書では、江戸時代後期の『本草綱目啓蒙《ほんぞうこうもくけいもう》』で地方方言名として初見する。白膠木は、『本草和名《ほんぞうわみょう》』に「楓香脂一名白膠香」とあるように、中国では楓樹（マンサク科フウ）のことであるが、ヌルデに傷をつけると白い乳液が出るので、日本では古くからヌルデに充てた和製の漢字である。『和名抄《わみょうしょう》』にも「樗（中略）辨色立成云　白膠木　和名上同（沼天）」とあるが、「樗」の字はセンダンにも充てられる（アフチの条を参照）ので、注意を要する。

ヌルデの方言名は、いくつかの系統に分類することができ、それぞれが民族植物学的意義をもつから興味深い。まず、シオノキ・シヨーカラ・ショッパミなどのように塩味に由来する名がある。実際、ヌルデの熟果は塩のような粉で被われ、酸味の混じった塩辛い味がする。この白粉はシオノミあるいはシオカラと呼ばれ、主としてリンゴ酸カルシウムからなる。北海道内陸部のアイヌや台湾高地の原住民はこれを塩の代用にしたという。ただ、ナトリウム分は少ないから厳密な意味では食塩の代用にならない。中国宋代の『開寶本草《かいほうほんぞう》』（劉翰・馬志）に初見する鹽麩子《えんふし》は、ヌルデの果実に充てられ、諸本草書の異名にも鹽膚子・鹽梅子・木鹽など塩（鹽）の字を冠する名が多い。『本草綱目《ほんぞうこうもく》』（李時珍）に、「味が酸《す》く鹹《から》い」からその名の由来があると記載されており、日本の方言名と同じであるのは興味深い。ちなみに、鹽麩子の名は、平安時代の『本草和名』になく、鎌倉時代の『本草色葉抄《ほんぞういろはしょう》』に初めて出てくる。鹽麩子は、中医学では咳止め、下痢などに用いるが、日本では民間療法も含めて使うことはない。野生の鳥のよい餌であるが、サルの好物ともいわれる。

ゴマギ・ゴマキ・ゴマゾなどの方言名は、護摩木《ごまき》の習俗に由来する。護摩木とは、新年や大晦日に供物を焼く火力を得るための薪をいうが、最近では願い事を書いて祈願することが多くなった。たとえば、自分の持病の治癒を祈願し、病名と自分の名を記した護摩木を焚くという具合である。護摩木としてヌルデが選ばれるのは、燃えるときに、爆声を発するからという。そのほか、祝儀用の材として使われ、各地で年始の祝木として神棚に供えるのに用いられる。

ヌルデの方言名で、フシキ・フシノキ・ヤマブシ・メンブシなど、フシ（ブシ）の名は、前述の二名と比べてずっとわかりにくいのではなかろうか。これは漢名の麩子《ふし》または膚子《ふし》の音読みに由来し、ヌルデの果実ではなく葉の上に生ずる虫こぶ（虫癭《ちゅうえい》）のことで、今日いう五倍子《ごばいし》である。五倍子は、『本草拾遺《ほんぞうしゅうい》』（陳藏器《ちんぞうき》）に初見し、『開寶本草』で正條品として記載された。『圖經本草《ずけいほんぞう》』（蘇頌《そしょう》）では「五倍子、舊《ふる》くは州土に出づる所を著さず、在處に有ると云ふ。今、蜀中の者を以て勝ると爲す。膚木の葉の上に生じ、七月結實す。花は無く、其の木は青黄色、其の實は青、至熟して黄色となる。大なる者は拳の如く内に蟲多し。九月、子を採り、暴乾す」と記述されている。名前に子の字があるのは、虫がつくったことを知らず、種子と思ったからである。

日本では、麩子・膚子に付子《ふし》あるいは附子を充ててフシと呼んだが、トリカブトの根を基原とする附子と紛らわしいので、五倍子をフシと読ませることが多い。五倍子はヌルデ自身が産するものではなく、ヌルデシロアブラムシが葉に寄生し、その刺激によって生成した嚢状虫こぶであり、葉につく部位によって分類される。すなわち、小葉の中肋《ちゅうろく》についた花附子、小葉の支脈に生じた枝附子、そして葉軸の翼につき嚢状になる耳附子の三つがあり、耳附子が最良品とされる。ヌルデの有用植物としての価値でもっとも高いのは、五倍子を産することであり、現在でもさまざまな役に立っている。もっとも重要な用途はタンニン原料であり、成分の五〜七割は五倍子タンニンといわれるポリフェノールである。五倍子はタンニン酸・没食子酸・ピロガロールの製造原料であり、製薬原料あるいはインキなどの工業原料として広い用途がある。江戸時代までの既婚女性はお歯黒の習慣があったが、五倍子を用いて染め、また衣類の染色にも用いられた。薬用としては、漢方では使うことはないが、民間療法では広く用いられた。『經驗千方《けいけんせんぽう》』では、草鞋《わらじ》を履いてできた擦り傷や外傷の出血に「フシノ粉、ツクベシ」と記述されている。五倍子の主成分タンニンは収斂作用があって、血管収縮や止血作用を現すので、それを利用した治療法である。

かつら（楓・桂）

カツラ科（Cercidiphyllaceae）カツラ（*Cercidiphyllum japonicum*）

向つ峯《を》の　若楓《かつら》の木　下枝《しづえ》取り　花待つい間に　嘆きつるかも

向岳之　若楓木　下枝取　花待伊間尓　嘆鶴鴨

（巻七　一三五九、詠人未詳）

【通釈】 東歌の譬喩《ひゆ》歌にある寄木歌。「向岳之」は『元暦校本』などでは「南岳之」となっていて、「カノヲカノ」と訓じていたが、仙《せん》覚《がく》（一二〇三―?）が南を向と訂正し、「ムカツヲノ」とした。ほかに類似の用例があり、巻七の一〇九九「片岡之此向峯」がある。「い間に」の「い」は発語のみの接頭辞で特に意味はない。この歌は、向こうの峰の若いカツラの木の下枝を手に取って、花の咲くのを待っている間に待ちかねて嘆きましたという意味であるが、相手がまだ幼い少女であることを「若楓」に、花が咲くのを少女が成人となって妻となることに譬《たと》え、それまで長い時間を待たねばならないことを嘆いている。「向こうの岡」と解釈する註釈本があるが、峯《を》は山の高き処の意味だから当たらない。カツラは人里の岡に生えるようなものではない。あくまで寄木歌だから、遠くの山にある木でもかまわないのである。若枝を取って花が咲くまでというなら、別にカツラでなくてもよいと思われるが、賀茂祭の神事でカツラが使われているように、なんらかの宗教的意味があると考えられる。

【精解】 万葉集には四首にカツラの名が登場する。今日、カツラという名の木は実際にあって、樹高三十メートル以上、胸高直径二メートル以上になる落葉高木であり、北海道から九州までの温帯に分布する。カツラ科はカツラ属だけからなる単型科で、カツラと、中部以北の本州亜高山帯に分布するヒロハカツラの二種だけからなる。中国にはカツラの変種があるが、同種とする説もある。カツラ属の祖先種は白亜紀までさかのぼるといわれ、古第三紀の温暖期には北半球に広く分布していたことが、各地からの化石の出土で明らかになっている。現生種はその生き残りであり、かなり原始的な種とされるが、分類学的系統ははっきりしない。カツラの材は狂いが少なく工作しやすいので、家具・楽器・彫刻やそのほか工芸品に広く用い、葉は抹香に、樹皮は腐りにくく屋根葺きに利用された。

さて、このカツラは山地の渓流沿いによく見られるから、右の万葉歌の情景にもよく合う。早春に、葉が出る前に淡紅色の花を密につける。右の歌では花の前に下枝を取ったとあるから、葉も花もない状態で植物が認識できていたことになるが、カツラは大高木で沢筋など生える場所はほぼ一定しているから、見つけやすかったであろう。万葉に四首あるカツラの歌のうち、自生するカツラを詠ったのは右の一首のみである。

原文の歌にある楓をカツラと読むのに抵抗感を感じる人は多いにちがいない。なぜなら、今日では楓はカエデを表す字として定着しているからである。『新撰字鏡《しんせんじきょう》』に「楓　方隆反香樹加豆良」とあり、『和名抄《わみょうしょう》』では「兼名苑云　楓　音風　一名欇　音攝　乎加豆良　爾雅云　有脂而香　謂之楓」とあり、ヲカツラとしているが、いずれも楓をカツラとすることで一致する。一方、『本草和名《ほんぞうわみょう》』では、「楓香脂　一名白膠香　五月斫樹爲坎十一月採脂　楓樹一名欇一名格柜　音炬已上出兼名苑和名加都良」とある。この楓香脂は『新修本草《しんしゅうほんぞう》』（蘇敬《そけい》）に初見するから、ここで中国本草との接点が見えてくる。『蘇敬注』に「樹高大にして、葉は三角、商洛の間に多し」、『圖經本草《ずけいほんぞう》』（蘇頌《そしょう》）に「楓香脂、舊《ふる》くは州郡に出る所を載せず、大山の在る所に皆有ると云ふ。今、南方及び關陝（陝西省中南部）に多く有り。白楊に似て、甚だ高大、葉は圓《まる》く岐《また》（分岐のこと）を作り、三角にして香有り。二月、白色の花有り、乃ち實を連著し、大なること鴨卵の如し。八月九月、熟せば暴乾し燒くべし」といい、これは中国南部から台湾に分布するマンサク科の落葉高木フウの特徴と一致する。中国産の楓香脂は、南西アジア地方に産するフウの同属種 ***Liquidambar orientalis*** の樹幹を傷つけて採集される粘稠で芳香のある刺激性の樹脂（バルサム）の代用品とされたもので、本物は蘇合香の名で楓香脂より古く『名《めい》醫別錄《いべつろく》』に上品として収載されている。蘇合香は『本草和名』で和名を加波美止利《かはみどり》（シソ科カワミドリ？）としており、まったく別の植物に充てられていたようである。ちなみに、楓香脂は樹脂をいうのであるから、和名はカツラではなく『醫心方《いしんぼう》』にある加都良乃安不良《かつらのあぶら》とする方が正しい。

以上、中国本草から楓はフウ（楓樹）を表す字であることがわかったが、『本草綱目啓蒙《ほんぞうこうもくけいもう》』（小野蘭山《おのらんざん》）には、「（フウは）享保年中ニ漢種渡リ東都及日光山ニアリ」と記載されており、江戸時代中期までは生品は知られていなかったことがわかる。したがって万葉の楓はフウではあり得ず、日本に野生する別種と考えねばならない。カツラの名は平安時代の文学にも出てくる。『宇津保物語』「俊蔭《としかげ》」に「かの若子君出給ふとて、をしおり給ふかつらの木の萠たるを見て云々」とあるカツラは、春に葉に先立って花が咲く様を指すから、落葉樹のカツラ科カツラとよく合い、後述するクスノキ科常緑樹ではないことは明らかである。『源氏物語』「花散里」にも「おほきなるかつらの木のをひ風に、まつりのころおぼし出られて云々」とあり、カツラが大木であること示唆している。そのほか、カツラの出自に関して興味深い示唆を『古今和歌集』にある次の歌から得ることができる。

かくばかりあふひの稀になる人を　いかかつらしと思はざるべき　（巻十　〇四三三）

この歌は、序にアオイ（ウマノスズクサ科フタバアオイ）とカツラを詠った物名の歌とあり、京都賀茂祭（通称葵祭）で用いる飾りのアオイ・カツラを、掛詞として読み込んだものである。アオイとカツラの枝葉を、勅使以下祭事に携わる者すべての装束につけ、社殿を飾り、御簾《みす》にも掛ける。アオイとカツラの枝葉を組み合わせた鬘は諸鬘《もろかづら》と称し、賀茂祭のとき冠の挿頭料《かざしのりょう》であり、雷よけとされた。歌に読まれるほど賀茂祭のアオイ・カツラは当時の人々にとって身近な存在であった。賀茂祭の起源は七世紀までさかのぼるといわれ、今日まで伝承されている。賀茂祭のカツラはカツラ科の落葉高木カツラであるので、万葉の楓や『宇津保物語』や『源氏物語』にある「かつらの木」も本種として矛盾はない。また、楓は、もともとフウ（楓樹）を表す字であって、日本ではそれを借用してカツラに充てたのであるから、楓をカエデとするのも誤りである。ちなみに、今日では楓の字をカツラに用いることはない。

カツラ　葉は同心形で長さも幅も３～８㌢、先端が少しとがり、ハート形に見える。

「かつら」を詠う万葉歌はほかに三首あり、原文に楓・桂とあるから、冒頭の例歌と同じカツラと考えがちだが、歌の内容を見るとそうでないことがわかる。

目には見て　手には取らえぬ　月の内の　楓《かつら》のごとき　妹をいかにせむ　（巻四　六三二、湯原王《ゆはらのおおきみ》）

黄葉《もみち》する　時になるらし　月人《つきひと》の　楓《かつら》の枝の　色付く見れば　（巻十　二二〇二、詠人未詳）

天《あめ》の海に　月の舟浮け　桂梶《かつらかぢ》　かけて漕ぐ見ゆ　月人《つきひと》をとこ　（巻十　二二二三、詠人未詳）

この歌は、一部の万葉歌にある訛りや、上代語特有の表現もないから、注釈の必要はほとんどないだろう。いずれも月世界のことを詠んでいて、中国文化の影響を強く受けた貴族趣味の濃厚な歌である。中国の伝説では、月に桂の木があるとされ、それを月桂と呼んだが、最初の二歌の楓、後の一歌の桂はいずれも月桂のことをいうのである。楓となっているのは、その和訓が桂と同音だからである。前述したように、楓はヲカツラであったが、それに対応するものが桂であり、『和名抄』の別条に「兼名苑云 桂 音計 一名梫 音寝 女加都良」とあって、メカツラとした。『本草和名』に「牡桂 一名木桂 出陶景注 一名桂枝一名桂心 出蘇敬注 一名板桂 出稽疑 一名木玉 出大清經 一名青桂一名山桂 已上出雜要訣 桂小桂 葉小 一名丹桂 陶景注云 詩人呼丹桂正謂皮赤耳 一名上唾 出養性要集 一名百藥王 出神仙服餌方 一名梫 音寝 一名招揺 已上二名出兼名苑」とあって、ここに和名は記されていないが、「一名梫」が共通しているから、『和名抄』の桂は牡桂のことを指すとしてよい。しかし、牡桂は、訓読みでヲカツラと読めるが、『和名抄』ではそれをメカツラとしたからややこしい。『本草和名』の別条に「箘桂 一名筒桂 出蘇敬注 一名菌薫一名菌香 已上出兼名苑 一名百藥使者 筒桂三重者也 出陶隠居術」とあるが、これにも和名の記載はない。ここに出てくる牡桂、箘桂は、『神農本《しんのうほん》草經《ぞうきょう》』の上品に収載される歴史的薬物であるが、『新修本草《しんしゅうほんぞう》』（蘇《そ》敬《けい》）以降の正統本草では桂の条が設けられ、二種とも三種ともいい、あるいはただ一種ともいい、桂に関する見解は各本草家によって大きく異なり、それによって異名が多くあって混乱している。『本草《ほんぞう》經集注《きょうしっちゅう》』（陶弘景《とうこうけい》）では「按ずるに、（神農）本經に、惟だ、箘牡の二桂のみ有り、桂の用體は大同小異なり。今、俗に用ふるは便ち三種有り、半ば巻きて（樹皮が半管状に巻き込むこと）脂の多き者を以て、單に桂と名付け、藥に入れること最も多し」とあるように、単に桂と称するものは牡桂・箘桂とは別品であるとしている。一方、『蘇敬注』には「今、案ずるに、桂に二種有り、桂皮稍同ならず、若《すなは》ち箘桂の皮老ひて板堅く肉無きものは、全く用ふるに堪へず。其の小枝の（皮）薄く巻き、及び二三重の者を或は箘桂と名づけ、或は筒桂と名づく。其の牡桂の嫩《わか》き枝の皮、名を肉桂と爲し、亦た桂枝と名づく。その老なる者は木桂と名づけ、亦た大桂と名づく云々」と記述し、陶景注とは見解が異なる。

箘は、『説文解字《せつもんかいじ》』に「箘は箘簬なり」とあり、同『段玉裁注』に「箘簬二字、一竹名」とあるように、竹の意であり、箘桂とは樹皮が巻いて竹筒状になったものを指す。いずれの見解にせよ、生薬学で桂皮・桂皮・桂心と称するものすなわちクスノキ科クスノキ属を基原とすることはまちがいない。『蘇敬注』の牡桂の条では「爾雅に云ふ、梫は木桂なり。古方は亦た木桂を用ひ、或は牡桂と云ふ、即ち今の木桂、及び單に桂と名づく者は是なり」と記述され、牡桂が真の桂であるとしている。また、「（牡桂の）花、子は箘桂と同じにして、惟だ葉は倍長云々」といい、さらに「（箘桂の）葉は柿の葉に似て、中に縦の文三道（三つの脈）あり、表裏無毛にして光擇あり」という『蘇敬注』の記述と、『蜀本草』（韓保昇）にある牡桂の葉は枇杷の葉に似ているという記述から、牡桂は広南桂皮（*Cinnamomum cassia*）、箘桂はジャワ桂皮（*C. burmannii*）に充てられる。また、『爾雅』郭璞《かくはく》注にも「今、江東桂の厚皮なる者を呼びて木桂と為す。桂樹の葉は枇杷に似て大、白華をつく。華さきて子を著けず。巌嶺に叢生し、枝葉は冬夏常に青く、間に雑木無し」とあり、非本草書ながら詳細に記述していて、ここでも木桂（牡桂）を桂としている。『名醫別錄』に「桂は桂陽に生ず。牡桂は南海の山谷に生ず。箘桂は交阯、桂林の山谷巌崖間に生ず」と記されているので、いわゆる広東・広西からベトナム北部の温暖な地域に産するものである。

桂皮（桂枝）は、中国古医方やわが国の漢方でもっとも繁用される生薬の一つであるが、『新修本草』ほか諸本草書の桂の条に「百薬を宣導し、畏るる所無し。久しく服すれば神仙不老なり」と記述されているように、桂皮は神仙の霊薬とされた。病気という言葉は、西洋医学でも用いられるが、もともとは気の病の意で、漢方独特の気・血・水病理論では、気に変調が起こった状態をいう。気に変調があれば血や水にも変調が生じると考えるが、この中でもとりわけ科学的に説明することが困難なのは「気の概念」である。桂皮は、気剤に分類され、気の変調に効があるとされる薬物で、漢方医学の気の概念は、神仙思想の影響が濃厚である。桂皮の正條品は日本に産しないが、日本にも類似品がある。有名な古事記の海幸彦・山幸彦の伝説の中に、「其れ綿津見神《わたつみのかみ》の宮ぞ。其の神の御門《みかど》に到りましなば、傍《かたへ》の井の上に湯津香木《ゆつかつら》有らむ」とあって湯津香木の名が出てくる。この続きに「故、その木の上に座《ま》さば、その海神《わたの》の女、見て相議《はか》らむぞ」とあって、この木に神が降臨すると記述され、註に「香木を訓みて加都良と云ふ。木なり」とある。これこそ日本産「桂」というべきもの、すなわちクスノキ科ヤブニッケイである。これがカツラ科カツラでないのは、綿津見神《わたつのかみ》の宮のような海に近いところに生えないこと、神の降臨は常緑樹でなければならないこと、などから明らかである。

中国では、唐代になると、月桂を現実の植物に充てるようになり、香のある樹木を桂の名で呼ぶようになったといわれるが正しくない。『神農本草經』に牡桂・箘桂があるように、かなり古くから香木を桂と呼んでいたが、その産地は中国の最南部から東南アジアであり、当時の中国人にとっては別世界であった。その香はすばらしく、それを躊躇なく月桂に充て、後に、桂の名をもつ樹木はモクセイ科キンモクセイ・ギンモクセイなどまで拡大された。一方、日本では、万葉歌で月の桂が月の楓となり、また後世ではカツラに桂の字を充てるなど、まったくちぐはぐであったが、香木をあまり尊ばない民族性と関係するのかもしれない。しかし、和語のカツラの語源は香りが関係するようである。カツラの材に香りはなくても葉にはわずかながらあり、そのため現在でも抹香原料とする。カツラの名は香《か》出《づ》に由来するという説がある。方言名にコウノキ（香の木）、カヅノキがあるのを論拠とするようだが、それぞれマッコウノキ（抹香の木）、カツラキが訛ったというが、ちょっと説明としては苦しい。むしろ、大槻文彦の『言海』にある香連《かつら》説の方に魅力がある。葉に芳香があり、絶えず香りを出しているという意味で、香出説と基本的には変わらない。現在の中国では、カツラ（の変種）を連香樹と称するが、これも同様の語源にちがいない。ただし、この名は古文献には出てこないから、遅くとも平安時代中期までさかのぼるカツラの語源にはなり得ないので、偶然の一致か、大槻説に従った名と思われる。賀茂祭の神事でカツラがフタバアオイとともに雷よけに使われているのも、これらの発散する香りに魔力があると考えられたからである。前述したように、クスノキ科基原の桂皮は、漢方では、気に作用する薬剤と認識されている。気剤はヒトの体の内外に充満している目に見えない気の循環障害を治すものである。森林浴が健康によいというのは植物の発散するフィトンチッドによるといわれる。西洋にアロマテラピーという伝統医学の一分野があり、香りの強いハーブを用いて治療する。洋の東西を問わず、香りは気に通ずという認識が古くからあったことは興味深い。

かには（樱皮）

バラ科（*Rosaceae*）ヤマザクラ（*Prunus jamasakura*）ウワミズザクラ（*P. grayana*）

あぢさはふ　妹が目かれて　しきたへの　枕もまかず　桜皮《かには》巻き　作れる舟に　ま梶《かぢ》貫き　吾が漕ぎ来れば　淡路の
味澤相　妹目不數見而　敷細乃　枕毛不卷　櫻皮纒　作流舟二　眞梶貫　吾榜來者　淡路乃
野島も過ぎ　印南《いなみ》つま　辛荷《からに》の島の　島の間ゆ　吾家《わぎへ》を見れば　青山の　そことも見えず　白雲も　千重《ちへ》になり来ぬ
野嶋毛過　伊奈美嬬　辛荷乃嶋之　嶋際從　吾宅乎見者　青山乃　曾許十方不見　白雲毛　千重尓成來沼
漕ぎたむる　浦のことごと　行き隠《こも》る　島の崎々　隈《くま》も置かず　思ひそ吾が来る　旅の日長《け》み
許伎多武流　浦乃盡　徃隱　嶋乃埼々　隈毛不置　憶曾吾來　客乃氣長弥
（巻六　九四二、山部赤人《やまべのあかひと》）

【通釈】序に「辛荷《からに》の島を過ぎし時、山部宿禰赤人の作れる歌」とあり、長歌である。辛荷《に》島とは、播磨灘の沖合いにある島の名で、『播磨國風土記』の「揖保郡」の条に「韓人《からひと》の船破れて漂へる物、此の嶋に漂ひ就きき。故に韓荷嶋と號す」とある。「あぢさはふ」は目の枕詞。「目不數見而」は漢文表現の意訳により「目離《か》れて」と訓じ、別れるという意になる。歌の意は、妻と別れて、枕も巻くことなく、桜皮を巻いて造った船に楫《かじ》を通して、我らが漕いで来ると、淡路島の野島が崎も過ぎ、印南つまも過ぎ、辛荷の島々の間から、我が家の方を見やれば、青々と重なる山のどのあたりとも分からず、白雲が幾重にも重なるほどになってしまった、漕ぎ巡る浦々のどこでも、行き隠れる島の崎々のどこでも、一時も欠かすことなく、私は妻のことばかり思いながらやって来たことだ、旅の日数が積もったのでとなる。

【精解】 万葉集にサクラを詠む歌は四十四首あり（サクラの条を参照）、そのほとんどは花を詠ったものである。実は、「櫻皮」の名で登場する歌がもう一首あって、それが右の長歌である。原文にある「櫻皮」はカニハと訓じ、文字どおりサクラの皮であって工芸材料として用いられた。古代にサクラがカニハの名で呼ばれていたことは、『和名抄《わみょうしょう》』に「朱櫻　本草云　櫻桃　一名朱櫻　波々加　一云　加邇波佐久良」、『本草和名《ほんぞうわみょう》』に「櫻桃　一名朱櫻　胡頽子　凌冬不凋　一名朱桃一名麥英一名楔　革点反　一名荊桃　已上四名出釋藥性　棣子　味酸出崔禹　櫻桃一名含桃一名荊桃一名麥桃　已上三名出兼名苑　和名波々加乃美　一名加尓波佐久良乃美」とあることでわかる。『和名抄』に「玉篇云　樺　戶花胡化二反　迦邇波　今櫻皮有之　木名　皮可以爲炬者也」とあり、古代では、樺すなわちカバノキと同様に、サクラの皮が利用されたことを示し、その原料としての名も併せ持っていた。桜の花をサクラ、その樹皮をカニハ（あるいはハハカともいう）といい、古代人は名前を使い分けていたのである。『延喜式』巻第二十三「民部下」年料別貢雜物に「信濃國　樺皮二圍、上野國　樺皮四張」とあり、『正倉院御物帳』に太刀弓の樺纏が記載されている。現存する正倉院御物はいずれもサクラの皮製であって、カバノキのものはないというが、奇妙なことに『延喜式』には櫻皮の名は出てこない。『延喜式』同条には「伊賀國　紙麻五十斤」など紙材料などが多く収載されていて、樺皮は紙などの原料に用いたらしく、櫻皮とは用途を異にしていたようだ。サクラの皮は強靭で、現在でも伝統工芸品の巻纏《かんてん》として利用されており、赤人の歌にあるように、船に巻くのはまちがいなくサクラの皮であろう。また、縄文時代前期の福井県三方《みかた》郡鳥浜《とりはま》貝塚から、サクラの皮を巻いた

ヤマザクラ　花は３月、葉が開くのといっしょに、直径３㌢ほどの花が咲く。

ウワミズザクラ　4月〜5月、長さ6〜9センチの花序に白い花を咲かせる。

弓が出土しているから、その利用は有史以前までさかのぼる。「弓に樺を巻く」という句があるが、中世以降、萪籐《とう》を巻くようになっても残った。縄文遺跡からも出土するほどだから、古くはサクラの皮を巻いたにちがいない。すなわち、樺はもともとサクラも含めた皮を利用するものの意味であり、それをカニハと称していたのがカムバを経てカバに転じ、後にカバノキ類を指す漢字の樺をカバと訓ずるようになったと思われる。ヤマザクラの方言名にカバ・カンバ・カワの名がついたものがかなり広域に見られる（『日本植物方言集成』による）のはこの名残である。すなわち、カニハはサクラよりも古い名前ということになる。

松田修はカニハをチョウジザクラに充て、別名にカバザクラ・サクラカンバがあるのを論拠としているが、実際にはそのような名は確認されていない（『日本植物方言集成』にはない）し、樹高五〜六メートルにしかならない木の皮が船に利用されるとは考えにくい。サクラ亜属ではないが、樹皮がサクラ類とよく似ていて、樹高も二十メートル以上になるウワミズザクラに、カバ・カバザクラの方言名があるから、これも併せてカニハと呼ばれていた可能性の方が高い。『和名抄』にあるハハカとはウワミズザクラの古名であり、実も食用とされたから、朱櫻、櫻桃のうちに含められていたと思われる。ヘコキザクラ（愛知）、クソザクラ（群馬・長野・岐阜）などの方言名が示すように、ウワミズザクラの樹皮には不快な臭いがあり、伝統工芸品材料としてはヤマザクラに及ばない。

桜皮は工芸用のほか薬用にもなる。『和方一萬方《わほういちまんぽう》』に「鼠咬傷　櫻ノ皮煎シテ付クヘシ、又用ユルモヨシ」、『救民單方』に「吃逆《きつぎゃく》（しゃっくり）　櫻木ノ皮　黒焼　粉ニシテ白湯ニテ用フ」など、江戸時代の民間療法書には櫻皮の処方が散見される。しかし、中国の本草・医方にまったく見当たらない。明治以降になって、桜皮を、わが国の伝統的民間療法にない、鎮咳《ちんがい》薬として用いるようになった。欧州で鎮咳の目的で用いられていたウワミズザクラ亜属の皮（セイヨウウワミズザクラの樹皮）の代用として邦産のヤマザクラの樹皮を誤用してしまったらしい。サクラ亜属とウワミズザクラ亜属は樹皮の成分相に大きな差があり、前者は後者に含まれる青酸配糖体を含まない。青酸配糖体を含むアンズの核仁すなわち杏仁は漢方で鎮咳を目的とした処方に配合されるから、鎮咳の目的であれば、ウワミズザクラの樹皮を櫻皮として用いるべきであった。この誤用は、江戸時代にヤマザクラの樹皮が櫻皮としてまったく別の目的で薬用にされており、ウワミズザクラはまったく用いられなかったからであろう。

かはやなぎ（川楊・河楊）

ヤナギ科（*Salicaceae*）カワヤナギ（***Salix gilgiana***）ネコヤナギ（***S. gracilistyla***）

山の際《ま》に　雪は降りつつ　しかすがに　この川楊《かわやぎ》は　萌《も》えにけるかも

山際尓　雪者零管　然爲我二　此河楊波　毛延尓家留可聞

（巻十　一八四八、詠人未詳）

【通釈】 春の雑歌の「柳を詠める歌」。第三句「然爲我二」は「然爲《しか》るからに」の約略で、しかしながらの意。歌を通釈すると、山際では雪は降っているとはいうものの、この川楊は芽を吹いたことよとなる。山と里の季節を対照させる詩情あふれる歌であり、川楊によって山と里を結ぶ川の存在を浮きだたせるなど技巧にも優れている。

【精解】 ヤナギの条でも述べているが、中国ではシダレヤナギを柳、それ以外のヤナギ類を楊と表記する。したがって、日本に自生するものはすべて後者ということになるが、日本ではこの区別は明確ではない。万葉集には三首に「川楊」（二首）・「河楊」（一首）としてカワヤナギの名が登場する。『本草和名《ほんぞうわみょう》』に「水楊葉　和名加波也奈岐」、また『和名抄《わみょうしょう》』にも「本草云　水楊　加波夜奈木」とあり、漢名「水楊」にこの和名を充てたことがわかる。『本草和名』、『和名抄』のいずれも中国古典文献の引用はないが、『本草經集注《ほんぞうきょうしっちゅう》』（陶弘景《とうこうけい》）の柳華の条に「柳は卽ち今の水楊柳なり。花熟し風に隨ひて、狀は飛ぶ雪の如し」とあり、これが本草における水楊の名の初見である。『爾雅《じが》』釋木に「柳は蒲柳なり」とあり、崔豹《さいひょう》『古今注』（晋、三〇〇年頃）に「水楊は蒲楊なり。枝は勁細、靭《しな》やかにして矢用に任《た》ふ」とあるので、これをもって陶弘景は「柳は今の水楊」としたのかもしれない。一方、『新修本草《しんしゅうほんぞう》』（蘇敬注《そけいちゅう》）では、「柳は水楊と全く相似せず。水楊葉は圓闊にして赤く、枝條は短硬なり」と述べ、『證類本草』では「多く水岸の傍らに生ず。樹は楊柳と相似し、既《ことごと》く水岸に生ずるを以て故に水楊と名づくなり」とあるので、和名のカハヤナギは正鵠を射た名にみえる。しかし、日本の古典に出てくる名を検討すると、それほど単純なものではない。

『日本書紀』巻第十五「顯宗紀」に、顯宗天皇の歌として「稲蓆《いなむしろ》川副楊《かはぞひやなぎ》水行けば靡《なび》き起き立ちその根は失せず」というのがあり、

ネコヤナギの花　3月上旬～4月下旬、長さ3～5㌢の花序にびっしりと花をつける。

ここに「かわそひやなぎ（呵籔泝比野儺擬）」が出てくる。また、この名は、平安時代の文学にも出現し、たとえば『源氏物語』「椎本《しいがもと》」に「川ぞひ柳の起きふしなびく水かげなど、をろかならずおかしきを云々」、『栄花物語』「玉村菊《たまのむらぎく》」には「かはぞひ柳風ふけばうごくとみれどねはつよし、というたやうに、うごきなくておはします」と出てくる。いずれも『日本書紀』の顕宗天皇の歌の派生歌のようにみえるが、問題はそこにあるのではなく、「風ふけばうごく」、「起きふしなびく」という「かはそひやなぎ」の生態を表す表現にある。顕宗天皇の歌も含めて、これらはシダレヤナギに対して詠ったと考えた方がよく理解でき、奈良時代以前にシダレヤナギは日本に伝わっていたことを示唆する。したがって、カハソヒヤナギは必ずしも水際に生えるカハヤナギと同じとは限らないのである。

『陶弘景注』では「柳は即ち今の水楊なり」とあるから、この意を受けて、日本ではこの二種のヤナギが混同された可能性もある。

漢名の水楊は水辺に生える楊の意で、カハヤナギはそれを和語に翻訳したものと思われるが、一筋縄でないことは前述のとおりである。しかし、万葉集にあるカハヤナギに関する限り、外来ではなくわが国に野生するものであるから、その字義どおりに受け取ってよいだろう。したがって、わが国に分布するヤナギ属約四十種の中で、川沿い・水辺に生えるものが該当することになる。

川辺に生えるヤナギは意外に多く、特に北陸以北の本州日本海側の河川敷では、数種のヤナギからなるヤナギ林が発達する。カワヤナギを詠む万葉歌がどこで読まれたのか不明であるが、冒頭の例歌にある「山の際《ま》に雪は降りつつ」からすれば北陸地方であってもおかしくない。この地域でもっとも普通にあるヤナギとすれば、ネコヤナギ・カワヤナギの二種に絞られる。後者は歌にあるのとまったく同じ名前だが、前者も別名にカワヤナギがあるので、絞り込みの参考にならない。この歌では、山の雪と対照させて芽生えを詠っているほどだから、芽生えあるいは花穂がそれなりに目立つものの方がふさわしい。この観点からいえば、ネコヤナギの方に軍配が上がる。日本産のヤナギの中では、もっとも早く開花する種の一つであり、銀白色で大きく、猫の尾のようにふっくらとした尾状《びじょう》花序《かじょ》はよく目立つ。苞《ほう》が黒いタイプのものをクロヤナギといって植栽されるが、これは突然変異型と考えられ、開花前の花穂は黒く見えるので、この名がある。ネコヤナギは根元からよく分枝して叢生状《そうせいじょう》となり、樹高も三メートルぐらいにとどまり、樹形はあまりよくない。また、川沿いでも渓流の砂礫地を好み、土砂の堆積した下流の川原には少ない。一方、カワヤナギは樹高七〜八メートルの小高木で、幹の太さも三十センチほどになり、樹形も立派で、河畔や水湿地に普通に見られる。

万葉歌のカワヤナギがこのいずれかを判断するのは容易ではないが、もしこの歌の情景が雪を抱く山のふもとの河畔であればカワヤナギ、山中の渓流沿いであればネコヤナギということになるだろう。集中巻七の「霰降り近江《とほつあふみ》の吾跡《あと》川楊《かわやなぎ》刈れどもまたも生ふといふ吾跡川楊」（一二九三）に詠まれる川柳は、根から枝が叢生するから、明らかにネコヤナギである。

かはらふじ（莨莢）

皁莢《かはらふじ》に　延《は》ひおほとれる　屎葛《くそかづら》　絶ゆることなく　宮仕へせむ

莨莢尓　延於保登禮流　屎葛　絶事無　將爲

マメ科（Fabaceae）サイカチ（*Gleditsia japonica*）

（巻十六　三八五五、高宮王《たかみやのおおきみ》）

【通釈】 版本に第一句を「葛英尓」とするものがあるが、古本にしたがって、現在では「莨莢尓」として皁莢と同義とする。皁莢の訓についてはいくつかの説がある。仙覚《せんがく》（一二〇三—？）は「ふちのき」と読み、ほかに「かはらふぢ」と訓ずる説（武田祐吉）、「さうけふ」と訓ずる説（沢瀉久孝ほか）がある。「かはらふぢ」は、『和名抄《わみょうしょう》』に「本草云　皁莢　造夾二音　加波良不知　俗云　虵結」、『本草和名《ほんぞうわみょう》』に「皁莢　楊玄操音兼恊反　一名猪牙皁莢　如猪牙者　一名鷄栖　出兼名苑　和名加波良布知乃岐」、また『醫心方《いしんぽう》』にも「皁莢　和名加波良布知乃岐」とあることに基づく。「さうけふ」は皁莢の旧仮名遣いによる音読み（現代仮名遣いでは「そうきょう」）である。仙覚の訓は現在ではほとんど支持されない。字余りになるのを嫌って「さうけふ」とする注釈書が多いが、漢語名の音読み例は非常に少ない。（通釈はクソカヅラの条を参照）ちなみに、皁莢の字義は「皀《くろ》い莢」であって、サイカチの豆果《とうか》が黒いことに由来する。

【精解】 右の歌に詠われた「莨莢」について二説あり、一つはマメ科サイカチとする説、もう一つはマメ科ジャケツイバラ説である。

まずジャケツイバラ説について考えてみよう。

『大和本草《やまとほんぞう》』（貝原益軒《かいばらえきけん》）巻之八「蔓草」の雲實の条に「葉ハ槐（マメ科エンジュ）ノ如ク其ノ實ノ莢ハ皂角（皂莢の果実のこと）ニ似テ其ノ樹ハ小ニシテ高カラズ恰《あたか》モ蔓ノ如ク覃延スハリ多シ三月黄花ヲ開ク本草ニ合ヘリ」（一部漢文、著者訓読）と記述されている。これは『本草綱目《ほんぞうこうもく》』（李時珍）にある雲實の記述、すなわち「莖赤く中空にして棘あり、高き者は蔓の如し。其の葉は槐の如く、三月、黄花を開き纍然として枝に滿つ。莢の長さは三寸許り、狀は肥える皂莢の如く、内に子有り、五六粒、正に鵲豆（黒扁豆、フジマメ）の如し。兩頭は微尖にして黄黒の斑紋有り、厚殻にして仁白く、之を咬めば極めて堅重にして腥氣有り」と基本的に同じであり、益軒（一六三〇—一七一四）はこれを見て「本草ニ合ヘリ」としたのである。いずれの文献もマメ科ジャケツイバラの形態について正鵠を射たものであり、今日の生薬学的知見とも合致するので、雲實をジャケツイバラとするのはまちがいない。一方で、益軒は、同条で皂莢について、「皂莢ハサイカシ（サイカチのこと）ノミノサヤ（莢）ナリジャケツハ雲實ナリ別物ナリ河原ニ生ズル蔓草ナリ其莖ニハリ多シ花ハ黄ナレドモ形藤ニ似タルユヘ（故）カハラフヂト名ヅク皂莢ノ花ハ藤ニ似ズ雲實ハ其クキ虵《へび》ノ結レタルニ似タルユヘ（故）又ジャケツト云」と述べている。要約すれば、ジャケツイバラはフジ（藤）に似ていて、虵結の意は「虵ノ結レタル」ことであってジャケツイバラの茎に似ているということであり、雲實はジャケツイバラで、その別名がカハラフヂということになる。

ジャケツイバラ　花は黄色、直径2～3センチあり、4月～5月に咲く。

ところが万葉学者の沢瀉久孝は、『本草綱目』の雲實の条に「莢の長さは三寸許り、狀は肥える皂莢の如く云々」とあるのを挙げ、『わが國で雲實をまた皂莢と書いたものと考へられる。さうだとすればこの皂莢はじゃけついばらの事で、落葉灌木だといふことになる』と解釈してしまった。ちなみに、益軒は皂莢をサイカチとしており、わが国で皂莢と雲實が混同されたとは考えていない。すなわち、本草学の観点からは、皂莢がジャケツイバラであるという接点はどこにも見えてこない。『本草綱目』以前の本草書に「雲實の莢が皂莢に似る」という記述はなく、本草書から得られる皂莢の基原植物の形態情報は貧弱であるものの、以下に述べるようにやはり皂莢はサイカチ以外には考えにくいのである。

明代の『本草綱目』では「皂樹は高大にして、葉は槐葉の如く、痩長にして尖り、枝閒に棘多し。夏、細かい黄花を開き、實を結ぶ」とあるが、少なくとも「高大な皂樹」からジャケツイバラは該当しない。さらに古く、『圖經本草《ずけいほんぞう》』(蘇頌《そしょう》)では「今、所在に有り、懐孟州の者を以て勝ると爲す。木は極めて高大なる者あり。此、三種有り、本經(『神農本草經』)に云ふ、形の猪牙の如き者良し、陶注(『本草經集注』)云ふ、長さ尺二の者良し、唐注(『新修本草』)云ふ、長さ六寸にして圓く厚く、節の促直なる者は皮薄く多肉にして味濃く大いに好し」とあり、これから一義的にサイカチを演繹《えんえき》することは困難だが、少なくともジャケツイバラでないことはわかるだろう。

サイカチ　豆果はやや平たく、ねじれて、長さ20～30㌢、晩秋に熟すと黒紫色となり、はじけることなくそのまま落果する。

以上、皂莢がジャケツイバラでないことははっきりしたが、『和名抄』などにあるカハラフヂがサイカチ、ジャケツイバラのいずれであるかという問題が残っている。益軒は、ジャケツイバラはフジに似ていて、サイカチはフジに似ていないとした。葉に関しては、いずれも羽状複葉《うじょうふくよう》でフジと同じであり、特に論点の対象とはならない。花については、ジャケツイバラは派手な円錐花序《えんすいかじょ》をつけるが、フジのように垂れ下がらず、また茎頂につくから、見た印象はフジとはかなり異なる。一方、サイカチは地味な花序ながら、やや垂れ下がり、枝から多くの花序をつけ、むしろこちらの方が「藤浪のフジ」に似ているのではなかろうか。また、蚰結の意も、益軒のいう「蛇ノ結レタル」は、刺《とげ》の多いために蛇がよじ登れなくなったり後戻りもできなくなったりすることを意味すると思われる。「結」に「ふさぐ」や「とどこおる」という意味もあるからである。とすれば、『和名抄』の皂莢の条に「俗云　蚰結」とあるのも、サイカチの幹や枝に鋭い大きな刺があることで理解できる。

結局、ジャケツイバラの名は江戸時代の『大和本草』以前にはなく、貝原益軒が『和名抄』にある蚰結を強引に雲實に充てたものと考えられる。ここで強引といったのは、益軒が、『本草和名』に「雲實　一名員實一名雲英一名天豆　蘇敬注黄黒似豆故以名之　一名雲母　苗名也出蘇敬注　和名波末佐々介」とあり、また『和名抄』にも同様に雲實にハマササゲという和名があるのを無視しているからである。

ジャケツイバラは、日当たりのよい山野や川原に生え、浜辺に生えることはまずないから、この名はまったくはずれていることは確かであるが、むしろ当時の雲實の基原が異なっていたと考えた方がよいかもしれない。前述したように、『本草綱目』では、雲實はまちがいなくマメ科ジャケツイバラとして矛盾はないが、もっと古い時代の本草書では、それがかなり怪しくなってくるのだ。たとえば、『新修本草《しんしゅうほんぞう》』（蘇敬《そけい》）には「雲實は、大いさ黍及び大麻子等の如く、黄黒にして豆に似る、故に天豆と名づく。澤の旁に叢生し、高さ五六尺」とあり、『蜀本草』（韓保昇、『證類本草《しょうるいほんぞう》』所引）や『圖經本草』にも同様な記述が見られる。実際のジャケツイバラの種子は、長さ一センチはあり、同属種で黍や麻の実のように小さなものはないから、今日とは基原が異なっていると考えた方がよいだろう。

万葉植物考証家の松田修は、別の論点から、万葉集にある皂莢をジャケツイバラと考えた。すなわち、小さな蔓草クソカヅラが這い絡むには、高木の直立木であるサイカチより、ジャケツイバラの方がふさわしいというのである。確かに生長すれば高木になるが、種子の発芽率は頗るよく、親木の周辺には幼木や低木状の個体が多く見られる。クソカヅラはそうした小さな個体に這い絡まっていると考えることもできるだろう。詠人は近くにある親木を見てそれがサイカチであることを認識できるはずだ。サイカチの方言名を見ると、サイカチイバラ（埼玉・神奈川・佐渡・長野・静岡）、サイカチバラ（富山）などバラの名をもつものが比較的広範囲にあることがわかる。これもサイカチが低木として存在することが多いことを示唆するから、以上のような解釈は決して無理ではない。やはり、万葉集にある皂莢はサイカチ（カハラフヂ）としてよい。

皂莢は『神農本草經《しんのうほんぞうきょう》』下品に収載されるほどの歴史的薬用植物であり、薬効については「治風痺（血や気の流れが滞りそのため痛みや痺れを伴う疾病）死肌《しき》（肉が消滅する疾病）。邪氣風頭（風気が頭にあたった疾病）涙出。利九竅（九穴の水の循環を抑える）。殺精物」と記述されている。マメ科の落葉高木トウサイカチの果実を正品とするが、日本では同属近縁種のサイカチの果実を皂莢とする。サイカチは樹高十五メートル、胸高直径一メートルに達する高木で、本州中部以西の日当たりのよい山野、川原に生える日本特産の落葉高木である。サイカチ属は世界に十五種あるが、いずれも幹に鋭くて太い分岐した刺がある。これは小枝の退化したもので、黒褐色の滑らかな樹皮とは好対照を成す。五～六月に花をつけるが、花序は十～二十センチぐらいでやや垂れ下がり、枝葉を見る限りでは、フジに似ていることはすでに述べた。皂莢にはサポニンが約二十パーセント含まれ、日本でも昔はサイカチの豆果を洗剤代わりに用いていた。漢方医家の一部は皂莢を配合した処方を用いるが、数はごく少なく、わずかに托裏消毒飲・皂莢丸があるにすぎない。民間では、皂莢三～十個を刻んで袋に入れて浴槽へ入れ、浴用剤とする。皮膚に刺激を与えて血行をよくし、滑らかにする効果が期待できるという。ただし、目などの粘膜に刺激を与え激しい痛みを伴うので注意を要する。『諸家妙薬集《しょかみょうやくしゅう》』に、「魚骨咽に立ちたるに、皂莢を末にして鼻に吸入て嚔出て、骨、をのつからぬくるなり」と、咽喉に魚の骨が刺さったときの処方が記されている。そのほか、「鼻茸、西海子（皂莢の別名）六～七ホドナルト、ニラ畠ノ蚯蚓（ミミズを裂いて乾燥したもの、地竜に同じ）ノ大ナルヲ両様トモニ、同器ニ入テ霜ニシテ（黒焼きにすること）、先、鼻中ヲ木通ノツルヲ煎ジテ洗テ、カワイタルトキニ、右ノ薬ヲ一日ニ一度ツクベシ」（『奇方録』）、「痰ニ、皂莢黒焼、蘿蔔子《だいこんのみ》炒　各等分細末し、生姜しぼり汁を蜜に三分一加へ右の粉薬を煉合、胡椒の大さに丸し、一度に二十粒か、三十粒白湯にて用」（『妙薬博物筌《みょうやくはくぶつせん》』）、「卒倒、皂莢ノ粉、鼻へ吹込ムベシ」（『經驗千方』）など多様な使い方があって、中にはサポニンが薬効上重要な役割を果たしているものもある。

江戸時代の正規の医学は漢方医学であるが、民間療法よりも皂莢の利用が低調だったのは、漢方が理論的基盤とする『傷寒論《しょうかんろん》』や『金匱要略《きんきようりゃく》』でほとんど使われていないからであろう。中国でも皂莢丸（前述）が『張仲景方』で用いられる（欬逆上気すなわち下腹部から胸や咽喉に気が突き上げて咳が激しく唾が濁り臥し得ぬときに用い、日本漢方とは適用が異なる）ぐらいで、圧倒的に民間療法の利用が活発であるのは日本と同じでおもしろい。そのほか、サイカチの利用に関しては、『救荒本草啓蒙《きゅうこうほんぞうけいもう》』に「春新葉を生ず、採りて食用に供す」というのがあり、同じマメ科高木のネムノキと相通ずるところがありおもしろい（ネブの条を参照）。

最後にサイカチの語源について考えてみたい。皂莢を万葉集で「さうけふ」と読み、「さいかち」としなかったのは、サイカチの名が新しいからである。その名が見えるのは『多識編《たしきへん》』で「左比加知、左比加志」とあるのがもっとも古い。『本草綱目啓蒙』によれば、西海子という古名があり、それが訛ったサイカシの名も異名として存在する（『大和本草』『多識編』にもある）ので、西海子をサイカチの語源としてよいだろう。筑前にはサイカイジュ（西海樹）という地方名があり、西海子とはその果実を指すのはまちがいない。西海とは現在では九州長崎県の西海地方を指すが、『延喜式』巻第三十七「典薬寮」に「諸國進年料雜藥　太宰府　皂莢四十斤」とあり、九州は皂莢の主産地であったから、この地域を西海と称したのであろう。西海子の名は平安時代の文献にはなく、室町時代の『下學集』や『節用集』にも出てくるが、『仙覺抄』に出てくる（結局、通釈に述べたように「ふちのき」と訓した）のがもっとも古いようである。『下學集』には「子、以て馬を洗ふべし」とあるから、果実を洗剤代わりに広く利用したことがうかがえる。

西海土という珍しい苗字があり、「さいかち」と読むが、これも西海子に由来するのであろう。また、稀に槐の字をサイカチに充てるが、これは、もともとマメ科エンジュであるから、正しくない。

おそらく、本草書にサイカチの葉が槐葉に似て云々とあるのをもって誤用したのであろう。

かへるで（蝦手・加敝流弖）　カエデ科（*Aceraceae*）イタヤカエデ（*Acer mono*）

吾が屋戸《やど》に　黄変《もみ》つ鶏冠木《かへるで》　見るごとに　妹を懸けつつ　恋ひぬ日は無し
吾屋戸尓　黄變蝦手　毎見　妹乎懸管　不戀日者無
（巻八　一六二三、田村大嬢《たむらのおおいらつめ》）

子持山　若鶏冠木《わかかへるで》の　もみつまで　寝もと吾《わ》は思《も》ふ　汝《な》は何《あ》どか思《も》ふ
兒毛知夜麻　和可加敝流弖能　毛美都麻弖　宿毛等和波毛布　汝波安杼可毛布
（巻十四　三四九四、詠人未詳）

【通釈】第一の歌の序に「大伴田村大嬢の妹坂上大嬢に與ふる歌」とある。「黄變」は葉が黄変することで「もみつ（もみづ）」と訓ずる。『和名抄《わみょうしょう》』に「陸詞曰　葉　與渉反　波・萬葉集　黄葉　紅葉　讀皆並毛美《もみ》知波《ちは》」とあるので、「黄變」は葉が変色する動詞と考える。万葉集では「もみぢ」あるいは「もみつ」はそれぞれ「黄葉」、「黄變」として出現し、前者は四十六首、後者は四首あり、モミジは万葉人にも親しまれた。「懸けつつ」は「心に懸けながら」の意。この歌を訳すと、私の家の庭にある黄葉したカエデをみるたびに、あなたを心にかけながら、恋しくない日はありませんとなる。第二の歌は相聞の東歌。子持山とは、『万葉の旅』（犬養孝）によれば、群馬県旧北群馬郡子持村（現渋川市）にある山で、中腹には子持神社が鎮座する。この神社は、策略によって東国に流刑となった夫を助け出した児持御前という伊勢国の女性を、児持山明神として祀ったと『神道集』（南北朝時代の成立）に記されているという。若カエデとは芽を出したばかりのカエデのこと。「安杼可」は「何《あ》どか」は「何《な》ど」の東国訛りと考えられ、「どう、いかに」の意味で、東歌に類例がある（ユヅルハ、ウケラの条を参照）。第一句から三句までは「若芽が大きくなって黄葉するまでずうっと」の意で、長い間を表す。この歌の意味は、子持山のカエデの芽が成長して色づくまで、私はあなたといっしょに寝ようと思うが、あなたはどう思うのでしょうかとなる。直情的な表現からして歌垣の歌謡か。

【精解】一般には、カエデはカエデ科カエデ属に分類される植物の総称と定義されている。カエデの語源は、第一の例歌の原文にある「蝦手」であり、葉の形が蝦（カエルの中でもガマガエルを指す）の手に似ているからで、これほどわかりやすい語源は珍しい。しかし、ヒトツバカエデ、クスノハカエデ、メグスリノキなどカエデ属の一部の種は、およそ蛙の手に見えない葉形をもつのだが、これらは植物学的にカエデの類とされたのであって、古い時代にはカエデとは目されていなかっただろう。これも踏まえてカエデを定義するなら、掌状の単葉《たんよう》をもつカエデ属の諸種となり、これなら通念上カエデとされる種はすべて含まれる。カエデの語源となるカヘルデは、万葉集では二首に「蝦手」、「加敝流弖」として登場する。

　では、万葉人がカヘルデと呼んでいたのはどんな種であったのだろうか。世界にカエデ属は約百五十種あり、国土の狭い日本だけでも二十六種が自生するが、前述したように、蝦手という名から、大形の掌状葉をつける種であること、そして「黄變」の形容句とともに表記されているので、葉が黄色くなるものでなければならない。以上挙げた条件および万葉の風土に存在する種として、イタヤカエデの系統とりわけエンコウカエデに絞られる。イタヤカエデは葉の形の変異が激しいのであるが、いずれも無骨なガマガエルの手を連想させるに十分である。この名の由来は、板で葺いた屋根のように雨が漏らないほど葉がよく繁るからだといわれる。秋になってびっしり繁った葉が真黄色に色づく様子は万葉時代のカヘルデにもっとも相応しいと思われる。成長すると大きいものは樹高二十メートルを超す巨木になる。北米原産のカエデ属大高木にサトウカエデというのがあるが、樹液からメープルシロップをつくることで知られる。意外に知られていないことだが、イタヤカエデからもメープルシロップが得られる。日本でも北海道、東北などイタヤカエデの多く自生する地域では日本産メープルシロップと銘打って特産品としているところもある。カエデの樹液が糖に富むということを東洋人は知らなかったから、樹幹に穴をあけてシロップを採集することはなかった。しかし、これに代わるものがあり、ツタの茎から得られる樹液を古代から近世まで糖として用いた（ツタの条を参照）。

イタヤカエデ　葉には3～13センチの長い葉柄があり、葉身は5つに分かれて鋸歯はない。

　今日では、カエデといえば、葉が紅くなるイロハモミジ、オオモミジ、ヤマモミジなどを指し、秋になれば紅葉前線が気象庁から天気予報とともに発表され、多くの人が紅葉狩りに外出するなど、すっかり季節の風物詩となっている。紅葉狩りの名は、鎌倉時代の『夫木和歌抄』にある「時雨行く片野の原の紅葉狩たのむかげなく吹く嵐かな」に初見するが、詠人の源《みなもとの》俊頼《としより》（一〇五五―一一二九）は平安後期の歌人であるから、平安時代にも紅葉狩りのあったことを示唆する。百人一首にある在原業平《ありわらのなりひら》（八二五―八八〇）の歌「ちはやぶる神代もきかず竜田川から紅に水くくるとは」とは、紅葉で埋め尽くされた川を詠ったものであり、紅葉狩りがかなり一般的であったことを彷彿させる。

万葉集に「蝦手」、「加敝流弖」と称していたカヘルデは、平安中期の『和名抄』では「楊氏漢語抄云　雞冠木　加倍天乃岐　辨色立成云　雞頭樹　加比流堤乃岐　今案是一木也」、『新撰字鏡』《しんせんじきょう》でも「鶏冠樹　加戸天」とあり、短縮してカヘデと呼ぶようになった。また、雞冠木（鶏冠樹）の漢名は、明らかに紅《あか》く色づくカエデ類を指したものであり、宮中のきらびやかな生活になれた平安貴族にとっては、爬虫類のカエルは気色の悪いものらしく、カエルデからカエデに意識的に改称したのだろう。平安時代に貴族のあいだで紅葉狩りが流行したという直接的な証拠はないが、興味の対象が万葉時代の黄葉から紅葉に変わったことは確かであり、観賞の対象とするカエデも、葉が黄色く変色するイタヤカエデなど高木類から、紅く色づくイロハモミジなどの小高木に変わっていったのである。

いわゆるモミジは、サクラほか美しい花をつける花卉《かき》類に劣らないほど、日本文化に深く根づいている。わが国の着物の紋様には植物を図案化したものが多いが、サクラの花とならんでカエデの葉はその双璧であった。また、カエデは絵画の題材ともなり、蒔絵などの工芸品の装飾にも好んで使われた。中国でも文芸の随所に紅葉は出現する。もっとも有名なのが白居易の「送王十八歸山寄題仙遊寺」（『全唐詩』巻四三七）の一節、「林間に酒を煖《あたた》めて紅葉を焼き、石上に詩を題して緑苔を掃《はら》ふ」であろう。

前述したように、万葉集でモミジといえば黄葉であり、紅葉は一首（巻十　二二〇一）を除いて見当たらない。それと相通ずるような歌が万葉集には見当たらないのは、大詩人白居易（七七二―八四六）が八世紀後半から九世紀前半の唐代後期の詩人であるので、万葉歌人の知るところではなかったことと関係する。平安時代になって、万葉時代の黄葉が紅葉に代わったのも、白居易の影響と考えられる。白居易の歌は、紅と緑の対比という色彩感はあるものの、日本の詩歌とはちがって、紅葉を焼くだの緑苔を掃うなどやや破壊的であり、ただ風流を楽しんで詠ったにすぎない。一方、日本の詩歌は色彩感だけでなく、小倉百人一首の「奥山に紅葉ふみわけ鳴く鹿のこゑきく時ぞ秋は悲しき」にあるように、カエデとシカという組み合わせを生み出し、後世の絵画や詩歌の題材を生み出したように、必ずしも中国と同じではない。また、日本と中国ではモミジの樹種に差があることも無視できない要素であり、平安時代以降の日本では、紅葉といえばイロハモミジやオオモミジが主流であるが、中国ではマンサク科フウやカバノキ科であった。万葉集にも楓は出てくるが、カエデを詠ったものではなく、『新撰字鏡』で「楓 方隆反香樹 加豆良」とあるように、カツラ科カツラであった（カツラの条を参照）。日本で楓をカエデと読むようになったは、中国でフウが紅葉の一樹種であることが伝えられてからであろう。本草学の分野では、常に中国の後を追い、しばしば日本の植物名に誤った漢名をつけたが、カエデもその一例であった。ちなみに、中国でカエデ属に充てられる字は槭である。

イロハモミジの葉　長さ3～6センチ、幅が3～7センチあり、5～7つに深く裂ける。葉の変異の幅が広く、さまざまな園芸品種がある。

　イロハモミジなど紅葉樹を品種改良し、多くの品種を産み出したのは、世界でも日本だけであった。伊藤伊兵衛が著した『花《か》壇《だん》地《ち》錦《きん》抄《しょう》』や『廣《こう》益《えき》地《ち》錦《きん》抄《しょう》』などの園芸書には併せて百以上のカエデの品種が記載された。

明治時代には二百以上の園芸品種があり、海外にも輸出されるようになった。今日、海外でJapanese mapleと呼ばれるイロハモミジだが、日本固有種ではなく、中国名を鶏爪槭と称するように、中国のみならず朝鮮にも分布することは意外に知られていない。ただし、おびただしいカエデの品種群の存在ならびに詩歌・芸術・工芸の分野でさまざまな形で関わるカエデ文化複合体は紛れもなく日本固有のものである。

　今日、コウヨウには紅葉の字が充てられ、黄葉はまず使われることはない。しかし、実際の野山のコウヨウは、紅色・黄色・褐色など色とりどりである。落葉樹の葉はなぜコウヨウするのだろうか。落葉樹の葉の色変は二つのメカニズムに大別される。コウヨウする前はどの葉も緑色だが、葉緑素の色であり、光合成が行われて植物に栄養分を供給する。秋になって朝晩の気温が下がると、落葉樹の葉では葉緑素が分解して失われる。この時点で、もともと含まれていた色素の色が顕在化するグループと、それに伴って新たに色素を合成するグループとに大別される。前者は、イチョウなどがこれに当たり、葉緑素にマスクされていたカロテノイドやフラボノイドなど黄色色素が表面に現われるので黄変する。一方、後者は、葉緑素が分解したのち、色素が新たに合成されて発色し、色素の種類によって色が異なる。ウルシ科、ツツジ科、ニシキギ科そしてカエデ属植物の中には、目の覚めるような鮮やかな紅葉となる種があるが、いずれもクリサンテミンというアントシアン系色素が生成、沈着することによる。クヌギやケヤキ、ブナなど黄褐色に変色するものはプロバフェンというポリフェノールの生成による。酸化されやすいポリフェノールを含むもの、あるいはこれを合成するものは、褐変する。落葉の前に葉をさまざまな色に染める色素がなぜ合成されるのか、生合成過程も含めて詳細は未だ明らかでない。

かほばな（容花・皃花・可保婆奈・可保我波奈）

ヒルガオ科（Convolvulaceae）ヒルガオ（*Calystegia japonica*）
キキョウ科（Campanulaceae）キキョウ（*Platycodon grandiflora*）
アヤメ科（Iridaceae）カキツバタ（*Iris laevigata*）

美夜自呂《みやじろ》の　すか辺に立てる　貌《かほ》が花　な咲き出でそね　隠《こ》めて偲はむ
美夜自呂乃　須可敝尓多弖流　可保我波奈　莫佐吉伊弖曾袮　許米弖思努波武
（巻十四　三五七五、詠人未詳）

【通釈】 この歌は譬喩《ひゆ》の東歌。「美夜自呂」は宮代と思われ地名のようであるが、所在は不明。第二句は西本願寺本に「緒可敝尓」とあり、この場合は「岡辺に」となるが、『類聚古集』などは「須可敝尓」とし、ほとんどの注釈本はこれに従う。「すか」は、『播磨國風土記』にある「宍禾《しさは》郡」の里名に酒加《すか》（穴師の里の元の名という）があり、『肥前國風土記』「彼杵《そのぎ》郡」の郷名に周賀《すか》があって、いずれも川沿いや海沿いの場所なので、砂洲・砂丘・砂浜を指すと考えられている。この歌の意味は、美夜自呂の砂丘（または岡辺）にこれぞとばかり目立っているカホノハナよ、（そんなに派手に）咲かないでくれ、私はひそかに思いを込めていようぞとなる。

【精解】 万葉集中に「カホ（ガ）バナ」と詠まれるものは四首ある。これ以外に朝の字を冠するアサガホとして現われるものが五首あるが、朝に花が開くなどの意味をもつので、別の植物種または植物群を指すことが多く、これについてはアサガホの条で述べる。「可保婆奈」、「可保我波奈」は借訓仮名であるから、訓についてはいうまでもないが、残りの二首にある「容花」、「皃花」は、アサガホの条でも説明したように、「容」、「皃」のいずれも容姿・容貌に関連する字であって、「かほ」と訓ずる。ただ、カホバナ（そしてアサガホも）

が何であるかは、諸説あって古今の万葉学者を悩ませてきた、難問中の難問であった。『言海』（大槻文彦）によれば、「かほ」とは形秀《かたほ》が略されたもので、もともとは目鼻立ちの整った表面《おもてづら》を意味するという。また、鎌倉時代の『草木異名事』（『蔵玉集』二条良基）に、アヤメ科カキツバタの異名として「かほよ草（貌吉草）」という名が出てくる。これに拠れば、カホバナは貌吉花の約略、「器量の佳い花」という意味にとることができる。ただ花の美しさに関する価値観が二通りあることに留意する必要があるだろう。サクラは誰が見ても美しいが、無数に群れて咲くからこそであり、散発的なサクラの花は誰も褒め称えることはない。すなわちサクラの花を愛でるのは、個々の花ではなくその群集であって、一つ一つの花の形態的特徴は簡単には答えられないほど、印象に残らない。一方、ユリやキキョウなどは咲く花の数は少ないが、一つ一つの花は大きくて色と形の特徴がはっきりして記憶に残りやすい。わざわざカホバナというものは、当然ながら、後者のグループである。また、カホバナは特定の植物種や植物群に与えられた固有名詞ではないとすべきで、詠われた状況から植物種を推定する必要がある。

とはいえ、カホバナと呼ぶに相応しい植物は限られるはずで、今日の定説では万葉歌にあるカホバナはヒルガオとされるが、鹿持雅《かもちまさ》澄《ずみ》（一七九一—一八五八）が最初に唱えたもので、カホバナと音韻的に近いカッポウ（備後）・カッポグサ（熊本）の方言名もあるので説得力がある。ヒルガオはヒルガオ科の多年性つる草であって、北海道から九州までの日本列島から朝鮮、中国に広く分布し、主として路傍・空き地・畑地など人里に多く生える。ヒルガオの類似種として、コヒルガオ・ヒロハヒルガオ・ハマヒルガオがあり、いずれも同属種である。コヒルガオはその名のとおり葉や花がヒルガオより小形で、本州以南から東南アジアまでの暖地に分布し、ヒルガオと生育環境は重複する。ヒロハヒルガオは本州以北の日本および北半球の温帯に広く分布し、山地の冷涼なところに生える。ハマヒルガオは海岸の砂地に生え、日本列島全土、アジア、欧州、環太平洋諸地域に広く分布する。最近、日本各地の荒地や路傍に目立つようになったセイヨウヒルガオもよく似ているが、別属の欧州原産の帰化植物であり、日本に渡来したのは戦後であるから除外されるのはいうまでもない。冒頭の例歌では、カホバナ（カホガハナ）をヒルガオとしても、歌の内容に矛盾はないが、沢瀉久孝は「すか辺に立てる」とあるのを重視して、つる性のヒルガオでは合わないとし、後述するようにオモダカと考えた。「立てる」は「立つる」の訛りと「立ちてゐる」の略の両方が考えられるが、歌の中では自動詞であるから、後者の意である。「立つ」には直立の意味だけでなく、目立つなどの語にあるように、顕《あらわ》になるという意味もある。ヒルガオは群生し、花もいっせいに開くから、本書で目立つと解釈したのもこれによるのであって、カホバナがつる性であろうと直立性であろう

コヒルガオの花　花冠は淡桃色で、長さ3センチほどあり、喉の部分は白みを帯びる。花期は6月～7月。

と関係ないのである。著者の見解によれば、万葉集で確実にヒルガオを詠った歌は一首だけで、残りの三首はヒルガオの歌ではない。冒頭の例歌が海岸寄りの砂地とすれば、まちがいなくハマヒルガオであるが、内陸であればヒルガオ・コヒルガオが考えられる。

ヒルガオは中国にも分布するので、当然ながら漢名も存在する。万葉集にはこの漢名は出てこないが、多くの歌が中国の影響を濃く受けていることを考慮すれば、中国本草における扱われ方を知っていても無駄ではないだろう。『神農本草經《しんのうほんぞうきょう》』の上品に、「旋華一名筋根花一名金沸」というのがあり、『圖經本草《ずけいほんぞう》』（蘇頌《そしょう》）では「苗は叢を作《な》し、蔓にして、葉は山芋に似て狭長なり。花は白く、夏秋、遍《あまね》く田野に生ず。根は毛節無く、蒸し煮れば噉《くら》ふに堪へ、甚だ甘美なり」とあり、つる性草本であることを示唆する。『本草衍義』（寇宗奭《こうそうせき》）には「蔓生にして、今の河北、京西、關陝の田野の中に甚だ多く、最も鋤《す》き芟《か》り難く之を治めて又生ず。世、又之を鼓子花と謂ふ、其の形肖を言ふなり」と記述されていて、花の形が鼓子に似ているとする。李時珍は、『本草綱目《ほんぞうこうもく》』の釋名で「其の花瓣状を作《な》さず、軍中吹く所の鼓子の如し」と述べ、同集解で「秋に至り花を開き白牽牛子（アサガオ）の花の如し」といっているから、要するにラッパのような花を咲かせる植物だとわかる。『證類本草《しょうるいほんぞう》』にある旋花の図は、以上のような形態の特徴を有するものであり、ヒルガオにまちがいない。筋根花という別名は根が筋に似ていることに由来し、筋が切断された場合、ヒルガオの根の搗き汁を「瘡中に瀝《たら》し、また滓を傅《つ》けると筋が続がる効」（李時珍は『外臺祕要《げだいひよう》』の出典という）があるとして、続筋根の別名もある。ヒルガオが旺盛に蔓を延ばして繁茂するのを見立ててそのような効を期待したのであろう。全草に樹脂配糖体やフラボノール配糖体を含んでいて緩下・利尿の効があり、民間療法でよく用いる。

『和方一萬方《わほういちまんぽう》』に、疣《いぼ》を治す方として「ヒルカヲ、右モミテヌルヘシ」、淋病（膀胱炎のこと）を治す方として「ヒルカヲノ根、右一味生ニテ水ニテ常ノ薬ノ煎方ニテ用ユヘシ」と記述されている。全草にグルコースが約十数パーセント含まれ、配糖体として存在する糖も含めると、実質的糖分含量は三十パーセントほどになる。一方、根はタンパク質に富み、またデンプンも含まれる。『救荒本草抜萃《きゅうこうほんぞうばっすい》』に「茎と葉と一同にゆでても煮ても食うべし。また漬け物にもすべし。根はゆでさわして食うべし。又細かに切りて飯にまぜ食うべし。又ひきこにすべし」とあるように、ヒルガオの全草、根は救荒食として食べられていた。ウサギを用いた実験でアドレナリン過血糖を抑制する効果も報告されている。『神農本草經』にある「久しく服すれば飢えずして身を輕くす」は決して根拠のない記述ではないことがわかるだろう。

ヒルガオの名は、江戸時代の『多識編《たしきへん》』に波也比登久左とともに比留加保があり、それ以前の文献にはないようである。江戸時代の文学には、芭蕉の「昼顔に米つき涼むあはれ也」や、蕪村の「晝《ひる》がほや煩ふ牛のまくらもと」など、かなり多く出現する。『本草綱目《ほんぞうこうもく》啓蒙《けいもう》』（小野蘭山《おのらんざん》）には、ヒルガオにはミミダレグサ・ハタケアサガオ・アメフリバナなどの地方名が記されている。ミミダレグサによく似た方言名にミミコグサ（高知）・ミミツンボ（佐渡）などがある。これはヒルガオの特徴的な葉の形によるものと思われ、救荒食あるいは薬用として、かなり身近な存在であったことを示唆する。アメフリバナはアメバナ（長野）、アメフリ（仙台・越後）、アメップリバナ（長野北安曇）、アメフラセバナ（山形）、アメウルバナ（仙台）など東北・信越地方に類似方言名が多く見られる。この名の由来は、入梅がほかの地域と比べて遅い東北・信越地方では梅雨の頃に咲き始めるからであろう。

平安時代の文献では、『本草和名《ほんぞうわみょう》』に「旋花　蘇敬音除戀反楊玄操音辭戀反　一名筋根花　蘇敬注云根似筋故以名之　一名金沸一名美草一名山薑　出陶景注　一名當旋　出蘇敬注　一名皷子花　出拾遺　和名波也比止久佐一名加末」とある。また、『和名抄《わみょうしょう》』に「本草云　旋花一名美草　旋音賤　波夜比止久佐」、『醫心方《いしんぽう》』に「旋花　和名波也比止久佐」とあり、ハヤヒトグサの古い和名があったことがわかる。しかし、この名も後世の本草書に『和名抄』などの引用として記載されるのみで、そのほかの如何なる文献にも出てこない。早人草としばしば漢字を充てられるが、その語源は皆目わからない。万葉時代にその名があっても不思議はないが、ついに歌にその名を残すことはなかったのである。六文字の長い名は和歌には合わなかったからであろう。

さて、万葉集で四首あるカホバナの歌のうち、確実にヒルガオであるのは、冒頭の一首のみであることを述べた。一般には、大伴《おおとも》家持《やかもち》（七一八—七八五）の有名な次の歌もヒルガオとされている。

高円《たかまと》の　野辺の容花《かほばな》　面影に　見えつつ妹は　忘れかねつも

（巻八　一六三〇、大伴家持）

この歌は家持が坂上大嬢《さかのうえのおおいらつめ》に贈った長歌の反歌である。大嬢は家持の従妹でのちに正妻となった。第一句にある「高円の野」とは、奈良市春日山の南に地獄谷を挟んで続く高円山（標高四六二メートル）の西麓白毫寺付近から鹿野園《ろくやおん》方面にかけての傾斜地の山野を指す。高円は二十七首の万葉歌に詠まれる有数の万葉歌枕であり、奈良時代を通じて貴族らの遊楽の地であったとされる。第一句・二句は「かほ」と面影の面《おも》との譬喩による序であって大嬢の面影を導く。歌の意味は、高円の野辺のカホバナを見ているとあなたの面影が思い出されて忘れられないのです、となる。家持のこの歌は、集中では「秋の相聞歌」となっており、ここに収録された歌はいずれもハギ・ナデシコ・黄葉の鶏冠木《かえで》・早穂《わさほ》や秋風など完璧なまでに秋の風情を詠っている。一首に初夏の花フジを詠ったものがあるが、「時じく（季節外れの意）」とあるから、これも晩夏〜秋の歌と考えざるを得ないだろう。しかし、ヒルガオはどう転んでも夏の初期の花であり、秋の草花というには無理がある。秋の高円の野辺に生えるとあれば、このカホバナはアサガホすなわちキキョウとすれば、ヒルガオよりずっと見栄えする花であるから、家持が坂上大嬢の面影を譬喩して詠むにふさわしいはずだ。アサガホはカホバナのうちに入ると考えられるから何ら矛盾はないだろう。

石橋の　間々に生ひたる　かほ花の　花にしありけり　ありつつ見れば　（巻十　二二八八、詠人未詳）

うち日さつ　宮の瀬川の　かほ花の　恋ひてか寝らむ　昨夜《きぞ》も　今夜《こよひ》も　（巻十四　三五〇五、詠人未詳）

右に挙げたのは、万葉集にあるカホバナを詠った残りの二歌である。松田修はこれらもヒルガオとして不自然さはないとするが、かなり無理な解釈である。とりわけ、「石橋の間々に生ひたるかほ花」は、川の中に石を並べて渡れるようにした、その石の間にカホバナが生えているという意であり、普通に考えればヒルガオではあり得ない。次の歌の宮の瀬川の所在は不明であり、どの程度の大きさの川であるか知る由もないが、「宮の瀬川のかほ花」も字面どおりに解釈すれば、カホバナは川の中に生える。したがって、右の二歌のカホバナは抽水植物と推定され、沢瀉久孝はこれをオモダカと考えた。前述したように、「美夜自呂のすか辺に立てる貌《かほ》が花」も、沢瀉は「美夜自呂の川の洲のほとり」と解釈をひとひねりしたうえで、オモダカに充てている（『萬葉集注釋』）。確かに、オモダカは抽水植物であるが、その花は女に譬えるには地味すぎるのが難点で、いくら素朴な万葉人でもカホバナと呼ばないだろう。これをカキツバタとする説があり、これも抽水植物でよく目立ち美しいのは申し分なく、本書では右の二歌にある「かほ花」をカキツバタと考える（カキツバタの条を参照）。集中にカキツバタという名前で読まれている歌があり、わざわざ別名にする必要はないとの指摘もあるが、カホバナは固有名詞ではないから、構わないだろう。とりわけ、カキツバタには、前述したように、「かほよ草（貌吉草）」

ミズキンバイの花　花期は７月〜９月。高さ20〜50㌢になる茎の先端に、黄色い花が咲く。

という異名があるのも心強い。
では、カキツバタのほかにカホバナにふさわしい野草はないだろうか。ここで選択肢を広げる意味も込めて、水辺に生える目立つ野草を挙げてみよう。しかし、いざ列挙しようとしても意外と少なく、カキツバタ説を覆すほどのものは見当たらない。強いて挙げれば、ミズアサガオという別名のあるミズオオバコぐらいだろうか。トチカガミ科の一年生沈水植物であるが、およそ美しさとは無縁のオオバコに似た大形の葉を水中に沈め、花茎《かけい》だけを水の上に伸ばして直径三センチほどの淡紅色の美しい花をつける。花は大きくないが、群生すれば結構見栄えするだろう。三枚の花弁からなるが、互いに重なっていて合弁花のように見え、中央の濃い黄土色のおしべと花弁とのコントラストはよく目立つ。ヒルガオと同じ一日花であり、その結果、日中に咲いている花はすべて新鮮そのものなので、カホバナとして不自然はないだろう。残念ながら、近年では、数が減り、群落はほとんど見られなくなった。もう一つ挙げれば、派手な黄色〜橙色の花をつけるアカバナ科のミズキンバイもカホバナにふさわしいと思われる。ミズオオバコもミズキンバイもどこにでもあるという野草ではないが、むしろそれが万葉人をして一般名詞のカホバナと呼ばせしめる可能性は少なくないのではなかろうか。

からあゐ（韓藍・辛藍・鶏冠草）

ヒユ科（Amaranthaceae）ケイトウ（*Celosia cristata*）

隠《こも》りには　恋ひて死ぬとも　み園生《そのふ》の　韓藍の花の　色に出でめやも
隠庭　戀而死鞆　三苑原之　鶏冠草花乃　色二出目八方
（巻十一　二七八四、詠人未詳）

吾が屋戸《やど》に　韓藍蒔き生《お》ほし　枯れぬれど　懲りずてまたも　蒔かむとそ思ふ
吾屋戸尓　韓藍種生之　雖干　不懲而亦毛　將蒔登曾念
（巻三　三八四、山部赤人《やまべのあかひと》）

【通釈】第一の歌は、寄物述思歌で、鶏冠草の花に寄せた。「隠庭」を「隠《しの》ひには」と訓ずることもあるが、意味は変わらない。「隠りには」の「は」はほとんど意味のない接尾辞であり、「隠りに」と同意で、こもって人に知られないようにという意。「三苑原」は御園のことで、苑原は集中にある「苑布」、「曾能不」と同じと考え「そのふ」、すなわち「その（園）」の意にとる。鶏冠草は第二の歌にある韓藍と同じ。この歌の意は、人に知られることなく恋狂いで死ぬことがあっても、庭に生えている韓藍の花のように、顔色に出したりすることがありましょうかとなる。第二の歌の第一句の「屋戸」は家の庭などを意味する語で万葉集に頻出する。韓藍は正訓かつ借訓名でカラアヰと読む。「種生之」は、巻七の一三六二に「吾蒔之《わがまきし》韓藍之花乎《カラアヰのはなを》」という類似句があり、巻十八の四一一三にも「屋戸尓末枳於保之《やどにまきおほし》」とあり、それにしたがって「まきおほし」と訓ずる。種を蒔いて育てるという意味である。「種」を「植ゑ」と訓ずる註釈本もある。「雖」は漢文に頻出する表現で仮定・確定・譲歩の三条件があるが、ここでは確定条件で「〜けれども」の意。歌の内容は、私の家の庭に韓藍を蒔いて育てていたのが枯れてしまったけれど、それでも懲りずにまた種を蒔こうと思うという意である。当時、韓藍が外国から渡来した珍しい植物であったから、どうしても立派に育ててやろうという意志を鮮明にした歌と思われる。一方、韓藍を女に譬《たと》えたと解釈する説もあり、この場合、ある女性との恋愛に失敗したが、これに懲りずまた恋にかけて見ようと思うという意味になる。

【精解】 万葉集にはカラアヰは「韓藍」（二首）、「辛藍」（一首）、「鶏冠草」（一首）として出てくる。前二名は、借訓の真仮名であるから問題ないが、鶏冠草をカラアヰとするその手がかりは、『本草和名《ほんぞうわみょう》』「本草外藥七十種」にあり、「鶏冠草　和名加良阿為」とある。今日、カラアヰという名の植物は存在しないから、鶏冠草について中国の文献を探索するのが常道であろう。意外なことに、この名は唐代の本草書になく、宋代の『嘉祐本草《かゆうほんぞう》』に雞冠子の名で初見する。雞冠子とは、雞冠草の成熟種子であり、腸風・瀉血・赤白痢を止めるなどの薬効が記されていて、これは『本草拾遺《ほんぞうしゅうい》』や『日華子諸《にっかししょ》家本草《かほんぞう》』すなわち唐代の私撰本草書からの引用である。実は、『神《しん》農本草經《のうほんぞうきょう》』の下品に青葙（一名草蒿一名萋蒿）、『本草綱目《ほんぞうこうもく》』（李時珍）では野雞冠と称するものがあり、李時珍は「苗、葉、花、實は雞冠花と一様にて別なし。但し、雞冠花の穂、或は大にして扁なる或は

ノゲイトウ　花穂は長さ5〜8センチで、淡紅色〜白色、7月〜10月に咲く。

團なる者有り。此れ則ち梢間より花穂出るなり。尖り長さは四五寸、狀は兎尾の如し。水紅色、亦た黄白色の者有り。子は穂の中に在り、雞冠子及び莧子（ヒユの種子）と一様云々」と述べている。これはヒユ科ケイトウ（鶏冠草）とノゲイトウ（野鶏冠）を比較しているのであり、青葙は後者をいう。この名は、『本草和名』にもあり、「青葙 楊玄操音私羊反 子名草決明一名草蒿一名萋蒿一名崑崙草 出蘇敬注 一名卑高一名葙藥子 已上出釋藥性 一名青蒿 出䟽文 和名宇末佐久一名阿末佐久」とあって、ここにはカラアヰの名はない。古い時代では、ノゲイトウの種を青葙子と称して薬用にしていたが、後に区別できないほど酷似したケイトウの種子も薬用とするようになり、それを雞冠子と名づけたのである。唐代以前では、ケイトウはもっぱら観賞用に栽培され、それが日本にも伝わってきて珍しい花として栽培されていたのである。したがって、万葉歌の鶏冠草すなわちカラアヰは今日のケイトウである。

ケイトウ以外の植物をカラアヰに充てる説もあった。ここでは紹介していないが、カラアヰを詠ったもう一つの万葉歌「秋さらば移しもせむと吾が蒔きし韓藍の花を誰か摘みけむ」（巻七　一三六二）に、カラアヰを用いて移し染めしたことを示唆するからである。これによってカラアヰはケイトウではなく、実際に染料として使われた草花の別名ではないかというのである。一説は、ツユクサを充てるが、各歌の情景にまったく合わず、身近に普通に生える野草であるツユクサは、「枯れぬれど懲りずてまたも蒔かむとぞ思ふ」ほどのものではないから論外であろう。もう一説は、ベニバナとするものであり、実際に紅色の染色に用いられ、中国から渡来した植物であるから、万葉歌との整合性は申し分ない。ベニバナは万葉集ではクレナヰの名で知られ、その名は「呉の藍」すなわち呉の国から渡来した藍（染料植物の総称）に由来する。韓は唐とともにカラと読まれて外国を意味するから、クレナヰをカラアヰとしてもまったく違和感はないが、『本草和名』にカラアヰは鶏冠草とあり、ベニバナの別名として中国に鶏冠草の名はなく、またベニバナの形態を鶏冠《とさか》に見立てるのも困難である。ベニバナは梅雨明け前に咲き、九月にはもはや花はないから、「秋さらばうつしもせむと」には合わないことは明らかである。また、実際の染色上の観点からもベニバナ説は不利である。『萬葉染色考』（上村六郎）によれば、ベニバナでは移し染めは難しいといい、一方、ケイトウは布に摺り移すのに適当な花だという。しかし、草木原料による染色というのは意外に奥深いもののようで、一般には誤解されていることが多いらしい。『經濟要《けいざいよう》錄《ろく》』に「燕脂（ベニバナの条を参照）を取ることは紅花のみに限らず、鶏冠花（中略）の類、凡そ草木共に其花紅色および深黄色等なる者は法を以て此を製すれば皆燕脂を取るべし」（『染料植物譜』より引用）とあり、ベニバナと同様に、ケイトウから紅色の絵具を取ることができるとされている。ややこしいことに、上村に拠れば、ケイトウ

ケイトウの園芸品種鶏冠ゲイトウ

から得られた染料では布帛に染着しないから浸染による染色はできないが、摺り染めで付着させることはできるのだということで、ベニバナの場合はこの逆らしい。

以上のことから、染色は、仮に摺り染めのように原始的な技術であっても、できたりできなかったり結構難しいものであることがわかる。古代にあって、一般人が一様に染色の知識を持ち合わせていただろうかという疑問もわくだろう。第一の例歌「移し染め」が実際の染色でなくても、歌の解釈は可能であることをここで指摘しておきたい。つまり、ケイトウの花は鮮やかな紅色であるから、あまりに色が鮮やかなので、これで移し染めでもしようかと思って蒔いたとしても意味は通ずるのである。したがって、詠人が染色に関する正しい知識をもっていたかどうかは、この歌を鑑賞するには必要のないことと考える。やはり、万葉のカラアヰはケイトウ以外には考えられない。

ケイトウは鶏頭であって花序《かじょ》をニワトリの頭に見立てた名であるが、実際には鶏の頭にあまり似ていない。オニバスの実を鶏頭實というから、本来の名前である鶏冠と鶏頭がどこかで入れ替わったようであるが、その経緯はわからない。ケイトウとノゲイトウの関係については、互いに別種とする説と、ケイトウをノゲイトウの変種あるいは栽培品種とする説があるが、後者の説の方が植物学者のあいだでは優勢のようである。ノゲイトウはインド原産といわれ、現在ではわが国の西南地方以南に帰化する。インドでは若芽を野菜として利用する。全草を青葙と称し、中医学では止血に用い、また種子も青葙子と称して、目の病気に用いる。

前述したように、ケイトウの種子を雞冠子と称し、宋代より青葙子と同様に薬用に供された。花は収斂・止渋の効があるとされ止瀉薬とするが、明代後期（『本草綱目』）から雞冠花の名で本草書に収載された。わが国では、民間療法にわずかに用いられた程度で、もっぱら園芸用に栽培され、多くの品種が作成された。やはりケイトウはノゲイトウの花軸が退化して鶏冠状となった栽培品種と考えるのが妥当と思われる。今日では、観賞用に庭によく栽培される。栽培品種の花序の形態の変異は著しく、ノゲイトウに近いものから、扁平状に帯化したトサカ系、球状となった久留米系などがあり、また柔らかい羽毛状になるものもある。英語名をhorse combといい、馬の櫛を意味するが、これも独特の花序の形態に基づく。

からたち（枳）

ミカン科（Rutaceae）カラタチ（*Poncirus trifoliata*）

枳《からたち》の　棘原《うばら》刈り除《そ》け　倉建てむ　屎《くそ》遠くまれ　櫛造る刀自《とじ》

枳　蕀原苅除曾氣　倉將立　屎遠麻禮　櫛造刀自

（巻十六　三八三二、忌部首《いみべのおびと》）

【通釈】 序によれば、ある宴会で、キツネの吠える声が聞こえる夜中まで騒いでいたが、主催者が饌具（食事の膳に用いる用具）、キツネの声、河、橋などに関《か》けて歌をつくるように命令したとあり、それに答えて忌部首が詠んだ歌である。かなり尾籠《びろう》な内容だが、宴会での無礼講の戯歌と考えればよい。枳は、『本草和名《ほんぞうわみょう》』に「枳實　仁諝音居尒反又音紙　一名枳殻　出蘇敬注　一名⿰王殳實　玉篇英骨反　一名時枳　五月採者名時枳已上出雑要訣　和名加良多知」とあり、『和名抄《わみょうしょう》』に「枳椇　只短二音　加良太知」、また『新撰字鏡《しんせんじきょう》』にも「枳　加良立花也」とあり、ミカン科カラタチのことである。「棘原」は、『本草色葉抄《ほんぞういろはしょう》』では「刺原　棘刺花一名」とあり、刺《とげ》のある植物名すなわちノイバラとするが、字義どおりに解釈すると刺をもつ植物で被われた原っぱの意となる。棘原は、現在のイバラ野の意と考えてよいから、「ウマラ（ノイバラの古名）原」略してウバラと訓ずる。カラタチは鋭い刺があることから、棘原を導く序であり、カラタチが生えて藪となっているわけではない。第四句の「まれ」は「まる」の命令形で「クソをする」という意味の動詞である。『播磨國風土記』「はに岡と号《なづ》くるゆゑは」の一節「士《はに》の荷をになひて遠く行くと、くそまらずして遠く行くと、この二つのこといづれかよくせむや」にもあり、現在でも愛知県三河と長野県伊那地方の方言として残る。名詞形として「おまる」があり、全国的に使われている。「刀自」とは、『和名抄』に「劉向列女傳云　古語謂老母爲負　今案和名度之　俗用刀自二字者訛也」とあり、本来は老婦人を指すが、後に家事をつかさどる婦人を指すようになった。「刀自は」「負」の部首からつくった造語らしく、「とうじ」ともいう。通釈すると、イバラ野を刈り除けて倉を建てたいと思うので、櫛をつくっておられる奥さま方よ、クソをするなら遠くでやってくださいとなる。

【精解】 カラタチはミカン科の落葉樹で、分類学上はカラタチ一種からなるカラタチ属 ***Poncirus*** に分類される。ミカン類の属する ***Citrus*** 属とは異属間雑種をつくるほど近縁で、耐寒性・対病性などミカンの台木として優れた特性があり、広く利用されているが、果実は強い酸味と苦味があって、食用にはならない。幹枝に大きな鋭い刺があり、生垣に利用されることがある。『枕草子』の「名おそろしきもの」の中に「ムバラ（ノイバラ）」とともにカラタチが含まれていて、平安有数の才女をして怖がらせたのは、白い清楚な花と裏腹に、幹枝にある太くて長い刺であった。名前は唐橘《からたちばな》であって、外国産でタチバナに似たものという意である。

カラタチは万葉集にただ一首だけ登場するが、日本に自生せず、中国の揚子江流域のいわゆる柑橘ベルトが原産地であり、かなり古い時代に渡来した。食用にはならないので、薬用として入ったと思われる。『本草和名』にある枳實は、『神農本草經《しんのうほんぞうきょう》』の中品に、枳殻は『開寶本草《かいほうほんぞう》』に収載されており、古い歴史のある薬物である。枳實と枳殻のちがいは、成熟度のちがいによるもので、枳《き》とはカラタチを表す字だが、現在では、枳實・枳殻はいずれもミカン属種のそれぞれ未熟果実・同成熟果実を基原としている。古い本草書をひもといても枳實・枳殻がカラタチであったという確証は出てこない。『圖經本草《ずけいほんぞう》』（蘇頌《そしょう》）の枳實の条に「（枳は）橘の如くして小、高さ亦た五七尺、葉は棖（橙と同義）の如く、刺多し。春に白花を生じ、秋に至りて實を成し、九月十月採り陰乾す。舊は説く、七月八月採る者は（枳）實と爲し、九月十月採る者は殻と爲す。今の醫家は多く皮を以て厚く小なる者は枳實と爲し、完《じゅく》して大なる者は殻と爲す」と記述されており、カラタチの果実であるとは考えにくい。『本草拾遺《ほんぞうしゅうい》』（陳藏器《ちんぞうき》）には「舊に云ふ、江南は橘と爲し、江北は枳と爲す。今、江南倶《とも》に枳橘有り、江北枳有りて橘無し。此、自ら種別を是とし、變に關《かかは》るに非ざるなり」とあり、耐寒性によって枳と橘を区別しているようにも見える。問題は枳がカラタチであるか、あるいはユズのように耐寒性のある橘かということに尽きる。蘇頌は「近道に出る所の者は俗に臭橘と呼び用ふるに堪へず」と述べており、この臭橘がカラタチを指すと思われる。『本草綱目《ほんぞうこうもく》』（李時珍）に枸橘の名で収載され、釋名で臭橘を異名としている。李時珍は「樹葉並《とも》に橘と同じ。但し、幹に刺多し。二月、白花を開き、青い蕊は香らず、結實して大いさ彈丸の如く、形枳實の如し。而れども殻薄く香らず。（中略）僞りて枳實及び青橘皮に充て之を售《う》る」と述べており、これはカラタチでまちがいない。『説文解字《せつもんかいじ》』に「枳は、枳木、橘に似たり」とあり、古い時代から枳と橘は混同されず区別されてきたのである。おそらく、カラタチは、中国古代において北方系の王朝が江南地方（橘の産地）を支配しきれないときに、代用

カラタチ　枝には長さ1～3㌢にもなる大きく鋭い刺がある。ミカン科の落葉低木で、冬には葉が落ちるが、枝は濃い緑を保つ。果実は直径3～4㌢になり、黄色く熟す。

で用いた名残で、もともとは橘實・橘殻であったと考えられる。

カラタチとミカン属種の成分を比べたとき、もっとも大きなちがいはシネフリンという成分の有無であり、ミカン属種には多く含まれるが、カラタチはこれをほとんど含まない。シネフリンは交感神経興奮作用があり、アドレナリン受容体を刺激して、さまざまな生物活性を示す成分である。たとえば平滑筋弛緩により咳や胃痛などを和らげる効果があるといわれ、『名醫別録《めいいべつろく》』にある枳實の薬効すなわち「胸脇の痰癖を除き、停水を逐ひ、結実を破り、脹満、心下の急痞痛、逆気、脇風通を消し、胃氣を安んじ云々」とも相通ずるところがある。日本薬局方では、枳實・枳殻のいずれもカラタチを基原から除外しており、カラタチを基原とするものはわずかに韓国の生薬市場でみる程度で、中国でもほとんどはミカン属種を基原とする。したがって、少なくとも現在では、カラタチの薬用価値はほとんどないと考えてよい。

カラタチを詠った万葉歌はただ一首だけだが、あまりに尾籠な内容なので失望した人は少なくないだろう。植物名は詠い込まれていないが、同じように下品な歌は集中にいくつかあり、たとえば「香《こう》塗《ぬ》れる塔にな寄りそ川隈《かわくま》の屎鮒《くそぶな》食《は》めるいたき女奴《めやつこ》」（巻十六　三八二八、長意吉麻呂）の例など、万葉歌にロマンを求める人にはショックにちがいない。これらは複数のものを一つの歌に歌い込むという点では優れており、また、歌の内容が生活に密着している故、民俗学的見地から見れば価値が認められることも確かである。万葉集の価値は文学だけではなく、この歌が示唆するように、当時はまだ便所というものがなかったことを教えてくれる。便所は厠《かわや》ともいうが、俗説として川の上につくった川屋（水洗トイレ）に由来するという説がある。東南アジアでは、現在でもそういうところがあるが、日本では川は洗濯や炊事の重要な仕事場だから、実際にはこの歌にあるように人が寄りつかないようなイバラの原の中で済ませたらしい。

ずっと時代は下るが、元禄時代の江戸では、すでに公衆便所があり、田舎・都会を問わずほとんどの家庭に厠があったという。これは世界的に見ればたいへん珍しいことで、文明の先進地という印象が強い欧州ですら、おまるが普通でトイレは少なかった。ウイーンのハプスブルク王朝の大宮殿でもトイレはわずか数カ所しかない。英国人女性イザベラ・バードの『朝鮮紀行』（講談社、一九九八年）によると、十九世紀の李氏朝鮮の首都であった漢城（現在のソウル）でも市内の路傍のいたるところに糞尿があって臭かったと記述されている。一方、鎖国時代とはいえ、江戸を訪れた欧州人はプラントハンターをはじめ少なくないが、清潔さを指摘することはあっても糞尿についての記録はない。それは日本ではトイレが発達していたからであるが、理由は至極単純で、糞尿が貴重な肥料となったからであり、江戸では近郊の農家が糞尿を買いに来るほどだった。国土が急峻で沖積平野の発達が悪い日本の田野は地味が痩せていたから、糞尿のような有機肥料が必要であった。日本のトイレは、糞尿を溜める施設だったのであり、それで別の建物すなわち側屋《かわや》がつくられ、その語源となったのである。江戸時代の日本のトイレ事情については『江戸のおトイレ』（渡辺信一郎、新潮社、二〇〇二年）に詳しい。

糞尿の話題をもう一つ紹介しておこう。古代、糞は薬用にされた。ほとんどの人は信じないかもしれないが、本当の話である。『名醫《めいい》別錄《べつろく》』に人糞の名が初見し、唐代の『新修本草《しんしゅうほんぞう》』（蘇敬《そけい》）に「人屎、諸毒を主《つかさど》る。悪熱、黄悶、死なんと欲する者を卒《を》ふ。新たなる者は最效なり、須く水を以て和し之を服すべし。其の乾したる者、之を焼きて弇絶（臭いを絶つこと）し、水に漬けて汁を飲み、破棺湯と名づく」と記述されており、当時は立派な薬として認識されていた。『本草和名』にも人屎というのがあって、「人屎　楊玄操音許伊反又舒視反　黄龍湯　陶景注云甖中積年得汁甚黑而苦者名也　破棺湯　其干者燒之水漬汁名也」とある。『和方一萬方《わほういちまんぽう》』（邨井琴山《むらいきんざん》）に「指腫タルヲ治ル方」トシテ「人ノ糞ヲ器ニ入レソノ上ヲ厚キ紙ニテ張リ痛指ノ入程穴ヲアケテソノ内ニ指ヲサシ入アタ、ムヘシ」とあり、どの程度の使用頻度かわからないが、江戸時代の民間医療でも抵抗なく受け入れられていたらしい。また、インドの伝統医学アユルベーダでは、人屎は薬ではなかったが、その色や臭いにより病気の診断をした。これと似たことは朝鮮の民間医療でも実践され、嘗糞と称された。もともとは古代中国の風習だったようであるが、日本には定着してせず、日韓併合後、朝鮮総督府はこれを禁止したという。

き

きみ（寸三）

イネ科（Poaceae）キビ（*Panicum miliaceum*）

梨棗《なしなつめ》　黍《きみ》に粟《あは》つぎ　延《は》ふ葛《くず》の　後も逢はむと　葵《あふひ》花咲く

成棗　寸三二粟嗣　延田葛乃　後毛將相跡　葵花咲

（巻十六　三八三四、詠人未詳）

【通釈】アフヒの条を参照。

【精解】キビはイネ科の雑穀であるが、ほかの雑穀と比べても低く見られる。古い中国本草でも、祭祀のお供え、救荒穀物以外に用いることは少ないと記述しているほどである。一方、キビの粒が大小なく均一なので、古代中国ではこれを標準にして最小単位を決め、一黍《しょ》の直径を一分、二千四百黍の容量を一合《ごう》とした。右の歌にある「寸三」は黍のことであり、『本草和名《ほんぞうわみょう》』に「黍米又有穄米　相似而粒大　和名岐美」とあるように、古名をキミといった。中国本草では、キビは稷（または穄）と黍の二つに区別されている。どちらも植物としては同じものだが、稷の穀は粘りがなく、一方、黍には粘りがあるとしている。『箋注倭名類聚抄《せんちゅうわみょうるいじゅしょう》』では「本草云　稷米　上子力反　一名稌　岐比乃毛知」とあってモチキビとするが、『圖經本草《ずけいほんぞう》』（蘇《そ》頌《しょう》）の丹黍米の条に「米の粘る者を秫と為し、以て酒に釀すべし。粘らざる者を黍と為し、食ふべし。稲の粳糯有るが如し」とあったことから「稷は粘る」類推して誤って記載したものであり、この誤認は『醫心方《いしんぽう》』にも及んでいる。実際には、稷は粳型《うるちがた》、黍は糯型《もちがた》に相当し、それぞれをウルチキビ、モチキビと称する。日本では粳型すなわち稷はほとんど栽培されず、糯型だけであったから、キビに黍の漢名を用いたのは結果的にはまちがってはいなかった。稷と黍のいずれも『名醫別錄《めいいべつろく》』から収載されるようになったのであるが、植物学的には同じであるのに、なぜか稷は上品、黍は中品とされた。また、これとは別に丹黍米というのが収載されている。これは赤黍米のことで、中国本草ではキビの穀の色も区別し、白黍を芑、黒黍を秬などと称する。『和名抄《わみょうしょう》』(元和古活字那波道圓本)に丹黍と秬黍があり、前者は「一名赤黍一名黄黍和名阿加木々美」、後者は「一名黒黍和名久呂木美」とあるのも、これに準拠したものである。一名赤黍一名黄黍は矛盾するように見えるが、『本草衍義《ほんぞうえんぎ》』(寇宗奭《こうそうせき》)の丹黍米の条で、「黍の皮赤く、その米(皮をむいた中身のこと)黄なり」と述べ、皮が赤く中身が黄色であるから、赤黍黄黍の名は決して矛盾するものではない。『醫心方』に「黄粱米　和名支奈留支美(黄なる黍の意)」とあるが、これは黄黍ではなく、粱とあるからアワのことである。

キビの野生種は知られず、インド・パキスタンに近縁種が自生するので、ユーラシア中央部の遊牧民が栽培化し、各地に伝えたといわれる。縄文・弥生遺跡から出土したキビの遺体は全国で数例しかなく、滋賀県竜ヶ崎の縄文晩期遺跡の遺体は紀元前二千五百～六百年頃といわれる。日本へは、中国・朝鮮半島を経て伝えられたが、五穀のうちでイネとともにもっとも遅い。冷涼地でも栽培可能で、北海道では春に種を蒔いて秋に収穫する。ほかの穀類と比べて生育期間が短く、暖地では、春蒔いて夏に収穫、夏に蒔いて秋に収穫という二つの栽培型が可能である。キビは干害に強く、冷涼温暖どちらの気候にも適応できるので、古代中国の北部では広く栽培されていた。しかし、六朝時代には収量の多いアワが優勢となり、ヒエと並んで下等穀類とされた。現在の日本ではほとんど収穫されることはなく、世界的にも生産量は多くない。

キビの古名がキミであることは前述したが、その語源は穀の中身の色すなわち黄実に由来する。『和名抄』でも「元和古活字那波道圓本」では「秬黍　久呂木美」とあるが、『箋注倭名類聚抄本』では

キビ　高さ1～1.7メートルにもなる一年草で、穂は実っても直立したままのものと、湾曲して垂れるものとが有る。

「久呂岐比」となっている。これは書写の過程で、転訛した名前に修正したと考えられるが、ビとミは音韻転訛しやすいので、古くからキビ・キミの両名が混在していたようである。『多識編《たしきへん》』では岐比とあるので、江戸時代から現在と同じキビとなった。「古《いにしへ》の人の食《を》したる吉備の酒病めばすべなし貫簀《ぬきす》賜《たば》らむ」（巻四、〇五五四）とある吉備の酒を黍酒（焼酎）とすることがある。寸三《きみ》の三は甲類、吉備の備は乙類であるから音韻が合わないので、これは吉備地方で造られた酒と解すべきである。桃太郎で有名なキビ団子は、黍だけでつくった可能性は否定できないものの、現在、岡山の名産として喧伝するものは、黍はほとんど含まれず米からつくる白玉粉を原料とするものが大半である。これも吉備という地名を冠した産物であって、「きび」でつくったというのは後からつけたようである。

く

くず（葛・久受）

マメ科（Fabaceae）クズ（*Pueralia lobata*）

雁がねの　寒く鳴きしゆ　水茎の　岡の葛葉は　色付きにけり
鴈鳴之　寒鳴従　水莖之　岡乃葛葉者　色付尓來
（巻十　二二〇八、詠人未詳）

上野《かみつけ》の　久路《くろ》保《ほ》の嶺《ね》ろの　葛葉がた　かなしけ児らに　いや離《ざか》り来も
賀美都家野　久路保乃祢呂乃　久受葉我多　可奈師家兒良尓　伊夜射可里久母
（巻十四　三四一二、詠人未詳）

【通釈】第一の歌は「黄葉を詠める」秋の雑歌。「鴈鳴」は雁音《かりがね》すなわち雁の鳴く声をいい、集中にいくつかの用例がある。「寒鳴従」の従は「より・から」の意をもつので「ゆ」と訓ずる。「水莖之」の意味は不明。この歌の意は、雁が寒々しく鳴いてから、水茎の岡の葛の葉が色づきましたとなり、雁の鳴き声と葛の黄葉で秋の深まりを詠った。第二の歌は上野国の東歌。「久路保乃祢呂」の呂は、伊香保を伊香保呂（十四の三四一四）というのと同じで、意味なく言葉の下につける接尾語。「久路保の嶺」は群馬県赤城山系の黒檜山《くろびやま》と考えられている。「久受葉我多」は難解句だが、『萬葉考』の説に従い、葛葉蔓の意とする。この歌を通釈すると、上野の久路保の嶺の葛葉の蔓のように、愛しいあの子からますます遠く離れてしまいますとなる。わかりにくい歌だが、葛の蔓がどんどん伸びて、根元から離れていく様子から、「離り」の序として用いたと思われる。

【精解】万葉集でクズを詠む歌は二十首あり、四首は「久受」、残りはすべて「葛」として出ている。『本草和名《ほんぞうわみょう》』に「葛根　一名葛穀　蘇敬注云是即実耳　一名鶏齊根一名鹿藿一名黄斤一名葛脰　蘇敬注云根入土五六寸者也脰頚也仁諝音三　黄葛根一名廡羅　出養性要集　一名圏　一名播赤　已上出雑要訣　和名久須乃祢」とあり、葛はクズの漢名ということになる。クズは『神農本草經《しんのうほんぞうきょう》』の中品に葛根《かっこん》として収載され、歴史のある薬用植物である。『圖經本草《ずけいほんぞう》』（蘇頌《そしょう》）は「春、苗を生じ藤蔓を引き、長さ一二丈、紫色なり。葉は頗る楸葉（トウキササゲの葉）に似て（色）青し。七月、花を著し、豌豆《えんどう》の花に似たり。實を結ばず、根の形は手臂《ひぢ》（下腕部）の如く紫黒色なり」と記述しており、マメ科クズを指すことは明らかである。万葉集で「延ふクズ」あるいは「クズ延ふ」と詠われる歌は九首、ほかに「クズ引く」が二首あり、これだけでクズの歌の半数を占めるが、クズが蔓性であることを認識して詠ったものである。ここでは紹介していないが、「田葛」とあるのが六首あって、これもクズと訓じている。田は、今日では、水田を意味するが、もともと耕作地の意味であり、畑（これは日本で作った国字）も含む。クズは、人手が入った開墾地などによく生えてしばしばクズ原を形成するが、古代にあっては耕作地に侵入することも多かったにちがいない。田葛はそのクズの生態を表わしたもので、人里で旺盛に繁茂するものを、そう称したと思われる。

クズは北海道から南西諸島までの平地から低山地にかけて普通に分布する藤本であるが、南西諸島にあるものはタイワンクズとして区別される。クズの花は赤紫色で長さが一・五〜二センチ、タイワンクズは花が紫色で一〜一・五センチぐらいで、その形態上の違いはごく軽微である。これに青紫色の花の長さが二〜二・五センチの中国産シナノクズを加えると、変異は連続的となって種の区別の線引きは難しい。地理的分布は、クズが日本・朝鮮・中国からフィリピン、タイワンクズは南西諸島・台湾・中国南部・インドシナ、そしてシナノクズはヒマラヤ・インド・ミャンマー・インドシナ・中国・台湾・フィリピンとなっていて、一応、クズは温帯、タイワンクズ・シナノクズは亜熱帯に中心をもち、それぞれ地理的なまとまりがあるので種として区別しているが、クズの分類学的位置はまだ確定していないと見るべきだろう。クズは造成地のように表層土を削り取った痩せた土壌でも、根粒菌と共生して窒素分を補うことができるので旺盛に繁殖する。また、匍匐《ほふく》してクズ原を形成する形質から、砂防の目的で世界各地に導入されている。北米には一九三〇年代に導入されたが、現在では駆除するのに労力を費やすほど、厄介な雑草と化している。

クズは、大都市近郊の荒地ならどこにでもある普通の植物だが、古くから、薬用・食用あるいは工芸用に利用されてきた。クズの根を乾燥したものは葛根と称され、『神農本草經』では、消渇・身体の大熱・嘔吐《おうと》・諸痺《しょひ》を治し、陰気を起こして諸毒を解する効があるとされる。今日でも、葛根は薬として身近な存在で、これを主薬とした方剤の葛根湯《かっこんとう》は、薬局ならどこでも置いてあるほどだ。日本漢方が経典とする『傷寒論《しょうかんろん》』には、「太陽病（発熱し脈が浮く状態で、発病の初期をいう）で、項背（首回り、肩と背中のこと）がひどく強ばり、汗が出ず、悪風（かるい悪寒）するものは、葛根湯がこれを主《つかさど》る」と記述されている。すなわち、風邪の引き初めで、首筋から肩にかけて凝りがあり、頭痛や筋肉痛があるときに用いる処方である。江戸時代の古方派漢方の巨頭吉益東洞《よしますとうどう》（一七〇二―一七七三）は、著書『薬徴』で、葛根を「主治項背強也（主として項や背中が強ばるものを治す）」薬とし、七種の生薬を配合する葛根湯の中で、葛根が薬効上大きな役割をなすことを認めている。実際、葛根に含まれるダイゼイン（イソフラボンの一種）にはマウス摘出小腸でパパベリン様鎮痙作用が確認され、項《うなじ》と背の強ばりを改善する薬効成分の一つであることが明らかにされている。また、葛根末・同水製エキスに解熱作用のあることも報告され、いわゆる感冒に有効であることも明らかになった。漢方ではクズの根のみを薬用とするが、民間療法ではそれ以外の部位も用いる。『救民單方』には、酒毒すなわち二日酔いに「葛ノ花、陰干、粉ニシテ湯ニテ用ヒテモヨシ」と記している。『和方一萬《わほういちまん》方《ぽう》』（邨井琴山《むらいきんざん》）には「葛ノ葉　右、粉ニシテ髪ノ油ニテトキ付クヒ子《ね》リカケテモヨシ」と記し、外傷の出血に用いられていたことがわかる。

現代人のほとんどはクズが食用になるという実感はないだろうが、高級和菓子の原料にされる葛粉《くずこ》ぐらいは知っているはずだ。クズの根は、大きいものでは長さ一メートル以上、直径も二十センチ以上の塊根《かいこん》となり、重さ三十キロに達するものもある。塊根には十五～二十パーセントのデンプンを含み、古くからこのデンプン（葛粉）を採って食用としたのである。『本草衍義《ほんぞうえんぎ》』（寇宗奭《こうそうせき》）に「冬月、生葛を取り、以て水中に粉を揉出せば、澄みて垜《だ》と成る。煎ずるに先じて、湯をして沸かせ使め、後に塊と成すを擘《さ》きて湯中に下し、良久《しばらく》すれば、色膠《にかわ》の如く、其の體甚だ靭《しなや》かにして、蜜を以て湯中に拌《ま》ぜ之を食す」とあり、今日とほぼ同じ方法でクズデンプンを製して食していたことを記述している。これを水晒《さら》し法と称し、中尾佐助によれば、クズやワラビの根から水晒し法でデンプンを採って利用するのは、ヒマラヤから中国揚子江流域を経て、日本列島南半部にいたる照葉樹林帯に共通する特徴という（『栽培植物と農耕の起源』岩波書店）。台湾東南の太平洋上に蘭嶼という小島があり、ヤミ族というマレー系少数民族が住んでいる。民族文化からすれば、フィリピン系であるが、ヤミ族はクズ（おそらくタイワンクズ）を栽培してデンプン原料として利用するという。つまり、ここではクズは立派な作物の一つとなっているのである。『本草綱目《ほんぞうこうもく》』（李時珍）では「葛は野生と家に有る種有り、其の延長する蔓を取り治めて絺綌（葛布のこと）を作るべし」と記述しており、中国では葛布《くずふ》をつくるためにクズを栽培することもあったことを示唆する。そのためにだけ栽培したとは思えないから、蘭嶼のようにデンプン原料としたにちがいない。ただし、『本草綱目啓蒙《ほんぞうこうもくけいもう》』（小野蘭山《おのらんざん》）に「本邦ニハ葛ヲ家園ニ栽ユルコトナシ」とあるように、日本ではクズを栽培したという記録も証拠もない。日本列島の気候がクズの生育に適しているから、野生からの採取で充分だったのであろう。江戸時代には、葛粉の産地は各地にあり、吉野葛（大和）・秋月葛（筑前）・保田葛（紀州）など地名をつけて呼ばれていた。この中でも吉野葛は最上質とされ、現在でも高級和菓子に用いられている。現在、クズはどこにでも見られるが、その大半は、平面状に匍匐してクズ原をなすものであり、匍匐茎から根が出るので塊根を形成しない。葛粉を採るクズは本来の生態のものでなければならない。すなわち、林縁あるいは日当たりのよい斜面に生える木に絡まって真上に伸びるものである。木の上部でやぶ状になって林業関係者には嫌われるが、これが本来のクズの生態であり、伸びすぎることはないので、光合成でつくった養分は塊根に蓄積され肥大するのである。

クズの花　花は長さ2センチほどで、紅紫色、外側の花弁の方が少し色が淡い。8月～9月に咲く。

　クズの葉にはアミノ酸が豊富に含まれ、『救荒本草抜萃《きゅうこうほんぞうばっすい》』には、「若葉はゆでて食ふべし、老葉はほして和へものなどにすべし」と記述されていて、山菜として利用されたことを示唆する。古くから、クズの葉は家畜の飼料として利用されていたことは、「かいば、かいばかずら」の方言名の存在でわかる。世界には、家畜の飼料植物として導入している国もあるぐらいである。

　木に絡まって上に伸びるとき、クズはせいぜい十数メートルにしかならないが、平地では、匍匐して途中で根を出すので、いくらでも伸びる。クズの木質茎は長くて丈夫なこともあり、近江地方では、蔓を水に浸して皮を除いたものから器をつくり、これを葛行李《ふぢこうり》と称した。また、これを煮沸し土中に埋めて醗酵させ、水中で洗って繊維を採り、昔はこれで葛布を織った。中国でもクズは重要な繊維原料だった。『詩經《しきょう》』國風・周南の「葛覃」の第二章に次の一節がある。

　葛之覃兮　施于中谷　葛の覃《の》びて　中谷に施《うつ》る
　維葉莫莫　是刈是濩　維れ葉莫莫たり　是れ刈りて是れ濩《に》て
　爲絺爲綌　服之無斁　絺《ち》と爲し綌《げき》と爲し
　　　　　　　　　　　之を服して斁《いと》ふこと無し

絺は細かい葛糸、綌は粗い葛糸でつくったかたびらで、葛布である。貝原益軒《かいばらえきけん》の『大和本草《やまとほんぞう》』に「葛ハ蔓草春月發生ス其カツラヲ用テ縄トス皮ヲ布トス葛布ヲカタヒラトス和漢同シ又喪服トス古コレヲ藤衣云」と記されており、葛布は江戸時代でも重要な衣料であった。万葉集に、柿本人麻呂《かきのもとのひとまろ》歌集として収載される旋頭歌「大刀《たち》の後鞘《しりさや》に入野に　葛引く我妹《わぎも》　ま袖もち　着せてむとかも　夏草刈るも」（巻七、一二七二）は、葛から衣をつくったことを示唆する歌であり、古代でも重要な繊維原料であったことはまちがいない。

万葉以前の古墳時代前期の太宰府菖蒲ヶ浦一号墳から、葛布が付着した方格規矩鏡が出土しているので、その利用は古墳時代以前にまでさかのぼるかもしれない。『延喜式』巻第三十七「典藥寮」の遺諸蕃使の条に黒葛が出ており、一般には、これをツヅラと訓じ、アオツヅラフジあるいはツヅラフジに充てられている。草薬の条にあるのだから、それも一理あるようにみえるが、この漢名は中国の文献になく、麻縄など繊維製品と並んで出てくること、また、ツヅラフジの類が衣を織るのに用いられたという証拠がないから、葛布の原料繊維ではないかと思われる。「須磨の海女の塩焼き衣の藤衣間遠にしあればいまだ着なれず」（巻三　四一三）にある藤衣は、フジからつくる衣と勘違いされるが、益軒の指摘するようにクズからつくったものが大半であったと思われる。繊維原料としてのクズの用途はもはやないが、現在でも稀に壁紙や襖に用いられることがあるという。

葛の音は「かつ」であり、蔓草を意味する「かづら」の語源ともいわれる。中国でも同様で、『説文解字《せつもんかいじ》』に「蔓、葛屬なり」とあり、葛は蔓を代表する植物であった。クズは日本でもっとも普通にある蔓草で、またもっとも蔓草らしい蔓草である。前述したように、薬用・食用・工芸用に役立つものであったから、古い時代にはこれだけをカズラと称していたと考えても不思議はない。しかし、それをなぜクズと読むのだろうか。『和名抄《わみょうしょう》』に「蘇敬曰　葛穀　一名鹿豆　葛音割　久須加豆良乃美　葛實名也」とあり、ここに「くずかずら」という名前が見える。これがクズのフルネームであって、クズはそれが短縮されたものである。クズは、大和国「国栖《くず》」に良品を多産したので、それを国栖カズラとして区別し、後に地名部分が名として残ったといわれる。国栖は吉野地方にある地名であり、現在でも吉野葛で知られるクズ根の名産地であるから、このような名がついても不自然ではない。クズの方言名を見ると、「かずら」あるいはそれが訛った名で呼ぶ地域が非常に多い。カズラが藤本の総称名になったのは後世であって、古代には、クズだけを指していた証拠といってよかろう。フジという名も散見されるが、この名も相当に古く、前述したように、藤衣に残っている。本来は葛衣と書いてフジゴロモと読むのが正しい。大阪府藤井寺市の旧地名は葛井寺《ふじいてら》であり、この名は当地にある名刹の名に残っている。

そのほか、クズの別名に裏見草というのがある。この名は方言名ではなく、平安時代の和歌に由来する風流名である。中古三十六歌仙の一人平貞文（八七一頃―九二三）の歌に「秋風の吹きうらがへす葛の葉のうらみてもなほうらめしきかな」（『古今和歌集』八二三）というのがあり、秋風が吹いて裏返す葛の葉の裏を見るわけではないが、いくら「うらみ（裏見）」ても恨み足りないという内容で、「裏見」と「恨み」を掛けている。いくら掛詞とはいえ、現代人の感覚ではクズの葉の裏が歌の対象になるとは到底思えないのであるが、風に吹かれると大型の三出複葉が裏返されて白い葉裏がひらひらと見える様は確かに独特の趣があり、これこそ平安貴族の感性の真骨頂であろう。万葉集にはクズの葉を詠った歌は四首あり、うち二首は黄葉を詠うが、平安・鎌倉時代の歌集では二百首以上の歌に出現し、いずれも『恨み』に掛ける。『新古今和歌集』にある村上天皇の御歌「葛の葉にあらぬ我が身も秋風の吹くにつけつつ恨みつるかな」はその代表例であり、これを含めていずれも平貞文の歌の派生歌というべきものである。

くそかずら（屎葛）

アカネ科（Rubiaceae）ヘクソカズラ（*Paederia scandens*）

皂莢に　延《は》ひおほとれる　屎葛《くそかづら》　絶ゆることなく　宮仕へせむ

（巻十六　三八五五、高宮王）

皂莢尓　延於保登禮流　屎葛　絶事無　宮將爲

【通釈】カハラフヂの条に既出。皂莢は、マメ科サイカチのことをいい、本州中部以西の日当たりのよい山野、川原に生える日本特産の落葉高木であり、幹に鋭い刺《とげ》がある。高木になるが実際に自生する個体は低木が多い。「延《は》ひおほとれる」とは這い絡まっている様子をいう。この歌の意味は単純で、カワラフジに這い絡まっているクソカヅラのように絶えることなくいつまでも宮仕えしたいものだとなる。クソカズラは日当たりのよい藪や草地に普通に生え、繁殖力が強いので、絶えないことの象徴として詠った。

【精解】ヘクソカズラの字義は、直感で屁糞蔓とわかるほど、下品な名前である。それは植物体内に悪臭を放つ成分が含まれているからで、悪臭のもとはテルペンアルデヒド系の精油成分である。普段は少しずつ揮発するが、傷をつけたときはかなり強烈な臭いがして閉口する。糞という名は和名だけに限らず、学名にもあり、属名の *Paederia* はラテン語で汚物を意味する。中国語では鶏屎藤《けいしとう》といい、屎はクソの意味なので、やはりその悪臭が語源となっている。ヘクソカズラは、アカネ科の蔓性多年草で、日本全土から中国、朝鮮から東南アジアまで広く分布する。古い個体は茎が木質化し、直径一センチぐらいになるが、刈り払われることが多いので、大きな個体はまず見ることはない。

クソカヅラの名は万葉集の右の例歌一首だけにある。この名がわずかに転じてヘクソカズラとなり今日にいたる。『和名抄《わみょうしょう》』に「辨色立成云　細子草　久曾可都良」とあり、漢名を細子草とした。ところが、この細子草という名は以降の文献にさっぱり出てこない。『本草綱目啓蒙《ほんぞうこうもくけいもう》』（小野蘭山《おのらんざん》）では、女青の条に「女青ニ藤本草本ノ二種アリ本條ハ草本ノ女青ニシテ卽蛇含ノ根ナリ藤本ノ女青ハヘクソカズラナリ　クソカヅラ萬葉集　細子草和名鈔」と記述され、もう一つの漢名「女青」が出てくる。しかし、この名は、『和名抄』でも「女青　本草云　女青　一名雀瓢　加波禰久佐」とあり、「かはねぐさ」という和名を記している。また、『本草和名《ほんぞうわみょう》』にも「女青　一名雀瓢　蘇敬注云子以瓢形故以名之　虵銜根也　蘇敬曰非也　一名雀由衹　出釋藥性　和名加波祢久佐」と同様な記述がある。すなわち、『和名抄』では、クソカヅラを細子草としているから、女青はクソカズラではないことになる。一応、中国本草で女青を参照すると、『神農本草經《しんのうほんぞうきょう》』の下品に収載され、『新修本草《しんしゅうほんぞう》』（蘇敬《そけい》）によれば、「此の草、卽ち雀瓢なり。葉は蘿摩に似て、兩葉相對す。子は瓢《ひさご》に似て、形大にして棗許《ほど》の如く、故に雀瓢と名づく。（中略）莖葉並《とも》に臭し」と記述されている。蘿摩（ガガイモ科ガガイモ）に似て葉は対生であるという点ではヘクソカズラに似るが、ナツメの実大の実をつけるというから、直径数ミリにすぎないヘクソカズラとは合致しない。畔田翠山《くろだすいざん》（一七九二―一八五九）は「按ニ加波祢久佐ハ、萬葉集ニ屎葛ト云ガ如ク、此草ノ臭氣糞臭ヲナス、故ニ加波祢草ト云也」（『古名錄』）と述べ、カハネグサの和名が厠《かわや》に由来すると考えているようである。『本草和名』で弥を祢と誤認し、『和名抄』がこれを引用したとすれば、本来の和名はカハヤグサになるが、『和名抄』でクソカヅラを別条に区別しているのを説明できないので、畔田翠山の説は成立しない。やはり牧野富太郎のいうように、女青はガガイモ科イヨカズラあるいはその近縁種であり、『和名抄』の編者はクソカヅラに相当する名が中国本草にないため、やむを得ず細子草の漢名をつくったと思われる。したがって、『大和本草《やまとほんぞう》』や『本草綱目啓蒙』などの江戸時代の本草書がヘクソカズラを女青に充てたのは誤りであり、結局、万葉のクソカズラの漢名は不明で、中国本草との関係もまったくわからないという結果になった。

前述したように、中国では鶏屎藤と称されるが、この名は正統本草書に出てこない、比較的新しい名である。ちなみに、『中薬大辞典』には女青の名は見当たらない。中国ではヘクソカズラの全草および根を、去風活血・止痛解毒・除湿消腫の効があるとし、主として民間療法で用いる。成分としては精油が含まれるほか、葉には約〇・九パーセントのアルブチンが含まれる。この成分はウワウルシという日本薬局方に収載される生薬にも含まれ、抗菌作用があって尿路消毒薬として用いられる。また、アルブチンは各種の化粧品にも紫外線吸収や抗菌の目的で配合されている。ヘクソカズラの果実にもアルブチンが含まれており、化粧水がつくられることもある。民間で果汁をしもやけやあかぎれの治療に用いた。悪臭はあるが、ヘクソカズラは有毒成分というほどのものは含まれていないので、民間での利用はしやすいだろう。

ヘクソカズラの花（上）と果実（下）花は、長さ1センチほどあり、白色で、先が開いて内側の紅紫色が覗く。果実は直径が5ミリほどになる。

『本草綱目啓蒙』にヘクソカズラの別名・方言名が列挙されている。それによれば、カバネグサ・ヘウソカヅラ・ヤイトバナ・オドリヅル・オドリバナ・ヘクサンボウカズラ・クサバナ・ニガイモ・タウエバナ・アマクサヅル・サオトメカヅラ・サオトメバナなどなかなか多様性に富む。ヘウソカヅラ・ヘクサンボウカズラ・クサバナは明らかに臭気を発することに由来するが、オドリヅル・オドリバナは群がって咲く花に対してつけられたものだろう。ヘクソカズラの花は、釣鐘状で先は五裂し、内側は赤紫色で毛が密生し、名とは不釣合いなほどかわいらしい。昔は長さ一センチほどの花に唾をつけて鼻の上につけて遊んだものだが、それが何の意味があったかは覚えていない。タウエバナ・サオトメカヅラ・サオトメバナは田植えの頃花が咲くことから付けられたのであろう。早乙女はもはや死語になってしまったが、田植えをする女が本来の意味であり、決してかわいらしい女の意ではない。ヤイトバナは少々説明を要するが、ヤイトは焼き処《と》の音便であり、灸《きゅう》を意味する。したがって、灸花であり、花冠を正面からみた形がお灸の跡に似ているのでつけられたようだ。また、花を終えた後に黄褐色の球形の実をつけるが、この実は冬枯れのときにも残り、殺風景な中に彩を添える。江戸時代には、これを俗にスズメノタゴと称した。タゴとは担桶のことで、肩に天秤棒で水を入れて担ぐ桶のことをいうが、まったく似ていないのはどういうわけだろうか。

くは（桑・具波）

クワ科（*Moraceae*）マグワ（*Morus alba*）ヤマグワ（*Morus bombycis*）

たらちねの　母が園《その》なる　桑すらに　願へば衣《きぬ》に　着すといふものを
足乳根乃　母之其業　桑尚　願者衣尓　著常云物乎
（巻七　一三五七、詠人未詳）

【通釈】 この歌は木に寄せて桑を詠った。「たらちねの」は母に掛かる枕詞。第二句以下、難訓が続き、諸説がある。第二句の「其業」は、契沖《けいちゅう》・鹿持雅澄《かもちまさずみ》は「其産業《そのなりはひ》」と考え正訓とした。一方、橘《たちばな》千《ち》蔭《かげ》・安藤《あんどう》野《の》雁《かり》は借訓と解釈し、「園なる」と訓じた。下に続く桑は植物名であって養蚕ではないから、「園なる」であれば意味が通じる。これだと畑に植えてあることを意味するから、万葉時代に桑の栽培があったことが前提になるが、後述するように、歴史的資料から、当時、かなり栽培が普及していたと思われるので、「園なる」を支持する。第三句「桑尚」は下に尓があったと考えられ、「桑すらに」と訓ずる。尚は正訓であり、「すら、さえ」の意味がある。著は漢音で、チャクと読む場合、着の意になる。したがって、「著常」は着常と同じとなるが、「着ると」、「着すと」の両方の読み方があり、ここでは後者の説を取る。歌の意は、母の畑にある桑ですらも、蚕に食べてもらうことを願えば、絹の衣になって着られるというのにとなる。桑から絹という風に、今の自分がどんなにみすぼらしく見えても、その気になれば、もっと立派になれるのだということを詠ったものであろう。

【精解】 ナイロンが発明されるまでは、日本列島のいたるところに桑畑が広がっていた。日本で絹の生産が急増し始めたのは江戸中期以降である。特に、江戸時代の末期、開国してから大量の絹織物が欧米に輸出されるようになり、これが明治維新後の殖産興業政策と結びついて当時の日本経済の高度成長の原動力となった。

クワは日本にも自生があり、養蚕術が中国から古い時代に伝わってから、より身近な存在となったことは万葉集でクワを詠った歌からわかる。桑は、『新撰字鏡《しんせんじきょう》』に「桑桒　二形息部反　久波乃木」、『和《わ》名抄《みょうしょう》』に「玉篇云　桒　音荘字亦作桑　久波」とあり、今も昔もクワの名は変わっていない。万葉集以外の上代古典にもクワは出現する。『日本書紀』巻第一「神代上」の国生みでも、軻遇突智《かぐつち》が埴山姫《はにやまひめ》を娶って生まれた稚産霊《わくむすひ》の頭の上に蚕と桑が生じ、臍《へそ》の中に五穀が生まれたとある。これは桑が五穀と並ぶほど重要なものであったことを示唆する。さらに、雄略十六年秋七月、天皇が桑の栽培に適した国・県を選んで、桑を植えるよう命じ、秦氏の民を移住させ、絹を上納するようにしたと記載されていて、五世紀のことだが、桑の栽培が行われていたことを示唆する。日本に野生しないマグワは、この頃、日本に伝えられ栽培されたらしい。同じ『日本書紀』の雄略六年三月七日、天皇が桑の葉を摘み取らせて養蚕を勧めようと考え、蜾蠃《すがる》に蚕を集めるよう命じた云々とあるから、それまでは在来種のヤマグワの葉を採集していたことが示唆される。クワの用途でもっとも重要なのは、葉を飼料として養蚕に利用することであり、広く栽培された。朝廷は絹を庸調として上納させ、奈良時代には、四十九カ国すなわち全国のほとんどの国で、養蚕が行われていたという記録がある。巻十四にある「筑波嶺の新桑繭《にひぐわまよ》の衣はあれど君が御衣《みけし》しあやに着欲しも」（三三五〇）の東歌は、当時、辺地とされた東国でさえ養蚕が行われていたことを示唆する。クワに方言名が極端に少ないのは、五穀に準ずる扱いを受け、古くから全国の共通名であったからだろう。

　養蚕、絹の生産は中国で起こったが、世界最古の絹織物は長江下流南岸域の良渚から出土し、紀元前三千年頃とされる。山西省南東部の彩陶遺跡から出土した半個の繭殻と紡錘車、江蘇省から出土した黒陶に見られる蚕の文様などから、養蚕が始まったのは、これよりさらに古く、まだ金属器もなかった時代までさかのぼるといわれる。日本では、弥生中期の福岡県飯塚市立岩遺跡の出土品に付着した絹から、この頃、すでに絹が伝えられていたことが示唆されているが、養蚕が行われていたという考古学的証拠は見つかっていない。古代中国は漢代から絹織物を西域に輸出したが、養蚕技術は秘密にしていたといわれる。実際、ヨーロッパへ養蚕術が伝わったのは六世紀頃といわれ、かなり後のことであり、それも密輸に近いものであったといわれる。一方、楽浪郡遺跡から多くの絹の遺品が報告され、三世紀の『魏志倭人伝』には「禾稲《かとう》・紵麻《ちょま》を種《う》え、蚕桑緝績《しゅうせき》して、細紵・縑緜《けんめん》を出だす」とあり、当時、日本でも養蚕があって絹織物を産したことを示唆する。楽浪郡に移住した漢人によってまず朝鮮半島で養蚕が起こり、次いで楽浪漢人および漢人から養蚕を学んだ朝鮮半島人が日本に移住し、養蚕が伝えられた。『延喜式』巻第三十「大蔵省」の賜蕃客例・大唐皇には、日本から唐へ派遣された遣唐使が中国へ持ち込んだ朝貢品が記されていて、水織絁・美濃絁各二百疋、細絁・黄絁各三百疋、黄絲五百絇など絹織物が多いことがわかる（絁《あしぎぬ》は絹のこと）。また、諸使給法・入諸蕃使給法に朝廷から入唐費用として遣唐使に支給される物品が記載されているが、それによると、入唐大使（絁六十疋・綿一百五十疋・布一百五十端）副使（絁四十疋・綿一百疋・布一百端）判官（各絁十疋・綿六十疋・布四十端）など、もっぱら、絁・綿・布の織物であった。これは唐に上陸した後、長安までの旅費もこれで賄われたから、事実上、中国への輸出品に等しいと考えてもよい。漢人系渡来人によって伝えられた養蚕が本家に輸出するほどにまでなったことを意味する。

養蚕に使われるクワには数種あり、中国・朝鮮原産のマグワ（トウグワまたはシログワともいう）、中国原産のロソウ、そして日本列島の全域に自生するヤマグワ（ノグワあるいは単にクワともいう）が代表的である。九州南部から南西諸島にあるものはシマグワとして区別することがある。ヤマグワはわが国でクワとして栽培されるものの一つであり、自然状態で生えているものも人里に近いところでは、マグワなどと交雑し、純粋種はほとんど見られなくなった。

クワは養蚕以外でも有用であり、黒熟した果実は約十パーセントの糖分を含み、ほかにリンゴ酸・コハク酸などの有機酸、ポリフェノール（アントシアニジンなど）などを多く含み、甘味・酸味があって生食できる。中国では、成熟した桑実を桑椹と称し、『新修本草《しんしゅうほんぞう》』（蘇敬《そけい》）から収載され、肝・腎を補益し、陰血を養う効があるとして、強壮薬とする。本草書に収載されるよりはるか前、『詩經《しきょう》』國風・衛風《えいふう》・氓《ぼう》に次の一節（第三スタンザ）があり、桑椹の名が初めて登場する。

桑之未落　其葉沃若　桑の未だ落ちざるとき　其の葉沃若たり
于嗟鳩兮　無食桑葚　于嗟《ああ》鳩や　桑葚を食らふ無かれ

葚はクワの実を草扁に作ったもので椹と同じである。ここでいう鳩とは鶻鳥《ひえどり》のことで、クワの実を好んで食べるので、これを例に挙げて食いすぎると体を害するぞ、ひいては物事で過ぎたることはいけないよ、という教訓を歌にしているといわれる。『陸璣詩疏《りくきしそ》』に「鳩、桑椹を食らふ。多かれば、則ち酔ひて其の性を傷《やぶ》る」（『本草綱目』より）とあり、また、張華の『博物誌』巻九にも「鳩、桑葚を食らへば則ち酔ふ。猫、薄荷を食らへば則ち酔ふ。虎、狗を食らへば則ち酔ふ」とあり、古代中国人の自然哲学原理を表す。

クワの実を醗酵させてつくったのが桑椹酒であり、滋養強壮・低血圧によいという。『四時月令』に「四月、宜しく桑椹酒を飲む。能く百種の風を理《をさ》む。又、椹、汁を以て焼酒（焼酎のこと）を熬《い》るべし。之を藏《をさ》め年を經れば、味力は愈《まさ》りて佳し」（『本草求真』「桑白皮」註より）とあり、中国では古くから嗜まれていた。そのほか、クワ

ヤマグワの葉（上）とマグワの花（下）

の樹皮を焼酎に和した桑酒もあった。クワの実から酒をつくったのは中国人だけに限らず、西洋にもコーカサス原産のクロミグワを発行させて醸造した赤葡萄酒のような桑実ワインがあった。しかし、日本では桑の実は『延喜式』にも記載がなく造酒の記録もないから、生食以外はあまり利用されなかったようだ。薬用という観点からいえば、クワは、『神農本草經《しんのうほんぞうきょう》』の中品に、桑根白皮とともに桑葉・桑耳（クワに寄生するキクラゲの仲間）が収載された。葉には、食物繊維のペクチンを約十《パーセント》、多糖類を約三十《パーセント》含み、補血強壮の効があるとして中医学で用いられるが、民間でも桑茶としても飲用され、高血圧症・動脈硬化などによいという。桑根白皮は、今日、桑白皮と称され、漢方で咳嗽（激しい咳のこと）を鎮める効がある（香川修庵、『一本堂薬選』）として清肺湯などに配合される。民間療法でも用いられ、『和方一萬方《わほういちまんぼう》』に「桑ノ木ヲ煎ジ、ソノ汁ニテ酒ヲ造リ、茯苓（マツの根に寄生するマツホドの菌核）加ヘテ用ユルナリ、五日ノ内ニ乳タルナリ」とあるように、乳児の母の母乳不足に用いられた。

養蚕の影に隠れて、あまり知られていないことであるが、クワ属の材は磨くと美しい光沢があり、お椀や家具などの工芸や建築材に珍重された。特に、小笠原諸島に特産するオガサワラグワは、樹高十五《メートル》以上、幹の直径一《メートル》以上になり、その材質はきわめて優れていたため、大径木はほとんど伐採され、絶滅に瀕している。樹皮の繊維は強靭で、東南アジアや太平洋諸島では、布、紙やロープの原料とされた。

くり（久利・栗）

ブナ科（Fagaceae）クリ（*Castanea crenata*）

瓜食めば　子ども思ほゆ　栗食めば　まして偲はゆ　いづくより
宇利波米婆　胡藤母意母保由　久利波米婆　麻斯提斯農波由　伊豆久欲利
来りしものそ　まなかひに　もとな懸《かか》りて　安眠《やすい》し寝《な》さぬ
枳多利斯物能曾　麻奈迦比尓　母等奈可可利提　夜周伊斯奈佐農

（巻五　八〇二、山上憶良《やまのうえのおくら》）

【通釈】この歌は既出（ウリの条を参照）。

【精解】万葉集では三首にクリの名が登場する。一首は右の有名な山上憶良の歌で「久利」として出てくる。ここではおいしい食物としてのクリの実が歌われているが、『和名抄《わみょうしょう》』に「兼名苑云　栗　力質反　久利　一名撰子」とあり、栗であることはいうまでもない。残りの二首ではいずれも「三栗」と出てくる。「三栗の那賀に向かへる曝井の絶えず通はむそこに妻もが」（巻九　一七四五）にあるように、三栗は「なか（中）」に掛かる枕詞となっている。

クリはブナ科の高木で、雌雄同株、六月頃に花をつける。雄花は新枝の下部に長い尾状花序《びじょうかじょ》が垂れるように密に咲く。独特の匂いがあり、かなり遠くまで漂ってくる。雌花は新枝の上部の葉腋《ようえき》から出る花序の基部につき、通常、三つの花が集まってその基部は総苞《そうほう》で包まれる。総苞とは複数の花が集合してできる花の萼《がく》に相当する部分をいう。受精して間もなく雄花序は脱離し、クリの木の下はブラシ状の雄花でびっしり埋め尽くされる。総苞は柔らかい刺《とげ》のようなものが生えているが、熟すにつれて堅くなり、同年の秋には、イガ（殻斗《かいと》という）となる。イガは裂開して三つの黒い果実が飛び出る。これが栗であり、食用となる。果実が三つあるのは雌花が三つの花から構成されているからである。前述の枕詞「三栗」は、三つの果実が内部にあるので、「中」に掛かるのである。

クリは日本に原生し、各地の縄文時代の遺跡、最近の例では、青森県三内丸山《さんないまるやま》遺跡から多量の遺物が出土しているという。もっとも古いものでは九千年前の炭化したクリの遺物も出土している。クリの果実は栄養価が高く、縄文時代から食料として重要であった。三内丸山遺跡では大量の花粉が発見され、果実の遺物のDNA解析の結果、遺伝子が野生とは思えないほど均質であったことから、栽培されていた（山中慎介ほか、日本文化財科学会誌、一九九九年）と推定されている。縄文時代から弥生前期までは、クリの材が建築工芸用に使われたことが、各地の遺跡からの大量の遺物の出土で明らかにされている。とりわけ、三内丸山遺跡では、直径一メートル近いクリの巨柱が六本立てられた遺構も出土し、巨大神殿が建てられていたのではと話題になった。巨大神殿というのは早計にしても、そんな巨木を切り倒すだけの労働力とそれを利用する時間的余裕があったことから、比較的大規模の集落を形成し意外に豊かな定住生活をしていたことは確かであり、これまでの縄文観を覆す大きな発見となった。それを支えていたのが、その地に豊産した栄養価の高いクリであったことはいうまでもあるまい。クリは実だけでなく、材・葉・樹皮にいたるまで有用であった。クリの材は堅くて水にも強く、現在でもフローリングにサクラと並んで、よく利用されている。クリの葉や樹皮はタンニンに富み、草木染の媒染剤とした。樹皮のタンニンは鞣皮剤としても有用である。

世界には、クリ属 *Castanea* 種が約十種知られていて、いずれも食用価値は高い。その中でとりわけ商品価値が高いのは、中国のアマグリ、南欧州のセイヨウグリ、アメリカのアメリカグリ、そして日本のクリである。アマグリは味に優れ種皮が簡単に剥がれるので中国ではもっぱらこれを栽培する。中国にはクリ属種は数種あり、『本草綱目《ほんぞうこうもく》』に板栗《ばんりつ》・錐栗《すいりつ》・茅栗《ぼうりつ》の三つが挙げられているが、アマグリは板栗、錐栗は ***C. henryi***、茅栗は ***C. seguini*** に相当すると考えられている。茅栗は中国中南部に分布する低木〜小高木で、クリに近縁であるが、実はクリよりずっと小さい。『和名抄』に「崔禹食經云 杬子 上音元 一名鷰栗 佐々久利 栗相似而細小者也」とあり、杬《げん》子にササグリの和名が充てられている。『爾雅義疏《じがぎそ》』によれば「杬、魚毒なり。杬は大木、子は栗に似て南方に生ず。皮厚く汁赤し。中に卵果を藏す」とあり、『和名抄』注にあるように、クリに似た細小のササグリとは思えない。また、日本に原生せず栽培もされない茅栗の可能性もない。おそらく今日いうシバグリのことであり、杬の字を用いるのは正しくない。野生のクリは変異が激しく、中には樹高が低く実の小さいものがある。可食部分も少なくあまり味もよくないので、これをシバグリといって区別したのである。おいしいクリは野生から選抜した優良品種を栽培したものである。日本では優良なクリ品種が開発されたこともあって、栗ご飯として食べるほか、栗羊羹、栗金団など和菓子、洋菓子などにも広く利用される。

『日本書紀』持統天皇七（六九〇）年三月丙午に「詔して、天下をして、桑・紵・梨・栗・蕪菁等の草木を勧め殖ゑしむ。以て五穀を助くとなり」という記述がある。丹波地方は、今日でも、丹波栗の産地として遍《あまね》く知られるが、この時代から栽培が始まったともいわれる。平安時代中期に編纂された『延喜式』巻第三十三「大膳下」の諸國貢進菓子には、「丹波國 甘葛煎六升 甘栗子二棒 搗栗子二石一斗 平栗子 椎子 菱子二棒」という記録が残されていて、当時、栗の産地であったことがわかる。丹波地方は、五世紀頃、朝鮮を逃れて帰化した楽浪漢人である丹波氏らの末裔が入植・開墾した地といわれ、クリの栽培を始めたといわれる。大和朝廷がこうした帰化人集団を利用してクリの栽培を奨励したことをもって、朝鮮産のクリが日本に栽培技術とともに持ち込まれたとする説もあるようだが、それは誤りである。いわゆる朝鮮栗は、中国原産のアマグリと同じであってクリではなく、朝鮮ではこれを主として栽培する。李氏朝

クリの果実（上）と花穂（下）

鮮時代には清朝への朝貢品の主要な品目となるほど広く栽培されていた。日本のクリも南部に分布するが、漬物の原料にするなど、日本とは利用法が異なる。これは品質が悪いためと思われる。第六次朝鮮通信使の南壺谷《ナムホゴク》が著した『扶桑録』（若松實訳、日朝協会愛知県連合会）によると、日本で供された食事には、馬乳・葡萄・拳大《こぶし》の栗・みずみずしい梨・干し柿などがあったと記されている。単に「栗」とせず、わざわざ大きさを含めて記述していることは、朝鮮では果実の大きなクリの品種は李氏朝鮮時代でもなかったことを示唆する。日本栗は、甘栗よりも実が大きいので、それと比較したのかもしれないが、少なくとも朝鮮には大きな実をつけるクリはなかったと考えることができる。日本の野生クリは堅果の大きさに変異があり、その中から優良品種を選抜して、今日のような大形の栗の実を生産できるようになったのである。

クリは北海道西南部・本州・四国・九州の温帯下部と暖帯との境界地帯すなわちブナ帯のすぐ下の植生帯に普通に生え、これをクリ帯と称することもある。朝鮮半島南部にもあり、朝鮮産と日本産を区別することもあるが、生態の違いにもとづく違いだけで、区別は困難である。朝鮮半島は花崗岩質の痩せた土壌で生育条件はよくないので日本産より質は劣る。もともと朝鮮では同地での生育に適したアマグリが栽培されていて、クリの栽培は近世になって日本から優良品種を導入して行われた。日本のクリ帯ではクリが豊産し、また自然環境が著しく多様で個体変異を生み出しているからである。一方、朝鮮半島ではクリは豊産せず、自然環境も単調なので、変異が生じにくい。すなわち遺伝資源的観点から朝鮮半島では優良品種は生まれにくいということになる。また、朝鮮のクリは古い時代に日本から持ち込まれたとも考えられる。

クリの分布はブナとよく似ており、北海道西南部から九州の山地で、前述したようにブナ帯の直下にある。日本のクリと似た種類は中国中南部にあり、前述した茅栗がそれである。クリの祖種は日本が大陸と陸続きであった時代（新生代第四紀前半）に広く分布し、後に氷河時代が終結し日本列島が成立、各地域で種分化が進んだと考えられる。中国の茅栗とクリは種として区別されるほど分化が進んでいるが、朝鮮産のクリと日本のクリは区別するのは困難である。現在より九十メートル《メートル》も海面が低かったウルム氷期でも対馬海峡は狭いながら海であったことが知られている。一般に、ブナ科の果実は海を越えることはできない（海流で伝播されない）。また、大形の種子であるから動物による伝播も不可能である。したがって朝鮮産クリは人為によってもたらされたと考えねばならない。実際、ブナは対馬海峡を越えることはできなかったのである。

クリは食用になったから、人がクリを携えて朝鮮半島に渡ったことは十分に考えられる。日本に固有の勾玉や縄文土器、黒曜石が生産地から遠く離れた朝鮮半島に持ち込まれているのであるから、クリが持ち込まれても不思議はない。したがって古い時代に、植物相、植生の貧弱な朝鮮半島へ日本のクリがもたらされた可能性は大いにあると考えるべきだろう。

くれなゐ（紅・久禮奈爲・呉藍）

キク科（Asteraceae）ベニバナ（*Carthamus tinctorius*）

紅の　八入《やしほ》の衣　朝な朝な　なれはすれども　いやめづらしも　（巻十一　二六二三、詠人未詳）
呉藍之　八鹽乃衣　朝旦　穢者雖爲　益希將見裳

紅の　濃染《こそめ》の衣《きぬ》を　下に着ば　人の見らくに　にほひ出でむかも　（巻十一　二八二八、詠人未詳）
紅之　深染乃衣乎　下著者　人之見久尓　仁寳比將出鴨

【通釈】 第一の歌は、寄物述思歌で、ベニバナに寄せた。「入《しほ》」は染液に浸して染める度数の単位をいい、「八入」とは何度も染め付けたという意。「朝旦」の旦は朝の義で、朝朝すなわち毎朝の意。朝夕を「あさなゆふな」というのに合わせて、「あさなあさな」と訓ずる。穢は「汚れる」あるいは「荒れる」という意味だが、毎朝とあるから、馴れ親しむという意味を込めたものとなる。「希將見」は「希に見らむ」という意味であるから「めづらし」と訓じ、「愛《め》づらし」の意を掛ける。巻十一の二五七五に「希將見君乎（めづらしき君を）」の用例がある。歌の意は、紅花で何度も染めた深紅の着物のように、毎朝、馴れ親しみはするけれど、いよいよかわいいことよとなる。第二の歌は、美しい女子と契りを結ぶことを、紅花に譬《たと》えて詠ったもの。深染はそのまま「ふかぞめ」と訓ずることもあるが、字余りとなるので、濃染《こぞめ》と訓ずる。「にほふ」は色に出る意で、集中に多出する古語。歌の意は、紅色に濃く染めた衣を下に着たなら、人が見るのに、色が外に出てくるのだろうかとなる。美しい女と契りを結べば、たとえ秘密にしても、人目に立つだろう、隠し事はできないということである。

【精解】 万葉集で「久禮奈爲」の名は八首、「呉藍」は一首、「紅」は二十五首あるが、すべて「くれなゐ」すなわちベニバナの古名である。総計三十四首ある歌のうち、植物としてのベニバナを詠ったものはわずか二首（巻十　一九九三、巻十一　二八二七）に過ぎず、残りはすべてベニバナで染めた色に関するものである。右の例歌も染色に関連し、染料としてのベニバナの価値を反映する。一方、ベニバナは日本薬局方にコウカ（紅花）の名で収載される列記とした薬用植物でもある。平安中期に成立した『延喜式』にも紅花の名が多出する。たとえば、巻第五「神祇五・斎宮」の供新嘗料、造備雑物、遷野宮装束、年料供物と初斎院装束、巻第六「神祇六・齊院司」の毎年禊祭料、巻第十三「中宮職・大舎人・圖書」、巻第十五「内藏寮」などにあるのだが、意外なことに多くの薬用植物が収録されているはずの巻第三十七「典藥寮」に紅花の名はない。中国本草でも宋代の『開寶本草《かいほうほんぞう》』に紅藍花（別名紅花）の名でやっと初見する。ところが後漢後期に成立したとされる『金匱要略《きんきようりゃく》』には、張仲景方として紅藍花酒があり、婦人六十二種の風および腹中の血気刺痛を去ると記載されているから、結構古いようにみえる。この方は『本草綱目《ほんぞうこうもく》』（李時珍）にも引用されているが、明の兪子木刊本『金匱要略』では「疑非張仲景方」という注があり、原本にはなく後世に追加されたものらしい。したがって、中国で紅花が薬物として登場したのは、『開寶本草』以降としてよく、『延喜式』巻第三十七「典藥寮」に紅花の名がなかったことも説明がつく。『圖經本草《ずけいほんぞう》』（蘇頌《そしょう》）は、紅花について、「春に至りて苗を生じ、夏乃《すなは》ち花有り、下に梂彙（頭花《とうか》の萼《がく》に相当する総苞《そうほう》のこと）を作り刺多く、花蘂は梂上に出づ。（中略）梂中に結實し白顆にて小豆の大さの如し。其の花を暴乾し、以って眞紅を染むと及《とも》に燕脂を作る」と記述していて、『證類本草《しょうるいほんぞう》』の巻九にある紅藍花の図から、まちがいなくキク科ベニバナのことである。ベニバナは東アジアに原生はないから、中国でもいずれかの時代に渡来したものである。『圖經本草』や『本草綱目』では、張華の『博物誌』を引用して「張騫《ちょうけん》（前漢の武帝時代の人で、西域の情報を収集し、漢が西域へ進出する手助けをした）、（紅花の）種を西域に得る」と述べているから、この記述が正しければ前漢の武帝の代に中国に入ったことになる。ただし、現在残る『博物誌』十巻にはこの記事はない。

考古学資料でもっとも古いベニバナの記録は、古代エジプトの紅花染めのミイラの布帯で、紀元前二五〇〇年頃のものである。これに比べると、東アジアでのベニバナの利用はずっと後期である。日本へのベニバナの渡来は推古天皇の御代に高句麗僧の曇徴《どんちょう》がもたらしたといわれるが、『日本書紀』巻第二十二「推古紀」に「十八年（六一〇年）の春三月に、高麗《こま》の王《きし》、僧曇徴《どんちょう》・法定《ほうじょう》を貢上《たてまつ》る。曇徴は五経を知れり。且能く彩色《しみのものいろ》および紙墨《かみすみ》を作り、幷《あわせ》て碾磑《みずうす》を造る」とあり、彩色（絵具類）に紅花が含まれていたと解釈したものであろう。平成元年（一九八九年）九月、奈良県生駒《いこま》郡斑鳩《いかるが》町藤ノ木古墳の石棺内に大量の紅花の花粉が見出された。埋葬された遺体の腹部から花粉が検出されたのであるが、紅花の花を遺体の上に置いたと思われる。藤ノ木古墳は六世紀後半と推定されるから、曇徴以前にベニバナが栽培されていたと考えねばならない。八世紀前半の平城京跡からもベニバナ花粉が見出されており、万葉時代には相当普及していた。三十四首もの万葉歌に詠われていることはその証左と考えられる。

ベニバナの花は染料として珍重されたが、西洋と東洋では染色法にかなりの相違がある。麻や木綿を染めるとき、二種のベニバナの色素のうち、黄色のサフロールイエローは植物繊維に沈着せず、紅色のカルタミンだけが吸着されるから、紅色に染まる。ところが、絹を染めるとき、紅色と黄色の色素がともに吸着され、オレンジ色になってしまう。絹を紅色に染めるため、中国で開発されたのが紅餅法であった。その方法は、『本草綱目』にも記載され、「侵晨（早朝の意）、花を采り、搗き熱して、水を以って布袋に淘《よな》げ、布袋にて絞りて黄汁を去る云々」とあって、このプロセスは基本的に現在と変わらない。早朝に花を摘むのは、ベニバナの刺が朝露で柔らかいからという。水で搗き黄汁を絞るのは、黄色の水溶性色素サフロールイエローを揉み出して除くためであり、これによって残渣に紅色色素のカルタミンが濃縮される。サフロールイエローが残っていると、染色の色相が落ちるので、この過程を繰り返してできるだけ黄色色素を除く。残渣を餅状にして圧搾、乾燥させたものが紅餅《べにもち》である。絹のなかった西洋では、ベニバナの花をそのまま染色に用い、紅餅は必要なかった。染色過程では、アルカリ性の灰汁でフェノール性物質である紅色色素（カルタミン）を抽出し、酸で中和して、鮮やかな紅色を発色させ、これを用いて紅花染めを行う。日本では、アルカリにわら灰またはアカザ灰を、酸として梅酢（又は烏梅）を用いたから、ベニバナとともにウメも大量に栽培された（ウメの条を参照）。『古今和歌集』に「紅にそめし心もたのまれず人をあく（灰汁と飽くの掛詞）にはうつるてふなり」（巻十九　雑体　一〇四四）があり、灰汁によって紅花で染めた色が褪せることはよく知られていた。

日本で紅花染めがもっとも発達したのは江戸時代になってからである。各地でベニバナの栽培が行われたが、『和漢三才圖會《わかんさんさいずえ》』には「羽

ベニバナ　高さ0.5～1メートルになり、アザミに似た花をつける。花は初め橙黄色で、次第に赤色になる。花期は初夏。

州最上および山形の産を良と爲し、伊賀、筑後次ぐ」とあり、一方、『本草綱目啓蒙《ほんぞうこうもくけいもう》』（小野蘭山《おのらんざん》）は「奥州仙臺ヨリ出ルヲ上品トス出羽ノ山形之ニ次グ」としている。いずれにせよ、東北地方産が賞用されたことは確かで、今日でも山形県にベニバナの栽培が残っている。江戸末期の天保年間から中国産の紅花が輸入されるようになって国産紅花を圧迫、また、明治時代になると化学染料であるアゾ色素が欧州から入るにいたって、染色原料としてのベニバナ栽培は壊滅的打撃を受けた。

ベニバナは薬用・食用としても有用であった。東アジアでは、薬用に用いられたのは、前述したように、宋代になってからと推定されている。平安時代に成立した『和名抄《わみょうしょう》』には「辨色立成云　紅藍久禮乃阿井　呉藍　同上　本朝式云　紅花　俗用之」とあって、調度部染色具の部に収載されているから、薬用とは目されていなかった。『圖經本草』に「産後の血病を主《つかさど》り勝ると爲す。其の實、亦た同じ」と記述されるように、ベニバナの花を産後の血行不良や通経薬として用いる。江戸時代の医学書である『一本堂薬選』（香川修庵）でも「破留血　療血氣痛」とあり、血の鬱滞やそれに伴う痛みを除く効果があるとするが、意外にも正統派漢方ではあまり用いない。ちなみに、日本薬局方に収載する紅花はベニバナの管状花《かんじょうか》をそのまま乾燥したもので、染色用の紅餅は不適である。薬用としては、東アジアより原産地に近い西洋の方が先行した。紀元一世紀、古代ローマのディオスコリデスが著した『*Materia Medica*』（『薬物誌』）には、ベニバナ種子に緩下《かんげ》作用・催乳作用があると記されているが、中国で薬用とする花の部の薬効については言及していない。

今日、ベニバナは油料植物としての存在感の方がはるかに大きい。種子には脂肪油が約三十《パーセント》含まれ、それを圧搾して得た油分をサフラワー油という。この脂肪油はリノール酸グリセリドが七割以上を占めて上質なので、食用油、マーガリンなどに用いる。近年では、血液中のコレステロール値を下げ動脈硬化を予防する効果があるとして、需要が増加傾向にある。油粕もたんぱく質に富み、家畜飼料として用いる。そのほか、書道愛好者なら誰でも知っているものに紅花墨《こうかぼく》がある。紅花油を燃やしてできる煤《すす》を集めて練ったものといわれていたが、実際には菜種油の煤に紅花の汁を混ぜて練ったものらしい。愛用者の誤解であったわけだが、ちなみに紅花油は灯火として用いられることはほとんどない。紅が墨としての品質にいかほどの貢献をしているかわからないが、一応、ここで紹介しておく。

『源氏物語』の「末摘花」に「なつかしき色ともなしになにゝこのすゑつむ花を袖にふれけむ云々」とあるが、茎の先端（末）に花が咲き、それを摘むので、ベニバナを「すゑつむ花」と別称した。この名の起源は万葉集巻十の一九九三の歌「よそにのみ見つつ恋ひなむ紅の末摘む花の色に出でずとも」にあるが、『源氏物語』では、故常陸宮の娘の名前としても出てくる。『和歌藻鹽草』に「源氏よもぎふの宮、鼻のあかゝりしかば、すゑつむといふもたとへたる也」とあるように、容姿の醜い姫君を譬える名であった。

前述したように、ベニバナの古名は「くれなゐ」であるが、その語源はわかりやすく、第一の歌の原文にある「呉藍」がすべてを語ってくれる。万葉集では呉は奈呉乃海のように「ご」と読み、「くれ」と読む例はこれよりほかにない。染料植物としてアイより遅れて渡来したベニバナを、アイに似ているわけではない（ただし、『圖經本草』に「葉、頗る藍に似る、故に藍の名有り」とある）が、染料としてアイに比肩すべきものとして、古代中国の華中にあった呉《くれ》の名を冠し、それが訛ったものである。呉をクレと読む所以は『日本書紀』にある。「應神紀」に、高麗（高句麗）人の久禮波《くれは》と久禮志《くれし》の導きで呉の国にいたったという記述があり、この両人の名に因んで呉をクレと読むようになったらしい。高麗が訛ってクレに転じたというのは民間研究家がかってにつくり上げた根拠のない俗説にすぎない。後に、カラ（唐・韓）に名を譲ったが、古い時代に中国から渡ってきたものに、よくこの名が冠せられた。前述したように、ベニバナが日本に渡来したのは隋唐以前の中国からであり、古墳時代中期頃までさかのぼる可能性もあるという。

ベニバナは、紅色の花の意味で、語源は単純だが、日本に自生しなかったから、当然、紅色という色の概念もなかったはずである。『和名抄』に、「釋名云　䞓粉　今案䞓即赬字也　䞓粉　閇邇　䞓　赤也　染粉使赤所以着頬也」とあり、「へに」を頬につけたことも記している。いわゆるホオベニのことであるが、化粧用であったのである。さて、その語源については、江戸時代の文献では「延べ丹」、『大言海』では「頬丹」としており、いずれも化粧に関係すると考えているのはおもしろい。ベニの化粧といえば、中国の傾国の美女伝説「妲己《だっき》」を忘れるわけにはいかないだろう。妲己は殷の紂王《ちゅうおう》に溺愛された伝説の美女だが、あるとき、化粧用に燕国の紅を所望し、それでつくらせたのが燕脂（または臙脂と書く）であるという。燕脂とは紅花の花汁に胡粉（鉛白、塩基性炭酸鉛）を混ぜたもので、紅色の別名を燕脂色というのは、化粧だけでなく塗料としても用いたからである。化粧品としての燕脂の効果は抜群であったのだろうか、この結果、紂王はますます妲己に夢中になり、国を滅ぼしてしまったという。『中華古今注』（後唐・馬縞撰）に「燕脂は紂より起こる、紅藍花の汁を以て凝りて燕脂を作る。燕國に生ずる所を以て、故に燕脂と曰ふ」とあるように、「紂より起こる」とはこの傾国の美女伝説をいう。殷の時代にベニバナがあったかどうかは疑問だが、この伝説は中国にあっては化粧品としてベニバナを使う歴史が非常に古いことを示唆する。

こ

こけ（蘿・薜・柏・苔）

スギゴケ科（Polytrichaceae）スギゴケ（*Pogonatum juniperinum*）
サルオガセ科（Usneaceae）ナガサルオガセ（*Usnea longissima*）
イワヒバ科（Selaginellaceae）イワヒバ（*Selaginella tamariscina*）

み吉野の　青根《あおね》が峰の　蘿《こけ》むしろ　誰れか織りけむ　経緯《たてぬき》無しに
三芳野之　青根我峯之　蘿席　誰將織　經緯無二
（巻七　一一二〇、詠人未詳）

吉野川　石《いはほ》と柏《こけ》と　常磐《ときは》なす　吾は通はむ　万代《よろづよ》までに
能野川　石迹柏等　時齒成　吾者通　萬世左右二
（巻七　一一三四、詠人未詳）

安太《あだ》へ行く　小為手《をすて》の山の　真木の葉も　久しく見ねば　蘿生《こけむ》しにけり
安太部去　小爲手乃山之　眞木葉毛　久不見者　蘿生尓家里
（巻七　一二一四、詠人未詳）

【通釈】第一の歌の序に「蘿を詠める」とある。「席」とは薦すなわち「むしろ」あるいは「ござ」のような敷物をいう。青根《あおね》が峰は、犬養孝によれば、吉野離宮のある地宮滝の三船山の南方で金峯山の東北に続く山々という。「経緯《たてぬき》」は織機の糸の縦糸と横糸のこと。

この歌の意は、吉野の青根《あおね》が峰のコケの蓆は誰が織ったのだろうか、（山中のどこにも）縦糸も横糸も見当たらないのにとなる。第二の歌の序に「芳野にて作れる」歌とあるが、奈良県吉野のことである。吉野川も吉野地方の川の意であるが、所在は不明。「石迹柏等」については後に詳述する。「常磐なす」はいつまでも変わらずという意。結句の「左右」を「まで」と読むのは既出（アベタチバナの条を参照）。歌の意は、吉野川の大きな巌とその上に生えるイワヒバのように、いつまでも変わらず（吉野に）私は通いますとなる。吉野に離宮があり、そこにいつまでも通うとして天皇に対する忠誠の意を含めた。第三の歌は「羈旅《きりょ》にて作れる」の序があり、旅先の歌。「安太」は、『和名抄《わみょうしょう》』にある「在田郡英多」に所縁があるとして、和歌山県有田市周辺とされるが、「小爲手之山」の所在は不明。「真木」とはヒノキ・スギ・コウヤマキなど有用建築工芸材の総称であるが、紀州にはコウヤマキが豊産したので、コウヤマキをいうのかもしれない。安太の小為手山の真木の葉も長らく見ないうちに蘿生してしまったことよ、ずいぶんとご無沙汰したものだという意味になる。

【精解】万葉集でコケを詠む歌は十二首あるが、「蘿」がもっとも多く九首、「薜」、「苔」、「柏」がそれぞれ一首ずつある。コケの語源については、『言海』に、「木毛《こけ》ノ義カト云フ」と記されている。どうやら、これは『倭訓栞《わくんしおり》』（谷川士清《たにがわことすが》）に「こけ　古事記に蘿をよみ倭名抄に苔をよめり、木毛の義なるべし」とあるのを引用したようだ。『和名抄』でも「苔　陸詞切韻云　音臺　古介」とあり、『狩谷棭《かりやえき》齋《さい》注』に「谷川氏云古介　木毛也」と引用されていることからも、『和訓栞』の説がコケの語源説としてもっとも支持されていることがわかるだろう。分類学上のコケの定義はさておくとして、実際にコケの名をもつ植物を挙げれば、小型のシダ植物（コケシノブなど）、菌類（コケガサタケなど）、地衣類（ウメノキゴケなど）など多岐にわたるが、ほとんどは小さく木や岩に着生するという共通の特徴をもつ。したがって「木に生える毛のようなもの」すなわち木毛というのはコケの語源として至極正鵠を射たものといえる。

集中、コケの歌十二首のうち、もっとも多出する「蘿」は、注釈本ではいずれもコケと訓じており、議論の余地がないようにみえる。しかし、詳しく調べていくと、思ったほど話は単純ではない。まず、『和名抄』草木部苔類では「唐韻云　蘿　魯何反　日本紀私記云　蘿　比加介　女蘿也」、また同条に「雜要決云　松蘿一名女蘿　萬豆乃古介一云佐流乎加世」とあって、比加介（ヒカゲノカズラ）あるいは松蘿・女蘿（サルヲガセ、ヒカゲの条を参照）ともいうとある。「日本紀私記云」とは、『日本書紀』巻第一「神代上」にある「天の岩屋戸神話」に出てくる注を指し、「蘿此云比舸礙《ひかげ》」とあるのをいう（詳細はヒカゲの条を参照）。一方、『本草和名《ほんぞうわみょう》』では「松蘿一名女蘿　本條　一名葛蘿一名蔏蒙一名玉女　已上出兼名苑　一名蔦蘿一名女蘿一名蔓女蘿　出雜要訣一名菟絲　出尓雅　和名末都乃古介」、『醫心方《いしんぽう》』には「松蘿　和名末都之古介」とあり、松蘿一名女蘿は末都之古介すなわち『和名抄』にいうサルヲガセ（以降サルオガセで表す）としている。ヒカゲの条で述べるように、ヒカゲノカズラでつくった祭具の鬘を蘿鬘《かつらかげ》というが、この名に蘿の字があるにもかかわらずコケとは読まない。またヒカゲノカズラの別名にもサルオガセがあり、余計ややこしい。しかし、植物の生態を考慮すれば簡単に区別できる。ヒカゲノカズラはどちらかといえば日当たりのよいところに地生し、一方、サルオガセは高木の樹上に着生する。第三の例歌にある「真木の葉も久しく見ねば蘿生しにけり」は、正にサルオガセを詠んだものである。真木はいうまでもなく高木の針葉樹であり、この葉に蘿が生えるとすれば、サルオガセが枝に絡まっていること以外には考えられないからだ。

「妹が名は千代に流れむ姫島の小松がうれに蘿生《こけ》すまでに」（巻二二二八、河辺宮人）の歌にあるコケは少々説明を要する。この歌にあるマツは海岸に生え、潮風にさらされているから、現実にはどのコケ類も着生しない。詠人は、深山に生えるコケ生したマツを想像して、この小松が成長して大木になり、その枝先をコケ生すまで、いつまでもいつまでもと詠ったのである。したがって、このコケもサルオガセすなわちマツノコケである。サルオガセは空中から湿気を得て生存する地衣類であって、分類学上のコケ植物とはまったく関係がない。地衣類は子嚢菌《しのうきん》と緑藻《りょくそう》あるいはシアノバクテリアとの共生体であり、これを地衣体と呼ぶが、その生育形からコケの名をもつものが圧倒的に多い。また、子嚢菌以外の菌類、たとえば担子菌《たんしきん》（キノコの菌）と共生したものもある。地衣類が乾燥したところでも生えるのは藻類と共生していることが大きい。この地球上には三万種以上の子嚢菌が分布するといわれるが、その半分以上は藻類と共生して地衣化し、また生殖も菌類の方だけに見られるので、分類学上は菌類の仲間とされる。地衣類の特徴はその鮮やかな色であり、これは菌類の産する色素による。地衣類の色素研究は、東京大学薬学科生薬学教室の二人の教授朝比奈泰彦・柴田承二の功績によって大きく発展し、含有成分色素によって分類する化学分類学が確立された。現在でも、これを用いて分類するのが地衣類の分類の主流となっている。『和名抄』にあるサルオガセという名の地衣は存在しないが、日本には約四十以上種のサルオガセとヨコワサルオガセ属種が記録されていて、そのうち淡青色をしたナガサルオガセが松蘿（詳細はヒカゲノカズラの条を参照）にもっともふさわしい。

　コケといえば、日本人であれば、真っ先に思い浮かべるのは、国歌「君が代」にある「千代に八千代に細石《さざれいし》の巌《いわを》となりて苔の生すまで」ではなかろうか。前述のサルオガセも古代ではコケと考えられたが、典型的なコケはやはり蘚苔類《せんたいるい》であろう。蘚類は、スギゴケなど茎と葉が分化、茎は直立し、ほとんど分枝しないものをいい、苔類は、ゼニゴケなど葉状の配偶体が地を這うものをいう。いずれも湿り気のある地面や岩の上をびっしりと埋め尽くすように生えるが、冒頭の第一の歌にある「蘿むしろ」は、歌の情景から考えて、陰湿な林床に群生するスギゴケであろう。苔寺の名で親しまれる京都の西芳寺は百二十種のコケからなる見事な庭園で知られるが、特にスギゴケ類の群生は見事である。コケを敷き詰めた庭園というのは世界でもおそらくここだけらしく、コケの専門家が集まる国際会議では必ず誰かが西芳寺のコケをスライドで紹介するほどである。世界遺産にも登録された名勝地であるが、作庭時にはコケは生えておらず、応仁の乱以降荒れるに任せたところ、自然に樹下がコケで覆われるようになったらしい。気温の高低が激しく霧が発生しやすいという京都盆地特有の気象環境がコケの生育に最適であったと思われる。

　冒頭の第二の例歌で、「柏」をコケと訓じたのは本書をもって初見とするものであるから、これについて詳しく説明したい。カシハの条でも述べたが、万葉集には柏の名で出てくる歌は四首ある。この例歌もその一つであるが、第二句の「石迹柏等」の解釈について、現在でも定説がなく万葉学者を悩ませる難題であった。これまでの説を通観すると、柏を植物ではないとする説と、植物とする説とに大別される。意外にも前者の方が古い時代の万葉学者に支持されており、仙覚《せんがく》（一二〇三—?）が古代では石を柏と称したと主張したことに始まる。江戸時代の万葉学者もこれを基本的に支持し、賀茂真淵《かものまぶち》（一六九七—一七六九）は石門堅石《いはとかたいは》の約とし、タイをシに通してイハトカシハとした。「石と」ではなく「石門」としたのは石の重複を避けるためであるが、かなり苦しい説明である。橘千蔭《たちばなちかげ》（一七三五—一八〇八）は、本居宣長《もとおりのりなが》（一七三〇—一八〇一）に同調して、石迹柏を石常磐《いはとこしは》と解釈する説を支持する。しかし、石迹の迹は乙類であるのに対して、石門・常磐の「ト」はいずれも甲類で一致せず、上代特殊仮名遣上の問題点（現在の五母音に対して上代は八母音あり、それに伴って現行の五十音のうち十四音では甲類・乙類の万葉仮名で書き分けられていた）が指摘されている。

　一方、柏を植物名と解釈する説では、そのまま「石と柏《かしは》と」とし、カシワの葉が枯れても冬を越して残るから、「常磐なす」に矛盾しないと説明されることが多い。だが、いくら冬に葉が残るといっても新芽が出れば落ちるから、枯葉であることにちがいはなく、「常磐なす」に合わせるのはかなり無理がある。『萬葉集注釋』（沢瀉久孝）をはじめ、現在の注釈書のほとんどは、この見解を消極的ながら支持しているようである。また、一部の注釈書に「巌と柏と」としてイハトカシハトと訓ずるのがあり、これを民間研究家の中にはイハホトカヘトとし、カへであればイチイ科カヤであるから、「常磐なす」に合致すると解釈することがある。コノテガシハの条で述べるように、柏は中国で賞用される香木であってコノテガシワを指すことは、カシハ・コノテガシハの条で述べた。しかし、日本に自生はないので、コノテガシワに似るヒノキ科ビャクシンに充てるのが適当であるが、『本草和名』、『和名抄』にあるようにイチイ科カヤと訓は中古代では混同されたらしく、柏（栢）・榧のいずれもカへと訓じている。柏は、俗字の栢（『正字通』による）で表記されることもあるが、中国本草でも『本草衍義《ほんぞうえんぎ》』（寇宗奭《こうそうせき》）では栢を使っていて栢・柏はまったく同義である。上代から平安の文献、とりわけ『延喜式』では、栢は栢子仁としてのみ現れ、柏はカシハと読まれてブナ科カシワを指し、一方、栢はカへでヒノキ科ビャクシンと使い分けられているようにみえる（カシハ・コノテガシハの条を参照）。ビャクシンあるいは、仮にイチイ科カヤに混同されたとしても、このいずれも渓流の巌のあるような環境に生えるものではないから、この万葉歌で柏（あるいは栢であっても）をカへと訓ずるのは正しくない。万葉集でカへと訓ずる用例は、ほかに大伴家持《おおとものやかもち》の長歌「白玉の見が欲し御面《みおもは》直向かひ見む時までは松柏の栄えいまさね貴き吾が君」（巻十九、四一六九）に一つだけある。この場合は漢文で繁用される定型句をそのまま取り入れているからセウハク（旧仮名遣い）と読むべきであるが、この柏はコノテガシワの義であるから、その代用品であるカへとしてマツカへと訓じられている。

実は、柏の名をもつ植物は、側柏などヒノキ科植物に限らず、本草書を繙《ひもと》くと巻柏・玉柏なる名が見える。これらはシダコケの類であって、それぞれの現在名はイワヒバ・マンネンスギである。このうち、後者は『名醫別錄《めいいべつろく》』に初見する（ただし有名未用）が、マツクサという和名をつけたのはずっと後の江戸初期に成立した『多識篇《たしきへん》』であって、『本草和名』、『和名抄』など中古代の文献には出てこない。一方、巻柏は、『神農本草經《しんのうほんぞうきょう》』の上品に収載される歴史のある薬用植物であり、本書では「石迹柏等」の柏をイワヒバすなわち巻柏と解釈する。巻柏の名の由来は、『本草經集注《ほんぞうきょうしっちゅう》』（陶弘景《とうこうけい》）に「石土の上に叢生し、細葉は柏に似て巻屈し、狀は雞足の如し」、また『圖經本草《ずけいほんぞう》』（蘇頌《そしょう》）にも「常山の山谷の間に生じ、今關陝沂兗の諸州に亦た有り。宿根は紫色にして鬚多く、春に苗を生じ、柏葉に似て細碎、拳攣（拳の指のように内側に曲がること）にして雞足の如し。青黄色、高さ三五寸、花子無く石上に多生す」と記述されているように、松柏類の葉に似て、拳の形に巻いている独特の形態に由来する。また、岩の上に多く生えるから、「石迹柏等」との相性は申し分ない。『延喜式』巻第三十七「典薬寮」にも美濃國・出雲國・備中國から貢進があったという記録があるから、古くから日本でも産出した。柏をコケと訓ずることについては、『本草和名』に「巻栢一名萬歳一名豹足一名求股一名交時　已上本條　一名千秋　出大清經　和名伊波久美一名以波古介」とありイハコケの和名があるので、巻柏《いはこけ》から柏をコケと訓じても不自然はないと考える。字余りを避けるため、石をイハホと訓ずるが、類例は集中に一首「石《いはほ》すら（原文は石尙）行き通るべきますらをも恋といふことは後に悔いにけり」（巻十一　二三八六）にある。

イワヒバの名の由来は、松柏の一種であるヒバの葉に似ていることによるから、この点でも歌の意によく合う。これまでイワヒバはシダ植物の一種とされてきたが、最新の分類学ではシダ植物は五つの門に細分化され、イワヒバはコケ類にもっとも近い小葉植物門に所属し、より実感を反映するものとなった。イワヒバは乾燥に対する耐性がめっぽう強く、一見、枯れたように見えてもわずかな水分があればたちまち生気を取り戻すので、長生不死草（『本草綱目』）の別名がある。また、枯死しても青緑色を長く保っているので、本当に枯れているかどうかわからないほどだ。ちなみに巻柏の名は乾燥状態に置かれたイワヒバの形態に由来するもので、湿潤状態では根から枝葉が放射状に広がるので、別の植物に見える。

イワヒバ　ヒノキやアスナロにも似た葉は、乾燥すると巻いて縮まり、水分の蒸発を防ぐ。

以上をまとめると次のようになる。「石迹柏等」は、本来なら「石迹巻柏等」と表記すべきところを約したと解釈できるが、イハコケをコケと約すためとも考えられる。イワヒバは驚異的な生命力をもち、漢名も巻柏といい、中国で長命を意味する「柏」の字をもつから、「常磐なす」を導くにふさわしい。ちなみに、巻柏は『神農本草經』に「五藏の邪氣、女子陰中の寒熱痛・癥瘕・血閉、絶子（不妊のこと）を治す」とあり、強壮活血薬として、女子の陰痛・月経痛など血分を理し、心を鎮める薬とされるが、漢方ではあまり用いない。

　いわゆるコケ類は識別が難しいこともあって世界のいずれの民族もそれを有効に利用していない。しかし、古代人がコケの仲間と考えたヒカゲノカズラやサルオガセなどの非コケ類はその限りではない。ヒカゲノカズラについてはその条に詳述した。サルオガセは本草学でしばしば混同され、実際にどの種に当たるか突き止めるのは難しい。本条およびヒカゲノカズラの条で、サルオガセは松蘿であると考察した。この名前は中国最古の本草書である『神農本草經』にも収載されており、「松蘿一名女蘿　瞋怒（すぐに目をみはって怒りだす精神状態）と邪氣を治し、虚汗（冷や汗）、頭風（神経性頭痛のこと）、女子陰寒腫痛（婦人の生殖器の機能不全および腫れによる痛み）を止める」と記載されている。ここにも女蘿の名前が別名としており、最古の文献からして混乱の原因があることがわかるだろう。したがって、『神農本草經』のこの記載は本当にサルオガセに基づくものかはなはだあやしいといわざるを得ない。以降、各本草書にも収載されているものの『傷寒論《しょうかんろん》』ほか中国伝統医学の本流からは相手にされなかった。

前述したようにサルオガセはサルオガセ科サルオガセ属に分類される地衣であるが、この属の地衣はいずれもウスニン酸と呼ばれる成分を含むという共通の特徴がある。この物質はかなり強い抗菌作用があり、また毒性についてはウサギにおける半数致死量が一〇〇〜一五〇ミリグラムであるからそんなに強くない。明治三十六（一九〇三）年頃、金線草という名前で瘰癧、心臓諸疾病、早期肺がんなどに著効があるとして販売され、当時の人がこれを画期的な新薬として注目したが、結果的にはサルオガセであったと『和漢藥考』（小泉榮次郎）に記述されている。これが中国に渡って肺結核の治療に用いられたようで、主成分のウスニン酸が浸潤型肺結核に有効であったという臨床報告がある（『中薬大辞典』による）。

ごどう（梧桐）

ノウゼンカズラ科（Bignoniaceae）キリ（*Paulownia tomentosa*）

大伴淡等《たびと》謹みて狀す。梧桐の日本《やまと》琴一面　對馬の結石《ゆひし》の山の孫枝《ひこえ》なり。この琴、夢に娘子《をとめ》に化《な》りて曰く、「余《われ》、根を遥島の崇《たか》き巒《みね》に託《よ》せ、幹《から》を九陽の休《よ》き光に晞《さら》す。長《とこしなへ》に烟霞を帯びて、山川の阿《くま》に逍遥し、遠く風波を望みて、雁と木の間に出入す。唯百年の後、空しく溝壑《こうがく》に朽ちなむことを恐れしに、偶《たま》ま良き匠に遭ひて、削《かざ》りて小琴に爲《つく》らる。質麁《あら》く音の少しきを顧みず、恆《つね》に君子の左琴とならむことを希《ねが》ふ」といへり。すなはち歌ひて曰く、

いかにあらむ　日の時にかも　聲知らむ　人の膝の上《へ》　我が枕かむ

（巻五　八一〇、大伴旅人《おおとものたびと》）

伊可尓安良武　日能等伎尓可母　許恵之良武　比等能比射乃倍　和我麻久良可武

【通釈】本歌の題詞に梧桐の名がある。日本琴は、舶来の箏琴・新羅琴とは異なる仕様をもつ、和産の琴である。この序は、対馬の結石《ゆいし》山にある梧桐の孫枝《ひこばえ》でつくった日本琴が、旅人《たびと》の夢の中に現れ、娘子に化してその願いを述べたという神仙譚話である。通訳すると、「私（娘子と化した琴）は遙かな島の高い峰に根を下ろし、幹を善き太陽光に曝し、いつまでも煙霞を帯びて、山川の丘をぶらつき、遠

くの風波を望んで雁（有用のものの象徴）と木（不用のものの象徴）の間に出入り（役に立つ材になれるか、なれないかの間を漂泊すること）した。唯だ、恐れることは、（寿命の尽きる）百年後にむなしく谷間で朽ちることであったが、偶々優れた匠に出会って削られて小さい琴につくってもらい、音質が悪く音量も乏しいのを顧みず、常に君子の座の傍らの琴にならんことを希望する、と言った。そこで次の歌に言う、どういう日の時であったなら、（私の）音声を理解してくれる人の膝の上を、私が枕にすることであろうか」となる。梧桐の木が神仙の地で育って琴になるまでを物語風につくった。

【精解】『説文解字《せつもんかいじ》』に「梧は、梧桐木なり。从木吾聲。一名櫬」とあり、一方、『爾雅《じが》』に「櫬梧、今、梧桐なり」とある。『爾雅義《じがぎ》疏《そ》』郝注に「爾雅、或は梧と曰ひ、或は桐と曰ふ。互ひに之を言うのみ。今、驗《しら》ぶるに、二樹の葉形は相類なり。但し、皮の色異なれり。一種の皮青碧にして滑澤なり。今の人、之を青桐と謂ふ。卽ち此の櫬梧是なり。一種の皮白く、材を樂器に中《あ》つ。卽ち榮桐是なり」とある。本草では、梧桐の名は『本草經集注《ほんぞうきょうしっちゅう》』（陶弘景《とうこうけい》）に「桐樹に四種有り。青桐は葉皮青く、梧桐は色白く、葉は青桐に似て子有り、子は肥えて亦た食ふべし。白桐は崗桐と異なること無く、唯だ花子有るのみ、花は二月黃紫色を舒《の》ぶ。禮に云ふ、桐始めより華ある者なりと。崗桐に子無し、是れ琴瑟《きんしつ》を作る者なり。今、此に云ふ花は便《すなは》ち應《まさ》に是白桐なるべし。白桐、琴瑟を作るに堪ふ。一名椅桐、人家に多く之を植う」とあって初見するが、四種ある桐の一種とされた。『爾雅義疏』は梧桐と青桐は同類とし、これらを区別した栄桐は今日のキリである。『陶景注』では青桐と梧桐は別種とするが、その区別は曖昧であり、白桐・椅桐がキリに相当する。一方、陸佃《りくでん》の『埤雅《ひが》』では「梧、一名櫬、卽ち梧桐なり。今人其の皮青きを以て、號して青桐と曰ふ」とあり、明確に青桐と梧桐は同じとした。梧桐は『本草綱目《ほんぞうこうもく》』（李時珍）から独立の条に収載されるようになったが、李時珍は「（梧桐）樹は桐に似て皮青く皵ならず。其の木、節無く直生し、理は細かくして性は緊なり。葉は桐に似て稍《やや》小さく、光滑にして尖有り。其の花は細蕊墜下して醭《かび》の如く、その莢は長さ三寸許り、五片が合成し、老ひれば則ち裂開して箕《み》の如し云々」と述べていて、アオギリ科特有の果実の特徴に言及している。以上から、梧桐は一名を青桐とし今日のアオギリに同じと考えてよい。

一方、『和名抄《わみょうしょう》』に「陶隱居曰　桐有四種　青桐　音同　梧桐　上音吾　崗桐　椅桐　椅音猗　皆岐利　梧桐者　色白　有子者　今案俗訛呼爲青桐　是二音譲土　椅桐者白桐也　三月花紫亦堪作琴瑟者是」とあり、また、『本草和名』でも「桐葉青桐　莖皮青无子　梧桐　色白有子　崗桐　无子作琴瑟者　白桐　三月花紫禮云桐始華者也亦堪作琴瑟者桐子也出墨　和名岐利乃岐」とあって、平安期の日本の本草家は、桐の分別が不完全な陶弘景の記述にしたがい、梧桐を含めいずれの桐も和名を単にキリ（ノ

アオギリ　花は目立たないが、果実の時期には舟形にわれた果実の縁に緑色の種をつけた姿がよく目につく。

キ）とした。アオギリの材は水分が多くて乾燥すると狂いやすく、『大和本草《やまとほんぞう》』は「中華ニ梧桐ヲ以テ琴瑟ニ作リ器材トス上材ナリ」と記述するが、およそ琴などの楽器に適するとは思えず、この記述は誤りである。

楽器をつくるに適したものは、ノウゼンカズラ科のキリであって、この材は狂いが少なく湿気を通さないので、器具材として適する。梧桐が楽器の原料となるという誤解は、『陸璣詩疏《りくきしそ》』の「白桐は宣しく琴瑟と爲すべし。雲南、牂牁の人、花中の白毳を取り淹漬《えんし》し、績ぎ以て布と爲す。毛服に似て之を華布と謂ふ。椅卽ち梧桐なり」（『本草綱目』による）という記述にあるかもしれない。すなわち、これによって椅桐（白桐）が梧桐と誤解されてしまったと思われる。

ちなみに、前述したように椅桐・白桐はキリ（シナギリも含む）、崗桐はトウダイグサ科アブラギリに充てられる。

日本では、中国名を借用する際、しばしば基原を誤認してきた前歴があり、単純に梧桐をアオギリとするわけにはいかない。わが国にもアオギリの自生はあるが、伊豆・紀伊半島・四国・九州・南西諸島の沿海地に野生するものは、葉の裏に毛がなくケナシアオギリと称し、毛のある中国産と区別するという見解がある。これによれば、現在の日本では、もともと原生したケナシアオギリと、中国から渡来して野生化した有毛のアオギリが野生化し、両系統のアオギリが存在することになる。しかし、この説は少数意見にすぎず、真の野生は亜熱帯の南西諸島に限られるとする説が優勢である。つまり、万葉の風土にはアオギリは存在しなかったようである。

一方、キリについては、九州の大分・宮崎両県および島根県隠岐に野生状で存在するが、原産地は不明とされている。中国原産と考えて古い時代に渡来したとする説が有力だが、それがいつか明らかでない。『枕草子』の「木の花に」に「きりの木の花、むらさきにさきたるはなほをかしきに云々」とあり、これは紫色の花というからいわゆるキリでまちがいなく、平安時代には知られていたと考えられる。『和名抄』、『本草和名』にすべてキリ（ノキ）とあっても、万葉時代に知られていたのはキリだけであってアオギリはなく、『陸璣詩疏』の記述から誤解して梧桐と称したのではないかと思われる。

キリ　花冠は長さ5～6センチあって、淡紫色を帯び、外側は全体に柔らかい毛に覆われる。開花期は5月～6月。

湿気の多い日本ではキリでつくる箪笥《たんす》が高級品であることから、昔から栽培され、東北地方とりわけ岩手県が名産地とされる。ノウゼンカズラ科の落葉高木で、花が美しく欧米では観賞用に栽培するが、近年では日本でも公園などに植えられるようになった。

万葉集の梧桐は、本書ではキリとしたが、この漢名の正品であるアオギリについても述べてみたいと思う。アオギリの種子すなわち梧桐子は『本草綱目《ほんぞうこうもく》』から収載されたもので、薬用の歴史は古くないが、中国では気を順わせる、胃を和ませる、食を消す効果があるとされ、胃痛・疝気・小児口瘡などに用いられる。脂肪油(不乾性油)が約四十パーセント、タンパク質が約二十三パーセント含まれ、栄養に富むので炒って食用にされることがある。室町時代の『尺素往来《しゃくそおうらい》』(群書類従第九消息部所収)によれば、茶の子として胡桃《くるみ》・榧實《かやのみ》・榛《はしばみ》などとともに梧桐子を菓子にしていたとある。また、カフェインを含むといわれ、コーヒーの代用にされたこともある。

梧桐は『詩經』大雅にある次の有名な詩にも出てくる。

鳳凰鳴矣　于彼高岡　鳳凰鳴く　彼の高岡に
梧桐生矣　于彼朝陽　梧桐生ず　彼の朝陽に

ここでは梧桐は才の柔令なるに譬《たと》えられている(『埤雅《ひが》』による)というが、この詩から「鳳凰は梧桐にあらざれば栖《す》まず、竹実にあらざれば食わず」という諺が発生した。その理由を、李時珍は本草家の立場から「古に鳳凰は梧桐に非らざれば棲まずと称す、豈に其の實を食ふをや」と説明する。アオギリの実が食用また薬用になるから、李時珍の説明はかなり正鵠を射たものと考えてよいだろう。旅人の歌は神仙譚話であるから、実際に琴瑟の材となり、万葉時代に栽培されていた白桐より、『詩經』で鳳凰とともに詠われる梧桐の名を借りて詠んだと思われる。日本では鳳凰とキリを組み合わせた紋章などがよく見られる。これも本来はアオギリが正しいのだが、キリに比べるとあまり役に立たないアオギリに代わって、有用材のキリを組み合わせたのである。アオギリはまったく役に立たないわけではなく、新鮮樹皮を剥がしやすく繊維質に富むので、これを桐麻と称して布をつくり、また縄を編む原料とした。樹皮には粘液質が含まれ、和紙の糊料としても用いられた。

こなら・なら（櫟・許奈良）

ブナ科（Fagaceae）コナラ（*Quercus serrata*）

御狩《みかり》する　雁羽《かりは》の小野の　櫟柴《ならしば》の　馴れは増《まさ》らず　恋こそ増れ

（巻十二　三〇四八、詠人未詳）

御獦爲　鴈羽之小野之　櫟柴之　奈禮波不益　戀社益

下毛野《しもつけの》　みかもの山の　小楢《こなら》のす　ま麗《ぐは》し児《こ》ろは　誰《た》が笥《け》か持たむ

（巻十四　三四二四、詠人未詳）

之母都家野　美可母乃夜麻能　許奈良能須　麻具波思兒呂波　多賀家可母多牟

【通釈】第一の歌は寄物陳思歌である。「御狩」は「雁羽」、「櫟柴」は「馴れ」に掛かる同音利用による序で、一句から三句までが馴れを導く。「雁羽」は狩場の掛詞であり、「御狩する雁羽の」は「小野」に掛かる序である。「小野」は地名であるが、その所在は不明。「櫟柴」の柴は山野の雑木やその枝などを刈って薪や垣根などにするもので、ナラの木を柴として利用するからこう呼ぶが、通例、コナラをいう。この歌の解釈は、小野のナラシバがいろいろなところに使われるほどには素直でおとなしくあなたに接しているわけではないが、だからといって決してあなたを恋い慕っていないわけではありません、その気持ちはそれよりずっと勝っていますとなる。純情無垢な青春時代、好きな人をつっけんどんに扱った経験のある人は多いと思うが、この歌はまさにその心情を詠ったものである。普段は価値のあるものとは認識されないナラシバもまわりを見ればしっかりと役に立っている。そんなナラシバを譬《たと》えに出して、素朴な心情を詠った。第二の歌は「下毛野」（下野）とあるように東歌である。「みかもの山」は佐野市と下都賀郡の間にある三毳《みかも》山という（『万葉の旅』）。三毳山は標高二二三メートルの小さな山で、古代でも人の手が加わった里山と考えられるから、「小楢」はこの辺りの二次林の主要優占種であるコナラとしてよい。「小楢のす」は「小楢の如《し》く」が訛って短縮したもので、小楢に匹敵するの意で、「ま麗し児ろ」を導く序。コナラは落葉樹であり、秋に黄葉し冬には葉が完全に落ちてしまう。麗しい女に譬《たと》えるのであるから、新緑の若葉の季節をいう。「誰が笥か持たむ」は、笥は食器であり、誰の食器を持つことになるのだろうという意味だが、誰の嫁になるのだろうという意味を込めた。この歌を通釈すれば、三毳山に生えている（新緑の）コナラに匹敵するほど瑞々しく麗しいあの子は誰の嫁になるのだろうか、私の妻になるに決まっているさとなる。雑木にすぎないコナラを女に譬え、東国訛りの強さが目立ち、およそ洗練さとは無縁の歌だが、その反面で里山の情景が浮かぶ素朴さ新鮮さに溢れたもっとも万葉集らしい歌といえる。

【精解】 万葉集ではナラは「櫟」・「奈良」として二首に出現する。第一の例歌では、「櫟柴」は「馴れ」に掛かるから、ナラシバと訓ずるのは問題ないが、櫟は、『新撰字鏡《しんせんじきょう》』に久奴木《くぬぎ》とあるから、本来はナラの正訓に用いるべきではない（ツルバミの条を参照）。一方、楢は、『和名抄《わみょうしょう》』に「唐韻云　楢　音秋　漢語抄云　奈良　堅木也」とあり、今日、ナラに充てるが、万葉集には出てこない。ナラは、ブナ科ブナ属 ***Quercus*** のうち落葉性のものをいい、常緑のカシとよく対比される。分類学的には同属であるが、ナラはより冷涼な地域、カシは温暖な地域に生えるので、その生態は対照的である。ナラ類とされるのは、コナラ、ミズナラ、ナラガシワであるが、その分布には大きな違いがある。コナラは北海道から九州までの日当たりのよい山野にもっとも普通に生える高木であり、ミズナラはコナラよりもっと冷涼な温帯の山野に生える。両種が混生することはなく、いずれもそれぞれ群生してコナラ林・ミズナラ林と称する生態林を形成する。一方、ナラガシワは同様の環境に普通に存在するが、群生することはない。したがって、このナラ類三種の生態は住み分けられていて、万葉の歌のナラはコナラと考えてまちがいない。

コナラはいわゆる雑木林の主要樹種であり、東日本ではどこにでもあるごく普通の木である。しかし、現在の日本列島で、人の手が加わっていない植生でコナラを見つけることは難しい。縄文時代から古代にいたるまで、日本列島は鬱蒼とした森林に覆われていたが、人が住むには決して快適な環境ではなかった。これに火入れして森林を破壊すると、まず萱原《かやはら》が成立する。ススキなどのイネ科大形草本であるカヤ類が優先する植生である。人はそのすべてを管理できたわけではないから、放置された原野には植生遷移が進行して木も生えてくる。コナラはそのような原野で太陽光をいっぱい浴びて成長する陽樹である。無論、コナラだけが生えるわけではなく、クヌギなどほかの陽樹とともに落葉広葉樹林すなわち雑木林をつくる。雑木林は人にとっても都合のよ

コナラ　日本の雑木林にごく普通に見られる落葉樹で堅果（ドングリ）は花の咲いたその年の秋に熟す。

い生態系であり、林床に堆積する落ち葉や柴類は肥料（堆肥）などに利用でき、またコナラなどの高木林は薪炭材すなわちエネルギー源として有用であった。こうした人の活動が雑木林の存続・維持に役立った。日本列島は湿潤気候で、冬に冷え込む地方でも積雪があるので、伐採した森も蘖《ひこばえ》や実生からどこでも森林が再生する環境にある。雑木林は保水力が高く、ここから湧き出る有機質を多く含む水源は豊かな水田を育むのにも大きな役割を果たした。すなわち雑木林は人の活動と一体となってつくり上げられた持続可能な生態系といってよいであろう。

一方、朝鮮半島では冬は乾季といえるほど乾燥して冷え込み、また土壌条件も痩せた花崗岩質であって、いったん森林を伐採するとなかなか再生しない。朝鮮半島は時代を経るとともに禿山《はげやま》が多くなり、これが後世に日本との大きな人口差をもたらした要因と考えられている（十九世紀末、朝鮮の総人口は一千万人に満たず、一方、日本は幕末でも三千万人を超えていた）。戦後、高度経済成長が続いた昭和三十年代以降は、日本のほとんどの雑木林は放置され、関東地方ではシラカシ、アラカシなどの同属常緑樹（陰樹）が侵入し、植生が落葉樹から常緑樹へ変わりつつある。この遷移は雑木林の成立する前の植生すなわち潜在植生《せんざいしょくせい》への回帰にすぎないという意見も根強い。確かにそうなのだが、常緑樹林の林内は暗く、林床の植物相は落葉樹林と比べると、格段に少なくなる。したがって植物種の総数では半分ぐらいになってしまい、特に日本列島では生育場所の限られている草原性植物には壊滅的となってしまう。人が手を加えていた方がむしろ生物多様性が豊かであって、一般通念とは逆のことが雑木林では起きていたのである。最近では、里山の重要性が一般に広く認識されるようになったが、これに対して植生学の専門家が意外に冷淡なのは残念である。

ナラ類は堅果《けんか》をつけ、これはリスなど動物には格好の食料なのだが、いずれもあくがあって食べられない。あくの本体は、植物の産生する不快な味などを有する化学成分であり、植物化学用語ではタンニン・サポニン・樹脂・配糖体などが相当する。中には単に苦いだけのものがあるが、タンニンのように収斂作用のあるものは悪性の便秘を起こし、重篤な健康障害にいたることもあるから看過できない。一般に便秘が起きる原因は二つある。一つは腸の蠕動《ぜんどう》が弱くなって排便ができなくなるものである。モルヒネなど薬物による便秘（麻薬中毒者には必ず便秘が起きる）はこれが原因である。もう一つはは便がタンニンなどの収斂剤で凝集固化して排便が困難になるものである。瀉下薬《しゃげやく》を服用すればよいが、異常がないのに無理に薬で蠕動を強めるから、腸が捩れるような強烈な腹痛が起きる。

ナラやカシなどの果実すなわちドングリはタンニンが含まれていてこれを除かないと食べられない。縄文時代の遺跡から大量のドングリの遺体が出土するから、古くから人はあく抜きをして食していたことは確かである。一般に、あく抜きは加熱処理法と水晒《さら》し法に大別される。日本においては、前者は東北地方や信州に広がる落葉広葉樹林帯で、後者はおもに西日本から広がる照葉樹林帯の地域で見られる。これはマムシグサやサトイモなどのイモを食べられるようにしたり、ワラビの根やクズ根からデンプンを取るのと基本的に同じ方法である（ワラビ・クズの条を参照）が、ドングリではタンニンが含まれるため、若干の修正を施している。加熱処理法では、ドングリの皮を去り、真水で煮沸した後、灰汁《あく》で煮て、さらに真水で煮て煮汁を捨てて新しい真水で煮るという操作を何回も繰り返す。灰汁はソーダやカリウムを含みアルカリ性であるから、酸性のポリフェノールであるタンニンを効率よく除くことができる。一方、水晒し法は、ドングリを砕いて袋に入れて水の中で揉み出して沈殿物を取り、さらに真水を入れてかき混ぜ沈殿させ、これを何回も繰り返すが、あくが強いものは完全には除くことはできない。水晒し法は大量の水が必要であり、それを可能にするには道具なども工夫しなければならないので、民俗学的には加熱処理法より後に発生した方法と考えられている。木の実のあく抜きは、近年までほとんど変わらない方法で伝承され、また、世界各地の熱帯から温帯まで広く行われてきた。朝鮮半島でも、カシワ・コナラ・クヌギのドングリを、水晒し法と加熱法あるいはそれらを併用してあく抜きし食用にするが、日本にある灰汁によるあく抜きプロセスを欠く。同じナラの実であっても渋味の強いミズナラを朝鮮では利用してこなかったのは灰汁によるあく抜きプロセスの技術がなかったためだろう。

ナラ類はいずれも大きいものは直径一メートル以上、樹高二十メートル以上になるので、欧州ではヨーロッパナラの材をオークと称して建築材として繁用した。日本でも、縄文時代から弥生時代までは、コナラの材を建築・工芸に繁用したが、鉄器が普及するようになって針葉樹に取って代わられた。以降、コナラはナラシバの言葉があるように、東日本では薪炭材あるいはシイタケ栽培の榾木《ほだぎ》（西日本ではシイノキを使う）以外の用途は限られてきた。しかし、北方の温帯にあるミズナラはヨーロッパナラと同じくオーク材として優良で、欧州やアメリカへ輸出されたこともあった。

ナラ類の樹皮はいずれも多量のタンニンを含み、収斂薬、媒染剤、鞣皮剤とされる。日本では資源量が多く雑木でもあるコナラの樹皮を赤龍皮と称し、これをタンニン原料とした。樹皮を薬用とすることがあるが、これを樸樕《ぼくそく》と称し、漢方では収斂・解毒薬として用いる（カシハの条を参照）。日本のコナラ林には天産の蚕が生息し、これを柞蚕《さくさん》と称する。普通の蚕が真っ白な絹糸を生産するのに対して、柞蚕《さくさん》は淡黄緑色の光沢のあるやや太目の絹糸を生産する。日本でも一部に人工飼育し、絹糸を採ることがある。長野県穂高町では天明（一七八一―一七八九）年間以来、二百年にわたって野蚕の飼育が行われている。

このてがしは（兒手柏・古乃弖加之波）

モクレン科（Magnoliaceae）ホオノキ（*Magnolia obovata*）

ブナ科（Fagaceae）コナラ（*Quercus serrata*）

奈良山の　児手柏《このてがしわ》の　両面《ふたおも》に　かにもかくにも　佞人《こびびと》が

（巻十六　三八三六、消奈行文《せなのぎょうもん》）

奈良山乃　兒手柏之　兩面尓　左毛右毛　佞人之友

千葉の野《ぬ》の　児手柏の　含《ほほ》まれど　あやにかなしみ　置きて誰《た》が来ぬ

（巻二十　四三八七、大田部足人《おおたべのたりひと》）

知波乃奴乃　古乃弖加之波能　保々麻例等　阿夜尓加奈之美　於枳弖他加枳奴

【通釈】第一の歌の序に、「佞人《こびびと》を謗《そし》る歌」とある。佞は「こびる」、「ねぢける」という意で、俗字は佞。「佞人」は「こびびと」、「ねぢけびと」の両訓があり、ここでは字余りにならない前者を取る。奈良山は奈良市の北にある山。「かにもかくにも」は「かにかくに」すなわち「とにかくに」と同義で、あれこれ、あちこちという意で、兎《と》角《かく》ともいう。第一句・二句は両面を導く序。歌の意は、奈良山の児手柏の葉のように、表裏を使い分けて媚びへつらう者どもよとなる。相手の言動に合わせて自らの意見を平気で捻じ曲げるような輩を児手柏の葉に譬《たと》えて非難する歌。第二の歌の「千葉の野」は現在の千葉市周辺の平野をいう。「ほほまる」は「ふふまる」に同じく「含む」という意で、葉が莟《つぼ》んでいる状態をいう。「あやに」は「あやし」の副詞形で、妙に、不思議の意。歌の意は、千葉の野の児手柏のように葉はまだ開いていないが、その莟《つぼみ》のように妙にかわいいので、あとに置いて誰が来たのだろうか、自分であったことよとなる。

【精解】この両歌にある「児手柏」もなかなかの難問である。万葉学者は児手柏の両面を表裏の区別ができないものと解釈するが、そう主張したのは江戸時代の本草家である。貝原益軒《かいばらえきけん》（一六三〇—一七一四）は「萬葉集歌ニ奈良坂ノ兒手栢乃二面尓トヨメルハ其葉兩面ナル故ナリ兒ノ手栢卽側栢ナリ」と述べ、小野蘭山《おのらんざん》（一七二九—一八一〇）も「側柏ハコノテガシハナリ、葉ソハダチ生シテ掌ヲ立ルガ如シ、故ニ側柏ト云其葉面背共ニ綠色故ニ兩面ト云萬葉集十六巻ニ奈良山ノ云々」のように益軒とほとんど同じ見解を示し、コノテガシワの漢名を側柏としている。『本草綱目《ほんぞうこうもく》』（李時珍）では、側柏を「柏は數種有り、藥に入るは惟だ葉の扁《ひら》たく側生する者を取る、故に側柏と曰ふ」と記述し、枝葉が扁平状となるヒノキ科のコノテガシワの特徴を表している。扁平な枝葉といえば、ヒノキなどもそうであるが、コノテガシワは枝面が直立しているので特に表裏がはっきりしない。わが国ではこの形を掌状として子供の手に見立ててコノテガシワと名づけたとされているが、実際はまったく似ていない。おそらく、別の植物の名であった児手柏を、側柏に充てるため、語源を俗解したと思われる。結論からいうと、例歌にある奈良山および千葉の野の児手柏は、素直に解釈すれば、野生するものであるから、中国原産のヒノキ科コノテガシワではありえない。中国名の側柏は、『神農本草經《しんのうほんぞうきょう》』上品にある柏の異名で、中国で単に柏といえばこの種を指す（カシハの条を参照）。万葉時代にコノテガシワがあったという説もあるが、以下に説明するようにその論拠は薄弱である。

『和名抄《わみょうしょう》』に「兼名苑云　栢　音百　一名椈　音菊　加閇」とあり、『本《ほん》草和名《ぞうわみょう》』でも「栢實子人　出蘇敬注　一名堅剛一名椈　音菊已上二名出兼名苑　和名比乃美一名加倍乃美」とあって栢の和名をカへとする（『正字通《せいじつう》』によれば栢は柏の俗字である）。しかし、『和名抄』巻九の果蓏部に「榧子　本草云　栢實　上音百　一名榧子　上音匪　加閇」、また『本草和名』の「木下類」でも「榧實　一名彼子一名柀杦　已上二名出蘇敬注　和名加倍乃美」とあり、榧もカへである。榧・栢が別物であることは、『延喜式』巻第三十七「典薬寮」の諸國進年料雑薬に「出雲國（略）榧子一斗（中略）栢子人各一升云々」と同条に出てくることから明らかで、いずれも和産である。カへとは今日のイチイ科カヤのことであるが、仁が食用になるので、『和名抄』の果蓏部にある榧をカヤとするのが妥当であり、これだと中国での用字と一致する。一方、中国地方には、実がコノテガシワに似るヒノキ科ビャクシンの方言名に栢《はく》があり、栢子仁（人）はビャクシンの実と考えられる。『和名抄』、『本草和名』にあるカへの名の混乱は、中古代では榧・栢を区別せずに、いずれもカへと呼んでいたことを示唆する。中国では、栢子仁はコノテガシワの実であるが、『延喜式』に參河・遠江・美濃・但馬・出雲の諸国から貢進のあったことが記録されているから、中国から渡来したコノテガシワが当時の日本にそれほど広く栽培されていたとは考えにくい。

ホオノキ　５月～６月、枝の先に直径15センチくらいの大きな花を咲かせる。花は黄白色で、バナナのようなよい香りがする。

万葉の「児手柏」を側柏とする説の致命的な欠点は、第二の歌にコノテガシワが「ほほまる」と詠まれ、これは葉が莟《つぼ》む状態をいうから、針葉樹の側柏ではまったく合わないことであり、広葉樹しかも落葉性でなければならない。万葉学者の中には、二物一名とする意見があるが、形態の似たものならともかく、針葉樹と広葉樹に同名がつく例はない。白井《しらい》光太郎《みつたろう》（一八六三―一九三二）は万葉の児手柏をブナ科コナラと考え、コナラの若葉が小児の手首を垂れた状態を形容したものとするが、むしろ、掌状葉のホオノキの方がよく合う。これも万葉名でホホガシワと称するからカシワの一種であり、少し開いた小さな掌状の葉なら「小児の手」と見立てやすい。コナラ、ホオノキのいずれにしても、針葉樹のコノテガシワとした場合に比べて、第一の歌の解釈は大きく変わる。コノテガシワの場合は、「兩面に」を葉の表裏がないと解釈したが、広葉樹の場合はこの解釈は成り立たない。カシワの語源は「炊《かし》（ぎ）葉《は》」（『古事記傳』）の略といわれるが、実際に用いる場合は表裏を区別している。したがって、「兩面に」は表と裏がはっきりした状態を指すのであり、あちらでは表の面を、こちらでは裏の面をという風に、有力者に媚びるあまり、心の裏表を使い分けて自分の信念を平気で捻じ曲げる佞人を謗っていると解すべきである。

以上、本書ではコノテガシワはモクレン科ホオノキの葉が開いたばかりの状態を形容する名で、ホホガシワの異名と考える。だが、白井のコナラ説も十分傾聴に値する。

こも（薦・茭・其母・許母・氣米）

イネ科（Poaceae）マコモ（*Zizania latifolia*）

真薦刈る　大野川原の　水隠《みこも》りに　恋ひ来し妹が　紐解く吾は
眞薦苅　大野川原之　水隱　戀來之妹之　紐解吾者
（巻十一　二七〇三、詠人未詳）

畳薦《こも》　隔て編む数　通はさば　道の芝草　生《お》ひざらましを
疊薦　隔編數　通者　道之柴草　不生有申尾
（巻十一　二七七七、詠人未詳）

【通釈】右の歌はいずれも寄物述思歌でコモに寄せた。第一の歌の大野川は旧奈良県生駒郡の富雄川の下流という。「水隠りに」は「密かに、人知れずに」の譬喩《ひゆ》であるが、類音で「真薦」に掛けたものか。歌の意は、（蓆《むしろ》などをつくるために）コモを刈っている大野川原であるが、その川の水が（コモの陰に）隠れるように、ひっそりと恋してきた愛しい人の着物の紐を、私は今解くのですと、恋人と結ばれようとしている状況を歌った。第二の歌の第一・二句はややわかりにくいが、コモから畳をつくるとき、一筋ずつ隔てて編むが、その編緒の数のことをいう。「柴草」は正訓ではなく芝草とするが、詳細はシバの条を参照。歌の意は、畳薦の編緒の数ほど通っていらっしゃったなら、道の芝草も生えませんでしょうにとなり、すっかり足の遠のいた男に対して女が詠った。古代は男が女の元へ通うという通い婚が普通であった。

【精解】 万葉集にコモとある歌は二十四首あり、そのうち十九首は「薦」と出てくる。『和名抄《わみょうしょう》』巻六の調度部座臥具に「唐韻云　薦作甸反　古毛　席也」とあるように、薦は、本来、植物名を指すのではなく、植物の葉を原料として編んだ蓆《むしろ》のことをいう。その原料としてもっともよく利用されるのがイネ科マコモであり、それからつくった蓆をコモ蓆、短縮してコモと称し、蓆の総称名にもなった。万葉集には、薦のほとんどは「刈る薦」、「畳薦《たたみごも》」あるいは「薦枕《こもまくら》」として登場するから、古代にはコモが広く利用されていたことを示唆する。『和名抄』巻十の草木部草類に「本草云　菰　一名蔣　上音弧下音将　古毛」とあり、菰こそコモという植物に充てられた漢名で、和名は単にコモと称したことがわかる。右の第一の歌にある「ま薦刈る」（巻十一　二七〇三）は、巻二の九六の歌にある「み薦刈る」と同じであって、いずれもコモに接頭辞の「ま（み）」をつけただけである。漢字では菰のほか、蔣、茭（『新撰字鏡《しんせんじきょう》』に「茭　古肴反乾草己毛、蔣　即郎反又去姓蓎蔣草己毛」とある）を用いる。茭は、集中巻十一の二五三八の原文に「茭朽目八方（コモ朽ちめやも）」と出てくる。今日では、マコモという名が用いられるが、蓆に用いる本物のコモの意である。イネ科マコモ属 ***Zizania*** の一種で、この類は東アジアに一種（マコモ）、北米に三種が隔離分布する。マコモは、日本では北海道から九州までいたるところに普通に見られる多年草で、湖沼・河川などに生える大形の抽水植物である。湖沼の岸辺から水深一メートルほどのところまでアシ、マコモ、ガマなどの挺水植物群落が発達す

マコモ　水のある湿地に生え、高さ1～2メートル、葉は長さ50～60センチ、花は8月～10月に咲く。

る。浅いところではアシ群落あるいはアシ―マコモ群落が見られるが、深いところではガマ類を交えたマコモ群落となり、しばしば純群落をなす。地下茎は太く、地中を横走し、ところどころ芽が出て長さ四十～百センチ、幅二～四センチの大形の長披針形《ちょうひしんけい》の葉が根生する。花期は夏から秋で、花茎が伸びて、大形の円錐花序《えんすいかじょ》をつけ、上部に雌性、下部に雄性の小穂をつける。

中国の文献で、菰の名は『本草經集注《ほんぞうきょうしっちゅう》』（陶弘景《とうこうけい》）の菰根が初見であるが、「菰根、亦た蘆根の如し」とあるだけで、具体的な記述はない。『證類本草《しょうるいほんぞう》』所引の『蜀本草《しょくほんぞう》』（韓保昇）によれば「水中に生じ、葉は蔗（サトウキビ）、荻《をぎ》の如し。久しくすれば根は盤にして厚し。夏月、菌を生じ噉《く》ふに堪へ、菰菜と名づく」とあり、菰菜の名が出てくる。この菰菜は『食寮本草《しょくりょうほんぞう》』（孟詵《もうせん》）に初見し、茭首ともいう。また、『圖經本草《ずけいほんぞう》』（蘇頌《そしょう》）では「春、亦た笋（筍のこと）を生じ、甜美にして噉ふに堪へ、卽ち菰菜なり。又、之を茭白と謂ふ。其の歳久しき者の中心に小児の臂《ひぢ》の如き白臺を生じ、之を菰手と謂ふ。今の人、菰首に作るは非なり。是、爾雅の謂ふ所の蘧蔬なり。注に云ふ、土菌に似て菰草中に生ずるは正に此を謂ふなり。故に、南方人、今に至りても菌を謂ひて菰と爲すは亦た此の義に緣《よ》るなり」と記述している。マコモの茎の芽に黒穂病菌 *Ustilago esculenta* が寄生して竹の子状に太くなることがあり、これが菰菜、茭白あるいは菰手（菰首）と称するもので、『和名抄』にある古毛都乃（または古毛不豆路という）すなわち菰角《こもづの》はこのことをいう。『日用本草』では茭筍、『本草拾遺《ほんぞうしゅうい》』（陳藏器《ちんぞうき》）では菰首と称され、軟らかく独特の風味があって、現在でも、中華料理でこれを茭白筍《チャオパイスン》と称し、高級食材として珍重し、台湾・華南では栽培される。わが国でも沖縄県でわずかながら生産される。『本草拾遺』は「（菰首に）更に一種小の者有り、肉を擘《さ》ければ墨の如く、烏鬱と名づく。人、亦た之を食ふ」と述べていて、この墨のように黒いものは、茭白筍が完熟して黒穂病菌が産する胞子であり、これをコモクラあるいはマコモズミと称し、油蠟に混ぜたものを江戸時代の婦人は化粧品とし眉引きに用いた。わが国は、無論、中国でも現在は烏鬱を食することはないようである。

マコモは菰根の名前で『名醫別錄《めいいべつろく》』の下品に収載され、その薬効について胃腸の痼熱《こねつ》、消渇（糖尿病のこと）を治し、小便を止めると記載されているが、漢方で用いるにいたらなかった。マコモの用途でもっとも多いのは蓆の原料としてであり、『延喜式』巻第十七「内匠寮」にも「稈蔣（若いマコモの意）食薦《すごも》一枚」という記述がある。そのほか、大きな葉が粽《ちまき》を包むのに用いられたことは、『延喜式』巻第三十九「内膳司」に「粽料蔣六十束」とあることでわかる。また、毎年六月五日に氷川神社（埼玉県さいたま市）で行われる粽神事は、マコモの若葉で粽をつくり、古代の風習を今日に伝える伝統行事である。出雲大社に伝えられる真菰祭では、マコモでつくった注連縄《しめなわ》が奉納され、また各地神社でもマコモの葉の束を邪気を払う霊草とし、さまざまな神事に深く関わってきた。ただし、マコモの葉はいわゆるカヤ類（ススキ・オギ・チガヤなど）に似ているので、夏越しの大祓に使用される「茅《ち》の輪」ではマコモの葉が利用されることが多い（チガヤの条を参照）。粽も元来は「茅巻き」であったといい、チガヤ（あるいは他のカヤ）でつくったという説があるが、古代においてはより葉の大きいマコモも茅と呼ばれていた可能性もある。また、コモ蓆の薦も茅の葉でつくったものが現実にある。『延喜式』巻第三十六「主殿寮」に「御沐料蔣七十二圍　月別六圍」とあり、湯浴みの浴料として用いたことを示唆する。マコモの葉は芳香はないが、ショウブ（古代はアヤメと称した）とも似ているので、その代わりに用いられたとも考えられる。マコモはごく普通にあり、カヤ、ショウブの代用というのはあり得るが、区別せずに混用された可能性も高いだろう。マコモの実は、タンパク質が多く含まれて栄養価に富むので、家畜の餌としても有用であった。しかしながら、繁殖力が強く、とりわけ農村では水田の水路に繁茂し除去に苦労することもあって、害草とされることが多い。今日では、ほとんどの水路はコンクリート化され、農村でもマコモはそれほど身近な存在ではなくなった。

アメリカでは、十一月の第四木曜日を感謝祭と称し、親族、友人を集めて食事会を催すことが年中行事となっている。食事会の正餐は七面鳥の丸焼きであるが、中にスタッフィングと称される多くの食材が詰め込まれる。かつてはワイルドライスが詰め込まれたといわれるが、これはアメリカマコモの実である。北米原住民が伝統的に食材としてきたもので、タンパク質の含量は米の二倍あるといわれるほど栄養価は高いが、収量が少ないうえ、実の脱落性が著しいので、主食にはならなかった。

アジア産のマコモも食用にしうるものであり、『本草經集注』で「菰米、一名彫胡、餅を作り食ふべし」（『本草綱目』による）と記述されているのは、まさにマコモのワイルドライスのことである。しかしながら、蘇頌が「秋に至りて實を結ぶ、乃ち彫胡米なり。古人、以て美饌と爲す。今、饑歳（飢饉の年のこと）に、猶、人採りて以て粮（糧）に當つ」と記述しているように、中国でも古い時代から救荒用に用いられたにすぎない。杜甫の「秋興八首」（『全唐詩』巻二三〇）という詩の一節に、「波は菰米を漂《ただよ》はして沈雲黒く　露は蓮房に冷やかにして墜粉《ついふん》紅なり」とあり、菰米が湖面を覆う様子を詠ったものであるが、この時代でも人々は平時には菰米に関心をもたなかったことを示唆するものだろう。ちなみに、菰米は日本の古文献には載っておらず、『大和本草《やまとほんぞう》』に「日本ニハ米ノ如ク實ノナル菰アル事ヲキカズ」とあるのは、熟せば脱落してしまうから、そう勘違いしたというほかに、菰米の利用は、はるか昔のこととして、記憶の中から消え去っていることを示唆するものだろう。

さ

さかき（賢木）

ツバキ科（Camelliaceae）サカキ（*Cleyera japonica*）

ひさかたの　天《あま》の原ゆ　生《あ》れ来《きた》る　神の命《みこと》　奥山の　賢木《さかき》の枝に　白香《しらか》付け
久堅之　天原従　生來　神之命　奥山乃　賢木之枝尓　白香付
木綿《ゆふ》取り付けて　斎瓮《いはいへ》を　斎《いは》ひ掘り据ゑ　竹玉《たかたま》を　繁《しじ》に貫《ぬ》き垂《た》り　鹿猪《しし》じもの
木綿取付而　齊戸乎　忌穿居　竹玉乎　繁尓貫垂　十六自物
膝折り伏して　手弱女《たをやめ》の　襲衣《おすひ》取り懸け　かくだにも　吾は祈《こ》ひなむ　君に逢はじかも
膝折伏　手弱女之　押日取懸　如此谷裳　吾者祈奈牟　君尓不相可聞

（巻三　三七九、大伴坂上郎女《おほとものさかのうへのいらつめ》）

【通釈】この長歌は「大伴坂上郎女の神を祭る歌」と序にあり、また反歌の後に「右の歌は天平五（七三三）年冬十一月大伴氏の神へ供へ祭る時、いささかこの歌を作りき。故神を祭る歌といふ」とある。「ひさかたの」は天、「獣《しし》じもの」は膝に掛かる枕詞。「鹿猪《しし》」は万葉仮名で十六とあるが、これは戯読であって、かけ算の九九で四四が十六となるから、獣類（鹿猪）を表す。「白香《しらか》」とは麻楮《まお》の裂いたもの。「斎瓮《いはいへ》」とはお祈りをするために清めた瓶のことであり、「斎《いは》ひ掘り据ゑ」というのは、この瓶を、地を掘って清め据えつけることをいう。「竹玉」は、タケを短く切ったものからつくった首飾りのような祭具で、これをもって神に祈った。「襲衣《おすひ》」とは祭りのときに上に着る衣服をいう。一部の仏教宗派でも、「しゅうい」と読みを変えてはいるが、法衣をこう呼ぶ。この長歌の意は「天の原から生まれ降った神さまよ、奥山から取ってきた神聖なサカキの枝に白香や木綿を取り付け、清めた瓶を、地を掘って据え付け、これに竹玉をたくさん貫き通したものを垂れかけて、膝を折り曲げて、かよわい女の襲衣《おすひ》を着て、このようにしてまでも私はお祈りお願い申し上げます、これによって恋しい人に会うことができるようになるかもしれないので」となる。「ひさかたの天の原ゆ生れ来る神の命」とは大伴氏の氏神であり、古代の祭祀の形式を具体的に詠いこんだ点で、民俗学的観点から興味深い。

【精解】「賢木」は、万葉集では、右の一首にしか出てこないが、『古事記』や『日本書紀』にも登場する。『古事記』を例に挙げると、「天の石屋戸神話」に「天の香山の五百箇眞賢木《いほつまさかき》を根こじにこじて」という記述があり、眞賢木という名が出てくる。この神話は、太陽神天照大神が天の石屋戸にこもってしまったため、この世が闇に包まれて困った八百万神が、石屋戸をこじ開けるために行ったという神事の一部で、とはいっても賢木を一本丸ごと引っこ抜くという乱暴なものである。古代の神事に用いられ、眞は美称だから、眞賢木は万葉の「賢木」と同じと考えてよい。『和名抄《わみょうしょう》』に「坂樹　日本紀私記云　天香山之眞坂樹　佐加木　漢語抄榊字　本朝式用賢木二字　本草云龍眼一名益智　佐賀岐乃美」とあり、これによって賢木をサカキと読み、また榊の字を充てたことがわかる。榊の字は『國字考』（杉本つとむ編『異体字研究資料集成』第九巻所収）に「此字日本後紀に見え（中略）神木乃二字を合せて一字に作りたるものなり（中略）古事記に眞賢木と記し日本紀に眞坂木（下略）」とあるように、『日本後紀』に初見する国字であり、神事との深い関わりを表したものであることがわかる。

さて、サカキは国字がつくられるほど、日本では神道の神事に欠かせない重要な神木であるが、その起源は何であろうか。神道は一神教ではなく、八百万神というように多神教であって、神は森羅万象の諸所に去来する。したがって照葉樹林の鎮守の森には神を迎えるための依代《よりしろ》があり、サカキはその依代の役割をするということになる。今日、神道の神事で用いられるサカキは、ツバキ科サカキであるが、これをホンサカキ・マサカキ・カミサカキと称する地域がかなりある。サカキ以外の植物と区別するための名であるから、サカキ以外の植物も古くから神事に用いられたことを示唆する。サカキはツバキ科の常緑小高木であり、茨城県から石川県以南の本州、四国、九州の暖帯に分布し、国外では朝鮮の済州島、台湾、中国南部からヒマラヤに分布する。照葉樹林に生える樹種だが、どこにでもあるものではない。したがって古代でもサカキの入手が困難な地

サカキ　葉は長さ7～10センチ、縁にはほとんど鋸歯がない。

ヒサカキ　葉は長さ3～7センチ、幅1.5～3センチ、縁には鋸歯がある。

域では、サカキに似た代用品を探し出して使うことは少なくなかったであろう。このことはモチノキ科ソヨゴ（富山や岐阜・長野・山梨）、イヌツゲ（秋田・新潟）、タブノキ（岩手）、ヒサカキ（全国各地）などがサカキの名で神事に用いられていることからわかる。いずれも照葉樹林に生える常緑樹であり、花や実がないときの区別は容易ではない。そのうち、ヒサカキはサカキと同じツバキ科であり、関東地方など本物のサカキが少ない地域では、必ずといってよいほどこれが代用され、これを本物のサカキと思っている人も多い。

ヒサカキは『和名抄』に「玉篇云　柃　音令一音冷　漢語抄云　比佐加岐」とあり、万葉集には出てこないが、この植物名も長い歴史があることになる。その名の語源は、本物より実・花が小型であるから姫賢木が訛ったとする説、サカキと似て非なるものであるから非賢木がとする説があるが、いずれにせよサカキに関連があることは確かである。ヒサカキの漢名に柃がしばしば用いられるが、『廣韻《こういん》』に「柃は木名。染むべし」とあるように、柃木はその灰汁を染色の媒染剤として用いる樹種の名であった。今日の中国ではヒサカキを充てる（『中薬大辞典』）が、古い本草書に柃木の名はなく、『大和本草《やまとほんぞう》』で柃をヒサカキとしているから、日本の文献が出典元である可能性は否定できない。『日本書紀』や『古事記』の「神武紀」にある歌謡「宇陀の高城《たかき》に鴫罠《しぎわな》張る（中略）後妻《うはなり》が肴《な》乞はさばイチサカキ（伊智佐介譏）實の多けくを云々」にイチサカキがあり、これをヒサカキとする説がある。そのほかにサカキとして神事に用いられる樹種にオガタマなどがあるが、これらを含めて広義のサカキには、葉に光沢があって冬でも生い茂り、丸い玉のような果実を多くつけるという共通の特徴がある。「玉のような赤ちゃん」という表現もあるように、丸い実をたくさんつける木は古くから縁起がよいとされ、オガタマは「招《お》が霊《たま》」が語源といわれるように、玉（丸い実）は霊にも通ずるからと考えられる。

サカキは、葉が繁りたくさん実をつけるので、栄える木（樹）であり、それが語源になったというのも納得できる。一方、神と人との境であることから境木《さかき》の意とする説も根強いが、神と人とを隔てるというのは、あまりに後世の形式的な神道の有職故実に軸足をおいた意見であり、素朴に信仰する側に立てば、「栄える」という意味の方が重い意義をもつ。古くから神社のお祭りではサカキは欠かせないものであり、この名前を冠する大祭も全国に数多い。気候が冷涼でサカキの自生がなく、植栽も困難な地域では、サカキの名を冠してもまったく別の植物種を用いるところがある。中山道六十九次の二十六番目の宿場として知られる長野県佐久市望月の大伴神社の例祭で、サカキと称するものはブナ科の落葉高木ミズナラであって、照葉樹林帯ではない同所では落葉樹が神木になっている。日本の土着民俗文化の基層は照葉樹林帯にあったといわれるが、気候の寒冷化や冷涼地への移住に伴って、サカキもその地に合う適当な樹種を選んで使うようになったのであろう。

サカキは、中国では薬用などの用途はないが、『中国高等植物図鑑』では楊桐、『台灣木本植物誌』（劉業経）では紅淡比を漢名としている。楊桐の名は、『本草綱目拾遺《ほんぞうこうもくしゅうい》』に「南天竹即ち楊桐なり」とあり、南天竹（メギ科ナンテン）の異名として出てくるほか、『本草綱目』でも南燭（ナンテンあるいはツツジ科シャシャンボ）の異名ともされる。楊桐がサカキに充てられたのはごく近世のことであり、正しい用字とはいえないようだ。さらにややこしいことに、サカキを龍眼木とする文献がある。この名の出典は、前述の『和名抄』の「坂樹（中略）本草云龍眼一名益智　佐賀岐乃美」であり、「本草云」として引用する『本草和名《ほんぞうわみょう》』で、ここに「龍眼　一名益智　蘇敬曰此非龍眼也　一名龍目一名比目　出蹠文　和名佐加岐乃美」とある。龍眼とはムクロジ科リュウガンのことであって明らかに誤認であるが、これが一般に流布してしまった。ちなみに、『和名抄』の坂樹の条は、『下總本』だけにあって、『元和古活字那波道圓本』にはないが、龍眼木の条（『上總本』にもあり）があって、ここに以上のことが記されている。

さきくさ（三枝）

メギ科（Berberidaceae）イカリソウ（*Epimedium grandiflorum* var. *thunbergianum*）

春されば　まづ三枝《さきくさ》の　幸《さき》くあらば　後にも逢はむ　な恋ひそ吾妹《わぎも》　（巻十　一八九五、柿本人麻呂《かきのもとのひとまろ》歌集）

春去　先三枝　幸命在　後相　莫戀吾妹

【通釈】春の相聞歌。「さきくさ」は「咲き」を掛ける。第一・二句は同音利用による序で、「幸く」を導く。「後相」は、「後相武」とする校本もあり、「後毛將相」（巻四　六九九）と同義と見て「後にも逢はむ」と訓ずる。「莫戀」の莫は動作を禁じる接頭辞。歌の意は、春になると、まず咲くというサキクサのように、幸せでいたなら後でも逢いましょう、だから恋しく思いますな、吾が愛しき人よとなる。

【精解】万葉集に「三枝」の句は二首に登場する。この基原を考える前に、なぜサキクサと読むのかを説明する必要があるだろう。『和名抄《わみょうしょう》』の地名部に「飛驒國 大野郡 三枝 佐以久佐」とあってサイクサと読む例があり、イ・キの音韻転訛によりサキクサとなるのだが、右の歌で「咲き」を掛け、また二重の序として「幸《さき》く」を導くことから、この訓が妥当であることがわかる。サキクサという名は、『和名抄』草木部の二カ所にあり、一つは「文字集略云 葛音娘 佐岐久佐 日本紀私記云 福草」、もう一つは「本草云 薺苨 臍禰二音 佐岐久佐奈 一云美乃波」であり、いずれも草本である。前者は特定の種を指すわけではなく本草からはまったく手掛かりがないが、『日本紀私記』を引用して福草というから、「幸き草」の意としているようだ。サルノコシカケ科に属するキノコの一種で、中国で仙薬とされるレイシ（霊芝）もサキクサ・福草とも称されることがあるが、『本草《ほんぞう》和名《わみょう》』の五芝（霊芝には五種ある）の条にサキクサなる和名はなく、後世になってつけられた名前のようであり、また季節感がなく右の歌の内容にそぐわない。

一方、薺苨は、『本草和名』に「薺苨 楊玄操音在禮反下乃禮反 一名鹿隱忍 根名也出小品方 和名佐岐久佐奈一名美乃波」とあり、『和名抄』と同じ和名サキクサナが記載されている。薺苨は『名醫別《めいいべつ》錄《ろく》』に初見し、その基原はキキョウ科ソバナあるいはその近縁種とされる。葛洪の『肘後備急方』に「隱忍草の苗はキキョウに似て人、皆之を食ふ」とある（『本草綱目』より）。この隱忍草というのが薺苨の若芽のことで、早春のソバナの若芽は現在でも山菜として食される。したがって、花期は夏であっても若芽は早春だから、こちらの方を指すと考えれば、例歌の内容にも合致させることは可能である。同じキキョウ科のツリガネニンジン（漢名は沙参）とする意見もあるが、ソバナに準じるものである。信州諏訪地方には、ツリガネニンジンの若苗をミネバと呼ぶ方言名があり、『和名抄』にあるサキクサの別名ミノバ（美乃波）から転じた名ともいう。『和歌藻鹽草』に「白朮、さき草、ひの木を云と云儀あれど、をけら也」といい、キク科オケラとする。ここに「ひの木」が出てくるが、仙覚《せんがく》（一二〇三―？）が『仙覺抄』に「檜ノ木ヲサキクサトイフハ、諸々ノ材木ノ中ニ、コトニヨキ木ナレバ、宮木ナドニモエラビモチヰラレテ、幸《サイハ》フ木ナレバ、檜ノ木ヲサキクサト云」と述べて最初に提唱した。どうやら、古くはヒノキがサキクサと呼ばれたことがあったらしく、仙覚はそれを「幸き草」と考えたようだが、字義としては論拠が弱いのは否めない。ヒノキの枕詞に「真木さく」があるが、『枕詞辞典』（阿部萬藏・阿部猛編）によれば「真木裂く」の意であり、ヒ（割れ目）を入れ、くさびを打ち込んで裂くから、ヒの同音の檜にかかるという。『説文解字《せつもんかいじ》』に「破は石砕くる也。石に从ひ皮の聲」とあるから、ヒは破と通じ、ヒノキの古名「ヒ」の名は幹を裂いて板をつくったことに由来するという。すなわち、ヒノキはまさしく「裂き草」であり、ヒノキがサキクサと呼ばれる所以はむしろこれであろう。オケラも、葉身がしばしば三つに分裂することがあるから、これも「裂き草」と考えられたのであり、同音の「幸き草」に通じるから縁起がよいとされた（ヒノキも同じであろう）と思われる。三枝を詠ったもう一つの歌「父母も上はな下り三枝の中に寝むと」（巻五　九〇四、山上憶良《やまのうえのおくら》）では「中」に掛かる枕詞として使われている。この場合、三という数字がきわめて重要であり、それは仮にこれが二や四である場合、中（央）がないから枕詞にならないことで理解できるだろう。残念ながら、ソバナ、ツリガネニンジン、ヒノキではこれを有効に説明できないので、万葉のサキクサと考えるのは難しい。

イカリソウ　花期は４月～５月、花の色は淡桃色～白色。船の碇に似た花の形が名前の由来である。

　奈良県率川《いさがわ》神社で古くから行われる祭りに三枝祭《さいくさ》というのがある。この三枝の名は「山由理草」すなわちササユリが転じたといわれ、現在の祭りではササユリが神事に用いられる（ユリの条を参照）。『令義解《りょうのぎげ》』巻二には、「三枝の花を以て酒罇を飾りて祭る、故に三枝と曰ふ」とあり、実際に現在伝えられている装飾用の花はユリである。『冠辞考』ではこれをもってユリをサキクサとしたが、盛夏に開花するから、「春去ればまづ三枝の」という情景に合わない。

　これまでは三枝をサキクサと考え、正訓としての字義はまったく無視されてきた。三枝は「三つに分かれた枝」の意であるが、これに合致する植物はきわめて限られてくる。畔田翠山《くろだすいざん》説によるメギ科の多年草イカリソウはその一つで、形態的特長が鮮明で、一名三枝九葉草（『圖經本草』）というように、枝葉ともに三つに割れているから、三枝の字義に完全に合致する。また、「裂き草」すなわち「幸き草」という名で呼ばれても不自然ではないことはいうまでもない。

　イカリソウの全草は、『神農本草經《しんのうほんぞうきょう》』中品に列せられる淫羊藿《いんようかく》であり、『本草經集注《ほんぞうきょうしっちゅう》』（陶弘景《とうこうけい》）に「此を服すれば人をして好く陰陽（性行為のこと）を爲《な》さしむ」とあるように、男性を益し陽の気を興す神仙の強精薬として古くから賞用されているから、神事に用いられるのも納得できる。イカリソウの花期は春であり、歌の内容とも矛盾はない。『本草和名』に「淫羊藿　陶景注云羊食此藿一日百遍故以名之　一名對前一名先靈裨（仙靈脾の誤）草　出蘇敬注　一名可怜筋草一名百年亡杖草　已上出隱居方　和名宇无岐奈一名也末止利久佐」とあり、ウムギナ・ヤマトリグサの和名があるが、この名は方言名にも残っておらず、イカリソウの名は江戸期以降のものである（『廣益地錦抄』、『大和本草』に初見）。おそらく、古い時代ではサキクサと呼ばれていたと推定される。伝説的な薬効とは裏腹に、繁殖力は旺盛ではないから、強精薬として乱獲され地域的には枯渇することもあったと思われる。三枝祭では、古くはユリ、イカリソウとともに複数の植物種が神事に用いられていたが、枯渇やその他の理由でサキクサたるイカリソウが姿を消し、ユリだけが残ったと考えられる。ユリの条で述べるように、もともとは佐韋草祭《さいぐさ》であったが、サキクサの筆頭であったイカリソウにちなんで三枝祭と名を変え、イカリソウが枯渇した後も名前だけ残ったと思われる。

同じく三枝の字義に合うとされるのがジンチョウゲ科ミツマタで、最近では定説として喧伝されている。これを最初に提唱したのは曾《そう》占春《せんしゅん》の『國史草木昆蟲攷』であるが、『萬葉集名物考』（春登《しゅんとう》）にも同様の記述がある。ミツマタは、夏頃に当年枝の端が三つに分かれ、秋に各枝上部の葉腋《ようえき》に花芽《はなめ》をつけ、翌春に開花する。その名の由来は三叉であって、確かに枝の先が三つに分岐しているが、あまりに枝振りがよいので、その実感は乏しいかもしれない。中国ではミツマタを結香（『群芳譜』）・白蟻樹・檬花樹・雪花樹と呼ぶが、日本名の三叉の意味をもつ名前はない。また、縁起がよいという民俗学的な裏づけにも乏しい。もともと日本に原産せず、製紙原料として中国から渡来したもので、その時期も確かな記録では室町時代後期から江戸初期であり、万葉時代にあったという証拠はない。ミツマタの繊維はコウゾより短く弱いが、これでできた紙は滑らかで光沢がある。しかし、古い時代の製紙にはそのような紙の需要はなく、近世になってから紙幣や地図など特殊用紙に用いられるようになった。中国でさえ、ミツマタを製紙原料として本格的に栽培するようになったのは近世になってからである。早春、葉に先立って三十〜五十個の花を密集してつけるのであるが、それほど目立つ特徴的な花をつける木が、『本草和名』や『和名抄』ほか古典の文献に載っていないのは、不自然と考えるべきであり、サキクサをミツマタとするのは無理であろう。北海道西南部から本州の山野の落葉樹林下に普通に生えるイカリソウこそ、三つの枝がはっきりしており、サキクサというにふさわしいと考える。

ミツマタ　花は３月〜４月に咲き、黄金色で外側が白色または金色の毛に被われる。

さくら（櫻・佐久良・佐宿木・作樂）　バラ科（Rutaceae）ヤマザクラ（*Prunus jamasakura*）

あしひきの　山桜花　日並べて　かく咲きたらば　はだ恋ひめやも
足比奇乃　山櫻花　日並而　如是開有者　甚戀目夜裳
（巻八　一四二五、山部赤人《やまべのあかひと》）

娘子《をとめ》らが　かざしのために　みやびをの　縵《かづら》のためと　敷きませる
國のはたてに　咲きにける　桜の花の　にほひはもあなに
嬶嬬等之　頭插乃多米尓　遊士之　蘰之多米等　敷座流
國乃波多弖尓　開尓鶏類　櫻花能　丹穂日波母安奈尓
（巻八　一四二九、若宮年魚麻呂《わかみやのあゆまろ》）

春雨は　いたくな降りそ　桜花　いまだ見なくに　散らまく惜《を》しも
春雨者　甚勿零　櫻花　未見尓　散巻惜裳
（巻十　一八七〇、詠人未詳）

【通釈】第一の歌は春の雑歌「山部宿禰赤人の歌四首」の一つ。「日並べて」は幾日も、毎日の意。結句は反語で、甚は、いと・いた・いたく・はだなどさまざまに読まれるが、巻十八の四〇五一「波《は》太古非米夜母《だこひめやも》」と同じ用例と見て、「はだ」とする。歌の意は、山のサクラの花がこのように幾日も咲いていてくれたなら、これほど甚だしく恋しいと思うことがあろうかとなる。第二の歌は「櫻の花の歌」と序にある。「敷きませる」は巻三の三二九に「やすみししわが王《おほきみ》の敷ませる云々」とあるから、この上二句が省略されたもの。「はたて」は果てのこと。「あなに」は感嘆を表す語。歌の意は、乙女らがかんざしとするため、風流の士が縵《かつら》とするため、（大王のお治めになる）国の果てまで、咲き誇る桜の花の、ああ本当に麗しいことよとなる。第三の歌は「花を詠める歌」で桜を詠んだもの。歌の意は、春雨はひどく降ってくれるな、桜の花をまだ見ていないのに、散るのは惜しいことだとなる。

【精解】サクラは、別に法律で定められているわけではないが、ほとんどの人が日本の国花と認識している。植物学的にサクラという名の種は存在せず、一般通念としてバラ科サクラ亜属のいくつかの種をサクラと通称している。サクラは日本固有といわれるが、十種あるサクラ亜属のうち、日本固有といえるのはわずか三、四種である。分布域が広く古くからサクラと認識されてきたヤマザクラやエドヒガンは朝鮮にもあるし、一方、中国西南地方やヒマラヤには四十五種以上も分布し、日本のサクラに負けないほど美しい花をつけるものも多い。しかし、これをもってサクラは日本原産でない（斎藤正二、『日本人とサクラ』八坂書房）というのも正鵠を射た論とは言いがたい。なぜなら日本には里桜というオオシマザクラやヤマザクラなどの野生種から創出した三百種もの園芸品種群があり、サクラとは本質的にこれらも含めた総称と考えるべきだからである。しかも、今日、広く栽培されるソメイヨシノも含めすべて日本で生まれたものであるから、日本原産としても不自然ではないのである。むしろ、サクラを日本原産でないという方が、知日派の外国人を狼狽させるのではないか。中国や西洋にはミザクラという美しい花をつける種があり、それぞれ櫻、チェリーと称してきたが、意外なことにいずれも果実の方が珍重され、花に関心がもたれることは少なかった。中国では、後述するように、各典籍はもっぱらその果実に言及し、西洋でもチェーホフの『桜の園』が果樹園であることから明らかである。万葉集を代表する花はウメという通説があるが、ウメの歌が一一九首に対してサクラはその三分の一しかないからそう信じられているようだ。それが正しくないことは、右の歌ほか個々の歌を鑑賞すればよくわかるはずだ。これについては後に改めて論述する。

万葉集に詠われたサクラの歌の数は四十四首あり、うち三十三首は「櫻」、六首が「佐久良」と表記され「佐宿木」、「作樂」とあるのがそれぞれ一首ずつとなっている。三首（巻八　一四五六・一四五七、巻九　一七四八）は花とだけあってサクラの名は出てこないが、序あるいは本歌の内容から花はサクラを指すことは明らかである。櫻は、『和名抄《わみょうしょう》』に「文字集略云　櫻　烏莖反　佐久良　子大如指端　有赤白黑者也」とあるので、いわゆるサクラに充てられた漢名である。北宋の陸佃《りくでん》が著わした『埤雅《ひが》』によれば、「字説（王安石）に云ふ、櫻は實を主とす。么穉柔澤なること嬰の如き者なり」とあり、中国の櫻で賞用されたのは果実であって、食用とするほどの実をつけず、もっぱら花を賞用する日本のサクラとは、かなり文化的背景が異なることがわかる。『玉篇』に「櫻は含桃なり」とあり、桃の一種として扱っていることからも明らかであろう。この含桃という名も中国では相当古くから知られるもので、『禮記《らいき》』月令第六に「仲夏の月、（中略）天子乃ち雛を以て黍《きび》を嘗《すす》む。羞《すす》むるに含桃を以てし、先づ寝廟に薦《すす》む」と記述され、その注に「含桃、櫻桃なり」とある。許《きょ》慎《しん》によれば、「鸎《うぐひす》の含み食《ほほ》ふ所、故に含桃と謂ふ」という（以上は『埤雅』における引用で、現存の『説文解字《せつもんかいじ》』にはない）から、『禮記注』にある櫻桃はもともと鸎桃であった。その他に、『爾雅《じが》』郭璞《かくはく》注に「楔は荊桃なり。今の櫻桃」とあり、荊桃の別名もあったが、いずれも桃の類とされた。

サクラの字を拝借した櫻桃の基原については、やはり本草から考証を始める必要があるだろう。櫻桃の名は「名醫別錄《めいいべつろく》』上品に初見し、前述の『埤雅』にも、「その顆の大なる者は或は彈丸の如し。小なる者は珠璣（真珠）の如し。南人の語に、其の小なる者は、之を櫻珠と謂ふ」とあり、果実の大きさによって幾種かあったことが示唆されている。このことは『圖經本草《ずけいほんぞう》』（蘇頌《そしょう》）でもほぼ同様の見解であり、「（櫻桃は）今、處處に有りて、洛中南都の者は最も勝る。其の實の熟する時、深紅色なる者は之を朱櫻と謂ふ。正に黄明なる者は之を蠟櫻と謂ふ云々」とあって、朱櫻・蠟櫻の名がここに見える。中国本草では、朱櫻などの名は櫻桃の変異の範囲内と解釈されているようで、別条に区別して挙げられることはなかった。しかし、わが国古代の学者は勘違いしたらしく、『和名抄』に「朱櫻　本草云　櫻桃　一名朱櫻　波々加　一云　加邇波佐久良」とあるように、朱櫻をハハカあるいはカニハサクラなる和名をつけ、実質的にいわゆるサクラとは区別してしまった。これについてはカニハの条で述べる。

果実以外の形態に関する櫻桃の記述は、明代後期編纂の『本草綱目《ほんぞうこうもく》』（李時珍）が初めてであり、これによれば「櫻桃樹、甚だ高からず。春初に白花を開き、英《はな》繁きこと雪の如し。葉は團《まる》くして尖および細齒有り、子を結びて一枝に數十顆をなす」とあり、この記述と『證類本草《しょうるいほんぞう》』巻二十三にある櫻桃の図から、中国でいう櫻桃は、サクランボを採るために栽培されるシナミザクラあるいはカラミザクラとしてまちがいない。ところが、小野蘭山《おのらんざん》（一七二九―一八一〇）や水谷豊文《みずたにとよぶみ》（一七七九―一八三三）ほか江戸期の本草家は、櫻桃をバラ科の低木ユスラウメとし、『諸橋大漢和辞典』でもこの見解が採用されている。ユスラウメの果実はサクランボに似て食べられるが、核仁を大李仁と称して郁李仁（正品はバラ科ニワウメおよび近縁種の核仁）の代用とし古くから薬用として利用された。これに対して、櫻桃の核仁は小さく、薬用にされたのは比較的最近であるから、ミザクラとウスラウメは古くから明確に区別されていたと考えねばならない。また、ユスラウメは中国の原産で日本に野生はなく、渡来したのは江戸時代以降とされ、古代日本に知られていたという証拠はなく、蘭山・豊文の見解は誤りである。

以上、万葉集で櫻の字を拝借した櫻桃はシナミザクラ、カラミザクラであることを述べたが、そのいずれも江戸時代に渡来したもので、万葉時代にはなかったから、実際に万葉集にあるサクラがどの種を指すのかという問題が残る。日本に原生するサクラは、エドヒガン、オオシマザクラ、オオヤマザクラ、カスミザクラ、カンヒザクラ、タカネザクラ、チョウジザクラ、マメザクラ、ミヤマザクラ、ヤマザクラの十種である。このうち、オオシマザクラとカンヒザクラがそれぞれ伊豆諸島（伊豆半島、房総半島南部にもあるといわれる）と南西諸島の島嶼に分布するのを除けば、残りはいずれも日本列島

ヤマザクラ　花は直径3～3.5センチあり、4月頃、葉が開くと同時に咲く。

の暖帯から温帯・亜寒帯の山地林内に比較的広く散生する。人里に近い低山・丘陵地帯の二次林によく出現するものが万葉歌にあるサクラとすれば、ヤマザクラ、カスミザクラ、チョウジザクラに絞られる。この三種で人里にもっとも普通に見られるのはヤマザクラであり、万葉集のサクラのほとんどはこれと考えて差し支えない。「暇あらばなづさひ渡り向つ峰《を》の桜の花も折らましものを」（巻九一七五〇）という歌にある、「向つ峰の桜」が深山に生えるものであると考えれば、ヤマザクラのほかエドヒガンの可能性も大いにあるだろう。エドヒガン、ヤマザクラともに樹高二十メートル以上、胸高直径一メートル以上になる高木であるから、深い山中に散在していても花期であれば遠目でもよく目立つ。

今日、サクラの名所が全国にあり、開花時期となれば多くの人を魅了する。サクラの花を見たくないという人は、著者がそうであるようにおそらくへそ曲がりであって、必ずどこかでひっそりと花見を楽しんでいるはずだ。にもかかわらず、万葉集でサクラを詠った歌は四十四首と意外に少なく、ウメの歌（一一九首）の三分の一にしかない。これをもって万葉を代表する花はウメであって、サクラは現代ほど古代人に親しまれていなかったと考える研究者は多い。サクラは日本に原生し、昔も今も変わらない花をつけ、平安以降あれほど愛でられたのに、万葉集ではなぜそんなに少ないのだろうか。斎藤正二はこれを中国文化の強い影響下で起きた桜観の変化と見る（『日本人とサクラ』）。すなわち、上代の日本人の桜観は、『文選《もんぜん》』巻第二十七の沈休文の五言詩「早に定山を發す」の一節「野棠は開いて未だ落ちず、山櫻は發《ひら》いて然《も》えんとす」を「下敷きにして換骨奪胎したもの」であり、万葉集でウメとサクラの歌数に大きな差があるのは、中国詩文における扱いがウメよりサクラの方がはるかに小さかったからだという。

しかしながら、この説は万葉の植物に関するある重大な事実を見落としている。第一に、万葉集でもっとも出現数が多いのは、中国に下敷きとする詩がほとんど見当たらないハギの歌であり、中国詩に圧倒的に多く出現するはずのモモやアンズの歌が、万葉集で非常に少ないことが証左である。『延喜式』の記述および平城京跡から大量に出土する核の存在から、モモ・アンズが万葉時代に広く栽培されていたことは確かであり、もし万葉歌人が中国文化の影響だけに左右される形で歌を詠んでいるとすれば、きわめて奇妙といわねばならない。このことは上代の日本人が中国文化だけを意識して詩歌を詠んだのではなく、固有の感性をも反映させてきたことを示唆する。第二は、実際に詠まれた歌を吟味すればわかるが、四十四首のうち四十一首がサクラの花を歌い、残りの歌のいずれも花を連想させているから、その花の美しさが万葉人の心を深くとらえていたことである。すなわちサクラが万葉歌人から熱い情愛をもって詠われ、桜の美学といえるほどのものが芽生えているのに対して、ウメにはこれほどの熱情は感じられない。それを象徴するのが「梅の花吾は散らさじあをによし奈良なる人も来つつ見るがね」（巻十一九〇六）という詠人未詳の「花に寄する」歌であり、詠人のウメの花に対する熱い情愛はまったく伝わってこないが、舶来の珍しい花卉を奈良の都人が見に来るから、ウメの花を散らすわけにはいかないと淡々と詠っているにすぎない。すなわち、当時の都人はパンダを見るために上野動物園に行くような感覚でウメを見ていたのである。ウメの歌の多くに中国六朝文学の影響が濃厚であることは明白である（ウメの条を参照）が、サクラに関してはそれがまったくといってよいほど感じられない。そもそも中国詩に櫻（櫻桃）の歌はきわめて少なく、「早に定山を發す」をサクラの歌と見ること自体無理があり、サクラを詠った万葉歌が中国詩を下敷きにしているとは到底思えない。

別の視点からウメとサクラを比較してみると、万葉のサクラの歌は詠人未詳が約半数の二十一首を占め、名前の明記された詠人の割合が七割に達するウメの歌とは好対照をなす。また、サクラの歌の中には、足早に散り行くサクラの花を惜しむものがあり、この感性はサクラが名実ともに日本を代表する花となった平安時代以降のみならず、今日の日本人のそれと本質的に変わらない。実は、万葉のウメの歌にも散り行く花を惜しむものがかなりあり、中国の落梅の詩の影響と考えてよいが、サクラについてはその延長線上とは考えられないものがある。桜吹雪という語があるほどサクラの花の散り方は激しいが、ウメは花の期間が長いので散るという印象はずっと小さいからである。むしろ、万葉集の落梅の歌はサクラからのフィードバックがあった可能性も考えられる。つまり、ウメの万葉歌の中にはサクラの花を重ね焼きしたようなものがあることを示唆する。かかることは上代人の脳裏にサクラの花の印象が深く焼きついていると考えなければ成立しないから、上代においてもサクラはこれまで考えられてきた以上に大きな存在であったと考えねばならない。

万葉集における出現数からいえば、ウメよりずっと多いハギを上代の花とすべきであるが、多くの研究者からはほとんど無視されている。ここで、ハギ・ウメ・サクラが上代の日本でどのような分布状況であったか考察してみたいと思う。

ハギの条でも述べているように、万葉時代の大和地方は急激な開発により照葉樹林が大規模に伐採され、代償植生《だいしょうしょくせい》としてススキなどカヤ類を中心とした草原が各地に成立した。ハギは草原植生であるカヤ原で先駆的に出現する低木であるから、万葉人にとってハギはどこにでもある花であったはずで、その結果、多くの歌に詠まれたのである。しかし、平安以降、大規模開発が一段落し、また、カヤ原も火入れなど定期的な手が加えられるようになると、ハギは人里から姿を消すとともに文学の世界からも消えていった。一方、ウメは中国原産であって日本には野生しないが、おそらく遣唐使によって持ち込まれた舶来の珍しい有用植物（果実は薬用・食用になり、媒染剤としても繁用された）であり、また六朝漢詩にそれを詠う歌が多くあったから、教養を競い合う貴族にとってウメはステータスシンボルであった。奈良時代の日本では、ウメは都でもそれほど普及しておらず、珍しい存在であったことは、六朝詩をコピーしたような歌が多いことから推定される（ウメの条を参照）。

次にサクラについてであるが、万葉集でサクラの歌がウメやハギに比して少ないのは、第一の理由に、サクラが山地の林内に散発的に生え、どこにでもある存在ではなかったからである。もっとも人里に近いところに自生するヤマザクラの分布は、関東地方以西の暖帯であり、しかも自然林では意外と少なく、むしろ雑木林の二次林に多く出現する。東歌に一つも詠われていないのは、万葉時代の東国は自然生のヤマザクラが少ないうえに、サクラの生える二次林（雑木林）が少なかった、すなわち開発が進んでいなかったからである。ヤマザクラより上部の植生帯に生えるエドヒガン、カスミザクラ、チョウジザクラも東国人の目に留まることは少なかった。第二の理由に、万葉のサクラすなわちヤマザクラは樹高二十メートル以上になる落葉高木であり、屋敷に植えるには大きすぎるため、小高木にしかならないウメが好まれたことが挙げられる。また、山採りした幼木の移植も容易ではなく、成長も遅く花が見られるようになるまでかなりの期間を要するのも理由に挙げられよう。すなわち、万葉のサクラを、成長が早く栽培の容易なソメイヨシノと同じイメージをもって見てはならないのである。万葉歌にはサクラの花の宴を示唆する歌がないのも同じ理由である。ただし、上代でもサクラを観賞用に植えることがあったことは、『日本書紀』巻第十三「允恭紀」にある「八年の春二月、藤原に幸《いでま》す。（中略）明旦に、天皇、井の傍の櫻の華を見《みそなは》して歌《みうたよみ》して曰《のたま》はく、花ぐはし櫻（原文は佐區羅）の愛《こと》で同愛でば早くは愛でず我が愛づる子ら」という記述により明らかである。

文学における出現数で、ウメとサクラの地位が逆転したのは平安時代からといわれるが、九世紀初頭に編纂された勅撰三大漢詩集（『凌雲集』『文華秀麗集』『經國集』）ではまだウメの方が重く見られていた。ところが十世紀初頭に成立した『古今和歌集』では、サクラの歌が急増する一方、ウメはその五分の一ほどに激減し、数の上では万葉時代とは完全に逆転してしまった。ウメとサクラの逆転は、承和五（八三八）年を最後に、寛平六（八九四）年に遣唐使が廃止されたことと符合し、奈良時代と比べて日本文化に対する中国文化の影響力の低下がある。平仮名という独自の文字が創出されたのもこの頃で、中国からの文物や物品などの供給が途絶えたことで、圧倒的に優勢であった中国文化が陳腐化するにつれて、潜在的な形で細々と存在してきた日本独自文化の芽がその重しから解放されるように芽生えた結果であろう。

ウメとサクラの関係もその延長線上にあり、新しい中国文化が絶えず流入していたころは舶来崇拝が強く、ウメは唐土の原産というだけで注目されていた。超大国唐の衰退滅亡はそれを色褪せたものとし、サクラに対する潜在意識が一気に開花したのである。それを象徴するのが京都御所紫宸殿《ししんでん》の東方に植えられている「左近の桜」であり、『古事談』巻第六によれば「南殿の櫻樹は本《もと》是れ梅樹なり。桓武天皇遷都の時、植ゑらる所なり。而れども承和年中に及びて枯れ失《う》せり。仍《よ》りて仁明天皇改めて植ゑらるるなり。其の後、天徳四年九月廿三日、内裏は焼亡焼失す。仍りて内裏を造る時、重明親王家の櫻木を移し植うる所なり」とあり、天徳四（九六〇）年にそれまでのウメに代えてサクラが植えられたとある。『古事談注』に、「件の木は本《もと》吉野山櫻木云々」とあるから、ヤマザクラであったことはまちがいない。また、花の宴も主役がウメからサクラに代わったことは、『三大實録』「貞觀八年三月廿三日」の条に「鸞輿、右大臣藤原朝臣良相西京第に幸《いでま》し、櫻花を観る。文人を喚《よ》びて百花亭の詩を賦す。席を預かる者四十人云々」という記述があり、かなりの規模で観桜の宴を催し詩歌に興じたことを示唆する。

『徒然草』の一三九段に、「花は一重なるよし。八重櫻は、奈良の都にのみありけるを、この頃《ごろ》ぞ、世に多く成り侍るなる。吉野の花、左近の櫻、皆一重にてこそあれ云々」とあるように、一重のサクラが大半であった中で八重桜も出現したことを示唆する。この八重桜とは、『詞花集』から『小倉百人一首』に収載された伊勢大輔《いせのたいふ》（平安中期）の有名な歌「いにしえの奈良の都の八重桜けふ九重に匂ひぬるかな」にあるものをいう。藤原清輔《ふじわらのきよすけ》（一一〇四—一一七七）は『袋草紙』で伊勢大輔がこの歌を詠んだときの様子を「殿ヲハジメタテマツリテ、萬人感歎シ宮中皷動ス云々」と書き記しているが、歌だけでなくこの花の美しさに感動したことも表した。この歌の内容は、必ずしも奈良時代の奈良に八重桜があったことを意味するわけではないが、一般にはそう解釈されている。三好學（一八六二—一九三九）は、大正十一年、東大寺知足院にあった八重桜を古記録にある奈良八重桜《ならのやえざくら》と認定した。現在では、これを受けて奈良県の県花に指定され、奈良市の市章にも採用されている。このサクラはヤマザクラに近縁のカスミザクラの系統であり、これによく似た大樹が三重県上野市予野に残されており（予野八重桜という）、このサクラをいたく気に入った中宮彰子（上東門院）が、伊賀国余野庄園を興福寺に寄進し、「花垣の庄」と名づけて八重桜を長く保護させたという『沙石抄』巻第六の記述とよく一致する。野生株の中から選抜した変異種なるゆえ、実生では先祖返りしてしまうから、この系統を維持する方法としては挿木か接木による栄養繁殖に限られる。わが国では平安時代に接木の技術が中国から伝わっていた可能性があり（ナシの条を参照）、いずれかの方法で継代繁殖したのであろう。

万葉集にあるサクラは、ヤマザクラを中心とした数種の野生サクラと考えられるが、今日、各地に植栽されるもので野生の形質のものは少なく、ほとんど園芸品種である。もっとも広く栽培されるのはソメイヨシノであるが、エドヒガンとオオシマザクラの雑種起源説のほか、朝鮮済州島起源説があり、長い間論争があった。済州島のサクラについては、ドイツの植物学者E・ケーネ（一八四八―一九一八）は、仏人E・J・タケが一九〇八年に採集した個体について記載し、ソメイヨシノの変種とした（日本名エイシュウザクラ）。しかし、一個体でしかも幼木から採集した葉のない花枝一本からなる不完全標本であった。この翌年、小泉源一（一八八三―一九五三）は仏人U・フォーリー（一八四七―一九一五）が済州島で採集した標本の中にソメイヨシノに似たものを発見し、済州島起源説を確信したといわれる。ところが、米国からサクラの研究で日本に派遣されたE・H・ウイルソン（一八七六―一九三〇）は、一九一六年に出版された報告書『日本の桜』（The Cherry of Japan）の中で、ソメイヨシノがオオシマザクラとエドヒガンの雑種であると記述した。これに対して、小泉は一九三二年に済州島にて現地調査を行い、エイシュウザクラ、エドヒガンとともに混生していたソメイヨシノの野生品を発見したと報告した。しかしながら、ソメイヨシノと比較したというフォーリーの標本が残っておらず、済州島に自生していたというソメイヨシノについても幼木の一個体であって、真の野生種かどうか疑問視する専門家は多かった。済州島には明治になってから日本人が入植し始め、彼らが持ち込んだ可能性もあるからだ。

一方、ソメイヨシノが雑種起源であることは、結実性の低いことから推測されていたが、国立遺伝学研究所の竹中要（一九〇三―一九六六）は交配実験によってソメイヨシノに似た個体ができることを確かめ、また伊豆半島でオオシマザクラとエドヒガンの自然雑種でソメイヨシノに似たものを発見するにいたって、ソメイヨシノ雑種起源説が広く支持されるようになった（植物学雑誌、一九六五年）。しかし、小泉の済州島起源説を打ち消せない事実と考える分類学者もいた。サクラ類の形態による分類は専門家でも難しく、サクラに対する関心の高い日本ですら、一九五〇年に東京大学の原寛（一九一一―一九八六）によってようやくヤマザクラ・カスミザクラ・オオヤマザクラが独立種として形質のちがいが明確になったにすぎない。また、サクラ類は野生種でも種間雑種を生じやすいという厄介な特性があり、これまでに記載された相当数の雑種が独立種として記載されてきた事実もある。すなわち、ソメイヨシノの起源について言及するには旧来の形態分類学ではおよそ力不足であり、小泉の研究結果をそのまま信用することはできないことを意味する。

この論争に決着をつけたのは、もはや時代遅れとなっていた形態分類学ではなく、最新の分子生物学手法を駆使した遺伝子解析技術であり、今日ではこの結果に基づいて雑種起源説が定説になった。

ただし、ソメイヨシノがどこで発生したかという問題が残り、オオシマザクラとエドヒガンの両種が分布する伊豆半島とする説（竹中）と、東京都染井村（豊島区駒込付近）とする説（当地の植木屋にソメイヨシノを創出したという記録が発見されたという。岩崎文雄「筑波大農林研報」一九九一年）があり、いずれとも決め手に欠ける状態が長く続いた。二〇〇七年の日本育種学会において「*PolA1* 遺伝子解析によるサクラの類縁関係―ソメイヨシノの起源」という演題が発表され、伊豆諸島から伊豆半島の固有種オオシマザクラとエドヒガンの栽培品種であるコマツオトメとの交配で生み出された可能性が高いことが指摘された。コマツオトメは東京（江戸）で発生したものであるから、染井村が発生地ということになり、これをもってソメイヨシノの起源論争は終結した。

オオシマザクラ　花は直径4.2～5.5センチで、芳香があり、3月下旬～4月上旬頃、葉が開く少し前に咲く。

ソメイヨシノのほか、わが国で植えられるサクラには里桜という品種群がある。その総数は二百種とも三百種ともいわれるが、歴史的品種の中には実態の不明のものがかなりある。里桜の大半は八重咲きであり、前述の奈良八重桜とちがって、ほとんどがオオシマザクラの系統である。オオシマザクラは伊豆諸島の原産でその野生も本州のごく限られた地域にしかないのになぜこれほどの品種群が育成されたのか、わが国南半部に広く分布するヤマザクラ系品種が十種に満たないことを考えると実に不思議に思える。変異の発生は確率的に起きるから、大規模に人為繁殖をすればその確率は高まる。それには、著名な農学者である中尾佐助（一九一六―一九九三）が述べるように、それを許容する文化とそれを支える権力、経済力が必要となる。里桜の発生を中尾は室町時代の鎌倉周辺と見ている（『花と木の文化史』）。

この地域は鎌倉幕府の滅亡後も関東管領が置かれ、有力な戦国大名北条氏の支配下に入り、東国の政治・経済の中心地となった。つまり、鎌倉～室

現代の里桜「普賢像」

町時代の文化は、西の京都と東の鎌倉（関東）の二大中心があり、オオシマザクラの自生する伊豆半島はその間にあって開発が進み、それとともに多くのオオシマザクラの個体が植栽用に採取された。その結果、鎌倉周辺で多くの里桜が創出され、京都にも伝えられたと考えられる。たとえば、普賢像《ふげんぞう》という里桜と同名のサクラが、室町時代の京都の千本の閻魔堂にあったが、鎌倉の普賢堂から移植されたものといわれる。同名とはいっても、当時と今日のものが同じという確証はない。また、京都で変異種が選抜され、多くの品種が育成されたことも否定できない。外国では里桜に対する評価は非常に高いのであるが、日本人が植えたがるのはソメイヨシノばかりという愚痴を外国人から聞いたことがある。ニューヨークのブルックリン植物園にセキヤマ（関山）という里桜が多く植えられ、開花期に多くの入場者を魅了するのを見ると、里桜も日本固有のサクラとして世界に広めるべきであろう。

ささ（小竹・佐左）

イネ科（*Poaceae*）チマキザサ（***Sasa palmata***）・ミヤコザサ（***S. nipponica***）

笹の葉は　み山もさやに　さやげども　吾は妹思ふ　別れ来ぬれば

（巻二　一三三、柿本人麻呂《かきのもとのひとまろ》）

小竹之葉者　三山毛清尓　亂友　吾者妹思　別來禮婆

【通釈】長歌の序に「柿本朝臣人麻呂の、石見の國より妻に別れて上り來し時の歌」とあり、この反歌の一つ。第二句の「さやに」は、さやさやという擬声語の副詞形で、音を立てること。「亂友」は「みだるとも」と読む説もあるが、前句に「さやに」があり、「そよぐ」という意味の古語である「さやぐ」があるので、「さやげども」と訓ずる。歌の意は、ササの葉がこの山でさらさらとそよいでいるが、私は（そんなことに目もくれず）妻のことを思っている、その妻に別れてきたばかりだからとなる。歌の内容からわかるように、人麻呂が愛する妻に当てた相聞の歌である。

【精解】「笹の葉さらさら軒端《のきば》に揺れるお星さまきらきら」は日本人なら誰でも知っている童謡「七夕」の歌であるが、いわゆる「笹飾り」に使われるのはタケであってササではない。ササは、イネ科タケ亜科に属する植物の中で、茎が細く丈も低いものを指すが、別にシノダケと俗称するものがあって、その区別はあいまいである。また、この童謡にあるようにタケの葉をササと称することもある。

万葉集でササとあるものは右の歌を含めて五首に登場し、「小竹」が三首、「佐左」が二首となっている。前者の「小竹」については、『箋注《せんちゅう》倭名類聚抄《わみょうるいじゅしょう》』に「蒋魴切韻云　篠　先鳥反　之乃　小竹　散々」とあり、これをササと読むことがわかる。一般にササの漢名を笹としているが、これは完全な国字であって中国にはなく、葉の省略形「世」を竹につくったもので、万葉歌と同じように葉を強く意識したものである。今日いうササには、シノ（篠）と総称される小型の竹類と、狭義のササとに大別され、前者は葉が相対的に小型で茎が目立って丈も比較的高いが、逆に後者の茎は細く低く葉が相対的に大きくて目立つ。万葉集のササは、五首のうち四首までが葉を詠んでおり、それを狭義のササと考えてまちがいない。残りの一首（巻十　二三三六）も「小竹の上に霜の降る」と詠まれるから、これも葉の上に降りた霜を強調しているので狭義のササである。

ササの語源は、『大言海』によれば、「細小竹《ささたけ》の下略。或は云ふ、葉の風に吹かれて相触るる音を名とし竹の異名にしたるなり」とあり、右の人麻呂の歌にある葉の音に由来するというのがわかりやすい。一方、「ささ」を小さいという意とし竹の小型というのも十分に理があり、いずれが正か判断するのは難しい。

ササの仲間で、もっともよく知られるのは、冬季に葉の縁が白く枯れるクマザサで、よく庭園に植えられるが、京都の山地の一部にしか自生のない珍しい種である。よく熊笹と表記されることがあるが、正確には隈笹であり、縁（隈）の特徴に基づく。これとよく似た種にミヤコザサがあり、北海道の一部と本州（太平洋側）、四国、九州に分布し、これも冬になると葉の縁が白くなる。チマキザサは、その名のように、五月の端午の節句のチマキを包むのに葉が利用されるもので、北海道、本州（日本海側）、四国、九州に分布する。万葉集にあるササはミヤコザサかチマキザサのいずれかと考えてよいだろう。人麻呂の歌は「石見の國より上り來りし時」という序から山陰道のいずれかの地で詠われたものであり、分布から考えてチマキザサではないかと思われる。狭義のササは、イネ科ササ属に分類されるが、日本列島に分布の中心をもつ準固有属とされ、属名のラテン名も *Sasa* で日本語に由来する。約三十五種からなるといわ

チマキザサ　山野でもっとも普通に見られるササで、葉には毛がなく、粽や寿司などに用いられる（写真提供：亘理俊次）。

れるが、変異が著しく分類もまだ整理されていない。このうちの大半は日本に自生し、列島のいたるところに普通に見られるが、国外では朝鮮と樺太の南部にしかない。一方、中国にほとんどないことはササに相当する用字がないことからわかるだろう。

以上、述べたササ類をはじめ、狭義のササはいずれもブナなど夏緑落葉樹林の林床に多く見られ、いずれも温帯性である。イネ科タケ亜科の植物は、もともと熱帯で分化した種群であり、ササは北方の寒冷な気候に適応して小型化したものと考えられ、冬季に雪が多い湿潤気候の日本の温帯地方を特徴づける植物群である。その中でもっとも北方に分布するものはチシマザサで、本州日本海側の多雪地帯、北海道、千島、樺太に産し、広葉樹林内に大群落をつくる。関別名をネマガリタケともいい、若芽を笹子と称して食用とする。関東地方のクヌギ－コナラ林（いわゆる雑木林の植生）の林床には、ササに似たアズマネザサがよく見られるが、ササ属ではなくシノに近いものであり、暖温帯に分布の中心がある。一般には、これもササと称され、前述したように、シノとの区別は実にあいまいである。

さねかづら（狭根葛・核葛・狭名葛・真玉葛・佐奈葛・左奈葛・木妨己） モクレン科（Magnoliaceae） サネカズラ（*Kadsura japonica*）

玉くしげ　みもろの山の　さな葛　さ寝ずは遂に　ありかつましじ　（巻二　九四、藤原鎌足《ふじわらのかまたり》）

玉匣　将見圓山乃　狭名葛　佐不寐者遂尓　有勝麻之自

あしひきの　山さな葛《かずら》　もみつまで　妹に逢はずや　吾が恋ひ居らむ　（巻十　二二九六、詠人未詳）

足引乃　山佐奈葛　黄變及　妹尓不相哉　吾戀将居

【通釈】 第一の歌は、飛鳥時代の実力者で藤原氏の始祖である藤原鎌足（六一四―六六九）の歌で、序に「内の大臣《おほまへつきみ》藤原卿《ふじはらのまえつきみ》の鏡王女《かがみのおほきみ》に報《こた》へ贈れる歌」とある。鏡王女は鎌足の妻で、額田王《ぬかたのおほきみ》の姉に当たる。「玉」は美称、「くしげ」は櫛笥のことで、櫛を入れるケースをいう。通例、蓋がついているので、「ふた」、「覆う」、蓋に対する中身から「み」に掛かる枕詞。「将見圓山」は難訓で、そのまま「見む圓山」と読む説と、「或本歌云玉匣三室戸山」の後注があることから「みも（む）ろの山」と読む説がある。集中に「三諸山」、

「三室山」が多く出てくるので、後者の説を取る。「さな葛」は次句の「さ寝ず」に類似音による序。「ありかつましじ」もわかりにくいが、「かつ」は「得」、「堪ふ」の意で、「ましじ」は「まじ」と同じ否定推量の助動詞。歌の意は、三諸山のサネカズラではないが、その名のように寝ずには堪えられないだろうとなる。鏡王女が「玉くしげ覆ふを安み明けていなば君が名はあれど我が名し惜しも」（巻二　九三）の歌で暗いうちに帰宅を促したのに対して、相手と共寝をせずに帰るなんて堪えられないとやんわりと拒絶した。第二の歌は秋の相聞歌で「黄葉《もみじ》に寄する」もの。第一句から三句までは、長い時間を形容する序。歌の意は、山のサネカズラが色づくまで愛しい人に逢うことなく、私は恋し続けているのであろうか、あなたに逢わないなんて堪えられませんとなる。

【精解】 万葉集で「狭根葛」、「核葛」、「狭名葛」、「真玉葛」、「佐奈葛」、「左奈葛」、「木妨己」と出てくるのが九首あり、いずれもサネ（ナ）カズラと訓ずる。木妨己は木防已に同じで、これをサネカズラと読むのは、『新撰字鏡《しんせんじきょう》』に「木防已　二八月採根陰干佐奈葛一云神衣比」とあるのに基づく。『本草和名《ほんぞうわみょう》』に「五味　蘇敬注云皮實甘酸核中辛苦都有鹹味故名五味具　一名會及一名玄及　本條　一名莖著　莖音京著音除出兼名苑　和名砂祢加都良」、『和名抄《わみょうしょう》』に「蘇敬曰　五味　佐禰加豆良皮完（ママ）甘酸核中辛苦都有鹹味故名五味也」とあり、万葉集に出てくるサネカズラは、漢名の五味に相当するものであることがわかる。漢方の要薬の一つでマツブサ科チョウセンゴミシの果実を基原とする五味子があり、この名の由来は、『新修本草《しんしゅうほんぞう》』（蘇敬《そけい》）に「皮肉は甘く酸く、核中は苦く辛く、都《すべ》てに鹹味《かんみ》有り」と記述されているように、酸・苦・甘・辛・鹹の五つの性味をもつと考えられたからである。平安時代の『延喜式』巻第三十七「典薬寮」の「諸國進年料雑薬　安藝國」の条に五味子の名があるが、日本でのチョウセンゴミシの分布は本州中部（長野県・岐阜県と山梨県）の標高千《メートル》以上の山岳地帯と本州北部、北海道の冷涼地帯に限られるから、『本草和名』や『和名抄』にあるように、古代においてはモクレン科サネカズラを充てていたと考えてまちがいない。後世の本草家は、チョウセンゴミシを北五味子、サネカズラを南五味子と区別したが、これは両植物の分布をよく表している。

サネカズラは、福井県・茨城県以西の平地から低山の比較的温暖な地に普通に分布し、チョウセンゴミシの分布と重複することはない。これは朝鮮半島ではさらに顕著で、チョウセンゴミシは中北部に普通にあり、南端部でも山岳地帯にあるが、サネカズラは済州島を除いて分布していない。日本にも分布するはずの五味子をチョウセンゴミシと呼ぶのは、長い間、日本にないと考えられ、北五味子を朝鮮から輸入していたからである。『本草綱目紀聞《ほんぞうこうもくきぶん》』（水谷豊文《みずたにとよぶみ》）によれば、享保年中（一七一六―一七三六）にチョウセンゴミシの種が伝えられ（朝鮮通信使が持ち込んだと思われ、高麗人参の種子もこのとき伝えられた）、江戸では岡田左門御預の御薬園に植えられていたが、繁殖しなかったという。『本草綱目啓蒙』（小野蘭山《おのらんざん》）によれば、五味子は対馬経由でわずかに入手できる程度であったといい、サネカズラの実を煮て色を黒くし味をつけて北五味子に見せかけた偽和品が横行していたが、尾州（尾張）から名古屋五味子という北五味子と変わらないものが売り出されたという。『本草綱目紀聞』によれば、木曽から産出されたもので、名古屋から全国に流通したので名古屋五味子の名がついたらしい。大粒で黒く潤いがあって、しばらくすると白いカビ（多分、糖分が浮き出たものと思われる）を生ずるというチョウセンゴミシの果実の特徴を有するから、名古屋五味子はチョウセンゴミシそのものである。チョウセンゴミシが自生する木曽に尾張藩の御用林があり、そこで採取して販売したと思われる。チョウセンゴミシの日本列島における分布の確認は、公式には明治以降であるが、江戸中期には発見されていたのである。

さて、万葉集の一首（巻十三　三二八八）に見える木妨已、すなわち木防已の基原については本草学でも混乱があった。『新修本草』に「防已、本《もと》漢中に出る者（これを漢防已という）は車輻解（茎の断面模様が車輻に似る）を作り、實は黄にして香ばし。其の青白にして虚軟なる者は木防已と名づく。都《すべ》て（薬に）用ふるに任《た》へず」と記述され、『圖經本草《ずけいほんぞう》』（蘇頌《そしょう》）は「又、腥氣有り皮は皺み、上に丁足子有るを木防已と名づく」と述べるが、以上の記述から木防已の基原を推定するのは困難である。実際、張仲景《ちょうちゅうけい》の原著となる『金匱要《きんきよう》略《りゃく》』には、木防已湯を支飲（突き上がってくるような激しい咳をして、起座呼吸状態で、呼吸困難があり、顔などがなんとなくむくんで見える状態をいう）の治療に挙げているが、典型的な利水（薬物を用いて体内から水を排出すること）の処方であって普通の防已（漢防已）と変わらない。『本草拾遺《ほんぞうしゅうい》』（陳藏器《ちんぞうき》）は「按ずるに木漢二防已は卽ち是の根苗を名と爲す。漢（防已）は水氣を主《つかさど》り木（防已）は風氣を主る云々」と述べ、木漢防已を無理に区別しようとしているように見える。しかし、これ以降、基原植物を異にする漢防已と木防已の二品が出回るようになった。

日本では、江戸時代以降は、漢防已をツヅラフジ科オオツヅラフジに、木防已を同アオツヅラフジに充てており、『本草綱目啓蒙』では明確に区別されている。前述の『延喜式』巻第三十七「典薬寮」には、防已（駿河など）と木防已（伊豆など）の二名が見えるが、どう区別されていたかはわからない。『本草和名』では、木防已は防已の一名とされ、和名アヲカヅラを充てている。前述したように、『新撰字鏡』では木防已をサネカズラに充てるが、ツヅラフジ科はアルカロイドを含み、モクレン科はそれを含まないから、分類学的のみならず化学的にもまったく異なり、薬効では大きな差があるはずで、これは誤ってつけられたと考えるのが自然であろう。基原の混乱は中国でも深刻であり、ツヅラフジ科で二系統、ウマノスズクサ科の

サネカズラ　小さな果実が集まって、直径2～3センチほどの集合果となる。

チョウセンゴミシ　小さな果実が連なって、5～6センチほどの集合果となる。（写真提供：秋山久美子）

一系統で、少なくとも三系統の基原植物があり、特に有毒成分アリストロキア酸を含むウマノスズクサ属基原のもので腎障害の副作用事故が実際に発生している。万葉集には「つづら」の名で詠まれた歌があり、これはツヅラフジ科のアオツヅラフジ・ツヅラフジあるいはハスノハカズラ以外は考えにくい（ツヅラの条を参照）。万葉の木妨己（木防已）は、ツヅラフジ科植物たとえばアヲカヅラであれば、訓でも歌の解釈でも不自然さはない（巻十三　三二八八）。本書では、一応、定説とされるサネカズラとしておくが、本来ならアヲカヅラの方にむしろ理があることをつけ加えておく。

サネカズラを詠む万葉歌九首のうち、四首は「後に逢はむ」に掛かる枕詞として用いられていて、カズラすなわち蔓類が這い回って末で逢うという意味が込められており、「延ふ葛《くず》の後も逢はむと」（巻十六　三八三四）の用例があるように、サネカズラに固有のものではない。また、巻十三の三二八八の「さな葛（木防已）いや遠長く」も長く伸びる蔓に対して、遠くに掛かる枕詞としたものである。植物としてのサネカズラそのものを詠ったものは残り三首であるが、第二の歌では「もみつ（黄變）」とあり、また、この歌が黄葉を詠ったものであるから、常緑のサネカズラであり得ず、ウルシ科ツタウルシとする俗説がある。確かに、ツタウルシの紅葉は美しく、この歌に合致するようにみえるが、次の二点で誤りと考える。一つ目は、ツタウルシはウルシと同じように有毒植物であり相聞歌にふさわしくなく、二つ目は、気根を出して木や岩を這い登る植物であり、方言名を調べればわかるが、カズラとは認識されていない。紅葉する蔓であることに拘るのであれば、むしろ、エビヅル、サンカクヅル、ヤマブドウなどブドウ科植物と比定すべきであろう。秋に美しく紅葉し、また果実は黒く熟して食べられるから、「さな葛もみつまで」のサナカズラに合致する。また、サナヅラ・サナジラというよく似た方言名が東北地方に残っている（『日本植物方言集成』）のもその傍証となろう。しかし、本書では、定説の通り、敢えてモクレン科サネカズラ説を取る。前述したように、「山さな葛もみつまで妹に逢はずや」はサネカズラが色づくまで愛しい人に逢うことなく云々という意味であり、長い時間を形容する序であるから、必ずしも紅葉する植物と考える必要はない。サネカズラは常緑であるが、秋冬になるとすこし赤変することがあり、いかにもきれいに紅葉するかのようにみえることがある。実際には、それ以上色づくことはないから、上述の歌は「待てども紅葉せず」というサネカズラの特質を巧妙に利用したと考えられるのである。この解釈を飛躍というなら、旧来の説明でもよいだろう。サネカズラの葉の表は深緑色だが、裏はしばしば紅紫色を帯びるから、これを紅葉に見立てたと解釈すればよい。

サネカズラの茎皮にはキシログルクロニドという粘液物質が含まれ、昔は、水に浸して抽出した粘液を櫛につけて整髪に用いたり、製紙用糊に使ったりした。ナメラカズラ・ネバリカズラ・トロロカズラ・モチカズラという地方名は、粘液に富むことを表した名であり、また、ビンツケカズラ・ビンカズラは整髪に用い、ビナンカズラ・ヒメカズラ・ビジンソウは、その結果、見栄えがよくなることに由来する。ラテン語の属名を***Kadsura***というが、それが日本語に由来するのはいうまでもない。十七世紀の鎖国日本を訪れたスウェーデンの植物学者E・ケンペル（一六五一—一七一六）によって欧州に紹介され、フランスの植物分類学者ベルナール・ド・ジュシュー（一六九九—一七七六）がカズラの名を取り入れて命名した。

さはあららぎ（澤蘭）

キク科（Asteraceae）サワヒヨドリ（*Eupatorium lindleyanum*）

天皇、大后の、共に大納言藤原家に幸《いでま》しし日、黄葉せる澤蘭一株《さはあららぎひともと》を抜き取りて、内侍佐《さ》佐《さ》貴山君《きのやまのきみ》に持たしめ、大納言藤原卿幷せて陪従《へいじゅ》の大夫等に遺賜《たま》へる御歌一首、命婦誦みて曰く

この里は　継ぎて霜や置く　夏の野に　吾が見し草は　もみちたりけり

此里者　繼而霜哉置　夏野尓　吾見之草波　毛美知多里家利

（巻十九　四二六八、孝謙天皇）

【通釈】　詠人の孝謙天皇は聖武天皇と光明皇后の間に生まれ、僧道《どう》鏡《きょう》（？—七七二）を寵愛して恵美押勝《えみのおしかつ》の乱（七六四年）を誘導したとして奈良時代後半の歴史でよく知られた女帝である。この歌は道鏡と出会う前に詠われた。この歌の意は、この里では毎日続いて霜が降りるのでしょうか、夏の野で私が見た草（沢蘭）は黄葉していましたとなる。

【精解】　右の歌で「吾が見し草」は序にある「澤蘭」をいう。『本草《ほんぞう》和名《わみょう》』に「澤蘭　陶景注云生澤旁故以名之　一名虎蘭一名龍棗一名虎蒲一名蘭澤香　出蘇敬注　一名水香　出兼名苑　一名龍朮一名蘭香　二名出雜要訣　和名佐波阿良々岐一名阿加末久佐」とあり、『和名抄《わみょうしょう》』に「陶隱居云　澤蘭　佐波阿良良岐　一云　阿加末久佐　生澤旁故以名之」とあることにより、澤蘭はサハアララギと訓ずる。蘭をアララギと訓ずるのはフヂバカマの条で詳述する。『神農本草經《しんのうほんぞうきょう》』中品に収載する薬用植物であるが、今日では用いることはまずない。『醫心方《いしんぽう》』の合藥料理法第六に生薬の調製処理法が記述されており「莽草・石楠草・茵芋・澤蘭は葉及び軟莖を剔《そ》ぎ取り、大枝を去る」とある。また、『延喜式』巻三十七「典藥寮」の諸國進年雜藥に「大和國三十八種（中略）澤蘭十五斤」とあるから、古代ではよく用いられたようだ。しかし、『香字抄』（『續群書類從』第三十輯下雜部所収）にも澤蘭香の条があるので、むしろ香料としての用途が活発であったと思われる。『新修《しんしゅう》本草《ほんぞう》』（蘇敬《そけい》）では「澤蘭は、莖は方、節は紫色にて、葉は蘭草に似て香ばしからず。今、京下に用ふる者は是なり」と記述し、また『圖經本草《ずけいほんぞう》』（蘇頌《そしょう》）に「根は紫黑色にして粟根の如し。二月、苗を生じ、高さ二三尺、莖幹は青紫色にして四稜を作《な》し、葉は相對に生じて薄荷《はっか》の如く、微香あり。七月、花を開き紫白色を帶び、萼は紫色を通し、亦た薄荷花に似たり。（中略）蘭草と大抵相類す。但し、蘭草は水の傍に生じ、葉は光潤、陰小にて紫、五六月盛りなり。而れども澤蘭は水澤中及び下濕の地に生じ、葉は尖にして微《わず》かに毛有り、光潤ならず、莖は方、節は紫なり」とあるように、澤蘭の形態について詳述しているように見えるが、いずれの記述でも澤蘭の基原について二とおりの解釈が可能である。澤蘭が蘭草すなわちフジバカマに似て紫白色の花を開き、茎幹が紫色であることを重視すると、キク科同属植物であるサワヒヨドリが候補として浮かび上がっ

サワヒヨドリ　花は8月～10月に咲き、白色かときに紫色を帯びる。

てくる。一方、茎幹が四稜で方形であること、薄荷に似た花をつけることから、対生する葉腋《ようえき》に花を密につけるシソ科植物を彷彿させ、シロネがもっとも合致するように見える。

『萬葉古今動植正名』（山本章夫）は「さはあららぎはふぢばかまの一種にして水傍に生ずるもて澤蘭と名づく。秋黄葉するものに非ず」としてシロネ説を支持した。実は、現在の中国生薬市場にみる澤蘭はシロネを基原とするものであり、正に「澤蘭＝シロネ」説と合致する。中尾万三も朝鮮産澤蘭はシロネ基原であると報告している（「朝鮮における漢薬調査」、上海科学研究所彙報、第二巻、一九三三年）。江戸時代の本草家松岡玄達《まつおかげんたつ》（一六六九―一七四七）の『怡顔斎蘭品《いがんさいらんひん》』にも「澤蘭　和名白根《しろね》」とある。以上から万葉の澤蘭もシロネで磐石のように見えるが、死角がないわけではない。一つは『圖經本草』が澤蘭の根を紫黒色と記述していて、シロネの名の由来でもある白い根とは合わないこと、また、山本章夫はサハアララギすなわちサワヒヨドリは黄葉するものではないといっているが、シロネが黄葉することも聞いたことがないことである。孝謙天皇の歌はいわゆる草黄葉《くさもみじ》を詠った風流な歌と一般には解釈されているが、サワヒヨドリ、シロネのいずれにしても、秋の深まりとともに葉が実際に色づくことはほとんどなく、歌にあるように霜が降りた場合、草枯れで茶褐色になるにすぎない。もう一度この歌を吟味すると、孝謙天皇はたまたま澤蘭の黄色に色づいた葉をみてこの歌を詠ったにすぎないのであって、一般に解釈されているように、必ずしも秋の黄葉に反応してその季節感を詠ったとは言い切れないことに気づくはずだ。むしろ、何らかの理由で澤蘭の葉が黄色くなったことも視野に入れて再考する必要があることを示している。

この観点からすれば、万葉の澤蘭をサワヒヨドリとする方がずっと理にかなってくる。サワヒヨドリに限らず、その同属近縁種であるヒヨドリバナが、黄葉の季節でもないのに、葉が黄変した個体を見かけることが少なからずあるからだ。全面的に黄変した個体はごく稀であるが、部分的であれば決して珍しくはないのである。この現象を熟知する自然科学者から「もみちたり」は霜によるものではなく、ウイルス感染による黄変を霜で黄葉したと誤認あるいはそう解釈して歌を詠んだのではないかと指摘されていた。二〇〇三年、九州大学教授矢原徹一は英国人科学者との共同研究で、ヒヨドリバナの細胞にある種のウイルスの遺伝子を導入したところ、葉が黄変することを確認し、また、各地で採取したヒヨドリバナの黄変葉から同じウイルスを検出した。この研究結果は権威ある学術誌 ***Nature*** に発表され、万葉集が植物のウイルス感染を表す最古の記録になるとして学際的な注目を集めた。サワヒヨドリとヒヨドリバナは別種だが、サワヒヨドリでも同じ現象が起きる。

し

しきみ（之伎美）

シキミ科（**Illiciaceae**）シキミ（***Illicium anisatum***）

奥山の　しきみが花の　名のごとや　しくしく君に　恋ひ渡りなむ

於久夜麻能　之伎美我波奈能　奈能其等也　之久之久伎美尓　故非和多利奈無

（巻二十　四四七六、大原真人《おほはらのまひと》今城《いまき》）

【通釈】序に『［天平勝寶八（七五六）年］（十一月）二十三日、式部少丞大伴宿禰池主の宅に集《つど》ひて飲宴せる歌』とあり、この宴席で大原今城が詠った二首のうちの一首である。「しくしく」は頻りにの意。結句の「渡る」は遍《あまね》くあること、続くという意味である。技巧という観点からはちぐはぐで、第一句・二句は「しきみ」と「しくしく」の類音利用の序のはずだが、「名のごとや」でそれが顕在化してしまった。一方、第四句の中に「しきみ」の名を意識的に埋め込もうとしているように見える。この歌が詠まれたのは、晩秋から初冬であり、シキミの花の時期ではないが、その名を利用した。この歌の解釈は、奥山に生えるシキミという花の名のように、しきりにあの方を慕い続けるだろうかとなる。

【精解】右の歌ではシキミの花が詠まれているが、序詞に利用されただけで、万葉人がこの植物にどんな感性をもっていたか知る由もない。しかし、民俗学的には、シキミは、サカキの条でも述べたように、神道の神事に栄木《さかき》として使われた歴史がある。シキミの方言に「さかしば」という名が宮崎県にあり、サカキの別名にも「さかしば」、「さかきしば」がある（『日本植物方言集成』）ので、シキミも栄木《さかき》と認識されていたことはまちがいない。常緑で冬でも葉が青々とし、花がシデに似ていることも神前の霊木とされた理由かもしれない。実が熟すと袋果が開裂して種子が見え、まるで子宮から胎児がまさに誕生せんとする瞬間に見え、それが八つあることも、シキミが栄木として利用された理由としてよくわかる。

『夫木和歌抄』に、「ちはやぶるかもの杜の神あそびさか木の風もことにかぐはし」があり、「さか木」の香りが詠いこまれているが、ツバキ科サカキには芳香はないから、シキミと考えられている。シキミの学名の種小名 ***anisatum*** は欧州原産の香辛料であるアニス（セリ科 *Pimpinella anisum*）にちなみ、一般には香木とされている。葉に〇・四パーセントほど精油が含まれ、傷をつけるとアニスに似た芳香がする。実の方が精油含量は高く一・〇パーセントほどある。中国南部からベトナムに産する同属種トウシキミの実は精油含量が三パーセント以上とシキミより高く、その大半はアニスと同じ芳香成分アネトールなで、***anisatum*** の種小名はむしろこちらの方がふさわしい。セリ科ウイキョウの果実も同じ成分を含み、香辛料として用いられるが、漢名を茴香と称する。トウシキミの実は、これと同じ名を冠して大茴香（八角茴香ともいう）と呼ばれ、欧米ではスターアニスの名前で香辛料としている。大茴香の果実はシキミの実と区別が困難なほど酷似し、昔はしばしば混用されたこともあった。しかし、シキミの実は猛毒成分であるアニサチンが含まれ、大茴香の代用にしてはならないものであった。この成分は、生体内でGABA受容体に作用して、神経伝達物質の作用を阻害して痙攣《けいれん》を起こし、植物毒としては非常に強いものである。大茴香は中国料理でおなじみの香辛料なので、わが国ではシキミの実を誤用して中毒を起こす事件がしばしば起きた。形態の酷似したシキミの実を日本産大茴香あるいはジャパニーズスターアニスと呼んでいたことが混用の理由である。

しかしながら、シキミは日本の習俗では欠かせないものであった。神道では神事に栄木として古くから使われてきたし、平安時代以降ではその習俗が仏教にも取り入れられ、むしろ仏前で用いられることが多くなった。シキミの方言名で、おこー（静岡）・こーき（大分）・こーのき（全国各地）・こーのはな（神奈川、静岡、近畿）・まっこーのき（伊豆、愛媛、宮崎、鹿児島）など「香」にちなむ名が多い（『日本植物方言集成』）のは、樹皮・葉を乾燥粉末として抹香や線香をつくったからである。また、葬儀にシキミの枝葉を束ねて竹筒に挿して並べたのは死臭を消す意味があったといわれる。墓地に多いのも同じ理由であり、島根県ではハカノキと呼ぶ地方もある。『源氏物語』「総角《あげまき》」に、「みやうがう（名香）のいとかうばしくにほひて、しきみのいと花やかにかほれるけはひも、人よりは、けに佛をも思ひ聞え給へる御心にて云々」という一節があり、平安後期にはシキミが仏前に用いられていたことが示唆される。

シキミ　花は３月～４月に咲き、直径2.5～3センチ、花弁はクリーム色がかった白色である。

シキミの名は万葉以来ずっと変わらずに今日に継承されている古い和名である。古代日本が、中国から漢字を導入して以来、すべての植物に漢字を充てるという作業が行われ、『本草和名《ほんぞうわみょう》』や『和《わ》名抄《みょうしょう》』、『新撰字鏡《しんせんじきょう》』はその集大成でもあったのだが、結論からいえばシキミについてはかなり混乱があった。『和名抄』に「唐韵云　櫁　音蜜　漢語抄云之岐美　香木也」とあり、漢名として櫁が充てられた。櫁は『玉篇』によるもので、『廣韻《こういん》』では樒となっていて「香木なり」とある。本来は櫁であって、樒は蜜と密が同音によってつくられた俗字である。中国で香木として珍重される沈香《じんこう》を別名で蜜香と称した（交址《ベトナム》の地方名から）から、木偏に作って櫁としたのである。『本草和名』の沈香の条にも「一名蜜香」とある。蜜のような香気があるという意味だが、この名は『名《めい》醫別錄《いべつろく》』では木香の別名であるから、後に沈香と混同してしまったらしい。

以上から、樒（櫁）はもともと沈香をいうのであって、シキミとするのは国訓であることがわかる。『新撰字鏡』では「樒　香木」とだけあり、十世紀初頭ではシキミの漢名に樒は充てられていなかった。奇妙なことに、『和名抄』に「山海經云　莽草　本草云　之岐美　可以毒魚也」、『本草和名』に「莽草　陶景注云字或作茵音冈　一名弭　楊玄操音巳尒反　一名春草　和名之岐美之木」とあり、それぞれ別条に、シキミに莽草という漢名を与えているのである。莽草は『神農本草《しんのうほんぞう》經《きょう》』下品に収載され、『本草經集注《ほんぞうきょうしっちゅう》』（陶弘景《とうこうけい》）では、「人、用《もっ》て擣きて米に和し水中に内《い》らば、魚呑みて卽《ただ》ちに死して浮き出づ、人取り之を食ひても妨《そこな》ふこと無し」とあり、魚毒であるサポニンを含む植物のようである。また、『圖經本草《ずけいほんぞう》』（蘇頌《そしょう》）に「木、石南（＝石楠）の若《ごと》くして、葉稀にして花實無し。五月七月に葉を採りて陰乾す、一説に藤生して木石の間を繞《めぐ》る」とあり、一説では「つる」かもしれないと述べている。これらの記述から、莽草はおよそシキミとは思えないが、『本草衍義《ほんぞうえんぎ》』（寇宗奭《こうそうせき》）では「今世、用ふる所の者は皆木の葉なり、石楠（『中薬大辞典』によればオオカナメモチ）の枝の如く、梗乾すれば則ち縐《ちぢ》み、之を揉めば其の嗅は椒（サンショウの類）の如し」とあって、シキミと考えられなくもない。結局のところ、はっきりしないのだが、莽草をシキミに充てるのは正しくないとする意見が大勢を占める。結局、『和名抄』、『本草和名』ともに、中国本草における基原の混乱に翻弄され、シキミに二つの漢名を充てざるを得なくなったのである。シキミは、中国に分布することになっているが、『中薬大辞典』にもその名はない。したがって、その利用はわが国だけであって、民間療法に少数ながら利用例がある。『和方一萬方《わほういちまんぽう》』に、乳腫の方として、「シキミノ葉　カゲボシ末ニシテ　黄ワダノ粉　右二味、等分、水ニテトキツクヘシ」、また『妙薬博物筌《みょうやくはくぶつせん》』に、脚気の治療法として、「樒葉《しきみのは》粉にし、酢、酒、等分にして練、足の痛所に付べし」とあり、そのほかにもいくつか知られるが、いずれも外用に用いていて内服していないのは毒成分を含むことが昔から知られているからであろう。

シキミはシキミ科シキミ属の一種であり、宮城県から石川県以南の本州、四国、九州、南西諸島北部の照葉樹林に生える常緑小高木である。国外では韓国済州島、中国南部に分布する。シキミの実は固い八つの袋果《たいか》が星状に並んだユニークな集合果で、熟すと袋果が割れて種が見える。花もロウバイのような淡黄色で花弁と萼片《がくへん》はシデ状で区別しにくい。南西諸島南部の石垣島・西表島および台湾に分布するものは袋果が十一から十三あり、別種のヤエヤマシキミとして区別される。ハナノキまたはハナシバの別名のあるように、シキミは花実のユニークさを特徴とする。今日では仏前の花としてすっかり定着し、梻という国字までつくられている。樒ほど普及しているわけではないが、神前に使われる榊に対するものであることは明白である。『漢韓最新理想玉篇』にも「日本字 佛供香木」とあり、韓国にも伝わった。

しだくさ（子太草）

ウラボシ科（Polypodiaceae）ノキシノブ（*Lepisorus thunbergiana*）

わが宿の　軒のしだ草　生《お》ひたれど　恋忘れ草　見るにいまだ生ひず

我屋戸　甍子太草　雖生　戀忘草　見未生

（巻十一　二四七五、柿本《かきのもとの》人《ひと》麻呂《まろ》歌集）

【通釈】 原文はたった十五文字と少なく、初期の万葉仮名で表記してあり、漢文のような表現がある。結句の「見未生」もその一つで、九文字の字余りになる。「見れど未だ生ひず」と訓ずる説もあるが、これも字余りである。「甍子太草」は「いらかしだ草」（『新日本古典文学大系・萬葉集』）と訓ずる説もあるが、本書では採用しない。なぜなら、万葉時代では、甍《いらか》は宮殿か大寺院に限られており、瓦葺の「わが屋戸」といえるのは天皇などごく一部の支配層に限られるからだ。この万葉歌は詠人未詳であって権力者が詠ったものではないから、詠人の願望を込めて甍子太草としたと考えられ、実情に合わせて「軒のしだ草」と訓ずるのがよい。この歌では「しだ草」と「忘れ草」の二つの植物を詠む。忘れ草はユリ科ヤブカンゾウまたはノカンゾウのこと（ワスレグサの条を参照）。私の家の軒にシダクサは生えているけれど、恋を忘れさせてくれるワスレグサは辺りを探してみてもまだ生えてはいませんという内容の歌である。詠人は、相当つらい恋を経験してきたと見え、忘れようと思っても忘れられないという苦しい心情を草に寄せて詠った寄物陳思歌である。シダクサは屋根の軒という土もない厳しい環境でも耐えて生えているのだから、ワスレグサも生えて私の苦しい恋を忘れさせてくれてもよいのにと、シダクサとワスレグサを対比させて巧みに詠っている。

【精解】シダの名称はごく近世になって植物学に取り入れられたが、それは右の歌にもあるように古い時代から受け継がれてきたものである。しかし、本条で、以下に述べるように、必ずしも万葉集が原典というわけではない。シダといえば、まず連想するのは正月の注連飾りや門松に添えられるものであろう。十五世紀半ばに成立した『塵添壒嚢鈔《じんてんあいのうしょう》』巻九の歯朶事《しだのこと》の条に「正月ニ用ルシダ、ユツリ葉ナント云文字如何ム。是モ慥ナル本説ハ不見侍共、歯朶ト書。ヨハイノヱダト書ル祝心歟。（中略）漢朝ニハ、旗飾トスル也」とあり、かなり古くからあったことを示している。この目的で用いられ、古くからシダといわれてきたのは、ウラジロ科ウラジロであり、その名が示すように、葉の裏が白いから見分けやすい。この白いのを白髪と見立てたか、あるいはマツ・ユズリハとともに冬でも枯れず青々とし、永遠の生命力を連想させるからか、いずれにせよ長寿を祈願する意をこめて習俗に利用したといわれる。ウラジロの方言名に穂長というのがあり、小葉の枝を稲穂の枝分かれ、葉の裏白をコメに見立てて、豊作を祈願したものではないかとする説もある（湯浅浩史、『植物と行事』朝日新聞社）。ウラジロは葉柄が長く伸びるので、これを乾燥したものを編んで籠をつくったりしたが、これも長寿に結びつけられ縁起物とされる理由の一つらしい。門松は、マツの条で述べたように、平安時代まで起源をさかのぼることができる（マツの条を参照）が、シダはいつ頃から添えられたのかわからない。シダ類に属し古代から神事に用いられるものにヒカゲノカズラがあるが、これよりずっと大型で蔓のようによく伸び、葉も青々しているから、ヒカゲノカズラの代用品として添えられるようになったとも考えられる。シダの名は万葉集だけでなく、上代の古文献では『出雲國風土記』にも登場する。「意宇郡」の条に「砥神嶋《とがみしま》 周り三里一百八十歩、高さ六十丈なり。椎、松、莘、薺頭蒿、都波、師太等の草木あり」とあり、この師太もやはりシダと読めるが、ウラジロと考えるのが妥当であろう。葉の裏が白く識別しやすく、そして前述し

ノキシノブ　葉身は長さ12～30センチ、幅が0.5～2センチほどのものまで、変異がある。

たように、古くから習俗に利用されてきたと考えられ、そのほかの有用植物とともに風土記に列挙されても不思議ではないからだ。

　しかし、万葉集にあるシダ草は、甍子太草とあることからわかるように、屋根に生えているものである。ウラジロはアジアの亜熱帯に分布の中心をもつウラジロ科のシダの一種で、日本では関東地方以西南の日当たりのよい原野、林縁に群生し、暖かい地方では高さ二メートル以上になるが、屋根のような水分条件の厳しい環境に生えることはまずない。したがって、万葉のシダ草はウラジロではあり得ない。屋根に生える植物であれば、必ずしもシダに限る必要はないが、草であるから高等植物という条件がつき、コケ類は除外されるべきである。顕花植物でも、ベンケイソウ科のイワレンゲかツメレンゲのような多肉植物であれば、屋根の上に生えることがあり、西日本ではそういう光景を目にすることがある。中国ではそれを瓦松（『唐本草』）または瓦花（『本草綱目《ほんぞうこうもく》』）と称しているが、これが「しだ」という名に結びつく理由が思い当たらない。シダの語源は「垂《しだ》る」に由来すると考えられているが、ウラジロはその典型であり、長く伸びる葉柄は垂れており、特に崖縁に生えるものはその感が強くなる。ベンケイソウ類ではこの性質を欠くのである。軒や屋根の縁あるいは樹幹や岩に着生し、垂れるように生える植物といえば、ウラボシ科ノキシノブがある。これが冒頭の例歌の情景に合致し、今日ではこれが定説となっている。「百敷やふるき軒端のしのぶにもなほあまりあるむかしなりけり」は百人一首にある順徳天皇の有名な歌であるが、ここにある「しのぶ」は「軒端の」とあることからわかるように、ノキシノブであって、シノブ（シノブグサの条を参照）ではない。ノキシノブは、土もないような厳しい条件に堪え忍んで生えるから、平安時代から忍草の一種とされ、古名のシダクサはウラジロ、シノブグサのような新しい名前に吸収されたかのように消滅してしまったのである。

　ノキシノブは東アジアの温帯から熱帯に広く分布し、日本でも北海道南部以南の全土に見られる。草丈は十〜三十センチ、長く横走する太い根茎から葉が並び出る。自然界では樹上や岩上に着生し、人家の庭木、石垣、屋根などごく身近なところに生育する。乾燥に強く、縮れて枯れたように見えても雨ですぐに回復し、この強靭な性質が「忍ぶ草」と呼ばれる所以である。葉の裏の上半部の中肋と縁のあいだに、黄色・円形の胞子嚢《ほうしのう》がきれいに並び、まるで目玉のように見えるから、八目蘭《やつめらん》の別名がある。『中薬大辞典』では瓦葦《がい》に充て、全草を民間療法で利尿、止血、痢疾、淋病（膀胱炎）に用いるとしている。また、外用薬としてでき物、腫れ物にも用いられる。成分として昆虫変態ホルモン作用のあるエクジステロンを含むが、薬効との関連は明らかではない。瓦葦の名は、『新修本草《しんしゅうほんぞう》』（蘇敬《そけい》）に初見するが、本草学では『神農本草經《しんのうほんぞうきょう》』の中品にある石韋の異名と考えられ、『本草和名』でも「石韋　陶景注云葉如皮故名石韋　一名石韀　楊玄操音之夜反　一名石皮一名瓦葦　生瓦屋上　一名石産　出釋藥性　又有木葦　生木上出雜要訣　和名以波乃加波　一名以波之　一名以波久佐」とあるように、石韋の一名とされている。石韋はウラボシ科のヒトツバの類であり、外形はノキシノブとそっくりであるが、ノキシノブより大型である。『蘇敬注』に「古瓦の屋上に生ずるものを瓦葦と名づく」とあることから、瓦葦はノキシノブと考えるべきで『證類本草《しょうるいほんぞう》』巻八の海州石韋の図はどう見てもヒトツバである。『延喜式』巻第三十七「典藥寮」の諸國進年料雜藥に、「近江國　石韋五斤」ほか各国から石韋の貢進があったことを記しており、古代にはヒトツバもなんらかの利用があったことを示す。

しの（細竹・小竹・四能）

イネ科（Poaceae）ヤダケ（*Pseudosasa japonica*）

うち靡《なび》く　春さり来れば　小竹《しの》の末《うれ》に　尾羽うち触れて　鶯《うぐひす》鳴くも
打靡　春去來者　小竹之末丹　尾羽打觸而　鸎鳴毛
（巻十　一八三〇、詠人未詳）

小竹《しの》の上に　来居て鳴く鳥　目を安み　人妻故に　吾恋ひにけり
小竹之上尓　來居而鳴鳥　目乎安見　人妻姤尓　吾戀二來
（巻十二　三〇九三、詠人未詳）

【通釈】第一の歌は、春の雑歌の「鳥を詠める歌」であり、植物を詠んだものではない。「うち靡く」は枕詞で、本来は黒髪や草に掛かるが、春には草木の芽が一斉に出てなびくようであるとして春の枕詞ともなる。「うち靡く」、「うち触れて」の「うち」は接頭語で特に意味はない。「春さり来れば」の「さり」は「夕されば」と同じ義であり、時間の推移一般を意味し、なる・来るの意。歌を通釈すると、春になってくると、シノの枝先に尾や羽を触れてウグイスが鳴くことよとなる。第二の歌は寄物陳思歌で小竹に寄せた。第一句・二句は第三句の「目」を導く譬喩《ひゆ》の序。鳥は空を飛ぶので、どんな視点からでも、ものをみることができるからか。「目を安み」は難解であるが、目にするのが容易なのでという意だろう。「人妻姤尓」の姤は、本来、逢うという意であるが、巻十一の二四八六に「人子姤」、二三六五に「人妻姤」とあり、いずれも「故に」と読んで意味が通る。姤は姤の俗字で、姤は故と同韻であるからと説明されている。歌の意は、シノの上に来て鳴く鳥のように、容易に目にすることができるので、人妻なのに私は恋してしまったとなる。未婚の女性と違って人妻は目を合わせやすいという意味だろう。

【精解】イネ科タケ亜科植物の中で、大型のものをタケ、小型のものをササと俗称するが、その中間のものがあって、それを古くからシノと称した。しかしながら、後述するように、その区別は曖昧である。万葉集にシノを詠う歌は十一首ある。そのうち、三首は「細竹」、七首は「小竹」とあっていずれも正訓であり、借音仮名で表記されたものは「四能」とある一首のみである。元和古活字那波道圓本『倭名類聚鈔《わみょうるいじゅしょう》』に「蒋魴切韵云　篠　先鳥反和名之乃一云佐々俗用小竹二字謂之佐々　細細竹也」とあり、細竹はシノともササとも読めることを示し、小竹をササと読むとある。本書「ササ」の条で述べたように、「小竹」をササと訓ずる例がいくつかあり、葉を強調する場合ではササに、それ以外ではシノとしてきた。したがって、小竹をシノ・ササのいずれの訓に充てるかは、歌の内容によって判断するしかない。今日、シノダケと総称するものはあるが、これもササと称されることがあり、その区別は曖昧である。

ササは日本にあって中国にはないのだが、シノダケの類は中国に豊富にあり、古くから利用されてきたので、それに対する用字も豊富である。まず、『廣韻《こういん》』に「篠、細竹なり。筱、上に同じ」とあり、細竹をシノ（篠の訓読み）と読む論拠をここに見ることができる。

ヤダケ　稈は直径が0.5～1.5センチと細くて、昔はこれを矢に用いたことから名前がある。

筱は、今日の日本で用いる篠と、同義である。そのほか、『爾雅《じが》』に「篠は箭なり」とあり、前述の『廣韻』に「箭、箭竹は、高さ一丈、節間三尺、矢と爲すべし」と記述され、矢や矢幹《やがら》の原料とするものを箭と呼ぶ。これはヤダケの類であって、簳の字で表すこともあり、ササに似て大型である。そのほか、笛の材料とするものを簫で表した。中国でいう篠・箭・簳・簫はシノダケ類でも日本に産しないものであるが、日本でも中国に倣ってわが国に産する種から矢や笛などをつくった。日本でその原料とされたのはヤダケであり、正倉院に所蔵される御物の中にはこれでつくったものがある。

　ヤダケは稈《かん》の直径が十五ミリほど、直立して高さも五メートルほどになり、節間も長い。メダケはヤダケとは別属に分類され、高さ四メートル、直径三センチほどになり、ヤダケより太くなるが、各節から枝が多く出るので、ヤダケほど有用ではない。シノの語源は、「しなふ」の転、しなやかの「しな」と同義と考えられ、語源論者のあいだでもほとんど異論はない。ヤダケの別名をシノダケと称し、方言名でもシノの名をもつものがあるので、万葉集のシノはヤダケを指すとしてよいだろう。そのほか、アズマザサほかアズマザサ属、メダケ・アズマネザサなどメダケ属、あるいはスズタケなどスズタケ属もシノと呼ばれた可能性は大いにある。これらシノの類は、本州日本海側のように、冬の季節風が強い地域では、屋敷の周りに植えて防風のための垣根をつくった。竹よりも細くしなやかな特性を生かした生活の知恵といえるだろう。

　巻二にある久米禅師《くめのぜんじ》および石川郎女《いしかわのいらつめ》の歌「み薦刈る信濃の云々」（それぞれ九六、九七）にある水薦・三薦（原文）をミスズと読み、スズタケに充てる説がある（『萬葉植物新考』）が、薦はイネ科の抽水草マコモに充てられた正訓であり、スズとするのは無理がある。松田修によれば、このスズは必ずしも今日のスズタケを指すのではなく、チマキザサ、ネマガリタケなどをいうようであるが、マコモやカヤ類と比べて格段に稈が堅いので、これらを採取するのに刈るという表現は不適当である。本書ではこれをコモに含める。

しのぶくさ（之努布草）　ウラボシ科（Polypodiaceae）シノブ（*Davallia mariesii*）

ま葛延ふ　春日の山は　うち靡《なび》く　春さり行くと　山の上《へ》に　霞たなびき　高円に　うぐひす鳴きぬ　もののふの
眞葛延　春日之山者　打靡　春去往跡　山上丹　霞田名引　高圓尓　鸎鳴沼　物部乃
八十伴《やそとも》の男《を》は　雁がねの　来継ぐこのころ　かく継ぎて　常にありせば　友並《な》めて　遊ばむものを　馬並めて
八十友能壮者　折木四哭之　來繼比日　如此續　常丹有脊者　友名目而　遊物尾　馬名目而
行かまし里を　待ちかてに　吾《あ》がせし春を　かけまくも　あやに恐《かしこ》く　言はまくも　ゆゆしくあらむと　あらかじめ
往　里乎　待難丹　吾爲春乎　決巻毛　綾尓恐　言巻毛　湯々敷有跡　豫
かねて知りせば　千鳥鳴く　その佐保川に　石《いは》に生ふる　菅《すが》の根取りて　しのふ草　解除《はら》ひてましを　行く水に
兼而知者　千鳥鳴　其佐保川丹　石二生　菅根取而　之努布草　解除而　乎　往水丹
みそぎてましを　大君の　御命《みこと》恐《かしこ》み　ももしきの　大宮人の　玉桙《たまほこ》の　道にも出でず　恋ふるこのころ　（巻六　九四八、詠人未詳）
潔而　乎　天皇之　御命恐　百礒城之　大宮人之　玉桙之　道毛不出　戀比日

【通釈】序に「神龜四（七二七）年丁卯の春正月、諸王諸臣子《おほきみたちおみたち》等に勅して授刀寮に散禁せしめし時作れる歌」とある。授刀寮は大舎人《おおとねり》寮《りょう》、後の近衛のことで天皇の護衛にあたる。散禁は出入り禁止のことで、今の禁足令に相当する。この歌の後注に、皇族・臣下の子弟が春日野で打毬遊びをしていたところ、急に天候が急変し雨が降って雷鳴がとどろいたが、このとき宮中に侍従・侍衛がいなかったため、処罰の勅命があり、授刀寮に散禁させられ、みだりに外出するのを禁止され、これに不満を抱いて詠ったのが右の歌という。「うち靡く」、「もののふの」、「ももしきの」、「玉桙の」は、それぞれ、春・八・宮・道に掛かる枕詞。「折木四」は、朝鮮の四木の遊戯具にちなみ、カリと戯訓する。「待ちかてに」は「待ちかねて」、「かけまくも」は「（言葉に）掛けむも」、「あやに」は「奇《あや》し」の副詞形、奇妙にの意。歌の意は、「葛の生い茂る春日山は、春になるにつれて山上に霞がたなびき、高円に鶯《うぐいす》が鳴いた。諸々の官吏らは、雁が次々に飛んでくるこの頃、このように次々と常であれば友を連れ立って遊ぶのに、馬を並べて里へ（散歩などに）行くのに、待ちかねていた春なのに、言葉に掛けようにも妙に畏れ多く、ものを言おうにも憚《はばか》られるだろうと、予め知っていたなら、千鳥が鳴く佐保川で岩に生えているスゲの根を取って、シノブグサを祓っておけばよかったのに、川の流れる水で禊ぎをしておけばよかったのに、（以上のことをしなかったので）天皇の勅命をかしこんで、大宮人が道にも出ないで（春を）恋しがっているこの頃だ」となる。

【精解】忍ぶすなわち堪えるという名をもつ植物はいくつかある。忍冬は、スイカズラ科スイカズラの漢名であり、葉が青いまま寒い冬に堪えるからこの名がある。日本語名でもノキシノブなどに「忍ぶ」の名が使われるが、日本では、厳しい環境に耐えて生える植物を「忍ぶ草」と呼ぶ傾向がある。ノキシノブは万葉集ではシダクサの名で登場し、歌の内容からも右の歌にある「しのぶ草」とは別種であるが、後に「忍ぶ」の名で呼ばれるようになった（シダクサの条を参照）。

さて、右の長歌に出てくるシノブクサ（之努布草）について諸文献を参照すると、『本草《ほんぞう》和名《わみょう》』に「垣衣　一名昔耶　楊玄操音以奢反　烏韮一名垣嬴　楊玄操音盈　一名天韮一名鼠韮一名天蒜　出陶景注　一名青苔衣一名屋遊　屋上者也已上二名出蘇敬注　一名悪首一名小核　出雜要訣　和名之乃布久佐　一名古介」とあり、また『和名抄《わみょうしょう》』にもこれを引用して之乃不久佐《シノブクサ》と出てくる。これが右の長歌にある「しのぶ草」と同じかどうかが問題となるが、万葉学の通説では「しのぶ草」は必ずしもシダ植物として扱われていない。『新日本古典文学大系　萬葉集』ではスゲを「しのぶ草」と考え、それを取り去ることで春日野に対する思いを祓い去ると解釈している。一方、『萬葉集注釋』（沢潟久孝）では、『萬葉集攷證』（岸本由豆流）を引用して、集中にある「手《た》向《む》け草《くさ》」（巻一　三四）、「戀草《こひくさ》」（巻四　六九四）などと同類で「種《クサ》にて、種《タネ》の意也」という見解に同意して、春日野に対する思いを祓うという意だけをもち、特定の植物を指すのではないと解釈している。すなわち、「しのぶ草」は、「忍ぶ草」ではなく、「偲ぶ草」の意としているようである。松田修の『萬葉植物新考』でもこの歌を植物を詠った歌として取り上げていない。後世の詩歌に詠まれる「しのぶ草」も、現実の草木を連想させる歌とそうでない歌とがある。歌の解釈に大きく影響するだけに、「しのぶ草」の考証は慎重に進めざるを得ないが、『本草和名』・『和名抄』に和名として登場することは実在の植物が存在することを意味し、それだけの重みをもって扱う必要があると考える。「しのぶ草」の初見は万葉集にあり、また実際にウラボシ科シノブという植物が存在し、その名もかなり古い時代からあると思われるので、右の長歌の「しのぶ草」は植物としての実体を認めた歌学者や歌人がいたことを考えねばならない。本書では、この観点に立って、「しのぶ草」の基原を明らかにしたい。

シノブ　岩や樹の上に生え、葉は長さ10～20センチある。

『本草和名』並びに『和名抄』が「しのぶ草」の漢名に充てた垣衣は、中国本草では『名醫別錄《めいいべつろく》』中品として初見し、「古き垣牆の陰或は屋上に生ず」と記載されている。『新修本草《しんしゅうほんぞう》』(蘇敬《そけい》)では「此れ卽ち古墻の北陰の青苔衣なり。其の石上に生ずる者は昔邪一名烏韮と名づく」と記述され、以上から、中国で垣衣と称するものはコケ類であることは明白である。ちなみに、屋根瓦に生えるものは、『名醫別錄』に下品として別条にあり、「屋遊一名瓦苔」または「瓦衣」という名が与えられている。万葉集にもコケを詠った歌はいくつかあるが、しのぶ草のような草の名で呼んだものはなく、また、『本草和名』に一名古介《コケ》とあることも留意しなければならない。すなわち、『本草和名』は、漢名を垣衣に充てた手前もあって和名をコケとする一方で、シノブクサというコケらしからぬ和名もつけたのは、その植物はやはりただならぬものであったことを示唆する。

　シダクサの条で述べたように、『神農本草經《しんのうほんぞうきょう》』中品に列せられる石韋は、ウラボシ科のシダ植物に比定されているが、『和名抄』では以波久佐というクサの名をもつ和名が充てられている。したがって、佐保川の河岸の岩に生える菅の根を取り、シノブグサを取り除き、流水で身を清め云々という歌の内容を考慮すると、陰湿地の岩に生えるウラボシ科シノブが「しのぶ草」の候補として挙げられ、『大和本草《やまとほんぞう》』(貝原益軒《かいばらえきけん》)にある石長生《しのぶくさ》も同類である。賀来飛霞《かくひか》(一八一六―一八九四)の『高千穂採薬記』(『日本庶民生活史料集成』第二十巻所収)に海州骨碎補の名がありシノブと訓じているが、『本草綱目啓蒙《ほんぞうこうもくけいもう》』(小野蘭山《おのらんざん》)もシノブグサとする。海州骨碎補は『證類本草《しょうるいほんぞう》』に記載があって、接骨・止痛の効があり、筋骨の疼痛《とうつう》、打ち身など外的炎症による痛みなどに応用するとあり、漢名の語源もそれに基づく。骨碎補は宋の『開寶本草《かいほうほんぞう》』に初見し、『圖經本草《ずけいほんぞう》』(蘇頌《そしょう》)では「根は大木或は石上に生じ、多くは背陰の處に在り、根を引き條を成し、上に黄毛および短葉が有りて之を附け、又大葉有りて枝を成し、面は青綠色、黄點有り、背は青白色、赤紫の點あり、春に葉を生じ冬に至り乾黄す」とあり、『本草衍義《ほんぞうえんぎ》』(寇宗奭《こうそうせき》)では「此の物の苗、一つの大葉毎に兩邊あり、小葉の槎牙《さが》(いかだの材木のように入り組むこと)は兩兩相對し、葉は長く尖瓣あり」、『本草綱目《ほんぞうこうもく》』(李時珍)では「其の葉に椏缺《あけつ》(深い切れ込み)有り、頗る貫衆(ヤブソテツ)の葉に似る」と記述され、『證類本草』の海州骨碎補の図はウラボシ科シノブによく似ている。また、現在の中国の生薬市場ではシノブも基原の一つとされている(『中薬大辞典』)。

　シノブは山谷の岩上や樹木の幹に着生して太い茎を伸ばし、ところどころから葉を出して群落を形成し、この生態的特徴は「しのぶ草」というにふさわしい。シノブをシュロ縄でくくって束ねてつくった釣忍《つりしのぶ》という園芸植物があるが、江戸時代に発生した日本独特の古典園芸である。土がなくても根づくという強靭な生命力を「しのぶ」という語で古代から受け継ぎ、園芸文化に発展させたのである。ホングウシダ科のホラシノブは別科に分類されるシダであるが、見かけや生態はよく似るから、古い時代では区別は難しかったと思われ、これも「しのぶ草」と呼ばれたと思われる。「陸奥《みちのく》のしのぶもぢずりたれゆゑに乱れそめにし我ならなくに」は河原左大臣の作と伝えられる百人一首の名歌で、しのぶもじずりの乱れ模様のように、わたしの心は思い乱れていますが、私をこんな風にしたのはあなたのせいですよという内容の歌である。「しのぶもぢずり」は福島県信夫《しのぶ》地方でつくられていた乱れ模様の摺り衣をいう。現在では、この摺り染め法は伝承されておらず、どんな植物種を用いたのかわからないが、通説ではノキシノブとする。ノキシノブはしのぶ摺りに適用できるといわれ、実際に石の上に布を敷き、その上にシノブを載せ叩いて摺りつけるという染色法が現在行われている。

しば（志婆・之婆・志波・之波・柴・少歴木）

イネ科（*Poaceae*）オヒシバ（*Eleusine indica*）
ブナ科（*Fagaceae*）クヌギ（*Quercus acutissima*）幼木ほか

大原の　この市柴《いつしば》の　何時《いつ》しかと　わが思《も》ふ妹に　今夜《こよひ》逢へるかも
大原之　此市柴乃　何時鹿跡　吾念妹尓　今夜相有香裳
（巻四　五一三、志貴皇子《しきのみこ》）

庭中の　阿須波《あすは》の神に　小柴さし　吾《あれ》は斎《いは》はむ　帰り来《く》までに
尓波奈加能　阿須波乃可美尓　古志波佐之　阿例波伊波々牟　加倍理久麻泥尓
（巻二十　四三五〇、若麻続部諸人《わかをみべのもろひと》）

【通釈】第一の歌は、天智天皇の第七皇子である志貴皇子（？―七一五または六）の相聞歌。大原は奈良県高市郡明日香村小原という。「市柴」をイツシバと訓ずるのは、次句の「何時しか」の同音繰り返しの序であることと、集中に五柴・五柴原の用例があるからである。「いつ（厳）」は美しく茂って神々しいという意。歌の意は、大原のこのいつ柴ではないが、何時になったら（逢えるかと）私が思っていた愛しい人に、今夜会いましたよとなる。第二の歌の阿須波の神は、祈年祭の祝詞の中に出てくる神で、屋敷の土地の神霊をいう。『古事記』では須《す》佐《さ》之《の》男命《おのみこと》の孫神の一人となっている。小柴は神棚に捧げる神木の小さい枝のことをいう。ここでは阿須波の神を祀るので地に枝をさす。歌の意は、屋敷の庭に祀ってある阿須波の神に小柴をさして私はお祀り申し上げましょう、（無事に）帰ってくるまでとなる。詠人は、序に帳丁とあるから防人であるが、歌の内容からすると、遠地に赴く防人本人ではなく、家を守る家族が詠ったものである。

【精解】 シバといえば、まず連想するのはゴルフ場などに植えられたシバであろう。イネ科には、このシバのほかに、シバの名をもつ小型の雑草が多いが、これも広義のシバに入れられる。広義のシバには、もう一つ柴類というのがあり、小低木あるいは刈り取った木の枝類をいう。すなわち、草本と木本のシバがあり、万葉集では両方のシバが合計十三首に詠まれている。そのうち六首は借音仮名（志婆・之婆・志波・之波）で表記され、五首は「柴」、一首は「芝」、残りの一首は義訓の「少歴木」となっている。少歴木は小櫪木であって、クヌギ（櫪木）の幼木の意である。現在の日本語では、シバは、柴と芝の二通りを使い分けていて、中国とは異なることに留意する必要がある。柴は、『説文解字《せつもんかいじ》』に「柴は小木散材なり」、『廣韻《こういん》』に「柴は薪なり」とあって、日本語の柴が山野に自生する小さな雑木（小竹・笹類も含む）を意味するのと大差ない。昔話の「おじいさんは山にシバ刈りに、おばあさんは川に洗濯に云々」のシバは柴をいう。通例、山林の林床に生える小木群を指し、その語源は繁木《しばき》にあるといわれる。頻繁に鳥が鳴くことを「しば鳴く」というが、この「しば」も繁である。万葉集にある「少歴木」は、コナラ–クヌギ林すなわち雑木林の林床に生えた幼木または孫生《ひこ》えであり、通念上の柴の類だからシバと訓ずる。

一方、芝は、『説文解字』に「芝は神艸なり」とあり、道端に自生する小さな雑草の総称とする日本語とでは大きく意味が異なる。『廣韻』に「芝は芝草。論衡に曰く、芝土に生ずれば、士氣和す。故に芝草生ずと。古瑞命記に曰く、王者慈仁なれば、則ち芝草生ずるなり」とあり、これではどんな植物かわからないが、この名をもつ植物として霊芝を思い浮かべれば、芝すなわち神艸ということが理解できる。『神農本草經《しんのうほんぞうきょう》』の上品に、青芝・赤芝・黄芝・白芝・黒芝・紫芝が収載されており、いずれも「久しく食すれば身を輕んじ老ひず。延年にして神仙なり」とあり、サルノコシカケ科マンネンダケなどを基原とする霊芝の類をいう。中国では神仙の霊薬として珍重され、日本ではヒジリダケ（聖茸）とも称する。昔からめでたいしるしの瑞草とされ、サイワイダケ・サキクサの別名はこれに基づく。したがって、中国で芝草といえば霊芝であって、苦労をして深山から採集するものであり、身近に繁茂する雑草ではない。『本草和名《ほんぞうわみょう》』の霊芝各種に、和名がないのは、日本に産しないと考えられていたためと思われる。巻十四の三五〇八に「芝付の御宇良崎なるねつこ草云々」とあり、原文でも芝の字が用いられている。これが万葉集における唯一の芝の用例であるが、枕詞か地名とされ、植物とは無関係である。シバを表す字は、芝・柴に限らない。『和《わ》名抄《みょうしょう》』に「辨色立成云　萊草　上音來　之波　一名類草」とあり、『説文解字』に「萊は蔓華なり」とあるから、萊は蔓性のやぶになる雑草類をいう。『新撰字鏡《しんせんじきょう》』に「茦　志波」とあり、『爾《じ》雅《が》』釋草《しゃくそう》の「茦は刺なり」、『郭璞《かくはく》注』「草の刺針也」によれば、茦は刺のある雑草・小低木類を指す。中国でこれだけ区別されているのを、日本語ではシバの一語で括り、漢字では芝・柴だけで表すのである。

オヒシバ　堤防や道の脇など、どこにでも見られる草で、高さ30～80センチ、夏に花を咲かせる。

今日の日本では、芝はコウライシバなどイネ科シバ属 *Zoysia* 種を総称する語であるが、中国語では結縷草という。オヒシバ・メヒシバ・チカラシバなどシバ属以外のイネ科雑草で、シバの名をもつものが多くあるが、万葉時代のシバはむしろこれであったと思われる。草本雑草たるシバの語源は、柴と同じで、繁葉《しば》に由来する。一方、柴・柴原は小低木・幼木の集合体であって、森林を伐採したあとに見られるものである。日本列島の基本的潜在植生は森林植生であり、自然林を伐採した後、放置すれば自然に二次林といわれる植生が成立するが、その初期の過程が柴原であり、この段階で火入れ、シバ刈りや放牧で干渉を続けると、小型のイネ科植物からなる人為草原が成立する。日本にある草原は、奈良の若草山や阿蘇の草千里に代表されるように、ほとんどが人為草原であり、完全な自然草原は高山帯のいわゆるお花畑だけである。万葉集に「道のシバクサ」とあるのが二首（巻六　一〇四八、巻十一　二七七七）にみえるが、チカラシバやオヒシバなどのイネ科を中心とした雑草の生い茂った情景とよく合う。万葉のシバはこの二首のほか、数首を除いて柴すなわち小雑木であるが、いずれのシバにせよ、特定の植物種を指したものではなく、雑多な種の集合体である点でほかの万葉植物とは大きく異なる。

しひ（椎・四比・思比）

ブナ科（Fagaceae）スダジイ（*Castanopsis cuspidata* var. *sieboldii*）

家にあれば　笥《け》に盛る飯《いひ》を　草枕　旅にしあれば　椎の葉に盛る

家有者　笥尓盛飯乎　草枕　旅尓之有者　椎之葉尓盛

（巻二　一四二、有間皇子《ありまのみこ》）

【通釈】序に「有間皇子の自ら傷《いた》みて松が枝を結びし歌」とあり、もう一つの有名な歌「磐代《いわしろ》の浜松が枝を引き結び真幸《まさき》くあらばまた還《かへ》りみむ」（巻二　一四一）と対になっていて、この歌の背景は当時の政治情勢とも関連しきわめて複雑である。白雉四（六五三）年、大化の改新の主役中大兄皇子《なかのおおえのおうじ》（後の天智天皇）が有間皇子（六四〇—六五八）の父孝徳天皇の意を無視して難波宮から飛鳥への遷都を決め、天皇と一部の臣下だけを残して皇族・臣下そして皇后も飛鳥へ移動した。翌年、天皇は失意のうちに没し、斉明天皇（皇極天皇の重祚）が飛鳥板葺宮で即位した。しかし、この中大兄皇子の行動は、六四五年の大化の改新以降の改新政治に対する鬱積した不満とあいまって、皇族内や臣下に深刻な軋轢《あつれき》を生み、先帝の遺児である有間皇子は反中大兄皇子派に立った。六五八年、有間皇子は蘇我赤兄《そがのあかえ》とともに謀反を企てたが、協力者の赤兄の密告で露見し、捕らえられ、同年十一月十一日藤白坂（和歌山県海南市の旧熊野街道）で十九歳の若さで処刑された。処刑の数日前、有間皇子は紀の湯（和歌山県白浜の西にある湯治場）で中大兄皇子の尋問を受けており、前述の二歌はそこから藤白坂への移動の途中に詠んだと考えられている。この歌の意は、家にあったら食器に盛るのに、草を枕にして寝るような旅をしているので、椎の葉に飯を盛るのですとなるが、捕らわれ護送の途中で、椎の葉に盛って食べさせられるような冷たい待遇を受けているわびしさ・つらさを歌ったもの。

【精解】シイ（椎）と称する植物はわが国に三種ある。ツブラジイ、スダジイとマテバシイで、前二者は単にシイと呼び、ともにシイ属に分類される。マテバシイは別属 ***Lithocarpus*** の一種であり、この仲間にはもう一種シリブカガシというカシの名で呼ばれる種がある。後述するように、万葉集に見るシイはこのうちスダジイを指す。シイ類四種とシラカシをはじめとするドングリと総称される常緑カシはよく似ていて、一般には形態だけで区別するのは容易でない。シイ類とカシ類のもっとも顕著な違いは「あく」（主としてタンニン）の有無であり、シイ類にはあくがなく生食できる。シイ類は温暖な照葉樹林帯に生える樹種だが、日本列島南部に住む縄文人のみならず弥生人や古代人にとっても貴重な食料源だったと考えられている。

右の有間皇子の歌にある「椎」については異説がいくつかある。まず、椎はシイではなく、ナラ（コナラの条を参照）の葉とする説がある。『新撰字鏡《しんせんじきょう》』に、「椎　奈良乃木」とあり、別に「椲　之比」などシイに対して異体字が充てられているからである。しかし、奈良乃木とする漢字は楢・柞などほかにもいくつかあり、『和名抄《わみょうしょう》』や『本草和名《ほんぞうわみょう》』では椎を之比《しひ》としている。要するに、『新撰字鏡』と『本草和名』・『和名抄』のいずれを取るかということになるが、自然科学的観点からは後者が支持される。すなわち、ナラはブナ科の落葉広葉樹で、日本列島では原生の植生が破壊された後に成立する二次林（いわゆる雑木林）に多く見られ、東日本には多いが西日本には少ない。紀伊半島沿海地方は、典型的な照葉樹林が発達し、本州でもっとも温暖な地であるから、二次林も常緑広葉樹が出現する。したがってこの歌の椎は、ナラではあり得ず、シイでなければならない。スダジイの葉は長さ七～十五センチ、ツブラジイの葉はその半分なので、飯を盛るという観点から、スダジイとなる。現在でも、一般にシイノキといえばスダジイを指すことが多い。また、椎の葉に盛るのは神への饌《そな》えとする説もある。犬養孝は、和歌山県岩代に、子供が生まれて三十日経過後の朔日または十五日に、米の粉をこねてつくった団子をヒトゲと称して、カシの葉に盛って氏神に供える風習があることを紹介している（『万葉の旅』）。この風習がいつ頃からあったのかわからないが、古代ではそれが実生活の一部であった可能性が高く、必ずしも特殊な儀式であったとは思われない。古代には土器でつくった食器はあったが、共用で盛り合わせて使用した。また、現在のように箸を使うようになったのは七世紀の初めといわれ、最初は金属性の箸を使った。それまでは『魏志倭人伝』に「食飲には籩豆《へんとう》（高杯）を用手食す」とあるように手で食べていた。木製の箸は奈良時代に入ってから使われるようになったのであり、平城京跡から檜や杉の木片を小割りして棒状に削り整えた白木箸が多量に出土している。

山が海に迫る険しい紀伊地方での生活は決して豊かではなく、都の生活とは大きな格差があったはずで、箸や立派な食器はなかったにちがいない。おそらく当時の食事では飯を椎の葉に盛り付けて少しずつ口にほおばるように食べたのであろう。神饌の儀式とみる説では、有間皇子が時の政治情勢に翻弄された結果、受けることになった「家にあれば」と「旅にしあれば」という、天と地ほどの境遇

スダジイ　硬い殻斗にドングリは２年目に熟し、生で食べられる。

の格差を実感できないことになる。「椎の葉に盛る飯」は後世の歌人にも引用され、例としては上冷泉為廣《かみれいぜいためひろ》の「月も見よ旅にしあれば椎の葉にもるいひしらぬ宿にかりねて」がある。

堅果《けんか》（ドングリ）を生食できるシイ類は四種あると述べたが、これらの日本列島における分布は南方に偏在する。特にマテバシイ属は近畿地方以西に分布し、東日本にはない。シイ属の中でもっとも北に分布するスダジイでも、福島から新潟を結ぶ線が北限で、西日本には多く普通にあるが、東日本ではあまり多くない。植物地理学の専門用語でシイノキ線というのがある。広島大学教授堀川芳雄が提唱したもので、最寒月の平均気温が二度の等温線がシイノキの北限と一致することからこう名づけられた。あるいは年平均気温十四度と一致するともいう。照葉樹林を構成する主要樹種であるが、実際の照葉樹林の北限はもう少し北上し、最寒月平均気温が〇度あるいは〇・五度とされている。

シイ類の化石や遺体は日本本土から出土していないので、ウルム氷期以前の氷河期で日本列島・南西諸島・アジア大陸南部が陸続きであったときに南方から渡ってきたと考えられている。それは現世におけるシイ属とマテバシイ属の分布を見ればわかる。いずれもアジア東部の熱帯から亜熱帯地方に大半が分布し、日本はその北限でわずかな種が分布するにすぎない。シイ類の材は、カシ類と同様、堅くて弾力もあり、建築材・家具材などに利用されるほか、椎茸の榾木《ほだぎ》（西日本ではこれを用いる）や薪炭材としてもすぐれている。樹皮はタンニンに富み、魚網の染料に用いられた。中国本草では、『本草拾遺《ほんぞうしゅうい》』（陳藏器《ちんぞうき》）に柯樹《かじゅ》皮があり、その基原を日本ではスダジイ、中国ではシリブカガシを充てる（『中薬大辞典』）。『本草拾遺』には、樹皮を煎じさらに加熱して蒸発させ丸薬としたものを服用すると、気・水《すい》が小便となって出るので、大腹水病によいという記述がある。三宅島に方言でシイを「しっこのき」というが、これも利尿作用に基づく名前であろう。貝原益軒《かいばらえきけん》（一六三〇—一七一四）はシイの実の味は五穀に近く貧民の飢えを助けるという一方で、性悪く気を塞《ふさ》ぎ脾を傷《いた》め胃気を損してよく瘡疥（はたけがさ）を発するので、病人は食すべからずと述べている。あくまで救荒時の補助食であって、食べられるとはいっても、主食にはなり得ないというのが益軒の『養生訓』の結論であろう。

しりくさ（知草）

カヤツクグサ科（*Cyperaceae*）サンカクイ（*Scirpus triqueter*）

湖葦《みなとあし》に　交じれる草の　知草《しりくさ》の　人皆知りぬ　吾が下思《も》ひを

湖葦　交在草　知草　人皆知　吾裏念

（巻十一　二四六八、柿本人麻呂歌集《かきのもとのひとまろかしゅう》）

【通釈】寄物陳思歌でシリクサに寄せたもの。第三句までは同音利用による「人皆知りぬ」を導く序。通釈すると、湖岸のアシに交じって生えているシリクサのように、人は皆知っていますよ、私の心中をとなるが、思いを寄せる人に対して、私の心中を知らないのはあなただけですと問いかけた歌であろう。

【精解】右の歌にあるシリクサの名は、今日に伝わらないばかりか、万葉集以外の文献には出てこない。「湖葦に交じれる草」であるから、抽水植物の一種であることは確かである。仙覚《せんがく》（一二〇三—？）はこれをサギノシリサシ（『仙覚抄』）としたが、この名は『和名抄《わみょうしょう》』の藺の条に「玉篇云　藺　音吝　爲　辨色立成云　鷺尻刺　似莞而細堅宜爲席也」とある。これを基にすればイグサとして問題ないようにみえるが、「湖葦に交じれる草」というのがイグサの生態に合わない。『大和本草《やまとほんぞう》』（貝原益軒《かいばらえきけん》）の藺の条に「今俗鷺尻指（ママ、刺の誤り）ト云物水草ニテ三角アリヨハシ爲席ヤハラカナリヤフレヤスシ」とあって、これによれば、サギノシリサシは『古名録』（畔田翠山《くろだすいざん》）のいうミツカドに相当するようである。

ミツカドとは、『本草綱目啓蒙《ほんぞうこうもくけいもう》』（小野蘭山《おのらんざん》）にその名があり、荊三稜の芸州（安芸、広島県）の地方名と記されている。『和名抄』には三稜草の条があり、「本草云　三稜草　稜音魯登反　美久利」とあり、和名をミクリとしている。一方、『本草和名《ほんぞうわみょう》』では「三稜草　本草所謂莎草是也　和名美久利」とあり、さらに別条で「莎草　一名縞　楊玄操音古晧反　一名侫莎實名緹　楊玄操音他禮反　鼠蓑　楊玄操音蘓和反　根名香附子一名雀頭香一名莎草　已上三名出蘇敬注　一名三稜草　出稽疑　一名舄堙　出藥决　一名滈蕵一名地髪　出雜要訣　一名鎬隻　一名青莎草　已上出釋藥　和名美久利一名佐久」とあって、和名ミクリ（美久利）の名が重出する。莎草は『名醫別錄《めいいべつろく》』に中品として収載される沙草のことであって、根を薬用とし名を香附子と称し、カヤツリグサ科のハマスゲを基原とする。『本草和名』の編者が、三稜草について十分把握しきっていないことを示唆するが、肝心の中国でも基原が混乱しているから無理もないのである。三稜の名が確実に見えるのは『開寶本草《かいほうほんぞう》』からで京三稜の名で登場する。『本草和名』や『和名抄』は、それより古いから、中国にもっと以前からその名がなければならないが、『證類本草《しょうるいほんぞう》』では、陳藏器《ちんぞうき》の見解を引用しているので、唐代の『本草拾遺《ほんぞうしゅうい》』に収載されていたようである。しかし、それはごく簡単な記述であって、正確な基原を推定するには不十分であった。

『圖經本草《ずけいほんぞう》』（蘇頌《そしょう》）は、京三稜について「春、苗を生じ、高さ三四尺、菱蒲（マコモ・ガマ）の葉に似て、皆三稜有り、五六月花を開き莎草に似て黄紫色なり。（中略）多く淺水の傍或は陂澤の中に生じ、其の根初生するものは塊を成し附子の大いさの如く、或は扁なる者有り、旁に一根を生じ、又塊を成す」と記述していて、カヤツリグサ科ウキヤガラの類のようである。問題は、中国に三稜と称するものが複数存在する、すなわち同名異物があることである。『圖經本草』の記載を基にすれば、ミクリ科ミクリおよびその近縁種を基原とする黒三稜と、カヤツリグサ科ウキヤガラおよびその近縁種を基原とする荊三稜の二系統がある。『本草綱目啓蒙』（小野蘭山）は、荊三稜のほか、黒三稜についても記述しているが、両者を明確に区別せずに、ミクリとウキヤガラを同物異名としている。今日の生薬市場では、荊三稜はミクリ属、黒三稜はウキヤガラ属をそれぞれ基原とするが、ややこしいことに基原植物の漢名は生薬名とは逆となっている（『和漢薬百科図鑑』）。すなわちミクリ属植物の漢名は黒三稜、ウキヤガラ属植物のそれは荊三稜で、時代によって名前が入れ替わって混乱したことは容易に想像できる。いずれの基原であれ、ミツカドはミクリ属かウキヤガラ属のどちらかとなるが、ミツカドの名の由来である三稜の茎はウキヤガラ属植物にのみに見られる。その中で葉先が尖ってサギノシリサシというにふさわしいのはサンカクイである。これには異論がないわけではなく、『萬葉動植正名』はシリクサを尻に敷く尻草と主張し、アンペライ（ネビキソウ）を充てた。アンペライは、わが国の東海地方以西から琉球の暖地にあり、国外では中国南部・インド・東南アジアからオーストラリアまで分布する高さ一メートルになる多年草である。インドネシアではこれから安物の敷物をつくっているから、古代日本で莚《むしろ》をつくっていたとしてもおかしくないが、日本ではこの植物をあまり見かけない。

前述したように、『和名抄』では藺を鷺尻刺とし、『大和本草』もそれを支持して、植物としてはカヤツリグサ科サンカクイを充てた。古い時代では、イグサやサンカクイ・フトイなどは混同されていて一括りに藺と称し、その区別は曖昧であった。『延喜式』巻第十五「内藏寮」の諸國年料供進に「藺帖笠百三十蓋」などとある藺は、同巻第三十八「掃部寮」に「殖藺田一町、在山城國、耕殖四十一人」とあるから、これは畳表にも用いたイグサでまちがいない。しかし、これを藺とするのは日本独自であって、中国では燈心草といい、別名としても出てこない。『説文解字《せつもんかいじ》』に「藺は莞の屬なり。蓆と爲すべし」とあるように、藺は広く蓆などをつくる水草の総称であるが、アヤメ科ネジアヤメを馬藺と称するように、ほかの水草の名にも用いられた。日本でイグサだけを意味するようになったのは、『爾雅義疏《じがぎそ》』に「芏草は海邊に生じ莞藺に似る。今、南方越人、采りて以て席と爲す」とあるので、莞藺を約してイグサの名に借用したようだ。ちなみに、芏草は前述のアンペライである。

す

すぎ（須疑・榲・杉・椙）

スギ科（*Cupressaceae*）スギ（*Cryptomeria japonica*）

わが背子《せこ》を　大和へ遣《や》りて　まつしだす　足柄山の　杉の木《こ》の間か　（巻十四　三三六三、詠人未詳）

和我世古乎　夜麻登敝夜利弖　麻都之太須　安思我良夜麻乃　須疑乃木能末可

味酒《うまさけ》を　三輪の祝《はふり》が　いはふ杉　手触れし罪か　君に逢ひがたき　（巻四　七一二、丹波大女娘子《たにはのおほめをとめ》）

味酒呼　三輪之祝我　忌杉　手觸之罪歟　君二遇難寸

【通釈】第一の歌は相模国の東歌。第三句の「麻都之太須」は難訓で未だ定説はない。契沖《けいちゅう》（一六四〇—一七〇一）は「射翳《まぶし》立つ」と解釈するが、万葉仮名の「都」を「部」の誤りと考え、濁音のはずの「太」を清音としたこの解釈は無理がある。荷田春満《かだのあずままろ》（一六六九—一七三六）は「待つしだす」とし、「だす」は「なす」であって「如」を意味すると考え、「まつの如く」すなわち松のように人を待つと言いかけると解釈し、さらに杉を過ぎとして時が経つ意味が暗示されていると考えた。東歌にしては技巧的すぎる感があり、あまり支持されていない。『萬葉集注釋』（沢潟久孝）では、「しだ」を時を表す古語とし、「待つ時《しだ》し」の転訛とするが、これがもっとも妥当な解釈のようである。歌の意は、愛しい人を大和へ送り出し、（帰るのを）待つ時は、足柄山のスギの木の間でしょうかとなる。衛士《えじ》として都に召集された東国人の妻が夫を送り出す時に詠んだものであろう。古代の南関東の植生は杉を主としていたという環境考古学研究の推定があり、この歌はこの観点からも興味深い。

第二の歌は相聞の歌。「味酒を」は三輪の枕詞。「祝《はふり》」とは祭祀に掌《つかさど》る神官をいい、『和名抄《わみょうしょう》』巻一の人倫部「巫覡」の条に「祝 之育反 和名波不利」とあり、祝を「はふり」と訓ずる。この歌の解釈は、あなたに逢うのに困難が伴うのは、三輪の神官が神木として崇めている杉に、手を触れた罰でしょうかとなる。おそらく「神罰に当たってあなたに会えなくなるのが怖いので、三輪大神の神聖な杉に手を触れないでおきましょう」が真意であって、実際に詠人が神木に手を触れたわけではないと思われる。

【精解】 万葉集では十二首の歌にスギが詠われるが、借音仮名表記の「須疑」が二首で、正訓では「杉」が八首のほか、「榲」と「椙」が一首ずつ出てくる。もっとも多く出る「杉」は、『和名抄』に「尒雅音義云 杉 音衫 一音纖 須岐 見日本紀私記 今案俗用榲字 非也 榲於粉反 柱也 見唐韵 似松生江南可以爲船材矣」とあるように、スギと訓じ現在と変わらない。ここで俗字とされた「榲」はもともと柱の意味であるが、『集韻《しゅういん》』に「榲は杉なり」とありスギに充てた。真の俗字はその異体字として発生したと思われる「椙」であり、これは中国にない国字で『出雲國風土記』「意宇郡」に「凡て諸の山野に在る所の草木は（中略）杉、字を或は椙に作る」の注がある。スギを表す字はこれだけに限らず、『本草和名《ほんぞうわみょう》』には「杦材 楊玄操音衫 鼠査 楊玄操音側加反 漆姑 蘇敬注云鼠査漆姑別出下品 和名須岐乃岐」とあり、「杦」は杉を行書や草書で書くうちに混同されて発生した杉の俗字（国字）といわれ、日本最古の医学書である『醫心方《いしんぽう》』にも「杦材 和名須支乃支」として出てくる。『説文解字《せつもんかいじ》』によれば「柀、黏なり。从木皮聲。一に曰く、析《さ》くなり」とあり、さらに『段玉裁注』には「黏は卽ち今の杉木なり。黏と杉とは正俗の字と爲す」と記述されていて、柀・黏もスギを表し、むしろ「杉」の方が俗字であった。ちなみに、『爾雅《じが》』釋木には「柀、黏なり」とあり、黏は説文の黏に相当する。以上、スギを表す字について説明したが、中国でいう杉について以下に考証する。

本草では、『名醫別錄《めいいべつろく》』の中品に杉材として収載されたのが初見であるが、『新修本草《しんしゅうほんぞう》』（蘇敬《そけい》）では木部の下品に移され、別名を鼠査・漆姑とした。『本草和名』はこれを引用したのである。『圖經本草《ずけいほんぞう》』（蘇頌《そしょう》）に「杉材は舊《ふる》くは州土に出る所を載せず。今、南中の深山に多く有り」とあって、中国では江南の深山にあって、日本のように身近にはないことがわかる。さらにその特徴について「木は松の類にして勁直、葉は枝に附きて生じ刺針の若《ごと》し」と記述し、針葉樹であることがはっきりする。また、『爾雅《じが》』郭璞《かくはく》注（柀黏の条）では「以て船及び棺材と爲すべし。柱を作り之を埋めれば腐らず」とあり、有用材であったこともわかる。『本草綱目《ほんぞうこうもく》』（李時珍）では「杉木、葉は硬く微《わず》かに扁にして刺の如し。結實すれば楓實（マンサク科フウの実）の如し」と述べており、中国の杉材が日本のスギとよく似ていることを示唆する。中国の杉は、スギ科コウヨウザン（広葉杉）で、日本のスギとは別属に分類され、現在では沙木と呼ぶことが多い。わが国に渡来したのは江戸時代末期になってからなので、古代日本人は知らなかった。

また、『本草綱目』の同じ条に「倭國に出づる者、之を倭木と謂ふ」という注目すべき記述がある。実は、中国にもカワイスギ（中国名柳杉）というのがあり、日本産スギ（中国では日本柳杉という）とは変種あるいは別種として区別するが、形態の違いはきわめて軽微であり、専門家でも識別が難しいほどである。貝原益軒《かいばらえきけん》（一六三〇―一七一四）は、李時珍を引用して「本草ニ時珍モ出倭国コトヲ云ヘリ昔日本ヨリ中國ニワタリシニヤ」（『大和本草』）と述べており、中国産スギは日本産と同種であって古代の日本から渡ったものとする意見もある。中国では江西省廬山《ろざん》の黄龍寺に生える老木が樹齢約千年、また浙江省天目山に樹齢千年以上という中国最古の古樹があるが、この程度なら古代日本から渡ったとしても不思議はない樹齢である。後述するように、スギの寿命は数千年という長寿の木であり、中国産のスギが真の自生かどうかは今後の詳細な研究に待たねばならない。

スギは、スギ科スギ属の一種で、約三百万年前の第三紀鮮新世に出現し、地球上に広く分布していたといわれる。氷期や間氷期という気候変動に応じて生育場所を変えながら、スギ科の多くの属が絶滅してゆく中で、氷期にも比較的温暖であった日本列島（あるいは真の自生であれば浙江ほか中国中部も）の限られた地域に生き残った。スギは日本でもっとも大きくなる木で、天然樹では秋田県二ツ井町の保護林に生えるスギは樹高約五十八メートルある。太さでは屋久島の縄文杉がもっとも大きく、幹回りは約十六メートル、すなわち直径五メートル以上もある。高知県大豊町の「杉の大杉」はこれに次ぐ十五メートルあり、樹高は約六十八メートルあって日本一の巨木とされる。スギは長命で縄文杉は樹齢七千二百年（一九七六年、九州大学の真鍋大覚による）と推定されている。これには異論もあり、京都大学（当時）の北村四郎は江戸時代に伐採されたスギの残存であるウイルソン株（胸高長径四・二二メートル、短径三・五〇メートル）について、平均の年輪幅を約二ミリとし、二千年以上は確実だが三千年を越えることはないとしている。屋久島営林署に保存される屋久杉の標本で、下から六メートルの位置で長径一・九八メートル、短径一・四二メートルの幹があり、年輪を数えると樹齢一七七六年という（『原色日本植物図鑑木本編』）。これだと年輪の平均幅は一ミリちょっと、胸高でも一・五ミリを越えることはないだろう。北村はウイルソン株の成長がよいとして推定値を出したのだが、それほど大きな成長差は考えにくく、ウイルソン株の樹齢は三千年以上はあるはずで、胸高直径が五・二二メートルの縄文杉は単純計算では

スギ　花は３月～４月に咲き、その年の秋には球果が熟す。

四千年以上となるが、七千二百年は無理である。現在では五千年ぐらいとする意見がもっとも多いようだが、縄文時代から生存していることは事実である。古代の日本列島ではスギの巨木がいたるところにあり、万葉時代は後述するようにその利用が急増した時代でもあった。

　いにしへの　人の植ゑけむ　杉が枝に　霞たなびく　春は来ぬらし

（巻十　一八一四、柿本人麻呂歌集）

この歌の意は、昔の人が植えたであろう杉の枝に霞がたなびくようになり、もう春が来たようです、という普通の抒情歌であるが、しばしば万葉時代にスギが植栽されていた証拠として引用される。枝に霞がたなびくほどこのスギは大きいものであるから、もし植林されたのであれば樹齢は三十年あるいは五十年ぐらいはあったはずで、逆算すると飛鳥時代の天皇の代替わりごとに頻繁に遷都が行われた時代と符合する。多くの木材が大和盆地のいたるところで伐採されていた時代であるから、スギの自然林は少なくなっていたと思われる。スギが植林されるようになったのは室町後期から江戸時代になってからとされているが、植林というほどではないにしても山採りした幼木や苗木を人里に植えることがあってもおかしくなく、「いにしへの人の植ゑけむ杉」もそうものであった可能性は高いだろう。

スギに関連して、もう一つ注目すべきことに、万葉集に「神杉《かむすぎ》」あるいは「齋《いは》ふ杉」の名で詠われる歌がそれぞれ三首あることが挙げられる。これはスギを信仰の対象としていた証拠であり、今日でも、各地の神社にスギの巨木が残り、注連縄《しめなわ》で飾られているのをよく見かける。通例、信仰の対象になる神木は絶対に伐採してはならないと考えられがちだが、昔から大切に保護されているわりには、樹齢千年を超すものはほとんどないことに気づく。万葉時代からのものであれば、樹齢千数百年はあるはずで、胸高直径は三メートルぐらい、樹高も五十メートル以上になるだろう。実際にはそんな大きな個体はほとんど残っておらず、随時、伐採されて利用されていたことを示す。『日本書紀』巻第十五の顕宗天皇の御歌に「石の上　振《ふる》の神《かむ》椙《すぎ》　本《もと》伐り末截《おしはら》ひ　市邊宮に　天下治《しら》しし云々」とあり、神杉でも例外ではないことを示唆する。すなわち、現在、各地に残るスギの神木は代替わりによって継続維持されたものである。神木は神のこもる依代《よりしろ》であるとか、神の降臨するところとされ、勧請木《かんじょうぼく》または神依木《かみよりぎ》ともいうが、固定しているわけでなく代替さえあれば同じものである必要はないと考えられたのかもしれない。それだけ古代日本ではスギなどの大木の消費が旺盛であったことを示唆する。また、神木は必ずしも自然木を祀るわけでないことは、長野県の諏訪大社の御柱《おんばしら》祭《まつり》の例が示している。すなわち、山から巨木（諏訪大社の場合はモミの木であるが）を伐り出してこれを境内に立て、神の依代として祀り、今日でもこの習俗は残されている。諏訪大社は元来社殿を持たず、古い形態の信仰を残す神社とされている。第二の例歌に「三輪の祝云々」と登場する奈良県大神《おおみわ》神社も本殿をもたず三輪山をご神体とする。現在では三輪山の森には斧を一切入れないとしているが、ここでもやはり長寿であるはずのスギの老木は見られないから、古い時代に伐採利用してきたことはまちがいない。

神木といっても今日考えられているのとは異なり、宮殿あるいは神殿を建てるのに、一定期間は神木として祀った後、それを建材として利用したことも考えられる。特に、スギが大和盆地に多かった頃は切り出した木はすべて神木だったかもしれない。古代の日本では平地林は必ずしもスギ林ばかりだったわけではなく、多くは照葉樹林を混じえたスギ林であった。地域によっては照葉樹が優先する森もある。照葉樹林では特定の木が巨木に成長することは少ないので、森全体をご神体とし、これがいわゆる鎮守の森となった。一方、スギと照葉樹の混交林では、建築材として有用なスギは択伐される。そしてスギの巨木がなくなってしまったとき、幼木や苗木を採取し、神社に移植、神木としたかもしれない。特に、仏教の影響で神社が社殿を備えるようになってからはその近くにスギを植えるようになったのではないか。スギの神木を祀る風習の起源は、社殿のなかった古代の名残とも考えられ、実際に境内に植栽されるようになったのは、万葉時代よりかなり後になってからだろう。

さて、スギは、わが国では古代より有用な建築材であるから、これについては特に説明の必要はないだろう。中国の古本草書に収載されるほどだから、スギ（正品はコウヨウザンであるから代用品となるが）は立派な薬用植物でもあった。幹に傷をつけて分泌する樹脂（杉脂《さんし》という）を薬用とした。これより杉脂硬膏を製し、紙や布に伸ばして塗りつけたものを、絆創膏の代用に用いた。松脂の代わりに肩こりやアカギレに塗ることもある。スギの葉もさまざまな民間療法に用いられ、外用には外傷、毒虫にさされたとき、腫れなど、内服では利尿・淋疾・脚気などに効があるとされている。江戸時代の代表的療法を紹介すると、『和方一萬方《わほういちまんぼう》』に、「杉ノ葉、右一味、二タニギリ程、水ニテ常の如ク煎ジテ、小豆ノ粉、茶二服程カキ立、用フベシ」とあり、淋病（膀胱炎）によいとしている。また『此君堂薬《しくんどうやく》方《ほう》』に、湿瘡浴湯法として、「杉ノ若葉、ハコベ、自然生ノ麥、ヲンバコ（オオバコ）、青木葉《アヲキのハ》、石菖《セキショウ》、蓮葉《ハスのハ》七枚、鹽一升、湯ノ花二兩、樟脳、忍冬《スイカズラ》、右何モ五寸縄ニ切用」とあり、皮膚病の治療に浴用剤とした。スギの実も薬用に供され、「杉ノ實、ニラノミ（韮の実）、右二色、火ニクベテフスブベシ」とあり、水虫によいという（『和方一萬方』）。葉には〇・七パーセントの精油が含まれ、主としてモノテルペン、セスキテルペンからなる。材にも一パーセント前後の精油が含まれていて独特の芳香がある。日本酒の醸造酒樽にスギ材を用いたのはこの香りをつけるためである。現在は、材のアルコールエキスを木香《きが》と称して、これを酒に加えて賦香する。

さて、今日ではスギは北海道を除く各地で広く植林され、どこにでも見ることができる。古代の日本ではスギはどのようなところに生えていたのであろうか。現在の日本列島にはスギの天然林はごくわずかしか残されておらず、原生林にいたっては屋久島の一部に残存するのみである。屋久島といえば縄文杉・大王杉などの樹齢数千年の屋久杉の老木で知られるが、杉の原生林が残るのは西南部の標高千メートル前後を中心とする暖帯上部～温帯下部に相当する山地斜面である。湿気が十分にあり有機物に富む土壌の深いところに生育している。屋久島のスギ原生林は高木層が樹高三十五メートルに達し、わが国の自然林ではもっとも樹高が高い森林である。高木層の約八割はスギで占められ、そのほか、ヤマグルマ・ツガ・ヒメシャラ・アカガシなどが散生する（環境庁編『日本の重要な植物群落』一九八〇年）。開発が進んでいない古代の日本ではこのような杉林がいたるところにあったのであろう。それを示唆するスギの遺物が、古代の歴史の舞台の一つであり古代文化が栄えた山陰地方で発見された。一九八二年、三瓶山《さんべやま》の北麓（大田市三瓶町多根）の標高約二〇〇メートルの地点から、三瓶火山の噴火活動によって埋没したと推定される埋没林が発見された（『三瓶埋没林調査報告書Ⅱ』島根県景観自然課編、二〇〇一年）。小豆原《あずきはら》埋没林と命名されたのであるが、放射性炭素による年代測定によってその成立年代は三千五百～三千七百年前であることがわかった。この値は縄文時代後期に相当し、埋没林の構成種がわかれば、縄文時代後期の中国山地低山帯の植生をうかがい知ることができる。小豆原埋没林で立木と確定されたものが二十八本あり、そのうち二十一本がスギで、残りはトチノキ三本、ケヤキ一本などであった。スギのうち、大きなものは直径一・五メートル以上あり、現存するスギでその胸高直径をもつものは樹高三十五メートル以上に達するので、小豆原埋没林はスギを高木層とした森林であったことがわかる。すなわち、今日、屋久島に現存するスギ林に似た、林冠がスギで構成された巨木の森であった。小豆原埋没林も当時は谷間の湿気のある地帯であり、今日、天然のスギが残る環境に似ている。

スギは青森県と岩手県の北部を除く本州・四国・九州に分布するが、縄文時代後期から古代万葉時代まではさほど大きな気候変化もないから、古代日本には低山地でスギの生育に適した条件のところでは巨木林が随所にあったと思われる。鳥取県青谷《あおや》上寺地《かみじち》遺跡における環境と植生の変遷に関する研究の結果、縄文時代から古墳時代後期にかけて、スギ林と照葉樹林の、とりわけスギ林の急速な縮小および水田の拡大が明らかにされている（『海をわたった華花』）。これは人の活動による植生への干渉の結果である。二〇〇〇年四月、出雲大社で平安時代の本殿の巨大な柱の跡が発見された。直径一・三メートルものスギを三本束ねたものであり、古代出雲大社の本殿は四十八メートル（十六丈）もの高さを有していたという伝承を裏付けるような巨大な柱であった（島根県大社町教育委員会、「出雲大社境内遺跡調査報告書」、二〇〇四年）。今日の山陰地方では、スギは中国山地脊梁部の高所にしか分布していないが、小豆原埋没林の発見で、出雲大社の巨大本殿の柱は比較的近傍のスギの巨木林から伐り出されたと推定できる。このようにしてスギは平地から次々と姿を消したと思われ、万葉時代の近畿地方も同じだったと推定される。

日本の気象地質条件では列島のどの地域も森林植生が優先する。すなわち森林を伐採しても放っておけばいずれ森林は再生する。しかし、現在の日本列島ではスギ林を一旦伐採すると元のスギ林には戻らない。屋久島のスギ原生林も倒木更新《とうぼくこうしん》によってのみ原植生が維持されている。スギ林が生き残るには原植生をそのまま維持するか、または植林するしかない。針葉樹は裸子植物に属し地球上に広い面積を占めるが、種数はわずか七百種程度しか現存しせず、種数では二十数万種も分布する被子植物に圧倒されている。特に生物多様性の豊かな熱帯亜熱帯は占有面積でも被子植物が圧倒する。つまり生物進化の観点からはスギなどの裸子植物は衰退しつつある種群なのである。ちなみに東北南部以南の日本列島の低地は植生学的にはヤブツバキクラスと称する常緑広葉樹（照葉樹林）が発達する。

縄文時代では針葉樹は利用されていなかったとするのが定説であった。しかし、スギの分布域にあたる地域からはスギの遺体は多く発見されている。特に福井県の鳥浜《とりはま》貝塚（約五千～六千年前）からはスギ製の丸木舟とともに板材が多数発掘された（『鳥浜貝塚調査報告』）。これまでは、針葉樹であるスギは木目が縦に走り、横からの切断にはいたって丈夫だが、縦に裂けやすい性質があり、したがってスギは石器では加工が困難と考えられてきた。縄文時代はクリなどの広葉樹を利用した文化であって、針葉樹文化は鉄器が伝えられた弥生時代以降とし、縄文文化におけるスギなど針葉樹の役割はほとんど無視されてきた。しかし、縄文の中期にスギ板が出土し、石器でもそれをつくることができることが証明されたのである。丸木舟にいたっては丸太をくり貫かねばならず、石器ではスギをくり貫くのは不可能と考えられたが、これも覆された。しかし、スギの利用が急増するのはやはり弥生後期以降である。前述の青谷上寺地遺跡では二千百～二千年前の遺構から大型のスギ板が出土し、護岸に矢板として使われていた。弥生後期の登呂《とろ》遺跡（紀元二世紀頃）では総面積約十《ヘクタール》の水田遺構が発掘されていて、やはり田の畦道に厚さ三《センチ》、幅三十《センチ》、長さ一・五《メートル》の杉材の矢板をビッシリと打ち立てて補強されていた。当時の登呂遺跡周辺では、今では現存しないスギの天然林があったことを示唆する。いずれの遺跡も矢板はきれいに加工されたものなので鉄器が使用されたと考えられている。スギ材は樹脂に富み、水に強く腐りにくい特性があり、矢板や船などに使われた。弥生時代には、縄文時代のクリのほか、コナラ・ミズナラなどのナラ類、クヌギ・カシ類も用いられるようになった。つまり、クリよりさらに堅く丈夫な材質の木が鉄器のおかげで加工が可能になったのである。

鉄器の普及が進んだ古墳時代以降では、使用樹種は大きく変わり、これまでの広葉樹からスギなどの針葉樹を用いるようになった。これは鉄器の使用により、石器よりはるかに細かい木材加工が可能になったからである。スギは板だけではなく柱材としても使われ、さらに簡単に幹心から剥がすことのできる厚い樹皮（杉皮）は屋根葺き材としても有用で、これは神社建築などに使われる。万葉時代はまさにスギの大規模利用の時代であり、天然スギの巨木林が次々と伐採されたのである。

すげ（菅・須氣・須我）　カヤツリグサ科（*Cyperaceae*）カサスゲ（*Carex dispalata*）ほか

奥山の　岩陰に生ふる　菅の根の　ねもころ吾も　相思《あひおも》はざれや
奥山之　磐影尓生流　菅根乃　懃吾毛　不相念有哉
（巻四　七九一、藤原《ふじわらの》久須麻呂《くすまろ》）

吾妹子《わぎもこ》が　袖をたのみて　真野の浦の　小菅の笠を　着ずて来にけり
吾妹子之　袖乎憑而　眞野浦之　小菅乃笠乎　不著而來二來有
（巻十一　二七七一、詠人未詳）

【通釈】第一の歌の初三句は菅の根の音で「ねもころ（ねんごろ）」を導く序詞。歌の意は、奥山の岩陰に生えるスゲの根のようにねんごろに私も相思わないでいられましょうか、あなたが思って下さるように私もあなたを思っているのですとなる。第二の歌の「真野の浦」は現在の神戸市長田区真野町の一帯で、かつて海辺であったところ。「真野の浦の小菅」は海辺に生えているスゲではなく、同巻二七七二の歌に「真野の池の小菅を笠に」とあるから、真野の浦近くの池に生えていたものをいう。真野の池は埋め立てられ、現在は跡地だけが残る。歌の意は、わが妻の衣の袖を頼りにして、真野の浦のコスゲでつくった笠をつけずして来たことよとなり、雨が降ったら妻の衣の袖をかぶってしのごうという戯れの意を表わす歌。

【精解】『詩經』小雅の魚藻之什・白華に「英英たる白雲、彼の菅茅《かんぼう》に露おく」という一節がある。菅茅はカヤの一種とされるもので、どこにでもあることから凡才の譬えに使われる。よく似た語に菅藚《しょく》があり、スゲとオモダカを表わすが、やはりどこにでもあるので凡才の譬えに用いられる。どこにでもあるという菅は、『和名《わみょう》抄《しょう》』に「唐韻云　菅　音姧　字亦作蕳　須計　草名也」とあるように、スゲのことであるが、植物学上そういう名の植物種はなく、狭義にはスゲ属、広義にはスゲ属とその近縁属の植物の総称であり、いずれもカヤツリグサ科に属する。万葉集で詠われたスゲの歌は四十九首あるが、第一の歌にあるようにスゲの根にかけたものが半数の二十四首もある。スゲ属には地下に長い匐枝《ふくし》を出すものがあり、「菅の根もねもころ」という歌の内容を考えると、このタイプのスゲ類が相当すると考えてよいだろう。仙覚《せんがく》（一二〇三―？）も「シカルニ菅ハモトノ草ムラノ根ノハルカニ遠ク這ヒテコロゴロニ群ガリ茂ルナリ。サレバソレニヨソヘテネモコロゴロト詠メルナリ」（『仙覺抄』）と述べており、株の間に伸びる長い匐枝を暗示し、それが「ねもごろ」の意になるとしている。

万葉歌では、いずれのスゲも石や岩の上に生え、また奥山や高山に生えるとあるから、数多のスゲ属の中でもナルコスゲ、オニナルコスゲ、ミヤマシラスゲなどに絞られるだろう。万葉集では、別にヤマスゲとして詠われたものがいくつかあるが、別の条で述べたように、ユリ科のジャノヒゲ類あるいはヤブラン類と考えられるものである（ヤマスゲの条を参照）。スゲ類、ジャノヒゲ、ヤブランのいずれも根生の長い線形葉を叢生し形態的によく似ているから、花実がない状態での区別は容易ではない。また、ヤブラン類、ジャノヒゲ類には長い走出枝《そうしゅつし》を出すものがあるので、スゲと詠われたものの中にはこれらと混同されている可能性も否定できない。巻七の一二五〇の「妹がため菅の実摘みに行きし吾山路に迷《まと》ひこの日暮らしつ」にある菅は、わざわざ実を摘みに行くのであるから、ヤマスゲすなわちジャノヒゲ類あるいはヤブラン類である。

一方、第二の歌のように笠を詠ったものは九首あるが、これはスゲの葉からつくった菅笠のことである。この目的に適うスゲは一種しかなく、笠の名を冠するカサスゲ別名ミノスゲと呼ばれるものである。カサスゲは日本列島全土の湿地に生え、スゲ属としては大型の多年草である。スゲ属は世界で二千種以上あるといわれ、日本だけに限っても二百種以上が確認されている。スゲ属各種は生態的な住み分けが比較的明確で、どこにでもあるという印象のわりには雑

カサスゲ　茎は高さ0.5～1メートルになり、葉は幅4～8ミリほどある。

草化しているものは少ない。これだけ多くの種に分化しながら、菅笠・繊維原料とするカサスゲや、斑入りの品種が観賞用とされるカンスゲなど、ごく一部を除いてほとんど未利用である。かかる状況にあって、四十九首もの万葉歌にスゲが詠われるのは異例といえる。カサスゲが古くから重要な儀式に利用されていたことは、『延喜式』巻第四「神祇四」の太神宮装束に「紫扇二枚菅笠二枚菅扇二枚」、同巻十七「内匠寮」に「御輿中子　菅蓋一具　菅幷骨料材従攝津國笠縫氏參來作」とあることから明らかである。ここに菅笠・菅蓋とあるものは、後世に雨具として使われた蓑笠とは異なるものであったと思われる。集中巻七にある旋頭歌「橋立ての倉椅《くらはし》川の川のしづ菅　吾が刈りて笠にも編まぬ川のしづ菅」（一二八四）の「しづ菅」も、宗教的神事あるいはなんらかの民俗学的意義をもつものと思われるが、今日に伝わらないので詳細は不明である。集中に有間菅（巻十一の二七五七、巻十二の三〇六四）、三島菅（巻十一の二八三六）などのように地名を冠して詠われているものがあるから、古くはスゲの名産地が随所にあったことを示唆する。また、『延喜式』巻第三十八「掃部寮」の諸司年料に「菅二百圍　並刈運夫以當國正税雇役」とあるのは、スゲで菅圓座《すげえんざ》と呼ばれるものをつくったことを示す。ほかに、蔣一千圍・藺三百八十圍・莞五百圍の記述があり、蔣（マコモ）、藺（イ）、莞（フトイ・マルガマ）ともに、スゲは敷物の材料として用いられた。ここでいうスゲはカサスゲのことであるが、古くから水湿地で広く栽培された。今日、カサスゲは人里にごく普通に自生するが、とりわけ農村部の沼田などに多く見られる。古い時代のみならず大正時代まで蓆《むしろ》などをつくるのに利用されていたから、今日見るカサスゲの多くは古くから栽培された名残であろう。カサスゲも長い走出茎《そうしゅつけい》を出し、ところどころに大きな株をつくって群生し、しばしば純群落をなすが、山間地に生えるものではないので、「奥山の菅」ではない。カサスゲの根茎は利尿薬として効があるといわれるが、古文書にその記述はないので、最近になって開発された民間療法薬であろう。わずかに江戸時代の民間療法書である『妙薬博物筌《みょうやくはくぶつせん》』に「木竹身に立を抜薬」として「菅《すげ》の古を霜《くろやき》にし、物の立たる上に口をあけ、廻《まはり》に貼、其紙の上に何度も引へし」

とある。

四十九首の万葉歌に登場するスゲ（またはスガ）のうち、借音仮名表記のものは「須我」が二首、「須氣」が五首にすぎず（一首はスゲとスガが共存）、残りの四十三首はすべて「菅」として表記されている。この背景に中国の強い文化的影響力が想像されるかもしれないが、意外なことに中国でいう菅は必ずしもスゲではないのである。スゲの中でもっとも身近なカサスゲは中国にも広く分布するが、中国名を彎嚢薹草といい、菅の字は用いていない。『爾雅《じが》』釋草に「臺は夫須なり」、また『同郝懿行《かくいこう》注』に「陸璣云ふ、舊説に云ふ、夫須は莎草なり、蓑笠と爲すべしと」とあり、臺や夫須は蓑笠をつくる草を指していたからカサスゲであったことはまちがいない。『正《せい》字通《じつう》』には「薹は夫須、卽ち莎草の別名なり。毛詩爾雅、皆臺に作る」とあって薹の字を用い、今日ではこれに従ってスゲ属種 *Carex* を薹草と称している。ちなみに、莎草とはハマスゲの類であり、植物分類学的には同じカヤツリグサ科ながら、スゲ属とは別属 *Cyperus* である。『正字通』や『爾雅』では、薹を莎草の別名というが、ハマスゲで蓑笠をつくられたことはない。

ハマスゲ　茎は高さ20～40センチになり、葉は幅2～6ミリほどある。

では、日本でいうスゲの漢名「菅」はどこからきたのであろうか。『説文解字《せつもんかいじ》』には「菅、茅也」とあり、古代中国では菅は茅すなわちチガヤなどカヤの類と考えられていた。中国の正統本草書では、『名醫別錄《めいいべつろく》』に地筋の条があり、別名として菅根の名が見える。『國《こく》譯本草綱目《やくほんぞうこうもく》』ではこれをイネ科アカヒゲガヤの全草と考定しており、『中薬大辞典』もこの説を取り入れているが、詳細は不明のようである。『本草綱目』（李時珍）では、地筋すなわち菅根について「疑ふらくは此れ卽ち是の白茅にして小異なるものなり」という陶弘景《とうこうけい》の説を引用する一方で、白茅（イネ科チガヤの根のこと、チガヤの条を参照）の条の集解に「茅に白茅・菅茅・黄茅・香茅・芭茅の數種有り」、また同釋名には「數種有り、夏に花ある者は茅と爲し、秋に花ある者は菅と爲す。二物功用相近くして名は同じならずと謂ふ」と記述されている。すなわち、チガヤの近縁種で菅茅というものがあるというのであるが、実際にどんな種に相当するか不明である。

『陸璣詩疏《りくきしそ》』に「菅は茅に似て滑らかにして無毛なり。根の下五寸の中に白粉の者有り。柔韌にして索（縄のこと）と爲すに宜し。

之を漚《ひた》せば（水につけて晒すこと）尤も善し。未だ漚《ひた》さざる者は野菅と名づく」（『本草綱目』より）とあり、菅は繊維原料となることを示唆しているから、カサスゲなどスゲ属を指すようにみえる。おそらく、これをもって古代日本の本草家はスゲの漢名に菅の字を充てたと思われる。しかし、陸璣の見解は中国では浸透せず、以降、日中の解釈が大きく異なってしまった。

前述したように、スゲとはスゲ属あるいはその近縁属に分類される植物種の総称であるが、夏の冷涼な高原に大群生するニッコウキスゲなど、ユリ科ワスレグサ属の中にはスゲの名で呼ばれるものが多い。本来の漢名は萱草であるが、日本では萱の字は屋根などを葺くカヤにも充てられ、萱は菅と音韻的に相通じるから、これによってワスレグサ属の種にスゲの名がつけられたのである。日本では、葉が線形で長くしかも根生するという形態のものをスゲと称したようで、この特徴はジャノヒゲ類・キスゲ類・カサスゲなどスゲ類に共通する。チガヤなど一部のイネ科植物もこれに似た特徴を有するので「萱は茅なり」という風に混同されたのであろう。

すすき（芒・須爲寸・爲酢寸・須珠伎・須酒寸・須酒伎・須々伎・爲々寸・須酒吉・須々吉・乎花・尾花・草花・麻花・乎婆奈）

イネ科（Poaceae）ススキ（*Miscanthus sinensis*）

吾妹子に　相坂山《あふさかやま》の　はだすすき　穂には咲き出《い》でず　恋ひ渡るかも
吾妹兒尓　相坂山之　皮爲酢寸　穂庭開不出　戀度鴨
（巻十　二二八三、詠人未詳）

帰り来て　見むと思ひし　わが宿の　秋萩すすき　散りにけむかも
可敝里伎弖　見牟等於毛比之　和我夜度能　安伎波疑須々伎　知里尓家武可聞
（巻十五　三六八一、秦《はだの》田麻呂《たまろ》）

【通釈】　第一の歌は、秋の相聞歌で、花に寄せたもの。「相坂山」は京都府と滋賀県の境にある山で「吾妹子に逢ふ」を掛けた。「はだすすき」は後述。第三句までは「穂には咲き出でず」に対する譬喩《ひゆ》の序。「恋ひ渡る」は既出（シキミの条を参照）。歌の意は、わが愛する人に逢うという名をもつ相坂山のススキのように穂が咲き出ず、人目につかないように恋慕い続けることですとなる。第二の歌の序

オギ　茎は高さ1～2.5メートルになり、葉は長さ40～80センチ、幅1～3センチ。

に、「肥前の國松浦《まつら》の郡狛島《こましま》の亭《とまり》に船泊りせし夜、遙かに海の浪を望み、各旅の心を慟《いた》みて作れる歌」とある。狛島は柏島の誤りで、佐賀県東松浦郡神集島《かしわ》（現唐津市）と考えられている。歌の意は、帰って来てから見ようと思っていた、わが家の秋ハギ、ススキも散ってしまったことだろうかとなる。

【精解】ススキといえば、中秋の名月に月見団子とともに捧げる秋の七草の一つで、日本でもっとも親しまれている植物の一つである。繁殖力は旺盛で、一面に生えていたススキ原を野焼きしても必ず芽吹いてくるその生命力に、古代人は感嘆したにちがいない。高度成長経済の華やかなりし時、各地の川原に群生するススキが外来種のセイタカアワダチソウに駆逐されたかに思われたが、いつの間にやら勢力を盛り返し、まったくの杞憂に終わったことは喜ばしい。春は野焼き、夏は青薄《すすき》、秋は花薄、冬は枯れ薄と、これほど四季を通じて親しまれる植物も珍しい。日当たりのよい乾いた土地ならどこにでも生えるが、変異が激しく、シマススキ、タカノハススキなど園芸用に栽培される品種もいくつかある。

万葉集のススキは、ヲバナの名で十九首（乎花・尾花・草花・麻花・乎婆奈）、ススキの名で十七首（芒・須爲寸・爲酢寸・須珠伎・須酒寸・須酒伎・須々伎・爲々寸・須酒吉・須々吉）に登場する。『萬葉植物新考』は、このほかカヤの名で詠われる十首を、ススキとして加えている。「み吉野の秋津の小野に刈る草《かや》の思ひ乱れて寝る夜しぞ多き」（巻十二　三〇六五）にある刈草などをススキと考えているのだが、オギ、アシなどほかにも萱《かや》の原料はあるので、ススキだけを指すとするのは困難である。ヲバナは、『古今要覧稿』では同属類似種のヲギ（荻）の花と解釈して、ススキとは別種とする一方で、ススキ・ヲギを表す総名ともしている。だが、集中には「春日野のヲバナ」（巻十　二一六九）、「高円のヲバナ」（巻二十　四二九五）など、水辺を好むオギの生態に合わない歌があることや、「入野のすすき初尾花」（巻十　二二七七）などにある初尾花は、ススキの花が初めて開いて穂をつけたものと考えられることから、ヲバナはススキの花に対してつけられた名と考えるのが妥当であろう。ススキとして詠まれるもののうち、ハダススキ（皮爲酢寸・波太須酒伎など）とあるものが七首、

ススキ　茎は高さ1～2メートルになり、葉は長さ30～50センチ、幅0.6～1センチ。

ハタススキ（旗須爲寸・旗芒）が二首、ハナススキ（波奈須爲寸）が一首ある。ハナススキについては、一部の写本にハダススキ（奈を太の誤認とみる）とあるので、ハダススキに同じとする意見がある。しかし、『古今和歌集』の「今よりは植ゑてだに見じ花すすき穂にいづる秋はわびしかりけり」（二四二、平貞文）をはじめ随所に出てきて、『和名抄《わみょうしょう》』にも「新撰萬葉集和歌云　花薄　波奈須須岐」とあるので、ヲバナの同義と考えて差し支えないだろう。ハタススキは、『日本書紀』巻第九「神功皇后紀」に「幡荻《はたすすき》穂に出《で》し吾《われ》や、尾《を》田《だ》の吾田節《あがたふし》の淡郡《あはのこほり》に所《を》居る神有り」、また『出雲國風土記』「意宇郡」の条にも「大魚《おふを》のきだ衝き別けてハタススキ（波多須々支）穂振り分けて三身《みつみ》の綱うち挂《か》けて云々」とあり、穂が出て旗のようになびくススキと解釈することで意見の一致をみている。だが、ハダススキについてはまだ定説がない。皮《はだ》ススキという表記があり、穂あるいはそれを連想させるものに掛かって、ハタススキとは明らかに用例が異なるので、『冠辭考』が「穂を皮にふくみもて漸に開出るなれば、はだすゝきといふらんとも覺ゆ」というように、ススキの穂を含んだ咲く前の状態を指すかもしれない。

ススキは乾いた原野、道端に普通に生える多年草であるが、しばしば大群生しているのを見かける。国木田独歩の『武蔵野』（一八九八年）に、「昔の武蔵野は萱原《かやはら》のはてなきをもって絶類の美を鳴らしていたように言い伝えてある云々」という一節がある。独歩は武蔵野の風物をこよなく愛し、その四季の様子を短編に表したのであるが、明治時代からみて昔とはいつ頃までさかのぼることができるのであろうか。鎌倉中期の『とはずがたり』巻四に、「武蔵國へ歸りて、（中略）野の中をはるばると分け行くに、萩・女郎花《をみなへし》・荻・薄よりほかは、またまじる物もなく、これが高さは馬に乗りたる男の見えぬ程なれば、推し量るべし。三日にや分け行けども、盡きもせず」（玉井幸助校定『問はず語り』岩波書店）とあり、かつての武蔵国は独歩のいうように「はてなき萱原」で被われていたようである。『新古今和歌集』にある「行く末は空も一つの武蔵野に草の原より出づる月影」（秋上　四二二、摂政太政大臣）もやはり一面に萱原が広がる情景を詠っている。

武蔵野は地形的には台地性丘陵帯であり、黒ボク土という厚い土壌が堆積している。最近の研究によれば、この黒い表層土はススキ・ササ・チガヤなどイネ科草本の遺体が分解して集積したものであることが明らかになった（松井・小川『日本の風土』平凡社、一九八七年）。この土壌の厚さを考えると、かなり古い時代から萱原が成立していたことになる。日本列島は湿潤気候であるから、萱原のような草原は維持されにくく、一定期間を経ると自然に鬱蒼とした森林が成立してしまう。しかし、それを長期間維持するすべがないわけではない。火入れや刈り取りのような人為的干渉が定期的に行われるなら、半永久的に草原を維持することも可能である。平安時代初期の小説『伊勢物語』の第十二段に、「武蔵野は今日はな焼きそ若草の妻もこもれり吾もこもれり」とある歌（『色葉和難集』にも収載）は、野焼きを描写したものであり、古くから行われていたことを示唆する。「粟津野（近江国の地名）のすぐろの薄《すすき》つの（角）ぐめば冬たちなづむ駒ぞいばゆる」（『後拾遺和歌集春上』権僧正静圓）で詠われる「すぐろのすすき」とは、『袖中抄』で「すぐろは春のやけの、す、きのすゑのくろき也」と説明されているように、ススキの末黒《すぐろ》の意であり、武蔵野に限らず、野焼きが、有史以来、日本列島の人里ではごく普通に行われていたことを示唆する。

ススキが万葉集に三十四首（松田説にしたがえば四十四首）の歌に詠まれている事実は、それが古代人の生活空間にごく普通にあったことを示している。平安時代になると、詩趣を強め、詩歌に普通に詠われるようになるが、ヲバナの名はほとんど用いられなくなった。一方、中国文学ではススキの存在感はほとんどなく、同じイネ科のアシのはるか後塵を拝する。『禮記《らいき》』「檀弓篇下」に「君、臣の喪に臨むとき、巫祝、桃茢、執戈を以てす、之を悪めばなり」とあり、桃茢はモモの棒にアシの穂（茢）をつけて箒状としたもので、モモとともにアシは葬儀に臨んで不浄を祓う力があると考えられていた。すなわち、神仙の霊力をもつ存在であったのであるが、日本ではアシは「悪し」に通ずるとして敬遠されたようで、後にヨシに改名されてもススキに追いつくことはなかった。奈良時代から平安時代の日本文学は、唐の文学の大きな影響を受けているのだが、一方で、中国文化から一歩はなれたところで、独自の進化があったことを示す。

ススキの漢名は芒であり、巻十の二〇八九にも旗芒《はたすすき》として出てくる。一方、薄は国訓で、寛平五（八九三）年の『新撰萬葉集』「巻上秋部」の「花薄」が初見ではないかと思われる。『廣雅《こうが》』に「草叢生するを薄と爲す」とあり、本来、ヤブを意味する薄にススキを充てたのである。また、菅もしばしばススキの漢名とされることもあるが、これは誤りである。『詩經《しきょう》』小雅・白華に「白華の菅、白茅もて束ぬ」とあり、『説文解字《せつもんかいじ》』に「菅、茅なり」とある。菅たる茅は「かや」であるから、ススキとまちがえやすい。菅の根を菅茅根と称することも、混乱の原因であったと思われる。しかし、この名は明代末の『本草綱目《ほんぞうこうもく》』（李時珍）以降であって新しい名である。茅は「かや」ではあるが、チガヤを指す（チガヤの条を参照）。『中薬大辞典』では、萓はススキとは別属種のイネ科植物に充てられ、わが国に自生はない。芒は『本草綱目』に収載され、李時珍は唐中期の『本草拾遺《ほんぞうしゅうい》』（陳藏器《ちんぞうき》）にある石芒・敗芒箔（いずれも『本草拾遺』では別条にある）を芒の同物としているが、この二品はススキの類とはいいがたい。李時珍によれば、「（芒の）葉は皆茅の如くにして大、長さ四五尺なり。甚だ快利にして人を傷つくること鋒刃の如し。七月、長茎を抽《ぬき》んでて白花を開き、穂を成す。蘆葦（ヨシ）の花の如き者は芒なり」と述べていて、これはススキでまちがいないだろう。茎を芒茎として薬用にするが、ほとんど用いられない。根を芒根と称して薬用にするようになったのは比較的新しく、わずかに民間療法に用いられる。

すみれ（須美禮）

スミレ科（Violaceae）スミレ（*Viola mandshurica*）ツボスミレ（*V. verecunda*）

春の野に　すみれ摘みにと　来《こ》し吾そ　野を懐かしみ　一夜《ひとよ》寝にける　（巻八　一四二四、山部赤人《やまべのあかひと》）
春野尓　須美禮採尓等　來師吾曾　野乎奈都可之美　一夜宿二來

山吹の　咲きたる野辺の　つほすみれ　この春の雨に　盛りなりけり　（巻八　一四四四、高田女王《たかたのおほきみ》）
山振之　咲有野邊乃　都保須美禮　此春之雨尓　盛奈里鶏利

【通釈】第一の歌は有名な山部赤人の春の雑歌。歌の意は、春野にスミレを摘みにやってきた私であるが、すっかり野原が気に入ってとうとう一夜泊まって過ごしてしまったことよとなる。解釈に関しては精解で詳述する。第二の歌も赤人の歌と同じく春の雑歌に入る。スミレだけでなく花の色の異なるヤマブキを対比させ、これに春雨を組み入れて詠った優れた抒情歌である。歌の意は、ヤマブキの咲いている野辺のツボスミレがこの春の雨の中で花の盛りとなっていることだとなる。

【精解】万葉集にスミレと詠まれる歌は四首あるが、すべて万葉仮名で「須美禮」として表わされ、漢名はない。そして、スミレ・ツボスミレがそれぞれ二首ずつあり、この両名が同一か異物かという問題も提起される。まず、初めに古文献を参照してスミレについて考証する。

『和名抄《わみょうしょう》』では「本草云　菫菜俗謂之菫葵　上音謹　須美禮」とあり、スミレに菫菜・菫葵の漢名を充てている。今日でも普通にスミレを菫で表わすが、中国ではどうだろうか。菫の名は、『神農本草經《しんのうほんぞうきょう》』にはなく、「新修本草《しんしゅうほんぞう》」（蘇敬《そけい》）に菫汁の名で初見し、「此の菜は野生にして人の種ゑる所に非ず。俗に之を菫葵と謂ふ」とある。一方、『爾雅《じが》』では「齧は苦菫なり」とあり、『郭璞注《かくはくちゅう》』によれば「今、菫葵なり。葉、柳に似て子は米の如し云々」とあって、『爾雅』・『郭璞注』と本草のいずれからも基原を絞り込むことは困難である。

『本草綱目《ほんぞうこうもく》』（李時珍）では、『爾雅』のいう苦菫、郭璞の菫葵を、『神農本草經』中品の石龍芮の同物異名とし、さらに『新修本草』菜部の水菫を併せ入れ、草部に収載している。一方、菜部には、菫の条を設け、ここでは『新修本草』の苦菫・菫葵を入れている。石龍芮については、『蘇敬注《そけいちゅう》』に「今、用ふる者は俗名を水菫と名づく。苗は附子（トリカブト）に似て、實は桑椹（クワの実）の如く、故に地椹と名づく。下濕の地に生じ、五月熟し、葉、子皆味は辛し」と記述されている。また、『圖經本草《ずけいほんぞう》』（蘇頌《そしょう》）は「一叢に數莖あり、莖は青紫色にして莖毎に三葉あり。其の葉、芮々短小にして刻缺《こっけつ》多く、子は葶藶（イヌナズナ）の如くして色は黄なり」と記す。これらの記述から、石龍芮はいわゆるスミレではなく、キンポウゲ科のキツネノボタンに似た種であることがわかる。菜部の菫について、李時珍は「一種黄花の者は有毒にして人を殺す、即ち毛芹なり。草部の毛茛を見よ」と述べているから、毛茛すなわちキンポウゲに似たものであることは確かである。ちなみに、現今の『中薬大辞典』では、石龍芮をキンポウゲ科タガラシに充てている。タガラシを含むキンポウゲ属は、有毒物質プロトアネモニンを含み、皮膚炎・水疱を起こすことが知られているが、若芽・若葉を十分に加熱あるいは乾燥状態にすれば、毒性の弱いアネモニンに変わるから、刺激性は激減し、多食さえしなければそれほど危険はない。

以上、菫の字をスミレに充てるのは正しくないことがわかるが、中国でも古い時代では基原が不明瞭であったから、古代日本の本草家が誤認するのは無理からぬというべきであろう。次に、後世の本草家がどう扱っているか見てみよう。江戸初期の『大和本草《やまとほんぞう》』（貝《かい》原益軒《ばらえきけん》）では、「國俗菫菜ヲスミレトアヤマリ稱ス菫菜ハ別ナリ」とし、紫花地丁を「古歌ニスミレトヨミシ物是ナリ」と記述しており、以来、日本の本草学ではこの漢名が通用するようになった。地丁の名は、『本草衍義《ほんぞうえんぎ》』（寇宗奭《こうそうせき》）で蒲公草の別名として初見するが、この基原は明らかにキク科のタンポポ属である。『本草綱目』では「按ずるに、土宿本草に云ふ金簪草一名地丁、花は金簪頭（黄金のかんざしを付けた頭という意）の如く、獨脚丁の如し、故に之の名を以てす」

と記述している。以来、一本の茎が丁型に出て頭頂に花をつける植物は、皆この名（地丁）で呼ばれることになってしまった。紫花地丁は紫色の花をつけるその外形の類となるが、『本草綱目』では「其の葉は柳に似て微細なり。夏、紫花を開き、角《さや》を結ぶ。平地に生じる者は莖を起ち、溝渠の邊に生じる者は蔓を起つ」と記述し、明らかにスミレとは違うものであり、『國譯本草綱目《こくやくほんぞうこうもく》』ではこれをマメ科のイヌゲンゲと考定している。『中薬大辞典』では、日本にも自生するノジスミレを紫花地丁と称し、また紫色の花をつけるスミレ属、リンドウ科コケリンドウ、ヒメハギ属にこの異名があるとしており、非常にややこしい状況にあるといわざるを得ない。紫花地丁の基原にスミレ属が加わったのは、比較的最近のことで、清代末期の『植物名實圖考《しょくぶつめいじつずこう》』において、菫菫菜（図からスミレ属であることはまちがいない）の別名に紫花地丁とあるのが初見のようである。清代末期には、大量の日本の書籍が中国に流入しているので、江戸初期の『大和本草』の記述を採用した結果とも考えられる。

以上、中国本草からスミレの基原を考証したが、ただ混乱を増幅しただけであったのは否めない。

スミレの名は万葉の時代から継承され、その途中でほかの植物と入れ替わった証拠・形跡はないから、須美禮はやはりスミレでよいだろう。しかし、異論もあったので紹介する。『紙魚室雑記《しみむろざっき》』（城戸《きど》千楯《ちたて》）に「古へよりすみれといふは今の世にいふげんげ花なり」、「彼国（中国のこと）の菫の字はまことはこゝのすもとり艸（スミレの俗名）にあたれりと」とあり、万葉集にある須美禮はマメ科レンゲであって、中国本草にある菫（苦菫・菫葵）を子供が花茎《かけい》を引っ掛けて遊ぶスモトリグサと主張しているのである。『萬葉古今動植正名』は、スミレについてレンゲとスモトリグサの両説を併記しているが、どちらかといえばレンゲ説を支持する。千楯（一七七八―一八四五）は京都出身で、本居宣長《もとおりのりなが》（一七三〇―一八〇一）の門下に入り、国学を学んだ。彼がなぜレンゲ説を主張するのか、具体的な論拠を示しているわけでないが、「本草綱目などより見出たるまゝに、かのくさこそはすみれなれと思ひとりしより」とあるから、まず『本草綱目』にある菫をスモトリバナ（今日のスミレ）と考えたようだ。江戸時代の農村に普通にあったレンゲ畑を見て、直感的に万葉時代の春野にレンゲが群生していると信じたと思われる。レンゲは外来種で、今日でも田畑の周辺以外にみることはないから、「浅茅原のツボスミレ」という情景はあり得ないので、今日では千楯の説はまったく支持されていない。レンゲが日本にいつ渡来したか明らかではないが、江戸初期にはあったことは確かである。平安時代あるいは奈良時代からあったとする意見もあるが、信頼できる根拠はない。

次に、ツボスミレとスミレの関係について考える。ツボは、坪すなわち庭の古語であり、一定の区画の窄《すぼ》まった地の総称であるから、一カ所に集まって生えるスミレ類をツボスミレと呼んだと思われる。

スミレ　4月〜5月、高さ5〜20㌢の花茎に1つずつ、濃紅紫色の花が咲く。

第二の例歌にある、野辺のツボスミレとあるのは、原っぱ一面に生えているのではなく、広い原っぱの限られた区画すなわち坪に集まって群生する状況を詠ったのである。スミレ属は世界で約四〇〇種が知られ、わが国には約五十六種が自生する。変種も含めると百種以上あるから、日本列島は世界のスミレ属の分布中心の一つといってよい。日本産スミレ属は、花の色で紫色系と黄色系に大別されるが、後者はおもに深山に生えるから、人の目に留まることは希である。紫色系は、地上茎がないタイプとあるタイプに大別される。スミレ・ノジスミレ・コスミレなど、一般に「すみれ」と総称されるものは、前者の地上茎がなく花茎が根から直接出て咲くタイプであり、草丈はせいぜい十㌢程度、日当たりのよい乾いた芝状の草原や礫地でないと生育は困難である。赤人の歌にあるスミレは、たぶん、これであろう。一方、地上茎が伸びてその上に花梗《かこう》が出て花をつけるタイプがツボスミレ・タチツボスミレなどで、草丈は二十〜三十㌢以上に達し、少々丈の高い草原でも生育が可能である。低木のヤマブキが咲き、あるいはチガヤが生えているような環境は、やや湿り気があって丈の高い草が生える草原と考えられるから、普通の「すみれ」ではまず生育は無理で、草丈の高いツボスミレ系ということになろう。

ツボスミレ・タチツボスミレは、日本でもっとも普通にあるスミレ属種で、いずれも葉は円形〜心形でよく似ているから、万葉集のツボスミレはこれらを区別せず呼んだものであろう。そもそも、スミレとツボスミレ（ここではいずれも総称名と考える）も、古い時代にどれほど区別されていたか、はなはだ疑問である。たとえば、『歌林四季物語』（『續群書類従』第三十二輯雑部上所収）巻第八にも「きちかう、あさがほ、つほすみれのうつろひたる云々」とあるが、キキョウ・アサガオの鮮やかな青色の花と並べて「花の色のうつろい」に言及しているから、このツボスミレ（本来の花の色は薄紫）はスミレ（濃い紫の花）であって両者を区別していないことを示唆する。『本草綱目啓蒙《ほんぞうこうもくけいもう》』（小野《おの》蘭山《らんざん》）では「一種圓葉ノ者アリ又數品アリ草生藤生ノ異アリ總シテコマノツメト云フ古歌ニツボスミレト云フコ

タチツボスミレ　花は淡紫色で、花弁は 12 ～ 15 ミリほどあり、4月～5月に咲く。

レ菫菜ナリ」とあって、スミレを紫花地丁、ツボスミレを菫菜と区別しているが、これが誤りであることはいうまでもないだろう。

　ここで、もう一度、赤人の歌を吟味してみたい。

　第一の歌は、山部赤人の残した万葉歌の中で、もっともよく知られたものの一つであるが、『源氏物語』「眞木柱《まきばしら》」にも「野をなつかしみ明かいつべき夜を、惜しむべかめる人も、身をつみて心苦しうなむ云々」と引用されたほか、多くの派生歌も詠まれている。「春の野に若菜つまんと来しものを散りかふ花に道はまどひぬ」（紀貫之）や「春といへばすみれつみにと来る人のたより待たるる野べのかり庵」（師兼）はその代表的なものであるが、いずれも抒情歌としての側面を強調している。

　また、花摘みだとしても、すぐに萎《しお》れてしまうスミレをなぜ摘むのか、一夜も野宿するほど摘んだスミレをどうするのか、という素朴な疑問が起きるはずだ。花を愛でるのであれば、ほかに早春の花はいくらでもあるし、食草にしても「春の七草」の方がずっと腹の足しになるだろう。橘《たちばなの》千蔭《ちかげ》（一七三五—一八〇八）は「菫つむは衣摺む料なるべし」（『略解』）と述べ、染色に用いたと考えた。田中貢一の『信濃の花』（萩原朝陽館、一九〇三年）には「我が中野地方に於ては、之れをお染草と呼び、其花葉を摘みて乾葉となし、染料に用ふることを常とせり」とあるから、千蔭説も無碍に否定できない。

一方、契沖《けいちゅう》（一六四〇—一七〇一）は「すみれは和名集、野菜類に云はく、（中略）野菜なる故に摘みて花をも兼ぬるなるべし。後々の歌には飲食を賤《いや》めばにや、花故に摘むやうにのみよめり」（『代匠記』）と述べて、スミレは野菜として食され、その上で美しい花が詠われたとする。斎藤茂吉（一八八二—一九五三）も「本来菫を摘むというのは、可憐な花を愛するためではなく、その他の若草と共に食用として摘んだものである」（『万葉秀歌』、岩波書店）と述べる一方で、「野菜として菫を聯想せずに、第一には可憐な花の咲きつづく野を聯想すべきであり、云々」と契沖に同調する。

　万葉時代から、若菜摘みの歌は多く詠まれ、平安時代には「若菜を供《ぐう》ず」となって年中行事化し、今日の七草粥の風習の一部にもなっている（アヲナ・セリの条を参照）から、食用説も十分にありうる。実際、スミレを茹でて和え物にし、漬物、汁の実にし、また根をすりおろしてトロロのようにして食べる習慣のある地域は現在でも確かに存在する。しかし、本書では、七草の菜がそうであるように、古代の菜とりわけ野生から採取したものは、薬としての機能も利用したと考えたい。菜として食用にする場合、新鮮品でなければ、ビタミンなどの栄養素は分解してしまうから、必要量しか採取しないはずだ。赤人は、野宿したほどだから、相当量を採取したと考えねばならず、食用目的とは考えにくいのである。乾燥して長期保存したとすれば、染色料、薬用目的と考える方がずっと理にかなう。スミレ類を基原の一つとする紫花地丁（前述したように、多くの同名異物がある）は、中医学では、血熱が滞って紅腫し、痛みのある瘡瘍に用いられるが、清熱・涼血・解毒の効によるとされている。日本でも民間療法でスミレが使われ、『山《さん》家《か》薬《やく》方《ほう》集《しゅう》』（大蔵永常、一八四七年）に「ねぶとくさり（癤が悪化して膿んだ状態をいう）薬ハ、すもうとりぐさ（スミレ） かげほし粉にし 葛の粉加へ水のりにまぜ合わせつくべし」とあり、腫物の解毒によいとする。また、煎じて服用しても同様の効があるとする民間医療書もある。このスミレの民間療法ならびに中医学の用法から、血熱の滞りで顔がぱんぱんに紅腫した患者の治療に、スミレが用いられたことは想像に難くない。山部赤人は、後世では歌仙として崇められるようになったが、実際の官職は低く、赤人の名は赤ら顔をしていたからつけられたあだ名とも考えられよう。想像するに、赤人の病証は典型的な熱証（活発な代謝で体にほてりがあること）であり、中国伝統医学ではこれを治すのに寒の薬性をもつ薬を処方するのであるが、スミレ（菫、紫花地丁のいずれでも）の性味は「寒」であるからぴったしと適合する。この薬方は後世のものであり、万葉時代には知られていなかったのであるが、赤人は、西洋医学的視点からいえば、血小板が少なく出血が止まりにくいとか、高血圧などの慢性疾患に悩んでいたのではないかとも推察できる。

スミレ類には、ビオラチンやルチンなどのフラボノイド配糖体や、粘液質多糖体などの二次代謝成分が知られており、特に、ルチンは毛細血管収縮作用が知られ、止血薬として使われたことがあり、また高血圧にも効果があるともいわれる。以上を考えると、赤人が野宿までして採取したスミレは、自らの病を治すための薬であり、おそらく乾燥して長期保存して使用したと考えられ、おそらく当時の民間に伝承されていた療法であったのではないか。「野をなつかしみ」は、抒情的意味からだけではなく、自分の病を治す薬をたくさん採れたことに対する感謝の意味があるのではなかろうか。

すもも（李）

バラ科（Rosaceae）スモモ（*Pinus salicina*）

吾が園の　李《すもも》の花か　庭に降る　はだれのいまだ　残りたるかも
吾園之　李花可　庭尓落　波太禮能未　遺在可母
（巻十九　四一四〇、大伴家持《おほとものやかもち》）

【通釈】 序に「天平勝寶二（七五〇）年三月一日の暮《ゆふべ》に、春苑の桃《もも》李《すもも》を眺矚《てうしょく》して作れる」とあり、中国風の貴族趣味の溢れたスモモの花見の歌である。落は「散る」、「降る」の両説があり、前説では三句切れでスモモの花が散るとし、後説では二句切れで庭に降るはだれとなって歌の意が異なる。三句切れでは園と庭とが重複して情景の描写が不自然であるから、二句切れの説を採用する。「はだれ」は斑雪《はだれゆき》のことで「はだら」ともいい、まだら状に残る積もった雪のことをいう。歌の意は、わが庭のスモモの花であろうか、あるいは庭に降った薄雪がまだ残っているのだろうかとなり、スモモの花びらが散って積もったのを見て詠ったものである。

【精解】 この歌にある「李」は、『本草和名《ほんぞうわみょう》』に「李椓人麥李　陶景注曰麥秀時熟出陶景注　牛李　出孟詵食經　一名合枝一名麗枝一名青椅一名顔渕李　已上四名出兼名苑　和名須毛々」とあり、『和名抄《わみょうしょう》』に「兼名苑云　李子　音里　一名黄吉　須毛々」、『新撰字鏡《しんせんじきょう》』に「李　良士反　須毛々」とあるように、バラ科スモモのことをいう。中国揚子江流域の原産と推定されているが、スモモの野生種は知られていない。中国では五果（李・杏・棗・桃・栗）の一つとされ、古い時代から栽培されていた。「李下に冠を正さず」（瓜田《かでん》に履《くつ》を納れずと同義）という有名な格言があるが、スモモの木の下で冠を正そうとすると、スモモの実を盗もうと勘違いされるからそうするな、疑わしいことは始めからするなという意味で使われる。それほど中国ではスモモの実は価値あるものとされた。『日本書紀』巻第二十二「推古紀」に「廿四年春正月、桃李實之」という記述があり、群馬県甘楽《かんら》郡甘楽《かんら》町の古墳時代遺跡（白倉下原遺跡）からスモモの遺物が出土している。しかし、弥生・縄文時代の遺跡からは見つかっておらず、同属種のモモは弥生時代の遺跡から遺物が見つかっているから、モモより遅れて中国よりスモモが伝わった。奈良・平安時代には栽培されていて、いくつかの品種があった。『和名抄』に「陶隱居云　麥李　漢語抄云　佐毛々　麥秀時熟　故以名之」とあるサモモは、『陶景注《とうけいちゅう》』（『本草經《ほんぞうきょう》集注《しっちゅう》』）にあるように、早稲《わせ》種のスモモのことをいう。しかし、モモに比べると、スモモの果実としての評価は、江戸時代の『本草綱目啓蒙《ほんぞうこうもくけいもう》』（小野蘭山《おのらんざん》）に「本邦ニテハ桃林多ケレドモ李少シ」と記述されているように、ずっと低かった。今日、スモモは世界中で栽培されるが、世界に知られるようになったのは、黒船が来航し開国後の日本からアメリカに伝えられてからであった。欧米でスモモをジャパニーズプラムと呼び、原産地の中国ではなく日本の名を冠しているのはそのためである。アメリカの著名な育種家L・バーバンク（一八四九―一九二六）は、日本から入手したスモモにアメリカスモモなどを交配し、多くの優れた品種を作成し、それが世界各地に広まった。今日、日本で栽培されるスモモはアメリカから逆導入されたものである。

スモモ　白色の花が４月に咲き、６月頃には、果実が直径４～５㌢になって紫色や黄色に熟す。

『神農本草経《しんのうほんぞうきょう》』の下品にある桃核・梅實はそれぞれモモとウメを指す。一方、「郁核一名鬱李」とあり、李の名が見えるが、これはスモモではなくニワウメまたはユスラウメのことである。スモモの名は中国本草では『名醫別錄《めいいべつろく》』に初見し、薬用としてはモモやアンズより下位に見られていたことは否定できない。後世になってもこの関係は変わらず、スモモの種子を李仁あるいは李核仁と称するが、ユスラウメ・ニワウメを基原とする郁李仁の代用品扱いにされた。李仁は、桃仁・杏仁（それぞれモモ・アンズの仁核）と同じアミグダリンという青酸配糖体を含み、民間療法で鎮咳・消炎に用いることもあるが、むしろ、スモモの葉を浴用料としてあせもなどに用いる方が多い。

　薬用としての価値はともかく、果実としては、『埤雅《ひが》』に「性、頗る老ひ難し。老ひて枝枯ると雖も、子亦た細からず。其の品、桃の上に處《お》く」とあり、モモより上に見られたようである。だが、この価値観は日本では通用しなかったらしく、わずかに家持が歌に詠んだことで、かろうじて舶来の珍しい植物としての面目を保った。万葉時代の日本人が中国由来であれば何でも飛びついたわけでないことがはっきりする。

せ

せり（芹子・世理）

セリ科（*Apiaceae*）セリ（***Oenanthe javanica***）

あかねさす　昼は田賜《た》びて　ぬばたまの　夜の暇《いとま》に　摘める芹《せり》これ
安可祢左須　比流波多々婢弖　奴婆多麻乃　欲流乃伊刀末仁　都賣流芹子許禮
（巻二十　四四五五、葛城王《かつらぎのおほきみ》）

ますらをと　思へるものを　大刀佩《は》きて　かにはの田居に　芹そ摘みける
麻須良乎等　於毛敝流母能乎　多知波吉弖　可尓波乃多爲尓　世理曾都美家流
（巻二十　四四五六、薛妙観命婦《さつのめうくわんみやうぶ》）

【通釈】 第一の歌の序に、「天平元（七二九）年、班田の時の使葛城王の、山背國より薛妙觀命婦等の所に贈れる歌一首」とある。班田とは人民に田を分配することで、『續日本紀』の天平元年十一月癸巳（七日）に「京及び畿内の班田司を任す。太政官は奏すらく、親王及び五位已上、諸王臣等の位田・功田《くでん》・賜田《しでん》、幷せて寺家・神家の地は、改易すべからず、便《すなは》ち本地に給はむ。其れ位田は、如《も》し上を以て上に易《か》へむことを願ふ情の有らば、本田の數を計《かぞ》へて任じて之を給ふるを聽《ゆる》せ云々」とあり、詠人の葛城王はその長官（使）を務めていた。葛城王（六八四―七五七）は時の左大臣であり、天平三年に橘宿禰姓を名乗り　橘　諸兄《たちばなのもろえ》として奈良朝の政界を主導した有力貴族の一人である。「あかねさす」、「ぬばたまの」はそれぞれ昼、夜の枕詞。歌の意は、「昼は田を人々に分け与え（る仕事に従事して暇がないので）、夜の暇な時に摘んだセリがこれですとなる。序に「芹子《せり》の裹《つと》を副《そ》ふ」とあり、葛城王が薛妙観命婦にセリを贈った。第二の歌は、「薛妙観命婦の報《こた》へ贈れる歌」の序があり、葛城王の歌に答えたものである。第四句の「かには」は地名で、『和名抄』の「山城國相樂郡」の郷名に「蟹幡　加無波多」とあり、京都府相楽郡山城町綺田《かばた》（現木津川市）のことで、橘諸兄の邸があった井手の玉川の近傍である。「かにはのたゐ」が訛ってカムハタそしてカバタになったとされている。「かには」にはカニを掛けてカニのように這いつくばっての意味が込められている。歌の意は、立派な男だと思っていましたのに、太刀を着用してカニのようにカニハの田でセリを摘んだのですかとなる。敬語もないから、相手をからかった戯歌と思われる。ちなみに左大臣をからかうほどの薛妙観命婦は従五位上の官位をもつ女官と伝えられるが、天皇直近となると実力者もあごであしらうほどの権勢があったようだ。

【精解】万葉集で「芹子」・「世理」とある歌がそれぞれ一首ずつある。前述したように、いずれの歌も贈答歌とその返答歌であるから、芹子は世理すなわち「せり」と訓ずることはまちがいない。『和名抄《わみょうしょう》』に「陸詞切韻云芹　音勤和名世理　菜生水中也　本草云　水芹味甘平無毒一名水英」とあり、芹という漢名が充てられている。一方、『本草和名《ほんぞうわみょう》』では「水斳　仁諝正作芹音勤　一名水英渣斳　仁諝音側加反　出陶景注　水英一名水斳　出釋藥性　一名楚葵　出兼名苑　和名世利」とあり、中国本草で水斳（芹）あるいは水英と称するものがセリとしている。最古の本草書である『神農本草經《しんのうほんぞうきょう》』には、水靳の名前で収載されているが、意外なことに下品とされている。本草經に記載する「味甘平。女子の赤沃を主る。血を止め、精を養ひ、血脈を保し、氣を益す。人をして肥健、食を嗜ましめる」という効能からはどう考えても上品以外は考えられない。『本草經集注《ほんぞうきょうしっちゅう》』（陶弘景《とうこうけい》）でも、「斳の主療を論ずれば是れ上品に合すべし。未だ下に在るを何意か解せず」と記述されているにもかかわらず、同書を含め、歴代の正統本草のいずれもが下品に留め置いていることは、中国における『神農本草經』の権威がいかほどのものであるかを示す。

さて、水斳の基原についてであるが、『新修本草《しんしゅうほんぞう》』（蘇敬《そけい》）には「卽ち芹菜なり。芹には兩種有り、荻芹は根を取り色は白色、赤芹は莖葉を取る。並《とも》に葅および生菜に作り、味は甘し」と記述され、現在と同じ芹の名が出てくるが、その初見は『名醫別錄《めいいべつろく》』である。『廣韻《こういん》』に「芹は水菜なり。之を食へば丈夫に宜し。呂氏春秋に曰く、菜の美なる者は雲夢（楚にある地名という）の芹なり」とあるように、古くから蔬菜として食されてきた。『詩經』魯頌・駉之什・泮水に「泮水《はんすい》を樂しむ　薄《いささ》か其の芹を采る」とあり、本草書よりも古く古典籍に登場している。宋代の『圖經本草《ずけいほんぞう》』（蘇頌《そしょう》）に「水中に生じ、葉は芎藭（セリ科センキュウ）に似て、花は白色にして實無し。根亦た白色なり」、そして『本草綱目』では「二月に苗を生じ、葉は節に対して生ず。芎藭に似て、其の莖に節、棱有りて中は空なり。其の氣は芬芳なり。五月に細かき白花を開き蛇牀（セリ科ハマゼリ）の花の如し」と、時代を下るごとに詳細に記述され、水斳はセリ科セリとして矛盾はない。ただし、形態の似たものが多くあり、時に混淆されたと思われる。陸佃《りくでん》の『埤雅《ひが》』の芹の条に、列子を引用して「客に、芹を獻ずる者有り、郷豪取りて之を嘗めて、口に蜇《さ》し、腹慘《いた》めり」と記述されていて、芹による中毒を表したと解釈される。ただし、芹といっても蔬菜のセリではなく、別属種で地上部の形態がよく似るドクゼリと思われる。シクトキシンと称する猛毒成分が含まれ、嘗《な》めただけで「虫に刺されたような味がして腹をいためる」というのは決して誇張ではない。生育環境も水辺に生えてセリと誤認されて採取されやすいが、ドクゼリは冷涼な地を好むので暖地では見かけることは少ない。

　セリは、日本全土の湿地に普通に生えるセリ科多年草で、学名 *Oenanthe javanica* の種小名を見ればわかるように、インドネシアのジャワ島産を基準標本とする。セリの分布はアジアの熱帯から温帯、オーストラリアまでときわめて広い。アジア南方地域に分布の中心があるので、植物学者前川文夫（一九〇八—一九八四）はリストに挙げていないが、稲作とともに渡来した史前帰化植物で人の移動とともに分布を広げたと思われる。早春のセリの若葉はやわらかく芳香があり、おひたし・天ぷら・鍋物の野菜として今日でも親しまれている。今日、セリは栽培されるが、野生品と栽培品の形質の差異は軽微で、ほとんど種分化は見られない。しかし、その栽培の歴史は古く、『延喜式』巻第三十九「内膳司」の漬年料雜菜に「芹十石料鹽八斗」、「田六段二百三十四歩　種芹云々」、「耕種園圃　營芹一段苗五石云々」とあるように、平安時代にはかなり広く栽培されていた。冒頭の例歌にある「かにはの田居に芹そ摘みける」は万葉時代でも栽培されていたことを示唆する。したがって、セリは若菜の類とするより、蔬菜とする方がふさわしい。中国本草では、『本草經集注』以降の本草書はすべてセリを菜部に分類している。万葉集でヱグという名で詠われる歌がいくつかあり、それをセリの別名とする意見があることは、当該条で述べるとおりである。この説が根強いのは「春の七草」の一つにセリが含まれるからだろう。春の七草

セリの花　7月～8月、茎の先に、白い花が散形花序に集まって咲く。

とは、セリ・ナズナ・ハハコグサ（古名は御形）・ハコベ・コオニタビラコ（古名は仏の座）・スズナ（カブ）・スズシロ（ダイコン）であるが、この中に蔬菜のスズナ・スズシロがあり、セリはどこにでもある野草であるから、ナズナなどと同じ若菜の類と勘違いされるのである。

秋の七草は、山上憶良《やまのうえのおくら》が詠ったことで有名になったが、春の七草で万葉集に詠われるのはセリだけで、残りの六種は出てこない。一般には、春の七草の起源は、「せり なづな 御形 はこべら 佛の座 すずな すずしろ これぞ七くさ」という、四辻《よつじ》左大臣が詠った歌に由来すると信じ込まれている。また、江戸時代薩摩藩の本草学者曾榛堂（曾槃《そうはん》、一七五八―一八三四）の著した『春の七くさ』（一八〇〇年）に、これとまったく同じ句が『増補題林集』からの引用として書き記されている（以上、『萬葉集草木考』より引用）が、四辻左大臣の作とはしていない。四辻左大臣とは、室町時代に『源氏物語』の注釈で名をなした四辻善成《よつじのよしなり》のようであるが、七草の歌らしきものは残しておらず、わずかにそれを暗示する記述が、四辻の著書である『河海抄《かかいしょう》』（一三六二年頃）巻十三に見えるにすぎない。ここには次のように記されている。

十二種若菜。若菜薊《あざみ》 苣《ちしゃ》 芹《せり》 蕨《わらび》 薺《なづな》 葵《あふひ》 蓬《よもぎ》 水蓼（やなぎたで） 水雲（もずく） 芝（まんねんたけ） 菘。此内菘は様々の説あり。白河院に松を献る人ありをは僻事なりと仰ありけり。大外記師遠は小大根のよし申ける其説を用られけるよし舊記（『年中行事秘抄』又は『拾芥抄』）に見ゆ。七種。薺 蘩蔞（はこべ） 芹 菁 御形 須々代 仏座

確かに、通説の「四辻左大臣の歌」の七種の若菜はここにあるが、その順番は異なり、また「これぞ七くさ」の句はない。『塵添壒嚢鈔《じんてんあいのうしょう》』（編者不詳、一五三二年）巻一に「七草事付七種粥事」という項目があり、次の記述がある。

正月七日ノ七草アツモノト云ハ七種ハ何レソ。七種ト云ハ異説アル歟。不一准或歌ニハ
○セリ ナヅナ 五行 タビラク 佛ノ座 アシナ ミ、ナシ
是レヤ七種
○芹 五行 ナヅナ ハコベラ 佛ノ座 スズナ ミ、ナシ 是レヤ七クサ
又或日記ニハ 薺《なづな》蘩蔞《はこべ》五行ス、シロ佛ノ座田ビラコ是レ等也ト云云。但し正月七日七草ヲ献スト云事更ニナシ

ここでも「四辻左大臣」の名は引用されていない。右の記述にあるように、「七草（種）の菜」の組み合わせについて諸説があるとい

うから、おそらく「これぞ七くさ」や「是れや七くさ」は歌の句ではなく、それぞれの説を主張するため付け加えられた注釈にすぎないのではないか。したがって、春の七草の歌なるものは存在せず、四辻善成などが挙げた七種菜が定説として一般に広まるとともに、四辻の七草の歌として信じ込まれるようになったのだろう。

曾榛堂が著書「春の七くさ」で、「又或は云ふ、今松尾の社家より奉る七種は、芹・なつな・御形・はこべら・佛の座・すずな・すずしろ、又或は云ふ、今水無瀬家より獻する若菜の御羹は青菜と薺ばかりなりとぞ、云々」と述べていることから明らかなように、江戸中後期でも七草の菜の取り合わせは固定していなかったのである。七種菜を「春の七草」と呼んだのは曾榛堂と考えてよいが、山上憶良の「秋の七草」を意識してそう呼ぶようになったのではなさそうである。したがって、「秋の七草」に対する概念として「春の七草」が定着したのは比較的近年のことと考えねばならない。

春の七草は、観賞に堪える植物は含まれていないので、当然七草がゆを目的としたものであり、秋の七草とは決定的に異なる。ここで、七草がゆの起源について考えてみよう。結論からいえば、七草がゆはずっと後世に成立したもので、その起源は「七種菜の羹《あつもの》」にあり、『日本歳時記』（貝原益軒、一六八八年）に、「荆楚歳時記にも、正月七日七種菜を以て羹とし、これをくらふといへり」という記述が見える。また、鎌倉中期の有職故実書『拾芥抄《しゅうがいしょう》』（伝洞院公賢又は洞院実熙編）にも『荆楚歳時記《けいそさいじき》』からの引用として「正月、俗に七種の菜を以て羹に作り食せば無病なりといふ」という益軒の記述と似たことが記されている。『荆楚歳時記』とは、梁の宗懍《そうりん》（生没年不詳）が荊楚地方の年中行事・風俗習慣を記録した中国最古の歳時記で、六世紀に編纂されたとされる。この歳時記には「正月七日を人日《じんじつ》と爲し七種の菜を以て羹と爲す」とあり、これが日本に七種の節供《せっく》または人日《じんじつ》の節供として入ったことはまちがいない。一条兼《いちじょうよし》良《かね》著の有職故実書『公事根源《くじこんげん》』（一四二二年）には「供若菜《わかなをぐうず》　上子《ネ》日　内藏寮ならびに内膳司より正月上の子《ネ》の日これを奉るなり。寛平年中より始れる事にや。延喜十一（九一一）年正月七日に後院より七種の若菜を供ず」という記述があり、出典を明らかにしていないが、七種の節供が平安時代に行われていたことを明言している。また、鴨長明《かものちょうめい》（一一五五？―一二一六）の著といわれる『歌林四季物語』（『續群書類従』第三十二輯雜部所収）巻第一の春部によれば、「なゝくさのみくさあつむること人日菜羹《さいかう》を和すれば一歳《ひととせ》の病患を逃《のか》ると申ためし古き文《ふみ》に侍るとかや。此事三十余り四柱に当たらせ給ふ。とよみけかしきやひめ（豊御食炊屋姫・推古天皇）の五歳《とせ》（五九六年）に事《こと》おこりて都の外の七つ野とて七所の野にて一くさづつを分ち採らせ給ふけり云々」とあり、奈良朝以前の推古朝時代に始まったとしている。鎌倉時代に成立したといわれる有職故実書『年中行事秘抄』（『群書類従』第六輯公事部所収）の正月公事部には『公事根源』

とほぼ同じ記述が見えるが、『歌林四季物語』にある推古朝までさかのぼるという証拠は今のところない。

『源氏物語』「若菜上」では「沈の折敷四つして、御若菜さまばかり参れり。（中略）御土器くだり、若菜の御羹参る。御前には、沈の懸盤四つ、御坏どもなつかしく、今めきたるほどにせられたり」と記されており、平安時代でも若菜は粥ではなく羹としてふるまわれていたことがわかる。これは「供若菜《わかなをぐうず》」といわれる風習行事であり、藤原公任《ふじわらのきんとう》（九六六―一〇四二）が著した『北山抄《ほくざんしょう》』に「上子日供若菜事」とあるように、正月子《ね》の日に行われた。

では正月七日の七種菜と子《ね》の日の供若菜とはどういう関係にあったのだろうか。これを考証するには、紀貫之（八六八頃―九四五）の『土佐日記』（九三五年）における次の記述が参考になる。

（承平五年正月土佐国大湊）七日になりぬ。同じ港にあり。今日は白馬（あをうま節会のこと）を思へどかひなし。ただ波の白きぞ見ゆる。かかる間に、人の家の池と名ある所より、鯉《こひ》はなくて、鮒《ふな》よりはじめて、川の藻、海の藻、他物《ことも の》ども、長びつに担《にな》い續けておこせたり。若菜ぞ今日を知らせたる歌あり、その歌、いとをかしし。

あさぢふの　野邊にしあれば
水もなき　池に摘みつる　若菜なりけり

（中略）

廿九日、船出して行く。うらうらと照りて漕ぎ行く。爪いと長くなりにたるを見て、日を數ふれば今日は子《ね》の日なりければ切らず。睦月《むつき》なれば、京の子の日の事いひ出でて、小松もがなといへど、海中《うみなか》なれば難《かた》しかし。ある女の書きて出せる歌、

おぼつかな　今日は子の日か　海女ならば
海松《うみまつ》をだに　引かましものを

海にて子の日の歌にてはいかがあらん。又ある人の詠める歌、

今日なれど　若菜も摘まず　春日野の
わが漕ぎわたる　浦になければ

かくいひつつ漕ぎ行く

『土佐日記』のこの記述は、少なくとも十世紀前半の平安時代では、正月七日の七種菜（七種とは書いていないが、それにちがいない）と子《ね》の日の供若菜は別々に行われたことが示唆される。若菜は、古い時代では、野生から採取することが多く、そのため「若菜摘み」が行われた。若菜摘みは古く万葉時代から行われており、山部赤人《やまべのあかひと》の「明日よりは春菜摘まむと標《し》めし野に昨日《きのふ》も今日《けふ》も雪は降りつつ」（巻八、一四二七）は上代の若菜摘みを詠った歌としてもっともよく知られている。この歌でわかるように、雪が降る時期でも若菜摘みを行ったのであるが、生活上の必要性からであって、決して遊びではな

セリ　水湿地や溝、水田に群生し、地下茎から新芽を出して殖える。

かった。

保存が可能な穀類とはちがって、若菜類は新鮮でなければならず、早春の野に芽生えた若菜は上代にあってはかけがえのない食料であった。万葉集や古今集にある若菜摘みを詠う歌では、ただ春菜・若菜とする（アヲナの条を参照）のみで、植物名や何種類を摘んだのかは明らかでないが、野外に生える採取の可能な限りの幾多の野草類雑多を指すと考えてよさそうである。『土佐日記』でも正月七日および子《ネ》の日の若菜は何種類の菜からなるのか言及しておらず、そのほか『源氏物語』や『枕草子』など古典ならびに『北山抄』のような平安時代の古い有職故実書でもそのような記載はない。

前述したように、正月七日の七種菜は、中国の『荊楚歳時記』にその最初の記述があるのだが、ここでも具体的な植物名を記してはいない。具体的な植物名および種数を明示した最も古い文献は、鎌倉時代の『年中行事秘抄』であり、「十二種若菜。若菜 薊 苣芹 蕨 薺 葵 芝 蓬 水蓼 水雲 松。（中略）七種菜。薺 蘩蔞芹 菁御形 須々代 佛座」と十二種若菜と七種若菜と分けて記述している。ただし、十二種若菜については若菜を入れても十一しかなく、苣芹を苣と芹に分けてやっとつじつまが合う。このうち「松」については、「白川院の仰せて云ふ、松の字は如何なるやと。師遠が申して云ふ、若松と菘なりと。上皇に仰せられて云ふ、相具へて松を進上する、此れ僻事なりと」とあり、その理由を述べている。この部分は、前述したように、四辻善成が『河海抄』の中で引用しており、これに基づいて松を艸に作って菘としたのである（アヲナの条を参照）。『拾芥抄』にも十二種若菜と七種若菜の記述があるが、薊・苣がなく菌・莔となり、松ではなく菘としていてやはり食い違いが見られる。一方、『河海抄』の七種菜は、『年中行事秘抄』の七種菜と完全に一致している。そして、『年中行事秘抄』に「金谷は云ふ、正月七日に七種の菜を以て羹を作り食すと。人をして萬病無からしむ。十節は云ふ、七種の菜を採りて羹を作り嘗味何れぞ。是れ邪氣を除くの術なり」とあるように、当時（鎌倉時代およびそれ以前）にあっては今日の七草と同じ種類の菜が羹として正月七日にふるまわれ、無病祈願、邪気を払う目的で行ったという伝承を記述しており、

『公事根源』でもほぼ同様な記述がある。七種菜と十二種若菜と分けられていることは、前者は正月七日七種菜に、後者は正月（上の）子の日供若菜に、別々に若菜の羹の儀があったという『土佐日記』の記述とよく一致する。

以上から、平安時代に中国の『荊楚歳時記』の七種菜の風習が伝わり、「七草（七種）菜の羹」があったことは確かだが、それが今日の七草がゆであったという確証がないことに気づく。『土佐日記』、『源氏物語』、『枕草子』でも「若菜の粥」とはしていない。『延喜式』巻第四十に「聖神寺正月十五日供御七種粥料（中宮亦同）米一斗五升粟黍子稗子葟子胡麻子小豆各五升　鹽四升云々」という記述が見え、踐祚大嘗會解齋に供じられたとある。また、伊勢神宮の儀式帳である『皇太神宮儀式帳』神祇部一（『群書類従』第一輯神祇部所収）にも、「（正月）七日　新菜御羹作奉（中略）十五日　御粥作奉」とあり、正月十五日の粥は七種粥であったと思われる。また、『止由氣宮儀式帳』、『神宮雜例集』（いずれも『群書類従』第一輯神祇部所収）にも同様の記述がある。これによって平安時代に塩味をつけた七種粥があったことはわかるが、若菜からなる今日の七草がゆとは明らかに異なる。この儀式帳は延暦二十三（八〇四）年の奥書があるから、七日の若菜の儀、十五日の御粥の儀の最古の文献となる。

次に、七種菜と同様に、古典文献で七種粥を検証してみると、『土佐日記』に「十五日、今日、小豆粥煮ず。口惜しく、なほ日の悪しければ、ゐざるほどにぞ、今日二十日あまり經ぬる」とあり、『枕草子』「正月一日は」に「十五日は、（もちがゆの）節供参りすゑ。粥の木ひき隠して、家の御達《ごたち》、女房などのうかがふを、打たれじと用意して、常に後を心使ひしたる景色もをかしきに、いかにしたるにかあらん、打ち当てたる、いみじう興ありてうち笑ひたるはいとはえばえし」という一節がある。『土佐日記』では、紀貫之が小正月（正月十五日）に小豆粥を食べそびれ残念がっている様子を描写しており、正月七日、廿九日子《ね》の日はそれぞれ七種菜、子の日若菜について言及していることは前述したとおりである。また、『枕草子』では「十五日、節句、粥」の語句が見え、粥の木（粥杖）で女房同士がお尻をぶっては大笑いしている様子を表わしている。当時は、七種粥をつくるのに用いた粥杖でお尻を叩かれると、男の子を産むことができると信じられ、『建武年中行事』（十四世紀、『群書類従』第六輯律令部・公事部所収）にも「十五日、御かゆなどまいる外、ことなる事なし、わかき人々（妊娠適齢期の女子）、杖にてうちあふ事あり」とあり、今日に伝わっていない風習があったことを示す。小豆粥《あずきがゆ》はアズキを米にまぜて粥としたもの、もちがゆは望粥であり、小豆の粥に米ではなく餅を和したもので、基本的に小豆粥と同じものである。現在でも、小正月（一月十五日）に小豆粥を食べると一年の邪気を払い、万病を除くという風習が各地に残されているが、その起源は遅くとも平安時代にまでさかのぼる。

七種粥は、七種の穀物でつくった粥であるが、『土佐日記』や『枕草子』にあるように、下層の民には小豆粥が一般的であったという。『年中行事秘抄』には、「十五日主水司献御粥事（中略）七種　小豆　大角豆　黍　粟　菫子（＝葟子）薯蕷　米」の記載があるが、『延喜式』と『年中行事秘抄』では七種の穀類にちがいが見られ、『年中行事秘抄』では栗や柿を用いることもあるとしていて、七草菜と同様、七草粥も必ずしも取り合わせが一定していなかったようである。

さて、七種菜と七種粥の関係はどう考えたらよいのであろうか。七種菜の風習は中国の「人日《じんじつ》の節供」に由来すると考えて差し支えないが、正月十五日の七種粥については、『荊楚歳時記』に「正月十五日、豆糜《とうび》を作り、（中略）楊枝の指す所に随ひ、仍《より》て酒脯飲食す、および豆粥を以て箸に挿《はさ》んで之を祭る」という記述があり、豆粥が出てくるが、ここに七種の文字はない。この風習は民間信仰に由来するものと思われる。一方、十五日の御粥の儀の意義として、『公事根源』および『年中行事秘抄』には二つの伝説に由来すると記している。すなわち、一説に、蚩尤《しゆう》という悪人がいて黄帝はこれを正月十五日に討伐したが、その首は天狗、身は邪霊となり、人心を惑わすこととなった。そこで小豆の粥を煮て庭中に案《ぜん》を立て天狗を祭り、邪気を払うために東に向かって跪《ひざまず》いて小豆粥を食べたという。もう一説に、高辛《こうしん》氏の娘が大層な悪女であって、正月十五日、ふとしたことで巷中《ちまた》で死んでしまったが、悪霊となって彷徨《さまよ》い道行く人を悩ました。そこでこの女が生前に好んだ粥をつくって祀ったところ禍いが消えたという。十五日粥も七種菜と同じく中国から伝来したと考えられるが、葟子がムツオレグサという雑草を起源とするものである（牧野富太郎考定、『新日本植物図鑑』北隆館、一九六一年）から、七種粥が中国伝来ではなく日本古来の風習であるという説（国学院大学西角井正慶）もある。いずれにせよ、今日に伝わる七草粥の伝統行事は、十五日の七種の粥が正月七日の七種菜の羹との相関によって七草粥が成立し、十五日の粥が小豆粥となったことはまちがいないだろう。結論として、今日の七草の若菜の粥が登場したのは、早くても鎌倉時代以降であり、定着したのは江戸時代になってからと思われる。

セリは食用だけでなく、薬用でもある。しかし、漢方など正統伝統医学で用いることは中国でも稀である。わが国では民間療法で用いられた例がわずかにある程度である。「産後乳出ざるを治す妙薬」として、「瓜呂根（キカラスウリの根）一匁、麦門冬（ジャノヒゲの根）一匁、茯苓（マツホド）一匁、生芹五匁　右四味水にて煎じ用ふ」（『妙薬奇覧《みょうやくきらん》』）、「咳の妙薬」として「芹を刻み味噌汁にて煮て食べし」（『妙薬博物筌《みょうやくはくぶつせん》』）が挙げられる。

た

たく・たへ・ゆふ（妙・栲・細・布・白・細布・雪・多久・多閇・多倍・多敝・木綿・由布・結）

クワ科（Moraceae）コウゾ（*Broussonetia kazinoki*）
クワ科（Moraceae）カジノキ（*Broussonetia papyrifera*）

愛《うるは》しき　人のまきてし　しきたへの　吾が手枕《たまくら》を　まく人あらめや　（巻三　四三八、大伴旅人《おほとものたびと》）
愛　人之纒而師　敷細之　吾手枕乎　纒人將有哉

夜も寝ず　安くもあらず　白たへの　衣は脱《ぬ》かじ　直《ただ》に逢ふまでに　（巻十二　二八四六、詠人未詳）
夜不寐　安不有　白細布　衣不脱　及直相

【通釈】第一の歌の序に「神龜五（七二八）年戊辰、大宰の帥大伴《そちおほとも》の卿《まへつきみ》の、故人《なきひと》を思ひ戀《しの》ふる歌」とある。「纒」はまとう、巻きつかせるという意で、まくと訓じ、転じて枕にする、共に寝るという意味になる。歌の意は、愛しい人が（私と共寝して）枕にしたわが手枕をまた枕（共寝）にする人があるだろうかとなる。愛する妻を失った旅人の哀悼の歌。第二の歌は、「正《ただ》に心緒《おもひ》を述ぶる歌」の一つ。「及直相」は漢文式に読めば「直に相ふに及ぶ」となるが、意訳して「直に逢ふまでに」と訓ずる。歌の意は、夜も寝られず、心も安からず、この白い衣は脱ぐまい、（愛する人に）直に逢うまではとなり、白い衣を脱ぐという表現は、閨房の官能をそそる。通説では男の歌というが、女が詠った歌ではないか。

【精解】万葉集に、「白たへの」、「たくづのの」など、衣などに掛かる枕詞が総計百十七首に出てくる。そのうち、万葉仮名で「白栲」・「布栲」（万葉集の原本では栲となっているが、『字彙補』に「同栲」とあるので、以降、栲の字で代用する）などと表記するものがあり、栲を「たへ」あるいは「たく」と読む。後述するように、古代の繊維原料となるものをいう。そのほか、「木綿」を詠む歌が二十七首もあり、『延喜式』巻第十三「中宮職」に「凡二月上申日、奉春日祭幣帛五色絁各一丈木綿二斤云々」など随所に出てくる。

奈良時代初期の編纂といわれる『豊後國風土記』に「速見郡柚富《ゆふ》の郷（大分県湯布院のこと）、此の郷之中、栲樹多く生ず、常に栲皮を取り以て木綿を造る、因て柚富の郷と曰ふ」（『古名錄』による）とあり、木綿が栲の木からつくられることが記されている。『和名《わみょう》抄《しょう》』にも「本草經注云 木綿 由布 折之多白絲者也」とあり、「ゆふ」と読むことがわかる。現在では「もめん」と読むが、いわゆるワタが生産されるようになったのはずっと後世のことであり、古代では樹皮から製した繊維を綿と称していた。ただし、中国では、木綿は杜仲（トチュウ科トチュウで樹皮を強壮薬として珍重する）の古名であり、李時珍が「其の皮の中に銀絲有り綿の如し、故に木綿と曰ふ」と述べるように、樹皮を折ると白い糸を引く。これはグッタペルカというゴムの異性体に当たるポリイソプレンであって繊維ではない。

「たへ」も「ゆふ」も栲からつくられる布を指し、植物の名ではない。『延喜式』の神事にかかわる条に木綿の名が多出するので、「ゆふ」はもっぱら神事に用いられ、一方、「たへ」は古代の衣服に使われ、白たへ・荒たへ・和《にぎ》たへなどはその加工のレベルを表した名である。『日本書紀』巻第十四「雄略紀」に「臣《おみ》の子《こ》は栲《たへ》（原文は多倍）の袴を七重《ななへ》をし庭に立たして脚帯《あよひ》撫《な》だすも」とあるように、貴族の間でも「たへ」は用いられたが、後に和たへ・荒たへはそれぞれ絹・麻の織物に置き換えられた。

太平洋諸島では、カジノキの樹皮をたたき伸ばしてつくった布の土名をタパあるいはカパと称するが、音韻的に万葉集の「たへ」も同系統ではないかと思われる。現在でも四国南部に残る太布《たふ》は、コウゾあるいはカジノキの樹皮をたたくなどしてつくっており、これを古代布と称する。「たふ」の名の初見は室町以降とする文献もあるが、それは誤りであり、実際にはもっと古い。平安中期の『和名抄』に「褌（中略）史記云 司馬相如 着犢鼻褌 葦昭曰 今三尺布作之形如牛鼻者也 唐韻云 衳 職容反 與鍾同 楊氏漢語抄云 衳子 毛乃之太乃太不佐岐 一云水子 小褌也」とある「裳の下に付ける犢鼻褌《たふさぎ》」の「たふ」がそれであり、「たへ」と同義と考えてよいだろう。太平洋諸島に残る名と日本の古名がよく似ていることは、ヤマノイモ科ダイジョのマレー土名 Ube が各地に伝わって、日本ではイモ、中国でウとなったことを彷彿させ（ウモの条を参照）、カジノキの伝播との相関を考えるとよく符合する。カジノキはインドシナ半島一帯の原産と推定される雌雄異株の南方系植物で、青森県弘前市八幡崎《やはたざき》の縄文晩期遺跡から大量のカジノキの果実が出土しているので、日本へかなり古い時代に南島経由で伝播したと思われる。カジノキの果実は直径三センチほどのイチゴ様で甘く食べられるので食用にされたほか、樹皮をたたいて布がつくられたと思われる。現在、カジノキはインド、中国および日本の照葉樹林帯、太平洋諸島、東南アジアの熱帯に広く野生が見られるが、根菜と同様、人為によって広く分布したと推定される。

以上、「たへ・ゆふ」が栲樹を原料としてつくられることを述べたが、その基原としてクワ科カジノキあるいはコウゾが考えられる。実は、栲を「たへ」と読み、カジノキあるいはコウゾに充てるのは、国訓であって中国ではまったく別の植物を指す。『爾雅《じが》』に「栲は山樗なり」とあり、『郭璞注《かくはくちゅう》』に「栲は、樗に似て色は小白、山中に生ず。因って名づくと云ふ。亦た、漆樹に類す」とあって、およそカジノキの類とは思えない。現在の中国では、ブナ科シリブカガシやクルミ科ノグルミの別名に栲樹を用いることがある。梶をカジノキとするのも国訓である。一方、『本草和名《ほんぞうわみょう》』では「柠實 仁諝音 勑呂反 一名穀實穀紙一名楮紙 出陶景注 角星之精 出大清經 和名加知乃岐」とあり、カヂノキとあっても栲の字は出てこない。柠が楮であるのは、『説文解字《せつもんかいじ》』に「楮、或は宁に従ふ」とあるのに基づいており、穀・楮の名は後述するように、『本草經集注《ほんぞうきょうしっちゅう》』（陶弘景《とうこうけい》）による。また、『和名抄』では「玉篇云 楮 都古反 穀木也 唐韻云 穀 音穀 加知 木也」とあり、穀をカジノキとする。平安時代には中国本草の用字を採用したのであるが、この楮あるいは穀はカジノキとコウゾのいずれであろうか。カジノキの同属種で日本各地に普通に野生するヒメコウゾの学名が ***Broussonetia kazinoki*** であることからわかるように、コウゾ・ヒメコウゾもカジノキの名で呼ばれていた。『本草綱目啓蒙《ほんぞうこうもくけいもう》』（小野蘭山《おのらんざん》）にある楮に関する記述は完全にカジノキであるが、この和名をコウゾ・カヂノキとしていて、混乱していたことがわかる。これに関しては中国も大差なく、『説文解字』では「楮、穀は乃ち一種なり」とし、本草では『名醫別錄《めいいべつろく》』の上品から楮實が収載されるが、『本草經集注』では、楮實を著實（マメ科メドハギの実、『本草經』上品に収載される）の条に入れていた。これは、著實と楮實が同音で、それぞれが草部・木部の上品であったため、陶弘景《とうこうけい》が混同したのである。ただし、楮實の記述には影響はなく、「此れ卽ち今の穀樹なり。（中略）南人、穀紙を呼びて亦た楮紙と爲す。武陵人、穀皮を衣に作り、又甚だ堅好なり」とあり、一名穀樹一名柠實とした。『圖經本草《ずけいほんぞう》』（蘇頌《そしょう》）では二種あるとし、「一種は皮に斑花文あり、之を斑穀と謂ふ。今の人、（皮を）用ひて冠と爲す者なり。一種は皮に（斑花文）無く、花枝葉、大いに相類す」と記述していて、陸佃《りくでん》の『埤雅《ひが》』は前者を楮、後者を穀とした。『本草綱目《ほんぞうこうもく》』（李時珍）では、楮に雌雄があるとし、「雄なる者は皮が斑にして葉に椏叉《あさ》無く、三月、花を開きて長穂を成し、柳花の狀の如くして、實を結ばず。（中略）雌なる者は皮白くして葉に椏叉有り、亦た、碎花を開き、実を結びて楊梅（ヤマモモ）の如し」と記述している。蘇頌・李時珍のいずれの記述もカジノキの雌雄の株について言及したものと考えられ、少なくとも雌雄同株のヒメコウゾではないことがわかる。しかし、『通雅』で「穀、一に構と曰ふ、扁穀之を楮と謂ふ。其の高さ大にして皮は駮《まだら》なり、實は楓實（マンサク科フウの実）の如くして熟すれば則ち紅となる」とあり、高木のカジノキを穀（同音により構に同じ）、扁穀すなわちカジノキを小さくしたようなもの（これをコウゾと考えたか）を楮に充てた。広く栽培されるコウゾはカジノキとヒメコウゾの交雑種であり、カジノキに近い雌雄異株のものと、ヒメコウゾに近い雌雄同株のものと形質が多様であり、『通雅』や『埤雅』のいうような楮と穀の区別は意味がない。現在の『中薬大辞典』では本草名にしたがって、楮をカジノキとする。

　カジノキの名は平安中期の文献に出てくるが、定説では万葉集には出てこない。本書では支持しないが、東歌に出てくる可頭乃木《かづのき》をその方言名とする説がある（ヌルデの条を参照）。一方、コウゾの名は、鎌倉時代の説話集『古今著聞集』巻第二十に「五六日をへて數百の猿あつまりかうぞの皮をおひて來りて、僧の前にならべおきたり。この時僧これを取て、料紙にすかせて、やがて經を書奉る」とあるのが初見のようであり、『本草和名』、『和名抄』にあるカジノキよりは新しい。しかし、これをもって万葉時代の「たへ」などの原料である楮（栲）をカジノキとするのは早計である。植物としてのコウゾがカジノキと呼ばれていた可能性も否定できないからである。日本では、コウゾの本格的栽培は江戸時代から始まったが、明確にヒメコウゾとコウゾを区別したのは『本草綱目啓蒙』が最初である。日本に栽培されるコウゾは雌雄異株でカジノキに近く、ほとんど実を結ばないので、栄養繁殖で増殖される。

コウゾの果実期（上）と雄花（下）雌雄同株で、花は5月頃に咲き、その後花柄が伸びて、赤い果実が実る。

『陸璣詩疏《りくきしそ》』に「江南人、其の皮を績《つむ》ぎて布と爲し、又、搗きて紙と爲す」（『本草綱目』より）と記述され、カジノキが布だけでなく製紙原料であったことを示す。紙の発明は、これまでは約千九百年前の後漢の時代とされ、蔡倫《さいりん》が樹皮、麻などからつくって和帝に献上したのが最初といわれていた。だが、前漢時代の遺跡から紙の遺物が見つかったため、さらに古い時代にさかのぼることになった。

日本に現存する最古の紙は、聖徳太子の筆と伝えられる法華義疏で、伝承によれば推古天皇二十三（六一五）年につくられたという。いずれにせよ、布の原料としての歴史の方がずっと古く、『蘇敬注』に「今、楮紙、之を用ふること最も博《ひろ》く、楮布、之の有るを見ず」（『本草綱目』より）とあるのは、唐代では楮で布をつくらなくなったことを示唆する。『日本書紀』巻第二十二の推古十八（六一〇）年三月の条に、「高麗《こま》の王《きし》、僧曇徴《ほふしどむてう》・法定《ほうぢゃう》を貢上《たてまつ》る」とあり、曇徴は「且能く彩色《しみのもののいろ》および紙墨を作り云々」と書かれていることから、歴史学ではこれが日本に初めて紙が伝わった記録とする。コウゾもこのとき伝えられたと歴史書によっては記述するが、この可能性は十分にありうる。万葉集に、「栲衾」（多久夫須麻）、「栲角」（多久頭努能、栲綱の訛とされる）など、栲を「たく」と読む用例があるが、「たへ」とは直接の音韻関係はなく、コウゾの朝鮮語名であるtakに由来すると考えられるからである。しかし、現在の日本に継承されるコウゾの系統が必ずしもこれに当たるとは限らない。前述したように、現在、日本にあるコウゾの形質は多様であり、カジノキ・ヒメコウゾは当時の日本にすでに存在していたから、自然雑種が発生したとしても不思議はないからである。

古代日本と中国の交流を見ると、製紙技術はかなり早く中国から伝えられており、推古帝の代に高句麗の優れた製紙法のノウハウが伝えられたと解釈するのが正しいだろう。また、その製紙法が必ずしもコウゾなどを原料としたものとは限らない。古代ではアサも製紙原料であり、『延喜式』には紙麻などの名で出てくるからである（アサの条を参照）。製紙技術は東洋が西洋よりはるかに先んじたが、それは製紙原料の有無によるものであり、決して技術の優越する結果ではない。戦国時代、奥州の有力大名伊達正宗（一五六七－一六三六）はローマ教皇のもとに使節を派遣したが、途中で立ち寄ったスペインで、一行が和紙のちり紙を捨てたことに現地人はびっくりし、長らくそれが博物館に保存されていたという。当時の欧州では紙が貴重品であったことを示すエピソードであるが、一八四〇年、ドイツのケラーが木材の繊維（パルプ）を機械的に製造する方法を発明して洋紙をつくってから、完全に立場は逆転した。日本では、明治七（一八七四）年に西洋の進んだ技術を導入して洋紙の製造が始まり、明治二十二（一八八九）年に国産パルプの製造が開始され、本格的な製紙が始まった。在来の製法による和紙は耐久性の点で洋紙に勝り、紙幣などに用いられている。

たけ（竹・多氣・太氣）

イネ科（Poaceae）マダケ（*Phyllostachys bambusoides*）
イネ科（Poaceae）ハチク（*Phyllostachys nigra* var. *henonis*）

梅の花　散らまく惜しみ　吾が園の　竹の林に　うぐひす鳴くも
烏梅乃波奈　知良麻久怨之美　和我曾乃々　多氣乃波也之尓　于具比須奈久母
（巻五　八二四、阿氏奥島《おきしま》）

植ゑ竹の　本《もと》さへとよみ　出でて去《い》なば　いづし向きてか　妹が嘆かむ
宇恵太氣能　毛登左倍登與美　伊但弖伊奈婆　伊豆思牟伎弖可　伊毛我奈氣可牟
（巻十四　三四七四、詠人未詳）

【通釈】第一の歌は、序に、天平二（七三〇）年正月十三日、大伴《おおともの》旅人《たびと》の宅で梅花の宴が催されたときに詠われた歌の一つであり、主役は梅であって竹ではない。歌の意は、梅の花が散るのを惜しんでわが園の竹の林でウグイスが鳴くことよとなる。屋敷に竹が栽培されていたことを示唆する点で興味深い。ウメの条でも述べたように、ウグイスは竹林・梅林に出現することはまずないから、この歌も情景を想像して詠んだと思われる。第二の歌は東歌。第二句にある「とよみ」は今日の「とよめく」と同じ義。四句の「いづし」は「いづち」の東国訛りで、何処・何方の意。歌の意は、植えた竹の根元まで響き渡るほど、騒々しく出て行ったなら、どちらを向いて妻は嘆くことだろうかとなるが、防人に出で立つときの慌しさを歌ったものであろうか。これも竹が植えられていたことを示している。

【精解】竹はイネ科の中でタケ亜科を構成し、いわゆる竹と笹類がこの群に属する。主として熱帯に分布し、欧米に分布しないこともあって分類研究は遅れている。日本では、竹藪として純林状に存在するのでよく目立つが、一回開花すると枯死する性質がある。その周期は六十年から百年であり、わが国では一斉開花することが多い。万葉集に詠まれたタケは、借音仮名の「多氣」、「太氣」が三首で、残り十五首はすべて「竹」として出てくる。『和名抄《わみょうしょう》』に「四聲字苑云　竹　陟六反　多介　草也云々」とあり、「竹」はタケと訓じてまちがいない。竹玉・竹珠（いずれもたかだまと読む）とあるものが五首あるが、竹を管玉《くだたま》のように輪切りにして緒《お》に貫いたものと考えられている。管玉は碧玉製の玉で管のようにしたものをいい、いくつかの古墳から副葬品として出土している。竹玉を何の目的で使ったのか不明であるが、万葉集に詠まれた内容から神事の必需品であったと思われる。『延喜式』巻第七「神祇七大嘗祭」の踐祚大嘗會に「次稲實卜部一人在中頭當色木綿襷日蔭鬘執青竹」とあり、竹は木綿布、ヒカゲノカズラ（日蔭鬘）とともに神事に使われたことを示唆する。ただし、これが竹玉をつくるのに使われたかどうかは定かではない。「刺竹」（佐須太氣）とある歌は六首あり、「さすたけの」として大宮・皇子・葉隠《こも》りに掛かる枕詞である。「さす」とは「赤味がさす」というように、「生じる」という意味で、「さす竹」とは竹がにょきにょき生えるという意味に取ることができる。葉が生い茂るから「葉隠り」に、旺盛な生命力を表すから大宮や皇子のような高貴な人にとって子孫の繁栄を連想させる縁起のよいものと思われたから、その枕詞になったといわれる。

竹は古くから用具材・建築材として有用であったことは各種古典の記述から明らかである。たとえば、『延喜式』巻第四十「主水司」の供御年料に竹百二十株とあり、主水司は水の調達を司る機関であったから、竹を使って水道のようなものをつくったのではないかと思われる。竹は、古代から現代にいたるまで、途切れることなく利用されてきたから、竹以外の種と混同される可能性はほとんどない。『説文解字《せつもんかいじ》』に「竹は冬生の艸也」とあり、『段玉裁注』には「冬生と云ふ者は、竹、冬に胎生し、且つ枝葉凋まざるを謂ふ也」とあって、胎生《たいせい》という言葉からタケノコを連想させる。『本草和名《ほんぞうわみょう》』には、竹という条はなく、竹葉・苦竹・甘竹に分けて、次のように記載されている。

竹葉芹竹葉　仁諝音斤正作菫崔禹云有實可噉　淡竹　陶景注云竹瀝唯用淡竹仁諝音徒敢反崔禹云有花無實　一名綠虎　出兼名苑　和名久禮多介
苦竹　崔禹云不花　竹笋　崔禹云笋作筍子　一名草華　出養性要集　和名多加牟奈
甘竹　陶景注云薄殼者　一名卧夢　出兼名苑　實中竹一名笙竹一名筅一名　注云読甘二音　一名皷搥一名龍篁竹　音鐘已上五名出兼名苑
桂竹　崔禹云實中桂竹並以笋爲管　水竹　實狀以小麥而夾長出崔禹食經
日精　竹實也出太清經　子名玉英一名垂珠　出雜要訣　和名多介乃美

竹笋はタケノコのことで、笋は筍と同義であり、古名をタカムナと称した。『古事記』上巻に「伊邪那岐の命、（中略）湯津津間櫛を引き闕《か》きて投げ棄《う》つれば、すなはち笋《たかむな》生《な》りき。こを摭《ひろ》ひ食《は》む間に逃げ行くを云々」とあるように、神話にもタケノコが出てくるほどだから、かなり古い時代から竹があったことになる。『延喜式』巻第三十九「内膳司」の供奉雜菜に「笋四把」の記述があり、菜の一種と考えられ、タカムナの語源は竹芽菜に由来する。ずっと時代は下るが、明代後期の『本草綱目《ほんぞうこうもく》』（李時珍）でも竹筍は菜の部に収載されている。『源氏物語』「横笛《よこぶえ》」にも「御歯のおひいづるに、食ひあ

マダケ　稈は高さ10～20メートルに達し、直径5～15センチになる。

てむとて、たかうなをつと握りもちて、雫もよよと食ひぬらし給へば云々」とあり、「たかうな」すなわちタケノコが出てくる。

そのほか、薬用にも利用され、『神農本草經《しんのうほんぞうきょう》』の中品に竹葉・竹根・竹汁・竹實が収載される。『名醫別錄《めいいべつろく》』には淡皮筎の名で「微寒にして嘔啘・温気・寒熱・吐血・崩中・溢筋を主《つかさど》る」と記載されている。これは今日の竹筎《ちくじょ》のことで、竹稈の緑の表面を削って乾燥したものをいい、漢方では清涼の要薬とする。竹汁には、竹瀝と竹油があり、前者は新鮮な竹稈を火で炙って最初に滲み出る液汁をいい、この後に出てくるのを竹油と称して区別するが、古い時代にこのように区別したかは不明である。竹瀝の名は『名醫別錄』に初見し、『本草經集注《ほんぞうきょうしっちゅう》』（陶弘景《とうこうけい》）には「凡そ竹瀝を取るに、惟だ淡苦篁竹を用ふるのみ」とあるが、『名醫別錄』の淡竹瀝と称するものは淡竹から取ったものであり、「暴中風・風痺・胸中大熱・煩悶を止める」効があるとしている。以上、薬用となる竹について述べたが、問題はこれらがどの種類の竹を基原とするかである。『圖經《ずけい》本草《ほんぞう》』（蘇頌《そしょう》）では次のように記述する。

篁竹、淡竹、苦竹、本經は並《とも》に州土に出づる所を載せず。今、處處に有り、竹の類甚だ多し。而れども藥に入る者は、惟だ、此の三種なり。人、多く盡別能はず。謹みて按ずるに、竹譜に、篁（字音斤）其の竹堅く、促節（節が迫っている）して、體圓く、質勁《つよ》く、皮白きこと霜の如し。大なる者は宜しく舩を刺《さをさ》し、細き者は笛と爲すべし。苦竹に白きあり紫なる有り。甘竹は篁に似て茂る、即ち淡竹なり。然れども今の舩を刺《さをさ》す者は多く桂竹を用ふ。笛を作る者一種有り、亦た篁竹と名づけず。苦竹に亦た二種有り、一種は江西及び閩中に出でて、本は極めて麁《そ》大《だい》、筍は味殊に苦く噉ふべからず。一種、江浙の近地に出でて、亦た時に肉有り、厚くして葉長く闊《ひろ》く、筍は微《わず》かに苦味あり。俗に甜苦筍と呼びて、食品とする所の最も貴き者なるも、亦た藥用に入るを聞かず。淡竹は肉薄く節間に粉有り、南人以て竹瀝を燒く者にして、醫家は只だ此の一品を用ふ。竹譜と説く所は大同にして小異なり。竹實は今復た用ゐざれば、亦た稀に之有り。

食用・薬用に適するものは䈽竹・淡竹・苦竹の三種に限られるというが、この名は『本草和名』よりも『和名抄』の方によく出てくる。

まず、淡竹については「唐韻云 䈞 徒敢反 上聲之重 漢語抄云 淡竹 於保太介 竹名也」とあり、オホダケ（大竹）という和名がつけられている。苦竹は「四聲字苑云 箬 音苦 辨色立成云 苦竹 加波多介 竹名也」とあって和名カハタケ（河竹）とあるが、䈽竹はなく、字体がよく似る篁竹が「孫愐曰 篁 音皇 太加无良 俗云多可波良 竹叢也」と出てくる。推測するに、篁竹は株立ちで叢生する種のことをいうようであり、ホウライチクのような南方系の ***Bambusa*** 属が該当するようで日本に自然分布はない。河竹とは川原などに多く生えるという意味と思われるが、今日ではシノダケ類の一種メダケを指し、これに苦竹の別名がある。『大和本草《やまとほんぞう》』（貝原益軒《かいばらえきけん》）は、「國俗ニ女竹《メダケ》ト云テ葉モ身モカハレルアリ大竹トナラス皮ヲチズ故ニ皮竹ト云又苦竹ト云筍ノ味苦キ故ナリ」と述べ、カワタケを皮竹の意と解釈する一方で、別条に苦竹を設け、これをマダケに充てている。また、『本草綱目啓蒙《ほんぞうこうもくけいもう》』（小野蘭山《おのらんざん》）は「筍ヲクレテ出テ味蘞籜ニ斑點アル者ヲ苦竹ト云」と述べ、苦竹をマダケとし、今日でもこの見解が支持されている。すなわち、益軒は古名の苦竹にはメダケ・マダケの異物同名があり、前者をカワタケとしていることになる。『枕草子』の「あはれなるもの」にある「九月晦日《つごもり》、十月朔日《ついたち》の程に、（中略）夕暮、暁に、川竹の風に吹かれたる、目覺《さ》まして聞きたる云々」や『堀河百首』の「木枯にその、かは竹かたよりになびけど色はかはらざりけり」にも川竹（河竹）が登場するが、メダケ・マダケのいずれであろうか。

『延喜式』巻第五「神祇五齋宮」の齋宮御贖料に小川竹二十株、同巻第三十「大藏・織部」に「凡雜機用度料、篦竹河竹各百株」とある。この前者の小川竹は川竹の小さいものすなわちシノダケと考えてよく、後者では篦竹がシノダケの意であるから、河竹はマダケでよいだろう。しかし、大きければマダケ、小さければシノダケというにすぎず、明確には区別されていなかったかもしれない。淡竹については、『本草和名』に「淡竹 和名久禮多介」とあり、『和名抄』では「苷竹 文字集略云 苷 音甘 漢語抄云 呉竹也 和語云久禮太計」と

ハチク　稈は高さ 8 ～ 20メートルに達し、直径 3 ～ 10センチになる。

あって、淡竹（前述したように『和名抄』ではオホダケとある）とは別の条にある苷竹にクレタケの名が充てられている。『延喜式』では、巻第七「神祇七大嘗祭」に「踐祚大嘗祭（中略）呉竹爲足　夫一人」、巻十三「圖書寮」に「凡年料装潢用度　大竹二十株　褾紙料」とあり、用途によって名前を使い分けているようにも見える。

『本草綱目啓蒙』によれば甘竹は淡竹の一種としており、淡竹をハチクに充てている。『言塵集《ごんじんしゅう》』第四でも「くれ竹とは苷竹と書」と記述しており、両者は同一とする。甘竹の名はハチクのタケノコが美味であるからつけられたようで、『源氏物語』「横笛」に「うきふしもわすれずながらくれ竹のこはすてがたきものにぞありける」とあるのもそれを示唆している。『中薬大辞典』でも淡竹をハチクに充てているので、わが国古文献の淡竹・甘竹は同じものでハチクとしてよいだろう。

中国には竹の種類が豊富であるが、薬用にするのはハチク・マダケが多く、これらは耐寒性があって温帯にも生えるので、中国の中北部では特によく用いられる。南部ではホウライチク・マチクなどハチク・マダケとは別属の種が多くなる。日本では、今日、ハチク・マダケ・モウソウチクの三種が広く栽培されており、三大竹と称する。ハチクは、古名をクレタケと称するように、古い時代に中国から渡来したと考えられているが、西日本の山中の奥深いところに野生があり、中新統の地層から化石が出土しているので、自生種とする説もある。マダケは中新統の地層から化石が出土しているのと、縄文遺跡から遺物が出土していることから、自生説が根強い。しかし、日本にあるマダケは一斉開花する性質が強く、一九六五年には全国的に開花枯死して竹林が大幅に減少したことがあった。すなわち日本産のマダケは遺伝形質が均一であることを示唆し、大半は古い時代に中国から渡来したものが無性的に増殖したと考えられる。真の野生があった可能性もあるが、気候変動などでごくわずかな個体群だけが生き残り、ふたたび無性増殖したと思われる。モウソウチクは江戸時代の中期に中国から渡来したことは確かであるが、享保一三（一七二八）年に京都に伝えられたとする説と、元文三年（一七三八）年に薩摩に伝えられてから全国に広まったとする説がある。モウソウチクは九州での栽培面積が広いので、薩摩渡来説の方が優勢のようである。

たちばな（橘・多知婆奈・多知波奈・多知花）

ミカン科（Rutaceae）タチバナ（*Citrus tachibana*）
ミカン科（Rutaceae）カンキツ類（*Citrus* species）

橘の　古婆のはなりが　思ふなむ　心愛《うつく》し　いで吾《あれ》は行かな
多知婆奈乃　古婆乃波奈里我　於毛布奈牟　己許呂宇都久思　伊弖安禮波伊可奈
（巻十四　三四九六、詠人未詳）

橘の　下吹く風の　香ぐはしき　筑波の山を　恋ひずあらめかも
多知波奈乃　之多布久可是乃　可具波志伎　都久波能夜麻乎　古比須安良米可毛
（巻二十　四三七一、占部廣方《うらべのひろかた》）

【通釈】第一の歌は東歌。「古婆」は所在不明の地名、橘はその枕詞で橘が多く植えられた地であろう。「はなり」とは「髫髪放《うなゐばなり》」の短縮形で、集中に「娘子《をとめ》らがはなりの髪を云々」（巻七　一二四四）の用例がある。髫髪は、『和名抄《わみょうしょう》』に「髫髪　和名宇奈井　謂童子垂髪也」とあるように、子供が結わずに垂らした髪を指し、また転じて子供の意となった。ここでは少女のこと。歌の意は、橘が生える古婆の少女が（私に）思いを寄せているが、その心は可愛らしいものだ、さあ（逢いに）行こうかとなる。第二の歌は助丁占部廣方《すけをうらべのひろかた》の歌とあるように、防人歌である。助丁は防人の身分で、正丁に対して次丁を指す。歌の意は、橘の下を吹く風の香しい筑波の山を恋しく思わずにはおられようかとなり、「あらめかも」（あらめやもの東国訛り）は反語を表す。筑波山を望むことのできる地域出身の望郷の歌であろうが、関東地方で橘やカンキツ類が生育できるのは南部の相模・房総に限られるので、たぶん、九州の温暖地に生える橘を見て、それに故郷の筑波山を重ね合わせて詠ったと思われる。

【精解】万葉集でタチバナを詠った歌は全部で七十首あり、その用字について「橘」、「多知婆奈」、「多知波奈」、「多知花」がそれぞれ五十五首・十一首・四首・一首ある。『和名抄』に「橘　居蜜反　一名金衣　太知波奈」とあるから、橘も今日と同じようにタチバナと読まれていた。タチバナがどんな植物種であるか言及する前に、それが万葉集でどのように詠われているか述べてみたいと思う。

七十首のうちの七割に当たる四十九首は、花を詠い、集中のほかの植物と比べてその割合はきわめて高い。もう一つのきわだった特徴は、ホトトギスとともに詠われた歌が二十三首もあり、旧暦の四月頃、すなわちホトトギスが里で鳴き始める頃に咲くからである。ホトトギスとの取り合わせで詠われる植物としてウツギ（ウノハナの条を参照）がよく知られ、十八首あるが、数ではこれをかなり上回る。ともに白い花を多くつけ、芳香があるという点で共通性があるが、万葉集でハギに次いで多く詠われるウメも白花であることを考えると、万葉人はどちらかといえば地味な白い花を好んだことを示し、平均的な現代人の感性とは異なるようだ。その花から発散される香りを詠ったものは、冒頭の第二の歌を含めて三首と数は少ない（ほかに巻十七　三九一六、巻十九　四一六九）が、そもそも花の香を詠った万葉歌はきわめて限られることを考えれば、この歌は相当の重みをもって受け止めなければならないだろう。

巻十八にある大伴家持《おおとものやかもち》の歌（四一〇一）の一節に「あやめぐさ花橘に貫《ぬ》き交へ縵《かつら》にせよと」があり、これは悪月といわれた旧暦五月にアヤメグサ（ショウブのこと）とともに橘を蘰《かつら》につくる端午の節句の風習を詠ったものであり、橘も辟邪《へきじゃ》植物の一つに考えられていたことがわかる。そのほか、実を詠ったものが四首あり、また「玉に貫《ぬ》く」というのが十二首あって、これも果実を示唆するものだから、合計十六首、二割ほどに詠われていることになり、これも集中にあるほかの植物にない橘のきわだった特徴であり、この観点では、小型の扁平な果実をつけるタチバナが合致する。

さて、万葉集にいうタチバナとは何か。タチバナという名は典型的な和語であるが、その表記として約八割は橘の字を用いている。この字は中国の古い詩歌にも出ており、たとえば、屈原の『楚辞《そじ》』の中にある「橘頌の詩」で始まる「后皇の嘉樹、橘徠《きた》りて服す」はそれを称えるものであったから、万葉集での詠われ方に大きな影響を及ぼしたことはまちがいない。この詩では、橘について、「緑葉素栄、紛として其れ喜ぶべし。曾枝剡棘《えんきょく》、圓果摶《たん》たり。青黄雑糅《ざつじゅう》して、文章爛たり。精色内は白く、道に任《た》ふるに類す。紛縕《ふんうん》として宜脩《ぎしゅう》にして、姱《くわ》にして醜からず」と詠われている。この記述によって橘は、常緑で白い花を多くつけ、するどい棘があり、果実は円く青と黄とがまじり合って光沢があり、内部は白いのであるから、いわゆるカンキツ類であることは明らかである。一方、『古事記』の「垂仁天皇紀」に「また天皇、三宅連《みやけむらじ》等の祖、名は多遅摩毛理《たぢまもり》を常世《とこよ》の國に遣わして、非時香木實《ときじくのかぐのこのみ》を求めし給ひき。故、多遅摩毛理、遂にその國に至りて、その木實を採りて縵八縵《かげやかげ》、矛八矛《ほこやほこ》を將《も》ち來り し間に、（中略）その非時香木實は、これ今の橘なり」と記述されている。『日本書紀』にもあるこの物語は田道間守《たぢまもり》の伝説として知られている。非時香木實は、大伴家持《おおとものやかもち》の長歌（巻十八　四一一一）に「此橘乎等伎自久可久能木實等名附家良之母《このをときじくのかくのこのみとなづけらしも》」と詠っているので、「時じくのかくの木実」と訓じられるが、いつでもよい香のある木実の意である。この物語は、橘が外国からもたらされたことを示唆するものであるが、常世の国とは中国のことであり、橘とは中国から渡来したカンキツを指す。もっとも古い時代に伝来したカンキツはダイダイとされているので、香りのある実とすれば、後に臭橙と称されるカブスが有力候補であろう。非時香木實をわが国に原生するタチバナに充てる説もあるが、香りが弱いので記紀の記述に当てはまらない。タチバナの果実は小さく、酸味が強い上に種子が多く食用に適さないが、花は清楚で香しく、果実は鮮やかな光沢のある黄橙色なので園芸樹として珍重され、古くから栽培されていた。京都御所の紫宸殿《ししんでん》前の「右近の橘」はタチバナの栽培品である。わが国原産といっても、自生地はごく限られ、東海地方から紀伊半島・四国・九州および奄美・沖縄・石垣・大東・尖閣の南西諸島から知られるのみである。山口県萩市笠山（自生地は国指定天然記念物）と朝鮮済州島には実が大きく果皮がやや厚い系統があり、コウライタチバナとして区別されることがある。タチバナの分布から外れているので、栽培から発生した変異種が野生化したとも考えられる。田道間守が橘を採集した常世の国を済州島とする説もあるが、済州島のコウライタチバナは原生ではなく日本から栽培馴化した系統がもたらされたと考えるのが自然だろう。万葉集にある橘はわが国原生のタチバナを含めたカンキツ一般であり、次に述べるように種を特定するのは難しい。

タチバナ　6月頃に白い花が咲き、その後実る果実は、直径2.5～3㌢ほどで黄色く熟す。

中国では、橘は薬用としても重要であり、『神農本草經《しんのうほんぞうきょう》』の上品に橘柚の名で収載されている。一名橘皮とあるが、果皮が薬用に供された。『本草和名《ほんぞうわみょう》』にも「橘柚　一名橘皮甘皮　小冷出陶景注　胡甘柚酸者也出蘇敬注　甘一名金實一名平蹄　已上出兼名苑　橘一名金衣一名黄　已上二名出兼名苑」とあり、和名の記載がないのは、特定の種を指す名ではなく総称名に近いものだからであろう。中国では、カンキツを橘・柚・柑の三群に大別する（柚はアベタチバナの条を参照）が、歴代の本草家はこれらをどう区別するか悩んだようで、各家によって見解はまちまちである。『本草綱目《ほんぞうこうもく》』（李時珍）は「橘の實は小にして、其の瓣の味は微《わず》かに酸《す》く、其の皮は薄くして紅、味は辛くして苦し。柑は橘より大にして、其の瓣の味は酸《す》く、其の皮はやや厚くして黄、味は辛くして甘し」と記述しており、これから判断すると、橘はミカン区のベニコウジ・オオベニコウジなどのタンジェリン系カンキツ類に相当する。ちなみに、『中薬大辞典』では橘をウンシュウミカンも含めたタンジェリン系に充てており、この系統のミカンを総称して橘と呼んだと考えてもよいだろう。

一方、柑は、柑子の名前で宋の『開寳本草《かいほうほんぞう》』にその名が見え、橘と柑との相違について、李時珍は「橘は久しく留むべし（長く貯蔵できる）、柑は腐敗し易し。柑樹は氷雪を畏れ、橘樹は略《さへぎ》るに可《た》ふ（耐寒性がある）」と述べ、柑は南方系のカンキツのようである。『中薬大辞典』では ***Citrus suavissima*** としており、中国名を乳柑または真柑とも称する。果実は粗く皺があって橙黄色、油腺が多く、果皮は剥がしやすいというが、日本では知られていない。柑子の名は『本《ほん》草和名《ぞうわみょう》』にもあり、「柑子　孟詵曰得霜後即美故名甘子出崔禹　一名李衡木奴　出孟詵李衡人名　一名金實一名平蹄　已上二名出兼名苑　和名加牟之」とあって、カムジまたはカンジと呼ばれていた。『源氏物語』の「眞木柱《まきばしら》」にも「かりのこのいとおほかなるを御覧じて、かんしたちばななどやうにまぎらはして、わざとならずたてまつれ給ふ」と出てくる。『榮花物語』には「うらうらのわかれに、御くるまに、かうじ橘、ごきひとつばかりを袋にいれて、云々」とあるように、平安時代になるとカンジ橘とカウジ橘の二つが出てくるが、後者は前者の訛ったもので同品である。今日、コウジと称するものであるが、中国の柑子とは明らかに異なる。すなわち、タチバナに外来遺伝子が加わって日本で偶発したカンキツ種であるコウジに柑子を強引に充てたのである。コウジは甘い系統があって古い時代には栽培されていたが、後に果実の大きなキシュウミカン（江戸時代の主要なカンキツ）やウンシュウミカンに駆逐され、現在ではまったく栽培されない。『殿中申次記』に「正月十一日（永正十三（一五一六）年）、一御樽三荷蜜柑二籠串柿三連　例年之儀也」、『前田亭御成記』（文禄三（一五九四）年卯月八日加賀之中納言殿御成之事）に「御引物　結花こぶ　みつかん　金銀の露　まめあめ」、『文禄四年御成記』に「御菓子十二種（中略）みかん」とあり、ミツカン・ミカンの名が出てくる（いずれも『群書類従』第二十二輯武家部に所収）。これらの名はコウジから発生した名前で、甘果の系統のコウジを蜜柑と呼び、それが詰まって「みかん」となり、後に、コウジが廃れても後継の甘果のカンキツをミカンの名をつけて呼ぶようになった。コウジは中国の分類では橘に当たるが、日本では以上の経緯から柑子としてしまった。『本草綱目啓蒙《ほんぞうこうもくけいもう》』（小野蘭山《おのらんざん》）では橘をコウジ類の総称とし、ミカンを柑の属としているが、以上述べたように、正しい認識とはいえない。橘・柑の類すなわちいわゆるカンキツの分類において日中の本草学の解釈・見解は大きく異なるのであるが、現在ですら、W・T・スウィングル（一八七一―一九五二）と田中長三郎（一八八五―一九七六）の二大分類大系を修正して用いられていることでわかるように、その分類は確立しているとはいい難い。

たで（蓼）

タデ科（Polygonaceae）ヤナギタデ（*Polygonum hydropiper*）

吾がやどの　穂蓼古幹《ほたでふるから》　摘み生《おほ》し　実になるまでに　君をし待たむ
（巻十一　二七五九、詠人未詳）

吾屋戸之　穂蓼古幹　採生之　實成左右二　君乎志將待

【通釈】タデ（蓼）という植物に寄せた寄物陳思歌。古代では、タデは葉よりむしろ実のついた穂の方が有用であったから、穂を刈り取り、これを穂蓼と称した。古幹とは穂蓼を採取した後に残された枯れ茎をいう。歌の意は、吾が家のタデが熟してその実を摘み採り、蒔き育てて再び実をつけるまであなたを待ちましょうとなる。一年草のタデにとって、実を蒔いてまた実を採るまでは一生にあたるから、私の生涯をかけて気長に待ちますよという意の恋歌である。

【精解】万葉集で蓼を詠った歌は三首あるが、『和名抄《わみょうしょう》』に「崔禹食經云　青蓼　力鳥反　多天　人家恒食之　又有紫蓼矣」とあるようにタデと読む。蓼は、『説文解字《せつもんかいじ》』に「蓼、辛菜なり」とあるように、タデの中でも辛味のあるものをいい、その独特の性質のゆえに、古くからさまざまな意味の成句に用いられた。中国六朝魏晋の詩人王《おう》粲《さん》（一七七―二一七）の「七哀詩」（『文選《もんぜん》』巻二十三）の中に「蓼蟲は辛きを知らず」という一節があり、タデを食う蓼虫はタデの辛いことを知らないという意味だが、これから自分の性癖、非は意外と知らないものだという譬《たと》えの「蓼食う虫の蓼知らず」という諺が生まれた。今日、よく知られる諺「蓼食う虫も好き好き」はこれから派生したもので、人の好みはさまざまであることを譬える。著名な万葉学者契沖《けいちゅう》（一六四〇―一七〇一）も「よそになど蓼食《は》む虫を思ふらむ世のからきにも人習ひけり」（『本草綱目紀聞』より）のようにタデの辛さを歌にしている。

タデは、タデ科タデ属の総称であり、この仲間は頗《すこぶ》る多く日本だけでも約四十種が知られている。中には形態的に酷似し識別の困難なものも多い。しかしながら、これらの諺にあるタデを特定するのは実に簡単であり、結論を先にいえばヤナギタデを指す。通例、植物には形態的に数多くの類似種があるのが普通で、タデ属も例外でなく、特にボントクタデとヤナギタデは酷似しているので、形態による区別は一般人ではまず無理である。この二種を区別するには葉を採って噛めばよい。ヤナギタデの葉にはタデオナール・ポリゴジアールという独特のセスキテルペノイド系成分が含まれ、口中に燃えるような辛味が広がるが、ボントクタデはわずかに苦味がある程度なので、誰でも区別できる。

わが国に産するタデ類の中で強い辛味があるのはヤナギタデのみであるが、中国南宋時代に成立した『鶴林玉露』（羅大経）の人集巻之三「四蟲」（丙編・巻三）に「氷蠶は寒きを知らず　火鼠は熱きを知らず　蓼蟲は苦きを知らず　蝍蟲は臭きを知らず」（『和刻本漢籍随筆集』第八集所収）とあり、ここではタデの辛味が苦味に転じている。王粲の詩の一節を誤って引用したことも考えられるが、ヤナギタデによく似たボントクタデは苦味があるので、これを指すのかもしれない。ヤナギタデは、今日の日本で広く香辛料として利用するが、実際に利用するのは野生から選別され栽培化されたもので、これを総称してマタデ（あるいはホンタデ）と呼ぶ。マタデの中で、葉が潤《ひろ》くタデアイ（藍染めの原料のアイのこと）に似ているものをアイタデ、葉の色が暗赤紫色の品種をムラサキタデまたはベニタデと呼ぶ。アイタデの中にも赤いタイプがあり、アカアイタデと呼ぶ。アサブタデは、葉の形がヤナギの葉のようで、野生のヤナギタデはこのタイプである。ホソバタデと称するものはきわめて葉が狭いものである。ムラサキタデなど葉が紅〜赤紫色のものは、イデインという紅色色素を含み、子葉を刺身のつまに用いる。以上のヤナギタデの各品種は日本で栽培化されて品種分化したものであるが、アジアの照葉樹林帯でもよく似た利用法ならびに栽培化の例が見られる。

さて、タデは『神農本草經《しんのうほんぞうきょう》』に蓼實の名で中品に収載され、以降、正統本草に名を連ねる薬用植物でもある。『本草經集注《ほんぞうきょうしっちゅう》』（陶弘景《とうこうけい》）に「青蓼、人家常に有り、其の葉に圓なる者尖なる者あり、圓なる者を以て勝ると爲す。用ふる所、即ち此是にして、是を乾かし以て酒を釀す。風冷を主《つかさど》り大いに良し」とある。つまり、『和名抄』にも出てくる青蓼が薬用にもっともよいとし、『千金方』にある蓼汁酒はこれからつくるものであろう。また、『新修本草《しんしゅうほんぞう》』（蘇敬《そけい》）に「又、水蓼有り、葉大にして馬蓼に似て、味辛し」とあり、辛味のあるホンタデが水蓼という名で登場する。さらに、『圖經本草《ずけいほんぞう》』（蘇頌《そしょう》）に「蓼の類、甚だ多し。紫蓼、赤蓼一名紅蓼、青蓼、香蓼、馬蓼、水蓼、木蓼等凡そ七種有り。紫赤の二種の葉、倶《とも》に小、狭くして厚し。青香の二種の葉、亦た相似して倶《とも》に薄く、馬水の二蓼の葉、倶に闊《ひろ》く大にして上に黑點有り。此の六種の花、皆、黄白、子は皆青黑なり。木蓼一名天蓼は亦た大小二種有り、蔓生にして葉は柘葉（クワ科ハリグワの葉）に似て花は黄白、子の皮は青滑なり」とあるように、一挙に七種のタデの名が出てくる。その名の多くは、『本草和名』に「蓼實　仁諝音了　紫蓼一名香蓼青蓼　人所食　馬蓼　葉大　一名蘢鼓一名葒草　仁諝音紅楊玄操葒音江已上六名出陶景注　一名蘒　大者　水蓼　已上二名出蘇敬注　香小蓼　葉尖　蛟蓼　似大蓼　大蓼又有尨蓼　已上四名出兼名苑　天蓼一名澤蓼　出雜要訣　一名女增　令人陰萎故以名之出拾遺　和名多天」と出てくる。蓼は、『陶景注』で葉が円《まる》いとしているから、日本のアイタデはその一類としてよく、また紫蓼はムラサキタデでよいだろう。香蓼はカラタデと読まれることが多いが、辛《からみの》香《におい》を賞用することにその名の由来があるという。『本草綱目啓蒙《ほんぞうこうもくけいもう》』（小野蘭山《おのらんざん》）はこれをフユタデ（カンタデ）に充てている。『本草綱目紀聞』（水谷豊文《みずたにとよぶみ》）によれば、フユタデは、「水生ナリ　冬中アリ　至テ辛シ　柳タデノ如シ　水底ノ生　水上ヘハ不出　花赤シ」と記述され、これは『本草綱目』にある「水蓼一名澤蓼」に生態が似ており、また『本草和名』にも別条（草部下品）に「水蓼　和名美都多天」と出てくる。

牧野富太郎（一八六二―一九五七）によれば、ヤナギタデで陸生のものは冬に枯れて一年草であるが、水中に沈在するものは多年生である（『国譯本草綱目』註）といい、古くからこれを川蓼（カワタデ）と称してきた。中国では、『新修本草』に初見する水蓼と称するものも、川蓼と同じくヤナギタデの多年生型と考えられ、環境条件によって形態が多様化したもので、香蓼もその一型であろう。このように、ヤナギタデの多様な形質は、本草家を混乱させてきたが、馬蓼・木蓼だけは明らかにヤナギタデとは別種である。馬蓼は今日のオオイヌタデまたはイヌタデに当たるもので、古くはその小さい苗は蓼と認識されていたようだ。馬蓼は『本草綱目』から初めて区別された。『和名抄』に「陶隱居曰　葒草　上音紅　一名遊龍　伊奴太天」とあるのは、今日のイヌタデ（馬蓼）ではなく、オオケタデに相当するもので、中国では『名醫別錄《めいいべつろく》』に初見する。一名遊龍と称するものは、『詩《し》經《きょう》』國風・鄭風・山有扶蘇にある一節「山に喬松有り、隰に遊龍有り」に出てくる。一方、木蓼は、今日では木本の蔓性植物マタタビを指すが、どういう経緯で蓼の名を充てられたのかわからない。

ヤナギタデ　茎は高さ30〜80センチになる。

古代にあっては、タデは今日より重要な食料であった。『延喜式』巻第三十九「内膳司」の供奉雑菜に「蓼十把　准二升自四月迄九月」、同漬年料雑菜に「蓼葅四斗　料鹽四升　楡一升六合」とあり、漬け物として食されたことがわかる。万葉歌に穂蓼と詠われているように、現在と違って、葉よりも穂を塩漬けにしたらしい。これは驚くにあたらず、江戸初期の『本朝食鑑《ほんちょうしょっかん》』にも、当時、タデの花穂（葉の萎んだ後というから、果穂というのが正しい）を塩漬けにして食べるとある。また、『延喜式』巻第三十七「典藥寮」の諸國進年料雜藥に、摂津国からの進貢品四十四種の一つに「蓼子三升」の名がある。これは蓼實のことで薬用としていたことを示す。『神農本草經』によれば、蓼實は目を明かにし、中（体の内部）を温め、風寒（寒気による風邪）に耐え、水気を下し、面目浮腫、癰瘍（悪性の腫物やでき物）に効があるという。しかし、正統派漢方で用いることはなく、民間でも葉または全草を毒虫刺傷、暑気あたり、食あたりなどに用いる程度である。実も辛味成分を含むので、同じタデ科のソバの実（蕎麦をつくる原料）のように、汎用食品とされたとは考えにくい。欧州では蓼の実を胡椒の代用として香辛料に用いていたから、古代日本でもその程度の利用であったと思われる。今日では、実ではなく葉を香辛料として用いる。タデの葉を擂り潰して米酢を混ぜたものがいわゆる蓼酢であり、アユの塩焼きにこれをつけて食べることが多い。滋賀県にはたでずし（別名めずし）という郷土料理（御上神社ずいき祭りの酒宴料理）があり、蓼葉の粉末をすし飯に混ぜてつくるが、ここで用いるタデは野生品という。

たはみづら（多波美豆良）

ヒルムシロ科（*Potamogetonaceae*）ヒルムシロ（***Potamogeton distinctus***）

安《あ》波《は》をろの　をろ田に生《お》はる　たはみづら　引かばぬるぬる　吾《あ》を言《こと》な絶え

安波乎呂能　乎呂田尓於波流　多波美豆良　比可婆奴流奴留　安乎許等奈多延

（巻十四　三五〇一、東歌）

【通釈】 安房国の東歌。「安波をろ」は「安波峰《を》ろ」で、安房国にある所在不明の山。「ろ」は東歌によく出る接尾辞で、集中に「伊香保ろ」という類例が四つある。「をろ田」は同音によって第一句から導かれたもので、峰《を》ろ田すなわち山の中にある田の意。「生はる」は「生ふ」の東国訛り。「引かばぬるぬる」は東歌（三三七八）に例がある（イハヰヅラの条を参照）。「言な絶え」は「言な絶えそ」の略で、言葉を途絶えさせるなという意。歌の意は、安波の峰の山田に生えているタハミヅラを引っ張ると、ずるずると解きほどけるだけで絶えずに繋がっているように、私に対して言葉をかけるのを絶えさせてくれるなとなる。

【精解】 ヒルムシロは、ヒルムシロ科の水生多年草で、沼沢の浅いところや溝などに生える。群生すると、葉が水面に浮かぶように覆い尽くし、花期に水面から花穂が突き出る。ヒルムシロ属は世界で約百種があり、日本には約二十種が分布する。その中でヒルムシロはもっとも分布が広く、北海道から南西諸島まであるが、最近は除草剤の影響で少なくなった。名の由来は水中に浮かぶ葉をヒル（蛭）の蓆《むしろ》に見立てた。万葉集では東歌にあるタハミヅラがヒルムシロと考えられている。

ヒルムシロ　葉は長さ5～10㌢、幅2～4㌢あり、泥の中の地下茎から伸びる長い葉柄をもつ。

右の例歌はイハヰツラを詠った歌（当該条を参照）とよく似た内容であり、「引かばぬるぬる」からタハミヅラも蔓の類としてまちがいないだろう。しかし、これも種を特定するうえでの資料がまったくなく、多くの万葉学者を悩ませてきた集中有数の難問であったが、仙覚《せんがく》（一二〇三―？）は三稜草《みくり》とした。ミクリの地下茎は長く伸びるが、「引かばぬるぬる」という蔓の感覚からはほど遠い。ジュンサイとする説があるが、沼沢ならともかく、水田に生えるものではない。『萬葉植物新考』はヒルムシロ科ヒルムシロに充て、タハミヅラの語源を田延水蔓の意としている。ヒルムシロ説を最初に提唱したのは、越前府中（武生）の町人学者伊藤多羅《いとうたら》（一七六六―一八二三）『萬葉動植考』で、「何にや知らず」という記述の割注に「強テ云ハヾ、ヒルムシロハ引ステ、ネハ廣ゴリテ、稲ヲ枯ラス物ニテアルヲ、田ヲハムテフ意ニ田喫ツラトヤ付ケン」（句読点・傍点は著者注）とある。

確かに、ヒルムシロはイネにとっては害草で、一端、水田にはびこるとなかなか駆除は困難である。タハミヅラの語源解釈は、松田の「田に延《は》う蔓」ではなく、伊藤多羅のいうように「田を蝕《は》む蔓」すなわち田に害を与える蔓とする方がずっと理にかなっている。ヒルムシロの根茎は泥中に浅く横走し、万葉歌の「引かばぬるぬる」とも合致するので、タハミヅラはヒルムシロでまちがいないだろう。

ヒルムシロの名は、『本草和名《ほんぞうわみょう》』に「虵床子　一名虵粟一名虵米一名虺床　楊玄操音虚鬼反　一名思益一名繩毒一名棗棘一名墻蘼一名仁譛音香于反出蘇敬注　一名虵珠一名顛棘一名虵肝一名石來一名秣粟一名馬床　已上六名出釋藥性　和名比留无之呂　一名波末世利」とあり、また『和名抄《わみょうしょう》』にも同名で出てくる。虵床子（『和名抄』では蛇床子となっている）は、『神農本草經《しんのうほんぞうきょう》』上品に収載される蛇牀のことで、『本草經集注《ほんぞうきょうしっちゅう》』（陶弘景《とうこうけい》）は「近道の田野、墟落《そんらく》間に甚だ多く、花葉は正に蘼蕪（セリ科センキュウの苗という）に似たり」、『圖經本草《ずけいほんぞう》』（蘇頌《そしょう》）は「三月、苗を生じ、高さ二三尺、葉は青く砕けて叢を作る（複葉状に細かく裂けること）。蒿枝に似て、枝上毎に花頭有りて百餘をなす。同一窠（果）を結び、馬芹（今日ではセリ科クミン）類に似たり。四五月、白花を開き、散水（李時珍は繖状とする）に似る。子、黄褐色にして黍米の如し」と記述しており、いずれもセリ科植物の特徴を記載していて、ヒルムシロではないことは明白である。蛇牀の基原植物は日本には産しないが、『本草和名』に「一名波末世利」

とあるものが今日のハマゼリとすれば同属種であり、こちらの方がよく合う。蛇牀は蛇床と同義であるから、蛇を蛭と誤認して蛭床とし、さらにそれを蛭蓆と解釈してヒルムシロの和名を充てたと思われる。『新修本草《しんしゅうほんぞう》』（蘇敬《そけい》）に「蛇牀、臨淄の川谷及び田野に生じ、五月、實を采りて陰乾す」とあり、また同注に「爾雅一名盱」としかなく、別名に「縄毒」とあるから、水田の害草を連想させるような名があったことが、日本の本草家をして誤認させたと思われる。

ヒルムシロの正しい漢名は眼子菜であり、『救荒野譜』（明・王西樓編）に初見し、不完全ながらヒルムシロとわかる図が掲載されている。また、『大和本草《やまとほんぞう》』（貝原益軒《かいばらえきけん》）にも記載され、『本草綱目啓蒙《ほんぞうこうもくけいもう》』（小野蘭山《おのらんざん》）は蛇牀の条に誤って帰属したヒルムシロについて述べている。ヒルムシロは害草ではあるが、葉は飢饉のときの救荒食であり、民間で乾燥葉を利尿薬として用いた。現在の中国では回虫の駆除に用いるという。

たまばはき（玉箒・多麻婆波伎）

キク科（*Asteraceae*）コウヤボウキ（*Pertya scandens*）ほか

玉箒《たまははき》　刈り来《こ》鎌麻呂　むろの木と　棗《なつめ》が本《もと》と　かき掃かむため
玉掃　苅來鎌麻呂　室乃樹與　棗本　可吉將掃爲
（巻十六　三八三〇、長忌寸《ながのいみき》意吉麻呂《おきまろ》）

初春の　初子《ね》の今日《けふ》の　玉箒　手に取るからに　ゆらく玉の
始春乃　波都祢乃家布能　多麻婆波伎　手尓等流可良尓　由良久多麻能乎
（巻二十　四四九三、大伴家持《おほとものやかもち》）

【通釈】第一の歌はナツメの条を参照。第二の歌は、長い詞書があり、要約すると、天平宝字二（七五八）年春の正月三日に、天皇は臣下らを内裏東の屋の垣下に侍らせ、玉箒《たまぼうき》を与えて宴を開き、思いのままに歌を詠み詩をつくるよう命令し、それに応じて大伴家持が心緒を陳べてつくった歌という。詞書と本文の比較により、玉箒は「多麻婆波伎《たまばゝき》」である。第四句の「からに」は「だけのことで」という意の助詞で、比較的軽い事柄が重い結果を導く場合に使う。結句の「ゆらく」は「ゆらぐ」ではなく、ゆらゆらと揺れるだけでなく、玉が発する音を含むものと解されている。歌の意は、初春の初子《ね》の日である今日、玉箒を手に取るだけで揺れて（玉がぶつかりあって）

音がする玉の緒だとなる。後書によると、家持は大蔵に勤務していたため、天皇のもとには奏上できなかったとあり、この宴会に参加しておらず、見聞でこの歌を詠んだとされている。

【精解】右の家持の歌について、平安末期の歌学書『袖中抄』は「私云、常の髄脳には玉はゝきとは著と云草也。ゐ中にはその草を小松にとり加て、正月はつね（初子）の日こがひ（養蚕）する屋をはけば、ほめて玉はゝきとは云也と申たれど云々」と記述している。「初春の初子《ね》の今日」という句で、子《ね》の日の小松引き（マツの条を参照）の風習を連想するが、小松引きは平安時代に始まった風習であって万葉時代にあったという証拠はない。だが、奈良時代の宮中では、年が明けて正月の初子《ね》の日、天皇は辛鋤《からすき》、皇后は箒を飾って宴を催すまったく別の慣わしがあり、『日本書紀』巻第十七「繼體紀」の元年三月にその由来が次のように記述され、ここに養蚕のことが出てくる。

朕聞《われき》く、士年《をとこどし》に當《あた》りて耕《たつく》らざること有るときには、天下《あめのした》其の飢を受くること或り。女《めのこ》年に當りて績《をう》まざること有るときには、天下其の寒《こい》を受くること或り。故、帝王《すめらみこと》、躬《みづか》ら耕りて農業《なりはひ》を勸《すす》め、后妃《きさき》、親《みづか》ら蠶《こがひ》して、桑序《くはのとき》を勉《すす》めたまふ。況《いはむ》や厥《か》の百寮《つかさつかさ》、萬族に曁《いた》るまでに、農績を廢棄《す》てて、殷富《にぎはひ》に至らむや。有司《つかさ》、天下に普告《のたまひ》て、朕が懷《おも》はむことを識《し》らしめよ

辛鋤《からすき》・箒は、その意を天下に示すための象徴であり、それぞれ装飾されたものを用いて宴に望んだ。古墳時代から奈良時代までは全地球的に気候が寒冷で、日本のみならず中国でも災害が相次ぎ、中国ではそれを邪気によるものと考え、それを祓う目的で、『荊楚歳時記《けいそさいじき》』に記述されているようなさまざまな習俗が発生した。

折口信夫《おりぐちしのぶ》（一八八七—一九五三）が玉箒の儀を「旧い魂を掃きちらして、新たな魂を鎮める意かも知れない」（「睦月の歌」『折口信夫全集六』中央公論社）と推定しているように、この観点で考えれば、辛鋤・箒の儀式も中国渡来の可能性もある。しかし、中国の文献にはないので、不祥を祓除する意義はないとする説もある。当時、箒は養蚕の床を掃くのに必須品であったが、この歌にある玉箒はその名のとおり玉で飾った装飾品であった。正倉院に子日目利箒《ねのひのめとはゝき》と子日手辛鋤《ねのひのてからすき》が保存されており、後者の柄に「東大寺子日獻天平寶字二年正月」の銘があり、万葉集にある玉箒は東大寺から皇室に献上された子日目利箒と考えてまちがいない。

玉箒をつくる材料について、前述したように、『袖中抄』は著としており、『綺語抄』、『奥義抄』、『和歌童蒙抄』、『拾穗抄』もこの説をとっている。『和名抄《わみょうしょう》』に「蘇敬曰 著 音戸 女止 以其莖爲筮者也」とあって、その茎を筮《めどぎ》として占いに用い、和音でメト（ド）と読むとある。著は、『神農本草經《しんのうほんぞうきょう》』上品に著實の名で収載されるものと同品であり、『圖經本草《ずけいほんぞう》』（蘇頌《そしょう》）では「蒿の如く叢を作《な》し、

高さ五六尺、一本一二十莖、多きに至る者は三五十莖、生ずれば便《すなは》ち條（枝のこと）直《なほ》く、以て衆蒿（そのほかの蒿の意）に異なる所なり。秋後、花有り枝端に出でて紅紫色、形は菊の如し。八月九月其の實を採る」と記述されている。『本草綱目《ほんぞうこうもく》』（李時珍）では、艾・菊・茵陳蒿などキク科基原のものと同じ条に収載されているから、キク科の蒿の類すなわちヨモギの仲間とされたことはまちがいない。一方、『本草和名《ほんぞうわみょう》』では「蓍實　仁諝音尸蘇敬注云其莖爲筮者陶誤以楮實爲之　一名柠實一名穀實一名褚實一名著冥一名私實　已上三名出釋藥性　和名女止久佐」とあるが、別名を楮實すなわちコウゾの実とする。これは『本草經集注《ほんぞうきょうしっちゅう》』（陶弘景《とうこうけい》）の蓍實の条で「此れ卽ち穀樹子也」という記述を鵜呑みにした結果（タクの条を参照）であり、『新《しん》修本草《しゅうほんぞう》』（蘇敬《そけい》）は「陶、誤りて楮實を以て之（蓍實）と爲す」と批判し、以降は蒿類とする見解が長く続いたが、その基原植物は不明のままであった。

ところが『本草綱目啓蒙《ほんぞうこうもくけいもう》』（小野蘭山《おのらんざん》）は「宿根ヨリ數十莖叢生ス。高サ四五尺、葉ハ潤サ四五分許《ばかり》、長サ三四寸細ク深クキレ鋸齒多シテ繁密ニ互生ス」として、蓍をキク科ノコギリソウ一名ハゴロモに充てた。小野蘭山（一七二九―一八一〇）の見解は中国にも伝わり、現代中国の『中薬大辞典』では蓍実の基原をノコギリソウとしている。蘭山はまた、「凡筮占ヲナスモノハ此莖ヲ用ベシ。今ハメドハギヲ代用ス。メドハギハ救荒本草ノ鐵掃箒拾遺記ノ合歡草一名神草ナリ」、つまり、筮の材料にマメ科メドハギの茎を用いるようになったと述べている。『救荒本草《きゅうこうほんぞう》』では、鐵掃箒について「荒野の中に生じ地に就きて叢生す。一本二三十莖、苗の高さ三四尺、葉は苜蓿（マメ科ウマゴヤシ）葉に似て細長く、又細葉は胡枝子（ハギ）の葉に似て、亦た短小、小白花を開く」と記述され、確かにメドハギと合致する。また、正倉院御物の子日目利箒の「目利」が「めと」と読めるから、メドハギを玉箒としてまちがいないかのように見える。メドハギは、中国名の鐵掃箒からもわかるように、箒をつくることもできるので、古くからそれでつくった箒が実用に供されたことは確かだろう。しかし、正倉院に残された子日目利箒はキク科コウヤボウキの茎枝であることがわかっていて、少なくとも家持の歌にある玉箒はコウヤボウキであり、以降、伝統行事で継承されて使われた。

さて、意吉麻呂が歌った第一の歌にある玉箒は、歌の内容からは、日常品として用いたものとも、宮中の儀式に用いたものともいずれにも取ることができる。この歌の序が、「玉掃、鎌、天木香《むろのき》、棗を詠める歌」とあり、その内容は戯歌であって、宮中の玉箒の名を借りて詠んだとも考えられるからだ。箒の原料になりうる植物はコウヤボウキやメドハギのほかにもいくつかある。もっとも優れたものは竹でつくったもので、今日でも用いられている。わが国に自生するものではないが、アカザ科の一年草で、漢名を地膚と称し、ホウキギという植物がある。ホウキギは分枝が著しく、枝は斜上し、根元で切って乾燥すればそのまま箒として利用でき、コウヤボウキよりもずっと使い勝手がよい。鹿持雅澄《かもちまさずみ》（一七九一―一八五八）は、家持の玉箒を玉で飾れる箒とし、意吉麻呂の玉箒を地膚として区別した（『萬葉集古義』）。『和名抄』にも「本草云　地膚一名地葵　邇波久佐　一云末木久佐」とあり、ニハクサまたはマキクサの和名もあって、古くから日本に知られていた。別名に地麥（『本草和名』）があるように、種子（地膚子）は油分が多く食用になり、また利尿薬として薬用になる。『延喜式』巻第三十七「典藥寮」に「諸國進年料雜藥　武藏國　地膚子一斗五合云々」とあり、広く栽培されていたらしい。集中に「庭草に村雨降りてこほろぎの鳴く声聞けば秋付きにけり」（巻十　二一六〇）の歌があり、庭草（原文も同じ）を詠っているが、これを地膚子とする見解は見当たらない。万葉時代にあれば、宮中行事に用いる玉箒も地膚でつくったにちがいないから、平安時代になって伝わったと思われる。

コウヤボウキ　高さ0.6～1メートルとなり、9月～10月、白花をつける。

　ふたたび、意吉麻呂の歌に戻るが、この歌の原文にある玉掃は、王帚の誤りではないかという説もある。『爾雅《じが》』釋草に「葥、王蔧」とあり、さらに『郭璞注《かくはくちゅう》』に「王帚也。藜《あかざ》に似て、其樹、以て掃蔧を爲《つく》るべし」とあるからである。とすれば、その訓は、玉の美称はないので、「は、きぐさ」となる。地膚が伝わっていなくても、メドハギなどから箒をつくって日常的に用いていたと思われるからだ。『萬葉古今動植正名』は、玉帚を仮字とし、玉は束ねる義と解釈するが、これも一理あるかもしれない。以上、万葉集に玉箒を詠む歌はわずか二首であるが、それらは必ずしも同じものとは限らないことを述べた。前述の家持の詠った玉箒はコウヤボウキ製であり、正倉院に残されているものはその枝茎に珠を通して飾りつけたものであるから、その字義どおりに解釈してよい。一方、意吉麻呂の歌にあるものは、コウヤボウキも含めて何がしかの植物を束ねてつくった実用品で、玉は美称とする説、本物の玉箒の名だけを借りて戯れて詠ったとする説の両方が考えられる。

　コウヤボウキの名は、万葉歌に由来するものではなく、通説によれば、昔、高野山で竹箒の使用を禁止したため、同所に豊産するコウヤボウキを束ねて箒として用いたからといわれる。それは弘法大師が竹箒に参拝人を食う大蛇を封じ込めたという伝説によるという。竹は縁起物とされたから、不浄のものを掃く箒に用いるのを憚ったことも理由の一つではないか。

ち

ちがや（茅）

イネ科（Poaceae）チガヤ（*Imperata cylindrica* var. *koenigii*）

印南野《いなみの》の　浅茅おしなべ　さ宿《ぬ》る夜の　け長くしあれば　家し思《しの》ばゆ　（巻六　九四〇、山部赤人《やまべのあかひと》）

不欲見野乃　淺茅押靡　左宿夜之　氣長在者　家之小篠生

戯奴《わけ》がため　吾が手もすまに　春の野に　抜ける茅花《つばな》ぞ　食《を》して肥えませ　（巻八　一四六〇、紀女郎《きのいらつめ》）

戯奴之爲　吾手母須麻尓　春野尓　拔流茅花曾　御食而肥座

【通釈】 第一の歌の「印南野」とは、旧播磨国印南《いんなみ》郡で加古川と明石川の間の播磨灘に面した平野をいい、万葉の歌枕として七首に登場する。この歌は、聖武天皇が神亀三（七二六）年丙寅の秋九月十五日、この地に行幸した時に詠まれた。第四句の「け長くし」は、万葉集には数例出てくる上代特有の古語で、「時久しく」の意。この歌の意は、印南野の浅茅を押しなべて寝る夜が何日も続いたので、故郷の家が懐かしく思われることだとなる。第二の歌の序に「紀女郎の大伴宿禰《おほとものすくね》家持《やかもち》に贈れる歌」とある。特に冒頭の句第一句の「戯奴《わけ》」は相手を戯れに賤しめていう語で、ここでは大伴家持を指す（詳細はネブの条を参照）。校本注に「變云和氣」とあり、家持に贈ったもう一つの歌「昼は咲き夜は恋ひ寝る合歓木《ねぶ》の花君のみ見めや戯奴さへに見よ」（巻八　一四六一）に原文で「和氣」とあるので「わけ」と読む。第二句は「吾が手をやすまずに」を略したもの。結句の「食《を》す」は食ふの敬語形。この歌の意は、あなたのために手を休めずに春の野で抜いて集めたつばなです、召し上がってお肥り下さいとなる。これに対して、家持は「吾が君に戯奴は恋ふらし賜《たば》りたる茅花を食《は》めどいや痩せに痩す」（巻八　一四六二）の歌を返した。

【精解】万葉集で、「浅茅原」または「浅茅」、「茅花」、「茅草」と出てくるのは、全部で二十六首ある。これらに共通する茅はイネ科チガヤであり、『和名抄《わみょうしょう》』に「大清經云　茅　一名白羽草　茅音莫交反　知」、また『新撰字鏡《しんせんじきょう》』には「茅　莫交反　知也」とあり、古代日本ではこれを単にチと呼んでいた。一方、『本草和名《ほんぞうわみょう》』には茅根の条にチノネの名で、以下のように出てくる。

茅根　一名蔄根　仁諝音菅　一名茹根　楊玄操音加　一名地菅一名地筋一名兼杜一名白茅　出陶景注　一名白華一名蘧杜　音速　一名三稜一名野菅一名兼根一名地根　已上六名出兼名苑　一名白羽草　出大清經　一名地煎　出雜要訣　和名知乃祢

チガヤの根を茅根《ぼうこん》と称し、『神農本草經《しんのうほんぞうきょう》』の中品に収載される歴史的薬物である。『本草和名』に記載される多くの異名から、類似品が多く、しかも区別は容易ではなかったことが示唆される。『説文《せつもん》解字《かいじ》』に「菅は茅なり」、『陸璣詩疏《りくきしそ》』に「菅は茅に似て滑にして無毛なり。根の下五寸の中に白粉有る者は柔韌にして索《なは》と為すに宜し。之を漚《ひた》せば尤も善し。其の未だ漚せざる者を野菅と名づく」とあって、茅は菅と同一と見なされることが多かった（スゲの条を参照）。『本草經集注《ほんぞうきょうしっちゅう》』（陶弘景《とうこうけい》）の茅根の条でも「此れ即ち今の白茅菅なり。詩に露彼菅茅と云ふ。其の根、渣芹の如く甜美なり。此を服食すれば断穀（飢饉で穀物がないとき）に甚だ良し」とあり、白茅菅の名でわかるように、菅の呪縛から脱却できていなかった。

一方、『本草綱目《ほんぞうこうもく》』（李時珍）では「茅に白茅・菅茅・黄茅・香茅・芭茅の數種有り。葉は皆相似たり。白茅は短小、三四月に白花を開き穗を成し、細實を結ぶ。其の根は甚だ長く、白く軟く筋の如くして節あり。味は甘し。俗に絲茅と呼び、以て苫を蓋《おほ》ふ。及び祭祀の苞苴《ほうしょ》（包みと敷物）の用に供す。本經用ふる所の茅根は是なり」とあり、近似種を列挙したうえで、白茅を茅根の基原であるとしている。『陶景注』でも根が甘いと記述し、李時珍の記述はチガヤの特徴を的確にとらえているから、いずれもチガヤに言及していることにまちがいはない。ただし、李時珍が列挙したものの中で、菅茅はカヤツリグサ科スゲの類と考えられているが、夏花咲くものを茅、秋花咲くものを菅としたというから、本当に正しい区別であったかどうか疑問が残る。本草書の中でも、『名醫別錄《めいいべつろく》』は茅と菅を区別しなかったことで知られ、古い時代には今日いうチガヤとスゲの（地下部の）区別はそれほど困難とされたことを示す。

一方、日本では茅を古くからカヤの類とし、菅と混同することは少なかった。今日、全国各地の神社で、夏越しの大祓《おおはらえ》といって、正月から六月までの半年間の罪穢《つみけがれ》を祓うために、「茅の輪」をつくってくぐる神事が行われている。「水無月《みなづき》の夏越《な》しの祓《はらへ》する人は千歳の命延ぶというなり」(『古今和歌六帖』紀貫之)という古歌を唱えつつ、左まわり・右まわり・左まわりと、八の字を書くように「茅の輪」を三度くぐり抜ける。「茅の輪」の神事は、神話上の人物である蘇《そ》民将来《みんしょうらい》が武塔神《むとうかみ》・素盞鳴尊《すさのおのみこと》から「もしも疫病が流行したら、茅の輪を腰につけよ」といわれ、そのとおりにしたところ、疫病から免れることができたという故事に由来し、『備後國風土記』に記述されている。この「茅の輪」の神事は、『歌林四季物語』(『續群書類従』第三十二輯上雑部所収)にも「悪神のたぐひ、全て四千五百神、(中略)この祓ひをしてなだめ奉るとの御ことにて、(中略)茅の輪をきりそれをくゞることとなるべし」と記述され、かなり古くからあったらしい。また、『日本書紀』巻第一「神代上」に、天照大神が天岩屋に隠った時、天鈿女命《あめのうずめのみこと》が茅纏之矟《ちまきのほこ》をもって演舞したとあるが、これも茅がなんらかの霊力をもつ神聖な植物と考えられていたことを示唆する。日本ではチガヤの葉を神事に用いる習俗が古くからあったため、スゲ類と混同されることが少なかったのであろう。現存の茅の輪を見ると、太くて長い茎があるので、ススキ・アシなど大型のカヤ類でつくられているのは明らかで、日本ではほかのカヤの類とチガヤが混同されることが多かった。しかし、チガヤを詠む万葉歌には神聖な草というイメージはまったく感じられない。

冒頭の赤人の歌では浅茅とあるが、チガヤを詠む万葉歌二十六首中二十二首は浅(朝)茅の名で、また七首は浅(朝)茅原として出てくる。浅茅とは、丈の低い茅の意とする説、疎らに生えた茅であるとする説の二説がある。チガヤは荒地・原野、日当たりのよい丘陵によく生えるが、地下茎を長く伸ばし、そこから長い分枝を出してところどころで萌芽するので、群落は小さな株が一面を覆いつくす集団となる。チガヤの生育地はススキなどほかのイネ科草本とも重複し、各植物種は常に激しい生存競争を強いられている。ススキは大型多年草だけに原野では頭一つ抜けて十分な光を受けることができるので、根が同心円状に広がって大型株をつくって叢生し、群落ではこの株が散在する集団になる。一方、チガヤの直立茎はあまり伸びず細長い葉だけを茂らせるので、ススキなどの大型との競争では光合成に必要な十分な光を受けることができず負けてしまう。しかし、長い地下茎があるので、競争相手の群落のニッチに潜り込んで、生き延びる生命力をもつ。

浅茅とは必ずしもチガヤを指すとは限らないが、赤人の歌にあるように押しなべて寝るのであれば、ススキのような茎丈の長い大型のカヤよりも、花茎以外に茎がなく草丈もせいぜい五十センチのチガヤの優先するところの方がはるかに快適である。おそらく赤人は、ススキなどが入り込めないもっと乾燥した川原の砂質土壌の地で、チガヤが大群落をつくっているところに宿を取ったのであろう。一方、浅茅原とはチガヤが一面に生えた野原の意味だが、そのような環境は、日本の生態系がチガヤにとって必ずしも生育に適していないから、実際にはきわめて限られている。日本列島は一年を通して降水量に恵まれるので、生態系の極相は森林植生となり、生存に十分な太陽光を必要とするチガヤにとっては不適である。チガヤは日本列島のいたるところに分布するのであるが、安定的に生育する場所は川原のように河水の氾濫によって定期的に荒原がつくられるところ、山地の尾根筋や堤防の上のように水分条件が不十分で木の成長に不適なところ、また路傍など人の干渉の著しいところなどに限られている。畑や空き地にもよく生えるので、どこにでもあるように思われているが、それは人が定期的に草刈をしてチガヤにとって快適な環境をつくっているからにすぎない。

チガヤの群落　長い根茎をもつ多年草で、川原などの日当たりのよいところに群生する。

　チガヤは種としてはアフリカ・地中海沿岸からユーラシア大陸・東南アジア島嶼まで分布する。日本以外の地域、特にサバンナ気候のように雨期と乾期が明瞭で、一年の半分は多雨、残りの半分は厳しい乾燥にさらされる地域ではよく適応して一面の大草原を構築することが多い。熱帯林を伐採した跡地でもまず最初に生えるのはチガヤの仲間で、根が深く強い日射にも耐えるので、なかなか遷移が進まず広漠たる荒地の状態が長く続く。このような地域ではチガヤは雑草として嫌われ、「世界最強の雑草」と称されることもある。アメリカ大陸では自然分布はないが、帰化植物として進入し、厄介者扱いされている。以上から、浅茅とは、チガヤが一面に生える場合も含まれるのであるが、多くはいわゆるカヤ（ススキなど）類が一面に生え、成長の途上で丈の低い頃の状態の草原を指すのではないかと思う。わが国に茅野・茅原の地名は全国各地にあるが、同じ理由でチガヤの原というよりむしろカヤの原の意であろう。

　紀女郎の歌では茅花とあり、集中のほかので二首にも同名がある。茅花は正訓で「茅の花」の意で、茅とはもちろんチガヤのことである。茅花は「ちばな」または「つばな」と読み、このうちツバナは今日でも使われている。ツバナとは、早春、新苗が出るとき、花穂が葉に包まれて細い筍のような形のものをいう。甘味があるので子供が好んで食べるといわれてきた（『大和本草《やまとほんぞう》』などの本草書にその記述がある）が、実際にはほとんど甘味はない。『圖經本草《ずけいほんぞう》』（蘇頌《そしょう》）の茅根の条に「春に苗を生じ、地に布《の》び針の如く、俗間に之を茅針と謂ふ。亦た啖ふべし、甚だ小兒に益す」と記述しているように、中国ではツバナを茅針《ぼうしん》と称した。この記述および茅針の性味が中国古医方で甘味と分類されているので、日本ではツバナを積極的に子供に食べさせるため甘いとしたのかもしれない。実際、昭和三十年代までは子供がツバナを食べる習慣があった。

　茅針《ぼうしん》の名の初見は『本草拾遺《ほんぞうしゅうい》』（陳藏器《ちんぞうき》）であって「茅針は味甘平無毒にして悪瘡腫を主る。（中略）針卽ち茅筍なり」とあり、細い筍のようなので茅筍《ぼうじゅん》ともいう。満開したとき、キツネの尾のような白い綿状の総状花序をつけるが、これを「ちばな」と称する。上の万葉の二歌はいずれもツバナと読ませているが、食《は》むところを重く見てツバナとした。チバナとツバナのいずれも茅花で表すが、最近ではどちらもツバナと呼ぶことが多く、狭義と広義があると考えた方がよいかもしれない。ちなみにチバナは食べることはないが、昔は綿のような部分を取って乾燥して火口《ほくち》すなわち火打ちの火付け剤とした。

　紀女郎はツバナを食べてお肥りくださいと家持に歌を送ったのであるが、実際にこれを食べて太ることはない。中国では薬用としたから、それによる健康増進が期待できたかもしれない。ツバナよりもっと子供に喜ばれ、また肥える可能性のあるものがある。それはチガヤの根（正確には根茎）すなわち茅根《ぼうこん》であり、昔の子供はこちらの方を好んで咀嚼してその甘味を嗜好したのである。『神農本草經』では「過労によるやせ細り（労傷虚羸）を治し、胃腸を丈夫にし（補中）、元気にし（益氣）、血の鬱滞（瘀血《おけつ》）、月経不順（血閉）、病邪の寒熱を除き小便を利す」効があると記述している。今日でも日本薬局方に収載される生薬であり、利尿・消炎・止血薬として、吐血・血尿・水腫などに用いられている。茅根の水性エキスは乾燥重量の約二十パーセントになり、ブドウ糖・ショ糖・フルクトース・キシロースなどの還元糖がエキスの約三分の一を占め、またデンプンも五分の一ほど含まれるから、これを食した方がずっと肥えやすいのである。多量の糖分が含まれるので、茅根は甘味が強く、昔はこれをサトウキビ代わりの嗜好品とした。ただし、薬用とする茅根はもっとも糖分の貯留が少ない五〜六月に採取するから、生薬として品質の良いものほど甘くない。甘味がもっとも強いのは秋の葉枯れの後であり、嗜好目的で用いるのであれば、この時期に採集するのがよい。そのほかの有機成分はトリテルペンがわずか含まれる程度であり、またミネラルも豊富でエキスの約一割も含まれ、そのうちの約三分の一はカリウムである。『神農本草經』ほか正統本草のいずれも、茅根に利水（利尿作用）があるとしてきたが、このカリウムによる作用と考えられている。味噌・醬油・漬物など食塩を過剰摂取する傾向のつよい日本人にとっては、ナトリウムの過剰摂取を中和するカリウムの摂取源として、茅根は貴重な存在かもしれない。茅根はかつて国産だけでまかなわれ、良質品を産出した。中でも多摩川の上流

チガヤ　茎は30～80㌢になり、4月～6月、長さ10～20㌢の白い花穂をつける。

の川原で採集されたものは特に上品質とされこれを多摩川（または玉川ともいう）茅根と呼んだ。近年、ほとんど産出しなくなったのは、ダムや堰が建設されて川原が濁流に洗われることが少なくなり、さらに川原の開発が進んで野球場などになるなど、チガヤの生育に適した環境が失われたからである。

意外なことに、茅根は正統派漢方医学ではほとんど使われることはなく、繁用漢方処方二百十方の中に茅根を配合するものはない。中国でも同様で、『陶景注《とうけいちゅう》』にも「俗方、稀に用ひて惟だ淋及び崩中（子宮の不正出血）を療するのみ」とあるほどだ。しかし、江戸時代の日本では、各漢方医家が工夫を凝らした独自の処方の中に茅根を配合して使うことはあった。『妙薬奇覧拾遺《みょうやくきらんしゅうい》』に「水気腫病《すいきはれやまひ》の妙方は、茅根、兎絲子《ネナシカズラ》右二味煎じ久服すべし」という記述があるほか、『救民妙薬法《きゅうみんみょうやくほう》』（武総堂霍翁）に「茅根、杜松子《ネズ》、右二味、水に煎じ多服して水腫とる」、『和方一萬方《わほういちまんぽう》』に「脚氣ヲ治ス方、チカヤノ子《ね》右一味水ニテ常ノ如ク煎ジテ用ユベシ」とある。また、『妙薬博物筌《みょうやくはくぶつせん》』には、血止めの方として「麒《き》麟竭《りんけつ》其ま、、龍骨《りうこつ》其ま、各壱両　雌松《めまつ》の緑、三月の末にとりかげぼし、鶏冠《にはとりのとさかの》血《ち》弐分、右調合して細末し、茅《つばな》の穂をとりて綿のやうにして右の粉薬捻りかけ、ひたと付。其上を絹にて巻て置なり」とあり、チガヤの花穂は綿のように柔らかいので、それを医療用資材として用いた。また、中国でも『傷寒論《しょうかんろん》』や『金匱要略《きんきようりゃく》』の古医学書には茅根を配合した処方はないようであるが、民間療法では多くの処方例がある。

チガヤの英語名をJapanese blood grassと称するが、あたかもチガヤの「ち」が血に由来するかのようである。『神農本草經』以来、中国古医方ではその薬効を「除瘀血血閉寒熱」のように婦人の「血の道」に作用すると解釈されてきたから、その可能性は皆無ではない。ただ、チガヤは日本以外に広く分布するので、なぜJapaneseとする必要があるのか疑問が残る。日本には、江戸時代以来、独特の古典園芸植物というのがあり、その一つにベニチガヤという葉先や葉鞘《ようしょう》が鮮明な赤紫色を呈するものがあり、どうやら英名の由来はここにあるようだ。路傍の雑草から長い時間をかけて変異株を選抜し盆栽品に仕立て上げるのは世界広しといえども日本人しかいないが、『日本釈名《にほんしゃくめい》』（『益軒全集』国書刊行会に所収）に「ちがやとは、血のいろの如く赤きゆへ也」とあるのは、ベニチガヤを見た結果を記述したのかもしれない。しかし、万葉時代にベニチガヤがあったとは考えられないので、チガヤの語源としての「血カヤ」説は無視してよい。

ちさ（知左・治左・萵苣）　エゴノキ科（*Styracaceae*）エゴノキ（*Styrax japonica*）

息《いき》の緒《を》に　思へる吾を　山ぢさの　花にか君が　移ろひぬらむ
氣緒尓　念有吾乎　山治左能　花尓香公之　移奴良武
（巻七　一三六〇、詠人未詳）

山萵苣《ぢさ》の　白露しげみ　うらぶれし　心に深く　吾が恋止《や》まず
山萵苣　白露重　浦經　心深　吾戀不止
（巻十一　二四六九、柿本人麻呂《かきのもとのひとまろ》歌集）

【通釈】第一の歌は、「花に寄する」譬喩《ひゆ》歌。「氣緒」は「いきのをに」と訓じ、息緒《いきのを》の意。緒は余力の意味があり、息緒は余力があって息が続くことすなわち命の余力を意味する。集中に、「息の緒に吾は思へど（息緒吾雖念）」（巻十一　二三五九）ほか二例があり、いずれも「思へる」を伴う。この歌の意は、私はあなたを命の限り思い続けているが、あなたは山ヂサの花のように心変わりしたのだろうかとなり、心変わりを花に寄せて詠った。第二の歌は山ヂサに寄せた寄物陳思歌。「白露重」の重は借訓であり、重いという意味ではなく、繁《しげ》みすなわち多いの意。「浦經」は「うらへる」すなわち「うらぶる」と訓じ、心憂くあり、侘しくありという意。この歌の内容は、山ヂサに白露が多く垂れているように、侘しい思いをしながらも、深く心を込めてあなたを思い続けているので、私の恋は止まることがありませんとなる。

【精解】「山ヂサ」について、鎌倉時代の万葉学者仙覚《せんがく》（一二〇三―？）は、「山ヂサトハ木ナリ。田舎人ハヅサノキトイフ、コレナリ」と述べているが、今日いうエゴノキ科エゴノキをいう。『日本植物方言集成』には約百五十のエゴノキの方言名が記載されており、ヅサノキの名が東北地方にある。今日の正名であるエゴノキおよびその訛名はむしろ少数派であり、チサ・チシャとその訛名の方がはるかに多く、また全国津々浦々に分布する。『和名抄《わみょうしょう》』に「本草云賣子木　加波知佐乃木」、また『新撰字鏡《しんせんじきょう》』にも「賣子木　阿（河の誤写）知左」とあり、賈子木の基原として正しいか否かはさておくとして、とにかくチサノキ系の名は古いものであることがわかる。ただし、これにも異論があって、通称カキノキダマシというムラサキ科チシャノキとする説もある。『和名抄』、『新撰字鏡』がチサノキの漢名とした賣子木が、『新修本草《しんしゅうほんぞう》』（蘇敬《そけい》）に初見し、「其の葉、柿に似

エゴノキ（上）とイワタバコ（下）　エゴノキは５月～６月、枝いっぱいに花を咲かせる。一方、イワタバコの花は６月～８月、茎の先に２～20個ほどが集まって咲く。

て劔南、卭州に出づ」とあるので、『大和本草《やまとほんぞう》』（貝原益軒《かいばらえきけん》）はこれを重視して賣子木の基原をエゴノキ（チシャノキ）とするのは誤りとした。実際、その名の示すように、カキノキダマシの葉はカキの葉によく似ている。しかし、日本では本植物の分布は、本州中国地方・四国・九州に限られ、比較的稀であること、また近縁種のマルバチシャノキも千葉県以西にあるが、海岸に近いところしかなく、山ヂサという名に合わないのが難点である。チシャノキの名を異名とする植物として、他にクスノキ科クロモジがある。これは日本全土のいたるところにあるが、香木であり、また葉に先んじて早春に花をつけるから、これも歌の情景に合わない。

第二の例歌の原文に萵苣《ちさ》の字を充てているので、山ヂサを葉の感じが蔬菜のチサに似たイワタバコ科イワタバコに充てる説もある。チサは、『和名抄』に「苣 孟詵食經云 白苣 其呂反 上聲之重 知作 楊氏抄用萵苣二字 上烏和反 今案本文未詳」とあり、また『新撰字鏡』にも「苣 其呂反上胡麻 知左」と出てくる。また、『延喜式』巻三十九「内膳司」にも「耕種園圃　營萵苣一段　種子三升苗一千五百把云々」とあって、平安時代中期には日本で栽培もされていたことがわかる。中国では、八世紀前半の『食療本草』に初めて萵苣の名を見る。日本では中国本草に先立って漢名をつけることはないから、万葉集で萵苣の字が使われていることは、当時、すでに『食療本草』が伝わっていたことを意味する。こうしてみると、歌人の若浜汐子が強く支持する（『萬葉植物全解』）ように、山ヂサはイワタバコでもよいかのようにみえる。若浜は「移ろふ花」を花の色の変化と解釈するが、イワタバコの花はそれほど顕著に変化せず、また花は小さく葉だけやたら目立つイワタバコが、古代人の関心を引くほど目立つ存在であったか、はなはだ疑問である。やはり花が群れ咲き一斉に落ちるエゴノキであれば、「えご散りて渚のごとく寄らしむる」（皆吉爽雨《みなよしそうう》）と詠われているように、旬を過ぎて落下した樹下の落花から「花の移ろひ」を実感できるのではないか。イワタバコは常に水が滴るような崖の岩場に生え、歌の状況としっくりこないことも難点である。また、白露に濡れたエゴノキの葉や花はその重みで垂れるが、イワタバコではもともと湿気が多く崖から水が滴り落ちるような環境に生え、つける葉や花も少ないので、これも万葉歌の情景に合わない。

以上から、結局、日本全土の山野に普通に生えるエゴノキに落ち着くのであるが、よく観察してみると、この葉は小さいながらカキに似ていなくもない。また、『和名抄』がわざわざカワチサノキというように、山地の渓流沿いにも多く見られるので、やはり、万葉の山ヂサは定説のようにエゴノキでよい。ちなみに、賣子木は、『圖經本草《ずけいほんぞう》』（蘇頌《そしょう》）では「株の高さは五七尺、木徑寸許《ばか》り、春、嫩枝の條を生じ、葉は尖にして長さ一二寸、倶《とも》に青綠色、枝梢は淡紫色なり。四五月、碎花を開き、百十枝圍簇《いぞく》し大朶を作り、焦紅色なり。花に随ひて便《すなは》ち子を生ず。椒目の如く花瓣の中に在り黒くして光潔なり」と記述され、カキノキダマシでもエゴノキでもなく、『證類本草《しょうるいほんぞう》』の渠州賣子木の図によればアカネ科サンタンカであり、今日でも変わらない。すなわち、初見の『新修本草』と後世の本草書では、基原が変わってしまったことを示唆する。『和名抄』は、『新修本草』の記述が簡単すぎたため、誤って賣子木に和産のカワチサノキすなわちエゴノキを充てたのであろう。

ちち（知智・知知）　クワ科（Moraceae）イヌビワ（*Ficus erecta*）

ちちの実の　父の命《みこと》　ははそ葉の　母の命《みこと》　おほろかに　心尽くして　思ふらむ　その子なれやも　丈夫《ますらを》や
知智乃實乃　父能美許等　波播蘇葉乃　母能美己等　於保呂可尓　情盡而　念良牟　其子奈禮母　大夫夜
空しくあるべき　梓弓　末振り起こし　投矢もち　千尋《ちひろ》射渡し　剣大刀《つるぎたち》　腰に取り佩《は》き　あしひきの
无奈之久可在　梓弓　須恵布理於許之　投矢毛知　千尋射和多之　劔刀　許思尓等理波伎　安之比奇能
八つ峰《を》踏み越え　さしまくる　心障《さは》らず　後の代の　語り継ぐべく　名を立つべしも
八峯布美越　左之麻久流　情不障　後代乃　可多利都具倍久　名乎多都倍志母
（巻十九　四一六四、大伴家持《おほとものやかもち》）

【通釈】序に「勇士《ますらを》の名を振るふを慕《ねが》ふ歌」とある。「ちちの実の」、「ははそ葉の」は同音の繰り返しによる枕詞で、それぞれ父・母に掛かる。「ははそ」は、『新撰字鏡《しんせんじきょう》』に「楢　尺紹反　堅木也波々曾乃木又奈良乃木」とあるようにナラの木である（ハハソの条を参照）。「その子なれやも」は反語で、そんな子ではないの意。「大夫や　空しくあるべき」は、大夫にある「や」は反語の係助詞で本来は下の句につけるのだが、上につけたためこの形になった。この歌の後序に「山《やまの》上《うえの》憶良《おくら》臣の作れる歌に追ひて和ふる」とあり、「男やも空しかるべき云々」（巻六　九七八）に和したためである。「さしまくる」は任命するの意で、「さし」は接頭辞で特に意味はない。「心障らず」は心を妨げないで貫徹することをいう。歌の意は、「父の命、母の命がおおよそに心を尽くして想っているようなそんな子ではない。勇者は空しくあるべきではない。梓弓の末を振り起こし、投矢をもって遠くに射渡し、剣大刀を腰につけ、多くの山々を踏み越え、任命され受けた志を貫徹して、後の代の人々が語り継ぐように名を立てるべきであろう」となる。

【精解】「ちちの実」を詠う万葉歌は二首あるが、いずれも父に対する枕詞であって、植物そのものを詠んでいるわけではないが、具体的に何を指すのか、古くから万葉学者の関心事であった。建部《たけべ》綾足《あやたり》（一七一九―一七七四）は「橡《とち》の実」（『萬葉集注釋』より）、賀茂《かも》真淵《まぶち》（一六九七―一七六九）は「銀杏《ぎんけふ》」と主張した（『冠辭考』）。綾足の「橡の実説」は、『詞草小苑』に「古はトチをチチともいひけむ」とあるように、それが単純に訛って「ちちの実」になったとするもので、『萬葉動植考』（伊藤多羅）も「（とちを）今も山深き里にはち、といふ人多し」として支持した。しかし、トチノキの方言名の中に類名が見当たらない。真淵の銀杏説はこれとは違って、イチョウの別名にチチノキがある（『樹木和名考』によれば『本草綱目纂疏』に初見するという）ことを論拠とするもので、『倭訓栞《わくんしおり》』もこの説を支持する。

イチョウの老木の樹幹から乳房のような瘤《こぶ》ができ、乳の出ない母親がイチョウに願掛けする信仰も各地にあった。わが国には樹齢千年以上を標榜するイチョウの巨木が多くある。長崎県対馬市琴《きん》にある「琴のイチョウ」は、樹高二十三メートル、幹周十三メートルもある巨樹だが、千五百年前に百済から渡来したというもっともらしい伝説がある。日本一といわれるイチョウの巨樹は青森県西津軽郡深浦町の「北金が沢のイチョウ」で、樹高四十メートル、幹周二十二メートルもあり、樹齢も千年以上とされる。真淵説が支持されたのもイチョウが太古から日本にあったと思われたからである。しかし、イチョウほど目立つ木が、平安時代はいうに及ばず、鎌倉時代の文献にも出てこない。実は、原産地とされる中国でも、十世紀以前には都ではほとんど知られておらず、唐宋八大家の一人である欧陽修《おうようしゅう》（一〇〇七―一〇七二）が銀杏、鴨脚子を詩に詠んだのが最初であって、それも十一世紀前半のことである（『廣群芳譜』による）。

イチョウは、メタセコイアがそうであったように、中国の辺地にかろうじて生き残っていた「生きた化石」であって、宋代になって一般中国人の目に触れるようになった。日本の文献で銀杏の名が記載されたのは十四世紀後半に成立したといわれる『異制庭訓往來』

（『群書類従』第九輯消息部所収）が最初と思われ、また十五世紀半ばの『下學集』にも鴨脚の異名とともに出てくる。絵では「玄奘三蔵絵」（『日本絵巻物全集』一九六二、角川書店）にイチョウらしき植物が描かれている。この絵の成立時期を通説のように十四世紀とすれば、その頃には植栽されたイチョウがあったから、渡来時期は十三世紀から十四世紀あたりと推定される。白井光太郎《しらいみつたろう》（一八六三—一九三二）が実際にイチョウの巨木を伐採して調べたところ、「直径三尺位のものにても年輪は三百に足らず」であった（『植物渡来考』）というから、イチョウは成長の早い樹木で、前述の巨木の樹齢もせいぜい六百～七百年ということになり、ちゃんと辻褄が合う。すなわち、万葉時代にイチョウはなく真淵説は否定される。

一方、『仙覺抄』（仙覚）に「チヽノ木ハ、葉ハ楊梅《やまもも》ノ葉ニ似、菓ハ黏子《きび》ノ如ク、熟時ノ色ハ赤」とあり、これはクワ科イヌビワを指すようである。『古今要覧稿《ここんようらんこう》』も、「ちゝのみは今もちゝの木、一名いちゞく、一名いぬびは、一名むもれ木とよぶものゝ實にして、西土にいはゆる天仙果なり云々」と記述している。イヌビワは幹や果実に傷をつけると白い乳液が出るから、チチノキ・チチノミ・チチタッポ・チチコ・チチブなどの方言名がある。これに対して、六人部是香《むとべよしか》（一七九八—一八六四）は、古語では乳はチであって、チチという重複はなく、チチグリ・チチリの名がある松の毬果《きゅうか》であると主張し、この場合のチチは乳ではなく、縮陰嚢《ちぢみふぐり》の略とした（『萬葉集注釋』より）。音韻反復が古代に皆無というのは正しくないとされ、またチチリの名も江戸時代になってからなので、是香説はまったく支持されない。今日では、イヌビワ説がもっとも有力であり、本書もこれを支持する。

イヌビワ　花嚢は直径8～10ミリほどで、黒紫色に熟す頃には直径2センチほどの大きさになる。

イヌビワは、バラ科のビワとは植物学的類縁はなく、クワ科イチジク属の一種である。イチジク属はいずれも傷をつけると白い乳液を出す特徴を有する。キョウチクトウ科植物の中にも乳液が出るものがあるが、通例、有毒であるのに対し、イチジク属の乳液はゴム質・ステロール類・蛋白質などが主で毒性はない。イチジク属のもっとも著しい特徴は、そのユニークな果実の形態にあり、花が咲かずに果実が熟すように見えることである。花はないわけではなく、花托《かたく》に包まれて果実の中に花序《かじょ》をつくり、外から見えないだけである。すなわち、果実に見えるものが花序にしてかつ果実でもあり、これを花嚢《かのう》あるいは果嚢《かのう》という。受粉はイチジクコバチ科の昆虫によって媒介されるが、各種ごとに媒介する昆虫の種類が決まっていて、厳密な共生関係が成立している。そして、長い時間をかけて互いに影響し合いながら進化し、もっとも顕著な生物共進化の例といわれる。雌雄異株《しゆういしゅ》の種では、雄株の花嚢内の雌花は花柱《かちゅう》が短く、コバチは産卵管を差し込んで産卵することができ、幼虫は子房を食べて成長し、虫こぶをつくる（虫えい果といい、食べられない）。ちょうど、コバチの成虫が羽化するときに雄花の花粉が成熟し、メスの成虫が脱出するときに花粉が付着する。一方、雌株の花嚢は、雌花が咲いているときだけ、花嚢の先端部が緩み、コバチが入り込めるが、花柱が長く曲がりくねっているため、産卵できず、受粉の手助けをしただけで息絶える。雄株の花嚢に入ったコバチは産卵できるから、コバチが絶滅することはないが、一定の割合で犠牲を払う関係になっていて、自然界の厳しさを象徴する事例といえる。したがって種子ができるのは雌株の花嚢だけであって、食べられるのはこれである（種子果という）。イチジク属の中には雌雄同株もあるが、基本的は同じ現象が起きて、種の共生関係が維持されている。

イチジク属は世界で約千種あり、大部分は熱帯にある。日本には十五種以上あるが、本州にあるのはわずか五種で、大半は亜熱帯の南西諸島にある。わが国最南端の八重山諸島西表島だけで十三種もあり、その大半は熱帯に分布の中心をもつ。果実（種子果）はいずれも食用になるが、中にコバチが共生しているので、現在では利用されることはほとんどない。果実として栽培されるイチジクは、小アジアからアラビア半島の原産で、紀元前二千年頃から地中海沿岸で栽培されたといわれ、栽培果樹として世界最古の歴史をもつ。『大和本草《やまとほんぞう》』（貝原益軒《かいばらえきけん》）に「寛永年中西南洋ノ種ヲ得テ長崎ニウ（植）フ」とあり、日本には十七世紀前半に中国経由で伝わったが、オランダ経由もあったともいわれる。別名にトウガキ・ナンバンガキがあるのはこれによる。日本で栽培するものは、受精せずに実をつける品種群であるから、果実は生食できる。漢名を無花果といい、明代の『食物本草』（汪穎撰）が中国本草での初見である。李時珍によれば五痔咽喉痛を治すという。日本でも、イチジクの葉・乾燥果を民間療法で広く用いた。『和方一萬方《わほういちまんぽう》』に「穴痔ニハ、南蛮柿（イチジクの別名）ノ葉、石水ニテ常ノ如ク煎ジ、一日ニ一度モ洗フテ前の付薬（穴痔ノ付薬）ヲ付クル」、また『薬屋虚言噺』には「脱肛ニハ、イチジクノ実ヲ毎日食スベシ、又アラメ（コンブの一種）ヲ煎ジテ洗テヨシ」とある。特に文献の記載はないが、イチジクの白汁をいぼ取りに用いたが、組織を腐食収斂する作用によるという。イヌビワの白汁も同様に用いるが、おそらくこちらの方が先にあってイチジクは代用であったと思われる。

ふたたび、イヌビワの話に戻るが、イタビという別名が諸文献に記載され、中にはこれが真の古名とするものさえある。それは正しくなく、イタビは別の植物の名前であって、イヌビワに転じたものである。『本草和名《わみょうほんぞう》』に菓卌五種の一つとして「木蓮子　出崔禹　和名以多比」とあってイタビの名が出てくる。『和名抄』にも「崔禹

ヒメイタビ　茎から根を出してよじ登る蔓性の常緑木本で、葉は長さ2～6ｾﾝﾁ、幅1～3ｾﾝﾁと小さい。

食經云　木蓮子以太比」とあり、イタビは中国の文献を引用して木蓮に充てられたのである。『本草拾遺《ほんぞうしゅうい》』（陳藏器《ちんぞうき》）に薜茘の名が見え、陳藏器は苗の小さい時は絡石のようだとして「薜茘、樹木に夤緣《いんえん》（絡みつくこと）し、三五十年漸大し、枝葉繁茂す。葉圓く長さ二三寸、厚く石韋（ウラボシ）の若《ごと》し。子を生じ蓮房（ハスの花托《かたく》）に似て中に細子有り。一年一熟、子、亦た房を用《も》て破血に入る。一名木蓮。打ち破れば白汁有り、停久すれば漆の如し。採取の時無きなり」と述べている。李時珍は異名の木蓮を採用して『本草綱目』に収載し、「木蓮は樹木垣牆に延生し、四時凋《しぼ》まず、葉厚く莖強く、絡石より大なり。花なくして實《みの》り、實の大いさ盃の如し。微《わず》かに蓮蓬（蓮房）に似て稍長く、正に生の無花果の如し」と記述し、イチジク属で蔓性の性質をもつものであることを示している。

一方、絡石は『神農本草經《しんのうほんぞうきょう》』の上品に収載されるが、『證類本《しょうるいほん》草《ぞう》』では陳藏器の薜茘を絡石の条に入れている。『新修本草《しんしゅうほんぞう》』（蘇《そ》敬《けい》）では、絡石について「此の物は陰濕の處に生じ、冬夏常に青く、實黑くして圓し。其の莖は蔓延し樹石の側に繞《まと》ふ。石間に在るが若き者の葉は細厚にして圓く短し。樹に繞ひて生ずる者の葉は大にして薄し」と述べているから、やはり木蓮（薜茘）に酷似したものであり、しばしば両者は混同された。ちなみに、『本草和名』では絡石の和名をツタとしている。平安中期の『延喜式』巻第三十一「宮内省」に「諸國例貢御贄　大宰　甘葛煎木蓮子」、同巻第三十三「大膳下」に「諸國貢進菓子　河内國　木連子（中略）大宰府　但木蓮子者筑前國部内諸山及壱岐等嶋所出之中擇好味者年中貢」とあるから、イタビの果実は食用として重要であったと想像される。

イヌビワの果実も食用になるが、樹石に絡まるような蔓性木本ではないから、木蓮すなわちイタビではあり得ない。わが国には蔓性のイチジク属種はイタビカズラ・ヒメイタビ・オオイタビの三種があり、いずれもイタビの名をもつ。このうち、オオイタビは中部地方太平洋側以西の本州・四国・九州に分布し、花嚢（果嚢）は直径三～五ｾﾝﾁと日本産イチジク属の中では最大級で、しかも熟せば食べられる。ちなみに、イヌビワ・ヒメイタビ・イタビカズラの花嚢はその半分にも満たないから、古代にイタビと称したものはオオイタビといってよい。

つ

つがのき（樛木・都賀乃樹・刀我乃樹・都我能奇・都我能木）　マツ科（Pinaceae）ツガ（*Tsuga sieboldii*）

みもろの　神《かむ》奈《な》備《び》山《やま》に　五《い》百《ほ》枝《え》さし　繁《しじ》に生ひたる　つがの木の　いやつぎつぎに　玉《たま》葛《かづら》　絶ゆることなく　ありつつも
三諸乃　神名備山尓　五百枝刺　繁生有　都賀乃樹乃　弥繼嗣尓　玉葛　絶事無　在管裳
やまず通はむ　明日香の　古き京師《みやこ》は　山高み　川とほしろし　春の日は　山し見が欲《ほ》し　秋の夜は　川し清《さや》けし
不止將通　明日香能　舊京師者　山高三　河登保志呂之　春日者　山四見容之　秋夜者　河四清之
朝雲に　鶴《たづ》は乱れ　夕霧に　河蝦《かはづ》はさわく　見るごとに　哭《ね》のみし泣かゆ　古思へば　（巻三　三二四、山部赤人《やまべのあかひと》）
旦雲二　多頭羽亂　夕霧丹　河津者騒　毎見　哭耳所泣　古思者

【通釈】序に「神岳《かむをか》に登りて山部宿禰赤人の作れる歌」とある。「繁」を「しじ」と読むのは「しげし」の略。「玉葛」は蔓が長く伸びるので「絶ゆることなく」に掛かる枕詞。「ありつつも」は現在の状態を続けてであり、いつまでもの意となる。「とほしろし」は「遠し広し」が詰まって遠大なことをいう。歌の意は、みもろの神奈備山に多くの枝をさしのべて繁っているツガノキの名のように、次々と絶えることがなく、（今までと同じように）止むことなく通うであろう明日香の古い都は、山高く川遠大で、春の日は山を見たいと思い、秋の夜は川（の流れる音）が清らかであり、朝雲に鶴は乱舞し、夕霧に蛙が鳴き騒いでいる。（こうした風景を）見るたびに泣けてくることだ、昔のことを思うと」となる。

【精解】 ツガは、マツ科ツガ属の常緑高木で、樹高三十メートル、胸高直径一メートル以上になる日本特産種で、東北南部以南の冷温帯下部と暖温帯に生え、モミと混生することが多い。日本海側では富山、福井、島根の一部地域に限られ、少ない。同属のコメツガも特産種で、ツガより冷涼な亜高山帯に生える。ツガは建築材・パルプ材とするほか、樹皮にタンニンを含み、魚網の染色に用いる。ツガ属は学名も*Tsuga* といい、日本語名に由来する。『萬葉古今動植正名』によれば、いわゆるツガノキは尾張以西は「とが」、同以東は「つが」と呼ぶという。これは『和漢三才圖會《わかんさんさいずえ》』にある「關東曰豆賀《ツガ》　關西曰止賀《トガ》」とあるのを修正引用したと思われ、昔から二系統の名があったことが知られていた。『日本植物方言集成』では、尾張以西の四国でも「つが」と呼び、以東の信州でも「とが」というから、その分岐線はそれほど明瞭ではないが、二つの名前に集約・大別できることは確かである。「つ」と「と」は、双方向に音韻転訛が可能であるから、どちらも基本的に同じ名前といってよい。

　万葉集中、借音仮名でツガノキと読めるものは、冒頭の例歌のほかに、「都我能奇」（巻十七の四〇〇六）がある。一方、柿本人麻呂《かきのもとのひとまろ》の長歌（巻一　二九）に「樛木」があり、これも一般にはツガノキと訓じられている。この歌でも「樛木乃弥繼嗣尓」とあって、樛木が同音による繼嗣の序と考えて、「つがのきのいやつぎつぎに」と読むのに何ら疑問はない。巻六の九〇七には「刀我乃樹」とあり、トガノキと一般には訓じられるが、この後に「いや継ぎ継ぎに」がくる。

ツガ　高さ25～30メートルになる常緑針葉樹で、4月～5月に花が開き、球果は10月に熟す。（写真提供：石井誠治）

『冠辭考』は「刀登度などの字は、との假字なるが、稀につに用ゐたり」とし、これもツガノキと訓ずるとしている。『和歌藻鹽草』に「いざさらばしげりおひたるとがの木のとがとがしさをたてゝ過さむ」と出てくる。「咎々しさ」は「つがつがしさ」とは読まないのであるが、古くからツガ・トガの音韻の区別は曖昧だったのであり、後世になって区別されたのではないか。

　樛木は、『和名抄《わみょうしょう》』や『新撰字鏡《しんせんじきょう》』、『本草和名《ほんぞうわみょう》』にも見当たらず、この読みを裏づける文献はない。今日、樛の字はツガを意味し、時にケヤキを指すが、いずれも国訓である。『詩經《しきょう》』・國風・周南・樛木に「南に樛木有り　葛藟《かつるい》之に纍《かか》る」とあるが、樛木は特定の種を表す木の名ではなく、木の枝が下に曲がったもの一般をいう。ツガは円錐形の美しい樹形であるが、やや垂れ下がった枝振りから樛木と表したらしい。一方、『本草經集注《ほんぞうきょうしっちゅう》』（陶弘景《とうこうけい》）は、『神《しん》農本草經《のうほんぞうきょう》』下品の蔓椒の条で「俗に呼びて樛と爲す、椒、薫に似て小にして香らず」という記載がある。一方、『本草綱目《ほんぞうこうもく》』（李時珍）は「陶氏の謂ふ所の樛子は當に茮子となすべし、諸椒の通称にて独り蔓椒に非《あら》ざるなり」と記述する。いずれにせよ、中国では、樛木をツガノキとはまったく異なる種に充てていたことは確かで、『中薬大辞典』ではテリハザンショウすなわち蔓椒の異名としている。テリハザンショウは、わが国では南西諸島に自生する蔓性木本である。ちなみに、中国にはツガ類を意味する字はなく鉄杉という。結局、樛を「つが」と読む論拠は万葉集しかないことになる。

今日では、ツガの漢字として栂を用いるが、これも国字であって中国にはない。『大和本草《やまとほんぞう》』（貝原益軒《かいばらえきけん》）も「本邦ニ昔ヨリ栂ノ字ヲトガトヨム、出処未詳」という。ただ、『吾妻鏡』（国書刊行会編、大観堂、一九四三年）巻第三十二にある「栂尾清瀧河邊蛇出」に栂の字があるが、現在、地名として残る栂尾の読みには「つがお」・「とがのお」の二系統がある。中国にツガノキに相当する漢字がないから、国字をつくらざるを得なかったとも考えられる。

つき（槻）

ニレ科（Ulmaae）ケヤキ（*Zelkova serrata*）

早来ても　見てましものを　山城の　高《たか》の槻群《つきむら》　散りにけるかも
速來而母　見手　物乎　山背　高槻村　散去奚留鴨
（巻三　二七七、高市黒人《たけちのくろひと》）

天《あま》飛ぶや　軽《かる》の社《やしろ》の　斎《いは》ひ槻《つき》　幾世まであらむ　隠《こも》り妻ぞも
天飛也　輕乃社之　齋槻　幾世及將有　隱嬬其毛
（巻十一　二六五六、詠人未詳）

【通釈】第一の歌は「高市連黒人《たけちのむらじくろひと》の羇旅《きりょ》の歌」の序がある。「山城の高」は多河《たか》郷すなわち京都府綴喜《つづき》郡井手町多賀周辺と考えられ、同地にある式内高神社にその名を残す。「槻群」はツキノキすなわちケヤキの群生で、近年まで高神社の社叢に多かったという。歌の意は、もっと早く来て見ておけばよかったものを、山城の多賀のケヤキの群はもう葉が散ってしまったことよとなる。紅葉の時期を逸してしまったことを悔やむ歌であり、集中に「百足《もも》らず齋槻《いつき》が枝にみず枝さす秋の赤葉《もみちば》」（巻十三　三二二三）とあり、赤く色づく紅葉が万葉時代から愛《め》でられた。第二の歌は寄物陳思歌で槻の木に寄せた。「天飛ぶや」は軽に掛かる枕詞。軽は奈良県橿原《かしはら》市大軽《おおかる》の辺りにあった軽の市のこと。「齋ひ槻」は神木として祀られている槻のことで、「齋ひ杉」（スギの条を参照）に同じ。第一句から三句までは譬喩《ひゆ》の序で幾世を導く。歌の意は、軽の社で祀られる槻の木のように、いつまでも（人目をはばかって）隠れていなければならない妻なのであろうかとなる。

【精解】万葉集で七首に槻の名が出現するが、『古事記』の「雄略天皇紀」に「天皇、長谷《はつせ》の百枝《ももえ》の槻の下に座しまして豊樂《とよあかり》したまひし時、云々」とあり、この後の三重婇《みへのうねべ》が天皇に捧げた長歌の一節に「毛毛陀流都紀賀延波《ももだるつきがえは》（百足るツキが枝は）」とあるから、槻はツキ（都紀）と訓ずることがわかる。『和名抄《わみょうしょう》』に「唐韻云　槻　音規　都岐乃岐　木名　堪作弓者也」とあり、同じ読みを示すとともに、「弓を作るに堪へる者なり」とあって弓材であることも示唆する。『延喜式』巻第三「神祇三」に「凡甲斐信濃兩國所進新年祭料雜弓百八十張　甲斐國槻弓八十張」、『三代實録』巻第三十三の元慶二年五月九日甲辰に「是日、符を相模國に下して、槻弓百枝を採進せしむ」とあるように、主として東日本諸国に槻製の弓を共進させており、槻は有用な弓材であった。槻という字で表される木は、中国本草にないので、当字である。現在の中国では、槻の字をもつ植物は見当たらないが、『本草經集注《ほんぞうきょうしっちゅう》』（陶弘景《とうこうけい》）の秦皮の条に「俗に云ふ、是れ樊槻皮《はんきひ》にして、水に漬け以て墨に和し、書すれば色脱《お》ちずと。微青且つ亦た殊薄にして恐らくは必《ひつ》せず」とあり、秦すなわちモクセイ科シナトネリコの別名に槻の字が使われた。『本草綱目啓蒙《ほんぞうこうもくけいもう》』（小野蘭山《おのらんざん》）のケヤキの条に、「良材ナリ　マケヤキ　ツキゲヤキ　イヌケヤキ　イシゲヤキノ品アリ」と記述されているので、ツキノキはニレ科ケヤキの一品種と考えられていた。

ケヤキは、わが国自生の広葉樹ではもっとも大きく成長する樹種の一つで、横壁諏訪神社（群馬県吾妻《あがつま》郡長野原《ながのはら》町）の大ケヤキは樹高四十メートル、胸高直径二・五メートル以上もあり、長野原町の天然記念物に指定されている。ケヤキは紅褐色の心材、木目ともに美しく、また適度な堅さから工芸品に利用された。『延喜式』巻第五「神祇五齋宮」に「齋宮　造備雜物　槻三十四村」、また同巻第十七「内匠寮」に「腰車一具　屋形障子六枚料　槻廿四枚（中略）牛車一具　櫓料槻二枚云々」とあるように、寺社の造営や車両・家具など広く用いられた。ケヤキの材は狂いが少なく、また耐久性に優れており、戦国時代が終結し、戦乱による荒廃から復興が始まった桃山時代から江戸時代には、特に需要が多かったといわれる。ケヤキは肥沃な水分の恵ま

ケヤキ　花は４月に開き、10 月には扁球形の果実が灰黒色に熟す。

れたところによく生育するので、国内では北陸から東海以北の東日本に多く分布し、大口径の現存巨樹もこれらの地域に集中する。小野蘭山が挙げた四つのケヤキ品種がどんなものであるかわからないが、ケヤキの需要のあった江戸時代には、産地あるいは生育環境によって材質差のあることが認識されていたのであろう。

さて、古代にツキ（ノキ）と称していたのがツキゲヤキなどケヤキの名を冠するようになったと思われるが、ケヤキの名の初見は『山門堂舎記』（『群書類従』第二十四輯釋家部、応永二十四年伝写、室町時代初期）といわれ、焼失した首楞厳院《しゅりょうごんいん》（比叡山延暦寺横川中堂）を建立するのに栢木《カヘノキ》（カヤ）三本を切り出したが、一本不足したので、「飯室氣焼《ケヤキ》一本」を切り出して充てたとある。一方、偽書説によってほとんど引用されることのない『大同類聚方《だいどうるいじゅほう》』巻之四の木類に「宇芥《ウケ》也支《ヤキ》一名以川支《イツキ》」と両名が出てくる。イツキは齋槻としてよいが、ウケヤキの意味はわからない。ケヤキの語源は「けやけき木」に由来するという説でほぼ定着しているが、その解釈には誤解があるようだ。材が優れているので、品質の際立った木と解釈することが多いが、「けやけし」の本来の意味は、『言海』がその語源を「異彌異《けやけ》し」と推定しているように、異様なほど際立ったということである。箒を逆にしたような樹形で、他を圧倒するほど巨木となり、秋に紅黄色に紅葉して、木枯らしが吹き一気に落葉したかと思えば、春には新緑をつけ、夏には緑の葉がびっしり茂る、ここまでは普通の落葉樹そのものである。しかし、花・実は目立たないわりに、その近傍には実生苗が一杯生える。しかも、丸い双葉が出て、次に四枚の十字対生の葉が出たあと、かなり長い間、成長が止まったように見え、葉腋《ようえき》から側枝が突然のように生えてくる奇妙な生態をもつ。このことからケヤキが異様に見られたとしても不思議はなく、それが語源に反映されたのである。

第二の例歌では、齋ひ槻と詠われ、神木とされていたと考えられているが、国土の南半部が照葉樹林帯にある日本では、常緑の照葉樹こそ神の依代《よりしろ》とされ、冬に葉を落とす落葉樹は信仰の対象にはならないので、きわめて異例のことである。前述した『古事記』「雄略天皇紀」の「長谷の百枝槻」の逸話は、これを考えるうえで興味深い話題を提供するので、ここに要約して紹介する。

天皇が長谷の百枝槻の下で酒宴をした折り、三重婇《みへのうねべ》は天皇の杯に槻の葉が落ちたのに気がつかず、酒を注いでしまった。天皇は激怒し、婇を切り捨てようとしたが、婇は命乞いをして次の歌を詠った。「このお宮は、朝日も夕日もよくさし入り、堅い地の上に建つすばらしいお宮です。お宮の外に生える大きな槻の木の上の枝は天を、中程の枝は東の国を、下の枝はそのあとの地方を被っています。上の枝の梢の葉は、落ちて中の枝に、中の枝の葉は下の枝にふりかゝり、下の枝の葉は婇が捧げた杯の中へ落ちて浮んでいます。大昔、天地がはじめて出来た時のようです。（杯に葉が落ちたことは）めでたい事で、後の世までも話し伝えることでしょう」と。天皇はこの謡に免じて婇を許した。

『古事記』のこの逸話は落葉樹を神木として許容するためのものと解釈できる。ケヤキは、南端部の一部を除いて、国土の大半が落葉樹林帯に属する朝鮮では、神木として信仰の対象であった。古墳時代から奈良時代は、世界的に気候が寒冷で、寒冷・冷涼地の農耕に大きな打撃を与えたとされ、朝鮮半島から帰化人が日本に大量に押し寄せたのもこのためであったといわれる。今日でいえば、経済難民であったのだが、落葉樹信仰はこのときにもたらされたと思われる。帰化人のケヤキ信仰が強く、このような逸話を創作してそれを正当化しようとしたのではなかろうか。現在でも日本列島の各地にケヤキの巨木信仰が残されているが、『延喜式』にもあるように、多くは伐採利用された。常緑樹を神木とする日本人には、槻は異様な木であって、それが後世に「けやけき」槻と称されるようになったのではないか。

ケヤキを表すのに日本では欅の字を用いる。中国本草では、『名《め》醫《い》別錄《べつろく》』の下品に欅樹皮として初見し、『本草經集注《ほんぞうきょうしっちゅう》』（陶弘景《とうこうけい》）に「皮は檀、槐《えんじゅ》に似て葉は櫟《なら》、槲《かしは》の如し」、『新修本草《しんしゅうほんぞう》』（蘇敬《そけい》）に「多く溪澗の水の側に生じ、葉は樗《にはうるし》に似て狭長、樹の大なる者は連抱し、高さは數仭あり。皮は極めて麁《そ》にして厚く、殊に檀に似ず」と記述されており、これをケヤキとしても不自然ではない。『中薬大辞典』では、日本に自生しないメゲヤキを充てるが、同属種であるからケヤキの漢名に欅を充てるのは妥当である。しかし、日本の一部の植物書は中国でいう欅はクルミ科シナサワグルミ（カンボウフウ）であるとする。シナサワグルミの正しい漢名は楓柳であるが、欅をシナサワグルミとする論拠は、清代末期の『植物名實圖考《しょくぶつめいじつずこう》』にある欅の図が、ケヤキではなくシナサワグルミと合致するからである。

『本草綱目《ほんぞうこうもく》』（李時珍）では「欅の材は紅紫にして、箱案の類を作るに甚だ佳し」と記述し、ケヤキの材質とよく合うが、『國譯本草綱目《こくやくほんぞうこうもく》』ではこれをシナサワグルミと考定し、明らかに『植物名實圖考』を意識した結果である。この混乱は『新修本草』に楓柳皮が新載されたことに始まる。『蘇敬注』によれば、楓柳皮は「葉は槐に似て莖は赤く根は黄なり。子、六月に綠色に熟し細なり」と記述されているが、李時珍は『斗門方』（『證類本草《しょうるいほんぞう》』に所引）に「今の楓樹上に寄生する者は方《まさ》に用ふるに堪ふ」とあるのを重くみて、『蘇敬注』にいう葉が槐に似ていること、すなわち羽状複葉であること（シナサワグルミは羽状複葉に対してケヤキは単葉である）を見逃し、また『國譯本草綱目』もこれを鵜呑みして楓柳をヤドリギとしてしまった。『本草衍義《ほんぞうえんぎ》』（寇宗奭《こうそうせき》）では、欅木皮を「今の人、呼びて欅柳と爲す。然れども、葉は柳と謂ふに柳に非ず、槐と謂ふに槐に非ず。木の最大なる者は、木の高さ五六十尺、二三人を合わせて抱ふ。湖南北に甚だ多し。然れども、亦た下材なり。器用と爲すに堪へず。嫩皮を取り以て栲栳（竹や柳の枝で編んだ籠）の棬《ふち》、箕《みの》の唇《ふち》とす」と記述したが、楓柳の条がないので、欅木と楓柳を同物と考えたと思われる。ここで別名欅柳を挙げていたことが誤認をさらに助長する結果となり、『植物名實圖考』は欅をシナサワグルミとしたのであろう。

平安時代の文献を見ると、『本草和名《ほんぞうわみょう》』では「欅樹皮　和名之良久奴岐一名奈久美奴岐（奈美久奴岐の誤り）」とあり、『和名抄』もこれを引用して同名のクヌギとするが、明らかに『本草經集注』にある「葉は櫟、槲の如し」を誤解したものである。楓柳皮は、『本草和名』巻十四に、風柳皮の名で収載されているが、和名はない。また、風柳皮としたのは楓香樹（カツラの条を参照）との混同を避けるためであったと思われる。

つきくさ（月草・鴨頭草）　ツユクサ科（Commelinaceae）ツユクサ（*Commelina communis*）

月草に　衣《ころも》は摺《す》らむ　朝露に　濡れての後は　うつろひぬとも
月草尓　衣者將摺　朝露尓　所沾而後者　徙去友
（巻七　一三五一、詠人未詳）

朝《あした》咲き　夕は消《け》ぬる　鴨頭草《つきくさ》の　消ぬべき恋も　吾れはするかも
朝開　夕者消流　鴨頭草乃　可消戀毛　吾者爲鴨
（巻十　二二九一、詠人未詳）

【通釈】第一の歌は草に寄する譬喩《ひゆ》歌。第二句の「衣は摺らむ」とはツキクサによる摺り染めをいう。第三句以降は、ツキクサで染めつけた色が褪《あ》せやすいのを人の心の変わりやすさに譬えた。「朝露に濡れての後は云々」は誇張ではなく、ツキクサ染めは水で洗うだけで退色する。この歌は、たとえ朝露に濡れて色が褪せようとも、衣をツキクサの花で摺って染めようと思いますという意味だが、思いを寄せる相手が心変わりしようとも思い続けますよというのが本心であろう。朝露とツキクサの組み合わせは、はかなさ・うつろいやすさを表すものとして、多くの詩歌で詠われる。これを本歌取りした歌に『新古今和歌集』の「秋萩を折らでは過ぎじ月くさの花ずり衣露に濡るとも」（権僧正永縁）がある。第二の歌は花に寄する秋の相聞歌。歌の意は、朝に咲いて夕方には萎《しぼ》んでしまうツキクサのように、それで命が絶えてしまうような恋を、私はするのでしょうか、いま思い焦がれている人との恋はそれほどつらいものですとなる。ツキクサの花が一日花である特徴を自分の恋に譬えて歌った。ちなみに、ツユクサ科ツユクサ属の植物を、英語では **Day-flower** と総称するのも、同じ理由である。

【精解】ツユクサは東アジア原産の一年草で、日当たりのよいやや湿った場所に生える。日本全土の道端・水田・畑地・荒地などに普通に見られ、もっとも身近な野草の一つである。茎の下部は地を這ってよく分枝し、節から根を出して旺盛に繁殖して藪状になるが、茎葉は華奢で根は浅く、駆除が簡単だから雑草として嫌われることは少ない。花弁は三枚あり、そのうち二枚が大きく鮮やかな青色で目立ち、一枚は小さくて白い。雄しべは六個あるが、うち花粉をもち稔性なのは二個だけで、残りは鮮黄色で虫を引き寄せるだけが役割の仮雄しべである。ツユクサが咲き始めるのは六月、ちょうど梅雨に入った頃であるから、梅雨草としばしば表記されるが、誤りで正しくは露草である。ツユクサの開花期間は、六月から九月すなわち初夏から初秋までで、夏の終わりから初秋は朝露が降りる時節である。だから、朝方に開花するツユクサに朝露が降りた情景から、露草の名がつけられた。ただし、その名は江戸と畿内に限られており、江戸時代になってからの命名である。

万葉集では五首に「月草」、四首に「鴨頭草」とあり、借音仮名による表記はないので、月草を正訓としツキクサの本来の名前とする説もある。本説は新井白石《あらいはくせき》（一六五七—一七二五）が「よろづの花は朝日影にあたりてこそさくに此花は月影にあたりてさけば月草といふといへり」（『東雅』）と述べたことに基づくものである。要するに、夜の暗いうちから月光を浴びて咲くので月草と呼ばれたというのである。だが、実際には明け方から開花するのであるから、この説は成立しないとして無視されてきた。古代人がツキクサの生態を知らずにそう思い込んだことも考えられるので、無碍に否定はできないだろう。また、万葉歌に詠われているように、この花を衣に摺るとよく染め着くから「着き草」あるいは色が付着しやすいので「付き草」に由来するという説もあるが、むしろ、染料として使うとき、臼で搗いて染めるので「搗き草」の方が正しい。

鴨頭草をツキクサと読むのは、『本草和名《ほんぞうわみょう》』に「鴨頭草　都岐久佐」

とあることによる。『和名抄《わみょうしょう》』でも「楊氏漢語抄云　鴨頭草　都岐久佐　辨色立成云　押赤草」とあり、それも巻六の調度部染色具に収載されているので、これを用いて摺り染めが広く行われていたことを示唆する。意外にも、鴨頭草の名は中国本草にはなく、類似名では鴨跖草《おうせきそう》というのがあって、『本草拾遺《ほんぞうしゅうい》』（陳藏器《ちんぞうき》）に初見する。「葉は竹の如く、高さ一二尺、花は深碧にして角《さや》あり鳥の 觜《くちばし》の如し」と記述されており、ツユクサの形態的特徴とよく一致するから、これでまちがいないだろう。

　中国の鴨跖草が、日本の文献で鴨頭草となったのは、誤記ではなく編者が意識的に言い換えたと思われる。すなわち、『本草和名』に「鶏冠草　加良阿為」というのがあり、これは現在のケイトウのことで、ツキクサと同じように、染色に使われ唐藍の名がある（カラアヰの条を参照）。どちらも青系の染料で、カラアイの漢名「鶏冠草」

ツユクサ　花は６月～９月、１日花であるが、１つの茎にたくさんの花が次々と咲く。

に合わせて「鴨頭草」と言い換えたのである。

　ツユクサの全草すなわち鴨跖草は、小便を利し、水気を下し、腫気・熱を消すなどの効があるとされるが、漢方などの正統伝統医学ではまったく用いず、民間医療で細々と伝承されているにすぎず、茎葉を刻んで煎じた液を扁桃炎や咽頭炎に含嗽料《がんそうりょう》に用いる程度である。古方では、蝮蛇咬傷に「鴨跖草乃《つゆくさの》花、葉もみて、さしたる口に付てよし」（『諸家妙薬集』）などがある。成分としては、少量のデンプン・粘液質のほか、フラボノイドや若干のミネラルが含まれる程度で、それほど栄養分もないが毒性も少ない。『救荒本草』に「竹節菜」（図からツユクサでまちがいない）の名で、「嫩き苗葉を採り、煠《や》き熟して油鹽に調《ととの》へ食ふ」と記述され食べられるが、シュウ酸カルシウムを含むから多食すべきでない。

　ツユクサの花は古代において染料として「移し染め」に使われたが、万葉歌にあるように、色が不安定で水で簡単に洗い流されるという欠点があった。ほかに選択肢がない時代にあっては、衣を洗ってはツユクサの花を摺つけることを繰り返していた。藍や紫など安定な染色技術が発達するにつれて、ツユクサ染めは使われなくなったが、ツユクサの色素の実用的価値は別の分野では珍重された。『本草綱目《ほんぞうこうもく》』（李時珍）に「巧匠、其の花を採り汁を取り畫色を作る。及《も》し羊皮燈を彩すれば、青碧にして黛の如し」と記述され、絵具として利用できることを示している。ツユクサの色素の欠点が克服されたわけではないが、それが都合のよい場合もある。現在、ツユクサ色素は友禅染や紋染の下絵書きに使われているが、本染色の後、川水に晒せば完全に落ちるからである。実際には、ツユクサではなくそれより花が三〜四倍大きい変種のオオボウシバナの花汁が使われる。花は夏季にしか入手できないから、収穫した後、花の絞り汁を和紙に染みこませ、乾燥させておけば長期の保存が可能となる。これを青花紙と称し、用時、水に浸して下書き用の絵の具として使う。『人物東海道五十三次』の「草津」にはオオボウシバナを摘む様子が描かれており、現在でも草津はオオボウシバナの主要栽培地として知られる。

ツユクサの青色色素はコンメリニンと名づけられたアントシアニン系の色素であるが、なぜ鮮やかな青い色を呈するのか多くの科学者を悩ませてきた難題であった。クロロフィルの研究で一九一五年にノーベル化学賞を受賞したR・M・ウイルシュテッター（一八七二―一九四二）は、細胞内の水素イオン濃度の違いによって起こるという説を提唱し、これが長い間定説とされた。この説に異議を唱えたのが東京帝国大学教授柴田桂太《しばたけいた》（一八七七―一九四九）であり、弟の錯体化学者柴田雄次（一八八二―一九八〇）とともに独自の研究を重ねた結果、アントシアニンの金属錯体によるとする説を提唱した。だが、世界の科学の中心地を自認する二十世紀初頭の欧州ではまったく無視された。その後、柴田の弟子である東京教育大学教授林《はやし》孝三《こうぞう》は、一九五〇年代に、コンメリニンがマグネシウムイオンを含む金属錯体であることを明らかにした。しかし、マグネシウムイオンとアントシアニンだけでは青色錯体はできないとして定説にはいたらなかった。この問題に最終的な決着をつけたのは名古屋大学教授後藤俊夫のグループであった。その研究手法は独創的であり、化学的に不安定なコンメリニンを純粋な物質として単離するのではなく、逆にその構成要素を単離し、それらを混合することによりコンメリニンを再構築する手法を採用した。その結果、純粋な青色色素を得ることに成功し、その結晶のX線結晶解析によって、二原子のマグネシウムを中心に、アントシアニンとフラボンが六分子ずつ配位した錯体がさらに数単位集まって分子量約一万の超分子構造を構成していること、および発色のメカニズムも明らかにした。この研究成果は一九九一年の天然有機化合物討論会で発表された。

千二百年以上前の万葉集で「うつろいやすさ」が詠われて以来、ツユクサが日本文化に与えた影響は決して小さくない。その意味でも欧米に先駆けてツユクサの青色色素の構造と発色のメカニズムを日本の科学者が明らかにしたことは大きな意義があり、柴田の金属錯体説から実に八十年以上経て得た日本の科学界の勝利であった。

ツユクサはごく普通の身近な野草であることもあって方言名が非常に多く、『日本植物方言集成』には約二百六十の名が収録されている。古名のツキクサの名は、新潟・秋田と鹿児島に隔離して残り、ツユクサは前述したように江戸と畿内に限られた名称である。もっとも広く分布する名はホタルグサであり、関東から東海・近畿から九州にある。これはツユクサの好む湿ったところにホタルがよく出現するから名づけられた。花の青色からアヲバナ・イロバナ、朝方に咲くからアサクサなどの名があるほか、花の形にちなむ名も多く見られる。ボーシバナの名は、東海、中国地方の一部、九州に散見され、明らかに花の形を帽子に見立てたものである。友禅の絵付け絵の具の原料となるオオボウシバナはツユクサより花が大きいからつけられた名であることがわかる。花弁が半開きの花の形はツユクサ独特のものだが、東北ではアケズグサ・アケズバナなどと呼び、佐渡・島根・長崎では蝶に見立ててチョーチョーバナ、愛知では財布に見立ててキンチャクバナ、埼玉・山口・長野の一部地域ではオマンコバナ・オメコバナ・ベベッチョバナなど女性の性器に見立てた名があり、地域によって多様である。

つげ（黄楊）

ツゲ科（Buxaceae）ツゲ（*Buxus microphylla* var. *japonica*）

君なくは　何ぞ身装はむ　匣《くしげ》なる　黄楊《つげ》の小櫛も　取らむとも思《も》はず　（巻九　一七七七、播磨娘子《はりまのをとめ》）

君無者　奈何身將裝餝　匣有　黄楊之小梳毛　將取跡毛不念

夕されば　床の辺去らぬ　黄楊《つげ》枕《まくら》　なにしか汝《なれ》の　主《ぬし》待ちかたき　（巻十一　二五〇三、詠人未詳）

夕去　床重不去　黄楊枕　射然汝　主待固

【通釈】第一の歌の序によれば、石川大夫播磨守が任地の変更に伴い都へ上ったとき、播磨娘子が贈った歌の一首とある。匣とは櫛箱のことで、梳は櫛に同じ。あなたがいなければ、何で身づくろいいたしましょうか、櫛箱のツゲの小櫛を手に取ろうとも思いませんという意味である。第二の歌は寄物陳思歌で、「黄楊枕」に寄せ、第三句までは黄楊枕よと呼びかけたもの。黄楊枕とはツゲの木で造った木枕のこと。「射然汝主待固」は難訓で諸説がある。「射然」を「いつしか」の訓と取る説、「雖然」の誤りとし「然れども」（『拾穂抄』）、「何然」の誤りとし「何しか」（『萬葉考』）とする説があるが、ここでは後者を取る。「待固」も待困の誤りとし、「待てば苦しも」と読む説があるが、ここでは「待ちかたき」とする。歌の意は、夕方になると床の辺りを離れぬ黄楊枕よ、どうして愛しい人を待つのが心苦しくなったのかとなるが、この黄楊枕で床につくべき人が、どうしていらっしゃらないのかと、女がいつまで待っても来ない男に対して嘆いている歌である。

【精解】今日、一般にツゲと称するのはほとんどモチノキ科のイヌツゲである。剪定《せんてい》に耐え土壌を選ばないから、庭や生垣によく植えられる。一方、本物のツゲすなわちホンツゲは、材が堅く緻密で、しかも粘りがあって狂いが少ないから、櫛や印鑑・将棋の駒などをつくる。ホンツゲはイヌツゲと外見はそっくりだが、分類学上まったく異なり、ツゲ科に属する。葉はホンツゲが対生するのに対してイヌツゲは互生し、果実はホンツゲが朔果《さくか》、イヌツゲは球形の石果《せきか》をつけるので、その区別は比較的容易である。

ツゲは日本特産で関東以西から九州に分布するが、本州西部・朝鮮・中国に分布するチョウセンヒメツゲ、南西諸島・台湾・中国南部に分布するタイワンアサマツゲは変種に区別される。南西諸島と台湾には別種のオキナワツゲがある。

万葉集では六首に「黄楊」の名で登場するが、いずれも櫛か枕に関わる。黄楊は、『和名抄《わみょうしょう》』に「兼名苑注云　黄楊　都介　色黄白材堅也」、『新撰字鏡《しんせんじきょう》』でも「黄楊　豆介乃木」とあり、ツゲと読み、漢名が黄楊ということになる。しかし、この漢名は万葉時代の中国正統本草にはなく、明代の『本草綱目《ほんぞうこうもく》』（李時珍）になって黄楊木の名で初見する。李時珍は「其の木、堅膩《けんじ》にして、梳に作り印を剜《えぐ》るに最良なり」と述べている。堅膩《けんじ》とは、堅く油分に富んで粘りがあることを意味するから、ツゲの材質をよく表す。平安中期の『北山抄』には「仰大學寮、令進字様、召内匠寮、作黄楊木印、用印狀云々」とあり、黄楊木を印材として用いたことが記録されている。一方、『本草綱目啓蒙《ほんぞうこうもくけいもう》』（小野蘭山《おのらんざん》）の黄楊木の条で「梳ニ作リ印ニ剜スル者ハ柞木ナリ」と記述し柞木の名が出てくる。柞木は、『本草拾《ほんぞうしゅう》遺《い》』（陳藏器《ちんぞうき》）に柞木皮の名で収載され、「南方に生じ、葉細く、今の梳に作る者は是なり」とあり、蘭山はこれを引用したのである。『本草綱目』では、柞木について、「葉小にして細齒有り、光滑にして靭なり。其の木及び葉は皆丫《あ》にして皆鍼刺有り、冬を經ても凋まず。五月、碎白花を開けども實を結ばず。其の木の心理は皆白色なり」と記述されている。しかし、これはツゲではなく、イイギリ科クスドイゲの類であるという（『國譯本草綱目《こくやくほんぞうこうもく》』）。『本草經疏《ほんぞうけいそ》』（繆希雍）は、これと記述がほとんど一致するものに、鑿子木《さくしぼく》の名を充てていて、李時珍はこれを柞木の異名とした。ところが、『中薬大辞典』では、蘭山と同様、鑿子木をイヌツゲに充てている。だが、これはモチノキ科であり刺《とげ》はないから、明らかに誤りである。おそらく、インドシナ産でシャムツゲ（ツゲ科のほかにアカネ科なども含まれる）と総称するもののどれか一種を鑿子木と呼んだと思われるが、詳細は不明

ツゲ（左）とイヌツゲ（右）　ツゲの葉は、茎に対生し、縁には鋸歯がない。一方、イヌツゲの葉は茎に互生し、縁には鋸歯がある。

である。

万葉歌にある「黄楊」の名は唐・宋代の本草書にないので、中国南部に分布し櫛・印材・枕とした植物種の名を借用したと考えられる。たぶん、中国南部には、ツゲ科以外も含めて黄楊と称された植物が複数あって、中国からもたらされた櫛・印を見て、国産のツゲを材料としてつくったのであろう。黄の字を冠するから、国産植物のうち、材および花が黄色のツゲ科ツゲに充てたと思われるツゲ櫛は、今日では高級品であるが、櫛の歴史についても考察してみよう。櫛には縦櫛と横櫛があり、縄文時代ではツバキ材からつくった縦櫛が福井県鳥浜貝塚《とりはまかいづか》（約五千五百年前）から出土している。横櫛は現在使われているのと同じタイプで、鉄器でなければこのような精密な加工は不可能なので、日本では古墳時代以降に出土する。愛知県安城市の彼岸田遺跡《ひがんでんいせき》で、四世紀末から五世紀前半につくられたとみられる日本最古級の木製横櫛が出土しているが、これはツゲではなくイスノキ製であった。

イスノキも材質が堅く、櫛材として広く用いられ、平安前期の大阪府茨木市総持寺遺跡の井戸の中からもイスノキ製横櫛が出土している。イスノキは、関東地方南部以南の日本列島の照葉樹林帯に分布するが、万葉集ほか古典文学には登場しない。そのほか、横櫛の材料に用いられる樹種には、ツバキ科ツバキ・モッコク・ヒサカキや、カヤ、イヌガヤなどがあるが、質が堅くて乾燥しやすいイスノキと質が堅くて密なツゲは特に好まれ、後世にいたるまでこの二種が主流であった。イヌツゲ製横櫛は、古い遺跡からの出土の記録はないから、近世になってツゲ櫛の需要の増大に伴って代用品とするようになったのであろう。鎌倉時代の『辨内侍日記《べんのないしにっき》』に「常の御所の御壺に、秋の草ども植ゑられたる中に、かしらけづらずといふ木の、ちいさくていたいけしたるを、岩のはざまに植ゑられたるを権大納言見給ひて、かしらけづらずとこそあかくさげなれ、ときこえしを、いとをかしと人々仰せられしかば辨内侍、みだれたるその名ばかりの黒髪のつげのをぐしもいかがとるべき」とあり、「かしらけづらず」という木の名が出てくる。この名は『本草綱目啓蒙』にイヌツゲの一名とあり、また、近江地方のイヌツゲの方言名にカシラケヅラ・カシラケヅリがあるが、必ずしもツゲ製以外は櫛に非ずの意ではないらしい。

つた（都多・津田・角・綱）

キョウチクトウ科（Apocynaceae）テイカカズラ（*Trachelospermum asiaticum*）
クワ科（Moraceae）イタビカズラ（*Ficus samentosa* var. *nipponica*）

海神《わたつみ》の　神の命《みこと》の　御櫛笥《みくしげ》に　貯《たくは》ひ置きて　齋《いつ》くとふ　珠《たま》にまさりて　思へりし　吾《あ》が子にはあれど　うつせみの
和多都民能　可味能美許等乃　美久之宜尓　多久波比於伎氏　伊都久等布　多麻尓末佐里氏　於毛敝里之　安我故尓波安禮騰　宇都世美乃
世の理《ことわり》と　丈夫《ますらを》の　引きのまにまに　しなざかる　越路《こしぢ》をさして　延ふつたの　別れにしより　沖つ波　撓《とを》む眉引き
與能許等和利等　麻須良乎能　比伎能麻尓麻仁　之奈謝可流　古之地乎左之氏　波布都多能　和可禮尓之欲理　於吉都奈美　等乎牟麻欲妣伎
大船の　ゆくらゆくらに　面影に　もとな見えつつ　かく恋ひば　老いづく吾《あ》が身　けだし堪《あ》へむかも
於保夫祢能　由久良由久良耳　於毛可宜尓　毛得奈民延都々　可久古非婆　意伊豆久安我未　氣太志安倍牟可母
（巻十九　四二二〇、大伴坂上郎女《おほとものさかのうへのいらつめ》）

【通釈】序に「京師より來り贈れる歌」、後序に「大伴坂上郎女の女子《むすめ》の大嬢《おほいらつめ》に賜へる」とあり、天平勝宝二（七五〇）年、家持《やかもち》の叔母であり姑でもある坂上郎女が、娘であり家持の妻である坂上大嬢に贈った歌で、八十四首を残した万葉有数の歌人の最後の歌。当時、家持夫妻は越中に滞在していた。「うつせみの」、「しなざかる」、「延ふつたの」、「沖つ波」は枕詞。「御櫛笥」は櫛を入れる箱。「齋く」は大事にすること。「まにまに」は「ままに」と同義。「撓む」はたわむの意で、「撓む眉引き」は弧線状に描いた眉をいう。「ゆくらゆくら」は「ゆらゆら」の古形。「堪《あ》ふ」は「敢《た》ふ」と同義で、堪えて成し遂げること。通釈すると、海神様が櫛箱に貯えて置いて大事にするという珠にも勝って思っていたわが子ではあるが、世の道理として丈夫《ますらお》（大嬢の夫家持）の導くままに、遠い越路（越中）をさして別れてしまって以来、（あなたの弧形の）眉が、大船が波にゆらゆらと揺れるように、面影にちらついてこのように恋しく思うならば、老いてゆくわが身は堪えられることだろうかとなる。老境にあり余命いくばくもない母の娘を思う情愛が溢れる秀歌。

【精解】ツタは「伝ふ」の転訛が語源といわれるように、ものに絡みつく蔓性植物で、万葉集に「都多」、「津田」の名でそれぞれ四首と一首に詠まれ、いずれも「延ふつたの」とあり、「別れ」などの枕詞である。同じ「別れ」に掛かる枕詞に「石綱の」とあるのが一首あり、この「つな」もツタの意とされる。ほかに石に掛かる枕詞として「つのさはふ（角障經）」が五首にあるが、この「つの」もツタと同義と考えられている。以上、万葉集には蔓草としてのツタは十首に登場する。

『和名抄《わみょうしょう》』に「本草云　絡石　一名領石　都太　蘇敬云　此草苞石木而生故以名之」とあり、ツタは絡石という漢名に充てられている。

一方、『本草和名《ほんぞうわみょう》』では「落石　蘇敬注云苞絡石木而生故以名耳　一名石鯪　仁諝音陵　一名石磋　仁諝音千何反　一名略石一名明石一名領石一名懸石一名耐冬一名石血一名石龍藤　已上三名出蘇敬注　一名鱗石一名雲母一名雲華一名雲珠一名雲英　已上五名出釋藥性　一名破血莓　出稽疑　和名都多」とあるが、落石は絡石と同じであるのはいうまでもない。絡石は『神農本草經《しんのうほんぞうきょう》』の上品に収載され、その名は石に絡んで生えるという意味だから、藤本である。しかし、『本草經集《ほんぞうきょうしっ》注《ちゅう》』（陶弘景《とうこうけい》）は「此の藥の仙俗の方法を識らず。都《すべ》て無用の者或は云ふ、是れ石の類なり。既に云ふ、或は人間《じんかん》に生ず、則《すなは》ち石に非ず。猶ほ石斛（ラン科セッコク）等の如く石を繋ぎ以て名を爲すや」と述べ、それがどんな植物であるかわからないとした。一方、『新《しん》修本草《しゅうほんぞう》』（蘇敬《そけい》）は「此の物、陰濕の處に生じ、冬夏常に青く、實黑くして圓し。其の莖、蔓延して樹石の側に遶《めぐ》る。石間に在るが若《ごと》き者は、葉は細厚して圓短なり」と述べ、クワ科藤本のイタビカズラの類の形態的特徴とよく一致する。ところが、『圖《ず》經本草《けいほんぞう》』（蘇《そ》頌《しょう》）は「葉は圓く細橘の如し。正に青く、冬夏に凋まず。其の莖は蔓延し、莖節の著《つ》く處、卽ち根鬚を生じ、石上を包絡し此を以て名を得たり。花白く子黑し」と述べ、白い花と黒い種子という記述は、イタビカズラとはまったく合わず、身近な植物ではテイカカズラの類に近い。

『本草綱目《ほんぞうこうもく》』（李時珍）では「絡石は石に貼りて生ず。其の蔓折れば白汁有り、其の葉は指頭より小にして厚く實し、木強なり。（葉の）面は青く背は淡く、澁《しぶ》りて光らず、尖葉、圓葉の二種有り」と記述していて、圓葉はイタビカズラ、尖葉はテイカカズラとしても矛盾はない。清代末期の『植物名實《しょくぶつめいじつ》圖《ず》考《こう》』にある絡石の図は、明らかにイタビカズラの類であるが、テイカカズラ・イタビカズラが混用されてきた可能性も否定できないだろう。

では、万葉のツタをイタビカズラ・テイカカズラと考えてよいのだろうか。イタビカズラはクワ科イチジク属の一種だが、この仲間の大半が南方に分布の中心をもつ中で、イタビカズラは東北南部まで分布する。ただし、イタビカズラの生育の初期、茎は気根《きこん》を出して付着するが、大きく成長した固体では茎が離れて垂れ下がることが多い。一方、テイカカズラは北海道を除く各地にごく普通にある藤本であり、林縁の高木に貼りついているのをよく見かける。

今日、ツタと称されるのはナツヅタとキヅタであり、前者はブドウ科、後者はウコギ科に属するが、このいずれも中国本草書にある絡石の記述に合わない。ナツヅタは単にツタとも称し、中国名を地錦という。地錦の名は、地を這い錦のように色鮮やかに紅葉するからつけられたと思われる。すなわち、落葉藤本であり、常緑のイタビカズラ・テイカカズラ・キヅタとは明確に区別できる。ナツヅタに相当する植物は、『和名抄』と『本草和名』に収載されていて、『本草和名』に「千歳虆汁　蘇敬注云 有得千歳者莖大如稅　一名虆蕪一名蘡薁藤汁　仁諝音上纓下於六反出蘇敬注　和名阿末豆良一名止々岐」、『和名抄』に「蘇敬曰 千歳虆　一名蘡薁藤　上中二音嬰育　阿末都良　此間甘葛　得千歳者莖大如梡」とあり、アマヅラという和名が用意されている。千歳虆は中国本草書にある名であり、『圖經本草』によれば、「藤を作《な》して生じ木上に蔓延す。葉は葡萄《ぶどう》の如くして小なり。四月、其の莖を摘めば汁白くして甘し。五月、花を開き、七月、實を結び、八月子を採り、青黑微赤なり。冬、惟だ葉を凋み、此れ卽ち詩に云ふ葛虆なる者なり」とあるので、これはブドウ科ナツヅタの類にまちがいない。『和名抄』の注にあるように、アマヅラは甘葛であって、今日ではまったく利用されないが、日本では、古来、その樹液は重要な甘味資源であった。『枕草子』の「あてなるもの」にも「うすいろ（薄色）にしらがさね（白襲）のかざみ（汗衫）、かりのこ（野鳥の卵）、けづりひ（消り氷）のあまづらにいれて、あたらしきかなまり（金鋺）にいれたる、云々」と記述されている。また、『延喜式』巻第三十三「大膳下」の諸國貢進菓子に、「伊賀國　甘葛煎一斗」以下、諸国から甘葛煎が貢進されていたことが記されているし、『同』巻第五、同二十二、同三十、同三十一、同三十二、同三十七、同三十九にも甘葛煎が出てくるので、当時、広く利用されていたことを示唆する。

甘葛煎とは、ツタの茎を瓶に入れ、湯を入れてふたをして数日置いたもので、蜂蜜のように甘いという。後に、甘葛煎の製法は、ツタの蔓を切って流れ出る汁を集めて煮詰めるというふうに変わり、また茎を火で熱して甘汁を搾り取り、これを濃縮して水飴状にして利用することもあった。甘葛煎は、江戸時代に南方から伝わったサトウキビから砂糖がつくられるまで、主要な甘味源であった。ほとんどの木本の樹液には、含量の多少こそあれ、必ずといって

テイカカズラ　花は白色で直径2㌢ほど、5月～6月に咲く。

よいほど糖分が含まれるが、有毒成分を含むものもあって、甘味源として利用できるのはごくわずかである。日本ではナツヅタとイタヤカエデなどごく一部のカエデ類の樹液が甘味料として利用できるにすぎない。以上のことから、今日いうツタ（ナツヅタ）は、古い時代では有用植物として利用されていたから、もっぱらアマヅラの名を用いたと思われ、万葉集に詠まれるツタがナツヅタの可能性は低い。したがって、万葉集にあるツタはテイカカズラまたはイタビカズラと考えてよい。

つちはり（土針）

ユリ科（Liliaceae）ツクバネソウ（*Paris tetraphylla*）

わが屋前《には》に　生《お》ふる土針《つちはり》　心ゆも　思はぬ人の　衣《きぬ》に摺《す》らゆな

吾屋前尓　生土針　従心毛　不想人之　衣尓須良由奈

（巻七　一三三八、詠人未詳）

【通釈】「草に寄する」譬喩《ひゆ》歌。「屋前」は「やど」と訓ずることもあるが、歌の内容から庭の意である。結句の「衣に摺《す》らゆな」はツチハリで衣を染めることを意味し、この場合は否定形である。歌の内容は、私の家の庭に生えているツチハリよ、私が心から思っていない人の着物を染めるのに使われるなという意味であるが、ツチハリを愛する人に譬えて、心から愛していない人のもとには行くな、私はお前を本当に愛しているからここにいてくれという本心を草に寄せた恋歌である。

【精解】右の歌に詠まれた「土針」が何であるか、これも万葉学者を悩ませた難解植物の一つである。しかし、文献上では、『和名《わみょう》抄《しょう》』に「本草云　王孫　一名黄孫沼波利久佐　此間云　都知波利」とあって、ツチハリの名が見える。ただし、『本草云』として引用された『本《ほん》草和名《ぞうわみょう》』では「王孫　呉名白功草楚名王孫齊名長孫　楊貞両反　一名黄孫一名海孫一名蔓莚一名黄民一名牡蒙　已上二名出陶景注　一名公草出釋藥性　和名奴波利久佐一名乃波利」とあって、ツチハリの和名はなく、ヌハリクサ、ノハリとなっている。とにかく、ツチハリという名が平安時代中期の文献にあったわけだから、これを手掛かりに中国の文献を参照し、その原植物を追及してみよう。

王孫は『神農本草經《しんのうほんぞうきょう》』に中品として収載され、また『名醫別錄《めいいべつろく》』には黄孫・黄昏の別名で出ており、『本草和名』にもこの名はある。

しかし、王孫の基原は中国本草でもはっきりしない。『本草經集注《ほんぞうきょうしっちゅう》』（陶弘景《とうこうけい》）は王孫と杜蘅が同一物とするだけで、その特徴については記述していない。『新修本草《しんしゅうほんぞう》』（蘇敬《そけい》）も同様で、十世紀中頃に成立した『蜀本草《しょくほんぞう》』（韓保昇《かんほしょう》）になって「葉は及已（センリョウ科ヒトリシズカという）に似て大なり。根は長く尺餘、皮肉は亦た紫色なり」と簡単に記述しているにすぎない。しかしながら、王孫は、蚤休（本草經下品）という生薬の記述の中でそれに類するものとしてよく出てくる。『蘇敬注《そけいちゅう》』に「（蚤休の）苗は王孫、鬼臼（メギ科ハスノハグサあるいはサンカヨウという）等に似て云々」とあるのをはじめ、『圖經本草《ずけいほんぞう》』（蘇頌《そしょう》）でも同様な記述がある。蚤休は、『本草和名』に収載される品目ではあるが、和名は記載されていない。

では王孫に似ているという蚤休について、本草書の記述から基原を追跡してみよう。『新修本草』では「根は肥大せる菖蒲の如く細なり、肌は脆く白なり」、『本草衍義《ほんぞうえんぎ》』（寇宗奭《こうそうせき》）では「旁枝無く一莖に止《とど》め挺《ぬき》んでて生ず。高さ尺餘、顛《いただき》に四五葉有り、葉に岐《また》有り、虎杖に似て、中心は又莖を起ち、亦た是の如く葉を生ず」と記述されており、茎は直立して分枝はなく、葉が四枚輪生し、その中心から花茎《かけい》が出て一個の花をつけるというから、ユリ科ツクバネソウとその仲間以外に、この形態的特徴をもつ植物は見当たらない。

また、『本草綱目《ほんぞうこうもく》』（李時珍）も「深山の陰濕の地に生ず。一莖獨上す。莖は當に葉の心にあるべし。葉は綠色にして芍薬に似たり。凡そ二三層、一層毎に七葉あり。莖頭に夏月花を開く。一花七瓣、金絲の蕊有り。長さ三四寸、王屋山に産する者は五七層に至る。根は鬼臼の如く蒼朮状、外は紫、中は白なり云々」と述べ、葉が層をなすことを除き、ツクバネソウ類の形態的特徴を表している。また、李時珍による蚤休の根の状の記述は、『蜀本草』に記載された王孫に近いものであり、王孫は蚤休に酷似したものと考えることができる。『本草和名』で蚤休に和名がないのは、その名をよく似た王孫に転じたからではないかとも考えられる。小野蘭山《おのらんざん》（一七二九―一八一〇）や水谷豊文《みずたにとよぶみ》（一七七九―一八三三）など江戸時代の本草家はいずれも王孫をツクバネソウに充てている。

ツクバネソウ　花は５月〜８月、花弁は緑色。（写真提供：秋山久美子）

以上、本草学の観点からすれば、土針はツクバネソウとしてほとんど矛盾はないのであるが、歌の内容からいくつかの疑問点が指摘されている。一つは、冒頭の例歌に衣に摺るとあるが、ツクバネソウが染色に使われたという文献上の証拠はないことである。もう一つはツクバネソウは日本では温帯の冷涼な地すなわちブナ帯の林内に多く見られる多年草で、「わが屋前《には》」に生えるような植物とはいい難いことも挙げられる。万葉歌では土針はどちらかといえば雑草のように見える。『萬葉植物新考』（松田修）は土針をシソ科のメハジキとする説を提出し、その論拠としてメハジキを染色に使うという文献があって福島県の一部で実践された歴史があることと、メハジキの方言にツチハリが転訛したとするツチフリ・ツチウリの名ががあることを挙げた。メハジキは荒地や路傍・畑地などの人里に多く生えるから、「わが屋前」にあっても不思議はない野草であり、松田説は磐石《ばんじゃく》のように見えるが、死角がないわけでない。染色に使われたといっても、中国の文献にも使ったという記録が見当たらず、アカネやムラサキ、カリヤスなどの染料植物とは同列に比するものではない。欧州ではメハジキの同属類似種のレオヌルス・カルディアカ ***Leonurus cardiaca*** がドイツで緑色染料に使われており、江戸時代に来日した植物学者（シーボルトやツュンベリーなど）が伝えた可能性も否定できないのではないか。

　メハジキの名は万葉集ほか上代の文献にはないが、『本草和名』に「茺蔚子　一名益母（中略）和名女波之岐」、そして『和名抄』にも「茺蔚　女波之岐」とあり、また『神農本草經《しんのうほんぞうきょう》』の上品にも列せられるほどの薬草である。すなわち、別に和名がありながら土針という名前が使われる理由が思い当たらない。一方、『本草和名』における王孫の和名はヌハリクサまたはノハリであるが、ネハリすなわち根榛（草）の転訛とも考えられる。榛は草木が繁るという意味があり、ハリクサとは一面に群生する草の意味となり、しばしば大群生するツクバネソウにぴったりの名前である。ネハリが転訛すればニハリすなわち土榛《にはり》となるから、ツチハリと同義となる。ツチハリはネハリクサすなわち地下部が繁る草の意味と解釈できるのである。ツクバネソウは地下茎が太くて長く、また節から根が鬚のようによく出るのでこの名に恥じないだろう。松田は言及していないが、メハジキの方言名にノノハリ・ノノハリグサが信州佐久地方にあり、ノハリ・ヌハリに酷似する。そのほかにもツチハネソウ・ツチバネがあって、これはツクバネソウにそっくりの名前であり、メハジキではなく、ツクバネソウではないかとも思えてしまう。ちなみに、メハジキの方言名は、松田監修の『日本植物方言集』には多く収載されているが、『日本植物方言集成』にそれらの名はまったくない。

　メハジキは越年草であって生育期間は前年の十二月から九月ころまで、もっぱら種子で繁殖して根は発達しないから、ノノハリなどの方言名はまったく別の意味をもつと考えねばならない。ツクバネソウは染色に使ったという記録はないのだが、果実は黒紫色に熟するので、草木染に使えないことはない。草木染によく使われるクサギの実より色が濃く、濃青紫色であるから珍重された可能性は十分にあるはずだ。記録にないのはそれほど身近な存在でないからだろ

メハジキ　花は紅紫色で長さ１センチほどあり、７月～９月、茎の上部に段状について咲く。

う。「わが屋前《には》に生ふる」については庭に栽培した可能性は十分にあり得る。ツクバネソウは決して高山性の植物ではなく、北近畿では丹後半島の里山に自生し、南近畿でも室生寺の周辺に自生が知られる。いずれも標高はせいぜい数百メートルの落葉樹林帯の山地である。したがって、この歌の家はそのような山村にあると考えれば、歌の内容に合わせた説明が可能である。

以上、本書では土針をツクバネソウとする説を支持したが、メハジキ説も根強い支持があるので、メハジキについても述べておこう。メハジキの全草を益母草、種子を茺蔚子と称し、ともに薬用に供する。益母草の名は、産後の止血や月経不順など、もっぱら婦人用に使われることに基づく。しかし、漢方ではわずかに後世方《ごせいほう》医学派（陰陽五行説を基本学説として組み立てられた中国金元時代の医学）医家が使う程度で、わが国の主流派医家はほとんど使うことはない。一方、民間療法では広く使われ、『懐中妙薬集《かいちゅうみょうやくしゅう》』に「乳房ニカタマリ出来タルニ、益母草ヲ刻デ一升、水一升五合入、一升ニ煎ジツメ、度度アラヒテヨシ」と乳がんの処方に使われたことが記述されている。そのほか、『萬病妙薬集《まんびょうみょうやくしゅう》』に「血ノ道、ヤクモサウヲ黒焼ニシテ湯ニテ用フ」など、やはり圧倒的に婦人用の処方が多い。前述した欧州産の同属種 *L. cardiaca* も、ヒステリーや生殖器官を強壮にするなど婦人薬として使われ、英語名をMotherwort（母の草という意味）と称し、西洋も東洋も同じ義であるのは興味深い。実際、メハジキの煎液には子宮の収縮・緊張を強める作用が知られている。成分としては、ルチンという血管を丈夫にする作用のあるフラボノイドに富むほか、苦味のあるアルカロイドも含まれる。子宮に対する作用はこのアルカロイドにあるといわれるが、大量投与では痙攣《けいれん》、全身の麻痺《まひ》を誘発するので有毒であることに留意しなければならない。メハジキの種子（茺蔚子）の成分は未詳だが、利尿・眼疾に用いられる。メハジキの名の由来は、子供が茎を取って瞼に挟んで遊んだからといわれているが、『本草和名』や『和名抄』にもその名があるので、古代からその遊びが継承されたという記録は見たことがない。「目《め》弾き」ではなく、「メ→ミ」の音韻転訛による「実《み》弾き」が語源であって、種子の散布が繁殖のうえで重要な意味をもつ一～二年草特有の性質に由来するのではないかと思う。

つつじ（乍自・茵花・菅仕・菅士・菅自・都追慈）

ツツジ科（Ericaceae）ヤマツツジ（*Rhododendron kaempferi*）ほか

水伝ふ　磯の浦廻《うらみ》の　石つつじ　もく咲く道を　またも見むかも
水傳　礒乃浦廻乃　石上乍自　木丘開道乎　又將見鴨
（巻二　一八五、皇子尊宮舎人《みこのみことのみやのとねり》）

たくひれの　鷺坂《さぎさか》山の　白つつじ　吾に匂はね　妹に示さむ
細比禮乃　鷺坂山　白管自　吾尓尼保波尼　妹尓示
（巻九　一六九四、詠人未詳）

物思《も》はず　道行く行くも　青山を　振りさけ見れば　つつじ花　にほえ娘子《をとめ》　桜花　さかえ娘子
物不念　道行去毛　青山乎　振放見者　茵花　香未通女　櫻花　盛未通女
汝《な》れをぞも　吾に寄すといふ　吾をもぞ　汝れに寄すといふ　荒山も　人し寄すれば　寄そるとぞいふ　汝が心ゆめ
汝乎曾母　吾丹依云　吾叫毛曾　汝丹依云　荒山毛　人師依者　余所留跡序云　汝心勤
（巻十三　三三〇五、詠人未詳）

【通釈】第一の歌の序に「皇子《みこ》の尊《みこと》の宮の舎人《とねり》等の慟傷《かなし》みて作れる歌」とあり、天武天皇の第二皇子草壁皇子《くさかべのみこ》（六六二―六八九）が六八九年に薨去《こうきょ》したとき、舎人の一人が詠った歌。「水伝ふ磯の浦廻」は皇子の邸宅につくられた庭の泉水の磯をいい、磯は水が池の岩を伝って流れるところを指すという。しかし、巻三の河辺宮人の歌に「美保の浦廻《うらみ》の白つつじ云々」（四三四）という海辺の情景を詠った歌があるので、「磯の浦廻《うらみ》」から海辺の趣を思い浮かべて詠ったとする方がむしろ自然に思える。歌の中で読まれた「磯の浦廻」が庭園の磯であるのは確かにしても、詠人がどこか磯の名所をイメージしてこの歌を詠んだのであろう。実際、和歌山市に磯ノ浦という名の海岸があるほか、地名でなければどこにでもある名である。「もく咲く道」も難解句であり、本居宣長《もとおりのりなが》（一七三〇―一八〇一）によれば「もく（木丘）」とは茂（も）くの意味だという。また、茂るという意味の蓊（「かい」または「わい」と読む）に「もく」という訓読みの例が『日本書紀』にあるといい、「茂る」の上代古語らしい。また、白無垢の無垢、すなわち純《むく》の意味という意見もあるが、いずれにせよ当該の地がツツジの花一色に染まっているという意味にとれる。この歌は、皇子が亡くなった今、主のいないこの宮に来ることもないので、池に沿って石ツツジが咲き誇るこの道を二度と見ることはないだろうという意味になり、舎人が名残を惜しむ歌である。

第二の歌の序に「鷺坂《さぎさか》にて作れる歌」とある。鷺坂は現在の京都府城陽市久世《ぐぜ》のあたりで、そこに鷺坂山がある。「たくひれの」は白に掛かる枕詞で、この場合、鷺坂山の鷺に掛かる。白ツツジの白は実際の花の色とは無関係で、鷺坂山が白い鳥の鷺の名を冠するので、それに和して白ツツジとつけた。第四句の「匂ふ」は「映る、美しく照り映える」の意で、「吾に匂はね」はその美しさを私にも反映させよとなり、これによってツツジの花の色が白でないことがわかる。この歌の解釈は、鷺坂山に生えるツツジよ、その美しさを私の衣に映りつけよ、愛する人に見せたいからとなる。

第三の歌は問答の長歌。「未通女」を「をとめ」と訓ずるのは、同巻の三三〇九の歌との比較による（後述）。青山は荒山に対する名で青々とした緑豊かな山の意。「つつじ花」、「桜花」はそれぞれ「にほえ」、「さかえ」を導く序。「寄す」は何らかの縁因にかこつけるなどの意。結句の「ゆめ」は、通例、「な」を伴って強く禁止する意（ウケラの条を参照）であるが、「ゆめゆめも」というようにしっかりせよとの意味もあり、「心ゆめ」は「心せよゆめ」の略でしっかりと用心せよの意となる。歌の意は、物思いもせずに道を行きながら、青々とした緑の山を振り仰げば、ツツジの花のように美しい乙女、サクラの花の盛りのように美しい乙女よ、（世間の人は）あなたのことを私と（わけがあるように）いい寄せる、私のこともあなたと（わけがあると）いい寄せるという、荒山も人が寄せれば寄せられるという、あなたもゆめゆめ心してくださいとなる。男女の仲の噂が世間の知るところとなって、男が女に覚悟を促した歌である。

【精解】万葉集に「乍自」、「茵花」、「菅仕」、「菅士」、「菅自」、「都追慈」の名で出てくる歌がそれぞれ一首・二首・一首・一首・三首・一首、合わせて九首あり、いずれも「つつじ」と訓じられている。借音仮名で表記された「乍自」、「菅仕」、「菅士」、「菅自」、「都追慈」の四名はこの訓で問題はないが、第三の歌にある「茵花」については、字音字訓の借字でもないことは明らかであるから、少々説明を要する。

巻十三の三三〇九に柿本人麻呂《かきのもとのひとまろ》歌集の歌と伝える歌があり、第三の問答歌と反歌を合わせて再構成した形になっている。その前半部は「物不念《ものもはず》 路行去裳《みちゆくゆくも》 青山乎《あをやまを》 振酒見者《ふりさけみれば》 都追慈花《つつじはな》 尓太遥越賣《にほえおとめ》 作樂《さくら》花《ばな》 佐可遥越賣《さかえをとめ》云々」とあって、異なる万葉仮名で書かれているものの、第三の歌とまったく同じように訓ずることができる。この両歌を比較すると、茵花の部分は都追慈花となっていて、茵を「つつじ」と訓じていることがわかる。茵花を詠む万葉歌はもう一首あり、次にその部分を示す。

（略）いかにあらむ　年月日にか　茵花《つつじ》　にほへる君が
にほ鳥の　なづさひ来むと　立ちて居て　待ちけむ人は
大君の　命恐み　云々　（巻三　四四三、大伴三中）

ここで詠われる「茵花《つつじ》にほへる君が」は、第三の歌にもよく似た句があり、巻六の九七一「丹つつじにほわむ時の」とも相通じ、これをもって「茵花」をツツジ花と読む根拠の一つとなっている。

「茵花」の訓について、後世の万葉学者はそれを正当化するのに、平安時代の本草書などを引用した。たとえば、契沖《けいちゅう》（一六四〇―一七〇一）は『代匠記』で『茵花は、和名に云はく、「本草云、茵芋　因于二音　和名仁豆々之　一云乎加豆々之」。つゝじの中の別種なり』と述べている。『和名抄《わみょうしょう》』に茵花の条はなく、それとよく似た名の茵芋があって、ニツツジ・ヲカツツジの和名があり、茵花と茵芋を異名同物と考えてこう訓じたようだ。実際、巻六の九七一の長歌に丹管士《につつじ》が出てくるから、そう考えるのも無理からぬことである。『和名抄』が引用した『本草和名《ほんぞうわみょう》』では、「茴芋　楊玄操音囙于二音　一名莞草　楊玄操胡官反　一名卑共　一名卑山竹　一名衛與　出釋藥性　和名尓都々之一名乎加都々之」と記述されている。そのほか、『醫心方《いしんぽう》』巻第一の諸藥和名第十に「茴芋　和名尓都々之」、『新撰字鏡《しんせんじきょう》』では「菌芋　岡豆々志又云伊波豆々志」とあり、いずれも『和名抄』とほぼ一致する。ただし、『本草和名』、『醫心方』の茴芋は字義的に茵芋と同音同義であるが、『新撰字鏡』の菌芋は明らかに茵芋を誤ったものである。

そのほかの文献では『延喜式』に茵芋の名が散見される。すなわち、巻第三十七「典藥寮」の諸司年料雜藥に「木工寮卌種　黄芩黄連防風前胡枳子茵芋黄蘗各十四兩」と記述されているほか、遣諸蕃使の草藥八十種の中に茵芋の名があり、また諸國進年料雜藥にも「大和國卅七種　茵芋一斤」、「播磨國　茵芋十四斤」とある。ただし、『延喜式』では訓は示されていない。ツツジという和名をもつものは茵芋だけではなく、次の文献にあるように羊躑躅もその名をもつ。

『和名抄』「陶隱居曰　羊躑躅　擲直二音　伊波都々之一云毛知豆々之
羊誤食之躑躅而死故以名之」

『本草和名』「羊躑躅　陶景注云羊誤食躑躅而死故以名之　一名玉支一
史名光　出釋藥性　和名伊波都々之又之呂都々之一名毛知都々之」

『新撰字鏡』羊躑躅花　三月採花陰干毛知豆々自」

『醫心方』「第一諸藥和名第十「羊躑躅　伊波都々之又毛知都々之一
名之呂都々之」

いずれも羊躑躅に対して、石ツツジ・白ツツジ・モチツツジの和名三名が充てられており、このうち前二者の名は、同品であるかどうかは別にして、万葉集にも登場する。以上によって、古文献でツツジと称するものは茵芋と羊躑躅の二つの漢名があることが明らかとなった。だが、和名の上では区別されているから、異物であることはまちがいない。

躑躅は今日でも「つつじ」と読み、漢名とされているから、まず、躑躅の基原が何であるか、『和名抄』・『本草和名』が引用する中国本草の記述を手掛かりに考証してみよう。

日本では、万葉集ほか上代の文献にはまったく出てこないのであるが、中国では最古の本草書である『神農本草經《しんのうほんぞうきょう》』の下品に羊躑躅の名があり、『新修本草《しんしゅうほんぞう》』（蘇敬《そけい》）には「正に旋葍花《せんぷくか》（ヒルガオのこと）に似て、色の黄なる者なり」、また『圖經本草《ずけいほんぞう》』（蘇頌《そしょう》）には「春、苗を生じ、鹿葱（ヒガンバナ科ナツズイセン）に似て葉は紅花に似たり。莖の高さ三四尺、夏に花を開き凌霄《りょうせう》（ノウゼンカズラ）・山石榴・旋葍の輩に似て正に黄色なり」と記述されている。これだけでは具体的にどんな植物を基原とするのか特定するのは難しいのであるが、『本草經集注《ほんぞうきょうしっちゅう》』（陶弘景《とうこうけい》）にある「花苗、鹿葱に似て、羊其の葉を誤食すれば、躑躅《てきちょく》して死す。故に以て名と爲す」という記述はきわめて有力な情報を与えてくれる。躑躅《てきちょく》は「たちもとおる、ゆきもどりつする」という意味であるから、羊が葉を食べると、足が麻痺、萎えて竦《すく》むことを示唆し、羊躑躅という名もこれに由来するというのである。『名醫別錄《めいいべつろく》』にも「大毒あり」と記述されているから、羊躑躅を摂食すれば中毒を起こすことを示唆し、『本草經集注』に記載された症状はアセビに拠る中毒とよく似ている（アシビの条を参照）。アセビも含めてツツジ科植物にはグラヤノトキシン系の成分が含まれ、家畜が葉や花を食べて中毒を起こすことは古くから知られており、これによって羊躑躅の基原をツツジ科と推測することができる。ツツジ科であって、しかも『新修本草』、『圖經本草』などの本草書が記述するような黄色の花のものといえば、ツツジ科トウレンゲツツジぐらいしかない。日本にはトウレンゲツツジの自生はないが、それにごく近縁のレンゲツツジは北海道西南部以南の日本列島に自生し、花の色が鮮黄色のキレンゲツツジと称する系統は特に酷似する。現在の分類学ではトウレンゲツツジを母種とし、レンゲツツジを変種として区別する。日本ではレンゲツツジは有毒植物として認識され、その群生地には養蜂家は近づかないといわれる。花にロドジャポニン、葉にはアンドロメドトキシン（アセビ毒素のアセボチンに同じ）と称する毒性の強いグラヤノトキシン系ジテルペンを多く含み、この成分は花蜜にも含まれるからである。

『延喜式』巻第三十七「典薬寮」の諸國進年料雑薬に、躑躅花の名があり、伊勢・近江・出雲・播磨・紀伊・阿波の諸国からの貢進の記録がある。『神農本草經』によれば、「皮膚の中に淫淫たる痛みの在る賊風・温瘧・悪毒・諸痺を主《つかさど》る」とあり、簡単に説明すれば、皮膚に非常に痛みを伴うもの、内にこもった伏邪が夏の暑い熱で発生したマラリアなどの熱病、痺《しび》れを治す効があるという。『本草經』ではどの部位を用いるか記載していないが、花を躑躅花（現在では鬧羊花と称する）、根を羊躑躅根、果序《かじょ》を六軸子と区別してそ

レンゲツツジ　花は５月〜６月、葉とともに開き、普通は朱橙色、黄色の濃いキレンゲツツジもある。

れぞれを薬用とし、いずれも中医学では駆風除湿に用いる（『中薬大辞典』による）。中国では躑躅花は羊躑躅（トウレンゲツツジ）の花であり、『延喜式』にある躑躅花も薬用とされたことは確かであるから、羊躑躅の近縁種を求めたと考えるのは自然である。邦産ツツジ類で躑躅花の代用となり得るのは、トウレンゲツツジの変種であり、形態が酷似して有毒であるレンゲツツジをおいてほかはない。『日本植物分布図譜』（堀川芳雄、学習研究社、一九六七年）によれば、出雲・近江・伊勢・紀伊では標高の低いところからレンゲツツジの自生があるので、これらの地域から貢進された躑躅花はレンゲツツジと考えてよい。しかし、播磨にレンゲツツジは少なく、阿波ほか四国にはほとんど分布しないから、この二国から貢進された躑躅花は別種と考えねばならないが、どんな種であったかはわからない。日本でもレンゲツツジの花を酒に浸して民間で通風・リュウマチなどに用いるが、中国古医方に準拠した民間処方であり、漢方医学では使うことはない。

ツツジのすべてに毒性があるわけでなく、ほとんど無毒のツツジも少なからずあり、中には山菜のように消費されるものがある。グラヤノトキシン系成分がほとんど含まれないか、あっても毒性が著しく弱いツツジ類が山菜に利用されるが、日本でもっとも普通にあるヤマツツジやサツキの花冠《かかん》は甘酸っぱい味があるといい、地域によってはそれを山菜とする。『延喜式』には典薬寮以外に躑躅花の記載はなく、そのほかの文献でも食用にされたという証拠は見当たらないが、ツツジの花冠を食べる習慣がかなり古くから始まったことを示唆する間接的な証拠なら、室町時代に成立した『塵添壒嚢《じんてんあいのう》鈔《しょう》』巻九に見ることができる。それによれば、「羊ノ性ハ至孝行ナレハ此花ノ赤キ莟《つぼみ》ヲ見テ母ノ乳ト思テ躑躅シテ膝ヲ折リテ之ヲ飲ム故ニ云」とあり、これは羊躑躅の語源を説明したものであるが、「赤キ莟」とあるから花冠は赤色であり、また中毒を起こすとは一言も触れていないから、レンゲツツジのことでないことは明らかである。この『陶景注』と似て非なる語源説は、赤い花冠のツツジすなわちヤマツツジやサツキを食べても安全であることをいわんとしているように見え、漢籍の記述を大きく変質させていることから、日本で発生した俗話であることはまちがいない。現在の日本では、躑躅は広くツツジ科ツツジ属種を表わすが、中国ではトウレンゲツツジとその近縁種だけを指し、そのほかのツツジにこの字を用いることはない。有毒なツツジ類とそうでないのを区別しているからであろう。ちなみに、花冠が鮮紅色あるいは深紅色のいわゆるツツジは中国で

ヤマツツジ　花は４月〜６月に咲き、直径３〜４センチ、朱色で濃い色の点がある。

は杜鵑花《とけんか》あるいは映山紅《えいざんこう》と称する。

　今日、ツツジの名を冠する植物は、当然ながらツツジ科に集中するが、一般には花が大きく美しいツツジ属の種をツツジと称することが多い。ツツジ属は六つの亜属に分けられ、シャクナゲ亜属を除く五亜属をツツジと通称する。この中には落葉・常緑・半常緑の種があって形質的にきわめて多様であるが、花を見る限り、よく似ていて専門家以外に区別は難しい。万葉集には丹ツツジ・白ツツジ・石ツツジとある歌がそれぞれ一首・三首・二首あるが、古くは花の色や生態でツツジを区別したことを示唆する。このうち、石ツツジは、第一の例歌に「磯の浦廻の石つつじ」とあるように、岩場のような環境に生えているツツジを総称したものと考えられる。実際には、日本産種で海岸に生えるツツジはないから、その背後にある山の岩場に生えていると解釈するしかないが、ヤマツツジほか該当種は多く、種の特定は不可能である。第二の例歌にある白ツツジは、どの注釈書でもツツジのうち白花のものとするだけで、それ以上言及することはない。紅色〜赤紫色の花をつけるツツジ種で、まれに白花の品種が発生することがあるが、確率はきわめて低いから、それが万葉の白ツツジとは考えにくい。

　日本には四十種以上の野生ツツジが分布するが、その中で白花種はムニンツツジとシロヤシオ（ゴヨウツツジともいう）ぐらいで、白に近い淡黄白色の花をつけるヒカゲツツジを入れても三種しかない。このうち、ムニンツツジは絶海の孤島小笠原諸島の父島に、しかも野生は数株しかないという超稀少種であるから、まったく論外であるのはいうまでもないだろう。シロヤシオは東北から近畿地方にいたる本州と四国に産し、またヒカゲツツジは主として関東地方以西の山地の岩場に生えるが、一般的にはいずれも深山の花木である。第二の例歌では鷺坂山という山が詠われているが、里山であって普通のツツジ類は豊産するものの、深山に生えるシロヤシオあるいはヒカゲツツジが分布するような生態環境ではない。栽培種を含めても、白花ツツジシ種はシロリュウキュウが加わるぐらいで、これもキシツツジとモチツツジの雑種が起源とされ、野生するものではないから万葉時代にあったかどうかはなはだ怪しい。したがって、万葉の白ツツジに該当するツツジ種は存在しないという奇妙な結論になる。白ツツジを詠むもう一つの万葉歌を吟味してみよう。

　風速《かざはや》の　美保の浦廻《うらみ》の　白つつじ　見れどもさぶし　亡き人思へば

（巻三　四三四、河辺宮人《かわべのみやひと》）

この歌も白ツツジを詠うが、第二の例歌とはかなり背景・意味を異にする。序に「姫島《ひめしま》の松原の美人の屍《かばね》を見て哀慟《かなし》みて作れる」とあり、姫島は大阪市西淀川区姫島のあたりとされ、万葉時代には砂浜地帯であったといわれる。ツツジは岩場や土壌のごく薄い乾燥した環境を好み、松原のような砂浜に生える種は日本産種では見当たらない。姫島周辺には「美保の浦」に相当する地名は残されていない。集中別の歌「風速の三穂の浦廻《うらみ》を漕ぐ船の船人さわく浪立つらしも」（巻七　一二二七、詠人未詳）に三穂の浦が詠われているが、犬養孝はこれを和歌山県日高郡美浜町三尾《みお》としている。この地は険しい山を背後に控える岩礁の多い磯辺があり、やはり白花ツツジ種が生えるようなところではない。そもそも河辺宮人の歌の序にある「姫島の松原」の情景とはまったく合わないので、おそらく、この歌にあるミホの浦は美保の浦ではないと思われる。以上から、河辺宮人の歌の白ツツジは実際に生えていたというより、それが何らかの特別な意味をもつと考えざるを得ず、そのヒントはこの歌が挽歌であることにある。

　仏教では故人に白装束を着せて仏の世界へ旅立たせる。白装束の巡礼も俗界を離れ、古い自分との決別を意味するとされる。昔は花嫁の衣装は白装束だったが、実家と決別し婚家へは新しく生まれ変わって入るという意味があった。神道の禊《みそぎ》が白装束で臨むのも同じ意味をもつ。つまり、白色は人の生死に関わるもので、かなり古い時代から、宗教上、習俗上の関連があったと思われる。実際に美保の浦に咲いているのはヤマツツジなどのはずであり、鮮やかな色の花をつけているけれど、亡き人を偲ぶ歌ではふさわしくなく、赤や赤紫の鮮やかな色を概念的に白に塗りつぶして白ツツジとして読んだのではなかろうか。冒頭の第二の例歌も同様で、鷺坂山の鷺《さぎ》の白に和して、そこに生えるツツジ（ヤマツツジかモチツツジであろう）を白ツツジとしたのであり、詠人が実際に目にしたものではなく、概念的に想像したものと考えられる。

　最後になったが、丹ツツジは『和名抄』ほか平安時代の文献が茵芋の和名とした名であり、その字義のとおり解釈して、花冠が赤いツツジと考えて差し支えない。ただし、完全な丹色系はなく、朱色系であればヤマツツジとサツキであり、常緑である後者は特に珍重されて栽培され、多くの品種が創出された。サツキは代表的な渓岸植物の一つであり、川岸の岩場で増水時に水をかぶるような環境によく見られる。しばしばサツキは水をかぶる岩場を好むといわれるが正しくなく、サツキがそのような環境に耐えられるからにすぎない。サツキは普通の環境でもよく生育するが、そこではほかの植物種との生存競争に勝てず、水をかぶる岩場を中心に分布するようになった。岩の間に生えているツツジという意味の「石つつじ」はサツキがもっともふさわしいかもしれないが、歌の内容・情景からサツキを詠った万葉歌はない。

　ヤマツツジはもっとも普通にあるツツジであるが、半落葉なのでサツキほどは珍重されない。万葉集で「につつじ」とあるのはまずヤマツツジと考えてまちがいない。海北若沖《かいほくじゃくちゅう》の『和訓類林』に引用されているように、『和名抄』に「兼名苑云 山榴 阿伊豆々之 即山石榴也 花與羊躑躅相似矣」とあり、アイツツジという和名と中国にはない山榴という漢名が出てくる。中国では西域から伝えられた石榴《ざくろ》を非常に賞用し古くから栽培してきた。花が赤くて美しい花木にしばしば石榴の名をつけるが、その例にツバキに対する海石榴がある（ツバキの条を参照）。山榴は赤い花のツツジを指すはずで、日本は石榴の名を借用してヤマツツジに充てたのである。桃色系のツツジもあるが、その代表はモチツツジで、ヤマツツジとともにもっとも普通にあるツツジ種の一つである。『和名抄』に羊躑躅の和名の一つとして毛知豆々の名が見える。その名は新芽・蕾・若枝・葉柄・萼などに腺毛があって鳥もちのように粘るのでつけられたと思われる。どのツツジ種でも多少の粘りはあるが、モチツツジで特に著しくネバツツジの別名がある。集中の詠人未詳の歌に「花橘を末枝にもち（毛知）引き懸け」（巻十三、三二三九）の句があり、粘つく毛知の語は万葉時代にあった。モチツツジは近畿地方以西ではもっとも普通にあるツツジであるから、その名は古くからあったと思われ、『和名抄』、『本草和名』などのモチツツジもこれでよいだろう。モチツツジは江戸時代では盛んに栽培された。それは本種が他種にあまりない花冠の変異に富むという形質があるからで、多くの品種が生み出されたが、近年ではあまり見かけなくなった。

モチツツジ　花は４月～５月、葉の展開と同じ頃咲き、直径４～６㌢、明るい紅紫色。

「おかつつじ」という名も『和名抄』や『本草和名』などが茵芋の和名としたものであるが、ツツジは一般に岩場や砂礫地などのように土壌の薄い痩せ地に生える。「いはつつじ」はいうまでもなく岩場に生えるものをいうが、丘陵や低山の林縁の痩せ地にヤマツツジやモチツツジなどのツツジ類がよく生えるから、これらを総称してオカツツジと呼んだのであろう。ツツジの形態による分類は難しいから、古代人は花の色や生えている環境で区別したと思われる。結論からいえば、『和名抄』など、平安時代の文献が茵芋をツツジの類としたのは誤りである。これをツツジの類としたのはいかなる経緯であるのか考証してみよう。

茵芋も、羊躑躅と同じく、『神農本草經』の下品に収載され、薬効については「五藏（五臟）の邪氣、心腹寒熱（胸、腹の悪寒や発熱）にて羸痩（やせる）し、瘧（おこり）狀の如き發作有る時、諸關節の風濕痺痛を主る」と記載されている。『名醫別錄』以降の本草書はいずれも茵芋を有毒としている。『本草經集注』（陶弘景）には、「莖葉の狀は莽草（シキミ科シキミ）の如くして細軟なるを取り之を用ふ。皆、細莖を連ぬ」と記述されている。しかし、『本草綱目《ほんぞうこうもく》』（李時珍）では、『本草經集注』、『圖經本草』を引用するのみで、李時珍の注はなく、茵芋が何であるか知りかねているようである。茵芋は芋の名がついているが、李時珍は『本草綱目』釋名で「茵芋、本《もと》因預に作り、未だ其の義詳ならず」と述べている。しかし、茵預（あるいは因蕷）の名はほかの文獻にはなく、その論拠も明らかにしていない。『千金方』に、婦人の産後の中風を治す方として、木防已膏と防風酒が収載されているが、いずれも茵芋を含む。また、やはり中風の方に茵芋酒が収載されており、『圖經本草』に記載される方では十二味の生薬を配合するのに対して、『千金方』では六味とかなり違いがあるが、いずれも茵芋を主薬とすることでは共通する。

李時珍も指摘するように、古医方では風湿（リュウマチ、関節炎など筋肉や関節の痛み、痺れを伴う疾病の総称）や風痺（発熱による麻痺の症状のこと）など、漢方医学で風と総称する疾病を治す妙薬であったが、後世では使うことが稀になり、それとともに茵芋の基原に関する情報も風化していったと思われる。現在の中国の文献、たとえば『中薬大辞典』、『中国高等植物図鑑』では、いずれも茵芋をミカン科 ***Skimmia reevesiana***（リュウキュウミヤマシキミの和名があるが、沖縄には産しない）に充てる。この植物はアルカロイドを含み有毒であり、木本ではあるが、高さ一メートル足らずの細い低木なので、草本と分類されても不思議はない。『圖經本草』にある記載とこの形態的特長は矛盾しないから、この考定は妥当であろう。

日本には同属種のミヤマシキミがあり、関東地方以西の本州・四国・九州の山地林下に生え、国外では台湾の高地に稀産する。変種として奄美大島以南の南西諸島の常緑林内にはやや大型のリュウキュウミヤマシキミが、また北海道から九州および樺太の冷温帯にはツルミヤマシキミが分布する。いずれのミヤマシキミであっても実質的には日本の特産種といってよい。『延喜式』巻第三十七「遣諸蕃使」によれば、茵芋は唐使・渤海使への贈答品としたとあるので、当時の日本の特産物であったと考えられる。また、中国産同属類縁種の分布は揚子江流域以南の東南部温暖地帯であり、唐の長安や渤海から見ればかなり遠隔の地にあるので、日本産のミヤマシキミが茵芋として珍重されたのではないか。朝鮮半島にミヤマシキミの分布はないので、薬用植物としての茵芋に関する知識は帰化漢人がもたらし、『延喜式』にあるように諸国に産物の進貢を命じたと思われる。

李時珍ですら正体を知らなかった茵芋の基原を、ミヤマシキミの類としたのは、江戸時代の本草家であった。十九世紀前半、P・F・シーボルト（一七九六―一八六六）が日本で採集した標本の中に

ミヤマシキミ　花は４月～５月に咲き、その後、径0.8～１センチの果実が赤く熟す。

ミヤマシキミがあり、オランダ国立植物標本館ライデン分館に所蔵されている標本に茵芋という漢名の記載があるからである（加藤僖重、「獨協大学科学研究紀要」二〇〇五年）。シーボルトは水谷《みずたに》豊文《とよぶみ》（一七七九―一八三三）や伊藤圭介《いとうけいすけ》（一八〇三―一九〇一）など江戸後期の日本人本草家と交流があり、その協力を得て植物採集を行った。水谷の自著である『本草綱目記聞《ほんぞうこうもくきぶん》』にミヤマシキミを茵芋としているから、水谷がシーボルトにこの知識を提供したと思われる。ちなみに、江戸初期に成立した『大和本草《やまとほんぞう》』（貝原益軒《かいばらえきけん》）の巻十二「雑木類」に深山莽草《みやましきみ》（和製漢名）が収載されているが、茵芋の名はない。ミヤマシキミの学名は *Skimmia japonica* といい、スウェーデンの植物学者C・P・ツュンベリー（一七四三―一八二八）が一七八三年に記載している。ツュンベリーは、安永四―五（一七七五―七六）年に日本に滞在し、当時の日本の本草家の協力でミヤマシキミほか多くの植物を採集した。属名の *Skimmia* は日本語のシキミに由来するものであり、同属で最初に記載された種であった。

　万葉集にある茵花がツツジであることはもはや疑う余地はないが、名の類似性を除いてまったく関係のない茵芋をツツジとしたのは平安の本草家の誤りであった。万葉集ほか上代の文献に躑躅・茵芋の名がないのは、当代の中国本草書である『新修本草』や『本草經集注』にそれらがどんな植物であるか想像させるに十分な記述に乏しかったからであろう。これが借音・借訓で和名を表記させ、茵花という義訓の名をつくらざるを得なかった背景である。ツツジに茵の字を充てたのはそれなりの理由があるはずだが、茵は「しとね」、すなわち今でいう座布団みたいなものだが、ツツジという植物に結びつくものではない。『新撰字鏡』には、菌芋という名があって茵芋の誤認としたのであるが、茵と菌は相通じるから、これくらいの名の変形は十分に起こりうる。

　これとは逆に、万葉集の茵花が菌花の誤認としたらどうであろうか。菌は、現在では、ばい菌の意であるが、古くはタケやキノコを指すものであった。キノコの中には傘をひっくり返したような形状のものが多くあり、満開のツツジの花であれば、形はよく似る。『萬葉古今動植正名』に、「つゝじの屬、花みなつゝしべなるゆゑ、つゝじと名づくるか。つゝじは、つゝしべの下略」という記述があり、ツツジの語源は「筒状のしべ」であって、ツツジの花の形状に由来するという。『和名抄』に「東宮切韵云　蘂 而髓反 之倍 花心也」とあり、しべは花の中心にある部分をいい、この説は十分に説得力がある。とすれば、茵花が菌花であったというのも決して荒唐無稽な推論ではないだろう。

つづら（都豆良）

ツヅラフジ科（Menispermaceae）アオツヅラフジ（*Cocculus trilobus*）
ツヅラフジ科（Menispermaceae）ハスノハカズラ（*Stephania japonica*）
マメ科（Fabaceae）クズ（*Pueraria lobata*）

駿河の海　磯辺《おしべ》に生ふる　浜つづら　汝《いまし》を頼み　母に違《たが》ひぬ
駿河能宇美　於思敝尓於布流　波麻都豆良　伊麻思乎多能美　波播尓多我比奴
（巻十四　三三五九、詠人未詳）

【通釈】駿河国の相聞の東歌。「おしべ」を磯辺としたのは『代匠記』であり、東国ではイがオに、ソがシに訛るという。「いまし」は「みまし」ともいい、汝《なんじ》の意。第三句までは、丈夫な蔓が伸びることから、長く絶えずにを譬喩《ひゆ》する。この歌の意は、駿河の海の磯辺に生えているハマツヅラの（蔓の）ように（長くそして心から深く）あなたが頼みと思っているので、母に背いてしまいました、それほどあなたのことを思っているのですとなる。女が男にあてた恋歌である。

【精解】右の歌にある「浜つづら」は浜に生えるつづらという意味である。つづら（葛籠）とは蔓、細くしなやかな茎枝あるいは竹などを削ったごく薄い板を編んでつくった衣服などを入れる箱をいう。古い時代では、ほとんど蔓を綴《つづ》ってつくったから、つづらの名が起こった。蔓も「綴《つづ》る」に由来し、植物名のつづらは蔓と同義である。茎を綴って籠《かご》をつくるには、しなやかさと強靭さが必要だから、一般には木質の蔓性植物に対してつけられる名前である。これとよく似た名前で、蔓性植物の名に多いかづら（かずら）があり、蔓草で髪の飾りとするものをかづらと称し、鬘《かつら》もこれから起こった。現在でも神道の神事に用いるヒカゲノカズラ、『皇太神宮儀式帳』（『群書類従』第一輯神祇部所収）に見える眞佐岐蘰《まさきかずら》（キョウチクトウ科テイカカズラ）は古き時代の習俗を残した名である。『日本書紀』には磨左棄逗邏《まさきづら》の名が見え、マサキツヅラが短縮したもの（マサキカヅラでは音韻的に無理）と考えられ、鬘だけでなく葛籠《つづら》をつくるのにも用いられたことを示す。つづらとかづらは、同じ蔓であっても、用途によって区別されたが、時代を経るごとに不明確となり、かづらの名をもつものの方が多くなった。万葉集には「縵《かづら》ける」を詠った歌は、巻三の四二三の「菖蒲《あやめぐさ》花橘を玉に貫きかづらにせむと」などいくつかあるが、「綴《つづ》る」を詠ったものはない。おそらく、つづらは弥生時代以前の古い言葉であり、より新しいかづらに駆逐されていったのだろう。

さて、前述の浜つづらは実際にどんな植物を指すのであろうか。まず、古い名を残している可能性が高い方言名を探索すると、ツヅラフジ科のアオツヅラフジとオオツヅラフジ、マメ科クズの三種につづらの方言名がある（『日本植物方言集成』）。前述したように、つづらとかづらは蔓の意味で同義であるから、この部分名を基にして古文献を検索すると、『本草和名《ほんぞうわみょう》』に「防巳　一名解離一名石解木防已一名解推一名解名一名解燕一名方　已上六名出釋藥性　和名阿乎迦都良」とあり、『和名抄《わみょうしょう》』に「本草云　防己　一名解離　阿乎加都良」、和名のアヲカヅラと漢名の防已が出てくる。このうちの防已についてさらに考察してみよう。防已《ぼうい》（防己《ぼうき》、防巳《ぼうき》ともいう）は『神農本草《しんのうほんぞう》經《きょう》』の中品に収載される古い薬用植物であり、「風寒（風・寒の複合した病邪）・温瘧（邪気によって起きた発熱生疾患）・熱氣（各種のひきつけ）・諸癇（熱を伴う気）を主《つかさど》り、（病）邪を除き、大小便を利す」効があると記載されている。すなわち、風疾の要薬ということだが、江戸時代の古方派漢方の巨頭吉益東洞《よしますとうどう》（一七〇二―一七七三）は「大小便を利す」を重くみて治水薬と考えた。いずれにせよ、漢方の要薬であることに違いはないが、古くから防已の基原は複雑・混沌としていることで知られていた。

『本草經集注《ほんぞうきょうしっちゅう》』（陶弘景《とうこうけい》）では「大にして青白色、虚軟の者が好し。黯（＝點）黑、冰強の者は佳からず」とあるだけで、これからどんな植物であるかを推定することは難しい。『新修本草《しんしゅうほんぞう》』（蘇敬《そけい》）では「防已の本《もと》漢中より出づる者は車輻解を作り、黄の實《じつ》にして香ばし。其の青白虚軟の者は木防已と名づけ都《すべ》て用ふるに任《た》へず。陶（弘景）が之を佳しと謂ふ者は蓋《なん》ぞ未だ漢中に見ざる者なるや」と述べ、陶弘景を批判した。『蘇敬注』にある車輻解は、これだけでは言葉足らずでわかりにくいが、『圖經本草《ずけいほんぞう》』（蘇頌《そしょう》）に「漢中に出づる者は之を破れば文（紋様のこと）は車輻の解を作る」とあり、要するに茎の切り口が導管《どうかん》部と放射組織が交互に放射状に配列して車輪の輻《や》のようであることをいう。『本草綱目《ほんぞうこうもく》』（李時珍）によれば、『神農本草經』や『本草和名』にある別名の解離の字解を「其の紋の解するに因るなり」とし、茎根の横切面に現れた紋様の状態を示したものという。このような特徴をもつ植物すなわち漢中防已と称するものは、ツヅラフジ科のオオツヅラフジあるいはウマノスズクサ科ウマノスズクサ属などで木質茎をなす種に限られる。中国ではオオツヅラフジは少なく、生薬市場で防已と称するものはほとんどは木質性のウマノスズクサ属種であり（『和漢薬百科図鑑』）、逆に日本では

アオツヅラフジ　７月～８月に花が咲き、その後、径７ミリほどの球果が藍黒色に熟す。

オオツヅラフジを豊産するからこれを漢防已と称した。一方、『圖經本草』に「又腥氣有り、皮は皺《しわ》み、上に丁足子あるを木防已と名づく」とある木防已は、『蘇敬注』に青白虚軟（青々として軟弱なこと）とあることを併せると、新しい茎が非木質で鮮緑色のより小型のアオツヅラフジを指すと考えてまちがいない。万葉学では、しばしば、アオツヅラフジをオオツヅラフジの小型と考えることが多いが、後述するように、生態がまったく異なるので区別すべきである。そのほか、防已にはハスノハカズラ属種を基原とするもの（粉防已）があり、江戸時代には中国から輸入していた。防已の各基原種は後世になって区別されるようになったが、『本草綱目啓蒙』（小野蘭山《おのらんざん》）も「木防已漢防已ノ分別ノ説一ナラズ」と記述していて、中国も含めて古文献の混乱ぶりに狼狽している様子がわかるだろう。

ツヅラフジ科植物のいずれの種もアルカロイドを含むことが知られている。オオツヅラフジの主成分シノメニンはモルヒナン骨格を有するが、麻薬であるモルヒネとは光学的に逆のd体である。麻薬作用はないが、非モルヒネ様の鎮痛作用が確認されているほか、抗炎症、免疫抑制作用などが知られている。オオツヅラフジを基原とする漢防已を配合した漢方処方は神経痛・リュウマチ・関節炎などに用いる。今日の日本漢方では漢防已以外の防已は用いないのであるが、防已の基原がひどく混乱していた江戸時代では漢方医はさぞ悩んだことであろう。平安時代の文献にアヲカヅラとあったものは、アオツヅラフジでまちがいないが、では、古代では防已はすべてアオツヅラフジであったかというと、必ずしもそうとはいいきれない。アオツヅラフジ・オオツヅラフジは単に大型と小型というふうに類型化されていたからである。しかし、両種の生態にはかなりの違いがあり、オオツヅラフジは内陸の山地の林内、林縁に生えて大きな木をよじ登り、二十メートル以上になるが、アオツヅラフジは山地・平地の草原で藪状に生えて高くよじ登ることはほとんどない。したがって、同名で呼ばれても生態で判断することが可能である。江戸時代になると、オオツヅラフジをツタノハカヅラの別名（『本草綱目啓蒙』）で呼ぶこともあり、ようやく区別できるようになったようだ。また、別名メクラブドウは果実がヤマブドウに似て毒がある（アルカロイドを含む）ので、食べると中毒を起こして目がつぶれると信じられたからである。

防已の基原植物の一つでもあるハスノハカズラも東海地方以西の暖地の海岸近くの路傍や岩場に分布するから、これを万葉集にある浜つづらとする説もある。南紀地方に、役に立たないツヅラという意味の、イヌツヅラの方言名があるので、古くからつづらとして認識されていた可能性は否定できない。この植物はアオツヅラフジよりずっと南方に分布の中心をもつ亜熱帯性植物であるが、ちょうど東海地方は北限であり、冒頭の東歌の駿河地方の海岸にあってもおかしくない。以上から、万葉歌にある浜つづらはアオツヅラフジかハマツヅラフジのいずれかとなる。

上毛野　安蘇山つづら　野を広み　延《は》ひにしものを　何《あぜ》か絶えせむ　（巻十四　三四三四、詠人未詳）

万葉集にもう一首、つづらの名が右の東歌に出てくる。定説ではこれもオオツヅラフジあるいはアオツヅラフジと解釈されている。しかし、歌の内容を吟味すると、「山つづら野を広み延ひにしものを」とあり、広い野原を匍匐して生えている様子を示す。木によじ登るオオツヅラフジ、草原にも生えるが匍匐して広がるようには生えないアオツヅラフジではしっくりこないことは明らかである。結論からいえば、この「山つづら」はマメ科クズである。前述したように、クズはつづらという方言名が残り（和歌山）、平たい地形でも匍匐して旺盛に生え、また大きな木によじ登って上にも伸びる柔軟な生態をもつ。おそらく人里に近い山で木が伐採された跡に生えたクズを「山つづら」と称したのであろう。

つばき（椿・海石榴・都婆伎・都婆吉）　ツバキ科（Theaceae）ツバキ（*Camellia japonica*）

巨勢山《こせやま》の　つらつら椿　つらつらに　見つつ偲《しの》ばな　巨勢の春野を　（巻一　五四、坂門人足《さかとのひとたり》）

巨勢山乃　列々椿　都良々々尓　見乍思奈　許湍乃春野乎者

奥山の　八峯《やつを》の椿　つばらかに　今日は暮らさね　丈夫《ますらを》の伴　（巻十九　四一五二　大伴家持《おほとものやかもち》）

奥山之　八峯乃海石榴　都婆良可尓　今日者久良佐祢　大夫之徒

わが門《かど》の　片山椿　まこと汝《なれ》　わが手触れなな　地《つち》に落ちもかも　（巻十九　四四一八　物部廣足《もののべのひろたり》）

和我可度乃　可多夜麻都婆伎　麻己等奈禮　和我弖布禮奈々　都知尓於知母加毛

【通釈】第一の歌の序に、「大寶元（七〇一）年辛丑の秋九月、太上《おほき》天皇《すめらみこと》の紀伊國に幸《いでま》しし時の歌」とあり、太上天皇とは持統天皇をいう。巨勢山は奈良県御所市《ごせし》古瀬（近鉄吉野線吉野口駅周辺）にある標高二九五メートルの小さな山である。藤原京から紀伊へ行くとき、必ず通るのが巨勢路《こせじ》で、能登瀬《のとせ》川に沿う。「つらつら」は現在でも使われる言葉だが、同音により「ツバキ」を引き出す序。歌の意は、（今は花のない）巨勢山のツバキをじっくりと見ながら、花の盛りの巨勢野の春の美しさを偲《しの》んでみよう、となる。野生ツバキの花を偲んで詠ったことはまちがいなく、当時から美しい草木と認識されていたことを示唆する。第二の歌は天平勝宝二（七五〇）年三月三日、家持の館で催された宴会で読まれた歌。第一句・二句は同音利用により「つばらかに」を導く序。歌の意は、奥深い山々に生えるツバキのように、今日は十分にくつろいでください、丈夫たちよとなる。第三の歌は防人《さきもり》歌で、「右の一首は、荏原の郡《こほり》の上丁《かみつよぼろ》物部廣足」という序があり、武蔵国荏原《えばら》郡（現在の東京都品川区荏原）出身の農民物部廣足の歌である。「天平勝寶七（七五五）歳乙未の二月、相替りて筑紫《つくし》に遣さるる諸國の防人等の歌」とあり、ちょうど防人の交替の時期にあたり、九州筑紫国の沿海防備のため、派遣される直前に歌った。天智二（六六三）年、百済《くだら》に援軍を送った日本軍は白《はく》村江《すきのえ》の戦いで唐・新羅の連合軍に大敗し、朝鮮半島から撤退を余儀なくされた。以来、九十余年を経た当時も朝鮮半島、大陸からの侵略に備えるため東国の農民を派遣し続けたのであった。この歌は東国の防人の望郷の歌であり、故郷に残した恋人に対する情愛を表したものである。当時の都は近畿地方大和盆地にあり、かつて大陸文化の受け入れ口として栄えた九州はもはや辺境の地であった。廣足の故郷である東国は都を挟んで九州とは反対方向にあり、やはり辺境の地と考えられていた。つまり東国の防人は辺境から辺境への移動を命じられたのであった。当時、大伴家持は兵部少輔で東国に赴任しており、諸国防人部領使《ことりづかい》に歌を上進させた。すべての歌を収載したのではなく、「拙劣なる歌は取り載せず」として家持が選歌に当たった。この歌の意は、わが家の門辺に咲いている片山ツバキよ、お前は私が手を触れる前に地に落ちてしまうのか、となるが、故郷に残した恋人を片山ツバキに譬えることで美人であることを暗示し、自分が留守の間にほかの男に寝取られないか案じた切ない歌である。片山ツバキは「かた」山つばきであろうが、「かた」の意味はわからない。

【精解】万葉集に、「椿」、「海石榴」、「都婆伎」、「都婆吉」とある歌は、それぞれ四首・三首・一首・一首ずつあり、いずれも「つばき」と訓ずる。後二名は借音の真仮名で表記されているから訓に問題はない。前二名すなわち椿・海石榴は、『出雲國風土記』にも多出し、十数カ所も出てくる。たとえば、「意宇郡」の条に「凡《すべ》て、諸《もろもろ》の山野に在る所の草木は、麥門冬・獨活・（中略）・海榴　字を或は椿に作る・云々」、また「秋鹿郡」の条には「凡て、諸の山野に在る所の草木は、白朮・（中略）・椿・楠・云々」とあり、海（石）榴、椿の両名が混在するが、同一の条に出てくることはないので、「意宇郡」の条の注にあるように、同物異名と考えてよい。『日本書紀』巻七の景行天皇十二年の冬十月の条に、碩田國《おおきたのくに》（豊後国の一部）の土蜘蛛（天皇に恭順しない土豪のこと）を討つため、「則ち海石榴樹を採りて椎《つち》に作り兵《つはもの》にしたまふ」とあるように、その木で武器を作ったという記述がある。ここでも海石榴となっており、この名は上代の文献ではかなり多出する。

椿は、『和名抄《わみょうしょう》』に「唐韻云　椿　勅倫反　豆波岐　木名也」とあり、『新撰字鏡《しんせんじきょう》』に「椿　勅屯反　豆波木」とあって、「つばき」の漢名は椿としていることがわかる。現在でもこの訓を用いるが、国訓であって、後述するように、中国ではまったく別の植物を指す。一方、海石榴は「つばき」の義訓であるが、万葉集歌の比較によってもこの訓を類推できる。第二の歌の「八峯乃海石榴」の類句が、巻二十の四四八一にあって「夜都乎乃都婆吉」のように借音の真仮名で表記されているので、その比較によって海石榴を「つばき」と読むことができる。また、『和名抄』にも「楊氏漢語抄云　海石榴　和名同上　式文用之」とあり、椿の同義とする。結局、椿・海石榴の二名も、「つばき」と訓じてまったく問題ないのであるが、それぞれ複雑な背景があり、ここでさらに詳しく解説する。

まず、椿については、『新修本草《しんしゅうほんぞう》』（蘇敬《そけい》）に椿木葉の名があり、これが本草における椿の初見である。『本草和名《ほんぞうわみょう》』にも「椿木葉樗木　蘇敬注云二樹相似樗木疏椿木實也　和名都波岐」とあり、『蘇敬注』すなわち『新修本草』を引用している。第一の例歌は、大宝元年の持統天皇の行幸の時の歌であるから、まだ『新修本草』は伝えられておらず（カシハの条で述べるように、七二三年から七三一年の間に伝わった）、本草書をもとにして椿の字を借用したのではないことになる。仮に伝わっていたとしても、「二樹の形相似し、樗木は疏、椿木は實《じつ》にして別と爲すなり」という記述から、椿の基原を類推してツバキに近いものと考えるのは無理であろう。椿を、春に花を咲かせるツバキのためにつくられた国字とする意見があり、ヒイラギに対する柊、エノキに対する榎と同様の発想に基づくものだが、漢字が伝えられて二百年ほどしか経ていない時代に、国字をつくるほど漢字文化は成熟していたか疑問である。椿の字は本草書以外にも出現し、『荘子』の「逍遙遊篇」に「上古に大椿《たいちん》なる者有り、八千歳を以て春と爲し、八千歳を以て秋と爲す」とある。ここにある大椿は、実在する樹木ではなく、一季が八千年にあたるという伝説上の長寿の霊木であり、ここから椿の字を借用したとも考えられる。

『延喜式』巻第四十七「左右兵衛府」に「正月上卯日御杖仕奉（中略）其御杖　榠樝《カリン》三束　一株爲束　木瓜《ボケ》三束　比比良木《ヒヒラギ》三束　牟保己三束　黒木三束　桃木三束　梅木二束　已上二株爲束　椿木六束　四株爲束」とあり、当時の宮中の風習に用いる卯杖《うじょう》の材料として、椿木が献上されたと記述されている。卯杖とは、長さ五尺三寸ほどに切った木の棒であり、正月に入って最初の卯の日に、魔除けの目的で室内の壁などに面して置くものをいう。天平勝宝四（七五二）年、孝謙天皇が大仏開眼供養の際に使用したと伝えられる椿杖（卯日杖）が正倉院に保存されている。もともとは中国に起源のある風習であり、モモ・ウメなど中国伝来の霊木から卯杖につくったが、『延喜式』にあるようにツバキやヒイラギも卯杖の材料とされた。『古事記』「仁徳天皇紀」にある「葉廣《はびろ》斎つ眞椿（由都麻都婆岐《ゆつまつばき》）其《し》が花の照り座《いま》し其が葉の廣り座すは大君ろかも」という歌謡にもあるように、ツバキは古くから神木として特別の存在であった。『年中行事秘抄』（『群書類従』第六輯公事部所収）の「上卯日御杖事」に「廣業卿卯杖詩云請見漢家靈壽物　女羅舊大椿枝」とあるのもそれを強く示唆する。したがって、中国において伝説の霊木であった大椿の名をツバキに充てたとしても不思議ではない。

　中国本草にある椿木葉は、大椿ではなく、実在の植物である。結論からいえば、ツバキとはまったく類縁のない植物であり、椿の字をツバキに充てるのは誤りとしばしば指摘される。しかし、中国本草にある椿木を誤認したのではなく、想像上の植物名に由来するのであるから、誤りとするのは正しくない。ここで、中国に実在するという椿とは、どんな植物を指すか考証する。

　『新修本草』に椿木葉が初見すると述べたが、その記述で椿と樗は相似するとあるように、椿に似たものがいくつかあって、中国本草でもその基原の識別に四苦八苦してきたという実情がある。宋代の『圖經本草《ずけいほんぞう》』（蘇頌《そしょう》）は、中世の本草書としてはかなり詳細な記述で定評を得ているが、それでも「椿木、樗木、舊《ふる》くは並《とも》に州土に出る所を載せず。今、南北に皆有り。二木の形幹、大抵相類す。但し、椿木は實《じつ》（材が充実）にして葉は香ばしく噉《く》ふべし。樗木は疎《そ》（材が空虚）にして氣は臭し。膳夫（料理人）亦た能く熬《い》りて其の氣を去る。北人、樗を呼びて山椿と爲し、江東人呼びて鬼目と爲す。葉の脘《を》ちる處に痕有りて樗蒲子の如し。又眼目の如く、故に此の名を得る。其の木、最も無用と爲す。莊子の謂ふ所に、吾に大木あり、人、之を樗と謂ふ、其の木は擁腫して繩墨に中《あた》らず、小枝は曲拳して規矩に中らずと云々」という記述は冗長であって、椿がどんな植物であるか想像するのは困難である。『本草綱目《ほんぞうこうもく》』（李時珍）は、中国本草の集大成といわれるほどの名声を得ているが、その記述は「椿、樗、栲は乃ち一木の三種なり。椿木の皮は細、肌は實して赤し。嫩葉は香ばしく甘く茹《く》ふべし。樗木の皮は粗、肌は虚にして白く、其の葉臭惡なり。歉年、人或は采りて食ふ。栲木は卽ち樗の山中に生ずる者なり云々」とあり、もう一種を加えて椿・樗・栲を相類するものと李時珍は考えたが、依然として明解な答えになっていない。

　いずれの本草書も、椿の葉に香りがあって若葉は食べられることでは一致し、これと『植物名實圖考《しょくぶつめいじつずこう》』の木類巻之三十五にある図と合わせて判断すると、センダン科チャンチンに該当する。中国では、チャンチンの樹皮・根皮を椿白皮と称して薬用とするが、『食療本草』に初見するもので、正統本草では収載されていない。チャンチンの漢名は、『經驗方』に香椿とあり、猪椿（『食療本草』）・紅椿（『植物名實圖考』）など多くの異名がある。しかし、いずれも椿の名で呼ばれるから、椿木をチャンチンとするのは妥当であろう。

一方、樗は、『植物名實圖考』の木類巻之三十五の図から、ニガキ科のニワウルシであり、その漢名は『食療本草』に臭椿とあるが、現在では『群芳譜』にある臭椿を用いる（『中国高等植物図鑑』）。その樹皮・根皮は樗白皮と称するが、時にこれを椿白皮と称することもあり、しばしば混乱する。栲とは、本書でもカジノキとして既出するが、それは国訓であって、中国ではウルシ科ヌルデまたはその近縁種を指す。樗も国訓ではセンダンである。チャンチンは日本に自生しないが、名前が似て紛らわしいものにウルシ科のチャンチンモドキがあり、中国南部からヒマラヤの亜熱帯地域に分布し、わが国でも九州の一部に自生が知られている。古い時代では、現在よりずっと個体数が多かったらしく、長崎県諫早《いさはや》市多良見《たらみ》町伊木力《いきりき》遺跡から果実遺体が大量に出土するほか、弥生時代の巨大な環濠遺跡である吉野《よしの》ケ里《がり》遺跡からはチャンチンモドキの材でつくられた井戸が出土している（『海をわたった華花』）。チャンチンモドキの実を発酵すれば酒を造ることができるので、九州では古くから利用されていた。

ここでチャンチンモドキの介在によって、チャンチンとツバキが混同された可能性を指摘しておきたい。すなわち、チャンチンモドキの実は直径三センチほどの球形であり、ツバキの実とよく似ている。一方、チャンチン、チャンチンモドキはいずれも落葉高木で、この両種は枝葉・樹形が非常によく似ていて、実がない状態では区別は難しいほどだ。仮に、中国でチャンチンとチャンチンモドキが混同されたと仮定すれば、日本ではチャンチンモドキと実が似ているツバキと混同されることが起こりうるのである。幕末の考証家畔田《くろだ》翠《すい》山《ざん》（一七九二―一八五九）は、ツバキに椿の字が充てられた経緯を、中国本草にある石南の記述に由来すると考えた。すなわち、『本草《ほんぞう》衍義《えんぎ》』の石南の条（翠山は『證類本草』としている）に「石南葉の狀、枇杷葉の小なる者の如し。但し、背に毛無く光りて皺《しわ》まず。正二月の間に花を開く。冬に二葉有りて花苞と爲す。苞、既に開き、中に十五餘の花有り、大小椿花の如く甚だ細碎にして、一苞毎に約《およ》そ彈許りの大いさにして一毬を成す。一花六葉、一朶に七八毬有り、淡白綠色、葉の末は微《わず》かに淡赤色なり云々」とあり、ここに「大小椿花の如く」とあることから、これをもってツバキは椿の類というのである。すなわち、翠山は、石南をツバキの類と解釈しているのである（ちなみに、『本草和名』は「石南草　止《と》比《び》良《ら》乃岐」としている）が、『植物名實圖考』の図によればツバキとはほど遠いもので、バラ科オオカナメモチあるいはフトモモ科アデクに近いもののようであり、『本草衍義』の記述によく合うのはこちらである。ちなみに『中薬大辞典』では後者に充てている。

次に、海石榴について考えてみよう。この名は、日本だけではなく、中国や朝鮮の文献にも出てくる。代表的な唐詩人である李白は、本詩中には詠っていないが、詩題では「詠鄰女東窗海石榴」（『全唐詩』巻一八三）のように、はっきりと海石榴の名を出している（ただし、詩中では海榴と約す）。とりわけ注目すべきことは、『延喜式』巻第三十「大藏省」の賜蕃客例にある「大唐皇 銀文五百兩 水織絁・美濃絁各二百疋 細絁・黄絁各三百疋 黄絲五百絇 細屯綿一千屯 別送綵帛二百疋 疊綿二百帖 長綿二百屯 紵布三十端 望陁布一百端 木綿一百帖 出次水精十果 瑪瑙十果 出欠鐵十具 海石榴油六斗 甘葛汁六斗 金漆四斗」という記述である。中国の史書『冊府元龜』巻九七一に、「開元二十二（七三四）年四月、日本國遣使來朝、美濃絁二百匹、水織絁二百疋を獻ず」という記録があり、『延喜式』記載の献上品の一部と一致する。『續日本紀』巻十一の天平四（七三二）年八月丁亥の条に、「從四位上多治比眞人廣成を以て遣唐大使と爲す」という記述があるので、『延喜式』の賜蕃客例にある品物リストは、第九回遣唐使（七三三年〜七三五年）大使の多治比廣成《たじひのひろなり》（？—七三九）が持参した唐皇帝への献上品であることがわかる。この中に海石榴油六斗とあって、海石榴から製した油の名が出てくる。石榴は西アジア原産のザクロ科ザクロのことであり、海石榴油が植物由来の油を意味することは明らかである。植物油には芳香揮発性成分である精油もあるが、当時の東アジアでは植物精油の製造技術や利用文化もなかったので、脂肪油以外はありえない。日本列島産の植物で油が採れるものは限られるので、海石榴油の原料植物としてツバキを当てることは妥当であろう。

また、ツバキに海石榴の名が与えられた経緯については、中国における植物名のつけられ方を考証すれば理解できる。中国は、四川省の人口が最大であることからわかるように、基本的に内陸に文化の中心をもつ国である。海岸に近い地域に首都が置かれたことはなく、随・唐の二つの大帝国の首都であった長安（大興城）も海からはるかに離れた地に存在する。したがって、中国人にとって海は辺境であり、異国はさらにその海を越えたところにあると考えたのである。中国の植物名で名前に海を冠したものは多いが、実際に海岸地帯に生えるものを除けば、すべて外国産ないし中国にあっては辺境の地の産であって、この場合は海という名に地理的な意味はない。実例として、南アフリカ原産のサトイモ科観葉植物である海芋《カイウ》（*Zantedeschia* spp.）、中東原産のヤシ科有用植物である海棗《ナツメヤシ》（*Phenix dactylifera*）、南アメリカ原産のマメ科観葉植物である海紅豆《アメリカデイゴ》（*Erythrina crista-galli*）などを挙げることができる。朝鮮から満州・極東ロシアに多いマツ科チョウセンゴヨウ *Pinus koraiensis* の古い中国名が海松（現在では紅松を用いる）というのも同じ理由である。

したがって、海石榴は隋唐時代に日本から献上されたツバキに対して与えられた中国名と考えることができる。当時の中国人も日本の使節が持ち込んだツバキの赤い花を見て感嘆したと想像され、同じ赤い色の花をつけ、当時の中国人がこよなく愛したとされる石榴《ザクロ》の名前を与えたとしても不自然ではなく、その名前を日本の使節がそのまま日本に持ち帰り、それをツバキに当てたと推定できる。

最近になって、日本産のツバキと同種とされるものが山東半島以南の黄海沿岸および東シナ海の沿岸地から報告されているが、これこそ日本の使節がもたらしたものが野生化したものと思われる。もしツバキが中国大陸に原生したのであれば、あれほど目立つ花をつけるツバキが、これほど長い間、中国人に気づかれないはずはないからだ。ところが、『中薬大辞典』では、海石榴は石榴の異名とし（その名の出典を明らかにしていない）、ツバキ説を認めていない。ザクロは脂肪油・精油のいずれの原料ともなり得るようなものではないので、この説が正しくないことはいうまでもないが、次の事実でもそれを理解することができる。

すなわち、高句麗の末裔が興した渤海国は、日本に三十数回も使節を派遣したことで知られるが、『續日本紀』巻三十四の宝亀八（七七七）年五月癸酉（二十三日）の条に「渤海使史都蒙《クメン》ら歸蕃す。大學少允正六位上高麗朝臣殿繼を以って送使と爲す。渤海王に賜はる書に曰く、天皇、渤海國王に敬問す。（中略）故に舟を造り使を差して送りて本郷に至らしむ。幷に絹五十疋、絁五十疋、絲二百絇、綿三百屯を附す。又、縁りて都蒙は請ふ、黄金小一百兩、水銀大一百兩、金漆一缶、漆一缶、海石榴油一缶、水精念珠四貫、檳榔扇十枚を加附す云々」とあり、渤海使節都蒙《クメン》が黄金などとともに海石榴油を所望したことが記されている。このことも海石榴油が当時の日本の特産であったことを示唆する。一方、ザクロは西アジアの原産であって、日本にはあまりなかったはずで、わざわざ渤海が日本に求めることはないだろう。また、文献上の証拠としては、『本草和名』巻十六にある不死藥廿一種の中に海石榴油があり、『崔禹食《さいうしょく》經《けい》』を引用した割注に「在海嶋中似安石榴」とある。安石榴はザクロのことであるが、海石榴が産するという海嶋を朝鮮とし、海石榴をチョウセンザクロとする説もある。一八一四年に成立したといわれる『海東繹史《かいとうやくし》』（韓致奫編『朝鮮群書大系』第二十輯、一九一一年、朝鮮古書刊行会）巻第二十六に、新羅國に海石榴多し。海石榴、新羅國より來る。種ゑる時、惟だ紅色一種」とあり、あたかも海石榴が新羅の特産品であるかのように記述されている。同書は明書の『類書纂要』（璩崑玉）を引用して「故に又丹若（ザクロの別名）と名づく」とも記述しているので、これをもって海石榴をザクロとする説の有力な論拠とされる。朝鮮ではツバキは半島南部の沿海地に限られるので、これも海石榴をザクロとする説の論拠とされているようである。チョウセンザクロの別名をナンキンザクロ・ヒメザクロともい

ツバキ　花は濃紅色または紫色がかった紅色で11月～12月、または2月～4月に咲く。

うように、ザクロの矮性の品種である。この説によれば、普通のザクロを石榴、チョウセンザクロを海石榴とするが、形態的にほとんど違いのない植物でこのように命名された例はほかになく、また、「似安石榴」とわざわざ記述することはないだろう。やはり、海嶋は日本であり、海石榴は安石榴《ざくろ》に似て非なるもの、すなわちツバキしかあり得ない。新羅はおろか高麗時代の古典資料すら乏しい朝鮮にあって、『海東繹史』は千年以上も前の新羅の物産に言及しているのであるから、その記述の信憑性こそ問題視されてしかるべきであろう。結局、この説はチョウセンザクロを朝鮮原産とし、中国ではザクロをあまり産しないという勘違いからきているにすぎない。

中国で、海石榴の名前が使われたのは唐代の初期までであり、以降の文献からその名は姿を消す。その理由としては、ツバキの類縁種トウツバキが唐の国内に見つかったからであり、外来を意味する海を冠する海石榴では中華思想の中国にそぐわなくなったからである。国内といっても、雲南省など西南諸省の暖地に分布し、ツバキよりも耐寒性が弱いので、揚子江以北では日本のツバキも引き続いて栽培されたに違いない。そのトウツバキに与えられた名前は山茶であり、同じツバキ科でチャノキによく似た種であるから、この名がつけられた。

山茶の名はさっそく日本にも導入され、日本原産のサザンカを山茶花と呼ぶようになった。サザンカは中国にも入っており、茶梅(花)と呼ばれる。ちなみに、サザンカの語源は山茶花の音読みのサンサカが訛ったものか、誤って表記された茶山花を音読みしたものといわれる。山茶はトウツバキのことだから、その名は誤りとする意見もあるが、そもそも日本原産でありながら和名がなかったからやむを得ないことであった。サザンカの植物地理学的分布はヤブツバキよりずっと狭く、四国・九州の南部から南西諸島であるから、古代日本では辺境の地であり、その存在は中央に知られていなかったのである。奄美大島以南に分布するものは、オキナワサザンカと区別されることがあるが、ややこしいことに、これと中国からベトナムにある油茶を同種とする見解があり、植物分類学の世界をほぼ二分する。この場合、オキナワサザンカは油茶の異名となる。油茶は日本にも入っており、園芸種の「田毎《たごと》の月」はサザンカではなく油茶の品種である。中国では油茶の種子から脂肪油を採取し、ツバキ油と同様に使う。また、サザンカと油茶を同種とする見解もあり、この場合はサザンカの種を大きくとってわが国西南部から南西諸島・中国南部・ベトナムに分布するとし、変異の激しい種と考える。

いずれにせよ、植物学に精通していない素人ではサザンカ・ツバキおよび近縁種の区別は難しいだろう。折口信夫《おりぐちしのぶ》（一八八七―一九五三）は、万葉歌にある海石榴をツバキとし、椿とあるのは山茶花すなわちサザンカであると主張している（『折口信夫全集二『花の話』』中央公論社）が、前述したように、サザンカは四国・九州の南部以南に分布するので、万葉集の主舞台であった大和盆地には自然生はなく、栽培されるようになったのもずっと後世の室町時代以降であるから、この説の成立は難しい。サザンカの開花は十一月から十二月であって、ツバキより二カ月ほど早い。つまり、新暦の新年では花の盛りであるが、旧暦では花は散っていることになる。一方、ツバキは新年のお目出度い時期に花の盛りであるから、これも神木としてあがめられた理由の一つに違いない。

ツバキは典型的な照葉樹であり、わが国では東北南部までの照葉樹林帯には普通に分布し、海岸地方だけでなく、かなり内陸部にも自生し、所々に大群生が見られる。ツバキの材は堅く丈夫なので古くから利用されてきたが、考古学資料としてもっとも古いのは、福井県三方五湖《みかたごこ》の縄文遺跡鳥浜《とりはま》貝塚で発見された漆塗りの櫛で、約五千年前のものと推定されている（『鳥浜貝塚調査報告』）。鳥浜貝塚からツバキ製の石斧の柄も出土している。

前述したように、ツバキの実は良質の油脂に富み、古代では中国皇帝へ献上するほど賞用されたものであった。縄文・弥生時代までさかのぼるようなツバキの実の確実な考古学的証拠はまだ見つかっていないが、ツバキの豊産する日本では相当に古い時代からツバキの実から脂肪油を採取していたことは想像に難くない。ツバキとはまったく関係はないが、大量のトチノキの実の遺物が岩手県御所野遺跡（縄文中期）から出土しているが、タンニンなどのえぐ味が強く、あく抜きを繰り返さないと食用にならない。こんなものでも縄文人はでんぷん源として利用したことを考えれば、ツバキの実を圧搾してツバキ油を得て何らかの利用をしたことは十分にあり得るのである。ツバキは、油料として利用するほか、葉を民間療法でわずかながら用い、そのほとんどは外用あるいは黒焼きとして内用する。ツバキの若葉はエラジタンニンと称する良質のポリフェノールが含まれるので健康茶としての利用に魅力があるが、カフェインを含まないためか、チャのような利用があったという文献上の証拠はない。ただし、同属近縁種のサザンカでは、『救民妙薬集《きゅうみんみょうやくしゅう》』に「疝氣寸白（下腹部、腰などの痛みを伴う病気）の薬　山茶花の葉廿枚、硫黄三匁、煎じて用ふ」という記述があり、内用されたことが示唆される。

ツバキの果実　熟すと中央の軸を残して３〜４つに裂け、中から灰褐色の種子が現れる。

ツバキとは、栽培種・変種を含めた総称なので、万葉集でいうツバキは野生種のヤブツバキである。ただし、この名称はすべての植物学者が納得しているわけではなく、北村四郎は野生品も栽培品も種は同じとして、野生品をヤブツバキと称するのに反対している。このことはツバキが園芸用に広く栽培され、膨大な品種が創出されていることを示している。ツバキを観賞するようになったのは、茶道や華道など日本の精神文化の多くが成立した室町時代以降であるが、本格的に発達したのは江戸時代になってからであり、多くのツバキ専門の園芸書も出版された。『百椿集』（安楽庵索、一六三〇年）には約百品種、『花壇地錦抄』（伊藤伊兵衛、一六九五年）には二百二十九品種を記録している。また、著者は不明であるが元禄年間（一六八八―一七〇四）に出版されたといわれる『椿花圖譜』には実に六百以上の品種が記載されているから、江戸初期から中期にかけていかにツバキの園芸が繁栄したかがわかるだろう。

一方で、ツバキは世界へも進出し、園芸種として大きな名声を得ることになった。初めて欧州に知られるところとなったのは、ドイツ人医師Ｅ・ケンペル（一六五一―一七一六）が元禄三―五（一六九〇―九二）年に日本で採集した植物の中にツバキが含まれており、それを植物分類学の始祖であるリンネが学名 *Camellia japonica* をつけてからである。これは単なる標本であったから、ツバキの美しさまでは伝わらなかった。ツバキが優れた園芸種であることを紹介したのは、文政六（一八二三）年に日本を訪れたＰ・Ｆ・シーボルト（一七九六―一八六六）であった。彼の来日の目的は、日本の天然資源の調査すなわちプラントハンティングであったが、ツバキだけの紹介にとどまらなかった。観賞価値の高い野生植物に恵まれているだけでなく、盆栽にみる矮小化技術、斑入り品種の選抜など、当時の欧州を凌ぐほどの日本の園芸文化の発達ぶりに仰天したといわれる。多くの植物種が国外に流出することとなったのであるが、シーボルトほか欧州のプラントハンターから実学から分離して科学をベースにした博物学という学問を、日本人本草家が学ぶことができるなどメリットも大きかった。それは中医方の実用書という呪縛から逃れられなかった中国の本草学を完全に時代遅れにしてしまうほどの先進的なものであり、その権威が大きく揺らぐことになったのである。

つまま（都萬麻）　クスノキ科（Lauraceae）タブノキ（*Machilus thunbergii*）

磯の上の　つままを見れば　根を延《は》へて　年深からし　神《かむ》さびにけり
礒上之　都萬麻乎見者　根乎延而　年深有之　神左備尓家里
（巻十九　四一五九、大伴家持《おほとものやかもち》）

【通釈】「澁谿《しぶたに》の埼《さき》を過ぎて巖《いはを》の上の樹を見る歌 樹の名はつまま」の序があり、家持が国司としての重要な職務の一つ出挙《すいこ》の政をするため巡行の途中で、渋渓の崎（現高岡市渋谷、ＪＲ氷見線雨晴駅東方の海岸）を過ぎ、岩の上に生えるツママの木を見て詠った。訳は、磯の上のツママを見ると、根を延ばして長い年月を経たものらしく、神々しさが漂っていることよとなる。

【精解】タブノキはクスノキ科の高木で、照葉樹林を構成する樹種である。亜熱帯に分布の中心をもつ種であるが、耐寒性があって本州の北端を除く海岸地帯の暖帯林にも生える。イヌグスという別名から同じクスノキ科のクスノキより低く見られる傾向があるが、淡黄色の材は緻密で、加工すると光沢が出るので、器具材・家具材・建築材として珍重される。また、樹皮は染料として利用され、特に八丈島ではタブ樹皮による褐色の染色は黄八丈とともに珍重された。不思議なことにホングスともいわれるクスノキを詠った歌は万葉集になく、わずかにタブノキが古名のツママで右の一首に詠われるのみである。ただし、ツママをタブノキとする文献上の論拠があるわけではなく、これにはかなり長い説明を要する。

まず、「巖の上の樹」とあるから、大きな岩を抱えるように生えて神々しさすら漂わせ、家持ほどの歌人を感嘆させるぐらいだから、相当の巨木であることが想像される。家持が歌にした植物として、アシツキ（巻十七　四〇二一）、カタカゴ（巻十九　四一四三）、ホホガシハ（巻十九　四二〇五）などがある。特に、ホホガシハの条で述べたように、僧恵行《えぎょう》が「吾が背子が捧げて持てる厚朴あたかも似るか青き蓋」（巻十九　四二〇四）と詠った歌から、家持がホホガシワ（ホオノキ）の大きな葉に対して興味を示したことを表す。これらの歌から家持が歌にするほどの植物は並のものではなく、ツママもそれ相応の特徴を有するものでなければならない。

ツママをクスノキ科タブノキと考証したのは、加賀藩の肝煎《きめる》宗九郎であった。タブノキの幹はごつごつし、また大きいものでは樹高二十《メートル》以上、胸高直径も二《メートル》以上になり、しかも優雅さとは程遠い

ほど無骨で、また根元が太く大きく盛り上がっているから、家持をして神々しいと言わしめるに十分といえるだろう。肝煎は、渋渓《しぶたに》の崎を歩き回った結果、その地に多いタブノキの叢生を見て直感したようだ。彼は、安政五（一八五八）年、渋渓の崎に生えているタブノキの近くに歌碑を立てたが、後年、枯死し、今日では別の場所に移されている。タブノキ説は『萬葉古今動植正名』でも支持され、今日ではほぼ定説とされている。都人の家持にとって、海岸の岩に太い根を這わせるタブノキは見たこともなかったはずで、初めて見たときの感嘆ぶりをこの歌に表したといえるだろう。

　タブノキ説に異論がなかったわけではなく、白井光太郎《しらいみつたろう》（一八六三―一九三二）はイヌツゲ説を唱え、ほかにマツとする説もあった。イヌツゲはもともと低木であるうえに、岩場では盆栽状となり、家持ほどの歌人をして神々しいといわせるとはとうてい思えない。マツについては、アカマツであれば巨木になり、海岸付近の岩場に根を張って生えることも多いので、その可能性はイヌツゲほど低くはない。家持も一首だけだが、マツの歌「たまきはる命は知らず松が枝を結ぶ心は長くとそ思ふ」（巻六一〇四三）を残している。マツは「待つ」に掛けたり、その長命に掛けて詠われることが多く、家持の歌もその延長線上にあるが、渋渓の崎のマツだけにあれほどの感嘆を表すとはとても思えない。陳腐を嫌い、マツをひっくり返してツマさらに字数あわせでツママとし、すなわち戯言として読んだとも考えられなくはない。しかし、マツは日本のどこにでもあるから、家持がわざわざ詠うほどのものではないだろう。

　タブノキ説の欠点はツママの意味がさっぱりわからないことであったが、東北大学松本彦七郎は、ツママのツマは副える、マは間という意味と考えた（『萬葉植物新考』より引用）。つまり、普通の家屋でいえば別室のようなもので、タブノキの下で作業をしたからというのである。確かに、タブノキは巨木になり、その下は繁る葉で陽光を遮り、少々の雨なら凌ぐことができるから、漁民が作業場として利用することは十分にありうる。また、タブノキは照葉樹林を構成する主要樹種であり、巨木になるので神木とされることもあった。その意味で考えれば、霊間《たまのま》の転訛と考えることもできるだろう。注目すべきことは、沖縄にトムン・ツムヌーという方言名があることである。この名は音韻的に万葉のツママにもっとも近い。服部四郎によれば、琉球語は本土日本語と千七百～千八百年ほど前に分離した（『日本語の系統』、岩波書店）というから、琉球語に本土日本語の古形が遺存していても不思議はない。ツママは万葉以前からある古和名と考えてよく、ツママ＝タブノキ説にとって、松本が明らかにした意味の通じる名であることの意義は大きい。

ここで、タブノキ・クスノキがわが国および中国の本草書・古文献でどのように扱われてきたか考証する。わが国ではクスノキに樟・楠の字を充てる。まず、樟は唐代の『本草拾遺《ほんぞうしゅうい》』（陳藏器《ちんぞうき》）に樟材（豫章）の名で初見し、「江東の舸船の多くは是樟木なり」とあり、船をつくるのに用いられた。『證類本草《しょうるいほんぞう》』ほかの本草書では釣樟の異名とされたが、『本草綱目《ほんぞうこうもく》』（李時珍）では「豫章乃《すなは》ち二木の名、一類の二種なり。豫は卽ち釣樟なり」と述べて、樟と豫樟は別種とした。一方、楠の名は『名醫別錄《めいいべつろく》』下品に初見し、『本草衍義《ほんぞうえんぎ》』（寇宗奭《こうそうせき》）では「今、江南等路の船を造る場は、皆此の木なり。木に縁《よ》る性は堅くして善し。居水久しくすれば則ち中空多く、白蟻の所穴と爲す」と記述されている。すなわち、樟・楠のいずれも船をつくるのによいとしているのであるが、これらの記述だけから楠と樟を区別することは容易ではない。李時珍は樟について「木の高さ丈餘、小葉にして楠に似て尖り長し。脊に黃赤の茸毛あり、四時凋まず。夏、細花を開き、小子を結ぶ。木の大なる者は數抱あり、肌の理は細かく錯縱の文有り。雕刻に宜し。氣は甚だ芬烈なり」と述べている。一方、楠については「その花は赤黃色、實は丁香に似て、色青く、食ふべからず。幹は甚だ端偉にして高き者は十丈餘、巨なる者は數十圍あり。氣は甚だ芬芳なり。梁棟器物と爲すに皆佳く、蓋し良材なり」としている。この記述の中で、彫刻材によく匂いは芬烈という樟の性質は、香りが激烈なカンフルを含むクスノキの特徴そのものであって、奈良時代の仏像の多くがクスノキ製であることとよく符合する。また、楠の気が芬芳というのは香りが微弱であることをいい、タブノキと性質が合致するから、楠はタブノキあるいはその近縁種であり、今日では中国南部に分布する近縁種ナンタブを充てる。『魏志倭人伝』にある柟《せん》は楠と同義であって、日本にタブノキが野生していたことを記述している。李時珍が釣樟とする豫樟は、『本草和名《ほんぞうわみょう》』に「釣樟根皮 楊玄操音丁 柟下音章 一名烏樟又有地菘一名劉燼草 仁諝音呼麥反陶景注云昔劉燼採用之耳兼名苑作劉燼上音招下音烏獲反 和名奈美久奴岐」とあり、また、『和名抄《わみょうしょう》』も釣樟を「本草云 釣樟 一名烏樟 音章 久奴岐」とする。クヌギとあるが、無論、ブナ科のクヌギではなく、中国本草を引用して日本にないクスノキ科植物に苦し紛れに充てた和名である。烏樟はクスノキの変種にあたるクスノキダマシであるから、釣樟すなわち櫲樟はその母種でよく似たクスノキとして問題ない。古代の船の遺物のほとんどがクスノキ製でタブノキ製は知られていないという考古学的証拠もそれを追証する。

一方、日本の古文献では樟・楠を正しく区別できておらず、『和名抄』では『本草和名』を引用し「唐韻云 楠 音南字亦作柟 本草久須乃木 木名也 櫲樟 豫章二音日本紀讀同上」とあって、楠と櫲樟のいずれもクスノキとし、また、『新撰字鏡《しんせんじきょう》』でも楠（枏）、樟のいずれも久須乃木としている。『大和本草《やまとほんぞう》』（貝原益軒《かいばらえきけん》）にいう「タブノ木」は、いわゆるタブノキではなく、シロダモ（白いタブノキの意）のようで、本物のタブノキにはイヌグスの名を与え、漢名を楠とする。『本草綱目啓蒙《ほんぞうこうもくけいもう》』（小野蘭山《おのらんざん》）は、樟をクスノキとする一方で、楠をユズリハに充てる（ユズリハの条を参照）という大きな誤りを犯している。ユズリハ・タブノキともによく似た果実をつけ、葉は照葉だから似ていなくはないが、ユズリハはせいぜい小高木にしかならない。おそらく、蘭山はわが国南部で見られるようなタブノキの巨木を見たことがなかったと思われる。以上のことから、クスノキ科クスノキ属やその近縁属種は後世の本草家にとっても区別は容易でなかったことがわかる。

タブノキの樹皮はタンニンが多く含まれ、染色原料とされる。また、樹皮を粉末としたものをタブ粉と称し、粘液質に富むので、線香をつくるときの結合材とする。樹皮を乾燥したものを和桂皮と称することもあるが、芳香はほとんどないので、桂皮の代用ではなく、タブ粉をつくる原料としての名を表す。薬用としての用途は活発とはいえず、中国では心材を楠材と称し、煎じたものを外用に捻挫傷筋、転筋足腫の治療に用いるぐらいである。また、吐瀉が止まらないとき、樹皮を煎じて処方するといわれる。タブノキの根から数種のアルカロイドが報告されているが、薬用にされることはほとんどない。

つみ（柘）

クワ科（*Moraceae*）ヤマグワ（*Morus bombycis*）

この夕《ゆふべ》　柘《つみ》のさ枝の　流れ来《こ》ば　梁《やな》は打たずて　取らずかもあらむ

此暮　柘之左枝乃　流來者　梁者不打而　不取香聞將有

（巻三　三八六、詠人未詳）

【通釈】序に「仙柘《やまびめつみ》の枝の歌三首」とあり、その一首である。この歌は『柘枝傳《しゃしでん》』にある仙女伝説を詠ったものであり、万葉時代の日本が中国の神仙思想の影響を強く受けていたことを示す。『柘枝傳』は今日に伝わらないが、平安時代の漢詩集『懐風藻《かいふうそう》』や『續日本後紀』にも同類と思われる話が載っており、要約すると次のとおりである。味稲《うましね》という男が吉野川で梁《やな》を懸けて魚を捕っていたところ、柘の枝が流れつき女子に化身した。味稲はその女と結婚したが、実は仙女であり、後に天に帰っていってしまった。梁は、『和名《わみょう》抄《しょう》』に「毛詩注云　梁 音良 夜奈　魚簗也」とあり、今日も鮎漁に用いる梁のことをいう。歌を訳すと、この夕暮れの川に柘の枝が流れてきたなら、梁は打たないで、（柘の枝を）取らないでおこうかとなる。梁を打って柘の枝を取り仙女と契りを結ぶことができても、結局、別れて悲しい思いをするだけだから、最初からそのような出会いがないようにしておこうという内容である。

【精解】万葉集には四首に「柘」が出てくる（うち一首は序のみ）が、『和名抄』に「毛詩注云　桑柘　音射漢語抄云豆美　蠶《かいこ》所食也」、また『新《しん》撰字鏡《せんじきょう》』にも「柘　豆美乃木」とあり、ツミと読む。柘は、中国本草では、『本草衍義《ほんぞうえんぎ》』（寇宗奭《こうそうせき》）に初見し、「裏に紋有り、亦た（ろくろで）旋《めぐ》り器と為すべし。葉は蠶を飼ひて、柘蠶と曰ふ。葉は梗く、然《しか》して桑葉に及ばず」と記述され、『本草綱目《ほんぞうこうもく》』（李時珍）ではこれに「刺無き者を以って藥に入るが良し」と注を加えているから、クワ科ながら別属種のハリグワ（刺がある）であることがわかる。ハリグワは、中国・朝鮮の原産で日本に自生はなく、十九世紀後半になって養蚕用に導入されたから、万葉時代にはなかった。

　唐の本草書にもない柘がどうして万葉集にあるのだろうか。柘は道教では霊木とされるので、辟邪《へきじゃ》植物として当時の日本人に知られていたと思われる。古墳時代から奈良時代にかけては全地球的に寒冷期にあり、日本列島のいたるところで災害が相次いでいたことは『日本書紀』の随所に記述されている。そのような不安を解消する精神的支柱として、当時の日本は中国から仏教とともに道教の教義すなわち神仙思想の導入にも熱心であった。古代日本が中国から導入した習俗は、今日でも端午の節句や桃の節句として残っているが、ここで用いられるアシ・ショウブ・モモ・ヨモギは神仙思想では辟邪植物と考えられているものである（本書の各条を参照）。隋代の古典書『典術』に、「桑木なる者は箕星（風伯すなわちの風の神）の精神なり」（『藝文類聚』巻八十八）と記述されていることから、クワの仲間である柘も霊木の一つであり、柘枝伝説もそれに基づいてつくられた神仙譚である。『延喜式』巻第四十九「兵庫寮」に、「凡践祚大嘗會（中略）其料　梓弓一張　長七尺六寸　槻柘檀准此」とあり、弓材として槻《ケヤキ》や梓（ミズメのこと）に準ずるものと考えられていた。『三代實録』巻三十三にも「是の日（陽成天皇元慶二（八七八）年五月九日

ハリグワ　落葉高木で、枝の腋芽が刺になる。葉は楕円形で表面は緑、裏面は淡い緑色となる。

甲辰）、相模國に下符し、槻弓百枝を採進せしむ。（中略）備中國には柘弓百枝云々」とあり、諸国から柘製の弓が貢進されていた。これは、『大和本草《やまとほんぞう》』（貝原益軒《かいばらえきけん》）も指摘するように、『考工記』（兵具の作成書で周代の編集といわれるが、実際には戦国斉代といわれる）にある「弓人は材を取るに柘を以て上と爲す」（『本草綱目』より）という記述に基づく。柘は桑と似て非なるもので、日本に自生はないから、類似種で材の優れたヤマグワを充てたのである。そのほかヤマグワの樹皮は染料原料にもなり、黄色〜黄褐色に染めるのに用いられた。

つるばみ（橡・都流波美）　ブナ科（Fagaceae）クヌギ（*Quercus acutissima*）

橡《つるばみ》の　一重《ひとえ》の衣《ころも》　うらもなく　あるらむ児ゆゑ　恋ひ渡るかも
（巻十二　二九六八、詠人未詳）
橡之　一重衣　裏毛無　將有兒故　戀渡可聞

紅《くれなひ》は　うつろふものぞ　橡の　なれにし衣《きぬ》に　なほ若《し》かめやも
（巻十八　四一〇九、大伴家持《おほとものやかもち》）
久禮奈爲波　宇都呂布母能曾　都流波美能　奈禮尓之伎奴尓　奈保之可米夜母

【通釈】第一の歌は寄物陳思歌で衣に寄せた恋歌。「橡の一重の衣」は譬喩《ひゆ》によって「うら」に掛かり、「うらもなく」は何心もない純真であるという意。この歌を通釈すると、橡で染めた一重衣のように、私は純真で裏もない性格ですが、それゆえに余計あなたのことが気にかかって恋しく思うのですとなる。女が男に贈った恋歌であろう。第二の歌の序に「史生尾張少咋《ししやうおはりをくひ》に教へ喩《さと》す歌」とあり、長歌一首が詠まれたあと、反歌が三首あって、この歌はその末尾にあるが、少々説明を要する。大伴家持が越中の国司であったとき、書記の地位にあった尾張少咋は妻がありながら遊行女婦《うかれめ》（遊女のこと）に迷ってしまった。家持は尾張少咋に対して、「豈舊《あにふる》き（妻）を忘れ新（しき女）を愛《め》づる志あらめや　このゆゑに數行の歌を綴り作《な》し舊（妻）を棄つる惑を悔いしむ」と諭す長歌を表したのである。すなわち上司が部下の不貞を諭《さと》しているわけであって、この反歌が右の歌であり、尾張少咋に妻のもとへ帰るよう説得の意を含む歌である。紅はけばけばしい遊女、「橡のなれにし衣」は橡の実で染めた着古した地味な着物すなわち長く生活を共にした古女房を譬えた。「若《し》く」は及ぶ、届くという意味で、如《し》くとも書く。この歌を通釈すれば、紅で染めたものはいくら美しくても色が褪《あ》せやすいものだ、だから着古しても色が褪せない橡で染めた着物に及ばないものだとなる。戒めの意味として解釈すれば、いくら美しい女でもいつか容色は衰え飽きるだろう、それほど美しくなくとも馴れ親しんだ古女房ほどよいものはないのだとなる。

『魏志倭人伝』に「国の大人は皆四、五婦、下戸もあるいは二、三婦」とあるように、古代は一夫多妻であったが、律令制は貴族階級も含めて一夫一妻にした。この歌が詠われたのは天平感宝元年五月十五日とあるから、西暦では七四九年である。律令制が完成、施行されたのは七〇一年であるから、半世紀後にはこの歌に記されたように婚姻法の形骸化を示唆するようなことが頻発したようで、平安時代になると貴族社会は事実上の一夫多妻に戻ってしまった。

【精解】 橡は『和名抄《わみょうしょう》』に「唐韻云　橡　徐兩反上聲之　都流波美　櫟實也」、『本草和名《ほんぞうわみょう》』に「橡實　辭兩反　一名杼斗　仁諝音食汝反　和名都留波美乃美」とあり、いずれもツルバミと読んでいる。ただし、『和名抄』、『本草和名』より成立の古い『新撰字鏡《しんせんじきょう》』には「橡　詳兩反　木実止知」とあり、今日と同じ読みであるトチノキ科の落葉高木トチ（ノキ）を充てている。この名は『新修本草《しんしゅうほんぞう》』（蘇敬《そけい》）に橡實として初見し、「染用に堪へ、一名杼斗、槲櫟は皆斗（いがのこと）有り、櫟を以て勝ると爲す」と記述している。斗はブナ科の特徴の一つである殻斗《かくと》のことであるから、トチノキでないことは明白である。『本草衍義《ほんぞうえんぎ》』（寇宗奭《こうそうせき》）に「櫟木の子なり。葉は栗葉の如く、在處に有り。但し、堅くして材に充つるに堪へず、亦た、木の性なり。山中に椿仁を以て糧と爲す、然れども腸を澀《しぶ》る。木は炭と爲すに善く、他の木皆及ばず。其の殼皂《くろ》く染むに堪ふ。若し會《かっ》て雨水を經る者は其の色淡し、雨水を經ざる者に若《し》かず。槲、亦た殼あり、但し、少なくして櫟木の實とする所の者に及ばず」とかなり詳細に記述されている。また、『廣韻《こういん》』に「橡は櫟實なり」とあるのを合わせて考えると、橡と櫟のいずれもコナラ属クヌギあるいは近縁種を指すことがわかる。

万葉集では、橡は、すべて衣に掛けて詠われているが、これはその実を黒色の染色に用いたからであり、中国本草の記述とよく一致するから、橡すなわちツルバミはクヌギとしてよい。橡はクヌギ・トチノキの両義があるが、室町時代の『節用集』には両方の訓が収載されている。しかし、現在の日本ではもっぱらトチの訓を用いる。また、クヌギは杼でも表す。『爾雅義疏《じがぎそ》』に「栩は杼なり。柞樹なり」、「櫟は卽ち柞なり」とあり、『陸璣詩疏《りくきしそ》』に「徐（州）人は櫟を謂ひて杼と爲す。或は之を謂ひて栩と爲す。其の子、之を謂ひて皁（＝皂）と爲す、亦た皁斗と謂ふ。其の殼の煮汁をもって皁《くろ》に染むべし」（『本草綱目』より）とあり、櫟・柞・杼のいずれもクヌギを意味するのでややこしい。また、万葉集にある櫟柴《ならしば》の名はコナラを指すので、

クヌギ　深い殻斗に包まれていて、どんぐりは直径２～2.5センチあり、２年目に熟す。

混乱をいっそう助長している（コナラの条を参照）。

おそらく、これ以上にややこしいのはクヌギの名が別の植物に充てられていることであろう。『本草和名』では「擧樹皮　和名之良久奴岐一名奈久美奴岐」とあり、ケヤキに充てられるべき欅（＝擧）をクヌギとしている（ツキの条を参照）。『和名抄』にいたっては、「本草云　擧樹　久奴岐　日本紀私記云　歴木」、「本草云　釣樟　一名烏樟　音章　久沼木」としていて、擧・釣樟（タブノキの近縁種、ツママの条を参照）の両方をクヌギとしている。一方、『新撰字鏡』では「櫪　櫟　久奴木」とあって正しい用字になっている。すなわち、『本草和名』が紛らわしい和名を欅につけ、『和名抄』がさらにタブノキの類にこの名をつけたのが混乱の原因となっている。後世においても大差なく、江戸初期の『大和本草《やまとほんぞう》』（貝原益軒《かいばらえきけん》）では、椚にクヌギとコナラを充て、櫟は常緑のイチイガシとしており、江戸後期の『本草綱目《ほんぞうこうもく》啓蒙《けいもう》』（小野蘭山《おのらんざん》）は、椚については益軒に同調するが、櫟は橡と同義としている。ちなみに、現在の中国ではクヌギを麻櫟別名橡椀樹と称している。

クヌギの名は、平安時代の本草家の命名のようであるが、『源氏物語』、『枕草子』、『榮花物語』などの平安文学に「つるばみ」として登場し、また鎌倉時代の『明月記』にも鶴波美（ただし、ツルバミで染めた衣服の意）の名が見えるので、一般にはこの名の方が広く使われていた。クヌギの名は本草学の名であって江戸時代までは一般に浸透していなかったのではないか。松尾芭蕉の『奥の細道』で須賀川（福島県須賀川市）の紀行の条に「橡ひろふ太山《みやま》もかくやと閒《しずか》に覚られてものに書付侍る」とあるが、東北地方ではトチの実からトチ餅をつくるから、ここにある橡は「とち」であり、「くぬぎ」ではないだろう。この記述は西行（一一一八―一一九〇）の「山深み岩にしだるる水ためむかつがつ落つるとち拾ふほど」（『山家集』）を引用したもののようである。また、芭蕉は『更科紀行』でも「木曾のとち浮世の人のみやげ哉」の句を残し、トチを詠っている

クヌギはブナ科の落葉高木で、大きいものは胸高直径一メートル、樹高二十メートル以上に達するが、実際にそんな巨木を見ることはまずない。雑木林の主要樹種の一つで薪炭材として優れ、そのほか建築材、シイタケの榾木《ほだぎ》などに繁用され、一定の大きさになると伐採されてしまうからである。雑木林は照葉樹林などが伐採された後に成立する代償植生《だいしょうしょくせい》であり、人の手が継続的に加わらないと維持できない。クヌギは陽樹であって、雑木林が放置されれば、いずれは陰樹によ

って駆逐される運命にある。日本列島の原生の森林にはクヌギはほとんど見られないにもかかわらず、縄文時代から日本人の生活と深く関わってきた。堅果《けんか》は直径約二センチあり、いわゆるドングリの中でも大きい方である。縄文時代ではこれを食料としたが、水晒し法などによりあくを除く必要があった。『本草衍義』に橡實が「腸を澀る」とあるのは、そのままで食べると便通が円滑でなくなることをいい、あくの本体であるタンニンの収斂作用による。一方、このタンニンは染色剤としては有用であり、万葉時代では衣服の染色に用いられた。『延喜式』巻第十四「縫殿寮」の雑染用度に「橡綾一疋　搗橡二斗五升云々」、また同巻第二十四「主計上」にも「凡諸國輸庸橡四斗五升云々」とあり、クヌギが広く染色に用いられ、租税として徴収されたことを示している。

　クヌギの堅果は後世では庶民の衣服の染料として重要であったが、この染色法は唐から伝えられたもので、橡實の別名を皂斗《そうと》というのは、殻の煮汁で衣服を皂《くろ》く染める（実際には黒褐色であるが）からである。斗というのは枡の意味で、椀形の殻に基づく。またこれで染められた色の名を「つるばみ」ともいった。前述したように、橡実にはタンニンが多量に含まれ、媒染剤として鉄漿《てつしょう》（屑鉄を細かくしたもの）を加えると、タンニンが酸化されて黒っぽく発色する。黒い色で染めるメリットには、色が褪せにくいこと、黒であるから汚れが目立たないことがあり、庶民の間で繁用されたのもそういう理由であった。

　橡実《くぬぎのみ》は、いわゆるドングリの中でも果実が大きく、水晒しを繰り返してあくを抜けば食べられるようになるので、救荒食としても使われた（ナラの条を参照）。日本・朝鮮そして中国でも飢饉のときは橡実を拾って食した。唐の詩人杜甫も秦州に流浪したとき、橡実を食べて飢えをしのいだという寓話が伝えられているほどだ。橡実は、初見の『新修本草《しんしゅうほんぞう》』によれば、下痢、脱肛に効があるという。クヌギの樹皮を土骨皮《どこっぴ》あるいは椢皮、国皮などの名で日本漢方では瘀血《おけつ》を除き、解毒の効能があるとして、悪瘡・痔疾・下痢・下血などに用いた。特に、桂枝湯加土骨皮という風に、加減方でよく用いられるのが特徴である。土骨皮は、漢方薬とはいうものの、その名は中国になく、樸樕《ぼくそく》がこれに相当する。『新修本草』に槲皮《こくひ》（『證類本草』では槲若）として収載されているが、現代の中国ではカシワを基原とする。中国でも用いられることはほとんどなく、次の『詩《し》經《きょう》』國風・召南の難解歌「野に死麕《しきん》あり」に出てくるように古い名である。

林有樸樕　林に樸樕あり　　野有死鹿　野に死せる鹿あり
白茅純束　白茅にて純束し　　有女如玉　女あり玉の如し

と

ところづら（冬薯蕷葛・冬薮蕷都良）

ヤマノイモ科（Dioscoreaceae）オニドコロ（*Dioscorea tokoro*）ほか

皇祖神《すめろぎ》の　神の宮人　ところづら　いや常《とこ》しくに　吾かへり見む

皇祖神之　神宮人　冬薯蕷葛　弥常敷尓　吾反將見

（巻七　一一三三、詠人未詳）

【通釈】「皇祖神」は、皇神祖《すめろぎ》と同じで代々の天皇の意で、同訓とする。「冬薯蕷葛」は後述するようにトコロヅラと訓じて「常しく」に掛かる同音の序。「常しく」は常を体言したもので、「いつまでも変らずに」という意。この歌は、代々の天皇に仕えている宮人がトコロヅラのようにとこしえに続くように、いつまでも吉野（序に「芳野にて作れる」とある）をかえりみたいものだという意味である。

【精解】右の歌で「冬薯蕷葛」をトコロヅラと訓ずることについてはかなりの説明を要する。まず、薯蕷は、『和名抄《わみょうしょう》』に「本草云　薯蕷一名山芋　夜萬乃伊毛」、『本草和名《ほんぞうわみょう》』には「署蕷　一名山芋　秦楚名玉延　鄭越名土藷　仁諝音諸　一名土茶根一名茅茶根　已上二名出小品方　一名諸署　一名王延一名脪肥　齊越名芋　鄭越名山陽　已上出釋藥性　一名藷薁　署預二音　一名延草　已上二名出兼名苑　一名玉茅　一名土餘一名大餘粮　出雜要訣　又有猪餘　和名也末都以毛」とあり、いずれもヤマノイモ（山芋）のことをいう。

山芋は薯蕷の一名として『神農本草經《しんのうほんぞうきょう》』の上品に収載される歴史の古い薬用植物であるが、中国の本草書は次のように記述する。

『證類本草《しょうるいほんぞう》』所引の呉氏本草（『呉普本草』）は「赤莖細蔓を始生し、五月に白華をさき、七月に青黄の實をなし、八月熟して落つ。根の中は白く、皮は黄にて芋に類す」、宋代の『圖經本草《ずけいほんぞう》』（蘇頌《そしょう》）は「春に苗を生じ、蔓延して籬《まがき》に援《すが》り、莖は紫、葉は青くして三つの尖角あり、牽牛（アサガオ）に似てさらに厚く光澤あり。夏に細かき白花を開き、大にして棗の花に類す。秋に葉の間に實（むかごのこと）を生じ、狀は鈴の如し」、また明代後期の『本草綱目《ほんぞうこうもく》』（李時珍）は「五六月、開花して穗を成し淡紅色なり。莢を結び簇を成す。莢は凡《すべ》て三稜合成し堅くして仁なし」と記述し、いずれも同じ植物に言及していることは明らかである。

　李時珍による莢の記述は、扁平な円い翼が三個ついた特徴的な蒴《さく》果《か》の形状をいい、薄い膜状の翼がついた種子は果実が裂開して間もなく失われるから、仁なしとしたのである。以上の中国本草の薯蕷の記述は、日本の山野に自生するヤマノイモの特徴とよく一致するが、万葉集の訓であるトコロを日本の文献で調べてみると薯蕷《ヤマノイモ》ではなく別種の植物に行き当たる。『和名抄』に「崔禹食經云　薢 音解 度古侶 俗用薢字 漢語抄用野老二字 今案並未詳　味苦少甘無毒 焼烝充粮」、『本草和名』には「萆解　一名赤節一名百支一名快筋一名具擎 已上三名出釋藥性　一名虎膝（膝）一名地脊　出大清經　一名蜀脊一名強脂 已上二名出兼名苑　和名於尓止古呂」とある薢あるいは萆薢がそれであり、中国本草では『神農本草經』の中品に収載される。『圖經本草』によれば「根は黄白色にて多節、三指許りの大さなり。苗の葉は俱《とも》に青を作《な》し蔓生す。葉は三叉を作り、山芋に似たり。又菉豆（マメ科ヤエナリ）の葉に似たり。花は黄紅白の數種有り、亦た無花白き子を結ぶ者有り。（中略）今、成德軍に産する者、根は亦た山芋の如くして體は硬し。其の苗は蔓を引き、葉は蕎麥に似て子に三稜あり」と記述され、萆薢が山芋に似て非なるもので、『證類本草』にある図はオニドコロに類似する。ヤマノイモもオニドコロも同属植物でよく似ているから、冬薯蕷葛という表記は薯蕷と萆薢を取り違えた義訓と考えてよいだろう。

　では、冬薯蕷の冬は何を意味するのだろうか。この名前は本草書ほかいかなる文献にもない万葉集に固有の名であって、万葉学者を悩ませてきた。『萬葉植物新考』は芋を冬の初めに掘り取るからといとも簡単にいうが、そもそもヤマノイモの仲間は冬に落葉し蔓も枯れるから、冬季に認識すべき部位は地上になく、また冬に限って掘り採ることもしないから、まったく的外れであるのはいうまでもない。冬薯蕷をトコロと読ませるためにつけたインデックスと考えることもできるが、冬を「と」と読む上代特殊仮名遣いの用例はない。冬薯蕷をヤマノイモ類とは関係ないとして、契沖《けいちゅう》（一六四〇―一七〇一）は冬薯蕷葛をマツブサ科の藤本サネカズラと訓じた（『代匠記』）ほどで、ほかにもマサキヅラと読みマサキノカズラ（キョウチクトウ科テイカカズラ）とする説も提出された（『萬葉動植考』）。しかし、これでは「常《とこ》しく」を導く序としての体裁をなさない。『古事記』の景行天皇紀に、「なづきの田の稲幹《いながら》に稲幹に匍《は》ひ廻《もとほ》ろふ野《と》老蔓《ころづら》」という歌謡があり、トコロヅラ（登許呂豆良）の名が見えるから、冬薯蕷葛はやはりトコロヅラ以外の訓はあり得ない。

冬薯蕷は義訓ではあるが、何がしかの文献から誤って引用したとも考えられる。『證類本草』巻二の序例下の虚労（中国古医方で過労により肉体や精神が衰えることをいう）の条を見ると、「丹砂　空青（中略）天門冬　署預　石斛云々」と当該の薬効を有する薬物を抽きだして列挙している。これを万葉時代の主要本草書であった『本草《ほんぞう》經集注《きょうしっちゅう》』（陶弘景《とうこうけい》）に適用すると、「虚労　（略）麥門冬　薯蕷　石斛　枸杞云々」となる。古い文献では句読点があるわけでないからしばしば読みまちがえが起きる。普通なら「麥門冬薯蕷」を「麥門冬　薯蕷」と読むが、麥門冬は単に麥門ともいうから、「麥門　冬薯蕷」とも読める。冬薯蕷はこのように本草書などから誤って抽出された名前であって、さらにそれを萆薢と混同し、冬薯蕷を「ところ」としてしまったという推察が成り立つ。

オニドコロ　花は７月～８月に咲き、黄緑色で雄花の花序は直立し、雌花の花序は垂れる。

現在、トコロの名をもつ植物として、タチドコロ・ヒメドコロ・オニドコロの三種があり、互いによく似ていて、いずれも根茎は肥大して横に伸び、区別するのは容易ではない。ヒメドコロの別名にエドドコロがあるが、これは京都では江戸産と考えられていたからであり、西日本には多くないことを示唆する。また、タチドコロは山地に生え、それほど身近なものではない。三種のトコロのうち、もっとも普通にあるのはオニドコロであるから、万葉にいうトコロはこれである。ただし、『延喜式』巻第三十三「大膳下」の正月最勝王經齋會供養料に芼各二合とあり、芼はトコロのことで食用にされていた。ヒメドコロを除くほかの二種はえぐくてそのままでは食べられないので、おもにヒメドコロが利用されていたと思われる。しかし、ほかの二種もあく抜きをすれば食べられるはずで、古くは今日には伝わらないあく抜き方があったのかもしれない。

今日、ヤマノイモは自然薯と称されるが、ナガイモの方が広く栽培され消費されている。ヤマノイモとナガイモの違いは、茎・葉柄が赤くならないなどごく軽微で、中間型も多く区別は困難である。

ヤマノイモ　花は７月～８月に咲き、花びらは白色、雄花の花序は直立し、雌花の花序は垂れて、まばらに花がつく。

ナガイモを中国南部原産とし、日本に伝播したとするのが定説であるが、日本産野生種も多様な形質があるので、日本起源説も一部にある。ウモの条でも述べたが、東南アジア大陸部熱帯に起源を発する農耕文化に根菜農耕があり、ヤムイモすなわちヤマノイモ科ヤマノイモ属 *Dioscorea* に属するイモ類をその標徴種の一つとする。その中で広く栽培されるのはダイジョ（アラータヤム）で、マレー半島を起源としてアジアから太平洋諸島・中米・アフリカの熱帯を中心に、わが国の南西諸島・九州南部まで及ぶ。興味深いのはその名称であり、発生地のマレー半島での標準名ウビが各地に伝播、日本語のイモ（古名はウモ）の語源もこのウビが起源といわれる（『栽培植物と農耕の起源』）。したがって、サトイモが中国南部から伝播する以前は、単にイモと呼ばれていた可能性がある。

　ヤマノイモ属は世界に六百種以上あるが、ほとんどは熱帯に分布し、栽培利用されるものは約五十種といわれる。日本で利用されるナガイモ・ヤマノイモは乾燥重量の七、八割がデンプンであり、サポニンなどのえぐ味成分は少ない。日本では、これをすりおろして生食するが、世界のヤムイモ調理法の中では特異な存在であって、茹《ゆ》でるか蒸《む》すかあるいは焼いて食べるのが普通である。また、ヤマノイモ・ナガイモはスーパーなどで普通に販売されるほど、日本の食文化の中に深く根をおろしている。熱帯で広く利用されるダイジョも九州・四国の南部と南西諸島で栽培される。ヤマノイモ属の根菜の利用は、おそらく縄文時代にまでさかのぼり、熱帯系農耕文化の残滓として日本の農耕文化の特徴の一つをなす。

　ヤマノイモ・ナガイモは薯蕷《しょよ》の名で『神農本草經』上品に収載される薬用植物でもある。今日では、これらの根茎を乾燥したものを山薬《さんやく》と称し、『神農本草經』に「傷中を主《つかさど》り、虚羸（やせて衰弱すること）を補し、寒熱の邪氣を除き、中（内臓の機能）を補し、氣を益し、肌肉を長ずるに力《つと》め、久しく服すれば耳目聰明にして、輕身飢ゑずして延年す」と記載されるように、滋養・強壮・止瀉《ししゃ》薬として漢方で繁用される。ヤマイモ属の中には、根茎に多量のサポニンやアルカロイド、タンニンを含むものもあり、これらは食用にはされないが薬用その他の多様な利用ができる。中米に産するメキシコヤムは多量のステロイドサポニンを含み、そのサポゲニンはプロゲステロンやコーチゾンなどステロイドホルモンの製造成原料に利用される。沖縄・台湾・中国南部に野生するソメモノイモの塊茎は、大きいものでは三十キロ以上となるが、タンニンに富み、沖縄では伝統的に染色に利用してきた。『名醫別錄《めいいべつろく》』にある赭魁はソメモノイモと考えられ、今日では薯良と称して活血・止血・理気・止痛の効があるとされ、月経不順や産後の腹痛の治療などに利用する。『本草和名』に「赭魁《しゃかい》 一名土卵一名黄獨 出蘇敬注 一名地椀一名地宗一名土芋 已上三名出兼名苑 和名爲乃止々岐」とあって井ノトトキという和名が充てられ、平安時代に中国南部や沖縄から渡来したようである。『出雲國風土記』に「嶋根郡 所在草木卑解」とあるほか、出雲郡・飯石郡・大原郡にも出現し、また、平安時代になっても『延喜式』巻第三十七「典藥寮」の諸國進年料雜藥に「摂津國 松蘿萆薢地楡桑螵蛸各二斤 近江國 萆薢五斤一両 丹波國 萆薢六斤云々」とあることから、オニドコロ（萆薢《ひかい》）が古くから薬用、食用などに利用されたことを示している。

『神農本草經』には腰や後背の痛み、骨節の硬直、風湿、周痺、慢性の悪瘡、熱気を治す効があるとされ、漢方の一部流派では萆薢分清飲など萆薢を配合する処方を、消炎・利尿薬として、リウマチや膝・腰の疼痛に用いる。民間療法でも萆薢単味で頻尿や遺尿に用いられた。たとえば、『妙藥博物筌《みょうやくはくぶつせん》』には「萆薢《ひかい》を洗ひ、細末し、酒にて糊を解《とき》、胡椒《こせう》の大さに丸し、空心《すきはら》に五十粒ほど、酒にても、塩湯にても服す云々」とある。ヤマノイモに比べてオニドコロのえぐ味が強いのはステロイドサポニンの含量が高いからである。山間地ではこの高含量のサポニンの溶血作用を利用し、川で魚を麻痺させて捕漁するのに用いた。

トコロの名は万葉集、『古事記』ほか、後世の文学にも出てくる。平安時代の『宇津保物語』に「此後は山に入て、見せしらせし芋野老をほり、木のみ葛の根をほりてやしなふ、雪たかうふる日、いもところの有所もみえぬ時に云々」とある芋野老《いもところ》も同じである。室町時代の『太平記』巻十八「先帝潜幸芳野事」にも「柴と云物をかこいて家とし、芋野老を掘て渡世許なれば皇居に可成所もなく、供御に備べき其儲も難尋」とあり、やはり芋野老が出てくる。野老をトコロと読むのは前述の『和名抄』に基づく。野老は海に産する海老に対して山に産する物としてつけられた名前で、いずれも鬚《ひげ》が多い（野老では鬚根、海老では小さな足）のを老人に譬《たと》えたものという。京師の習俗にこの二物を正月の飾りとするという。

な

なぎ（水葱・水菼・奈宜）

ミズアオイ科（Pontederiaceae）ミズアオイ（*Monochoria korsakowii*）
ミズアオイ科（Pontederiaceae）コナギ（*M. vaginalis* var. *plantaginea*）

春霞　春日の里の　植ゑ小水葱《こなぎ》　苗なりと言ひし　柄はさしにけむ
（巻三　四〇七、大伴《おほともの》駿河麻呂《するがまろ》）
春霞　春日里之　殖子水葱　苗有跡云師　柄者指尓家牟

上野《かみつけ》の　伊香保の沼に　植ゑ小水葱　かく恋ひむとや　種求めけむ
（巻十四　三四一五、詠人未詳）
可美都氣努　伊可保乃奴麻尓　宇惠古奈宜　可久古非牟等夜　多祢物得米家武

【通釈】 第一の歌の序に「大伴宿禰駿河麻呂《おほとものすくねするがまろ》の同じ坂上《さかのうへ》の家の二《おと》嬢《いらつめ》を娉《つまど》ふ」歌とある。坂上の家の二嬢とは、坂上大嬢《さかのうえのおおいらつめ》の妹（坂上女郎）を指し、駿河麻呂が同嬢を娶《めと》るとき、歌ったもの。譬喩《ひゆ》の歌であり、小水葱を女に喩えた。「植ゑ小水葱」は人が植えたのではなく、植わりたるすなわち生えているの意で、植草《うえくさ》・植竹《うえたけ》と同じ表現形。結句の柄は枝に同じで、「さしにけむ」の「さす」は生じる意で、「赤味が差す」、「枝が差す」などと同じ意。歌を通釈すると、春霞の春日の里の小水葱はまだ苗だと言っていたが、枝茎には葉が生え（食べ頃となった）ことであろうかとなり、女が大きくなってちょうどお嫁に行く年頃ではないだろうか、私と夫婦になったらどうだろうという意味を込める。第二の歌は相聞の東歌。伊香保の沼はしばしば榛名湖《はるなこ》に充てられるが、火山の火口に水が溜まってできたカルデラ湖であり、小水葱が生えるとは考えにくい。上野の国の歌二十二首の中に、可保夜の沼、伊奈良の沼の名前があり、いずれも所在不明であるから、伊香保の沼も所在不明の小さな沼湿地と考えるべきである。歌の意は、上野の伊香保の沼に生えている小水葱を、このように恋いこがれるために種を求めたのであろうか、決してそうではないとなる。

【精解】植物図鑑を見ると、ナギという名をもつ植物は二系統あって、一つはイヌマキ科常緑広葉樹、もう一つはミズアオイ科一年草である。万葉集でナギと称するものは木本植物ではなく後者の草本植物であり、四首詠まれている。古代には広く食草とされ万葉人にとって身近な存在であった。第一の歌の殖子水葱は第二の歌にある宇恵古奈宜と同じであるから、この比較だけでも水葱が「なぎ」と読むことがわかる。『和名抄《わみょうしょう》』に「唐韵云 蔛 胡谷反 楊氏抄云 水慈 奈岐 一云蔛菜 水菜可食」とあり、漢名を蔛としている。一方、『本草和名《ほんぞうわみょう》』では、「葪菜 仁諝音胡木反 一名斛榮一名接余 一名蔛菜一名水慈 已上三名出七巻食經 和名奈岐」とあって、いずれも葱の字を慈としているが、『字彙』によれば、この両字は同義である。以上からナギに対する漢名は蔛草《こくそう》・葪草《こくそう》であるが、『新修本草《しんしゅうほんぞう》』（蘇敬注《そけいちゅう》）に初見し、「水旁に生ず。葉は圓く澤瀉（オモダカ）に似て小、花は青白なり。亦た噉《くら》ふに堪ふ」とある。また『證類本草《しょうるいほんぞう》』でも「別本注に云ふ、江南人用ひて魚を蒸して之を食す。甚だ美なり。五六月莖葉を採りて暴乾す」と簡潔に記している。正確な植物種の特定は困難のようだが、水旁に生えるから水草であり、しかも花が青白色となれば、ミズアオイ科ミズアオイの類に限られてくる。日本には二種自生し、いずれも一年草である。そのうちのミズアオイは高さ三十～四十センチ、ときに一メートル近くになる。夏から秋にかけて直立した花茎《かけい》に青紫色の美しい花を総状《そうじょう》につける。もう一種はミズアオイと同属の類似種でミズアオイより小型という意味でコナギと名づけられた。これも青紫色の総状花序《そうじょうかじょ》をつけるが、花茎は葉より低く、花もまばらでミズアオイに比べるとずっと地味である。中国本草では葪草の名は『本草綱目《ほんぞうこうもく》』（李時珍）以降は途絶えてしまう。江戸時代の本草書『大和本草《やまとほんぞう》』（貝原益軒《かいばらえきけん》）では、『三才圖會《さんさいずえ》』草木十巻にある「浮薔」を引用し、「其圖ニカケル葉花澤桔梗ナリ、（中略）水澤ニ生ス、葉厚クシテ慈姑ニ似タリ、夏秋紫碧花ヲ開甚久可愛和俗ニ水葵トモ澤桔梗トモ云、花色桔梗ニ相似タリ」と記述している。浮薔の名は『救荒野譜』に由来するもので、

コナギ　葉は長さ3～7センチあり、秋に青紫色の花が咲く。

同書と『三才圖會』にある図は明らかにミズアオイである。また、清代末期の『植物名實圖考《しょくぶつめいじつずこう》』では鴨舌草と称するものの図がコナギを表す。『中薬大辞典』では、蔛草と鴨舌草が別条にありながら、いずれもコナギに充て、しかも鴨舌草は高さ一メートルほどの多年草としており、まったく別の植物と誤認しているようである。一方、ミズアオイは雨韭としているが、別名を浮薔としているのでこちらは問題はない。

　万葉集にある水葱は中国本草にはなく、三世紀に成立し、晋の嵆《けい》含《がん》撰といわれる中国最古の植物誌『南方草木狀』巻上の草類に出てくる。すなわち、「花葉は皆鹿葱（ナツズイセン）の如く、花の色は紅、黄、紫の三種有り。婦人の懐妊興き始め出るとき、其の花を佩《お》びて男を生めば卽ち此の花は鹿葱に非ざるなり。交廣の人、之を佩びること極めて驗《しるし》有るとす。然れども其の土の多くの男は女子を厭《いと》はず。故に常に佩びざるなり」とだけ記述され、『宋刊本南方草木狀』の図（後世の写本で追加されたもの）もコナギの類ではなく、アヤメ属に似ていて一名翠萱出高郡の注がある。『南方草木狀』は本草書ほかの文献でほとんど引用されず、古代日本には伝わらなかったようである。『本草和名』にある水葱の名は『七巻食經』より借用した正訓の名であり、食用菜としての名であったと思われる。唐代の本草書にはその異名であり薬用名である蔛草・蔛榮があり、これによってかろうじてその基原であるミズアオイ・コナギに到達できるのは前述したとおりである。『中薬大辞典』ではカヤツリグサ科フトイを水葱としているが、それほど古い名ではない。

　古代にあっては、ミズアオイとコナギを区別できず、両種をあわせて水葱《なぎ》と呼んでいたと一般には信じられている。しかし、『延喜式』巻第三十九「内膳司」の漬秋菜料に、「水葱　十石（中略）小水葱一石」と水葱・小水葱の両方が記載されており、ミズアオイを水葱、それより小振りのコナギを小水葱と考えるのが自然である。ミズアオイは自然湖沼の浅いところに生える日本の在来種であるが、コナギは稲作に随伴して大陸から渡来した史前帰化植物であり、水田や人里に近い水湿地に生える。したがって生育環境によって住み分けているから区別しやすかったはずだ。

　しかし、少なくとも万葉時代ではミズアオイ・コナギは明確に区別されていなかったようで、情景分析の結果から判断する必要がある。第一の大伴駿河麻呂の例歌にある「植ゑ小水葱」は「春日の里」に生えているからコナギと考えて問題ないが、第二の東歌は、同じ「植ゑ小水葱」ながら、ミズアオイである。まず、第一に人里ではなく伊香保の沼に生えていること、第二に「種求めけむ」という句から栽培を示唆するからだ。『延喜式』に記載された水葱と小水葱の収穫量が十石対一石と大きな差があるので、栽培されていたのはミズアオイで、コナギは水田に雑草として生えていたものから採集されたと思われる。『延喜式』巻第三十九「内膳司」の供奉雑菜に「水

葱四把　注　准四升五六七八月」、また同巻「耕種園圃」に「営水葱一段苗廿圍」とあるので、古代ではかなりの規模で栽培されていたと考えられる。それは次の東歌でよく理解できる。

苗代の　小水葱《こなぎ》が花を　衣に摺《す》り、馴るるまにまに　何《あぜ》かかなしけ　（巻十四　三五七六、詠人未詳）

すなわち、苗代をつくって水葱の種を蒔いて栽培したのである。「小水葱が花を衣に摺り」とあるように摺り染めにするのであるから、花が地味で花序の花数が少ないコナギでは当たらず、ミズアオイでなくてはならない。

醤酢《ひしほす》に　蒜《ひる》搗き合てて　鯛《たひ》願ふ吾にな見えそ　水葱の羹《あつもの》
（巻十六　三八二九、長忌寸意吉麻呂《ながのいみきおきまろ》）

ミズアオイ・コナギの葉は茹《ゆ》でると食べられ、東南アジアでは現在もコナギを野菜として利用する。しかし、中国ではあまり利用しなかったらしく、わずかに民間療法で喀血《かっけつ》や血尿などに用いる（『中薬大辞典』による）。むしろ日本の方が蔬菜として多用していたことは右の歌がよく表している。序に「酢・醤《ひしお》・蒜《ひる》・鯛《たひ》・水葱を詠める」歌とあるように、五つの食材が詠われ、その一つとして水葱の名が見える。歌の内容は水葱の羹のようなつまらぬものは私の前から消え失せよという意味となっているが、一緒に詠まれた醤・酢・鯛はいずれも貴族の食品であって高級な食材だったから、水葱は庶民的な食材として詠われたにすぎず、必ずしも嫌われていたことを意味するわけではない。

なし（梨・成）　バラ科（Rosaceae）ナシ（*Pyrus pyrifolia*）

もみち葉の　にほひは繁し　然れども　妻梨の木を　手折《たを》りかざさむ　（巻十　二一八八、詠人未詳）
黄葉之　丹穂日者繁　然鞆　妻梨木乎　手折可佐寒

露霜の　寒き夕《ゆうべ》の　秋風に　もみちにけりも　妻梨の木は　（巻十　二一八九、詠人未詳）
露霜乃　寒夕之　秋風丹　黄葉尓來毛　妻梨之木者

【通釈】 二つの歌は「黄葉を詠める歌」の序がある。『和名抄《わみょうしょう》』に「陸詞曰　葉　與渉反　波　萬葉集黄葉　紅葉　讀皆並毛美知波」とあり、黄葉は「もみぢは」と読む。「繁し」は繁りてあり、密なりの意。「妻梨の木」の妻はナシと無しを掛けた序であり、ナシの木の黄葉を詠う。歌の意は、もみぢの色づいている木は多いが、ナシの木を折ってかざしにしよう、妻がいないからとなるが、男の寂しい境遇を女に寄せた歌であろうか。第二の歌は、これに女が答えて、露霜が降りた寒い夕方の秋風で妻無しというナシの木は紅葉しましたねと、私たちの仲の機は熟したという意味を込めて返した歌だろう。

【精解】万葉集に梨・成とある歌は三首あるが、成は借訓仮名である。一方、梨は正訓で、『新撰字鏡《しんせんじきょう》』に「梨　理黑反　奈志」、『本草和名《ほんぞうわみょう》』に「梨　楊玄操音力之反　樑子　味酸甘音市廉反　樣子　亦似梨而小酸音詞醉反　蒩子　生山中已上三名出崔禹　一名紫實一名紫條一名縹蔕一名六俗一名含消　已上五種出兼名苑　和名奈志」とあってナシと読む。『日本書紀』巻第三十「持統紀」に「七（六九三）年三月丙午に天下をして、桑《くは》・紵《からむし》・梨《なし》・栗《くり》・蕪菁《あをな》等の草木を勸め殖ゑしむ。以て、五穀を助くとなり」という記述があってナシが含まれているので、その栽培はかなり古くから行われていた。『延喜式』巻第三十一「宮内省」の諸國例貢御贄に信濃、因幡などの諸国から梨子の献上があったことが記録されている。

ナシは落葉の高木で、四月から五月、葉とともに五弁の白い花を散房状《さんぼうじょう》につける。果実は球形～偏球形で、果点間コルクの発達で果皮が赤褐色を呈する赤ナシと、それが発達せず緑色の青ナシがある。江戸時代には百五十以上の品種がつくられ、現在では約千品種あるといわれる。ナシはヤマナシが栽培化されたものであるが、野生のヤマナシは本州・四国・九州・朝鮮南部・中国中南部に見られる。日本では人里周辺に分布が限られ、植物遺体も弥生時代以降しか出土せず、また、日本の洪積世や鮮新世からまだ植物遺体の報告はない。そのため、中国中部が原産地で、稲作とともに人の移動により伝わってきたと推定されている。

ニホンナシは英語で sand pear と称されるが、果肉に石細胞が多くて硬いからである。欧米人に好まれるようになったのは、果肉が柔らかい幸水・豊水などの優良品種がつくられてからで、現在ではアメリカやニュージーランドなどでも栽培される。しかし、古代のナシはより野生の形質が強かったと思われ、『延喜式』巻第三十九「内膳司」の漬年料雑菜に「梨子六升料鹽三升六合」とあるように、塩漬けにされて食された。現在より甘味はずっと少なく石のように硬いものだったと思われる。同巻に「園地三十九町五段二百歩（中略）雜果樹四百六十株、續梨百株云々」とあり、続梨の名がある。『明月記』に「寛喜元年九月八日、心舜房送草樹等、令栽之、夏梨、續木也」とあり、続梨とは接木したナシのようである。ナシに限らず、リンゴなど木本園果は接木で繁殖するのが普通で、これがもっとも優れた方法として広く実践されている。陸佃《りくでん》の『埤雅《ひが》』「李」の条に「李、桃に接《つ》ぎて本《もと》強き者、其の實は毛《かる》し。梅、杏に接《つ》ぎて本強

イワテヤマナシ　在来種で、果実は直径２～３㌢あり、褐色に熟す。

き者、其の實は甘し」と南唐・譚景昇の著書『譚子化書』を引用して記述されているので、平安時代に接木の技術が中国から伝わって実践されていたと思われる。

ナシとは別種に分類されるものにイワテヤマナシ・アオナシ・マメナシが知られるが、これらは日本在来種と考えられている。前二種はそれぞれ東北北部、山梨・長野県の八ヶ岳山麓、マメナシは本州東海地方（愛知・三重県）、朝鮮半島、中国中南部からベトナム北部に分布する。『圖經本草《ずけいほんぞう》』（蘇頌《そしょう》）に鹿梨という名があり、日本の在来種はこれに当たる。『本草綱目《ほんぞうこうもく》』（李時珍）によれば、『毛詩』にある山梨と同品としていてややこしいが、李時珍は「山梨は野梨なり。處處に有り、梨の大いさは杏の如く食ふべし」、また『陸璣詩《りくきし》疏《そ》』は「實は梨に似て酸く、亦た美にして脆い者有り」（『本草綱目』より）と述べており、ナシ・ヤマナシと同様、食用にされた。『延喜式』巻第三十三「大膳下」の諸國貢進菓子に「甲斐國　青梨子五擔」とある青梨もいわゆるナシでなく、在来種の系統で食用にされたものであるが、『大和本草《やまとほんぞう》』では「梨實ヨリ小ナリ味不美冬ニ至リテ蒸テ食フヘシ」とあるように、後世の日本では生食に適さないとされた。『詩經』國風・召南の「甘棠」の一節に「蔽芾《へいひ》たる甘棠、翦《き》ること勿かれ、伐ること勿かれ、召伯の茇《やど》りし所」とあり、甘棠の名が出てくる。『爾雅《じが》』釋木に「杜は甘棠なり」とあり、杜梨とも称するものであるが、李時珍はこれを棠梨として区別し、「二月、白花を開き、實を結び小楝子の大さの如く、霜の後、食ふべし。其の樹、梨に接ぎて甚だ嘉《よ》し」と記述している。これは今日シナマメナシと称し、中国でナシの台木として利用する。

ナシ属は種間で容易に交雑し、古くから栽培されていたため、天然分布かあるいは栽培から野生化したのか、はっきりしない自然分布個体が、日本だけでなく中国など国外にも多い。ナシの実は、中国本草でも薬とは目されていないが、『證類本草《しょうるいほんぞう》』には「甘く微《わず》かに酸くして寒、多食すれば人をして中（内臓のこと）を寒せしむ。金瘡乳婦、尤も食ふべからず」と記述されている。果実の成分を見ると、ほかの果実に比べてソルビトールの含量が特に高く低カロリーである。また、カリウムが多くナトリウムはほとんど含まれていないので、多尿となり血圧を下げる効果が期待できる。つまり、中国古医方でいえば、寒の薬性が強く体を冷やす食品であるので、肥満高血圧というメタボリックシンドロームに悩む人には熱を去り渇きを止める食品としてよいかもしれない。一方、『大和本草《やまとほんぞう》』（貝原益《かいばらえき》軒《けん》）でいうように、体が冷えて虚弱な人には栄養価に乏しくふさしいものではない。昔は、ナシを食べると疳《かん》の虫がわくから、あるいは妊婦では腹が冷えるから、ナシを食べないようにと代々言い伝えられてきたが、その一部は「気味が大寒」という古医方の解釈に由来するものであり、俗信として一概に否定すべきものではない。

ナシは薬用の価値がまったくないわけではない。特に、葉にはアルブチンを〇・六〜〇・八《パーセント》、タンニンを約八《パーセント》含むので、『日本薬局方』にも収載されるウワウルシ葉の代用として、尿路防腐・収斂利尿薬として民間で用いられた。ナシは秋の味覚に欠かせないもので、最近では外国にも輸出される。バラ科ナシ属の落葉高木であるが、同様に果樹として栽培する種はチュウゴクナシ・セイヨウナシがあり、これと区別するため日本に栽培するもの（原産種あるいは導入種で改良されたもの）をニホンナシと称する。チュウゴクナシ・セイヨウナシも近世の日本に渡来しているが、栽培は少ない。日本では棚仕立で栽培するが、台風など風害の多い風土を考慮して考案された日本独特の方式であり、天明二（一七八二）年の『梨栄造育秘鑑』（『日本農書全集』第四十六巻所収）に最初の記録を見る。

冒頭の万葉歌からわかるように、古くからナシの語音が「無し」に通ずるので、ナシは状況によって縁起がよいあるいは悪いとされた。屋敷にナシを植えるのは財産や幸運がなくなるとか人が亡くなるとして忌み、逆に、材を家の建材に使う場合、「何も無し」として喜ぶといった具合である。ナシをアリと言い換えて、縁起言葉でアリノミと称することがある。この名前の起源は意外と古く平安後期の和歌に初見する。西行法師（一一一八—一一九〇）は「花の折かしはにつゝむしなのなしはひとつなれどもありのみとみゆ」、中古三十六歌人の一人相模（平安後期）も「おきかへし露ばかりなるなしなれど千代ありのみと人はいふ也」と歌っており、これがアリノミという別名の出典である。また、室町時代後期の『包丁聞書《ほうちょうききがき》』（『群書類従』第十九輯飲食部）には、「ありの實と梨子に二ツの包丁といふ事。節分前はありのみ（身）とて皮をむく也。節分過は梨子（無し子）と云て皮をむかぬといへり。時宜によるべし」とあり、アリノミとナシを時節によって使い分けることもあった。詩歌では「あり」、「なし」に掛けてナシを詠ったものが多いのもこのような遊び心が可能だからであろう。ナシの花も満開になれば見応えがあり、詩歌だけでなく文学作品にもよく出てくる。『枕草子』「木の花は」の「梨の花、よにすさまきものにして、ちこうもてなさず、はかなき文つけなどだにせず云々」の一節はよく知られる。中国でも白居易の長恨歌に「玉容寂寞として涙欄干たり　梨花一枝春雨を帯ぶ」とあり、この一節は、『太平記』巻三十七の「畠山入道々誓謀叛事付楊國忠事」にも引用されている。『明月記』の「文暦二年三月二十七日、庭花、昨日落ち盡くし、梨花盛開す。四月三日、梨花雨に帯びて散る」も長恨歌の一節を意識したものだろう。

なつめ（棗）　クロウメモドキ科（Rhamnaceae）ナツメ（*Ziziphus vulgaris* var. *inermis*）

玉掃《たまはばき》　刈り来《こ》鎌麻呂　むろの木と　棗《なつめ》が本《もと》と　かき掃かむため

（巻十六　三八三〇、長忌寸《ながのいみき》意吉麻呂《おきまろ》）

玉掃　苅來鎌麻呂　室乃樹　與棗本　可吉將掃爲

【通釈】この歌は長忌寸意吉麻呂の歌八首の一つ。その背景・経緯についてはハチスの条を参照。意吉麻呂は万葉集に十四首の歌を残しているが、秀歌といえるものは一つもない。しかし、植物名を詠いこんだものがいくつかあり、万葉の植物歌というカテゴリーでは必ず意吉麻呂の名がいくつか出てくるという不思議な歌人である。これは「玉掃、鎌、天木香《むろ》、棗を詠む歌」という序がある。玉掃はコウヤボウキのことで玉は美称、昔はこれで箒をつくったので箒草と呼んだ（タマバハキの条を参照）。「刈り来」は鎌麻呂（鎌を人名のように擬人化した）に掛けており、「刈り来かめ」という命令形である。「むろの木」はヒノキ科ネズであり、詳細はムロノキの条を参照。歌の意は、ネズとナツメの木の下を掃くため（箒をつくるから）、箒草を刈って来いよ、鎌麻呂さんとなり、明らかに戯歌とわかる。この歌でナツメが万葉時代に栽培されていたことがわかるから、文学的価値はないものの民俗学的価値は認められる歌である。

【精解】ナツメはクロウメモドキ科の落葉高木であり、スペインやポルトガル・中国では古くから栽培、利用されてきた。文献によっては中国原産とするが、実際は北アフリカから欧州西部の地中海沿岸に原生する *Zizyphus vulgaris* が古い時代に中国にもたらされ、果樹として中国で発展、分化して変種 var. *inermis* として区別されたものといわれる。

『史記』の「貨殖列傳第六十一」に「安邑千樹の棗」とあり、紀元前には華北一帯に広く栽培されていた。現在では三百以上の品種があるといわれ、五臓を養う五果（桃・栗・杏・李・棗）の一つとして珍重され、中国のほか朝鮮でも古くから冠婚、正月の祝いなど各種習俗に欠かせない重要果実であった。葉は光沢があって三行脈が目立ち、縁に鋸歯《きょし》がある。初夏に淡黄色の花を葉腋《ようえき》に密につけ、球形〜長楕円形の核果《かくか》は一・五〜二・五センチ、熟すと暗紅色になる。リンゴ様の味があり生食できるが、湯通しして乾燥したものを食用あるいは薬用に用いる。日本では、六世紀後半の上之宮遺跡（奈良県）から果実の核が出土し、また、平城京長屋王邸宅跡からも出土して

ナツメ　花は６月～７月に咲き、その後、長楕円形の果実が実る。果実は長さ 1.5 ～ 2.5センチで、暗赤色に熟す。

いる（『海をわたった華花』）ので、かなり古い時代に渡来したと考えられる。ただし、薬用を除けばあまり利用されず果樹として発展することはなかった。ナツメは材が緻密で堅いので、車軸などにも用いられた。また、棗本《そうほん》という語があるように、木版印刷の版木の材料としても使われた。ナツメは野生のない栽培種であるが、核果がより小さくて果肉が薄く種子の大きな野生の形質の顕著なものがあり、それをサネブトナツメ var. *spinosus* と称する。

　万葉集には「棗」の名が二首に登場するが、『本草和名《ほんぞうわみょう》』で「大棗 一名乾棗一名美棗一名良棗 已上本條 猗棗 出猗氏縣故以名之 和名於保奈都女」とあり、また『和名抄《わみょうしょう》』に「本草云 大棗 一名美棗 音早字亦作棗 奈都米」とあってナツメと訓ずる。『神農本草經《しんのうほんぞうきょう》』の上品として、大棗・酸棗の二つの棗が収載されている。陸佃《りくでん》の『埤《ひ》雅《が》』に「棘の大なるを棗《そう》といひ、小なるを棘《きょく》といふ。蓋《けだ》し、酸棗の若きは所謂棘なり」とあり、同じ朿の字を束ねた棗と並べた棘として区別された。『埤雅』のこの記述をわかりやすく説明すれば、いわゆる棘《きょく》（トゲのある木本植物の総称）のうち、大きな果実をつける（大なるものはこの意と思われる）ものが棗となる。とすれば、今日いうナツメがこれに相当し、果実を乾燥したものを大棗《たいそう》といい、『本草和名』ではこれをオオナツメと称した。一方、棘は酸棗という別名で呼ばれ、『本草和名』に「酸棗 蘇敬注云大棗中味酸者是也 一名山棗樹子 出陶景注 一名樲棗實 仁諝音如至反出蘇敬注 和名須岐奈都女一名佐祢布止」とあるように、サネブトの和名がある。サネブトとは実太《さねぶと》であり、ナツメより果実の核が大きいことにちなみ、今日でもその名をとってサネブトナツメという。前述したように、ナツメとサネブトナツメは種としては同種であるが、前者はほとんどトゲがなく核に種子がないかあっても貧弱であり、一方、後者には大きなトゲがあり、種子は大きいので、ナツメはサネブトナツメから改良されたことがわかる。

　ナツメは、日本では、生食用の果実ではなく漢方の要薬・大棗として珍重される。『延喜式』巻第三十七「典藥寮」の諸國進年料雜藥に「丹後國　乾棗一斗　美作國乾棗一斗五升　備前國乾棗八升　阿波國乾棗一斗五升」とあり、各地で栽培されていたことを示唆するが、乾棗は『本草和名』にあるように大棗《おほなつめ》の別名で、乾燥品としてもっぱら薬用に用いられ、果実として利用する場合は、『本草和名』に「生棗　和名奈末奈都女」とあるように生棗《なまなつめ》と称した。成分として糖・粘液質などの水溶性糖質を四十～六十《パーセント》、リンゴ酸などの有機酸など若干量のほか、薬用人参と同系統のダンマラン系サポニンを含む。このサポニンには神経線維の修復・成長を増強する作用が確認されており、抗ストレス作用が期待されている。大棗のアルコールエキスに抗アレルギー・抗消化性潰瘍作用のあることも確認されている。大棗は主として強壮・利尿の目的で葛根湯・小柴胡湯など多くの漢方処方に配合されるが、それはまさに『神農本草經』が記述する「中を安じ、脾を養ひ、十二經を助け、胃氣を平し、九竅を通じ、少氣、少津液、身中不足、大驚、四肢重を補し、百藥を和し、久しく服すれば身を輕くし年を長ず」効と合致する。

一方、サネブトナツメの用途はナツメとは大きく異なり、種子を酸棗仁と称し、不眠・多眠・神経衰弱に効があるとして、酸棗仁湯などの漢方処方に配合される。『本草經集注《ほんぞうきょうしっちゅう》』（陶弘景《とうこうけい》）には「東人、之を噉《くら》ひ以て睡を醒む。此れ眠を得ざるを療すと正反なるや」と記述しているが、漢方では不眠や多眠の症状において適正な睡眠を誘導する効があるとしているので、矛盾しているわけではない。『神農本草經』ほか近世の本草書も含めて酸棗とだけあって薬用部位を記載していないが、『本草衍義《ほんぞうえんぎ》』（寇宗奭《こうそうせき》）だけが「（神農本草）經は仁を用ふるを言はず。仍ち眠を得ざるを療す云々」とあって仁の使用を記述している。

興味深いことに、酸棗仁の水製エキスには催眠延長、運動の抑制などの鎮静作用が認められており、江戸時代の漢方医吉益東洞《よしますとうどう》（一七〇二―一七七三）が著わした『薬徴』の記述「胸膈の煩躁、能く眠れざるを主治す」によく符合する。また、『名醫別録《めいいべつろく》』にも煩心して眠りえぬもの、臍《へそ》の上下の痛み、血転云々に効ありと記述され、中国でも古くから安眠・鎮静の薬として用いられてきた。酸棗仁の成分は大棗に似たダンマラン系サポニン、植物ステロイドのほか、アルカロイドも含まれる。酸棗仁のサポニンにも神経線維の修復、成長を増強する作用が確認されている。

ナツメは民間療法でも用いられ、『和方一萬方《わほういちまんぽう》』に「火傷ニ、ナツメノ木ノ葉（陰干）右一味、粉ニシテ、ゴマノ油ニテトキテツク。ウヅキ止ミ、アトナクナルナリ」と記述されている。『救荒本草』に「嫩葉《わかば》を採り煠《や》き熟し水に浸し黄色を作成し淘浄し油鹽に調へて食ふ」とあり、飢饉など食料の乏しいときには葉を食べることもあった。

なでしこ（石竹・瞿麥・奈泥之故・奈弖之故）

ナデシコ科（Caryophyllaceae）カラナデシコ（*Dianthus chinensis*）
ナデシコ科（Caryophyllaceae）カワラナデシコ（*D. superbus* var. *longicalycinus*）

秋さらば　見つつ思《しの》べと　妹が植ゑし　屋前《には》のなでしこ　咲きにけるかも　（巻三　四六四、大伴家持《おほとものやかもち》）
秋去者　見乍思跡　妹之殖之　屋前乃石竹　開家流香聞

わが屋前《には》の　なでしこの花　盛なり　手折《たを》りて一目　見せむ児《こ》もがも　（巻八　一四九六、大伴家持）
吾屋前之　瞿麥乃花　盛有　手折而一目　令見兒毛我母

なでしこが　花見る毎に　娘子《をとめ》らが　笑《ゑ》まひのにほひ　思ほゆるかも　（巻十八　四一一四、大伴家持）
奈泥之故我　花見流其等尓　乎登女良我　惠末比能尓保比　於母保由流可母

【通釈】第一の歌の序に「家持の砌《みぎり》の上の瞿麥《なでしこ》の花を見て作れる歌」とある。「屋前」を「やど」と訓ずることもあるが、意味の違いはない。この歌は挽歌であり、「妹」とは家持の亡き妻のこと。歌の意は、秋になったら見て偲《しの》んでくださいと妻が植えた庭のナデシコが咲いていることよと、亡き妻が植えたナデシコを見て偲び悲しむ歌。第二の歌は「大伴家持の石竹《なでしこ》の花の歌」という序がある。「児もがも」の「がも」は願望の意を表す感動詞「がな」に同じ。歌の大意は、わが庭に植えたナデシコの花が盛りです、折り取って一目見せてあげられる娘がいたらいいのにとなる。歌の年月が明記されていないので詳しくはわからないが、妻を亡くした後に詠ったものであろう。第三の歌は「（天平感寶元（七四九）年）閏の五月二十三日、大伴宿禰家持の作れる。庭中の花を見て作れる歌」という序がある。「娘子」は家持の妻坂上大嬢《さかのうえのおおいらつめ》を指す。「笑まひ」は「笑まふ（笑む）」の名詞形。「にほひ」は「匂ふ」の名詞形で美しく映えることをいう。歌の内容は、ナデシコの色づいた花を見るたびに、乙女の笑顔のほんのりと色づいた気色を思い出すことよであり、ナデシコの花を見て奈良に残した妻を偲ぶ歌。

【精解】ナデシコは陽地乾性の環境によく生える野草で、華奢な茎葉に繊細なつくりのピンクの花冠が合致して、現代でも一般の人気が高い。二十六首の万葉歌に詠われ、そのいずれもが美しい花を暗

カワラナデシコ　花は薄紅色、7月～10月に咲く。

示しているのは、古代人にも親しまれたことを示す。

いわゆるナデシコとは、わが国では北海道から九州までの山野に広く分布するカワラナデシコのことであり、その名にあるように川原にもよく見られる。ナデシコは有用な薬用植物でもあるが、花が美しいので広く栽培され、本草名のほか園芸から発生した名も多くあり、しばしば基原の考証に混乱をもたらした。万葉集では、ナデシコを表す名として「瞿麥」、「石竹」、「奈泥之故（奈弖之故）」の三系統の名がある。このうち、前二者は中国語から借用した漢名の正訓であるが、第一の歌では、序に瞿麥、本歌に石竹、第二の歌ではそれが逆になって出てくるので、歌の内容から判断して、両者の訓は同じである。『本草和名《ほんぞうわみょう》』に「瞿麥　仁諝音衢陶景注云子頗似麥故以名之　一名巨句麥　楊玄操音九懼反　一名大菊一名大蘭　根名紫葳華名藁已上二名出疏文　和名奈天之古」とあり、瞿麥の和名はナデシコであることがわかる。

中国では、瞿麥《くばく》の名は『神農本草經《しんのうほんぞうきょう》』の中品にあるが、石竹《せきちく》は、本草書では、宋代の『日華子諸家本草』になってやっと初見する。十世紀前半に成立した『本草和名』に、石竹の名がないのもそのためで、鎌倉時代の『本草色葉抄』になって石竹が出てくる。では、万葉集にある石竹の名はどこからきたのであろうか。実は、石竹は白居易などの唐詩にも詠われており、中唐の詩人である顧況《こきょう》（？・七二七―？・八一五）は「道該上人院石竹花歌」（『全唐詩』巻八八三）という題の歌を残している。その一節「道該房前石竹叢　深浅紫　深浅紅」から、石竹は色鮮やかな花であり栽培されていたと想像される。一方、万葉集でナデシコを詠った歌は二十六首あるが、ここに紹介しなかった「見渡せば向ひの野辺のなでしこの散らまく惜しも雨な降りそね」（巻十　一九七〇）ほか「野辺（または丘辺）のナデシコ」を詠ったものが四首、そして山上憶良《やまのうえのおくら》（六六〇―七三三）の「秋の七草」の歌一首、合わせて五首が野生のナデシコすなわちカワラナデシコを詠ったものであり、残りの多くは、ここに紹介した歌にあるように、「屋前《には》のなでしこ」、「うゑしなでしこ」など、栽培されたものである。また、ナデシコの歌のうち、十一首は大伴家持が詠い、残りの大半も大伴池主《おおとものいけぬし》（奈良時代）や橘諸兄《たちばなのもろえ》（六八四―七五七）など奈良朝の有力貴族が詠人という顕著な特徴も見過ごすべきではない。奈良朝の貴族が栽培し歌にするほどの草花といえば、中国から渡来したもの以外は考えにくいから、唐の詩人が詠った石竹（中国原産のカラナデシコまたはその近縁種）は奈良時代の日本に伝えられていたと考えてよい。

　ここで、当時、瞿麦あるいは石竹と称されていたものがどんな植物であったか考証してみよう。『本草經集注《ほんぞうきょうしっちゅう》』（陶弘景《とうこうけい》）は瞿麦について「此の類、乃ち兩種有り、一種は微《わず》かに大にして、花邊に叉《さ》椏《あ》有り、未だ何者かを知らず」と記している。「叉椏のある花」とは、花冠《かかん》の間に隙間《すきま》があって股のように切れ込んでいる花と解釈できるから、日本・中国・朝鮮の山野に広く分布するカワラナデシコに近い種であることはまちがいない。宋代の『紹興校定經史證類備急本草』（一一五九年）にある絳州瞿麦の図は、カラナデシコよりカワラナデシコに近いから、瞿麦はカワラナデシコの系統としてよいだろう。『本草經集注』（陶弘景）に「亦た一種あり、葉は廣く相似て毛有り、花は晩《おく》れて甚だ赤きなり」と記載されるものは、後に日本でも広く栽培されるようになった、カラナデシコ（あるいはセンノウ）の系統と推察される。唐の詩人が石竹として詠ったのはこの系統であり、やや小型で五枚の花冠の端が重複していて隙間がない点で、カワラナデシコと区別される。

　万葉集では、前述したように、石竹と瞿麦を区別していない。中国原産の舶来ナデシコ（カラナデシコ）と和産のナデシコ（カワラナデシコ）がよく似ているので、都の郊外の山野に豊産した和産品を見ているうちに、混乱して区別できなくなってしまったのかもしれない。実は、中国の本草書でも両種の区別はかなり曖昧であり、実際、明代の『本草綱目《ほんぞうこうもく》』（李時珍）では、瞿麦と石竹は同物異名とされている。

　ナデシコ類は薬用としても有用であるが、花が美しいから花卉園芸でも賞用され、園芸界で本草学と別の名前をつけるようになった。石竹、そして『本草綱目』で李時珍が俗名とよぶ洛陽花は園芸名であったと思われる。日本でも状況は同様であり、特に、万葉集で二十六首も詠まれている事実は、後世の古典文学にも大きなインパクトを与え、そこから別名が派生する土壌となった。その先駆けは平安中期の文学に見ることができる。『紫式部集』に「秋のはじめつかた、常夏につけてたうき僧都の母、常夏の花をのみみてけふまでに秋をもしらで過にける哉。かへし。花はさはとこ夏にのみ匂ひけん人の云々」とあり、「常夏の花」が見える。『和名抄』に「本草云　瞿麦一名大蘭　奈天之古　一云度古奈都」とあり、度古奈都《とこなつ》すなわち常夏はナデシコの別名であって日本独特の呼称である。

　『綺語抄《きごしょう》』（十二世紀初め、藤原仲実）に「鐘愛は衆草に勝る、故に撫子と云ふ。艶なること千年を契る、故に常夏と云ふ」（原文は漢文、著者訓読）とあり、「常夏」の名の由来が、その鮮やかな美しい花の色が千年も続くからという。無論、ナデシコの花はそんなに長く咲き続けることはないので明らかに誇張である。『萬葉古今動植正名』は「とことわ（永遠）になつかしき花」と解釈すべきであるとし、『源氏物語』の源氏から玉鬘への贈歌「なでしこのとこなつかしき色を見ばもとの垣根を人や尋ねむ」を論拠とするようである。

だが、常夏の名が先にあって、掛詞として「とこなつかし」があるのだから、正鵠を射た説とはいいがたい。

カワラナデシコは秋の七草の一つであるが、実際の花期は七月から十月、すなわち盛夏から秋までと長く、この間に次々と美しい花を咲かせる。それを、平安の文人は常夏と形容したと思われる。すなわち、現代人とは異なる感覚でナデシコを見ていたかもしれない。しかし、邦産のカワラナデシコが常夏と呼ばれた可能性は低いと考える。なぜなら、中国原産のカラナデシコに四季咲き品種があり、春から秋深くまで花期が続き、これこそ「艶契千年」というにふさわしいからである。江戸時代の本草家は、常夏を野生のナデシコの別名としているが、平安の文人をして常夏と命名せしめたのはカラナデシコと考えるべきで、この品種は平安時代には渡来していたと思われる。『源氏物語』の「常夏」の帖に、主人公の光源氏が玉鬘を訪れる光景があるが、その御殿の前庭について、「御前に、乱れがはしき前栽なども植ゑさせたまはず、撫子の色をととのへたる、唐の、大和の、籬《まがき》いとなつかしく結ひなして、咲き乱れたる夕ばえ、いみじく見ゆ」と描写されている。すなわち、雑多な前栽などは植えさせず、唐産、大和産のナデシコの花で美しく整えたというのはまさにその証左である。一方、ナデシコを撫子と表記するのは、『和名抄』や『本草和名』にある奈天之古《ナデシコ》の語源の釈名を前述の『綺語抄』に見ることができる。すなわち、鐘愛（愛情の深さ）がその他もろもろの草花に抜きん出ており、それを「吾が子を撫でる」のに見立てたということであり、いかにも文学的な釈名である。藤原清輔《ふじわらのきよすけ》（一一〇四—一一七七）の『奥義抄《おうぎしょう》』にもほぼ同じ記述がある。ナデシコの和名は奈良時代からあるが、その名の語感から土名ではないことは明らかで、奈良朝貴族が命名した可能性は高く、これをもって語源と考えてよいだろう。撫子の名は、以降、和歌・俳句・物語など文学に広く受け入れられ、現在でもナデシコの和製漢名として広く用いられている。

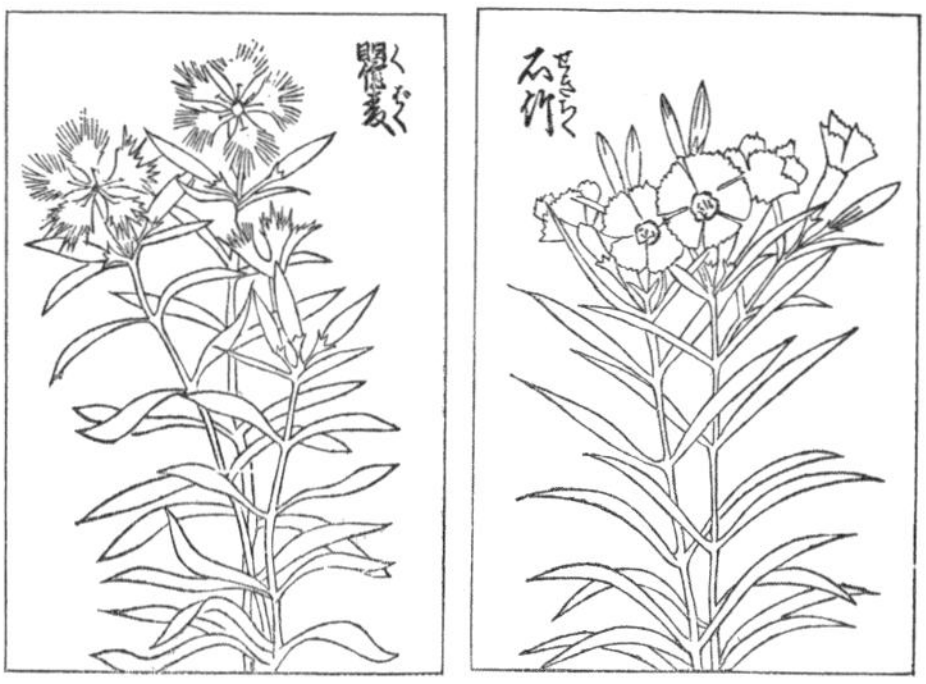

『廣益地錦抄』（伊藤伊兵正武、享保４年）に見られる瞿麥（カワラナデシコ）と石竹（カラナデシコ）

現在、中国渡来のナデシコをカラナデシコと呼び、日本産を単にナデシコとも呼ぶ（正名はカワラナデシコ）が、実は、カラナデシコに対してヤマトナデシコという名前が平安時代にあった。ヤマトナデシコが初見するのは『古今和歌集』の「われのみやあはれと思はむきりぎりすなく夕ぐれのやまとなでしこ」（素性法師）であり、『狭衣物語《さごろもものがたり》』であり、「いとあつかはしげなりつるせんさいどもの、雨に心ちよげに思へる中に、やまとなでしこのしほれたるけしき、中にもらふたげなるを一枝おらせたまふて云々」とある。カラナデシコの名の存在を予感させるのは、『枕草子』の「草の花は」にある「なでしこ、からのはさら也。やまとのもいとめでたし」であり、中国産・邦産のナデシコを栽培・観賞していくうちに、カラナデシコ、ヤマトナデシコと区別するようになったことを思わせる。ちなみに、カラナデシコの名は、『栄花物語』「たまのうてな」の「るりのつぼにからなでしこ、きちかう（桔梗）などをさゝせたまへり」に初見する。

現在、ヤマトナデシコ（大和撫子）といえば、おしとやかな日本女性を総称する語として使われるが、万葉集にそれを彷彿させるような歌がある。大伴家持が紀女郎《きのいらつめ》に贈った「なでしこは咲きて散りぬと人は言へどわが標《し》めし野の花にあらめやも」（巻八　一五一〇）がそれであり、鎌倉時代の万葉学者仙覚《せんがく》（一二〇三―？）が「ナデシコヲオトメニヨソヘテヨメル也。ワガシメシノノハナトハオトメナリ云々」（『仙覺抄』）と注釈をつけている。これからナデシコは女性を表す花、これが転じて日本女性の美称となったという解釈は十分ありうる。しかし、万葉歌においては、ナデシコは必ずしも女性だけを対象として詠われたわけではない。冒頭の第三の歌では、家持は坂上大嬢に寄せたが、巻二十にある家持の歌「うるはしみ吾《あ》が思《も》ふ君はなでしこが花になそへて見れど飽かぬかも」（四四五一）は、奈良時代の政治史で藤原仲麻呂《ふじわらのなかまろ》（七〇六―七六四）と覇を競った有力貴族　橘奈良麻呂《たちばなのならまろ》（七二一―七五七）に宛てたものである。

以上、ナデシコについて述べたが、いずれもその園芸価値に関連することばかりであった。ナデシコの全草すなわち瞿麦《くばく》は、『神農本草經』の中品に列せられるように、古い歴史をもつ有用な生薬でもある。古代のわが国でも賞用された薬物であったことは、『延喜式』巻三十七「典薬寮」の毎年十二月晦日供殖藥様廿五種、同諸國進年料雑薬に瞿麦の名を見ることから明らかである。『本草經』には「關格、諸癃結、小便不通を主《つかさど》る」とあり、漢方では消炎・利尿薬とし、主として水腫・小便不利・淋疾に用いる。また、妊婦に禁忌《きんき》とされてきたのは、『本草經』に「破胎して子を墮ろし、閉血を下す」とあり、通経の効が強いとされたことによる。中国では全草を用いるが、日本とりわけ古方派《こほうは》漢方では種子を瞿麦子《くばくし》と称し、もっぱらこれを用いる。江戸時代の日本で、ネギやタマネギの種子による偽和品が多かった事実は、瞿麦子が薬用として賞用されたことを示唆する。中国で瞿麦子を用いた例がないわけではなく、唐代の医書『外臺秘要《げだいひよう》』巻二十七に、瞿麦子を搗いて末にして酒にて服用し小便石淋（膀胱結石）を治すとあり、この中国古医方をわが国の古方《こほう》派《は》漢方が高く評価し応用を拡大したのである。日本でも、後世方派《ごせいほうは》漢方や民間では、ナデシコの全草を中国の医書にあるように淋病（膀胱炎）に多用した。

なのりそ（名乗藻・名乗曾・名告藻・莫告・莫告藻・莫謂・勿謂藻）

ホンダワラ科（Sargassaceae）ホンダワラ（*Sargassum fulvellum*）

みさご居る　磯廻《み》に生ふる　なのりその　名は告《の》らしてよ　親は知るとも　（巻三　三六二、山部赤人《やまべのあかひと》）
美沙居　石轉尓生　名乗藻乃　名者告志弖余　親者知友

紫の　名高の浦の　なのりその　磯になびかむ　時待つ吾を　（巻七　一三九六、詠人未詳）
紫之　名高浦乃　名告藻之　於礒將靡　時待吾乎

【通釈】「美沙居」を「みさご居る」と訓ずるのは、集中に「三佐呉集荒礒」（巻十二　三〇七七）など類似の用例があり、「美沙兒居」の誤りと考えるからである。ミサゴは、『和名抄《わみょうしょう》』に「雎鳩　美佐古」とあり、湖・河川・海岸など水辺に生息して主に魚を食べるタカ科の猛禽類の一種。「みさご居る」は磯・荒磯・渚に掛かる枕詞。この歌は、磯辺に生えるナノリソのように名乗ってはいけない名でもおしゃってください、あなたの親が知ったとしても、という意味で、あなたの悪いようにはしませんといって相手の女に告白している歌である。万葉時代では男が女の名前を尋ねることは求婚を意味し、女に受け入れの意思があれば、相手に名を告げる慣わしであった。したがって、相手の女に名乗るように要求しているのは、相手にはすでに名を尋ねていることすなわち求婚したことを意味する。相手の親が知ってもかまわないというのであるから、それなりの覚悟をもった求婚であることを示す。第二の歌は「藻に寄する」譬喩《ひゆ》の歌である。名高の浦は和歌山県海南市名高の海浜で、紫は高貴の色であるから「名高い」に掛かる枕詞となる。一方、海南市藤白神社の西に紫川があることから、紫を地名とする説（本居宣長『玉かつま』）もあるが、ここでは通説に従う。直訳すると、名高の浦のナノリソが磯になびくようにあなたが私になびくまで待っている私ですとなる。ナノリソはしばしば岩から切り離されて海水に浮いて漂流し、なかなか磯に打ち上げられることはないので、苛立《いらだ》っている様子を読み取ることができる。名乗ってはいけないという意味の名をもつナノリソのように、相手の女がなかなか名を教えてくれない（求婚を受け入れてくれないこと）ことも表す。

ホンダワラ　海中で岩の上などにはりついて成長する（上）、海水からあげた枝（下）　葉の間に丸く見えているのが気泡。（写真提供：三重大学大学院生物資源学研究科　藻類学研究室）

【精解】 万葉集には「名乗藻」、「名乗曾」、「名告藻」、「莫告」、「莫告藻」、「莫謂」、「勿謂藻」という名が十三首に出てくるが、これらをナノリソと訓ずるのは問題はないだろう。この奇妙な名前の由来は『日本書紀』の衣通姫《そとほりのいらつめ》の故事に基づく。允恭《いんぎょう》十一年、衣通姫が「とこしへに君も遇へやもいさなとり海の浜藻の寄る時々を」と詠んだところ、天皇が「是の歌、他人《あたしひと》にな聆《き》かせそ。皇后、聞きたまはば必ず大きに恨みたまはむ」と姫に言い聞かせ、以来、浜藻を「なのりそも」と呼ぶようになったとある。したがって、ナノリソは「勿告りそ」すなわち「しゃべるな」という意味であって、万葉集ではこの禁止の意に掛けて用いられるのが普通である。

ナノリソは褐藻類のホンダワラ科ホンダワラの古名である。中国最古の本草書『神農本草経《しんのうほんぞうきょう》』に中品として海藻の名がある。水藻に対する名で、もともとは海に生える藻の総称であって、特定の種を指すものではない。『本草拾遺《ほんぞうしゅうい》』（陳蔵器《ちんぞうき》）によれば、「此の物、馬尾なる者大にして葉有る者有り。本經及び注は海藻の功、狀を分けず。馬尾藻は淺水に生じ、短き馬尾の如く細く黒色なり。之を用ふるに當に浸して鹹を去るべし。大葉藻は深海中及び新羅に生じ、葉は水藻の如くして大なり」とあるように、馬尾藻と大葉藻の二種を区別したが、この記述から種を特定するにはおよそ不可能である。『本草綱目啓蒙《ほんぞうこうもくけいもう》』（小野蘭山《おのらんざん》）は、馬尾藻をホンダワラ、大葉藻をヒルムシロ科アマモに充てた。アマモは海中に生えるが、海藻ではなく顕花植物であり、葉はショウブに似ていて大葉というほどではないから、名前だけを中国から借用して勝手につけたというのが正しい。

『本草綱目』（李時珍）は膨大な数の植物を収載していることで知られるが、海藻類はわずか七種類しかなく、本草書ではない『和名抄』に十九種、『大和本草《やまとほんぞう》』（貝原益軒《かいばらえきけん》）には二十八種類もの海藻を記述していることと対照的である。馬尾藻という漢名が中国で定着したのも小野蘭山がナノリソすなわちホンダワラに充てたからであり、海藻に関しては中国本草の情報は当てにならないと考えるべきだろう。古代日本人もそう考えたようで、『和名抄』に「本草云　海藻　邇岐女俗用和布字」とあるように、中国から借用した海藻に勝手にワカメ類を充てている。ナノリソは日本独自の名前であり、馬尾藻も蘭山が中国本草書から名前だけを借用して充てたもので、中国でどの種を指すのかは問題ではない。なぜなら日本ではホンダワラは古くから利用され、ナノリソは故事に由来する名であるから、それがホンダワラであるかどうかは日本の文献次第ということになるからだ。

　ナノリソにはジンメソウ・ジンバソウ・タワラ・ホンタラ・ホダワラ・タワラモなどいろいろな地方名がある（『本草綱目啓蒙』による）。『和名抄』に「本朝式云　莫鳴菜　奈々利曾　楊氏漢語抄云　神馬藻　奈能利曾　今案本文未詳　但神馬莫騎之義也」とあり、ジンメソウ・ジンバソウはその別名「神馬藻」に基づく。ホンダワラの名はホダワラという別名すなわち穂俵から転じたものである。穂俵とは、稲穂を束ねたもので神事に使うが、ホンダワラには豆粒大の気泡をもった袋が多くつき稲穂を連想するのでホダワラと呼んだ。実際、出雲地方の神社ではホンダワラで穂俵をつくることもあるという。

　現在ではホンダワラは食材として一般的ではなく、一部の地域で消費されるにすぎない。古代では『延喜式』巻第二十三「民部下」の交易雑物に「伊勢國　那乃利曾五十斤　參河國　那乃利曾五十斤云々」とあり、十数種の海藻類とともに交易物とされていたから、食用とされていたことはまちがいない。

　ホンダワラには、アルギン酸約二十パーセント、粗タンパク質約十パーセントを含むほか、ヨード・鉄・カルシウムなど一般の食材に少ないミネラルも豊富に含まれる。特にカルシウムは日本人にとって不足しやすいミネラルで、ほかの食品に比べて吸収効率のよい海藻はカルシウム源として有用である。種を問わず、どの海藻も多糖体の含量が最大であるが、体内で消化されることはなく、これが海藻は栄養学的に無益とされ欧米で敬遠されてきた理由である。しかし、最近ではこれを食物繊維と称し、便秘の解消や肥満防止などに有効として注目を浴びるようになった。

　一方、薬用としての用途もわずかながらある。『神農本草經』では海藻の効について「主癭瘤氣　頸下核　破散結氣　癰腫　癥瘕堅氣　腹中上下鳴　下十二水腫」と記述し、利水・去痰・消腫の効があるとする。正統派漢方では用いないが、一部の漢方医家が処方にこれを配合することがある。近世の中国では海藻をホンダワラとするが、意外なことに沿海地方ではあまり用いられないという。中国では海藻類はスープに用いることが多く、日本のように丸ごと食べることは少ない。最近では日本の影響もあって都市部では海藻の消費量が伸びているという。

に

にこぐさ・ねつこぐさ（尓故（古）具左・似兒草・和草・根都古具佐）キンポウゲ科（*Ranunculaceae*）オキナグサ（*Pulsatilla cernua*）

秋風に　なびく川辺《かはび》の　にこ草の　にこよかにしも　思ほゆるかも
秋風尓　奈妣久可波備能　尓故具左能　尓古餘可尓之母　於毛保由流香母
（巻二十　四三〇九、大伴家持《おほとものやかもち》）

芝付の　御宇良《みうら》崎なる　ねつこ草　相《あひ》見ずあらば　吾《あれ》恋ひめやも
芝付乃　御宇良佐伎奈流　根都古具佐　安比見受安良婆　安禮古非米夜母
（巻十四　三五〇八、詠人未詳）

【通釈】第一の歌は、序に「七夕の歌」とあり、後序に「大伴宿禰家持の獨《ひと》り天漢《あまのかは》を仰ぎて作れる」とある。その意は、秋風に川辺のニコグサがなよらかに靡《なび》くように、私もにこやかにあなたのことを思っているのですとなるが、天の川の七夕の風景を想像して織姫に逢う牽牛の心を、地上界の情景を重ね映して詠んだという序を知らないと理解できない。第二の歌は相聞の東歌。御宇良崎は所在不明とされるが、東国であることは確かだから、神奈川県三浦半島にあるどこかの岬と思われる。一般に、日本の岬は土壌の薄い岩石地で風の強い風衝地帯が多く、三浦半島も例外ではない。こういう環境では水分や養分の供給・貯蔵が大幅に制限されるので、根の深い植物からなるイネ科を中心とした草原が発達する。すなわちシバ類が優先する植生となり、「芝付の」という序詞（と解釈するが）の意味が理解できる。この歌は「ねつこ草」に寄せて恋する女に対する情愛を詠った相聞歌であり、通釈すると、芝草が生い茂る御宇良崎のねつこ草のように、一度も逢い見ることがなかったなら、これほどまで恋しく思うことがあっただろうかとなる。

【精解】万葉集に「尓故（古）具左」、「似児草」、「和草」、「根都古具佐」の名で計五首に登場する植物の基原はさておくとして、前三者はニコグサ、後者はネツコグサと訓ずるのは問題ない。この名は、植物名として今日に伝わらず、『和名抄《わみょうしょう》』・『本草和名《ほんぞうわみょう》』など後世の文献にも出てこないので、漢籍を考証して基原を推定するという手法は通用しない。まず、その名の字義を考えると、ニコグサは一首（巻十六　三八七四）に和草という正訓と思われる名があり、荒草に対する語で葉や茎の柔軟な草を指すという説がある（武田祐吉『萬葉集新解』ほか）。一方、ネツコグサについては、『和歌藻鹽草』巻第八の草部に「ねつこ草　三浦（御宇良）によめりこれにこ草の事と云説あり又ねこ草ともいふなりつの字をりやくして也」とあるように、ニコグサと同品とする。『言塵集』や『古名録』（畔田翠山《くろだすいざん》）でも同物異名とするが、具体的にどんな植物であるかは言及していない。『萬葉植物新考』はネツコグサをオキナグサに充て、その論拠として、オキナグサの方言名の中にネコグサ・ネコバナの名が福岡県、オネコ・オネコグサ・オニャコなどの類名が九州南部に残ることを挙げる。『大和本草《やまとほんぞう》』（貝原益軒《かいばらえきけん》）にある猫草も、オキナグサの全草に密生する白い細毛や果実をネコに見立てたものである。『本草綱目啓蒙《ほんぞうこうもくけいもう》』（小野蘭山《おのらんざん》）でも「ネコグサ筑前」と記載され、この名はオキナグサの方言名としてかなり古くからあるようである。

ネツコグサをもっとも古い名と考え、「つ」が略されてネコグサとなり、にこ草はこのネ→ニの転訛とするのは、音韻的に無理がなく、至極妥当と思われる。しかし、ニコグサが、集中に「にこよかに吾と咲《ゑ》まして」（巻十一　二七六二）と詠まれているのを重く見て、『和名抄』に「女萎　恵美久佐云安麻名」とあるヱミクサと結びつける説もある（『萬葉集名物考』）。女萎は萎蕤《いずい》ともいい、『名醫別《めいいべつ》録《ろく》』に玉竹の名で初見し、漢方で補陰薬とするもので、ユリ科アマドコロを基原とする。確かに現在では「にこにこする」というが、もともと「もの柔らかに」という意であり、必ずしも笑むを意味するものではないから、かなり無理のある解釈といわざるを得ない。そもそもアマドコロの古名は「笑《ゑ》み草」ではなく、根が肥厚して横に這う形から、海老（野老《ところ》に対する名）草すなわちエビクサが本来の名であって、転じてエミクサとなったのである。したがって、詩歌でその名前に「笑み」を掛けると解釈するのはいっこうに構わないが、転じてニコグサとなったとする説には承服しかねる。

また、集中に「足柄《あしがり》の箱根の嶺《ね》ろのにこ草の花つ妻なれや紐解かず寝む」（巻十四　三三七〇）と詠む歌があり、イノモトソウ科ハコネグサというシダ植物に充てる説（『萬葉古今動植正名』）もある。この説の出典は『大和本草』の「和草是俗ニ云ハコネ草ナルベシ箱根草ハシノブニ似テ小ナリ」という記述にあるようだが、その論拠が不明瞭である。同じ歌に「にこ草の花つ妻なれや」とあり、シダ植物は顕花植物と違っていわゆる花をつけないから矛盾しているし、生育環境が岩の崖面であるから冒頭の例歌にある「川辺のにこ草」にはまったく合致しない。『萬葉植物新考』はニコグサ・ネツコグサを同物とは考えず、前者を未詳とするが、本書では同物としてオキナグサに当てる。

　オキナグサはキンポウゲ科の多年草で、本州以南の日当たりのよい草原に生える普通の野草であった。しかし、今日では滅多に見ることはなく、レッドデータブックに絶滅危惧種として収載されている。オキナグサは方言名の多いことでよく知られ、その数は何と三百以上もある。かっては普通にあったことを示唆するのだが、なぜこんなに激減してしまったのか。オキナグサの生育適地は開発の波にさらされやすい平地の草地あるいは川原だったからだ。川原でも石ころの多い荒地のようなところは、時折、大増水でほかの草が根こそぎ流されても、オキナグサは根が深くしぶとく生き残ることができる。そういう川原は、砂利の採取やダムの建設によって河川の水利が調節されるようになると、環境が大きく変わって、他種との生存競争でオキナグサの強みであった生態的特徴は意味をもたなくなってしまった。東北地方でカワラバナと呼ぶ地方が多いのも川原が主要な生育地であったことを示す。静岡の富士川などの川原でも多かったらしく「かわらのおばちゃん」と呼ばれていた。花が咲く前は、葉はすべて根生し、花期に花茎が伸びて葉柄のない葉が三枚輪生してその基部から釣鐘型の花が一個下向きにつき、花が散った後は羽毛のかたまりのような果実を結ぶ。秋になって白い羽毛状の痩果《そうか》をつけたオキナグサであれば、秋風に吹かれてなよらかに靡く「川辺のにこ草」として不自然さはまったく感じられない。一方、ねつこ草は根っ子草と考えられがちだが、古語に「根っ子」は見当たらない。おそらく「土《に》つ子草」すなわち「土の子草」の意と思われる。オキナグサはその地上部から想像できないほど根が大きくて深いのであるが、地上部が枯れても毎年同じ場所から苗が生えてくる。とりわけ、川原

オキナグサ　花期は４月～５月、内側が暗赤紫色で、釣鐘型の花が下向きに咲く。

に生えるものは洪水で氾濫した後からでも芽が出て花を咲かせるから、土の中に子があると考えて「土の子草」と名づけたのではなかろうか。

オキナグサの地方名にはオジーノヒゲ（岩手・木曾）、ジーガヒゲ（安芸）、ジジコバナ（山形）、シラガクサ（静岡）、シラガボーズ（山形）など老人に因むものが非常に多い（『日本植物方言集成』）。そのほか、ウバノシラガ（岩手）、ババグサ（長野）、ヤマンバ（岡山）など老女にちなむ名もあり、全草に密生する白く長い毛を老人の白髪に見立てた。『本草和名』に「白頭公　陶景注云近根處有白茸似人白頭故爲名一名野丈人一名胡主使者一名奈何草一名羌胡使者　出雜要訣　和名於岐奈久佐　一名奈加久佐」、『和名抄』に「白頭公　陶隱居云白頭公　於岐奈久佐一云那加久散　近根處有白茸似人白頭故以名之」とあるように、オキナグサ・ナカクサいう二つの和名が見える。いずれも中国本草を引用して漢名を白頭公としているが、中国での名称は白頭翁である。

オキナグサ　花の後、果実の時期になると、柱頭が伸びて毛が広がり、白髪の翁の頭のようになる。

オキナグサの名前は、古くからある純粋な和名ではなく、中国名を日本語に翻訳したものにすぎず、もう一つの別名ナカクサも中国本草（『名醫別錄』）にある別名「奈何草」をそのまま訓読みしたものである。万葉集にオキナグサの名がないのは薬用植物としての価値を知ったのが万葉時代より後だからだろう。中国では白頭翁は最古の本草書である『神農本草經《しんのうほんぞうきょう》』の下品に収載されている。『本草《ほんぞう》綱目《こうもく》』（李時珍）によれば、本草各家は白頭翁に関する記述について互いに批判しており、それは現在の中国生薬市場において、白頭翁と称するものの基原が複数種あることを見れば理解できる。正品はキンポウゲ科オキナグサ属ヒロハオキナグサ（日本には分布しない）であるが、そのほかにキンポウゲ科アネモネ属、キク科ハハコグサ属ほか数属、バラ科キジムシロ属など少なくとも十数種はある。清代末期の『植物名實圖考《しょくぶつめいじつずこう》』にある白頭翁の図はどう見てもキク科基原であって、中国では時代を経るとともに基原植物が多様化し、結果として分類学的に類縁関係のないものも基原に含まれるようになったようである。このような状況にあっては何をもって白頭翁の正品とするのかという疑問もあるだろう。古本草書にあっては比較的精緻な記述で知られる『圖經本草《ずけいほんぞう》』（蘇頌《そしょう》）では、白頭翁について「正月に苗を生じて叢を作り、狀は白微（ガガイモ科フナバラソウ）の如くして柔らかく細く、稍《やや》長き葉は莖の端に生じ、上に細白毛あり滑澤ならず、根の近くに白茸あり（白く繁ること）、正に白頭老翁に似て故に名づく。根は紫色の深きにて蔓菁（カブ）の如く、二月三月紫花を開き、黄蘂あり、五月六月結實す」と記述し、これはオキナグサの特徴とよく一致する。したがって本来の白頭翁の基原はオキナグサおよびその近縁同属種である。

平安時代の『延喜式』巻第三十七「典藥寮」の諸國進年料雜藥には、相模國、安房國、上總國など東国諸国から白頭公の貢進があったことが記録されており、薬用にされていたことを示唆する。前述したように、中国ではヒロハオキナグサの根を白頭翁と称するのであるが、江戸時代の漢方医松岡玄達《まつおかげんたつ》（一六六八—一七四六）は『用薬須知』で、中国から白頭翁が入ってこないので困っていたが、わが国に多く産することがわかり、もっぱらこれを用いていると述べている。平安時代には国内で採集していたのに、いつの間にか中国からの輸入に頼るようになり、江戸時代にはふたたび国産を使うようになったことを示唆する。国産の白頭翁とは、無論、オキナグサのことであり、同じ名前で代用としたが、同じようなことはほかの生薬でも例があり、ごく普通の出来事であった。白頭翁を主薬とする処方に白頭翁湯があるが、張仲景（?・一五〇—?・二一九）の『傷寒《しょうかん》論《ろん》』にもあり、古方派漢方医学では由緒ある処方として知られている。この処方は出血性下痢に用いるもので、江戸時代の名漢方医として知られる吉益東洞《よしますとうどう》（一七〇二—一七七三）は『和訓類聚方廣義』で、「熱利下重して心悸するものを治す」と記した。すなわち、熱があって下痢があり、動悸がして安静でいられない症状を治すのである。

オキナグサは全草にプロトアネモニンという刺激性の有毒成分が含まれているが、強い抗菌性があり、赤痢にかかって下痢を起こしたときは、この成分が作用すると考えられる。抗生物質のない時代にあっては数少ない貴重な感染症の治療法であったと想像される。プロトアネモニンは容易にアネモニンにも転じるが、アネモニンは心臓の拍動の振幅を縮小する作用があり、大量投与では心臓毒として作用する。したがってオキナグサは劇薬と考えるべきであり、素人療法（あるいは民間療法）は慎まなければならない。ただし、外用薬としては、江戸時代の民間療法で結構用いられてきた。たとえば、『妙薬博物筌《みょうやくはくぶつせん》』に白禿瘡《しらくぼ》搏薬《つけくすり》として「白頭翁根《おきなくさのね》搗て搏《つく》べし　一夜に愈」とある。また、『本草綱目紀聞』（水谷豊文《みずたにとよぶみ》）に「疳ノ虫ヲトル方　葉ヲ用ユ」とあり、明らかに内服療法だが、出典は明らかではなく、どの程度使われたかわからない。

にれ（尓禮）

ニレ科（Ulmaceae）アキニレ（*Ulmus parvifolia*）

おし照るや　難波の小江《をえ》に　廬《いほ》作り　隠《なま》りて居る　葦蟹《あしがに》を　王《おほきみ》召すと　何せむに　吾《わ》を召すらめや　明《あけら》けく　吾が知ることを
忍照八　難波乃小江尓　廬作　難麻理弖居　葦河尓乎　王召跡　何為牟尓　吾乎召良米夜　明久　吾知事乎
歌人《うたびと》と　吾を召すらめや　笛吹きと　吾を召すらめや　琴弾きと　吾を召すらめや　かもかくも　命《みこと》受けむと　今日今日と
歌人跡　和乎召良米夜　笛吹跡　和乎召良米夜　琴引跡　和乎召良米夜　彼此毛　命受牟跡　今日今日跡
明日香に至り　置くとも　置勿《おきな》に至り　つかねども　都久野《つくの》に至り　東の　中の御門《みかど》ゆ　参り来て　命受くれば　馬にこそ
飛鳥尓到　雖置　置勿尓到　雖不策　都久努尓到　東　中門由　參納來弖　命受例婆　馬尓己曾
ふもだしかくもの　牛にこそ　鼻縄著《は》くれ　あしひきの　この片山の　もむ楡《にれ》を　五百枝《いほえ》剝ぎ垂れ　天光《あまて》るや　日の異《け》に干し
布毛太志可久物　牛尓己曾　鼻縄波久例　足引乃　此片山乃　毛武尓禮乎　五百枝波伎垂　天光夜　日乃異尓干
囀《さひづ》るや　柄臼《からうす》に舂《つ》き　庭に立つ　手臼に舂き　おし照るや　難波の小江の　初垂《はつたり》を　辛く垂れ来て　陶人《すゑびと》の　作れる瓶《かめ》を
佐比豆留夜　辛碓尓舂　庭立　手碓子尓舂　忍光八　難波乃小江乃　始垂乎　辛久垂來弖　陶人之　所作瓶乎
今日行きて　明日取り持ち来《き》　吾が目らに　塩塗り給ひ　腊《きたひ》はやすも　腊はやすも
今日往　明日取持來　吾目良尓　鹽柒給　腊賞毛　腊賞毛

（巻十六　三八八六、乞食者《ほかひびと》）

【通釈】序に「乞食者《ほかひびと》の歌二首」とあり、もう一首はイチヒの条で紹介した「鹿の爲に痛《いたみ》を述べる歌」。後序に「蟹の爲に痛を述べて作れる」とあり、第六句の「王召すと」から後は蟹が主語になる。乞食者は、『和名抄《わみょうしょう》』に「乞兒　列子云　齊有貧者　常乞於城市　乞兒曰天下之辱莫過於乞　楊氏漢語抄云　乞索兒　保加比々斗　今案乞索兒卽乞兒也　和名加多井」とあり、物乞い人の意味であるが、実際は一定の身分をもつものが匿名で詠んだものであろう。「おし照るや」、「天光るや」、「囀るや」は、それぞれ難波・日・柄（唐）の枕詞。「難麻理弖《なまりて》」は隠れるという意味の古語「なばる」の訛りでその連用形。「置勿」は所在不明の地名。「都久野」は橿原《かしはら》市鳥屋という。「ふもだし」は褌《ふんどし》のことであるが、ここでは紐と考えればよい。「著《は》くれ」は「著く」の已然形で、本来は弓に弦をかけることであるが、牛に鼻縄を懸ける意味にも用いる。「もむ楡」は百楡として多くのニレの意とする説（『代匠記』）と、ニレが調理に用いられていることから「揉む楡」と考える説とがあるが、本書では前説を取る。「もむ楡」から「手臼に舂き」までは楡皮を採取し粉にして調理に用いる過程を示す。「日乃異尓」の異は「異し」、「異に」として用いられ、希有の「け」とも同じで、この場合は「日の代わるごとに」の意となる。「柄臼」は足で踏んで搗《つ》く臼で唐臼ともいう。「初垂」は、後で「塩漆り給ひ」とあるので、製塩の時、砂で濾《こ》して出てくる最初の濃い塩水をいう。結句の「腊賞毛」の腊は『和名抄』に「岐太比乾肉也」とあり、「きたひはやすも」と訓ずる。この歌の意は、「難波の小さな入り江に家を作り忍び住む葦蟹を大君がお召しになるという。なぜ私（葦蟹）をお召しになるのだろうか、明らかに私が知っているのに。歌人として私をお召しになるのだろうか、笛吹としてお召しになるのだろうか、琴弾きとしてお召しになるのだろうか。ともかくも仰せを受けようと、今日にも今日にもと飛鳥に着いて、置勿に着いて、都久野に着いて東の中の御門から参り来て仰せを受ければ、馬にこそ吊り縄をつけるもの、牛にこそ鼻縄をつけるものなのに、この片山のたくさんのニレの皮を剝ぎ垂らして、日ごとに日光にさらして干し、柄臼で搗き、庭に据えた手臼で搗き、難波江の塩の初垂れの塩水を塩辛く垂らして来て、陶工の作った瓶を今日行っては明日取って持ち帰り、私の目に塩をお塗りになり、その干し肉をご賞味なさることよ、干し肉をご賞味なさることよ」となる。

【精解】万葉集に「尓禮」はこの長歌一首だけに出現する。『和名抄』に「爾雅注云　楡　音臾　白者名曰枌　音紛　夜邇禮」、『本草和名《ほんぞうわみょう》』に「楡皮　一名零楡一名還楡　出七巻食経　和名也尓禮」とあり、類名のヤニレが出てくるが、『醫心方《いしんぽう》』巻三十では「楡皮　和名尓礼《にれ》」と記載されているから、「尓禮」の漢名は楡であることがわかる。

楡は、『神農本草經《しんのうほんぞうきょう》』の上品に楡皮《ゆひ》として収載され、薬用・食用として古い歴史をもつ。『圖經本草《ずけいほんぞう》』に「楡の類は數十種有り、葉は皆相似す。但し、皮及び木理は異《ちがひ》あり」とあるように、中国にはこの仲間は非常に多く、その中で楡はもっとも普通にあり、中国東北から華中まで分布するノニレ（野楡）のことをいう。『本草經《ほんぞうきょう》集注《しっちゅう》』（陶弘景）に「此れ即ち今の楡樹なり。剝ぎて皮を取り上の赤皮を刮除し、亦た時に臨みて之を用ふべし。性は至りて滑利なり」と記載されるように、楡皮は表皮を去ると、白いコルク層が裸出し、これを楡白皮《ゆはくひ》とも称する。粘液質・タンニンに富み、緩和剤として有用である。鎌倉期の『頓醫抄《とんいしょう》』には「楡皮、之を摩《す》り酢に和して乳の上に付くべし」とあって乳癰に用いたことが記されている。また、内皮に甘味があって、孟詵《もうしん》（六二一—七一三）の『食療本《しょくりょうほん》草《ぞう》』には、「高昌人、多く（楡）白皮を搗《つ》き（粉）末と爲し、菜《さいしょ》（野

アキニレの実　アキニレは秋に花が咲いて実が実る

菜の漬け物）に和して食す。甚だ美（味）にて人をして能く食せしむ」（括弧は著者補注）と記載されるように食用にもなる。高昌人とは中国新疆のウイグル族であり、五穀の収穫があまり期待できない乾燥地帯の少数民族には貴重な食料であった。

ノニレは日本に野生しないから、万葉歌のニレは別種ということになる。日本に野生するノニレに似たニレ属種としてハルニレ・アキニレの二種がある。ハルニレは、どちらかといえば冷涼な気候を好み、北海道・本州北部に多く、一方、アキニレは本州中部以西の暖帯にも生える。この両種の区別は容易であり、春に花が咲いて実がつくものがハルニレで、秋に花実がつくものがアキニレである。『本草拾遺《ほんぞうしゅうい》』（陳藏器《ちんぞうき》）に朗楡皮の名で収載されるものがあり、「山中に生じ楡の如し。皮に滑汁有り、秋に莢を生じ、北楡の如し。陶公は只楡を見て注を作り南土に楡無しと爲すなり」と記述されているから、アキニレのことを指すようである。『本草綱目啓蒙《ほんぞうこうもくけいもう》』（小野《おの》蘭山《らんざん》）も榔楡（＝朗楡）をアキニレとしている。近畿地方にはアキニレが圧倒的に多いという理由で、多くの万葉書は万葉歌のニレをアキニレとするが、ハルニレの可能性も完全には否定できない。『正倉院文書』に「寶龜二（七七一）三月卅日　奉寫一切經所解（中略）校經僧并經師装潢四百卅五人料　人別二兩（中略）　春楡七斗去年殘用三斗嚢料　殘四斗」（『大日本古文書』六の一五〇）とあり、春楡の名前が奈良時代の文書に見えるからだ。いずれにせよ、榔楡皮の薬味は「甘寒無毒」であり、楡皮の「甘平無毒」に対してそれほど違いはないから、国産のニレでも十分代用できたと思われる。

奈良時代以前の藤原京跡から「大寶三（七〇三）年十一月十二日御野國楡皮十斤」と記述された木簡が出土している（奈良県文化財研究所ＤＢ『藤原宮遺跡木簡』）。御野國は美濃国すなわち現在の岐阜県であり、当時、楡皮を採取して都へ貢進していたことがわかる。平安時代の『延喜式』にも諸国から楡皮の貢進の記録がある。楡皮の用途については、『延喜式』巻第三十七「典藥寮」にその名が見え、薬用に用いていたことがわかる。『醫心方《いしんぽう》』には、『新修本草《しんしゅうほんぞう》』（蘇《そ》敬《けい》）を引用して「大小便の不通を主治し、耶氣、腸胃中の熱氣を除き、腫を消す云々」と記述し、利尿・消腫などに用いた。また、『陶景注』を引用して人を「睡眠《ネブラシ》せしむ」とし、不眠に用いた。また、樹皮は多量の粘液質を含み、『本草綱目』に「粘滑なること膠《にかわ》・漆に勝る」とあるように、古代では製紙や建築用の糊剤として用いた。現在でも線香のつなぎ剤に楡皮の粉が使われるという。

『延喜式』巻第三十九「内膳司」には「楡皮一千枚（別長一尺五寸廣四寸）搗得粉二石　右楡皮年中雑御采幷羹等料」とあり、楡皮粉が日本でも食用に用いられたことを示す。平城京跡から出土した木簡に「備中國都宇郡中男作物楡蟹二斗九升　天平九年十一月」（奈良文化財研究所ＤＢ『平城京左京二条二坊二条大路濠状遺跡木簡』）とあり、蟹の調理に楡皮を用いたことを示唆する。冒頭の例歌でも蟹と楡を用いた調理を詠っており、それが実際に行われていたわけであるから、民俗学的観点から興味深い。前述したように、『和名抄』、『本草和名』にヤニレという和名が記されているが、『醫心方』には「以倍尓禮」の名がある。これは家楡すなわち「栽培する楡」と解釈できるから、栽培されていたことを示唆する。今日ではほとんど利用はなくなったが、古代ではそれほど有用であった。一方、ヤニレは野楡すなわち野生の楡の意と思われる。楡皮は薬用・食用・工芸用と、その用途は多岐にわたるが、その粘液質に価値がある。

ハルニレは北国に多く、古代の都にどれほど知られていたかわからないが、北海道では樹高三十メートル、直径一メートル以上になる。材の色が悪く、やや狂いやすい欠点があり、良材とはいえないが、フローリング、家具、器具材、建築材として用途がある。樹皮の繊維は丈夫で縄をつくる。一方、アキニレは樹高十五メートル、直径はせいぜい六十センチ程度にとどまり、ハルニレほど大きくはならない。材は建築用、薪炭用に利用されたが、現在では街路樹・公園樹に植栽される程度である。

ハルニレ・アキニレの仲間にオヒョウという奇妙な名前の木がある。これは寒冷地の渓流沿いに生え、樹高二十五メートルに達する高木である。樹皮の丈夫な繊維を採って、アイヌ民族は糸を紡いで布を織るが、その繊維をアイヌ語でオピウといい、オヒョウはそれが訛ったものである。ニレの仲間は北地に分布の中心があり、北方民族にとってニレとの関係は深い。国産ニレでもっとも巨木になるハルニレには、アイヌ神話によれば女神が宿り、女神と雷神との間に生まれたのがアイヌ民族の始祖アイヌラックルという。北欧にも似た神話があり、ニレとトネリコから人類初の男女を創造したというのは興味深い。

ぬ

ぬなは（蓴） ハゴロモ科（Cabombaceae）ジュンサイ（*Brasenia schreberi*）

吾が情《こころ》　ゆたにたゆたに　浮蓴《うきぬなは》　辺《へ》にも沖にも　寄りかつましじ　（巻七　一三五二、詠人未詳）

吾情　湯谷絶谷　浮蓴　邊毛奥毛　依勝益士

【通釈】「ゆたにたゆたに」は難解句であり、定説では、「たゆたに」は弛《たゆ》むや弛《たゆ》げと同類語であり、弛《たゆ》たにと解釈して、定まらないでいる様を表す副詞とする。「ゆたに」は「たゆたに」から転じて音感からそれに掛ける序詞となったもので、「ゆたにたゆたに」で、ゆらゆら揺れて漂流する、という意味になる。この歌の意味は、私の心は、沼に浮かぶヌナハが岸辺にも沖にも寄りつくことはないように、ゆらゆら揺れて定まりませんとなる。浮きヌナハは、万葉以後の詩歌でも詠まれており、『後拾遺和歌集』に「わが恋はますだの池の浮きぬなはくるしくてのみ年をふるかな」（一宮の小弁）とあるのは、この歌を本歌取りしたものと思われる。

【精解】ジュンサイはスイレンに似ているのでスイレン科に分類されてきたが、最近では、ハゴロモ科に含められる。日本全土の湖沼にしばしば大群生し、国外では中国など東アジア・北米・オーストラリアなど世界温帯各地に分布する。わが国では東北地方・北海道が主産地で、半夏生《はんげしょう》ず（七月二日頃）以降になると瓶詰め製品が出荷され始める。保存が利かないので、旬の食材として現在でも健在

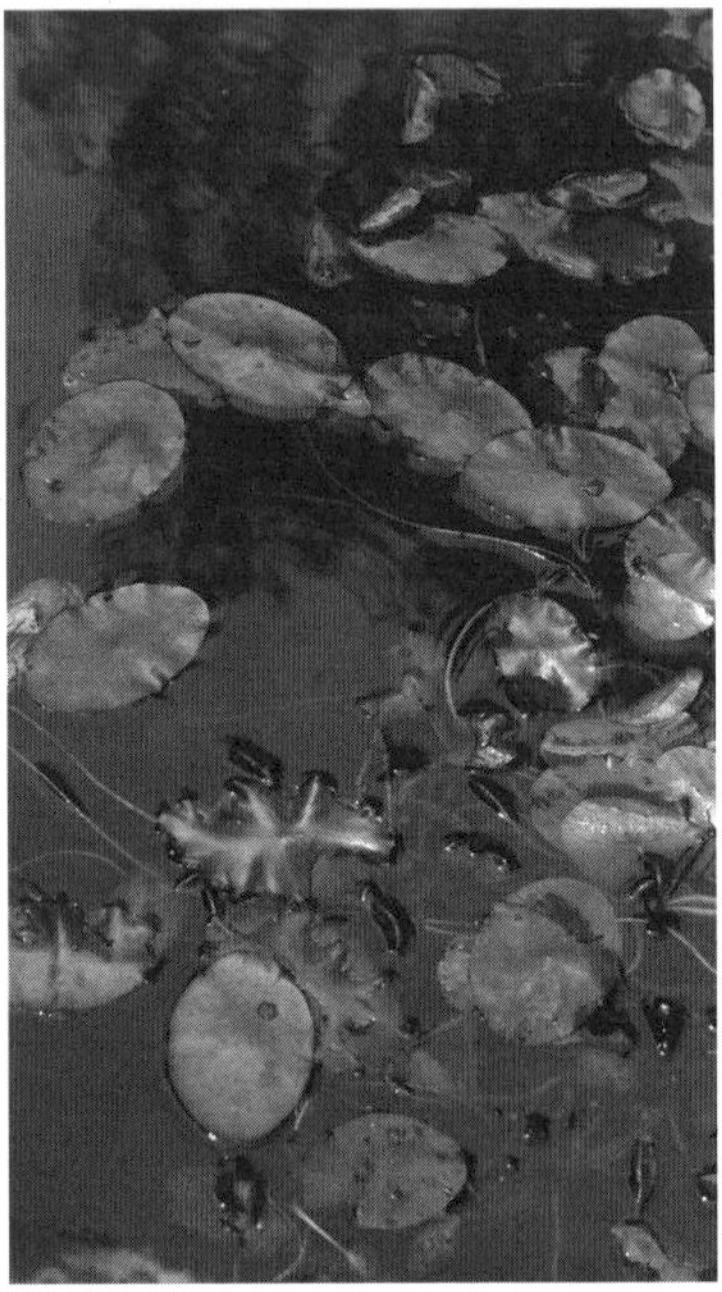

ジュンサイ　古い池に好んで生え、根茎が伸びて殖える。花は夏に咲く。

である。万葉集にはヌナハの名で一首に詠まれるだけだが、『古事記』や『日本書紀』にも出てくるので、古くから水生野菜として利用されてきたことはまちがいない。

さて、冒頭の歌にある蓴は、『和名抄《わみょうしょう》』に「蓴 野王案云 蓴 水菜也 蘇敬曰 蓴 視倫反 奴奈波 別有根 根不充食」とあり、ヌナハと訓ずる。『和名抄』に「蘇敬曰 蓴」とあるから、中国本草に手掛かりがあることを示す。蓴は『名醫別錄《めいいべつろく》』に下品として初見するが、『新修本草《しんしゅうほんぞう》』（蘇敬《そけい》）には、蒓（＝蓴）の名で「久しく食すれば大いに人に宜し。鮒魚に合して羹《あつもの》と爲し、之を食す」、つまり、食品として非常によいと記述している。『圖經本草《ずけいほんぞう》』（蘇頌《そしょう》）によれば「水中に生じ、葉は鳧葵《ふき》（アサザ）に似て、水上に浮く。莖を採れば噉《くら》ふに堪ふ。花は黄白色にして子は紫色、三月より八月に至り、莖細く釵股《さいこ》（かんざしの股）の如く黄赤色にて、短長は水の深淺に随ひ、名づけて絲蓴と爲す」とあり、この記述からジュンサイと考えてよい。実物の花の色が文献記載と合わないが、かかることは中国本草では多くの例がある。茎や葉柄・新芽は寒天状の粘液質におおわれてぬるぬるするが、日本では若芽だけを採って三杯酢や汁の具として食用にする。粘液質はアラビノース・フコース・ガラクトースなどからなる多糖体であり、これが独特の食感のもとである。

中国では茎葉を薬用とするが、伝統医学で処方されることは少なく、日本漢方が経典とする『傷寒論《しょうかんろん》』や『金匱要略《きんきようりゃく》』にも収載されていない。『食療本草《しょくりょうほんぞう》』（孟詵）によれば、「蓴菜は鮒魚に和し羹に作れば、氣を下し、嘔を止む。多食は痔を發し、冷にして熱を補すると雖も、之を食すれば亦た氣を擁して下らず、甚だ人の胃及び齒を損じ、多食すべからず。人をして顏色悪しからしむ、又宜しからず。又酢《す》に和して之を食すれば人をして骨痿せしむ。少食は大小腸の虚氣を補し、久しく服すれば毛髪を損ず」と記述していて、医食同源思想に基づく食習慣の中で食べられてきたといえる。

ぬばたま（烏玉・烏珠・黑玉・野干玉・夜干玉・奴婆珠・奴婆玉・奴婆多麻・奴婆多末）

ユリ科（Liliaceae）ヒオウギ（*Belamcanda chinensis*）

ぬばたまの　黒髪変はり　白けても　痛き恋には　あふ時ありけり
野干玉之　黒髪變　白髪手裳　痛戀庭　相時有來
（巻四　五七三、沙弥満誓《さみまんせい》）

ぬばたまの　夜見し君を　明くる朝《あした》　逢はずまにして　今そ悔しき
奴婆多麻乃　欲流見之君乎　安久流安之多　安波受麻尓之弖　伊麻曾久夜思吉
（巻十五　三七六九、狭野弟上娘子《さののおとがみのおとめ》）

【通釈】第一の歌は相聞歌で、序に「大宰の帥《そち》大伴卿の京に上りし後、沙彌満誓の卿に贈れる歌」とある。歌の意は、黒髪が白髪に変じてもつらい恋に遭遇する時はあるものだとなる。第二の歌の第四句の「まにして」は「ま、にして」の短縮形で、通釈すると、夜に見たあなたを、翌朝、逢わないで（お別れ）してしまって、今は後悔しておりますとなる。複雑な背景があるらしく、さまざまな解釈が可能な歌である。

【精解】ヒオウギはアヤメ科の多年草で、北海道を除くわが国山地の草原に分布するほか、朝鮮・中国・ヒマラヤからインド北部にもある。花は美しく、古くから栽培されるが、万葉集では八十首に登場するものの、その花を詠ったものはなく、その黒い種子の呼称であるヌバタマの名で枕詞として用いられているにすぎない。ヒオウギは北米に広く野生化し、black berry lily と呼ばれている。万葉集で黒い種子だけが詠われるのも無理からぬということであろうか。

万葉集に烏玉（二十四首）、烏珠（一首）、黒玉（九首）、野干玉（十一首）、夜干玉（十三首）という玉（あるいは珠）を伴う語が多く出現するが、これらはすべて黒髪のような黒いものや夜・夢・月といった闇を連想させるものに掛かっているから、枕詞であることは明らかである。しかし、正訓表記であるから、どのように訓ずるかはこれだけではわからない。幸いなことに、集中に、借音仮名で表記された、黒いものや夜などに掛かる枕詞（奴婆多麻・奴婆多末）が合わせて二十首、借音・借訓の奴婆珠・奴婆玉がそれぞれ一首ずつあるので、これによってヌバタマと訓ずることがわかる。野干玉・夜干玉の場合、ヌバタマと読むのは無理のように思えるが、野・夜を同音の射に置き換えて射干玉とすれば手掛かりが出てくる。

射干《やかん》は、中国最古の本草書である『神農本草經《しんのうほんぞうきょう》』の下品に収載される薬用植物であり、一名烏扇一名烏蒲とも記されている。『和名抄《わみょうしょう》』に「本草云　射干　一名烏扇　射音夜　加良須安符岐」とある和名のカラスアフギ（オウギ）は、この別名の烏扇をそのまま訓読みしたものである。『圖經本草《ずけいほんぞう》』（蘇頌《そしょう》）には「春に苗を生じ、高さ二三尺、葉は蠻薑（ショウガ科ガランガル、高良薑に同じ）に似て狭く長し。横に踈《まば》らに張り翅羽の狀の如し。故に一名烏翣は其の葉を謂ふ。葉の中に莖を抽きて萱草（ユリ科ワスレグサ）に似て強硬なり。六月、花を開き黄紅色にして瓣上に細文有り。秋に結實して房を作り、中の子は黑色なり。根は鬚多く、皮は黄黑にして肉は黄赤なり」と記述され、これと『證類本草《しょうるいほんぞう》』にある滁州射干の図からアヤメ科ヒオウギであることに疑問の余地はない。

ヒオウギの果実は熟すると裂開し、内部の黒く光沢のある球形の種子が裸出する。ヌバタマが黒や闇の枕詞として使われるのは、この色によるものである。ちなみに、ヌバタマの語源は、『本草經』にある射干の別名「烏蒲」の呉音読み「うぶ」に由来し、射干の種子を意味するウブタマがウバタマを経てウ→ヌの音韻変化で転じたものである。烏蒲の名は万葉時代でも知れ渡っており、またわが国各地の日の当たる草地にヒオウギの自生がある。こう考えれば、野干玉・夜干玉が「ぬばたま」の義訓であることが理解できるだろう。

烏扇の名は、葉が扇状に広がってつき、種子の黒いことに由来するが、後世の日本ではそれとは別に、公卿や殿上人が、衣冠または直衣などの時、笏《しゃく》の代わりにもつヒノキ製の優美な檜扇《ひあふぎ》に見立てて、ヒオウギと名づけた。『本草綱目啓蒙《ほんぞうこうもくけいもう》』（小野蘭山《おのらんざん》）によれば、この名は京都の地方名であったようで、文学等では長くカラスオウギの名が用いられた。たとえば、西行の『山家集』に、「蓬生《よもぎふ》は様異《さまこと》なりや庭の面《おも》にからすあふぎのなぞ茂るらん」とある。江戸時代初期の『大和本草《やまとほんぞう》』（貝原益軒《かいばらえきけん》）や『多識篇《たしきへん》』にもヒオウギの名はないので、おそらく江戸中期以降に京都から広まったと思われる。

『本草和名《ほんぞうわみょう》』に「射干　楊玄操云上音夜下考寒反　一名烏扇一名烏蒲一名烏翣　仁諝音所甲反　一名烏吹一名草姜一名鳶尾　葉名也出陶景注　一名鳶頭　根名也出蘇敬注　一名烏喙　出雜要訣　一名烏屡　出兼名苑　和名加良須阿布岐」とあるように、多くの異名が記載されている。その中に鳶尾《えんび》・鳶頭《えんとう》の名があり、『本草經集注《ほんぞうきょうしっちゅう》』（陶弘景《とうこうけい》）に「人は其の葉を鳶尾と言ふ。而れども復た鳶頭有り」と記述されている。これはアヤメ科のイチハツをいい、これが射干の同物異名とされたのは、『本草拾遺《ほんぞうしゅうい》』（陳藏器《ちんぞうき》）が「射干、鳶尾、按ずるに、此の二物、相似して人多く分けず」と記述したのを誤って解釈したためと思われる。わが国の本草家だけでなく、『本草綱目《ほんぞうこうもく》』（李時珍）も「射干、卽ち今の扁竹なり。今の人の種《う》ゑる所、多くは是れ紫花の者にして、呼びて紫蝴蝶と爲す」と述べ、ヒオウギとイチハツを同一としている。

ちなみに紫蝴蝶《しごちょう》は、紫色の花としているから、イチハツの別名である。一方、『新修本草《しんしゅうほんぞう》』（蘇敬《そけい》）に「鳶尾、葉は都《すべ》て射干に似て、花は紫碧色なり。高き莖を抽《ぬ》かず、根は高良薑（ショウガ科ハナミョウガ属の一種でガランガルのこと）に似て肉は白し」と記述され、鳶尾も、射干すなわちヒオウギとは異種であって、イチハツを指すことは明らかである。ヒオウギに似ているとされたのはイチハツに限らない。『本草經集注』に「又、別に射干有り、相似て花白く莖長く、射人（射手のこと）の干（竿）を執る者に似る。故に、阮公詩に云ふ、射干は層城を臨む。此れ薬用に入れず」とあり、白花の射干が出てくるが、ヒオウギでなく、今日いうアヤメ科シャガのことである。ちなみに、シャガの名は射干を読み誤ったシャカンの訛りに由来する。今日のシャガの漢名は蝴蝶花である。

ヒオウギ　8月～9月に、高さ60～100㌢の花茎を伸ばし、枝ごとに2～3個の花をつける。花は径3～4㌢、花被片は橙色、暗赤色の斑点がある。

　射干はヒオウギの根茎を乾燥したものである。『金匱要略《きんきようりゃく》』にこれを配合した射干麻黄湯《やかんおおうとう》があり、漢方では鎮咳の処方として用いる。民間療法では、『懐中妙薬集《かいちゅうみょうやくしゅう》』に「咽痺ニ、射干ノ根ヲ一ヘギ、カミタダラシ、汁ヲ含、ノミ下シテヨシ」とあり、扁桃腺炎およびこれに伴う周囲腫瘍、咽痛に用いる。主成分としてイソフラボンの配糖体を含む。イソフラボンの大半はマメ科に局在し、それ以外はアヤメ科などに散見されるにすぎない。ただし、射干の薬効とイソフラボンとの相関については不明である。

ヒオウギの種子「ぬばたま」。直径5㍉ほどで、光沢があり

ね

ねぶ（合歓木）　マメ科（*Fabaceae*）ネムノキ（*Albizia julibrissin*）

昼は咲き　夜は恋ひ寝る　合歓木《ねぶ》の花　君のみ見めや　戯奴《わけ》さへに見よ　（巻八　一四六一、紀女郎《きのいらつめ》）

書者咲　夜者戀宿　合歡木花　君耳將見哉　和氣佐倍尓見代

吾妹子《わぎもこ》が　形見の合歓木《ねぶ》は　花のみに　咲きてけだしく　実にならじかも　（巻八　一四六三、大伴家持《おほとものやかもち》）

吾妹子之　形見乃合歡木者　花耳尓　咲而蓋　實尓不成鴨

【通釈】第一の歌の序に「紀女郎の大伴宿禰家持に贈れる歌二首」、後序に「右は合歓の花幷せて茅花《ちばな》を折り攀《よ》ぢて贈れるなり」とあり、もう一首にチガヤを詠った歌がある（チガヤの条を参照）。ネムノキの花は夏に咲くにもかかわらず春の相聞歌となっているが、チガヤに和したのであろう。ネムノキの葉は夜になると閉じるので、それを「夜は寝る」と表現し、恋ひ寝るすなわち共寝に掛けた。結句の「戯奴」とは人を賤しめていう称であり、紀女郎が戯れに賤しめて年下の家持を指して「戯奴」と呼ぶ。一方、「君」は「戯奴」に対する貴き君ともいうべき呼称で、詠人である紀女郎が自身を指したもの。紀女郎は、紀鹿人太夫の娘で、名を子鹿といい、安貴王《あきのおおきみ》の妻となった経歴があるから、家持を賤しめて「奴《やつ》」といっても不思議ではないが、女性にふさわしい表現ではないから戯歌であろう。

この歌の意は、昼間は花が咲いて夜になると恋い慕いながら眠るネムノキの花を、主君である私だけが見るのだろうか、（いやそうではない、ネムノキの花一枝を贈るから）奴さん、あんたも見たらどうでしょうかとなる。第二の歌は、紀女郎の贈歌に対して家持が和した歌。第四句の「けだしく」は「蓋し」であり、もしや、おそらくはの意。歌の意は、あなたが形見として贈ってくださったネムノキは花だけが咲いておそらくは実はならないのではないでしょうかとなる。花だけで実はならないとは、あなたも口先だけでちっとも本気になっていません、もっと本当の間柄を望みますとか、恋の花は咲かせることができてもお子を実らすことはできますまい、などの意味に取ることができる。実際のネムノキは実がよくつき、地に落ちてよく発芽する。家持はそれを知っていて夜寝るからよく実がつくのだ、いくら恋の花を咲かせても共寝でなければ実りませんと暗示しているようにみえる。紀女郎は戯歌としてさらりと家持をかわし、家持は本気であることを歌に込めたといえるのではないか。

【精解】 万葉集では三首に「合歡木」の名が登場する。これは義訓であるから、まずそれをどう訓ずるかが問題である。『本草和名《ほんぞうわみょう》』に、「合歡　又有萱草一名鹿葱　出陶景注　合歡一名合昏　出蘇敬注　一名戎　出稽疑　一名茸樹一名械　已上二名出本草拾遺　一名茺雚一名百合一名蠲忿　已上出兼名苑　和名禰布利乃岐」とあり、『和名抄《わみょうしょう》』に「合歡木　唐韻云　棔　音昏　禰布利乃岐　合歡木　其葉朝舒暮斂者也」、『醫心方《いしんぼう》』に「合歡　禰布利乃支」、『新撰字鏡《しんせんじきょう》』に「合歡樹　禰夫利」とあって、いずれの文献も合歡に対する和名を「ねふりのき」または「ねぶりのき」としている。『類聚古集《るいじゅこしゅう》』では、花を歌っているのに合歡木花を「ねふりのき」、合歡木は「ねふり」と訓じ、いずれも字余りとなっている。一方、『古今和歌六帖』では、「がふくわのき」、「がふくわ」と訓じているが、現代仮名遣いではそれぞれ「ごうかのき」、「ごうくわ」に相当する。合歡の音読み「ごうかん」の短縮形であるが、さらに転じて「かうか」、「かふか」、「かをか」の訓を生み出し、時代によってはかなり混乱したようである。「ねぶ」あるいは「ねむ」と五言七言に適合するように訓ずるようになったのは江戸時代以降である。

次に、合歡の名からこの植物の基原について考証する。中国最古の本草書である『神農本草經《しんのうほんぞうきょう》』の中品に合歡の名があるので、中国から借用した漢名であることはいうまでもない。『本草和名』が引用した『新修本草《しんしゅうほんぞう》』（蘇敬《そけい》）では、合歡を「此の樹、葉を生じ、皀莢《そうきょう》（マメ科サイカチ）、槐《えんじゅ》（マメ科エンジュ）等に似て、極めて細かし。五月、花發《ひら》き紅白花なり。所在の山澗中に有り、今の東西京の第宅の山池間に亦た種《う》ゑる者有り、名づけて合歡と曰ふ、或は合昏と曰ふ。秋に實りて莢を作り、子は極めて薄細なり」のように記述し、合昏の別名が出てくる。『本草衍義《ほんぞうえんぎ》』（寇宗奭《こうそうせき》）では「其の色は今の醮暈線（本草綱目は醮暈緑に作るが意味は不明）の如し。上半は白く、下半は肉紅にして、散垂して絲の如く、花の異と爲す」と記述して、普通の花の形態とはかなり異なるものであることを強調する。『圖經本草《ずけいほんぞう》』（蘇頌《そしょう》）に「其の葉、暮れに至りて合す、故に一名合昏となす」とあり、合昏という名の由来が日が暮れて複葉が閉じるという性質にちなむとして、一部のマメ科植物に見られる葉の就眠運動について的確に記述している。同じ内容のことは唐代の『本《ほん》草拾遺《ぞうしゅうい》』（陳藏器《ちんぞうき》）にも記述され、『日華子諸家本草』にある夜合も同じ意である。日本では、この葉の運動を眠ると見立てて、和名の「ねふりのき」または「ねぶりのき」の語源となったのであるが、若干の音韻転訛を経てネムノキとなった。以上のことから、合歓・合昏とは今日いうネムノキとしてまちがいない。

「象潟《きさがた》や雨に西施《せいし》がねぶの花」は、松尾芭蕉（一六四四—一六九四）の『奥の細道』にある有名な俳句だが、単に地名、美女名、植物名の三つを列挙しただけであって、この取り合わせが何を意味するのか理解できる人はそう多くはないのではなかろうか。まず象潟についてであるが、芭蕉が「松島は笑ふがごとく、象潟は憾《うら》むがごとし。寂しさに悲しみを加へて、地勢魂を悩ますに似たり」（『奥の細道』）というように、内湾で小さな島を多く擁する景勝地として似たような地形をもつ松島に比べて、象潟は憂鬱で何となく暗い風情をもつ地と芭蕉は思ったようだ。ただし、象潟は一八〇四年の地震で隆起して陸地化したため、芭蕉が詠った往事の風情は現在ではまったく失われている。一方、西施は中国春秋時代の越出身で、知らぬ人はないほどの絶世の美女であったといわれる。呉越同舟という熟語で知られるように、呉・越は紛争が絶えなかったが、越が呉との戦いで敗れた後、西施は呉王夫差《ふさ》に献げられることになった。それは西施の美貌で呉王を籠絡し、呉国を弱体化するための越王勾践《こうせん》の陰謀であった。結果として呉国は滅亡し、越王の謀略は見事に成功したのであるが、西施は妖術でもって男をたぶらかすとして恐れられ、長江に生きながら袋詰めにされて投げ込まれ、短い一生を終えたと伝えられる。ネムノキは梅雨の最中にピンク色の花をつけ、この時期に咲く花はあまりないから、満開時にはひときわ目立つ。しかし、この花は、『本草衍義』が「花の異と爲す」と記述したように、ほかの花木に比してブラシ状あるいは刷毛状のきわめて珍奇な形態であり、一方ですぐに萎れて散ってしまうように、か弱いイメージも併せ持つ。芭蕉はそんなネムノキの花を、伝説の美女・西施の悲惨な末路とともに、象潟に重ね合わせてこの句を詠んだのであろうか。

ネムノキの花は、長さ三～五㌢の柄の先に十個から二十個の小さな花が寄り集まったものであり、蕾のときは球形をなす。キクの花と基本的に同じ構造なので、形態学では頭状花序《とうじょうかじょ》という。つまり、ブラシあるいは刷毛状の花は小さな花の集合で形成されているのである。個々の花をつぶさに観察すると、長さ二—四㌢の桃色の長い糸のようなものが多数束ねられていることがわかる。長い糸のようなものが雄しべで、その中に一本の雌しべがあるが、よく見ないとわからない。通例、花といえば花弁がもっとも目立つが、ネムノキの花の花弁は長さ数ミリで、色も淡緑色ないしわずかに淡紅色に色づくだけで、まったく目立たず、派手に彩色された雄しべを束ねるだけの役割しかないように見える。伝説の美女・西施にたとえたネムの花の美しいピンクが雄しべに由来するとは芭蕉も想像すらしなかっただろう。

ネムノキ　花は美しいピンク色の雄しべが束ねられたようについている。葉の上まで伸びた柄の先に咲き、よく目立つ。

ネムノキの葉は、後述するように、古文献では非常に細い小さな葉と記述されているが、この小さな葉は、葉の一部であり、小葉《しょうよう》と称するものである。本物の葉は二回羽状複葉といって、小葉が三十六—五十八片集まって羽軸の両側に規則正しく密に対に配列して羽片を形成し、さらにこの羽片が七～十二対、葉軸に対生したものである。『證類本草《しょうるいほんぞう》』巻十三にある合歓の図はこの複葉《ふくよう》の特徴を不完全ながら表している。ちなみに、この複葉は枝に互生する。花を終えたあと、広線形で扁平のエンドウ豆に似た豆果《とうか》をつけるので、マメ科植物であることがわかる。この莢《さや》は葉の陰に隠れて目立たないが、落葉しても残るので、晩秋から初冬にはよく目立つ。莢の中に十個前後の種子が入っており、熟すと莢が裂開して飛び散る。親木の近傍には芽生えが多いことからわかるように繁殖力は旺盛である。花は美しく成長も早いわりに、あまり植栽されることがないのは、寿命が十年から二十年ほどで木としては短命だからであろう。三十歳そこそこで生涯を終えたと伝えられる薄命の美女に取り合わせるにはこれほど相応しい花木はほかにないのではなかろうか。日本では温暖な山野に普通にあるが、人の手が加わったところに先駆植物として生える。したがって自然状態のよいところには少なく人里に近いところで多く見かける。

ネムノキの仲間は世界に約百種あるが、ほとんどは熱帯に分布する。もともと熱帯に起源をもつ植物であり、氷河期以降の温暖化とともに北上してきたのである。ネムノキは落葉樹であるが、新緑をつけるのは関東地方南部でも五月中旬以降とかなり遅い。熱帯を起源とする木なので、新緑が霜害に遭って枯れないように遺伝子がプログラムされているのかもしれない。芭蕉がネムノキを読んだ象潟は秋田県の最南部にあたるが、このあたりが世界のネムノキ属の分布の北限に当たる。日本にはネムノキのほか、沖縄にヤエヤマネムノキがあるが、東南アジアに分布の中心がある熱帯種である。

ネムノキは、合歓の名で『神農本草經《しんのうほんぞうきょう》』に収載されるほど、古い歴史のある薬用植物である。その効を本經は「五臓を安じ、心志を利し、人をして歡樂し憂ひ無からしむ」と記述し、合歡の名の由来もこの記述の最後に由来する。実際にそのような薬効があるというより、古代中国人の神仙思想を反映したものである。『文選《もんぜん》』巻五十三にある嵇康《けいこう》の『養生論』（晋代）に「合歡は忿《いか》りを蠲《す》て萱草は憂を忘る」とあるように、合歡と萱草はしばしば対比され、古代中国人にとって特別な存在であった（ワスレグサの条を参照）。薬用とするのは樹皮であり、これを合歓皮と称する。日本・中国ではネムノキの樹皮を基原とするのであるが、朝鮮ではニシキギ科マユミの樹皮を充てることが多い。ネムノキはもともと熱帯性の樹木であり、冷涼な朝鮮では分布が半島南端部に限られ、稀産だからである。中国古医方ではあまり使わず、日本漢方でもこれを配合する処方はない。中国の本草書によれば、合歓皮には、殺虫（『本草拾遺』）、煎剤を膏にして外用すると癰腫《ようしゅ》を消し筋骨を補強する（『日華子諸家本草』）効果があるといい、日本でも、駆虫・利尿・鎮痛などに効ありとして、もっぱら民間療法で用いる。たとえば、『妙薬博物筌《みょうやくはくぶつせん》』に「合歓《ねむ》の木の若皮を去。七日流《ながれ》川に晒し、黒焼にし、胡麻油にて付べし」とあり、痔疾に用いる。『和方一萬方《わほういちまんぼう》』に「子《ね》ムノ木一両、蟬ノヌケガラ二ツ、右二味、細末ニシテ酢ニテ引クベシ」とあり腫物に効ありという。合歓皮はサポニン・タンニンを多く含むことが知られている。これらの薬理作用は未詳だが、ネムノキと同属の中国産植物「楹樹《えいじゅ》」のサポニン成分であるアルビトシンは動物実験で子宮を収縮する作用があるという。同じ成分を含むアフリカ産同属植物 *Albizzia bummifera* は出産の誘発・流産に使われる。ネムノキの樹皮にはアルビトシンに似た成分が含まれるが、催産作用は確認されていない。『救荒本草抜萃』には「若芽、若葉はゆでて食うべし、老葉はいりこにすべし」とあるように、食用にされた。実際、ネムノキの若葉はビタミンCを比較的多く含むことが知られている。

は

はぎ（萩・芽・芽子・波義・波疑）　マメ科（Fabaceae）ヤマハギ（*Lespedeza bicolor*）ほか同属種

秋萩の　咲きたる野辺《のべ》は　さを鹿ぞ　露を別けつつ　妻問《つまどひ》しける　（巻十　二一五三、詠人未詳）
秋芽子之　咲有野邊者　左少壮鹿曾　露乎別乍　嬬問四家類

吾がやどに　咲きし秋萩　散り過ぎて　実になるまでに　君に逢はぬかも　（巻十　二二八六、詠人未詳）
吾屋戸尓　開秋芽子　散過而　實成及丹　於君不相鴨

吾がやどの　萩咲きにけり　散らぬ間に　はや来て見べし　平城《なら》の里人《さとびと》　（巻十　二二八七、詠人未詳）
吾屋前之　芽子開二家里　不落間尓　早來可見　平城里人

【通釈】第一の歌は、秋の雑歌で鹿鳴を詠んだ。「さを鹿」の「さ」は意味のない接頭辞。「妻問」は連れ合いを求める行動をいう。歌の意は、秋萩の咲いている野辺は牡鹿が露を押し分けながら妻問をしたことだとなる。第二、三の歌は、秋の相聞歌で花に寄せた。第二の歌の意は、私の家の庭に咲いた秋萩（の花）が散り果て実を結ぶまであなたに逢わないのだろうかとなる。第三の歌は、私の家の庭の萩が咲きました、花が散る前に早く来て見てください、奈良の都の人たちよとなるが、適齢期の女が男に宛てて詠んだものか。

【精解】ハギの名をもつ植物は多いが、ハギという固有名詞の植物はない。一般に、ハギとは、分類学的観点からは、マメ科ハギ属ヤマハギ亜属を指し、総計十三種のうち十種が日本に野生する。ハギを漢字で萩と書くが、日本だけで通用する国訓で、中国では胡枝子と表記するのが一般的である。しかし、ハギは秋を代表する花であって、秋の字を艸につくる萩ほどハギにぴったりとくる用字はない。最近、中国でもヤマハギにこの字を別名として用いるようになった。万葉集では百四十一首の歌にハギが詠まれ、この数字はウメの百十八首をはるかに上まわるが、平安時代になってサクラやウメの後塵を拝するようになり、『新古今和歌集』ではわずか六首に詠まれるにすぎない。万葉集では国訓である萩の字は一つもなく、「波義」あるいは「波疑」と借音仮名で表されたものもわずか十三首しかなく、残りの百二十八首は正訓表記の「芽」あるいは「芽子」で表されている。平安初期の『新撰萬葉集』でも「芽」・「芽子」の名が出てくるが、これをハギと詠む論拠は、『和名抄《わみょうしょう》』にある。すなわち、「（略）萩 音秋一音蕉 一名蕭 音霄 波疑 今案牧名用萩字 萩倉是也 辨色立成新撰萬葉集等用芽字 唐韻芽音胡誤反 草名也（以下略）」とあり、ここに芽を萩（波疑）として用いると記述されている。

「芽子」の名がハギとして万葉集に使われている理由について、『萬葉古今動植正名』（山本章夫）は中国本草にある植物名から発生したと考え、次のように記述している。『神農本草經《しんのうほんぞうきょう》』の下品に「狼牙一名牙子」があり、『蜀本草』（韓保昇）に「苗は蛇苺（ヘビイチゴ別名クチナワイチゴ）に似て厚大なり」（山本は苗を葉と言い換える）と記述され、ハギの葉も三出複葉で蛇苺と同じであるから、牙子を仮用して艸につくって芽子とし、ハギに充てたという。本草家ならではの大胆な発想であるが、『經史證類大觀本草《けいししょうるいたいかんほんぞう》』巻十の「江寍府牙子」の図を見るかぎりでは、およそハギやヘビイチゴに似ているとは思えない。むしろ、芽子の名はハギの語源と密接な関係があると考えるべきである。『大言海』によれば、ハギは「生え芽《ぎ》」の転であるという。ハギは、成長すれば樹高二～三メートルほどの立派な低木になるが、頻繁に刈り取られることが多く、ほとんどは草本状に存在する。刈り取った根から、毎年、芽が出るので、「生え芽」と称するというのである。この説にしたがえば、ハギを芽あるいは芽子と表記するのも納得できる。

萩の字は、平安中期の『新撰字鏡《しんせんじきょう》』に「萩 七里反 蒿蕭類也波支又伊良」とあるから、国訓としてはかなり古い。この注に蒿蕭類としているのは、『説文解字《せつもんかいじ》』に「萩は蕭なり」とあるからであり、『爾雅《じが》』も同様に萩を蕭とし、『爾雅』郝懿行《かくいこう》注に「（中略）葉白く、艾に似て岐多く、莖尤も高大にして蔞蒿《ろうこう》（ヨモギ属の一種）の如く、丈餘可《ばか》り」とある。すなわち、中国では萩をまったく別の意味で用いているのである。本草では、蒿といえばヨモギの類であり、一例に『神農本草經』の下品にある青蒿がある。これはキク科ヨモギ属の一種クソニンジンをはじめとする近縁同属種である。そのほか、茵蔯蒿があるが、『神農本草經』では因陳という名で上品に収載されるもので、『本草拾遺《ほんぞうしゅうい》』（陳蔵器《ちんぞうき》）に「後に蒿の字を加ふ」とある。茵蔯蒿はカワラヨモギを基原とするもので、草丈二メートル近くになる大型の多年草である。

一方、ハギという固有名詞の植物はないと述べたが、万葉の風土で見かけるようなハギの類として、ヤマハギ・マルバハギ・ツクシハギなどが挙げられる。いずれも低木であり、蒿と称するには無理があるように見える。ハギ類でもっとも普通にあるのはヤマハギであり、日当たりのよい草地や林縁に生え、特に人手の加わったところによく発生する。また刈り取られても根元から新しい茎が叢生し、

ヤマハギ　北海道から九州までに広く見られ、7月～9月、紅紫色の花が咲く。

普通のハギのように垂れ下がらず、藪状となるから、これなら蒿蕭類に見られてもおかしくはない。すなわち、人里の人為の加わった生態系では、ヤマハギは大型の草本すなわち蒿の類のように見え、それに萩の字を充てたのであって、決して誤ってつけられた名ではないことがわかるだろう。

ここでは紹介しなかったが、大伴家持《おおとものやかもち》の歌「さを鹿の朝立つ野辺の秋萩に玉と見るまで置ける白露」（巻八　一五九八）に、玉のような白露がハギに降りたとあるが、ヤマハギであれば葉（三出複葉であるから正確には小葉であるが）がほかのハギより大きいから、十分にありうる。ハギと露を取り合わせた万葉歌は実に三十六首もあるが、そのハギとはまちがいなくヤマハギである。また、この歌にある鹿とハギを取り合わせた歌も全部で二十二首もあり、萩が茂る野に鹿がよく出現したことを示唆する。ヤマハギの初生の茎葉は柔らかく栄養価も高いから鹿も好んで食べたにちがいない。『枕草子』の「草の花は」に、「萩、いと色ふかう、えだたをやかにさきたるが、朝づゆにぬれて、なよなよとひろごりふしたる、さをしかのわきてたちならすらんも、心ことなり」とあるように、鹿とハギの組み合わせは後世の文学の定番となった。そのほか、鹿がハギを妻として訪れるという言い伝えも発生し、ハギを「鹿の妻」、鹿を「ハギ（萩）の夫《つま》」というようになった。この名は『和歌藻鹽草』（月村齋宗）に紹介されている。一方、花札では、ハギは七月の花に充てられるが、

マルバハギ　本州から九州にあり
8月～10月に紅紫色の花が咲く。

奇妙なことに、十点札ではハギはイノシシとの組み合わせであり、鹿は紅葉との組み合わせになっている。芭蕉の弟子の俳人各務《かがみ》支考《しこう》（一六六五―一七三一）は「かい餅も伏猪《ふすい》の床の子萩かな」という句を残している。イノシシはすすき野を好み、ススキやハギなどで床をつくり、鹿は古語でシシともいうから、イノシシに転じたと考えられる。「かい餅」は牡丹餅《ぼたもち》のことで、煮豆を餅につけた様をハギの花に見立て、「はぎの餅」の別名もある。前に『和名抄』を引用したが、萩の条はなく、「鹿鳴草　爾雅集注云　萩（以下略）」とあるように鹿鳴草の条に萩が別名として出てくる。その出典は『新撰萬葉集』の菅原道真《すがわらのみちざね》（八四五―九〇三）の詩「暁の露に鹿鳴きて、花始めて發《ひら》く。百般《ももたび》に攀《よ》ぢ折りて、一枝の情《こころ》」にある。しかし、鹿鳴草の名は中国にはなく日本独自の名であるが、文学の世界で定着することはなかった。

　ヤマハギなど日本に野生するハギ類の大半は中国にも分布するが、唐詩・中国美術にもまったくといってよいほど無視されてきた。そもそもハギ類を意味する字がなく、現在の中国名・胡枝子は明代初期の『救荒本草』や清代末の『植物名實圖考《しょくぶつめいじつずこう》』に出てくる名前であって古いものではない。一方、日本では、万葉集に山上憶良《やまのうえのおくら》の有名な秋の七草の歌「萩の花尾花葛花なでしこが花をみなへしまた藤袴朝顔が花」（巻八　一五三八）の中で、ハギがその筆頭に挙げられて以来、サクラやウメなどに匹敵する文化的価値を確立している。万葉集での詠われ方もきわめて多様であり、六割にあたる八十四首は花に言及し、本条冒頭の第二の歌のほかに、「秋風は涼しくなりぬ馬並《な》めていざ野に行かな萩の花見に」（巻十　二一〇三、詠人未詳）を見れば、万葉時代のハギはわざわざ花見するだけの価値が認識されていたことがわかる。詠人の記載のある歌は約四割に留まるが、ハギを詠った著名な万葉歌人は多く、また詠人未詳あるいは名前の記載のない歌でも洗練されたものが多い。花だけではなく、ハギの黄葉《もみじ》を詠った歌が九首あるほか、目立たないはずのハギの実を詠った歌が三首もあるのは、万葉人がいかにハギをつぶさに観賞していたかを示唆する。

　万葉時代を代表する花はウメとしばしばいわれるが、詠われた歌の数のみならず、その詠われた内容からいっても、ウメ・サクラのいずれをも圧倒し、ハギこそ万葉の花にふさわしいというべきである。「わがやどの萩の花」という句から庭に栽培されていたことは確かであろうが、当時はむしろ郊外の萩原まで赴いて花を観賞するほうが多かったのではなかろうか。高円の野や春日野など平城京の郊外にはいくつかのハギの名所があり、今日では考えられないほどの大群生があったと想像される。だが、自然状態でそのような大群落の発生は困難であり、植栽したのではないかと思われる。飛鳥時代から奈良時代の大和盆地は、開発により平地林の伐採が進み、大規模なすすき野が成立した。すすき野において植生遷移《しょくせいせんい》が進行すれば、先駆植物であるハギなどの低木が侵入し始め、ところどころに散生するようになる。しかし、植生遷移の進行によって、ハギの群落は消える運命にあり、万葉を代表する花であったハギも人里から姿を消していったのである。ハギの群落を人為で維持することも可能であるが、サクラなどに比べると短命のハギを群落として維持するのは容易ではない。平安時代の近畿地方は、奈良時代と異なり、大規模開発が一段落して社会的には安定成長の時期に当たり、新たにハギの名所が発生する頻度はずっと少なくなっていた。

以上の要因から、後世の文学におけるハギの地位の低下は必然であったといってよい。万葉集で百四十一首も詠われながら、巻十四の東歌には一首もないのは、奈良時代までは東国の開発はほとんど進んでいなかったからであろう。関東平野の開発が進んだのは、平安後期になってからであり、奈良時代では林縁に細々と生える程度であったと思われ、大和盆地のようにまとまった群落は成立していなかったのである。今日、ハギは宅地の造成地や林道の法面《のりめん》など大規模に人為の加わったところに茂るのであって、自然環境がよく保全されたところでは少ない。ヤマハギなどハギ類は日当たりのよい荒地にもよく生えるから、土木工事後の土手や法面の固定のために植えられる。叢生する枝を箒とし、垣根、屋根葺きに用い、また皮から縄をつくったともいわれる。

ヤマハギの根は民間でめまいやのぼせを鎮めるのに効果があるとして使われ、乾燥葉は茶の代用に、種子は食用になるといわれる（『原色牧野和漢薬草大図鑑』による）。江戸時代の民間療法書でもこの用法は見当たらず、多くの処方を記載することで知られる『和方一萬方《わほういちまんぼう》』でも、「萩の花」の粉末を「疵《きず》ノ血ヲ留《とめ》ル方」に用いるとするに留まる。したがって、ヤマハギの根を用いる民間療法は比較的近世になって出現したものである。

はじ（波自）　　ウルシ科（*Anacardiaceae*）ヤマハゼ（*Rhus sylvestris*）

ひさかたの　天《あま》の門《と》開き　高千穂の　岳に天降《あも》りし　皇祖《すめろき》の　神の御代より　はじ弓を　手握《た》り持たし　真鹿児矢を
比左加多能　安麻能刀比良伎　多可知保乃　多氣尓阿毛理之　須賣呂伎能　可未能御代欲利　波自由美乎　多尓藝利母多之　麻可胡也乎
手《た》挾み添へて　大久米の　ますら健男《たけを》を　先に立て　靫《ゆき》取り負ほせ　山川を　磐根《いはね》さくみて　踏み通り　国覓《まぎ》しつつ
多婆左美蘇倍弖　於保久米能　麻須良多祁乎々　佐吉尓多弖　由伎登利於保世　山河乎　伊波祢左久美弖　布美等保利　久尓麻藝之都々
ちはやぶる　神を言《こと》向け　服従《まつろ》はぬ　人をも和《やは》し　掃き清め　仕へ奉りて　秋津島　大和の国の　橿原《かしはら》の
知波夜夫流　神乎許等牟氣　麻都呂倍奴　比等乎母夜波之　波吉伎欲米　都可倍麻都里弖　安吉豆之萬　夜萬登能久尓乃　可之波良能
畝傍《うねび》の宮に　宮柱　太《ふと》知り立てて　天の下　知らしめける　皇祖《すめろき》の　天《あま》の日嗣《ひつぎ》と　継ぎて来る　君の御代御代
宇祢備乃宮尓　美也婆之良　布刀之利多弖氏　安米能之多　之良志賣之祁流　須賣呂伎能　安麻能日繼等　都藝弖久流　伎美能御代御代
隠さはぬ　明き心を　皇辺《すめらへ》に　極め尽くして　仕へ来る　祖《おや》の職《つかさ》と　言《こと》立てて　授けたまへる　子孫《うみのこ》の
加久左波奴　安加吉許己呂乎　須賣良弊尓　伎波米都久之弖　都加倍久流　於夜能都可佐等　許等太弖氏　佐豆氣多麻敝流　宇美乃古能
いやつぎつぎに　見る人の　語り次ぎてて　聞く人の　鑑《かがみ》にせむを　あたらしき　清きその名ぞ　おぼろかに
伊也都藝都岐尓　美流比等乃　可多里都藝弖氏　伎久比等能　可我見尓世武乎　安多良之伎　吉用伎曾乃名曾　於煩呂加尓
心思ひて　空言《むなごと》も　祖《おや》の名絶つな　大伴の　氏《うじ》と名に負へる　ますらをの伴《とも》
己許呂於母比弖　牟奈許等母　於夜乃名多都奈　大伴乃　宇治等名尓於敝流　麻須良乎能等母

（巻二十　四四六五、大伴家持《おほとものやかもち》）

【通釈】この歌には「族《やから》に喩《さと》す歌」という序があり、まず当時の状況を説明しておかねばならない。大伴家持（七一八―七八五）は、天平勝宝三（七五一）年、五年の越中国司としての職を全うし少納言として帰京した。当時、都では藤原仲麻呂《ふじわらのなかまろ》（七〇六―七六四）が専横を極めており、天平勝宝八（七五六）年二月には親しかった橘《たちばなの》諸兄《もろえ》（六八四―七五七）が失脚、同年五月、敬愛する聖武太上天皇が崩じると、大伴一族にとって一大事が起きた。淡海真人三船《あふみのまひとみふね》（七二二—七八五）の讒言《ざんげん》によって、出雲守大伴古慈斐宿祢《こじひすくね》（六九五—七七七）が解任、拘禁されたのである。この長歌は、この事件が起きた同じ日の六月十七日に詠われた。「ひさかたの」、「秋津島」、「ちはやぶる」は枕詞。「はじ弓」・「真鹿子矢」はそれぞれハジノキでつくった弓と鹿を射るための矢をいう。大久米は久米部の人々。「磐根さくみて」は岩を踏み裂いての意で、「さくむ」は裂くの意。「覓ぐ」は求むの意。「言向く」は従わせる、「知らしむ」はご統治になる、「天の日嗣ぎ」は皇位の継承者、「あたらしき」は惜しい、「おほろかに」はおろそかにの意。家持は、この事件の直後に、「天の岩戸を開いて高千穂の岳に降りられた天孫の昔から、はじ弓を手に持たれ、真鹿子矢を脇にはさんで、久米部の勇者を先に立て、靫《ゆき》を取って負わせ、山河の岩を踏み破って通り、国を求めつつ神々を従わせ、従わぬ人々を懐柔し、（平定した国々を）掃き清めお仕え申して、大和国の橿原の畝傍宮に宮柱の太いのを立てて、天下を統治された皇祖を相次いで継承された天皇の御代御代に、隠すことのない明るい心を天皇のお側に極め尽くして、お仕え申してきた先祖の天職と言い立てて、お授け下さった子孫の、次々にと、見る人が語り継ぎ、聞く人の手本にしようと、惜しむべき清いその名であることぞ。おろそかに心に思い、虚言でも祖先の名を絶つな。大伴の氏と名に負っている丈夫の伴よ」と、名門大伴家の誇りをかけ一族の結束を呼びかけた。

　この歌は『古事記』にある「天孫降臨」の条を引用したもので、後半部で神代から天皇に仕えてきた栄光ある一族の誇りにかけて、たとえ口先だけでも祖先の名誉を絶やしてはならぬと諭したのであった。翌天平勝宝（七五七）九年一月、諸兄が死去すると、諸兄の子奈良麻呂《ならまろ》（七二一—七五七）は仲麻呂打倒の挙に出た。これが橘奈良麻呂の変であるが、仲麻呂の勝利に終わり、家持は同族の大半を失った。この事件の翌年すなわち天平宝字二（七五八）年六月、家持は因幡守として赴任、ここで家持最後の、そして万葉集最後となる歌を残し、その後まったく歌を残さなかった。家持が死去したのは延暦四（七八五）年八月二十八日であるから、実に二十六年も詠わぬ歌人であり続けたのだ。この長歌で檄《げき》を飛ばしたにもかかわらず、一族の衰退は止まらず、自らも歴史の表舞台から退場していったのである。

【精解】万葉集でハジの名は一首だけで、それも植物として詠われたのではなく、弓という武具に冠したものである。『新撰字鏡《しんせんじきょう》』に、「槉　柱奴支又波自木」とあるが、槉は柱抜きの「ますがた」の意であって樹木の名ではない。一方、『和名抄《わみょうしょう》』では「黄櫨　文選注云櫨　落胡反　波禰之　今之黄櫨木也」とあり、黄櫨をハニシとしている。ハニシが訛ってハジになるのはごく自然であるから、おそらく、ハニシはハジの古名であり、ハジはそれを弓材などに利用したときの名であろう。黄櫨がハジ・ハニシの漢名であるから、これを手掛かりに中国本草でその基原を考証することが可能である。黄櫨の名は、『本草拾遺《ほんぞうしゅうい》』（陳蔵器《ちんぞうき》）に初見し、「黄に染むに堪ふ。商洛の山谷に生ず。葉は圓く、木は黄にして、川界に甚だ有り」と記述され、黄色の染料にするとあるから、今日の中国で黄櫨と呼ぶウルシ科ハグマノキを指すと考えてまちがいない。ハグマノキは欧州から中国中部までのユーラシア大陸に広く分布する落葉小高木であり、中国では古くから皇帝の衣服を染める黄櫨染《こうろぜん》の原料として珍重され、これで染まった色名を黄櫨色と称した。ただし、日本には明治時代になって渡来したもので、古代日本には知られていなかったから、万葉集や古事記にあり弓材の原料にしたというハジは、ハグマノキの代用と考えるべきである。

わが国に野生するウルシ科植物のうちハグマノキに似たものは、ヤマハゼ・ヤマウルシ・ハゼノキの三種がある。このうちハゼノキは室町時代後期に木蠟《もくろう》とともに伝えられたから該当しない。残るヤマウルシとヤマハゼは、互いによく似ており、外部形態から区別するのは容易ではないが、材質に大きな差がある。すなわち、ヤマウルシはウルシに似て漆液が採れるが、収量は少なくて経済性に乏しく、材はまったく役に立たない。一方、ヤマハゼの心材は鮮黄色で染料となり、また材質も工芸に適していて弓材になる。したがって、古代日本でハジあるいはハニシと称していたのは今日いうヤマハゼとしてまちがいない。また、ヤマハゼでかぶれることは少なく、ヤマウルシはかぶれるから、外形は似ていても両種を取り違えることは当時でもほとんどなかったと思われる。ちなみに、ハゼノキやヤマハゼのハゼはハジがさらに音韻転訛したものである。

ハグマノキ　夏に紫色を帯びた花が咲き、花の後、花柄が伸びて羽毛状になる。

ウルシ科植物で有用なものといえば、漆塗の原料である漆液を産する樹種が挙げられる。ウルシ・アンナンウルシ・ビルマウルシがその主たるものであるが、五千年以上も前の縄文遺跡・三内丸山《さんないまるやま》遺跡から、漆の遺物が発見されている。それにもかかわらず、万葉集や『古事記』にはウルシの名はなく、出てくるのは同属種のヤマハゼであってハジの名前で『古事記』と万葉集のいずれにも出現する。ヤマハゼは漆液をほとんど出さないが、果実から木蠟が得られる。しかし、当時の日本はいうにおよばず中国でさえも木蠟の製法は確立していなかった。『延喜式』巻第十三「圖書寮」に「凡年料染造（中略）黄櫨大二斤　染紙二百五十張料」、同巻第十四「縫殿寮」に「雑染用度　黄櫨綾一疋櫨十四斤云々」とあるように、ヤマハゼは古代においては染料あるいは弓などの工芸原料として使われたのである。ヤマハゼで染めた色をハジ色またはハゼ色というが、漢字では黄櫨色と書く。しかし、その染色法である黄櫨染は「こうろぜん」と読んでも、ハジ（ハゼ）をハグマノキの意である黄櫨・櫨の字に充てるのは正確ではない。その代用かもしれないが、『古事記』などにある「はじゆみ」を梔弓と書くことがある。梔はアカネ科クチナシを意味するのでこれも正しくない。

万葉集や『古事記』でハジと称していたにもかかわらず、今日ではヤマハゼといい、別にハゼノキがあるのはなぜだろうか。『大和《やまと》本草《ほんぞう》』（貝原益軒《かいばらえきけん》）の雑木類に黄櫨があり、「漆ヌルデノ類也　其材作弓其葉秋紅ナリ（中略）琉球ハジノ木アリ　實ハ常ノハジヨリ大ナリ」と記述されている。この琉球ハジノ木と称するものこそ、中国から琉球経由で薩摩に渡来し、そこから全国に広まった今日のハゼノキのことである。江戸時代初期までは、在来種と外来の琉球ハジノ木は区別されていたが、いつの間にか混同され、外来種がハジノキの名を乗っ取ってしまったのである。本来なら、『大和本草』にあるように、リュウキュウハゼと呼ぶのが正しく、在来の近縁種をヤマハゼと呼ぶ必要もなかった。

ヤマハゼ　5月～6月に花が咲き、その後、直径7～8ミリ、黄褐色でつやのある果実が実る。

ウルシ科植物の果実には、中果皮に木蠟《もくろう》の原料になる脂肪分が蓄積する性質がある。果実から搾り取った脂肪分を生蠟《きろう》、日光に晒して漂白したものを晒蠟《さらしろう》という。木蠟はパルミチン酸やオレイン酸などのグリセライドであってワックス（蠟）ではないが、和ろうそく・整髪料・つや出し剤としてワックスと同じように利用される。江戸初期までは中国から伝えられた製法にしたがって近縁在来種のヤマハゼから製造されていた。江戸時代中期以降は、ウルシ属の中で実が大きく木蠟の収量の高いハゼノキが普及し始めた。雌雄異株のハゼノキは、当然ながら、雌株からのみ木蠟がとれる。優良品種の雌株を選抜し、接木で増殖する方法が確立されてからは、ヤマハゼはほとんど顧みられなくなった。現在、ハゼノキは九州の一部地域で栽培され、これから製したハゼ蠟は大相撲力士の整髪料など伝統文化の分野で用いられている。今日、ハゼノキは関東地方以西の暖地に自生状態となるが、鳥が果実を好み、その散布によって野生化したものである。日本に原生すると考える意見もあるが、自生は人里など人為で攪乱した生態系でのみ見られるから支持する学者は少ない。

はちす（蓮・荷）

ハス科（Nelumbonaceae）ハス（*Nelumbo nucifera*）

蓮葉《はちすは》は　かくこそあるもの　意吉麻呂が　家なるものは　芋《うも》の葉にあらし　（巻十六　三八二六、長忌寸意吉麻呂《ながのいみきおきまろ》）

蓮葉者　如是許曾有物　意吉麻呂之　家在物者　宇毛乃葉尓有之

ひさかたの　雨も降らぬか　蓮葉《はちすは》に　溜《た》まれる水の　玉に似たる見む　（巻十六　三八三七、詠人未詳）

久堅之　雨毛落奴可　蓮荷尓　渟在水乃　玉似有將見

【通釈】 第一の歌の序に「荷葉《はちすは》を詠める」とある。意吉麻呂はこのほかにさまざまなものを八首の歌にしているが、本書に関係するところでは、ほかに一首ある（ヒルの条を参照）。意吉麻呂（藤原京時代・生没年不詳）は、紀伊国那賀郡を本拠とする長氏の出身で、後漢献帝の後裔を主張する東漢《やまとのあや》系の渡来氏族といわれ、持統・文武朝時代を中心として十四首の歌を残している。この歌は数種の物の名を詠み込む詠物歌であり、明らかに宴席での即興歌で、遊びの要素の濃厚な戯歌である。歌の内容は、蓮の葉というものはこうあるべきものなのですね、私（意吉麻呂）の家にあるのは似ているけど、本物の蓮の葉ではなくてサトイモの葉のようですとなる。第二の歌の後に長い序があり、要約すると、『歌作の芸に秀でたある兵衛がおり、役所で酒食の席を設け、官人を接待していた。ここでは饌食はみなハスの葉に盛っていた。宴席の諸人は酒や歌舞に興じていたが、兵衛に「ハスの葉に関《か》けて歌を作れ」といったところ、声に出してこの歌を作った』とある。歌の意は、久方ぶりの雨でも降ってくれないだろうか、ハスの葉に溜まった水が玉になるのを見たいものだとなり、さらりと詠っている。ハスの葉が水をはじくのは、表面に細かい突起が密生して水と葉身の間に空気の層ができるからである。

【精解】ハスはかつてスイレン科に分類されていた。ヒツジグサやコウホネ・オニバスなどのスイレン科植物とハスは、水草で生態が似ているから同じ仲間と考えられてきたが、含有される化学成分や遺伝子解析の結果から、ハスはスイレン科との直接の類縁関係はないことが明らかになった。現在では、ハス属二種は分離してハス科と称される。ハスは欧州東南部からアジア・オーストラリア北部に広く分布する水生多年草で、水底に横走する長い地下茎があり、そこから長い葉柄をもつ葉が浮葉あるいは水上葉として水面に出る。

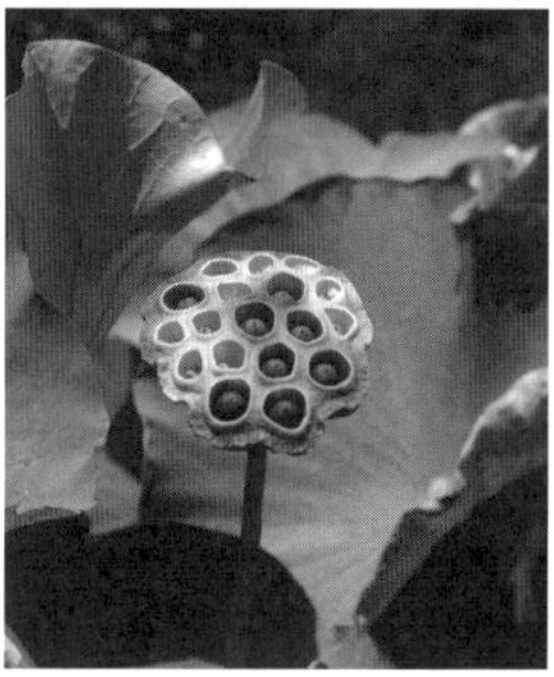

ハスの花（上）と果実（右）　花の中央にある花床に埋まるようにして多数の子房がついている。その一つ一つの子房が実って、果実時には蜂の巣のようにも見える。

地下茎は蓮根《れんこん》として食用とされるのは承知のとおりである。地下茎から花茎《かけい》を出して直径十五センチの大型のピンク色の花をつける。ハスの花の構造は独特であり、雌しべは十数個以上の子房が平面状に花《か》床《しょう》に埋まったような構造をなす。熟果は蜂の巣状となり、種子が裸出する。ハスの名の語源はこの独特の果実の形に由来し、蜂巣《はちす》が訛ったものであり、万葉集では、古名のハチスとして出てくる。

　ハスと人との関わりは古く、仏陀の生誕を飾った花として特に仏教との関連が深い。今日、蓮華というと、マメ科レンゲ（最近ではゲンゲという）を指すことが多いが、もともと仏教でハスの花のことをいう。仏像の台座（蓮華座という）にもハスの花が彫られ、また仏壇に飾られる仏具もハスの花を模《かたど》ったものが頗る多い。仏教徒にとって死後は極楽浄土に生まれ変ることを理想とするが、仏と同じハスの台に新たな生を受けることが仏教徒にとって究極の願望なのである。絵画などで具象化された極楽のイメージに、必ずハスの花が登場するのもこのためであり、それは地上界から天上界へ転生する多くの善人を待つ象徴でもある。

　万葉集でハスを詠む歌は四首あるが、意外なことに、花や蓮根に言及するものはなく、もっぱらハスの葉を詠み、蓮あるいは荷（本歌にはなく序に出る）の名で出てくる。『和名抄《わみょうしょう》』に「蓮子　爾雅云荷　芙蕖　其子蓮　波知須乃美」とあり、蓮・荷のいずれもハチスすなわちハスのことをいう。これが『本草《ほんぞう》和名《わみょう》』になると、「藕実　楊

玄操音吾荷反　一名水芝丹一名蓮　本條　一名水曰一名靈芝一名澤芝一名美藻一名菡萏　已上五名出兼名苑　一名水華　出古今注　一名加實一名蘞實一名蓮華一名扶容葉名荷小根名芋大根名藕初根名交與　已上出大清經　一名石蓮　黑者出拾遺　和名波加知須乃美」とあって、おびただしい数の異名が出てくる。これらはすべて中国の文献からきたもので、ハスがそれだけ重要な存在であったことを示唆する。

中国本草では最古の『神農本草經《しんのうほんぞうきょう》』の上品に藕實莖の名で出てくるのがハスであって、ここでは蓮・荷の字はない。本草学が成立する以前に多くの名があったことは、『爾雅《じが》』釋草（邢昺注・郭璞《かくはく》注）に「荷は芙蕖なり。別名は芙蓉、江東は荷と呼ぶ。其の莖は茄、其の葉は蕸、其の本は蔤。莖の下は白蒻、泥の中にある者なり　其の華は菡萏。詩に見る　其の實は蓮。蓮は房を謂ふなり　其の根は藕、其の中は的。蓮の中の子なり　的の中は薏《よく》。中心の苦（薏）」とあるのを見ればわかる。茎・根とあるのは、植物学的にいえば、それぞれ葉柄《ようへい》・根茎《こんけい》を指す。別名に芙蓉とあり、現在ではアオイ科フヨウを指すが、もともとはハスのことであり、いつしかフヨウに名が転じてしまったのである。ハスの総名は荷・芙蕖であるが、これほど部位別に用字が異なる例はほかにはなく、それだけハスが有用であった証左である。

しかし、諸家によって各部位の名称の見解が微妙に異なり混乱の原因となっている。たとえば、『爾雅』は荷を全体の総名とするが、『説文解字《せつもんかいじ》』・『蜀本草《しょくほんぞう》』（韓保昇）では葉とし、『陸璣詩疏《りくきしそ》』は茎とする。ただし、基原に関する問題は皆無であり、『證類本草《しょうるいほんぞう》』の藕《ぐう》實《じつ》の図はまちがいなくハスである。一方、『本草綱目《ほんぞうこうもく》』（李時珍）では、植物種としてのハスを蓮藕とし、蓮實（実）・藕蔤（幼蓮根）・藕節（蓮根結節）・蓮薏（蓮芯）・蓮花・蓮房・荷葉など、薬用部分をさらに細かく分け、それぞれの効用を冗長ながら詳しく記述する。今日の日本で薬用として用いるのは、このうち、蓮實《れんじつ》であって蓮肉《れんにく》または石《せき》蓮子《れんし》とも称する。『本草經集注《ほんぞうきょうしっちゅう》』の藕實の条に「此れ即ち今の蓮子なり。八月九月堅く黑き者を取りて乾し、擣《つ》きて之を破る。花及び根は並《とも》に神仙に入れて用ふ」とあるように、今日、蓮根として食用にするものはもともと神仙の妙薬であった。漢方では滋養強壮薬として用い、清心蓮子飲《せいしんれんしいん》・参苓白朮散《じんりょうぶくじゅつさん》などに配合される。『神農本草經』では「中を補し神を養ひ（内蔵の機能を補い神を養う）、氣を益し、百疾を除く（多くの病気の原因を除く）。久しく服すれば身を輕くし老に耐え、飢ゑず年を延ぶ」と記述され、実際の漢方での用例はこれに近い。

ハスの実には多量のデンプン（約六十パーセント）と蛋白質（約十六パーセント）ほかカルシウムなどのミネラルを含むので、昔は子供のおやつとしてよく食べたが、銀杏と同じく食べすぎないよう親からよく注意された。胚芽の部分にアルカロイド（イソキノリン・ベンジルイソキノリンと総称するもの）が含まれていて多食は危険であることを生活の智恵として知っていたからである。最近では、ハスの実はしばしば健康食品として利用とされるが、やはり多食を控えるべきである。中国では種子の胚芽だけを採って蓮芯《れんしん》（蓮子心《れんししん》・蓮薏《れんよく》）と称し別に薬用とする。

冒頭の第二の歌の序にあるように、昔は食物を蓮の葉に盛っていた。『延喜式』巻第三十九「内膳式」供御月料に「荷葉《はちすは》　稚葉《わかば》七十五枚　波斐《はひ》四把半」とあり、諸国から進貢させ、宴会などの儀式に広く使っていた。盛るだけではなく、食用にも使ったと思われる。滋賀県には、ハスの葉を切り刻んで飯を炊く「ハスの葉飯」が今日でも残っている。意吉麻呂の家では蓮の葉ではなくサトイモの葉を使っていたというように、当時は、ハスは高級な存在であった。前述したように、ハスは仏花として仏教と深く結びついている植物であって、意吉麻呂の時代（七世紀後半）では仏教が渡来して間もない頃であったから、ハスを利用できたのは上級貴族に限られていたと思われる。一方、サトイモは畑で簡単に栽培でき、葉も大きくハスの葉と同じように葉は水をはじいて水玉をつくる。したがって、食物を盛るのに適しており、実用上はハスの葉に劣るものではないので不都合はなかっただろう。意吉麻呂の歌に羨ましさが微塵も感じられないのはそのためかもしれない。

ハスは仏花として仏教と深い関わりをもつが、仏教が渡来するよりずっと古い時代に大陸から渡来した。千葉県の検見川《けみがわ》の約二千年前の泥炭層からハスの種子が発掘され、発芽したことはよく知られている。発見者の大賀一郎《おおがいちろう》（一八八三―一九六五）の名をとって大賀ハスと名づけられ、現在、各地の植物園や公園で栽培されている。ハスの種子の長命なのにはびっくりさせられるが、種子の胚芽の部分に葉緑素が含まれていていつでも発芽できる準備ができているからと説明されている。ハスの化石は日本列島の各地で、更新世の地層（百万年から一万年前）から出土する。また、各地に地ハスといわれるものが残っていることから、もともと日本に自生していたとする説も根強い。ただ、大賀ハスや地ハスの根茎すなわち蓮根は小さく、今日では食用とされてない。現在、食用の蓮根を生産するため栽培されるハスは中国から導入された優良品種であって、それはごく近世のことである。前述の『延喜式』にある「波斐《はひ》四把半」とは蓮根のことをいう。『和名抄』に「蔤　爾雅云　其本蔤　音密　波知須乃波比　郭璞曰　茎下白蒻　音弱　在泥中者也」とあり、蓮根を指すことは明らかである。波斐《はひ》は「延ふ」が語源と思われるが、蔓荊すなわちハマゴウ（海浜植物で、茎が砂上を横走する）の古名を「はまはひ（『和名抄』では波萬波比）」というのも同源である。しかし、当時のハスすなわち大賀ハスや地ハスでは、今日のような大きな蓮根は採れないから、小さな根茎を蔤と称し食用としていたと思われる。

はねず（翼酢・唐棣花・波祢受）　バラ科（Rosaceae）ニワウメ（*Prunus japonica*）

夏まけて　咲きたるはねず　ひさかたの　雨うち降らば　移ろひなむか
夏儲而　開有波祢受　久方乃　雨打零者　将移香
（巻八　一四八五、大伴家持《おほとものやかもち》）

はねず色の　うつろひやすき　心あれば　年をぞ来経る　言は絶えずて
唐棣花色之　移安　情有者　年乎曾寸經　事者不絶而
（巻十二　三〇七四、詠人未詳）

【通釈】第一の歌の序に「大伴家持の唐棣《はねず》の花の歌」とあり、花に寄せた。第一句の「儲」は、貯える・準備するという意味があるから、「夏まけて」は夏を待って、夏に向けての意となる。訓は「まうけて」を約して「設《ま》く」に同じと考える。「ひさかたの」は枕詞。結句の「移ろふ」は色褪《あ》せること。歌の意は、夏を待って咲いたハネズは、雨が降ったなら色が褪せてしまうのだろうかとなる。第二の歌は、寄物陳思歌でハネズの花に寄せた。歌の意は、はねず色が色褪せやすいように変わりやすい心を持っているので、（ただ）年だけは取ってしまいました、手紙は絶えることはありませんでしたがとなる。たぶん、相手との恋愛でいつまで経っても煮え切らない自分にいらだっているような複雑な心情を詠ったものであろう。

【精解】万葉集に「翼酢」、「唐棣花」、「波祢受」と出てくる歌は計四首ある。家持の歌の序に唐棣、本歌に波祢受とあるから、唐棣はハネズと訓ずることがわかる。ハネズの名前は『和名抄《わみょうしょう》』・『本草和名《ほんぞうわみょう》』のいずれにもなく、上代の古典文学だけに出てくる。唐棣という漢名が手掛かりになりそうだが、鎌倉時代の『仙覺抄《せんがくしょう》』に「サテ先達等、唐棣花ヲ尺スルニ、各々異説アリ。或云、庭櫻。或云、李花。或云、木蓮ノ花ト云ヘリ」とあって、当時でも諸説のあったことを示している。中国では『詩經《しきょう》』國風・召南の「何彼襛矣《かひのうい》」に「何ぞ彼の襛《のう》たる　唐棣の華」とあってこの名が見える。同じ詩の第二章に「華は桃李の如し」とあり、これが第一章の唐棣を指すとすれば、モモやスモモの花とよく似た種ということになる。『陸璣詩疏《りくきしそ》』によれば、「唐棣は薁李なり。一名雀梅、亦た車下李と曰ふ。其の華或は赤、或は白、六月中に孰《じゅく》し、大さ李子の如く、食ふべし」（陸佃『埤雅』に引用）とあり、『拙文通訓定聲』に「薁は、漢書の注に、即ち今の郁李なり」とあるから、郁李《いくり》を手掛かりにして基原をたどればよいことになる。『本草和名』に「郁核　一名鬱李一名車下李一名棣　仁諝音提討反車下李也　一名鬱棣　出食經　和名宇倍」とあり、『醫《い》心方《しんぼう》』巻十四に「郁核　和名宇倍」、同巻三十に「郁子　和名宇倍」と記されている。宇倍はアケビ科ウベを連想させるが、『醫心方』に「郁子、本草云ふ、味酸く平にして无毒。大腹水腫、面目、四肢の浮腫を主り、小便、水道を利す」とあり、『神農本草經』の「郁核」の条の記載をそのまま引用しているので、これはやはり郁核（郁李）のことを指し、アケビ科ウベとはまったく関係はない。『神農本草經』では郁核は下品に収載され別名を鬱李とし、『蜀本草《しょくほんぞう》』（韓保昇）によれば、「樹高五六尺、葉、花および樹は並《とも》に大李に似たり。惟だ子小にして櫻桃の若く、甘く酸し」と記述されている。これと『證類本草《しょうるいほんぞう》』の郁李花・隰州郁李人の図から、郁李はニワザクラまたはニワウメに絞られる。

次に後世の日本の本草家がこれに対してどういう見解をもっていたかを考証する。『本草綱目啓蒙《ほんぞうこうもくけいもう》』（小野蘭山《おのらんざん》）は、郁李をニワムメ（別名コムメ）としたうえで、ニハザクラについて「葉ニ先テ花ヲ開ク千辨白色ニシテ棣棠《やまぶき》花ニ似テ微小實ヲ結バズ是多葉郁李ナリ一名千葉郁李」と記載している。一方、『大和本草《やまとほんぞう》』（貝原益軒《かいばらえきけん》）も郁李を『本草綱目』（李時珍）を引用して記載するが、「花モ實モユスラ（ユスラウメ）ヨリヲソシ實ノ形ユスラヨリ大ニシテマルシユスラ庭櫻ト一類ナレドモ別ナリ」と記述し、ニワザクラに関しては、山櫻桃の漢名を充て、「花モ實モユスラニ似テ小ナリ尖アリ又庭梅ト云」とあるように、ニワウメ・ニワザクラを区別していない。ニワウメ・ニワザクラそしてユスラウメも含めてわが国に原生しないから、いずれも原産地である中国から渡来したものである。この三つの名のうち、ニワウメ・ユスラウメの名は『大和本草』に初見し、ニワザクラだけがそれより古い文献に出てくる。『仙覺抄』や平安末期の注

ニワザクラ　普通は八重で、４月頃咲く。

ニワウメ　色は薄紅から白で、４月、葉が開く前に咲く。

釈書である『袖中抄』（藤原顕昭）にもその名があって、ハネズの候補とされている。ただし、それが今日のニワザクラであるという確証はない。

今日、中国の生薬市場で郁李仁《いくりにん》と称するものに二種あり、一つはニワウメまたはコニワザクラの成熟種子を基原とするもの（小李仁）、もう一つはユスラウメの成熟種子を基原とするもの（大李仁）である。一般に、日本に植栽されるニワザクラは、『本草綱目啓蒙』にも記述されているように、実をほとんどつけない。また、八重咲きの重弁であって、五弁の一重咲きの野生種は中国にしかない。したがって、ニワザクラの名前は古くからあっても、郁核（郁李仁）という生薬の原料にはなり得ないから、それはニワウメと考えるのが妥当である。『本草和名』、『醫心方』にある宇倍（ウベ）の名は、ベ→メの音韻転訛でウメとなるので、ニハウメあるいはニハウベとすべきところを誤ったと考えられる。

では、万葉集にあったハネズという和名はなぜ消えてしまったのか。ハネズの名は『日本書紀』にもあり、巻第二十九「天武紀」の十四年秋七月の「庚午《かのえうまのひ》に、勅して明位《みやうゐ》より已下《しもつかた》、進位《しんい》より已上《かみつかた》の朝服《みかどころも》の色を定む。浄位《じやうゐ》より已上は、並《なら》びに朱花《はねず》を着る」とあって、注に「朱花、此れをば波泥孺《はねず》と云ふ」と記述されている。すなわち、色の名前であって、ハネズの色が朱色であることを示す。朱の名をもつ植物として、『和名抄』に朱櫻というのが収載されている。ところが、『箋注倭名類聚抄《せんちゅうわみょうるいじゅしょう》』には「本草云　櫻桃　一名朱櫻　波々加　一云加襧波佐久良」とあるのに対して、『元和古活字那波道圓本』では和名部分が「迩波佐久良」すなわち加の字が省かれてしまった。明らかに後者の書写の誤りであるのだが、これをもって「朱櫻　ニハザクラ」が流布し、「朱花（華）ハネズ」と結びついてハネズを駆逐してニハザクラの名が広まったと思われる。

これが完全に修正されたのは小野蘭山《おのらんざん》（一七二九―一八一〇）以降であって、貝原益軒《かいばらえきけん》（一六三〇―一七一四）の『大和本草《やまとほんぞう》』がニワウメ・ニワザクラを混同したままであったのは、『和名抄』諸本の書写の誤りの後遺症といえるだろう。

本条では『本草綱目』を引用しなかったが、唐棣《とうてい》を扶移《ふい》とし、白楊の類として、本書の見解と著しく相違するからである。『爾雅《じが》』に「唐棣は移なり」とあることに基づくのだが、『説文解字』段玉裁注に毛傳・集傳を引用して「小雅の傳に曰く、常棣《じょうてい》は棣なりと。秦風の傳に曰く、棣は唐棣なりと」とあり、常棣と唐棣が同種なのか別種なのか、如何にもわかりにくい。陸佃《りくでん》の『埤雅《ひが》』ではそれぞれを別条にしており、常棣を「李の如くして小なり。子、櫻桃の如し」と記述しているので、これをニワウメとしていることがわかる。すなわち、陸璣とは見解が異なる（唐棣を薁李すなわち郁李とする）わけで、中国ではニワウメの名に常棣と唐棣の二説があったことになる。古代の日本は陸璣などの見解に基づいて唐棣の名とともにニワウメが伝わったと思われる。ちなみに、扶移すなわち李時珍のいう唐棣は、バラ科ザイフリボクの類であって花は白く、万葉集にいう移ろいやすいはねず色にはまったく合致しない。やはり万葉集にある唐棣は朱色の花の美しいニワウメでよい。

ははそ（母蘓・波播蘓・波々蘓）

ブナ科（Fagaceae）コナラ（*Quercus serrata*）ほか落葉樹種

山科の　石田《いはた》の小野の　ははそ原　見つつか君が　山路越ゆらむ

（巻九　一七三〇、藤原宇合《ふじはらのうまかひ》）

山品之　石田乃小野之　母蘓原　見乍哉公之　山道越良武

【通釈】 山科・石田は京都市にある地名で、かつては宇治市も山科と称し、現在の山科よりも広かった。大和から近江への通路（奈良街道）に当たる交通の要衝。小野は地名ではなく野原のことをいう。歌の意は、山科の石田の野のハハソの原を見ながらあなたは山道を越えているのであろうか、となる。

【精解】 万葉集に「母蘓」、「波播蘓」、「波々蘓」として三首に出てくるものは、いずれも借音仮名であってははそと訓ずる。『和名《わみょう》抄《しょう》』に「四聲字苑云　柞　音作　一音昨　由之　漢語抄云　波々曾　木名　堪作梳也」とあり、柞の漢名が充てられている。『説文解字《せつもんかいじ》』に「柞は柞木なり」とあり、本草においては『本草拾遺《ほんぞうしゅうい》』（陳藏器《ちんぞうき》）に柞木皮の名で初見し、「南方に生じ、葉は細く今の梳に作る者是なり」と記述されていて、『和名抄』もこれを引用する。しかし、『本草綱《ほんぞうこう》目《もく》』（李時珍）が指摘するように、「今の梳に作る者」は鑿子木《さくしぼく》（イイギリ科クスドイゲ）が正しい名前であり、柞は、『段玉裁注』が『鄭《てい》詩箋《しせん》』・『齊民要術《せいみんようじゅつ》』を引用して「柞は櫟なり」というように、ブナ科の落葉樹クヌギやコナラの類である。『新撰字鏡《しんせんじきょう》』には「楢　尺紹反堅木也波々曾乃木又奈良乃木」とあって、ハハソはナラノキと同じものとする。しかし、『新撰字鏡』は別条に「栵　閭制反栭也崩也波々曾乃木也」と記載し、栵・栭の字もハハソの義とする。『爾雅《じが》』郭璞注には「栵は栭なり。樹、槲樕に似て庳小なり。子は細栗の如く食ふべし。今、江東亦た呼びて栭栗と為す」とあるから、栵・栭はクリの類であって櫟の類でないのは明らかである。したがって、栵・栭をハハソとするのは正しくない。

ハハソは現在ではコナラの通称名とされるが、厳密にいうと正しくない。ハハソは現代の音ではホウソとなるが、方言名としてこの名は、クヌギ・コナラのほかアベマキ・ミズナラ・ナラガシワなど同属落葉樹に見られ、これ以外にもアカシデ・ヤマコウバシのようなブナ科ではない落葉樹をそう呼ぶ地方がある。したがって、ハハソは、少なくとも古い時代では、カシワ・クヌギなどナラノキ類を含めた落葉樹の総称であったと思われる。冒頭の例歌にあるははそ原は正にその意で使われているはずで、コナラ一種からなる林が現実にあるとは思えない。『新古今和歌集』にも「入日さす佐保の山べのははそ原曇らぬ雨とこの葉降りつつ」（巻第五秋歌下、曾禰好忠）とははそ原が詠われ、また藤原定家《ふじわらのていか》も「時わかぬ浪さへ色にいづみ河ははその杜《もり》に嵐吹くらし」と、ははその杜を歌にしている。ははそ原・ははその杜のいずれも現在でいう雑木林と考えればよい。雑木とは必ずしも役に立たない木という意味ではないが、現在ではそう受け取られることが多い。近年、里山の雑木林が自然林の持続的利用の観点から注目されるようになったが、ははその森と言い換えるのも一つのアイデアとしておもしろいのではなかろうか。『新撰萬葉集』に「秋霧は今朝はな立ちそ龍田山ははその黄葉《もみち》よそにても見む」（『古今和歌集』にもある）とあり、ここではハハソの黄葉が詠われ、やはり雑木林全体の色づいている様子を詠っている。万葉集では、ほかに「ははそ葉の」として母に掛かる枕詞の形で二首に出てくる（一つはチチの条で紹介した）。これは同音利用によるもので、葉の字が添えられているのは単に五文字とするためだけでなく、ナラ類の中でもナラガシワなど大きな葉は飯を盛るのに用いたから、母が子を優しく包み込むという意も込められているのかもしれない。

はまゆふ（濱木綿）

ヒガンバナ科（Amaryllidaceae）ハマオモト（*Crinum asiaticum*）

み熊野の　浦の浜木綿《ゆふ》　百重《ももへ》なす　心は思へど　直《ただ》に逢はぬかも

三熊野之　浦乃濱木綿　百重成　心者雖念　直不相鴨

（巻四　四九六、柿本人麻呂《かきのもとのひとまろ》）

【通釈】 相聞歌。「み熊野の浦」とは熊野の海辺全般を指す。第一句・二句は「百重なす」を導く序詞。百重は幾重にも重なるという意であるが、ハマユウが海浜に大群生する状態をいう。大きな葉が重なって茎から出ている状態と解釈することもあるが、それなら八重ザクラなどのように八重とするだろう。この歌の意は、熊野の浦の浜木綿が幾重にも重なって生えるように、（幾重にも幾重にも）あなたのことを思っていますが、直接には会えず残念だとなる。

和歌山県新宮市《しんぐうし》三輪崎の海岸近くにある孔島《くしま》はハマユウの群生地として知られ、人麻呂のこの歌の歌碑が建てられている。人麻呂がわざわざ海を渡ってこの島で歌を詠んだとは思えず、たぶん、当時は熊野の海岸のいたるところにハマユウが群生していたに違いない。ハマユウは海からの潮しぶきが頻繁に当たるような環境であっても生えるが、最近では、堤防やテトラポットが置かれるなど海浜の改変が著しく、内陸性植物との生存競争に敗れて大幅に数を減らし、現在では、孔島のように人の住まない離れ小島に群生地は限られている。その結果、孔島を人麻呂の歌の故地とせざるを得なくなったのである。

【精解】「木綿」を「ゆふ」と訓ずるのはタクの条で述べたとおりであり、「濱木綿」はハマユフすなわち今日いうハマユウのことである。植物学上の正名はハマオモトであって、ハマユウは通称名にすぎないが、ここでは由緒ある万葉名としてハマユウで通したい。高さ一《メートル》ほどになるヒガンバナ科の大型多年草であり、シデのように垂れ下がる純白の花は日本の野草の中でひときわ異彩を放つ。それもそのはずで、この仲間の植物の世界での分布を見るとアジア・太平洋の熱帯・亜熱帯に分布の中心があり、日本列島はその北限に当たるからである。

意外なことに、古代中国の本草書にハマユウに相当する名は見当たらない。広大な大陸の内陸国家である中国では海や海に面した地域を辺境と考えてきたので、海浜にしか生育しないハマユウは歴代の本草学者の目に留まることがなく、古い本草書にはその名がないのである。しかし、ハマユウに対して中国の影響が皆無ではないことは、漢名が浜万年青であることを見ればわかる。この名は日本でつけられた名だが、葉がオモト（万年青）に似ていることによるもの（『大和本草』にハマオモトの名がある）で、植物学上の正名もこれに倣い、由緒ある万葉名を無視してしまった。ちなみに、真の漢名は文《もん》殊蘭《じゅらん》であるが、清朝時代の『南越筆記』で初見し（『中薬大辞典』による）、万葉の濱木綿よりずっと新しい。すなわち、ハマユウとのかかわりでは

ハマユウの花　またの名をハマオモトというように、濃い緑の葉が目立つ。

日本の方が中国よりずっと古く、自生のある地域の伝統習俗にわずかながら残っている。

　和歌山県伊都郡かつらぎ町に天照大神の妹神を祀る丹生都比売《にぶつひめ》神社がある。その神社に古くから伝わる丹生《にう》大明神告門（祝詞）の中に「品田天皇《ほむたのすめらみこと》（応神天皇）の奉り給へる物、淡路國の三腹《みはら》の郡の白犬一伴《ひと》、紀伊國の大黒《おほぐろ》小黒《ちぐろ》一伴《ひと》、此の犬の口白代《しろ》、赤穂の村の布氣田《ふけた》千代《ちしろ》、美野《みぬ》の國の三津柏《みつかしは》又は濱木綿を奉り給へり」とあり、海浜に生えるハマユウの名が出てくる。美野国は美濃国のように見えるが、海浜に生えるハマユウは産しないから、紀州内あるいはさらに南方のどこかの地名らしい。ハマユウがミツカシハ（ミツナカシハに同じ、同条を参照）とともに祝詞にあることは、なんらかの神事にかかわる存在であることを示唆するが、どんな意味をもつかは不明である。花の形がシデに似ていることと関係があるのかもしれない。

　ハマユウの名の由来には二つあって、本居宣長《もとおりのりなが》（一七三〇―一八〇一）がいうように、白く垂れる花が楮布《ゆふ》（コウゾの皮の繊維でつくった布だが、古くはこれを木綿と表記する）に似ていること、もう一つは幹（偽茎《ぎけい》）の皮が楮布《ゆふ》のようである（『萬葉古今動植正名』）からというのがある。語源に関しては、いずれでもかまわないと思うが、後者の説から、ハマユウから繊維が取れて布をつくったとの俗説が流布している。それはまったく誤りであって、布をつくるほどの繊維質はハマユウにはない。この誤解は、『仙覺抄』（ハマユフハ、芭蕉ニ似テ、チヒサキ草也）、『綺語抄《きごしょう》』（実際には該当する記述はない）を引用してハマユウをバショウに似ていると記述した『大和本草《やまとほんぞう》』（貝《かい》原益軒《ばらえきけん》）に由来するのかもしれない。中国でハマユウを水蕉と称する地域があり、バショウは芭蕉布という繊維をつくる原料となるから、混同してこんな誤解が生じたようだ。ハマユウはヒガンバナにも含まれるリコリンという有毒アルカロイドを含み、南方地域では根茎や葉をすりつぶしたものを外用薬として用いることがある。しかし、薬用としての利用は全体的に低調である。

　人麻呂の詠ったハマユウの歌は『拾遺和歌集』（巻第十一　恋一　六六八）にほとんど同じ句で収載されている。これから派生した歌も『拾遺和歌集』にあり、三十六歌仙の一人として名高い平兼盛《たいらのかねもり》（？―九九〇）は「屏風にみ熊野の形描きたる所」と題して「さしながら人の心をみ熊野の浦の浜木綿幾重なるらん」（巻第十四　恋四　八九〇）と詠っている。その意味は、「ありありとあなたの心を見てしまった、み熊野の浦の浜木綿の葉が幾重にも重なっているように、あなたの私を隔てる心の壁は幾重にもなっているのだろう」となるが、オリジナルの情景とはずいぶんと異なる。同じ『拾遺和歌集』の中に道命《どうみょう》法師（九七四―一〇二〇）が詠った「忘るなよ忘ると聞かばみ熊野の浦のはまゆふうらみかさねん」では「忘れないでください、もし忘れたと聞いたならば、熊野の浦の浜木綿のように重ね重ね恨みますよ」と、ハマユウは怨念の深さを表すものに譬《たと》えられてしまった。

昔は詩歌の題材になるようなものは限られていたから、古典を題材にして詠む本歌取りがよく行われたが、実際に見ているわけではないので、このようなことがしばしば起きる。ハマユウは都人にとっては辺境の地に生える奇っ怪な植物と考えられていたようだ。

ハマユウは、現在では、観光的価値があるため、いたるところで植栽され、どこまでが本来の自生地かわかりにくくなってしまった。紀伊半島は真の原生地の一つだが、離れ小島を除けば天然の群生地はごくわずか残るだけである。一九三〇年、小清水卓二はハマユウの分布が年最低極の気温がマイナス三・五度、または年平均気温十五度の線とほぼ一致することを見出し、これをハマオモト線と呼んだ。これによれば、太平洋岸では三浦半島・房総半島南部以南、日本海側では若狭湾が北限になる。興味深いことは、対馬海峡を挟んで九州北部にはハマユウが自生するが朝鮮半島南部には真の野生はないことである。観光地である済州島の海岸のいたるところに見るが、自生ではなく植栽であり、同島東南岸の小さな孤島にわずかにある群落は、天然記念物として保護されているが、これも真の自生か疑問視されている。ハマユウの種子は直径二・五チセンほどの大型で海水に浮き半年以上海水にあっても発芽力を保持するので、海流によって分布地を広げる能力がある。日本近海には世界最大の日本海流(黒潮)があって、フィリピン諸島から台湾・南西諸島を経て九州・四国・本州の南岸沖を流れる。また、屋久島周辺で対馬海流となって九州西岸を北上、対馬海峡から日本海に入る。ハマユウの分布はこの海流に沿っており、基本的には海流の行き着くところはどこでもハマユウの種子は漂着する。だが、それが定着して成長するかどうかはその地域の気候に依存する。もともと熱帯・亜熱帯の植物であるから、最低気温がマイナス三・五度以下になるとハマユウは枯死し、また年平均気温の平均が十五度以下であれば安定的な成長は困難となる。熱帯の海浜植物の中でハマユウは比較的耐寒性があって、紀伊半島の海浜にも自生するので、万葉人の目に留まる存在となっているわけである。

ハマユウは広分布種であるが、いくつかの変種に分けることがある。南西諸島南部・小笠原諸島に産するものはより大型で台湾・中国産とともにタイワンハマオモトと区別される。

はり（榛・針・波里）　カバノキ科（Betulaceae）ハンノキ（*Alnus japonica*）

引馬野《ひくまの》に　にほふ榛原《はりはら》　入り乱れ　衣にほはせ　旅のしるしに

引馬野尓　仁保布榛原　入乱　衣尓保波勢　多鼻能知師尓

（巻一　五七、長忌寸奥麻呂《ながのいみきおきまろ》）

【通釈】序に「（大寶）二年壬寅（七〇二年）、太上天皇の參河國に幸《みゆき》したまひし時の歌」とあり、持統太上天皇の三河行幸に随行した際に長奥麻呂が歌ったもの。「引馬野」は愛知県豊川市（旧宝飯郡《ほいぐん》）御《み》津《と》町《ちょう》御馬付近と考えられ、引馬神社にその名を残す。「にほふ」は嗅覚ではなく色の出て照り映える視覚のことをいう。榛原は後述する。「にほはせ」は「にほふ」の他動詞で、染めるという意。歌の意は、引馬野に色づく（黄葉のこと）ハンノキ林に入り乱れるから、着物を染めつけてくれ、旅の記念にとなる。

【精解】万葉集でハリと訓ずる植物名を詠む歌十四首のうち、十一首は「榛」の字で表記されている。『和名抄《わみょうしょう》』「草木部」に「榛　唐韵曰　榛　波之波美　榛栗也」とあり、堅果《けんか》が食用になるカバノキ科ハシバミに充てられているが、現在定説となっているハリまたはハン（ノキ）の名はここにはない。一方、同書の「國郡部」に「遠江國蓁原　波伊波良」とあり、蓁はハイと読まれている。榛も同音であるから、ハリが転じたと解して、万葉歌では榛をすべてハリと読む。集中に針原・波里波良とあるものはいずれも榛原と考えられるから、この読みに矛盾はない。

なぜ榛の音にこだわるかというと、これをハギとする説、すなわち榛をハリと読みながら萩の意とする説があるからだ。まず、ハギと読むのは無理があり、逆にハリと読んでも差し支えないことはこれではっきりした。万葉歌の情景の分析の結果もハンノキ説に軍配が上がる。まず、十四首のうち九首はハリハラ（榛原）と詠まれているが、ハギの歌は万葉集に一四一首もあるのに萩原《はぎはら》とあるものはわずか三首（二〇九七、二一〇三、四三二〇）しかない。榛原とは、常識的に考えれば、平地に榛が群生している様子をいうが、生態学的見地からハギが野原を一面に群生することは自然状態ではほとんどない。ハギは典型的な人里植物で、人の手の加わった萱原や林縁に散発的に出現する。河合曽良《かわいそら》（一六四九―一七一〇）の句に「行き行きてたふれ伏すとも萩の原」（『奥の細道』に収載）があるが、現実にはあり得ないのである。

　一方、ハンノキは湿った低地や河川沿いに、いわゆる湿地林をつくって群生し、これをハンノキ林という。したがって、榛原は正訓と考えるべきである。例歌の引馬野の地に比定される御津町御馬の周辺は音羽川《おとわがわ》沿いの低湿地であったところで、ハンノキの生育にとって好適地であった。日本列島のハンノキの生育に適した低地の湿地は水田耕作にも適していたから、長い歴史の間に開発されて往時の面影を見ることすら難しいが、各地の地層から出土する花粉分析結果から古代の日本列島にはいたるところに榛原が存在していたことがわかっている。

　また、万葉集では、榛は「衣につく、衣に摺る」と詠むものが六首、「衣にほふ」が三首ある。歌の内容から、いずれも染色に関するものと考えられるから、樹皮にタンニンが含まれ、古くから黒染め・茶染めに用いられたハンノキでも意味が通る。『延喜式』巻第十四の縫殿寮鎮魂齋服に「神祇官伯己下彈琴己上十三人榛楷帛袍十三領」とあって、榛楷帛の名により重要な染料原料であり、古代では、ハンノキ染めはベニバナ・ムラサキなどと並び称される存在であった。一方、ハギについては、『染料植物譜』に「往古花を以て摺染を行ひたる云々」とあり、集中にある歌「わが衣摺れるにはあらず高松の野辺行きしかば萩の摺れるぞ」（巻十　二一〇一）を引用し、その証拠としている。ところが、この歌は、自分の衣は摺り染めしたのではない、高松の野へ行ったら、たまたま萩の花で摺れたのだという戯歌であり、ハギの花を使って摺り染めしたことをいっているのではない。冒頭の例歌は「にほはせ」といっているのであって、摺り染めよといっているのではないから、ハギでは意味が通じない。

　現在でこそ、榛をハンノキとして疑問に思われることはほとんどないが、ハギ説が主流であった時代では、色が淡く単色ではないハギ花が実際に染料に使われたと信じられていたのである。冒頭の例歌の派生歌に「引馬野ににほふはぎ原いりみだれ鳴くやを鹿の秋の白露」（『夫木和歌抄』巻十二）があるが、平安以降は、植物に対する抒情が優先され、花も地味な落葉高木のハンノキでは興ざめとされ、ハギに置き換えられたのであろう。

ハンノキ　花は11月～欲年4月にかけて咲き、果実は10月頃熟し、その後も長く枝に残っている。

　ハンノキはカバノキ科ハンノキ属に分類される落葉高木で、本属は世界に三十種ほど分布するが、わが国にはその三分の一にあたる十一種が自生する。その中でもっとも普通にある種がハンノキであり、現在でも河川沿いや低山の沢沿いに群生が見られる。最近はあまり見かけないが、収穫後の稲穂を架ける目的で、水田の畦にハンノキが植えられた（これを稲架木《はさぎ》と呼んだ）が、ハンノキの生態をうまく利用したものである。以上、万葉の榛をハンノキとしたが、『和名抄』にあるハシバミが完全に無視されていることに気づく。これを差し置いてハギ説が勢いを得ていた時代があったのは実に奇妙というしかない。十四首中十一首も漢名の榛で表記されているほどだから、普通なら中国でも榛はハンノキの意であると思うに違いない。しかし、榛をハンノキとするのは完全に誤りであって、結論を先にいえば、『和名抄』は正しかったのである。

中国では、榛の名は『詩經《しきょう》』にも登場しているが、記述の具体性は乏しく、それが何であるかはわからない。六朝時代の『陸璣詩《りくきし》疏《そ》』に「榛に兩種有り、一種は大小の枝葉、皮樹は皆栗の如く、子は小なり。形は橡子（クヌギの実）の如し。味は亦た栗の如し」（『本草綱目』に引用）とあり、この具体的な記述から中国の榛はハシバミであることがわかる。中国本草では、『開寶本草《かいほうほんぞう》』（九七四年）に榛子とあるのが初見で、「樹高（一）丈許り、子は小栗の如し。軍行にて之を食らひ粮に當つ」とあり、実は食用とされた。『禮記《らいき》』内則に棗・栗・柿・瓜・桃・李《すもも》などとともに榛が列挙されており、その実は古代中国皇帝の常食であったという。日本の文献では『本草和名』に「榛子　出七巻食經　和名波之波美」とあるほか、『延喜式』巻第三十一「宮内省」の諸國例貢御贄に「大和　榛子」、同巻第三十三「大膳下」の諸國貢進菓子に「大和國　榛子」とあって、いずれも食用に供されたことがわかる。ハンノキの実は食べられないから、榛子はどう考えてもハシバミ以外に考えられないのである。

したがって日本では榛に二種あって同名異物であったことになる。ハシバミは、ハンノキと同じくカバノキ科に属し、早春、葉が出る前に垂れ下がる穂状花序をつける点ではハンノキに似ているので、榛をハンノキに充ててもそれほど違和感はない。ハシバミは食用、ハンノキは染色とまったく用途が別であるから、実用上の混同はないからだ。中国にもハンノキは分布しているが、日本よりはやく文明の成熟が進んだため、開発により消失し珍しい存在になっていたと推察される。中国の正統本草にハンノキの名がないのはそのためであろう。ハンノキの類の中国名を榿木または赤楊というが、この名は比較的新しい。心材が赤褐色であるから赤楊の名がある。

ハンノキの材は軟質ながら加工しやすいので、家具・器具材の加工に用いられた。しかし、生育地が狭められ、原料の供給は不安定であったから、現在ではほとんど用途はない。そのほかでも、樹皮や果実をわずかに草木染めに用いる以外、ほとんど使われることはない。

ひ（檜・桧）

ヒノキ科（*Cupressaceae*）ヒノキ（*Chamaecyparis obtusa*）

古《いにしへ》に　ありけむ人も　吾がごとか　三輪の檜原《ひばら》に　かざし折りけむ

（巻七　一一一八、柿本人麻呂《かきのもとのひとまろ》）

古尓　有険人母　如吾等架　弥和乃檜原尓　插頭折兼

【通釈】 序に「葉を詠む」とある。柿本人麻呂集にある歌であるが、作者は人麻呂と考えられている。三輪の檜原は、奈良県桜井市にある三輪山（標高四六七メートル、別名三諸山）の北西麓にある、旧桧原社跡付近といわれる。古代では三輪山麓はヒノキ林で覆われていた。歌の意は、昔の人も私のように三輪の檜原で髪挿《かざし》にするため（ヒノキの）枝を折ったのであろうかとなる。三輪山は大神《おおみわ》神社のご神体であるから、この歌の行為も三輪の神への信仰の一環であったに違いない。

【精解】 万葉集で檜あるいは桧の字が見える歌は全部で九首あるが、これらはすべてヒノキ科の常緑高木ヒノキを指す。日本特産種であり、東北南部以南の暖帯から温帯に分布し、本州中部や紀伊山地は広い天然林がある。総檜造りの日本家屋は、日本人にとって憧れの的で最高の贅沢とされているように、ヒノキは現在でも最高級の材である。古代の宮殿、主な神社仏閣はすべて檜造りで、法隆寺のように千三百年以上も前に建てられたものが残っているほど、耐久性は高い。万葉歌には檜（桧）原あるいは檜山とあるのが九首中七首もあり、いずれも巻向《まきむく》・泊瀬《はつせ》・三輪・丹生の地名を伴っていて、古代では広大なヒノキの自然林があったことを示唆する。万葉集には、借音仮名による名は一つもなく、漢名の檜（桧）を訓読みする。『和名抄《わみょうしょう》』に「檜　尓雅云　栢葉松身曰檜　音會　又入聲　古活反　飛」とあり、檜はヒと読む。中国では、『詩經《しきょう》』國風・衛風の「竹竿」に次の一節があり、檜の名が出てくる。

　淇水《きすい》滺滺たり　檜楫松舟《かいしゅうしょうしゅう》
　駕して言に出でて遊び　以て我が憂を写《のぞ》かん

かの淇水は悠々と流れ、檜の楫《かい》を操って松でつくった舟に乗って遊ぶ云々という意味である。『爾雅《じが》』、『説文解字《せつもんかいじ》』ともに「檜　柏葉松身」とあるが、中国にはヒノキの自生はなく、結論を先にいえば、檜はヒノキ科別属のビャクシン（イブキ）をいう。『本草綱目《ほんぞうこうもく》』（李時珍）第三十四巻「柏」の条に「柏葉松身なる者は檜なり。其の葉尖りて硬し。亦た、之を栝と謂ふ。今の人、圓柏と名づく」と述べ、葉が柏（コノテガシワ）であって樹幹が松のようであるのが檜としている。ヒノキ科でこのような特徴を持つのはビャクシンぐらいである。ただし、実際のビャクシンの葉は長い鱗片状のものと、先が針のように尖って短いものが混じるが、柏葉とは鱗片状の葉を指す。檜をヒ（ヒノキ）とするのは基本的には誤りであるが、日本では国訓として定着した。ムロノキの条で述べるように、万葉集にある「むろの木」はビャクシンの仲間であるから、むしろこれを檜とすべきであったが、奇妙なことに「むろの木」にはいかなる漢字も借用しなかった。ちなみに、柏葉松身の柏は、日本では広葉樹のブナ科のカシワであるが（カシハの条を参照）、中国ではヒノキ科コノテガシワの類を指し（コノテガシハの条を参照）、ここでも日本と中国の用字に大きな違いが見られる。現在の中国は、ヒノキを日本扁柏と呼び、ヒノキ科は扁柏科という。現代の日本では、檜より桧を用いるが、略体字であって中国では宋元時代から使われるようになった。

巻向・三輪の檜原などと万葉集に詠まれているように、古代日本の近畿地方はヒノキが豊産したことを示唆し、特に滋賀県田上山は藤原京や石山寺の造営材として大量のヒノキが伐採された。万葉集巻一の五〇「藤原宮役民の作る歌」によってその状況が詠われている。しかし、この山系の土質は花崗岩質であるため、森林が再生しにくく、大量の伐採によって禿山になってしまった。現在でも、日本の山にしては、珍しく山肌が露わで疎林状となっており、まるで朝鮮半島の山々のようである。飛鳥時代は頻繁に遷都が行われ、その度に大量のヒノキが伐り出されたのであるが、藤原京造営のときはすでに平地のヒノキ林は消失しており、険しい山から伐り出さざるを得なくなっていたのである。万葉集でヒノキを詠った歌は、巻七に四首、巻十に二首、そして巻一・巻十三・巻十六に一首ずつあって、古い歌が多く、奈良時代に入ってから詠われた歌がほとんどない。このことは奈良時代には平地や低地丘陵のヒノキ林がほとんど消失したことを示唆する。

ヒノキが宮殿の造営などの使われるようになったのはそれほど古いことではない。縄文時代では、ヒノキの出土はほとんどなく、スギの遺体が各地の遺跡から出土しているのと対照的である（スギの条を参照）。ヒノキは西日本の弥生遺跡から出土するようになるが、ごく少数例が知られるにすぎず、いずれも丸太としての利用にとどまっている。広葉樹と比べて木理が通直な針葉樹は、縦に裂けやすく板材をつくりやすいが、一般に石器ではこのような加工は困難である。したがって、ヒノキ・スギなど針葉樹の本格的な利用は鉄器の普及とともに広がったと考えられている。『日本書紀』の巻第一「神代上（第八段）」に素戔嗚尊《すさのおのみこと》の次の逸話がある。

素戔嗚尊《すさすさのをのみこと》の曰《のたま》はく「韓郷《からくに》の嶋には、是金銀《こがねしろがね》有り。若使《たとひ》吾が兒の所御《しら》す國に、浮寶《うくたから》有らずは、未だ佳《よ》からじ」とのたまひて、乃ち鬚髯《ひげ》を抜きて散《あか》つ。即ち杉に成る。又、胸の毛を抜き散つ。是、檜に成る。尻《かくれ》の毛は、是柀《まき》に成る。眉の毛は、是櫲樟《くす》に成る。已《すで》にして、其《そ》の用ゐるべきものを定む。乃《すなは》ち稱《ことあげ》して曰《のたま》はく、「杉及び櫲樟、此の兩《ふたつ》の樹は、以て浮寶とすべし。檜は以て瑞宮《みつのみや》を爲《つく》る材《き》にすべし。柀は以て顯見《うつくしき》蒼生《あをひとくさ》の奥津棄戸《おきつすたへ》に將《も》ち臥《ふ》さむ具《そなへ》にすべし。その噉《くら》ふべき八十木種《やそこだね》、皆能く播《ほどこ》し生《う》う」とのたまふ

要するに、素戔嗚尊《すさのおのみこと》が自分の毛を抜いてまき散らしたところ、檜《ひのき》・杉《すぎ》・櫲樟《くすのき》・柀《まき》が生え、ヒノキから宮殿を、マキから棺を、（朝鮮に渡る）船はスギやクスノキから造るようにと教えたという神話物語であるが、このうち、ヒノキ・スギ・マキ（コウヤマキ）の三種は日本固有種であり（ちなみにクスノキは朝鮮本土にはない）、それまで丸太としてしか利用しなかった木材を、鉄器の普及で一気に利用が拡大したことを示唆すると思われ、後世の日本独特の木の文化はこの頃に起源を発するものとして興味深い。

ヒノキ　鱗片状の葉はサワラによく似ているが葉の裏側にある白い線がＹ字状に見えるのが特徴となる。

ヒノキ科ヒノキ属は六種からなり、日本にヒノキ・サワラの二種があるほか、台湾にベニヒ（紅檜）とタイワンヒノキ、北米にローソンヒノキとアメリカヒノキがあり、いずれも良材として知られる。ヒノキは加工しやすく狂いにくい特性のほか、耐朽性が高く、また長年強度が落ちないので、世界最良の樹材といわれる。それは世界最古の木造建築である法隆寺の建材がヒノキであることをみれば明らかだろう。浴槽にも用いられ、独特の香りは日本人に好まれるが、材に精油が約一パーセント含まれ、ヒノキオールほか多くのモノテルペン系成分から構成されている。ヒノキの材は、辺材が黄白色、心材が淡黄褐色から淡紅色で、色差のばらつきが少なく、木理は通直・緻密で適度の硬さがあるので、建材のほかその用途はきわめて広い。仏像は奈良時代まではクスノキが大半であったが、平安以降、ほとんどはヒノキに置き換わった。薄く削って紙のような薄板にすることもでき、これから檜笠《ひがさ》や檜《ひ》扇《おうぎ》がつくられ、上流階級に珍重された。有用なのは材だけではなく、樹皮も社寺などの檜皮《ひわだ》葺きに繁用され、また生木から樹皮をとる技術も確立した。『延喜式』巻第十八の「式部上」に「凡木工寮長上木工七人、土工一人、瓦工二人　轆轤工一人　檜皮工一人云々」とあり、檜皮専門の工人が存在したことを示唆する。ヒノキ（あるいはコウヤマキ）の内樹皮の繊維を槙皮《まいはだ》と称し、それでつくった縄は木造船や浴槽の隙間の詰め物として利用された。

ひえ（稗・比要）　イネ科（Poaceae）イヌビエ（*Echinochloa crus-galli*）

打ちし田に　は数多《あまた》に　ありと言へど　択《え》らえし我や　夜ひとり寝《ぬ》る

打田　稗數多　雖有　擇爲我　夜一人宿

（巻十一　二四七六、詠人未詳）

【通釈】 注釈本によって、微妙に訓が異なる。万葉仮名ではなく漢文様の正訓を多用しているからやむをえないが、意味は変わらない。打田は鍬《すき》で田を打ち耕すことをいう。稗は後述するように雑草のイヌビエのことを指す。この歌の意味は、打ち耕した田にも、ヒエはたくさんあるというのに、ヒエのように択《えら》び捨てられた私は、夜を一人寂しく寝ることですとなる。「択らえし我」というのは、寄物陳思歌で稗に寄せて詠ったのであるから、恋人から捨てられ一人寂しく夜を過ごす自分を、水田の雑草の稗よりひどい仕打ちを受けたという意味を込めたものであろう。詠人未詳の歌であるが、普段から耕作に従事しているものでないと、このような発想はできないだろう。

【精解】ヒエは雑穀の一種であるが、同じ名をもつ雑穀にヒエ・インドヒエ・シコクヒエの三種がある。まず、シコクヒエは、中尾佐助（一九一六―一九九三）の農耕文化起源論でいうサバンナ農耕文化の指標作物であり（『栽培植物と農耕の起源』）、インド・アフリカでは現在も重要な穀類である。日本には有史以前に伝わり、近年まで西日本の山間部を中心に栽培されていたが、現在はほとんど栽培されない。イネ科オヒシバ属の一種で、日本では雑草として普通に生えるオヒシバの近縁種である。一方、インドヒエとヒエは、シコクヒエとは別属のイネ科ヒエ属に分類される一年草である。インドヒエはインドで栽培化された雑穀で、牧草としても利用される。一方、ヒエはインドヒエとは別種のヒエ属種から中国で栽培化されて発生した雑穀である。縄文時代の遺跡から炭化したヒエの小穂が出土しているので、有史以前に中国大陸から伝わったと考えられている。ゲノム構成が同じイヌビエを原種として栽培化されたとされている。

ヒエの漢名「稗」は禾の卑賤なるものの意味であり、雑穀の中でも最下等とされ、そのため五穀のうちに数えられることはなかった。ほかの雑穀にある糯《もち》性品種がなく、色が黒いなどがその理由とされるが、栄養価では遜色ないので、むしろ、イネやムギなどに比して生産性が低いこと、精白が重労働で目減りも多いことが最大の理由だったと思われる。九州宮崎県の椎葉《しいば》地区に伝わる民謡「ヒエつき節」第七番の歌詞の一節「なんぼついてもこの稗むけぬ、どこの御蔵の下積みか」はそれを端的に表したものであろう。ヒエは、湿潤地でも乾燥地でも栽培できる柔軟性に富んだ雑穀で、低温にも強く不作のリスクが低いこともあって、寒冷地や高冷地また低地でも救荒穀物として、古くから作付けされてきた。特に、気候が不順でしばしば飢饉が発生した江戸時代には、ヒエの果たした役割は大きなものがあった。そのため、日本の農耕を稲作中心と考えるのは誤りだとする意見もあるほどであった。戦前でも三万町歩の作付けがあり、数万トンの収穫があったといわれるが、現在では経済的生産はほとんどない。

ヒエは、万葉集に「稗」、「比要」として、それぞれ一首ずつ詠まれている。稗は漢名であり、『和名抄《わみょうしょう》』に「左傳注云 稗 音俾 比衣・草之似穀者也」とあることに基づいて、ヒエと訓ずる。借音仮名による表記「比要」から、ヒエの「エ」はヤ行ヱ段であり、万葉時代には「イェ」と発音した。平安時代に仮名文字が発明されてからはア行エ段に統合されたが、音は「ヱ」の方が残った。『和名抄』で「草の穀に似たる者なり」と記述されているように、稗は雑穀と

イヌビエ　全体にイネによく似ているが、茎の基部が赤みを帯び、葉には葉舌がない。

して栽培するものではなく、雑草「イヌビエ」のことを指し、冒頭の例歌で稗を厄介者扱いしているのも理解できる。

日本で古くから栽培されていたヒエの類は、シコクビエと雑穀ヒエの二種であるが、中国本草ではシコクビエに穇、ヒエに稗の字を充てて区別してきた。穇子は『本草綱目《ほんぞうこうもく》』（李時珍）で「（莖に）三稜有り、水中の藨草《へうさう》（カヤツリグサ科の一種サンカクイという）の莖の如し。細花を開《さ》き、簇簇として穂を結び粟穂の如く、數岐を分かち鷹の爪の狀の如し。内に細子有り、黍粒の如くして細く赤色なり」と記述されており、オヒシバの果穂の形態に似ているから、シコクビエでまちがいない。一方、稗については、周定王（『本草綱目』は周憲王に誤る）の『救荒本草』を引用して、「稗に水稗、旱稗有り。水稗は田中に生じ、旱稗の苗、葉は穇子に似たり。色は深綠、根下葉は紫色を帯び、稍頭に扁穣を出でて子を結び黍粒の如し」と記述し、これはヒエやイヌビエの特徴を表している。ところが、『本草綱目啓蒙《ほんぞうこうもくけいもう》』（小野蘭山《おのらんざん》）では、田ビエと畑ヒエの水陸二種があるとする栽培ヒエに穇子を充て、『和名抄』に準じて稗をノビエ（イヌビエの別名）としたが、前者の比定は誤りである。古代日本の文献では、シコクヒエを表す穇はさっぱり出てこない。『和漢三才圖會《わかんさんさいずえ》』は穇を「俗に犬黍と云ふ」とあるが、キビの変種（あるいは亜種ともいう）にイヌキビがあるので、必ずしもシコクビエを指すとは限らない。一方、『延喜式』巻第四十「主水司」の踐祚大嘗會解齋七種御粥料に「粟黍子薭子云々各二斗」、同巻第二十三「民部下」の交易雑物にも「尾張國　薭子五石」とあり、これはどうみても雑穀のヒエのことで雑草ヒエすなわちイヌビエではない。すなわち、日本では、薭を栽培ヒエに、稗をイヌビエに充てているようにみえる。この薭の字は中国の文献にはなく、『延喜式』だけに出てくる和製漢字であるが、中国における用字を考慮すれば、むしろ雑草のイヌビエに充てるべきであった。イヌビエは、日本全土の路傍・田畑・荒地・溝の縁など、いたるところに生える一年草で、前川文夫（一九〇八―一九八四）によれば、稲作とともに持ち込まれた史前帰化植物という（『朝日百科世界の植物十二』）。水田に入り込むと、イネの刈り取り前に結実、種子を散布するので、やっかいな水田雑草である。イネより小型であるが、外見もイネによく似ていて、駆除は容易ではない。稲作が畑作より労働集約的といわれるのは一つに雑草の駆除に対する高負担にあり、稲作農民は古今同じ悩みを共有してきたのである。

ひかげ・かづらかけ（玉蔭・日影・可都良加氣・賀都良賀氣）

ヒカゲノカズラ科（*Lycopodiaceae*）ヒカゲノカズラ（*Lycopodium clavatum*）

あしひきの　山下日蔭　蘰《かづら》ける　上にやさらに　梅を賞《しの》はむ（巻十九　四二七八、大伴家持《おほとものやかもち》）

足日木乃　夜麻之多日影　可豆良家流　宇倍尓也左良尓　梅乎之努波牟

【通釈】序に「（天平勝寶四（七五二）年十一月）二十五日、新嘗會《にいなへまつり》の肆宴《とよのあかり》に、詔《みことのり》に應《こた》ふる歌」とある。「日蔭」は次句の「蘰ける」に掛かり、「蘰ける」とは鬘にかけるという意味。歌の意は、山の下に生えている日蔭カズラを鬘にかけたその上に、さらに梅を髪挿《かざし》に付けて慕うというのであろうか、いえその気は毛頭ございませんとなる。この歌の民俗学的背景については精解を参照。

【精解】右の歌は、宮中で行われる重要な行事を詠ったもので、民俗学的観点からきわめて興味深く、「山下日蔭蘰ける」の中に詠み込まれているように、ヒカゲノカズラという地味な植物を重要な儀式に用いている点で注目される。新嘗會とは今日の新嘗祭《にいなめさい》のことで、昔は十一月下卯の日に行われた。現在の皇室祭祀では十一月二十三日すなわち勤労感謝の日に行われている。神膳には、その年の五穀（米・麦・粟・豆・黍）の新穀からつくったご飯と粥、白酒《しろき》と黒酒《くろき》が供えられ、天皇が祭主となって天神地祇に新穀を供し、自らも共食する厳かな儀式である。古くは前日に鎮魂祭《たましずめのまつり》が行われ、翌日に小《お》忌《み》衣《ごろも》を着た群臣（小忌《おみ》の人々）が集まって豊明節会《とよあかりのせちえ》が行われ、妙齢の姫による五節舞《ごせちのまい》が舞われた。序にある肆宴とはこの豊明節会のことを指す。夜麻之多日影を山下日蔭と漢字で表記するのが定説とされるが、字義では山地の日当たりのよくないところに生える日蔭カズラという意味である。しかし、実際には、日の当たるところに生えることが多いので、山下日影とするのが適当ではないかと思われる。ちなみに、日影とは日の当らないことをいうのではなく、日が当たって影を生じる地を指す。ここではこれを念頭においた上で、定説にしたがって敢えて日蔭の訓を用いる。

　家持の歌にあるように、ヒカゲノカズラは鬘《かつら》に用いられたが、古代より祭事の装束に必須とされ、冠に付ける日蔭鬘にその名を留めている。日蔭鬘とは冠の左右の耳の上に下げる飾りであり、白糸あるいは青糸で編んでつくる。冠の巾子《こじ》角《つの》に心葉《こころば》（梅の花枝など季節の花でつくる）を置き、巾子角の左右に八筋あるいは十二筋の日蔭鬘をつける。儀式によっては実物のヒカゲノカズラを心葉の前に置くこともあった。昭和天皇の大嘗祭（天皇即位後、初めて行われる新嘗祭で一世一代の大行事）では、小忌の人々の冠に挿した日蔭は京都の上加茂の山中で採集した本物のヒカゲノカズラであったことを、祭祀の関係者に直接問い合わせて確認したと、画家の岡不崩は自著『萬葉集草木考』で記している。また、『延喜式』巻第二「忌火炊殿祭」に「供新嘗料紵一丈二尺（中略）日蔭二荷」とあり、また巻第五「齋宮」の供新嘗料にも記載されている。同巻第七の「踐祚大嘗祭」に、「凡齋服者　十一月中寅日給之（中略）自餘皆結紐　親王以下女孺以上皆日蔭鬘（以下略）」という記述があり、重要な儀式の齋服にヒカゲノカズラを用いたことを示唆する。また、『古事記』や『日本書紀』の神話にも古くから神事に深く関わっていたことを示唆する記述があり、左に引用した「天の石屋戸」の神話（『古事記』より）にも登場する。

この種々《くさぐさ》の物は、布刀玉命、太《ふと》御《み》幣《てぐら》と取り持ちて、天兒屋《あめのこやねの》命《みこと》、太《ふと》詔戸《のりと》言禱き白《まを》して、天手力男神《あめのたちからをのかみ》、戸の掖《わき》に隱り立ちて、天宇受賣命《あめのうずめのみこと》、天の香山の天の日影を手次《たすき》に繫《か》けて、天の眞坼《まさき》を鬘として、天の香山の小竹葉《ささば》を手草に結ひて、天の石屋戸に槽《うけ》伏せて踏み轟《とどろ》こし、神懸りして、胸乳をかき出で裳緒《もひも》をほと（女陰のこと）に押し垂れき。ここに高天の原動《とよ》みて、八百萬の神共に咲ひき

この神話を要約すれば、石屋戸にこもった天照大神を八百万の神が協力して引き出そうということだが、神楽の神・天宇受賣命が日影（日蔭カズラ）をたすきに懸け、眞坼《まさき》（マサキノカズラ）を鬘につけ、ササの葉を結び束ねたもの（今日の神事に使う幣《しで》に当たる）をもって、裸身をさらけ出しながら舞う姿に、八百万の神が喝采を浴びせるというシーンは多分にエロチックであり、『古事記』の神話の中でももっとも興味本位に引用されるところである。ヒカゲノカズラを神事に使うのは今日でも各地の神社の祭祀に引き継がれている。奈良県の大神《おおみわ》神社の摂社率川《いさがわ》神社の三枝祭《さいぐさまつり》（毎年六月十七日に行われる）では神事にササユリとともに用いられる。この祭りは、ユリの条でも紹介したように、通称「百合祭」といわれ、ヒカゲノカズラが主役ではないが、神前で四人の巫女がヒカゲノカズラの鬘をつけて舞う光景があり、五節舞《ごせちのまい》と称されている。家持の歌にある豊明節会でもそうした舞が行われたことが想像される。

冒頭の例歌は、新嘗祭の豊明節会の宴での歌であることを念頭においたうえで、ヒカゲノカズラが古式豊かな神事で民俗学的に重要な意味をもつことを理解しないと、詠人の真意は見えてこない。すなわち、この宴の場で見初められて入内《じゅだい》することもしばしばあると

いうことを知れば、日蔭鬘をつけた小忌の人々の姫君が、天宇受賣命の天の石屋戸の前での舞いほどではないにしても、艶めかしく舞っている様子が想像されるだろう。大伴家持は大和国の守藤原永《ふじわらのなが》手《て》の歌「袖垂れていざわが園《その》に鶯《うぐいす》の木伝ひ散らす梅の花見に」（巻十九　四二七七）に和してこの歌を詠ったのであるが、翌年の梅の花見に誘われたものの、豊明節会で日蔭鬘をつけてなまめかしい姫君の舞を見ながら十分に宴を楽しんでいるうえに、どうしてさらに梅をしのびましょうかと詠っているのである。旧暦の十一月二十五日下卯の日であるから、新暦では年末年始に当たる。したがって、新嘗祭は事実上の新年祭りといってよく、豊明節会は大晦日の年忘れの宴に相当すると考えてよい。農耕民族にとって五穀の収穫はもっとも大事なものであるから、これを事実上の年忘れ・新年祭にして暦上の大晦日・正月よりずっと重要な行事であったのである。

ヒカゲノカズラの習俗が、宮中だけではなく、古代日本に広く浸透していたことは、次の東歌に詠われていることからも理解できる。

あしひきの　山葛蘿《かづらかげ》　ましばにも　得がたき蘿《かげ》を　置きや枯らさむ
（巻十四　三五七三、詠人未詳）

この歌を直訳すれば、欲しくても簡単に手に入らないその蘿《かげ》（原文は可氣）を、放っておいて枯らしてしまうのか、それは惜しいことだ、という意味である。これは東歌の中の譬喩《ひゆ》歌であり、葛蘿《かづらかげ》を女にたとえ、愛しい女をどうして手に入れないことがあろうかと心を尽くすものの、なす術もなくそのままにして時を過ごすのだが、実に惜しいことだという真意を暗示している。

さて、この歌にある可氣はコケ（蘿）の東国訛りとすれば、可都良加氣は葛蘿となる。江戸中期の賀茂真淵《かものまぶち》（一六九七―一七六九）ら万葉学者は、『和名抄』巻五の「調度部祭祀具」に「蘿鬘　日本紀私記云　爲鬘以蘿　比加介加都良」とあるのをもって、冒頭の例歌にある山下日蔭と同じとしたが、この説は現在でも広く支持される。ただし、蘿の基原については、その背景はかなり複雑である。同「草木部苔類」に「唐韵云　蘿　魯何反　日本紀私記云　蘿　比加介　女蘿也」、また同条に「雑要決云　松蘿一名女蘿　和名萬豆乃古介一云佐流乎加世」とあり、ヒカゲとともにマツノコケ・サルヲガセの名が出てくる。日本紀私記云とは、『日本書紀』巻第一「神代上」にある「天の石窟戸神話」（古事記と基本的に同じ）に出てくる注を指す。原文の「天鈿女命《あめのうずめのみこと》、則ち手に茅纏《ちまき》の矟《ほこ》を持ち、天石窟戸《あまのいはやと》の前に立たして、巧に作俳優《わざをき》す。亦天香山の眞坂樹を以て鬘にし、蘿《かげ》（蘿《かげ》、此をば比舸礙《ひかげ》と云ふ）を以て云々」にある「蘿《かげ》此云比舸礙」をいい、これに基づいて蘿をヒカゲと訓ずる。

同じ『和名抄』の別条では、蘿は松蘿《しょうら》に対して女蘿《めら》と称し、松蘿は萬豆乃古介すなわちマツノコケ、あるいは佐流乎加世すなわちサルヲガセとも称したと記述し、一方で、女蘿もサルヲガセと称されることがあるというから実にややこしい。『本草和名《ほんぞうわみょう》』でも「松蘿

一名女蘿 本條 葛蘿一名蒨蒙一名玉女 以上出兼名苑 一名蔦蘿一名蔓蘿一名蔓女蘿 出雜要訣 一名菟絲 出介雅 和名末都乃古介」、また『醫心方《いしんぽう》』には「松蘿 和名末都之古介」とあり、基本的には『和名抄』と同じである。『爾雅《じが》』釋草では「唐蒙、女蘿。女蘿、菟絲」とあることをもって、『本草和名』は松蘿・女蘿・菟絲をマツノコケとしているようである。その菟絲とは、『圖經本草《ずけいほんぞう》』（蘇頌《そしょう》）に、「夏、苗を生じ、絲綜《しそう》の如くして、草木の上に蔓延す。或は云ふ、根無くして氣を假《かり》て生ず。六七月に實を結び、極めて細にして蠶子《さんし》の如く、土黄色なり」とあり、『證類本草《しょうるいほんぽう》』巻第六「單州兎絲子」の図からヒルガオ科マメダオシと推定され、マメ科植物に寄生する無葉の寄生植物をいう。また、『陸璣詩疏《りくきしそ》』（『本草綱目』より）によれば、松蘿は「松の上に蔓《はびこ》り、枝を生じ、正に青く、雜蔓無き者は皆之を得る」とあり、松蘿は、松の木の上枝に生えて青色をしているから、菟絲とはまったく異なるもので、これこそマツノコケの名で呼ばれる、今日のサルオガセのことである。サルオガセとは地衣類であるが、古くはコケ類とされ、老木などに着生し色は淡い青をなす。同様に、ヒカゲノカズラもコケ類と考えられていたので、松蘿と女蘿がときに混同されたのである。『本草綱目啓蒙《ほんぞうこうもくけいもう》』（小野蘭山《おのらんざん》）には、石松《せきしょう》の条に、キツ子《ネ》ノヲガセ・ヒカゲノカズラ・カミダスキ・サガリゴケ・ヒカゲグサ・ヤマカヅラ・キツ子《ネ》ノタスキ・ヤマウバノタスキなどの名を挙げているが、やはりサルヲガセの名も見える。

一方、松蘿には、マツノコケ・サルヲガセ・ヤマウバノヲクズ・ヤマウバノヲガセ・サルガセ・クモノハナ・キヒゲなどが挙げられている。石松とは、『本草拾遺《ほんぞうしゅうい》』（陳藏器《ちんぞうき》）に初見する名であり、『本草綱目』（李時珍）は「（石松）卽ち玉柏の長きものなり。名山皆あり」とあるように玉柏なるものの大型品とする。その玉柏は、同じ『本草綱目』で、「別錄に曰く、石上に生じ松の如く高さ五六寸。（中略）時珍曰く、此れ卽ち石松の小さき者なり。人皆采りて盆中に置き、養ふこと数年死なず。呼びて千年柏、萬年松と爲す」とあるように、マンネンスギを指しているように見える。実際、『中薬大辞典』では玉柏をマンネンスギに充てている。石松（女蘿）の別名に、カミダスキ・キツ子《ネ》ノタスキ・ヤマウバノタスキなどがあり、たすき（襷）に例えられていたか、あるいはそのように用いられていたことがわかる。その名の由来は『古事記』や『日本書紀』の神話で天宇受賣命が日蔭をたすきにかけたこと、あるいはその形態の特徴によるものであろう。以上のことから、石松はヒカゲノカズラである。一方、松蘿は、クモノハナ・サルヲガセなどのように、木の樹上に生えていることを示唆する名が多い。この歌では、手に入れがたき「加氣（蘿）」とあるので、この観点では地生のヒカゲノカズラよりサルオガセの方がふさわしくみえる。さらに、「置きや枯らさむ」と詠っていることに留意するのであれば、生きているのか枯れているのかわからないサルオガセより、みずみずしく生気のあふれるヒカゲノカズラの方が合う。結局、詠人が植物に対してどの程度の知識をもっていたかにもよるが、神事で身近な存在であるヒカゲノカズラの方が知られていたのはまちがいなく、また神事用であるが故に、手に入れがたき存在であったとも考えられる。

結論として、本歌の葛蘿《かづらかげ》はヒカゲノカズラとしてまずまちがいないだろう。巻十八の四一二〇の詠人未詳の歌「見まく欲《ほ》り思ひしなへに縵かげ（賀都良賀氣）かぐはし君を相見つるかも」にあるものは東歌にあるものと同訓であるから、これもヒカゲノカズラでよい。また、巻十三の三二二九の「斎串《いぐし》立て神酒《みわ》すゑ奉《まつ》る祝部《はふりべ》がうずの玉陰見ればともしも」の玉陰も日蔭の美称と考えられるから、やはりヒカゲノカズラでよい。

次の万葉歌にある山蘰《かづら》もヒカゲノカズラとされることが多いが、結論からいえば誤りである。

あしひきの　山蘰の児　今日行くと　吾に告げせば　帰り来ましを　（巻十六　三七八九、詠人未詳）

この歌は、「由縁ある幷せて雑の歌」といって、ある歌物語について所心を陳べた三首の一つである。その歌物語のあらましは「昔、三人の男が一人の女をつれあいに求めた。その女は一人の女の身を滅ぼすのは露のように簡単だが、三人の男の志を鎮まり難いのは石のようであるといって、池に身を投げた」と序に書かれている。山蘰《かづら》の児とは、蘰児《かづらこ》という女の名前であって、それを導くために「あしひきの山蘰」と詠んだと解釈されている。この歌の意味は、「蘰児《かづらこ》よ、今日耳成の池に行って身を投げると私に告げていたなら、すぐに帰って来て思いとどまらせたのに」であるから、これがヒカゲノカズラであるという積極的な理由が見当たらない。山蘰《かづら》は、山に生える蔓性植物の総称と解するべきで、ツヅラフジ・クズカズラ・マサキカズラなどのいわゆるカズラ類と考えるのが自然である。同巻三七九〇の類歌にある玉蘰《かづら》（山蘰の誤認ともいう）も、同様な理由で、ヒカゲノカズラではない。結局、万葉集で確実にヒカゲノカズラを詠ったと考えられる歌は四首のみである。

ヒカゲノカズラ　茎には這い伸びるものと立ち上がるものがあり、大きいものでは長さ1メートルになる。

ヒカゲノカズラはシダ植物ヒカゲノカズラ科ヒカゲノカズラ属の一種で、『日本植物目録』（環境庁編）によれば、日本列島にはこの属の植物として二十二種が分布するとされている。生物を動物と植物に分ける二界説に基づく分類ではシダ植物は一つの独立した分類階級「シダ植物門」を構成していた。しかし、最近の分類学では五界説が主流となり、それまでのシダ植物は五つの門に細分された。大半のシダ植物はシダ門に入れられたが、ヒカゲノカズラはシダ類の中ではもっとも原始的な形質を残すとしてマツバラン・イワヒバ・ミズニラなどともに小葉植物門に分類される。この分類群の植物は日本文化とのかかわりという点では世界的に見てきわめてユニークな存在であった。たとえば、マツバランやイワヒバは日本だけで園芸化された古典園芸植物である。いわゆる「わびさび」と相通ずる独特の境地を確立した植物であるが、文化的に近い中国・朝鮮にもまったく見られない独自のものである。すでに述べたように、ヒカゲノカズラは万葉歌や記紀にもその名があるように古くから神事に多用され、今日でも正月の注連飾りにも飾られる（最近は造化物がほとんどであるが）などその名残が随所に残されている。常緑で刈り取った後でも長く緑色を保つ性質を生気あふれるものとして古代日本人が崇めたからであろう。これは日本の風土が基本的に照葉樹林帯に属し、鎮守の森や神木のほとんどが常緑であることと無関係ではない。ヒカゲノカズラは、その名前から暗い陰湿地に生えるような印象を受けるが、実際には日がよく当たる乾いた草地にもよく生えている。針金状の茎に鱗片状の小さな葉が密につき、蔓のように地を長く這い、ところどころで分枝する。かつて、シダ植物は隠花植物といわれたように種子をつけず胞子で増殖する。ヒカゲノカズラは分枝茎の先端に長さ数センチ、直径三～五ミリの円柱状の胞子嚢穂《ほうしのうすい》を数個つけ、日本では七月頃完熟して黄色を呈し、胞子嚢穂を揺すると黄色い胞子が煙のように舞い上がる。胞子が発芽し成熟個体になるまで六～十五年もかかり、成長はいたって緩慢である。ヒカゲノカズラの仲間は意外なところで利用される。たとえばマンネンスギは、蔓のようには伸びないが、スギの芽生えによく似て、長い間緑のままなのでその名の由来があるが、スギの葉の代用に生け花や観賞用に用いられ、変わった用途としては鮨屋のネタケースの中に飾られる（立桂という）。

ヒカゲノカズラは日本や周辺諸国だけではなく、北半球の温帯・暖帯に広く分布し、欧州・アフリカにもある。ヒカゲノカズラの胞子を石松子《せきしょうし》と呼び、薬用などさまざまに用いられてきた。石松という漢名は、前述したように、『本草拾遺』以来の古い歴史があるが、石松子の名は本草書にまったく見えず、近世に欧州からその利用が伝来して付けられた名である。石松子は今日のドイツを中心とする欧州で、一五〇〇年頃から散布薬（皮膚疾患用に薬を混ぜるパウダー）として利用されてきたが、脂肪分を約五十パーセント、糖分を三パーセントほど含むほか、セルロースも十～十五パーセント含み、湿気を吸収せず、また安定な性質を利用して、丸薬の衣や散布薬にされた。また、レンズなどの研磨剤や塗料に混ぜて伸びをよくするのに利用された。火をつけるとぱちぱち弾けるように燃え、また灰分は三パーセントに満たないので、発火材として線香花火などの花火にも使われた。

石松子はヒカゲノカズラ以外の同属植物の胞子も基原とするが、マンネンスギの胞子を最良品とし、ドイツ・フランスが主産地であった。中国では、『本草拾遺』以来、ヒカゲノカズラの全草を薬用とするが、久しい風痺症（中風）、脚膝疼冷（足膝の痛みと冷え）、皮膚の感覚麻痺、気力の衰弱に効ありとされている。別種のヒカゲノカズラ属植物の全草も中国の民間で薬用とされてきたが、いずれも重要な生薬とは目されていない。今日の中国では、ヒカゲノカズラに対して石松の名は用いず、『中薬大辞典』では伸筋草の名で収載される。西洋でもヒカゲノカズラ属各種は受胎を防ぐあるいは堕胎作用があるとして民間療法で用いられた。ヒカゲノカズラ属は熱帯にも分布するが、もともと温帯性であってかなり高地に分布するので、薬用としての利用は稀である。ヒカゲノカズラはいわゆるシダ植物としては珍しくアルカロイドを含み、一八八一年、欧州産の一種からリコポジンが発見されて以来、マンネンスギ・スギカズラ・トウゲシバなどの日本産同属種にも多くの類似成分が単離されている。今日では、それらを総称してリコポジウムアルカロイドと呼んでいる。マウスを用いた実験では、リコポジンほか類似アルカロイドの五十パーセント致死量は体重一キロ当たりにして三十〜八十ミリグラムでそれほど強くないが、中毒症状としては強直・活動過度・麻痺・窒息などが現われる。

ひさぎ（久木・歴木）

トウダイグサ科（*Euphorbiaceae*）アカメガシワ（*Mallotus japonicus*）

ぬばたまの　夜のふけゆけば　久木《ひさぎ》生《お》ふる　清き川原に　千鳥しば鳴く

（巻六　九二五、山部赤人《やまべのあかひと》）

烏玉之　夜乃深去者　久木生留　清河原尓　知鳥數鳴

【通釈】 山部赤人の詠った長歌の反歌の一つ。「烏玉之」は「ぬばたまの」と読み、夜あるいは黒いものに対する枕詞。「久木」はアカメガシワのこと。結句の「數」には「しばしば、たびたび」の意味がある。歌の意は、夜が更けていくとヒサギの生えている清らかな川原で千鳥がたびたび鳴いているとなる。

【精解】 万葉集には、ヒサギと訓ずる植物名が四首に出現し、そのうち三首は「久木」とある。『和名抄《わみょうしょう》』に「唐韻云　楸　音秋　漢語抄云　比佐岐　木名也」とあり、漢名として楸を充てていたことがわかる。『延喜式』巻第二十「大學寮」の釋奠《せきてん》（孔子及び顔回以下の十哲を祀る儀式のこと）十一座に「楸版二枚　各長一尺二寸　廣七寸厚六分」、同巻第五十「雜式」の諸國釋奠式に「器數　楸版二枚書二座祭文料　各長一尺二寸　口七寸六分」とあり、版板（経文を書き記すためのもの）として使われていた。アヅサの条で述べたように、楸は中国ではノウゼンカズラ科トウキササゲを指し、『本草拾遺《ほんぞうしゅうい》』（陳藏器《ちんぞうき》）に楸木皮《しゅうぼくひ》（『千金方』では楸白皮と称し、『本草綱目《ほんぞうこうもく》』では楸木白皮の別名がある）の名で収載され薬用に供されたが、この薬物名は『本草和名《ほんぞうわみょう》』や『本草色葉抄《ほんぞういろはしょう》』ほか日本の文献には出てこない。ただし、正確にいうと、『本草和名』では梓白皮《しはくひ》の条に「一名楸一名櫝」とあって、梓白皮の基原の一つとされた。『出雲國風土記』に「（意宇郡）羽嶋　椿・比佐木・多年木・蕨・薺頭蒿有り」とあり、ほかの植物との取り合わせから自生種と考えられる。ヒサギに対する楸という漢名は、万葉集、『出雲國風土記』ほか上代の文献に出てこないから、平安時代になってこの漢名を充てたもので、八割以上が漢名「梓」で表記されたアヅサとは対照的である。したがって、ヒサギを外来種のトウキササゲあるいはキササゲと考えるのは不適当である。

では、万葉集にあるヒサギは何であろうか。植物方言にしばしば植物古名が伝承されていることはよく知られるところであり、松田修の『萬葉植物新考』でもこの手法はしばしば採用されている。『日本植物方言集成』によれば、アカメガシワの方言名としてヒサギあるいはそれが訛ったと考えられる名（ヒサゲ・ヒシャゲなど）が九州や四国の南部から報告されている。一方、キササゲの方言名はカワラヒサギ（筑前）、カワラヒシャギ（壱岐）があるが、いずれもカワラの名を冠しヒサギそのものはない。ただし、カワラヒシャギは、岡山では、アカメガシワの方言名となっている。以上からキササゲは万葉時代の日本にはなかった（アヅサの条を参照）ことを考えると、ヒサギを本邦に原生するアカメガシワに充てるのは妥当と思われる。

アカメガシワは典型的な陽樹で成長が早く、伐採地では先駆植物としてほかの樹木に先立って生える。特に、川原や浜辺など植生が大きく変化する環境に生えるのもアカメガシワの生態の特徴で、万葉集でも巻十一の二七五三に濱久木《はまひさぎ》と出現し、冒頭で紹介した歌でも川原に生えるとあるのも、この植物の生態的特徴と合致する。キササゲも今日では川原などに稀に野生が見られ、カワラヒサギの名の由来となっているが、万葉時代にあった証拠はまったくなく、この名も比較的近世になってつけられたと思われる。外来種にカワラの名がつけられた例としては、キクに対するカハラオハギがあり、『和名抄』・『本草和名』に出てくる。アカメガシワは日本各地に普通に分布し、樹高十《メートル》以上、胸高直径三十《センチ》ほどになるから、版板の原料にもなりうる。集中に「去年《こぞ》咲きし久木今咲くいたづらに地《つち》にか落ちむ見る人なしに」（巻十　一八六三）とあるように、ヒサギ

アカメガシワ（雄株）　春の若い芽は鮮やかな紅色を帯びる。

の花を詠ったものがあり、アカメガシワの花では地味すぎるとの指摘もあるが、キササゲも大同小異でそれほど目立つほどのものではない。また、この歌は「春の雑歌」であるから、六月頃咲くアカメガシワでは花期が合わないともいわれるが、キササゲもほぼ同時期であり、一部の万葉学者が主張するようにこれをもってキササゲ説を取ることはできない。万葉の花で歌と花期が合わないのはヒサギの例に限らない。

　アカメガシワの樹皮は、現今の日本薬局方に収載される生薬であり、胃酸過多・胃潰瘍の治療薬として用いる。通説ではかなり古くから日本の民間で独自に開発されたといわれる（『和漢薬百科図鑑』）が、文献上の証拠に乏しい。本書ではこれを中国伝統医学の影響下で発生した日本の独自の民間薬と考える。アカメガシワ樹皮に似たものは中国に古くからあり、それを胃の疾患に用いたという記録があり、その影響を否定できないからだ。しかし、途中の過程で基原が入れ替わることはしばしば起きるから、その経緯はかなり複雑である。まず、アカメガシワ樹皮に似たものというのは、『神農本草経《しんのうほんぞうきょう》』の下品に収載される梓白皮《しはくひ》であり、キササゲの樹皮を基原とし中国ではもっとも長い歴史をもつ薬物の一つである。梓白皮は『本草和名』に「梓白皮 音咨里反 一名柏 他皓反 一名樤 音條 一名楸 音秋 一名櫹 音蕭 一名檟 音賈已上五名出兼名苑 和名阿都佐乃岐」とあるほか、『本草色葉抄』（鎌倉時代）にも収載されているが、『延喜式』巻第三十七「典薬寮」に梓白皮の名はなく、また、諸國進年料雑薬として献上されたという記録もないから、万葉の梓の基原と考えられているミズメの樹皮を代用したものではなかったと思われ（アヅサの条を参照）、また当時はそれほど重要な薬とは認識されていなかったことを示唆する。キササゲを真の梓としたのは、江戸初期の本草書『大和本草《やまとほんぞう》』（貝原益軒《かいばらえきけん》）であった。この時点で中国と基原が同じとなったが、キササゲが日本に伝えられたのはおそらく戦国期から江戸初期であって、栽培品から樹皮を採取し梓白皮を自給できるようになったと思われる。しかし、江戸後期の『本草綱《ほんぞうこう》目啓蒙《もくけいもう》』（小野蘭山《おのらんざん》）はアカメガシワとした（これは結果的には誤りであった）から、梓白皮の基原はアカメガシワに変わってしまい、江戸後期ではこの樹皮を梓白皮として用いたのである。

『名醫別録《めいいべつろく》』に、梓白皮の効として「吐逆胃反《とぎゃくいはん》を主《つかさど》る」と記述され、『金匱要略《きんきようりゃく》』に「朝に食して暮に吐し、暮に食して朝に吐き、宿穀化せざる者を胃反と曰ふ」とあるから、嘔吐を治す、すなわち胃の疾患を改善する効があるとして、アカメガシワ樹皮も使われたことは想像に難くない。また幕末の有力な漢方医家浅田宗伯《あさだそうはく》

（一八一五—一八九四）もその使用を推奨した（『古方藥議』）。本来なら誤用であるが、アカメガシワ樹皮にベルゲニンという胃液分泌抑制作用成分が含まれ、胃潰瘍の改善効果があった（後に実験的に証明された）から、抗潰瘍薬として定着したと思われる。以上を要約すると、アカメガシワ樹皮の用法は、『名醫別錄』に端を発し、たまたま抗潰瘍作用成分を含んでいたため、抗潰瘍薬として日本で事実上開発されたということになる（木下武司ほか、日本生薬学会第五十四回年会、二〇〇七年）。

明治時代に漢方医学が正規医学としての地位を失ったとき、漢名の梓白皮からアカメガシワという和名に変わって中国伝統医学の影響下にあったことが見えなくなり、あたかも日本独自の民間薬であるかのように誤解されたのではなかろうか。江戸時代の民間療法書にアカメガシワ樹皮を胃の疾患に内服した治療法は見当たらないこともこの仮説を支持する。アカメガシワの葉も民間療法で用いられ、たとえば『懐《かい》中《ちゅう》備《び》急《きゅう》諸《しょ》國《こく》古《こ》傳《でん》秘《ひ》方《ほう》』に、「一切の腫物並にようてう外科ころしの古傳方」として、「あかめがしはのは三匁、すひかづら一匁、あけびかづら一匁を煎用ひ、白なたまめの黒焼、こまの油にてときつけて妙（なり）」と、この処方が不思議に効くと記述している。これも、陳藏器の『本草拾遺』に「葉を擣《つ》きて瘡腫に傳《つ》け、亦た湯に煮て膿血を洗ふ。冬、乾葉を湯に取りて揉み、之を用ふ。諸腫癰潰及び内に刺有り出ざるは楸葉を取り十重に貼る」とあるので、キササゲがアカメガシワに転じているとはいえ、中国の古医方の影響は否定できない。アカメガシワの葉はゲラニインという良質のタンニンを含み、これも胆汁排泄亢進作用があり、胆石症の治療に民間で用いられた。アカメガシワは中国にも分布していて中国名を野梧桐といい、『中国薬植図鑑』に胃潰瘍を治すと記されている（『中薬大辞典』）が、近年の日本の知見がフィードバックされたものである。アカメガシワの樹皮を将軍木皮と称することがある。

『本草綱目啓蒙』にある楸の筑前における方言名であるが、楸は『大和本草』ではアカメガシワとされていたから、アカメガシワの方言名ともなった。『妙《みょう》藥《やく》博《はく》物《ぶつ》筌《せん》』に「癰《ねぶと》の藥　此藥萬腫物によし」として「除鬼樹《かはらひさぎ》　一名あつさともいふ。萬毒虫の螫《さし》たるにかみて付べし」とあり、除鬼樹の名が出てくる。この名の由来には少々説明を要する。羅願《らがん》の『爾《じ》雅《が》翼《よく》』に「屋室に此の木有り。則ち餘材皆震はず」（『本草綱目』ほか各本草書に引用）とあり、貝原益軒《かいばらえきけん》（一六三〇—一七一四）はこれを引用し、「震ストハ雷ノ落ルヲ云國俗梓木雷ヲソレテ梓アル宅ニ不落ト云モ此故ニ云ナルヘシ」（『大和本草』）と述べている。除鬼樹はこれにちなんでつけられた名と思われるが、益軒の見解にしたがえばキササゲであるが、小野蘭山（一七二九—一八一〇）の見解ではキササゲとアカメガシワのいずれなのかわからない。『妙藥博物筌』の成立は十八世紀前半とされるから、益軒の見解を反映したものと思われ、実際、キササゲと考えて矛盾はない。

ひし（菱）

豊国の　企救《きく》の池なる　菱の末《うれ》を　摘むとや妹が　御《み》袖濡れけむ

豊國　企玖乃池奈流　菱之宇禮乎　採跡也妹之　御袖所沾計武

（巻十六　三八七六、詠人未詳）

ヒシ科（Trapaceae）ヒシ（*Trapa bispinosa* var. *iinumai*）

【通釈】豊国《とよくに》は豊前《ぶぜん》・豊後《ぶんご》両国の分離以前の名前で、七世紀後半、天武天皇時代に分離した。現在の福岡県東部と大分県にあたる。序には「豊前國の白水郎《あま》」の歌とある。「企救の池」は旧企救郡すなわち現在の北九州市小倉区にあったとされる池。「菱の末《うれ》」はヒシの実の抹消の意。この歌は、豊国の企救の池に生えているヒシの実を採ろうとしてあなたは袖を濡らしてしまったのでしょうかという意味になる。

【精解】万葉集に「菱」を詠む歌は二首あり、『和名抄《わみょうしょう》』に「菱子　説文云　菱　音陵　比之」、『新撰字鏡《しんせんじきょう》』に「菱　曽登反比支水中采也」とあり、いずれもひしと訓ずるが、借音仮名で表記された名は万葉集に出てこない。菱は、『廣韻《こういん》』に「蔆は芰なり。菱は上に同じ」とあり、蔆・芰とともにヒシを表す字の一つである。蔆は『名醫別録《めいいべつろく》』に、芰は『本草綱目《ほんぞうこうもく》』（李時珍）に出てくる名で、李時珍は「其の葉は支散す、故に字は支に従ふ。其の角は稜峭す、故に之を蔆と謂ふ」と述べている。『大漢和辞典』（諸橋轍次）の解字によれば、芰は三角状に分かれる葉を意味し、蔆は角立つ果実といい、李時珍の説明と一致する。ヒシは、芰實《きじつ》の名で『名醫別録《めいいべつろく》』の上品に収載されたのが、中国本草における最初の記録である。『圖經本草《ずけいほんぞう》』（蘇頌《そしょう》）に「葉は水上に浮き、花は黄白色、花落ちて實生じ、漸く水中に向きて、乃《すなは》ち熟す。實に二種有り、一種は四角、一種は兩角。兩角中に又嫩皮有りて紫色の者は之を浮菱《ふりょう》と謂ひ、之を食す。尤も美なり。江淮及び山東人、其の實を曝《さら》し以て米と爲す。以て粮に當つべし。道家、蒸して粉に作り蜜に漬け之を食す」とあり、まちがいなくヒシ類の一種である。

俗名に水栗の名があるように、ヒシの実は炒ってあるいは蒸して食べると、クリのような味がする。英語で water chestnut と称するのも同じ理由である。滋養強壮・解熱の効があるとして用いるが、もっぱら食用にされ薬用は稀である。中国ではデンプンの製造あるいは酒の醸造にも用いるという。民間で抗癌作用があるとして用いられることがあるが、それを裏付ける科学的証拠はない。ヒシを表

ヒシ　葉は水面に浮かび、三角状菱形、放射状に広がり、長い葉柄がある。

す字が複数あるのは、食用・薬用とされる果実の形態が多様だからであり、陸佃《りくでん》の『埤雅《ひが》』に「惟だ武陵記に云ふ、四角三角を芰《き》と曰ひ、兩角を蔆《りょう》と曰ふ」と記述されるように、果実の形によって用字を区別したことがわかる。また、『説文解字《せつもんかいじ》』に「蔆、芰なり。楚、之を芰《き》と謂ひ、秦、之を薢茩《かいこう》と謂ふ」とあり、地域によっても呼称が異なっていたことがわかる。これはヒシの果実の形態の地域差に基づくと考えてよさそうだ。『延喜式』巻第五「齋宮」に供新嘗料として菱子五升、また同巻第三十三「大膳下」の諸國貢進菓子に丹波國から菱子が貢進されたことが記述され、古代では貴重な食料であったことがわかる。

　ヒシの実は八月から九月の暑いときに熟すから、炎天下に船を浮かべて池水に手を突っ込んで採らなければならない。万葉の例歌はそのような重労働を歌にしたものである。北海道釧路支庁に別寒辺《べかんべ》牛《うし》湿原という湿原があるが、その名前はアイヌ語のペカンペ（ヒシ）がウシ（多い）に由来する。また釧路支庁川上郡標茶《しべちゃ》町では、ペカンペカムイノミという祭りが九月に行われるが、ヒシの実の採取を祝うお祭りという。このことからヒシはアイヌ人にとって重要な食料源であったことがわかる。冬の長い北海道でヒシの実は保存が可能な貴重な食料であった。また、滋賀県粟津《あわづ》湖底《こてい》遺跡《いせき》（約四五〇〇年前）の第三貝塚からヒシの実の遺物が大量に出土しており、縄文時代から重要な食料であったことが示唆される。

　ヒシは一年生水生植物であり、水底から水面まで長い茎が伸び、葉は菱形あるいは三角形をしており、葉柄がふくれていて浮きの役割をして水面にロゼット状に浮かぶ。植物学的にはヒシ科ヒシ属に分類され、ユーラシア・アフリカ北部と東部に分布する。日本では各地の湖沼や河川のよどんだところに生育し、中には水面を埋め尽くすほど繁茂しているところもある。日本産種ではヒシ・オニビシ・ヒメビシが区別されているが、ヒシ属の分類はまだ定まっておらず、それぞれ別種とする説と、種は同じで変種あるいは品種として区別する説とがある。茎葉、花の形態はほとんど区別できず、三種のヒシは果実の形で区別するが、変異が激しく分類は容易ではない。ヒメビシの果実は刺《とげ》が四本あるが、全幅は二㌢に満たず、ほかの二種と比べて極小である。ヒシ・オニビシは、それぞれ全幅が三―五㌢、五―七㌢と果実は大型で、ヒシは刺《とげ》が二本、オニビシは四本と、刺の数で区別できる。でんぷんに富み食用になるが、利用されるのは中型から大型の果実をつけるヒシとオニビシである。地域によっては中国・インド原産で果実が大型のトウビシを栽培する。

ひる（蒜）

ネギ科（Alliaceae）ノビル（*Allium macrostemon*）

醤酢《ひしほす》に　蒜《ひる》搗《つ》き合へて　鯛《たひ》願ふ　吾にな見えそ　水葱《なぎ》の

（巻十六　三八二九、長《なが》忌寸《のいみき》意吉麻呂《おきまろ》）

醤酢尓　蒜都伎合而　鯛願　吾尓勿所見　水葱乃煮物

【通釈】序に「酢・醤・蒜・鯛・水葱を詠める歌」とあり、五つの食材が詠われ、ヒルはその一つ。歌の内容は、醤と酢にヒルを搗き合わせてタイを（食べたいと）願っているから、水葱の羹（のようなつまらぬもの）は私の前から消え失せよという意味となっている。当時の食生活の状況を知るうえで民族植物学的観点から非常に興味ある歌である。醤《ひしお》とは日本に古くからある食品で、米・麦・大豆などと塩を混ぜて醗酵させた味噌に似たものをいう。『延喜式』巻第三十三「大膳下」の造雑物法に「供御醤料　大豆三石　米一斗五升　糵料　糯米四升三合三勺二撮　小麥酒各一斗五升　鹽一石五斗得一石五斗　用薪三百斤　但雜給料除糯米」と記述されており、万葉時代の醤もこれと大差ないだろう。平安中期の医書である『醫心《いしん》方《ぼう》』に「（新修）本草に云ふ、味は、鹹《かん》酸、（性は）冷利。熱を除き、煩満を止め、藥及び火毒を煞《け》すを主《つかさど》ると。陶景注に云ふ、醬、多くは豆を以て作る。然れども麥なる者は少なし。今、此れ當に是の豆なる者なるべし。又、肉醬、魚醬有り。皆呼びて醢（塩辛のこと）と爲し、薬用に入れざるなりと。和名比之保」（括弧内は著者注）とあるように、醤は薬用でヒシホと訓じた。酢については、『本草和《ほんぞうわ》名《みょう》』に「酢酒　一名醯　楊玄操音火号反　一名苦酒　以有苦味故名之　一名華池左味　出丹家　和名須」とあり、酒と基本的に同じ醸造であるが、過醗酵の結果、生じたもので、酢酒の名で呼ばれていた。酢も薬用と考えられ、『醫心方』に記載がある。

【精解】ユリ科ネギ属は有用野菜の宝庫として知られ、栽培化されたものだけでもネギ・タマネギ・ニンニク・ニラ・ラッキョウなどがある。野生種でもノビル・アサツキ・ギョウジャニンニクなど食用に供される種は多い。このうち、鱗茎《りんけい》を食用とし、臭気が強く、味が刺激的なものを蒜《ひる》と称するが、ニンニクがその代表であり、漢名を大蒜《たいさん》または胡蒜《こさん》と称する。『廣韻《こういん》』に「蒜は葷菜なり。張騫《ちょうけん》、西域に使ひし、大蒜胡菜を得たり」とあるように、西域すなわち中央アジアが原産である。万葉集に「みら」として現れるのは今日のニラのことであり、ニンニクなどとは食感や臭いなどが違うので韮

（薤）の字を充てて区別する（ミラの条を参照）。ネギには葱という漢名があり、万葉集にも水葱という名を見るが、当時、ネギはまだ渡来しておらず、ミズアオイ科のコナギあるいはミズアオイを指す（ナギの条を参照）。万葉集には蒜を詠む歌はわずか一首であるが、それが以上のどれに相当するか改めて考証したい。

蒜は、『本草和名』に「蒜　楊玄操音蘇亂反　一名蒚子　根名也五患反出陶景注　一名蘭葱　小蒜　一名蒜夘　已上出兼名苑　和名古比留」とあり、和名を「こびる」としている。一方、『和名抄《わみょうしょう》』では、蒜のほか大蒜・小蒜など蒜の字をもつものとして、次のものが収載されている。

「蒜　蒜顆附　唐韵云　蒜　音算　比流　葷菜也　葷　音軍　今案大小蒜惣名也　臭菜也　楊氏漢語抄云　蒜顆　比流佐岐　今案顆小頭也音果見玉篇」

「大蒜　本草云　葫　音胡於保比流　味辛温除風者也　兼名苑云　葫一名䔉　大蒜也　下音煩」

「小蒜　陶隱居曰　小蒜　古比流一名米比流　生葉時可煮和食之至五月葉枯　取根噉之甚薫臭性辛熱」

「澤蒜　兼名苑云　澤蒜一名蘮　音嚴　禰比流　水蒜也　生水中葉形氣味不異家蒜」

「獨子蒜　崔禹食經云　獨子蒜　比度豆比流　一云獨子葫　孟詵食經云　獨頭蒜」

「島蒜　楊氏漢語抄云　島蒜　阿佐豆岐　式文用之」

大蒜は胡蒜すなわちニンニクである。小蒜は大蒜に対する小型の蒜という意味であり、『名醫別錄《めいいべつろく》』から下品として収載された蒜の別名に相当するものである。中国で子蒜と称するものは、わが国の畑地周辺に普通に野生するノビルとは別種であるが、『本草綱目啓蒙《ほんぞうこうもくけいもう》』（小野蘭山《おのらんざん》）では、山蒜すなわちノビルを畑で栽培したものを小蒜と称するとしている。そして、山蒜に対する方言名としてネビル・ネムリ・ネブリ・ヒルコ・チモトなどを挙げている。獨子蒜和名ヒトツビルは、ニンニクの鱗片を一個ずつ植えて栽培したものは鱗片が増えないので、一つ子という意味で獨子蒜と名づけられた。別名の獨頭蒜も同じ意味である。島蒜は、和名アサツキとあるように、ハーブのチャイブの近縁種であって、蒜どころかネギよりも臭気は薄い。今日でもその名を使うが、その語源は浅之葱であり、臭気がネギより薄い（『和漢三才圖會《わかんさんさいずえ》』）あるいは根深ネギに対する名（『物類称呼』）という説がある。『本草和名』に「葱實　山葱一名茖（中略）和名岐」とあるので、ネギが平安中期に渡来していたことは確かである。アサツキは北海道・本州・四国に分布するわが国古来の野菜であり、葉茎・鱗茎のいずれも利用されるが、それぞれ栽培法が異なるという。語源から蒜ではなく葱に類するものと考えられるが、島蒜の名は『和名抄』など古い文献のほかは出てこないので、鱗茎をいずれかの蒜と誤認してつけられたものと思われる。栽培は関東・東北地方に限られており、おそらくは縄文時代から食されていた古い野菜と思われる。澤蒜は沢辺に生える蒜の意味であり、現在ではノビルの異名と考えられている。普通、ノビルは水辺には生えないので、あるいはミズニラとノビルを混同したもの、すなわち水中に生えるミズニラをノビルが水中に生えると誤認したのかもしれない。ちなみに、ミズニラはシダ植物であるので、辛味や特有の臭いはまったくない。

以上、わが国で古くから蒜の名を冠して称される菜類を挙げたが、島蒜を除いて、いずれもニンニクかノビルであった。万葉で詠まれた蒜はそのいずれであろうか。ニンニクがいつ日本に渡来したか定かではないが、万葉時代にもあったことを示唆する記事が『日本書紀』にある。巻第七の「景行紀」に「山の神、王《みこ》を苦《くるし》びしめむとして、白き鹿《かせき》と化《な》りて王の前に立つ。王異《あやし》びたまひて、一箇蒜《ひとつのひる》を以て白き鹿に弾《はじきか》けつ。則ち眼《まなこ》に中《あた》りて殺しつ」とある。要約すれば、山神が王（日本武尊《やまとたけるのみこと》のこと）を苦しめるため白鹿になって立ちはだかったので、尊は一箇蒜で白鹿を弾くと目に当って死んだという話である。ここでいう一箇蒜は獨子蒜に同じであるからニンニクを指す。『古事記』にも似た物語があるが、一箇蒜ではなく単なる蒜片端となっている。ニンニクはヒル類の中でもとりわけ刺激性が強く、後述するように、眼に対する刺激性成分が含まれる。『日本書紀』の神話で鹿が死ぬというのは誇張にしても撃退するのは十分に可能である。『本草經集注《ほんぞうきょうしっちゅう》』（陶弘景《とうこうけい》）も「最も薫臭にして食ふべからず。俗人、韲《あへもの》を作り以て鱠肉《なますのにく》を噉ふ、性を損じ命を伐《そこな》ふに此れより甚だしきは莫し」と断ずるほど有毒と考えられていた。中国でも南部はニンニクを徹底的に嫌っていたという。京都のあるお寺に「不許葷辛酒肉入山門」の石碑があるが、葷は葷菜すなわち臭いの強い菜類すなわちニンニク類を指し、日本でも長い間嫌われた。おそらくこれは農耕民族に共通するものであろう。中国でニンニクを胡蒜と称するのは西域から渡来したことを意味する。朝鮮は歴史的にニンニクの消費量が多いことで知られるが、中国でも北部は好んで消費したと『本草綱目』にある。どうやらニンニクが好きなのは騎馬民族に共通するらしい。日本ではニンニクは食べるものというより厄払いなど呪術的な目的のために使われた。軒下にニンニクを吊るして厄払いをするというのは、日本だけでなく世

ノビル　初夏、２～３枚の葉の間から、花序をつける茎が伸び、花序は初め薄い苞に覆われている。

界各地にある。以上から、万葉歌の蒜はニンニクの可能性はほとんどなく、ノビルとするのが正しいだろう。

　ノビルは栽培することもあったようだが、多くは野生から採集したと思われる。『古事記』の「応神天皇紀」にある「いざ子ども野蒜摘みに　蒜摘みに云々」はそれを示唆する。ノビルは日本に原生するものではなく、麦作農耕に付随して渡来した史前帰化植物と考えられ、『本草綱目啓蒙』に記述されているように、栽培したものはコビル、野生品は山蒜と称された。ノビルは地下に直径二センチぐらいの鱗茎があり、これを食用とするが、葉も食べられる。鱗茎には、ニンニクほどではないが、刺激的な味（辛味）がある。

　ニンニクをすり潰したものあるいは収穫後ある程度時間をおいたものは、いわゆるニンニク臭という特有の臭いを発する。しかし、収穫直後のニンニクは臭味がない。ニンニクにはアリインという含硫アミノ酸の一種が含まれているが、すり潰すとアリインリアーゼ（アリイナーゼ）という酵素が働いてアリシンという物質に変換される。アリシンは揮発性があり、これがニンニク臭のもとである。硫黄原子を含む植物成分はきわめて少ないが、分子量が小さく揮発性のものはいずれも悪臭を発する。ネギ属には共通してアリインが含まれ、ニンニクには特に多い。また、特有の刺激的な辛味もアリインに基づく。タマネギやニンニクを包丁で切ると目が痛くなるが、アリインの催涙作用に拠る。『本草綱目』（李時珍）の葫（大蒜）の条に、「久しく服すれば肝を傷《やぶ》り眼を損ず」とあり、嵆康《けいこう》の『養生論』を引用して「葷辛（匂いが強烈で辛いものすなわちニンニクのことをいう）は眼を害《そこな》ふ」と記述しているのはこれを指摘したものである。これだけを聞いていると、アリインやアリシンは厄介な成分であり、それさえなければと思う人も多いにちがいない。

　今日では無臭ニンニクも開発されているが、ニンニクが世界的に古くから香辛料・調味料として繁用されるのは、強い抗菌防腐作用があって肉食には欠かせないものだからである。そして、その抗菌防腐作用成分こそアリシンである。アリシンの効用はそれに限らず、ビタミンB_1（チアミン）と結合してＴＡＤという活性ビタミンB_1をつくる。ＴＡＤは腸で吸収されやすく、筋肉に蓄積され、必要に応じて分解しビタミンB_1を再生する。体内にはビタミンB_1分解酵素があるが、ＴＡＤはその作用を受けない。つまり、アリシンはビタミンB_1をきわめて効率よく吸収させるありがたい成分なのである。ビタミンB_1が不足すると脚気を起こし、江戸時代までの日本人に多発した病気であった。後に農芸化学者の鈴木梅太郎（一八六二―一九四〇）が米糠《こめぬか》の中から抗脚気因子としてビタミンB_1（当時はオリザニンという名前であった）を発見したが、米を主食とする日本人に脚気が多かったことはニンニクを食べなかったためともいわれる。ノビルはニンニクほどではないが、同様の成分を含むので、古代日本人の健康維持に役立ったはずだ。

ふ

ふぢ（藤・布治・敷治）　マメ科（Fabaceae）フジ（*Wisteria floribunda*）

春べ咲く　藤の末葉《うらは》の　うら安に　さ寝《ぬ》る夜ぞなき　児ろをし思《も》へば　（巻十四　三五〇四、詠人未詳）

波流敝左久　布治能宇良葉乃　宇良夜須尓　左奴流夜曾奈伎　兒呂乎之毛倍婆

いささかに　思ひて来しを　多祜《たこ》の浦に　咲ける藤見て　一夜経《へ》ぬべし　（巻十九　四二〇一、久米廣縄《くめのひろのり》）

伊佐左可尓　念而來之乎　多祜乃浦尓　開流藤見而　一夜可經

【通釈】第一の歌は春の相聞歌。「春べ」の「べ」は辺に同じで、空間だけでなく時間に対しても用いる。「末葉」は末《うれ》の葉で枝先の葉の意。第一・二句は「うら安」を導くための同音利用の序。「うら安に」の「うら」は心の意で、「裏」に通じる。歌の意は、春の頃に咲く藤の枝先の葉（うら葉）ではないが、心安らかに寝る夜がないことだ、あの子のことを思えばとなる。第二の歌は、序に「（天平勝寶二（七五〇）年四月）十二日、布勢《ふせ》の水海《みづうみ》に遊覧し、船を多祜《たこ》の灣《うら》に泊《とめ》て、藤の花を望み見て各懐《おもひ》を述べて作れる歌」とあり、判官久米朝臣廣縄が歌った。多祜の浦とは、古代にあった布勢水海の東南にあった湖畔とされている。布勢水海は富山県氷見《ひみ》市《し》十《じゅう》二《に》町《ちょう》潟の昔の湖型で、中世・近世の干拓で小さくなったが、かつては浜名湖のような湖であった。歌の意は、少しばかりと思って来たのだが、多祜の浦に咲く藤を見ていると、（あまりに美しいので）一晩過ごしてしまいそうだとなる。

【精解】フジは二十六首の万葉歌に登場するが、そのうち二十一首は「藤」、三首は「布治」、二首が「敷治」と表記されている。後二名は借音の真仮名であるからその訓に問題はないが、藤をフヂと訓ずるのは、『和名抄《わみょうしょう》』に「爾雅云 藟 力軌反 字亦作虆 布知 藤也 似葛而大」とあることに基づく。藟は、『説文解字《せつもんかいじ》』に「艸なり。从艸畾聲」とあり、『詩經《しきょう》』大雅の「旱麓《かんろく》」の一節に「莫莫たる葛藟《かつるい》、條枚《じょうばい》に施《は》えり、豈弟《がいてい》の君子、福を求めて回《よこしま》ならず」と出てきて、中国では蔓性植物一般を意味した。藤も本来は同義であるから、特定の植物を指す名ではない。今日でも藤の字はフジの漢名として使われているが、なぜこういう結果になったか、以下に説明する。

日本産のフジが、『本草拾遺《ほんぞうしゅうい》』（陳藏器《ちんぞうき》）に初見する紫藤にもっとも形態が類似することは、「子、角《さや》を作り、其の中の人（仁）を熬《い》り、香ばしきをして酒中に著《つ》けば酒を敗《くさ》らざらしむ。敗《くさ》れる者は之を用ふべし。亦た、正に四月紫花を生ず、愛すべし。人、亦た之を種ゑる。江東、呼びて招藤豆と爲す。藤皮は樹に著《つ》き、心《しん》より重重の皮有り」という記述から明らかである。ここには蔓性であることは触れていないが、花色は紫で豆莢をつけることから、これまでの例からいえば、フジに紫藤の漢名を充てても不思議はないはずである。ところが、次に示す唐詩からわかるように、紫藤は唐の著名な詩人が歌に詠むほどの存在であった。紫藤が当時の中国において如何ほどの存在であったかは、陳藏器が「京都の人、亦た之（紫藤）を種ゑ以て庭池を飾る」（『證類本草』所引）と述べていることからよく理解できるだろう。

紫藤樹（李白『全唐詩』巻一百八十三）

紫藤掛雲木　紫藤 雲木に掛り
花蔓宜陽春　花蔓 陽春に宜し
密葉隱歌鳥　密葉 歌鳥を隠し
香風留美人　香風 美人を留む

結論からいえば、万葉集にあるフジを、藤という一般名詞にすぎない漢名を充てて詠んだのは、唐の一流詩人に対する遠慮であったためと推察される。一方、『本草和名《ほんぞうわみょう》』には「狼跋子 楊玄操音薄葛反 一名度谷一名就葛 已上二名蘇敬注 和名布知乃美」とあり、フジに対して別の漢名を充てている。平安の本草家からすれば、フジの名が一般名詞にすぎない藤であることに違和感を感じていたに違いなく、新しい漢名を模索したのは当然のことであろう。

『新修本草《しんしゅうほんぞう》』（蘇敬《そけい》）によれば、狼跋子《ろうばつし》とは「此れ、今の京下、黄環子を呼びて之と爲す。亦た、度谷一名就葛と謂ふ」とあり、『神《しん》農本草經《のうほんぞうきょう》』の下品にある黄環《おうかん》の果実としている。黄環については、

フジの花　4月下旬〜5月、長い花序をつけ、上から順に咲く。

『本草經集注《ほんぞうきょうしっちゅう》』（陶弘景《とうこうけい》）は「防已に似て、亦た、車幅を作り理が解く」とし、『新修本草』は「此の物を襄陽の巴西人は就葛と謂ふ。藤を作り根を生ず。亦た葛類にして、防已に似て車幅解を作る者は之に近し。（中略）其の子、角《さや》を作りて生じ、皂莢《サイカチ》の花、實に似て、葛と同時なり。今、園庭に之を種ゑ、大なる者の莖徑は六七寸なり」と記述しており、マメ科の大型の藤本であることを示唆するから、フジとそれほどかけ離れたものではない。『本草綱目《ほんぞうこうもく》』（李時珍）は「狼跋子は交、廣（安南、広東のこと）に出づ。形は扁扁（平たいこと）にして制（修治のこと）して雑木を以て搗き水中に投ずれば、魚、大小無く、皆浮き出でて死す」と記述し、魚に対して毒性を示すからサポニンを含むことが示唆される。

フジの果実はへら形の堅い木質豆果《とうか》で扁平ではなく、またサポニンを含まないから、黄環はフジではあり得ず、結果的には『本草和名』がフジを狼跋子としたのは誤りであり、結局、フジの漢名として藤がそのまま定着することになってしまった。後に園芸用に広く栽培されるほどに親しまれた植物にしては、あまりに平凡すぎる名前ではあるが、万葉歌人はそれに安住していたわけではなさそうだ。

万葉集で詠まれるフジの歌二十六首のうち、実に十七首は藤浪とあり、フジの満開期の下垂する総状《そうじょう》花序《かじょ》を波に見立てて詠った。山の大木に絡みついている野生のフジは、満開時には長さ三十〜六十センチになる花序をびっしりつけ、遠くからは確かに紫色の波浪のように見える。これは藤棚として栽培されているものでは味わえない景色であり、唐詩にある紫藤すなわちシナフジもこれには顔色無しではあるまいか。ここに目をつけた万葉歌人の感性には脱帽せざるを得ない。

フジは、北海道・南西諸島を除けば、全国のどこにでもある普通の植物であり、花の開花がよく目立つので農作業の指標にも用いられた。一般にフジといっても、正確にいうと、日本には二種のフジ属種が野生する。いずれも日本固有種で花が美しく、またよく似ている。いわゆるフジは本州・四国・九州に普通に分布し、高さ二十メートル以上もよじ登る大型藤本であり、蔓は左巻き、花序は長く、中には一メートルにもなるものもある。もう一種はヤマフジであり、兵庫県以西の本州・四国・九州に分布するが、蔓は右巻き、花序は十〜二十センチと短く、花は直径二・五センチとフジより大きい。フジの花は花軸の基部に近いほうから順次開花するが、ヤマフジはほぼ同時に開花するので、花を観賞するとき、フジの咲きはじめは倒円錐形となって、ヤマフジとはかなり異なって感じられる。万葉集にある藤は、フジ・ヤマフジのいずれの可能性もあるが、大和・山城地方以東であればフジと考えてよく、冒頭の例歌で久米廣縄が越中国多祜の浦で詠ったのはまちがいなくこれである。一方、中国の紫藤すなわちシナフジはヤマフジに似ていて、花序の長さは短く、一花序当たりの花は五十前後でフジの半分ぐらいである。シナフジは蔓性が著しくなく、盆栽につくることも可能なので、世界ではこの種が好まれて栽培される。フジは長い花序をたくさんつけるのが特徴で、藤棚に整枝され栽培されるが、これは日本独特の方法である。ノダフジというのは、『本草綱目啓蒙《ほんぞうこうもくけいもう》』（小野蘭山《おのらんざん》）によれば、摂津の国野田に産するフジに対してつけられた名であり、花序が長いので上品とされた。その中でノダナガフジという品種があり、花序は一メートル以上になり、別名をキュウシャクフジ（九尺藤）ともいう。八重黒竜は、花序は三十センチ前後と短いが、濃紫色の八重咲き品種でよく栽培される。

藤原氏など、苗字に藤の字をもつ家系は多いが、その多くはフジを家紋にしていることはよく知られている。『古事記』の「應神天皇紀」に「その母、藤蔓《ふぢかづら》（原文は布遲葛）を取りて、一宿《ひとよ》の間に、衣褌《きぬはかま》また襪《したくつ》沓《くつ》を織り縫ひ、また弓矢を作りて、その衣褌等を服せ、その弓矢を取らしめて、その孃子《をとめ》の家に遣はせば、その衣服また弓矢、悉《ことごと》に藤の花になりき」という記述がある。これはある物語の一節で、新羅から渡来した神の娘伊豆志袁登売《いづしをとめ》に求婚して断られた秋山之下氷壮夫《あきやまのしたひをとこ》が弟の春山之霞壮夫《はるやまのかすみをとこ》に、もし娘と結婚できたら、着物や酒や山河で採れたいいものをたくさんやろうと約束した。弟は母に相談し、母は藤布の衣服、沓《くつ》を着て、藤でつくった弓矢を持って娘のもとへ行くようにと助言した。弟が娘にあった瞬間、すべてから藤の花が咲き、娘はそれに魅せられ、弟と結ばれたという。フジになんらかの霊力があると信じられていたことを示唆する物語であるが、史実にこのフジの霊力が加わって民話となったものもある。宮城県にある白鳥神社の「奥州の蛇藤《じゃふじ》」伝説がそれで、十一世紀後半、京の政権に反旗を翻した安倍頼時《あべのよりとき》（?―一〇五七）一族を鎮圧するため、奥州に遠征した源頼義《みなもとのよりよし》陸奥守（九八八―一〇七五）は、反乱軍に包囲され敗北寸前であったところを、白鳥神社の藤の木が二匹の大蛇に変身して頼義の長子八幡太郎義家《はちまんたろうよしいえ》（一〇三九―一一〇六）の軍勢に加担し、安倍氏を滅ぼすことができたという。

また、朝鮮の民話に「二本の藤」というのがあり、これも内容的に日本の民話と相通ずるところがあるので紹介しておこう（崔仁鶴、『朝鮮伝説集』日本放送出版会）。新羅の時代に、仲のよい姉妹がいて、ともに花郎（新羅の青年組織で教育機能をもつ宗教団体ともいわれる）の恋人ができたが、あるとき戦乱となり、恋人は戦場へ行くことになった。いつ帰るかもわからない恋人を見送るため、姉妹はある池のところで待ち合わせたが、なんと姉妹の恋人は同一人物であった。しばらくして、恋人が戦死したという便りが届き、姉妹は池のほとりにきて、互いに泣きながら慰め合い、池に身を投げた。その後、二本の藤が池のほとりに生え数百年も生きたという。悲しい物語であるが、実は、朝鮮にはフジ属は自生しないから、この物語の藤は日本産のフジか中国のシナフジであろうと思われる。朝鮮南部の海岸に近いところには、フジによく似たマメ科の別属種ナツフジが自生するが、ドヨウフジ（土用藤）の別名もあるように盛夏に花が咲き、フジほど長命でないから考えにくい。前述したように、藤は必ずしもフジの類だけを指すわけではなく、大型の藤本の総称でもあるのだが、朝鮮には藤といえるほどの植物はないので、日本から伝わった民話が起源となった可能性もある。

鎌倉中期の仏教説話集である『沙石集《しゃせきしゅう》』巻第二にも興味深い説話があり、その概要は以下のとおりである。ある山寺の僧は医術の心得はないのだが、病気の相談を受けた人に藤の疣《こぶ》を煎じて飲むように助言するのが常であった。不思議なことに、それを実践した人は病気が治るのであった。あるとき、飼い馬が行方不明になって困っている人にも同じことを勧めたが、山に藤の疣《こぶ》を取りに行った途中で、不明の馬に出会った。この説話のいわんとするところは、信ずれば何事も願いがかなうということであり、仏法の基本は信心であることを強調するものであってフジには直接の関係はない。藤の疣《こぶ》とはいわゆるフジコブ（藤瘤）のことで、後世の日本の民間療法ではよく用いられた。たとえば、『和方一萬方《わほういちまんぽう》』に「藤コブ　夕顔ノツルノ付処　ハイノ頭　右三味　粉ニシテイ（猪）ノ油ニテ付ベシ」とあり、蝮蛇《まむし》咬傷に用いられた。一時は、フジコブが癌にも効果があるとして、民間で用いられたこともあった。これはある医師がWTTC（藤こぶ・訶子・菱の実・ハトムギからなり、それぞれの基原植物の属名のイニシャルを取った名）の抗癌作用を日本癌学会に発表してから民間に広まったもので、実際に臨床で検討した漢方医もいた（『漢方の臨床』第四十八巻、二〇〇一年）。フジコブの成分はウィスチンを主とするイソフラボン配糖体のほかタンニンであるが、成分レベルでの抗癌効果は疑問視されている。中国ではシナフジの茎葉・果実・根を薬用にするが、フジコブを用いることはないので、日本独自のものであり、以上述べたような仏法説話や古い信仰から発生したもののようである。『神農本草經』にある薬物の多くが神仙思想から発生したといわれるから、日本でもフジコブが信仰から発生して薬用に転じたとしても不思議ではない。

シナフジの種子は、中国本草に記載されているように、火で炒れば食用になるといわれ、『本草綱目啓蒙』には味は栗のようであると記載されている。しかし、民間では瀉下剤に利用されており、種子の多食は禁物であろう。フジの豆果は鳥や動物も歯が立たないほど堅いことはよく知られる。一般に、植物の種子は動物に摂食されて散布されることが多く、それを前提として進化してきた。フジの種子の散布法は動物に頼らないユニークなものであることはあまり知られていない。冬の空気の乾燥した日、多くの豆果をつけた藤棚から、時折、ものが激しく弾けるような音がすることがある。堅い豆果がねじれるように裂けて、中の種子が弾き飛ばされる音である。その飛距離は十《メートル》以上あり、これによって分布域を広げていくのである。

万葉集には藤衣と詠む歌が二首ある。藤蔓の繊維は丈夫といわれ、これでつくった藤布が古くから使われていた。前述の『古事記』の物語にも藤衣が出てくるのであるが、『大和本草《やまとほんぞう》』（貝原益軒《かいばらえきけん》）によれば、実際の藤皮は強《こわ》くて布に織りにくく、実際には葛布《くずふ》を藤衣と称することがあったという（クズの条を参照）。フジは花の色が高貴を表す紫であったこともあって、古くから文学や絵画の題材となった。前述の第一の万葉歌にもあるフジの花枝をカンザシにすることは、万葉時代以来の伝統ある日本的ファッションとなり、それは歌舞伎舞踊の藤娘がすべてを物語る。

ふぢばかま（藤袴）

キク科（*Asteraceae*）フジバカマ（***Eupatorium fortunei***）

萩の花　尾花葛花《をばなくずはな》　なでしこの花　をみなへし　また藤袴《ふじばかま》　朝顔の花

（巻八　一五三八、山上憶良《やまのうえのおくら》）

芽之花　乎花葛花　瞿麦之花　姫部志　又藤袴　朝皃之花

【通釈】「山上臣憶良の秋の野の花を詠める歌二首」という序があり、この歌の前に「秋の野に咲きたる花を指《ゆび》折りてかき数ふれば七種《ななくさ》の花」とある。後世に「秋の七草」として知られる植物種を列挙した。

【精解】右の例歌にある藤袴は、漢名のように見えるが、借訓の和名である。『和名抄《わみょうしょう》』に「兼名苑云　蘭　一名蕙　音恵　本草布知波加麻　新撰萬葉集別用藤袴二字」、また『本草和名《ほんぞうわみょう》』には「蘭草　一名水香一名煎澤草一名蘭香一名都梁香草　已上三名出陶景注　一名蘭澤香草出蘇敬注　一名蕙薫　和名布知波加末」とあり、藤袴の漢名は蘭または蘭草であることがわかる。

蘭草は、『神農本草經《しんのうほんぞうきょう》』の上品にあり、「一名水香　味辛平　主

利水道　殺蠱毒　辟不祥　久服益氣　輕身不老　通神明」と記載されている。『醫心方《いしんぼう》』にも「蘭草　和名布知波加末」とあって薬用とされた。蘭は、今日ではランすなわちオーキッド類を指すが、『説《せつ》文解字《もんかいじ》』に「蘭は香草なり」とあるように芳香のある草本類一般を表すものであり、『本草和名』にある別名で香・蕙の字が使われているのはそのためである。

次に本草学の記述からそれがどんな植物であるか考証する。『新修本草《しんしゅうほんぞう》』（蘇敬《そけい》）では、「此れ、蘭澤香草なり。八月、花白く、人間《じんかん》に多く之を種《う》ゑ以て庭池を飾れり。溪水の澗傍に往々亦た有り」とあり、香草である故、中国では好んで植えられたことを示唆する。『圖經本草《ずけいほんぞう》』（蘇頌《そしょう》）では「葉は澤蘭に似て尖長、岐《また》有り。花は紅白色にして香ばし。下濕地に生ず」のように、既出の沢蘭（サハアララギの条を参照）に似た香草とする。蘭草に関するより的確な情報は明代後期の『本草綱目《ほんぞうこうもく》』（李時珍）から得られる。すなわち、「蘭草、澤蘭は一類の二種なり。倶《とも》に水旁、濕處の下に生ず。二月、宿根に苗を生じて叢を成し、莖は紫、枝は素《しろ》く、節は赤、葉は綠なり。葉は節に對に生じて細齒有り。但し、莖圓く節長くして光有り、岐《また》有る者を以って蘭草と爲す。莖は微《わず》かに方にて節は短くして葉に毛有る者を澤蘭と爲す。（中略）八、九月後《のち》、漸老《ざんろう》し、高き者三四尺、花開《さ》きて穂を成し鶏蘇《けいそ》の如く、花は紅白色にて中に細子あり」と記述されている。フジバカマとその近縁種の特徴をよく表しているので、蘭草はフジバカマとしてまちがいない。李時珍が蘭草《らんそう》とともに一類二種とする沢蘭《たくらん》は、ラン科のサワランとはまったく関係がなく、葉に毛があり湿地に生えることから、別種のサワヒヨドリのことをいう。

日本の文献で蘭の名が初見するのは『日本書紀』巻第十三「允恭紀」であり、次の物語に出てくる。

ある時、忍坂大中姫命《おしさかのおおなかつひめのみこと》が蘭の植わっている庭に居たとき、闘鶏国造《つげのくにのみやつこ》という男からその蘭を求められた。姫が何に使うのかと問うと、ヌカガ（虫の一種）を払うのに使うのだと言い残し、礼も言わず立ち去り、姫はその非礼に激怒した。後に、允《いん》恭《ぎょう》天皇皇后となったとき、その男を探し出し、死刑にしようとしたが、涙ながらの謝罪を受け入れ、彼の姓を国造から稲置《いなぎ》に落として許した。

原文では「蘭」としかなく、どんな植物か検討もつかないが、通説ではこれをアララギと訓じてノビルに充てる。その論拠は『本草和名』（巻十八「菜六十二種」に「蘭草」とは別条に『崔禹食經』を引用して収載）、『和名抄』の「蘭蒚草　和名阿良々岐」に基づくのであるが、この名は正統中国本草に該当するものがない。『爾雅《じが》』の釋草に「蒚は山蒜なり」、『郝懿行注《かくいこう》』に「蒜の山に生ずる者は蒚と名づく」

とあるので、日本にあってはノビルとしてよく、この場合では、蘭の字は香りのある草の意で単に添えただけとなる。『古今要覧稿』はアララギは荒々葱の義であって蘭葱と考えている。『延喜式』の「大膳上・下」（巻第三十二・三十三）、「内膳司」（巻第三十九）に蘭・山蘭・蘭葅の名が出てくるが、これをすべてノビルと考えるのは早計である。近似種の島蒜（アサツキのこと）の名が『延喜式』にあるので、なぜノビルだけに蘭の名を冠するのか疑問が残るからだ。『本草和名』、『和名抄』、『新撰字鏡《しんせんじきょう》』に蘭またはアララギの名をもつものとして次の名がある。

『和名抄』　「蘭蒚　養生秘要云　蘭蒚草　蒚音隔　阿良々岐」

『本草和名』　「香薷　楊玄操音白反　一名胡薷　本名胡薷石勒諱胡故名香薷出兼名苑（中略）和名以奴衣　一名以奴阿良々岐」

「辛夷　一名辛矧　楊玄操音尸軫反　一名候桃一名房木一名候新　出雜要訣　和名也末阿良々岐」

『新撰字鏡』　「蘭蒚草　出崔禹　和名阿良々岐」

「莠　乎二阿佐美波由又山阿良々支」

「辛夷　山蘭形如桃子小時又云比伎佐久良又云志太奈加」

とりわけ、ややこしいのは辛夷・莠の両名がヤマアララギ（山蘭）と称することである。辛夷《しんい》は、『和名抄』に「崔禹食經云　夜萬阿良々岐　一云古不之波之加美」とあって「こぶしはしかみ」という別和名があるように、モクレン科コブシでまちがいない。莠は、キク科オニアザミ（ただし、現在いうオニアザミと同種かどうかわからない）が本名のように見える。『本草綱目紀聞《ほんぞうこうもくきぶん》』（水谷豊文《みずたにとよぶみ》）はヒヨドリバナの漢名を山蘭としている。つまり、文献上、ヤマアララギ（山蘭）には異種同名が少なくとも三つあることになる。そのほか、香薷はシソ科ナギナタコウジュほかシソ科数属を基原とする香草であるが、これもイヌアララギの別名をもち、混乱に拍車をかけている。『源氏物語』の「藤袴」の巻に「かかるついでにやと思ひよりけむ、らにの花のいとおもしろきを持《も》たまへりけるを、御簾《みす》のつまよりさし入れて云々」とある「らにの花」は、蘭を音読みしたものである（古代では撥音を「に」と表記した）。以上をまとめると、アララギはノビルである蘭蒚（草）から派生した和名であって、同じ蘭の名を冠するが故に、蘭草すなわちフジバカマと同様に精油を含み芳香のある植物である香薷《こうじゅ》・辛夷《しんい》にアララギの名が転じたと考えられる。しかし、フジバカマそのものをアララギと称することはなく、澤蘭にサワアララギとしてその名を残すにとどまった。フジバカマおよびその近縁種は食用には適さないが、香辛料としての利用があってもおかしくはないから、『延喜式』にある蘭のあるものはこれであろう。

今日では、蘭はオーキッドを表すように変わってしまったが、いつの時代からそうなったのだろうか。『本草衍義《ほんぞうえんぎ》』（寇宗奭《こうそうせき》）にある春蘭・秋蘭は、いずれもシュンラン属 ***Cymbidium*** のランと考えられ、これがオーキッドとしての蘭の初見といわれる。北宋の詩人黄山谷《こうざんこく》

フジバカマの花　8月～9月、白から淡紅色の花が茎の先に集まって咲く。

（一〇四五―一一〇五）は「一幹一花を蘭といひ、一幹数花を薫といふ」とし、蘭といえばオーキッドという観念を広めるのに一役買ったといわれる。後に、李時珍は、蘭草や沢蘭とまったく異なるものであるから、オーキッドに蘭の字を用いるのを非難したが、その声は一般に伝わらなかった。ただ、蘭草の名前は残り、フジバカマなどと異なりオーキッドは花だけに芳香があるので、蘭花と称するようになった。フジバカマを真蘭《しんらん》と称するのも、オーキッドと区別するためである。中国は広大な国なので地域によって植物相は大きく異なるから、同名異種は非常に多い。このようにまったく関係ない植物が似た名前をもつことは珍しくないが、蘭の例のように後発が母屋を乗っ取ってしまった例はさすがに少ない。

フジバカマはキク科の多年草で、全草に芳香があって中国では古来珍重されてきた香草である。福島県以南の本州・九州の主として川岸や川原などの肥沃な氾濫原に生えるが、近年では開発によって生育適地が激減したため、絶滅に瀕するようになった。日本にあるものは古い時代に中国から帰化したといわれるが、それを直接裏づける資料はなく、原生したという意見も根強い。キク科植物はどれも小さな花が集合してできた頭花《とうか》をつけるが、舌のような形をした花弁をもつ舌状花《ぜつじょうか》と筒状の花弁をもつ筒状花《とうじょうか》の二種がある。フジバカマは五個の筒状花からなる頭花がさらに散房状に多数つき、雌しべの花柱が花弁より長く飛び出して先が二裂しているので、全体として多数の糸が絡まったような印象を受ける。藤袴という名は花の色が淡紅紫色で藤に似て筒状の花弁が集合した花序が袴に似ていることによる。

フジバカマの全草に乾燥重量の一・五～二パーセントの精油が含まれ、モノテルペン類を主とする。また、クマリンも含まれ、かすかにサクラの葉に似た匂い（クマリン臭）がする。古医方で気を益する効があり、膏にして髪に塗るなどするほか、利尿・通経などの効があるとされるが、中国ではフジバカマの薬用としての利用は古くから低調であり、日本漢方ではまったく用いない。『神農本草經』では上品に列せられるが、フジバカマエキスを多量に摂取すると、血糖過多・糖尿諸症を起こし、腎・肝臓に障害を起こすという報告もある。古来、香草として珍重され浴料に供して香を興じたが、優れた香料の出現で相対的に価値は低下した。

ほ

ほほがしは（保寳我之婆）　モクレン科（Magnoliaceae）ホオノキ（*Magnolia obovata*）

吾が背子が　捧げて持てる　ほほがしは　あたかも似るか　青き蓋《きぬがさ》

吾勢故我　捧而持流　保寳我之婆　安多可毛似加　青蓋

（巻十九　四二〇四、僧恵行《えぎやう》）

皇神祖《すめろき》の　遠御代御代《とほみよみよ》は　い布《し》き折り　酒飲むといふぞ　このほほがしは

皇神祖之　遠御代三世波　射布折　酒飲等伊布曾　此保寳我之波

（巻十九　四二〇五、大伴家持《おほとものやかもち》）

【通釈】右の二つの例歌は、ともに「攀《よ》ぢ折れる保寳《ほほ》の葉を見る歌二首」の序がある。第一の歌の結句「青蓋」は、『和名抄《わみょうしょう》』に「蓋　涅槃經云　幢幡寶盖　岐沼加散　又有白盖　高座上具也」とあるので、「青きキヌガサ」と読む。キヌガサとは絹織物で張ったさしかけ傘であり、儀制令によって各身分ごとに色や装飾が細かく決められていた。それによれば、皇太子は表を紫、裏を蘇方《すおう》（赤紫色のこと）、親王は紫の大きな纈《ゆわた》（絞り染めのこと）、一位は深緑色、三位以上は紺色、四位は縹《はなだ》色（薄い藍色のこと）、四品《しほん》（皇族の位階）以上および一位は頂と四隅を錦で覆って房を垂れ、二位以下は錦で覆うこと、大納言以上は房を垂れる云々とあり、「青き蓋」は一位という高貴な人物が用いる。ホホガシハの枝先に大きな葉が集まっている様子をキヌガサに見立てて詠った。通釈すると、我が親しき人が捧げもつホホガシハの枝は、まるで青いキヌガサのようです（それをもつあなたは高貴なお方に見えますよ）、となり、「吾が背子」とは大伴家持を指す。第二の歌は、僧恵行の前歌に続いて同じ情景のもとで大伴家持が答えて歌った。「射布折」は「い布き折り」と訓じ「い」は動詞の上につく意味のない発語で、「い座《ま》す」、「い向ふ」、「い渡らす」などと同じで、布には敷の義がある。この歌は、遠い昔の皇神祖の御代では、ホホガシハの葉を折り取って敷いて、それを盃にして酒を飲んだそうだという意味になり、伝説か神話物語を題材にして詠んだと思われる。このことは古い時代にホホガシハの大きな葉を炊事に用いていたことを示唆し、民俗学的に興味ある歌である。

【精解】二つの例歌にあるホホガシハ（保寶我之婆）は、『和名抄』に「本草云　厚朴　一名厚皮　漢語抄云　厚木　保々加之波乃岐　釋藥性云　重皮　保々乃可波　厚朴皮名也」とあり、『神農本草經《しんのうほんぞうきょう》』に中品として収載される厚朴《こうぼく》の和名である。『圖經本草《ずけいほんぞう》』（蘇頌《そしょう》）は「木の高さ三四丈、徑一二尺、春に葉を生じ槲葉の如く、四季凋《しぼ》まず。花紅《あか》くして實は青く、皮は極めて鱗皺にして厚く、紫色にして潤ひ多き者は佳く、薄くして白き者は（『本草品彙精要』薬に入るに）堪へず」とあり、「四季凋まず」は誤りであるが、『證類本草《しょうるいほんぞう》』にある図を合わせると、モクレン科ホオノキの類であることはまちがいない。

『本草綱目』（李時珍）の釋名に「其の木、質朴にして皮厚く、味辛烈にして色紫赤なり、故に厚、朴、烈、赤の諸名有り」と記述されるように、厚朴のほか烈朴・赤朴・厚皮などの別名の由来を記述している。厚朴は今日でも漢方で賞用される生薬であり、中国ではモクレン科モクレン属のトウホオノキ（湖北厚朴）あるいはその変種（温州厚朴）の樹皮を基原とする。精油分がとりわけ多いものを紫色厚朴と称して最佳品とするが、『圖經本草』にあるように樹皮は紫赤色である。中国では植物・生薬の同名異物が珍しくないのであるが、厚朴は、本草書の記述で見る限りでは、神農皇帝の古い時代から今日にいたるまで、同じものすなわちトウホオノキとその変種を基原としてきた。このことは、『説文解字《せつもんかいじ》』に「朴は木皮なり」、『廣韻《こういん》』に「朴、又厚朴は、藥名なり」とあり、一貫して樹皮が薬用とされてきたことを示唆する。しかし、実際には、同名異物の偽品があったようで、天平勝宝八（七五六）年に聖武天皇の遺愛品とともに収められた正倉院御薬にある厚朴は、クルミ科 ***Engelhardia roxburghiana***（中国名・黄杞）の樹皮であることが明らかにされている（指田豊ほか、日本生薬学会第五十四回年会、二〇〇七年）。このものは皮が厚く、「薄く白き者は堪へず」に該当するものではないが、唐代から偽品があったことは厚朴の正品がそれだけ稀少であったことを示唆する。

日本には、トウホオノキに近縁のホオノキすなわちホホガシハがあり、これを和厚朴と別称した。朝鮮にはトウホオノキやホオノキに近縁のモクレン属高木はなく、クスノキ科タブノキを朝鮮厚朴と

称して用いた。タブノキが豊産する日本でも、厚朴の基原に混乱が生じたことはなく、朝鮮本草がわが国の本草に対してほとんど影響力をもたなかったことを示す。

厚朴は『神農本草經』に「中風、傷寒の頭痛、寒熱、驚悸、氣血痺、死肌を主《つかさど》り、三蟲を去る」効果があるとされる。江戸時代の名漢方医・吉益東洞《よしますとうどう》（一七〇二—一七七三）は著書『薬徴《やくちょう》』で「主として胸部、腹部の腫脹や膨満を治す、また腹痛も治す」と述べている。厚朴にはクラーレ様の筋弛緩・抗痙攣作用成分（マグノクラリン）が含まれ、また広範な抗菌スペクトルを示す成分も知られている。さらに、水エキスには持続的な鎮静作用のほか、抗炎症・抗アレルギー作用が認められている。特に鎮静作用は気滞を治すとする半夏厚朴湯の薬効を考えるうえで興味深い。気滞とは気が偏って滞った状態を指し、頭が重く咽喉や食道が詰まる感じで腹痛やおなかがふくれる不快感をもたらす状態であり、東洞が『薬徴』で記述しているのも同義である。現代医療の現場でも、半夏厚朴湯は神経症や神経性胃炎などに用いられている。そのほか、健胃薬として腹痛・嘔吐・下痢などに用い、平胃散《へいいさん》や五積散《ごしゃくさん》など重要な漢方処方に配合される。中国産の厚朴は唐厚朴と称され上品とされるが、日本にはほとんど流通しないので、もっぱら和厚朴が用いられてきた。

江戸時代以前でも同様であり、日本漢方が厚朴について蓄積してきた口訣《くけつ》（治療上のノウハウ）はすべて和厚朴から得たものである。逆に中医学では唐厚朴だけを扱ってきたから、日本漢方と中医学では厚朴に関する見解に若干の相違がある。そのほか、中国では蕾を厚朴花、果実を厚朴子と称し、厚朴とほぼ同様に用いるが、日本では後者を「朴《ほお》の実《み》」と称して民間で淋病・嘔吐・風邪などに用いる。

ホオノキは北海道から九州までの山野に普通に生える日本特産の

ホオノキ　花（上）はクリーム色がかった白色で、５月～６月、枝の先端に上向きに咲く。果実（下）は、たくさんの袋果が集まったもので、熟すと裂けて、赤色の種子がぶら下がる。

モクレン科落葉高木である。大きいものは樹高三十メートル、胸高直径一メートル以上になるが、そんな大木はまず見かけない。なぜならホオノキは、加工しやすく家具・楽器部材・工芸品・建具などに広い用途があり、目ぼしいものは伐採されてしまうからである。朴歯の下駄といわれるように、昔は高級下駄の原材料であり、また版木や刀の鞘にも賞用された。長さ二十～四十センチ、幅十五～二十五センチに達する葉は本邦産木本植物では最大級である。ホオノキの英名を**Japanese umbrella tree**というが、枝先に大きな葉が集まって互生する様を傘に見立てたものである。ちなみに**umbrella tree**とはアメリカ南東部に分布する同属種の*Magnolia tripetala*をいい、やはりホオノキと同様に葉が大きい。ホオノキは直径十五センチに達する大きな花をつけるが、その割に季節の歳時記として話題となることはまずない。花は葉が完全に開ききってから、一カ月から二カ月にわたって散発的に開花するので、大きな花も葉に隠れてあまり目立たないからである。同属種のコブシやタムシバが葉の出る前に空を真っ白に染めるような花をいっせいにつけ、一週間ほどで散ってしまうのと対照的である。一つの花の寿命は五日ほどで、その間に強烈な匂いを放ち続けるのも、コブシとは異なる性質である。ホオノキの葉は芳香があるので、朴葉味噌・朴葉寿司・朴葉餅などに用いられ、地方によっては柏餅とは朴葉餅を指すところがある。古代でも飯を盛り粽《ちまき》に繁用されたことはその古名ホホガシハでわかるだろう。

ほよ（保與）

ヤドリギ科（Loranthaceae）ヤドリギ（*Viscum album* var. *coloratum*）

あしひきの　山の木末《こぬれ》の　寄生《ほよ》取りて　挿頭《かざ》しつらくは　千年寿《ちとせほ》くとぞ
安之比奇能　夜麻能許奴禮能　保與等理天　可射之都良久波　知等世保久等曾
（巻十八　四一三六、大伴家持《おほとものやかもち》）

【通釈】序に「天平勝寶二（七五〇）年正月二日に國庁に於て、饗を諸郡司等に給ひて宴せし歌」とあり、家持が越中の国司であった時の宴席での歌である。「こぬれ」は「木《こ》の末《うれ》」が詰まって訛ったもの。「寿く」は祝うの意で、「ほがふ」、「ことほぐ」、「ことぶく」ともいう。歌の意は、山に生える木の枝先のホヨを取って挿頭にしたのは、千年の長寿を祝ってのことですとなる。ホヨは落葉樹に寄生するが、常緑で冬でも青々としているから長寿の象徴と考えられた。

【精解】 ヤドリギは宿り木であり、ほかの木に寄生して生える植物である。世界に約千四百種あってヤドリギ科にまとめられている。大半は熱帯にあり、日本にはわずか六種が自生するにすぎない。種によっては普通にあり、古くから宿り木の名で親しまれてきた。『和名抄《わみょうしょう》』に「本草云　寄生　一名寓木　寓亦寄也　音遇　夜度利岐　一云保夜」とあるホヤの古い名が右の例歌にあるホヨと考えられ、結果からいえば、今日のヤドリギのことを指す。ヤドリギの方言名としても、ホヤは東北地方から中国地方まで広範囲に見られ、一部地域（長野県安曇・伊那）では万葉名のホヨを残す。中国では『神農本草經《しんのうほんぞうきょう》』の上品に桑上寄生《そうじょうきせい》の名前で収載され、別名として寄屑《きせつ》・寓木《ぐうぼく》・宛童《えんどう》を挙げている。『本草綱目《ほんぞうこうもく》』（李時珍）では以上の名のほかに蔦木《ちょうぼく》を挙げ、李時珍はこれらの名の由来を「此の物、他の木に寄寓して生じ、鳥が上に立つが如く、故に寄生、寓木、蔦木と曰ふ」と述べている。蔦は今日ではツタと読まれるが、『説文解字《せつもんかいじ》』に「蔦は、寄生艸なり」、『廣韻《こういん》』にも「蔦は、樹上の寄生なり」とあり、樹木に絡みつく蔓性植物のほかに、ヤドリギも含めている。また、『新撰字鏡《しんせんじきょう》』にも「蔦　都交反保與」とある。『延喜式』第巻三十七「典藥寮」の諸國進年料雜藥にある寄生もホヨ（ホヤ）である。

　古くから、ヤドリギは木に寄生するものとされているが、光合成も行っているので、正確には半寄生植物である。わが国に自生するヤドリギには数種あるので、まずその概略を述べる。

　ヤドリギ科は、ヤドリギ亜科とオオバヤドリギ亜科に大別され、前者に属するのはヒノキバヤドリギとヤドリギの二属二種である。ヒノキバヤドリギは大きく成長しても十センチにしかならず、関東以西のわが国の暖帯と台湾・中国中南部からヒマラヤに分布し、ツバキ、ネズミモチ、ソヨゴなどの照葉樹に寄生する。ヤドリギはヒノキバヤドリギとは別属種で、北海道から九州南部までのわが国各地のほか、朝鮮・中国に分布し、欧州から西アジアに分布するセイヨウヤドリギの変種に当たる。南日本ではニレ科のケヤキ、エノキ、ムクノキ、北日本ではブナ科のミズナラに寄生することが多く、そのほかバラ科、クワ科などの落葉広葉樹にも寄生する。葉がやや多肉の常緑小低木で、花は黄色で淡黄色の球形液果をつけるが、赤い実の品種がありアカミヤドリギと称する。ヤドリギの属名 ***Viscum*** は粘性のあるという意味であり、茎葉・果実に粘液を含み、鳥もちの原料とした。茎葉にはでんぷんも含まれ、東北地方ではこれをすり潰してひょう餅をつくり、救荒食とした。「ひょう」とは東北地方の方言名でホヨの転訛である。救荒時以外は、冬も青々しているので家畜の飼料として利用した。

　母種のセイヨウヤドリギは、果実が白いのを除けばヤドリギとよく似ており、ヨーロッパとりわけイギリスやフランスなどではミスルトウ（**mistletoe**）と呼んでクリスマスの飾りに用いる。聖書にはヤドリギは登場しないので、もともとはキリスト教と関係がなかったといわれる。古代ヨーロッパでは、ケルト人の聖職者がオークの木に寄生したヤドリギを夏至や冬至に切り取って祭壇に供える風習があったといわれ、それが後に伝わったキリスト教と結びついたらしい。ヤドリギが神聖視されたのは、宿り主のオークが落葉しても青々と茂っているからであり、死後の復活を信じた古代ヨーロッパ人には枯れ木が再生したように見えたのであろう。家持の歌にある「千年寿くとぞ」も同じ発想であるのはおもしろい。オオバヤドリギ亜科は三属四種がわが国に分布する。オオバヤドリギとニンドウバヤドリギは同属異種で、前者はカシ・シイなどの常緑樹のほか、クワにも寄生する（これを中国では桑上寄生という）ことがあり、東海地方以西から南西諸島・中国に分布する。花は赤色で楕円状の液果は赤熟する。ニンドウバヤドリギはその近縁種で八重山諸島（西表島）と台湾に分布する。

　マツグミはクロマツ、アカマツ、モミ、ツガなどの針葉樹に寄生する常緑の低木であり、関東・富山以西の本州・四国・九州に分布する。花は赤く、その名にあるようにグミに似た球形の赤い液果をつける。果実は粘性が強く、未熟な果肉から鳥もちをつくる。熟果は甘味があり、子供のおやつとなった。ホザキヤドリギはミズナラ、クリ、ナシ、サクラなどに寄生し、日本産ヤドリギ科では唯一の落葉低木である。本種は中部地方以北の本州・朝鮮・中国北部に分布し、楕円形の液果は淡黄色に熟する。

　中国で寄生の名のつくものはいくつかあり、必ずしもヤドリギ科にかぎらない。たとえば、松上《しょうじょう》寄生《きせい》は地衣類のサルオガセ類を指し、マツグミのようにマツに多く寄生する高等植物類は含まれない。逆に、桑上寄生は、『本草經集注《ほんぞうきょうしっちゅう》』（陶弘景《とうこうけい》）に「松上に施《は》えるものは、方家亦た用ふること有り。楊上、楓上の者は則ち各其の樹に随ひて之を名づく。形類は是れに猶《おな》じくして一般なり。但し、根津の所因とする處は異法と爲す。樹枝の間に生じ、寄根は皮の節の内に在り、葉は圓く青赤、厚く澤《つや》があり折れ易く、傍に自ら枝節を生ず。冬夏、生じ、四月、白き花をつけ、五月、赤き實をつけ、大きさ小豆の如し」とあるから、明らかにヤドリギ科植物である。しかし、

ヤドリギの果実　緑の枝が二股に分かれながら広がり、その上の方に花をつけて実を結ぶ。液果は球形で、淡い黄色。

これだけではオオバヤドリギ亜科・ヤドリギ亜科のいずれとも判断しかねるから、ヤドリギとその近縁種、マツグミやオオバヤドリギとその近縁種を区別していなかった可能性が高い。

家持の歌は越中国に滞在中のものであるから、地理的分布を考えると、マツグミ、ヤドリギの二種が候補に挙げられる。そのうち、越中国はマツグミの北限に当たり、稀少種であったと思われる。一方、国産ヤドリギ科植物の中ではヤドリギがもっとも普通に分布するから、おそらく家持の詠んだのはヤドリギであろう。これを挿頭にする風習は、中国の文献に見当たらないが、『神農本草經』で桑上寄生の実の薬効を「目を明にし、身を軽くし、神に通ず」と記述しているから、神仙の霊薬とされていたことと無関係ではないだろう。

桑上寄生は、日本では桑寄生《そうきせい》と称し、一部の漢方流派では、桑寄《そうき》生散《せいさん》を「妊娠の下血の止まざるを治す」（『醫法明鑑』）、また「胎漏、經血、妄行、淋瀝の止まざるを治す」（『常山方』）に用いる。しかし、これが本当にヤドリギを基原とするものか明瞭ではない。桑寄生は、本来、桑の木に寄生するヤドリギをいう。しかし、ヤドリギが桑に寄生することは稀であるから、結局、ほかの植物に寄生するものを指すようになり、また、桑の木に寄生するものならなんでもということでヤドリギ以外のものを含めるようになった。特に、後世の日本では、『大和本草《やまとほんぞう》』に「本草ノ序例桑耳ヲモ桑寄生ト云桑ノ木ニ生スル猿ノコシカケナリ」とあるように、サルノコシカケ科の担子《たんし》菌類《きんるい》の菌核を同名で用いていた。

ま

まつ（松・待・麻都・末都・麻追）

マツ科（Pinaceae）アカマツ（*Pinus densiflora*）
マツ科（Pinaceae）クロマツ（*Pinus thunbergii*）

み吉野の　玉松が枝は　愛《は》しきかも　君が御言《みこと》を　持ちて通はく
三吉野乃　玉松之枝者　波思吉香聞　君之御言乎　持而加欲波久
（巻二　一一三、額田王《ぬかたのおほきみ》）

松の花　花数にしも　吾が背子が　思へらなくに　もとな咲きつつ
麻都能波奈　花可受尓之毛　和我勢故我　於母敝良奈久尓　母登奈佐吉都追
（巻十七　三九四二、平群氏女郎《へぐりのうぢのいらつめ》）

【通釈】第一の歌は、「吉野より蘿《こけ》生《む》せる松が柯《えだ》を折り取りて遣はせし時、額田王の奉《たてまつ》り入るる歌」の序がある。蘿は地衣類のサルオガセであっていわゆるコケ類ではない（コケの条を参照）。第三句はいつくし、いとほしの意。この歌は額田王が弓削皇子《ゆげのみこ》（?—六九九）より松の枝を贈られたことに答えた歌で、この吉野の松の枝は何と愛すべきものでしょうか、あなたの御言葉をもって通ってくるとはとなる。第四・五句はわかりにくいが、マツは長寿の象徴でめでたいものとされ、また木の枝にメッセージを書き記した文を結ぶ習慣があったことを知れば理解できるだろう。第二の歌は、「平群氏《へぐりのうじの》女郎《いらつめ》の越中守大伴宿禰家持《おほとものすくねやかもち》に贈れる歌十二首」の序がある。松の花に言及する唯一の歌であるが、第二句の「花数にしも」から、花のうちに数えられないことを示す。結句の「もとな」は「故《もと》なく」の短縮形で、わけもなく、いたずらにの意。この歌の通釈は、松の花は花の数に入るとはあなたは思っていらっしゃらないのに、いたずらに咲いておりますとなるが、自分（平群氏女郎）を松の花に譬《たと》えて詠ったもので、片思いの切なさがよく表されている。

【精解】マツの名は万葉集の七十七首に出現するが、漢字の「松」で表記されるものが六十二首と圧倒的に多く、ほかに借訓仮名の「待」が三首、借音仮名は「麻都」（八首）、「末都」（三首）、「麻追」（一首）の三種を合わせても十五首にすぎない。万葉集で「松」の字が多用されているのは、当時の中国で松が長寿・節操・繁栄を象徴する瑞木《ずいぼく》とされており、その文化的影響力によるものであろう。大伴家持・山上憶良などそうそうたる万葉歌人が詠っていて、中国文化の影響は万葉歌の随所に見ることができる。中国では、『史記《しき》』「龜策列傳」に「松柏は百木の長たり、而して門閭（村里の入口門）を守る」とあるように、柏（ヒノキ科コノテガシワ）とともに門閭《もんりょ》に植えられ、集落を守る神の依代と考えられた。日本には門閭はないからこの風習はないが、各門戸に飾る門松の風習は祖霊神・穀霊神を迎える信仰に基づくとされ、同源と考えられる。

　門松の起源については諸説があるが、『堀川院御時百首和歌』に「門松をいとなみ立るそのほどに春明がたに夜や成ぬらむ」（藤原顕季）とあるのが文献上の初見である。平安時代末期の漢詩集『本朝無題詩』（『群書類従』第九輯文筆部に所収）巻第五に「長齋の間、詩を以て書に代へ、江才子に呈《たてまつ》る」という惟宗孝信《これむねたかこと》（一〇一五―？）の詩があり、その一句「鎖門の賢木をもって貞松に代ふ」の自注に「近来、世俗は皆松を以て門戸に挿す。而れども余は賢木《さかき》を以て之に換ふ。故に云ふなり」とある。一般にはこれも門松に言及した記述と信じられている。また、『梁塵秘抄《りょうじんひしょう》』巻第一「今様　春十四首」に「新年春くれば門に松こそ立てりけれ、松は祝のものなれば君が命ぞ長からん」とあるように、門松に長寿の祈願が込められていることがわかる。『源氏物語』「初音《はつね》」に「今日は子《ね》の日なりけり。げに千年の春をかけて祝はむにことわりなる日なり。姫君の御方に渡りたまへれば、童女、下仕へなど、御前の山の小松引き遊ぶ。若き人びとの心地ども、おきどころなく見ゆ」という一節がある。これは平安時代に始まったとされる「子の日の小松引き」を描写したものであり、これも長命の松にあやかって長寿を祈願するものであった。紀貫之《きのつらゆき》の『土佐日記』に『ある女の書きて出せる歌、「おぼつかな今日は子の日か海女《あま》ならば海松《うみまつ》をだに引かましものを」とぞ言へる。海にて子の日の歌にてはいかがあらん』という記述は、松のない海中の旅で、海女であれば同じ松の字をもつ海松《みる》で小松引きの代用ができるのだがという心中を表したもので、平安末期にこの風習が根強いものであったことを示唆する。

以上はいずれも平安後期のものだが、さらに時代をさかのぼった『菅家文草《かんけぶんそう》』巻第六（菅原道真、九〇〇年）の「雲林院に扈従《こじゅう》して感歎に勝《た》へず、聊《いささ》かに観《み》る所を叙《の》ぶ」にも「予も亦た嘗て故老に聞けることありき。曰く、上陽の子《ね》の日、野遊し老を厭《おさ》ふと。其の事如何《いかん》、其の儀如何といふに、松樹に倚《よ》りて以て腰を摩《こ》することは、風霜の犯し難きことを習ふなり。菜羹《さいこう》を和して口に啜《すす》ることは、氣味の克《よ》く調《ととの》ほらむことを期するなり云々」とあり、「小松引き」とは異なる形式ながら、マツのもつ霊力にすがって長寿を願う点において同源の習俗と考えてよいだろう。

「子《ね》の日の小松引き」も門松の起源の一部となったと推察されるが、古代中国ではどうであっただろうか。中国古代の風習を書き記した古典として隋代の『玉燭寶典《ぎょくしょくほうてん》』（杜台卿《とだいけい》）、六朝時代（六世紀）の『荊楚歳時記《けいそさいじき》』（宗懍《そうりん》）がよく知られるが、前者には松に関する記述はなく、後者に「正臘の旦、門前に烟火・桃神・絞索・松柏（＝柏）を作り、雞を殺して門戸に著くるは、疫を逐ふの禮なり」とあり、元旦に松柏（マツ・コノテガシワ）を門戸に飾ったことが記されている。これをもって門松の起源と考えられなくもないが、平安時代に大流行した「子《ね》の日の松」に結びつくものは中国の古文献にはみられない。子《ね》が十二支の筆頭であるから、元旦以外に行事を充てるため子《ね》の日を選んだと思われるが、この発想は日本独自のものかもしれない。中国では松柏は長寿だけではなく、節操の象徴でもあった。『論語』に「歳寒くして然る後に松柏の凋《しぼ》むに後るるを知るなり」とあるように、寒い冬でも強風が吹いていても緑を絶やすことなく変わらないので、人に節操があるべき例として譬えられた。しかし、今日の日本で、門松で松とともに飾られるのは柏ではなく竹である。『詩《し》經《きょう》』小雅・斯干《しかん》に「秩秩たる斯干《しかん》　幽幽たる南山　竹の苞《しげ》るが如く　松の茂るが如し」とあり、松竹は旺盛な生命力から繁栄の象徴とされた。また、『三国名臣序賛』（袁宏《えんこう》）の「競ひて杞梓《きし》を収め、争ひて松竹を采る」は、松柏と同様、節操を守ることの高い譬えを表わすという。江戸初期の『世諺問答《せげんもんどう》』（『群書類従』第二十八輯雑部に所収）に「一日（元旦）より賎が家ゐに門の松とて立て侍るはいつ頃より始まれる事ぞや」という質問があり、「いつ頃とは確かに申し難し」と答えるに留まっている。しかし、当時、既に門松に松とともに竹を立てシダ・ユズリハの注連縄《しめなわ》を飾る風習があったことを記しており、民俗学的観点から注目に価する。この風習がいつ頃から始まったかは定かでなく、『古今要覧稿』（屋代弘賢）は応永年間（一三九四―一四二八）以前にはさかのぼることはないという。また、門松で松と竹が飾られるのは松柏の代わりというわけではなく、また、中国のように節操を表すものでもなさそうで、松竹梅というように単にめでたいものの象徴にすぎないようだ。

日本三景といえば天橋立・松島・厳島であるが、このいずれの景勝地もマツを主体とした植生が後背にあり、マツなくしてその美し

アカマツ　常緑の高木で、高さ３０メートルにもなることもある。樹皮が赤みを帯びる。

さを語ることはできない。後述するようにマツが人里に進出したのは歴史時代になってからであり、有用であることのほか、樹形が美しいこともあって、よく植栽され、どこにでもある身近な樹木となった。万葉時代にも広く分布していたことは七十七首の歌に詠まれていることからわかるだろう。一般に、マツとはマツ科マツ属種の総称であり、短枝に二～五本の針葉を頂生する。日本列島には二本の針葉をもつ二葉松《すたばまつ》類が三種、五本の針葉をもつ五葉松《ごようまつ》類が四種分布する。いわゆるマツは二葉松であり、北海道と南西諸島を除く日本本土にはアカマツとクロマツの二種が分布し、生育環境によって住み分けている。

　クロマツは海岸地帯に生え、乾燥や潮風に強く、沿岸の砂丘や岩崖上ではしばしば純林状のクロマツ林を形成し、わが国景勝地にあっては美林として欠かせない存在である。防潮・防砂の目的で海岸や河岸・街道沿いに植栽されたものも多く、自然植生との区別を難しくしているが、内陸部にあるものはまず例外なく植栽したものである。一方、アカマツは主として内陸部の山地の尾根筋など土壌が薄くて痩せた地に生えるが、北上するにしたがって海岸近くに生えるようになる。近畿地方北部の天橋立ではクロマツと混生するが、東北南部の松島ではほぼアカマツだけとなる。日本の古典でマツが登場するのは、『古事記』の「景行天皇紀」で、倭建命《やまとたけるのみこと》が尾津の前の一つ松の下で食事をしたときに忘れた御刀が失われずに残っていたという記述がある。尾津の前は尾津崎であるから、一つ松は海辺に生えていたことになるが、このマツはクロマツにちがいない。

　万葉集でも浜（の）松とあるのが八首あるほか、海浜や磯に生えているマツを指すと思われるものは約二十五首あり、これらはすべてクロマツと考えてよい。一方、前述の額田王が詠った「み吉野の玉松」は明らかに吉野という内陸の山地生のマツであり、ほかに山に生えているマツを詠ったものは万葉集に約十五首あり、これらはすべてアカマツと考えてまちがいない。アカマツとクロマツは外形がよく似ているから、万葉時代では区別されていなかったと思われる。この両種が区別されるようになったのは江戸時代からで、『大和本草《やまとほんぞう》』（貝原益軒《かいばらえきけん》）は「松ニモ亦雌雄アリ雌松ハ其葉美ナリ葉小ク木皮赤シ」と述べ、今日のアカマツをメマツ、クロマツをオマツと区別している。アカマツ・クロマツの名が出てくるのは江戸時代後期になってからで、『本草綱目啓蒙《ほんぞうこうもくけいもう》』（小野蘭山《おのらんざん》）で「松ニ雌雄アリ雄ナル者ハ皮ノ色黒シ故ニクロマツト呼ブ漢名黒松説鈴ヲマツナリ雌ナル者ハ皮ノ色赤シ故ニアカマツト呼ブ漢名赤松彙苑メマツナリ」とあるのが最初である。『本草和名』に「松脂　和名乎加末《ヲカマ》都乃也尓《ツノヤニ》」とあり、ヲカマツの名があったことを示すが、丘すなわち山地に生えるアカマツを指すと思われる。『醫心方《いしんぽう》』の著者丹波《たんば》康頼《やすより》（九一二—九九五）が編集したとされる『本草類編』（別名『康頼本草』、『續群書類従』第三十輯下雑部に所収）に安加末川とあるが、本書は平安時代ではなくずっと後世になって編集された偽書といわれているので、この名が平安時代にあったかはなはだ疑わしい。

　マツは、今日の日本では、もっともありふれた植物の一つである。中部以西の本州・四国・九州でもっとも広い面積を占めるのはアカマツ林であり、クロマツもまた本州・四国・九州の海岸に沿っていたるところに見られる。万葉集でハギ・ウメについで多く詠われるのもどこにでもある植物だからであろう。しかし、古い時代の地層から出土する植物遺体は少なく、有史以前の日本では今日ほど優占する植物種でなかったと考えられている。すなわち、歴史時代になって人の活動が活発になってから急増したのである。大阪府堺市陶《すえ》邑《むら》の須恵器《すえき》窯跡から採取された炭片の樹種分析によると、五世紀まではは常緑カシ類、広葉樹がほとんどであったのが、六世紀、七世紀と時代を経るにしたがって、これらの樹種の割合は減り続け、それに代わってアカマツが出現し、八世紀になるとほとんど置き換わったことが明らかにされている（『海をわたった華花』）。一般に、松炭は火力が強く窯業に適しているのだが、古い時代の遺跡から出土していないのは、その当時ではマツの資源量が少なかったことを示し、常緑カシ林、広葉樹林を伐採した跡に成立したアカマツ林を利用するようになったのである。同様のことは各地の遺跡における花粉分析でも明らかにされており、鎌倉市永福寺跡ではスギの減少とともにマツが増加したことがわかっている（『海をわたった華花』）。ここではスギ林が伐採された後にアカマツ林が成立したと考えられている。『魏志倭人伝』は古墳時代以前の日本について記述した貴重な資料であるが、「倭の地は温暖、（中略）その山には丹あり。その木には枏・杼・豫樟・楺・櫪・投（柀の誤とする説あり）・橿・烏号・楓香あり。その竹には篠・簳・桃支。薑・橘・椒・蘘荷あるも、以て滋味となすを知らず」のように、当時の日本に生えている植物種について言及しているのだが、意外なことにこの中にマツに相当するものは見当たらない。マツはほかの植物に比べて著しい形態的特徴をもち、中国で瑞木とされるから、魏使が見落とすとは思えず、マツは日本列島に原生するものの、原植生にあっては個体数の少ないものであったことを示唆する。

　ではどのようにしてマツは分布域を広げたのであろうか。マツは土壌が浅く風が強い風衝地や岩が露出した乾燥地などどこにでも生える適応力があり、陽樹で成長が早く植生遷移《しょくせいせんい》の先駆植物としてよく知られている。すなわち、森林植生が破壊され、草地から森林へ移行するとき、真っ先に出現する樹種である。日本列島南半部の潜在植生はシイ・カシなどの常緑樹を主体とする照葉樹林であるが、貧栄養地の多い西日本ではまずアカマツが出現する。アカマツ林の林冠は照葉樹林のように塞ぐことはないから、林内には十分な日光が差し込み、林床には陽生の常緑樹や落葉樹が生育する。これを放置するといずれ照葉樹林に置き換わるが、今日までアカマツ林が広く残っているのは、一つには柴刈りなど人の干渉が加わって植生遷移の進行を止めるなどアカマツの生存にとって都合のよい条件があったからである。アカマツは建築材・炭焼き材など用途も広く、経常的に伐採、利用されたことも、アカマツ林の更新や維持に役立った。花崗岩地帯ではアカマツ林の繰り返し利用の結果、表層土が流出して潜在植生であるシイ・カシ林が復活できなくなったところもあるが、このようなところでは、マツタケが生えやすくなる。後世には、秋の味覚として高く賞用されるマツタケであるが、原生の日本列島に多産したものではない。マツ林の恵みはマツタケだけに限らず、茯苓《ぶくりょう》という漢方の要薬をも供給する。『神農本草經』の上品に収載される伏苓は、漢方では胃内停水・小便不利・口渇など水毒による病状を治す駆水薬として繁用する。『本草衍義《ほんぞうえんぎ》』（寇宗奭《こうそうせき》）では「乃ち、樵斫《せうしゃく》（伐採されること）訖《をは》ること多年、松根の氣味の生ずる所、此れ根の氣味を蓋《おほ》ひ、噎鬱《いつうつ》して未だ絶へず、故に是物と爲す。然れども亦た土地の宜しきと宜しからざるより、其の津氣の盛なる者、方《まさ》に外に發泄し、結びて茯苓と爲し、故に根を抱かずして物を成す。既に其の本體を離れ、則ち苓の義有るなり」と記述され、『本草綱目《ほんぞうこうもく》』（李時珍）は「史記龜策列傳は茯靈に作る（原典では「伏靈なる者、千歳の松根なり」とある）。蓋し、松の神靈の氣、伏結して成る。故に之を茯靈、茯神と謂ふなり。仙經に言ふ、茯靈の大なること拳の如き者、之を佩《お》びれば百鬼を消滅せしむ、則ち、神靈の氣なりと」と述べている。このことからわかるように、古代中国では神仙・神霊の妙薬とされてきた。『淮南子《えなんじ》』に「千年の松、下に茯苓有り、上に兔絲《とし》（ネナシカズラの類）有り」、『典術』に「松脂、地に入りて千歳にして茯苓と爲す」とある（『本草綱目』より引用）が、実際の茯苓はサルノコシカケ科の担子菌《たんしきん》の一種がマツの根に寄生して成長した菌核《きんかく》で、通例、伐採後、数年経た根の周囲に発生し、老木に寄生することはない。菌核にマツの根が通ったものを茯神《ぶくしん》として区別され、薬効に優れるとして古くは珍重された。『延喜式』巻第三十七「典藥寮」の諸國進年料雜藥に全国から茯苓の貢進のあったことを記録しており、美濃國卅斤、遠江國卅斤、上總國廿八斤、常陸國百六十六斤、石見國六斗と、他国が数斤前後であるのと比べてこれら諸国の貢進量は突出する。美濃を除く三国は広大な砂浜があり、発達したクロマツ林から産出したものであろう。『本草和名《ほんぞうわみょう》』に「伏苓　一名伏菟一名伏神　有根者　一名浮水之髄一名浮水玄靈之髄　出大清經　一名松髄一名木威僖　已上出兼名苑　一名終神之伏胎　出大清經　一名神丹一名太一紫粉一名致精一名元気一名玉英一名太一遺生　如龜者也已上出神仙服餌方　伏苓者天精也　出大清經　和名末都保止」とマツホドの和名があるが、この名は今日でも通用する。多くの異名はいずれも神仙の霊薬を表す名であり、霊木・瑞木であるマツの根に発生するマツホドが古代中国でそして日本でいかに珍重されたかわかる。ホドとは、物の中に含まれてあるものを意味する古語で、一般に地中など目に見えないところにある塊をいう。別和名でマツホヤもあるが、ホヤとはホヨと同義で、マツに寄生するのでこの名がある。

『神農本草經』の上品に松脂《しょうし》の名があり、松は古い歴史をもつ薬用植物でもある。マツ科マツ属各種の植物の樹皮を傷つけると粘凋性の樹脂を分泌する。これはアビエチン酸を主成分とするジテルペンカルボン酸（樹脂酸と総称する）のほか、精油成分を十五～三十《パーセント》含むバルサムであり、これを生松脂《なままつやに》（テレビンチナ）という。『本草和名』に「松脂　一名松膏一名松肪一名丹光之母一名丹光眞華之母　出大清經　一名樠　音門出兼名苑　一名木明　出錄驗方　松脂者木精也　和名乎加末都乃也尓」とあり、多くの異名がある。中国で、松脂と称するものは、『圖經本草《ずけいほんぞう》』（蘇頌《そしょう》）で「皆、先ず錬治すべし。其の法、大釜を用ひ水を加えて甑《こしき》を置き、白茅を用ひ甑の底に藉《し》き、又黄砂を茅の上に厚さ寸許り加えて可《よ》し。然る後に松脂を上に布《し》き、桑の薪《まき》を以て炊《た》く云々」と記述されるように、土焼きの蒸籠《せいろう》（これを甑《こしき》という）を釜の上に置き、中に生松脂を入れて蒸したものであり、この操作によって精油分の大半は消失して固形化する。現在の中国では松香《しょうこう》と呼ぶことが多く、松膏または松膠ともいう。『神農本草經』には「癰疽惡瘡、頭瘍白禿、疥瘙、風氣を治す。五藏を安じ、熱を除く。久しく服すれば身を輕んじ、老ひずして延年す」と記述されるが、実際には内服より外用薬として用いることが多い。

生松脂を水蒸気蒸留するとピネンを主成分とする精油成分が得られるが、これをテレビン油と称し、皮膚刺激・引赤剤として薬用に供するほか、ワニス・ペンキ塗剤など工業用にも広く用いる。日本薬局方に収載するロジンは、テレビン油製造の際の残渣《ざんさ》に水を加えて蒸発乾固したもので、欧州各国の薬局方にあるコロホニウムと同じものである。絆創膏などの硬膏剤の基材とするほか、蠅捕り紙の粘着剤として用いた。そのほか、製紙・塗料・印刷インキ・靴墨製造など工業用の用途も広い。松のやにの含量は個体によってかなりの差があり、特に多いものを肥松《こえまつ》と称した。肥松の心材は色が濃いので、羽目板、床の間の床板によく用いられた。同一個体でも部位によってもやにの量に差がある。二十～三十年生以上の松を伐採したのち、数年放置した根株はやにの量が特に多くなり、これを乾留

ゴヨウマツ　葉は普通の松より短く、長さ３～６センチ。

して得た油分を松根油《しょうこんゆ》と呼ぶ。第二次大戦中の日本では、連合国側に石油の輸入ルートを押さえられて燃料不足に陥ったが、各地にアカマツを植えて松根油を生産してまかなっていた。松根油からもテレビン油・ロジン・タールが製造されるが、それぞれ松根テレビン油・松根ロジン・松根タールと呼び、生松脂由来のものと区別した。

　マツには二葉松と五葉松があると前述したが、『源氏物語』、『枕草子』ほか平安文学に「ごえふ」、「五葉」の名で見えるのは、今日いうゴヨウマツのことである。これがマツの仲間であることは、平安末期に西行（一一一八―一一九〇）が著わした『山家集』に「五葉の下にふたば（双葉）なる松どもの侍りけるを子日《ねのひ》にあたりける日おりびつにひきそへてつかわすとて云々」とあることからわかる。ゴヨウマツは近畿地方の山地に多く、平安時代には庭に植えられた。興味深いことは、奈良時代の長屋王邸宅跡《ながやおうていたくあと》（奈良市二条大路南）からチョウセンゴヨウの種子が出土していることである（『海をわたった華花』）。本種も五葉松の一種で種子が大きく食用になるが、わが国における自生は四国の一部と本州中部地方から東北南部の亜高山帯に限られる。チョウセンゴヨウの学名は*Pinus koraiensis*であるが、命名したのは江戸末期に日本を訪れたP・F・シーボルト（一七九六―一八六六）である。種小名は高麗を意味し日本語読み（コウライ）であるから、シーボルトは庭園や寺社の境内でやや稀に栽培されている個体について、当時（一八二〇年代）の日本人から朝鮮より渡来したものであると聞いてこの名をつけたと思われる。

　『本草綱目啓蒙』巻二十七の海松子《かいしょうし》の条に、「コノ松本邦ニモ自生アレバカラマツ（当時、海松を唐松《からまつ》と呼んでおり、今日のカラマツのことではない）ト訓ジ難シ信州戸隠山ニ多シ唐松郷ト云地モアリ又越後出羽ニモ多シテ器材トス」と記述され、江戸時代でも一部の本草家は日本列島にチョウセンゴヨウが自生することに気づいていた。海松子は宋代の『開寳本草《かいほうほんぞう》』に初見し、「新羅に生ず。小栗の如く三角あり、其の中の人（仁）香美にして東夷（新羅のこと）之を食し、果に當つ。中土の松子と同じならず」（括弧内著者注）と記述しているように、海松子は中国の国外に産すると考えられていた。『本草綱目』にも、海松子の別名に新羅松子とあり、「新羅の者は肉が甚だ香美なり」と記述されているから、古くから朝鮮の特産品であったことがわかる。中国では伝統的に外国産植物に「海」を冠して呼ぶ習慣があるが、チョウセンゴヨウの自生する旧満州を領有するようになってから、紅松と改称した。前述したように、長屋王邸宅跡からチョウセンゴヨウの種子が出土したのであるが、奈良時代の日本にチョウセンゴヨウが栽培されていたことはないだろう。『本草和名』に「松實　又松子者木精也　出范注方　花名松黄　拂取似蒲黄諸　取松枝燒其上兼取汁名諸　艾納　樹皮綠衣名艾納已上三種出蘇敬注」とあるものはチョウセンゴヨウの実であるが、和名がないからである。古代から近世にいたるまで、朝鮮の特産品として松実を輸入していたから、いつの時代か植物個体も導入し、細々と栽培されてきたと思われる。無論、『本草綱目啓蒙』に記述されているのであるから、信州戸隠ほか国内の自生地からもたらされた可能性もあるのだが、それではチョウセンゴヨウ（およびシーボルトの学名の種小名 *koraiensis*）の名の由来が説明できない。朝鮮半島でも中部以北の冷涼地帯に生えるものであるから、日本ではあまりよく育たなかったと思われる。

まめ（麻米）

道の辺の　荊《うまら》の末《うれ》に　延《は》ほ豆の　からまる君を　離れか行かむ

美知乃倍乃　宇萬良能宇禮尓　波保麻米乃　可良麻流伎美乎　波可禮加由加牟

（巻二十　四三五二、丈部鳥《はつせかべのとり》）

マメ科（Fabaceae）ツルマメ（*Glycine soja*）ほか

【通釈】ウマラの条に既出。

【精解】マメは良質の蛋白源として重要な存在であるが、日本最古の文献である『古事記』に大豆・小豆として登場する。『本草和名《ほんぞうわみょう》』に、「生大豆　一名攝狸豆一名甬　出䟽文　白大豆　味相似　青斑豆　色蔽々如栗而小　雄豆　黑色　珂禾豆　狀員以玉篇可愛　卯斑豆　似雀卵而黑赤斑文　烏豆　如烏玉而員之然　燕豆　紫赤豆　鶯豆　生坏野已上八種出崔禹　大豆一名菽一名菽戎一名荏菽一名　豆　已上四名出䟽文　和名於保末女」として「赤小豆　葉名藿　出蘇敬注　鹿小豆　色赤　小珂豆　似赤小豆而小　青小豆　甘　黑小豆紫小豆白小豆黃小豆綠豆　已上八種崔禹　小豆一名荅頭豆　豌豆江豆野豆　和名阿加阿都岐」とあり、大豆・小豆はそれぞれダイズ・アズキのことをいう。また、「大豆黃卷　仁諝音公免反陶景注曰以大豆爲孼牙生便乾之名也　和名末女乃毛也之」とあって、大豆は単にマメとも呼ばれていた。ダイズ・アズキのいずれも各地の縄文遺跡から出土されているので、日本で非常に古い時代から利用されてき

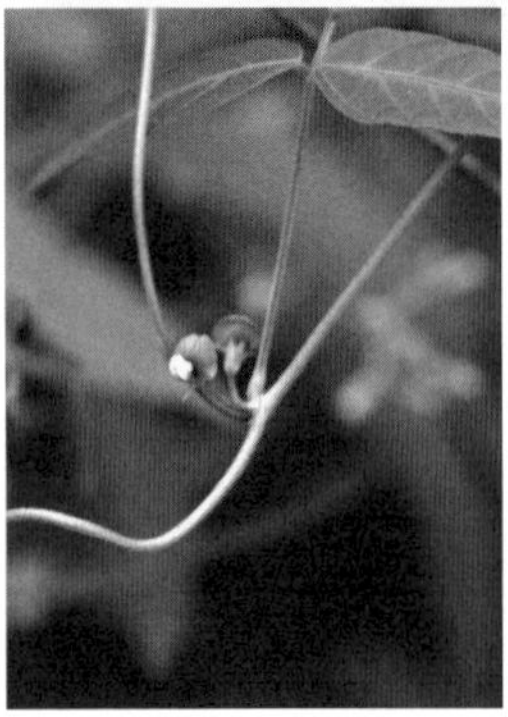

ツルマメの豆果（上）と花（下）　花は8月〜9月に咲き、長さ5〜8ミリ。豆果は長さ3センチほど。

たことは確かである。ちなみに、大豆・アズキ以外のマメは比較的最近になって日本に渡来したものである。

このように、マメとは身近な存在で誰でも知っているが、その定義となると答えられる人は少ないだろう。まず思い浮かぶのは、自然界にはマメ科という植物群があって、世界では約六百八十属二万種ほど生育していることである。マメ科の特徴はその果実の形にあり、莢《さや》が種子を包み、これを豆果《とうか》あるいは節果《せっか》という。ネムノキは梅雨時に美しい花をつける身近な高木だが、これもマメ科に属し、果実は典型的な豆果となる。ネムノキの方言名は約九十もあるが、その中でマメの名をもつのは、わずか一つヤママメ（宮城県）だけである。つまり、マメ科植物であるにもかかわらず、ネムノキをマメとする認識は薄いのである。これは花が派手で、夜になると閉じる葉のパフォーマンスに比べて、豆果は平凡すぎるためかもしれない。逆に、コーヒー豆のようにマメ科とは程遠い植物（アカネ科）にもかかわらず、マメの名で呼ぶこともある。寛政九（一七九七）年巳正月の寄合町諸事書上控帳（原田伴彦編『日本都市生活史料集成七　港町篇Ⅱ』学習研究社、一九七六年）に、長崎丸山町の遊女がオランダ人から「こをひ豆壱箱」をもらったという記録があり、当時の日本人がコーヒー種子の形態を豆と認識していたことがわかる。もっとも英語でも coffee bean というから、外国語の影響も否定はできない。

さて、冒頭の例歌にあるマメは、「延《は》ほ豆」から蔓性のマメ類であり、ノイバラの藪に絡まっていることから野生であり、生態・植生を考慮すれば絞り込むのは困難ではない。蔓性のマメ類はそんなにあるわけではなく、身近にあるものではタンキリマメ・トキリマメ・ノササゲ・ノアズキ・ヤブマメ・クズ・ツルマメ・ヤブツルアズキぐらいである。このうち、タンキリマメ・トキリマメ・ノササゲは山地林縁で、植生学でいうマント群落をつくる種だから、人里の野原で見ることはない。クズは根をデンプン原料とする有用種で、万葉集にクズの名前があってマメと呼ぶことはない。結局、道の辺のイバラに絡まるのは、ノアズキ・ヤブマメ・ツルマメ・ヤブツルアズキの四種に限られ、万葉集にある「麻米」はこれらの総名であろう。とりわけ、ツルマメはダイズの原種とされる野生のマメであり、ダイズとそっくりである。中国東北から極東ロシアのウスリー地方に野生するツルマメは変異が著しく一部に直立型もあり、またダイズとの雑種も野生する。ダイズは蔓性から直立性に改良された品種であり、おそらく中国東北部で野生種から選抜されたと考えられている。日本に野生するツルマメで直立型はなく、すべて蔓性である。古代はダイズをマメと称し、広く栽培されていたから、ツルマメはまさに「延ふ豆」であり、もっともふさわしいのはこれだろう。『和名抄《わみょうしょう》』に「野豆　本草疏云　豌豆　上於丸反　一名野豆　乃良萬女」とあり、栽培豆すなわちダイズに対して「のら豆」としてツルマメを区別していたことが示唆される。おそらく当時の栽培豆は今日の品種と違ってより野生の形質の濃いものであり、栽培していたものが野生化したことも十分に考えられる。そこで、犬を飼い犬とのら犬と区別するように、栽培品と区別して野豆と呼んだのではないか。ちなみに、ヤブツルアズキはアズキの原種と考えられている。ノアズキ・ヤブマメは利用価値はなく、古代人には雑草としてしか認識されなかっただろう。

まゆみ（眞弓・檀弓・白檀・末由美）

ニシキギ科（Celastraceae）マユミ（*Euonymus sieboldianus*）

白真弓《しらまゆみ》　いま春山に　行く雲の　行きや別れむ　恋しきものを
（巻十　一九二三、詠人未詳）

白檀弓　今春山尓　去雲之　逝哉将別　戀敷物乎

陸奥《みちのく》の　安達太良《あだたら》真弓　はじき置きて　反《せ》らしめ来《き》なば　弦《つら》はかめかも
（巻十四　三四三七、詠人未詳）

美知乃久能　安太多良末由美　波自伎於伎弖　西良思馬伎那婆　都良波可馬可毛

【通釈】第一の歌の序に「雲に寄する」とあり、雲に寄せた相聞歌であって、マユミを主役とした歌ではない。白真弓は「張る」と同音の「春」に掛かる枕詞。歌の意は、今、春山に流れ行く雲のように生き別れるのであろうか、恋しいものをとなる。第二の歌は陸奥国の東歌。安太多良真弓は安達太良山で採れる材からつくる弓の意か。第三句の「はじき」は「はづす」の連用形から転じた東国訛りで弓の弦を外すこと。第四句「せらし」は「そらし」の訛り。結句の「はかめかも」は「はく」すなわち着用することの意で反語形。歌を通釈すると、陸奥の安達太良山産出の弓の弦を外しておいて反らして置いたなら、弦をつけることができるだろうか、いやできな

マユミの花（上）と果実（下）

いとなる。譬喩《ひゆ》の歌となっているが、一旦、男女の仲が疎遠になったら、もとの鞘に収まることはない、このまま緊密な関係を維持しようという意を込めた歌か。

【精解】万葉集に「眞弓」、「檀弓」、「白檀」、「末由美」の名で出てくる歌は、それぞれ五首・一首・五首・一首ずつある。借訓仮名の真弓、借音仮名の末由美を除いていずれも義訓であるが、これらをマユミと読むのは、『和名抄《わみょうしょう》』に「唐韵云　檀　音彈　末由美　木名也」とあるのに基づく。一般に、檀は、白檀・紫檀・黒檀のように優れた特性をもつ木に与えられる呼称であるが、日本では材質が緻密で粘りがあってよくしなうマユミを檀に充てて古くから弓の材料とした。マユミの名の由来も真弓すなわちこれでつくった弓こそ本物とされたことに由来する。マユミを詠む万葉歌のほとんどの内容が、直接あるいは間接に弓に関係しているのも、マユミが弓材として賞用されたことを示唆する。第一の歌にある白檀弓の名は淡い黄白色の心材から付けられた名称と思われる。しかしながら、檀の字を充てられながら、古典文学におけるマユミの地位は時代とともに低下していった。

万葉集にある十二首のマユミを詠った歌のうち、「み薦《こも》刈る信濃の真弓」（巻二の九六、九七）にある真弓はマユミではなく、古代に弓材として賞用したもう一種の樹種アヅサの可能性がある。『續日本紀』に「信濃國梓弓一千張を獻る」という記述があり、信濃国はアヅサすなわちミズメを特産したと考えられるからである（アヅサの条を参照）。それを裏書きするかのように、江戸時代の本草家はマユミに関して正しい知識を持ち合わせていなかった。『本草綱目啓《ほんぞうこうもくけい》

ニシキギ　ニシキギの枝にはコルク層が翼状に発達する。

蒙《もう》』（小野蘭山《おのらんざん》）は、檀について、「古ヨリ檀ヲマユミト訓ズルハ非ナリ　マユミハ衛矛ナリ」と記述し、その正体は詳ならずとしている。つまり、『和名抄』の檀の記載はまったく無視しているのである。蘭山がマユミと考える衛矛は、『和名抄』に「本草云　衛矛　久曾末由美　一云加波久末都々良」とあるように、古くはクソマユミというひどい名前で呼ばれていた。衛矛《えいぼう》は、中品として『神農本草經《しんのうほんぞうきょう》』に収載され、生薬として古い歴史を持ち、『本草經集注《ほんぞうきょうしっちゅう》』（陶弘景《とうこうけい》）は「其の莖に三羽（実際は四枚）有り、狀は箭羽（矢の羽）の如し。俗に皆呼びて鬼箭と爲す。而れども用と爲すは甚だ稀にして、之を用ふるに削りて皮羽を取る」と記述しており、衛矛の基原は茎枝にコルク層が翼状に発達したニシキギであることはまちがいない。『證類本草《しょうるいほんぞう》』巻十三にある信州衛矛の図は翼状のコルク層が明瞭に描写されている。この特徴的な翼状物のある茎枝を薬用とする（現在の中国では、これを鬼箭羽《きせんう》と称する）が、中国のみならず日本でも使うことは稀であり、クソマユミという名はよく似た同属種のマユミほど役に立たないからであろう。衛矛の名の由来は、『劉熙釋名』によれば、「齊人、箭羽を謂ひて衛と爲す。此の物幹に直羽有り箭羽の如く、矛刃自ら衛の狀なる故に名づく」（『本草綱目』より）という。

クソマユミという名にもかかわらず、秋になると葉が濃赤色に美しく紅葉するので、後世の風流人を魅了し、江戸以降では錦木《にしきぎ》の名で呼ばれることが多くなった。一方、マユミも紅葉するが、ニシキギほどではないので、山ニシキギの別名に留まった。『大和本草《やまとほんぞう》』（貝原益軒《かいばらえきけん》）では、マユミを「葉ハ橘ニ似テ厚ク四時不凋高キ事六尺ニ不過枝多シ挾ミテ籬トスベシ能繁茂ス實熟スレバ開ク内ニ紅子アリマサキト云」と記述したが、明らかにニシキギ科同属の常緑樹であるマサキの誤認である。

以上、江戸時代を代表する本草家すらまともな知識をもたないことは、マユミが江戸時代にほとんど省みられなくなったことを示唆し、古代と江戸時代ではマユミの地位が大きく変わったことを示す。マユミの用途としては、将棋の駒のような小加工品の材料とするほか、若芽を山菜とする程度で、白檀弓と呼ばれた往時とは比べるべくもない。園芸用としても、クソマユミと称されたニシキギにはるかに及ばない。

みつながしは（御綱葉）

ウコギ科（*Araliaceae*）カクレミノ（*Dendropanax trifidus*）

君が行き　け長くなりぬ　山たづの　迎へを行かむ　待つには待たじ　（巻二　九〇、衣通王《そとほりのおほきみ》）

君之行　氣長久成奴　山多豆乃　迎乎將往　待尓者不待

右の一首の歌は、古事記と類聚歌林《るいじゅかりん》と説く所同じからず。歌の主《ぬし》また異なり。因りて日本紀を検《かむが》ふるに曰はく、難波の高津の宮に天の下知らしめしし大鷦鷯天皇《おほさざきのすめらみこと》（仁徳天皇）の二十二年の春正月、天皇、皇后《おほきさき》に語りて、八田皇女《やたのひめみこ》を納《めしい》れて妃《みめ》となさむとし給ひき。時に皇后聴《ゆる》さず。ここに天皇歌もちて皇后に乞はし給ひき云々。三十年の秋九月乙卯の朔にして乙丑の日、皇后紀伊國に遊行《いでま》して熊野の岬に到り、その處の御綱葉《みつながしは》を取りて還り給ひき。ここに天皇、皇后の在らざるを伺《うかが》ひて、八田皇女を娶《めと》りて宮中に納《い》れ給《たま》ひき。時に皇后、難波の濟《わたり》に到りて、天皇、八田皇女に合ひつと聞かして、大《いた》く恨み給ひき云々といへり。また曰はく、遠つ飛鳥の宮に天の下知らしめしし雄朝嬬稚子宿禰天皇《をあさつまわくごのすくねのすめらみこと》（允恭天皇）の二十三年の春正月甲午の朔にして庚子の日、木梨輕皇子《きなしのかるのみこ》を、太子《ひつぎのみこ》としたまひき。容姿佳麗にして見る者おのづからに感《め》づ。同母妹《いろと》輕太娘皇女《かるのおほいらつめひめみこ》、また艶妙《かほよ》し云々。遂に竊《ひそか》に通けぬ。すなはち悒懷《いきどほりおもふこと》少しく息《や》みき。二十四年の夏六月、御羮《おもの》の汁凝《こ》りて氷と作《な》れり。天皇異《あやし》みてその所由《ゆゑ》を卜《うらな》はするに、卜ふ者曰はく、内の亂あり。けだし親々相姧《あひたは》くるかとまをす云々。よりて太娘皇女を伊豫に移しきといへり。今案《かむが》ふるに二つの代二つの時この歌を見ざるなり。

【通釈】 衣通王の有名な歌であるが、解説はヤマタヅの条を参照。　長い後序の中に御綱葉すなわちミツナガシワが出てくるが、これについては精解を参照。話の要旨は、磐姫皇后《いわのひめのおおきさき》が、八田皇女を妃として宮中に入れたいという仁徳天皇の申し入れを拒否したのであるが、皇后が紀伊の国を遊行している間に、天皇が八田皇女を娶《めと》ってしまい、それを皇后は船で難波に渡ろうというときに耳にし、大いに恨んだ云々というのである。

【精解】右の歌の後序の話は『日本書紀』にも記載され、万葉集では記述されていない部分として、皇后が持ち帰った御綱葉を海に投げ入れて、岸に船を着けようとしなかったというのがある。御綱葉の注に「葉、此をば箇始婆《かしは》と云ふ」とあるから、御綱葉はミツナガシハと訓ずる論拠とされる。また、同様の内容の記事が『古事記』に詳述され、御綱葉は御綱柏となり、さらに「大后、豊楽《とよのあかり》（豊明のことで宮中で行われる酒宴）し給はむとして、御綱柏を採りに、木國（紀伊国に同じ）に幸行《い》でましし間に云々」とあり、御綱柏が豊明・神供などに供されるものであることがわかる。『皇太神宮儀式帳』（『群書類従』第一輯神祇部所収）には御角柏、また『延喜式』巻第四十「造酒司」に「供奉料　酒一石二斗　日別四斗　三津野柏廿把云々」とある三津野柏も、豊明の宴に用いられるという『古事記』の記述と合致するから、御綱葉は御綱柏と同じと考えてよい。

柏は炊葉《かし》から転じたとされる名であり（カシハの条を参照）、植物で大型の葉をもつものに共通し、分類学的に関連のないものも多い。したがって、三角柏が本来の意味をなす名前であり、葉が三裂するウコギ科カクレミノがもっともよく当てはまり、現在ではこれが定説となっている。ミツデという方言名が紀伊半島にあり、また山口・鹿児島にもそう呼ぶ地域があるのも有力な論拠となる（『日本植物方言集成』）。『日本書紀』では「葉盤、此をば毗羅耐《ひらで》と云ふ」とあり、葉で酒や食べ物を盛ることは珍しくなかった（カシハの条を参照）。『和名抄《わみょうしょう》』に「葉椀　本朝式云　十一月辰日宴會　其飯器　參議以上朱漆椀　五位以上葉椀　久保天」とある葉椀およびその通称名クボテも同類であるが、葉椀は深いもの、葉盤は浅いものとして区別するという。カクレミノの葉は厚く滑らかで物を盛るのに適している。

カクレミノ　葉は若い枝では３つに裂けるが、花が咲く枝では、葉は全縁となる。

万葉集、『日本書紀』にある御綱葉の名は、三角《みつの》が訛っただけでなく、別の意味があったとする説も存在する。御綱を三綱と考え、中国の伝統的道徳思想である三綱五常に関係のあるとする説である。三綱とは「人の大倫」を意味し、『正字通』に「君父夫は三綱を爲す。道を以て御子臣妻を統《すべ》ると言ひしは、越踰（順序を飛び越すこと）

無から使《し》むなり」とあり、また、道教書である『禮緯含文嘉』にも「君は臣の綱爲《た》り、父は子の綱爲り、夫は妾の綱爲り」とある。古代日本における中国文化の影響の大きさから一理あるだろう。

台湾・中国にはカクレミノ属種が七種ほど知られており、それらを樹参（木本の薬用人参という意味）の名を冠して呼んでいるので、稀にこれをカクレミノの漢名とすることがある。カクレミノを含めてこの仲間の植物は民族植物学的情報に乏しいのであるが、材を器具材に用いるほか、暖地では冬でも青々と茂っているので、庭木としてよく植えられることがある。ただし、葉にウルシのかぶれ成分であるウルシオールの二量体の存在が確認されているので、人によってはアレルギーを起こす。カクレミノは日本固有種であるが、朝鮮南部には近縁のチョウセンカクレミノがあり、樹液を黄漆と称して家具などの塗料にする。日本産にも同様の樹脂が取れるが、ウルシが豊産する日本では利用することはなかった。

以上、上代古文献にあるミツナガシワ・ミツノガシワはカクレミノとするのがもっとも有力であるが、異説もあるので、ここに主なものを紹介する。『宮川日記』（多田満泰）に「御津ノ柏ノ事、（中略）神饌に用ル時アリ、其カシハノ葉秘ニシテ人ニ見セズ、其スベリタルハ心御柱ノ邊ニウツシテ、正員ノ禰宜ト云ヘドモ恣ニ見ルコト不能、故ニ古來ヨリ葉ノ形ナドモ圖ニシテ傳フ」（『續々紀行文集』、博文館、一九〇一年に所収）とあり、ミツノカシワは公表されずに図にしたためて伝えられたことを示唆する。したがって、まったく別の植物の葉を誤認して使うこともあったはずで、『夫木和歌抄』巻第二十九に「此歌伊勢記（鴨長明）云、この國にみつのかしはといふ物あり、（中略）木の上にかづらのようにて生ひたるを登りて伐りおろす時、平に伏して落ちたるをば取らず、たてざまに落ちたるばかりを取る、其落ちやうにぞとふ事のあるとかや言ひつたへたる、これは神宮四度の御まつりの時必ず入る物なり云々」とあるのは、明らかにカクレミノ以外のものである。三角《みつの》という葉の形を考えると、同じウコギ科の大型藤本であるキヅタが合う。常緑であり、葉は浅いながら三〜五裂し、厚く光沢があるところはカクレミノによく似るから、これもミツナガシハの候補となりうる植物である。ほかにバラ科常緑の極小低木であるフユイチゴの葉とする説もあり、紀伊半島ではこれもカシワと呼び（方言名にカシャバ、カシワ、カシワイチゴがある）、正月にこの葉に物を盛って神前に供えるという。これもミツノガシワが秘伝とされた故に起きた誤用の結果ではないかと思う。

白井光太郎《しらいみつたろう》（一八六三―一九三二）は、『夫木和歌抄』に引用された『伊勢記』の記述のうち、「かしはのやうにてひろさ三四寸、ながき三尺ばかり、誠に常の木草の葉ににずと」を重視して、ウラボシ科オオタニワタリ説を主張している。確かに、長明の具体的な記述は説得力があるが、『萬葉植物新考』（松田修）がいうように、豊樂（豊明）

に用いるものであるから、飲食物を盛るのに使うはずで、それほど重要な神事に使う植物にカシハに結びつく方言名がないのは民族植物学的観点から納得できない。ちなみに、沖縄ではオオタニワタリの若芽を山菜として珍重する。

みら（美良）　ネギ科（Alliaceae）ニラ（*Allium tuberosum*）

伎波都久《きはつく》の　岡の茎韮《くくみら》　吾摘めど　籠《こ》にも満たなふ　背《せ》なと摘まさね

伎波都久乃　乎加能久君美良　和禮都賣杼　故尓毛美多奈布　西奈等都麻佐祢

（巻十四　三四四四、詠人未詳）

【通釈】東歌であり、例によって訛りの強い歌である。「伎波都久の岡」の所在は不詳であるが、『仙覺抄《せんがくしょう》』によれば常陸国真壁郡（現在の茨城県筑西市・桜川市に当たる地域）にあるという。久君美良は「くくみら」と訓ずるが、「くく」は茎の訛りであり、蔬菜類の薹《とう》を「くくたち（茎立）」というのと同じである（アヲナの条を参照）。第四句の美多奈布は原文では乃多奈布とあり、『萬葉考』は乃は美の誤写という。これによれば、満たなふすなわち満たないの意となる。結句の「せな」は女が男を親しみを込めて呼ぶ名であり、夫、兄などを指す。この歌の意は、伎波都久の岡のニラの茎を私が摘んでいますが、籠に一杯になりません、旦那さんとお摘みなさいとなるが、第三句の主語が自分、結句は命令形となっていてちぐはぐな歌であり、別にニラを摘んでいる人物がいて、亭主の手も借りないと籠は一杯になりませんよといっているのであろう。

【精解】右の歌の「みら」という名を古文献で検索してみると、『和《わ》名抄《みょうしょう》』に「本草云　韮　音玖　古美良」、『新撰字鏡《しんせんじきょう》』に「葸　相力反　入韮也彌良也」「韮　太々彌良」とある。彌は呉音で「み」と読むから、いずれも「みら」であり、韭という漢名に充てられる。中国本草では、韭の名で『名醫別錄《めいいべつろく》』に中品として初見する。『説文解字《せつもんかいじ》』に「一穜《とう》にして久生する者なり。故に之を韭と謂ふ」とあるので、韭が本来の字であり、韮はそれを艸に作ったものである。『圖經本草《ずけいほんぞう》』（蘇頌《そしょう》）では「菜中に在りて、此の物は最も温（体を温める）にて人に益有り、宜しく常に食すべし」と述べているように、韮はまさに医食同源を代表するようなものであった。中国の原産といわれるが、詳しいことは不明で、東アジア・フィリピン・インド・

ニラの花　8月〜9月、30〜50センチに伸びた花茎の先端に白い花が多数集まって咲く。

インドネシアで栽培され、その他の地域には広がっていないようである。西洋でまったく利用されないのは、おそらく、類似のニラネギ（通称リーキ）があるからであろう。『延喜式』巻第三十九「内膳司」に「耕種園圃　營韮一段種子五石　惣單功七十五人　耕地三遍把犁一人半云々」と記載されており、かなり広く栽培されていた。古代にはお粥などに入れて食したと思われるが、江戸時代では味噌和えや味噌汁の具として食した。いわゆるニラ臭があり、またニンニクに似た刺激成分を含むので、薬用に供する方が多かったと思われる。漢方で用いることはなく、主として民間療法では広く用いられた。たとえば、『和方一萬《わほういちまん》方《ぽう》』に「魚ノ骨ノ喉ニ立チタルヲ治ル方、ニラ　右一味、生ナガラカムベシ」、『妙薬博物筌《みょうやくはくぶつせん》』に「耳の中へ諸蟲入たるを出す、生韮《にら》の汁を酢に合て耳に入へし」という処方が紹介されている。ニラの茎葉は食薬兼用であるが、種子を韮（菜）子と称して薬用とする。『本草綱目《ほんぞうこうもく》』（李時珍）には、「韮子《きゅうし》は、肝、命門を補い、小便頻数、遺尿、白淫、白帯を治す」とあるように、『傷寒論《しょうかんろん》』以降の金元医学で、腎陽虚の衰えで起こる陽痿（インポテンツ）、遺精（性交しないのに精液が漏れること）など強壮・興奮薬として多用された。日本では、古方派《こほうは》漢方ではあまり用いることはないが、金元医学の影響を受けた後世方派《ごせいほうは》漢方医は用いた。また、『懐中妙薬集《かいちゅうみょうやくしゅう》』に「韮ノ実、生ニテ三十粒スキハラニ鹽湯ニテノミテヨシ」という遺精の処方が記述されているが、明らかに金元医学の影響である。

ニラは、ネギ、ニンニク、ラッキョウなどと同じユリ科ネギ属の宿根多年草であり、万葉集だけでなく、『日本書紀』、『古事記』にも名が見え、古い時代に渡来した。『古事記』に見る有名な久米歌の一節「みつみつし　久米の子等が　粟生《あわふ》には　臭韮（賀美良）一本《ひともと》そねが本《もと》　そね芽繋ぎて　撃ちてし止まむ」に詠われていて、ニラの根・芽を繋《つな》いで撃ち取ってやろうというように、その臭いで敵を倒そうという意味があるようだ。『日本書紀』巻第三の「神武紀」でも同じ歌があって、この場合、介瀰羅《かみら》とある。『和名抄』のコミラは、ラッキョウ（薤）をオホミラと称する（「薤　於保美良」とある）に対応する名であって、記紀にあるカミラとの韻関係はない。カミラのカは香・気であり、においを指す。したがって、ニラには臭味があるから、カミラは臭韮である。ミラは古名であり、それが訛って現在名のニラになった。

ニラの別名を「ふたもじ」ともいうが、宮中に仕える女房が使い始めた隠語とされ、室町時代初期頃から使われていたという。ニラと同じ菜類であるネギの古名が葱《き》と一文字で表されるのに対して、二文字のニラをそう呼んだという。宮中の女房から足利・徳川将軍家に仕える女性に伝わり、そこから武家や町家の女性まで広がったとされる。今日では使うことはないが、古典落語の小話によく出てくる。ニラは戦前にはあまり食べることはなかったという。ニラの需要が急増したのは、戦後、外地からの引揚者が餃子などの中国料理を持ち込んだからという。現在では、油でいためて食すが、それまでは独特の臭いと刺激が日本人の嗜好に合わなかった。

みる（海松・美留・見流）　ミル科（Codiaceae）ミル（*Codium fragile*）

御食《みけ》向かふ　淡路の島に　直《ただ》向かふ　敏馬《みぬめ》の浦の　沖辺には　深海松《ふかみる》採り　浦廻《うらみ》には　なのりそ刈る　深海松の
御食向　淡路乃嶋二　直向　三犬女乃浦能　奥部庭　深海松採　浦廻庭　名告藻苅　深見流乃
見まく欲しけど　なのりその　己《おの》が名惜しみ　間使《まづか》ひも　遣らずて吾は　生けりともなし
見巻欲跡　莫告藻之　己名惜三　間使裳　不遣而吾者　生友奈重二
（巻六　九四六、山部赤人《やまべのあかひと》）

【通釈】御食は御饌《みけ》で、身分の高い人物が食事をすること。「御食向かふ」は粟の枕詞であるが、ここでは同音の淡路に掛かる。「直向かふ」は真っ直ぐに向くの意。三犬女は、犬養孝によると、神戸市灘区岩屋にある敏馬（汶売《みぬめ》）神社の付近を指し、その周辺海浜を敏馬の浦と称するという。深海松は深みの海松で、深いところに生える海松《みる》の意。浦廻は海岸がうねうね曲がっているところをいい、廻は回の正字である。本来は「うらゑ」と読むべきであるが、「うらゐ」を経て「うらみ」と転訛した。名告藻はホンダワラの古名である海藻のナノリソのこと（ナノリソの条を参照）。「なのりそ刈る」は「深海松採り」の対句。「なのりその己が名惜しみ」では名乗るの掛詞であり、また「己が名」に掛かる序となっている。間使は自分と相手の間をとりもつ使いのこと。この歌の意は、「この真っ直ぐの方向に淡路島を望む敏馬の浦の沖には、（ある女が）海深く生える海松を摘み取り、浦のあたりではナノリソを刈り採っている。その深海松のように（その女を）深々と見たいと思うけれど、またナノリソのように名乗りたいのだが、自分の名が知られたくなく、使いの者を遣って自分の意思を伝えることもできないので、生きた心地もしないことだ」となる。この歌の反歌は「須磨の海人《あま》の塩焼衣《しほやききぬ》の馴れなばか一日《ひとひ》も君を忘れて思はむ」である。海人とは、『和名抄《わみょうしょう》』によれば「泉郎　日本紀私記云　漁人　阿萬　辨色立成云　泉郎　和名同上　楊氏漢語抄説又同　萬葉集云　海人」とあるが、海藻を摘んでいたのは海女であり、薄衣の姿に健康な色気を感じたのであろう。万葉時代は男が女の名前を尋ねることは求婚を意味したので、この歌ではそこまでの勇気はなかったことになる。

【精解】日本列島の近海は、地中海・オーストラリア大陸近海とともに、世界有数の生物多様性の豊かな海域として知られる。海に生える植物といえばまず海藻が思い浮かぶが、世界で約八千種が分布するといわれる海藻のうち、千五百種以上が日本近海に分布する。日本人は、縄文時代以来、豊かな海の幸を利用してきており、海藻を食料として利用することでは日本人に並ぶ民族はほかにいない。これは誇張ではなく、約二百種を食用としてきた記録がある。万葉集にも三種の海藻の名（ナノリソ・ミル・ワカメ）が出現し、また海藻一般を意味する藻の名で七十首以上の歌に詠まれている。それほど海藻が身近な存在であった民族は世界に例がなく、さすがの中国人も及ばない。万葉有数の歌人である山部赤人も右歌にあるように（深）見流《みる》、名告藻《なのりそ》という二種の海藻を詠っている。名告藻《なのりそ》は本書の別条で既出しているので、ここではミルについて説明する。

ミルはミル科に属する緑藻類で、日本全土の沿海地にごく普通に存在し、環太平洋沿岸・インド洋・大西洋など世界各地の暖海にも広く分布する。低潮線付近から漸深帯の岩上に生育し、最大二十メートルの海底まで及ぶ。『和名抄』に「海松　崔禹食經云　水松　美流　楊氏漢語抄云　海松式文用之　狀如松　而無葉者也」とあり、中国で水松と称する海藻のミルのことをいう。実は、海松という名は、中国本草ではマツ科チョウセンゴヨウを指すから、日本では水松という中国名を無視して海松の名を使用したことになる。もっとも中国本草では『本草經集注《ほんぞうきょうしっちゅう》』（陶弘景《とうこうけい》）の海藻の条に「又水松有り狀松の如く溪毒を療す」と簡単に記述されるだけで、『本草綱目《ほんぞうこうもく》』（李時珍）になって別条に収載されたにすぎない。

水松の名が日本で定着しなかったのは別の理由がある。紀貫之《きのつらゆき》（八六八頃―九四五）は、承平五（九三五）年正月廿九日、都への帰国の途中、土佐国大湊付近の船の上で「おぼつかな今日は子《ね》の日か海女ならば　海松をだに引かましものを」という歌を『土佐日記』に記している。平安時代に流行した風習に、長命の松にあやかって長寿を祈願する「子《ね》の日の小松引き」というのがあって、貫之は子《ね》の日でも船中に松はなく、海女であればその代わりに海松《みる》を引くことができるのにと詠ったのである。当時は海松をまさに海に生える松と考えていたのであり、水松の名は受け入れがたいものであった。現在は食材としてほとんど馴染みがないが、『延喜式』巻第二十三「民部下」の交易雑物として「紀伊　白絹　絹　鹿革　鹿角菜　青苔　海松《みる》　海藻根《まなかし》　鳥坂苔　那乃利曽《なのりそ》云々」とあるように、古い時代ではミルだけでなくナノリソほかの海藻も含めて、朝廷も交易雑物として入手するほどのものであった。ちなみに海藻根はワカメの根すなわちメカブのことである（ワカメの条を参照）。交易雑物とは「諸国が正税を以て購入し進上した物品」であるが、海に面した紀伊国にはミルなどの海藻はいくらでもあっただろう。また、平城宮跡からは、「志麻國英虞郡船越郷（中略）海松六斤」ほか海藻・海藻根の名が見える木簡（奈良文化財研究所DB『平城宮遺跡木簡』）が多く出土しており、ミルやワカメなどの海藻は現在よりはるかに重要な存在であったことがわかる。十一月二十三日、皇居では新嘗祭《にいなめさい》が行われるが、各地から五穀・新酒そして海産物が奉納され、海産物の中にミルが含まれているのは古《いにしえ》から連綿と続く伝統であることを示唆する。

ミル　寒海域をのぞく日本各地の沿岸に見られ、岩の上に生育する。（写真提供：三重大学大学院生物資源学研究科藻類学研究室）

今日では、ミルは一部の地域で消費される程度であるが、生のままでも食べられ、熱湯に通して酢の物・和え物・汁の実とする。昔は乾燥か塩蔵して保存食とすることもあったようだ。韓国ではキムチをつくる際にミルを混ぜることもあるという。食用以外に、ミルの煎汁を駆虫薬として服用することもあるが、これはカイニンソウ（フジマツモ科の海藻でマクリともいう）の代用である。ちなみに、ミルの成分・栄養素については未詳であるが、昔は藻塩といって海藻を燃やして塩をつくったぐらいだから、ミネラル分が豊富であるのはまちがいない。

日本古来の伝統色に海松色《みるいろ》というのがある。これは日本ではあまり例のないオリーブ・グリーン系の色相でミルの色をやや淡く暗めにしたもので平安時代以降からあるという。色名の起源はミルであることにまちがいないが、実際にはミルを染色材料としてつくったものではないらしい。草木染の専門家の話では、タマネギの外皮を用いて鉄媒染で海松色が出せるという。ミルは松を連想させる縁起のよいものであったから、平安時代から海松文様があって、衣服や漆器の文様に使われた。

む

むぎ（麥・武藝・牟伎）　イネ科（Poaceae）オオムギ（*Hordeum vulgare*）

柵《くへ》越しに　麦食《は》む子馬の　はつはつに　相見し子らし　あやにかなしも
久敝胡之尓　武藝波武古宇馬能　波都々々尓　安比見之兒良之　安夜尓可奈思母
（巻十四　三五三七、詠人未詳）

【通釈】相聞の東歌。注に「或る本の歌に曰く、「宇麻勢胡之　牟伎波武古麻能　波都波都尓云々」とあり、久敝は宇麻勢に対応する。『和名抄《わみょうしょう》』に「籬　末加岐　一云末世」とあり、「うませ」は馬柵・馬垣である。「くへ」は杭《くひ》の訛りで柵の意となる。第三句は「端端に」の訛りで、わずかに、いささかの意。「あやに」は「あやし」の副詞形であり、不思議に、本当にの意。「かなし」は「愛し」でいとしいこと。この歌は、柵越しにムギを食べる子馬のようにわずかに見た子らが本当に愛らしいことよという意味となる。

【精解】万葉集に「武藝」、「麥」、「牟伎」と出てくるのはいずれもムギのことをいう。オオムギとコムギがあり、『和名抄』によれば、「大麥　陶隱居曰　麥　莫革反　五穀之長也　蘇敬曰　大麥一名靑科麥　布度牟岐　一云加知加太」とあり、オオムギは古代にはフトムギと称されていた。一方、コムギは「周禮注云　九穀者　稷黍稲粱苽麻大豆小豆小麥　古无岐　一云萬牟岐」とあり、コムギ一名マムギとある。麥はムギの漢名であるが、もともとは來であって秾とも書き、コムギを表す。一方、オオムギは牟麥で表した。『廣《こう》雅《が》』釋草に「大麥は麰なり。小麦は麳なり」とあり、麰・麳の字もあるが普及しなかった。イネの用字がきわめて多様であるのと対照的であるが、東アジアにおけるムギ類・イネの地位を考えれば納得できるだろう。『和名抄』にあるマムギとは真ムギであるから、古代のムギはコムギを指すように見えるが、後述するように、世界的には近世まではオオムギの方が主流であった。江戸初期の『大和本草《やまとほんぞう》』（貝原益軒《かいばらえきけん》）では麦と小麦が収載されるが、オオムギを単に麦と表している。万葉集のムギは、オオムギとコムギの総名を表す可能性も否定できないが、オオムギとしてよいと思われる。

　オオムギはグルテンを含まず製パンに適さないので、今日では、食料としての用途はごくわずかであり、家畜の飼料のほか、ビールおよびウイスキー原料となるにすぎない。しかし、エジプトから発掘されたミイラの胃腸の内容物からオオムギの遺物が発見されていることからわかるように、比較的近世までは、オオムギの方がコムギより食料として重要であった。オオムギ属 *Hordeum* は約二十種からなるが、穂軸の各節に三つずつ並んで小穂をつけて互生する。三つの小穂が熟してすべて結実したとき、穂全体で見ると、縦に六列に小穂が並ぶので、これを六条型という。一方、三つの小穂のうち、中央だけが結実し、左右が不稔の場合、縦に二列の小穂が並ぶ。これを二条型という。現在、知られている栽培オオムギは二条オオムギと六条オオムギがある。今日、単にオオムギと称するのは六条オオムギであるが、ビールの原料として栽培するビールムギと称するものは二条オオムギである。

　麦類の穎果《えいか》は内穎《ないえい》と外穎《がいえい》に包まれていて、完熟した後も内穎と外穎が穎果に密着しているものを皮ムギ、穎果から内穎・外穎が容易に分離するものを裸ムギと称し、実際はその中間的性質のものが存在する。オオムギ属は四つの節に分けられるが、栽培オオムギと同じ染色体数のセレアリア節に属する野生種から栽培オオムギが発生したとされる。セレアリア節にはホルディウム・スポンタネウム *H. spontaneum* とホルディウム・アグリオクリトン *H. agriocrithon* の野生二種が知られ、前者はトルコからイランに分布する野生二条種であり、後者は六条型でチベットに分布する。チベット周辺では栽培種が発生するほどの麦作文化が発達した形跡がなく、*H. agriocrithon* は栽培六条オオムギと畑作雑草として持ち込まれた野生二条種との交雑で発生したと考えられている。イラクのクルディスタン地方のチグリス・ユーフラテス川流域にあるジャルモの新石器時代遺跡から約九千年前の栽培二条オオムギが出土し、また、トルコなどの新石器時代遺跡からジャルモと大差ない時期のものと思われる栽培六条オオムギも発見されている。二条型と六条型のいずれから発生したのか、考古学試料による考察、変異遺伝子を指標とした生物学的考察のいずれも決め手がなく、結局、栽培オオムギの起源については現在でも明らかにされていない。

オオムギ（六条型）　秋に種をまいて、種実は、次の年の夏の終わりに熟す。

コムギ　オオムギにくらべて穂につく芒（のぎ）が短い。種実は夏の終わりに熟す。

一方、コムギは世界各地で栽培され、穀類の中では最大の栽培面積をもつ。オオムギと同様、コムギも乾燥気味で四季のはっきりした地域がもっとも栽培に適する。麦類の生態は秋に発芽し、越冬して春に成熟、夏に枯死するのだが、四季がはっきりしていても日本のような多湿気候は栽培に適さず、また冷涼であっても熱帯高地のように四季が明瞭ではない気候では病害が蔓延し、安定した栽培は困難である。コムギは農耕の歴史の中で、もっとも早く栽培された穀類の一つで、最古の遺物は前述のジャルモの遺跡から出土した約九千年前の炭化種子でオオムギとほぼ同時期である。この炭化種子は野生一粒系のトリティクム・ボエオティクム *Triticum boeoticum*、同二粒系のトリティクム・ディコッコイデス *T. dicoccoides* と二粒系栽培種のエンマーコムギ *T. dicoccum* の三種で、いずれも現存する。今日、現存するコムギ種は二倍体・四倍体・六倍体の三系統に分類されるが、コムギ属はもともと二倍体なので、現存するコムギで四倍体と六倍体は交雑で発生した。コムギ属はゲノム型から、二倍性はAA型の一粒系、四倍性はAABB型の二粒系とAAGG型のチモフェビ系、六倍性はAABBDD型の普通系とAAAAG型のズコフスキー系に大別される。

栽培コムギの起源は京都大学木原均（一八九三―一九八六）ら日本人科学者の研究で解明された。現存する一粒系野生コムギトリティクム・ボエディクム *T. boedicum*（二倍性）にクサビコムギ *Aegilops speltoides* という別属種が交雑して四倍体の二粒系コムギ *T. dicoccoides* やエンマーコムギ *T. dicoccum* などが発生し、現在、七種が知られる。エンマーコムギ *T. dicoccum* は、もっとも古くから栽培化され、またもっとも広く栽培されたコムギでもあった。四千五百年前のエジプトピラミッドから発掘されているほか、地中海地域やイギリスの新石器時代の遺跡からも発見されており、欧州で広く栽培されていた。しかし、現在は、イラン、エチオピアでわずかに栽培されるにすぎない。四倍体コムギとしてはマカロニコムギがマカロニ、スパゲッティの原料として現在も栽培されるが、その発生は考古学試料から三千年前といわれる。六倍性コムギは五種あり、いわゆるパンコムギと称される *T. vulgare*（=*T. aestivum*）が代表的である。

パンコムギはコムギの中でもっとも重要で、今日、世界の生産量の九割を占める。六倍性コムギの起源は、四倍性コムギに野生のタルホコムギ ***Ae. squarrosa*** が交雑してできた三倍体がさらに倍数化して発生したものである。パンコムギは四千五百年前のインドやスイスの新石器時代の湖上住居遺跡からも発見されており、その起源は古い。栽培コムギの形成に寄与した種はいずれも中東から中央アジアにかけて分布し、文明発生以前からこの地域に住む人類の活発な移動に伴って、各種の栽培コムギが発生したのである。パンコムギの製パンに適する粉質はタルホムギの遺伝子に由来し、また四倍性コムギにはない秋播性、すなわち冬コムギの性質も受け継いでいる。タルホムギは、それ自体は、まったく役に立たない雑草であるが、その遺伝子がほかの有用植物に偶然による交雑で伝播され、より高品質の作物の育成に役立ったことは特筆に価する。地球上に存在する野生植物の中で既存の有用植物に分類学的に近いものは、いずれも最先端のバイオテクノロジーを駆使すればその有用遺伝子が利用できる可能性が大いにあるからである。

コムギは古代オリエントから中央アジアを経て紀元前二千年頃中国北部に到達した。そして日本へは朝鮮半島経由で弥生時代あるいは縄文時代晩期に渡来したと考えられている。オオムギは紀元前二千七百年頃、中国に伝播し、やはり朝鮮半島経由で日本列島へ六条系が渡来した。渡来時期はコムギより遅く古墳時代とされていたが、佐賀県菜畑《なばたけ》遺跡《いせき》からは縄文時代晩期後半の夜臼式期に属するオオムギの存在が確認されており、コムギよりもやや早いことになる。

コムギ・オオムギは秋季から冬季にある程度雨量があり、逆に春季から夏季は乾燥気味の気候の方が生育に適する。日本は四季を通して湿潤気候だから決して生育に適しているわけではないが、実際には各地の遺跡から出土したムギ類の遺物の解析から、平安時代以降になると生産量はアワ・ヒエ・キビを上回るようになり、地域によってはイネよりも多いところもあったという。『日本書紀』の欽明天皇の十二年春三月、麦種一千石を百済《くだら》の聖明王に賜ったという記録があり、この頃にはかなりの規模で栽培が行われていたことを示唆する。麦芽はオオムギの穀粒を発芽させたもので、デンプンの糖化力が強いタカジアスターゼを多く含み、ビールなどのアルコール飲料を製造するが、日本では古くから水飴を製造した。一方、コムギからはコムギデンプンを製造し、医薬品の混和剤・散布剤とする。グルテンを多量に含み、これを集めて食品とするほか、比較的最近までは、これを加水分解して得られるグルタミン酸から化学調味料を製造していた。

むぐら（牟具良・六倉）　クワ科（Moraceae）カナムグラ（*Humulus japonicus*）

思ふ人　来むと知りせば　八重むぐら　おほへる庭に　珠《たま》敷かましを　（巻十一　二八二四、詠人未詳）

念人　将來跡知者　八重六倉　覆庭尓　珠布益乎

むぐら延《は》ふ　賤しき屋戸《やど》も　大君《おほきみ》の　座《ま》さむと知らば　玉敷かましを　（巻十九　四二七〇、橘《たちばなの》諸兄《もろえ》）

牟具良波布　伊也之伎屋戸母　大皇之　座牟等知者　玉之可麻思乎

【通釈】 第一の歌は、問答歌であり、私の恋しく思っている人がいらっしゃることがわかっていたなら、ムグラが覆い茂る庭に玉を敷き並べてお待ちしますのにと、愛する人が突然尋ねてきたことを喜んでいる女の歌である。これに対して「玉敷ける家も何せむ八重むぐらおほへる小屋《をや》も妹《いも》と居りてば」（巻十一　二八二五、詠人未詳）という歌すなわち、ムグラが生い茂った家でも愛する人と一緒に居りさえすれば、玉を敷いた家なんて私にとって何の価値もありませんという意味の歌を返している。第二の歌は序に「（天平勝寶四（七五二）年）十一月八日、左大臣橘朝臣の宅にいまして、肆宴《とよのあかり》きこしめされる歌」とあり、この前の歌の序に、「右の一首は太上天皇（聖武天皇）の御歌」とあるので、大皇は聖武太上天皇を指し、橘諸兄が聖武天皇を自分の屋敷に迎えた歌である。「むぐら延ふ」は賤しき屋戸を形容していて、第一・二句は自分の屋敷を卑下するもので、実際にムグラが茫々と生えていることを意味しない。歌の意味は、陛下がお出であそばすことを知っておりましたならば、この粗末な屋敷にも玉を敷き詰めてお待ちしましたものをとなる。

【精解】 万葉歌に「牟具良」、「六倉」とある歌が合わせて四首ある。それぞれ借音・借訓による表記で、いずれもムグラと訓ずるのはいうまでもなかろう。第一の例歌にある「八重むぐら」とまったく同じ名の野草がある。アカネ科アカネ属の一～二年草ヤエムグラであり、ある植物百科図鑑によれば、その名の由来は「葉が六～八枚輪生するから」と説明されている。ただし、万葉集にある「八重むぐら」は、ムグラが幾重にも重なって生える様子をいうのであって、名前としてはムグラと呼ばれていた。ヤエムグラは小型の草本であるが、荒れ地に群生するから、万葉歌の情景に合い、江戸中期の国学者海北若冲《かいほくじゃくちゅう》（一六八〇—一七五六）は万葉の八重むぐらはヤエムグラであると主張し、そのほか荒木田嗣興《あらきだつぎおき》（一八〇九—一八七八）らも支持した。若冲は自著『萬葉集類林』巻八「釋草」の中で、「方莖（茎に稜《りょう》があること）而葉節に對して車輪のことし（葉は輪生《りんせい》する）。花少し刺《とげ》有て、花もしかと不見。實は小さく、同刺有。濕地陰には丈餘に及へり」と述べており、万葉集にある八重むぐらは『救荒野譜』にある猪殃々《ちょおうおう》であると考えた。殃には災いの意味があり、イノシシが食べて病を発するというので、その名の由来がある。『本草《ほんぞう》綱目啓蒙《こうもくけいもう》』（小野蘭山《おのらんざん》）でも「古ヨリ葎ノ字ヲムグラト訓ズルハ非ナリ　ムグラハ小葉ニシテ廢地ニ多ク繁延ス故ニヤヱムグラト歌ニヨメリ」とあり、若冲を支持する。『中薬大辞典』ではヤエムグラの母種に当たるチベット原産のトゲナシヤエムグラ *Gallium spurium* を鋸鋸藤《きょきょとう》と称し、その異名として猪殃々《ちょおうおう》を挙げている。ヤエムグラはその変種 var. *echinospermum* であり、アジア・欧州からアフリカまで広く分布する。猪殃々《ちょおうおう》（鋸鋸藤）は本変種も含む。ヤエムグラ属は世界に四百種ほどあり、日本だけでも十八種分布する。その中でヤエムグラは路傍や荒地に普通に生えて長さ六十～九十センチになる。輪生する六～八枚の葉のうち、真の葉は二枚であり、残りは托葉《たくよう》が転じたものである。葉や茎に逆向きの刺《とげ》があって、ほかの植物にひっかかって這い登り、生い茂り藪をつくる。直径二ミリの小さな果実には鉤状に曲がった刺毛《しもう》が密生していて衣服や動物にくっついていたるところに散布され、ところどころに藪をつくる。したがって、若冲がこれを万葉の八重むぐらと考えたのも無理はない。

　しかしながら、現在の定説によれば、八重むぐらはクワ科の一年生蔓草カナムグラに充てられている。本草書ほか古文献の裏付けという観点ではこちらの方がずっと優位にあるからである。『本草和名《ほんぞうわみょう》』に、「葎草　仁諝音律　一名葛律葛　出蘇敬注　一名葛勒蔓　出稽疑　和名毛久良」とあり、『和名抄』も『本草和名』を引用し、『醫心方《いしんぽう》』でも「葎草　和名牟久良」とある。音韻的にムとモは相互に転訛しやすく、モグラとムグラは同名である。したがって、中国本草にある葎草《りつそう》が万葉集のムグラの漢名と考えてよい。葎草の名は『新修本草《しゅうほんぞう》』（蘇敬《そけい》）に初見するが、明代後期の本草家李時珍によれば、『名醫別錄《めいいべつろく》』にある勒草《ろくそう》が訛ったもので同じという。『新修本草』では「葉は萆麻（蓖麻、トウダイグサ科トウゴマ）に似て小薄、蔓生す。

細刺有り、俗に葛葎蔓（『本草和名』は葛勒葛とする）と名づく。古方亦た時に之を用ふ」と記述され、勒草という名は細い刺があって人の皮膚について引き止めるからという李時珍の釋名は納得できるだろう。『圖經本草《ずけいほんぞう》』（蘇頌《そしょう》）では「花は黄白色、子は亦た麻子に類す」とやや具体的に記述され、『證類本草《しょうるいほんぞう》』にある「葎草」の図はクワ科カナムグラの特徴を表している。

　カナムグラは雌雄別株であり、『本草綱目』（李時珍）は、「二月、苗を生じ、莖に細刺有り、葉は節に對して生じ、一葉に五尖（掌《しょう》状《じょう》に五裂すること）あり、微《わず》かに蓖麻《ひま》に似て細齒（鋸歯《きょし》）有り。八九月、細かき紫花を開き簇（穂状花序《すいじょうかじょ》）を成す。子を結び状は黄麻子（シナノキ科ツナソの種子）の如し」とさらに詳細な形態的特徴を記述し、カナムグラの雌株の特徴を表している。カナムグラの茎にも逆向きの刺があって、ほかの植物に絡みついて路傍や荒地に普通に生え、藪をつくるのはヤエムグラと同様であるが、ヤエムグラよりはるかに大型の蔓性であり、長さ数メートルに伸び、よく分枝し伸長する。茎は繊維質で強く、カナムグラの語源も鉄葎《かなむぐら》であってこの性質を表し、一旦、蔓延すると駆除するのに骨が折れるので、廃屋に絡んで茫々たる情景にはぴったりする生態的特徴をもつ。一方、江戸期の国学者が支持するヤエムグラは、蔓性ではなく、いくら伸びても一メートルに達せず、「おほえる小屋」（巻十一　二八二五）とはほど遠い。橘諸兄の歌は、前述の序によれば十一月八日の晩秋であり、季節を考慮しても、カナムグラの方に軍配は上がる。ヤエムグラは越年草で、秋に芽を出し翌年生い茂り、この時期では「むぐらはふ」状態にないからである。一方、カナムグラは一年草で、春に芽が出て夏に茂り、秋には枯れ草となるものの覆いつくした茎葉はこの時期でも残り、これで覆われた屋戸のみすぼらしさを十分に醸し出す。平安文学にも散見され、「軒をあらそふ八重むぐら」が『狭《さ》衣物《ごろもの》語《がたり》』に出てくるが、これも明らかにカナムグラである。以上から、少なくとも平安時代までは、ヤエムグラが八重むぐらである可能性は寸分もないが、江戸以降はヤエムグラがムグラを代表するようになったのかもしれない。

　カナムグラによく似たものにヤブガラシがあり、貧乏蔓《びんぼうかずら》の異名がある。これも蔓性植物だが、深い大きな根をもつ宿根草であり、地上部は冬に枯れるものの、春になると長大な根が伸びてあちこちから芽を出し、成長が早くあっという間に伸長するので、根絶するにはこちらの方がカナムグラよりはるかに厄介である。ただし、茎葉には刺はなく茎も繊維に乏しいので、繁茂した地上茎葉を除去するのはカナムグラよりずっと楽である。繁殖力はカナムグラよりむしろ旺盛で、手入れを怠るとたちまちにしてはびこって庭や藪を覆いつくす。藪を枯らすほど繁殖力が旺盛なことから、藪枯らしの名の由来がある。ヤブガラシはブドウ科の多年草であり、巻きひげをもっていてほかのものに絡みついて伸長するので、カナムグラより

カナムグラ（雄株）　9月～10月頃に花が咲き、雄花は大きな花序にまばらに花がつく。

さらに「おほふ」力は強力である。また、貧乏蔓の別名は手入れの届かない貧乏くさいところにはびこることに由来する。

こうしてみると、ヤブガラシも十分に万葉歌の八重ムグラたる資格があるように見える。万葉歌に見えるムグラはいずれも家屋敷を粗末として卑下するのに比喩的に用いられているから、そういう意味では貧乏蔓の異名のあるヤブガラシはカナムグラにとって強敵といえよう。しかしながら、結論は前述したように、万葉の八重むぐらはカナムグラというのが定説となっている。

では、ヤブガラシがカナムグラと誤認されていた可能性はないのだろうか。今日ではヤブガラシは漢名を烏斂苺と称し、『本草和名』では和名比佐古都良《ヒサゴヅラ》とあり、『多識編《たしきへん》』では比佐《ひさ》・豆多《つた》となっている。江戸中期の処方集『廣恵濟急方』（一七九〇年刊）には、ヤブガラシを図入りで解説しており、五葉草という名がつけられている。和名としてヤヒトバナ・キジムシロ・ヤブカラシ・ビンボウヅル・ヒサゴヅルの名があり、江戸中期にはヤブカラシ・ビンボウヅルという今日と同じ名前があった。ヒサゴヅルは『多識編』が烏斂苺の和名として記したものであるが、『本草和名』のヒサゴヅラと同名であり、ウリ科ヒョウタンの別名がヒサゴであるから、混同されていた可能性もある。キジムシロの名は現在はバラ科草本に使われており、なぜヤブガラシに用いられていたかわからない。ヤヒトバナにいたっては『廣恵濟急方』以外にその名を見ない。こうした事実はヤブガラシがまったく関係のない植物と混同されてきた可能性を示唆するのではなかろうか。ヤブガラシは、今日こそ、どこにでもある存在だが、古くからそうであったとはいいきれないので、これ以上の議論は控えるが、この点に関しては今後の検討に待つとして、現時点では定説にしたがっておく。

カナムグラは中国本草に葎草とあって薬用とされた。勒草の名で収載された『名醫別錄』には、瘀血に主効あり、精を止め、気を益盛にする、と記述されている。日本漢方では用いることはないが、利尿・解毒の効があるとして民間では用いられる。『和方一萬方《わほういちまんぽう》』に田虫の方として「犬ムグラ　右一味　葉ヲモミ付ベシ（犬ムグラハ甘茶ノ葉ニ似テ表裏ニイラサアリ、茎ニモイラサアリ、カナムグラトモ云）」とある。犬ムグラはカナムグラの方言名（肥後熊本）のようである。果穂を葎草花穂と称し、虚労による潮熱（一定時刻に発する熱をいう）、肺結核に用いる。また苦味があり苦味健胃薬とすることもある。カナムグラは、ビールに苦味をつけるホップと同属別種であって、果穂にある苦味の本体である樹脂質（フムロンなど）はホップに比べるとずっと少ないが、苦味はあり、胃腸の薬とするのはこの苦味を利用したものである。根は葎草根と称し、『范汪方』に「葛葎（カナムグラのこと）の根を掘出して挽《ひ》き断ち、盃を以て坎《あな》の中に承《う》け汁を取る。一升を服すれば、石、當に出づ。出でざればさらに服す」（『本草綱目』より）とあり、石淋（膀胱結石のこと）によいとする。カナムグラのいずれの部位にも有毒成分は発見されておらず、中国本草でも古くから無毒とする。『救荒本草抜萃』には飢饉で食料不足の時に「葉莖をゆでて食うべし」とあり、救荒植物としても利用された。近年、北朝鮮で起きた食料飢饉のときに、一般庶民がこれを食べたといわれる。

むし（蒸）

イラクサ科（Urticaceae）カラムシ（*Boehmeria nivea*）

むし衾《ぶすま》　なごやが下に　臥せれども　妹とし寝《ね》ねば　肌し寒しも

蒸被　奈胡也我下丹　雖臥　與妹不宿者　肌之寒霜

（巻四　五二四、京職藤原大夫）

【通釈】 序に「京職藤原大夫の、大伴（坂上）郎女に贈れる歌」とある。藤原大夫は藤原麻呂《ふじわらまろ》のことで、不比等の第四子。この歌は、奈良時代の有力貴族の恋愛を表すものとして興味深く、藤原大夫が真摯に大伴坂上郎女《おおとものさかのうえのいらつめ》に思いを寄せていたことがわかる。「むし衾」はカラムシからつくった夜具のこと。第二句の「なごや」は「和や」であって、柔らかいという意。歌の意は、カラムシの衾の柔らかな中に寝ているけれど、あなたと寝ていないので肌寒いことよとなる。

【精解】「むし衾」は万葉集ではこの一首のみに出現するが、『古事記』の須勢理毘売命《すせりひめのみこと》の歌「綾垣のふはやが下に苧《むし》衾（牟斯夫須麻）柔《にこ》やが下に栲《たく》衾」の中にも出てくる。これが何を指すのか諸説があり、『和歌童蒙抄《わかどうもうしょう》』（藤原範兼）、『萬葉集攷證《まんようしゅうこうしょう》』（岸本由豆流）、『萬葉注釋』（澤瀉久孝）などは、原文の蒸被（古注はアツブスマと訓じた）の字義のとおり解釈し、暖かい夜具とした。一方、『萬葉集全釋』（鴻巣盛廣）では「苧麻《むし》の衾」としたが、最近の注釈書はこの説を支持し、本書

カラムシの葉　葉の裏面に白い綿毛がつくのが特徴。日本に自生するヤブマオ属の中ではカラムシとナンバンカラムシだけは、葉が互生する。

もこれにしたがう。「蒸す」という語が暖かい衣類の形容に用いられた用例がなく、また、万葉集には栲衾《たくふすま》や栲領巾《たくひれ》のようにコウゾでつくった夜具・布が詠われていて（タクの条を参照）、原料植物名を冠じているから、「むし衾」があっても不自然ではない。

「むし」の名は、『和名抄《わみょうしょう》』に「麻苧（中略）周禮注云　苧　直呂反　上聲之重　加良无之」とあり、カラムシとして苧の漢名が充てられている。中国本草では、『名醫別録《めいいべつろく》』の下品に苧根《ちょこん》とあるのが初見で、『本草和名《ほんぞうわみょう》』にも「苧根　山苧　相似不入用　和名乎乃祢」とあり、和名がヲとなっているが、これがカラムシと同じであることは、『醫心方《いしんぼう》』に「苧根　和名乎乃祢又加良牟之乃祢」と両名が出てくることから明らかである。苧の和名ヲがアサの古名のヲと同音であることは、ともに繊維原料としての用途がもっとも重要であったことを示唆する。『薬性論』（甄權《けんげん》）では苧麻根となり、この漢名（苧麻）が今日でも使われている。無論、アサとは区別されており、苧麻について、『圖經本草《ずけいほんぞう》』（蘇頌《そしょう》）は、「苗の高さ七八尺、葉は楮葉（カジノキの葉）の如し。（表）面は青く背（面）は白くして短毛有り。夏、秋の間に細穂の青花を著《つ》く」（括弧内は著者補注）と記述していて、カラムシの特徴をよく表す。カラムシの花は、葉腋《ようえき》から出る穂状《すいじょう》花序《かじょ》をなすが、『本草衍義《ほんぞうえんぎ》』（寇宗奭《こうそうせき》）に「花は白楊の如くして長く穂を成して生ず。一朶《だ》（花枝のこと）毎に、凡そ數十穂、青白色なり」とあって、さらに具体的に記載している。

カラムシはイラクサ科ヤブマオ属 *Boehmeria* の一種であり、約百種からなるこの属は分類が難しいことで知られるが、蘇頌が述べるように、葉の裏に綿毛があって白いので、ヤブマオ属の中ではカラムシの区別は比較的容易である。ちなみに、ヤブマオは藪真苧《まを》の意であって、マヲ（真苧）は本物の苧すなわちカラムシをいう。この名をもつものに関東地方以西のわが国各地に分布するヤブマオ・メヤブマオがあり、雌花だけをつけて無性繁殖するため、いたるところに旺盛に茂り、雑草的な性質が強い植物である。

カラムシは繊維原料として古くから栽培され、その系統を区別してラミーまたは苧麻《ちょま》と称している。別にナンバンカラムシと称するものは、栽培ラミーと野生のカラムシとが交雑して発生したといわれるが、多くの系統があってその区別は難しい。カラムシの繊維は強く、ロープや網・袋などをつくる。織物用の繊維は、粗繊維を灰汁につけ水に曝《さら》す工程を繰り返してペクチン質を除いて漂白したものである。この繊維で織ったものを上布《じょうふ》と称し、越後《えちご》上布・小千谷《おぢや》上布・宮古《みやこ》上布などが有名である。小千谷縮《ちぢみ》と称するものは、布を織ってから湯もみして曝《さら》したものである。カラムシは、『名醫別録』などに収載されるように、その根すなわち苧麻根は、中医方では解熱・利尿・解毒・安胎の効があるとして用い、特に妊娠時の胎動不安・胎漏下血に有効とされる。元代の医師で金元医学四大家の一人と称される朱丹渓《しゅたんけい》（一二八一―一三五八）は、苧麻根の薬効が確かであるにもかかわらずあまり用いられないことを嘆いたとされる（『和漢薬百科図鑑』より引用）。苧麻根に含まれるアントラキノン誘導体は、母乳を介して乳児に下痢を起こすことが知られているので、案外、古い時代でもこのことが知られており、結果として用いることが少なかったのではないか。ちなみに、日本漢方では用いることはない。

むらさき（紫（草）・武良前・牟良佐伎）　ムラサキ科（Boraginaceae）ムラサキ（*Lithospermum erythrorhizon*）

茜さす　紫野行き　標野《しめの》行き　野守は見ずや　君が袖振る
茜草指　武良前野逝　標野行　野守者不見哉　君之袖布流
（巻一　二〇、額田王《ぬかだのおほきみ》）

紫の　匂《にお》へる妹を　憎くあらば　人妻ゆゑに　吾れ恋ひめやも
紫草能　尓保敝類妹乎　尓苦久有者　人嬬故尓　吾戀目八方
（巻一　二一、大海人皇子《おほあまのおうじ》）

【通釈】この二歌は贈答歌で、序に「（天智）天皇の蒲生野《かまふの》に遊獵《みかり》し給ひし時」とあり、『日本書紀』巻第二十七「天智紀」に「（七年）五月五日に、蒲生野に縦獵《かり》したまふ。時に大皇弟《ひつぎのみこ》、諸王《おほきみたち》、内臣《うちつまへつきみ》と群臣《まへつきみ》、皆悉《ことごと》に従ふ」という記述がある。遊猟とは薬《くすり》猟《かり》を指す。「茜さす」は紫野の枕詞で、紫野とはムラサキを栽培する紫草園、標野は立ち入ることを禁じた地をいう。蒲生野は滋賀県近江八幡市から蒲生郡安土町・竜王町・蒲生町・日野町あたりの琵琶湖東の南部一帯。紫色は高貴の色であり、「紫の匂《にお》へる妹」とは「この上なく高貴なあなた」の意。この二つの贈答歌の解釈であるが、その背景はかなり複雑である。額田王の歌を直訳すれば、「立ち入ってはいけないこの紫野であなたは盛んに私に袖を振っていらっしゃいますが、番人が見ているかもしれませんよ」となり、一方、大海人皇子の返歌には「人妻ゆゑにわれ恋ひめやも」という句があり、直訳すると「この上なく高貴なあなたを憎いと思うのであれば、人妻であるのになぜこんなに思うものでしょうか」となってわかりづらい。額田王が、当初、大海人皇子（?—六八六）の妃であり十市皇女《とおちのひめみこ》をもうけた（『日本書紀』に記載）が、後に請われて大海人皇子の同母兄である天智天皇（六二六—六七一）の妻となったといわれる複雑な相関関係（確かな歴史的証拠はない）を前提にして解釈する必要がある。これによって、この上なく高貴でいらっしゃる（私から天智帝のもとへ去った）あなたを憎いのであれば、人妻であるあなたには恋なぞするものですか、憎くないからこそ今でも（昔とおなじように）人妻となったあなたにこんなに恋焦がれているのですよという意味になり、額田王への思慕の止まない心中を吐露していることになる。同様に額田王の歌を意訳すると、禁断の紫野であなたは私に盛んに袖を振っていらっしゃいますが、番人が見つけて天智帝に気づかれないか心配ですと大海人皇子を窘《たしな》める内容となる。逆に言えば、額田王が大海人皇子のもとを去って天智天皇の妻となったと推定しなければまともな解釈は困難であることを示す。この歌が薬猟の最中の歌であることを重視して、額田王は大海人皇子の妻であることに変わらず、遊宴の中で「人妻ゆゑに」と戯れて歌ったと解釈する説もある。しかし、集中に「額田王の近江の天皇を思ひて作れる歌」として「君待つとわが恋ひ居ればわが屋戸の簾《すだれ》うごかし秋の風吹く」（巻四、四八八、巻八の一六〇六に重出）があり、近江京時代の額田王と天智天皇は深い関係にあったことは否めない。天智天皇は中大兄皇子《なかのおおえのおうじ》として大化の改新を挙行し、古代史の主舞台に華々しく登場した。即位したのは六六七年、百済の再興を図って援軍を送ったものの白村江《はくすきのえ》の戦いで唐・新羅連合軍に大敗を喫した後、大津へ遷都してからである。天智天皇と大海人皇子の関係が微妙であるのはその後の歴史を見れば歴然とする。天智天皇の息子は大友皇子であり、大海人皇子と額田王の娘である十市皇女を妻とした。天智天皇の死後、壬申の乱が起こり、大海人皇子が大友皇子を滅ぼして天武天皇となり、六七二年、都を飛鳥浄御原宮に移した。このとき、額田王の消息がどうなったのか、天武天皇となった大海人皇子との関係がどう変化したのかまったく不明である。ただし、集中に「吉野の宮に幸しし時、弓削皇子《ゆげのみこ》の額田王に贈り給へる歌」（巻二の一一一、ユヅルハの条を参照）があり、これが額田王の消息を示す最後の記事である。弓削皇子は六九九年に薨去《こうきょ》したから、吉野の宮の行幸は持統七（六九三）年と考えられている。とすれば、天武天皇の崩御（六八六年）後も生存していたことになる。額田王の歌が大海人皇子に対する未練を残したものと解釈すれば、天智崩御後は元の鞘に収まったのかもしれない。

【精解】万葉集でムラサキは十七首に詠まれ、うち十五首は「紫（草）」、残り二首は借音・借訓仮名の「武良前」、「牟良佐伎」と表記されている。『本草和名《ほんぞうわみょう》』に「紫草　一名紫丹一名紫芺一名藐　仁諝音亡角反出蘇敬注　一名野葵一名紫給一名茈䓞　音戻出兼名苑　一名紫䓞　出尓雅注　和名无良佐岐」とあるから、紫の訓は「むらさき」である。紫草の名は『神農本草經《しんのうほんぞうきょう》』の中品にあり、『本草經集注《ほんぞうきょうしっちゅう》』（陶弘景《とうこうけい》）に「即ち、是れ今の紫を染む者なり。方薬家は都《すべ》て復た用ひず」とあり、染料であって薬としないことを示す。『新修本草《しんしゅうほんぞう》』（蘇敬《そけい》）には「苗は蘭香（『齊民要術』に初見する名で、『嘉祐本草』の羅勒と同品、シソ科メボウキ）に似て莖は赤く節青し。花は紫白色にして實白し」とあり、紫草はムラサキ科ムラサキをいう。

　わが国にはムラサキの自生があり、北海道から九州の日当たりのよい草原に生える。高さ三十～七十センチ、直径五～六ミリの小さな白い五弁花を茎上部の葉腋《ようえき》に少数つける。根は牛蒡《ごぼう》状で太く鮮やかな赤紫色で、根の周りの土も染まり、また、独特の臭気がある。ムラサキの根で染まる色を紫色と称し、植物名が色名に転じた。紛らわしいので「茈」を植物たるムラサキに充て、「紫」をムラサキの根で染めた色を指すことがある。古代ではムラサキは染料として非常に有用な原料であった。例歌にある蒲生野の紫野は栽培園と考えられているが、産出量はさほどでなかったようだ。『延喜式』巻十五「内藏寮」諸國年料供進に紫草二萬二百斤とあり、各国からの供進量が記載されている。それによれば、常陸國三千八百斤、相模國三千七百斤、武藏國三千二百斤、信濃國二千八百斤など東国が主であって、近畿からの産出量はまったく記載されていない。巻第二十三の年料別貢雜物では「太宰府（中略）紫草　日向八百斤　大隅一千八百斤云々」、同交易雜物では「山城國（中略）下野國　紫草一千斤（中略）出雲國　紫草一百斤　石見國　紫草一百斤（中略）太宰府　紫草五千六百斤云々」とあり、ここにも近畿地方諸国の名を見ない。平安初期の資料であるが、万葉時代でも一応の目安にはなるだろう。九州が意外と多いのは火山性草原が多いことと関連があるだろう。現在でも東北北部から北海道に比較的多く見られることを考えると、中国地方から中部地方が紫草の産出の空白地であることがわかる。現在の自然分布とも相関するので、近江地方にはムラサキはもともと野生が少なく、蒲生野の紫野は百済《くだら》からの亡命帰化人が持ち込んだムラサキの種を栽培したものかもしれない。平安の『延喜式』に近江国がないのはやはりムラサキの栽培に適さないか、あるいは江戸時代の本草家小野蘭山《おのらんざん》（一七二九―一八一〇）が「京師ノ山ニ自生ナシ」と記述しているように、近江地方はもともとムラサキの生育に適さないため、蒲生野などの栽培地は消滅したのであろう。

　ムラサキは染料として重要であったが、古代の紫染めをよく表す歌が万葉集にある。

　紫は　灰さすものぞ　海石榴市《つばいち》の　八十《やそ》の街《ちまた》に　逢へる子や

誰れ

（巻十二　三一〇一、詠人未詳）

初二句は、紫草の染色でツバキの灰汁を加えるとよい色が出ることから海石榴市を導く序詞であるが、古代でも草木染に媒染という技術が使われていたことを示唆する。

紫染めのプロセスは簡単で、乾燥したムラサキの根を、沸騰水をやや冷ました温水に浸けて膨潤させ、絞って染液を採る。これに布を浸して染めつけるが、この後に現在ではミョウバンを加えて媒染する。ミョウバンを加える前は赤紫色だったのが、媒染で鮮やかな青紫色に変わる。ムラサキの根に含まれる色素はシコニンと呼ばれる物質にさまざまな脂肪酸が結合したものであり、水にはほとんど溶けない。ムラサキの根の中にシコニンを蓄える小さな組織があり、温水で膨潤させると、この組織が壊れて色素が湯の中に出てくるが、色素は水には溶けないため、染液は透明とならず懸濁液になる。放置すると顔料のようにどろどろの液体になって分離してしまうので染色工程は迅速に行う必要がある。現在、アルコールを混ぜて染液をつくることが多いのは色素がアルコールに溶けやすく、染色工程が楽になるからである。ミョウバンにはアルミニウムイオンが含まれ、色素（シコニン）に結合し、その深色効果によって赤紫から青紫に変わる。普通のアルカリでも深色効果はあるが、色落ちしやすいのでアルミニウムイオンの方がよい。ツバキの灰にはムラサキ色素の深色に適したアルミニウムが豊富に含まれているので、古代人はそれを使用したのである。媒染剤として最初からツバキを使ったわけではない。『和名抄《わみょうしょう》』巻六の調度部染色具に「柃灰　蘇敬曰　又有柃灰　柃音霊　今案俗所謂椿灰等是　焼木葉作之　並入染用」、同巻十の草木部木類に「玉篇云　柃　音令一音冷　漢語抄云　比佐加岐　似荊可作染灰者也」とあり、当初はヒサカキを染灰としていて、中国から伝わった技術であった。日本ではヒサカキのほかツバキ・サカキも用いるようになったのであるが、いずれも神社の神事に用いられるものである。これらはわが国の関東以西南には豊産する照葉樹林の主要構成樹種でもあるので、試行錯誤の結果、用いるようになったのであろう。『本草綱目《ほんぞうこうもく》』（李時珍）は山礬《さんばん》を染灰に用いるとしているが、これはハイノキ科ハイノキ属の植物であり、江戸時代の日本では同属種のクロバイを紫染めに用いた。クロバイの名も黒灰に

ムラサキの花　６月〜７月、直径４ミリほどの白い花を、茎の先端に咲かせる。

ちなむ。

　ムラサキの色素シコニンは、世界に先駆けてわが国のある女性によって純粋な物質として単離された。この偉業はわが国初の女性理学博士となった黒田チカ（一八八四―一九六八）によるものだった。黒田は帝国大学として唯一つ女性を受け入れる意思を表明した東北帝国大学理学部化学科教授の眞島利行（一八七四―一九六二）の門戸を叩き、ムラサキの根の色素の研究を始めた。この色素の研究は日本国内のほか英国でも行われていたが、最初に単離に成功したのが黒田であった。一九一六年のことであり、わが国の輝かしい天然物化学の金字塔の一つとなったのである。紫染めは中国で最初に始められたが、日本へは朝鮮より後れてその技術が渡来した。江戸時代には江戸紫や奥州の南部紫、鹿角紫など優れた染色技術を生み出したが、その歴史を辿ると日本の外に飛び出してしまう。鮮やかな紫色の色素が日本人によって初めて単離され、日本語にちなむシコニンと名づけられたことは世界の科学史に残る偉業であり、しかもそれが女性であったということは、額田王とともにムラサキという植物はよくよく女性に縁があるらしい。

　ムラサキは現在では絶滅危惧種に指定され、野生から見つけ出すのは至難の業になってしまった。一般人はしばしば勘違いするのだが、これは決して乱獲によるものではなく、植生学上の理由によるものである。ムラサキは植物地理学でいう典型的な満鮮《まんせん》要素といわれる植物群の一種であり、日本列島が大陸と陸続きであった時代に分布していたものの生き残りである。満鮮要素とは中国東北の温帯草原に分布の中心をもつ多年生草本であり、西は朝鮮半島、東は樺太《サハリン》経由で大陸から日本に渡ってきたと推定されている。日本が大陸と陸続きであった更新世後期の氷河時代（数万年前）は現在よりずっと寒冷で乾燥しており、日本のいたるところに草原が発達し、ムラサキなど大陸に故郷をもつ草本植物が旺盛に生育していたと推定されている。

　氷河期が終わり、日本が大陸から切り離されて列島を形成し、日本海に暖流が流れ込むと次第に温暖多湿となって森林植生が発達、冷涼でやや乾燥した気候を好むムラサキの生育地は次第に追い詰められていった。大和朝廷の支配が及ぶ前の東国はもともと鬱蒼とした森林に覆われていたが、西から帰化人の集団をはじめ入植者が増えるとともに、森林を焼き払ってできた人為の草原があちこちに成立した。この草原も放置すればいずれは森林植生になるが、まず、ナラ・クヌギなどの落葉広葉樹を中心とした雑木林になる。武蔵野の雑木林はこのように成立したものであり、定期的に手が加えられ、決して手付かずの自然ではない。古代の草原はススキなどの茅類《かやるい》を中心にした大型イネ科植物が優先する野原であったが、茅類は屋根葺きなどに使われるので定期的に刈り払われ、草原は長く維持された。ムラサキは草原や雑木林の林縁などに生存の可能性を見つけて繁殖し、古代には現在よりずっとたくさん見られただろう。現在の日本でムラサキが見られなくなったのは人の手が加わらなくなって生息に適した草原や雑木林が激減したためである。

『本草經集注』において、陶弘景はムラサキを薬として用いることは少ないと述べたが、『神農本草經』の中薬にも収載される由緒ある薬物である。『本草經』では紫草（日本では紫根《しこん》という）と称し、「心腹の邪氣、五疸（五臓に熱がこもって起こる肝疸・心疸・火疸・肺疸・腎疸をいう）を主《つかさど》り、中（内蔵機能）を補し気を　す。九竅（口・鼻・耳・肛門などの人体にある九つの穴をいう）を利し、水道（体内の水の循環）を通ず」と記述されている。『傷寒論《しょうかんろん》』のような古医方には紫根を配合した処方は稀であるが、後世の医家が創った新しい処方は結構多い。江戸時代の医師華岡青洲《はなおかせいしゅう》（一七六〇―一八三五）は、チョウセンアサガオの麻酔作用を利用して乳がんの外科手術を行ったことで世界的にも知られる名医であるが、多くの漢方方剤を創出していることはあまり知られていない。その一つに紫雲膏《しうんこう》というのがあり、その名でわかるように紫根を主薬とする。この処方は外傷・火傷・痔核・かぶれ・ただれ・あせもなど幅広い皮膚疾患用の外用薬として現在でもよく用いられる。紫根の色素成分であるシコニンおよびその誘導体には創傷治癒作用・抗炎症作用・殺菌作用のあることが確認されているので、皮膚疾患薬としての有用性が証明されているといってよい。通例、漢方薬というのは湯液を用いるのだが、紫根の有効成分であるシコニンは水にはほとんど溶けない。紫根を熱湯抽出し、定法どおりに湯液を半分ほどに時間をかけて濃縮すると、根にあるシコニンと類似成分を含む組織が分解して凝集し、中には水蒸気とともに揮散するものもあって、シコニンの薬効を治療に役立てようとする場合、まことに都合が悪い。紫根を配合する処方の湯液で赤紫の色がついていないのはそのためである。華岡青洲の偉大なところは、シコニンが脂溶性であることを見抜いて、ゴマ油・ミツロウ・豚脂を配合して膏薬とした点にある。シコニンとその類縁体は油脂とともに皮膚から吸収され適度な薬効を示すのである。現在の薬は体の中のしかるべき部分に輸送されるように製剤設計されている。これをドラッグデリバリーシステム（DDS）と称するが、華岡青洲はこれを考慮して処方薬を創出しているのである。

そのほか、紫根のエタノールエキスにはラットの発情期を抑制して避妊効果のあることが確認されている。これはエストロゲン作用に基づくものではなく、性腺刺激ホルモンの分泌を抑制することによるらしい。色素成分のシコニンにはまったくこの作用はないので、別に活性成分が存在することになるが、まだ特定されていない。人で同じことが起きるかどうか確認されていないが、紫根を含む漢方処方薬の湯液を服用する場合、これを留意すべきことはいうまでもない。

むろ（天木（水）香・室・廻香・牟漏）　ヒノキ科（Cupressaceae）ネズミサシ（*Juniperus rigida*）

吾妹子《わぎもこ》が　見し鞆《とも》の浦の　むろの木は　常世《とこよ》にあれど　見し人そなき
（巻三　四四六、大伴旅人《おほとものたびと》）

吾妹子之　見師鞆浦之　天木香樹者　常世有跡　見之人曾奈吉

離磯《はなれそ》に　立てるむろの木　うたがたも　久しき時を　過ぎにけるかも
（巻十五　三六〇〇、詠人未詳）

波奈禮蘇尓　多弖流牟漏能木　宇多我多毛　比左之伎時乎　須疑尓家流香母

【通釈】第一の歌の序は「天平二（七三〇）年庚午の冬十二月、大宰の帥大伴卿《そちおほとものまへつきみ》の、京に向ひて上道《みちたち》せし時作れる歌」とあり、筑紫から京へ向かう道中に詠ったものである。鞆《とも》の浦は広島県福山市の沼隈半島にある瀬戸内国立公園有数の景勝の地。歌の意は、わが妻が（京から筑紫へ下る時に）見た鞆《とも》の浦のむろの木は、いつまでも変わらないが、これを見た妻はもうこの世にいないのだ、と神亀五（七二八）年に亡くなった妻（大伴郎女《おおとものいらつめ》）を偲んだ歌。第二の歌は、天平八（七三六）年に新羅に派遣された一行が途中で詠んだ歌。瀬戸内海を航行しているので、ここで詠われるむろの木は鞆《とも》の浦にあったものといわれ、旅人が見たのと同じかもしれない。離磯《はなれそ》とは離れ小島の磯という意である。「うたがたも」はわかりにくい語であるが、ここでは「いちずに」の意という。離れ磯に立つむろの木は、いちずに長い時を（ここで）過ごしてきたことだろうとなり、磯辺の波に洗われそうな環境に生える老樹に思いを寄せた。

【精解】万葉集に「牟漏能木」、「室木」あるいは「室乃樹」とあるのがそれぞれ二首と三首あり、いずれも借音仮名あるいは借訓仮名であるから、ムロノキと訓ずるのはまったく問題ない。右の第一の歌に、義訓で表された天木香樹があるが、これもムロノキと訓ずるのは、大伴旅人がこの歌とともに詠んだ歌の中に「鞆浦《とものうら》之《の》礒《いそ》之《の》室木《むろのき》」（四四七）とあり、類歌で内容的に同じ植物を詠んだと解され、また、巻十六の三八三〇の歌でも、序に「天木香」、本歌に「室《むろ》」とあることが論拠となっている。巻十六の「天木香」は、原文では天水香となっていたが、注釈書の多くは水を木の誤りとし、巻三の天木香樹に合わせている。

この名前は本草書にはまったく見えず、永承二（一〇四七）年頃、宮廷医の惟宗俊通《これむねとしみち》が著したといわれる『香字抄』に「寶樓閣經中云

ネズミサシ　葉は針状で長さ10～25ミリほどあり、先はとがっていて固く、触ると痛い。

菩提流支　天水香松木是也　如意輪軌云　寶志譯　天水香　五葉松脂也」とあり、天水香の名で出てくる。一方、『香要抄』には天木香とあり、どちらが正しい名であるかわからない（以上、『萬葉集草木考』より引用）。いずれにせよ、『香字抄』に松柏類の香木とあるので、該当する樹種を推定する手掛かりとなる。

「むろの木」を詠む万葉歌を吟味してみると、七首中六首は「磯の」、「浦の」、「島の」とあるから、「むろの木」は海岸に多く生える植物である。ちなみに、残りの一首は戯歌であって実物の木を見て詠っているのかわからない。松柏類で海岸によく出現する樹木は限られ、定説にあるようにヒノキ科ネズミサシに充てるのは妥当であろう。鞆の浦の「むろの木」は老大木を詠ったものであるから、大木とはならないネズミサシよりも、高木となるビャクシンの方がふさわしいとする意見（堀勝『萬葉集ムロノキ考』一九七二年）もあるが、万葉集でむろの木が大木として詠われているわけではないこと、ネズミサシの方言名にムロ・ムロキ・ムロノキのほか、この訛りであるブロノキ・モロノキなどが全国各地に残っていることから、万葉の「むろの木」がネズミサシであることに疑問の余地はない。

「磯の上に立てるむろの木ねもころになにしか深め思ひそめけむ」（巻十一　二四八八）にある「むろの木」は、原文では廻香瀧となっているが、この訓に対し定論がある。『類聚《るいじゅ》古集《こしゅう》』では「まひたきつ」（廻香瀧）と訓じているほか、諸本でもこの部分はさまざまな解釈があって定まってない。現在の注釈本は、瀧を樹の誤写と考え、廻香樹あるいは廻香樹とする。この見解もさることながら、これを「むろの木」とする論拠については若干の疑問が残されているので、ここで議論したい。

まず、この名も中国のいかなる文献にも出てこないが、天木（水）香と同じく、日本の香道書には類名が出てくる。『香要抄』に「廻香　雜集云　拾踍補澁摩　此云廻香　不動決祕要義云　福徳者用底婆苾利　又香　天木香也」とあり、天木香とともに記載されているが、一方、『香藥抄』にもこれと同じ文が引用されているものの、こちらには廻香の名はない（いずれも『萬葉集草木考』より引用）。岡不崩《おかふほう》（一八六九―一九四〇）はこの両名を同じと考え、廻香を「むろの木」としたが、この見解は『萬葉集注釋』（澤瀉久孝）に支持され、現在の注釈書のいずれも迴香樹をムロノキと訓ずる。平安時代は、中国と一線を画して香道の源流が発生した時期であるから、天木香・迴香のように日本独自の香木の名があってもおかしくないが、万葉時代までさかのぼるものか疑問がある。版本によっては回香樹とするが、回香は茴香であるから、茴香樹の可能性も含めて議論すべきではないか。茴香《ういきょう》は欧州原産のセリ科ハーブのフェンネルであり、その果実は香辛料として古くから利用されてきた。古い時代に中国に伝わって、『新修本草《しんしゅうほんぞう》』（蘇敬《そけい》）に蘹香として初めて収載され、『圖經本草《ずけいほんぞう》』（蘇頌《そしょう》）や『本草衍義《ほんぞうえんぎ》』（寇宗奭《こうそうせき》）に現在の漢名と同じ茴香の名が見える。蘇頌によれば、もともと中国北方で茴香と呼ばれていたものが茴香に転じたという。『本草綱目《ほんぞうこうもく》』は「臭肉を煮て、少し許《ばか》りを下す。即ち臭気無し。臭醤に末を入れば亦た香ばし。故に回香と曰ふ」と記述し、回香の字義を陶弘景を引用して解説する。茴香はハーブだが、これとまったく同じ芳香成分をもつ木本植物があり、八角茴香（船茴香ともいう）という。中国南部からベトナムの産であり、この種は日本には産しないがシキミという近縁種がある。シキミは日本に原生する香木にもかかわらず、まともな漢名がなく（シキミの条を参照）、抹香の原料にもなるのだから、これを回香樹（茴香樹あるいは迴香樹と同じだが、李時珍引用の陶弘景説にしたがう）と呼んだ可能性も少なくないだろう。また、迴香樹がもともと迴香樹・茴香樹と表記された可能性もある。この場合は、字義どおりに解釈すればよく、シキミは南方系植物であるから、遠くからもたらされた香木と考えられればよい。シキミが「磯の上」に生えるかどうかという問題もあるので、ここでは一応定説にしたがっておくが、以上のことがこれまで議論されなかったのは不思議である。

本条では、むろの木の考証に常道である『本草和名《ほんぞうわみょう》』、『和名抄《わみょうしょう》』から出発しなかった。むろの木の名はこれらの文献にあるが、なぜそうしなかったかは以降の説明を見れば理解できる。『本草和名』に「赤檉　一名檉乳　木中脂也　和名牟呂乃岐」と出ており、赤《せき》檉《てい》の漢名が充てられ、また『醫心方《いしんぽう》』でも「赤檉　牟呂乃木」とあって同じ漢名とする。ところが『新撰字鏡《しんせんじきょう》』では「檉　諸貞反　楊類　川夜奈支又牟呂乃木也」とあって、むろの木がカワヤナギすなわち楊類であるかのように記されている。その出典は『爾雅《じが》』の「檉は河柳なり」にあって、『同郭璞注《かくはくちゅう》』の「今の河旁の赤莖の小楊なり」をもってカワヤナギとしたようである。一方、『陸璣詩疏《りくきしそ》』に「河旁に生じ、皮は正に赤く絳の如し。一名雨師、枝葉は松に似る」（『證類本草』）と記され、必ずしも楊類のカワヤナギとはしていない。

檉の名は、宋の『開寶本草《かいほうほんぞう》』に檉柳として初見するもので、十世紀の『日華子諸家本草《にっかししょかほんぞう》』では赤檉の名で収載され、『本草和名』はこれを引用して「本草外藥」として収載したようだ。赤檉がどんな植物であるか、後世の本草の記述を見てみると、一一一九年の『本草衍義』では、「赤檉木、又、之を三春柳（『本草綱目《ほんぞうこうもく》』では三眠柳と

ギョリュウ　高さ7メートルにもなる落葉樹で、鱗片状の葉を密につける。花は淡紅色で、晩春と夏から秋にかけて咲く。

ある）と謂ふ。其の一年を以て三たび秀《ひいづ》る（花が咲くこと）からなり。花は肉紅色にして細穂を成す。河西の者、戎人（異民族の意）は滑枝を取り鞭《むち》と爲す。京師、亦た甚だ多し」とあり、ヤナギ科ではないことを示唆する。李時珍は「檉柳は小幹にして弱枝なり。之（枝）を插せば生え易し。赤皮にして細葉は絲の如し。婀娜《あだ》（しなやかで美しいこと）にして愛すべし。一年に三次花を作《な》し、花穂長く三四寸、水紅色にして蓼花の色の如し」と述べ、その記述は日本に自生のないギョリュウ科ギョリュウの特徴と一致する。

　ギョリュウは砂漠のような乾燥地に分布して水辺を好んで生え、枝はしなやかで花穂が長いことから、『爾雅』はこれを河柳としたのである。『新撰字鏡』のみならず、『和名抄』も「爾雅注云　檉　勅貞反　一名河柳　牟呂乃岐」とあるように『爾雅』にしたがったのであるが、カワヤナギすなわち水楊（俗名の河柳と必ずしも同じでない）の同物異名とはしなかった。ギョリュウは、『本草圖譜《ほんぞうずふ》』（岩崎灌園、一八二八年）に「元、和産なし百年以前漢種初て渡り今世に多く人家庭に栽ゆ」と記載され、また、『本草綱目啓蒙』（小野蘭山《おのらんざん》）も「寛保年中ニ漢種初テ渡リテ今世甚多シ」としており、江戸時代中期に渡来したらしい。無論、万葉時代にはなかったはずで、「むろの木」に檉の字を充てるのは誤りであるが、ネズミサシが針葉であり、灰褐色の樹皮をしていること、そして古代日本の九州と近畿地方の交通の要衝であった瀬戸内地方では磯辺（一応水辺である）に多く生えているのをもって、「むろの木」を檉に充てたのではあるまいか。

　今日、ネズミサシの漢名を杜松《としょう》とするが、これはユーラシアの温帯に広く分布するセイヨウネズを指すので正しくはない。この偽果を杜松実と称するが、西洋ではこれと酒精を混和して杜松実精とし利尿剤、皮膚刺激剤とする。また、オオムギ、ライムギの発酵液に杜松実を加えて蒸留したものがジン酒であり、もともとは熱病治療の薬酒であった。杜松実は精油に富み、ジンの独特の風味もこれによる。中国では、ネズミサシの偽果《ぎか》を杜松実と称して風湿を去り利水の効があるとして用いるが、比較的新しい生薬であって、古い本草書には載っていない。材の木目が緻密で堅くて光沢があり、工芸・彫刻・家具などに用いるほか、水湿に強く浴槽などに用いられたこともあった。独特の匂いがあり、和白檀として香木とすることがある。

も

もも（桃）

バラ科（Rosaceae）モモ（*Prunus persica*）

向《むか》つ峰《を》に　立てる桃の木　ならめやと　人ぞささやく　汝《な》が心ゆめ
向峯尓　立有桃樹　將成哉等　人曾耳言焉　汝情勤
（巻七　一三五六、詠人未詳）

はしきやし　吾家の毛桃　本《もと》しげみ　花のみ咲きて　ならざらめやも
波之吉也思　吾家乃毛桃　本繁　花耳開而　不成在目八方
（巻七　一三五八、詠人未詳）

春の苑　紅にほふ　桃の花　下照る道に　出《い》でたつ少女《をとめ》
春苑　紅尓保布　桃花　下照道尓　出立媙嬬
（巻十九　四一三九、大伴家持《おほとものやかもち》）

【通釈】前二歌は「木に寄する」歌で、モモの木に寄せた。第一の歌の初二句は第三句を導く譬喩《ひゆ》の序で、「ならめや」は実が成ることと二人の関係が結ばれることとの二つを掛けた反語形。結句の「心ゆめ」は「心せよゆめ」の短縮形で、「ゆめ」は努めて、努力しての意の副詞。歌の意は、向こうの峰に立っているモモの木の実が成るように二人の仲も結ばれるだろうか、いや結ばれないだろうと人が噂をしています、あなたもゆめゆめ用心してくださいとなる。第二の歌の「はしきやし」は「愛《は》しきよし」と同じで愛すべきかなの意。結句は反語形。第二の歌の意は、愛すべき我が家のケモモは幹が繁り花だけが咲いて実が成らないのであろうか、いやそんなことはないとなる。第三の歌の序に「天平勝寶二（七五〇）年三月一日の暮《ゆふべ》に、春苑の桃李《ももすもも》を眺矚《てうしょく》して作れる」とあり、中国風の貴族趣味の強い花見の歌。第四句の「下照る」は、樹下がモモの花で照っているという意であるが、落花で染まる情景をいう。歌の意は、春の苑の紅色の美しいモモの花で映える樹下の道に少女が出で立っていることとなる。

【精解】万葉集で桃を詠む歌は総計七首あるが、「毛桃」とあるのが三首、「桃花」が三首、そして「桃樹」が一首ある。特筆すべきは毛桃であって、長野県下伊那《しもいな》地方に毛桃とはかくやと思わせるようなオハツモモという日本在来種が残り、わずか五十グラムほどの小さな果実の表面に軟毛が密生する。現世のモモでも外皮に軟毛はあるが、これほど顕著ではない。今日のモモは品種改良が進み、万葉時代のモモとでは形質が大きく異なるのである。『本草綱目《ほんぞうこうもく》』（李時珍）に「惟だ、山中の毛桃、即ち爾雅に謂ふ所の褫桃《ちとう》は小にして多毛云々」とあって、中国では野生のモモを毛桃と称していた。ケモモという名前は、外果皮に毛のない品種油桃《ゆもも》あるいは椿桃《づばいもも》（いずれも現在のネクタリンに近いもの）に対してつけられた名前で、江戸時代まではその名が残っていた。前川文夫（一九〇八―一九八四）は、万葉歌にある毛桃をモモとし、そのほか四首の桃はヤマモモ科ヤマモモであると主張した（『植物の名前の話』）。ヤマモモも古い時代から食料として貴重であったことは、平城京跡からその核が多量に出土することから確かであるが（『海をわたった華花』）、家持の「春の苑紅にほふ桃の花」など花を詠った三首はヤマモモの花ではさっぱり意味が通じず、わずかに第一の例歌「向つ峰に立てる桃の木」だけがヤマモモの可能性があるにすぎない。これとて、山口県・宮崎県の一部に自生状態の野生モモの個体群があり、古代モモは野生の形質が濃いと考えられるから、山中に逸出して生えたと考える意見が強く、前川説は支持されていない。したがって万葉集にある桃は、ヤマモモではなく、すべてモモである。また、古代ではモモといえばヤマモモであったというのも正しくなく、後述する考古学的遺物の大量出土が示すように、モモは予想以上に早く日本に伝わって広く栽培さ

ヤマモモ　雌雄異株で、花には花弁がなく、ほとんど目立たない。果実は直径2センチほどの球形で、6月頃に熟す。

れていた形跡がある。

モモは、正確な原産地は定かではないが、黄河上流の陝西・甘粛省あたりの高原地帯と考えられている。中国での栽培の歴史は古く、遅くとも三千年以上前から始まったとされ、シルクロードを経て紀元前二世紀頃にペルシアに入り、小アジア・ギリシアを経て西欧に伝わった。モモの学名 *Prunus persica* にペルシアを意味する種小名がつけられているのも、ペルシア経由で欧州に入ったからである。日本にも古くから伝わり、最古のモモ核が縄文前期の長崎県伊木力《いきりき》遺跡から出土し、弥生時代の吉野ヶ里《よしのがり》遺跡からも大量の遺物が発掘されている。モモの野生が日本列島の一部地域にあること、縄文時代の古い遺跡からも出土していることから、西南日本にモモが原生していたのではないかと考える学者もいる。しかし、洪積世や鮮新世から遺物は知られていないので、今日では非原生説が圧倒的に優位である。古代のモモは現世より堅くて酸っぱかったと思われるが、『延喜式』巻第三十九「内膳司」の漬年料雑菜に「桃子二石　料鹽一斗二升」とあるように、漬物にして保存食としていた。長野県更《こう》埴市《しょくし》の更埴条理《こうしょくじょうり》・屋代《やしろ》遺跡群では、モモ核の出土が水害の多発した時期に際立って多くなることが明らかにされている（『海をわたった華花』）。これは災害で米が不作であったとき、モモで補っていたことを示唆する。古墳時代から奈良時代は全地球的に寒冷であったとされ、『日本書紀』に記述されているように、災害が多発した時代であったから、塩漬けのモモは主食を補っていたのである。平城京跡からも多量にモモ核が出土するので、都でも塩漬けが消費されていたと思われる。

モモは食用になるだけではなく、薬用としても重要である。『神《しん》農本草經《のうほんぞうきょう》』の下品に桃核人の名で収載され、薬としての歴史も古い。桃核人とはモモ核の中にある種子のことで、現在では桃仁《とうにん》と称し、漢方では駆瘀血《くおうけつ》薬として繁用する。瘀血とは血液の循環障害と考えて差し支えないが、漢方では頭痛・不眠・肩こり・腹部膨満感・便秘・鬱血《うっけつ》または出血など幅広い症状を伴い、高血圧・痔疾や婦人の月経不順・更年期障害などの疾患が瘀血に基づくとされる。駆瘀血薬とは瘀血の証を改善する薬方をいうが、桃核承気湯《とうかくじょうきとう》・大黄牡丹皮湯《だいおうぼたんぴとう》・桂枝茯苓丸《けいしぶくりょうがん》などが代表的な処方で、いずれも桃仁を主薬として含む。ウサギを用いた実験モデルで、桃仁のエキスに血液凝固阻害作用が認められ、左下腹部に圧痛抵抗（漢方でいう小腹硬満《しょうふくこうまん》の腹証）のある婦人心身症患者にも有効であることが確認されている。

このように桃仁の薬効は、近代科学の手法により、その有効性が解明されつつあるが、『神農本草經』に「桃花　殺疰惡鬼　令人好顔色　桃梟　微温主殺百鬼精物　桃毛　主下血瘕　寒熱積聚　無子　桃蠹　殺鬼辟邪惡不祥」とあるように、殺鬼などの記述が見えるので、モモの花などは辟邪《へきじゃ》の目的でも用いられたことがわかる。『本草綱目』の桃の条に、モモの木からつくったお札である桃符《とうふ》があるが、これは通常の薬用植物の薬用部位を表すものではなく、実用薬物書である『本草綱目』すら、非本草系の古典を引用して、辟邪植物としてのモモを記述しているのである。桃符煎湯で服するとあるが、屠蘇《とそ》散《さん》が漢方医書にない（ウケラの条を参照）ように、これも禁厭《まじない》・辟邪《へきじゃ》の目的をもち、神仙思想の影響を受けた偽医学的薬方である。

植物を用いる辟邪の風習は、古代中国梁の宗懍《そうりん》が著した『荊楚歳《けいそさい》時記《じき》』（六世紀中頃）に多く見られ、モモもそこに記載されている。この書は湖南省・湖北省を中心とする揚子江中流域の年中行事記で、わが国の習俗に与えた影響は非常に大きく、きわめて貴重な民俗資料である。正月一日の条に「長幼悉《ことごと》く衣冠を正し、次を以て拝賀す。椒栢（サンショウとカヤ）の酒を進め、桃の湯を飲み、屠蘇酒と膠芽の餳《あめ》を進め、五辛盤（ニンニク・ノビル・ニラ・アブラナ・コエンドロ）を下し、敷于散《ふうさん》を進め、却鬼丸を服し、各々一つの鶏子を進む。桃板を造り、戸に著《つ》け、これを仙木と謂ふ」（ウケラの条に既出、参照）とあるように、辟邪のために桃の湯を飲み、門戸に桃板をつけたことが記されている。桃の湯が実際に何であったか伝えられていないが、旧暦の元日は現在の二月に相当するから、実・花葉もない時期であり、保存できる桃核あるいは桃仁をすり潰して茶湯にしたものと思われる。『延喜式』巻第三十七「典薬寮」の諸國進年料雜藥に「山城國　桃人九升」とあり、以下三十九国から桃仁の貢進があったことが記録されている。モモが広く栽培され、桃仁を大量調達していたことがわかるが、これがすべて薬用に供されたとは考えにくい。平城京跡から出土する桃核の大半は、仁（種子）を内包したまま出土し、核になんらかの用途があったと考えねばならない。これを示唆する興味深い遺品が滋賀県大津市東光寺跡から出土している（『海をわたった華花』）。十一世紀後半の建物の北東隅の柱穴から、木簡が直立して出土し、隣の溝から桃核が出土した。木簡には、「鬼急々如律令」の墨書があり、これらが出土した柱穴が鬼門に当たる場所であることから、建物建立に際して呪符とともに桃核を納めたと考えられている。

桃の湯は、日本では、薬湯として桃湯（桃の葉を浸したもの）につ

モモの花　直径４ミリほどの花は、３月から４月のはじめ、葉が開くのとほぼ同じ頃に咲く。

かる風習に転じた。これは『萬病妙薬集《まんびょうみょうやくしゅう》』に「桃ノ葉ニテサイサイ洗フベシ」とあるように、痱子《ひし》（汗疹《あせも》）に対する民間療法と結びついて派生したものである。桃仁にはアミグダリンという青酸配糖体が含まれており、グルコシダーゼなどの酵素で分解して猛毒のシアン化水素を発生するから、桃の湯による中毒が発生したため、飲湯の風習は廃れたと思われる。シアン化水素は、桃仁に水を加えてすり潰すだけで、内在するエムルシンという酵素の作用で発生する。このとき、シアン化水素とともに発生するベンズアルデヒドに芳香があるので、およそ有毒物質が発生しているとは見えず、古代人は動物や昆虫がシアン化水素によって中毒を起こすのを見て、モモに霊力があると信じるようになったのであろう。

一方、桃板については、もともとは桃梗《とうきょう》であったといわれ、これが桃符となり、さらに意匠化されて桃板に発展して今日にいたる。『山海經《せんがいきょう》』第十七の「大荒北經」（山海經海經巻十二）の注に、「論衡訂鬼篇（王充著）、山海經を引きて云ふ、滄海の中に度朔の山有りて上に大桃木あり、其の屈蟠すること三千里、其の枝間の東北を鬼門と曰ひ、萬鬼の出入する所なり。上に二神人有り、一を神荼《しんじょ》（守屋美都雄によれば本来は神除であるとしてこのように訓ずる）と曰ひ、一を鬱壘《うつりつ》と曰ひ、萬鬼の閲領を主《つかさど》る。悪害の鬼を執《とら》ふるに葦索《いさく》（アシでつくった縄）を以てし、以て虎に食はしむ。是に於いて黄帝乃《すなは》ち禮をつくり、時を以て之を驅《か》るに、大桃人（モモでつくった大きな人形）を立て、門戸に神荼、鬱壘と虎とを畫《えが》き、葦索《いさく》を懸け以て凶を禦《ふせ》ぐと」とある。『山海經』は春秋時代から秦・漢代にかけて成立したとされる中国最古の地理書であるが、度朔山《どさくざん》の大桃樹伝説は、現存する『山海經』の伝本にはなく、本注は逸文であり、これに似た記述はほかの古典書にも出てくる。たとえば、『齊民要術』巻十には『漢舊儀』を引用して「因りて桃梗《とうきょう》（桃の枝）を門戸の上に立て、荼（ママ、神荼に同じ）と鬱壘とを畫き、葦索を持ちて兇鬼を禦《ふせ》ぐ、虎を門に畫く、當に鬼を食ふべきなり」とあり、また、『荊楚歳時記』の「正月」に「畫雞を戸上に貼り、葦索を其の上に懸け、桃符を其の傍らに挿《はさ》む、百鬼、之を畏《おそ》る」と記述されている。また、『典術』（詳細不明の道教書で伝存せず）にも「桃は乃ち西方の木、五木（五果に同じで棗・李・杏・栗・桃のこと）の精なる仙木なり。味辛く氣悪し、故に能く邪氣を厭伏し、百鬼を制す。今の人、門上に桃符を用ひるは此を以てす」（『本草綱目』より）とあるようにモモは典型的な神仙の霊木とされた。五世紀後半に成立した歳時記である『玉燭寶典《ぎょくしょくほうてん》』（杜台卿《とだいけい》）にも各書を引用して詳述されている。以上をもって古代中国人がいかにモモの辟邪の力を信じていたかがわかるだろう。各門戸に悪鬼除けに懸けられたのは、当初はモモの枝（桃梗）であったのが、後に桃符にさらに意匠化されて桃板となり、今日見るようにいろいろなめでたい図が描かれるようになった。前漢の哲学書で道家思想を中心に記述された『淮南子《えなんじ》』巻十四「詮言訓《せんげんくん》」に「羿《げい》は桃棓《ぼう》に死す」とあり、許慎《きょしん》注に「棓は大杖なり。桃を以て之を爲《つく》り、以て羿を撃殺す、是より以来、鬼、桃を畏る。今の人、桃梗を以て杙橛《よくけつ》（杭のこと）を作り、歳旦（年始）に門に植う。以て鬼を辟くるは此に由るなり」という記述があり、モモの木でつくった大杖も門戸に立てられた。羿とは中国神話に登場する太陽を打ち落としたという伝説の弓の名手であるが、彼ほどの名手が桃棓で撃殺されてから、鬼は桃を畏れるようになったという話である。『山海經』とは別系統の伝説であるが、これによって桃梗から大杖に、さらに杙橛に加工されたものも鬼除けに用いるようになった。度朔山上に生えるというモモは、屈蟠して三千里に広がるということから、蟠桃樹《ばんとうじゅ》と呼ばれるようになった。「大荒北經」注にあるように、その枝の間に鬼が出入りする門があり、俗にいう鬼門はこれに由来する。

桃符は、中国独特の神仙思想の方術の一つ符籙《ふろく》（神符、すなわちお札のこと）の一種であり、日本の一部地域に現在でも残る。伊勢志摩地方の蘇民森松下社《そみんのもりまつしたやしろ》が頒布する蘇民桃符がその一つで、蘇民将来子孫家門と書いた木札を注連縄にサカキ・ユズリハ・ウラジロ・ヒイラギとともにシデでもって飾りつけ、門戸に懸ける。この風習は須佐之男命《すさのおのみこと》と蘇民将来《そみんしょうらい》の次の伝説に由来する。須佐之男命が伊勢国松下に来る時、暴風雨に遭遇した。そこで当地の富者巨旦将《こたんしょう》来《らい》に宿泊を頼んだが断られてしまった。そこでその兄の蘇民将来の家に頼んだところ、貧しいにもかかわらず、須佐之男命を歓待してくれた。命は感激して、そのお礼に「悪病が村を襲うから、家の周りを茅垣《かやがき》で囲うように」と教えた。翌朝、村人はみな死に絶え、命は「悪疫が流行したら蘇民將来子孫家門と書いて門戸に懸けよ」と言い残して立ち去り、以降、桃符をつけるようになったという。この風習は中国から移入された辟邪思想に、日本在来の伝説が結びついて発生したものであるが、モモに辟邪の霊力があるという本来の信仰は、現在の桃符がヒノキでつくられていることからわかるように、変質して桃符という名前だけが残っている。一方、桃板は、度朔山で鬼を取り締まる神荼・鬱壘などのめでたい図を描いたものであるが、日本ではこの風習は残っていないようだ。

『延喜式』巻第十三「大舎人寮」に「凡年終追儺（中略）陰陽寮儺祭畢親王以下執桃弓葦箭桃杖儺出宮城四門」とあり、追儺《ついな》で桃弓、葦箭《あしや》、桃杖を用いたことを示す。これも、実は、中国に起源のある習俗であり、モモのもつ辟邪の霊力の信仰に基づく。『春秋左氏傳』の昭公十二年に、右尹子が楚王に語った会話として「昔、我が先王熊繹《ゆうえき》、荊山に辟在し、篳路藍縷（蔓で編んだ籠と衣類）、草莽（草むら）に處し、山林を跋渉して以て天子に事《つか》へ、唯だ是れ桃弧、棘矢、以て王事に共禦せり」とあり、この桃弧こそ桃の木でつくった弓すなわち桃弓であり、同傳の昭公四年に「桃弧、棘矢、以て其の災を除く」とあることから、棘矢すなわちヨモギの矢を桃弓で射ることで邪気を祓ったのである。また、同傳の襄公二十九年に「楚人、（襄）

公をして親襚《すゐ》（死者の装束）せしむ、公、之を患《うれ》ふ、穆叔曰く、殯（棺の移動）に祓ひて襚せば則ち幣を布かんと、乃ち巫をして桃茢を以て先づ殯を祓はしむ」とあり、また、『禮記《らいき》』檀弓篇下にも「君、臣の喪に臨むとき、巫《ふ》祝《しゅく》、桃茢《とうれつ》、執戈を以てす、之を悪めばなり」とある。桃茢はモモの棒にアシの穂（茢）をつけて箒状としたものであり、モモやアシに不浄を祓う力があると考えられ、葬儀に臨むとき、これでお祓いをした。アシは、神荼・鬱壘が悪鬼を縛るのに用いたから、悪邪を封印するという意味をもっていたと思われる。『四季物語』（『續群書類従』第三十二輯下雑部所収）にある「桃の弓、よもぎあしの矢をたばさみて云々」という一節は、『延喜式』にある追儺のことをいう。桃弓・葦矢をもった親王以下の公卿が大舎人の扮する鬼を追い払うという宮中の儀式であり、平安時代の初期から大晦日に行われるようになった。アシとヨモギを矢に仕立てて桃弓で悪鬼を射る鬼払いの風習であるが、中国周代、方相氏という官職の者が、四つ目の面をかぶり、赤い着物をつけ、矛と盾をもって、悪魔を祓ったのが起源であり、漢代になって、これに桃の弓にヨモギの矢が加わり、日本に伝えられたのである。中国では、これを大儺と称していたが、日本でも『續日本紀』（七九七年）に大儺《だいな》の名が初見する。これによれば、慶雲三（七〇六）年に全国に疫病が流行し人民が多数死亡したので、土牛をつくって大儺を行ったと記述している。追儺は平安時代初期に宮中の年中行事となり、鎌倉時代まで行われたようだ。現在でも、初詣の折、アシの茎でつくった魔除けの破魔矢《はまや》を神社で入手し、神棚に飾るのはごく普通に行われるが、これも追儺に起源がある。

追儺は、後に、立春の前日すなわち節分の行事となり、弓を射る代わりに豆をまいて悪鬼を祓うように形を変えた。節分の豆まきでは、辟邪の霊力をもつというモモの存在感はもはやなく、大豆がその役割を担う。豆まきの最古の記録は、『看聞御記《かんもんぎょき》』（『續群書類従』補遺二に所収）にあり、応永三十二（一四二五）年一月八日に「今夜節分也（中略）抑鬼大豆打事」という記述があり、女房（女官）などが豆打ち（豆まき）を行った。豆まきでおなじみの「鬼は外、福は内」の唱詞は、禅僧瑞渓周鳳《ずいけいしゅうほう》の記した室町時代の日記『臥雲日件録《がうんにっけんろく》』に初見する（『大日本古記録・臥雲日件録抜尤』東京大学史料編纂所、岩波書店）。すなわち、文安四（一四四七）年十二月廿二日の条に「明日は立春、故に昏に及びて、景富、室毎に熬《い》り豆を散《ま》き、鬼外福内の四字を因唱す。蓋《けだ》し此の方驅儺の様なり」とあり、現在と同じ唱詞を伴っていた。江戸時代になると、節分の豆まきは年中行事として庶民層に定着した。

以上、モモが辟邪に利用され、それが種々の日本の伝統習俗に、形を変えながら残っていることを述べた。

『校注荊楚歳時記』（守屋美都雄）に、モモがなぜ辟邪に使われるようになったか、解説されている。それによれば、後漢の服虔《ふくけん》の「桃とは凶を逃れしむる所以なり」という一節を挙げ、桃と逃が同音で追い祓う意に通ずるから、凶気を祓う呪術に用いられるようになったという。辟邪は中国独特の神仙思想の方術に基づくものであり、桃符は明らかに符籙の一種であるから、この説は大いに傾聴に値する。また、周代官職六官の一つ冬官桃氏に「桃氏劍を爲る」とあり、桃・刀の音通から魔よけに有効な刀と同じように桃にその力が備わっていると考えられたとする説もある。しかし、いずれの説にせよ、なぜそれがモモでなければならないか、以上の説明だけでは不足であり、モモにほかの植物にはない決定的な力がなければならない。前述したように、モモの仁核には青酸配糖体が含まれ、簡単な操作で分解して猛毒のシアン化水素を発生するから、これによる中毒事件は少なからず起きたにちがいない。これが人々をしてモモがとてつもない霊力をもつと思わせしめたのではなかろうか。

モモの辟邪の霊力は、正月に桃梗・桃符・桃板を門戸に懸けて、一年の安全を祈願するために利用された。日本には、旧暦の三月三日に桃の節句というのがある。この時期はちょうどモモの開花時期に当たるが、『荊楚歳時記』には「三月三日、士民並びに江渚池沼の間に出で、流杯曲水の飲をなす」とあり、モモとの関係は見えない。そもそも、流杯曲水の飲は、酒を飲みながら曲水に杯を浮かべて、それが所定のところまで流れていく間に詩を詠むという風流の儀式であり、辟邪の意は希薄のように見えるが、唐の政書『通典《つてん》』（杜佑、八世紀後半）巻五十九禮部禊祓によれば「齊、三月三日を以て曲水の會あり、古《いにしへ》の禊祭なり云々」とあり、もともとは禊祓《けいふつ》の目的をもっていた風習であったことを記している。陶弘景《とうこうけい》の『太清卉木方』に「酒に桃花を漬け、之を飲めば百疾を除き顔色を益す」（『圖經本草』所引）とあるように、本草書も桃の花の色は健康の証と見ていた。『拾芥抄』の歳時部第一にもこの記述が引用されている（ただし百病を除くとある）。『神農本草經』も「疰《しゅ》、悪鬼を殺し、人をして顔色好から令む」と記述しており、桃酒に体内に救う病邪の鬼を祓い健康にする霊力があると信じられていた。したがって、中国の曲水の宴で飲まれた酒は桃酒だったと想像される。『荊楚歳時記』には、韓詩の注を引用し、「今、三月、桃花水の下、招魂續魄するを以て歳穢を祓除す」、また『禮儀志』（司馬彪）を引用して「三月上巳の日、官民幷びに東流の水の上に禊飮すと、彌々此の日を驗《しるし》あらしむるなり」と記述されている。要約すれば、古代中国では三月上巳の日に川で身を清め不浄を祓う習慣があり、それが晋の代に風流の行事として発展したという。日本の桃の節句は、三月上巳の日に行われる禊祓と三月三日の曲水の宴が結びついた風習と考えられ、現在でも、各地に「流し雛」の風習があるが、紙製の小さな人の形をつくってそれに穢《けが》れを移し、川や海に流して災厄を祓うものであり、禊《みそぎ》の変形と考えることができる。

桃の節句は平安時代から盛んになったが、古典文学にもそれを見ることができる。『栄花物語』「後悔《くい》の大將」に、「三日になりぬれば、ところどころの御節供どもまゐり、いまめかしきことゞもおほく、せいわうぼが桃花もをり知りわたるさまおかしくて云々」とあるように、桃の節句は日本で定着、独自の発展をとげていったのである。この一節にある「せいわうぼ」とは神仙の女仙西王母、不老不死の仙桃を管理する伝説の女性であり、道教では九靈太妙《きゅうれいたいみょう》龜山金母《きざんきんぼ》と称される。不老不死を願っていた前漢の武帝に、西王母は天上から漢の宮殿に降り、三千年に一度だけ実を結ぶ蟠桃の実を与えたというのは有名な話である。西王母は後世の物語でも桃とともによく出現し、蟠桃が実ったとき、蟠桃宴を開催し、その宴に孫悟空が乱入し大暴れをしたという『西遊記』はよく知られる。日本の古典でも西王母はよく紹介されるが、かならず桃と結びつけられているのは、桃に対する信仰の強さを示している。『齊民要術《せいみんようじゅつ》』という古代中国の実用農学書ですら『典術』を引用して、「東方に桃九根を種ゑれば子孫に宣し、凶禍を除く」と記述するように、辟邪植物としてのモモについて言及し、すでに述べたように、本草書もそれを記載していることは、モモの辟邪思想が中国でいかに深く根付いているかを示す。しかし、日本ではかなり形を変えて根付いていることに留意する必要がある。記紀に、伊邪那岐命《いざなぎのみこと》が雷神に追われ、黄泉国から逃げ帰ったとき、モモの木の下に隠れ、モモの実三個を投げつけて黄泉の軍勢を追い払ったという記述がある。『荊楚歳時記』ほか前述の古代中国の文献には、モモの実の霊力に関する記述は見当たらない。モモの実といえば、日本人なら必ず桃太郎伝説を思い起こすだろう。モモの実から桃太郎が生まれ、鬼退治をするというストーリーは、モモを投げつけて黄泉の軍勢を撃退したという記紀の神話の発展型ではなかろうか。日本で、桃の節句が女子だけを祝うようになったのは、モモの実の形を女陰に、大きな核を膣に見立てて、多産や安産の象徴としたからと思われる。

中国でのモモの栽培の歴史は長いが、十〜十一世紀になると大果の優良品種が出現した。一方、日本では果木としてのモモは江戸時代になってもあまり発展しなかった。今日、日本で栽培されるモモは、明治初年に中国から導入した優良品種から育成されたものである。陸佃《りくでん》の『埤雅《ひが》』に「諺に曰く、白頭、桃を種うと。又曰く、桃三、李四、梅子十二と。桃生じて三歳、便《すなは》ち華果を放ち、梅李より早きを言ふなり」とあるようにモモは成長が早く苗木からでも三年で果実をつける。「白頭云々」は老人になってから植えても寿命が尽きる前に収穫できることを譬えたものである。日本ではこれが「桃栗三年、柿八年」に転じた。しかし、神仙辟邪の霊力をもつ植物とされながら、モモの寿命は短く、十五〜二十年ほどで果樹としての生命を終えてしまう。また、モモを植えていた地に苗木を植えても育ちが悪いという忌地《いやち》の性質が強いため、産地の栄枯盛衰も激しく、また品種の移り変わりも激しい。

モモは、果肉の色が白い白桃系と黄色い黄肉系に大別され、核が果肉から離れやすい離核系と離れにくい粘核系に、また果肉が軟らかく果汁の多い溶質とそれより堅目でより果汁の少ないゴム質とに分けられる。日本で栽培されるモモは、果汁が多く大果の白桃系水蜜種が大半で、欧米で主流の黄肉系は最近になって栽培されるようになった。

モモは観賞用にも栽培される。これをハナモモといい、日本では江戸時代に重弁種・濃紅種・枝垂れ型などの品種が多数つくられ、元禄時代（一六八八—一七〇四）の園芸書である『花壇地錦抄《かだんちきんしょう》』には十六品種が記録されている。日本では果実より園芸品種としてモモの改良がはるかに進み、立性品種群・枝垂れ品種群・矮性品種群・一才物品種群の四系統の品種がつくられた。中国はモモの原産国であることもあって、観賞用の桃品種として八重咲碧桃・八重咲緋桃・紫葉桃花などがあるが、日本ほど多様ではない。『大和本草《やまとほんぞう》』（貝原《かいばら》益軒《えきけん》）に「近年伏見ノ桃花盛ナル時一處ニサキ連レル事吉野ノ櫻ヨリ多シ」と記述され、日本の国花サクラを凌駕するほど京都では栽培が盛んであったことを示唆している。日本でのハナモモの発達ぶりを象徴するものといえよう。

や

やなぎ（柳・楊・也奈宜・揚那宜・楊奈疑・夜奈枳・夜奈義・也疑・夜宜・楊木・楊疑）

ヤナギ科（*Salicaceae*）シダレヤナギ（*Salix babylonica*）ほか野生種

うち上る　佐保《さほ》の川原の　青柳《あをやぎ》は　今は春へと　なりにけるかも
打上　佐保能河原之　青柳者　今者春部登　成尓鶏類鴨
（巻八　一四三三、大伴坂上郎女《おほとものさかのうへのいらつめ》）

小山田の　池の堤に　さす柳　成りも成らずも　汝《な》と二人はも
乎夜麻田乃　伊氣能都追美尓　左須楊奈疑　奈里毛奈良受毛　奈等布多里波母
（巻十四　三四九二、詠人未詳）

【通釈】第一の歌は春の雑歌。「うち上る」は川原を遡る意という。佐保は平城宮の東北郊、現在の奈良市法華寺町・法蓮町一帯といい、奈良山の裾野地帯。この地にあった川が佐保川であり、現在も同名の川がある。「春へ」は春方《はるべ》であり、春の気配が濃厚となってきたことをいう。歌の意は、佐保の川原の青柳は（芽吹いて）今はすっかり春になったことよとなる。第二の歌は相聞歌。第三句までは「成りも成らずも」に掛かる譬喩《ひゆ》の序。「成る」は「生《な》る」も掛ける。成就するという意だが、ここでは結ばれることをいう。歌の意は、小山田の池の堤に柳の枝を挿して、生えるのか生えないのかと同じように、あなたと私の二人（の仲）が結ばれるか結ばれないかどちらであろうか、となり、相手に恋の決断を迫っている歌。

【精解】 ヤナギは、一般に、ヤナギ科ヤナギ属植物の総称であるが、世界に約四百種、日本だけでも約四十種が分布する。ヤナギ属の種の同定は専門家にとっても難しく、シダレヤナギのように独特の樹形のものを除けば、識別は難しい。万葉集にヤナギを詠む歌は三十六首あり、これとは別にカワヤナギが四首ある（カハヤナギの条を参照）。万葉歌のヤナギの中に、借音・借訓仮名でアヲヤギ・アヲヤナギと読めるものが七首あるが、正訓で表記された青柳（六首）のことである。青柳は、葉が青々と茂ったヤナギの意だが、すべてがこの意で使われているわけではない。また、柳とあるのが十三首あるのに対して、三首の万葉歌では楊とあり、いずれもヤナギと訓ずる。中国ではいわゆるヤナギ類を楊柳と総称し、柳と楊を区別する。しかし、初めから明確な区別があったわけではない。『本草經《ほんぞうきょう》集注《しっちゅう》』（陶弘景《とうこうけい》）は「柳、即ち今の水楊柳なり」と記述し、柳と水楊（カワヤナギのこと）を同一視したが、『新修本草《しんしゅうほんぞう》』（蘇敬《そけい》）は「柳は水楊と全く相似せず」と記述し、陶弘景の見解が誤りであることを指摘した。これ以降、中国本草では柳と楊が区別されるようになり、『本草綱目《ほんぞうこうもく》』における李時珍の釋名「楊枝は硬くして揚起す、故に之を楊と謂ふ。柳枝は弱にして垂流する、故に之を柳と謂ふ。蓋《けだ》し、一類の二種なり」によって、その区別は明解に説明されている。また、『連文釋義《れんぶんしゃくぎ》』も「揚起する者は楊と爲し、下垂する者は柳と爲す」と記している。すなわち、柳は枝が垂れるシダレヤナギのことであり、枝が垂れないヤナギはすべて楊として区別するのである。それは平安時代の『和名抄《わみょうしょう》』でも反映され、「柳　兼名苑云　柳　力久反　一名小楊　之太利夜奈岐　崔豹古今注云　一名獨揺微風大揺故以名之」とある。万葉集にも「垂柳」、「爲垂柳」、「四垂柳」とあるものが併せて四首あり、シタリヤナギと訓じている。当時、中国からシダレヤナギが日本に伝わっていたことを示唆し、集中の「遊ぶ内の楽しき庭に梅柳折りかざしてば思ひなみかも」（巻十七　三九〇五、大伴書持《おおとものふみもち》）の歌（ほかに梅柳とある歌は二首ある）からわかるように、中国渡来の珍しい木として梅とともに賞用された。

　しかし、万葉時代には、柳と楊は必ずしも厳格に区別されていたわけではない。前述の第一の歌の「佐保の川原の青柳」はどう考え

シダレヤナギ　別名イトヤナギとも呼ばれるように、枝は細くて長く、少し光沢がある。

ても野生の自生種と考えるべきで、楊に相当する。一方、万葉集にあるヤナギをすべてシダレヤナギとする意見もある（『萬葉植物新考』）が承服しかねる。確かに、シダレヤナギとそのほかのヤナギ類は形態上の区別が簡単であり、葉だけが茂った青柳は、シダレヤナギでなければ正しく認識することは困難である。一般に、ヤナギ類は水湿地を好み、比較的乾燥した地でも川原のように氾濫して冠水する環境では群生するから、古くから楊類も認識されていたはずだ。ヤナギ類は、いずれも共通して綿毛状の花穂や綿毛をもつ種子をつけ、その形もよく似る。また、春一番に芽吹くのは諸木の中でヤナギ類であり、葉が出る前につけるエノコログサの穂のような花穂はよく目立ち、古代には自然暦にも利用されたにちがいない。以上から、万葉のヤナギの中には野生の自生種も詠われたと考えるべきであり、少なくとも楊と詠われたものは野生である。

　水田地帯ではあぜ道のところどころにヤナギが植えられていることがある。これは苗代に籾種《もみだね》をまいた後に、その水口にヤナギの枝を挿して祭る風習が各地にあり、それを採取するためのものである。集中にある「青楊の枝伐り下ろし斎種《ゆだね》蒔きゆゆしき君に恋ひ渡るかも」（巻十五　三六〇三）は、この風習が万葉時代にもあったことを示唆する。ヤナギが農耕の神の依代《よりしろ》であり、なんらかの呪力をもつ神聖な木と考えられていた。とりわけ、枝が下垂するシダレヤナギは、神霊が降臨しやすいと考えられ、霊木と考えられた。四谷怪談など怪談話では幽霊の出没に必ずシダレヤナギが付随するのも、これと関係がある。中国では、折楊柳の習俗があり、親しい人の旅立ちにヤナギの枝を折り取って環形に結んで贈った。唐詩にも多くの送別の歌があるが、次の李白の詩「春夜洛城聞笛」（『全唐詩』巻一百八十四）のように折楊柳を詠ったものが散見される。

誰家玉笛暗飛聲　誰が家の玉笛ぞ 暗に声を飛ばす
散入春風滿洛城　散じて春風に入り洛城に満つ
此夜曲中聞折柳　此の夜 曲中 折柳を聞く
何人不起故園情　何人か故園の情を起こさざらん

ヤナギの枝を環の形にするのは、環と還が同音で、還って来られるようにという意があるからだという。一方、西洋ではヤナギは死と深く結びつく存在のようだ。英語の成句に「hang a harp upon a willow tree（琴を柳の木に掛けること）」というのがある。これは旧約聖書にあるバビロンの捕囚が故郷のシオンを偲んで歌ったという故事に由来するもので、悲運を嘆く、死を悼むという意である。万葉歌の中に、ヤナギに続いて「可豆良尓《かつらに》」（巻五　八一七）、「蘰爲《かつらせ》」（巻十　一九二四）などと詠む歌が六首あるが、その名の通り、ヤナギの枝を折って鬘《かつら》にすることをいい、ヤナギに邪気を祓う霊力があるという信仰の延長線上にあるものである。英語の成句に「wear the willow」というのがあり、現在では「失恋する」という意味で用いられるが、もともとは恋人の死を悼むという意味である。ヤナギの小枝を輪にして鬘につけて悲しみを表す風習に由来する。同じヤナギの鬘をつけるといっても、日本とはかなり意味合いが異なるわけで、西洋人にとってヤナギは縁起のよいものではない。

ヤナギといっても、その種数は膨大なものだが、中国原産のシダレヤナギは『神農本草經《しんのうほんぞうきょう》』の下品に柳の名で収載される歴史的薬用植物の一つである。花穂を柳華一名柳絮《りゅうじょ》と称し、古医方では「風水、黄疸（体内に熱がこもって体が黄色になる）、面熱黒（顔に黒ずむほど熱がある）を主《つかさど》る」とされ、そのほか、葉・実も薬用とする。口嗽《くちすすぎ》で歯痛を治すとか、浴湯・膏薬として用いるなど、枝・根皮も含めて、煎液を内服することはほとんどない。ヤナギを含む処方は『傷寒論《しょうかんろん》』、『金匱要略《きんきようりゃく》』にないこともあって、日本漢方では使うことはない。

ネコヤナギの花　3月から4月に咲き、山里に春をつげる花として、日本人にはなじみ深いものの一つである。

一方、西洋ではヤナギは古くから薬用として重要であり、とりわけセイヨウシロヤナギ（white willow）は、欧州全土の河岸に普通に生える落葉高木であり、その薬用としての利用はギリシア時代までさかのぼる。このセイヨウシロヤナギこそ、約百年前に出現した、史上初の合成新薬アスピリンのシード源であり、その誕生に二千年以上を要した画期的なものであった。ローマ時代のもっとも尊敬される医師の一人ペダニウス・ディオスコリデス（四〇頃―九〇頃）の著した薬物書『薬物学（*Materia Medica*）』に、セイヨウシロヤナギの葉・樹皮の煎じ薬は耳風に著効があると記されている。肉食の欧州人にとって、通風・リウマチ・神経痛は誰もが経験する苦痛であり、長い歴史を通じてもっとも求められた薬は痛み止め薬であった。また、歯痛・耳痛あるいは分娩痛などの痛みも欧州人には耐えられないものであり、ディオスコリデス以来、セイヨウシロヤナギほか数種のヤナギの葉や樹皮が痛み止めの役割を担ってきた。ルネッサンス以降、長い暗黒の眠りから寝覚めた欧州では科学が目覚しく進歩し、十九世紀になると薬学領域まで波及するようになった。一八〇五年、ドイツの薬剤師F・W・セルチュルナー（一七八三―一八四一）は麻薬アヘンの麻酔鎮痛作用成分モルヒネを初めて結晶として取り出すことに成功した。すなわち、それまでは植物や動物の天然素材を薬として用いてきたのだが、それは高分子から低分子までさまざまな化学物質の混合物であり、そのうちのごく一部が薬理活性を示すことが初めて明らかになったのだ。当然のことながら、科学者はヤナギの活性成分の単離を試みたが、成功したのは一八一九年のことでヤナギ（*Salix*）属の属名にちなんでサリシン（salicin）と命名された。しかし、これは化学的に純粋ではなく、実際に精製されたのは一八二七年であり、しかもヤナギからではなく分類学的に関係のないバラ科のセイヨウナツユキソウの葉から得られたサリシンであった。いずれにせよ、ヤナギに含まれる成分の精製に成功したことはまちがいないが、サリシンはモルヒネのように純薬として実用化されることはなかった。その理由は、日本人から見ると信じられないことであるが、サリシンはヤナギ樹皮の苦味の本体でもあって、欧州人には耐えられないほどの苦味を呈したからである。ヤナギの煎液の苦味もサリシンと大差なかったから、欧州人は、ディオスコリデス以来、二千年以上もその苦味に耐えてきたことになる。一方、中国伝統医学では各生薬の味を五味、すなわち辛・酸・甘・苦・鹹《かん》に分類する。苦の味を有する薬は五臓の心に作用し心の熱を鎮める作用があるとされ、この作用は苦の味以外の薬で得られないとする。したがって、「良薬は口に苦し」という格言まであるように、苦味は薬の本質とされているから、それを苦痛とする感性を日本人や中国人は持ち合わせていないのである。実際には、サリシンやヤナギの樹皮エキスの苦味は日本人の感覚からすれば取るに足らないものであるが、それが代替品の新薬を求める原動力となったのである。一八三八年、科学者たちはサリシンの分解物の一つサリチル酸が無味であることを発見した。しかしながら、このサリチル酸も胃の粘膜を確実に損傷するほど刺激作用が激しく、とても内用できる代物ではなかった。実用に耐える鎮痛薬の創製に成功したのは、一八九七年、ドイツのバイエル社であり、それから二年後にアスピリンの商品名で販売を開始した。

アスピリンは最古の合成新薬であり、長らく解熱鎮痛薬として感冒薬に用いられたが、その役割は後発のアセトアミノフェンなどに譲り、今日では脳梗塞《のうこうそく》や心筋梗塞《しんきんこうそく》予防薬として生活習慣病に怯える現代人の健康を支えている。アスピリンの開発の成功は、薬を天然に頼ることなく人工的に創製できることを証明し、製薬産業の近代化はここに始まったのであり、近代科学の無限の可能性を予感させるものであった。また、これによってディオスコリデスあるいはそれ以前の西洋伝統医学は、科学を基盤とした近代医学に生まれ変わり、今日ではこれが世界標準の医学となった。

やまあゐ（山藍）

トウダイグサ科（Euphorbiaceae）ヤマアイ（*Mercurialis leiocarpa*）

級照《しなて》る　片足羽《かたしは》川の　さ丹塗りの　大橋の上ゆ　紅《くれなゐ》の　赤裳裾《もすそ》引き　山藍《やまゐ》もち　摺れる衣《きぬ》着て　ただひとり　い渡らす児は

級照　片足羽河之　左丹塗　大橋之上従　紅　赤裳數十引　山藍用　揩衣服而　直獨　伊渡爲兒者

若草の　夫《つま》かあるらむ　橿《かし》の実の　ひとりか寝《ぬ》らむ　問はまくの　欲しき我妹《わぎも》が　家の知らなく

（巻九　一七四二、高橋虫麻呂《たかはしむしまろ》歌集）

若草乃　夫香有良武　橿實之　獨歟將宿　問巻乃　欲我妹之　家乃不知久

【通釈】 この歌の序に「河内の大橋を獨り去《ゆ》く娘子《をとめ》を見る歌」とある。「級照る」とは「片」に掛かる枕詞で、『日本書紀』巻第二十二の「推古紀」に「級照る（斯那提流）片岡山に飯に飢えて臥やせる彼の旅人哀れ云々」と、借音の真仮名で表記された用例がある。片足羽川は大阪府河内郡の石川あるいは大和川のいずれかと推定され、河内の大橋はそれに架された橋をいう。「さ丹塗りの」の「さ」は意味のない発語で、さ百合・さ迷う・さ夜などに同じである。裳裾は単に裳ともいい、腰から下を被う衣服で、現在の巻きスカートか下袴と考えればよい。紅の赤裳裾とはベニバナの赤色で染めた裳裾の意。山藍はほとんどの注釈書は「やまあい」と訓じて字余りとするが、後述するように、平安時代の詩歌では「やまゐ」とあるから、ここではこれに従う（ただし、植物名としてはヤマアヰとする）。「い渡らす（伊渡為）」の「い」は動詞の上につく意味のない発語で、「い座《ま》す」、「い向ふ」などに同じ。「若草の」は夫妻《つま》の枕詞。「橿の実の」は数詞の一に掛かる枕詞で、橿の実の種子が一つであることによる。これと同類の枕詞に「三栗の」があり、クリの種子が三個入っているので、数詞の三に掛かる（クリの条を参照）。この歌の意は、片足羽川の朱塗りの大橋の上を、紅色の赤い裳裾を引いて、ヤマアイで摺り染めた衣を着て、一人で渡る娘子は、（結婚して）夫がいるのだろうか、（あるいは未婚で）一人寝しているのであろうか、それを尋ねたいのだが、その子の家を知らないのだとなり、知っていれば尋ねて求婚でもするのだがという本心を裏に秘めた歌である。古代で朱塗りの大橋があるようなところは現在の高級住宅街に相当する。河内地方は帰化漢人が多く集まった地として知られ、河内文化の花が開いた、古代では先進文化の地であった。ベニバナの赤い裳裾を引いてヤマアイで摺り染めた衣を着た娘子はおそらく上流階級の子女だろう。この歌の情景は、「さ丹塗りの大橋」とベニバナの赤裳にヤマアイの藍染の衣を着た麗人を取り合わせ、絵のような美しさが目に浮かぶ。また、その麗人の家がわからなくてため息をつく詠み人の表情も伝わってくる。この歌が実話か、想像上の創作か不明だが、浪漫的趣味が存分に伝わってくる。

【精解】右の例歌にある山藍は正訓であって、訓読みすればヤマアイとなり、今日のトウダイグサ科多年草ヤマアイとまったく同名である。山藍は万葉集では一首だけだが、平安時代の詩歌や文学にもよく出現する。『新千載和歌集』に大江匡房《おおえのまさふさ》（一〇四一―一一一一）は「石根山やま藍《ゐ》にすれる小《を》忌《み》衣《ごろも》 袂《たもと》ゆたかに立つぞうれしき」という歌を残し、石根山《いわね》（滋賀県甲賀郡甲西町の岩根山）で採った山藍で摺り染めた小忌衣の袂のように、満を持して皇位にお立ちになることは喜ばしく思いますと詠っている。この歌の序に「天仁元年大嘗會悠紀方、近江國石根山」とあるから、鳥羽天皇の大嘗会《だいじょうえ》（一一〇八年）の席上の歌であり、宮中の神事に用いる小忌衣が、ヤマアイで染められていたことを示す貴重な資料である。

小忌衣とは、白布に山藍の汁で草木や小鳥などの文様を描いて擦りつけた、狩衣に似た衣服であり、大嘗会・新嘗会《しんじょうえ》・豊明《とよのあかり》・五《ご》節《せち》の折などに、上卿、参議、弁官、舞人などが装束の上に着たものである。『紫式部集』にも「さらば君山藍《やまゐ》のころもすぎぬとも恋しきほどにきてても見えなむ」という和歌があるが、そうであるなら山藍の小忌衣の時節（五節）は過ぎても私を恋しいとお思いくださる間に私の前に姿をお見せくださいという意味で、これも山藍の小忌衣に関連する歌である。

『枕草子』の「内裏は五節のころこそ」にも、「上の雑仕、人のもとなるわらはべ（童女）も、いみじき色節《ふし》と思ひたる、ことわりなり。山藍、日かげ（ヒカゲノカズラ）など、柳筥《やないばこ》に入れて、冠《かうぶり》したる男など持てありくなど、いとをかしう見ゆ」とあり、五節の頃の宮中の様子が描写されているが、ヤマアイがヒカゲノカズラと並んで宮中神事に重要な存在であったことがわかる。また、『延喜式』巻第十四「縫殿寮」に「新嘗祭小齋《をみ》諸司青摺布衫三百十二領（中略）緋紐料四文　貲布六端一丈二尺（中略）山藍五十四圍半云々」とあり、青摺布衫とともに山藍の名がある。『貞觀式』の青摺袍の注記に「其の表は山藍を以て之を摺《す》り裏は浅緑なり」とある（『萬葉染色考』より引用）から、青摺と称する衣類がヤマアイを用いて染色されていたことを示唆する。さらに同巻第二十三「民部下」に「凡そ神祇官の卜竹及び諸祭諸節等に須《もち》ふる所の箸竹柏生蔣山藍等の類は然《すなは》ち畿内に仰《あふ》ぎて進め令《し》むべし」とあり、山藍を広く畿内から貢進させていたことから、平安時代まではヤマアイはかなりの用途があったと考えられる。万葉歌の中でも「山藍の摺り染め」と詠っているように、ヤマアイは最古の染料植物であり、わが国の伝統習俗にも深く関わっていたのである。

以上、ヤマアイは中国からタデアイによる藍染が渡来するまでは、日本最古の植物染料として用いられていたと考えてよいだろう。その染色法も摺り染めという原始的なものとされているが、実際、摺り染めでは緑色に染まるだけで青くはならず、現存する小忌衣も浅緑色である。小忌衣は絞り染めのように衣の全体を染めたものではないが、ヤマアイでは藍色に染まらないとさえ言い切る文献もあるほどだ。とすれば、ヤマアイの藍は名を表さず、なぜこのような名をつけたのか説明できない。

ヤマアイには藍染に用いるタデアイなどに含まれるインジゴ系色素は存在しないことは確認されているが、青色色素が含まれていないわけではない。シアノヘルミジンという含窒素化合物が含まれており、これが空気中の酸素で自動酸化されてアニオンラジカルとなり、藍色ほど鮮やかではないが、一応、ブルー系の青緑色を呈する。『萬葉染色考』（上村六郎・辰巳利文）によれば、ヤマアイの葉を乾燥してから搗《つ》き出した汁を使えば、藍色に染めることができると記述されているので、古代のヤマアイ染めは乾燥葉を用いたものであろう。ただし、この色素は不安定であり、さらに酸化されて二量体物質を精製し黄褐色となる。アニオンラジカルは銅イオンによって安定化するから、銅塩媒染《どうえんばいせん》すれば定着性のある藍染料として使うことは可能である。古代にも銅山があって銅滓《どうさい》があったわけだから、その可能性がないわけではない。銅山からの流水があれば、それで染めた衣を晒せば媒染されるからだ。おそらくヤマアイの名はタデアイによる染色技術が伝えられてからのもので、栽培されるアイ（タデアイ）に対して、野生のアイとして区別されたと思われる。実際に、銅塩媒染によるヤマアイ染色があったかどうかは、より鮮やかな藍色を呈するタデアイによる藍染に駆逐されて廃れてしまい、摺り染め以外の染色法は後世に伝えられなかったので確認のしようがないが、藍色染めが可能であるから存在したと考える方が自然だろう。藍色という名は江戸時代以降のもので、古い時代には縹《はなだ》色と称されていたが、実際には淡い青色だったといわれる。タデアイの藍染めが完成したのは鎌倉時代以降といわれているから、平安時代まではヤマアイの銅塩媒染は実践されていた可能性は、前述の『延喜式』の記載から、かなり高いのである。そうでなければ、冒頭の例歌の色彩感の取り合わせも理解できないことになってしまう。

ヤマアイは学名を *Mercurialis leiocarpa* という。属名の *Mercurialis* はローマ神話の商業・盗賊・雄弁・科学の神メルクリウスにちなみ、欧州産の同属植物 *M. perennis* の一般名である。ギリシア神話のヘルメスに相当する名であり、水銀と同語源である。この欧州産種も古くは淡い青色の染色に用いられ、後述するアイによって駆逐されたとはいえ、種子から高品質の乾性油が採れるので、近世まではよく用いられたという。ヤマアイは本州・四国・九州・南西諸島の山地の落葉樹林の陰湿地に生育し、国外では朝鮮南部・中国・

台湾・インドシナにも分布する。中部地方以北では人家周辺にのみに見られるので、栽培されていたものが逸出したと考えられ、原生は近畿以西南と考えられている。

ヤマアイによる染色はタデアイが渡来してから急速に廃れ、わずかに神事などの伝統行事に不完全な形で残るのみとなったが、ここで藍染についても述べてみたいと思う。藍染は世界各地で行われたが、原料植物として利用されるものは、大きく分けてタデ科のタデアイ *Polygonum tinctoria*、アブラナ科ホソバタイセイ *Isatis tinctoria* とその近縁種、マメ科キアイ *Indigofera tinctoria* とその近縁種そしてキツネノマゴ科リュウキュウアイ *Strobilanthes flaccidifolius* の四系統がある。ホソバタイセイは欧州で青色染料として古くから用いられ、ウォウド（woad）と称された。キアイの正確な原産地は不明であるが、熱帯・亜熱帯地域では古くから栽培、利用されてきた。特にインドはインド藍という名があることからわかるように古くから主産地として有名であった。古代ローマ時代の文献にはインド産の黒藍が記載されており、近世にいたるまで欧州へ輸出されていた。タデアイは東南アジア大陸部原産といわれる一年草であるが、中国で古くから栽培され、中国最古の農学書である『齊民要術《せいみんようじゅつ》』（六世紀半ばに成立）に染色法が記述されている。この書に記された内容の多くは古代日本にも伝えられているから、藍染も飛鳥時代までには伝わったと思われる。

『本草《ほんぞう》和名《わみょう》』には「藍實　木藍子　葉圓大　菘藍　爲淀　蓼藍　不堪爲淀　和名阿爲乃美」、『和名抄《わみょうしょう》』にも「唐韵云　藍　魯甘反　木藍　都波岐阿井　蓼藍　多天阿井　見本草　染著也」とあり、多くの異名が記されている。木藍はキアイであり、ツバキアイとも称されていたが、葉がツバキに似ているからだという。菘藍《しょうらん》はアブラナ科のタイセイ、蓼藍はタデアイであり、リュウキュウアイを除いていずれも日本本土に伝えられていた。リュウキュウアイは中国あるいは南島から南西諸島に伝わり、九州南部と南西諸島でリュウキュウアイによる藍染が行われ、日本本土ではわが国の気候風土に適したタデアイによる藍染が定着した。

藍染の鮮やかな色はインジゴという藍色色素によるものである。しかし、藍染の原料植物のどれも藍色をしておらず、色は普通の植物と変わらない。ヤマアイもそうであったように、染料色素のインジゴはもとの植物にはほとんど含まれず、インジカンという成分が化学的に変換して生成する。したがって藍染には特殊なプロセスを必要とする。タデアイを例にあげて説明すると、収穫した葉を刻んで乾燥・層積し、水をかけ乾燥すればまた水をかけるという操作を繰り返し、二〜三カ月醗酵させた後、これを固めて藍玉《あいだま》をつくる。醗酵によりインジカンはインジゴに変換され、藍玉は数パーセントから十パーセントのインジゴを含む。インジゴは水に不溶なので、このままでは染色に使えない。そこで藍玉に木灰・石灰・ふすま（麦糠のことで古くは洗粉として用いた）を加え、*Bacillus alkaliphilus* を作用させ醗酵させるとインジゴが分解され、インドキシルという水溶性物質になる。これを藍汁《あいしる》とよび、布につけて空気にさらすと、インドキシルが自動酸化を受けて、ふたたび水に不溶のインジゴになって染色される。『和名抄』に「藍澱　音殿　阿井之流」とあるのはこれをいう。『延喜式』巻第十四「縫殿寮」の雑染用度に「貲布《しふ》　一端乾藍二斗　灰一斗　薪卅斤」とあり、古代では藍玉をつくらず、タデアイの乾燥葉に灰汁を混ぜて日数をかけて染めていたことを示唆する。石灰を加えてアルカリ性を強め、菌による醗酵を円滑にできるようになったのは、鎌倉時代以降とされている。日本では阿波藍の名があるように、江戸時代には徳島が全国の三分の一を占めるほどだった。しかし、明治維新以降は安価なインド藍が輸入されるようになり、わが国の藍玉生産は大打撃を被る。天然原料による藍染に止めを刺したのは、一八九七年に始まったドイツのバイエル社による合成インジゴの生産であり、二十世紀初頭にはインド藍も含めて天然インジゴ生産は壊滅的打撃を受けた。今日では、合成染料の毒性から安全指向が高まるにつれて天然染料がふたたび注目されるようになり、伝統工芸だけでなく工業的にも見直されつつある。

やますげ（山菅・山草・夜麻須我氣）　ユリ科（Liliaceae）ジャノヒゲ（*Ophiopogon japonicus*）ヤブラン（*Liriope muscari*）

山菅の　実成らぬことを　吾に寄せ　言はれし君は　誰とか寝らむ
山菅之　實不成事乎　吾尓所依　言禮師君者　與孰可宿良牟
（巻四　五六四、大伴坂上郎女《おほとものさかのうへのいらつめ》）

あしひきの　山菅の根の　ねもころに　止《や》まず思はば　妹に逢はむかも
足檜木之　山菅根之　懃　不止念者　於妹將相可聞
（巻十二　三〇五三、詠人未詳）

【通釈】第一の歌は相聞歌。「山菅の実成らぬことを」は、ヤマスゲはよく実をつけるはずであるが、そのように実が成らないという意味で、実らぬ恋のことを意味する。スゲ属の植物は実らしい実をつけないので、注釈書によっては、ヤマスゲをスゲ類とし、「実を付けないヤマスゲのように」と解釈するが誤りである。集中に「妹がため菅の実採りに行く吾を山路にまどひこの日暮らしつ」（巻七一二五〇）という歌があり、実らしい実をつけないスゲ属では意味が通じない。「所依」は「依《よさ》す」すなわち「寄す」の敬語体で、「聞く」を「聞こし召す」というのと同類の表現。「寄す」とはかこつけてという意。実らぬ恋を私にかこつけて、すなわち私との関係を実らぬ恋と噂されたことを意味する。「孰」は誰と同義の正訓。この歌を通釈すると、私との関係を山菅のように実らない恋だと噂されたあなたは、いま誰と寝ているのであろうか、いい相手が見つかったのであろうかという意味になる。破局した恋愛に未練を残し、まだ立ち直れないまま、ふたたび相手との復縁を望む歌のようである。第二の歌は寄物陳思歌であり、草（ヤマスゲ）に寄せた。「懃」は懇と同義で、「ねもころに」と訓ずるが、現代語の「ねんごろに」に同じ。「山菅の根の」は「ねもころに」と「止まず」の二句の同音を利用した序である。この歌の意は、ヤマスゲの根のようにねんごろに、（あなたに対する思いが）止まないと思えば、あなたに会えるのだろうかとなる。この類似歌「あしひきの山菅の根のねもころに吾はそ恋ふる君が姿に」が同じ巻の三〇五一にある。

【精解】万葉集にスゲ（またはスガ）を詠む歌は四十九首あり、集中植物ランキングでは第六位に相当する（総論の部参照）。スゲは、カサスゲなどカヤツリグサ科スゲ属の植物に充てられる（スゲの条を参照）が、これとは別にヤマスゲ（またはヤマスガ）とある歌が十三首もある。ヤマスゲという名の植物はいかにもありそうだが、今日の植物図鑑には載っていない。『和名抄《わみょうしょう》』に「本草云　麥門冬　夜末須介」、また『本草和名《ほんぞうわみょう》』に「麥門冬　陶景注云根似穬麥故以名之　秦名羊韮　齊名愛韮　楚名烏韮　隱居本草作馬韮　越名羊蓍　楊玄操音尸　一名禹葭　仁諝音家　一名禹餘粮　已上本條　一名禹芝一名禹寧藥一名忍冬一名忍陵一名不死藥一名果一名僕壘一名隨脂　楚名馬韮　越名羊齊　已上十名出釋藥性一名羊芥一名烏韮　出雜要訣　和名也末須介」とあって、和名としてヤマスゲの名があり、麦門冬《ばくもんどう》という漢名を充てられている。

麦門冬は中国最古の本草書である『神農本草經《しんのうほんぞうきょう》』に上品として収載され、今日の漢方でも賞用される生薬である。『名醫別錄《めいいべつろく》』に「葉は韭（ニラ）の如く冬夏長生す。函谷の川谷及び堤坂、肥土、石間、久しき廢處に生ず」とあり、『本草經集注《ほんぞうきょうしっちゅう》』（陶弘景《とうこうけい》）には「冬月に實を作り靑珠の如し。根は穬麥《くゎうばく》（カラスムギまたはオオムギの一種）に似る、故に麥門冬と謂ひ、肥大なる者を以て好しと爲し之を用ふ」と記述されており、これだけでも麦門冬がユリ科ジャノヒゲの類と推定できる。『圖經本草《ずけいほんぞう》』（蘇頌《そしょう》）には、「葉は青く莎草《ハナスゲ》に似て長さ尺餘に及ぶ。四季凋《しぼ》まず、根は黄白色にして鬚根有り、連珠を作り、形は穬麥顆に似たり。故に麥門冬と名づく。四月、淡紅の花を開き紅蓼の花の如し。實は碧《あを》にして圓《まる》し」と記述され、これによってジヤノヒゲであることはまちがいなく、『證類本草《しょうるいほんぞう》』巻六の麥門冬の図はその特徴をよく表している。

　ジャノヒゲはわが国全土の山野の林内に群生する多年草であるが、これに酷似した植物もごく身近にある。本州・四国・九州に分布するオオバジャノヒゲはジャノヒゲより葉が厚く広いが、変異があって中には区別の難しいものもあり、ジャノヒゲと似た環境に生える。また、別属種でジャノヒゲによく似た植物もあり、これまた山野の木陰や林内に普通に生えるから余計にややこしい。同じユリ科のヤブランとその同属種がそれであり、違いはジャノヒゲが匐枝《ふくし》を伸ばし別株につながっていること、花は下向きにつき花糸がごく短く、果実が碧色となるぐらいでよく似ている。ヤブラン属でもヒメヤブランは匐枝を伸ばすので、特にジャノヒゲによく似る。おそらく古代ではこれらを区別しなかったであろう。江戸時代の本草家さえ、ヤブランを大葉麦門冬とし、この名前が中国に逆輸入されているほどである。すなわち、江戸時代までは麦門冬はジャノヒゲとヤブランを区別せずに、前者を小葉麦門冬、後者を大葉麦門冬と称し、まとめて麦門冬に充てていたのである。

　万葉集にあるヤマスゲは、ジャノヒゲ・ヤブランおよびその近縁種と考えてよいのであるが、なぜこれらがスゲ（菅）の名をもつのであろうか。典型的なスゲとは、菅笠の原料となるカサスゲのような有用種であるが、それと形態的に類似するもの、すなわち葉は根

ヤブランの花　8月～10月、淡紅色の花がたくさん、びっしりついて咲く。

ヒメヤブランの花　花は淡紅色で、１本の花茎にまばらについて咲く。

ジャノヒゲの葉（上）と花（下）　7月～8月、白い花が数個ずつ下向きに咲く。

生で叢生し長くて細い植物をすべてスゲと称し、ジャノヒゲやヤブランはその特徴を有し、また山に生えるからヤマスゲと称されたと考えられる。

『萬葉植物新考』（松田修）のように、万葉のヤマスゲをすべてスゲ属種とする意見もあるが、ごく身近に群生し、スゲ属種とは異なって、花らしい花をつけるジャノヒゲ・ヤブランが万葉集に一首もないとはおよそ考えにくい。第二の例歌の「山菅の根のねもころに」は、根が長く匐枝を伸ばし別株につながっているジャノヒゲの特徴を表すが、「菅の根のねもころ」と詠む歌が集中に相当数あることをもって、松田はヤマスゲ＝スゲと考えたと思われる。確かに、根の長いスゲもあるが、それを実感できるのは薬用・食用にされることの多いジャノヒゲ類の方であって、少数種を除いて利用価値のないスゲではない。わざわざヤマスゲといい、平安期の文献にもその名が出てくるのであるから、いわゆるスゲ類と区別されたと考えるべきであろう。

山川の　水陰《みずかげ》に生《お》ふる　山菅《やますげ》の　止《や》まずも妹は　思ほゆるかも

（巻十二　二八六二、柿本人麻呂《かきのもとのひとまろ》歌集）

右の歌にある山菅であるが、原文では山草となっている。なぜヤマクサではまずいのだろうか。『和名抄』に「本草云　狼毒　夜末久佐」、また『本草和名』でも「狼毒　一名續毒　和名也末佐久（也末久佐の誤）」とあり、ヤマクサという名があって狼毒に充てられている。狼毒は『神農本草經』の下品に列せられるが、現在の生薬市場では分類学的に類縁のない複数の植物種を基原とするものがある。すなわち、異物同名品が数種あり、古い本草書の記述に拠れば、ジンチョウゲ科 *Stellera chamaejasme* の類と考えられるから、狼毒はジンチョウゲ科基原と考えてよい。しかしながらこの植物は日本には産しないので、ヤマクサの基原とはなり得ない。

一方、『本草綱目啓蒙《ほんぞうこうもくけいもう》』（小野蘭山《おのらんざん》）ではシダ類をヤマクサと呼ぶ地方があると記し、また、ユズリハ・シキミ・メドハギなどの方言名とする地方もあるから、ヤマクサは特定の植物を指すのではなく、単に山に生える草を意味するとも考えられる。しかし、原文を見ると、「山草不止妹」と、止まずという句があり、右の歌では、山草は「止まず」の同音を利用した序であるから、ヤマクサではなくヤマスゲと解釈するのがもっとも妥当である。ただし、「山川の水陰に生ふる」とあるので、ジャノヒゲあるいはヤブランと区別するために、正訓の山菅（山に生えるスゲの意）の代わりに山草を借用したと考えられる。この歌にあるヤマスゲは本物のスゲ属植物であって、山地の小さな谷川沿いに生えるナルコスゲあるいはテキリスゲに充てられるべきである。以上、万葉歌にあるヤマスゲの歌十三首のうち十二首はジャノヒゲかヒメヤブランでよいが、右の歌一首はスゲ属植物に充てる。

万葉の山菅の歌でジャノヒゲ類はごく少数という意見が根強いの

であるが、平安時代の習俗に山菅・山橘を添える「髪削ぎの儀」というのがあり、これを考慮すると右の歌のヤマスゲを除いて、万葉のヤマスゲの大半はスゲ属ではないことがわかるだろう。この詳細はヤマタチバナの条で述べるが、ほとんどのスゲ類は山に生えるものではないから、わざわざヤマスゲの名で呼ぶからには、よほどの意味があると考えねばならない。

前述したように、ジャノヒゲとヤブランは、日本では長らく区別されず麦門冬と呼ばれてきた。そのことは『和刻本救荒本草』（一七一六年、松岡玄達校訂）で麥門冬にジャノヒゲ・ヤブランの二名の訓があることでわかるだろう。一方、中国ではナガバジャノヒゲおよびその近縁種を麦門冬に充ててきた。生薬としての麦門冬はジャノヒゲおよびその近縁種の根の紡錘状の肥大部を乾燥したものである。ヤブランでも根は肥大するから、長い間ジャノヒゲとヤブランが区別できなかったのである。韓国産麦門冬はコヤブランまたはヤブランを基原とし、これは中国では土麦冬《どばくどう》と称し、品質はよくないとされる。化学成分上の違いもあり、いずれも類似のステロイドサポニンや糖質を含む一方で、ホモイソフラボノイドと称するフェノール成分はジャノヒゲだけに含まれる。

麦門冬には興味ある薬理作用も報告されており、水製エキスは正常およびアロキサン糖尿病ウサギで持続的に血糖を下げる効果が報告され、また抗炎症作用も確認されている。漢方では重要な薬と認識され、『一本堂薬選』（香川修庵）には「療煩熱　止嗽　潤燥（煩わしい熱感を治し、咳嗽《がいそう》を止め、身体の潤いを保って、熱性、乾性の症候を改善する）」と記述されている。すなわち、炎症に効果があり、鎮咳作用のある滋養強壮剤と考えればよいだろう。ヤブランを基原とするものは大葉麦門冬と称して麦門冬の代用として麦門冬湯《ばくもんどうとう》などの漢方処方に配合されることがある。

ジャノヒゲ・ヤブランともに球形の実をつけるのであるが、実は熟す過程で果皮が破裂して消滅し、種子がむき出しのまま成熟する。したがってジャノヒゲの紺碧色の実、ヤブランの濃黒紫色の実は種子そのものであり、このような形質の植物はごく少ない。果実はよく弾むので「はずみだま」の別称があり、昔は子供がこれでよく遊んだ。ジャノヒゲは蛇の鬚の意味であるが、実際には蛇に鬚はないので、龍の鬚であるべきとしリュウノヒゲの別名で呼ばれることがある。冬でも葉が青々とし、また美しい紺碧の果実をつけるので、公園や庭のグリーンカバーとして植栽される。ヤブランはジャノヒゲより大型で花茎が長く飛び出して花序が目立つので、斑入り種などの園芸種も創出されていて庭に植栽される。ヤブランの名の由来は藪蘭であり、蘭すなわちシュンランに根出葉が似ていて花はまったく異なることによる。

やまたちばな（山橘・夜麻多知波奈）　ヤブコウジ科（Myrsinaceae）ヤブコウジ（*Ardisia japonica*）

紫の　糸をそ吾が搓《よ》る　あしひきの　山橘《やまたちばな》を　貫《ぬ》かむと思ひて
紫　絲乎曾吾搓　足檜之　山橘乎　將貫跡念而
（巻七　一三四〇、詠人未詳）

消《け》残りの　雪にあへ照る　あしひきの　山橘を　つとに摘み来な
氣能己里能　由伎尓安倍弖流　安之比奇乃　夜麻多知波奈乎　都刀尓通弥許奈
（巻二十　四四七一、大伴家持《おほとものやかもち》）

【通釈】第一の歌は「草に寄する」譬喩《ひゆ》歌であり、山橘を女に譬《たと》えた。歌の意は、紫色の糸を搓り合わせている、山橘（の実）に貫き通そうと思ってとなる。意中の女を口説き落とそうという強い意志を歌にした。集中に「片搓りに糸をそ吾が搓る吾が背子が花橘を貫かむと思ひて」（巻十　一九八七）という類歌があるが、同じ橘の名でもミカン（花橘）よりもヤブコウジ（山橘）の実の方がずっと小さくて糸を通すのがより難しいから、女を口説くのに苦労していることを暗示する。第二の歌は、「（天平勝寶八（七五六）年）冬十一月五日の夜、小雷起り鳴り、雪落《ふ》りて庭を覆ふ。忽《たちまち》に感憐を懐《いだ》きて、卿作れる短歌」という序がある。「あへ照る」は雪の白きに山橘の赤が交って照り映えるという意。「つと」とは、ものを藁《わら》などに包んだもので、旅の帰りに持ち帰るお土産をいう。歌の意は、消え残りの雪に交って照り映える山橘（の実）をお土産に摘んで来ようとなる。家持が詠んだよく似た内容の歌に「この雪の消残る時にいざ行かな山橘の実の照るも見む」（巻十九　四二二六）がある。『延喜式』巻第四十「造酒司」の踐祚大嘗祭供神料に「山橘子　袁等賣草各二擔」とあるように、古代に山橘の実を用いる風習があった。今日では正月の縁起物として茎枝を飾りつける以外に利用することはない。

【精解】万葉集に「山橘」（四首）、「夜麻多知波奈」（一首）として登場するものは、正訓・借音仮名でヤマタチバナと訓ずる。橘はいわゆるミカン類の総称を意味する場合と、わが国原生の柑橘種タチバナを指す場合とがある（タチバナの条を参照）。後者の場合は、山橘を野生のタチバナの意味に取ることも可能であるが、家持の歌にあるように、雪が降り積もるようなところにも野生するから、ごく一部の暖地の沿海地に稀産するタチバナではない。したがって、柑橘以外の別種ということになるが、『和名抄《わみょうしょう》』や『本草和名《ほんぞうわみょう》』にはその名はない。『枕草子』「職の御曹司におはしますころ」に次の一節があり、この名が出てくる。

御文あけさせ給へれば、五寸ばかりなる卯槌《うづち》二つを、卯杖のさまに頭などをつつみて、山たちばな、ひかげ、やますげなど美しげに飾りて、御文はなし。ただなるやう有らんやはとて御覧ずれば、卯槌の頭つつみたるちひさき紙に、
「山とよむ斧の響《ひびき》を尋ぬればいはひの杖の音にぞありける」
御返しかかせ給ふほどもいとめでたし

当日は初卯（正月になって最初の卯の日）の朝であり、清少納言は加茂の斎院からの御文を中宮定子に手渡したのであるが、山橘・ひかげ（ヒカゲノカズラ）・やますげ（ユリ科ジャノヒゲ）で飾りつけた卯槌（モモなどの霊木でつくられ悪気を祓うため初卯の日に宮中などで供えられる）も届けられたと記述している。卯槌は中宮定子の長寿を斎《いわ》うためのものであるが、『源氏物語』の「浮船」にも「卯槌をかしう、つれづれなりける人のしわざと見えたり。またぶり（マツの枝の二股になったところ）に、やまたち花つくりて、貫き添へたる枝に云々」とあり、ここでは若宮の成長を祈願するためとなっている。いずれの古典も平安時代の宮中の情景を詳細に描写しているので、当時では卯槌の習俗は広く普及していたと想像される。ここでは紹介しなかったが、集中に「あしひきの山橘の色に出でよ語らひ継ぎて逢ふこともあらむ」（巻四　〇六六九、春日王）、「あしひきの山橘の色に出でて吾は恋ひなむを人目難《やめがた》くすな」（巻十一、二七六七、詠人未詳）という山橘の色を詠った歌が二首ある。また、『古今和歌集』巻十三にも「我がこひをしのびかねてはあし引の山橘の色にいでぬべし」（紀友則）という類歌がある。通例、植物の色といえば、花か実のいずれかであり、「色に出づ」はよく目立つ色すなわち紅系統の色を指すのが普通である。平安時代までの資料では、山橘の花あるいは実が赤い派手な色であることのほかは、有用な情報は得られない。

室町中期の『言塵集《ごんじんしゅう》』第三では「山橘とは世俗にやぶ柑子と云物也。かみそぎの時山菅にそへたる草なり」とあって、山橘にヤブ

ヤブコウジの花（上）と実（下）
花は白色で直径１㌢にも満たない。
実は晩秋に赤く熟す。

コウジという俗名があり、それが髪削ぎの儀に用いられたと記す。今日、ヤブコウジ科の小低木の名にヤブコウジがあり、後述するように、同一物である。「髪削ぎ」とは、現在に伝わらない習俗であるが、男女の童が、髪置《かみおき》（髪を伸ばし始めること、通例、三才のとき行う）の後、伸びた髪を切り揃えることをいう。『榮花物語』巻第三十四「晩《くれ》待つ星」に、「御服果てて、一品宮《いっぽんのみや》（一条天皇と皇后定子の間に生まれた内親王）、斎院の御髪削がせたまふ。殿ぞ削ぎたてまつらせたまふ」と記述されているほか、『源氏物語』の「葵」にも髪削ぎの情景が描写されており、この儀式は平安時代にはあった。髪削ぎの具として山菅・山橘が初見するのは『明月記』であるが、平安時代でも用いられたことはまちがいないだろう。山菅は常緑の多年草（ジャノヒゲ）で、紺碧の美しい実をつける（「ヤマスゲ」の項を参照）。一方、ヤブコウジは同じく常緑で鮮やかな赤い実をつける小低木である。いずれもほぼ同じ大きさの実をつけ、色は碧色・赤色で対照的であるから、髪削ぎの具としてヤブコウジと山菅との取り合わせは申し分ないだろう。いずれも寒い冬を堪えて常緑を維持し、鮮やかな色の実をよくつけるので、その生命力にあやかって長寿の祈願などに用いられるようになったと考えられる。山橘という名は、タチバナと同じく辟邪《へきじゃ》の霊力をもつとしてつけられたと思われる。

山橘は、当時の中国の文献に対応する漢名がなかったため、つけられた和製の漢名である。したがって、前述の山橘の習俗も日本独自のものである。ヤブコウジが中国の文献に出現するのは、宋代の『圖經本草《ずけいほんぞう》』（蘇頌《そしょう》）に紫金牛として収載されたのが最初であり、「葉は茶の如く、上は綠、下は紫なり。實は圓くして紅《あか》く丹朱の如し。根は微《わず》かに紫色なり」と記述され、『證類本草《しょうるいほんぞう》』巻三十にある福州紫金牛《しきんぎゅう》の図は、確かにヤブコウジの特徴をよく表す。しかし、江戸初期の『大和本草《やまとほんぞう》』（貝原益軒《かいばらえきけん》）にこの名はなく、園木の条に平地木の名で収載するものがヤブコウジである。この名は『秘傳花《ひでんか》鏡《きょう》』（陳扶揺《ちんふよう》、一六八八年）にあり、「高さ尺に盈《み》たず、葉は桂に似て深緑色にして、夏の初に粉紅の細花を開く、實を結びて南天竹子に似たり。冬に至りて大きく紅となり、子は下に綴《つづ》り観《み》るべし云々」という記述はヤブコウジと完全に一致する。益軒は、成長してもわずか十数センチにしかならない小さな植物を、マツ・ヒノキ・ユズリハなどと同じ園木に分類した。小さくても立派な木本であるから、結果としては正しいのであるが、江戸時代には庭に植えられ、また多くの園芸品種が育成されたことがその背景にある。一方、清代末期の『植物名實圖考《しょくぶつめいじつずこう》』では矮茶・地茶と称するなど、中国ではなかなかその名は定まらなかった。『本草綱目啓蒙《ほんぞうこうもくけいもう》』（小野蘭山《おのらんざん》）では、『大和本草』にある平地木の名を無視して、『圖經本草《ずけいほんぞう》』や『本草綱目』にある紫金牛の名を復活させた。現在の中国も紫金牛の名を正名とする。

ヤブコウジは、本州・四国・九州の丘陵地の林下に普通に生え、国外では朝鮮・台湾・中国にも分布する。ヤブコウジ属は熱帯・亜熱帯に分布の中心があり、世界で二百五十種が知られる。日本にはほかにツルコウジ・マンリョウ・カラタチバナ・モクタチバナ・シシアクチの計六種が自生する。このうち、マンリョウ・ヤブコウジ・カラタチバナは江戸時代に観賞用の園芸植物として多くの品種が育成され、また、正月の縁起植物として飾りに繁用され、マンリョウの万両に対して、カラタチバナは百両、ヤブコウジは十両と称された。ちなみに、千両という名をもち、やはり縁起植物であるセンリョウは、ヤブコウジ類とはまったく類縁のないセンリョウ科に属する。

『圖經本草』によれば、ヤブコウジの茎根は、時疾膈氣《じしくかくき》、風痰を去る効があるとする（『本草綱目』による）が、漢方で用いることはない。含有成分としては、ラパノンなどのベンゾキノン誘導体が含まれるほか、ポリフェノールのベルゲニンやフラボノイドを含む。ラパノンは同属のモクタチバナ・シシアクチの樹皮にも含まれ、強い殺虫作用があり、寄生虫の駆除に有効である。世界的に見て類似成分を含むものは駆虫薬として用いられ、インドのエムベリア実がその一例であるが、ヤブコウジの全草には腸カタルなどの副作用があるため、日本では駆虫薬として使われることはなかった。わずかに、『和方一萬方《わほういちまんぽう》』に「ヤブカウジノ根、葉茎トモニ煎ジテ用フベシ（淋病ヲ治ル方）」とある程度である。

やまたづ（山多豆・山多頭）　スイカズラ科（Caprifoliaceae）ニワトコ（*Sambucus racemosa*）

君が行き　け長くなりぬ　山たづの　迎へを行かむ　待つには待たじ

君之行　氣長久成奴　山多豆乃　迎乎將往　待尓者不待

（巻二　九〇、衣通王《そとほりのおほきみ》）

【通釈】この歌の序では、「古事記に曰く」とあり、この歌が詠まれた背景を記している。それによれば、軽太子《かるのひつぎのみこ》（允恭天皇の皇子）が軽太郎女《かるのおおいらつめ》（軽太子の同母妹）と不倫の婚姻関係（同腹の兄妹の婚姻だから不倫とされた）にあったので、太子は伊予の湯（愛媛県松山市の道後温泉あるいはその近傍の温泉）に流され、この時に、衣通王（軽太郎女のこと）は恋しさに堪えかねて後を追っていった時に詠んだとなっている。これとまったく同じ歌が『古事記』に、また、万葉集巻二の八五に「君が行きけ長くなりぬ山たづね迎へか行かむ待ちにか待たむ」というほとんど同じ内容の歌が、磐姫皇后《いわのひめのおおきさき》（仁徳天皇の后）の歌として収載されている。第一句の「君が行き」は軽太子が伊予に流されたことをいう。第二句にある「け長し」は、上代特有の古語で、「時久しく」の意。「山たづの」は迎へに掛かる枕詞。歌の意味は、あなた（軽太子）が伊予へ流されて私のもとを去ってから長い月日が経ちましたが、あなたを迎えに行こうと思います、待つことなんかしませんとなる。

【精解】例歌にある「山多豆」は、磐姫皇后の類歌（巻二　八五）では「山多都禰」となっていることと、また山鶴《たづ》と考えることもできるので、必ずしも植物と解釈する必要はない。しかし、この歌および『古事記』「允恭天皇紀」にある歌のいずれの序にも「ここに山たづと云へるは今の造木《みやつこぎ》という者なり」という注釈があり、植物としている。造木は、『本草和名《ほんぞうわみょう》』に「女貞　一名冬生　出釋藥　一名索盧　出大清經　一名山節　一名靑貟　已上出兼名苑　和名美也都古岐一名多都乃岐」とあって、ミヤツコギ・タヅノキの両名があり、漢名に女貞《じょてい》を充てている。したがって、『本草和名』だけを論拠とするのであれば、女貞という漢名を基にして中国の文献を参照すればよいが、『和名抄《わみょうしょう》』では「拾遺本草云　女貞　一名冬青　太豆乃岐　楊氏抄云　比女都波岐　冬月青翠　故以名之」とあり、女貞の和名をタヅノキとしてはいるが、その別名にヒメツバキという『本草和名』にない名がある。さらに、接骨木《せっこつぼく》の条に、「本草云　接骨木美夜都古岐」とミヤツコギという和名が出てくるが、不思議なことに引用したはずの『本草和名』に接骨木の名はなく、第廿巻「本草外藥」に類名の續骨木があるが、「藤を作《な》し樹木に縁《よ》り、葉は落石（絡石）の如し」とあるから、接骨木とは無関係の植物のようである。すなわち、植物名の考証において平安時代を代表する二大典籍がミヤツコギに関しては矛盾した見解を示す。

まず、女貞の基原について考証する。『神農本草經《しんのうほんぞうきょう》』上品に女貞實の名があり、『本草經集注《ほんぞうきょうしっちゅう》』（陶弘景《とうこうけい》）によれば「葉は茂盛して冬を凌《しの》いで凋《しぼ》まず、皮は青く、肉は白し」と述べ、明らかに常緑樹であることを示す。『新修本草《しんしゅうほんぞう》』（蘇敬《そけい》）では「女貞の葉は枸骨（モチノキ科ヒイラギモチ）及び冬青樹（中国産モチノキ属の一種）等に似て、其の實は九月に熟して黒くなり、牛李子（バラ科カナメモチ属の一種）に似たり」と記述され、また『圖經本草《ずけいほんぞう》』（蘇頌《そしょう》）には「花、細く青白色にして、九月、實を成し牛李子に似たり」とあって、初めて花の記述がある。以上の記述並びに『證類本草《しょうるいほんぞう》』巻十二にある女貞實の図から、女貞の基原をモクセイ科ネズミモチあるはその近縁種トウネズミモチとしてよい。『本草綱目《ほんぞうこうもく》』（李時珍）に「今の人、女貞を知らず。但だ呼びて蠟樹《ろうじゅ》と爲す」とあるが、ネズミモチを含めてモクセイ科イボタノキ属にはイボタカイガラムシが寄生して、

ソクズの花　別名クサニワトコ、
７月～８月に白い花が咲く。

ニワトコ　３月～４月、円錐状の
大きな花序に、白い花が群がり咲く。

いわゆるイボタ蠟が採れ、家具の艶出しなどに用いた。

一方、接骨木は『新修本草』に初見し、「折傷を主《つかさど》り、筋骨を續《つ》ぎ、風癢、齲齒《むしば》を除き、浴湯に作るべし」と記述され、名の由来もその薬効に基づく。その基原については「葉は陸英の花の如く、亦た相似たり。但し、樹を作《な》し高さ一二丈許り、木は輕虚にして心無し。枝を斫《き》り挿せば便《すなは》ち生ず。人家亦た之を種《う》う。一名蒴藋、所在に皆有り」と記述されている。また、『圖經本草』では「木の高さ一二丈許り、花、葉、都《すべ》て陸英、水芹の輩に類し、故に一名木蒴藋といふ云々」と記述している。両本草書が接骨木に類似するという陸英《りくえい》は、『神農本草經』の下品に収載され、『新修本草』では「此れ卽ち蒴藋是れなり。後人識らず、浪《みだ》りに蒴藋の條に出づ。此の葉、芹及び接骨花に似て、亦た一類なり。故に、芹を水英と名づけ、此れを陸英と名づけ、接骨樹を木英と名づく、此れ三英なり。花葉は並《とも》に相似たり」と記述され、『圖經本草』では「春、苗を抽《ぬきん》でて、莖に節有り、節間に枝葉を生じ大いに水芹及び接骨に似たり」と記されている。『本草衍義《ほんぞうえんぎ》』（寇宗奭《こうそうせき》）では、蒴藋《さくだく》について「花は白く、子は初め青く菉豆（緑豆のこと）顆の如し。毎朶は盞面大の如し。又、平生、一二百の子有り、十月、方《まさ》に熟紅す」と、本草書の中では、もっとも具体的に記述しており、スイカズラ科多年草ソクズの特徴とよく一致する。寇宗奭《こうそうせき》は「陸英と既《すべ》ての性味及び産し出る處は同じならず。治療、又別にして、自ら是二物なること、斷じて疑ふこと無きや」と述べ、陸英と蒴藋は別物と主張しているが、ほかの主だった本草家はおしなべて同一説を取る。蒴藋は、『名醫別錄《めいいべつろく》』の下品に初見するもので、『新修本草』では陸英・蒴藋を別条に収載するが、それぞれの条で同一と述べている。李時珍はこれに倣って、『本草綱目』でも陸英と蒴藋を別条に収載したが、「陶蘇本草（陶景注と蘇敬注をいう）、甄權《けいげん》の藥性論、皆言ふ、陸英卽ち蒴藋なりと。必ず據とする所有り。馬志《まし》（『開寶本草』の著者）、寇宗奭、その説を破れども、的據無し。仍ち、當に是一物とすべし」と述べ、蘇敬らと同じく同一説を支持した。陸英と蒴藋は『本草和名』でも別条に出てくるが、『新修本草』に倣ったもので、いずれも和名は後者の音読のソクドクとしている。陸英と蒴藋は別物と考える理由はないので、いずれの基原もソクズとしてよいだろう。接骨木はこれに酷似した木本であるから、同属のニワトコおよびその近縁種しかない。

　ニワトコは落葉小高木で、本州以南の日本各地の日当たりのよい山野に普通にあり、朝鮮南部、中国中南部にも分布する。日本海側の多雪地帯には変種のオオニワトコがあるが、花序が母種より大きいだけで樹高はずっと低く低木である。北海道にあるものはエゾニワトコとして区別され、樹高は八㍍に達し、こちらの方がオオニワトコと称するにふさわしい。ニワトコの樹皮に厚いコルク層があり、『唐本注』（『新修本草』蘇敬注）で「心《しん》無し」と記述されるように、枝の髄《ずい》は太くて柔らかく簡単に取り出すことができる。これは「ニワトコの髄」として顕微鏡のプレパラート作成の補助材に繁用され、小中学校の理科実験でよく使われる。

　さて、平安時代の文献は、タヅノキの漢名として女貞と接骨木の両名をあげたが、万葉集の山タヅとは、このうちのどちらであろうか。山タヅを詠ったもう一つの万葉歌に「（略）龍田道《たつたぢ》の丘辺の路に丹躑躅《につつじ》の薫《にほ》はむ時の桜花咲きなむ時に山たづの迎へ参出《まゐ》む君が来まさば」（巻六　九七一）がある。これは、龍田道の丘辺の道に、紅の躑躅《つつじ》が映え、桜の花が咲く時に、私はお迎えに参りましょう、あなたが帰って来られるならばという内容の歌である。ここでも山タヅは「迎える」に対する枕詞であるが、ツツジやサクラの花が咲く時期に花をつけていると考えるのが自然だろう。早春に花を咲かせるニワトコに対して、ネズミモチの花期は六月頃であるから、この歌の情景に合わない。タヅノキという名は古名であるが、ニワトコの方言名として中国・九州地方に残っており、またこれが訛ったと考えられる名も各地にあるから、ニワトコ説に有利であろう。ただし、対馬ではネズミモチをタヅノキと呼ぶから、この名は必ずしもニワトコに固有のものではない。『古事記』、『万葉集注』や『本草和名』にミヤツコギ・造木という名のあることは述べたとおりであるが、興味深いことに、八丈島・三宅島にミヤトコ、伊豆大島にニヤットーの方言名が残っている。そのほか、ニワツク・ニワトクなどの訛名があるから、ニワトコはミヤツコギのミヤツコがミヤトコ、ニヤトコを経て転訛したものと推定される。ちなみに、ネズミモチではミヤツコ（ギ）に結びつけられるような方言名はないから、万葉集にある山タヅはニワトコとしてよいだろう。また、「山たづの」が「迎へ」の枕詞となるのは、ニワトコの奇数羽状複葉の対生する小葉を見立てたからといい、確かに花期のニワトコを見ると、ツルが飛び立つ姿に似ているが、ネズミモチではそれを想像することは困難である。『新撰字鏡《しんせんじきょう》』に「槣　造木」とあるのは国字であるが、まず使うことはない。

　接骨木は漢方医学では用いず、民間で茎葉や花を解熱・発汗・利尿に用いる。そのほか、茎葉を煎じて筋骨の折傷・挫傷に罨法《あんぽう》料とする。罨法《あんぽう》というのは、布に煎液を浸しそれで患部を被って治療する方法で、折傷筋骨方などの薬方があるが、按摩整骨術に含められ、漢方医学とは区別されてきた。若芽は山菜として古くから利用されるが、ニワトコ類の葉には、分解すると猛毒の青酸（シアン化水素）を発生する青酸配糖体（サンブニグリン）が含まれるので、生食は控えるべきである。ニワトコの近縁種は欧米にもあり、これらも薬用に供される。英語でelderと称し、最近ではハーブとしても人気があるセイヨウニワトコは欧州原産で庭にも栽培されるが、花を発汗薬とする（これをエルダーと称してハーブ茶ともする）ほか、黒熟する果実を風邪薬とする。果実は食用にもなり、ワインやジャムの原料となる。ちなみに、北米東部にはアメリカニワトコがあり、同様に利用される。日本産ニワトコの実は赤く熟し食べられるが、虫がつくことが多いので食用に供されることはまずない。

やまぶき（山振・山吹・夜麻夫伎・夜麻扶枳・夜麻夫枳・也麻夫伎・夜萬夫吉） バラ科（Rosaceae）ヤマブキ（*Kerria japonica*）

花咲きて　実は成らねども　長きけに　思ほゆるかも　山《やま》吹の花
花咲而　實者不成登裳　長氣　所念鴨　山振之花
（巻十　一八六〇、詠人未詳）

山吹は　日に日に咲きぬ　うるはしと　我《あ》が思《も》ふ君は　しくしく思ほゆ
夜麻夫枳波　比尓々々佐伎奴　宇流波之等　安我毛布伎美波　思久々々於毛保由
（巻十七　三九七四、大伴池主《おほとものいけぬし》）

妹に似る　草と見しより　吾が標《し》めし　野辺の山吹　誰か手折りし
妹尓似　草等見之欲里　吾標之　野邊之山吹　誰可手乎里之
（巻十九　四一九七、大伴家持《おほとものやかもち》）

【通釈】第一の歌の第三句「長氣」の氣は日と同じ意と考えられ、「長きけに」と読み、長い日数を経たという意。集中には氣長という用例がいくつかあり、上代特有の語句で「け長し」（ヤマタヅの条に既出）と読む。第一・二句は、『萬葉童蒙抄《まんようどうもうしょう》』によれば「山振は花のみ咲きて實はならぬもの也」というが、実際には野生品で実をつけないものはなく、このことについては精解で詳述する。歌の意は、ヤマブキの花は咲いて実はならないけれども、（その花が咲くのを）長く待ち遠しく思われることだとなるが、現代人にはわかりにくい歌である。序に「花を詠める歌」とありヤマブキの花を詠んだことになっているが、男女の仲を譬喩《ひゆ》した歌であって、真意は、恋の花が咲いて実ができないのだが（結ばれないのだが）、いつまでも思い続けることができるのだろうかと、相手に問いかけているのではなかろうか。第二の歌は長歌の反歌で、序の後に「昨日短懐を述べ、今朝耳目を汗《けが》す。さらに賜書《ししょ》を承り、且つ奉ること不欠なり」で始まる大伴家持宛ての書状があり、家持から詩を送られたことに対する感謝の意と礼讃を表したもので、六朝の文人潘岳《はんがく》や陸機《りくき》に比すべき文才といい、また山柿の歌泉（山上憶良《やまのうえのおくら》と柿本人麻呂《かきのもとのひとまろ》のこと）などとは比べるべくもないと家持を褒《ほ》め称《たた》えている。第三句の「うるはし」は美麗の意味もあるが、文脈からすれば愛《いと》ほしの意である。結句「しくしく」の「しく」は頻《しきり》にと同じ意。歌を訳すと、ヤマブキは日に日に咲きましたが、（それを見るたびに私が）愛しいと思う君のことがしきりに思われますとなる。第三の歌は、序に「京の人に贈れる歌」とあり、同巻四一八四にある家持の妹の歌「山吹の花取り持ちてつれもなく離《か》れにし妹を偲ひつるかも」に答えて歌ったもので、京の人とは家持が京に残した妹を指す。歌の意は、あなたに似た（美しい）草を見たときから、（誰にも取られないようにと）私が標《しめし》をつけておいた野辺のヤマブキを誰が折り取ったのでしょうかとなる。

【精解】ヤマブキはバラ科の落葉低木で、日本と中国の一部に分布し、ヤマブキ一種でヤマブキ属をなす東アジアの特産属である。日本では北海道から九州までの丘陵や山地の斜面に群生し、鮮やかな黄金色の花は遠目でもよく目立つ。南北に長い日本列島では、開花時期に大きな地域差があり、南九州では三月下旬、関東で四月中旬、北海道では五月下旬になって咲き始める。ヤマブキはいわゆる幹に相当するものがなく、細い茎が数多く叢生するが、地上茎は三～四年で枯れ、根際から出る新しい茎に置き換わるからである。一年目の茎は長く伸びるので、中国の文献（『廣群芳譜』）で「甚だ延蔓す」と記述されるほどである。

ヤマブキを詠う万葉歌は十七首とそれほど多いわけではないが、はっきりと花の美しさを詠い、また秀歌が多いのが特徴である。万葉集では、「山振」（七首）、「山吹」（三首）、「夜麻夫伎」（三首）、「夜麻扶枳」、「夜麻夫枳」、「也麻夫伎」、「夜萬夫吉」（以上四名各一首ずつ）と表記され、いずれも借訓あるいは借音仮名であり、漢名に相当する名はない。ヤマブキと訓ずるのになんら問題はないから、誰しも同名のバラ科ヤマブキと考えるだろう。ところが、『和名抄《わみょうしょう》』をみると、「本草云　欵冬　一名虎鬚　一本冬作東　夜末布布岐　一云夜末布岐　萬葉集云　山吹花」とあり、欵冬《かんとう》の漢名を充て、和名としてヤマフフキを挙げて万葉集のヤマブキと同じとしている。一方、『本草《ほんぞう》和名《わみょう》』では「欵冬　楊玄操音義作東字　一名橐吾一名顆東一名虎鬚一名菟奚一名氏冬　楊玄操音丁禮反　一名於屈　出釋藥性　一名耐冬出兼名苑　一名苦萃一名欵凍　已上出廣雅　和名也末布々岐　一名於保波」とあり、ヤマフフキの名のほかにオホバの別名があるが、ヤマブキの名はない。『新撰字鏡《しんせんじきょう》』でも「欵東花　十二月採花陰干　山保々支也」とあり、この和名ヤマホホキもヤマフフキの転訛で同品であるが、ここにもヤマブキはない。

平安時代を代表する典籍によれば、ヤマフフキが本来の名であって、ヤマブキはその短縮形のように見える。とすれば、漢名である款冬の基原を中国の文献によって考証すればよいことになるが、結論からいうと、これはとんでもない誤りであった。

款冬《かんとう》は『神農本草經《しんのうほんぞうきょう》』の中品に列せられ、『新修本草《しんしゅうほんぞう》』（蘇敬《そけい》）によると、「葉は葵に似て大、叢生して、花は根の下より出づ」と記述され、花が根から直接出てくるというから、ヤマブキとはまったく異なるものである。『圖《ず》經本草《けいほんぞう》』（蘇頌《そしょう》）には「葉は萆薢《ひかい》（オニドコロ類）に似て、十二月黄の花、青紫の萼を開く。土を去りて一二寸、初出は菊花萼の如し」とかなり具体的に記述され、この記述と『證類本草《しょうるいほんぞう》』巻九の款冬花の図から、キク科のフキタンポポと推定できる。この植物は日本に自生はないのだが、古代日本の本草家は何はともあれヤマフフキに款冬という漢名を充てたのである。

ヤマブキ　４月～５月、鮮やかな黄色い花が、枝に連なるように咲く。

実は、フフキの名は上代の文献である『出雲國風土記』にも出てくる。すなわち、嶋根郡蜛蝫《たこ》嶋の条に「周り一十八里一百歩（中略）西の邊に松二株あり。この外、茅《ち》、莎《くぐ》、薺頭蒿《おはぎ》、蕗《ふふき》等の類、生ひ靡けり云々」とある。蕗をフフキと訓ずるのは、『新撰字鏡』に「蕗　不々岐　蕗木同」とあることに基づく。『崔禹食經《さいうしょくけい》』に「蕗、葉は葵に似て圓廣なり。其の莖は煮て之を噉ふべし」（『和名抄』より）とあり、この記述は『新修本草』にある款冬の記述（前述）とよく似ている。茎が食用になるというから、数少ない日本原産の蔬菜の一つキク科フキでまちがいなく、古名のフフキが転訛してフキとなったと思われる。しかし、中国の正統本草書では蕗の名は見当たらず、『正字通《せいじつう》』、『通雅《つうが》』ではマメ科基原の薬草「甘《カン》草《ゾウ》」の別名とするが、食用になるものではないから、『崔禹食經』の蕗はこれではない。

フキタンポポ　冬、葉のない頃に、直径２～３㌢の黄色い頭花が咲く。

『延喜式』巻第三十九「内膳司」の供奉雜菜に「蕗・二把」、同漬年料雜

菜に「蕗　二石五斗」とあり、食用にされたのがわかる。ところが、『延喜式』巻第三十七「典薬寮」の諸國進年料雜藥に「相模國　款冬花九斤、武蔵國　款冬花二兩云々」とあって款冬花の名があり、花を薬用としたことを示している。『延喜式』巻第三十九「内膳司」に「耕種園圃　營蕗一段云々」とあるように、フキは古くから栽培され、野生のものをヤマフフキ（款冬）、栽培のものをフフキ（蕗）と区別したのではないかと思われる。小野蘭山《おのらんざん》（一七二九—一八一〇）が「山中自生ノモノハ葉小ニシテ苦味多シ家園ニ栽ルハ葉大ニシテ苦味薄シ」（『本草綱目啓蒙』・款冬）と述べているのは達観であり、とすれば、中古代の日本の本草家は、この野生のフキを款冬（欵冬）としたのであり、結果としては同じキク科であるから当たらずとも遠からずとして、まったく問題はなかったはずである。しかし、たまたま万葉集によく似た名前のヤマブキがあったため、『和名抄』の編者　源　順《みなもとのしたごう》（九一一—九八三）は両名を混同し、「欵冬　萬葉集に云ふ山吹花なり」としてしまった。一方、『新撰字鏡』、『本草和名』では款冬を山吹としなかったから正しく認識していた。

山吹を詠む十七首の歌のうち、「山吹の繁み飛び潜《く》くうぐひす云々」（巻十七　三九七一、大伴家持）ほか一首（巻十七　三九六八）ウグイスを取り合わせた歌は、早春に小さな花を地面から出して咲くフキではまったく情景に合わず、古典の吟味を怠った源順の痛恨の誤認であった。『源氏物語』「胡蝶《こちょう》」にある一節「鳥蝶に装束き分けたる童べ八人、容貌などことに整へさせたまひて、鳥には、銀の花瓶に櫻をさし、蝶は、金の瓶に山吹を、同じき花の房いかめしう、世になき匂ひを尽くさせたまへり」から、山吹の花の色は鮮やかな黄金色であって、白花のフキではあり得ない。『源氏物語』「野分《のわき》」には、後述するように、「やへ山ぶき」が出てくる。字義からはヤマブキが幾重にも重なって群生するという解釈が可能であるが、小さなフキの花ではこれを想像するのは困難であり、「古の奈良の都の八重桜」と同様に、やはり八重咲きのヤマブキとするのが妥当である。とすれば、離弁花植物でなくてはならず、やはりフキのようなキク科植物ではあり得ない。平安時代の古典文学では、ヤマブキはバラ科ヤマブキであったことはまちがいない。

款冬をヤマブキの漢名として用いることが皆無であったわけではない。たとえば、『明月記』（藤原定家）に「嘉祿三年閏三月十日、款冬盛開す」など随所に款冬の名が見え、また別の年ではあるが、「寛喜二年三月廿一日、昨今、款冬落ち盡《つ》くす」とあるから、これもヤマブキでまちがいなく、定家は『和名抄』の記述にしたがったことがわかる。一方、京都・中国地方・九州などに、フキに似て時に茎を食用とするツワブキの方言名に、ヤマブキ（バラ科ヤマブキではない）の名があることを論拠として、ヤマフフキ（款冬）に充てる説もある。『植物名實圖考《しょくぶつめいじつずこう》』に款冬の図が掲載されているが、明らかにキク科ツワブキであり、款冬をツワブキの漢名とするのもこれによると思われる。しかし、これは誤りである。寇宗奭《こうそうせき》が『本草衍義《ほんぞうえんぎ》』で「百草中、惟だ、此れ冰雪を顧みず、最も春に先んづるなり。世は、又之を鑽凍と謂ふ。冰雪の下に在ると雖も、時に至りて亦た芽を生ず」と述べているように、もともと暖地の海岸に生えるツワブキでは款冬という名前はあり得ない。ツワブキは初冬に花をつけ、真冬でも葉が青々としているから、江戸時代になると広く園芸用に栽培されるようになり、山に生えていると勘違いされたらしい。江戸時代後期に薩摩藩の本草家が著した『質問本草』が、ツワブキを橐吾《たくご》（『神農本草經』での款冬の別名）としているように、この誤りはかなり広まった。

万葉集にある十七首のヤマブキの歌のうち、詠人未詳はわずか三首しかなく、家持が七首、池主が二首、家持の妹が一首と、有力貴族の歌が多い。上覚《じょうかく》（一一四七—一二二六）の『和歌色葉《わかいろは》』（佐佐木信綱『日本歌学大系・第三巻』所収）に、「ゐで（井手）の山吹とは、或書云、昔橘大臣諸兄井手寺をつくりて、金堂の四面の廻廊のめぐりに款冬《やまぶき》を植ゑて、廊の内に水を湛《たたへ》て、花さかせて水にうつして見るべきやうをかまへたりけるに云々」とあり、奈良朝の実力者である橘《たちばなの》　諸兄《もろえ》（六八四—七五七）がヤマブキを好んで植えたことを記している。井手の山吹は『狭衣物語《さごろもものがたり》』などにも出てくるほど、ヤマブキの名所となり、聖武天皇も同所を行幸したとも伝えられる。斎藤正二は、多くの歌人が好んで詠った万葉植物の多くは中国流ユートピアのシンボルであり、当時の日本人が心酔したともいい、ヤマブキの場合は款冬のイメージでもって詠われたという（『植物と日本文化』）。款冬を詠った唐詩といっても非常に少なく、張籍《ちょうせき》（七六八—八三〇）による次の「逢賈島」（『全唐詩』巻三八六）くらいしか思い浮かばない。張籍は八世紀後半以降の中唐の詩人であるから、万葉の歌人はこの詩は知らなかったはずだ。

僧房逢着款冬花　　僧房に逢着す款冬花
出寺吟行日已斜　　寺を出て吟行すれば日已《すで》に斜《かたぶ》きぬ
十二街中春雲遍　　十二街中春雲遍《あまね》く
馬蹄今去入誰家　　馬蹄今去りて誰が家にか入らん

款冬は寒い冬を地面の下で耐え、早春に葉に先んじて花茎を伸ばして咲くから、その生命力は感嘆されることがあっても不思議はないが、この詩からはそれがさっぱり伝わってこない。また、ほかの漢籍でそれを指摘するようなものもない。款冬は『神農本草經』以来の歴史的薬物であるが、その薬効は「主欬逆上氣　善喘喉痺　諸驚癇　寒熱邪氣」とあるように、実用的で地味な存在であり、辟邪《へきじゃ》の効があるとされているわけではなく、人々が必死になって求める神仙の霊薬ではないから、ユートピアのシンボルとはほど遠いものである。そもそも款冬をヤマブキとしたのは『和名抄』だけで、一部を除いてほかの古典はすべて款冬をキク科フキとしているのであるから、これをヤマブキと重ね合わせて万葉人が夢中になったとするのは、鷺《さぎ》を烏《からす》に言いくろめることに等しいのではないか。

　ヤマブキは日本特産ではなく中国にも分布していて、棣棠《ていとう》という漢名があり、日本の文献では『大和本草《やまとほんぞう》』（貝原益軒《かいばらえきけん》）に出てくる。この名の初見は『廣群芳譜《こうぐんぼうふ》』で、この書の成立が清の康煕《こうき》帝時代（十六世紀後半～十七世紀前半）であるから、日本の山吹よりずっと新しい。それによれば、「棣棠花、金黄の若く、一葉（花弁）に一蘂《ずい》生じて甚だ延蔓す。春深く薔薇と開くを同じくし、一色を助くべし」とある。さらに、「單葉（一重の花弁のこと）の者有り、金盌と名づく」とあり、棣棠は八重咲き種で、金盌《きんわん》が一重のヤマブキを指すことがわかる。『大和本草』に一重のヤマブキの漢名を金碗喜水と記述しているが、『群芳譜』に「性喜水郎可證」とあり、これと金盌（碗に同じ）が結びついた名のようだ。

　ここで八重咲きのヤマブキが出てきたが、これが不稔性で実をつけないことは「太田持資（道灌）歌道に志す事」という次の故事によって世間に広く知れ渡っている。

　太田左衛門大夫持資は上杉宣政の長臣なり。鷹狩に出て雨に逢ひ、ある小屋に入て蓑《みの》を借らんといふに、若き女の何とも物をば言はずして、山吹の花一枝折りて出しければ、「花を求むるにあらず」とて怒りて帰りしに、これを聞きし人の、「それは七重八重花は咲けども山吹の実の一つだになきぞ悲しきといふ古歌のこゝろなるべし」といふ。持資驚きてそれより歌に心を寄せけり。

　この故事は落語の題材になるほど有名になったが、その出典は備前岡山の藩士湯浅常山（一七〇八―一七八一）が著した『常山紀談』（森洗三校訂、一九九六年、岩波書店）であり、結論からいえば、史実ではなく創作である。この故事にある古歌とは、『後拾遺和歌集』にある兼明親王《かねあきらしんのう》（九一四―九八七）の和歌（一一五四）で、それを一部改作したのである。この歌の序に、「小倉（京都の小倉山付近）の家に住み侍《はべ》りける頃、雨の降りける日、蓑借る人の侍りければ、山吹の枝を折りて取らせて侍りけり、心も得でまかりすぎて又の日、山吹の心得ざりしよし言ひにおこせて侍りける返りに言ひつかはしける」とあり、『常山紀談』と内容はほとんど変わらない。ただ、原歌では「山吹の実の一つだになきぞあやしき」となっており、「あやし」は普通ではありえないという意で、裏に申し訳ないという意味も含ませている。「山吹の実のひとつだになき」は、「実の一つだに」と「蓑一つだに」の掛詞であり、貸すべき蓑がないことを暗示したもので、このことは一般にもよく知られている。八重咲きヤマブキは、『源氏物語』「野分《のわき》」に「やへ山ぶきのみだれたるさかりに、露か丶れる夕ばへぞ云々」、また『狭衣物語』にも「池の汀《みぎわ》の八重山吹は、井手のわたりにことならず」とあり、平安時代の文学でよく出てくる。

本条で紹介した第一の万葉歌「花咲きて実は成らねども云々」のヤマブキは、その字義のとおりに解釈すれば、八重咲き種である。野生のヤマブキ（一重咲き種）は、秋になると五個の半円形の痩果《そうか》が輪状に並び十分に目立つはずで、実がならないというのは不稔性の品種しかあり得ないからである。万葉歌の中にも「山吹をやどに植ゑては見るごとに思ひは止まず恋こそ増され」（巻十九　四一八六、大伴家持）とあり、橘諸兄のみならず奈良朝の貴族の間で庭に植えるのが流行していたと考えられるから、八重咲きの品種が万葉時代に発生した可能性は高いのである。兼明親王の歌にあるものはどうみても八重咲きであるから、平安時代にはかなり広まっていたにちがいない。

中国では、清代になって漢名の棣棠の名が見られ、それまでは八重ヤマブキの存在を示唆するような文献は中国にないから、日本で発生したヤマブキの品種が中国に渡り、棣棠の名がつけられたのではないかと思われる。ヤマブキはわが国ではごく普通にある植物であるが、八重咲き品種が園芸用に栽培されることを除けば、あまり利用されない。中国ではその花を棣棠花と称して慢性咳嗽・水腫・リウマチ痛・熱毒瘡などに使われるというが、『本草綱目《ほんぞうこうもく》』にもその記述がないので、薬用としての歴史は近世以降であり、それほど古いことではない。

ヤマブキといえば、山吹色と称されるほど、鮮やかな黄色が印象的であるが、その主色素はルテインというカロテノイドの脂肪酸エステルである。欧米では、ニワトリの皮膚の色および卵の黄身をより黄色くするためにルテインを飼料に混ぜて食べさせるという。ただし、化学的に不安定なので食用色素としての用途はない。ルテインは緑黄色野菜や果実にも含まれ、強い抗酸化作用が知られる。一方、ヒトの目（特に黄斑部、水晶体）にも含まれ、目の機能強化、白内障や黄斑変性症などの眼病予防に役立つとして、近年注目され、β-カロテンと並んでサプリメントとして人気が高い。一方、過剰摂取によりカロテノダーミアという皮膚の褐色化が起きるといわれているので、安易な服用は控えるべきである。ヤマブキ花のルテイン含量もその色の鮮やかさから相当の含量が見込まれるが、日本ではカロテノイドに対する関心が欧米ほど高くないので、ほとんど注目されていない。中国で薬用として用いられている事実があるから、ヤマブキの花が健康食品などの目的で利用される可能性がないわけではない。そのほか、ヤマブキの茎の髄が刀剣の研磨に用いられたというのがある程度で、観賞用に栽培されることを除けば利用は少ない。しかし、春先の野山を美しく彩るから、環境資源としての価値は大きい。

ゆ

ゆづるは（弓絃葉・由豆流波）

ユズリハ科（Daphniphyllaceae）ユズリハ（*Daphniphyllum macropodum*）

古《いにしへ》に　恋ふる鳥かも　ゆづるはの　御井《みゐ》の上より　鳴き渡《わた》り行く
古尓　戀流鳥鴨　弓絃葉乃　三井能上従　鳴濟遊久
（巻二　一一一、弓削皇子《ゆげのみこ》）

何《あ》ど思《も》へか　阿自久麻《あじくま》山の　ゆづるはの　含《ふふ》まる時に　風吹かずかも
安杼毛敝可　阿自久麻夜末乃　由豆流波乃　布敷麻留等伎尓　可是布可受可母
（巻十四　三五七二、詠人未詳）

【通釈】第一の歌の詠人弓削皇子（?―六九九）は天武天皇の第九皇子と伝えられる。「吉野の宮に幸《いでま》しし時、弓削皇子の額田王《ぬかだのおほきみ》に贈り給へる歌」の序があり、万葉集でもっとも著名な女流歌人額田王への贈答歌である。吉野行幸の時の歌であるから、記紀にある歴代天皇の吉野行幸から年代の絞り込みが可能である。弓削皇子は文武天皇三（六九九）年に薨去《こうきょ》しているから、持統天皇時代と推察されるが、三（六八九）年から十一（六九七）年まで、実に三十一回の吉野行幸が記録されており、いずれの年かまではわからない。第二句の「恋ふる鳥」は、額田王の返歌「古に恋ふらむ鳥は霍公鳥《ほととぎす》けだしや鳴きし吾が思へる如《ごと》」（一一二）にもありホトトギスを指す。「弓絃葉の御井」は吉野離宮近くにあった水汲み場と思われるが、井戸枠をユズリハの木でつくったか近傍にユズリハが生えていたための呼称であろう。歌の意は、過ぎ去った過去を恋い慕う鳥であろうか、弓絃葉の御井の上を鳴きながら渡って行くのはとなる。額田王は弓削皇子に「昔を慕う鳥はホトトギスです、おそらく私が（天武天皇を）偲んでいる如く鳴いているのでしょう」と和した。当時、ホトトギスは過去を偲んで悲しげに鳴く鳥と考えられたが、これは当時の中国の故事に由来する。すなわち、臣下の妻に横恋慕したため、退位させられた蜀の望帝が、復位を望むも志を果たせず、死してホトトギスとなって往時を偲んで昼夜鳴いたという。仮に持統七（六九三）年にこの歌が詠われたとすれば、額田王は六十代の老齢であり、天武天皇崩御後、持統天皇から疎んじられて以来、ひたすら過去を偲ぶしかない日々を送っていたと思われる。弓削皇子への返歌は額田王の消息を示す最後の歌である。第二の歌の「何《あ》ど思《も》へか」は東歌に散見される表現であり、巻十四の三四九四の「何《あ》どか思《も》ふ」と同意である（カヘルデの条に既出）。阿自久麻山は所在不明とされるが、茨城県筑波にある子飼山あるいは平沢山とする説がある。「ふふまる」は「ふくまる」と同義であり、含まれる、包まれているという意味で、この場合はユズリハの葉がまだ開いていない状態を指す。「風吹かずかも」の「吹かず」は否定形ではなく、東国訛りと解釈し、吹かすの意味とする。この歌の大意は、阿自久麻山のユズリハの葉がまだ開いていない時に、どうして風を吹かせてこじ開けてみようと思うだろうかとなる。この歌は「譬喩の歌」であるから、含まるユズリハを未通女（処女）に譬《たと》え、まだ年端も行かぬ少女に強引に関係を迫ろうと思うだろうか、いやしばらく待ちますという意味を込めたものだろう。「風吹かず」を否定形とみる通釈書もあるが、それでは意味が通じない。

ユズリハ　常緑の葉は、長さが15～20センチにもなり、表面は光沢があって美しく、街路樹などに多く植えられている。

【精解】『枕草子』「花の木ならぬは」に「ゆづり葉のいみじうふさやかにつやめき、茎はいとあかくきらきらしく見えたるこそ、あやしけれどをかし」という一節がある。ここでいう「ゆづり葉」とは、ユズリハ科ユズリハ属の一種で、福島以南の照葉樹林に生える常緑小高木をいう。葉がよく繁って光沢があり、葉柄が赤い様を記述していて、およそ植物に詳しいと思えない清少納言でも認識できるほど際立った特長をもつ植物である。万葉集では「弓絃葉」、「由豆流波」の名で二首に詠われ、いずれもユヅルハと訓じて現在名と大差ない。

日本の植物は中国本草書を参照し、同じあるいはよく似たものの漢名をつけるのが常であった。『本草綱目啓蒙《ほんぞうこうもくけいもう》』（小野蘭山《おのらんざん》）は『南寧府志』を引用し、ユズリハの漢名を楠とした（ツママの条を参照）。『本草綱目』（李時珍）の楠の条で、李時珍が「葉は豫章（クスノキの変種）に似て大、牛耳の如し」と述べているものを大葉楠とし、これをユズリハに充てた。一方、『本草綱目啓蒙』より古く江戸初期に成立した『大和本草《やまとほんぞう》』（貝原益軒《かいばらえきけん》）では「ユツリ葉」という和名だけで、漢籍の引用はなく漢名も充てていない。楠は、ツママの条でも述べたように、クスノキ科タブノキ属の一種で日本に自生しないナンタブであり、蘭山の見解は誤りである。

ユズリハの漢名に杠・楪を用いることがある。杠は、『塵添壒囊《じんてんあいのう》鈔《しょう》』巻九の「齒朶《シダ》ノ事」の条に「杠ヲユヅリハトヨム。杠ハ古杉及漢朝ニハ旌旗《ハタノカザリ》トスル也」とあるのが出典のようで、『廣韻《こういん》』に「杠は旌旗の飾り」とあり植物名を表すものではないが、日本ではそれにユズリハを飾りつけたから杠の字を充てたと思われる。楪についてはよくわからないが、室町時代後期の『庭訓往來註』（『旧鈔』と通称、石川松太郎校注、平凡社、一九八二年）の「十月狀」の茶具のところで楪子《チャツ》とある。菓子などを盛るのに用いる円形・木皿に似た朱塗りの漆器で底に糸尻があり、禅家でよく用いるという。ユズリハの材でつくったことがあってその名を転じたのであろうか。蘭山はユヅリハの別名を交譲木・譲木としているが、それぞれ『事物異名』（余庭璧）、『正字通』の出典という。いずれも明代の書であるが、それ以前の中国の文献にこの名は見当たらない。

ユズリハの花時　ユズリハは雌雄異株であり、4月～5月、葉の腋から花序を出し、花弁のない、淡緑色の花をつける。

ユズリハの語源は「譲る葉」に由来し、春に出た若葉が大きくなる初夏に古い葉が落ちるのを古い葉が新しい葉に世代を譲ると見立てたといわれる。貝原益軒も「春新葉生《ヲヒ》ト、ノヒテ後舊葉ヲツ故ニユツリハト名ツク」と述べ、同じような語源を記述している。『和《わ》漢三才圖會《かんさんさいずえ》』にも譲葉木とあり、これも同じ語源に基づく。実は、これに似た内容の記述が『本草綱目』の楠の条にあり、李時珍は「歳を經て凋まず新陳相換す」と交譲木の語源を解いている。新旧の葉が交代するという発想を、中国伝来としてそれが日本の習俗に定着したとも考えられるが、中国の古い典籍にそれを裏づける証拠はなく、一方、ユズリハの名は万葉集にまでさかのぼるから、やはり日本起源であり、中国名の交譲木・譲木の名の方がむしろ日本語名の影響を受けたと考える方が自然だろう。小野蘭山はこの『本草綱目』の記述から、誤ってユズリハを楠に充てたと思われる。また、万葉集にある弓弦葉を正訓と考え、葉の形状から弧を描く葉の形を弓の弦に譬えたという説もある。

ユズリハは多様な方言名があるが、その中でショウガツナ・ショウガツノキなど正月の名を冠するものが目立つ。その名のとおり、ユズリハの葉を正月飾りに用いる風習によるものであるが、新旧の葉の交代がはっきりしていることから、旧年を送り新年を迎えるシンボルと考えられた。近世になって正月の飾りとして松竹梅が圧倒するようになったが、新暦となった明治以降は、正月にはまだ梅の花がないので、代わりとしてユズリハが一部の地方で復活した。『延喜式』巻第五「神祇五齋宮」の供新嘗料に「弓弦葉一荷」とあり、そのほか同巻第三十二「大膳上」、巻第四十「造酒司」にも出てくるから、新年や大嘗祭《だいじょうさい》などの神事に用いられたことが示唆され、ユズリハは古くから日本の習俗に深く関わってきたことはまちがいない。『大和本草』に親子草の名があるように、常緑の葉がよく繁り新旧葉が円滑に交代するユズリハに、親から子へ世代が絶え間なく継承され一族が繁栄する様を重ね合わせて、ユズリハを縁起のよい植物と考えた。ユズリハは小高木であるので、「草」の名は奇妙に見えるが、ヒノキの別名にサキクサ（幸草）があるように、木を「くさ」と称する例は中世以降では珍しくない。

ユズリハはダフニフィリンなど特有のアルカロイドが含まれており、呼吸運動の減弱、心臓麻痺作用があって有毒である。毒性は一般のアルカロイドと比べてそれほど強い方ではない。『救荒本草抜萃《きゅうこうほんぞうばっすい》』には「紀州にては若芽を正月菜といふて常に食ふとぞ。若芽、若葉は汋でて食ふべし。老葉はいりこにすべし」とあり、紀州だけでなく奈良や三重でもユズリハの若芽・若葉を食べる習慣があった。ユズリハをワカバの名で呼ぶ地方は近畿地方から四国に広くあるが、いずれの地域でもユズリハの葉を食用に利用していたと思われる。おそらく、茹でて十分に水に晒してアルカロイドを除いて食していたと思われる。アルカロイドを含むユズリハは薬用としての価値があるように見えるが、中国では使うことはほとんどなく、日本の民間療法で散見される程度である。たとえば、『懐中備急諸國古傳《かいちゅうびきゅうしょこくこでん》祕法《ひほう》』に喘息（あへぎやまひ）の治療に「ゆずりは　かげぼし粉にしてさゆ（茶湯）にて用妙」とある。また、材あるいは樹皮の煎液は駆虫・去痰・利尿などの効があるといわれる。

ゆり・ひめゆり（由利・由理・百合・由流）

ユリ科（Liliaceae）ヤマユリ（*Lilium auratum*）
ユリ科（Liliaceae）ササユリ（*Lilium japonicum*）

道の辺《べ》の　草深百合《くさぶかゆり》の　花笑《ゑ》みに　笑《ゑ》みしがからに　妻と言ふべしや
道邊之　草深由利乃　花咲尓　咲之柄二　妻常可云也
（巻七　一二五七、詠人未詳）

夏の野の　茂みに咲ける　姫百合の　知らえぬ恋は　苦しきものぞ
夏野之　繁見丹開有　姫由理乃　不所知戀者　苦物曾
（巻八　一五〇〇、大伴《おほともの》坂上郎女《さかのへのいらつめ》）

筑波嶺《つくばね》の　さ百合《ゆる》の花の　夜床《ゆとこ》にも　愛《かな》しけ妹《いも》ぞ　昼も愛《かな》しけ
都久波祢乃　佐由流能波奈能　由等許尓母　可奈之家伊母曾　比留毛可奈之祁
（巻二十　四三六九、大舎人部千文《おほとねりべのちふみ》）

【通釈】第一の歌は、「時に臨める」雑歌とあり、ユリを詠む歌のうち、詠人が未詳である唯一の歌であり、後序に「古歌集に出づ」とある。草深百合は後れて咲くため草の中に埋もれてしまうユリの意と思われ、集中には「道の辺の草深百合の後《ゆり》もと言ふ妹《いも》が命を我れ知らめやも」（巻十一　二四六七）の類歌がある。第一句・二句は、花笑みに掛かる序であり、ユリの花の咲くのを人の笑う様に譬《たと》える。花咲を、花笑みと訓ずるが、「咲」を「さく」とする方が国訓であって、笑うというのが本来の意味である。ユリの花を人の笑うのに譬える例として、「さ百合の花の笑まはしきかも」（巻十八　四〇八六）ほか、類例がある。この歌の意は、道端の草深い茂みの中で咲く百合の花のように、私と相笑みれば、（心が通じたとして）妻だといってよいのでしょうかとなるが、女が自分に好意をよせる男に対して歌ったものだろう。巻十八の四〇八六の歌にあるように、草深百合には「後《おく》れて」という意味があり、もし相手に好意をもっているのであれば、ユリに冠するのは草深ではなく美称のはずだから、私を妻にしたいのであればもっと早く微笑みかけて欲しかったとも解釈できる歌で、相手の求婚をやんわりと断っているのかもしれない。第二の歌は夏の相聞歌。第一～三句は、第一の歌の草深百合と同じ意味と考えてよく、「知らえぬ恋」を導く序。歌の意は、夏の野の茂みにひっそりと咲いている姫百合のように、人に知られない恋は、(私にとって)心苦しいものですとなる。姫百合は草深百合と同じで草に埋もれて咲く目立たないユリのことで、この歌では恋に燃える心情を吐露しているので、わざわざ美称として姫を草深の代わりに用いたのであり、ヒメユリではない。第三の歌は防人歌で、常陸国那珂郡大舎人部千文の歌。当時の歴史的背景を知らないと、この歌を理解することはできないが、ツバキの条に防人歌は既出するので、ここでは説明を割愛する。第二句の「さユル」は、「さユリ」の東国訛り。夜床は、さ百合と音を通じ、夜床《よどこ》を夜床《ゆとこ》とした。歌の意は、筑波の山に生える百合のように、夜床に(手枕を交わして)寝る時も、また昼間過ごす時も、愛しい妻であることよとなる。「筑波嶺のさ百合」は夜床の序としてだけではなく、妻の愛しさにも掛かっており、古代人が百合の花をどう見ていたかを示すものとして興味深い。防人として相当長い期間故郷を離れなければならないし、それも遠い西国に赴かねばならない、その複雑な心情を歌った。千文は、この歌とともに次の歌を残している。

霰《あられ》降り　鹿島の神を　祈りつつ　皇御軍《すめらみくさ》に　吾は来にしを

この歌は戦前の軍国日本で戦意を鼓舞するため盛んに喧伝され、一方、筑波嶺の百合の歌は女々しき歌として完全に封じられた。大戦後は一転して、軍国主義に利用された「霰降り鹿島の神」の歌は教えられることはなかった。この歌は「鹿島の神様に祈りながら皇軍に参加したのだ」という意味だが、鹿島神宮は武芸の神武甕槌《たけみかづちの》神《かみ》を祭神とするので、これが軍国日本で大いに強調された。およそ同一人物の作に見えないのであるが、両方そろって鑑賞しないと防人千文の心情は理解できない。一方で、任務を全うすべく自らを鼓舞したものの、自分がいない間、愛しい妻は誰が守るのかと自問し、悩んだのであって、それゆえ「筑波嶺のさ百合」の歌にこの上ない優しさが現れている。

【精解】 万葉集では、「由利」、「由理」、「百合」、「由流」の名で、それぞれ四首・五首・一首・一首ずつ登場し、「百合」以外はすべて借音の真仮名で表記される。すなわち、総計十一首のうち、漢名で出てくるのは一首のみで、残りはすべて純粋な和語による名「ゆり(る)」である。万葉集で唯一、百合という漢名が出現するのは、巻十一の二四六七の第一句、二句「路邊草深百合」であり、これも冒頭の第一の例歌に「道邊之草深由利」という同一の内容の句があるので、両句の比較によって百合をユリと訓ずることができる。『和《わ》名抄《みょうしょう》』に「本草云　百合　一名磨蘢　音罷　由里」、『本草和名《ほんぞうわみょう》』に「百合　一名重匡　楊玄操音逐竜反　一名重邁一名磨罷　仁諝薄買反　一名中逢花一名強瞿一名強仇　仇郎瞿也出陶景注　一名山丹　出拾遺　和名由利」、『醫心方《いしんぽう》』巻第一「草中之上」に「百合　和名由利」とあり、いずれも百合の訓をユリとする。

百合《びゃくごう》は、『神農本草經《しんのうほんぞうきょう》』の中品に列せられる薬物で、『名醫別錄《めいいべつろく》』では重箱・摩羅・中逢花・強瞿、また、『呉晉本草《ごしんほんぞう》』では重邁・中庭という別名があり、前者の名は『本草和名』に引用されている。百合がユリであることは、『本草經集注《ほんぞうきょうしっちゅう》』（陶弘景《とうこうけい》）にある「根は胡蒜（ニンニク）の如く、數十片相累す。人、亦た蒸煮して之を食ふ」という記述でわかる。これはユリの鱗茎の特徴を表し、宋代の『圖經本草《ずけいほんぞう》』（蘇頌《そしょう》）では「春に苗を生じ、高さ數尺、蕣は麄《あら》く箭《や》の如し。四面《めん》に葉有り雞距（鶏の蹴爪）の如し。又柳の葉に似て色青く、莖に近き葉は微《わず》かに紫にして、莖の端は碧白なり。四五月に紅白の花を開き、石榴觜《せきりゅうし》の如くして大なり。根は胡蒜の如く重疊して、二三十瓣を生ず」とその特徴をさらに詳細に記述する。

『本草綱目《ほんぞうこうもく》』（李時珍）では、「一莖直上し、四向（四方に向くこと）して葉を生ず。葉は短竹葉に似て柳葉に似ず。五六月、莖端に大なる白花を開き、長さは五寸、六出（花被が六枚）す。紅蕊（赤い雄しべのこと）は四垂（四方に垂れる）し下を向く。（中略）百合の結實、略《ほぼ》馬兜鈴（ウマノスズクサのこと）に似て、其の内なる子亦た之に似たり。其の瓣、之を種ゑるは蒜（ニンニク）を種ゑる法の如し」と記述され、『證類本草《しょうるいほんぞう》』巻八にある滁州百合・成州百合の図と合わせれば、百合の基原はハカタユリとしてまちがいない。ハカタユリは中国原産で日本に自生せず、鎌倉時代に渡来したといわれるから、万葉時代はむろん平安時代の日本でも知られていなかった。したがって、万葉集にあるユリは日本列島に自生するいずれかのユリ種であり、百合は中国から借用した名ということになる。

百合すなわちハカタユリはユリ科ユリ属の一種である。『和名抄』ほか日本の文献は、百合にユリの和名を充てたのであるから、万葉集のユリもユリ属種としてよく、ここで分類学上の概略について述べる。ユリ属は世界に約百種知られ、うち日本列島に十三種以上が分布する。日本産種はとりわけ変異に富み、さらに亜種・変種・品種に分けられるものが多い。ユリ属は七つの節《せつ》（属より下位の分類階級）に分けられるが、日本にはそのうち五節が分布する。このうち、分布と生態環境から考えて、万葉の風土に関係のありそうな種は、ヤマユリ節のヤマユリ・ササユリと、ヒメユリ節のオニユリ・ヒメユリが挙げられる。このうち、後二者のユリ種については少々説明を要する。まず、オニユリは、現在でこそ、東アジア全域に分布するが、ほとんどの個体は種子ができない三倍体であり、古くから葉の間にできる珠芽《むかご》や株分けによる栄養繁殖で増殖してきた。種子のできる二倍体は、現在のところ、長崎県対馬と韓国済州島、朝鮮半島東南部の海岸地帯に限られ、地理的なまとまりから考えてこの地域が原産地と考えられる。オニユリは食用として史前に各地に広がったと考えられ、万葉時代の人里にも普通にあったと思われる。一方、ヒメユリは稀少種であるが、第二の例歌に同名となる姫百合が詠われており、万葉のユリの該当種として検討すべき種群に含めた。

ヤマユリ　7月～8月、日当たりのよいところに咲く。花被は白い地に斑点が入り、先が少し反り返る。

以上の四種のうち、ヤマユリ・ササユリとヒメユリ・オニユリとでは、形態が著しく異なることに留意する必要がある。前者の花の色は白～淡ピンク色のラッパ状の筒状花で、横向きないしやや下向きであるのに対し、後者は紅赤色で、花の咲き方に関しては、ヒメユリは受け咲き、オニユリの花被は完全に反り返って下向きになる。

中国本草においては、百合を薬用・非薬用に区別することから始まった。『新修本草《しんしゅうほんぞう》』（蘇敬《そけい》）に「二種有り、一種は細葉にして花は紅白色、一種は葉大にして、莖長く、根は麁《あら》く、花白く、宜しく藥に入れて用ふべし」とあり、紅花品と白花品があって、薬用にするのは後者と明確に記述している。『圖經本草』で「又一種有り、花は黄にして黒斑あり、葉は細く、葉の間に黒子《むかご》有り、藥に入るに堪へず」と記述するものは、珠芽《むかご》をつける種類であるから、少なくともヤマユリ節のハカタユリでない。いずれの本草書も、ユリは少なくとも二つに分けられるとするが、百合の正品以外のものを別条に記載するにはいたらなかったのは、薬物書という実用的側面を優先したからであろう。一方、『日華子諸家本草』では、白百合と紅百合を区別し、前者を正品の百合とし、後者について「紅百合、（薬性は）涼、無毒にして瘡腫を治す。及び驚邪を療す」（括弧内は著者補注）と記述しているので、百合とはまったく別に薬用としたことが示唆されるが、それでも別条とはしなかった。

これから一歩踏み出して、より博物学的視点からユリを分類したのが『本草綱目』であり、「根は百合に似て小にして瓣少なし。莖亦た短小にて、其の葉は狭長にして尖あり、頗る柳葉に似たり。百合とは迥《はる》かに別なり。四月、紅花を開き、六瓣は四垂せず。亦た小子を結ぶ」と記述し、これを山丹《さんたん》と名づけて別条に記載し、『日華子』の紅百合を山丹の同品異名とした。李時珍は、もう一種のユリを巻《けん》丹《たん》として区別しているが、「莖葉は山丹に似て高し。紅花は黄を帯び四垂す。上に黒斑點有り、其の子先づ結びて枝葉の間に在る者は巻丹な

オニユリの花　7月～8月に咲き、花被は長さ10センチほど、橙黄色に黒い斑点が入り、強く反り返る。

り」と述べているから、オニユリのことをいう。ちなみに、山丹はオニユリと同節に分類されるヒメユリである。

以上、万葉の故郷にあると思われる四種のユリが、本草でどう区別されてきたかについて述べた。古い時代の本草書では別条に区別されなかったが、白花系の百合と紅花系の山丹・巻丹との間に違いのあることは認識されていた。『本草和名』の百合の条に、「一名山丹　出拾遺」とあり、『本草拾遺《ほんぞうしゅうい》』（陳蔵器《ちんぞうき》）より引用したとあるが、『和名抄』や『醫心方《いしんぼう》』などほかの日本の文献にはなく、また、『證類《しょうるい》本草《ほんぞう》』、『本草衍義《ほんぞうえんぎ》』、『本草綱目』などいずれの本草書にもその引用・記述はない。たとえ確証がなくとも、唐代の『本草拾遺』にあったという『本草和名』の記載は重いと考えざるを得ず、万葉のユリが山丹である可能性について検討しなければならない。そのための考証に慎重を期すため、百合を詠う各歌の情景分析が必要となる。第二の例歌をはじめ、万葉集に「花笑み」を詠う歌は三首あり、いずれも人の微笑みに譬えるが、花が上向きの山丹、花被《かひ》が反り返って完全に下を向く巻丹では合わず、やはり横向きかやや下向きに淡いピンクの花をつけるヤマユリ節のササユリがふさわしい。赤鬼ならいざ知らず、人の顔を紅花系のユリで譬えることはあり得ないだろう。一方、第三の例歌の東国防人歌の中にある「筑波嶺のさ百合の花」は、ユリの地理的分布からすれば、ヤマユリ以外は考えにくい。第二の例歌の「夏の野の茂みに咲ける姫百合の云々」にある姫百合を、大部分の注釈書はさしたる議論もなくヒメユリ節のヒメユリに充てるが、きわめて安易な同定といわねばならない。そもそもヒメユリは比較的高い山地草原に稀に生え、古代でもそれほど多くなかったと思われるからである。しかも詠み人は女性の坂上郎女であるから、そんな不便な地へわざわざ赴いて見ることはまずなかっただろう。通釈で述べたように、姫は小さくて愛らしいものにつける美称であって、赤い派手な百合の花では目立ちすぎ、歌にあるように人知れずにひっそり咲くイメージには合わない。花の咲き方が控えめなササユリの小型の個体であれば歌の情景によく合う。また、『山家集』にある西行の歌「ひばりたつあらのに生《お》ふるひめゆりのなににつくともなき心哉」に出てくる「ひめゆり」もササユリであろう。

以上の議論ではまったく言及しなかったが、万葉集には単にユリとして詠われるものは一首もなく、草深や姫などなんらかの名を冠して登場する。その中で「さ百合」とある歌は全十一首中の七首を占める。この名前の由来および意味について、古今の万葉学者は大きな関心を寄せていて諸説が提出されている。『代匠記《だいしょうき》』（契沖《けいちゅう》）は早《さ》と考え、早蕨や早苗と同様の意味をもつ接頭辞とした。『萬葉集古義』（鹿持雅澄《かもちまさずみ》）では、五月百合《さつきゆり》であり、五月に咲くユリの意とした。また、狭あるいは少なりであって小百合《さゆり》となったという説も多くの支持を集める。以上はいずれも「さ」を接頭辞と考える点で共通するが、『萬葉古今動植正名』では「さゆり、今名ささゆり」

とする。すなわち、「さ百合」が本来の名前であり、これからササユリの名が生じ、また「さ」が落ちて一般のユリになったという。東北の一部（山形）にサユリという方言名がある（『日本植物方言集成』）ことも、この説をいっそう説得力あるものにしている。「筑波嶺のさ百合の花」もササユリとなってしまうが、同じヤマユリ節であるヤマユリとササユリは、ヒメユリ節の種との間ほど著しい形態の違いはなく、古代人は区別しなかったと思われるから問題にならない。

ササユリに関しては、奈良県の大神《おおみわ》神社の摂社率川《いさがわ》神社の三枝《さいぐさ》祭《まつり》（毎年六月十七日に行われる）で、古くからの神事にササユリが用いられていることは、注目に値する（サキクサの条を参照）。この祭りは、花鎮めの行事であり、梅雨の始めに行われるので、稲作の農耕儀礼に関する習俗と思われる。通称「百合祭《ゆりまつり》」といわれ、ヒカゲの条でも紹介したように、ヒカゲノカズラとササユリの花をかざした四人の巫女が神前で舞うことで知られる。神事に用いるササユリは三輪山に自生するものを使うという。

ササユリ　花は６月～７月、茎の先に数個が咲く。花被は薄紅色で先が少し反り返る。

文武天皇の大宝年間（七〇一―七〇四）に始まったという伝承があり、奈良でもっとも古いお祭りといわれる。『延喜式』巻第一「神祇一」に、三枝祭三座〈率川社〉の名が見え、以下「絮一疋（中略）坏十五口　右三社幣物　依前件　付祝等令供祭」とあるが、神事に使う植物としてユリの名はない。だからといって古代にユリは使われなかったと考えるのは早計である。祭りの正名である三枝《さいぐさ》は、佐韋《さい》草《ぐさ》すなわち山由里草にちなむ名前であり、その由来は『古事記』「神武天皇紀」に注記として記載されているからだ。すなわち、その記述に「其の河を佐韋河と謂ふ由は、其の河の邊に山由理草多に在りき。故、其の山由理草の名を借りて佐韋河と號《なづ》けき。山由理草の本《もと》の名は佐韋と云ひき」とある。佐韋河とは、三輪山麓の狭井川のことで実在する地名であるから、この記述の内容は一定の重みをもって考慮せねばならない。山由里草は、ヤマユリソウと訓ずるが、今日のヤマユリではなくササユリである。ヤマユリは近畿地方に自然分布はなく、一方、ササユリは普通にあって西日本の各地ではこれをヤマユリと呼ぶ（『日本植物方言集成』）。「さいぐさ」は「さきくさ」の転訛であり、おそらく幸草の意と思われる。サキクサの条でも述べたが、昔は、縁起がよいと考える植物はすべてこの名で呼んでいた。由緒ある神事に用いられるから、ササユリもその一つであることは想像に難くない。また、万葉時代にユリを蘰《かずら》につける習慣のあったことは、大伴家持《おおとものやかもち》の歌「油火《あぶらび》の光りに見ゆる吾が蘰さ百合の花の笑まはしきかも」(巻十八　四〇八六)から推察される。中国には見当たらないが、縁起のよいサキクサとして、ユリが一般習俗に使われたことはまちがいないことは、率川神社の神事にユリが実際に用いられているという事実から明らかだろう。「さ百合」は山由理草から直接転じたとする説もある。山を「さ」と読む訓例はないが、山と同音の讃を「さぬ」と読むから、山由理も同音によって「さぬゆり」となり、「さゆり」に転ずることはありうるだろう。

以上、万葉集にあるユリは、ササユリを基本に考えればよく、ササユリの自生のない東国ではこれによく似たヤマユリが相当する。一方、オニユリはヤマユリ節の各種と比べて、花の色や花被の状態が著しく異なり、見た目の印象がまったく違うから、この特徴を示唆するような詠われ方があると考えねばならないが、万葉集のみならず、後世の文学でも、それに相応する名が見当たらない。おそらく花の色の毒々しさが日本人の感性に合わなかったのであろう。

今日、日本ではヤマユリなどユリの根(植物学上では鱗茎《りんけい》という)を百合根《ゆりね》として食用にする。『大和本草《やまとほんぞう》』(貝原益軒《かいばらえきけん》)は関東ユリ・薩摩ユリという白花百合の根の味は苦く食するに堪えず薬とすべしと記述している。一方、『本草綱目啓蒙《ほんぞうこうもくけいもう》』(小野蘭山《おのらんざん》)はその味を甘いとする。逆に紅花百合であるオニユリの根すなわち巻丹は、『大和本草』は味良しとするのに対し、『本草綱目啓蒙』は味苦しとする。つまり、江戸時代を代表する両本草書の見解はまったく相反するのである。『救荒本草啓蒙』は「(ササユリは)根白色にして辨多く並び重なり蓮花の如し。味甘食用に佳なり」と記述している。ヤマユリの根を百合としたのは、日本の文化の中心が関東地方に移った江戸中期以降と思われるので、『大和本草』のいう関東ユリはヤマユリのことだろう。

ユリ根の成分はごく限られた種について断片的な情報しかないが、有機酸・多糖体(グルコマンナン)・ステロイドサポニンなどが知られており、これらは苦味はあっても甘味はほとんど感じられない。多分、ユリ根は救荒食物であって甘いという思い込みで仕方なく食べられてきたのが実情だろう。『日本の食生活全集』(農山漁村文化協会)は全国各地の伝統食を紹介しているが、それによればユリ根を食材とするのは東北から近畿地方までが多く、九州、四国ではあまり食べないようだ。実際には、煮物・きんとん・胡麻和えなどに調理されアクが消えるので、本来の味は残らない。イギリスの園芸植物史家E・M・コーツ(一九〇五—一九七六)は『花の西洋史草花編』(八坂書房、一九八九年)の中で、ユリ(根)を食べるぐらいなら人を食べる方がましだと書いている。世界的に見て、ユリ根を食用とするのは東アジア日中韓の三国に限られるようだが、この三国の間でも食べるユリ種に顕著な違いがある。日本では、ササユリ・ヤマユリ・オニユリの三種を食用とするが、中国ではハカタユリ・オニユリ・ヒメユリなど、朝鮮ではオニユリ・コオニユリ・ヒメユリを食するといわれる。日本・中国では主にヤマユリ節の種を味良しとして食べるのだが、朝鮮にはそれが自生しないためヒメユリ節の各種を食べているわけだ。『多識編《たしきへん》』にオニユリの別名としてイヌユリとあり、これは役に立たないユリの意であるから、その食習慣はヤマユリやササユリの自生しない地域に限られていたと思われる。つまり植物相の違いが植物の利用に大きく影響していることになる。

ユリは食用にするといっても、救荒用が主であって、常に口にするものではない。『神農本草經《しんのうほんぞうきょう》』に百合《びゃくごう》の名があるぐらいだから、もともとは薬用であった。『本草經』には、「邪氣、腹脹、心痛を主り、大小便を利し、中を補ひ氣を益す」、すなわち邪気が膨満して心身が病んでいるのを治し、大便小便を出やすくし、内蔵の機能を補い、気（漢方では血、水と並んで生命活動の根幹を担う要素）の働きをよくする効果があると記述されている。『金匱要略《きんきようりゃく》』に百合を配合した処方が収載されており、いずれも百合病《びゃくごうびょう》に用いるとされる。百合病とは、もともと傷寒病後の余熱がまだ去っていない証《しょう》で、精神が恍惚として苦しみを言い表せず、百脈ひとまとめにその病にするもの、すなわち精神状態が定まらないことをいう。百合病にほかの症状が加わった場合、その各々に百合を主とする処方を服し治療する。たとえば、百合病で行往座臥が定まらず鬼神などのあるような状態で発汗しているときは、百合知母湯《びゃくごうちもとう》で治すという具合である。

日本漢方（古方派漢方）は『金匱要略』と密接な関係にある『傷寒論《しょうかんろん》』を経典にして江戸時代に大きく展開したのであるが、これら百合を主薬とする処方および百合病証は古方派漢方医からはほとんど無視され、百合を配合する処方は繁用漢方二百十方のうちわずか辛夷清肺湯《しんいせいはいとう》のみである。正品の百合ですらこの有様であるから、紅花品を基原とする山丹・巻丹は薬用としての利用はほとんどなく、わずかに山丹を崩中《ほうちゅう》（子宮出血のこと）に用いるという記述が『本草綱目』にあるにすぎない。一方、民間医療でも、『漫遊雑記薬方』、『農家心得草薬法』に「犬咬の敷藥　百合おろしにてすり　硫黄、松脂等分　和匀《まぜ》、紙に攤《のべ》てはるべし」、『薬屋虚言噺』に「なんざん（難産）ニは、百合《ユリ》をすりつぶし、腰のまわり玉心のあたりまでぬる、直ル也」、『和方一萬方《わほういちまんぼう》』に「夏虫ノ方　又ナツブシトモ云　ユリノ根ヲスリソノ下ニ付テヨシ」とわずかに見る程度で、薬用としての利用は低調である。

「立てば芍薬《しゃくやく》、座れば牡丹《ぼたん》、歩む姿は百合《ゆり》の花」とは、妖艶な美人を形容する句として知られるが、その結句にあるユリは、チューリップ・スイセン・ヒヤシンスと並んで世界中でもっとも広く栽培される花卉園芸種となっている。日本列島は世界でもまれな野生ユリの宝庫であり、南は沖縄から北は北海道まで、全国津々浦々に何がしかのユリが分布し、しかも分布密度が高い。約十三種ある日本産のユリのうち、ヤマユリ・ササユリ・タモトユリ・ウケユリ・オトメユリのヤマユリ節に属する各種、スカシユリは日本固有種である。また、カノコユリ・テッポウユリも確実な自生地は日本だけにあるので、これも事実上の日本固有種であり、日本に野生するユリの半分以上は固有種ということになる。しかもこれらの中でとりわけ園芸種として評価が高いのは、ヤマユリ・カノコユリ・テッポウユリの三種である。

ヤマユリは、花の直径が二十五センチに達し、これはユリ属の中で最大、すなわち世界最大のユリの花である。サクユリと名づけられたヤマユリの変種が伊豆諸島に分布するが、さらに大型の花をつける。日本特産のこの種が欧米に紹介されたのは、一八六一年、イギリスの園芸家Ｊ・Ｇ・ヴェッチ（一八三九―一八七〇）が球根を持ち帰り、翌年のフラワーショーで開花個体を紹介したのが最初である。これを見て、植物学者のＪ・リンドレー（一七九九―一八六五）が *Lilium auratum* の学名をつけた。*auratum* は黄金の意であり、花被内面の黄色の帯に由来する。ヤマユリの英名を Golden-banded lily というのもそれに基づく。ヤマユリは Queen of the lilies の別名もあり、花が大きく香りの強いヤマユリがいかに高く評価されたか理解できるだろう。

カノコユリは「鹿の子百合」であって、その名は花被の内面基部に鹿の子絞りのような突起があることに由来する。この名は、江戸時代の園芸書に見え、当時から「鹿の子百合」と称されていた。自生地は九州西岸・四国南部の限られた地域であり、花卉園芸が発達した江戸初期あるいは早ければ室町末期に、園芸家によって発見され、全国に広まったと思われる。長崎県にカノコユリの別名としてカラユリというのがあり、これは韓百合または唐百合の意味であるが、実際には朝鮮や中国にはないから、異国からきたと思われるほど珍しい存在であったことを示す名である。カノコユリが栽培逸出して野生化したところもあって、真の自生かどうかわかりにくくなっているが、九州西岸と四国南部は地理的にまとまっていて、生態環境からして真の自生地と考えてよい。国外では中国江西・浙江・安徽にあるとされ、台湾産とともにしばしば変種として区別される。『中国高等植物図鑑』の図・記述を見る限りではカノコユリとの区別は困難である。中国では葯百合と称するが、古い記録が見当たらないので、日本のカノコユリが渡来した可能性も含めて検討する必要があるだろう。

テッポウユリはおそらく世界でもっとも生産量の多いユリであろう。純白で大型のトランペット形の花は、欧米に紹介されるや、たちまちにしてキリスト教のイースターに導入され、それまで長らく使われてきたマドンナリリーを駆逐してしまった。日本でも冠婚葬祭に欠かせない花となった。テッポウユリは、日本列島の一部とはいえ最南端の南西諸島を原産とするので、これが日本本土すなわち大阪・京都・江戸などの本土中央部に知られるようになったのは、それほど古い時代ではない。『廣益《こうえき》地《ち》錦抄《きんしょう》』（一七一九年）に琉球百合の名があり、一見してテッポウユリとわかる忠実な写生図が載っている。薩摩藩主島津氏は、琉球を属国として、一六三四年、琉球王国慶賀使を伴って江戸上りを挙行しているから、このときの琉球使節が本土に持ち込んだもので、『大和本草』にある「薩摩ユリ」もこれであろう。現在、使われているテッポウユリの名前は、一七九八年、『本草綱目纂疏』（曾槃著）に鉄砲百合として記載されたのが最初といわれる。

一方、テッポウユリをヨーロッパに紹介したのは、一六八二年に来日したドイツ人G・マイスター（一六五三―一七一三）といわれ、日本の園芸植物を研究し、一六九二年に出版した報告書の中に白百《しらゆ》合《り》の名が記されていて、これが前述の琉球百合と考えられた。しかし、中国原産のハカタユリも当時知られていたので、この可能性も否定できないだろう。ハカタユリの花被の外面はやや褐色を帯びるが内面は白く、中国では古くからこれを白百合と称してきたからである。確かな記録では、スウェーデン人C・P・ツュンベリー（一七四三―一八二八）が安永五―六（一七七五―七六）年の滞在中に採集して標本を作製し、一七八四年に『日本植物誌』（***Flora Japonica***）に発表したのが最初であり、***Lilium longiflorum*** の学名はこの時つけられた。花被の内面、外面ともに純白のテッポウユリがヨーロッパ人の目にふれたのは、一八四〇年のことで、シーボルトが採取して送った球根が開花した時である。キリスト教圏では純白は純潔を意味するので、それまでのマドンナリリーに代わって教会での行事に広く使われるようになり、イースターリリー・チャーチリリーの名で呼ばれ、もはや日本原産と意識されることはなくなってしまった。『中薬大辞典』によれば、テッポウユリは生薬百合《びゃくごう》の基原植物の一つとしており、麝香百合・岩百合などの異名も挙げられ、貴州・広東などに分布するとしている。テッポウユリは南西諸島各島のほか、台湾東岸の火焼嶼、蘭嶼およびフィリピンバターン諸島から報告されている。真の原生地は沖縄本島・徳之島・奄美大島の中琉球と考えられ、中国も含めて他地域は人為による分布によって野生化したものであろう。ヤマユリ・カノコユリ・テッポウユリはそのまま園芸用になるほど優れた形質をもつ。現在、園芸ユリでオリエンタルハイブリッドと称する品種群があるが、これほど豪華かつ大きな花をつける品種群はほかにない。そして、それらはヤマユリ・カノコユリ・ササユリなどの日本固有種を交配親として創られたもので、実際にはジャパニーズハイブリッドと称する方がふさわしい。現在、もっとも人気の高い品種の一つであるカサブランカはウケユリかタモトユリから、紅富士はサクユリとカノコユリから創られた。ここでは言及しなかったが、ササユリもヤマユリに劣らず園芸価値が高い。

よ

よもぎ（余母疑）

キク科（Asteraceae）ヨモギ（*Artemisia princeps*）

大君《おほきみ》の 任《ま》きのまにまに 取り持ちて 仕《つか》ふる国の 年の内の 事かたね持ち 玉桙《たまほこ》の 道に出で立ち 岩根《いはね》踏み
於保支見能 末支能末尓々々 等里毛知氏 都可布流久尓能 年内能 許登可多祢母知 多末保許能 美知尓伊天多知 伊波祢布美
山越え野行き 都辺に 参《ま》ゐし我が背を あらたまの 年行き返り 月重ね 見ぬ日さまねみ 恋ふるそら 安くしあらねば
也末古衣野由支 弥夜故敝尓 末爲之和我世乎 安良多末乃 等之由吉我弊理 月可佐祢 美奴日佐末祢美 故敷流曾良 夜須久之安良祢波
霍公鳥《ほととぎす》 来《き》鳴く五月《さつき》の あやめぐさ 蓬《よもぎ》かづらき 酒《さか》みづき 遊びなぐれど 射水川《いみづがは》 雪消《ゆきげ》溢《はふ》りて 行く水の いや増しにのみ
保止々支須 支奈久五月能 安夜女具佐 余母疑可豆良伎 左加美都伎 安蘇比奈具禮止 射水河 雪消溢而 逝水能 伊夜末思尓乃未
鶴《たづ》が鳴く 奈呉江《なごえ》の菅《すげ》の ねもころに 思ひ結ぼれ 嘆きつつ 吾《あ》が待つ君が 事終り 帰り罷《まか》りて 夏の野の さ百合の花の
多豆我奈久 奈呉江能須氣能 根毛己呂尓 於母比牟須保禮 奈介伎都々 安我末川君我 許登乎波里 可敝利末可利天 夏野能 佐由里能波奈能
花笑みに にふぶに笑みて 逢はしたる 今日《けふ》を始めて 鏡なす かくし常見む 面変りせず
花咲尓 尓布夫尓恵美天 阿波之多流 今日《けふ》乎波自米氏 鏡奈須 可久之都祢見牟 於毛我波利世須
（巻十八 四一一六、大伴家持《おほとものやかもち》）

【通釈】序によれば、久米朝臣《くめのあそみ》廣縄《ひろのり》が、天平二十（七四八）年、都へ朝集使（越中国の年次報告を行う使節）として赴き、翌年の天平感宝元（七四九）年五月二十七日に帰国したことを祝って、当時の越中国守大伴家持の館で酒宴を行ったときの歌。「玉桙《たまほこ》の」、「あらたまの」、「鏡なす」はそれぞれ道、年、常見むに対する枕詞。「任《ま》く」は地方の官に任じて派遣すること。「まにまに」は「まに」すなわち「侭《まま》に」の繰り返し。「年の内の事」は朝集帳のこと。「かたね持ち」は「結《かた》ね持ち」で、朝集帳をまとめ、紐などで結ぶこと。「見ぬ日さまねみ」の「さ」は接頭辞、「まねみ」は「数多《まね》し」で暇がない、多いの意。「あやめぐさ」はショウブのこと（アヤメグサの条を参照）。「酒みづき」の「みづき」は「水漬き」の意であり、この場合は酒に浸るから酒宴の意となる。「遊びなぐれど」は「遊び和《な》ぐれど」の意。射水川は富山平野を流れる小矢部川、奈呉江は富山県新湊《しんみなと》にある放生津《ほうじょうづ》潟《がた》のこと。雪消溢而は、集中で「溢《あふ》る」を「はふる」と訓ずる例があり、「雪消溢《はふ》りて」とする。「射水川～逝く水の」は「いや増しに」に掛かる譬喩《ひゆ》の序。「鶴が鳴く奈呉江の菅の」はスゲの根から「ねもころに」（ねんごろにの意）を導く序（スゲの条に既出）。「夏の野の～花笑みに」は「にふぶに」（にこやかにの意）を導く譬喩の序。歌の意は、大君のご任命のままに仕えている国の今年の仕事の結果を取りまとめて、（都へ報告のため）旅立ち、岩を踏み山を越え野を行き、都へ参られたあなたを、年が改まり月を重ねても見ない日が多いので、恋しく思うことすら安らかならず、ホトトギスの鳴く五月のアヤメグサやヨモギを縵にし、酒宴をして落ち着かせようとしたけれど（安まることなく）、雪解けで射水川の流れ行く水が溢れるように、ますます（思いが）つのるばかりで、ツルが鳴き渡る奈呉江に生えるスゲ（の根）のようにねんごろに思いが結ばれ、嘆息しながら私が待つあなたが、仕事を終えてお帰りになって、夏の野のユリの花が咲くように、にこやかに笑ってお会いした今日を始めとして、このようにいつも逢いましょう、変わることなくとなる。

【精解】この歌にある「余母疑」は借音仮名であるから、ヨモギと訓じ、今日、灸などに用いるものと同名である。『本草和名《ほんぞうわみょう》』に「艾葉　一名氷臺一名醫草　已上本條　白艾一名朝艾　正旦得者也已上出蹠文　一名薙　音吐計反出兼名苑　和名与毛岐」とあり、艾葉を漢名とする。ヨモギはもっとも薬草らしい薬草と一般には思われているが、意外なことに中国最古の本草書『神農本草經《しんのうほんぞうきょう》』にそれに相当する名はなく、『名醫別錄《めいいべつろく》』中品に初見する。まず、古本草書の記述からその基原を追求する。『圖經本草《ずけいほんぞう》』（蘇頌《そしょう》）には「初春、地に布《ひろ》りて苗を生じ、莖は蒿に類して葉の背は白く、苗の短き者を以て佳と爲す」と記述され、まず蒿の仲間で葉の裏が白いものであることがわかる。蒿とは、陸佃《りくでん》の『埤雅《ひが》』によれば、「晏子に曰く、蒿は草の高き者なりと。爾雅に曰く、蘩の醜《たぐひ》、秋を蒿と爲すと。蓋《けだ》し蘩の類、秋に至りて則ち高大なり。故に通じて呼びて蒿と爲すなり」

とあり、また白蒿、青蒿《せいこう》（クソニンジン）、茵陳蒿《いんちんこう》（カワラヨモギ）、黄花蒿など、この名をもつものの大半はキク科 *Artemisia* 属を基原とする。したがって、蘇頌の記述でもヨモギの類であることは類推できる。『本草綱目《ほんぞうこうもく》』（李時珍）では「二月、宿根は苗を生じ叢と成す。其の莖は直生して白色なり。高さ四五尺、其の葉は四布（四方に広がるの意）し、狀は蒿の如く、分かちて五尖の椏《また》を爲し、上に復た小尖有り。面は青く背は白く、茸（細毛）有りて柔厚なり。七八月、葉間に穗を出でて車前（オオバコ）の穗の如し。細花は結實し纍纍と枝に盈《み》ち、中に細子有り」と詳細に記載しているので、これから艾葉はキク科ヨモギである。

ヨモギが、ほかの薬草とはかなり異なった性格のものであることは、『別録』に「百病に灸するを主《つかさど》る」とあり、鍼灸療法の妙薬とされていることであろう。艾葉の別名に冰臺《ひょうたい》（『本草和名』は氷臺に作る）というのがあるが、陸佃の『埤雅』は『博物誌』を引用して、その語源を「冰（氷に同じ）を削りて圓ならしめ、擧げて以て日に向け、艾を以て其の影を承くれば則ち火を得る」と記述している。氷をレンズとした艾の火付け法であるが、火のないところでも灸を可能にしようとした古代中国人の知恵であり、それだけ灸が賞用されていたことを示唆する。同じ『別録』に「煎に作りて下痢・吐血・下部の䘌瘡・婦人の漏血を止め、陰氣を利し肌肉を生じ、風寒を辟け、人をして子有らしむ」とありながら、湯液として用いることは希である。『本草綱目』が『荊楚歳時記《けいそさいじき》』（宗懍、六世紀）を引用し、「五月五日の鶏の鳴かざる時、采艾人形に似たる者を攬《つみと》り収め、以って病に灸すれば甚だ験《しるし》あり。是の日に艾を采りて人と爲し、戸上に懸け毒氣を禳《はら》ふべし。其の莖を乾かし、麻油にて染め火を引き灸炷に點ずれば、灸瘡を滋潤し、愈ゆに至るまで疼《いた》まず。亦た、蓍策《しさく》（筮竹のこと）に代へ、及び燭心を作るべし」と記述している。この記事の中で「戸上に懸け毒氣を禳ふ」は、道教の影響を受け呪術的色彩が濃く、本草書にそぐわないものである。

中国古医方は大きく二つに大別され、一つは薬草を煎じて服用し内部に巣食う病邪を掃う湯液《とうえき》療法、もう一つは薬草を乾燥したものに火をつけて燃やしその熱や煙で病邪を祓う薫臍療法がある。後者の中には医療からはなれて道教の習俗となった方がむしろ多く（「うけら焚き」はその一例でウケラの条を参照）、医方にとどまったのはヨモギなど少数である。『本草和名《ほんぞうわみょう》』でも艾葉とあるように、ヨモギの葉を艾葉《がいよう》として漢方医学で用いるが、湯液に用いるものと灸に使うものとでは調製法が異なる。五月頃から軟らかい葉または枝葉を採集するが、灸に使うものはこれを乾燥してたたいて葉体を粉として除き、葉裏にある白毛だけを綿状塊として集めたものであり、熟艾《じゅくがい》（モグサ）という。『延喜式』巻第三十七「典薬寮」の中宮臘月御薬に「熟艾四両」、同雑給料に「熟艾一斤四両」など熟艾の名を見るので、薬用としてモグサは重要であったことを示す。

和注（『和名考異』）に「やいくさ」とあり、平安時代までは火田をヤイハタ（也以八太、『和名抄』で焼畑のことをいう）と称したので、焼草の意である。モクサ（モグサ）は後世になってからの呼称のようで、貝原益軒《かいばらえきけん》（一六三〇―一七一四）によれば「燃ゑ草」の訛りという。

家持の例歌に「五月のあやめぐさ蓬《よもぎ》かづらき」とあるのも、『荊楚歳時記』にある中伝来の習俗である。アヤメグサの条でも紹介したが、「五月五日、四民竝《なら》びて百草を蹋《ふ》み、また百草を鬪《たたか》ふの戯（草合せのこと）あり。艾《よもぎ》を採り以って人と爲し、門戸の上に懸け、以って毒氣を穰《はら》う云々」とあり、『拾芥抄《しゅうがいしょう》』にも引用されていて、日本でも艾を辟邪《へきじゃ》植物として広く用いた。新暦の現在では、新緑や風の薫る時節として、五月はもっとも過ごしやすい時期とされるが、旧暦では現在の梅雨時に相当し、気温が上昇して蒸し暑くなり、農作物を荒らす害虫が発生し、高温多湿により衛生状態は悪く伝染病がはやるようになる。中国古代の術数理論でも五は悪とされ、そのため五月を悪月《あくづき》と呼んで恐れた。とりわけ、五月五日はこの悪が二つ重なる両悪相逢でもっとも悪い日とされた。端午の端は「はし」の意味で、五月一日から数えて五日が端五に当たり、縁起の悪い五を同音の午で置き換えて端午になった。端午の節句の風習は、悪霊や邪気を払い、家族が皆無病息災に過ごせるようにという目的をもっていたのである。当初は、ショウブとヨモギが端午節の辟邪植物として用いられたのだが、最近の日本ではショウブだけを用いることが多い。例歌にある宴は、序によれば旧暦五月二十七日で、両悪相逢の五月五日ではないが、まだ梅雨の最中で悪月のうちであるから、辟邪植物を鬘につけて宴に望んだのである。当時の貴族は中国伝来の習俗を積極的に受け入れていたことがわかる。

ヨモギはキク科ヨモギ属に分類される多年草であるが、ヨモギ属種の総称名を意味することもある。この仲間は世界各地、熱帯から寒帯、平地から高山にいたるまで、北半球に約二百五十種が知られている。日本だけでも約三十種あり、そのうちヨモギ、オオヨモギ、ニシヨモギの三種はよく似ていて、古くからヨモギの名前で薬用などに用いられてきた。このうちヨモギは、北海道を除く全国各地の人里から山野の草地に広く分布するごく普通の野草であり、通常、ヨモギといえばこれを指す。ヨモギを身近に感じさせるのは、三月三日桃の節句の草餅や、お灸に用いられているからであろう。桃の

ヨモギ　茎がよく枝分かれして広がり、葉の裏には綿毛がついて灰白色を帯びる。

節句の草餅はもともと中国荊楚地方より伝来した風習で、平安時代まではキク科ハハコグサを用いていた。藤原実方《ふじわらのさねかた》の和歌「三日《みか》の夜《よ》の餅《もちひ》は食はじ煩はしきけばよどのにははこ摘むなり」（『後拾遺和歌集』）は三月三日の夜にハハコグサで作った草餅を食べる習慣のあったことを示す。『荊楚歳時記』の同日条に、「是の日、鼠麹（キク科ハハコグサ、『日華子諸家本草』に初見）の汁を取りて密なるを粉に和し、之を龍舌糕（餻）と謂ひ、以て時氣を厭《あは》す」とあるのがその起源と思われる。『文徳實錄』（九世紀後半）に、草餅に関連した逸話が記されている。嘉祥三（八五〇）年五月に嵯峨太后（仁明天皇の母）が薨去《こうきょ》し、以降、民間に母子（ハハコグサに掛ける）がないのであるから草餅を作ってはならないという噂が流布した。識者は何か悪いことの起きる兆候と危惧していたが、翌年三月、仁明天皇が崩御し、その予感の通りとなった。これから初夏の五月から翌春の三月まで田野に生え、草餅の原料とする草を俗に母子草と名づけたというのである。この話は草餅の風習が一般にも根強かったことを示唆するが、今日の草餅はヨモギ餅である。室町幕府における将軍拝謁と関係諸儀を著した『年中定例記』（『群書類従』第二十二輯武家部に所収）に「内々の御祝の次に蓬餅まいる」とあり、ヨモギ餅の名が見えるが、『宋史高麗國傳』に「上巳日、青艾を以て餅を染め盤羞と爲す」とある（『古名録』による）から、これも中国から伝わった風習であり、鎌倉時代以降に草餅はヨモギ餅にとって代わられたと思われる。したがって古代にはヨモギの草餅はなかったのである。

欧州にはヨモギそのものは分布しないが、ヨモギ属の植物はたくさんあって薬用植物として重要なものが多く、女性の月経や分娩を整えるなど婦人薬として用いられるものが多い。ヨモギ属の学名 *Artemisia* はギリシア神話に登場する処女神アルテミスに由来するが、ヨモギ属植物がアルテミスの聖草と考えられてきたことにちなむ。特にニガヨモギはローマ時代から婦人病などの民間薬として利用され、そのほか胃腸薬、駆虫薬としても使われた。今日でもハーブ茶あるいはリキュール類の賦香料などに利用される。日本産ヨモギ属でも薬用にされる種は数多い。ヨモギのほか、カワラヨモギは茵蔯蒿《いんちんこう》と称して漢方の要薬であるし、品のない名前であるがクソニンジン（青蒿）というのがあって、マラリアに著効のある成分を含み、製薬原料となっている。ヨモギはごく身近に存在する野草であるが、万葉集に一首しかないのが不思議なくらいである。

日本で、ヨモギといえばまず伊吹山産のモグサが思い浮かぶだろう。『新古今和歌集』の和泉式部の歌「けふも又かくや伊吹のさしもぐささらば我のみもえや渡らん」からもうかがい知ることができる。伊吹山に産するモグサの原料植物は温帯性のオオヨモギ（別名ヤマヨモギ）であり、中国産より優良で最良品とされ、これを通称イブキヨモギと称する。『本草綱目紀聞』《ほんぞうこうもくきぶん》に「今ノ伊吹艾ハ蔞蒿《ろうこう》（中国、朝鮮、シベリア東部産の *Artemisia selengensis*）ニシテ艾ニアラズ用ベカラズ」と記述されており、乱獲のためか江戸末期には良品の産出が枯渇していたことを示唆している。ヨモギは身近な存在だけに民間療法でも全国津々浦々活発に用いられてきた。たとえば、『和方一萬方《わほういちまんぽう》』には、下血に「艾 右一味コシラヘ味噌ニ梅干ホド丸メテ入レ焼キテ毎朝用ユベシ」、『妙薬博物筌《みょうやくはくぶつせん》』では頭瘡（小児の頭部湿疹）に「小児には艾葉《もぐさ》を灰に焼て傅《つく》べし、癒《いゆる》こと妙なり」と記述している。そのほか、各家で独自の利用法が伝承されているのもヨモギの特徴といえる。茎葉を刻み浴料とし、ヨモギ酒を造り、若芽を草餅ほかの食用に用いるなどその用途は想像以上に広い。ヨモギの成分は〇・〇二パーセントほど含まれる精油（シネオールなどのモノテルペン類）のほか、ミネラル分ではカリウムが多く、煎液の利尿作用はこのカリウムイオンによるものとされる。

今日、ヨモギの漢名として蓬が一般的に用いられている。ワープロで「よもぎ」と入力すると蓬しか変換されない。ところが「もぐさ」では艾の字が出てくる。しかし、中国本草のどれにも蓬の名は出てこない。また和書でも『本草和名』や江戸時代の本草書ではすべて艾に充てている。蓬の字をヨモギに充てたのは『和名抄』であって、「艾　本草云艾一名醫草　與毛岐　兼名苑云蓬　音逢　一名篳　音畢　艾也」とある。以降、蓬が充てられるようになったらしい。杜甫の詩「遺興五首」（『全唐詩』巻二一八）に次の一節がある。

蓬生非無根　　蓬生、根無きに非ず
漂蕩《ひょうとう》隨高風　　漂蕩、高風に随ふ
天寒落萬里　　天寒く、万里に落ち
不復歸本叢　　復《ま》た、本叢に帰らず

枯れた植物が風に吹かれて荒野をコロコロと転がっていく情景は、一昔前の西部劇によく出てくるシーンであったが、この詩に書かれた蓬はそれを彷彿させても、ヨモギの仲間ではないことは明らかだろう。枯れると地上部だけがとれて風で吹き飛ぶ植物は乾燥地帯に多いようで、これと似たものが中国やモンゴルの荒野にはあるらしい。植物学者の牧野富太郎（一八六二―一九五七）は「蓬はヨモギではない」という随筆の中で、ほかにもいくつかあるとしたうえで、アカザ科のホウキギ（漢名を地膚《じふ》という）という具体名を挙げている（『牧野富太郎選集2』）。蓬をヨモギに充てるのは基本的に誤りだが、蓬は生のヨモギ、艾はモグサと使い分けられ一般に定着していて、なんら不都合はない。それに『詩經《しきょう》』「小雅」の「維れ柞《こ》の枝、其の葉蓬蓬たり。樂しいかな君子、天子の邦を殿《しず》めり」にある「蓬蓬」は葉が生い茂るさまをいい、植物名ではないが、ヨモギをイメージしても違和感がない。

わ

わかめ（和可米・稚海藻）　チガイソ科（Alariaceae）ワカメ（*Undaria pinnatifida*）

比多潟《ひたがた》の　磯のわかめの　立ち乱《みだ》え　吾《わ》をか待つなも　昨夜《きぞ》も今夜《こよひ》も　（巻十四　三五六三、詠人未詳）

比多我多能　伊蘇乃和可米乃　多知美太要　和乎可麻都那毛　伎曾毛己余必母

角島《つのしま》の　迫門《せと》の稚海藻《わかめ》は　人のむた　荒《あら》かりしかど　わがむたは和海藻《にぎめ》　（巻十六　三八七一、詠人未詳）

角嶋之　迫門乃稚海藻者　人之共　荒有之可杼　吾共者和海藻

【通釈】第一の歌は相聞の東歌。比多潟は所在不明で、関東地方のどこかの磯海岸であろう。「乱え」は「乱れ」の東国訛りという。第二句は「立ち乱え」の序であるが、相聞歌であるから、愛する相手が思い悶えるのをワカメがゆらゆら立ち乱れる様に譬《たと》えた。伎曾《きぞ》は、去年を「こぞ」というのと同じで、昨前の時を表し、ここでは今夜が続くので昨夜を意味する。この歌の意は、比多潟の磯のワカメのように、あの人は思い悶えるように昨夜も今夜も私を待っているのであろうかとなる。第二の歌の角島は、旧山口県豊浦郡豊北町沖にある小さな島であり、現在は下関市に属する。迫門は瀬戸に同じく海峡を意味し、角島と本土との間の海域を「角島の迫門」という。「人之共」はここでは「人のむた」と訓じているが、「人のとも」とする説もある。「むた」とは「ともに」の意味で、集中にも「君がむた行《ゆ》かましものを（君我牟多由可麻之毛能）」（巻十五　三七七三）という用例がある。稚海藻、和海藻はそれぞれ「わかめ」、「にぎめ」と訓ずるが、いずれも今日のワカメをいう。第二句はワカメに若女《わかめ》を掛け、一方、結句はニギメに和《にぎ》む（和《にぎ》ぶともいい、心が和らぐこと）を掛ける。この歌を直釈すると、角島の迫門に生えているワカメは、（自分以外の）他人とともにいるときは荒く当たったが、自分とともにいるときは心が和らいでいるという意味になる。きわめて技巧に凝った歌で、角島で出会ったあの若い女は私以外の人にはつらく当たったが、自分には優しかったことを表したものであろう。

一九六三年、奈良市平城京跡の天皇の佳居から発掘された木簡には、都濃《つの》嶋からワカメ（原文は稺海藻）を送ったことが記述されていた（奈良文化財研究所DB『平城宮遺跡木簡』）。都濃嶋とは第二の歌にある角島のことであり、天平十八（七四六）年三月二十九日の日付となっており、聖武天皇の御代に当時の豊浦郡の郡家（都の役所）が送ったものであり、当時、ワカメは角島の特産であった。注目すべきことに、角島に近い下関市の住吉神社、北九州市の和布刈《めかり》神社では和布刈《めかり》神事という伝統的習俗が古くから伝えられている。特に、和布刈神社の神事は、現在は福岡県指定無形民俗文化財に指定され、和布刈神社記によれば、和銅三（七一〇）年にワカメを朝廷に献上したとの記録が『李部王記《りほうおうき》』にあるという。神事は、毎年旧暦大晦日の深夜から元旦にかけての干潮時に行われ、三人の神職がそれぞれ松明《たいまつ》・手桶・鎌を持って海に入り、ワカメを刈り採って、神前に供える。出雲の日御碕《ひのみさき》神社にもよく似た神事があるという。

【精解】ワカメは、今日、もっともよく食べられる海藻の一つで、日本列島と朝鮮半島の沿岸に分布する褐藻類である。ワカメの生育には南西諸島では暖かすぎ、北海道北部東部では冷たすぎて、これらの海域ではワカメは分布しない。暖かい海に生えるものは茎が短く胞子葉《ほうしよう》（一般認識でいう葉に相当）の切れ込みが少ないが、冷たい海のものは茎が長く葉の切れ込みが深いというように、産地によって形状に差があるので、分類学上は一種でもナルトワカメ・ワカメ・ナンブワカメの三型に分けることがある。万葉集に「和可米」、「稚海藻」の名で登場するが、「稚海藻」は正訓仮名であって「稚《わか》い海藻」の意である。『新撰字《しんせんじ》鏡《きょう》』巻十二の海河菜章に「海藻　女　和布　同上　昆布　比呂女　滑藻　奈女利女」とあるように、古くは海藻をメと称していたから、ワカメと訓ずる。この名は若い茎葉を食用とすることに由来し、第二の歌にあるニギメ（和

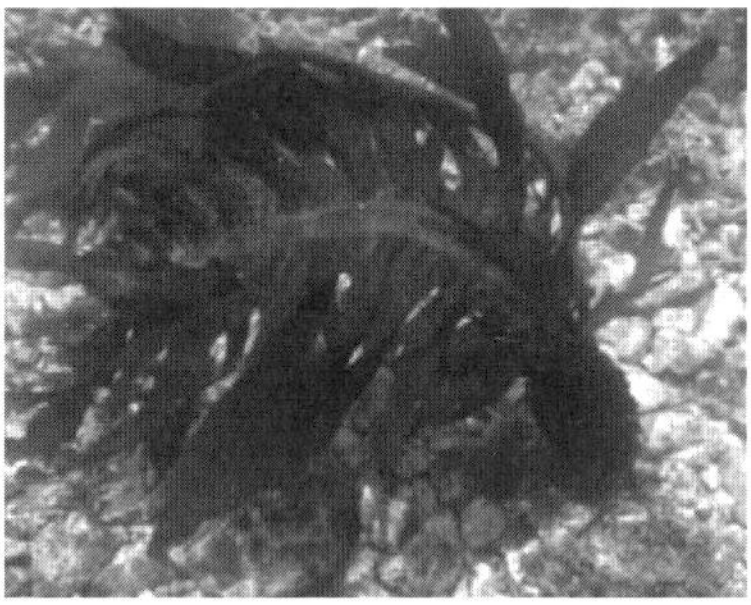

ワカメ　全長１～２メートルになる海藻で、生育地により茎の長さや葉の形などが異なる（写真提供：三重大学大学院生物資源学研究科海藻学研究室）。

海藻）も「和《やわら》かい海藻」の意でほぼ同義であり、ワカメと植物学的には同じものと考えてよい。和海藻をニギメと読むのは、『和名《わみょう》抄《しょう》』に「海藻　邇岐米　俗用和布字」とあることに基づくが、ここで海藻と布が同義であることに留意する必要がある。海藻の名は中国に由来するが、実際にはさまざまな藻類の総名であって、決して特定の種を指しているわけではない。それは『本草和名《ほんぞうわみょう》』の海藻の条をみればよく理解できる。

海藻　一名落首一名藫　仁諝音徒會反　石帆　楊玄操音凡　水松　狀如松　蕁一名海藻一名海羅　已上三名出尒雅　海藻一名藫　出雜要訣　一名青韮　出兼名苑　一名海髮　狀如亂髮也藻炙作藻字　纂茸　似水松紫菜　狀如紫帛　一名神仙菜藻菜　似莎而大已上五名出崔禹　石帆一名石連理　出兼名苑　和名之末毛一名尒岐女一名於古

『和名抄』には、『本草和名』で海藻の一名とされている名が、ミルに充てられる水松をはじめとして、併せて十七種も各条に掲載されている。いずれの異名も中国の文献を引用するが、その中に正統本草の名はきわめて少ない。最古の本草書である『神農本草経《しんのうほんぞうきょう》』の中品に「海藻一名落首」しかなく、海藻の多様性に対応できていなかったのである。以降の本草書も基本的にこの枠内から抜け出ることはできなかった。『本草経集注《ほんぞうきょうしっちゅう》』（陶弘景《とうこうけい》）の海藻の条に水松に関する記載がありながら、別条とすることはなく、後世の本草書もそれに倣ったからである。『本草綱目《ほんぞうこうもく》』（李時珍）でも収録した海藻の名はわずか七種であり、『和名抄』の十七種、『大和本草《やまとほんぞう》』（貝《かい》原益軒《ばらえきけん》）の二十八種に比べると格段に少ない。

中国の正統本草書は海藻の基原情報源としてあまり頼りにならないように見えるが、実際には中国本草の影響は大きく、近世日本の本草学まで及んでいる。ナノリソの条で述べたように、『本草拾《ほんぞうしゅう》遺《い》』（陳蔵器《ちんぞうき》）では、海藻を馬藻（馬尾藻）と大葉藻の二種とし、その後の正統本草書もそれを引用したから、小野蘭山《おのらんざん》（一七二九―一八一〇）はそれぞれをホンダワラ・アマモの漢名として採用した。貝原益軒《かいばらえきけん》（一六三〇―一七一四）は二つに分けず、海藻をホタワラ（ホンダワラ）とした。しかし、これをもって海藻をワカメとするのは誤りと考える考証家（畔田翠山《くろだすいざん》など）もいる。

『延喜式』巻第三十三「大膳下」、同巻第三十九「内膳司」に稚海藻の名が見えるほか、同巻第四「神祇四伊勢太神宮」の伊勢太神宮所摂宮地鎮料に海菜四斗とあり、上中古代を通して海藻が広く利用されていた。海藻類の中で、固有の名で典籍に登場するのは、ミルやナノリソなど形態的に特徴のあるものに限られ、その他は海藻あるいは海菜として一括りにされていた。万葉集にある稚海藻や和海藻もその類であり、種の特定にいたるような有力な資料に乏しいのであるが、手掛かりがないわけではない。ワカメは若い茎葉のほか、根元にあるひだ状の胞子葉をメカブと称し、摺り下ろして「めかぶとろろ」にして食べる。『延喜式』巻第二十三「民部下」の交易雑物に、遠江國・出雲國・石見國・紀伊國・阿波國・伊豫國の各条にそれぞれ海藻根と記載されていて、海藻類の中で根（海藻には根はないが、見かけ上根に相当するもの）を食用とするのはワカメ以外にはないから、この名前の存在は古い時代にワカメを海藻と称した有力な証拠となる。同巻第三十三「大膳下」の正月修大元師法料の中にも若海藻根の名があるが、厳密に言えば真のメカブはこれである。

ワカメは海藻の中でも栄養価は高く、乾燥重量に対して蛋白質は約十五パーセント、炭水化物は三分の一以上含まれ、日本人にとってもっとも不足気味とされるカルシウムが約一パーセントもある。ワカメの粘質はアルギン酸やフコイダンと称する多糖体であり、食物繊維として便秘の予防や血中コレステロールを下げるなどの優れた効果のあることが知られている。粘質多糖体は普通のワカメよりメカブの方が多く、食物繊維の豊富な食品として一般にも知られるようになった。今日では、ワカメは養殖が主で、年間十万トンの生産量がある。これに対して天然ワカメは約一万トンにとどまる。養殖法はロープでつくった目の粗い網に遊走子《ゆうそうし》（高等植物の種子や胞子《ほうし》にあたるもの）を付着させ、ある程度養殖池で成長させたのち、外海で延縄式の養殖を行う。この技術は日本で開発されたものであるが、韓国に伝わって養殖生産量では日本を上回るほどになっている。中国でも日本の技術を導入して養殖が行われているほか、もともとワカメの自生がないタスマニア島やニュージーランドでも養殖が検討されているという。その背景には、近年、欧米人も海藻を食べるようになり、世界的に海藻の消費量が伸びていることにあるようだ。近代的なスーパーマーケットで海藻類を販売しているのは日本だけであったが、それも過去のものとなりつつある。

ワカメの名は万葉集以来の古いもので、前述したようにニギメと呼ばれることもある。その語源については、前述の「稚い海藻」のほかに、胞子葉の部分が羽のように深く裂けていることから破《わかれ》海藻《め》に由来するという説がある。一方、ニギメは胞子葉が柔らかいから和布《にぎめ》とするのが定説となっている。メ（布）という名はひろく海藻の名に使われ、コンブ科のアラメとカジメがその例であり、『和名抄』にもそれぞれ「滑海藻　阿良米」、「未滑海藻　加知女」とある。アラメは荒海藻であり、ワカメより荒々しいことに名の由来があるとされ、カジメは搗《か》ち海藻《め》が訛ったものであり、臼で搗いて粉にして利用することに由来する。

海藻類の名は和名が多い中で、昆布は純然たる漢名であるが、日本と中国では基原が異なることに留意する必要がある。昆布の名は『名醫別録《めいいべつろく》』で中品として初見するが、李時珍によれば、『呉晉本草』では綸布一名昆布とあるという。綸は青糸の綬のことで、それで織った布に似ているとして、綸布の名をつけたらしい。この音はクワンブで、これが訛って昆布になったという。『別録』では「昆布は東海に生ずる」といい、『本草經集注《ほんぞうきょうしっちゅう》』では「今は、惟だ、高麗に出づ云々」という。日本でいうコンブはマコンブであり、冷たい北の海に産する海藻であって北海道周辺の海域の特産である。古くからアイヌ民族の特産品として、和人を介して中国に輸出されたものが、なぜ東海や高麗に産するのだろうか。『本草綱目啓蒙』に「朝鮮人ハワカメノコトヲ昆布ト書ケリ」とあり、また、『大和本草』附録巻之一に朝鮮昆布の条があって「裙帯菜《ワカメ》ニ似テ廣サ四寸云々」と記述されており、これによってその謎が解ける。すなわち、中国本草にある昆布はワカメのことであり、日本ではそれを誤ってマコンブに充てたのである。小野蘭山・貝原益軒ともに『食物本草』（李時珍）にある裙帯菜《くんたいさい》をワカメとしている。コンブの仲間には数種あり、ホソメなどはマコンブより南の海域に産する。宋代の『嘉祐本草《かゆうほんぞう》』に初見する海帯《かいたい》はホソメと考えられている。

わすれぐさ（萱草・忘草）

ユリ科（Liliaceae）ヤブカンゾウ（*Hemerocallis fulva* var. *kwanso*）

ユリ科（Liliaceae）ノカンゾウ（*H. fulva* var. *disticha*）

わが宿の　軒のしだ草　生ひたれど　恋忘れ草　見るにいまだ生ひず
我屋戸　甍子太草　雖生　戀忘草　見未生
（巻十一　二四七五、柿本人麻呂《かきのもとのひとまろ》歌集）

忘れ草　垣もしみみに　植ゑたれど　醜《しこ》の醜草《しこぐさ》　なほ恋ひにけり
萱草　垣毛繁森　雖殖有　鬼之志許草　猶戀尓家利
（巻十二　三〇六二、詠人未詳）

【通釈】第一の歌はシダクサの条に既出。第二の歌は寄物陳思歌の一つで「忘れ草」に寄せた。第二句の繁森は義訓で「しみみに」と訓じ、繁く、いっぱいにという意の古語。第四句の「醜の醜草」は、醜いという意の「しこ」を重ねて嫌いであることを強調し、ここでは忘れ草を卑下してこのようにいう。巻四の七二七に「忘れ草我が下紐に着《つ》けたれど醜の醜草言にしありけり」という大伴家持《おおとものやかもち》の類歌がある。歌の意は、忘れ草を垣もいっぱいになるほど植えたけれど、この醜の醜草め、（忘れもしないで）また恋しくなってしまったではないかとなる。忘れ草とは、後述するように、ヤブカンゾウのことで、憂いやいやなことを忘れさせるという中国伝来の言い伝えにしたがって、庭にいっぱい植えたが、さっぱり効き目がなく、前よりいっそう恋しくなってしまったではないか、ちっともご利益はないではないか、とんでもない草だ、忘れ草というやつはと破局した恋を忘れられない苛立ちを萱草に当たり散らしている。この解釈では、忘れ草を醜の醜草とするが、中国より伝来した忘れ草の習俗を完全に否定、罵倒していることになる。古代に中国に由来するものはありがたく思うことはあってもこのように卑下することはありえないとして、忘れ草と鬼の醜草を別の植物とする意見もあった。鬼の醜草は謡曲「大江山」の中にも出てくるが、万葉集から引用したものと思われる。平安時代以降では、これに紫苑《しおん》（本来はキク科シオンであるが別種を指すこともあり、この場合はいずれか定かではない）を充て、忘れな草という意味をもたせた。シオンは中国地方と九州に野生があるが、きわめて稀であり、和名がなく薬用にも用いられるので、少なくとも栽培されたものは渡来品と思われる。蘭草《ふじばかま》とともに渡来したとすれば、万葉時代にもあったことになる。この説では歌の解釈はまったく変わってくる。すなわち、忘れようとして忘れ草を植えたけれど、忘れな草の鬼の醜草のせいで忘れられないでいるよという意味になる。

【精解】 万葉集で「萱草」を詠む歌は、第二の例歌を含めて四首知られている。音読みでは「かんぞう（くぁんぞう）」と読むのが正しい。しばしば「かやくさ」と読まれるが、これは国訓であって、ススキやアシなどイネ科の総称であるから正しくない。萱草は中国より借用した漢名であるが、『和名抄《わみょうしょう》』には「兼名苑云　萱草一名忘憂　萱音喧　漢語抄云　和須禮久佐」とあるので「わすれぐさ」と訓ずる。第一の歌にある忘草はその正訓の名である。萱草は、『詩經《しきょう》』國風・衞風の「伯兮《はくけい》」の第四章に、諼草の名で初見する。

焉得諼草　焉《いずく》んぞ諼草《けんそう》を得て
言樹之背　言《ここ》に之を背《はい》に樹ゑん
願言思伯　願《つね》に言《ここ》に伯を思へば
使我心痗　我が心をして痗《や》ましむ

この詩は、どこかで諼草でも手に入れて、家の裏庭に植えてみたいものだ、常に我が夫のことを思うたびに、私の心は病むのだといっているのであって、諼草が実在の植物とは言っていない。むしろ、第一・二句を反語と解釈すれば、そんなものはあるはずがない、だから私の心は病む一方だとなる。これを『毛傳』は「諼艸は人をして憂ひを忘れしむ」と注し、諼と萱が同音によって転じ、「萱草は人の憂いを忘れしむ」となった。諼は忘れるという意味があるが、萱に転じてその意味が失われた。『本草綱目《ほんぞうこうもく》』（李時珍）の萱草の釋名では、李九華の『延壽書』を引用して、「嫩《わか》き苗を蔬と爲し、之を食へば、風を動かし、人をして醉《よ》へるが如く昏然たらしむ。因りて忘憂と名づく」とあり、あたかも精神神経系疾患に効くかのように記述している。晉代嵇康《けいこう》の『養生論』（『文選』巻五十三に収録）に「神農經は言ふ、中薬は性を養ふと。故に合歡は忿《いか》りを蠲《す》て萱草は憂を忘るなり。愚知共に知る所なり」とあり、迷信であることを否定しているように見える。チョウセンアサガオなどのナス科有毒植物にアトロピンという副交感神経遮断作用をもつ成分が含まれ、それを摂食して中毒を起こすと錯乱状態に陥って記憶を失うことが知られている。日本の深山に生えるナス科ハシリドコロにも含まれており、しばしば山菜とまちがえられ、誤食による中毒事件が毎年のように発生する。死にいたることは少ないが、中毒を起こした人はその間の記憶を失っているので、自分に何が起きたかわからない。萱草はそのような成分を含む植物なのであろうか。

李時珍は、萱草について「萱は下濕地に宜しく、冬月に叢生す。葉は蒲（ガマ）、蒜（ニンニクの類）の輩《たぐひ》の如くして柔弱、新舊相代し、四時青翠なり。五月、莖を抽《ぬき》んでて花を開き、六出四垂す。朝に開き暮に蔫《しぼ》む。秋の深まるに至りて乃《すなはち》ち盡く。其の花に紅、黄、紫の三色有り、細かき實に三つの角あり、内に子有り、大さ梧子（梧桐子、アオギリの実）の如し。黒くして光澤あり。其の根、麥門冬（ジャノヒゲ）と相似たり」とかなり詳細にその形態について記述している。これと『證類本草《しょうるいほんぞう》』の巻十一草部下品にある図から、萱草はユリ科ワスレグサの類でまちがいない。中国に分布する植物であるから、正確な基原は、ホンカンゾウ（シナカンゾウともいう）である。『中薬大辞典』によれば、今日ではマンシュウキスゲやホソバキスゲなどキスゲ属の各種も含める。キスゲ属は東アジアの固有属であって約十五種から構成される。

日本には、本州高地の湿原および北海道にあるニッコウキスゲ、西南日本のススキ原に生えるキスゲ、北海道の海岸にあるエゾキスゲ、長崎県対馬にハクウンキスゲ、同男女群島特産のトウカンゾウ、近畿以西にアキノワスレグサおよび中国原産のホンカンゾウの変種にあたるノカンゾウ、ヤブカンゾウ、ハマカンゾウなど、種として七種が分布する。キスゲ属は東アジア特産でありながら、園芸種としては欧米で改良が進んだ。男女群島特産のトウカンゾウは、当初、中国原産と思われていたもので、今は園芸品種の交配親として重要な存在となっている。しかし、日本・中国も含めて東アジアではほとんど園芸用に顧みられることがなかった。花が一日で終わってしまう（これによって英語名をDay lilyと称する）ので、落葉樹より常緑樹を好む農耕民族には縁起が悪いものと考えられていたらしい。万葉の「忘れ草」は、わが国産のキスゲ属のいずれかの種となるが、本州の低地草原に生えるノカンゾウ、ヤブカンゾウがもっとも有力な候補である。定説ではヤブカンゾウを「忘れ草」に充てているが、ヤブカンゾウは花が八重咲きであり、むしろノカンゾウの方が中国のホンカンゾウによく似る。『證類本草』および『本草綱目』にある萱草の図は、忠実な写生とは言いがたいが、六弁の一重咲きであることはまちがいない。『國譯本草綱目《こくやくほんぞうこうもく》』の注で、牧野富太郎は、『救荒本草』に八重咲きの図が載っており、ヤブカンゾウは中国にも分布すると記述し、さらにノカンゾウを独立種としてホンカンゾウと区別し、ヤブカンゾウをその変種とした。したがって、牧野説によれば、日本に産する萱草類で、中国産萱草すなわちホンカンゾウにもっとも近いのは、ヤブカンゾウとなる。

ノカンゾウの花　7月～8月に咲き、花被は橙赤色で長さ7～8㌢、先が反り返る。ヤブカンゾウより全体に小ぶりである。

ヤブカンゾウの花　7月～8月に咲き、花被は橙赤色、雄しべが弁化して八重咲きとなっている。

　万葉の忘れ草がヤブカンゾウに充てられているのは、近世の分類学者の意見を取り入れた結果であった。しかし、現在では、ノカンゾウは独立種とは認められず、ヤブカンゾウとともにホンカンゾウの変種に分類されているので、古本草書図にある萱草は一重咲き種であるから、忘れ草にもっともふさわしいのはノカンゾウである。ヤブカンゾウは種子ができない三倍体植物なので、中国渡来と考えられ、その母種がホンカンゾウであると長らく信じられてきた。実はホンカンゾウも三倍体であって種子はできない。一方、ノカンゾウは種子ができて増殖する二倍体である。最近のアイソザイムを指標とした分子生物学的手法による分類研究では、ヤブカンゾウ・ホンカンゾウともにノカンゾウから、たぶん、中国で発生したものという。日本には、北は北海道、南は九州まで広くヤブカンゾウが分布するが、いずれもほとんどクローンに近いことが知られている。このことは史前に大陸から渡来し、ごく少数の系統のものが栄養繁殖により全国に伝播したことを示唆する。ヤブカンゾウは古代以前では食料源として栽培されていたと思われ、人の移動とともに分布を広げたと考えられる。

萱草は、その根を萱草根《かんぞうこん》と称して薬用とするが、初見は宋代の『嘉祐本草《かゆうほんぞう》』であって比較的新しい。したがって、『嘉祐本草』より成立が古い『本草和名《ほんぞうわみょう》』に萱草の名はない。萱草根の効用として、『證類本草』に「沙淋（膀胱結石）を治し水氣を下し（利水のこと）、酒疸（飲酒による黄疸症状）を主《つかさど》り、身を通して黄色なる者は根を取りて擣《つ》き絞り汁を服し、亦た嫩《わか》き苗を取り煮て之を食ふべし。又小便赤澁、身體の煩熱を主る」と記述されているが、漢方医学では用いない。民間療法でもわずかに『經驗千方《けいけんせんぽう》』に「淋病（膀胱炎のこと）、萱草ノ葉、センジ用フ」とあるぐらいで少ない。花・蕾を乾燥したものは金針菜《きんしんさい》と称し薬用とするが、あまり使われなかった。むしろ、救荒植物として食用に供する方が重要であり、嫩苗《どんびょう》および花（金針菜）はやや甘味があって食べられ、特に後者は中華料理で用いるため、食材市場で大きな袋に詰めたものが取引されている。日本でもヤブカンゾウの嫩苗・花を食する。実際、ヤブカンゾウの生の花《か》被《ひ》を口に含むと、やわらかい食感とともにほんのりと甘味が口中に広がるので、生でも十分に食べられ、またてんぷらにしてもよい。ただし、虫がつきやすく食するに躊躇するかもしれない。

ホンカンゾウの成分については、これまでのところ、記憶を喪失させるような成分は見つかっていない。ただし、同属種のユウスゲの根からアルカロイドのコルヒチンが検出されているから、そのような活性を示すアルカロイドが見つかる可能性は否定できない。

『圖經本草《ずけいほんぞう》』（蘇頌《そしょう》）に「人をして歡樂、憂無きを好ましむ」と記述され、『證類本草』の条文に「風土記に云ふ、懷妊の婦人、其の花を佩《お》ぶれば男を生むなり」とあり、それによって宜男という別名があるとしているように、萱草は薬用的価値よりも民間習俗でのご利益が重要視された。モモ、ショウブ、ヨモギなどは辟邪《へきじゃ》植物とされ、伝統的習俗の中に残っているが、これとは別に招幸植物ともいうべきものが中国にはあり、ネムノキがその類として挙げられる（ネブの条を参照）。萱草は、『本草和名』に未収載と述べたが、正確にいうと、その名の記載はある。合歡の条に「合歡　又有萱草一名鹿葱云々」とあり、あたかも合歡の別名が萱草であるかのようだが、そうではなく同類の薬物に萱草があるという意味をもって引用したのである。そのことは、『神農本草經《しんのうほんぞうきょう》』で合歡の効を「五藏を安じ、心志を和し、人をして歡樂し憂無からしめ、久しく服すれば輕身にして目を明とす」と記述され、ほとんど同じ内容の記述が『圖經本草』の萱草の条にある（『證類本草』に引用）ことからわかる。万葉集にある忘れ草の歌は、そのような中国の風習の影響を色濃く受けたものであり、大伴家持や旅人が詠っていることからわかるように、万葉時代の貴族階級に中国かぶれともいうべき現象があったことが推察される。

わらび（和良妣）　ゼンマイ科（Osmundaceae）ヤシャゼンマイ（*Osmunda lancea*）

石走《いは》る　垂水《たるみ》の上の　さわらびの　萌え出《い》づる春に　なりにけるかも

（巻八　一四一八、志貴皇子《しきのみこ》）

石激　垂見之上乃　左和良妣乃　毛要出春尓　成來鴨

【通釈】序に「志貴皇子の懽《よろこび》の御歌」とあり、春の雑歌に分類される。「さわらび」は早蕨であり、芽を出したばかりのワラビをいうが、今日いうワラビではなく、ゼンマイの一種ヤシャゼンマイである。第一句の「石激」を「石走る」と読むのは「石走る（石走）垂水の水のはしきやし君に恋ふらく我が心から」（巻十二　三〇二五）、「石走る（伊波婆之流）滝もとどろに鳴く蝉の声をし聞けば都し思ほゆ」（巻十五　三六一七、大石蓑麻呂《おおいしのみのまろ》）の歌にある類似句に基づく。これによって垂水は滝の意味であることがわかる。石激を石灑とする校本もあるが、灑・激のいずれも「そそぐ」の意であり、水が激しく流れる意味に変わりはない。石灑は石そそぐと読むことが多いが、志貴皇子の歌として『新古今和歌集』に収載される「岩そそぐ垂水のうへのさわらびのもえ出づる春に成りにけるかな」にしたがったものである。「石走る」は枕詞ではないが、必ず滝や水の流れに続くのでそれに近いものといえる。この歌は、（春になって雪解け水を集めて水量を増し）勢いよく水が流れる滝の上を見ると、わらび（ヤシャゼンマイ）が芽を出し始めている、そんな春になりましたという内容である。滝といってもそんなに大きなものではなく、せいぜい数メートルぐらいで、滝の上に簡単にアクセスできる、その程度のものだろう。志貴皇子（?・六六八―は七一六）は天智天皇の第七皇子（または第三皇子）であり、集中に六首の歌を残しているが、いずれも洗練された叙情歌で知られる。シダ植物という、見栄えのしない植物をさらりと詠うそのセンスの良さから、この歌は後にいくつかの派生歌を生み出し、その一つに藤原定家の「岩そそぐ清水も春の声たててうちや出でぬる谷のさわらび」があるなど、その文学的インパクトは大きい。

【精解】「和良妣」は、万葉集では右の歌一首だけにあり、借音仮名で「わらび」と訓ずるが、今日のワラビと同じものと考えてはならない。これについては順次説明する。『本草和名《ほんぞうわみょう》』では「蕨菜　黒者　一名虌　白者　一名藄　紫者也出崔禹　和名和良比」とあり、黒白紫の色で区別されるとしている。蕨という名は、奈良時代に成立したとされる最古の風土記『出雲國風土記』「意宇郡」の条に「羽嶋 椿、比佐木、多年木、蕨、薺頭蒿有り」と出てくる。平安中期の『和名《わみょう》抄《しょう》』では「尒雅注云 薇蕨 微厥二音 和良比 初生無葉而可食之」とあり、薇蕨を漢名とするが、『出雲國風土記』の「秋鹿郡」の条にも薇蕨の名がある。しかし、同風土記では蕨の名が別出するから、「薇と蕨」の意であって『和名抄』とは意味が異なることに留意しなければならない。一方、中古時代の漢字の専門辞典である『新撰《しんせん》字鏡《じきょう》』では、草部第七十一に「蕨 二形上同居目反入和良比」とあり、小學篇字及本草異名第七十一に「蘩蕐蕨薇薜 皆和良比」となっていて、蕨・薇のそれぞれを和良比とするのか、あるいは『和名抄』のように薇蕨でワラビの意とするのか、判断しかねる。すなわち、平安時代の文献では薇・蕨の用字が今ひとつ不明瞭なのである。しかし、中国では、薇と蕨は別の意であって、それぞれ異なる植物を指す。

まず蕨については、陸佃《りくでん》の『埤雅《ひが》』に「初生は葉無く食ふべし。狀は大雀の拳足の如くして、又其の足の蹶するが如きなり。故に之を蕨と謂ふ」とあり、名の由来とともに、その形状を簡潔に表す。本草では、唐代の『本草拾遺《ほんぞうしゅうい》』（陳蔵器《ちんぞうき》）に初見するが、その形状については言及せず、『本草綱目《ほんぞうこうもく》』（李時珍）にいたって、「二三月芽を生じ、拳曲して狀は小兒の拳の如し。長ずれば則ち展開して鳳尾の如く、高さ三四尺なり」と記述され、ワラビ科ワラビの形態の特徴をよく表している。次に薇については、『本草拾遺』に蕨とは別条に初見し、「水傍に生じ、葉は萍（ウキクサ）に似たり。食ふべし。人を利するなり」と記述されている。『爾雅《じが》』釋草に「薇は垂水なり」とあり、注には「水邊に生ず」とある。この記述が「海、池、澤の中に生ず」と拡大解釈され（『廣州記』）、『海藥本草』（李珣《りしゅん》）では水菜とするにいたっている。ところが、李時珍は「薇は麥田の中に生じ、原の澤に亦た有り。故に詩に云ふ、山に蕨薇有りと。水草に非ざるなり。卽ち、今の野豌豆なり。蜀人は之を巣菜と謂ふ。蔓生にして、莖葉の氣味は皆豌豆に似たり。其の藿（マメ類の葉のこと）は蔬に作りて羹《あつもの》に入る、皆宜し」と記述し、マメ科のノエンドウの類とした。『本草綱目』よりずっと古い宋代の陸佃『埤雅』には、「爾雅に曰く、薇は垂水なりと。好んで水邉に生ず。故に垂水と曰ふ。藿に似て菜の微なる者なり。故に禮（『禮記』）に豕《ぶた》を芼《と》るは薇を以てす云々」と記述されており、『爾雅』など古典籍の記述を踏襲するが、「藿に似て云々」とあるから、李時珍はこれをみてマメ科と誤って解釈したらしい。『廣雅《こうが》』釋草に「豆角、之を莢と謂ひ、其の葉之を藿と謂ふ」、また『説文解字《せつもんかいじ》』では「藿、尗の少《わか》きなり」、「尗は豆なり」とあって、藿はマメ類の若葉を指すからである。『埤雅』では、薇は藿に似ているといっているだけであって、必ずしも藿すなわちマメ類といっているわけではないが、李時珍を勘違いさせてしまったらしい。『新撰字鏡』では「薇薇 二同無非反菜也垂水也白薇萬加古」とあり、「まかこ」という和訓が与えられているが、『古名録』（畔田翠山《くろだすいざん》）はこれをゼンマイに充てた。『大和本草《やまとほんぞう》』（貝原益軒《かいばらえきけん》）では、薇をオシダ科のイノデに充て、李時珍が「一種紫萁あり、蕨に似て花有り、味苦し。之を迷蕨と謂ひ、初生亦た食ふべし」と蕨の条で述べる紫萁《しき》をゼンマイとしている。一方、『本草綱目啓蒙《ほんぞうこうもくけいもう》』（小野蘭山《おのらんざん》）では薇をゼンマイ科ゼンマイに充て、「李時珍薇ヲ以テ野豌豆大巣菜ト爲ルハ是ナラス此二名翹搖ニ移シ入ルベシ」と述べて李時珍を非難している。すなわち蕨はワラビ、薇はゼンマイと区別したが、これは今日の用字と同じである。

以上のように、薇は諸家によって見解が異なるのであるが、蘭山の見解がもっとも一理あると思われる。まず、『爾雅』、『埤雅』、古本草書などの古典籍では、薇を水辺に生えるとしているのに対して、ゼンマイは、通例、雑木林やマツ林の明るい林内に多く生えるので、薇をゼンマイとするのは誤りとする意見が非常に根強い。しかし、ゼンマイの近縁種に数種あって、その中に湿地や水辺に生える種があることに留意すれば、蘭山の見解に一理あることがわかる。たとえば、ヤマドリゼンマイは北海道から九州までの山地の湿地に普通に生え、ヤシャゼンマイは山地渓流沿いの水をかぶるような環境に分布する。オニゼンマイは本州中部に分布が限られるが、これも湿地に生える。これら三種は日本だけでなく東アジアに広く分布し、いずれもよく似ているから薇をゼンマイと考えてもおかしくはない。

蘭山が野豌豆と考える翹搖《ぎょうよう》は、初見する『本草拾遺《ほんぞうしゅうい》』（陳藏器《ちんぞうき》）によれば、「平澤に生じ、紫の花をつけ、蔓生して勞豆（マメ科ノマメ類）の如し」とあり、明らかにマメ科である。

『和名抄』では薇蕨で「わらび」と訓じ、薇が何であるか明らかにせず、また、『本草和名』でもそれを収載していないのは、古い時代ではワラビとゼンマイが形態的に区別しかねたからであり、これらの文献よりやや古い『新撰字鏡』でかろうじて蕨と薇は別物としたが、別項では同じとしているなどちぐはぐの感は否めない。すなわち、中古代の日本では蕨・薇が正しく理解されていなかったことを示唆する。したがって、志貴皇子の歌にある「さわらび」の基原も、「わらび＝ワラビ」とは限らず、再検討しなければならない。

これまで、「さわらび」が生えている垂水は小さな滝と解釈されてきたが、薇の別名に垂水があり、しかも漢籍の出典とあれば、これまでとは異なる解釈も可能になってくる。結論からいえば、「さわらび」は定説のワラビではなく、ゼンマイそれもおそらくは渓流沿いによく生えるヤシャゼンマイであり、垂水は「小さな滝」とゼンマイの別名の垂水を掛けているとも解釈できる。志貴皇子が万葉集に残した歌から推察すると相当な教養人であり、漢籍にも深く通じていたにちがいない。冒頭の例歌は自らの教養の深さをも詠い込んだものとも解釈できる。また、実際に目にした情景ではなく、情景を想像して詠ったのかもしれない。

ワラビはユーラシア大陸・北米大陸の温帯から暖帯に広く分布するワラビ科の一種であり、日本では北海道から沖縄まで全土に広く見られる。最新の分類法ではシダ門に属し、花、種子はつけず胞子《ほうし》で増える典型的なシダ植物である。人里に近いすすき野草原に普通に群生し、その若芽や展開する前の若葉を今日でも山菜として利用する。『延喜式』巻第三十九「内膳司」の漬年料雑菜に「蕨二石　料鹽一斗」とあり、ワラビ（前述したようにゼンマイも含む）は古くから保存食としても利用された。ワラビの芽の食習慣はヒマラヤから日本にいたるアジアの中緯度地帯に限られるようで、欧州や北米ではまったく顧みられない。北米ではワラビはよく繁茂しているが、ライム病菌を媒介するマダニのすみかになるとして厄介者と考えられている。マダニに咬まれるとボレリアという病原菌が感染し、関節炎・遊走性皮膚紅斑・良性リンパ球腫・慢性萎縮性肢端皮膚炎・髄膜炎・心筋炎などを起こし、欧米ではかなり頻繁に発生しているようだ。日本では一九八六年に初のライム病患者が報告され、主に本州中部以北（特に北海道および長野県）で散見される程度でその数も少なく、ワラビがマダニの温床となっているわけではなさそうである。

欧米人がワラビを忌み嫌うのはそれだけではない。ワラビ芽を食べると血小板を減少させ、出血が止まりにくくなることが知られ、もっと厄介なことに、ワラビ芽を多食した家畜の膀胱や腸に癌が多発するという事例が古くから知られていた。ワラビの発癌性は、一九七八年、当時岐阜大学教授であった広野巌によって証明され、ラットにワラビの熱水抽出物を継続的に与えることによって癌が発生することがわかった。しかし、ワラビは古代から現在にいたるまで日本人によって食べられているという現実があり、これによる健康被害はなかったのかという疑問がわく。日本人は欧米人に比べて胃癌・咽喉癌の多いことが知られているが、それとワラビとの因果関係は証明されるにはいたっていないものの、少なくともワラビの好きな人には不安だろう。

ワラビの発癌性が証明されてから、世界中の科学者は発癌の原因物質を追及し始めた。現在の化学発癌の理論によれば、発癌物質はＤＮＡに結合して遺伝子変異を起こし、それが癌を発生させる一次的要因となる。また、そのような物質は、癌細胞やウイルスのＤＮＡを損傷するので、抗癌薬や抗ウイルス薬としての潜在力も期待できる。世界の科学者は抗癌薬の開発も視野に入れてワラビの発癌原因物質の究明に挑戦したのであった。しかし、発癌物質が非常に不安定であるため、その研究はきわめて難行した。この難行の勝者は、名古屋大学教授山田《やまだ》静行《きよゆき》のグループであり、一九八三年、ワラビの発癌物質の精製、構造決定に成功し、それをプタキロサイドと名付けた。さらに、山田はこの物質をアルカリで処理すると容易に分解して発癌性が失われることを明らかにした。この実験データはワラ

ワラビの新芽　日当たりのよい草原や林の中に生え、春に伸びだす若い芽は山菜として好まれる。

ビを食べる多くの日本人にとって朗報でもあった。ワラビの芽は生ではなく、木灰あるいは重曹とともに煮沸、すなわちあく抜きしてから食べるからである。このプロセスは『本草綱目』にも「其の茎、嫩き時に采取し、灰湯を以て煮て涎滑を去り、曬乾し蔬を作る。味は甘滑なり。亦た醋《す》にて食ふべし」と記述されており、古くから実践されてきた。このあく抜き工程はプタキロサイドをことごとく分解するほど強い化学的条件であるので、十分にあく抜きしたものであればワラビを食べても癌になる心配はほとんどない。

ワラビに発癌物質が含まれなかったとしても、それを生食してはいけないもう一つの理由があった。生ワラビにチアミナーゼというビタミンB1の分解酵素が含まれているからである。明治時代までの日本人には脚気《かっけ》が多発し、それはビタミンB1の摂取不足によるものだった。もし、ワラビを生食すればさらに脚気患者が多発することになる。陳藏器は「(ワラビは)人をして睡《ねむ》らしめ、陽を弱める。小兒、之を食せば脚弱く行かず」と記述し、千年以上も前にその危険性を示唆していたのである。『本草綱目』にも「千寶捜神記に云ふ、郗鑑、丹徒を鎮《おさ》へて、二月に出獵す。甲士有り、蕨一枝を折りて之を食らふ。心中の淡淡たるを覺へ疾と成す。後に一小蛇を吐き、屋前に懸けば、漸乾して蕨と成す。遂に此の物生食すべからざること明らかとなりにけり」とあり、生食するとよくないと昔から言い伝えられていたことを記述している。あく抜きの工程で加熱という操作が含まれているので、これでチアミナーゼは完全に失活するが、古今の生活の知恵は侮れないことを示す。

ワラビは若芽をあく抜きして食べるだけではない。日本・中国・台湾(といっても蘭嶼という東南方の小さな属島だけだが)では、根(根茎)からデンプンを採って食べる。デンプンの含量は五十《パーセント》近くあるから、昭和の初年の冷害で米が不作だったとき、東北地方では人々は競ってワラビの根を掘ったという。『本草綱目』に、「其の根は紫色にして、皮の内に白粉有り、擣《ただ》き爛らかして再三洗澄して粉を取る。粔籹《きょじょ》(おこし)に作り皮を盪《あら》ひ、線を作りて之を食ふ。色、淡紫にして甚だ滑美なり」とあり、デンプンに富むことを示唆し、また別に

ヤシャゼンマイの新芽　ゼンマイより小型で、春に伸びだす新芽は綿毛に包まれている。

ゼンマイの新芽　ゼンマイは日本全国に見られ、春に伸びだす若芽の渦状に巻いた形を古銭に譬えて「銭巻」の名がある。

凶作の年に掘り取ってそれを食したとの記述がある。そのほか、『大和本草』にも凶作の年にはワラビとクズの根を掘り取って餅として食したことが記されている。つまり、ワラビは日本・中国では救荒植物でもあった。中尾佐助（一九一六―一九九三）によれば、ワラビからデンプンを採るのはクズ根から葛粉を採るのと基本的に同じであって、照葉樹林農耕文化に特有の技術という（『栽培植物と農耕の起源』）。デンプンを採るには根を潰して大量の水で晒してデンプンを沈殿させる。この操作はワラビもクズも同じであり、実に簡単な工程であるが、あく抜き・毒抜き方としては加熱法より進歩した形態という。芋類には生で食べられないものが多く存在する。熱帯では根菜類を多食するが、いずれも生食はできない。サトイモがそうだが、これを加熱して水晒しすると毒を抜くことができる。マムシグサ類の芋も同様で、加熱、水に晒して皮を剝ぎ、杵で搗《つ》いてやれば餅として食べることができる。ワラビ・クズの水晒しの方が進歩していると考えられているのは、まず根を潰す道具がいること、それに大量の水に晒すために桶が必要であり、また大量の水を管理調達する技術が必要になるからである。東北南部以南の日本列島の植生は照葉樹林帯だが、中国南部を経てヒマラヤ中腹まで東西に帯状に延びている。ここにはドングリ・トチノキなどあく抜きの必要な食べ物が一杯あって水晒しの技術さえあれば食料として利用できるものは飛躍的に増えるのである。

貝原益軒《かいばらえきけん》は「ゼンマイノ根ノ水飛ノ粉モチニ製シテ味ヨシ蕨粉（ワラビのデンプンのこと）ニマサレリ」とし、ゼンマイもワラビと同じように利用できることを示唆している。ゼンマイからデンプンを採ることは今日では寡聞だが、主に雑木林に生えていてワラビのように群生せず、十分量を確保できないからであろう。これに関連して興味深い詩が中国にある。『史記』伯夷列傳にある次の一節である。

登彼西山兮 采其薇矣　　彼の西山に登りて 其の薇を采る
以暴易暴兮 不知其非矣　　暴を以て暴に易へ 其の非を知らず
神農虞夏 忽焉沒兮　　神農虞夏 忽焉《こつえん》として沒し
我安適歸矣 于嗟徂兮
　　我れ安《いづ》くにか適帰せんとす 于嗟《ああ》、徂《ゆ》かん
命之衰矣　　命の衰へたるかな

周の武王が殷《いん》の紂王《ちゅうおう》を討伐せんとしたとき、伯夷《はくい》と叔斉《しゅくせい》はそれを不忠・不孝として諫めたが、聞き入れられず、天下が周に帰属すると、周の穀物を食べることを恥じ、首陽山で薇のみを食してやがて餓死したという有名な「采薇歌」の詩である。ここでいう薇はゼンマイのことをいうが、唐・司馬貞の註釈（『史記索隠』）によれば「薇は蕨なり。正義陸璣毛詩草木疏云ふ、薇は山菜なり。莖葉、皆小豆に似て蔓生し、其の味、亦た小豆藿の如く、羹《あつもの》に作るべし。亦た生食すべきなりと」（索隠注）とあり、日本だけではなく中国でも古くから混同されていたことがわかるだろう。伯夷と叔斉はゼンマイあるいはワラビのどの部分を食したのか。生なのかあく抜きしたのか興味は尽きないが、今となっては想像に任せるしかないだろう。

ゼンマイ　栄養葉は、明るい緑色で、爽やかな印象がある。

ゑ

ゑぐ（恵具・佪具）

カヤツリグサ科（Cyperaceae）クログワイ（*Eleocharis kuroguwai*）

君がため　山田の沢に　ゑぐ摘むと　雪消《ゆきげ》の水に　裳《も》の裾《すそ》濡《ぬ》れぬ
爲君　山田之澤　恵具採跡　雪消之水尓　裳裾所沾
（巻十　一八三九、詠人未詳）

あしひきの　山沢ゑぐを　摘みに行かむ　日だにも逢はせ　母は責むとも
足檜之　山澤佪具乎　採將去　日谷毛相爲　母者責十方
（巻十一　二七六〇、詠人未詳）

【通釈】第一の歌は「雪を詠める歌」とある。山田の沢とは、山間の水田に水を引いている沢をいう。沾は「うるおす」の意味であるが、濡れると訓ずる。裳は腰から下を被う衣服をいう。この歌の意味は、あなたのために山田の沢でヱグを摘もうとしましたが、雪解けの沢水で裳の裾を濡らしてしまいましたとなる。美しい情景を背景に、冷たい水をものともせず愛する人のために、ヱグを採ろうとする乙女の歌であるが、詠人の想像によって創作したものだろう。第二の歌は寄物陳思歌でヱグに寄せたもの。第四句の「逢わせ」は敬語形。歌の意は、山の沢に生えているヱグを摘みに行く日でもお逢いになってください、お母さんがそれを責めようとも、となり、男がヱグを摘みに行こうとした女に宛てた歌である。

【精解】第一の歌は詠人未詳ながら、古くから秀歌として認められ、これを本歌取りしたと思われる歌がいくつかある。ここに『詞花和歌集』にある二首を紹介しておく。

雪きえば　ゑぐの若菜も　つむべきに　春さへはれぬ　深山《みやま》べの里

（巻第一、曾禰好忠《そねのよしただ》）

賤《しづ》の女《め》が　ゑぐ摘む沢の　薄氷　何時《いつ》までふべき　我身なるらむ

（巻第十、源俊頼朝臣《みなもとのとしよりあそみ》）

このほか、『新千載和歌集』春部に、「春あさき雪げの水に袖ぬれて沢田の若菜今日《けふ》ぞ摘みつる」という、ヱグを若菜に置き換えた派生歌がある。内容的にヱグという奇妙な名前におよそ釣り合わない歌であるが、ヱグの基原の考証に関わるので、この歌の背景を解説しておく。雪消は雪消えの略で雪解けを意味するが、ちょっと前までは白い雪におおわれ、山の上の方はまだ残雪があって雪解け水を沢に供給している時期である。雪消は美しい語感と音感をもつ言葉だが、現在でも使われる。昭和四年二月、宝塚歌劇団が「雪消の澤」という歌劇を公演したという記録が残っている（『宝塚歌劇四十年史』）が、この歌から取ったのかもしれない。雪消から想像される美しい情景そのままに山田の沢という山村の生活観を映す情景を消し去り、相手に対する恋心を餘情として前面に出して詠いこんで優艶な作に仕上げている。雪消は唐詩にも多く見え、この歌もその影響を強く受けたものと思われる。しかし、唐詩と似て非なるものであることは、次の張籍の「賈島と閒遊す（與賈島閒遊）」（『全唐詩』巻三八六）を読めばわかる。

水北原南草色新　　水北原南、草色新たにして
雪消風暖不生塵　　雪は消え風暖かく、塵を生ぜず
城中車馬應無數　　城中の車馬、応《まさ》に無数なるべし
解得閒行有幾人　　閒行を解し得るは幾人か有らん

同じ雪消といっても、広大な大陸国家中国で詠われるものとまったく趣が異なり、日本の詩歌にあるものはいかにも箱庭的な美しさがあり、たとえ模倣したとしても日本固有の風土は変えようもないから、歌としては完全に日本化している。

さて、右の二つの歌にある「惠具」、「佪具」は、漢名ではなく借音仮名による表記であるが、いずれも山の沢で摘むと歌われているから、抽水植物である。このヱグも、幾多の万葉学の泰斗を悩ませた難題であって、古くから諸説がある。候補としてセリ（『代匠記』ほか）、タガラシ（『萬葉古今動植正名』）、ゲンゲ（『古名録』）などが挙げられている。このうち、ゲンゲは沢に生えないから論外であるが、セリは抽水植物であり、契沖《けいちゅう》（一六四〇—一七〇一）は「八雲御抄には芹の下に注し給へり。芹の異名と思し食し定めさせ給へるなる

べし」といい、『萬葉集古義』にも「恵具は芹の類なり、品物解に委く註り」とあるように、ヱグをセリの異名と考える説は根強い支持がある。曾禰好忠の歌は、ヱグを若菜として明確に詠っており、『能因歌枕』に「若菜とは、ゐぐ、すみれ、なづななどをいふ、さわらびをもいふ、あらばたけ（荒畑）にあり」とあるように、平安の歌学書もヱグを若菜に含めていたから、セリ説は盤石のように見える。

しかし、セリは、若菜というよりむしろ蔬菜の一つであることは、『延喜式』第第三十九「内膳司」の供奉雑菜に「芹四把」、漬年料雑菜に「芹十石　料鹽八斗」、とあり、また「田六段二百三十四歩　種芹」、「耕種園圃　營芹一段　苗五石云々」とあることから明らかである。すなわち、『能因歌枕』がなぜ「ゐぐ、すみれ、なづななど」の中にセリを含めていなかったか、その真意を見落としてはならない。ヱグの歌を詠んだ曾禰好忠は、別の類歌として「根芹つむ春の沢田におり立ちて衣のすそのぬれぬ日ぞなき」、「春ごとに沢べに生《おふ》る芹の葉をとしと共に我はつみつる」（いずれも『曾禰好忠家集』）という歌を残しており、若菜のヱグと蔬菜のセリは別物としていたことを示唆する。一方、タガラシは同じ抽水植物であり、『大和本《やまとほん》草《ぞう》』（貝原益軒《かいばらえきけん》）に「石龍芮　人是ヲ食ス無毒云々」と記述されているから、一理あるように見えるが、実際にはキンポウゲ科の毒草であるから、これも当たらない。

ヱグの名は『和名抄《わみょうしょう》』、『本草和名《ほんぞうわみょう》』ほかいかなる典籍にも出てこないから、何某の植物の異名であるのはまちがいないが、万葉学の碩学の多くが支持するのはクログワイ説である。植物方言名にはしばしば古い名前が残っているものだが、クログワイでは、下総にヱグの方言名があり、また東国で広くヱゴと呼び、播州にもイゴという音韻転訛の名前が知られている（『日本植物方言集成』）。ヱグの名を含む植物方言名にヱグイモというのがあり、一般にサトイモやヤマイモのことをいう。クログワイも地下部の塊茎《かいけい》が芋状となるから、これに倣ってヱグと称するようになったと思われる。ちなみに、セリの方言名にヱグあるいはその変形と思われるものは見当たらない。

セリ説支持者がしばしば指摘することであるが、根を利用するクログワイでなぜ摘むと詠み、また、後世の歌人がヱグを若菜としたのだろうか。古代にはヱグの若芽を摘んで食べたと解釈するクログワイ支持論者もいるが、その証拠はまったくなく、またおよそ食べられる代物ではない。クログワイはカヤツリグサ科の一種で、秋に地下匐枝《ストロン》の先に塊茎《かいけい》をつけ冬を越し、春に芽を出して新しい株をつくる。冬を越す間にイモに栄養分が貯えられるのであるが、この時期は地上部は枯れて見えないから、早春の芽が吹いた時期に採取するしかない。それがたまたま雪解けの季節にあたり、芽生えもいっしょに掘り取るのであるから、摘むといっても不自然ではないのである。ヱグという名はいかにも泥臭く、普通なら東歌や防人歌のような訛りの強い歌にふさわしいのだが、実際に詠われた歌は、前述したように、唐詩のように洗練されて美しく、その中に泥臭い生活観はほとんど感じられない。詠人未詳となっているが、相当教養のある都人の歌であることは想像に難くない。前述の源俊頼の歌に「賤の女がゑぐ摘む」とあるのは、ヱグ摘みは下賤の婦女の仕事と考えられていたことを示唆し、山の沢に生えているヱグを、詠人は見たことがなかったにちがいない。すなわち、歌でヱグを若菜として扱っているといっても、詠人の体験に基づくものではないから、額面どおりには受け取ってはならないのである。

一方、セリを詠った万葉歌は二首あるが、いずれも名のある人物の歌で、セリの条で紹介したように、詠人が自ら摘んだと詠っているのと対照的である。セリが都でも広く食用とされていたからであり、これもヱグがセリでない有力な証拠といえるのではないか。

『成形図説』（曾槃・白尾国柱編）に見られるセリ（右）クログワイ（左）

クワイという名は、正月のおせち料理に出てくるからよく知られているが、古代にもその名はあった。ただし、現在いうクワイは、中国でオモダカ科オモダカから育成された作物であるが、古代ではまったく別の植物に当てられていた。『和名抄』に「蘇敬本草云　烏芋　久和爲　生水中澤舄之類也」とあって、中国本草でいう烏芋を指す。烏芋の名は『名醫別錄《めいいべつろく》』中品に初見し、『圖經本草《ずけいほんぞう》』（蘇頌《そしょう》）に「苗は龍鬚（ユリ科キジカクシの類）に似て細く、正に青色なり。根は黒く指の大いさの如く、皮厚く毛有り」と記述し、『本草綱目《ほんぞうこうもく》』（李時珍）では「烏芋、其の根は芋の如くして色は烏《くろ》く、鳧《カモ》、喜びて之を食ふ、故に、爾雅、鳧茈《ふし》と名づく」、「鳧茈は淺水の田中に生じ、其の苗は三四月に出土して一莖直上し、枝葉なく狀は龍鬚の如し」と記述しており、オモダカ科のクワイではないことは明らかである。一茎直上、枝葉がないことからイグサに似て地下に芋をつくるものであり、『證類本草《しょうるいほんぞう》』巻二十三および『本草綱目』にある烏芋の図から、カヤツリグサ科ハリイ属のクログワイのことである。

クログワイは池・沼の浅いところに群生する抽水性多年草であり、福島県以南の日本列島各地に見られ、国外では朝鮮南部にも分布する。近畿地方の池沼によく見られるというから、万葉時代でも多産したと思われる。水田に侵入すると根絶の厄介な雑草となるから、今日では稲作農家に嫌われている。塊茎はあく抜きして煮れば食用になるが、うまいものではない。『本草和名』には、「烏（烏の誤記以下訂正）芋　一名籍姑一名水萍晃茨　仁諝音上府下在此反出陶景注　一名槎牙　仁諝音錫加反　一名茨菰　澤瀉之類也已上出蘇敬注　烏芘　出崔禹　一名水芋　出兼名苑　一名王銀　出雑要訣　和名於毛多加一名久呂久和爲」とあるように、現在と同じクログワイの名がある。同属別種にシログワイというのがあり、中国・インド・東南アジアに分布する南方系植物であるが、芋が白いからその名がある。実は、中国で烏芋と称するのは本種であり、その改良品をクログワイ（黒慈姑）と称していたからややこしい。紀伊半島・福岡・沖縄に稀にシログワイの自生が見られるが、古代の日本にシログワイが伝来したのが野生化した名残とも考えられる。シログワイの名は、今日では、オモダカ科のクワイにも充てられる。シログワイの名が文献に見えるのは江戸時代に入ってからであり、『和漢三才圖會《わかんさんさいずえ》』には「烏芋　クロクワイ」、「慈姑　シロクワイ」と図入りで明確に区別されている。慈姑とはクワイの漢名であるが、『日華子諸家本草』の烏芋の条に茨菰の名で初見するもので、『本草綱目』から慈姑として別条に移された。『名醫別錄』で烏芋の別名とする藉姑《しゃこ》はクワイ（慈姑）の別名ということになるが、この指摘はまちがってはいないと思われる。クログワイの名は、クワイに似て色が黒いという烏芋の漢名からつけられたが、今日いうシログワイはそれと区別して江戸時代につけられた。おそらく、古代から室町時代までは、シログワイとクログワイの両方を、クワイと総称していたと思われる。中華料理の食材にある黒慈姑は、前述したようにシログワイの改良品であるが、中国ではこの名は用いず、その代わり馬蹄または荸薺（荸薺）と称し、根菜類とされるほか、馬蹄粉と称するデンプンを採り消化胃薬ともする。

さて、『本草和名』、『和名抄』にクワイという名がありながら、万葉集ではなぜヱグと称したのだろうか。一つの考えとして、クワイは本草家の命名による烏芋という漢名に対してつけられた名であり、古くからある土名がヱグであったと思われる。ヱグイモすなわち「ゑぐい芋」の短縮形と考えられ、食べられるといってもかなりゑぐ味があり、かろうじて食べられるという程度のものであるから、正鵠を射た名といえるだろう。冬は食料の乏しい時期であり、米や雑穀の在庫が少なくなった場合、古代ではこんな芋でもご馳走であったにちがいない。一方、若菜類はえぐ味はなく、もしえぐ味があったなら、代替品はいくらでもあるから、食することはないだろう。若菜と比べて栄養価の高いイモ類だからこそ、古代人は工夫して食べたのである。セリ説はこの観点からも不利である。江戸時代の本草学者水谷豊文《みずたにとよぶみ》（一七七九—一八三三）は、ヱグの語源としてヰグサ（藺草）が訛ったヱグサ説を主張したが、ヰグサに似たものは多いから、ほかの種にもこの異名が残っていなければならない。

を

をぎ（荻・乎疑）　イネ科（Poaceae）オギ（*Miscanthus sacchariflorus*）

神風の　伊勢の浜荻　折り伏せて　旅寝やすらむ　荒き浜辺に
神風之　伊勢乃濱荻　折伏　客宿也將爲　荒濱邊尓
（巻四　五〇〇、碁檀越妻《ごのだんをちのつま》）

葦辺なる　荻の葉さやぎ　秋風の　吹き来るなへに　雁《かり》鳴き渡る
葦邊在　荻之葉左夜藝　秋風之　吹來苗丹　鴈鳴渡
（巻十　二一三四、詠人未詳）

【通釈】 第一の歌の序に、「碁檀越の伊勢の國に往きし時、留まれる妻の作れる歌」とあり、妻から夫への相聞歌。「神風の」は伊勢の枕詞。客宿は義訓で旅寝と読む。「旅寝やすらむ」は疑問の助詞を前置したもので、「旅寝すらむや」に同じ。歌の意は、伊勢の浜辺に生えているオギを折り伏せて旅寝をしているのであろうか、荒涼とした浜辺でとなるが、旅といっても当時は野宿が普通であり、そんな夫を心配する妻の気持ちが伝わってくる。オギはやや湿り気のある平地に生えるから、古代にあっては、オギをへし折って床をつくり野宿したのであろう。第二の歌は、秋の雑歌の「雁を詠める歌」である。「なへに」は「並べに」と同じで、「に連れて」、「とともに」という意味の接尾辞。「さやぐ」は「そよぐ」と同意。歌を通釈すると、葦辺に生える荻の葉がそよぎ、秋風が吹いてくるにつれて、雁が鳴き渡ることだとなる。アシは池沼の岸辺、河川下流で土壌が堆積した川辺によく生え、水際に近い最前線を大面積で占める。オギはその後背地に生えるが、両種が混生してアシ―オギ群集を形成し、ベルト状をなすことがある。それを葦辺なる荻と形容し、後背のオギの原で葉が風でそよぐ音と雁の鳴き渡る声を和して聴覚に訴えた、なかなか技巧に凝った歌である。

【精解】オギにもっともよく似た植物といえば、分類学的な同属近縁種である、ススキが挙げられる。しかし、古い時代では、アシ（葦）と区別する方が困難であったらしい。第一の歌の浜荻を、アシの伊勢地方の方言とする見解があるが、それは『住吉社歌合《すみよししゃうたあわせ》』（嘉應二年）に「かの神風伊勢島《いせじま》には、浜荻《はまをぎ》となづくれど、難波《なには》わたりには、葦《あし》とのみいひ、東《あづま》のかたには、よしといふがごとくに云々」とあることに基づく。『和歌藻鹽草』、『袖中抄』などの歌学書もこの見解を支持するが、それが誤りであることは、第二の歌で「葦辺なる荻」とあることから明らかである。アシとオギの混同の発端は中国本草の記述にあるといえるかもしれない。『圖經本草《ずけいほんぞう》』（蘇頌《そしょう》）は蘆根（アシの根）について「按ずるに、爾雅は蘆根を謂ひて葭華と爲す。郭璞は云ふ、蘆は葦なり、葦、卽ち蘆の成したる者、蒹を謂ひて薕　廉と同じなり　と爲す。薕は萑　音桓　に似て細く長く、高さ數尺なり。江東人呼びて薕藡　荻と同じなり　と爲す者は菼　他敢切　と謂ひ亂　五患切　と爲す。亂は葦に似て小さく、中は實《じつ》にして、江東呼びて烏蓲　音丘　と爲す者は或は之を荻と謂ふ。荻は秋に至りて堅く成し、卽ち之を萑と謂ひ、其の華は皆苕　徒彫切　と名づく云々」と述べており、成長度合いの違いによって別々の字で表し、オギ・アシの区別もその一環であったことがわかる。この無意味とも思えるほど多くの用字が混乱のもととなった。『和名抄《わみょうしょう》』では「荻　音狄字亦作藡　乎岐　與亂相似而非一種」、『新撰字鏡《しんせんじきょう》』にも葭、菼、蓶（萑の誤と思われる）を乎支《をぎ》としていて、中国での混乱の影響を受けている。

明代後期に成立した『本草綱目《ほんぞうこうもく》』でも基本的には変わらず、李時珍は「蘆に數種有り、其の長さ（一）丈許《ばか》り、中空にして皮薄く色白なる者は葭なり蘆なり。葦より短小にして、中空、皮厚く、色青蒼なる者は菼なり亂なり荻なり萑なり」と記述している。オギとアシが混同されるのは、ともに水辺の植物だからであり、中国本草では後世まで荻の条を設けず、蘆の中に留めおいた。アシの根は蘆根として薬用に供された（アシの条を参照）が、オギの根もその基原に含まれたと考えざるをえないが、現在の中薬市場ではオギに由来するものは皆無のようである。オギ・ススキは、いずれもイネ科ススキ属の多年草であるから、植物学的にはアシよりもススキの方がずっと近く、その外見の違いはオギの小穂《しょうすい》の芒《のぎ》がなく白毛が柔らかいぐらいである。しかし、その生態には大きな差異があり、オギは地下に長く根茎《こんけい》が伸びて群生し、ススキのように株立ちにならない。川原に大群生するのはほとんどオギであるが、これをススキと勘違いしている人は多いはずだ。茎は竹のように堅くなり、昔は茅葺屋根や簾《すだれ》の材料としてよく利用された。

オギは文学にもよく登場するが、多くは風に所以がある。特に、「荻の上風《うはかぜ》」は平安時代の和歌や『源氏物語』などの文学にもよく登場し、オギといえば風を連想するほどの存在となった。荻をそよがせながら過ぎてゆく風をいうのであるが、平安時代の風流人の感性の一端を表すものである。その初見は藤原義孝《ふじわらのよしたか》（九五四—九七四）の次の和歌にあり、後にそうそうたる歌人がこの句を詠むようになった。その数首をここに紹介しよう。

オギ　長い根茎で殖えるため、ススキのように株にならず、水辺に群生する。

秋はなほ　夕まぐれこそ　ただならね　荻の上風　萩の下露
（藤原義孝、『義孝集』）

野べの露は　色もなくてや　こぼれつる　袖より過ぐる　荻の上風
（慈円、『新古今和歌集』）

さ夜中に　友呼びわたる　雁がねに　うたて吹きそふ　荻の上風
（『源氏物語』、夕霧）

あはれとて　問ふ人のなど　なかるらむ　もの思ふ宿の　荻の上風
（西行、『新古今和歌集』）

オギの別名に風聞草《かぜききぐさ》（『藻鹽草』）・ね覚草《ざめぐさ》（『蔵玉集』）があるが、いずれも風を連想させるもので、和歌に詠われたものである。初期の生け花の相伝書『仙傳抄』（『群書類従』第十九輯遊戯部所収）にも「人をまつ花のごと、日おもてへ松のこずゑをなびかせ、おぎの葉を下草にたて、風のふくふかずの躰に見する」と記述されているように、オギは華道へも影響を及ぼした。色彩感の乏しいイネ科植物のオギを、風の取り合わせによって、人の感性の中にかすかな音を連想させ、結果として独特の美意識を創出するのは、日本文化に固有の特徴といってよいが、その原点は、前述の二つの歌を見ればわかるように万葉集にあり、平安以降の文人がそれをより洗練されたものに仕立てたのである。

オギは、ここでは紹介しなかったが、「妹なろが使ふ川津のささら荻あしと人言語りよらしも」（巻十四　三四四六）とあるように東歌にも出てくる。この素朴な歌にも詠まれているから、オギの名は古い土着名であり、それを都人も用いるようになった名前に違いない。この語源についてはいくつかの説が提出されている。『東雅《とうが》』では、「ヲとは大也。キといふは其芒《のぎ》（穀類の先につく細毛）あるをいひしと見えたり」としているが、残念ながら長い芒をもつのはススキであって、新井白石は勘違いしたらしい。民俗学者の折口信夫《おりぐちしのぶ》（一八八七―一九五三）は「霊魂を招《を》ぐ」からと主張する（『折口信夫全集2（花の話）』）。「招《を》く」であれば、そういう古語は確かにあって、招き寄せるという意味である。賀茂百樹は「葉の動くが招くさまなるよりいふか」（『日本語源』興風社、一九四三年）と述べ、折口はこれを民俗学的に解釈したらしい。実際に、オギが霊魂を呼び寄せる民俗学的意義があったかどうかが問題であるが、少なくとも現在には伝承されておらず、また記録にも残っていないようだ。「招く」という語はさまざまな語源に関わっているようで、たとえば、尺取虫の古名をヲキムシ（乎岐牟之）というのも、屈伸することがものを招き寄せるように見えるからだという。霊魂を呼び寄せることを招《をが》霊《たま》というのも同根らしい。この説に基づけば、ススキの古名ヲバナも「招花」であり、オギは「招茎（草）」となってすっきり説明できる。

をみなへし（娘子部四・姫押・娘部思・娘部志・娘部四・佳人部爲・美人部師・乎美奈敝之・乎美奈能波奈）

オミナエシ科（Valerianaceae）オミナエシ（*Patrinia scabiosifolia*）

殊さらに　衣は摺《す》らじ　をみなへし　佐紀野の萩に　にほひて居らむ　（巻十　二一〇七、詠人未詳）
事更尓　衣者不揩　佳人部爲　咲野之芽子尓　丹穗日而將居

をみなへし　秋萩しのぎ　さを鹿の　露分け鳴かむ　高《たか》円《まど》の野ぞ　（巻二十　四二九七、大伴家持《おほとものやかもち》）
乎美奈弊之　安伎波疑之努藝　左乎之可能　都由和氣奈加牟　多加麻刀能野曾

【通釈】第一の歌は、花を詠める秋の雑歌の一つとあり、オミナエシとハギを詠った。咲野は地名の佐紀野（平城京址の北方にある佐紀山の麓の一帯）とする説と「咲く野」の意味とする説がある。「咲き」の「き」は上代特殊仮名遣の甲類であり、佐紀野の紀の乙類と合わないのであるが、現在では、「をみなへし」を「咲き」に掛かる枕詞とし、佐紀野は類似音による「咲き野」の掛詞とするのが定説となっている。歌の意は、わざわざ衣を摺り染めることはすまい、佐紀野のハギに衣が染まっているだろうからという意味となる。ハギを摺り染めに用いることはないが、このように美しいハギの花の色が照り映えて衣を染めるというように仮想的な染付けの引き合いに出されることはある。あらかじめ摺り染めした衣ではハギの色が映えないという意味を込めているのであろう。第二の歌の序に、「天平勝寶五（七五三）年八月十二日、二三の大夫等の各壺酒を提げて高圓《たかまとの》野《の》に登り、いささか所心を述べて作れる歌」とあって、万葉集の編者とされる大伴家持（七一八―七八五）の歌である。「さを鹿」の「さ」は、さ百合と同じように接頭辞で特に意味がなく、牡鹿のことをいう。高円野は平城京東の春日の南に続く一帯の野原で、奈良市白毫寺町《びゃくごうじちょう》の周辺にあたる。歌の意は、オミナエシ・アキハギを押しのけ、牡鹿が露を分けて鳴く高円の野であることよとなる。露を分けというから、早朝あるいは夜明け前の状況を想像して読んだ歌と思われる。

【精解】 オミナエシはわが国各地の日当たりのよい山野の草原に生えるオミナエシ科の多年草で、高い草丈の頂に黄色い花を密につけ、草原ではひときわ目立つ。しかし、最近では見かけることが少なくなり、絶滅危惧種となってしまった。オミナエシの好む草原が激減したからであるが、その理由の一つに、杉林などの植林地の手入れの放棄で、明るい林床の草原が失われたことが挙げられる。万葉集には十五首に詠まれ、秋の七草として一般の関心がもっとも高い植物の一つである。

第一の歌では、佳人部爲を「をみなへし」と訓読する。集中には、類似した万葉仮名で表記された名前として、娘子部四（巻四　〇六七五）、姫押（巻七　一三四六）、娘部思（巻八　一五三〇）、娘部志（巻八　一五三四）、姫部志（巻八　一五三八）、姫部思（巻十　一九〇五）、美人部師（巻十　二一一五）、娘部四（巻十　二二七九）の八例があるが、乎美奈敝之（巻十七　三九四三、三九四四、三九五一）、および乎美奈弊之（巻二十　四二九七、四三一六）という借音仮名で表された用例があるので、この和訓でまったく問題ない。そのほか、乎美奈能波奈（巻二十　四三一七）とあるのもオミナエシのことである。

今日、オミナエシを女郎花と書くことが多いが、この名は万葉集にはなく、『和名抄《わみょうしょう》』に「新撰萬葉集詩云　女郎花　和歌云　女倍芝」とあるように、『新撰萬葉集』（八九三年）「巻之上秋歌」に、「をみなへし（女倍芝）匂《にほ》へる野辺に宿りせば云々」に対応する漢詩に「女郎花野宿羈夫云々」とあり、これが女郎花を「おみなえし」と訓ずる文献上の論拠である。しかし、『本草《ほんぞう》和名《わみょう》』には「をみなへし」

という和名はなく、中国本草書の植物名と関係づけられないので、それが具体的にどういう植物種であるか推定することは困難である。今日、オミナエシという名の植物があるから問題ないという意見もあろうが、万葉時代にアヤメと称していたものが今日のショウブであるという例があるから、古名を継承しているからといって基原が正しいということにはならない。そこで本書の各条とは違ったアプローチで万葉のヲミナヘシの基原を探らねばならない。

オミナエシはオミナエシ科に属するが、この科に分類される植物種は共通して独特の臭気を有する。特に、オミナエシ属の各種は根に精油を多く含み、腐った豆醤のような臭いがする。『神農本草經《しんのうほんぞうきょう》』の中品に敗醤《はいしょう》という生薬があるが、『本草經集注《ほんぞうきょうしっちゅう》』（陶弘景《とうこうけい》）によれば「近道に出づ。葉は豨薟《きれん》（キク科メナモミ）に似て根の形は茈胡（セリ科ミシマサイコ）に似たり。氣（臭い）は敗《くさ》れる豆醤の如く故に以って名を爲す」と記述している。一方、『新修本草《しんしゅうほんぞう》』（蘇敬《そけい》）は「此の藥は近道に出でず、多く崗嶺の間に生ず。葉は水茛《すいこん》（キンポウゲ科キンポウゲ）及び薇銜《びがん》に似て叢生す。花は黄、根は紫、陳《ふる》き醬色を作《な》す。其の葉は殊に豨薟に似ざるなり」と述べ、両者の記述は相反する。『本草綱目《ほんぞうこうもく》』（李時珍）は「春の初めに苗を生じ、深冬に始めて凋《しぼ》む。初時、葉は地に布《ひろ》がりて生ず。松菜の葉に似て狭く長く、鋸歯有り、綠色にして、面は深く、背は淺し。秋、莖の高さ二三尺にして柔弱なり。數寸に一節あり、節間に葉を生じて四散し、繖《かさ》の如し。顚頂《てんちょう》に白花を開き簇を成し、芹花、蛇牀子の花の狀の如し。小實を結び簇を成す。其の根は白、紫にして頗る柴胡《さいこ》に似たり」と述べており、蘇敬の見解と異なるが、その違いは軽微である。

牧野富太郎（一八六二―一九五七）は李時珍の見解を支持して敗醤の基原をオトコエシと考定した。オトコエシはオミナエシの同属近縁種であるが、花色がオミナエシの黄色に対して、白いので区別が容易である。また、この両種は生態にも大きな相違があり区別が可能である。オトコエシは地上に長い走出枝《そうしゅつし》を出してその先に幼苗をつけ発根するが、オミナエシは地下の根茎《こんけい》の先に幼苗をつけて芽を出す。したがって、オトコエシは草深い野原では幼苗は宙に浮いて発根できないので、道端や荒地のような環境を好む。陶弘景が「近道に出づ」としたのはこのようなオトコエシの生態を記述したものと考えられる。一方、オミナエシは地中に幼苗をつけ、深い草原でも十分に生えるから、蘇敬が花は黄色で近道に出ないとしたのは、オミナエシのことを指したと考えて差し支えない。現在の定説では敗醤の基原をオトコエシとするが、蘇敬注は明らかにオミナエシを指しているので、古代では両種ともに薬用に用いられたと思われる。しかし、現代の中薬市場で敗醤と称するものの大半は、キク科ハチジョウナとアブラナ科グンバイナズナを基原とするものであり（『和漢薬百科図鑑』）、オミナエシあるいはオトコエシはごく限られた地域

オミナエシ　8月～10月に、直径3～4ミリの小さな黄色い花が、枝の先に集まって咲く。

で民間的に用いられているにすぎない。『本草綱目』の釋名で、李時珍が「又、名を苦菜とし、苦蕒（キク科ノゲシなどの類）、龍葵（ナス科イヌホオズキ）と名を同じくす云々」と述べていることから、これが誤って解釈され、キク科ハチジョウナを基原に含めるようになったと思われる。一方、グンバイナズナの果実は扁平で翼《よく》があり、オトコエシのそれとよく似ているので混同されたのであろうが、かなり古い時代から敗醬の基原となっていた可能性がある。古医方では、敗醬根を「癰腫、浮腫、結熱麻痺、不足、産後の疾痛を除く《く》」（『名醫別錄』）目的で用いるとするが、日本漢方では消炎・排膿・駆瘀血《おうけつ》剤として認識されている。市場にオミナエシ・オトコエシを基原とするものがほとんどないので、日本の漢方医家はオミナエシ科別属種のカノコソウ（吉草根）を代用としてきた。漢方では醤油臭の強い敗醬根を良品としているので、オミナエシより強い臭いがあるオトコエシを正条品とする理由はそこにあるのかもしれない。

以上、現在のオミナエシは、中国古本草の敗醬の基原の一つであることは理解できるが、それが万葉集のヲミナヘシとどう関連づけられるのだろうか。『本草和名』では「敗醬　陶景注云氣似敗豆醬故以名之　一名鹿腸一名鹿首一名馬草一名澤敗一名納細　出釋藥性　和名於保都知一名知女久佐」とあって、万葉名のヲミナヘシの名はなく、『和名抄』でも知女久佐とある。『醫心方《いしんぼう》』では於保都知・知女久佐（久知女久佐とする文献があるが、原本の誤写であろう）のほかに加末久佐の名があるが、ここにもヲミナヘシはない。三つの古文献に共通する敗醬の和名チメクサは血目（あるいは治目）草であろう。オトコエシの果実がグンバイナズナ（またはナズナ）の果実によく似ていることは前に述べたが、後者は析蓂子《しゃくみゃくし》の名で『神農本草經』上品に収載され、薬効は「明目　目痛涙出」すなわち目を明とし目が痛く涙が出るのを治すと記載されている。したがって、オトコエシが析蓂と誤認されて血目（治目）草と称されても不思議はないのである。

『新撰字鏡』に「蓀　思軍反　香草　於保度知」と「蓀茶　同宅加反平縁也　於保止知」とあって、オホトチという和名が出てくるが、音韻的に『本草和名』のオホツチと同じである。『玉篇』によれば、蓀は広く香草を表す一般名であり、茶は、『説文《せつもん》』や『爾雅《じが》』によれば、苦菜を指し、一般にはキク科のノゲシの類をいい、この漢名は『和名抄』（和名はオホツチ）にも出てくる。結果的には、正統本草書のいう敗醤とは異なるが、オホト（ツ）チなるものに芳香があり、しかも若菜として利用できるものであることを示唆する。

次に、方言名に古い名を継承したものがしばしば見られることから、オミナエシ・オトコエシの方言名を当たってみると、『本草綱《ほんぞうこう》目啓蒙《もくけいもう》』にトチナという名が信州・土州にあると記述されている。『日本植物方言集成』には、信州・濃州・江州・土州・静岡・土佐でオトコエシをトチナ、和歌山（日高）でツチナ、山梨の南巨摩ではオミナエシをトチナと呼ぶとある。以上の方言名は、オホツチあるいはオホト（ツ）チと関連があると考えるのが自然であろう。わが国に特産する落葉高木にトチノキというのがあり、方言名でオオトチという名が近畿地方南部から知られている。トチノキはデンプン含量が高く、古く縄文時代から実を食用にされていた。『新撰字鏡』、『本草和名』にあるオホトチの名はこれと無関係ではないだろう。オミナエシ（オトコエシ）は葉を茹で和えて食用にされるが、苦く古い醤臭があって、ひどくくせのある風味であったと思われる。一方、トチの実は、灰汁であく抜きをしてもえぐ味が強く残るほど、やはり風味にくせがあった。すなわち、木本と草本という大きな違いはあるが、食用にされたときの風味がよくないという共通性があり、それでオミナエシやオトコエシをオホトチと呼ぶようになったと考えることができる。江戸後期の本草学者水谷豊文《みずたにとよぶみ》（一七七九―一八三三）も、「苦キコトトチノ実ノ如キ故ニトチナト云又オホトチト云」（『本草綱目紀聞《ほんぞうこうもくきぶん》』）と述べ、オミナエシ・オトコエシの古名の由来がトチノキにあることを示唆している。

以上、万葉名のオミナエシが同属類似種のオトコエシとともに中国本草にある敗醤であるとした。しかし、若干の疑問がないわけではない。一つに、敗醤の名が、『延喜式』巻第三十七の「典薬寮」ほか、どこにも出てこないのである。すなわち、当時、薬用としてあまり重要視されていなかったことを示唆する。『本草和名』、『和名抄』、『醫心方』にあるオホトチという古名は、たぶん、土名に由来するもので、薬用ではなく若菜として利用されていたときの名ではないかと思われる。一方、オミナエシの名は万葉歌人の創出した遊名と思われ、生活観の乏しい風流の世界の所産であろう。本草書にこの名がないのは、当時の本草学者がそれを熟知していて、意識的に取り上げなかったのではなかろうか。

引用参考文献（書名・著者名・出版年・出版元）

（本草学・伝統医学）

医心方・序説篇　広島東洋古典医学研究会　一九七八　出版科学総合研究所
医心方・食養篇　望月学　一九七六　出版科学総合研究所
香川修庵（四）（近世漢方医学書集成68）大塚敬節ほか編　一九八二　名著出版（一本堂薬選）
救荒本草（明嘉靖四年刊本複製）周定王等編　一九五九　中華書局
近世歴史資料集成・救荒1 浅見恵・安田健訳編 二〇〇六 科学書院（救荒本草・救荒野譜）
近世歴史資料集成・民間医療（1～12）浅見恵・安田健訳編　一九九五～　科学書院
（引用資料　廣恵濟急方・農家心得草藥方・懐中備急諸國古傳秘方・藥屋虚言噺・此君堂藥方・諸家妙藥集・常山方・醫法明鑑・和方一萬方・妙藥博物筌・妙藥奇覧・妙藥奇覧拾遺）
經史證類大觀本草　唐愼微撰・艾晟校定・呉家鑑譯述　一九七七　正言出版
外臺秘要（影印版）王燾　一九五五　人民衛生出版社
山家藥方集（復刻版）大蔵永常　一九八二　井上書店
質問本草　呉継志著　原田禹雄訳注　二〇〇二　榕樹書林
重修政和經史證類備用本草　唐愼微撰・張存惠重刋　一九七六　南天書局
紹興校定經史證類備急本草　中尾万三解題　一九三三　春陽堂
正倉院薬物　朝比奈泰彦編　一九五五　植物文献刊行会
新修本草巻第十五　二〇〇一　武田科学振財団杏雨書屋
新修本草残巻（仁和寺本）中尾万三解題　一九三六　本草圖書刊行会
新修本草　輯復本第二版　尚志鈞輯　二〇〇五　安徽科学技術出版社
神農本草經　森立之校正　嘉永七年
千金翼方（影印版）孫思邈　一九五五　人民衛生出版
全訳金匱要略　丸山清康　一九六七　明徳出版社
全訳傷寒論　丸山清康訳註　一九六五　明徳出版社
本草色葉抄（影印版）一九六八　内閣文庫
本草衍義　寇宗奭撰　一九五七　商務印書館
本草求真　黄宮繍纂　一九七九　上海科学技術出版
本草經集注（影印版）陶弘景校注　一九七三　前田書店
本草綱目（影印版）李時珍　一九五七　人民衛生出版社
國譯本草綱目（新註・校訂）木村康一監修　一九七九　春陽堂
本草綱目紀聞　水谷豊文　二〇〇五～七　武田科学振興財団杏雨書屋
本草綱目啓蒙　杉本つとむ　一九七四　早稲田大学出版会
本草圖譜（神宮文庫旧蔵写本複製）岩崎灌園　一九八〇～　同朋舎出版
本草品彙精要（大塚泰男氏蔵書影印版）劉文泰撰　二〇〇二　谷口書店
本草辨疑　遠藤元理　天和元年刊
本草和名　深根甫仁著・與謝野寛ほか編　一九二五　日本古典全集刊行會
太平聖恵方（烏絲欄鈔本）一九七八　臺北新文豊出版
大同類聚方　大神神社史料編集委員會　一九七九　平凡社
大同類聚方　槇佐知子全訳精解　一九九二　新泉社
中薬大辞典　上海科学技術出版社編　一九八五　小学館
ディオスコリデスの薬物誌　鷲谷いづみ訳　一九八三　エンタプライズ出版
頓医抄　梶原性全　一九八六　科学書院
博物誌十巻　張華編　天和三年　伏見屋藤右衛門版
埤雅　陸佃著・張道勤責任編輯　二〇〇八　浙江大學出版
大和本草　貝原益軒著・白井光太郎考証　一九七五　有明書房

有林福田方（復刻日本古典全集） 僧有林 一九七九 現代思潮社
和漢藥考（増訂復刻） 小泉榮次郎編 一九七七 生生舎
和漢薬百科図鑑Ⅰ・Ⅱ 難波恒雄 一九九三～四 保育社
和訓類聚方広義・重校薬徴 吉益東洞著・尾台榕堂校註 一九七六 創元社

（植物一般）

朝日百科・植物の世界 一九九四 朝日新聞社
朝日百科・世界の植物 一九八〇 朝日新聞社
花壇地錦抄・草花絵前集 加藤要校注 一九七六 平凡社
花壇地錦抄・増補地錦抄 伊藤伊兵衛・京都園芸倶楽部編 一九八三 八坂書房
源氏物語の植物 廣江美之 一九六九 有明書房
國史草木昆虫攷（日本古典全集） 曾占春著・正宗敦夫編纂校訂 一九三七 日本古典全集刊行會
古典の植物を探る 細見末雄 一九九二 八坂書房
原色日本植物図鑑・木本編 北村四郎・村田源 一九八四 保育社
原色日本地衣植物図鑑 吉村庸 一九七四 保育社
原色版日本薬用植物事典 伊沢凡人 一九八〇 誠文堂新光社
（引用資料 救民單方・救民薬方録・救荒本草抜萃・掌中妙薬集・經驗千方・救民妙薬方・懷中妙薬集・萬病妙薬集）
原色牧野和漢薬草大図鑑 岡田稔等編 一九八八 北隆館
廣益地錦抄 伊藤伊兵衛・京都園芸倶楽部編 一九八三 八坂書房
廣群芳譜 汪灝等撰 一九八〇 台北新文豊出版
栽培植物の起源と伝播 星川清親 一九七八 二宮書店
齊民要術（國學基本叢書簡編） 賈思勰著 一九三八 商務印書館
樹木和名考 白井光太郎 一九三三 内田老鶴圃
植物渡来考（復刻版） 白井光太郎 一九七五 有明書房
植物の名前の話 前川文夫 一九八一 八坂書房
植物名實圖考全八十冊 呉其濬撰 一九九三 文物出版
世界有用植物事典 堀田満編 一九八九 平凡社
大韓植物圖鑑 李昌福 一九八五 郷文社
地錦抄附録 伊藤伊兵衛・京都園芸倶楽部編 一九八三 八坂書房
中国高等植物図鑑 中国科学院植物研究所 一九八五 科学出版社
南方草木狀（影印版） 一九五五 上海商務印書館
日本主要樹木名方言集 倉田悟 一九六三 地球出版
日本植物誌・顕花篇 大井次三郎 一九七八 至文堂
日本植物誌・シダ篇 大井次三郎 一九七八 至文堂
日本植物誌復刻版（*Flora Japonica*） ツュンベリー 井上書店 一九七六
日本植物方言集（草木類篇） 本田正次ほか監修 一九七二 八坂書房
日本植物方言集成 二〇〇一 八坂書房
日本のサクラの種・品種マニュアル 一九八三 日本花の会
日本の植生 宮越昭編 一九七七 学習研究社
日本の植物・研究ノート 田村道夫編 一九八一 培風館
日本の野生植物・草本 佐竹義輔他編 一九九九 平凡社
日本の野生植物・木本 佐竹義輔他編 一九八九 平凡社
日本のユリ（原種とその園芸種） 清水基夫編著 一九八七 誠文堂新光社
秘傳花鏡 陳扶揺彙輯 出版年不明 文治堂藏板
廣川薬用植物大事典 刈米達夫他監修 一九六三 廣川書店
本草の植物 北村四郎選集二 一九八五 保育社
萬葉古今動植正名 山本章夫 一九七九 恒和出版
萬葉植物新考（増訂） 松田修 一九七〇 社会思想社
萬葉植物全解 若浜汐子 一九五九 潤光社

萬葉集草木考（復刻版）岡不崩　一九七六　第一書房
萬葉集名物考・萬葉集動植考　未刊國文古註釋大系　吉澤義則編　一九三四　帝國教育會出版部
和漢古典植物考　寺山宏　二〇〇三　八坂書房

（植物民俗・習俗・方言など）

日本の食生活全集1～50　一九九〇　農山漁村文化協会
玉燭宝典　石川三佐男　一九八八　明徳出版社
建武年中行事（京都御所東山御文庫本）所功編　一九九〇　国書刊行会
校註荊楚歳時記（中国民俗の歴史的研究）守屋美都雄　一九五〇　帝国書院
修正公事根源新釋　關根正直　一九二六　六合館
植物と日本文化　斎藤正二　一九七九　八坂書房
塵添壒嚢鈔・壒嚢鈔　浜田敦他編　一九六八　臨川書店
染料植物譜（復刻版）後藤捷一・山川隆平編　一九七二　はくおう社
日本歳時記　貝原益軒　一九七二　八坂書房
日本人と木の文化　小原二郎　一九八四　朝日新聞社
日本方言大辞典　徳川宗賢監修　一九八九　小学館
北山抄（尊経閣善本影印集成）一九九六　八木書店
抱朴子　石島快隆訳注　一九八七　岩波書店
本朝食鑑　平野必大著・正宗敦夫編纂校訂　一九三三　日本古典全集刊行会
萬葉染色考　上村六郎・辰巳利文著　一九三〇　古今書院

（物語・日記文学・和歌・歌学など）

十六夜日記　玉井幸助校訂　一九九二　岩波書店
宇治拾遺物語　渡辺綱也校訂　一九五二　岩波書店
宇津保物語（日本古典文學大系）河野多麻校注　一九五九岩波書店
榮花物語（日本古典文学大系）松村博司・山中裕校注　一九六五　岩波書店
淮南子（新釈漢文体系）楠山春樹　一九九八　明治書院
懐風藻・文華秀麗集・本朝文粋　小島憲之校注　一九六四　岩波書店
荷田全集（萬葉童蒙抄）荷田春満　一九二九～三一　吉川弘文館菅家文草
菅家後集（日本古典文學大系）川口久雄校注　一九六六　岩波書店
冠辭考　加茂眞淵　一八九九　中村鍾美堂
契沖全集（萬葉代匠記・萬葉集類林）佐佐木信綱編　一九二六～二七　朝日新聞社
源氏物語（日本古典文学大系）山岸徳平校注　一九六三　岩波書店
源平盛衰記　石川核校訂　一九一二　有朋堂
古今和歌集打聽（賀茂真淵全集第九巻）久松潜一監　一九七八　続群書類従完成会
狭衣物語（日本古典文學大系）三谷榮一・関根慶子校注　一九六八　岩波書店
詩経国風・書経　橋本循・尾崎雄二郎他訳　一九六九　筑摩書房
詩経字典（小雅・大雅・頌）高橋公麿　一九九一　万葉学会
紙魚室屋筆記（日本随筆大成）城戸千楯　一九九三　吉川弘文館
紫明抄・河海抄　玉上琢彌編　一九六八　角川書店
新撰萬葉集注釈　巻上（一）（二）　新撰万葉集研究会編　二〇〇五　和泉書院
新編国歌大観CD—ROM版　Ver.2　二〇〇三　角川書店
全唐詩　彭定求等撰（中國學術名著詩詞類）一九七四　台湾平平出版
楚辭（新釋漢文大系三十四）星川清高編　明治書院　一九七〇
太平記　後藤丹治・岡見正夫校注　一九六二　岩波書店
土佐日記　紀貫之著・鈴木知太郎校注　一九七九年　岩波書店
徒然草（日本文學大系三）一九三二　國民圖書
日本歌学大系　佐佐木信綱編　一九五六～六三　風間書房

（引用資料 能因歌枕・奥義抄・和歌童蒙抄・袋草紙・和歌色葉抄）
日本歌学大系別巻　佐佐木信綱・久曽神昇編　一九五九～九二　風間書房
（引用資料 綺語抄・袖中抄・色葉和難集・八雲御抄）
平家物語（日本古典文学大系）高木市之助ほか校注　一九六〇　岩波書店
辨内侍日記新注　玉井幸助　一九五八　大修館書店
枕草子・紫式部日記（日本古典文学大系）池田亀鑑他校注　一九六三　岩波書店
松尾芭蕉集二（新編日本古典文学全集）井本農一他校注・訳　一九九七　小学館
萬葉集（新日本古典文学大系）佐竹昭広他校注　一九九九　岩波書店
萬葉集古義　鹿持雅澄　一九二八　名著刊行会
萬葉集注釋　澤瀉久孝　一九六九　中央公論社
萬葉集全釋　鴻巣盛広　一九八七　秀英書房
万葉集叢書　一九七二　臨川書店
萬葉集略解　橘千蔭著・古谷知新識校訂　一九一三　国民文庫
万葉の旅　犬養孝　一九六四　社会思想社
明月記　藤原定家著・山田安栄・坂本広太郎校訂　一九七〇　国書刊行会
文選（足利学校秘籍叢刊）李善等註　一九七四　汲古書院

（辞典など）
色葉字類抄略注　佐藤喜代治　一九九五　明治書院
伊呂波字類抄（復刻日本古典全集）一九七八　現代思潮社
下學集（東京大學國語研究室資料叢書）坂梨隆三解題　一九八八　汲古書院
言海　大槻文彦　二〇〇四　ちくま学芸文庫
言塵集（復刻日本古典全集）一九七七　現代思潮社
康熙字典　凌紹雯等撰　一九八〇　成都古籍
古語拾遺・高橋氏文　安田尚道・秋本吉徳校註　一九七六　現代思潮社
古今註・中華古今注・蘇氏演義　崔豹等撰　一九五六　商務印書館
語源辞典・東雅　新井白石　一九八三　名著普及会
古今要覧稿　屋代弘賢編・西山他監修　一九八一　原書房
古名録　畔田翠山著（復刻日本古典全集）一九七八　現代思潮社
三才圖會　王圻・王思義編　一九八八　上海古籍出版
爾雅義疏　郝懿行著　一九三四　商務印書館
字鏡鈔（天文本影印）中田祝夫他編　一九八二　勉誠社
字訓　白川静　二〇〇五　平凡社
上代仮名遣辞典　金田一京助監修・五十嵐仁一編　一九六九　小学館
上代語辞典　丸山林平　一九六七　明治書院
新刊多識編　B・H・日本語研究ぐるうぷ編　一九七三　文化書房博文社
新撰字鏡　京大文学部国語国文研編　臨川書店　一九七三
正字通　張自烈撰　一九九六　東豊書店
説文解字段注（景印）一九三六　世界書局
節用集（易林本・復刻日本古典全集）一九七七　現代思潮社
山海經校注　袁注　一九八一　臺灣里仁書局
大漢和辞典（十三巻）諸橋徹次　一九六八　大修館書店
大言海（新訂）大槻文彦　一九六九　冨山房
物類称呼　越谷吾山編・東條操校訂　一九七七　岩波書店
通雅 方以智著・呂英・陳連編　一九九〇　北京中国書店
類聚古集　秋本守英編　二〇〇〇　思文閣出版
類聚名義抄　菅原是善著・正宗敦夫編　一九三八　日本古典全集刊行会
和歌藻鹽草　月村齋宗著・室松岩雄校訂　一九一一　一致堂書店
和漢三才圖會　和漢三才圖會刊行委員会編　一九七五　東京美術
倭訓栞　谷川士清編・井上頼圀・小杉榲邨増補　一九九〇　名著刊行会

倭訓類林　上・下（復刻日本古典全集）一九七九　現代思潮社
和刻本辭書字典集成　長澤規矩也編　一九八〇　汲古書院
（引用資料 爾雅郭璞注・廣雅・輶軒使者絶代語釋別國方言・連文釋義・字彙・字彙補）
倭名類聚抄（諸本集成）京大文学部国語国文研編　臨川書店　一九八七

（史書・地誌など）

延喜式（国立歴史民俗博物館蔵貴重典籍叢書歴史編）二〇〇一　臨川書店
魏志倭人伝・後漢書倭伝・宋書倭国伝・隋書倭国伝　石原道博編訳　一九五一　岩波書店
藝文類聚　歐陽詢撰　一九五九　中華書局
古今著聞集　永積安明他校注　一九七九　岩波書店
古事記　倉野憲司校注　一九六三　岩波書店
古事談・続古事談　川端善明他校注　二〇〇五　岩波書店
冊府元龜　王欽若等撰　一九六〇　中華書局
沙石集　渡邊綱也校注　一九六六　岩波書店
春秋左氏傳　加藤正庵講　一九一〇　早稲田大學出版部
史記索隱（廣雅書局叢書）司馬貞撰　一九二〇　廣雅書局
史記列伝（漢文大系六・七）重野安繹校訂　一九七三　富山房
荘子（外篇・雑篇）金谷治訳注　一九八二　岩波書店
續日本紀（新訂増補国史大系）黒板勝美編　一九八五　吉川弘文館
大戴礼　新田大作　一九七二　明徳出版
續日本後紀・文徳實錄（国史大系第三巻）黒板勝美編　一九三四　國史大系刊行會
大日本古文書　東京帝國大學文學部史料編纂所編　一九〇一～四〇
日本三代實錄（新訂増補國史大系）黒板勝美編　一九七四　吉川弘文館
日本書紀（日本古典文学大系）一九八一　岩波書店
風土記　秋元吉郎校注　一九五八　岩波書店
礼記（新釈漢文大系）竹内照夫　一九七八　明治書院
令義解（新訂増補国史大系）一九七四　吉川弘文館

（その他）

稲作の起源　イネ学から考古学への挑戦　池橋宏　二〇〇五　講談社
イネが語る日本と中国　佐藤洋一郎　二〇〇三　農山漁村文化協会
海をわたった華花　国立歴史民俗博物館　二〇〇四
古代文明と環境　安田喜憲他編　一九九四　思文閣出版
三内丸山I遺跡発掘調査報告書　青森市教育委員会　一九八八
善本叢刊中古中世篇　類書Ⅱ（大東急記念文庫）二〇〇四　汲古書院（香字抄・拾芥抄）
鳥浜貝塚調査報告（縄文前期を主とする低湿地遺跡の調査1・2）一九七九～八一　福井県教育委員会
日本文化と民族移動〈文明と環境Ⅱ〉安田喜憲ほか編　一九九四　思文閣出版
農耕と文明（講座文明と環境第3巻）梅原猛他編　一九九五　朝倉書店
養蚕の起源と古代絹　布目順郎　一九七九　雄山閣出版

むろ	7	3-446, 3-447, 3-448, 11-2488, 15-3600, 15-3601, 16-3830
もも	7	7-1356, 7-1358, 10-1889, 11-2834, 12-2970, 19-4139, 19-4192
やなぎ	36	5-817, 5-821, 5-825, 5-826, 5-840, 6-949, 8-1432, 8-1433, 10-1819, 10-1821, 10-1846, 10-1847, 10-1850, 10-1851, 10-1852, 10-1853, 10-1856, 10-1896, 10-1904, 10-1924, 11-2453, 13-3324, 14-3443, 14-3455, 14-3491, 14-3492, 14-3546, 15-3603, 17-3903, 17-3905, 18-4071, 19-4142, 19-4192, 19-4238, 19-4289, 20-4386
やまあゐ	1	9-1742
やますげ（が）	13	4-564, 11-2456, 11-2474, 11-2477, 12-2862, 12-3051, 12-3053, 12-3055, 12-3066, 12-3204
やまたちばな	5	4-669, 7-1340, 11-2767, 19-4226, 20-4471
やまたづ	2	2-90, 6-971
やまぶき	17	2-158, 8-1435, 8-1444, 10-1860, 10-1907, 11-2786, 17-3968, 17-3971, 17-3974, 17-3976, 19-4184, 19-4185, 19-4186, 19-4197, 20-4302, 20-4303, 20-4304
ゆづるは	2	2-111, 14-3572
ゆり	11	7-1257, 8-1500, 8-1503, 11-2467, 18-4086, 18-4087, 18-4088, 18-4113, 18-4115, 18-4116, 20-4369
よもぎ	1	18-4116
わかめ	2	14-3563, 16-3871
わすれぐさ	5	3-334, 4-727, 11-2475, 12-3060, 12-3062
わらび	1	8-1418
ゑぐ	2	10-1839, 11-2760
をぎ	3	4-500, 10-2134, 14-3446
をみなえし	15	4-675, 7-1346, 8-1530, 8-1534, 8-1538, 10-1905, 10-2107, 10-2115, 10-2279, 17-3943, 17-3944, 17-3951, 20-4297, 20-4316, 20-4317

はじ	1	20-4465
はちす	4	13-3289, 16-3826, 16-3835, 16-3837
はねず	4	4-657, 8-1485, 11-2786, 12-3074
ははそ	3	9-1730, 19-4164, 20-4408
はまゆう	1	4-496
はり	14	1-19, 1-57, 3-280, 3-281, 7-1156, 7-1166, 7-1260, 7-1354, 10-1965, 14-3410, 14-3435, 16-3791, 16-3801, 19-4207
ひ	9	1-50, 7-1092, 7-1095, 7-1118, 7-1119, 10-1813, 10-2314, 13-3232, 16-3824
ひえ	2	11-2476, 12-2999
ひかげ	4	13-3229, 14-3573, 18-4120, 19-4278
ひさぎ	4	6-925, 10-1863, 11-2753, 12-3127
ひし	2	7-1249, 16-3876
ひる	1	16-3829
ふじばかま	1	8-1538
ふぢ	26	3-330, 3-413, 8-1471, 8-1627, 10-1901, 10-1944, 10-1974, 10-1991, 12-2971, 12-3075, 13-3248, 14-3504, 17-3952, 17-3993, 18-4042, 18-4043, 19-4187, 19-4188, 19-4192, 19-4193, 19-4199, 19-4200, 19-4201, 19-4202, 19-4207, 19-4210
ほほがしは	2	19-4204, 19-4205
ほよ	1	18-4136
まつ	77	1-11, 1-34, 1-63, 1-65, 1-66, 1-73, 2-113, 2-141, 2-143, 2-144, 2-145, 2-146, 2-228, 3-257, 3-260, 3-279, 3-295, 3-309, 3-394, 3-431, 3-444, 4-588, 4-593, 4-623, 5-895, 6-952, 6-990, 6-1030, 6-1041, 6-1042, 6-1043, 7-1159, 7-1185, 7-1458, 8-1650, 8-1654, 9-1674, 9-1687, 9-1716, 9-1783, 9-1795, 10-1922, 10-1937, 10-2198, 10-2313, 10-2314, 11-2484, 11-2485, 11-2486, 11-2487, 11-2653, 11-2751, 12-2861, 12-3047, 12-3130, 13-3258, 13-3324, 13-3346, 14-3495, 15-3621, 153655, 15-3721, 15-3747, 17-3890, 17-3899, 17-3942, 17-4014, 19-4169, 19-4177, 19-4266, 19-4271, 20-4375, 20-4439, 20-4457, 20-4464, 20-4498, 20-4501
まめ	1	20-4352
まゆみ	12	2-96, 2-97, 3-289, 7-1329, 7-1330, 9-1809, 10-1923, 10-2051, 11-2444, 11-2639, 12-3092, 14-3437
みつながしは	1	2-90
みら	1	14-3444
みる	5	2-135, 5-892, 6-946, 13-3301, 13-3302
むぎ	2	12-3096, 14-3537
むぐら	4	4-759, 11-2824, 11-2825, 19-4270
むらさき	17	1-20, 1-21, 2-395, 4-569, 7-1340, 7-1392, 7-1396, 10-1825, 11-2780, 12-2974, 12-2976, 12-2993, 12-3099, 12-3101, 14-3500, 16-3791, 16-3870

つちはり	1	7-1338
つつじ	9	2-185, 3-434, 3-443, 6-971, 7-1188, 9-1694, 10-1905, 13-3305, 13-3309
つづら	2	14-3359, 14-3434
つばき	9	1-54, 1-56, 1-73, 7-1262, 13-3222, 19-4152, 19-4177, 20-4418, 20-4481
つまま	1	19-4159
つみ	4	3-385, 3-386, 3-387, 10-1937
つるばみ	6	7-1311, 7-1314, 12-2965, 12-2968, 12-3009, 18-4109
ところづら	2	7-1133, 9-1809
なぎ	4	3-407, 14-3415, 14-3576, 16-3829
なし	3	10-2188, 10-2189, 16-3834
なつめ	2	16-3830, 16-3834
なでしこ	26	3-408, 3-464, 8-1448, 8-1496, 8-1510, 8-1538, 8-1549, 8-1610　8-1616, 10-1970, 10-1972, 10-1992, 17-4008, 17-4010, 18-4070, 18-4113, 18-4114, 19-4231, 19-4232, 20-4442, 20-4443, 20-4446, 20-4447, 20-4449, 20-4450, 20-4451
なのりそ	13	3-362, 3-363, 4-509, 6-946, 7-1167, 7-1279, 7-1290, 7-1395, 7-1396, 10-1930, 12-3076, 12-3077, 12-3177
にこぐさ （ねつこぐさ）	5	11-2762, 14-3370, 14-3508, 16-3874, 20-4309
にれ	1	16-3886
ぬなは	1	7-1352
ぬばたま	80	2-89, 2-169, 2-194, 2-199, 3-302, 3-392, 4-525, 4-573, 4-619, 4-639, 4-702, 4-723, 4-781, 5-807, 6-925, 6-982, 7-1077, 7-1081, 7-1101, 7-1116, 7-1241, 8-1646, 8-1706, 8-1712, 8-1798, 8-1800, 10-2008, 10-2035, 10-2076, 10-2139, 11-2389, 11-2456, 11-2532, 11-2564, 11-2569, 11-2589, 11-2610, 11-2631, 11-2673, 12-2849, 12-2878, 12-2890, 12-2931, 12-2956, 12-2962, 12-3007, 12-3108, 13-3269, 13-3270, 13-3274, 13-3280, 13-3281, 13-3297, 13-3303, 13-3312, 13-3313, 13-3329, 15-3598, 15-3647, 15-3651, 15-3671, 15-3712, 15-3721, 15-3732, 15-3738, 15-3769, 16-3805, 16-3844, 17-3938, 17-3955, 17-3962, 17-3980, 17-3988, 18-4072, 18-4101, 19-4160, 19-4166, 20-4331, 20-4455, 20-4489
ねぶ	3	8-1461, 8-1463, 11-2752
はぎ	141	2-120, 2-231, 2-233, 3-455, 6-970, 6-1047, 7-1363, 7-1364, 7-1365, 8-1431, 8-1468, 8-1514, 8-1530, 8-1532, 8-1533, 8-1534, 8-1536, 8-1538, 8-1541, 8-1542, 8-1547, 8-1550, 8-1557, 8-1558, 8-1559, 8-1560, 8-1565, 8-1575, 8-1579, 8-1580, 8-1595, 8-1597, 8-1598, 8-1599, 8-1600, 8-1605, 8-1608, 8-1609, 8-1617, 8-1618, 8-1621, 8-1622, 8-1628, 8-1633, 9-1761, 9-1772, 9-1790, 10-2014, 10-2094, 10-2095, 10-2096, 10-2097, 10-2098, 10-2099, 10-2100, 10-2101, 10-2102, 10-2103, 10-2105, 10-2106, 10-2107, 10-2108, 10-2109, 10-2110, 10-2111, 10-2112, 10-2113, 10-2114, 10-2116, 10-2117, 10-2118, 10-2119, 10-2120, 10-2121, 10-2122, 10-2123, 10-2124, 10-2125, 10-2126, 10-2127, 10-2142, 10-2143, 10-2144, 10-2145, 10-2150, 10-2152, 10-2153, 10-2154, 10-2155, 10-2168, 10-2170, 10-2171, 10-2173, 10-2175, 10-2182, 10-2204, 10-2205, 10-2209, 10-2213, 10-2215, 10-2221, 10-2225, 10-2228, 10-2231, 10-2252, 10-2254, 10-2255, 10-2258, 10-2259, 10-2262, 10-2271, 10-2273, 10-2276, 10-2280, 10-2284, 10-2285, 10-2286, 10-2287, 10-2289, 10-2290, 10-2292, 10-2293, 13-3324, 15-3656, 15-3677, 15-3681, 15-3691, 17-3957, 19-4154, 19-4219, 19-4224, 19-4249, 19-4252, 19-4253, 20-4296, 20-4297, 20-4315, 20-4318, 20-4320, 20-4444, 20-4515

すすき（をばな）	34	1-45, 2-307, 7-1121, 8-1533, 8-1538, 8-1564, 8-1572, 8-1577, 8-1601, 8-1637, 9-1757, 10-2089, 10-2110, 10-2167, 10-2169, 10-2172, 10-2221, 10-2242, 10-2270, 10-2277, 10-2283, 10-2285, 10-2292, 10-2311, 14-3506, 14-3565, 15-3681, 15-3691, 16-3800, 16-3819, 17-3957, 17-4016, 20-4295, 20-4308
すみれ	4	8-1424, 8-1444, 8-1449, 17-3973
すもも	1	19-4140
せり	2	20-4455, 20-4456
たく（たへ）	115	1-28, 1-52, 1-72, 1-79, 2-135, 2-138, 2-159, 2-195, 2-196, 2- 199, 2-210, 2-213, 2-217, 2-220, 2-222, 2-230, 3-252, 3-285, 3-438, 3-443, 3-460, 3-461, 3-475, 3-478, 3-481, 4-493, 4-507, 4-510, 4-535, 4-546, 4-614, 4-615, 4-633, 4-636, 4-645, 4-704, 4-708, 5-809, 5-901, 5-902, 5-904, 6-938, 6-942, 6-957, 7-1079, 7-1192, 7-1292, 8-1629, 9-1675, 9-1694, 9-1800, 10-1859, 10-1999, 10-2023, 10-2027, 10-2028, 10-2192, 10-2321, 11-2410, 11-2411, 11-2483, 11-2515, 11-2516, 11-2518, 11-2549, 11-2593, 11-2607, 11-2608, 11-2609, 11-2612, 11-2615, 11-2630, 11-2688, 11-2690, 11-2807, 11-2812, 11-2822, 11-2823, 12-2844, 12-2846, 12-2854, 12-2885, 12-2937, 12-2952, 12-2953, 12-2954, 12-2962, 12-2963, 12-3123, 12-3181, 12-3182, 12-3215, 13-3243, 13-3258, 13-3324, 13-3325, 14-3435, 14-3449, 14-3509, 15-3587, 15-3607, 15-3625, 15-3725, 15-3751, 15-3778, 16-3741, 17-3945, 17-3973, 17-3978, 17-3993, 17-4003, 18-4111, 18-4113, 20-4331, 20-4408
（ゆふ）	27	2-157, 2-199, 3-379, 3-380, 3-420, 3-443, 6-909, 6-912, 6-1017, 6-1031, 7-1107, 7-1244, 7-1377, 7-1378, 9-1736, 9-1790, 9-1809, 11-2496, 12-2996, 12-3070, 12-3073, 12-3151, 13-3238, 13-3288, 13-3295, 16-3791, 19-4236
たけ	18	3-379, 3-420, 5-824, 6-955, 6-1047, 6-1050, 7-1412, 9-1677, 9-1790, 11-2530, 11-2773, 13-3284, 13-3286, 14-3474, 15-3758, 16-3791, 19-4286, 19-4291
たちばな	70	2-125, 2-179, 3-410, 3-411, 3-423, 6-1009, 6-1027, 7-1315, 7-1404, 8-1473, 8-1478, 8-1481, 8-1483, 8-1486, 8-1489, 8-1492, 8-1493, 8-1502, 8-1504, 8-1507, 8-1508, 8-1509, 9-1755, 10-1950, 10-1954, 10-1958, 10-1966, 10-1967, 10-1968, 10-1969, 10-1971, 10-1978, 10-1980, 10-1987, 10-1990, 10-2251, 11-2489, 13-3239, 13-3307, 13-3309, 14-3496, 14-3574, 15-3779, 16-3823, 17-3909, 17-3912, 17-3916, 17-3918, 17-3920, 17-3984, 17-3998, 18-4058, 18-4059, 18-4060, 18-4063, 18-4064, 18-4092, 18-4101, 18-4102, 18-4111, 18-4112, 19-4166, 19-4169, 19-4172, 19-4180, 19-4207, 19-4266, 19-4276, 20-4341, 20-4371
たで	3	11-2759, 13-3230, 16-3842
たはみづら	1	14-3501
たまばはき	2	16-3830, 20-4493
ち	26	3 333, 6-940, 7-1179, 7-1342, 7-1347, 8-1449, 8-1460, 8-1462, 8-1514, 8-1540, 8-1578, 8-1654, 10-1880, 10-2158, 10-2186, 10-2190, 10-2207, 10-2331, 11-2466, 11-2755, 11-2835, 12-3050, 12-3057, 12-3063, 12-3196, 16-3887
ちさ	1	7-1360　11-2469, 18-4106
ちち	2	19-4164, 20-4408
つが	5	1-29, 3-324, 6-907, 17-4006, 19-4266
つき	7	2-210, 2-213, 3-277, 7-1276, 11-2656, 13-3223, 13-3324
つきくさ	9	4-583, 7-1255, 7-1339, 7-1351, 10-2281, 10-2291, 11-2756, 12-3058, 12-3059
つげ	6	9-1777, 11-2500, 11-2503, 13-3295, 19-4211, 19-4212
つた（つな，つぬ，つの）	10	2-135, 3-282, 3-423, 6-1046, 9-1804, 13-3291, 13-3324, 13-3325, 17-3991, 19-4220

くそかづら	1	16-3855
くは	3	7-1357, 12-3086, 14-3350
くり	3	5-802, 9-1745, 9-1783
くれなゐ	34	4-683, 5-804, 5-861, 6-1044, 7-1218, 7-1297, 7-1313, 7-1343, 8-1594, 9-1672, 9-1742, 10-1993, 10-2177, 11-2550, 11-2623, 11-2624, 11-2655, 11-2763, 11-2827, 11-2828, 12-2966, 13-3227, 15-3703, 16-3877, 17-3969, 17-3973, 17-4021, 18-4109, 18-4111, 19-4139, 19-4156, 19-4157, 19-4160, 19-4192
こけ	12	2-228, 3-259, 6-962, 7-1120, 7-1134, 7-1214, 7-1334, 11-2516, 11-2630, 11-2750, 13-3227, 13-3228
きり	1	5-810
このてがしは	2	16-3836, 20-4387
こなら（なら）	2	12-3048, 14-3424
こも	24	2-96, 2-97, 3-239, 3-256, 4-697, 7-1348, 7-1414, 11-2520, 11-2538, 11-2703, 11-2764, 11-2765, 11-2766, 11-2777, 12-2995, 12-3176, 13-3255, 13-3270, 14-3464, 14-3524, 15-3640, 16-3825, 16-3843, 20-4338
さかき	1	3-379
さきくさ	2	5-904, 10-1895
さくら	44	3-257, 3-260, 5-829, 6-971, 6-1047, 7-1212, 8-1425, 8-1429, 8-1430, 8-1440, 8-1456, 8-1457, 8-1458, 8-1459, 9-1747, 9-1748, 9-1749, 9-1750, 9-1751, 9-1752, 9-1776, 10-1854, 10-1855, 10-1864, 10-1866, 10-1867, 10-1869, 10-1870, 10-1872, 10-1887, 11-2617, 12-3129, 13-3305, 13-3309, 16-3786, 16-3787, 17-3967, 17-3970, 17-3973, 18-4074, 18-4077, 19-4151, 20-4361, 20-4395
ささ	5	2-133, 10-2336, 10-2337, 14-3382, 20-4431
さねかづら	9	2-94, 2-207, 10-2296, 11-2479, 12-3070, 12-3071, 12-3073, 13-3280, 13-3288
さはあららぎ	1	19-4268
しきみ	1	20-4476
しだくさ	1	11-2475
しの（しぬ）	11	1-45, 7-1121, 7-1276, 7-1349, 7-1350, 10-1830, 11-2478, 11-2754, 11-2774, 12-3093, 13-3327
しば	13	4-513, 4-529, 5-886, 6-1048, 7-1274, 8-1643, 11-2770, 11-2777, 14-3355, 14-3488, 14-3508, 14-3573, 20-4350
しひ	3	2-142, 7-1099, 14-3493
しりくさ	1	11-2468
すぎ	12	2-156, 3-259, 3-422, 4-712, 7-1403, 9-1773, 10-1814, 10-1927, 11-2417, 13-3228, 14-3363, 19-4148
すげ（すが）	49	3-280, 3-281, 3-299, 3-397, 3-414, 3-420, 4-580, 4-619, 4-679, 7-791, 6-948, 7-1250, 7-1284, 7-1341, 7-1344, 7-1354, 7-1373, 8-1655, 10-1921, 10-1934, 11-2470, 11-2471, 11-2472, 11-2473, 11-2757, 11-2758, 11-2761, 11-2768, 11-2771, 11-2772, 11-2818, 11-2819, 11-2836, 11-2837, 12-2857, 12-2863, 12-3052, 12-3054, 12-3064, 12-3087, 13-3284, 13-3323, 14-3369, 14-3445, 14-3498, 14-3564, 16-3875, 18-4116, 20-4454

うはぎ	2	2-221, 10-1879
うまら	2	16-3832, 20-4352
うめ	119	3-392, 3-398, 3-399, 3-400, 3-453, 4-786, 4-788, 4-792, 5-815, 5-816, 5-817, 5-818, 5-819, 5-820, 5-821, 5-822, 5-823, 5-824, 5-825, 5-826, 5-827, 5-828, 5-829, 5-830, 5-831, 5-832, 5-833, 5-834, 5-835, 5-836, 5-837, 5-838, 5-839, 5-840, 5-841, 5-842, 5-843, 5-844, 5-845, 5-846, 5-849, 5-850, 5-851, 5-852, 5-864, 6-949, 6-1011, 8-1423, 8-1426, 8-1434, 8-1436, 8-1437, 8-1438, 8-1445, 8-1452, 8-1640, 8-1641, 8-1642, 8-1644, 8-1645, 8-1647, 8-1648, 8-1649, 8-1651, 8-1652, 8-1653, 8-1656, 8-1660, 8-1661, 10-1820, 10-1833, 10-1834, 10-1840, 10-1841, 10-1842, 10-1853, 10-1854, 10-1856, 10-1857, 10-1858, 10-1859, 10-1862, 10-1871, 10-1873, 10-1883, 10-1900, 10-1904, 10-1906, 10-1918, 10-1922, 10-2325, 10-2326, 10-2327, 10-2328, 10-2329, 10-2330, 10-2335, 10-2344, 10-2349, 17-3901, 17-3902, 17-3903, 17-3904, 17-3905, 17-3906, 18-4041, 18-4134, 19-4174, 19-4238, 19-4241, 19-4277, 19-4278, 19-4282, 19-4283, 19-4287, 20-4496, 20-4497, 20-4500, 20-4502
うも	1	16-3826
うり	1	5-802
え	1	16-3872
おほゐぐさ	1	14-3417
おみのき	1	3-322
おもひぐさ	1	10-2270
かきつばた	7	7-1345, 7-1361, 10-1986, 11-2521, 11-2818, 12-3052, 17-3921
かし	3	1-9, 9-1742, 10-2315
かしは	3	11-2478, 11-2754, 20-4301
かたかご	1	19-4143
かづのき	1	14-3432
かつら	4	4-632, 7-1359, 10-2202, 10-2223
かには	1	6-942
かはやなぎ	4	7-1293, 9-1723, 10-1848, 10-1849
かはらふぢ	1	16-3855
かへるで	2	8-1623, 14-3494
かほばな	4	8-1630, 10-2288, 14-3505, 14-3575
からあゐ	4	3-384, 7-1362, 10-2278, 11-2784
からたち	1	16-3832
きみ	1	16-3834
くず	20	3-423, 4-649, 6-948, 7-1272, 7-1346, 8-1538, 10-1901, 10-1942, 10-1985, 10-2096, 10-2208, 10-2295, 11-2835, 12-3068, 12-3069, 12-3072, 14-3412, 16-3834, 20-4508, 20-4509

万葉の植物総覧

インデックスは古典文学大系「萬葉集」などの注釈本に対応

万葉名	歌数	インデックス（巻 - 索引番号）
あかね	13	1-20, 2-169, 2-199, 4-565, 6-916, 11-2353, 12-2901, 13-3270, 13-3297, 15-3732, 16-3857, 19-4166, 20-4455
あきのか	1	10-2233
あさ	29	1-23, 1-55, 2-199, 4-521, 4-543, 5-892, 6-928, 6-1056, 7-1176, 7-1195, 7-1209, 7-1265, 7-1298, 9-1680, 9-1800, 9-1807, 11-2687, 12-2990, 12-3049, 13-3243, 13-3255, 13-3272, 13-3324, 14-3348, 14-3381, 14-3404, 14-3454, 14-3484, 16-3791
あさがほ	5	8-1538, 10-2104, 10-2274, 10-2275, 14-3502
あし	51	1-64, 2-128, 2-167, 3-352, 4-575, 4-617, 6-919, 6-928, 6-961, 6-1062, 6-1064, 7-1288, 7-1324, 9-1804, 10-2134, 10-2135, 11-2468, 11-2565, 11-2576, 11-2651, 11-2745, 11-2748, 11-2762, 11-2768, 11-2833, 12-2998, 12-3090, 13-3227, 13-3253, 13-3272, 13-3279, 13-3345, 14-3445, 14-3570, 15-3625, 15-3626, 15-3627, 16-3886, 17-3975, 17-3977, 17-3993, 17-4006, 17-4011, 18-4094, 20-4331, 20-4357, 20-4362, 20-4398, 20-4400, 20-4419, 20-4459
あしつき	1	17-4021
あしび	10	2-166, 7-1128, 8-1428, 10-1868, 10-1903, 10-1926, 13-3222, 20-4511, 20-4512, 20-4513
あぢさゐ	2	4-773, 20-4448
あづさ	49	1-3, 2-98, 2-99, 2-207, 2-209, 2-217, 2-230, 3-311, 3-420, 3-445, 3-478, 4-531, 4-619, 7-1279, 7-1415, 7-1416, 9-1738, 10-1829, 12-1930, 10-2111, 11-2505, 11-2548, 11-2586, 11-2638, 11-2640, 11-2830, 12-2945, 12-2985, 12-2986, 12-2987, 12-2988, 12-2989, 12-3103, 12-3149, 13-3258, 13-3302, 13-3324, 13-3344, 14-3487, 14-3489, 14-3490, 14-3567, 16-3811, 16-3885, 17-3957, 17-3973, 18-4094, 19-4164, 19-4214
あは	5	2-404, 2-405, 14-3364, 14-3451, 16-3834
あふち	4	5-798, 10-1973, 17-3910, 17-3913
あふひ	1	16-3834
あべたちばな	1	11-2750
あやめぐさ	12	3-423, 8-1490, 10-1955, 17-4035, 18-4089, 18-4101, 18-4102, 18-4116, 19-4166, 19-4175, 19-4177, 19-4180
あをな	1	16-3825
いちし	1	11-2480
いちひ	1	16-3885
いね	4(27)	2-88, 2-114, 4-512, 4-776, 7-1110, 7-1353, 8-1539, 8-1566, 8-1567, 8-1624, 8-1625, 9-1768, 10-2117, 10-2176, 10-2230, 10-2244, 10-2246, 10-2247, 10-2251, 10-2256, 14-3418, 14-3459, 14-3460, 14-3550, 15-3603, 16-3848, 17-3943
いはゐづら	2	14-3378, 14-3416
うけら	3	14-3376, 14-3379, 14-3503
うのはな	24	7-1259, 8-1472, 8-1477, 8-1482, 8-1491, 8-1501, 9-1755, 10-1899, 10-1942, 10-1945, 10-1953, 10-1957, 10-1963, 10-1975, 10-1976, 10-1988, 10-1989, 17-3978, 17-3993, 17-4008, 18-4066, 18-4089, 18-4091, 19-4217

【ヤ　行】

【ラ　行】

【ワ　行・ヲ】

【マ　行】

【ナ　行】

【ハ　行】

【タ 行】

【サ　行】

【カ　行】

植物名索引

【ア　行】

著者略歴

木下武司（きのした・たけし）

1948年愛知県幡豆郡幡豆町生まれ。

1971年東京大学薬学部卒業、1976年同大学院博士課程修了、同年薬学博士号授与。

東京大学薬学部助手、コロンビア大学医学部研究員、帝京大学薬学部助教授を経て、現在同教授（創薬資源学教室）。専門は生薬学・薬用植物学・天然物化学・民族植物学。

万葉植物文化誌

2010年2月25日　初版第1刷発行

著　者　木下武司
発行者　八坂立人
印刷所　壮光舎印刷(株)
製本所　ナショナル製本協同組合

発行所　(株)八坂書房
〒101-0064　東京都千代田区猿楽町1-4-11
TEL.03-3293-7975　FAX.03-3293-7977
URL.: http://www.yasakashobo.co.jp

ISBN 978-4-89694-951-3